全宋词评注

第六卷

评注者：（按编写顺序排列）

徐世琤　赵慧文　徐育民　周少雄

朱靖宇　刘甲夫　叶　英　陆　坚

雍文华　周笃文　周　迟　陈　铭

洪锡琪　肖瑞峰　王翼奇　杨东方

侯孝琼　李汝伦

目　录

赵善扛

赵善扛(1141—?),字文鼎,自号解林居士,江西隆兴(今江西南昌)人。商王元份六世孙。曾守蕲州及处州。工词。

传言玉女

上　元

壁月珠星,辉映小桃秾李[①]。化工容易,与人间富贵。东风巷陌,春在暖红温翠。人来人去,笑歌声里。　　油壁青骢[②],第一番共燕喜。举头天上,有如人意。歌传乐府,犹是升平风味。明朝须判,醉眠花底。

[注释]

①小桃:桃的一种,上元前后即着花,状如垂丝海棠。　②油壁青骢(cōng):"妾乘油壁车,郎骑青骢马。"见《玉台新咏》卷十《钱塘苏小歌》。

[集评]

陆辅之云:"'人(春)在暖红温翠',警句。"(《词旨》下)

好事近

风动一川花,摇漾影迷红碧。人立杏花阴下,泛光风袅袅。　　琼枝碧月互相辉,春容浤将夕。罗盖暗承花雾,渍鲛绡香湿[①]。

[注释]

①鲛绡:《述异记》卷上载,南海中有鲛人,所织之绡,值百金。

重叠金[1]

春　游

楚宫杨柳依依碧，遥山翠隐横波溢。绝艳照秾春，春光欲醉人。　　纤纤芳草嫩，微步轻罗衬。花戴满头归，游蜂花上飞。

[注释]

①明杨慎《词品》："重叠金，即菩萨蛮也。"

重叠金

春　思

玉关芳草黏天碧[1]，春风万里思行客。骄马向风嘶，道归犹未归。　　南云新有雁，望眼愁边断。膏沐为谁容[2]，倚楼烟雨中。

[注释]

①玉关：玉门关，故址在今甘肃敦煌西北。　②膏沐：妇女化妆品。《诗经·卫风·伯兮》："自伯之东，首如飞蓬。岂无膏沐，谁适为容。"

[集评]

黄苏云："沈曰：'黏'字工，且有出处。赵文鼎'玉关芳草黏天碧'……皆用之。"（《蓼园词评》）

重叠金

春　宵

一川花月青春夜，玉容依约花阴下。月照曲阑干，红绡挹露寒。　袖香温素手，意铄金卮酒。香远绣帘开，画楼吹落梅[①]。

［注释］

①落梅：《落梅花》，羌族乐曲名，又名《梅花落》。

十拍子

上　巳[①]

柳絮飞时绿暗，荼蘼开后春酣。花外青帘迷酒思，陌上晴光收翠岚。佳辰三月三。　解珮人逢游女，踏青草鬥宜男[②]。醉倚画阑阑槛北，梦绕清江江水南。飞鸾与共骖。

［注释］

①上巳：农历每月上旬的巳日。三月上巳，为古代节日。汉以前，上巳必取巳日，但不必三月初三；自魏以后，一般习用三月初三，但不必为巳日。　②宜男：萱草的别名。

青玉案

春　暮

一年陌上寻芳意，想人在、东风里。褪粉销红春有几。青翰飞去[①]，紫云凝伫，往事如流水。　烟横极浦山无际，暗解明珰问谁寄。乡在温柔何处是。轮囷香雾[②]，静深庭院，帘影参差翠。

［注释］

①青翰：船名，因其刻有鸟形而涂青色，故名。　②轮囷（qūn）：形容

回旋缭绕。

烛影摇红

盱江有怀①

桃李墙头②，向人都似他年意。舞丝千丈飏晴光，骀青春无际③。花气薰然自醉。傍垂杨、行行缓辔。倦游无奈，回首云山，归期犹未。　玉锁楼空，鸟啼花外东风起。少年恩怨付波流，吟望朱阑倚。冉冉尘生客袂。对尊前、高情暂寄。洞天一笑，仙驭乘空，姑峰凝翠。

[注释]

①盱(xū)江：抚河。流经江西东北。　②桃李墙头：唐孟棨《本事诗·情感》记，崔护举进士下第，清明日独游都城南。遇女子求水饮，女予水，独倚小桃斜柯伫立。及来岁清明日，忽思之，径往寻，门墙如故，而已锁扃之。因题诗于左扉曰："去年今日此门中，人面桃花相映红。人面只今何处去，桃花依旧笑春风。"　③骀：骀荡，舒缓荡漾。　笃文按："骀荡"不宜单用，疑当作："骀荡春无际"，则文从而律顺矣。

谒金门

春　情

新雨霁，开遍满园桃李。波暖池塘风细细，一双花鸭戏。　唤起春融睡美，扶醉宿妆慵理。移步避人花影里，绣裙低窣地①。

[注释]

①窣(sū)地：拂地。

宴清都

饯明远兄县丞荣满赴调①

疏柳无情绪。都不管、渡头行客欲去。犹依赖得，玉光万顷，为人留住。相从岁月如骛，叹回首、离歌又赋。更举目、斜照沉沉，西风剪剪秋墅。　君行定忆南池，歌筵舞地，花晨月午。八砖步日②，三雍奏乐③，送君云路。别情未抵遗爱，试听取、湖山共语。便可能、无意同倾，一尊露醑。

[注释]

①明远：疑指刘如愚。如愚崇安人，字明远。有才干，善属文，尤善吟咏，居乡日与朱熹唱酬，与从子珙同登第，调海盐尉，后改秩知古县，终江西参议官。　②八砖步日：指为翰林学士。唐李程为翰林学士，每待日影至阶前八砖方入朝，人称八砖学士。　③三雍：辟雍、明堂、灵台，合称三雍，为古代帝王举行祭祀、典礼场所。

小重山

别　情

汲水添瓶恰换花。蜂儿争要采，打窗纱。青春谁与度年华。弦索暗，无绪几曾拿。　春思正交加。马蹄声错认，客还家。花笺欲写寄天涯。羞人见，罗袖急忙遮。

感皇恩

七十古来稀，吾生已半。莫把身心自萦绊。据他缘分，且恁随时消遣。但知逢酒饮，逢花看。　林泉有约，风光无限。日上花梢起来晚。芒鞋竹杖，信步水村山馆。更寻三两个，清闲伴。①

[注释]

①原注："乙未生朝作。" 乙未：孝宗淳熙二年（1175）。 生朝：生日。

贺新郎

夏

昼永重帘卷，乍池塘、一番过雨，芰荷初展。竹引新梢半含粉，绿荫扶疏满院。过花絮、蝶稀蜂懒。窗户沉沉人不到，伴清幽、时有流莺啭。凝思久，意何限。 玉钗坠枕凤鬟颤。湛虚堂、壶冰莹彻，簟波零乱。自是仙姿清无暑，月影空垂素扇。破午睡、香销馀篆。一枕湖山千里梦，正白蘋烟棹归来晚。云弄碧，楚天远。

[集评]

黄苏云："'昼永重帘卷'，夏日讽诵数遍，如在水晶宫里住，凉意逼人。"（《蓼园词评》）

喜迁莺

春宴

韶华骀荡。看化工尽力①，安排春仗。薄雾霏烟，软风轻日，物态与人交畅。鸟声弄巧千调，楼影垂空十丈。乱花柳，粲宝钿缨络、彩丝帷帐。 佳赏。辉艳冶，笑语盈盈，花面交相向。歌运长缫②，酒凝深碧，和气盎然席上。好春易苦风雨，人意难逢舒放。但拍掌。醉陶然一笑，忘形天壤。

（以上十四首见《中兴以来绝妙词选》卷四）

［注释］

①化工：造化、天工。 ②长缲（sāo）：绵延不绝，如剥茧抽丝。

赵善括

赵善括，生卒不详，字无咎，号应斋，太宗第四子商王元份六世孙，江西隆兴（府治即今江西南昌）人。孝宗时登进士第，乾道七年（1171）知常熟县。八年通判平江府。又为润州通判。淳熙六年（1179）知鄂州，放罢。十年（1183）差知廉州，又放罢。十六年差知常州，被论凶暴，主管建宁府武夷山冲佑观。有《应斋杂著》、《应斋词》。

菩萨蛮

西亭

烟波江上西亭小，晓来雨过惊秋早。飞栋倚晴空，凉生面面风。　　痴儿官事了[①]，独自凭栏笑。何处有尘埃，扁舟归去来。

[注释]

①“痴儿”句：“生子痴，了官事，官事未易了也。”见《晋书·傅咸传》。

柳梢青

用万元亨送冠之韵[①]

愁别欣逢。人间离合，自古难同。写就茶经，注成花谱，何事西东。　　一尊良夜匆匆。怎忍见、轻帆短篷。汉水无情，楚云有意，目断飞鸿。

[注释]

①万元亨：应为万钟。万钟字元亨，南宋时人，曾仕至龙图阁学士。冠之：疑为章甫。甫字冠之，鄱阳人，自号易足居士。少从张孝祥游，豪放

飘荡,不受拘束,有《自鸣集》。

鹧鸪天

和冠之韵

忆昔南楼旧使君[1],与君携手蹑浮云。如今更到经行处,妙墨新诗得屡闻。　淮南路,楚江分。离尊相属更论文。明朝一棹人千里,多少红愁与翠颦。

[注释]

①忆昔南楼旧使君:《世说新语·容止》记庾亮在武昌与其属僚月夜登南楼吟咏雅集,词用此典借指雅游事。　使君:太守。疑指张孝祥。孝祥曾为建康留守,以荆南湖北路安抚使请辞,曾与章甫游。

鹧鸪天

我是行人更送行,潇潇风雨倍伤情。征帆西去何须急,飞诏东来分外荣。　红袖湿,玉尊倾。不堪回首暮云平。小舟准拟随君去,要听霜天晓角声。

鹧鸪天

雨沐芙蓉秋意清,可人风月满江城。怜风爱月方留恋,对月临风又送行。　人渐远,酒须倾。只凭一醉遣多情。重来休厌刘郎老[1],明月清风有素盟。

[注释]

①刘郎:指唐刘禹锡。刘有《再游玄都观绝句》,中有句云:“种桃道士归何处,前度刘郎今又来。”诗为禹锡外贬回京时作。词中为词人自喻,

当隐有所指。

沁园春

和辛帅①

虎啸风生，龙跃云飞②，时不再来。试凭高望远，长淮清浅，伤今怀古，故国氛埃③。壮志求伸④，匈奴未灭⑤，早以家为何谓哉⑥。多应是，待著鞭事了⑦，税驾方回⑧。稼轩聊尔名斋，笑学请樊迟心未开⑨。似南阳高卧⑩，莘郊自乐⑪，磻溪韬略⑫，傅野盐梅⑬。植杖亭前，集山楼下，五柱三槐次第栽。功名遂，向急流勇退，肯恁徘徊。

［注释］

①辛帅：指辛弃疾。南投后，辛弃疾曾为浙东安抚，加龙图阁待制，枢密院都承旨。　②"虎啸"二句：龙吟虎啸，形容辛弃疾军中豪迈的生活。《易经·乾·文言》："云从龙，风从虎。"唐孔颖达疏："龙吟则景云出……虎啸则谷风生。"　③"试凭高望远"四句：辛南投后，壮志难酬，常登临怀古，以抒怀抱，几句即本此。　氛埃：喧嚣的尘俗之气与飞扬的尘埃，指失陷的中原地区处在战乱之中。　④壮志：指辛弃疾收复中原失地的雄心壮志。　⑤匈奴：借指金人。　⑥家为："天子为治第，令骠骑观之。对曰：'匈奴未灭，无以家为也。'"见《史记·卫将军骠骑列传》。　⑦著鞭：挥鞭策马。词中指击金征战事。　⑧税驾：犹解驾，停车。　⑨"稼轩"二句：辛弃疾《踏莎行》云，"进退存亡，行藏用舍。小人请学樊须稼。"又自号其居为稼轩，故有此语，词人说其聊为之耳，本无此心。　樊迟：孔子弟子。《论语·子路》："樊迟请学稼，子曰：'吾不如老农。'请学为圃。曰：'吾不如老圃。'樊迟出。子曰：'小人哉，樊须也。'"　⑩南阳高卧：诸葛亮仕蜀前，曾隐南阳。　⑪莘郊自乐：商伊尹初隐时曾耕于有莘之野，《孟子·万章上》："伊尹耕于有莘之野，而乐尧舜之道焉。"　⑫磻溪韬略：指辛有姜尚的谋略。　磻溪：姜尚事文王前曾隐磻溪垂钓。　⑬傅野盐梅：颂辛有傅说治国之才。傅说为商相，曾隐于傅岩之野。

沁园春

问舍东湖[①],招隐西山,惠然肯来。有闷香兰桂[②],无穷幽趣,隔溪车马,何处轻埃。微利虚名,朝荣暮辱,笑尔焉能浼我哉。闲攲枕,被幽禽唤觉,午梦惊回。 无言独坐南斋。好唤取芳尊相对开。待醒时重醉,疏帘透月,醉时还醒,画角吹梅。无用千金,休悬六印[③],荆棘谁能满地栽。人间世,任游鹍独运,斥鷃低徊[④]。

[注释]

①东湖:在绍兴市东北,为绍兴有名风景点。 ②闷香:幽香。 ③"无用"二句:《史记·苏秦列传》载,苏秦游说山东六国,各国赠千金,授相印。 ④"游鹍"二句:用《庄子·逍遥游》鲲鹏变化典。

沁园春

千里风湍,万叠云峰,自相送迎。叹扁舟如叶,漂流如梗,片帆如箭,聚散如萍。家在东湖,身来西浙,非为区区利与名。堪怜处,为雏饥犊暮,狗苟蝇营[①]。 平生。何辱何荣。且一任三才和五行。有鷃飞鹏奋,鹤长凫短[②],朱颜富贵,白髮公卿。印漫累累,绶何若若[③],休羡行歌朱买臣[④]。归来好,向严滩垂钓[⑤],谷口躬耕[⑥]。

[注释]

①狗苟蝇营:像狗一样苟且偷生,像苍蝇般到处飞来飞去钻营小利。 ②"鷃飞"二句:言事物天性,各有所适,当顺其自然。鷃飞鹏奋,事见《庄子·逍遥游》。鹤长凫短,事见《庄子·骈拇》。 ③"印漫"二句:本《汉书·石显传》"印何累累,绶若若邪"。 ④朱买臣:汉武帝时人,曾任会稽太守,与韩说破东越有功,官主爵都尉,后被杀。《汉书·朱买臣传》记

其未为官时，常担束薪，行且诵书。词中所谓“行歌”即此。　⑤严滩：即子陵滩，在桐庐富春江边，上有严子陵钓台，传为严子陵隐居处。　⑥“谷口”句：“谷口郑子真不屈其志，而耕于岩石之下。”见扬雄《法言》。　谷口：在今陕西礼泉县东北。

满江红

和坡公韵

一雨连春，东湖涨、蒲蓟新绿。湖上路，柳浓花艳，绿围红簇。尘世难逢开口笑，人生待足何时足。况南州高士是西邻，人如玉[1]。　行路唱，谁家曲。愁易感，欢难续。问轩裳于我，有何荣辱。众醉岂容君独醒，山林休恨风摧木。叹惊弦、飞鸟尚知还，安巢宿。

[注释]

①“况南州”二句：《后汉书·徐稚传》载，徐孺子以一束生刍吊丧，用《诗经》“生刍一束，其人如玉”之意。　生刍：新割的草。

满江红

舣舟南康作[1]

三十年前，曾向此、舞风歌月。今依旧、江山如画，鬓鬚如雪。故友冥鸿随净社[2]，旧时秋蚓横尘壁[3]。赖庐峰、对我眼偏青[4]，曾相识。　开岫幌，携山屐。泉泻布，星飞石。为收帆舣棹，小留终日。休问重湖吹碧浪，且同五老浮琼液。待明朝、鷁首向东飞[5]，清风力。

[注释]

①舣(yǐ)舟：船泊岸边。　南康：宋设南康军，在今江西。　②冥鸿：

扬雄《法言》:“鸿飞冥冥,弋人何慕焉。”指远祸避害。　净社:佛寺中社团。　③秋蚓:《晋书·王羲之传》载,萧子云书法“无丈夫气,行行若萦春蚓,字字如绾秋蛇”。　④眼偏青:《世说新语·简傲》记阮籍能青白眼,凡俗往见,白眼相对;同调至,则青眼以迎。眼偏青,即青眼相对,犹青顾,指受赏识。　⑤鹢首:船头。古时常于船头画鹢,故称。

满江红

坐间用韵赠朱守

腾茂飞英,分忧愿、自然风力。千里静,江山改观,羽旌增色。林下风清公事少,笔端雷动奸豪息。听宴香、深处笑声长,文章客。　　丹诏自,天边得。宣室对[①],君心忆。趁良辰高会,履珠簪碧。和气回春征酝酿,政声报最惟清白[②]。看挥毫、万字扫云烟,吴笺湿。

[注释]

①宣室:宫殿名,汉未央宫宣室,是皇帝斋戒的地方,汉文帝在此召见贾谊。　②报最:旧时长官考察下属,把政绩最好的上报朝廷,称报最。

鹧鸪天

和朱伯阳[①]

画鹢翩翩去似飞,季鹰何事忽思归[②]。风湍自送征帆稳,云巘须将彩笔挥。　　江作酒,海为卮。为君满酌不须辞。酒酣渴思回春梦,自笑何时是足时。

[注释]

①朱伯阳:赵善括友,年里未详。　②季鹰:晋张翰字季鹰。传翰在晋为官时,因时政混乱,为避祸,托言秋风起,思家乡莼羹鲈脍,辞官南归。

见《世说新语·识鉴》。

念奴娇

重阳前二日，风雨中，携儿曹访菊，赋《酹江月》[①]。后再携妻子，待月于岚光亭。思恭蒋丈宠和寄示，醉中操笔，对月再用前韵

扬辉璧月，照层台缥缈，蓬莱云气。玉宇清明仙语近，多少怨红愁翠。问我殷勤，几年尘土，依旧高标致。广寒别后，与谁曾共幽会。　一旦失脚人间，十常八九，底事如人意。狗苟蝇营真可笑，何乃比余于是。风月佳时，江山好处，无复怀愁悴。倚栏舒啸，六经时自心醉。

[注释]

①酹（lèi）江月：《念奴娇》别名。

醉落魄

赵监惠酒五斗以应重九之节，至晚小饮，赋之

重阳时节，可怜又是天涯客。扁舟小泊花溪侧。细雨斜风，不见秦楼月。　白衣望断无消息[①]，举觞一笑真难得。归兮学取陶彭泽[②]。采菊东篱，悠然见山色[③]。

[注释]

①白衣：南朝宋檀道鸾《续晋阳秋》载，陶渊明尝九月九日无酒，有白衣人送酒，大醉而归。　②陶彭泽：晋陶渊明曾为彭泽令，因常称陶彭泽。　③“采菊东篱”二句：“采菊东篱下，悠然见南山。”见陶渊明《饮酒》其五。

摸鱼儿

和辛幼安韵[1]

喜连宵、四郊春雨，纷纷一阵红去。东君不爱闲桃李，春色尚馀分数。云影住。任绣勒香轮，且阻寻芳路。农家相语。渐南亩浮青，西江涨绿，芳沼点萍絮。　西成事[2]，端的今年不误。从他蝶恨蜂妒。莺啼世怨春多雨，不解与春分诉。新燕舞。犹记得、雕梁旧日空巢土。天涯劳苦。望故国江山，东风吹泪，渺渺在何处。

[注释]

①辛幼安：辛弃疾字幼安。此词和辛弃疾《摸鱼儿·淳熙己亥，自湖北漕移湖南，同官王正之置酒小山亭，为赋》。　②西成事：指秋季收获。语出《书·尧典》。

摸鱼儿

被杨花、带将春去，飘扬一路无定。满庭绿荫丝千尺，枝上旧香吹尽。幽梦醒。对晚色、秋千院落人初静。柔条弄影。奈剪剪轻风[1]，冥冥细雨，惹起万千恨。
云山路，休蹑高楼独凭。楚天一抹烟暝。娇莺百啭飞鸠去，何处可寻芳信。心自省。念咫尺、青楼应怪人薄幸。归期将近。料喜鹊先知，飞来报了，日日倚门等。

[注释]

①剪剪：阵阵。

虞美人

无　题

长空一夜霜风吼，寒色消残酒。问伊今夜在谁行[①]，遗恨落花流水、误刘郎[②]。　　尤云殢雨多情话[③]。分付阿谁也。侬家有分受凄惶，只怕娇痴不睡、也思量。

[注释]

①谁行：哪边。　②刘郎：刘晨。刘义庆《幽明录》记刘晨与阮肇入山采药，遇合仙女。后常以天台刘阮喻男女爱恋事。　③尤云殢（tì）雨：古代常以云雨喻男女事，泛称男女欢情为尤云殢雨，也省作尤殢。

好事近

怀　归

月色透窗寒，一夜素衾霜湿。无寐起来搔首，正参横人寂[①]。　　此心重省已回肠，何况是行役。欲弃利名归去，奈楚天云隔。

[注释]

①参横：参星横落，指夜深。

鹧鸪天

翁广文席上[①]

枉道黉堂是冷官[②]，深深青琐锁青鸾[③]。新诗自得清歌举，和气都消永夜寒。　　花态净，酒杯宽。燕娇莺巧有馀欢。不因客里东阳瘦[④]，好把西江一吸干。

[注释]

①翁广文:南宋后期人,年里未详。 ②黉(hóng)堂:古代的学校。 ③青琐:指宫门。宫门上镂刻有青色图案,原称青琐。 青鸾:原为车上之銮铃,后常指车驾。 ④东阳瘦:沈约字休文,曾任东阳太守,病弱形体消瘦,事见《梁书·沈约传》。后常以此形容因愁苦而瘦弱。

满江红

和李颖士①

传语风光,须少驻、共君流转。谁忍见、绿肥红瘦②,鲜欢多感。泽国千丝烟雨暗,江城一带云山远。看新荷、泛水学人愁,心常卷。 羞鬓雪,恁花染。携酒阵,嫌杯浅。叹人生岂为,青衫槐板③。记舞可怜宫柳细,写情但觉香笺短。上层楼、独倚有谁知,栏干暖。

[注释]

①李颖士:南宋时人,年里未详。 ②绿肥红瘦:暮春景物,叶肥花少。宋李清照《如梦令》:"知否?知否?应是绿肥红瘦。" ③青衫槐板:可怜的功名。 青衫:唐制八品九品官员服青。 槐板:即槐笏,唐制,进士巾袍槐笏。

水调歌头

渡 江

山险号北固,景胜冠南州。洪涛江上乱云,山里簇红楼。堪笑萍踪无定,拟泊叶舟何许,无计可依刘①。金阙自帷幄,玉垒老貔貅②。 问兴亡,成底事,几春秋③。六朝人物,五胡妖雾不胜愁。休学楚囚垂泪④,须把祖鞭先著⑤,一鼓版图收。惟有金焦石⑥,不逐水漂流。

［注释］

①依刘:用三国王粲典。《三国志·魏书·王粲传》:"（粲）年十七,司徒辟,诏除黄门侍郎,以西京扰乱,皆不就。乃之荆州依刘表。"后常以此泛指依附他人。　②貔貅（pí xiū）:猛兽名,常用以喻猛将。　③"问兴亡"三句:谓兴亡事,一事无成。　底事:什么事。　④楚囚垂泪:"过江诸人,每至美日,辄相邀新亭,藉卉饮宴,周侯中坐而叹曰:'风景不殊,正自有山河之异。'皆相视流泪。唯王丞相愀然变色曰:'当共戮力王室,克复神州,何至作楚囚相对?'"见《世说新语·言语》。词中以此表山河沦落之痛。　⑤祖鞭先著:《世说新语·赏誉》"刘琨称祖车骑"条注引晋孙盛《晋阳秋》曰:"刘琨与亲旧书曰:'吾枕戈待旦,志枭逆虏,常恐祖生先吾著鞭耳。'"祖生,指祖逖。　⑥金焦石:金山、焦山,位于镇江市西北和东北。

好事近

春　暮

风雨做春愁,桃杏一时零落。是处绿肥红瘦,怨东君情薄。　行藏独倚望江楼[①],双燕度帘幕。回首故园应在,误秋千人约。

［注释］

①"行藏"句:用杜甫《江上》"勋业频看镜,行藏独倚楼"诗意。　行藏:"子谓颜渊曰:'用之则行,舍之则藏,唯吾与尔有是乎?'"见《论语·述而》。

鹧鸪天

庆佥判王状元[①]

玉殿分荣两桂华[②],灵根移植在长沙。风姨光绽无双蕊,月姊重开第一花。　金榜烂,玉音加。从今稳步上天霞。休夸水击三千里[3],且歌笙歌十万家[4]。

[注释]

①佥判:即签书判官厅公事,官职名。宋以京官充州府判官即称签书判官厅公事。　王状元:指王十朋。　②桂华:折桂为登科之典。出《晋书·郤诜传》。　③水击三千里:《庄子·逍遥游》写大鹏由北冥徙于南冥,必"水击三千里,抟扶摇而上者九万里"。词中喻飞黄腾达。　④且歌:"歌"字平声,失律。或当为"赏"、"听"之类字。

醉落魄

江　阁

梯横画阁,碧栏干外江风恶。笑声欢意浮杯酌。秋水春山,相对称行乐。　谁家青鸟穿帘幕[1],暗传空有阳台约[2]。天公著意称停著。寒色人情,都恁两清薄。

[注释]

①青鸟:传为西王母使者,常为信使。出《山海经·大荒西经》郭璞注。　②阳台:指男女欢会之所。语出宋玉《高唐赋序》。

醉落魄

横梯画阁,月明江净烟光薄。碧山回绕栏干角。一缕行云,忽向杯中落。　樱歌柳舞俱柔弱[1],罗衣不耐江风恶。凭谁唤取双黄鹤。骑上瑶台,同赴金桃约。

[注释]

①樱歌柳舞:用白居易"樱桃樊素口,杨柳小蛮腰"典。见孟棨《本事

诗·事感》。此泛指歌姬舞伎。

朝中措

惜　春

东君着意在枝头，红紫自风流。贪引游蜂舞蝶，几多春事都休。　　三分好处，不随流水，即是闲愁。惟我惜花心在，更看红叶沉浮。

菩萨蛮

上嗣王生日

鹊桥巧雾随风远，蟾宫皓影凝空满。一点寿星明，祥光彻太清。　　周公天子傅。礼乐新封鲁，功业焕旂常[①]，钧天侍玉皇。

[注释]

①旂常：纪功授勋仪制，王用常，诸侯用旗。　旂：同“旗”。

水调歌头

赵帅生日

形胜视京兆，警跸驻钱塘。光前诏后弹压，谁数汉张王[①]。几百万家和气，五十馀年创见，天下一循良。有口皆歌颂，无地不耕桑。　　春过半，花锦烂，柳丝长。潭潭门卫森戟，宴寝正凝香。笑把湖山佳色，醉挹西湖晴滟，童艾祝霞觞[②]。四海瞻华衮，千载侍吾皇。

[注释]

①汉张王:汉张耳,项羽封其常山王,后投刘邦,改立为赵王。此词颂赵帅(疑指赵鼎)生日,故用此典。 ②祝霞觞:犹举杯祝酒祈寿。霞觞,典出王充《论衡·道虚》。常借指美酒、仙酒。

满江红

辛卯生日二首[①]

海岳储祥,符昌运、挺生前哲。天赋与、飘然才气,凛然忠节。颖脱难藏冲斗剑[②],誓清行击中流楫[③]。二十年、麾节遍江湖,恩威浃。 香穗直,云峰列。觞羽急,鲸川竭。共介公眉寿,赞公贤业。出处已能齐二老[④],功名岂止超三杰[⑤]。侍吾皇、千载带金重,头方黑[⑥]。

[注释]

①辛卯:指孝宗乾道七年(1171),时赵善括正知常熟县。此词似仍颂赵帅生日。 ②颖脱:脱颖而出。用《史记·平原君列传》毛遂自荐典故。 冲斗剑:剑气冲牛斗的神剑。典出王嘉《拾遗记》。此句喻才气难以掩盖。 ③“誓清”句:用《晋书·祖逖传》中流击楫、誓清中原典故。 ④二老:常用以尊称同时齐名的长者,具体所指常有不同。 ⑤三杰:三位同时而杰出的人物,具体所指也常有不同。宋时常以韩琦、富弼、欧阳修为三杰。 ⑥头方黑:用王珣典。《晋书·王珣传》:“珣字元琳,弱冠与郡谢玄为桓温掾,俱为温所敬重。尝谓之曰:‘谢掾年四十,必拥旄杖节;王掾当作黑头公,皆未易才也。’”后以此形容少年有为,身居高位。黑头,喻壮年。

醉蓬莱[①]

前 题

正彩铃坠盖,玉燕投怀[②],梦符佳月,五百年间,诞中兴人杰。杖策归来，入关徒步，万里朝金阙。贯日精忠，凌云壮气，妙龄英发。　　名镇重湖，屡凭熊轼[③]，恩满西江，载分龙节[④]。有志澄清，誓击中流楫。谈笑封侯，雍容谋国，看掀天功业。待与斯民，庆公华衮，祝公黄髮[⑤]。

［注释］

①此词仍颂赵帅。　②玉燕投怀：五代王仁裕《开元天宝遗事·天宝上》，"张说母梦有一玉燕自东南飞来，投入怀中而有孕，生说，果为宰相，其至贵之祥也。"后以此颂人得子或贺人寿辰。词中贺寿，称其诞生非同寻常。　③熊轼：《后汉书·舆服志上》，"公，列侯安车，朱班轮，倚鹿较，伏熊轼。"后常以熊轼喻公卿、地方长官。　④龙节：古时用于泽国的龙形符节，后泛指地方长官的使节。　⑤黄髮：长寿。

醉蓬莱

寿司马大监生日

正百花堂下，山雨楼前，粲然梅柳。和气回春，滟一尊芳酒。桂子兰孙，凤歌鸾舞，介我公眉寿。天上遐龄，人间独乐，古来稀有。　　壮日题桥[①]，儿时击瓮[②]，名遂功成，自然长久。琳馆偷闲[③]，约赤城为友[④]。紫诏重颁[⑤]，黄扉稳步[⑥]，好试调羹手。九世鸡窠[⑦]，千秋麟阁，玉颜依旧。

［注释］

①题桥：《太平御览》卷七十三引《华阳国志》曰，"升迁桥在成都北十里，即司马相如题桥柱曰：'不乘驷马高车，不过此桥。'"常用以喻立志进取，胸怀大志。　②击瓮：《宋史·司马光传》记司马光幼时击瓮救人。后以此形容儿童机智镇定超人。　③琳馆：犹琳宇、琳宫，指道观。宋时有宫观官，在京宫观，以宰相执政充使。　④赤城：赤城子，传说中

的神仙。 ⑤紫诏：古时书函用泥封，诏书以锦囊盛紫泥封口，加印章，因称皇帝诏书为紫诏。也称紫诰。 ⑥黄扉：指宰相官署，因汉时宰相官署厅门涂黄色而得名。宋时门下省亦称黄扉。 ⑦九世鸡窠：《洞微志》记宋太平兴国中，李守忠奉使西方，过海至琼州界，道逢一翁，自称杨遐举，年八十一。邀诣所居，见其父叔连，年一百二十二，其祖宋卿，年一百九十五。语次，见梁上一鸡窠中，有小儿头下视。守卿曰："此吾九代祖也，不语不食，不知其年，朔望取下，子孙列拜而已。"

醉蓬莱

魏相国生日①

正槐堂日永，梅雨消尘，麦风摇翠。天祐昌辰，诞中兴嘉瑞。秀伟标姿②，从容谋断③，笑吐平戎计。汉节归来④，边尘扫净，鼎司荣贵。　间世良臣，威严辅政，妩媚承君，道襟冲粹。玉券金丹，称功名成遂。茂苑烟霞，太湖风月，聊伴凝香醉，补衮工夫，调羹手段，如今重试。

［注释］

①魏相国：从词意看，当指魏杞。杞曾为参知政事、右仆射兼枢密使。淳熙十一年（1184）卒。 ②标姿：风度仪容。 ③从容谋断：魏杞曾使金，行前曾条上十七事拟问对，"上随事画可"，事见《宋史·魏杞传》。《宋史》又记，"上锐意恢复，杞左右其论"。 ④汉节归来：《汉书·苏武传》记苏武陷匈奴十馀年，不忘汉庭，终于持节归汉。魏杞曾奉使使金，故有此赞语。

瑞鹤仙

母氏生朝二首

月华凝露掌①。正极目鸾霄，望风鲸壤②。深宫注遐想，听点点花漏，盈盈仙杖。笙箫迎响。降琼轮、玄云步障。洞□扉、笑别蓬瀛，下应太平无象。　　俱仰。姆仪春煦[3]，妇节冰清，道风夷旷[4]。三迁教养。金阙里，玉音赏。况传家清白，满堂朱紫，相对兰荪竞长。待齐秦、汤沐疏封[5]，赐灵寿杖。

[注释]

①露掌：金铜仙人承露盘，汉武帝建。其母宗室贵胄，故比之。②鲸壤：犹言阔大如海。　③姆仪：母德为天下典范。　④夷旷：恬淡高旷的风度。　⑤"待齐秦"句：谓赐大国为汤沐之邑。

鹊桥仙

前　题

星桥未就，月钩初挂。翠叶暗惊秋早。蕊珠宫里厌清闲，试回首、尘寰一笑。　　仙风道骨，姆仪家范，须信人间最少。一枝丹桂四兰荪，况千岁、灵椿未老。

贺新郎

瑞　香

绛雪堆云绿。倚朱栏、鸾飞凤舞，乱红如簇。宫锦海沉肌理秀，极目明霞孤鹜。对翠袖、天寒修竹。轻露有情添泪眼，粲精神、娇醉薰华屋。然宝篆[1]，散清馥。　　江南到处多兰菊。更海棠、贪睡未醒。漫山粗俗，欲品此花为第一，真色生香俱足。又只怕、惊人凡目。把酒对花频管领[2]，怕狂风骤雨难拘束。拾碎玉，泛醽醁。

[注释]

①然宝篆:谓花香阵阵,如燃沉香所散发出来香气。然,即“燃”。宝篆,指香炉中散发的烟袅袅如篆书。 ②管领:照管、照料。

霜天晓角

送林兴国之任[1]

楚天风色,一夜波翻雪。舣岸锦帆不度,天有意、且留客。 鼓声吹取急,离觞须举白。看去芳菲时候,日边听、好消息[2]。

[注释]

①林兴国:南宋时人,善括友,年里不详。 ②日边:喻帝王左右。传说伊尹在遇汤前曾梦乘船经过日边,后果遇知于汤。

水调歌头

席上作

碧云初返岫,潦水正鸣滩。兰舟容与,歌舞偏称笑中看。烛影烘寒成暖,花色照人如昼,一坐有馀欢。酒滟浮金盏,香缕霭雕盘。 碧簪横,银漏永,玉樽乾。喧春鼓吹[1],翠袖起舞佩珊珊。记得山明水秀,何处朝云暮雨,常在梦魂间。多少难言事,都付两眉弯。

[注释]

①喧春:闹春。

念奴娇

吕汉卿席上[1]

晓来膏雨，报一犁丰信，几枝娇色。岸草河沙明似镜，不到尘埃花陌。急管繁弦，香车宝勒，正阻寻春客。东风特起，半空微露晴碧。　何况主意深勤，冰清才藻[2]，玉润真珪璧[3]。翠麓华堂横枕水，波底斜阳红湿。莲社风流[4]，桃溪标致，便觉凡心息。玉尊倾尽，笑中归步钩月。

［注释］

①吕汉卿：南宋时人，年里未详。　②才藻：才干与文采。　③玉润：玉润冰清，赞美有文采，有才华，人品清雅高洁。《晋书·卫玠传》："玠妻父乐广，有海内重名，议者以为'妇公冰清，女婿玉润。'"　④莲社：东晋高僧慧远，在庐山东林寺与刘遗民等十八位名结白莲社，同修净土宗。

念奴娇

江南到处，被波光云影，留人行色。昔我来时春正好。舞絮□飞南陌。今日登临，读书斋上，重作凭栏客。清溪縠细[1]，夜来微涨新碧。　两岸蘸水浓阴，断虹横障，一带连环壁。林外青山千万叠，雨歇半空犹湿。已倩双鳞[2]，更须灵鹊，先报归消息。归来征袖，尽携千里风月。

［注释］

①縠（hú）细：波纹细。　②双鳞：即双鲤。汉乐府《饮马长城窟行》："客从远方来，遗我双鲤鱼。呼儿烹鲤鱼，中有尺素书。"后常以此指信。

鹊桥仙

留题安福刘氏园[1]

花腮百媚，柳丝千尺，密影金铺碎日。过云微雨报清明，半天外、烟娇雾湿。　　当歌有恨，问春无语，笑我如何久客。小园归去又残红，便□地、飞觞尚得。

[注释]

①安福：县名，今属江西。

鹊桥仙

东风唤我，西园闲坐，大醉高歌竟日。行藏独倚画栏干，便忘了、征衫泪湿。　　亭高烟远，天低云近，相对逃名隐客。掀髯无语看青山，断不信、尘埃到得。

清平乐

和石次〔仲〕(伫)[1]

断云漏雨，依约西山暮。风定樯高须小住，不忍带将春去。　　此行抑有求欤，青衣拟问平都。万里一钩新月，相忘常在江湖。

[注释]

①石次仲：石孝友字次仲，南昌人，乾道进士，以词名，有《金谷遗音》，中有《清平乐·送同舍周智隆》，赵词即次其韵。

水调歌头

和黄舜举吴门二咏①

危台枕城堞，今昔几人游。绕城碧水一带，茂苑与长洲。寂寂弹琴风外，苒苒采香径畔，横截古溪头。极目暮云合，宋玉正悲秋。　　岘山碑②，帝子阁，庾公楼。当时风物，如今烟水只供愁。处处山明水秀，岁岁春花秋月，何必美南州。故国未归去，萍梗叹漂流。

[注释]

①黄舜举：黄凯字舜举，福州人。　②岘山碑：晋羊祜都督荆州诸军事，驻襄阳。祜死后部属在岘山他生前游息处建庙立碑，每年祭祀，见碑者莫不流泪。碑即岘山碑，又称堕泪碑。岘山在襄阳南。

水调歌头

雨霁彩虹卧，半夜水明楼。太湖极目，四面水尽是天流。几点鲈乡荻浦，万里鲸波雪浪，掀舞小渔舟。金饼挂蟾魄①，时景正中秋。　　钓纶轻，兰棹稳，笑王侯。一蓑一笠，得意何必美封留②。纵使金章鼎贵，何似玉樽倾倒，一醉可消愁。玉女在何许，唤起与同游。

[注释]

①金饼：指桂。　蟾魄：月的别称。　②封留：封侯。张良以开国功，封留侯，食万户。

水调歌头

奉饯冠之之行

佳客志淮海，贱子设樽罍。楚江昨夜清涨，短棹已安排。休问南楼风月，且念阳台云雨，几日却重来。银烛正凝泪，画鼓且休催。　彩云飞，黄鹤举，两徘徊。林泉归去高卧，回首笑尘埃。我唱更凭君和，君起谁同我舞，莫惜玉山颓①。他日扬州路，散策愿相陪②。

［注释］

①玉山颓：形容醉态。《世说新语·容止》："嵇康身长七尺八寸，风姿特秀。见者叹曰：'萧萧肃肃，爽朗清举。'或云：'肃肃如松下风，高而徐引。'山公曰：'嵇叔夜之为人也，岩岩若孤松之独立；其醉也，傀俄若玉山之将崩。'"　②散策：扶杖散步。

水调歌头

饯吴漕

浩叹对青史，循吏久无闻①，二年江右②，赖公华节布阳春。才自搴帷问俗③，无复埋轮当道④，一路尽澄清。多少攀辕意⑤，不待及瓜人⑥。　驻膏车，迟祖帐⑦，倒离尊。满庭桃李绿阴，何处不深恩。此去玉音应问，底事金围微减，忧国更忧民。造膝一言语⑧，四海入洪钧⑨。

［注释］

①循吏：奉职守法的官吏。　②江右：长江下游以西地区，今江西一带。　③搴帷问俗：《艺文类聚》引吴谢承《后汉书》，"及以（贾）琮为冀州刺史。旧典，驿驾乘亦帷裳，迎于州界。及琮之部，升车言：'刺史当远视广听，纠察美恶，何有反垂帷裳，以自掩塞乎？'乃命御者搴之。百城闻之

自然悚震。"后常以此称颂地方长官贤明，善体察民间疾苦。 ④埋轮当道：《后汉书·张纲传》，"汉安元年，选遣八使徇行风俗，皆耆儒知名，多历显位，唯纲年少，官次最微。馀人受命之部，而纲独埋车轮于洛阳都亭，曰：'豺狼当道，安问狐狸。'遂奏曰：'大将军（梁）冀……甘心好货，纵恣无底；多树谄谀，以害忠良。诚天威所不赦，大辟所宜加也。谨条其无君之心十五事，斯皆臣子所切齿者也。'书御，京师震竦。"后以此典指不畏权势，弹劾权贵。 ⑤攀辕：传侯霸为临淮太守，有德政，后朝廷派人征召。当地百姓相携号哭，遮使者车，或当道而卧，乞留侯霸。事见《太平御览》卷二百六十引《东观汉记》。后以此颂地方长官政绩。 ⑥及瓜人：《左传·庄公八年》，"齐侯使连称、管至父戍葵丘，瓜时而往，曰：'及瓜而代'。期戍，公问不至。请代弗许。故谋作乱。"后以此指任职期已满，归期已到。 ⑦祖帐：为出行者饯行时所设的帐幕。 ⑧造膝：至膝下，指亲近。 ⑨洪钧：本指天，词中指国君。

满江红

饯京仲远赴湖北漕[①]

雨沐风梳[②]，正梅柳、弄香逞色。谁忍听、送君南浦，阳关三叠。玉节前驱光照路[③]，金杯争劝愁生席。泛锦樯、西去若登仙，乘槎客。 春有意，寒无力。和风满，洪波息。笑庐峰湓浦，旧游陈迹。昔日蜚声台柏劲[④]，他年坐对堂槐密[⑤]。想轺车、不待政成时[⑥]，追锋急。

［注释］

①京仲：赵善括友，生卒事未详。 ②雨沐风梳：风吹雨打。 ③玉节：玉制的符节。《周礼·地官·掌节》："守邦国者用玉节。" ④蜚声：声名远扬。 台柏：御史台，亦称柏台。此指其任御史有好评。 ⑤堂槐：即槐堂，为三公宰辅厅堂。 ⑥轺（yáo）车：轻快的使者之车，传达王命用之。

满庭芳

用洪景卢韵[①]

蝶粉蜂黄，桃红李白，春风屡展愁眉。晓来雨过，应渐觉红稀。满径柔茵似染，新晴后、皱绿盈池。休孤负，幕天席地，逸饮酹金彝[②]。　　东君，真好事，绛唇歌雪，玉指鸣丝。念长卿多病[③]，非药能治。试假瑶琴一弄，清音转、便许心知。从今去，园林好在，休学岘山碑。

（以上《彊村丛书》本《应斋词》）

[注释]

①洪影卢：洪迈字景卢，南宋时有名文士。　②金彝：金质酒器。③长卿：司马相如，字长卿。《史记·司马相如列传》，“相如口吃而善著书，常有消渴疾，与卓氏婚，饶于财。”

好事近

月　岩

新月巧穿山，桂树影高群木。任使云遮烟锁，自春辉秋绿。　　我来折得最高枝，踏破一轮玉。宝斧修教圆样[①]，放十分光足。

（《永乐大典》卷九千七百六十三“岩”字韵引《应斋杂著》）

[注释]

①宝斧：唐段成式《酉阳杂俎》记，月乃七宝合成，常有八万二千户修之使圆。

程　垓

程垓，生卒不详，字正伯，号书舟，眉山（今属四川）人。为苏轼中表程正辅之孙。淳熙间尝游临安，光宗时尚未宦达。工诗文，词风凄婉绵丽，有《书舟词》。

满江红

忆　别

门掩垂杨，宝香度、翠帘重叠。春寒在，罗衣初试，素肌犹怯。薄霭笼花天欲暮，小风送角声初咽。但独褰、幽幌悄无言[①]，伤初别。　衣上雨，眉间月。滴不尽，颦空切。羡栖梁归燕，入帘双蝶。愁绪多于花絮乱，柔肠过似丁香结[②]。问甚时、重理锦囊书，从头说。

［注释］

①褰（qiān）：撩起。　②丁香结：丁香的花蕾。唐宋人多用来比愁思郁结不解。

［集评］

卓人月云："竟以'雨'、'月'二字替却泪痕擅的。"（《古今词统》卷十二）

满江红

水远山明，秋容淡、不禁摇落。况正是、楼台高处[①]，晚凉犹薄。月在衣裳风在袖，冰生枕簟香生幕。算四时、佳处是清秋，须行乐。　东篱下[②]，西窗角[③]。寻旧菊，催新酌。笑广平何事[④]，对秋萧索[⑤]。摇叶声声深院宇，折荷寸寸闲池阁。待归来、闲把木犀花，重熏却。

[注释]

①唐氏按："正是"，吴讷《唐宋名贤百家词》本《书舟词》作"层叠"。②东篱下：用晋陶渊明《饮酒》"采菊东篱下"意。 ③西窗角：亲友相聚。唐李商隐《夜雨寄北》："何当共剪西窗烛，却话巴山夜雨时。" ④广平：指宋璟。唐玄宗时封广平公。璟于睿宗时为宰相，因奏请太平公主出居东都，贬职楚州刺史。玄宗时复任宰相，开元八年罢相。 ⑤萧索：抑郁寂寞。

最高楼

旧时心事，说著两眉羞。长记得、凭肩游。缃裙罗袜桃花岸，薄衫轻扇杏花楼。几番行，几番醉，几番留。
也谁料、春风吹已断。又谁料、朝云飞亦散。天易老[①]，恨难酬。蜂儿不解知人苦，燕儿不解说人愁。旧情怀，消不尽，几时休。

[注释]

①天易老：李贺《金铜仙人辞汉歌》有"天若有情天亦老"句。

[集评]

先著云："'旧时心事'调本流宕，故后片数语近似曲子，非作者过也。"（《词洁辑评》卷三）

南 浦

金鸭懒薰香，向晚来春酲，一枕无绪。浓绿涨瑶窗，东风外、吹尽乱红飞絮。无言伫立，断肠惟有流莺语。碧云欲暮。空惆怅，韶华一时虚度。 追思旧日心情，记题叶西楼[1]，吹花南浦。老去觉欢疏，伤春恨，都付断云残雨。黄昏院落，问谁犹在凭阑处。可堪杜宇，空只解声声，催他春去。

[注释]

①题叶：用唐范摅《云溪友议》后宫宫女与卢渥红叶题诗遇合事，喻往日的恩爱生活。西楼，词中当为泛指。

摊破江城子[1]

娟娟霜月又侵门。对黄昏，怯黄昏，愁把梅花，独自泛清尊。酒又难禁花又恼，漏声远，一更更、总断魂。
断魂，断魂，不堪闻。被半温，香半熏。睡也睡也，睡不稳、谁与温存。只有床前、红烛伴啼痕。一夜无眠连晓角，人瘦也，比梅花、瘦几分。

[注释]

①唐氏按：此首《类编草堂诗馀》卷二误作康与之。

[集评]

卓人月云："描写闺情，妙在没半点男人声息。"（《古今词统》卷十一）

谢元淮云："词禁诸条，亦须活看。如一声不许四用一条，查程垓《江城梅花引》词'睡也睡也睡不稳'……连用七仄字，乃此调定格，断不可易。"（《填词浅说》）

木兰花慢

倩娇莺姹燕，说不尽、此时情。正小院春阑，芳园昼锁，人去花零。凭高试回望眼，奈遥山远水隔重云。谁遣风狂雨横，便教无计留春。　　谁知雁杳与鸿冥。自难寄丁宁。纵柳院颦深，桃门笑在[①]，知属何人。衣篝几回忘了[②]，奈残香、犹有旧时熏。空使风头卷絮，为他飘荡花城。

［注释］

①桃门笑在：唐孟棨《本事诗》记崔护清明郊游，口渴叩人居求饮，有女予饮。次年清明旧地再访，但门墙如旧，斯人已逝，遂作诗云："去年今日此门中，人面桃花相映红。人面只今何处去，桃花依旧笑春风。"　②衣篝：熏衣用的竹笼。

八声甘州

问东君、既解遣花开，不合放花飞。念春风枝上，一分花减，一半春归。忍见千红万翠，容易涨桃溪。花自随流水，无计追随。　　不忍凭高南望，记旧时行处，芳意菲菲。叹年来春减，花与故人非。总使、梁园赋在[①]，奈长卿、老去亦何为[②]。空搔首[③]，乱云堆里，立尽斜晖。

［注释］

①总使：唐氏按：上下脱一字。　②长卿：司马相如，字长卿。　③空：唐氏按，原无此字，陆校无"空"字，疑脱。

洞庭春色

锦字亲裁，泪巾偷裹[①]，细说旧时。记笑桃门巷，妆窥宝靥[②]，弄花庭前[③]，香湿罗衣。几度相随游冶去，任月细风尖犹未归。多少事，有垂杨眼见，红烛心知。　　如今事都过也，但赢得、双鬓成丝。叹半妆红豆，相思有分，两分青镜[④]，重合难期。惆怅一春飞絮，梦悠飏、教人分付谁。销魂处，又梨花雨暗，半掩重扉。

［注释］

①裛（yì）：沾湿。 ②靥（yè）：词中指女子颊上所涂的妆饰之物。③庭前："前"字失律，据《宋六十名家词》作"庭榭"，当从。 ④两分青镜：唐孟棨《本事诗》记徐德言与其妻乐昌公主预感国势将乱，各执半镜预谋分离后重圆，后果曲尽分离之苦而赖镜重圆，即后世所谓破镜重圆事。

四代好

翠幕东风早。兰窗梦，又被莺声惊觉。起来空对，平阶弱絮，满庭芳草。厌厌未忺怀抱。记柳外、人家曾到。凭画阑、那更春好花好[①]，酒好人好。 春好尚恐阑珊，花好又怕，飘零难保。直饶酒好□渑[②]，未抵意中人好。相逢尽拚醉倒。况人与、才情未老。又岂关、春去春来，花愁花恼。

［注释］

①唐氏按：陆校无"花好"二字，疑脱。 ②唐氏按：陆校"渑"字上疑有"如"字，脱一字。

［集评］

张德瀛云："'始悄月满花满酒满'，宋子京词句也。程书舟词云：'那更春好花好，酒好人好'，脱胎极妙。"（《词徵·词之脱胎》）

沈雄云："书舟之《四代好》，连用八好字，亦有不可解者。"（《古今词话·福唐体》）

水龙吟

夜来风雨匆匆[①]，故园定是花无几。愁多愁极，等闲孤负，一年芳意。柳困花慵，杏青梅小[②]，对人容易。算好春长在，好花长见，元只是、人憔悴[③]。　　回首池南旧事[④]。恨星星、不堪重记。如今但有，看花老眼，伤时清泪。不怕逢花瘦，只愁怕、老来风味。待繁红乱处。留云借月[⑤]，也须拚醉。[⑥]

［注释］

①“夜来”句：“夜来风雨声，花落知多少。”见唐孟浩然《春晓》。②“柳困”二句：“花褪残红青杏小。”见宋苏轼《蝶恋花》。　③“算好”三句：“年年岁岁花相似，岁岁年年人不同。”见唐刘希夷《代悲白头翁》。④池南：“从此归耕剑外，何人送我池南。”见苏轼《和王安石题西太一》。词中当为之泛指。　⑤留云借月：朱敦儒《鹧鸪天》有“曾批给雨支风券，累上留云借月章”句。　⑥唐氏按：《草堂诗馀续集》卷下此首误作辛弃疾词。

［集评］

陈廷焯云：“‘留云借月’四字奇妙。”（《云韶集》）

玉漏迟

一春浑不见，那堪又是，花飞时节。忍对危栏数曲，暮云千叠。门外星星柳眼，看还似、当时风月。愁万结。凭谁为我，殷勤低说。　　不是惯却春心，奈新燕传情[①]，旧莺饶舌。冷篆馀香，莫放等闲消歇。纵使繁红褪尽，犹有酴醾堪折[②]。魂梦切。如今不奈，飞来蝴蝶。

［注释］

①新燕传情：任宗久出不归，其妻郭绍兰托燕寄诗。事见五代王仁裕《开元天宝遗事·传书燕》。　②犹有：唐氏按，陆校“犹”下应空一字。汲古阁本《书舟词》作“犹自有”。

折红英

桃花暖，杨花乱，可怜朱户春强半。长记忆，探芳日。笑凭郎肩，殢红偎碧[①]。惜惜惜。　春宵短，离肠断，泪痕长向东风满。凭青翼[②]，问消息。花谢春归，几时来得。忆忆忆。

［注释］

①殢红：迷恋红花。　②青翼：即青鸟、青鸾，传说中西王母信使。

［集评］

张德瀛云："《钗头凤》，程正伯易名《折红英》。《蜕岩词》'折'作'摘'。"（《词徵》卷一）

上平西

惜　春

爱春归，忧春去，为春忙。旋点检、雨障云妨。遮红护绿，翠帏罗幕任高张。海棠明月杏花天，更惜浓芳。　唤莺吟，招蝶拍，迎柳舞，倩桃妆。尽唤起、万籁笙簧。一觞一咏[①]，尽教陶写绣心肠[②]。笑他人世漫嬉游，拥翠偎香。

［注释］

①一觞一咏："一觞一咏，亦足以畅叙幽情。"见晋王羲之《兰亭集序》。　②陶写：宣泄，表述。

［集评］

卓人月云："通篇忙甚，央及煞无数花草禽虫。"（《古今词统》卷十一）

瑶阶草

空山子规叫[①]，月破黄昏冷。帘幕风轻，绿暗红又尽。自从别后，粉销香腻，一春成病。那堪昼闲日永。　恨难整。起来无语，绿萍破处池光净。闷理残妆，照花独自怜瘦影。睡来又怕，饮来越醉，醒来却闷。看谁似我孤令[②]。

[注释]

①"空山"句：李白《蜀道难》有"又闻子规啼月夜，愁空山"句。②孤令：指孤独。

碧牡丹

睡起情无著。晓雨尽，春寒弱。酒盏飘零，几日顿疏行乐。试数花枝，问此情何若。为谁开，为谁落。　正愁却。不是花情薄，花元笑人萧索。旧观千红，至今冷梦难托。燕麦春风[①]，更几人惊觉。对花羞，为花恶。

[注释]

①燕麦春风："……重游玄都观，荡然无复一树，惟兔葵、燕麦动摇于春风耳。"见唐刘禹锡《再游玄都观绝句》序。

满庭芳

时在临安晚秋登临

南月惊乌[①]，西风破雁，又是秋满平湖。采莲人尽，寒色战菰蒲。旧信江南好景，一万里、轻觅莼鲈[②]。谁知道，吴侬未识，蜀客已情孤。　凭高，增怅望，湘云尽处，都是平芜。问故乡何日，重见吾庐。纵有荷纫芰制[③]，终不似、菊短篱疏[4]。归情远，三更雨梦，依旧绕庭梧[5]。

[注释]

①“南月”句：周邦彦《蝶恋花》有“月皎惊乌栖不定”句。　②莼鲈：指思乡之情，典出《晋书·张翰传》。　③荷纫芰制：芰荷为衣，典出《离骚》。　④菊短篱疏：用陶渊明典。　⑤“归情”三句：化用温庭筠《更漏子》（梧桐树）词意。

[集评]

卓人月云：“正伯词有‘南月惊乌，西风破雁’，‘沉水熨香年似旧，薄云垂帐夏如秋’，皆俊句。”（《古今词统》卷十一）

念奴娇[1]

秋风秋雨，正黄昏、供断一窗愁绝。带减衣宽谁念我，难忍重城离别。转枕褰帷，挑灯整被，总是相思切。知他别后，负人多少风月。　不是怨极愁浓，只愁重见了，相思难说。料得新来魂梦里，不管飞来蝴蝶[2]。排闷人间，寄愁天上，终有归时节。如今无奈，乱云依旧千叠。

[注释]

①汲古阁本调下有“秋夜”。　②“料得”二句：用庄子梦蝶事。出《庄子·齐物论》。

雪狮儿

断云低晚，轻烟带暝，风惊罗幕。数点梅花，香倚雪窗摇落。红炉对谑。正酒面、琼酥初削[1]。云屏暖，不知门外，月寒风恶。　迤逦慵云半掠[2]。笑盈盈、闲弄宝筝弦索。暖极生春，已向横波先觉。花娇柳弱。渐倚醉、要人搂著。低告托，早把被香熏却。

[注释]

①琼酥初削：削食酥点。 ②慵云：拖垂的黑髮（乌云）。

摸鱼儿

掩凄凉、黄昏庭院，角声何处呜咽。矮窗曲屋风灯冷，还是苦寒时节。凝伫切。念翠被熏笼，夜夜成虚设。倚阑愁绝。听风竹声中，犀影帐外，簌簌酿寒轻雪[①]。
伤心处，却忆当年轻别，梅花满院初发。吹香弄蕊无人见，惟有暮云千叠。情未彻。又谁料而今，好梦分胡越[②]。不堪重说。但记得当初，重门锁处，犹有夜深月。

[注释]

①唐氏按：陆校"酿"字下多一字。又据朱居易《毛刻宋六十家词勘误》，"轻"字衍。 ②胡越：北方与南方。言相隔遥远。

闺怨无闷[①]

天与多才，不合更与，殢柳怜花情分[②]。甚总为才情，恼人方寸。早是春残花褪。也不料、一春都成病。自失笑，因甚腰围半减，珠泪频揾。 难省。也怨天、也自恨。怎免千般思忖。倩人说与[③]，又却不忍。拚了一生愁闷。又只恐、愁多无人问。到这里，天也怜人，看他稳也不稳。

[注释]

①闺怨无闷：即无闷98字体。见《词谱》卷二十七。 ②殢柳怜花：

爱惜花柳，此言其钟情于风月儿女。　③唐氏按：陆校“倩人”上脱一字。

孤雁儿

在家不觉穷冬好。向客里、方知道。故园梅花正开时，记得清尊频倒。高烧红蜡，暖熏罗幌，一任花枝恼。

如今客里伤怀抱。忍双鬓、随花老。小窗独自对黄昏，只有月华飞到。假饶真个[①]，雁书频寄[②]，何似归来早。

［注释］

①假饶：表假定之词，如果、假设。　②雁书：书信。典出《汉书·苏武传》。

孤雁儿

有尼从人而复出者，戏用张子野事赋此[①]

双鬓乍绾横波溜[②]。记当日、香心透。谁教容易逐鸡飞，输却春风先手。天公元也，管人憔悴，放出花枝瘦。

几宵和月来相就。问何事、春山門。祇应深院锁婵娟，枉却娇花时候。何时为我，小梯横阁，试约黄昏后[③]。

［注释］

①张子野：宋张先字子野。《古今词话·张先》记：“张先字子野，尝与一尼私约。其老尼性严。每卧于池岛中一小阁上，俟夜深人静，其尼潜下梯，俾子野登阁相遇。临别，子野不胜眷眷，作《一丛花》词以道其怀。”见张先词《一丛花令》。　②双鬓乍绾：尼按戒律削髮，“双鬓乍绾”正示还俗从人意。　③试约黄昏后：“月上柳梢头，人约黄昏后。”见宋欧阳修《生查子·元夕》。

意难忘

花拥鸳房。记驼肩髻小，约鬓眉长。轻身翻燕舞，低语转莺簧。相见处，便难忘。肯亲度瑶觞。向夜阑，歌翻郢曲[①]，带换韩香[②]。　　别来音信难将。似云收楚峡[③]，雨散巫阳[④]。相逢情有在，不语意难量。些个事，断人肠。怎禁得恓惶。待与伊、移根换叶，试又何妨。[⑤]

［注释］

①郢曲：宋玉《对楚王问》"客有歌于郢中者"一节，提到《阳春》、《白雪》之曲，皆指高级的乐曲。词中所谓郢曲即此。　②韩香：《世说新语·惑溺》记韩寿与贾充女相悦，衣染国君特赐贾充国外所贡香气，事乃为贾充所觉，遂以女妻之。后常以此咏男女私情，程词以咏异香。　③④楚峡、巫阳：指男女幽会。典出宋玉《高唐赋序》。　⑤唐氏按：《续选草堂诗馀》卷下此首误作苏轼词。

一丛花

伤春时候一凭阑，何况别离难。东风只解催人去，也不道、莺老花残。青笺未约，红绡忍泪，无计锁征鞍。
宝钗瑶钿一时闲，此恨苦天悭。如今直恁抛人去，也不念、人瘦衣宽。归来忍见，重楼淡月，依旧五更寒。

蓦山溪

老来风味，是事都无可。只爱小书舟，剩围着、琅玕几个[①]。呼风约月，随分乐生涯，不羡富，不忧贫，不怕乌蟾堕[②]。　　三杯径醉，转觉乾坤大。醉后百篇诗，尽从他、龙吟鹤和，升沉万事，还与本来天，青云上，白云间，一任安排我。

[注释]

①琅玕:指竹。 ②乌蟾:三足乌和蟾蜍,指日、月。

满江红

苇屋为舟,身便是、烟波钓客[①]。况人间元似,泛家浮宅。秋晚雨声篷背稳,夜深月影窗棂白。□满船诗酒满船书[②],随意索。 也不怕,云涛隔。也不怕,风帆侧。但独醒还睡,自歌还拍。卧后从教鳅鳝舞,醉来一任乾坤窄。恐有时、撑向大江头,占风色。

[注释]

①烟波钓客:张志和居江湖,自称“烟波钓徒”。见《新唐书·隐逸传》。 ②《全宋词》注:陆校“满船”上疑脱一字。

小桃红

不恨残花妥[①],不恨残春破。只恨流光,一年一度,又催新火[②]。纵青天白日系长绳,也留春得么。 花院重教锁,春事从教过。烧笋园林,尝梅台榭,有何不可。已安排、珍簟小胡床[③],待日长闲坐。

[注释]

①妥:通“堕”。 ②新火:古代四季各用不同的木材钻木取火。易季进所取的火,叫新火。唐宋时清明日仍有赐百官新火的仪式。 ③胡床:又称“交床”、“绳床”,可以折叠的坐具。

芭蕉雨

雨过凉生藕叶,晚庭消尽暑,浑无热。枕簟不胜香滑。争奈宝帐情生,金尊意惬。　　玉人何处梦蝶[①],思一见冰雪[②]。须写个帖儿、丁宁说。试问道、肯来么,今夜小院无人,重楼有月。

[注释]

①梦蝶:“昔者庄周梦为胡蝶,栩栩然胡蝶也。”见《庄子·齐物论》。②冰雪:姑射仙人冰雪肌肤,典出《庄子·逍遥游》。指所爱恋的人。

红娘子

小小闲窗底,曲曲深屏里。一枕新凉,半床明月,留人欢意。奈梅花引里唤人行,苦随他无计。　　几点清觞泪[①],数曲乌丝纸[②]。见少离多,心长分短,如何得是。到如今、留下许多愁,枉教人憔悴。

[注释]

①清觞泪:犹清泪。　②乌丝纸:泛指有墨线格子的卷册之类。

醉落魄

赋石榴花

夏围初结[①],绿深深处红千叠。杜鹃过尽芳菲歇。只道无春,满意春犹惬。　　折来一点如猩血,透明冠子轻盈贴。芳心蹙破情尤切[②]。不管花残,犹自拣双叶。

[注释]

①夏围：夏日的花坛。 ②蹩破：撑开、绽裂。

一剪梅

旧日心期不易招。重来孤负，几个良宵。寻常不见尽相邀。见了知他，许大无聊。　昨夜梅花插翠翘[①]。影落清溪，应也魂消。假饶真个住山腰[②]。那个金章[③]，换得渔樵。

[注释]

①翠翘：女子头上饰以翠鸟的长羽。 ②假饶：假如。 ③金章：金印，贵官所佩。

一剪梅

小会幽欢整及时。花也相宜，人也相宜。宝香未断烛光低。莫厌杯迟，莫恨欢迟。　夜渐深深漏渐稀。风已侵衣，露已沾衣。一杯重劝莫相违。何似休归，何自同归。

眼儿媚[①]

一枝烟雨瘦东墙，真个断人肠。不为天寒日暮，谁怜水远山长。　相思月底，相思竹外，犹自禁当[②]。只恐玉楼贪梦，输他一夜清香。

[注释]

①《全宋词》注：陆校，按此调系《朝中措》，作《眼儿媚》误。 ②禁

当:承受。

浪淘沙

山尽两溪头,水合天浮。行人莫赋大江愁。且是芙蓉城下水[①],还送归舟。　　鱼雁两悠悠[②],烟断云收。谁教此水却西流。载我相思千点泪,还与青楼。

[注释]

①芙蓉城:成都的别称。见张唐英《蜀梼杌》卷下。　②鱼雁两悠悠:杳无书信。　鱼雁:鲤鱼、雁足,古代传说中皆可代人传书信。

雨中花令

闻说海棠开尽了。怎生得、夜来一笑。蘸绿枝头,落红点里,问有愁多少。　　小园闭门春悄悄[①]。禁不得、瘦腰如袅。豆蔻浓时,酴醾香处,试把菱花照。

[注释]

①小园:《宋六十名家词》本“园”作“院”,于律为顺。

[集评]

卓人月云:“美成问柳梢‘春多少’,正伯问花里‘愁多少’。要知闺愁与春色俱增,其分数正相等,只恨春去愁还不去耳。”(《古今词统》卷八)

雨中花令

旧日爱花心未了。紧消得、花时一笑。几日春寒,连宵雨闷,不道幽欢少。　　记得去年深院悄。□梁畔,一枝香袅[1]。说与西楼，后来明月，莫把菱花照。

[注释]

①唐氏按：抄本只一“袅”字，按调应“梁畔”上脱一字而止一“袅”字。

雨中花令

卷地芳春都过了。花不语、对人含笑。花与人期，人怜花病，瘦似人多少。　　闻道重门深悄悄。愁不尽、露啼烟袅。断得相思，除非明月，不把花枝照。

凤栖梧

客临安，连日愁霖，旅枕无寐，起作

九月江南烟雨里。客枕凄凉，到晓浑无寐。起上小楼观海气，昏昏半约渔樵市。　　断雁西边家万里[1]。料得秋来，笑我归无计。剑在床头书在几，未甘分付黄花泪。

[注释]

①“断雁”句：词人故乡在四川，因作此语。

凤栖梧

有客钱塘江上住。十日斋居，九日愁风雨。断送一春弹指去，荷花又绕南山渡。　　湖上幽寻君已许。消息不来，望得行云暮。芳草梦魂应记取[1]，不成忘却池塘句。

[注释]

①"芳草"句:"《谢氏家录》云:'康乐每对惠连,辄得佳语。后在永嘉西堂,思诗竟日不就。寤寐间忽见惠连,即成"池塘生春草"。'"见南朝梁钟嵘《诗品》。词中示怀人。

凤栖梧

门外飞花风约住。消息江南,已酿黄梅雨。蜀客望乡归不去,当时不合催南渡。　　忧国丹心曾独许。纵吐长虹,不奈斜阳暮。莫道春光难揽取,少陵辨得寻花句[①]。

[注释]

①"少陵"句:"元戎小队出郊坰,问柳寻花到野亭。"见杜甫《严中丞枉驾见过》诗。

凤栖梧

南窗偶题

薄薄窗油清似镜。两面疏帘,四壁文书静。小篆焚香消日永,新来识得闲中性。　　人爱人嫌都莫问,絮自沾泥[①],不怕东风紧。只有诗狂消不尽,夜来题破窗花影。

[注释]

①絮自沾泥:"春色三分,二分尘土,一分流水。细看来,不是杨花,点点是离人泪。"见宋苏轼《水龙吟·次韵章质夫杨花词》。

凤栖梧

送子廉侄南下

九月重湖寒意早。目断黄云，冉冉连衰草[①]。惨别临江愁满抱，酒尊时事都相恼。　闻道吴天消息好。鸳鸯西池[②]，咫尺君应到。若见故人相问劳，为言未分书舟老[③]。

[注释]

①"目断"二句：化用秦观《满庭芳》"山抹微云，天连衰草"句。　②鸳鸯：鸳鸯湖，在浙江嘉兴，一名南湖。嘉兴古属吴。　西池：西边的池沼，在词中为泛指。　③未分：未觉。　书舟：作者自称。

愁倚阑

三荣道上赋[①]

山无数，雨萧萧，路迢迢。不似芙蓉城下去[②]，柳如腰。　梦随春絮飘飘。知他在、第几朱桥。说与杜鹃休唤[③]，怕魂销。

[注释]

①三荣道：地名，疑今四川荣县。　②芙蓉城：四川成都的别称。③《全宋词》注：陆校"唤"字上下当脱一字。

渔家傲

彭门道中早起[①]

野店无人霜似水，清灯照影寒侵被。门外行人催客起[②]。因个事，老来方有思家泪。　寄问梅花开也未，爱花只有归来是。想见小乔歌舞地。浑含喜，天涯不念人憔悴。

[注释]

①彭门：山名，在四川彭县西北。　②“清灯”二句：用秦观《如梦令》“霜送晓寒侵被。无寐，无寐，门外马嘶人起”之意。

渔家傲

独木小舟烟雨湿，燕儿乱点春江碧。江上青山随意觅。人寂寂，落花芳草催寒食。　　昨夜青楼今日客，吹愁不得东风力。细拾残红书怨泣[1]。流水急，不知那个传消息。

[注释]

①残红：落花。

临江仙

合江放舟[1]

送我南来舟一叶，谁教催动鸣榔[2]。高城不见水茫茫。云湾才几曲，折尽九回肠。　　买酒浇愁愁不尽，江烟也共凄凉。和天瘦了也何妨。只愁今夜雨，更做泪千行。

[注释]

①合江：指长江在四川合江县与支流赤水河合后的一段地域。②鸣榔：用木榔击船舷作声，以惊鱼入网。

临江仙

浓绿锁窗闲院静，照人明月团团。夜长幽梦见伊难。瘦从香脸薄，愁到翠眉残。　　只道花时容易见，如今花尽春阑。画楼依旧五更寒。可怜红绣被，空记合时欢。

朝中措

矮窗西畔翠荷香，人在小池塘。何事未拈棋局，却来闲倚胡床。　　金盆弄水，玉钗亸鬓[①]，妆懒何妨。莫道困来不饮，今宵却恨天凉。

[注释]

①亸鬓：头发从鬓边垂下来。

朝中措

茶　词

华筵饮散撤芳尊，人影乱纷纷。且约玉骢留住，细将团凤平分[①]。　　一瓯看取，招回酒兴，爽彻诗魂。歌罢清风两腋，归来明月千门。

[注释]

①团凤：也称凤团，茶名，因有凤纹而得名。宋时为贡茶。

朝中措

汤　词

龙团分罢觉芳滋[①]，歌彻碧云词。翠袖且留纤玉，沉香载捧冰垍[2]。　　一声清唱，半瓯轻啜，愁绪如丝。记取临分馀味，图教归后相思。

[注释]

①龙团：亦为宋代贡茶。真宗咸平中，丁谓为福建漕，监御茶，进龙凤团。仁宗庆历中，蔡襄知建州，别择茶之精者为小龙团十斤以献，斤为十饼，龙团凤饼遂名冠天下。　②水垍(jì)：当指水盘。　垍：陶器，此指瓷盘一类盛水器具。

朝中措

咏三十九数[1]

真游六六洞中仙[2]，骑鹤下三天[3]。休道日斜岁暮，行年方是韶华[4]。　　相逢一笑，此心不动，须待明年。要得安排稳当，除非四十相连。

[注释]

①咏三十九数：从词意看，词人时年三十九岁，此词或当为三十九生日词。　②六六：指道家所谓三十六洞天福地。　③三天：道家称有清微天、禹余天、大赤天，为三天。三十六洞天与三天相合，正为三十九之数。　④“休道”二句：乐天诗有“行年三十九，岁暮日斜时”之句。“华”字非韵，误。

朝中措

片花飞后水东流，无计挽春留。香小谁栽杜若，梦回依旧扬州。　　破瓜年在[1]，娇花艳冶，舞柳纤柔。莫道刘郎霜鬓，才情未放春休。

[注释]

①破瓜年：瓜字拆开为两个八字，故诗文中习称女子十六岁为破瓜之年。

醉落魄

别少城，舟宿黄龙[1]

风催雨促，今番不似前欢足。早来最苦离情毒。唱我新词，掩著面儿哭。　临行只怕人行远[2]，殷勤更写多情曲。相逢已是腰如束。从此知他，还减几分玉。

[注释]

①少城：程垓之友人，程词中多处提及，唯生平详情不明。　黄龙：两湖川黔多以黄龙命名者，词中所指，当在四川成都附近。　②远：非韵，疑为"速"字之讹。

酷相思

月挂霜林寒欲坠。正门外、催人起。奈离别、如今真个是。欲住也、留无计。欲去也，来无计。　马上离魂衣上泪。各自个、供憔悴。问江路梅花开也未[1]。春到也、须频寄。人到也、须频寄。

[注释]

①"问江"句："忆梅下西州，折梅寄江北。"见南朝乐府民歌《西洲曲》。

[集评]

汤金伯云："（程）与锦江某伎眷恋甚笃，别时作《酷相思》……词评家多称道此词者。"（《词苑萃编·程垓〈酷相思〉》）

李周元云："此以白描擅长者。"（《雨村词话》卷二）

许昂霄云："人人之所欲言，却是人人之所不能言，此之谓本色。无笔力者，未许妄作邯郸。"（《词综偶评》）

生查子

溪光曲曲村，花影重重树。风物小桃源，春事还如许。情知送客来，又作寻芳去。可惜一春诗，总为闲愁赋。

生查子

长记别郎时，月淡梅花影。梅影又横窗，不见江南信。　无心换夕香①，有分怜朝镜②。不怕瘦棱棱，只怕梅开尽。

［注释］

①夕香："同琼佩之晨照，共金炉之夕香。"见江淹《别赋》。　②朝镜："频容入朝镜，思泪点春衣。"见南朝齐王融《古意诗二首》。

忆王孙

萧萧梅雨断人行，门掩残春绿荫生。翠被寒灯枕自横。梦初惊，窗外啼鹃催五更。

卜算子

枕簟暑风消，帘幕秋风动。月到夜来愁处明，只照团衾凤。　去意杳无凭，别语愁难送。一纸鱼笺枕底香，且做新来梦。

[集评]

许昂霄云："与刘后村《海棠为风雨所败》一作相似，亦可备一体。"（《词综偶评》）

卜算子

独自上层楼[①]，楼外青山远。望到斜阳欲尽时，不见西飞雁[②]。　独自下层楼，楼下蛩声怨。待到黄昏月上时，依旧柔肠断。

[注释]

①"独自"句："登兹楼以四望兮，聊暇日以销忧。"见王粲《登楼赋》。"独上高楼，望尽天涯路。"见晏殊《蝶恋花》。　②"不见"句：指杳无音讯。

卜算子

几日赏花天，月淡荼蘼小。写尽相思唤不来，又是花飞了。　春在怕愁多，春去怜欢少。一夜安排梦不成，月堕西窗晓。

霜天晓角

几夜锁窗揭，素蟾光似雪。恰恨照人攲枕，纱幮爽、簟纹滑[①]。　迤逦篆香裊，好坏谁共说。若是知人风味，来分取、半床月。

[注释]

①纱幮：即纱帐。

霜天晓角

玉清冰样洁，几夜相思切。谁料浓云遮拥[①]，同心带、甚时结。　　匆匆休惜别，还有来时节。记取江阴归路，须共踏、夜深月。

［注释］

①“谁料”句：“浮云蔽白日，游子不顾返。”见《古诗十九首·行行重行行》。

乌夜啼

杨柳拖烟漠漠，梨花浸月溶溶。吹香院落春还尽，憔悴立东风。　　只道芳时易见，谁知密约难通[①]。芳园绕遍无人问，独自拾残红。

［注释］

①密约：幽会。

乌夜啼

醉枕不能寐

白酒欺人易醉，黄衣笑我多愁。一年只有秋光好，独自却悲秋。　　风急常吹梦去，月迟多为人留。半黄橙子和诗卷，空自伴床头。

乌夜啼

绿外深深柳巷[①]，红间曲曲花楼。一春想见贪游冶，不道有人愁。　　三月东风易老，几宵明月难留。酴醾白尽窗前也，还肯醉来否。

[注释]

①唐氏按："巷"原作"港"，据吴讷本《书舟词》。

瑞鹧鸪

瑞　香

东风冷落旧梅台，犹喜山花拂面开。绀色染衣春意静，水沉熏骨晚风来[①]。　　柔条不学丁香结，矮树仍参茉莉栽。安得方盆载幽植，道人随处作香材。

[注释]

①水沉：即沉香。其墨色芳香，脂膏凝结为块，入水能沉，故名沉香。其不沉不浮与水平者名栈香。

瑞鹧鸪

春日南园

门前杨绿成阴，翠坞笼香径自深。迟日暖熏芳草眼，好风轻撼落花心。　　无多春恨莺难语，最晚朝眠蝶易寻。惟有狂酲不相贷，酿成憔悴到如今。

青玉案

用贺方回韵[①]

宝林岩畔凌云路。记藉草、寻梅去[②]。咏绿书红知几度。行云归后，碧云遮断，寂寞人何处。　　一声长笛江天暮，别后谁吟倚楼句。匀面照溪心已许。欲凭锦字[3]，写人愁去，生怕梨花雨[4]。

［注释］

①贺方回：贺铸，字方回。其《青玉案》有句云："一川烟草，满城风絮，梅子黄时雨。"人称贺梅子。　②藉草：坐卧在芳草地上。晋孙绰《游天台山赋》："藉萋萋之纤草，荫落落之长松。"　③锦字：传窦滔妻苏氏织回文诗锦赠滔，宛转循环以读之，词甚凄惋 。后常以此为典，表达闺怨。江淹《别赋》："织锦曲兮泣已尽，回文诗兮影独伤。"　④梨花雨：言泣下。

好事近

资中道上无双堠感怀作[1]

别梦记春前，春尽苦无归日。想见鹊声庭院，误几回消息。　　万重离恨万重山[2]，无处说思忆。只有路傍双堠[3]，也随人孤只。

［注释］

①资中：县名，今属四川。　②"万重"句："平芜尽处是春山，行人更在春山外。"见欧阳修《踏莎行》。　③堠（hòu）：古代瞭望敌情的土堡。又，古代记里程的土堆，五里只堠，十里双堠。该处堠皆单只，故称"也随人孤只。"

好事近

待月不至

天淡一帘秋，明月几时来得。何事桂底香近，把清光邀勒[1]。　　人间明晦总由天[2]，何必问通塞[3]。且为人如月好，醉莫分南北。

[注释]

①邀勒：遮挡。　②明晦：指月明与月晦。　③通塞：指境遇的顺逆好恶。

好事近

烟尽戍楼空，又是一帘佳月。何事山城留滞，负好花时节。　烧灯剪彩没心情[①]，应有翠娥说[②]。欲借好风吹恨，奈乱云愁叠。

[注释]

①烧灯：燃灯。　剪彩：剪裁彩帛或彩纸。古俗上元节燃灯，人日（正月七日）或立春之日剪彩。词中当泛指各种节令活动。　②翠娥：美人之眉，也常指美女。词中当指女友。

好事近

急雨闹冰荷[①]，销尽一襟烦暑。趁取晚凉幽会，近翠阴浓处。　风梢危滴撼珠玑，洒面得新句。莫怪玉壶倾尽，待月明归去。

[注释]

①冰荷：指荷花。荷出污泥而不染，故称。

点绛唇

梅雨收黄，暑风依旧闲庭院。露荷轻颤，只有香浮面。　挂起西窗，月澹无人见。幽情远。随钗低扇，好个凉方便。

如梦令

风入藕花翻动，夜气与香俱纵。月又带风来[1]，凉意一襟谁共。情重，情重，可惜短宵无梦。

［注释］

①"月又"句："宋玉景差侍。有风飒然而至，王乃披襟而当之，曰：'快哉此风，寡人所与庶人共者邪？'"见楚宋玉《风赋》。

清平乐

山城桃李，催促春无几。日日为花须早起，犹□惜花无计[1]。　阿谁留得春风，长教绕绿围红。莫遣十分芳意，输他万点愁容。

［集评］

①《全宋词》注：陆校，"犹"下疑脱一字。

清平乐

酬王静父红木犀词[1]

秋香谁买[2]，散入琉璃界[3]。点缀小红全不碍，还却铅华馀债。　夜来月底相期，一枝未觉香迟。恰似青绫帐底，绛罗初试裙儿。

［注释］

①王静父：南宋时人，年里未详。　②秋香：指飘散的桂香。　③琉璃界：指天宇。

清平乐

咏　雪

疏疏整整，风急花无定。红烛照筵寒欲凝，时见筛帘玉影[1]。　　夜深明月笼纱，醉归凉面香斜。犹有惜梅心在，满庭误作吹花。

[注释]

①筛帘玉影：指透过帘幕飘入的雪花。

清平乐

绿深红少，柳外横桥小。双燕不知幽梦好，惊起碧窗春晓。　　起来瞢鬆多时[1]，玉台金镜慵移。多少春愁未说，却来闲数花枝。

[注释]

①瞢鬆（méng cōng）：同“瞢松”，朦胧迷糊。

望秦川

早春感怀

柳弱眠初醒，梅残舞尚痴。春阴将冷傍帘帏，又是东风和恨、向人归。　　乐事灯前记，愁肠酒后知。老来无计遣芳时，只有闲情随分、品花枝[1]。

[注释]

①随分：随处、到处。

望秦川

竹粉翻新箨，荷花拭靓妆。断云侵晚度横塘，小扇斜钗依约、傍牙床。　　蘸蜜分红荔，倾筒泻碧香[①]。醉时风雨醒时凉，明月多情依旧、过西厢[②]。

[注释]

①碧香：酒名。此处指酒。　②西厢：唐元稹《莺莺传》记张生与崔莺莺定情西厢，以后遂以西厢为男女定情之所的代称。

望秦川

翠黛随妆浅，铢衣称体香[①]。好风偏与十分凉，却扇含情独自、绕池塘。　　碧藕丝丝嫩，红榴叶叶双。牵丝摘叶为谁忙，情到厌厌拚醉、又何妨。

[注释]

①铢衣：极轻的衣。　称体：合体。

天仙子

惨惨霜林冬欲尽，又是溪梅寒弄影。矮窗曲屋夜烧香，人已静，灯垂烬。点滴芭蕉和雨听。　　约个归期犹未定，一夜梦魂终不稳。知他勾得许多情，真个闷，无人问。说与画楼应不信。

望江南

夜泊龙桥滩前遇雨作[1]

篷上雨，篷底有人愁。身在汉江东畔去，不知家在锦江头。烟水两悠悠。　吾老矣，心事几时休。沉水熨香年似日[2]，薄云垂帐夏如秋。安得小书舟[3]。

[注释]

①龙桥：地名。从词意看，当在今湖北。　②年似日：时光流逝迅速。　③原注："家有拟舫名书舟。"

[集评]

王弈清云："'沉水熨香年似日，薄云垂帐夏如秋'，书舟佳句也。"(《历代词话》卷五)

南歌子

雨燕翻新幕，风鹃绕旧枝。画堂春尽日迟迟，又是一番平绿、涨西池。　病起尊难尽，腰宽带易垂。不堪村落子规啼，问道行人一去、几时归。

南歌子

杨光辅又寄示寻春[1]

淡霭笼青琐[2]，轻寒薄翠绡。有人憔悴带宽腰，又见东风、不忍见柔条。　闷酒尊难寻[3]，闲香篆易销。夜来溪雪已平桥，溪上梅魂凭仗、一相招。

[注释]

①杨光辅:程垓友,年里未详。　②青琐:刻镂成格的窗户。　③难寻:"寻"字失律。《宋六十名家》作"尽",当从。

[集评]

卓人月云:("溪上"句)"稼轩'风雨空山,招得海棠魂'并美。"(《古今词统》卷七)

南歌子

早　春

梅坞飞香定,兰窗翠色齐。水边沙际又春归,领略东风、能有几人知。　爱月眠须晚,寻花去未迟。谁家庭院更芳菲,费尽才情、休负一春诗。

南歌子

荷盖倾新绿,榴巾蹙旧红。水亭烟榭晚凉中,又是一钩新月、静房栊。　丝藕清如雪,幮纱薄似空。好维今夜与谁同[①],唤取玉人来共、一帘风。

[注释]

①好维:"维"字疑误,或当作"好怀"。

南歌子

野水寻溪路,青山踏晚春。偶来相值却钟情,一树琼瑶洗尽、客衣襟。　曲沼通诗梦,幽窗净俗尘。何时散髮伴襜裙[①],后夜相思生怕、月愁人。

[注释]

①襜(chān)裙:妇女穿的裙子。

南乡子

几日诉离尊,歌尽阳关不忍分。此度天涯真个去,销魂。相送黄花落叶村。　斜日又黄昏,萧寺无人半掩门[①]。今夜粉香明月泪,休论。只要罗巾记旧痕。

[注释]

①萧寺:佛寺。梁武帝萧衍造佛寺,命萧子云飞白大书曰萧寺,后世因亦称佛寺为萧寺。

浪淘沙

才合又轻离,心事多违。小窗灯影记亲移。可奈酒酣花困处,不省人归。　山翠又如眉,肠断幽期。相思有梦阿谁知。莫遣重来风絮乱,不似当时。

浪淘沙

老去懒寻花,独自生涯。几枝疏影浸窗纱。昨夜月来人不睡,看尽横斜。　门外欲啼鸦,香意凌霞。从渠千树绕人家[①]。世上一枝元也是,不要随他。

[注释]

①从渠:随它。

摊破南乡子

休赋惜春诗。留春住、说与人知。一年已负东风瘦，说愁说恨，数期数刻，只望归时。　莫怪杜鹃啼。真个也、唤得人归。归来休恨花开了，梁间燕子，且教知道，人也双飞。

祝英台

晚　春

坠红轻，浓绿润，深院又春晚。睡起厌厌，无语小妆懒。可堪三月风光，五更魂梦，又都被、杜鹃催攒[①]。　怎消遣。人道愁与春归，春归愁未断。闲倚银屏，羞怕泪痕满。断肠沉水重熏，瑶琴闲理，奈依旧、夜寒人远。

[注释]

①攒(zǎn)：积聚，指诸愁郁结。

虞美人

轻红短白东城路[①]，忆得分襟处。柳丝无赖舞春柔，不系离人、只解系离愁。　如今花谢春将老，柳下无人到。月明门外子规啼，唤得人愁、争似唤人归。

[注释]

①轻红短白：指初春时昼短花尚稀。

[集评]

卓人月云："前后结句，暗相对偶。"(《古今词统》卷七)

长相思

对重阳，感重阳。身在西风天一方，年年人断肠。
景凄凉，客凄凉。纵有黄花祗异乡，晚云连梦长。

长相思

酒孤斟，客孤吟。戏马台荒露草深[①]，英雄何处寻。
爱登临，莫登临。定是愁来关客心，暮天烟水沉。

［注释］

①戏马台荒：戏马台，古迹名，全国有多处。从词意看，当为今江苏铜山县南之戏马台，即项羽掠马台，晋刘裕曾大会宾客于此。

长相思

风敲窗，雨敲窗。窗外芭蕉云作幢，声声愁对床。
剔银缸，点银缸。梦采芙蓉隔一江，几时蝴蝶双。

鹊桥仙

秋日寄怀

角声吹月，风声落枕，梦与柔肠俱断。谁教当日太情浓，飏不下、新愁一段。　　黄花开了，梅花开未，曾约那时相见。莫教容易负幽期，怕真个、孤他泪眼。

醉落魄

晚凉时节，翠梧风定蝉声歇。有人睡起香浮颊。倚著阑干，笑拣青荷叶。　　如今往事愁难说，曲池依旧闲风月。田田翠盖香罗叠。留得露痕，都是泪珠结。

［集评］

卓人月云：（"留得"二句）"方知娇女泪，色香味俱全。"（《古今词统》卷八）

减字木兰花

双双相并，一点红边偏照映。玉剪云裁，不比浮花共蒂开。　　几回心曲，选胜摘来情自足。插向云鬟，要与仙郎比并看。

谒金门

杏　花

春悄悄，红到一枝先巧。酒入半腮微带卯[①]，粉寒香未饱。　　芳意枝头偏闹[②]，困尽蜂须莺爪。拟倩玉纤和露拗，情多愁易搅。

［注释］

①"酒入"句：写杏花红色，犹如酒晕。　卯：卯时，早上饮酒曰卯酒。卯酒，词中指醉意、酒晕。　②"芳意"句："绿杨烟外晓寒轻，红杏枝头春意闹。"见宋宋祁《木兰花》。

谒金门

荼　蘼

花簇簇，触眼万条垂玉。小院春深窗锁绿，水沉风断续。　明月又侵楼曲，羞向枕囊拘束。只待夜深清影足，醉来花底宿。

谒金门

陪苏子重诸友饮东山①

乌帽侧②，行偏杏花春色。野意青青分陇麦，人家烟水隔。　春事莫催行客，弹指青梅堪摘。醉倚暮天江拍拍，雨晴沙路白。

[注释]

①苏子重：程垓友，年里未详。　东山：东山有多处，词中当指金陵东山，晋谢安曾游息于此。　②乌帽侧：指酒酣狂态。

谒金门

病　起

花半湿，一霎晚云笼密。天气未佳风又急，小庭愁独立。　酒病起来无力，懊恼篆烟锁碧。一饷春情无处觅，小屏山数尺。

谒金门

春夜雨，催润柳塘花坞。小院深深门几许①，画帘香一缕。　独立晚庭凝伫，细把花枝闲数。燕子不来天欲暮，说愁无处所。

[注释]

①"小院"句："庭院深深深几许，杨柳堆烟，帘幕无重数。"见宋欧阳

修《蝶恋花》。

谒金门

风阵阵，吹落杨花无定。酒病厌厌三月尽，花檀红自隐。　　新绿轩窗清润，月影又移墙影。手捻青梅无处问，一春长闷损。

谒金门

浓睡醒，惊对一帘秋影。桐叶乍零风不定，半窗疏雨影。　　愁与年光不尽，老入星星双鬓。只拟上楼寻远信，雁遥烟水暝。

蝶恋花

日下船篷人未起。一个燕儿，说尽伤春意。江上残花能有几，风催雨促成容易[①]。　　湖海客心千万里。著力东风，推得人行未。相次桃花三月水，菱歌谁伴西湖醉。

［注释］

①容易：指轻易消逝。

蝶恋花

满路梅英飞雪粉。临水人家，先得春光嫩。楼底杏花楼外影，墙东柳线墙西恨。　　撷翠揉红何处问[①]。暖入眉峰，已作伤春困。归路月痕弯一寸，芳心只为东风损。

[注释]

①撷翠揉红：摘柳条，弄杏花。

蝶恋花

春风一夕浩荡，晓来柳色一新

寒意勒花春未足[1]。只有东风，不管春拘束。杨柳满城吹又绿，可人青眼还相属。　小叶星星眠未熟。看尽行人，唱彻阳关曲。心事一春何计续，芳条未展眉先蹙。

[注释]

①勒花：遏阻推后花期。

蝶恋花

自东江乘晴过螟颐渚园小饮[1]

晴带溪光春自媚。绕翠萦青，来约东风醉。云补断山疏复缀，雨回绿野清还丽。　拄杖不妨舒客意。临水人家，问有花开未。江左风流今有几[2]，逢春不要人憔悴。

[注释]

①东江：太湖支流，在今江苏吴江县东南。　螟颐渚园：吴江古园林。②江左：长江下游东部地区，今江苏一带。

蝶恋花

翠幕成阴帘拂地。池馆无人，四面生凉意。荷气竹香俱细细，分明著莫清风袂。　玉枕如冰笙似水。才鞾横钗，早被莺呼起。今夜月明人未睡，只消三四分来醉。

蝶恋花

画阁红炉屏四向。梅拥寒香，次第侵帷帐。烛影半低花影幌，修眉正在花枝傍。　殢粉偎香羞一饷。未识春风，已觉春情荡。醉里不知霜月上，归来已踏梅花浪。

蝶恋花

楼角吹花烟月堕。的皪韶妍[1]，又向梅心破。钗上彩幡看一个，赏心已觉春生坐。　莫恨年华风雨过。人日嬉游[2]，次第连灯火[3]。翠幄高张金盏大，已拚醉袖随香鞾。

［注释］

①的皪（lì）：也作的历，光亮鲜明貌。　韶妍：韶光妍，指春光美好。②人日：古时农历正月初七日为人日。　③"次第"句：转眼就是上元灯节。　次第：转眼。

蝶恋花

小院菊残烟雨细。天气凄凉，恼得人憔悴。被暖橙香羞早起，玉钗一任慵云坠[1]。　楼上珠帘钩也未。数尺遥山，供尽伤高意。伫立不禁残酒味，绣罗依旧和香睡。

[注释]

①慵云：指松散的髮髻。

[集评]

卓人月云：（"绣罗"句）"起而复睡，娇慵宛然。"（《古今词统》卷九）

蝶恋花[1]

月下有感

小院秋光浓欲滴。独自钩帘，细数归鸿翼。鸿断天高无处觅，矮窗催暝蛩催织。　凉月去人才数尺，短髪萧骚[2]，醉傍西风立。愁眼望天收不得，露华衣上三更湿。

[注释]

①唐氏按：此首别误作王安石词，见《草堂诗馀续集》卷下。　②萧骚：形容稀疏。

[集评]

卓人月云：（"矮窗"句）"窗矮则暝速，细心。"（《古今词统》卷九）

蝶恋花

晴日溪山春可数，水绕池塘，知有人家住。寻日寻花花不语，旧时春恨还如许。　苦恨东风无意绪。只解催花，不解催人去。日晚荒烟迷古戍，断魂正在梅花浦。

菩萨蛮

和风暖日西郊路，游人又踏青山去。何处碧云衫，映溪才两三。　　疏松分翠黛，故作羞春态。回首杏烟消，月明归渡桥。

菩萨蛮

春回绿野烟光薄，低花矮柳田家乐。陇麦又青青，喧蜂闲趁人。　　野翁忘近远，怪识刘郎面[①]。断却小桥溪，怕人溪外知。

［注释］

①刘郎：指天台逢神女的刘晨。词以刘晨遇仙，喻田家之乐有如仙境。

菩萨蛮

访江东外家作

画桥拍拍春江绿，行人正在春江曲。花润接平川，有人花底眠。　　东风元自好，只怕催花老。安得万垂杨，系教春日长。

菩萨蛮

平芜冉冉连云绿，斜阳衬雨明溪足。小鸭睡晴沙，翠烘三两花。　　春光闲婉娩[①]，尽日无人见。试著小屏山，图归云际看。

［注释］

①婉娩：春光和熙貌。

菩萨蛮

正月三日西山即事

山头翠树调莺舌，山腰野菜飞黄蝶。来为等闲休，去成多少愁。　小庭花木改，犹有啼痕在。别后不曾看，怕花和泪残。

菩萨蛮

罗衫乍试寒犹怯，妒花风雨连三月。灯冷闭门时，有愁谁得知。　此情真个苦，只为当时语。莫道絮沾泥，絮飞魂亦飞。

菩萨蛮

夜来花底莺饶舌，把人心事分明说。许大好因缘，只成容易传。　春阑无好计，唯有归来是。从此玉台前，晓妆休太妍。

菩萨蛮

小窗荫绿清无暑，篆香终日萦兰炷①。冰簟涨寒涛②，清风一枕高。　有人团扇却，门掩庭花落。少待月侵床，教他魂梦凉。

［注释］

①兰炷：指香。炷，本指烛心。　②冰簟：竹席。

菩萨蛮

回　文

暑庭消尽风鸣树，树鸣风尽消庭暑。横枕一声莺，莺声一枕横。　　扇纨低粉面，面粉低纨扇。凉月淡侵床，床侵淡月凉。

菩萨蛮

东风有意留人住，熏风无意催人去。去住两茫然，相逢成短缘。　　平生花柳笑，过后关心少。今日奈情何，为伊饶恨多[1]。

[注释]

①饶：添，额外增加。

菩萨蛮

去年恰好双星节[1]，鹊桥未渡人离别。不恨障云生，恨他真个行。　　天涯消息近，不见乘鸾影。楼外鹧鸪声，几回和梦惊。

[注释]

①双星节：七夕。传说七月七日晚，鹊构桥于河汉，牛郎织女相会。

菩萨蛮

浅寒带暝和烟下，轻阴挟雨随风洒。翠幕护重帘，篆香销半奁[1]。　　平生风雨夜，怕近芭蕉下。今夕定愁多，萧萧声奈何。

［注释］

①篆香：盘香。 半奁：盛香灰的器皿。

菩萨蛮

客窗曾剪灯花弄，谁教来去如春梦。冷落旧梅台，小桃相次开。 人间春易老，只有山中好。闲却槿花篱[1]，莫教溪外知。

［注释］

①槿花篱：木槿构筑的篱笆。

菩萨蛮

晓烟笼日浮山翠，春风著水回川媚。远近碧重重，人家山色中。 野花香自度，似识幽人处[1]。安得著三间，与山终日闲。

［注释］

①幽人：隐居山林之人。

菩萨蛮

扶犁野老田东睡，插花山女田西醉。醉眼眩东西，看看桃满溪。 耕桑山下足，纨绮人间俗。莫管旧东风，从教吹软红。

木兰花

疏枝半作窥窗老，又是一年春意早。风低小院得香迟，月傍女墙和影好[①]。　　去年苦被离情恼，今日逢花休草草。后时花紫尽从他，且趁先春拚醉倒。

[注释]

①女墙：城上有垛口的小墙。

鹧鸪天

昨夜思量直到明，拂明心绪更愁人。风披露叶高低怨，冷雨寒烟各自轻。　　休赖酒，莫求神。为谁教尔许多情。如今早被思量损，好更当时做弄成。

入　塞

好思量。正秋风、半夜长。奈银缸一点[①]，耿耿背西窗[②]。衾又凉，枕又凉。　　露华凄凄月半床。照得人、真个断肠。窗前谁浸木犀黄。花也香，梦也香。

[注释]

①银缸：银灯，对油灯的美称。　②耿耿：闪光的样子。唐白居易《上阳人》："耿耿残灯背壁影。"

桃源忆故人

粉霜拂拂凝香砌，酝酿梅花天气。月上小窗如水，冷浸人无寐。　　平生可惯闲憔悴，担负新愁不起。消遣夜长无计，只倚熏香睡。

愁倚阑[1]

春犹浅，柳初芽，杏初花。杨柳杏花交影处，有人家。玉窗明暖烘霞，小屏上、水远山斜。昨夜酒多春睡重，莫惊他。

［注释］

①愁倚阑：词牌名，常用以咏初春之景。

乌夜啼[1]

静院槐风绿涨，小窗梅雨黄垂。欲看春事留连处，惟有夜寒知。　　魂梦长闲消午醉，扫花共坐风凉。归来窗北有胡床[2]，兴在羲皇以上。

［注释］

①据陆勅先校，“此词后半为西江月调，词意亦与前不属，如移入后之脱字西江月（众绿初围夏荫），恰补足为一阕。又如以后之前脱字西江月（汲井漫随兰炷）补入此处，则此阕亦全”。　②“归来”二句：用晋陶渊明《与子俨等书》“常言，五六月中，北窗下卧，遇凉风暂至，自谓是羲皇上人”语意，形容生活闲散自适。羲皇上人，太古之人。

忆秦娥

青门深，海棠开尽春阴阴。春阴阴，万重云水，一寸归心。　　玉楼深锁烟消沉，知他何日同登临。同登临，待收红泪，细说如今。

忆秦娥

情脉脉，半黄橙子和香擘[①]。和香擘，分明记得，袖香熏窄。　　别来人远关山隔，见梅不忍和花摘。和花摘，有书无雁，寄谁归得。

[注释]

①擘(bǒ)：剖开。

忆秦娥

愁无语，黄昏庭院黄梅雨。黄梅雨，新愁一寸，旧愁千缕。　　杜鹃叫断空山苦，相思欲计人何许[①]。人何许，一重云断，一重山阻。

[注释]

①何许：如何、怎么样。

西江月

众绿初围夏荫，老红犹驻春妆。画帘燕子日偏长。静看新雏来往。　　□□□□□□。□□□□□□□。□□□□□□□□。□□□□□□。[①]

[注释]

①《全宋词》注：陆校，后半阕误在前第四首之《乌夜啼》。

西江月

□□□□□□，□□□□□□。□□□□□□□。

□□□□□□□。　　汲井漫随兰炷，心情半怯罗衣。粉香消尽无人觑，只门外、子规啼。[1]

[注释]

①《全宋词》注：陆校，此半阕系《乌夜啼》，前半阕误在前第五首之《乌夜啼》。

乌夜啼[1]

墙外雨肥梅子，阶前水绕荷花。阴阴庭户熏风满，水纹簟、怯菱芽。　　春尽难凭燕语，日长惟有蜂衙[2]。沉香火冷珠帘暮，个人在、碧窗纱。

[注释]

①唐氏按：调名原作《西江月》，陆校，按此调应是《乌夜啼》。　②蜂衙：众蜂簇拥蜂王，如朝拜屏卫，称蜂衙。

浣溪纱

病中有以兰花相供者，戏书[1]

天女殷勤著意多，散花犹记病维摩[2]。肯来丈室问云何。　　腰佩摘来烦玉笋[3]，鬓香分处想秋波。不知真个有情么。

[注释]

①《本事词·程垓赠妓词》："又病中，有旧欢以兰花相供，答以《浣溪纱》……"　②维摩：即维摩诘，亦称毗摩罗诘，佛名。词中"病维摩"乃对己戏称。　③玉笋：喻美女手指。

浣溪纱

遥想当年出凤雏，王□风有未全疏。衹今朱绂为谁纡[1]。　芳草池塘春梦后[2]，粉香帘幕晓晴初。一簪华髮要人梳。

[注释]

①朱绂：指系玉佩的红色丝带，达官所用。　纡：系。　②“芳草”句：传南朝宋谢灵运梦惠连而得“池塘生春草”佳句。词中指独自吟哦以后。

浣溪纱

翠葆扶疏傍药阑[1]，乱红飘洒满书单。清明时节又看看。　小雨勒成春尾恨，东风偏作夜来寒。琴心老尽不须弹。

[注释]

①翠葆：绿色的树荫。

浣溪纱

薄日移影午暑空[1]，一杯何事便潮红。扇纨挥尽却疏慵。　早睡情怀冰枕外[2]，夜来消息雨荷中。不须留烛眩房栊。

[注释]

①移影：“影”字失律。据《宋六十名家词》作“阴”，当从。　②冰枕：凉枕。

浣溪纱

闲倚前荣小扇车，晚妆无力辫云鸦。凝情香落一庭花。　笑挽清风归玉枕，懒随缺月傍窗纱。羞红两脸上娇霞。

鹧鸪天

木落江空又一秋，天寒几日不登楼。红绡帐里橙犹在，青琐窗深菊未收。　新画阁，小书舟。篆烟熏得晚香留。只因贪伴开炉酒，恼得红儿一夜讴[①]。

［注释］

①红儿：杜红儿，唐代名妓。此泛指歌女。

鹧鸪天

寄少城

泪湿芙蓉城上花，片飞何事苦参差。锁深不奈莺无语[①]，巢稳争如燕有家[②]。　情未老，鬓先华。可怜各自淡生涯。桃花不解知人意，犹自沾泥也学他。

［注释］

①不奈：不能忍受，禁受不住。　②争如：即怎如。

一落索

门外莺寒杨柳，正减欢疏酒。春阴早是做人愁，更何况、花飞后。　莫倚东风消瘦，有酴醿入手[①]。尽偎香玉醉何妨，任花落、愁依旧。

［注释］

①酴醾：酒名。词中泛指酒。

一落索

歌者索词，名之一东[1]

小小腰身相称，更著人心性[2]。一声歌起绣帘阴，都遏住、行云影[3]。　闻道玉郎家近[4]，被春风勾引。从今莫怪一东看，自压尽、人间韵。

［注释］

①《本事词·程垓赠妓词》："又有歌姬名一东者乞词，赠以《一落索》……"　②著人：迷人、惹人。　③"都遏住"句：响遏行云，谓歌曲美妙而嘹亮。《列子·汤问》："（秦青）抚节悲歌，声振林木，响遏行云。"　④玉郎：道家所谓仙官之名。词中借指所爱男子。

破阵子

小小红泥院宇，深深翠色屏帏。簇定熏炉酥酒软，门外东风寒不知，恰疑三月时。　钗影半攲绿子[1]，歌声轻度红儿。醉里不愁更漏断，更要梅花看几枝。起来霜月低。

［注释］

①攲（yì）：通"倚"。　绿子：乌黑的头髮。

一剪梅

冬至

斗转参横一夜霜[①]。玉律声中[②]，又报新阳。起来无绪赋行藏[③]。只喜人间，一线添长[④]。　帘幕垂垂月半廊。节物心情[⑤]，都付椒觞[⑥]。年华渐晚鬓毛苍。身外功名，休苦思量。

[注释]

①斗转参横：北斗转向，指天将明之时。　②玉律：玉制的标准定音器。《后汉书·律历志上》："殿中候，用玉律十二。"　③赋行藏：谓叙行止。　④一线：些微、一点点。一年之中，冬至昼最短，夜最长，此后白昼渐长。　⑤节物：应时节的景物。　⑥椒觞：盛椒酒的杯子。古俗，子孙本应于元旦向家长进用椒实浸制的酒祈寿。

木兰花

二江得书作

别时已有重来愿，谁料情多天不管。分明咫尺是青楼，抵死浓云遮得遍。　寄声只倚西飞雁，雁落书回空是怨。领愁归去有谁知，水又茫茫山又断。

生查子

春日闺情

兰帷夜色高，绣被春寒拥。何事玉楼人，屡踏杨花梦。

分明相见陈，不道幽情重。乞个好因缘，莫待来生种。

（以上汲古阁本《书舟词》）

［集评］

杨慎云:“其《酷相思》词云:‘月挂霜林……’其《四代好》、《折红英》,皆佳。”(《词品》)

沈雄云:“《太平乐府》曰:‘程正伯以词名,尤尚书谓正伯之文过于词,此乃识正伯之大者。昔晏叔原以大臣子为靡丽之词,其政事堂中旧客,尚欲其捐有馀之才,以勉未至之德。盖叔原独以词名,他文不及也。少游、鲁直,则已兼之。故陈无己之作,自云不减秦七、黄九。夫亦推重其词耳。谓正伯为秦黄则可,为叔原则不可。’”(古今词话·词话》卷上)

田同之云:“程正伯之能壮采。”(《西圃词说》)

冯煦云:“程正伯凄婉绵丽,与草窗所录《绝妙好词》家法相近,故是正锋。虽与子瞻为中表昆弟(按,冯氏误),而门径绝不相入,其《四代好》闺怨、无闷《酷相思》,真物色牝牡骊黄外矣。”(《蒿庵论词》)

陈廷焯云:“余观其(指程垓)词,浅薄者多,写者笔意闲雅,去坡仙何止万里。”又云:“竹垞谓正伯与坡仙相乱者。余谓两人词,一洪一纤,一深一浅,如冰炭之不相入,无俟辨而可明,可虑其相乱也。”又云:“正伯词,余所赏者,惟《渔家傲》结处云:‘细拾残红书怨泣,流水急,不知那个传消息’为有深婉之致。其次则《水龙吟》云:‘算好春长在,好花长见,原只是、人憔悴。’及《词选》所录《卜算子》一阕,尚有可观,余则一篇之中,雅郑多不分矣!”(《白雨斋词话》卷六)

陈廷焯云:“正伯词,工于发端。笔致愈婉转愈直捷,真是才人之笔。此种笔法,是正伯长技。”(《云韶集》)

陈锐云:“词有南北宋,如诗之有中晚唐,界限分明。独周公谨之于程书舟,微觉波澜莫二。”(《袌碧斋词话》)

存目词

《花草粹编》卷三载有程垓《谒金门》“春漠漠”一首,乃王千秋词,见《审斋词》。

虞 俦

虞俦，生卒不详，字寿老，宁国（今属安徽）人。隆兴初举进士，曾为绩溪令。后为浙东提刑。绍熙五年（1194）知湖州。庆元二年（1196）知婺州。六年，以太常少卿使金。嘉泰间累官兵部侍郎卒。俦工诗文，有《尊白堂集》。

满庭芳

蜡 梅

色染莺黄，枝横鹤瘦，玉奴蝉蜕花间[①]。铅华不御，慵态尽皱颦。冷淡琐窗烟雾，来清供、莞尔怡颜。狂蜂蝶，还须敛衽，何得傍高闲。　西山。招隐处，寒云缭绕，流水回环。念风前绰约，雪后清孱。别是仙韵道标，应羞对、舞袖弓弯。怀真赏，今宵归梦，一晌许跻攀。

（《永乐大典》二千八百十一"梅"字韵引虞俦《尊白堂集》）

［注释］

①玉奴：古代或称女子为玉奴。南齐东昏侯潘妃小字玉儿，唐杨贵妃玉环，皆有人称玉奴。词中借指美丽的女子。　蝉蜕：道家称有道之人死为尸解登仙，如蝉之蜕壳。词中指梅花为美女变化而来。

临江仙

苏倅席上赋[①]

万壑千岩秋色里，歌眉醉眼争妍。一枝娇柳趁么弦[②]。疑非香案吏，诏到小蓬天[③]。　乐事便成陈迹也，依人小月娟娟。尊前空唱短因缘。引船风又起，吹过浙江边。

（《永乐大典》二万零三百五十三"席"字韵引虞俦《尊白堂集》）

［注释］

①倅:古代地方佐贰之官叫丞、倅。　②么弦:琵琶的第四弦,此弦最细,故称么弦。　③“香案”二句:置香炉的几案。唐元稹《以州宅夸于乐天》:“我是玉皇香案吏,谪居犹得住蓬莱。”蓬天,即蓬莱。

徐似道

徐似道，生卒不详，字渊子，号竹隐，黄岩人。少负才名，乾道二年(1166)举进士，曾为吴江尉，受知于范成大。开禧元年(1205)为礼部员外郎、秘书少监、起居舍人。嘉定二年(1209)为江西提刑，曾权学士院。有《竹隐集》，不传。

阮郎归[①]

茶寮山上一头陀[②]，新来学者么。蛸蛑螃蟹与乌螺[③]，知他放几多。　有一物，是蜂窝，姓牙名老婆[④]。虽然无奈得它何，如何放得它。

（《谈薮》）

[注释]

①《本事词》卷下："徐渊子舍人，好以诗文谐谑。丁少瞻与妻有违言，乃弃家，居茶寮山。茹素诵经，日买海物放生，久而不归。其妻患之，祈徐为譬解，徐许诺。适见卖老婆牙者，买一巨筐饷丁，且侑以词云……丁见词，大笑而归。" ②茶寮：山名，当在黄岩。 ③蛸蛑：蟹类，即梭子蟹。 ④姓牙名老婆：即牙老婆，俗称老婆牙者，属海产。又，越地方言"我"音"牙"，词或谐其音，则牙老婆即我老婆。

浪淘沙

夜泊庐山

风紧浪淘生[①]，蛟吼鼍鸣[②]。家人睡著怕人惊。只有一翁扪虱坐，依约三更。　雪又打残灯，欲暗还明。有谁知我此时情，独对梅花倾一盏，还又诗成。

（《鹤林玉露》卷四）

[注释]

①浪淘:即浪涛。 ②蛟吼鼍鸣:喻风声涛声。

[集评]

罗大经云:“渊子词清雅。余尤爱其《夜泊庐山》词云(略)。”(《鹤林玉露》甲编卷四)

瑞鹤仙令

西子湖边春正好,输他公子王孙。落花香趁马蹄温,暖烟桃叶渡[①],晴日柳枝门[②]。 中有能诗狂处士,闲将一鹤随轩。百钱买只下湖船。就他弦管里,醉过杏花天。

(《阳春白雪》卷三)

[注释]

①桃叶渡:渡口名,在今江苏南京秦淮河畔,相传晋王献之在此歌送其妾桃叶:“……桃叶复桃叶,渡江不用楫。但渡无所苦,我自迎接汝。”遂得名。词中与下句所谓柳枝门皆指所爱居处。 ②柳枝:唐时名妓。

一剪梅

道学从来不则声[①]。行也东铭[②],坐也西铭。爷娘死后更伶仃。也不看经,也不斋僧。 却言渊子太狂生[③]。行也轻轻,坐也轻轻。他年青史总无名。你也能亨,我也能亨。

(《癸辛杂识续集》卷下)

[注释]

①道学:指两宋理学之士。 则声:作声,指随便讲话。 ②东铭:宋张载尝于学堂双牖右书“订顽”,左书“砭愚”。程颐改“订顽”为“西铭”,

“砭愚”为“东铭”。载所撰《西铭东铭正蒙》。程朱理学常以西铭教人，后遂以之喻道家迂腐的套语。 ③渊子太狂生：词人自号。徐似道字渊子。狂，狂士，不拘小节。

失调名

问竹平安，点花番次。①

（《词旨属对》）

［注释］

①唐氏按：此二句原题徐渊，疑即徐渊子而误夺“子”字。

徐安国

徐安国,生卒不详,字衡仲,号春渚,上饶人。乾道二年(1166)进士。六年知华亭县。绍熙中,知横州。庆元中,提举广东茶盐。嘉泰二年(1202),授湖南提举,放罢。有《西窗集》,不传。

蓦山溪

早　梅

青梅骨瘦,已有生春意。椒萼露微花,便觉香魂旖旎[①]。惜花公子,可是赋情深,携瘦竹,绕疏篱,终日成孤倚。　　赏心乐事,又也何曾废。烟露湿铅华,误啼妆、三年客里。江南芳信,政自不愆期,吴山远[②],越山长,梦寐添憔悴。

(《永乐大典》卷二千八百零八"梅"字韵引徐安国《西窗集》)

[注释]

①唐氏按:"便觉"二字上下缺一字。　②吴山远:词中吴山、越山泛指江浙一带青山。宋林逋《长相思》:"吴山青,越山青。两岸青山相送迎,谁知离别情?"

鹧鸪天

席上赋

翠幕围香夜正迟,红麟生焰烛交辉[①]。纤腰趁拍轻于柳,娇面添妆韵似梅[②]。　　凝远恨,惜芳期。十年幽梦彩云飞。多情不管霜髯满,犹欲杯翻似旧时。

[注释]

①红麟：红麒麟，制成麒麟形的兽炭。 ②梅：唐氏按，原作“海”。

满江红

约斋同度用马庄父韵[①]

挥手华堂，重整顿、选花场屋。撩鼻观、飞浮杂沓，异香芬馥。金缕尚馀闲态度，冰姿早作新妆束。恨尊前、缺典费思量，无松竹。　蜂蝶恨，何时足。桃李怨，成粗俗，为情深、拚了一生愁独。菊信谩劳频探问，兰心未许相随逐。想从今、无暇斸蔷薇，钼罂粟。

[注释]

①约斋：所指疑为张镃。镃字功甫，号约斋，有《南湖集》。 马庄父：年里未详。

满江红

晦庵席上作[①]

争献交酬，消受取、真山真水。供不尽、杯螺浮碧，髻鬟拥翠。莫便等闲嗟去国，固因特地经仙里。奉周旋、惟有老先生，门堪倚。　追往驾，烟宵里[②]。终旧学，今无计。叹白头犹记，壮年标致。一乐堂深文益著[③]。风雩亭在词难继[④]。问有谁、熟识晦庵心，南轩意[⑤]。

（以上三首见《永乐大典》卷二万零三百五十三“席”字韵引徐衡仲《西窗集》）

[注释]

①晦庵:朱熹。熹字元晦,一字仲晦,号晦庵。 ②唐氏按:"宵"疑应作"霄"。 ③一乐堂:堂名。《孟子·尽心上》:"父母俱存,兄弟无故,一乐也。" ④风雩亭:亭名,长沙岳麓书院门侧有饮马池,池上有风雩亭。 ⑤南轩:宋张栻,学者称南轩先生。栻为张浚之子,师胡弘,常以古圣贤自期。孝宗乾道三年(1167),朱熹曾自闽专程往访张栻,并在长沙岳麓书院讲学。张栻和朱熹岳麓山相会处,存"二贤祠"。

黄人杰

黄人杰，《诗渊》作“仁杰”。生卒不详，字叔万，南城（今属江西）人，乾道二年（1166）进士，有《可轩曲林》，今不传。

祝英台

自　寿

异乡中，行色里，随分庆初度。老子今年，五十又还五。任他坎止流行[①]，吴头楚尾[②]，本来是、乾坤逆旅。贵和富。此事都付浮云，无必也无固[③]。用即为龙，不用即为鼠。便教老却英雄，草庐烟舍，也须有、著闲人处。

（《截江网》卷六）

[注释]

①坎止流行：即流行坎止，指顺流而行，遇坎则止。喻进退不强求，视境况而定。　②吴头楚尾：江西代称。江西位于吴地上游，楚地下游，如首尾之相衔接，故称。　③无必无固：“子绝四：毋意、毋必、毋固、毋我。”见《论语·子罕》。固，顽固，固执。

酹江月

寿二月初二

年时今日，御双凫曾到、蓬壶方丈。元是王孙生此夕，红紫娇春成行。数曲栏干，一双蓂荚[①]，正傍瑶阶长。风帘斜处，有时新燕来往。　犹记不住称觞，挥毫著语，更与书扁榜[②]。转首还逢汤饼客[③]，景物依然和畅。待赋新词，说些消息，教倩飞琼唱[④]。南班虚席，看随丹诏东上。

（《翰墨大全》丁集卷二）

[注释]

①蓂荚:传说中的瑞草,又名历荚。相传尧时有草夹阶而生,随月而死。每月朔日生一荚,至半月则生十五荚,至十六后,日落一荚,至月晦而尽。若月小则馀一荚。厌而不落,以是占日月之数。“一双蓂荚,正傍瑶阶长”,正属初二日。 ②扁榜:同“匾榜”,指为匾额作为大字。 ③汤饼客:祝寿的人。旧俗寿辰(及小孩出生第三天或满月、周岁)举行庆生宴会,因有象征长寿的汤面,故名汤饼会。汤饼,指汤饼会(汤饼为水煮面食)。 ④飞琼:许飞琼。旧题汉班固《汉武内传》:“王母乃命诸侍女王子登弹八琅之璈,又命侍女董双成吹云和之笙,石公子击昆庭之金,许飞琼鼓震灵之簧。”后常以之指女仙。

感皇恩

西　湖

秋色满西湖,雨添新绿。一派烟光望中足。清香十里,画舸去来相逐。酒酣时听得,渔家曲。　　人道似郎,郎还第六[①]。云水相逢未谙熟。晚来风静,闲浸几枝红玉[②]。水神应不禁,江妃浴。

[注释]

①“人道”二句:指湖中莲花。《新唐书·杨再思传》记武则天宠臣张昌宗排行第六,貌美。杨再思奉承他,说:“人言六郎似莲华,非也;正谓莲华似六郎耳。”后世遂以六郎为美男或莲花的代称。 ②红玉:词中指湖中红莲。

念奴娇

游西湖

西湖胜绝,有栖云楼观,蟠空丘壑。玉鉴光中天不老[①],人在蓬壶行乐[②]。画舫藏春,垂杨系马,幽处笙箫作。京华狂客,也忘身世飘泊。　　行待载酒寻芳,湖湾堤曲,放浪红尘脚。借景留欢排日醉[③]，不负莺花盟约。忍缓东风，耐烦迟日，休恁匆匆著。温存桃李，莫教一顿开却。

（以上二首见《永乐大典》卷二千二百六十五“湖”字韵引黄人杰《可轩集》）

[注释]

①玉鉴：美称西湖湖面。 ②蓬壶：蓬莱方壶，喻西湖为人间仙境。③排日：连日。

浣溪沙

江陵二车席次为江梅腊梅赋[①]

的皪江梅共蜡梅，剪金裁玉一时开[②]。黄姑相伴雪儿来[③]。 别驾公余无个事[④]，得将诗酒与栽培。为春留客小徘徊。

（《永乐大典》二千八百零八“梅”字韵引黄人杰词）

[注释]

①二车：即贰车。指州县副职，如长史、通判之类。 ②剪金：蜡梅色黄，故以剪金喻之。 裁玉：指江梅，以其白色，故作此喻。 ③黄姑：星名，即牵牛。词中指腊梅。 雪儿：隋末李密爱姬，词中当指江梅。 ④别驾：官名，宋时指州通判。

生查子

烟雨不多时，肥得梅如许。早有点儿酸，诮没星儿苦。
飞燕恶禁持，又待衔春去。容著水精盐，觅个调羹处。

（《永乐大典》卷二千八百十“梅”字韵引黄人杰《可轩集》）

柳梢青

黄 梅

恰则年时。风前雪底，初见南枝。可噬匆匆[1]，花才清瘦，子已红肥。　　安排酒盏相随。看金弹、累累四垂。渴后情怀[2]，鼎中风味[3]，惟有心知。

（《永乐大典》卷二千八百十“梅”字韵引黄人杰《可轩集》）

[注释]

①噬（shài）：与“可”连用，相当于可是。　②渴后情怀：谓望梅止渴。　③鼎中风味：调和羹。

蓦山溪

翠环惊报，叶底梅如弹。小摘试尝看，齿微酸、生香不断。烟丸露颗，肥得颊儿红，还欲近，浅黄时，风雨摧残半。　　何如珍重，剩著冰盘荐。持酒劝飞仙，似江梅、累累子满。饶将风味，成就与东君，随鼎鼐，著形盐，早趁调羹便。

（《永乐大典》二千八百十“梅”字韵引黄人杰《可轩集》）

满江红

连帅阁学侍郎章公燕客奕濠[1]，漾舟荷香中，景物满前，索词，因赋。时帅已拜兴元命[2]

小队旌旗，又催送、元戎领客。政十顷、荷香微度[3]，草烟横碧。杨柳参差新合翠，水天上下俱齐色。傍野桥、容与绕重湖，严城侧。　　花作阵，舟为宅。敲羯鼓，鸣羌笛。渐夜凉风进，酒杯无力。遥想汉中鸡肋地，未应万里回金勒。看便随、飞诏下南州，朝京国。

（《永乐大典》卷一万五千一百三十九“帅”字韵引黄人杰《可轩集》）

[注释]

①连帅:宋连州连山郡长官,今属广东连州市。 阁学:旧称内阁学士为阁学。 ②兴元:宋代兴元府治在今陕西汉中。 ③政:正。

【补　辑】

瑞鹤仙

飞花闲院落。渐燕觜泥融[1],蜂须香薄。风光未全恶。有出林青杏,殿春红药。东皇旧约[2]。把馀芳、一时留著。等君侯维岳佳辰,惜景为供春酌。　新乐。谁番清韵,非石非金,武城弦索。如闻荐鹗[3],青云外,有飞削。双凫容与,摩天东上,稳步鸾台凤阁。管平泉,昼锦归时,鬓犹未鹤。

[注释]

①觜(zhǐ):鸟嘴。 ②东皇:司春之神。 ③荐鹗:荐书。

贺新郎

寿刘秘书

垛翠云蓬远。日乌高、炎官直午[1],暑风微扇。二六尧蓂秀荚,跨海冰轮待满。怪院落,笙箫如剪。太乙然藜天际下,度卯金仙子[2],生华旦。依日月,近云汉。　经时持橐明光殿。问江乡年来有几,只君方见。入座夫人难老甚,炯炯金霞照眼。笑指点,琼舟权劝。愿得调元勋业就,为红泉石磴轻轩冕。归共作,赤松伴[3]。

［注释］

①孔凡礼按:“日”疑为“白”之误。 ②卯金仙子:指刘姓寿主。 ③孔凡礼按:“枍”当为“松”字。

贺新郎

寿中书舍人

突屼金仙屋[①],素秋深、长空霁雨,万山如浴。惊破元戎呼小队,来看飞泉喷玉。正晚谷,清镜圆熟。还是紫微初度至,对禅关,自奏长生曲。留杖屦,倚松竹。 汉中念远眉休蹙。问擎天拄地,个事只今谁独。看领召环回鹢首[②],笑把江神要束。任碾破,澄波新绿。去了中兴台辅叶,挂貂蝉莫受风埃触。归绿野[③],种瑶簌。

［注释］

①突屼(wù):即突兀,高耸貌。屼,亦作岉,山突貌。 ②鹢(yì)首:指船头、船。鹢,古书中的一种鸟,常画于船头。 ③绿野:指归隐。唐裴度隐居后建绿野堂。

满江红

季琯灰融,盛寒里、梅香乍放。元道是酿成和气,间生名将。马革裹尸男子志[①],虎头食肉通侯相[②]。更胸中、十万拥奇兵,人皆仰。 腰金印,垂玉帐。忠胆锐,雄心壮。倚辕门几望,北州驰想。且倒长江为寿酒,却翻银浦千寻浪。算时来、一笑洗胡尘,迎天仗。

［注释］

①马革裹尸:“男儿要当死于边野,以马革裹尸还葬耳。见《后汉书·

马援传》。后以此谓勇敢杀敌，战死沙场。 ②虎头食肉：谓封侯之相。见《后汉书·班超传》。

满江红

老子生朝，萧然坐离骚窟宅[①]。更莫诧、才雄屈宋[②]，诗高刘白[③]。不向凤凰池上住，不逃鹦鹉洲边迹。谩一官、如水过称呼，诸侯客。 平生志，水投石。首已皓，心犹赤。算陆沉雄奋[④]，总非人力。广武成名惟孺子，高阳适意须欢伯[⑤]。睨醉乡、一笑抚青萍，乾坤窄。

［注释］

①离骚窟宅：指屈原寓所。 ②屈宋：屈原、宋玉。战国时诗人。③刘白：唐时诗人刘禹锡、白居易。 ④陆沉：比喻国土沉沦。 ⑤高阳：指高阳酒徒郦食其，后指好饮酒者。

满江红

老火西流[①]，风露洗、银湾一色。还又近、半秋天气，月将成魄。玉燕来时清梦觉，书麟游处飞仙谪。问东南、一尉着斯人，如何得。 君不学，吴门卒。君不问，长安狄。且持杯半揖，楚江鸂鶒。东府西台看历遍，归来绿野盟泉石[②]。却从容、三万六千朝，追元白。

［注释］

①老火西流：指天气转凉。《诗经·豳风·七月》："七月流火，九月授衣。" 火：火星。 ②绿野：唐裴度归隐后建绿野堂，后代指归隐。

满江红

寿太守

小驻碧油，公两载、重临初度[①]。满全楚，袭人和气，拍天歌舞。波涌荆江流不断，地连巫峡山无数。指此山、此水诵公恩，难忘处。　　民有恨，来何暮。民有愿，归夫遽。各相携卧断，衮衣归路。只恐重劳梦寐，不容十国私霖雨。看便飞、丹诏日边来，朝天去。

[注释]

①初度：生日。

醉蓬莱

记征鸿归候，梦燕来时，雪清梅瘦。寒日迎长，觉微宽宫漏。翼轸分辉[①]，斗牛呈瑞[②]，间气维钟秀。江左风流，夷吾家世，尘源深厚。　　况是新闻，日边增秩，诰墨方妍，玉符将剖。五马西还，看鸳鸿为偶。我有新词，不论龟鹤，会祝公眉寿[③]。南浦长春，西山不老，年华同久。

[注释]

①翼珍：星名，二十八宿之一。　②斗牛：星名，二十八宿之一。③眉寿：长寿。

念奴娇

菊黄萸紫，近重阳、天气秋光如泼。怀燕占熊，还又应、崧岳生申时节。玉女擎香，金仙持送，锦里欢声彻。照人风度，满怀俱是冰雪。　　那更千里江城，政成人化，比春生秋杀。双凤云间御诏墨，将下十行新札。黄阁亨衢，碧油重幕，稳复清毡物。策勋归去，蟠桃犹许三窃[①]。

[注释]

①三窃：神话传说汉东方朔曾三次窃西王母蟠桃。

念奴娇

山光堂下，恰催花雨过，韶华将半。蝶舞回风莺度曲，暖响笙箫庭院。泥轼仙翁，当时此夕，正梦投怀燕。紫髯黄髪，到今如此清健。　岂但风月平分，海沂千里，流得欢声遍。屈宋江山[①]，还助说，莫惜金荷频卷[②]。问寿何如，凤池三到[③]，却放壶天晚。赤松应待[④]，挂冠归伴萧散。

[注释]

①屈宋：指战国时期屈原与宋玉。　②金荷：指酒杯。　③凤池：即凤皇池，唐以前指中书省，唐以后指宰相之职。　④赤松：即赤松子，仙人。

玉楼春

生申时节书云月[①]。惊怪玉梅开不彻。犯寒那得一枝春，要与邦君供胜绝。　可轩有个词清切。解送双凫朝降阙。一声声祝一千年，试倩雪儿歌几阕。

[注释]

①生申：喻生了辅国大臣。《诗经·大雅·崧高》："维岳降神，生甫及申。"甫，指甫侯，申，指申伯。此二人辅佐周室。

贺新郎

晓色收梅雨。玉衡高、寒杓插午，月生银浦。一片祥光横碧落[1]，幻出新晴院宇。拥阆苑、擎香天女。簇引飞仙来瑞世，向乌衣巷陌，生文度。人物似，古怀祖。

履声合上尧阶去。问如何低回计幕，蜀山深处。金字催还知有日，且听尊前妙语。更领略、双成歌舞[2]。愿借流三峡水，与君侯尽作流霞注。觞百举，寿千数。

[注释]

①碧落：指天。　②双成：董双成，神话中西王母侍女。

渔家傲

橘绿橙黄霜落候。小春天气宜晴昼。一片祥光横宇宙。仙乐奏。千官共祝南山寿[1]。　湛露恩波浓似酒。□堂宴罢嵩呼后。压帽宫花红欲溜。还拜手。瞻天望圣徘徊久。

[注释]

①南山寿：祝长寿。南山，指终南山。

祝英台近

绛河清，丹阙晓。云路烛龙照。鹤髮仙翁，笞凤下天眇。莹然璞玉襟怀，层冰风表。镇长住、人间三岛。

怎知道。不用九转丹砂，灵椿自难老[1]。骥子麟儿、勋业付渠了。已持红药开时[2]，赤松游处[3]，寿觞对、壶天倾倒[4]。

[注释]

①灵椿:祝长寿之词。《庄子·逍遥游》言有大椿树八千岁为春,八千风为秋。 ②已持:孔凡礼按,"持"似应为"待"。 ③赤松:赤松子,仙人。 ④壶天:仙境。

胜胜慢

荣喉娇脆,燕体轻盈,争翻妙舞新声。元是君侯生日,爽气澄清。天应人为献寿,春着意、花也留情。恣豪饮,似流觞曲水,前度兰亭[1]。　　况遇湖山官满,无一事、身心分外安宁。买个归舟,随鸥趁鹭长征。逢时了些事业,还未遇、月钓云耕。世尘外,看西真桃熟[2],南极星明[3]。

[注释]

①兰亭:指王羲之于兰亭曲水流觞事。 ②西真:指西王母。 ③南极:即南极老人星。

临江仙[1]

六月炎官收火伞,南薰尽洗烦蒸。十三蓂荚又争青。问知陈仲举,元是此时生。　　别驾功成清暇日,题舆尚带屏星。黑头非晚至公卿[2]。且倾浮蚁酒,来听祝龟龄[3]。

[注释]

①孔凡礼按:此词,《全宋词》引《翰墨大全》丁集卷三,谓为无名氏作,别见。 ②"黑头"句:指年轻官位显赫。 ③龟龄:长寿。

临江仙

江上小春来几许，湘桃已发微妍。开云今夕降飞仙。花神回暖律，天女炷祥烟。　　见说士元方展骥，低回共应尘缘。人间更住一千年。却骑丹凤去，归到五云边[1]。

[注释]

①五云：指天上五色祥云。多喻朝廷宫阙。

临江仙

秋色三分才过二，江城又近重阳。翠蓂双荚为谁芳。梅仙生此日，神物自呈祥 。　　陶菊半黄萸斗紫[1]，一时来共飞觞。祝君腾踏比奇章[2]。玉枝元不许，眉寿与天长。

[注释]

①陶菊：东晋陶渊明爱菊，有名句“采菊东篱下，悠然见南山”。②奇章：唐牛僧孺，历相两朝，封奇章郡公。

临江仙

解事西风真可意，秋声不到尧蓂[1]。尚馀□荚十分清[2]。知君当此际，清梦应长庚。　　道骨仙风元不老，天开鹤算龟龄[3]。更看宝带换红鞓。拂衣辞筦库，谈笑取功名。

[注释]

①尧蓂：传说唐尧时的一种瑞草，可用以记日。　②孔凡礼按：“□”原

缺，据律补。　③鹤算龟龄：古时以鹤、龟为长寿，用此作为祝长寿之语。

蝶恋花

问讯梅花开也未。孕雪含香，春在寒梢尾。试与折来供一醉。寿乡容与生春意。　律转黄钟霜小霁。月姊乘鸾[①]，伴我浮尘世。结取年年今日誓。梅花影里看仙桂。

[注释]

①月姊：指嫦娥。

贺新郎

三月桃花浪。涌荆红、浮光散彩，倚空千丈。杨柳阴中长堤路。一片笙歌暖响。春待晚、气清天亮。闻道君侯生此日，具虎头、飞食封侯相[①]。风度远，襟怀爽。　宝杯为我倾家酿。醉乡深，何妨更尽，吸川鲸量[②]。富贵时来应自有，岂在随人俯仰。且共把、眉头开放。但得仙风长不老，又安知、不做东南将。勋业付，云台上。

[注释]

①孔凡礼按："具"疑应为"真"字。　虎头：指富贵相。　②吸川鲸量：喻酒量大。

瑞鹧鸪

江梅还是嫁东风。夜半春心一点融。知道个人生此日，暗香浮雪荐金钟。　阳春一曲无他愿，长愿梅花似玉容。教见夫荣并子贵,与梅同过百年冬。

清平乐

西风猎猎[1],秋到双蓂荚。天女擎香开寿□,寿酒浮花蘸甲。　　眉间一点轻黄。归帆已载斜阳。去矣留中好住,尧天日月偏长。

[注释]

①猎猎:风声。

沁园春

金虎鸣秋[1],玉龙嘶月,天气正凉。应梦熊时候,叶丹苔碧,栖鸾亭馆,橘绿橙黄。人在兰台公子上[2],更身寄风流屈宋卿[3]。登赏处,记含情纡思,曾赋高唐[4]。　　春明旧家不远,算蝉嫣袭庆,都付仇香。况鹍弦初续,和生角徵,鹗书频下[5],名厕循良。但得西风吹峡水,尽倒卷波澜添寿觞。功业事,有朱颜领略,未许称量。

[注释]

①金虎:指太阳。"玉羊东北上,金虎西南昃。"见刘孝绰《望月有所思》。　②兰台公子:指宋玉。　③风流屈宋:应为"风流宋玉",宋玉曾写《登徒子好色赋》,其序曰:"玉为人体貌闲丽,口多微辞,又性好色,愿王勿与出入后宫。"　卿:孔凡礼按,当作"乡"。　④高唐:战国宋玉曾作《高唐赋序》。　⑤鹗书:荐书。

满江红

腊近嘉平[1],谁教放、梅梢弄雪。更为问、霜前甘泽,应何时节。十英尧蓂开翠羽，一番潘貌蒸红颊。是武夷、六六洞王中[2]，生贤哲。　　头未雪，心犹铁。柔不茹，刚难折。个功名怀抱，试看摅发。渌水中间辞地角，绛霄高处朝天阙。管痴儿、事了挂冠归，方华发。

[注释]

①嘉平：腊月之别称。　②武夷：即武夷仙人，曾与八月十五日大会乡人宴饮曰："汝等皆吾之曾孙也。"此赞寿主乃仙人后代。　六六洞：道教称神仙有三十六洞府。

满江红

居士生朝，元来是、湖山胜日。长共荐、霜前篱落，半黄橙橘。酒压浮蛆新旨醥，香浮瑞兽祥烟密[1]。更小蛮、清唱入时宜[2]，声飘逸。　　湖海量，冰霜质。年未老，身犹屈。记平生操履，几曾亏失。季野阳秋虽有自[3]，伯仁崆峒原无物[4]。待着君、添个老人星，人间出。

[注释]

①瑞兽：指有兽形的香炉。　②小蛮：指歌伎。　③季野：褚裒字季野。为人外无臧否，而内有褒贬，人称"皮里阳秋"。　④伯仁：晋周顗，字伯仁，嗜酒，常因酒失事，略无醒日。

满江红

解语宫商，为谁奏、长生一曲。见说道、宓堂深处[1]，宝香芬馥。月里飞仙云际下，乘鸾来伴凫仙宿。约年年、生日醉冰笤[2]，簪梅玉。　　花与貌，争清淑。云共鬓，斗新绿。尽壶觞为寿，苦无他祝。有子有孙真老大，无嗔无妒家和睦。更莺花、剩着几番封[3]，平生足。

［注释］

①宓堂:静堂。　②冰筥:酒。　③封:培土。

贺新郎

逗晓晴烟敛，过书云[1]，祥开五日，漏添宫线。葭莩飞灰微度暖[2]，脊着梅梢尚浅[3]。怪深院、笙箫如剪。非雾非烟浮月观，就麟书[4]，吐处豪英产。迟绣斧[5]，启华宴。

楚腰舞彻霓裳遍。拥金船[6]，柔纤莹玉，十分争劝。醉入无何休莫问，日下长安非远。况一点、眉黄新见[7]。掩鼻功名须办了，赋归来、却访乔松伴。应未许，雪枝汗。

［注释］

①书云:冬至日，古人望云色而书之，以觇吉凶。　祥开五日:冬至后五日。　②孔凡礼按:"莩"当作"管"字。　③孔凡礼按:"脊"当为"眷"。④麟书:麟吐玉书，孔子出生之兆。见王嘉《拾遗记》。　⑤迟:请。　绣斧:执法大吏。　⑥金船:金杯。　⑦"眉黄"句:升官之吉兆。

贺新郎

急雨收庚暑。倚云峰、祥光万丈，晓窥临汝。金石台边人语闹，惊怪麟书夜吐。又却是、重生申甫[1]。笔底婆澜翻瀚海[2]，更风流，不减王文度[3]。冰共雪，是标矩。

双凫有底人间住。为萍江，一齐洗尽，吏奸民蠹。见说王堂新有诏[4]，趣近尧天尺五。看紫闼黄扉平步[5]。我有新翻长寿曲，愿淮波、衮衮长东注。波未竭，寿无数。

[注释]

①申甫:指辅国之臣。　②孔凡礼按:"婆"疑应作"波"。　③王文度:王坦之,字文度,东晋名士。　④孔凡礼按:"王"当为"玉"。玉堂:指宫殿。　⑤紫闼:帝王宫殿。　黄扉:宰相官署。

鹧鸪天

挺挺君家有祖风[①]。[illegible]任馀庆尚无穷[②]。钓鳌莫问当年事,汗马须收第一功。　何日是,梦维熊[③]。麦光摇翠浪花红。一尊敬为祈难老,要作人间矍铄翁。

[注释]

①挺挺:正直貌。　②譊任:未详。　③梦维熊:指生男孩。"维"无义。

鹧鸪天

落落南班间世英[①],风流人物汉更生。当时良月垂孤处[②],天女惊香下广庭。　鲸作量,兕为觥[③]。尽倾家酿祝修龄。校雠天禄须君辈,藜杖看陪太乙星[④]。

[注释]

①落落:开朗、豁达。　南班:皇族子弟家恩授官例入南班。　②孔凡礼按:"孤"疑应作"弧"。垂弧:古人习俗生男孩垂弧,表志在四方。③觥:酒器。　④太乙星:传说中的天神。主掌文书图籍。

鹧鸪天

瑞霭朝迷紫极宫,梅香轻度琐窗风。关西都护生时节,来吐芳心献寿钟。　头来白[①],频先红[②]。臂强方解挽雕功。银符玉帐轻毡在，稳著功名继乃翁。

［注释］

①孔凡礼按："来"当作"未"字。 ②频先红："频"通"鬓"，即鬓颜，脸面。

菩萨蛮

小春捆就双桃靥[1]，伴他二六尧蓂荚。红绿若为新，个时生玉人。 玉人持酒笑，笑与仙翁道。从此百年中，莺花几度封。

［注释］

①捆就：造就，成就。 双桃靥：脸上酒窝。

虞美人

瑶台夜冷清霜泣，听得双成语[1]。有人乘月下云端，吹彻凤箫来此、伴栖鸾。 尊前有个新番曲，不唱蟠桃熟。一杯聊驻玉精神，长与雪梅争韵、更争春。

［注释］

①双成：董双成，西王母之侍女。

虞美人

吕城春色知何处[1]，试听流莺语。江头别有小壶天[2]，唤起一番花柳、弄芳妍。 主人元是虬髯种，胸次吞云梦[3]。一尊何翅祝长年，看取金枝从此、更蝉联[4]。

[注释]

①吕城：在今江苏丹阳县东。 ②壶天：神话中的仙境。 ③吞云梦：胸次宽阔。 云梦：云梦泽。 ④蝉联：疑即蝉联。络绎不绝。

虞美人

菊花不等重阳到，昨夜都开了。问知仙子是生辰，采翠浮金来供、玉壶春。 周郎莫计文君寿[1]，头白须相守。从今更数百年期，月底云间同跨、彩鸾归。

[注释]

①周郎：原指周喻，借指风流倜傥的青年。 文君：原指卓文君，借指才女。

虞美人

蓂飞八叶书云后，此日孙枝秀。爱他风味似吾人，都是笔头能篆、又能文。 青青两鬓年方壮，儿女俱成长。要添福寿与荣华，教取一庭兰玉、共成家[1]。

[注释]

①一庭玉兰：指子孙俊杰优秀。

虞美人

疏梅淡月年年好，景思今年早。迎长时节近佳辰，看取衮衣华髮、尽麒麟。 酒中倒卧南山绿，起舞人如玉。风流椿树可怜生，长与柳枝桃叶、共青青。

[注释]

①衮衣:指朝服。

念奴娇

寿暨提干

挽红留翠,为东皇、那住二分春色[①]。燕舞回风莺度曲,晴昼光生瑶席。天女擎香,长庚入梦,还有飞仙谪。方瞳方颊,玉壶清浸胸臆。　　休问辟谷延年[②],介君眉寿,自有阴功□[③]。膝下鹓雏俱擢秀,争奋摩天云翼。白雪声中,黄流影里,且放琼舟侧。醉乡深处,兴来时拊金伏[④]。

(以上三十九首俱见《诗渊》第二十五册,引自孔凡礼《全宋词补辑》)

[注释]

①东皇:司春之神。　②辟谷:道家以不食五谷而修炼长生之术。③孔凡礼按:"□"原缺,据律补。　④金伏:未详。似指金色之弦乐器。

蔡　戡

蔡戡(1141—?)，蔡襄四世孙，字定夫，莆田人。乾道二年(1166)进士。八年，知江阴军。淳熙十年(1183)，淮东总领。十一年，湖广总领。绍熙元年(1190)，知明州，被论罢，后又于绍熙五年为司农卿兼知临安府。宁宗庆历元年(1041)，帅豫章。韩侂胄当国，乃请老。戡善诗文，有《定斋集》。

点绛唇

百　索[①]

纤手工夫，采丝五色交相映。同心端正，上有双鸳并。　　皓腕轻缠，结就相思病。凭谁信，玉肌宽尽，却系心儿紧。

[注释]

①百索：汉时民俗，于五月五日以五色朱索饰门户，云可辟恶气。后代于是以五色线带儿项上，或以系臂，以辟不祥，谓之百索。

水调歌头

南徐秋阅宴诸将[①]，代老人作

肃霜靡衰草，骤雨洗寒空。刀弓斗力增劲，万马骤西风。细看外围合阵，忽变横斜曲直，妙在指麾中。号令肃诸将，谈笑听元戎[②]。　　坐中客，休笑我，已衰翁。十年重到，今日此会与谁同。差把龙钟鹤髪[③]，来对虎头燕颔[④]，年少总英雄。飞镞落金碗，酣醉吸长虹。

[注释]

①南徐:州名,东晋南渡,侨置徐州于京口(今属江苏镇江),南朝宋时以江南晋陵地为南徐州,仍治京口。 秋阅:秋日例行阅兵。 ②元戎:指元帅。 ③差(cuō)把:勉强把。 ④虎头燕颔:古谓“飞而食肉”之俊伟的虎将。

水调歌头

送赵帅镇成都

拥节出闽峤,易镇上岷山。东西崄岨,分陕初不在荣观。痛念两河未复,独作中流砥柱,屹若障狂澜。极目神京远,百万虎貔闲。 趁良时,摅豹略,勇声欢。风飞雷厉,威行逆虏胆生寒。汉寝周原如旧①,一扫腥膻丑类,谈笑定三关②。识取投机会,莫作等闲看③。

(以上三首见《定斋集》卷二十)

[注释]

①汉寝周原:汉代的陵寝,周地的原野,泛指中原地区。 ②三关:亦指中原地区。 ③唐氏按:“威行逆虏”《定斋集》作“威令敌国”,“腥膻丑类”作“边城烽火”,盖清四库馆臣所改。今据《永乐大典》卷一万五千一百三十九“帅”字韵引蔡《定斋集》校正。

何澹

何澹(1146—?),字自然,龙泉(今属浙江)人。乾道二年(1166)举进士第。澹善谈论,少年取科第,急于荣进。淳熙十三年(1186),任将作少监,十五年为国子监祭酒,绍熙元年(1190),出任右谏议大夫。庆元元年(1195)任御史中丞。二年,除同知枢密院事,四月,又除参知政事。嘉定元年(1208),以观文殿学士知建康府兼江淮制置大使。有《小山集》。

鹧鸪天

绕花台

庾岭移来傍桂丛,绕花安敢望凌风。癯儒合作孤芳伴,四面相看一笑同。　　冰照座,玉横空。雪花零落暗香中。有人醉倚阑干畔,付与江南老画工。

(《永乐大典》卷二千六百零四“台”字韵引《小山杂著》)

桃源忆故人①

拍堤芳草随人去,洞口山无重数。剪朝露成树,争晚渔翁住。　　今人忍听秦人语,只有花无今古。欲饮仙家寿酹②,记取桥边路。

(《永乐大典》卷三千零五“人”字韵引何澹《小山杂著》)

[注释]

①桃源忆故人:词用调名本意,记渔翁误人桃源,遇避秦之人。　②寿酹:祝寿之酒。

满江红

和陈郎中元夕

灯夕筵开，人物共、英词三绝。环坐处、袖中珠玉，郢中春雪[1]。红烛星繁销夜漏，紫霞香满催歌拍。算新年、何处不风光，三山别。 云表殿[2]，千层结。花藉锦，添明月。更浮屠七塔，万枝争发。多谢一天驱宿霭，故教三日成佳节。更何须、海上觅蓬莱，真仙阙。

[注释]

①郢中春雪：郢中《阳春》、《白雪》，指高雅的乐曲。宋玉《对楚王问》："客有歌于郢中者……其为《阳春》、《白雪》，国中属而和者不过数十人。" ②云表殿：殿堂高出云外。

满江红

再和诸人元夕新赋

乐禁初开[1]，平地耸、海山清绝。千里内、欢声和气，可融霜雪。盛事总将椽笔记，新歌翻入梨园拍。道古来、南国做元宵，今宵别。 灯万碗，花千结。星斗上，天浮月。向玉绳低处[2]，笙箫高发。人物尽夸长乐郡[3]，儿童争庆烧灯节。疑此身，清梦到华胥[4]，朝金阙。

[注释]

①"乐禁"句：指朝廷取消禁乐之令。 ②玉绳：星名，玉衡（北斗第五星）北两星为玉绳。词中泛指星星。 ③长乐郡：地名，今之福州，古名长乐。 ④华胥：古代寓言中的理想国。《列子·黄帝》："（黄帝）昼寝而梦，游于华胥氏之国……其国无帅长，自然而已；其民无嗜欲，自然而已；不知乐生，不知恶死，故无夭殇；不知亲己，不知疏物，故无爱憎；不知背

逆，不知向顺，故无利害。”

鹧鸪天

灯夕雨雪

好景良辰造物悭[①]，一年灯火遽摧残。雨淋夹道星千点，雪阻游人路九盘。　停社舞，撤宾筵。谩烧银烛照金莲[②]。不如我入香山社[③]，一盏青灯说夜禅。

（以上三首见《永乐大典》卷二万零三百五十四“夕”字韵引何澹《小山杂著》）

[注释]

①造物悭（qiān）：意谓造化吝惜，不让放晴。　②“谩烧银烛”句：即夜烛照金莲。唐裴廷裕《东观奏记》上：“上将命令狐绹为相。夜半，幸含春亭召对，尽蜡烛一炬，方许归学士院，乃赐金莲花烛送之。院吏忽见，惊报院中曰：‘驾来。’”词中以此喻受宠用。　③香山社：白居易晚年与僧如满结香山香火社，研习禅道。

陈三聘

陈三聘，生卒不祥，字梦弼，吴郡（今江苏苏州）人。擅词，尝和范成大词，有《和石湖词》一卷。

满江红

冬 至

薄日轻云，天气好、相将祈谷。民情喜、颂声洋溢，清风斯穆。饮酒不多元有量，吟诗无数添新轴。对古人、一笑我真愚，君无俗。　　斜川路，经行熟。黄花在，归心足。问渊明去后，有谁能属。神武衣冠惊梦里[①]，江湖渔钓论心曲。但从今、散髮更披襟，谁能束。

[注释]

①神武衣冠："（弘景）家贫，求宰县不遂。永明十年，脱朝服挂神武门，上表辞禄。"见《南史·陶弘景传》。词中指辞官归隐。

满江红

天岂无情[①]，天若道、有情亦老。功名事、问天因甚，蒙人不了。好伴云烟耕谷口，休将翰墨传江表。算鬓边、能得几春风，惊秋早。　　陶令尹[②]，张京兆[③]。怀舒啸，贪荣耀。尽南柯一梦[④]，漏残钟晓。滕阁暮霞孤鹜举[⑤]，庾楼明月乌飞绕[⑥]。念老来、于此兴无穷，知音少。

[注释]

①天岂无情："衰兰送客咸阳道，天若有情天亦老。"见唐李贺《金铜

仙人辞汉歌》。　②陶令尹：指陶渊明，陶曾为县令。秦汉以后，令尹常为县官的通称。陶渊明辞官归隐，舒啸田园山林。　③张京兆：指张敞，汉宣帝时任京兆尹等职，极尽荣耀。　④南柯一梦：唐李公佐著《南柯太守传》记人梦为附马，出为太守，显赫极一时，醒来方知梦入蚁国，封邑乃南柯一枝而已。古代常以此讽喻人生若梦，应淡泊功名利禄之心。　⑤"滕阁"二句："落霞与孤鹜齐飞，秋水共长天一色。"见唐王勃《滕王阁序》。⑥庾楼：即庾公楼，晋庾亮为江荆豫州刺史治武昌，曾与僚属登南楼赏月，谈咏竟夕，传为文人雅事。

满江红

雨后携家游西湖，荷花盛开

绀縠浮空[1]，山拥髻、晚来风急。吹骤雨、藕花千柄，艳妆新浥。窥鉴粉光犹有泪，凌波罗袜何曾湿。讶汉宫、朝罢玉皇归，凝情立。　　尊前恨，歌三叠。身外事，轻飞叶。怅当年空击、誓江孤楫[2]。云色远连平野尽，夕阳偏傍疏林入。看月明、冷浸碧琉璃，君须吸。

［注释］

①绀縠（hú）：深青透红色的轻纱。词中指雨后转晴的天空。　②"怅当年"二句：用祖逖中流击楫，立誓收复中原事，隐含由大好山河想到中原故土，以及当年立誓收复失地的雄心壮志。

满江红

斜日熔金，三万顷、棹歌齐举。风不动、采蘋双桨，翠鬟相语。月殿欲浮蟾兔魄[1]，海神不放鱼龙舞[2]。到今宵、秋气十分清，无今古。　　君试唤，扁舟侣[3]。来伴我，潇湘渚。共夷犹春浪，笑歌秋浦。霸越独高身退后[4]，尘缨未濯人谁许。叹酒杯、不到子陵台，刘伶土[5]。

［注释］

①“月殿”句：指天清月明。 ②“海神”句：指天晴云收。 ③扁舟侣：传春秋越国范蠡助勾践灭吴后偕西施隐去，游五湖，不知所终。 ④霸越：指范蠡助勾践灭吴，使越称霸东南。 ⑤刘伶土：晋刘伶与嵇康、阮籍等纵酒放逸，后世以为蔑视礼法，逃避现实的典型。唐李贺《将进酒》：“劝君终日酩酊醉，酒不到刘伶坟上土。”

千秋岁

重到桃花坞[1]

当年渔隐，路转桃溪汇。流水下，青山外。客行花径曲，月上松门对。撑艇子，雪中蓑笠亲曾载。 老去谁倾盖，腰瘦频移带。人健否，花仍在。明年春更好，来向花前醉。青鬓改，恁时难拚千金买[2]。

［注释］

①桃花坞：从词意看，当指湖南桃源桃花坞。 ②千金买：指酒。唐李白《将进酒》：“五花马，千金裘，呼儿将出换美酒，与尔同销万古愁。”

浣溪沙

烛下海棠

酒力先从脸晕生[1]，粉妆新丽笑相迎。晓寒高护彩云轻。 不语似愁春力浅，有情应恨烛花明。更于何处觅倾城[2]。

[注释]

①"酒力"句：形容海棠花色晕红。 ②倾城：倾国倾城，本指绝色女子，词中指如海棠一样妍丽的花卉。

浣溪沙

翠幕遮笼锦一丛，尊前初见浅深红。淡云和月影葱茏。 醉态只疑春睡里，啼妆愁听雨声中。更烧银烛醉东风。

浣溪沙

新安驿席上留别[1]

不怕春寒更出游，兰桡飞动却惊鸥。烟光佳处辄迟留。 屏曲未曾歌醉梦，眉尖空只锁闲愁[2]。从教丝柳绊行舟。

[注释]

①新安驿：当指今浙江淳安县西之古新安郡驿。 ②唐氏按："只"原误作"尺"，从《彊村丛书》本《和石湖词》。

浣溪沙

越浦潮来信息通[1]，吴山不见暮云重。人生何事各西东。 烟外好花红浅淡，雨馀芳草绿葱茏。苦无欢意敌春浓。

[注释]

①越浦：此指浙之钱塘江。

浣溪沙

元夕后三日王文明席上[1]

点检尊前花柳丛[2],于中偏占牡丹风。等闲言语惯迎逢。 扇影不摇珠的皪[3],钗梁斜亸玉玲珑。梦魂长向楚江东。

[注释]

①王文明:陈三聘友人,年里未详。 ②点检:巡阅,品赏。 ③的皪:明亮貌。

浣溪沙

不跃银鞍与绣鞯,曲筇芒跻见衰年[1]。寻幽未立渡头船。 碧涧芹羹珍下箸,红莲香饭乐归田。不妨尊酒兴悠然。

[注释]

①曲筇(qióng)芒跻:筇竹杖与草鞋。

浣溪沙

帘押低垂月影疏,梅枝和雪玉相扶。儿家春信入来无[1]。 半坠宝钗慵览镜,任偏罗髻却拈书。琴心谁与问相如。

[注释]

①入来无:进来了吗? 无:疑问语气词。

朝中措

丙午立春大雪[①]，是岁十二月九日丑时立春

朝来和气满西山，拄颊小阑干[②]。柳色野塘幽兴，梅花纸帐轻寒。　　三杯淡酒，玉腴蔬嫩，青缕堆盘。细写池塘诗梦，玉人剪做春幡。

[注释]

①丙午：淳熙十三年（1186）。　②拄颊：王子猷以手版拄颊云西山朝来致有爽气，表现了一种高简孤傲的情怀。见《世说新语·简傲》。

朝中措

求田何处是生涯[①]，双鬓已先华。随分夏凉冬暖，赏心秋月春花。　　吾年如此，愁来问酒，困后呼茶。结社竹林诗老，卜邻江上渔家。

[注释]

①求田：求田问舍，喻胸无大志，只顾家业。

朝中措

去年曾醉杏花坊，柳色间轻黄。重觅旧时行迹，春风满路梅香。　　平沙岸草，夫差故国[①]，知是吾乡。梦断数声柔橹，只应已过横塘[②]。

[注释]

①夫差故国：夫差为春秋吴国之主。陈三聘故乡在吴郡，古属吴。②横塘：在今江苏吴县西南，景物佳丽。陆游、范成大于此多有题咏之作。

朝中措

草堂春过一分馀，幽事酒醒初。琴调细鸣焦木[①]，矢声不断铜壶[②]。　关心药里，忘年蓑笠，自著潜夫。雨后长镵东麓[③]，月明短艇西湖。[④]

[注释]

①焦木：指琴。古琴有名焦尾者，为汉蔡邕以焦桐所制。　②矢声：滴漏铜壶中标计刻度的箭（矢），漏下沉则发声，曰矢声。　③长镵东麓：在东麓躬耕。　镵：掘土工具。　④唐氏按：此首别误作范成大词，见《历代诗馀》卷十七。

朝中措

秋山横截半湖光，湖渚橘枝黄。纨扇罢摇蟾影，练衣已怯风凉。　插红裂蟹，银丝鲙鲫[①]，莫负传觞。醉里乾坤广大，人间宠辱兼忘。

[注释]

①"插红"二句：谓蟹膏发红，鲫丝雪白，皆应时美食。

蝶恋花

阊阖城西山四面[①]。鸭绿粼粼，轻拍横塘岸。一阵东风羊角转[②]。望中已觉孤帆远。　独恨寻芳来较晚。柘老桑稠，农务村村遍。山鸟劝酤官酒贱[③]，炊烟深巷听缲茧。

[注释]

①阊阖城：词中似指阊门，即苏州古西城门。　②羊角：扶摇羊角，皆为狂飚名。词中指回旋的风。　③“山鸟”句：提壶芦（即鹈鹕）鸟，鸣声如曰：提壶芦。故有“提壶芦，劝美酒”之言。　酤：同“沽”。

南柯子

别后惊人远，归心怯橹柔。晚天凉思冷于秋，冷浸一溪明月、水弥流[1]。　醉里狂仍在，吟馀趣极幽。夜深何用数更筹，别有好风吹酒、不须求。

[注释]

①弥流：满溪流淌。

南柯子

烟树观前浦，风蘋听远洲。等闲来上水边楼，怅望天涯、何处有归舟[1]。　香断灯花夜，歌停扇影秋。欲缄尺素说离愁，不见双鱼、空有大江流。

[注释]

①“等闲”二句：宋柳永《八声甘州》：“想佳人，妆楼颙望，误几回，天际识归舟。”

南柯子

七　夕

月傍云头吐，风将雨脚吹。夜深乌鹊向南飞[1]，应是星娥颦恨[2]，入双眉。　旧怨垂千古，新欢只片时。一年屈指数佳期，到得佳期别了、又相思。

[注释]

①"夜深"句："月明星稀，乌鹊南飞。"词中指逢风雨夜，鹊桥难就。见曹操《短歌行》。 ②星娥：指织女。

水调歌头

玉鉴十分满[①]，清露一年秋。漂流踪迹，谁念楚尾与吴头。此夜刮明尘眼，望极好张诗胆。何处有高楼。浩荡银潢冷[②]，缥缈白云浮。 笑劳生[③]，难坎止，亦乘流[④]。阑干拍碎，清夜起舞不胜愁。万里关河依旧，一寸功名乌有。清泪滴衣裘。老去心空在，归梦绕蘋洲。

[注释]

①玉鉴：指满月。 ②银潢：谓银河。 ③劳生：指辛劳的生活。④坎止、乘流：即流行坎止。指遇艰险则止，逢顺利则行，顺乎形势。

水调歌头

燕山九日作[①]

有客念行役，劲气凛于秋。男儿未老，衔命如虏亦风流。决定平戎方略[②]，恢复旧燕封壤[③]，安用割鸿沟[④]。莫献肃霜马[⑤]，好衣白狐裘。 我何人，怀壮节，但凝愁。平生未逢知己，哙伍实堪羞[⑥]。金马文章何在，玉鼎勋庸何有，一笑等云浮。拚断好风月，羯鼓打梁州。

[注释]

①燕山：在河北蓟县东南直至海滨。此为和范成大乾道六年

(1170)使金之作。 ②平戎方略：指平金谋略。 ③旧燕封壤：指河北北部和东北部一带。 ④鸿沟：古渠名，秦末楚汉相争时，曾约定以鸿沟为界，鸿沟东为楚地，鸿沟西为汉境。 ⑤肃霜：即骕骦，骏马名。 ⑥哙伍："信尝过樊将军哙，哙跪拜迎送，言称臣……信出门，笑曰：'生乃与哙等为伍！'"见《史记·淮阴侯列传》。其意甚鄙视樊哙，不屑与之为伍。

西江月

诗眼曾逢花面，画图还识春娇。当年风格太妖饶，粉腻酥柔更好。 酒晕不温香脸，玉慵犹怯轻绡。春风别后又秋高，再见只应人老。

西江月

春事已浓多日，游人偏盛今年。梨花寒食雨余天，鸭绿含风浪浅①。 翠袖半粘飞粉，罗衣尚怯轻寒。不辞归路委香钿②，门外东风如箭。

［注释］

①鸭绿：绿色，指水面。 ②香钿：金花形的女子头饰。

鹊桥仙

七 夕

银潢仙仗，离多会少，朝暮世情休妒。夜深风露洒然秋，又莫是、轻分泪雨。 云收雾散，漏残更尽，遥想双星情绪。凭谁批敕诉天公①，待留住、今宵休去。

[注释]

①批敕:批示敕文。 敕:皇上对下告谕性的文字,如诏书等。

宜男草

摇落丹枫素秋后,舞长亭、尚馀衰柳。别梦回、忆得霜柑分我,应自有、浓香噀手[①]。 宿酲谁解三杯酒,晓山横、望中衔斗。人去也、纵得相逢似旧,问当日、红颜在否。

[注释]

①唐氏按:原无"自"字,据《彊村丛书》本《和石湖词》补。 噀手:浣手。

宜男草

绿水粘天净无浪,转东风、縠纹微涨。个中趣、莫遣人知,容我日日、扁舟独往。 平生书癖已无恙,解名缰、更逃羁网。春近也,梅柳频看,枝上玉蕊、金丝暗长[①]。

[注释]

①金丝:柳丝。

秦楼月

云衣薄,春晴自有东风掠。东风掠,试听枝上,几声乾鹊。 曲屏心事新题却,离愁何用堆眉角。堆眉角,今朝莫是、打头风恶[①]。

[注释]

①打头风：指迎面而来的风，即逆风。

秦楼月

花前狭，翠茵围坐花阴合。花阴合，闲情不似，一双狂蝶。　　春沟何处寻红叶[①]，春寒料想罗衣怯。罗衣怯，午醺醒未，翠衾重叠。

[注释]

①“春沟”句：卢渥临御沟，拾得红叶一片，上有宫女题诗，终成眷属。见范摅《云溪友议》卷十。

秦楼月

光风薄，杨花欲谢春应觉。春应觉，一庭红杏，粉花吹落。　　冶游无复飞红索，凭高独上湖边阁。湖边阁，黄昏独倚，画阑西角。

秦楼月

青楼缺，楼心人待黄昏月。黄昏月，入帘无奈，柳绵吹雪。　　谁人弄笛声呜咽，伤春未解丁香结。丁香结，鳞鸿何处[①]，路遥江阔。

[注释]

①“鳞鸿”句：鱼鸟传书，此指不见书信。

秦楼月

春膏集[①],新雷忽起龙蛇蛰。龙蛇蛰,柳塘风快,水流声急。　　伤心有泪凭谁浥,尊前容易青衫湿。青衫湿,渡头人去,野船鸥立。

[注释]

①春膏:春天肥沃的土地。

念奴娇

浮云吹尽,卷长空、千顷都凝寒碧。兔杵无声风露冷[①],天也应怜人寂。故遣姮娥,驾蟾飞上,玉宇元同色。天津何事,此时偏界南北[②]。　　不但对影三人[③],我歌君和,我舞君须拍。涤洗胸中愁万斛,莫问今宵何夕[④]。老矣休论,著鞭安用[⑤],一笑真狂客。夜深归去,烂然溪上阡陌。

[注释]

①兔杵:传说月中有玉兔捣药。　杵:为捣药的棒槌。　②"天津"二句:谓银河横亘东西。　③对影三人:"举杯邀明月,对影成三人。"见唐李白《月下独酌》。　④今宵何夕:犹今夕何夕。《诗经·唐风·绸缪》:"今夕何夕,见此良人。"唐杜甫《赠卫八处士》:"人生不相见,动如参与商。今夕复何夕,共此灯烛光。"　⑤著鞭:占先。传孙盛《晋阳秋》记刘琨与亲旧书曰:"吾枕戈待旦,志枭逆虏。常恐祖生先吾著鞭耳。"

念奴娇

晴风丽日,算东君、坼遍梅心桃萼[①]。独有名花开殿后[②],一笑嫣然如昨。黄袂层肤,霞冠高拥,多态春才觉。

雨巾风帽，故人来趁花约。　　好是罗绮添春，香风环坐，半醉金钗落。老去心情难似旧，手捻花枝为乐。麝馥萦愁，妆花凝恨，莫惜金荷酌[3]。酒阑花睡，梦魂重到京洛。

［注释］

①坼遍：开遍。　②名花：从词意看，当指牡丹。　③金荷：金质酒杯。

念奴娇

水空高下，望沉沉一色，浑然苍碧。天籁不鸣凉有露，金气横秋寂寂。玉宇琼楼，望中何处，月到天中极。御风归去，不愁衣袂无力。　　此夜飘泊孤篷，短歌谁和，自笑狂踪迹。咫尺蓝桥仙路远[1]，窅窅云英消息[2]。疏影婆娑，恍然身世，我是尊前客。一声凄怨，倚楼谁弄长笛。

［注释］

①蓝桥：桥名，在陕西蓝田县东南蓝溪之上，传说其地有仙窟，为唐裴航遇女仙云英处。　②窅窅（yǎo）：遥远。

念奴娇

馀霞飞绮，望长天、顷刻云容凝碧。今夕江皋风力软[1]，明日波心头白。客舸东流，语离深夜，遣我新愁积。春融花丽，定知天相行色。　　别后一纸乡书，故人相问，好趁秋鸿翼。空有佳人千点泪，锦字机中曾织。利锁名缰，古今同是、谁失知谁得。来朝愁望，旧楼何处西北。

[注释]

①江皋:江边。

念奴娇

和徐尉游石湖

扁舟此计,问当年、谁与寻盟鸥鸟。许国勋名彝鼎在[①],风月不妨吟笑。碧草台边,红云溪上,寿杖扶诗老。水浮天处,未应俗驾曾到。　盛事埒美知章[②],鉴湖君赐,宸翰今题号[③]。指点飞烟轻霭外,有路直通仙岛。蓑笠渔船,琴书客坐,清夜尊罍倒。未须归去,片蟾初上林表。

[注释]

①彝鼎:古代宗庙礼器,其上刻铭纪功德之文。　②知章:唐贺知章,晚年居会稽鉴湖。　③宸翰:御笔。范成大居石湖,孝宗亲题"石湖"二字以赐。

惜分飞

莫唱骊驹容首聚[①],花径重来微步。从此朝天去,故山怨鹤栖猿侣。　试卜西园春在否[②],无奈蒙蒙细雨。明日长亭路,断魂芳草人何处。

[注释]

①骊驹:逸《诗》篇名,为告别之诗。　②西园:汉上林苑名。词中泛指故园林。

梦玉人引

别来何处，酒醒后，梦难觅。晚日溪亭，清晓便挂帆席。满载离愁，指去程、还作江南行客。日断层城，数迢迢山驿。　　素巾空染，泪痕斑、应是暗中滴。记得轻分，玉箫犹自凄咽[①]。昨夜东风，梅柳惊春色。料伊也、没心情，过却好天良夕。

[注释]

①玉箫：唐韦皋与侍婢玉箫有情，韦逾期未返，玉箫绝食而卒，后转世终为伴侣。见范摅《云溪友议》卷三。

梦玉人引

倚阑干久，人不见，暮云碧。芳草池塘，春梦暗惊诗客。昨夜溪梅，向空山、雪里轻匀颜色[①]。好赠行人，折枝南枝北。　　雨巾风帽，昔追游、谁念旧踪迹。料得疏篱，暗香时度风息。淡月微云，有何人消得。便归去，踏溪桥，慰我经年思忆。

[注释]

①唐氏按：原无“空山”二字，据《彊村丛书》本补。

如梦令

红紫不将春住，风定更飘无数。溪涨绿含风，短艇晚横沙渡。归去，归去，肯念西池鸳鹭。

如梦令

珍重故人相许，来向水亭幽处。文字间金钗，消尽晚天微暑。无雨，无雨，不比寻常端午。

菩萨蛮

筇枝探得梅开了，青鞋渐踏江头草。日日作东风，海棠相次红。　　离多良会少，此计应须早。莫待作行人，却将愁送春。

菩萨蛮

元夕立春①

春城办得红蕖了，红蕖未点春先到。新月入新年，方才今夜圆。　　云屏谁为隔，肠断金钗客。好语写春幡，都教席上看。②

［注释］

①元夕：正月十五。　②唐氏按：此首别误作范成大作，见《历代诗馀》卷九。

菩萨蛮

杨花满院飞红索，春光不似人情薄。楼阁断霞明，梨花开晚晴。　　玉虬香散后①，扶困三杯酒。不是听思归，归心思此时。

[注释]

①玉虬：玉饰镳勒的马。词中指女子乘车。

临江仙

夜饮只愁更漏促，留连笑罥蔷薇[1]。歌声缭绕彻帘帏。坐中清泪落，梁上暗尘飞。　重睹舞腰惊束素，不应更褪罗衣。别来容易见来稀。次公狂已甚[2]，不醉亦忘归。

[注释]

①罥(juàn)：挂。　②次公：汉盖宽饶字次公。盖性刚猛，尝在宣帝许后父平恩侯许广汉座上拒绝广汉敬酒，说："无多酌我，我乃酒狂！"苏轼《赠孙莘老十绝》："时复中之徐邈圣，毋多酌我次公狂。"

临江仙

白首故人重会面，论交尔汝忘形[1]。从今心迹喜双清。飞鸿追往事，为蝶笑馀生[2]。　琥珀杯浓春正好，此怀端为君倾。旧时猿鹤敢寒盟[3]。鸠居从拙计[4]，鹏翼任高程。

[注释]

①论交尔汝：谓忘形之交。即不拘形迹的亲密友谊。《世说新语·言语》"祢衡被魏武谪为鼓吏"注引《文士传》："少时与孔融作尔汝之交，时衡未满二十，融已五十。"杜甫《醉时歌》："忘形到尔汝，痛饮真吾师。"②为蝶："昔者庄周梦为胡蝶，栩栩然胡蝶也。自喻适志也。不知周也。俄然觉，则蘧蘧然周也，不知周之梦为胡蝶与？胡蝶之梦为周矣。"见《庄子·齐物论》。词中喻人生虚幻。　③旧时猿鹤：指往昔君子之交。《艺文类聚》卷九十引《抱朴子》："因穆王南征，一军尽化。君子为猿为鹤，小

人为沙为虫。” 敢:岂敢。 寒盟:背约。 ④鸠居:“维鹊有巢,维鸠居之。”见《诗经 · 召南 · 鹊巢》。谓鸠性拙,不善营巢,而居鹊所成之巢。词中谦称自己寓居他乡。

减字木兰花

凝云不动,玉海无声千丈冻。来倚阑干,襟袖凭虚彻骨寒。　　归心易折,后夜月明应恨别。罨画图边[①],著我披蓑上钓船。

［注释］

①罨(yǎn)画:杂色的彩画。

减字木兰花

东篱黄菊,细捻香枝人事熟。少缓芳尊,且醉侬家麹米春[①]。　　老人斋戒,底事新来移角带[②]。归梦相关,明月松江万顷宽。

［注释］

①麹米春:酒名。 ②底事:因何。 移角带:即移带,指人消瘦。

减字木兰花

盈盈袅袅,欲问卿卿还好好。无奈娇何,折折湘裙薄薄罗。　　尊前顾曲,舞作回风花拍促。压尽时流,棋里输伊一百筹。

减字木兰花

先生困熟，万卷书中聊托宿。似怯清寒，更爇都梁向博山[①]。　游仙梦杳，啼鸟声中春又晓[②]。未著乌纱，独坐溪亭数落花。

［注释］

①爇（ruò）：点燃。　都梁：兰的别名。　博山：博山炉，表面雕刻作重叠山形的香炉。　②"啼鸟"句："春眠不觉晓，处处闻啼鸟。"见唐孟浩然《春晓》。

减字木兰花

殷勤举白，昨夜东风犹有雪。莫恨春迟，曾见梅花第一枝。　阴晴未决，早晚清明新火活。梦绕秦楼，欲趁归潮上客舟。

鹧鸪天

酒晕从教上脸丹，春愁何事点眉山[①]。都将别后深深意，且向尊前细细看。　多少恨，说应难。粉巾空染泪斓斑。炉猊筝雁长闲却[②]，明月楼心夜正寒。

［注释］

①点眉山：画眉。　眉山：形容眉妩媚如远山。　②炉猊：即狮形香炉。　筝雁：即琴筝等弦乐器。

鹧鸪天

指剥春葱去采蘋，衣丝秋藕不沾尘。眼波明处偏宜笑，眉黛愁来也解颦。　　巫峡路，忆行云。几番曾梦曲江春。相逢细把银釭照[1]，犹恐今宵梦似真。

［注释］

①反用唐杜甫《羌村三首》其一“夜阑更秉烛，相对如梦寐”诗意。

［集评］

况周颐云：“陈梦弼和石湖词《鹧鸪天》云：‘指剥春葱去采蘋……’歇拍用晏叔原‘今宵剩把银釭照，犹恐相逢是梦中’句。恐梦似真，翻新入妙，不特不嫌沿袭，几于青胜于蓝。”（《蕙风词话》卷二）

鹧鸪天

昨夜东风怒不成，晓来犹自扫残英。半酸梅子连枝重，无力杨花到地轻。　　情易感，涕先零。玉虬香冷更凄清。事如芳草绵绵远，恨比浮云冉冉生。

鹧鸪天

雪　梅

剪碎霜绡巧作团，玉纤特地破朝寒。疏花好向钗横见，瘦影难敲月堕看。　　将旧恨，入眉弯。不须多样缕金幡。当时千点东风泪，怪见妆成粉未干。

好事近

我欲御天风，飞上广寒宫阙。撼动一轮秋桂，照人间愁绝。　　归来须著酒消磨，玉面点红缬[1]。起舞为君狂醉，更何须邀月。

[注释]

①红缬：红扑扑的脸色。染彩曰“缬”。

好事近

枝上几多春，数点不融香雪。纵有笔头千字，也难夸清绝。　　艳桃秾李敢争妍，清怨笛中咽[1]。试策短筇溪上，看影浮波月。

[注释]

①清怨笛中咽：笛中曲有《梅花三弄》，亦名《落梅花》、《梅花落》，词取其意，谓梅之消歇。

卜算子

雪后竹枝风，醉梦风吹醒。瘦立寒阶满地春，淡月梅花影。　　门外辘轳寒，晓汲喧金井。长笛何人更倚楼，玉指风前冷。

卜算子

涧下水声寒，壑底松风静。时有清香度竹来，步月寻疏影。　　往事属东风，试问花应省。曾是花前把酒人，别梦溪堂冷。

三登乐

南北相逢，重借问、古今齐楚。烛花红、夜阑共语。怅六朝兴废，但倚空高树。目断帝乡，梦迷雁浦。　　故人疏、梅驿断[1]，音书有数。塞鸿归，过来又去。正春浓，依旧作、天涯行旅。伤心望极，淡烟细雨。

[注释]

①梅驿：《太平御览》卷九百七十引南朝宋盛弘之《荆州记》："陆凯与范晔相善，自江南寄梅花一枝，诣长安与晔，并赠花诗：'折花逢驿使，寄与陇头人。江南无所有，聊赠一枝春。'"

三登乐

注望晓山，晴色丽、晨餐应饱。縠纹平、涨天渺渺。倚藤枝，撑艇子，昔游曾到。江山自古，水云转好。
怅年来、心纵在，盟寒鸥鸟。故人中、黑头渐少。问几时、寻旧约，石矶重扫。一竿钓月，鬓霜任老。

三登乐

久蛰群虬，犹未肆、新雷初启。鼓东风、雨膏为洗。望横塘、越溪路，石湖烟水。西接洞庭，下连甫里[1]。
忆当年、归计早，扁舟从此[2]。祖清风、相门有几。圃堂高、应解笑，纷纷蜗蚁。锦囊雪月，更看醉里。

[注释]

①甫里：地名，在今江苏吴县东南，又名角里，唐陆龟蒙曾隐居于此。
②"忆当年"二句：言当年范蠡功成后急流勇退，乘舟从横塘下五湖。词中借指范成大退隐事。

三登乐

一品归来，强健日、小园幽圃。扁舟兴、恐天未许。

想当年、持汉节[1]，众齐咻楚[2]。丹忠此日，盛名千古。掞词章、师海内[3]，纬文经武。莫寒盟、故山旧侣。到鲈乡、还又是，秋风斜雨[4]。鸣刀鲙雪，未应便去。

[注释]

①"想当年"句：指范成大曾奉旨使金。　②众齐咻楚："孟子谓戴不胜曰：'有楚大夫于此，欲其子之齐语也，则使齐人傅诸，使楚人傅诸？'曰：'使齐人傅之。'曰：'一齐人傅之，众楚人咻之，虽日挞而求其齐也，不可得矣。引而置之庄岳之间，数年，虽日挞而求其楚，亦不可得矣。'"见《孟子·滕文公下》。词中形容奉使时舌战金人。　③掞：铺张、抒发。　④"鲈乡"二句：用张季鹰见秋风起思故乡鲈脍莼羹因而辞官南归事。鲈乡，指江苏吴县一带，此地盛产鲈鱼。又，鲈乡亦为亭名，在吴江县东长桥上，因宋陈尧佐《题松陵》"秋风斜日鲈鱼乡"之句而得名。

浪淘沙

风雨晚春天，芳兴慵悭。浅红稠绿满园间。独有梨花三四朵，留住春寒。　　年少跃金鞍，咫尺关山。倦飞如我已知还。洒向东风千点泪，衣上重看。

虞美人

寄人觅梅

融融睡觉东风息[1]，行到溪亭侧。一枝梅玉似人人[2]，索笑依然消瘦、不禁春。　　相逢试问情多少，应怪山翁老。翠罗高护结花邻，一任馀芳争学、捧心颦[3]。

[注释]

①睡觉：睡醒。　②人人：对于亲昵者之称。　③捧心：两手抱着胸

口,表示病态。《庄子·天运》:“古西施病心而矉其里,其里之丑人,见而美之,归亦捧心而矉其里。”后遂有效颦之说,喻拙劣的摹仿。矉,即颦。里,所指居里巷。

虞美人

天公意向人情满,灯月教同看。中秋虽是十分明。不比今宵处处、有华灯。　　艳桃秾李歌阑后,更醉青楼酒。不妨饮尽玉东西[①],横笛声中春色、要君知。

[注释]

①玉东西:玉质的酒杯。

虞美人

飞琼晓压梅枝重[①],酒面羊羔冻。谁将缟带逐车翻,明月秦楼昨夜、不胜寒。　　何须卷起重帘幕,愁怕春罗薄。玉杯持劝醉厌厌,无奈有人笼袖、出香尖。

[注释]

①飞琼:飞舞的雪花。　②“谁将缟带”句:“随车翻缟带,逐马散银杯。”见韩愈《咏雪》。

虞美人

红木犀

乾红剪碎烦纤玉[①],相并黄金粟[②]。汉宫素面说明妃,马上秋风应解、著燕支[③]。　　黄昏小树堪愁绝,不比梅花月。满天风露透肌凉,插取双枝归去、是谁香。

［注释］

①乾红：指红木犀。木犀为桂花的别称。有红黄白诸色，红者称丹桂，白者称银桂，黄者称金桂。 ②黄金粟：指金桂。 ③燕支：即胭脂。原为草名，产西域，可作染红颜料，以之染粉润面，称燕支粉。

醉落魄

元 夕

东风寒绝，江城待得花枝发。欲知此夜碧天阔。（下缺）

眼儿媚

（上缺）酸。何人为我，丁宁驿使，来到江干。

（以上武进陶氏景印汲古阁本抄本《和石湖词》）

石孝友

石孝友,字次仲,南昌(今属江西)人。生卒年月均不详,约活动于孝宗隆兴(1163—1164)年间前后。南渡初为太学生;乾道二年(1166)与黄人杰同榜进士,以词名。孝友壮志不遂,隐居江湖,其词多迷花殢酒、弄月嘲风之作,常以俚言俗语写男女恋情,迹近柳永、黄庭坚,已有元代散曲气息;亦有清奇宕逸、婉约缠绵的佳作。其词集名《金谷遗音》。

水调歌头

送张左司①

君恩九鼎重②,臣命一毫轻③。出身事主,刚甚须作不平鸣④。老却西山薇蕨⑤,闲损南窗松菊⑥,羞死汉公卿⑦。豺狼敢横道⑧,草木要知名⑨。　　秋已素⑩,人又去,若为情⑪。长沙何在⑫,风送呜咽暮潮声。举棹却寻归路⑬,挥麈莫谈时事⑭,得酒且频倾。一片古时月,千里伴君行⑮。

[注释]

①张左司:名字不详。左司,即左司郎中,官名。宋代官制,尚书省下设左右二司,分管所属六部事务。左司主管吏、户、礼、奏钞、班簿房等,设主官左司郎中、员外郎。　②九鼎重:九鼎,古代国家的重器至宝,象征帝统。《史记·平原君虞卿列传》载:毛遂敏才善说。秦围赵都,毛遂随平原君求救于楚,说服楚出兵。平原君赞曰:"毛先生一至楚而使赵重于九鼎大吕。"后人因有"一言九鼎"之说,此本之。　③"臣命"句:"人固有一死。死,有重于泰山,或轻于鸿毛。"见司马迁《报任少卿书》。一毫,谓鸿毛。　④不平鸣:"大凡物不得其平则鸣。"见韩愈《送孟东野序》。⑤"老却"句:西山,谓首阳山。商朝末年。叔齐、伯夷"义不食周粟,隐于首阳山,采薇而食之。及饿且死,作歌。其辞曰:'登彼西山兮,采其薇

矣'"云云。见《史记·伯夷列传》。《诗经·召南·草虫》："陟彼南山，言采其蕨。未见君子，忧心惙惙。""陟彼南山，言采其薇。未见君子，我心伤悲。"按：薇，蕨，野菜名，古代隐士以作食物。以嫩叶为佳，老则难咽。故云。⑥南窗松菊："三径就荒，松菊犹存。……倚南窗以寄傲，审容膝之易安。"见陶渊明《归去来兮辞》。⑦"羞死"句：《史记·屈原贾生列传》载，西汉贾谊年少博学，高才超群，时人无与伦比，位至太中大夫。朝廷公卿如周勃、灌婴等皆粗悍武人、嫉之，数短于帝。帝疏远贾生。此以贾生赞张左司，言其美才临朝，致使大臣自惭形秽，无颜同列。⑧"豺狼"句：东汉顺帝朝，外戚梁冀及其弟兄当朝擅权，横行不法。汉安元年(142)，帝命张纲等巡行郡邑，按察豪猾，张曰："豺狼当道，安问狐狸？"竟不行。见《东观汉纪》卷二十。⑨"草木"句：唐太宗李世民《赐萧瑀》诗，"疾风知劲草，板荡识诚臣。勇夫安识义？智者必怀仁。"见《旧唐书·萧瑀传》。⑩秋已素：素，白色。古代五行说，以金配秋；金之色白，故称素秋。梁元帝萧绎《纂要》："秋曰……素秋。"⑪若为情：何以为情，意谓情何以堪。近人张相《诗词曲语辞汇释》卷一"若"条："若犹怎也，那也。""诗词中最习见者，则为'若为'字。有读时宜将'若'字一顿而弗与'为'字连读者。……毛滂《小重山》词：'江山雄胜为公倾。公惜醉，风月若为情。''为情'为一读；'若为情'，犹云何以情或难以为情也。"⑫长沙何在：贾谊因人谗短，出贬为长沙王太傅。谊"闻长沙卑湿，自以寿不得长，又以适(谪)去，意不自得，及渡湘水，为赋以吊屈原。"见《史记·屈原贾生列传》。此指贬谪地。⑬"举棹"句：李白《重忆(贺监)一首》诗："稽山无贺老(谓贺知章)，却棹酒船回。"⑭挥麈：麈，麈尾。晋人清谈时，每每手执麈尾，挥动指点以作助谈。后人以挥麈称清谈。⑮"一片"二句：化用王昌龄《出塞》诗"秦时明月汉时关"及南朝宋谢庄《月赋》"美人迈兮音尘阙，隔千里兮共明月"。

宝鼎现

上元上江西刘枢密①

雪梅清瘦②，月桂圆冷③，天街新霁④。想帝辇、三朝薄暮⑤，催促烛龙开扇雉⑥。正拜舞、捧玉卮为寿⑦，花满香铺凤髓。罄禹穴、胥涛万顷⑧,春入南山声里⑨。　鼎轴元老诗书帅,体宸衷、双奉亲意。勤色养、行春惜花,夜欢宴、瑶池衣彩戏⑩。鼓淑气、遍湖山千里。惊破悭红涩翠⑪,笑那个痴儿无赖。　打得金鱼坠地⑫。休念太守当年,曾手把青藜照字⑬。对珠帘云栋⑭,收拾太平歌舞辍。庆母爱、小宽王事。馀沥□肠,看不日、归步沙堤⑮,又赞重华孝治⑯。

[注释]

①江西刘枢密:谓江西安抚使刘珙。刘珙(1122—1178),字共父,崇安(今属福建)人。父刘子羽,季父刘子翚。绍兴进士。乾道四年秋八月至五年夏四月出知隆兴府、江西安抚使。见《南宋制抚年表》卷三。本篇作于乾道五年孟春上元日。　②雪梅清瘦:“月样婵娟雪样清。”见宋毛滂《浣溪沙·咏梅》词。“窗外梅花瘦影横。”见秦观《忆王孙·冬咏》词。“东风峭、雪残梅瘦。”见范致虚《满庭芳》词。　③月桂:谓明月。唐段成式《酉阳杂俎·前集·天咫》:“旧言月中有桂,有蟾蜍。故异书言:月桂高五百丈。”　④天街:谓帝都皇城中的街道。唐王建《宫词》其八十八:“天街夜色凉如水。”　⑤三朝薄暮:宋蔡絛《铁围山丛谈》卷五,“上元节,故事,天下御楼观灯。”又卷一,“上元张灯,天下止三日。都邑旧依然,后都邑独五夜。”　⑥烛龙:相传天门外有龙衔火精以照。“是烛九阴,是谓烛龙。”见《山海经·大荒北经》。　开扇雉:“云移雉尾开宫扇,日绕龙鳞识圣颜。”见杜甫《秋兴八首》诗其五。注:“宫中仪仗,有雉羽之扇。旧制,朔望上朝,皇帝将登殿,以雉羽扇障合,坐定后仍开扇。”见《唐会要》卷二十四。　⑦“正拜舞”句:宋制,“天子诞节,则宰臣率文武百僚班紫宸殿下,拜舞称庆。宰相独登殿捧觞,上天子万寿”。见《铁围山丛谈》卷二。《汉书·高帝纪》载,元年,鸿门宴上,项庄“入为寿”。唐颜师古注:“凡言为寿,谓进爵于尊者而献无疆之寿。”　⑧禹穴:在浙江绍兴会稽山。《史记·太史公自序》:“南游江淮,上会稽,探禹穴。”南朝宋裴骃《集解》引张晏注:“禹巡狩至会稽而崩,因葬焉。上有孔穴,民间云禹入此穴。”　胥涛万顷:相传春秋时,伍子胥因谏吴王,赐剑而死。子胥临终戒子:“以鳒鱼皮裹吾尸,投于江中,吾当朝暮乘潮,以观吴之败。”果如其言。

“自是自海门山，潮头汹高数百尺，越钱塘鱼浦，方渐低小。朝暮再来，其声震怒，雷奔电走百馀里，时有见子胥乘素车白马在潮头之中。”见《太平广记》卷二百九十一《钱塘志》。旧说禹穴为海眼，故二句云云。 ⑨南山声里：谓祝寿声。 南山：终南山，在今西安市南。《诗经·小雅·天保》：“如南山之寿，不骞不崩。” ⑩瑶池：传说中西王母的居处。见《穆天子传》卷三。 衣彩戏：师觉授《孝子传》载，老莱子年七十，父母俱存，孝心纯笃。“尝着五色斑斓衣，为亲取饮上堂，脚跌，恐伤父母心，因僵仆为婴儿啼。”见《太平御览》卷四百一十三引。 ⑪悭红涩翠：本朱淑真《雨中写怀》诗“东风吹雨苦生寒，悭涩春光不放宽”。又《阻雨》诗“悭风涩雨颠迷甚”。 ⑫“打得”句：唐南卓《羯鼓录》载，春日内廷，桃杏欲吐。唐玄宗命取羯鼓，“临轩纵击一曲，曲名《春光好》，神思自得。及顾桃杏，皆已发坼”。此话用其典。 金鱼：古代高官的佩饰物，“公服则系于带而垂于后，以明贵贱。”见《宋史·舆服志》。词写刘珙倾力击鼓回春。 ⑬手把青藜照字：汉刘向博学多才，尝夜逢黄衣老人，植青藜杖，登阁而进……乃吹杖端，烟然，因以见向，说开辟已前。向因受《洪范五行》之文。见《拾遗记》卷六。此谓当年刘珙尝苦学出众，遇高人指点。 ⑭珠帘云栋：本唐王勃《滕王阁序诗》“画栋朝飞南浦云，珠帘暮卷西山雨”。 ⑮沙堤：唐制，凡拜相，由“府县载沙填路，自私宅至子城东街，名曰沙堤”。见唐李肇《国史补》卷下。 ⑯重华孝治：虞舜，名重华，“年二十以孝闻”。舜以孝治天下，遂使国家“父义，母慈，兄友，弟恭，子孝，内平外成”。见《史记·五帝本纪》。

眼儿媚

何须著粉更施朱，元不在妆梳①。寻常结束，珊珊环佩②，短短裙襦。 花羞柳妒空撩乱③，冰雪做肌肤④。而今便好，小名弄玉⑤，小字琼奴⑥。

[注释]

①“何须”二句：宋玉《登徒子好色赋》称“天下之佳人，莫若臣东家之子……着粉则太白，施朱则太赤”。 ②珊珊环佩：本唐岑参《送张秘

书……赴江外觐省》诗“珂佩声珊珊”。 ③花羞:后唐明宗淑妃王氏貌美色艳,号“花见羞”。见《新五代史·唐明宗家人传》。 ④“冰雪”句:本《庄子·逍遥游》“藐姑射之山,有神人居焉,肌肤若冰雪,淖约若处子”。 ⑤弄玉:秦穆公有女,字弄玉。后嫁萧史,夫妇乘凤凰仙去。见《列仙传》卷上。 ⑥琼奴:相传吴王夫差有女名琼姬。李白《秦女休行》:“西门秦氏女,秀色如琼花。”

眼儿媚

愁云淡淡雨潇潇①,暮暮复朝朝②。别来应是,眉峰翠减,腕玉香销③。 小轩独坐相思处,情绪好无聊。一丛萱草④,几竿修竹⑤,数叶芭蕉⑥。

[注释]

①雨潇潇:本白居易《长相思》词“暮雨潇潇郎不归,空房独守时”。明杨慎《升庵诗话》载,“吴二娘,杭州名妓也。……白乐天诗:‘吴娘暮雨潇潇曲,自别江南久不闻。’又:‘夜舞吴娘袖,春歌蛮子词。’自注:‘吴二娘歌词有‘暮雨潇潇郎不归’之句。”此出之,寓“郎不归”之愁心。 ②“暮暮”句:宋玉《高唐赋序》载,昔者,楚怀王游高唐,梦幸巫山神女。女去而辞曰:“妾在巫山之阳,高丘之阻。旦为朝云,暮为行雨。朝朝暮暮,阳台之下。” ③腕玉:汉成帝皇后赵飞燕与女弟昭仪貌美娇艳,“二人并色如红玉,为当时第一”。见《西京杂记》卷一。 ④“一丛”句:《诗经·卫风·伯兮》“焉得谖草,言树之背”。 毛传:“谖草,令人忘忧。”谖草,即萱草,古人以为食之能忘忧,故云。 ⑤“几竿”句:本《诗经·卫风·竹竿》“籊籊竹竿,以钓于淇。岂不尔思,远莫致之”。 ⑥“数叶”句:本李商隐《代赠》诗“芭蕉不展丁香结,同向春风各自愁”。以上三句用典,皆寓思人之意。

[集评]

赵继武云:“这是一首怀人的词,可能是旅中忆内之作。杜甫《月夜》是忆念鄜州妻儿的一首诗,其中有云:‘香雾云鬟湿,清晖玉臂寒。’这里的

‘别来应是，眉峰翠减，腕玉香销’数语，与杜句的措辞虽不尽相同，而命意不无相似。循此意以观全作，上片写忆念，着眼于所思；下笔诉旅愁，着笔于自己。”（江苏古籍出版社《唐宋词鉴赏辞典》）

临江仙

一霎狂云惊雨过，月华恰到帘帷。槛前叠石翠参差。洞房相见处，灯火乍凉时。　睡玉眠花愁夜短[1]，匆匆共惜佳期。风梧不动酒醒迟。好同蝴蝶梦[2]，飞上凤凰枝[3]。

[注释]

①“睡玉”句：睡玉眠花，谓狎妓。本句语出白居易《长恨歌》“春宵苦短日高起，从此君王不早朝”。　②蝴蝶梦：庄周尝梦化为蝴蝶，“栩栩然蝴蝶也，自喻（愉）适志与，不知周也。俄然觉，则蘧蘧然周也。不知周之梦为蝴蝶与，蝴蝶之梦为周与？”见《庄子·齐物论》。又，传统文化中，以蝴蝶为采花使者，喻追逐女性的游冶郎。此一语双关。　③凤凰枝：谓梧桐。旧说：凤凰鸟“非梧桐不止，非练实不食，非醴泉不饮”。见《庄子·秋水》。故人称梧桐为“凤凰枝”，如杜甫《秋兴八首》诗其八云：“碧梧栖老凤凰枝。”词本之，谓高枝，喻美满的爱情生活。

临江仙

醉袖吟鞭行色里，帽檐低处风斜。晚山一半被云遮。残阳明远水[1]，古木集栖鸦。　暮去朝来缘底事，不如早早还家[2]。曲屏深幌小窗纱。翠沾眉上柳，红揾脸边花。

[注释]

①“残阳”句：此师王维《新晴野望》诗“白水明田外”之意。　②“不如”句：本李白《蜀道难》诗“锦城虽云乐，不如早还家”。

临江仙

买笑当歌何处好[1],小楼四面江山[2]。玉梅枝上卸馀寒[3]。雨随春到急,风向晚来颠。　任自腰围都瘦损[4],肯教欢意阑珊。引杯相属莫留残。花如人竞好,人与月争圆[5]。

[注释]

①买笑:指狎妓宿娼。鲍照《代白纻曲》:"齐讴秦吹卢女弦,千金雇笑买芳年。"刘禹锡《泰娘歌》:"自言买笑掷黄金,月堕云中从此始。"　当歌:对歌,谓听歌。曹操《短歌行》:"对酒当歌,人生几何?"　②"小楼"句:本苏辙《再和毛君〈山房即事〉十首》诗其九"楼上青山绕四垂……一看长江白练微"。　③玉梅:女子首饰。宋陈元靓《岁时广记》卷十一:"上元戴灯球……《岁时杂记》:都城……又卖玉梅、雪梅、雪柳,菩提叶及蛾、蜂儿等,皆缯楮为之。"　④"任自"句:南朝齐梁文人沈约以瘦闻名,尝因政治失意而寡欢多病,与友人书自称:"百日数旬,革带常应移孔。以手握臂,率计月小半分。"见《梁书·沈约传》。后人好以"腰围日瘦"来表示多愁多病。　⑤"花如人"二句:用宋晁端礼《行香子·别恨》"莫思身外,且鬥尊前,愿花长好,人长健,月常圆"句意。

临江仙

枕上莺声初破睡[1],峭寒轻透帘帏。起来惆怅有谁知。雨狂风转急,揉损好花枝。　薄幸别来春又老[2],等闲误却佳期[3]。斜阳影里立多时。远山何事□,相对蹙修眉[4]。

[注释]

①"枕上"句:本唐金昌绪《春怨》诗"打起黄莺儿,莫教枝上啼。啼时惊妾梦,不得到辽西"。　②"薄幸"句:本杜牧《遣怀》诗"十年一觉扬州

梦，赢得青楼薄幸名”。词以“薄幸”指情人，有亲昵意。 ③误却佳期：本辛弃疾《摸鱼儿》词“长门事，准拟佳期又误”。 ④“远山”二句：晋葛洪《西京杂记》卷二云，“（卓）文君姣好，眉色如望远山。”此用之，谓远山似眉，眉似远山，两相对蹙。

临江仙

常记梦云楼上住①，残灯影里迟留。依稀绿惨更红羞②。露痕双脸泪③，山样两眉愁④。 数片轻帆天际去⑤，云涛烟浪悠悠⑥。今宵独宿古江头。水腥鱼菜市⑦，风碎荻花洲。

［注释］

①梦云：或是所好妓女的名字。用宋玉《高唐赋序》“巫山神女”典故。 ②绿惨更红羞：本柳永《定风波》词“自春来，惨绿愁红，芳心是事可可”。 ③“露痕”句：本宋毛滂《惜分飞》词“泪湿阑干花着露，愁到眉峰碧聚”。 ④“山样”句：东汉梁冀之妻孙寿“色美，而善为妖态，作愁眉、啼妆”等。见《后汉书·梁冀传》。愁眉，一种描成细而曲折的眉妆。⑤“数片”句：本南朝梁谢朓《之宣城郡出新林浦向板桥》诗“天际识归舟”。李白《黄鹤楼送孟浩然之广陵》诗：“孤帆远影碧空尽，唯见长江天际流。” ⑥云涛烟浪：本白居易《新乐府·海漫漫》“云涛烟浪最深处，人传中有三神山”。 ⑦“水腥”句：江南水乡墟镇，多菜市，中有鱼市，如宋代杭州有菜市、米市、鱼市等。见《武林纪事》、《都城纪胜》等。

鹧鸪天

收拾眉尖眼尾情①，当筵相见便相亲②。偷传翡翠歌中意，暗合鸳鸯梦里身③。 云态度，月精神④，月流云散两无情。觉来一枕凄凉恨，不敢分明说向人⑤。

[注释]

①"收拾"句:收拾,俗语,意安排。　眉尖眼尾:俗语,指眉眼神情。形容内心感情尽在不言中。　②"当筵"句:"街杯映歌扇,似月云中见。相见不相亲,不如不相见。相见情已深,未语可知心。"见李白《相逢行》。　③翡翠、鸳鸯:皆雌雄鸟。　翡翠:即翠雀,雄赤曰翡,雌青曰翠,其羽毛可为饰品。唐陈子昂《感遇》诗其二十三曰:"翡翠巢南海,雌雄珠树林。何在美人意,娇爱比黄金。"　鸳鸯:一种水鸟。晋崔豹《古今注》卷中:"鸳鸯,水鸟,凫类也。雌雄未尝相离,人得其一,一思而死,故谓之雅鸟也。"此象征男女和合之情。　④月精神:本宋毛滂《减字木兰花》词"月下人人,花样精神月样清"。　⑤"不敢"句:本唐于鹄《江南曲》"众里不敢分明语,暗掷金钱卜远人"。

鹧鸪天

收拾眉尖眼尾情,夜来真个梦倾城[①]。鸳鸯有底情难尽[②],蝴蝶无端梦易惊。　愁一掬,月三更,绣帏应好睡轻盈[③]。知他莫有相怜分[④],展转寻思直到明。

[注释]

①倾城:西汉李延年歌:"北方有佳人,绝世而独立。一顾倾人城,再顾倾人国。宁不知倾城与倾国,佳人难再得。"见《汉书·外戚传》。　②有底:底,如此。有底,即竟有如此,表示一种叹赞语气。　③轻盈:本李白《相逢行》"下车何轻盈,飘然似落梅"。此借指美女。　④相怜分:分,缘分,情分。此谓相爱的缘分。

鹧鸪天[①]

别后应怜信息疏,西风几度到庭梧[②]。夜来纵有鸳鸯梦,春去空馀蛱蝶图[③]。　烟树远,塞鸿孤,垂垂天影带平芜。凭谁写此相思曲,寄与冯川郑小奴[④]。

[注释]

①唐氏按:以上二首,《词林万选》卷三误作毛颐词。 ②“西风”句:本晏殊《蝶恋花》词“昨夜西风凋碧树,独上高楼,望尽天涯路”。 ③蛱蝶图:画名,唐高祖之子滕王李元婴画。《唐诗纪事》卷四十四载王建《宫词》之六十:“避脱昭仪不掷卢,井边含水喷鸦雏。内中数日无呼唤,画得滕王《蛱蝶图》。”蛱蝶,即蝴蝶。 注者按:李元婴尝出任作者家乡洪州都督,今南昌有滕王阁。此写乡土典故。 ④冯川郑小奴:唐氏按,一云“金陵小道姑”。 冯川:水名,在湖南江华县东南,今名东河,即麻、贝二江,北流合沱水。 郑小奴:当为所钟情之歌伎的名字。

鹧鸪天

家在东湖湖上头①,别来风月为谁留。落霞孤鹜齐飞处②,南浦西山相对愁③。 真了了④,好休休⑤,莫教辜负菊花秋。浮云富贵何须羡,画饼声名肯浪求⑥。

[注释]

①“家在”句:《新唐书·地理志五》之《洪州·南昌》载,“县南有东湖。元和三年,刺史韦丹开南塘斗门以节江水,开陂塘以溉田。”作者南昌人,此写家居。 上头:谓湖区上游。 ②“落霞”句:本王勃《秋日登洪府滕王阁饯别序》“落霞与孤鹜齐飞,秋水共长天一色”。 ③“南浦”句:本王勃《滕王阁》诗“画栋朝飞南浦云,珠帘暮卷西山雨”。 ④真了了:“小时了了,大未必佳。”见《世说新语》。 ⑤休休:谓归隐退休。《旧唐书·司空图传》载,司空图晚年归隐山中,名其亭曰“休休”,并作文明其志曰:“休,休也,美也。既休而美具焉。盖量其才一宜休,揣其分二宜休,耄而聩三宜休。” “浮云”句:本《论语·述而》“不义而富且贵,于我如浮云”。 ⑥“画饼”句:《三国志·魏书·卢毓传》载,“选举莫取有名,名如画地作饼,不可啖也。” 浪求:随意求取,徒然求取。

[集评]

楼思敬云:“石孝友南渡初上舍生。读其《鹧鸪天》‘万里羁孤’云云,

其不遇可知矣。又‘浮云富贵’云云,其人品亦可知矣。”(《词林纪事》卷十一)

鹧鸪天

花漏声干月隐墙①,琯灰迎晓透新阳②。物情渐逐云容好,欢意偏随日脚长③。　　山作鼎,玉为浆④,寿杯丛处艳梅妆⑤。醉乡路接华胥国⑥,应梦朝天侍赭黄⑦。

[**注释**]

①花漏:即莲花漏。漏壶为古代一种通过滴水以计时的器用。《说文》:“漏,以铜受水刻节,昼夜百刻。”晋释慧要以山中不知更漏,乃取铜叶制之,“状如莲花”,故名。见《高僧传》卷六。　②“琯灰”句:本杜甫《小至》诗“吹葭六琯动飞灰”。　琯:玉管,古代的一种乐器。古人测试节候,往往于密室中置十二律管,“以葭莩灰抑其内端。案历而候之,气至者灰动。”见《后汉书·律历志上》。此谓冬至,故下文有“新阳”、“日脚长”云云。　③“欢意”句:日脚,指穿过云隙下射到地面的阳光。杜甫《羌村三首》其一:“峥嵘赤云西,日脚下平地。”冬至后白昼渐延长,故本句有“随日脚长”语。　④玉为浆:仙家饮以玉浆。《汉武帝内传》:上元夫人谓帝曰:“鸣天鼓,饮玉浆。”　⑤梅妆:《杂五行书》载,南朝宋武帝女寿阳公主,人日卧含章殿檐下。“梅花落公主额上,成五出花,拂之不去……经三日,洗之乃落。宫女奇其异,竞效之。今梅花妆是也。”见《太平御览》卷三十引。　⑥“醉乡”句:唐王绩以酒隐世,其饮至五斗不乱,时称“斗酒学士”。尝“著《醉乡记》以次刘伶《酒德颂》”。见《新唐书·王绩传》。《醉乡记》云:“醉之乡去中国不知其几千里也。其土广然无涯,无丘陵坻险;其气和平一揆,无晦明寒暑;其俗大同,无邑居聚落;其人任情,无爱憎喜怒,吸风餐露,不食五谷……嗟乎,醉乡氏之俗,岂古华胥氏之国乎?何其淳寂也如是!”　华胥国:古人心目中的理想国度。事见《列子·黄帝》,云:“(黄帝)昼寝而梦,游于华胥之国。华胥之国在弇州之西,台州之北……其民无嗜欲,自然而已。不知乐生,不知恶死,故无夭殇;不知亲己,不知疏物,故无爱憎;不知背逆,不知向顺,故无利害……黄帝既

寤，怡然自得……又二十有八年，天下大治，几若华胥氏之国。” ⑦侍赭黄：谓侍奉皇帝。 赭黄：赭黄袍，皇帝所服。隋唐皇帝常服黄袍，后遂成为皇帝专用。见宋玉楙《野客丛书》卷八“禁用黄”。

鹧鸪天

玉烛调元黍律均[①]，迎长嘉节属芳辰[②]。云如惜雨钩牵雪，梅不禁风漏泄春[③]。 天意好，物华新，偷闲赢取酒边身。太平朝野都无事[④]，且与莺花作主人[⑤]。

[注释]

①“玉烛”句：“春为青阳，夏为朱明，秋为白藏，冬为玄英；四气和谓之玉烛。”见《尔雅·释天》。 玉烛调元：谓造化调燮四时和气。 黍律均：意寒暑相宜。《列子·汤问》云：“师旷之清角，邹衍之吹律。”张湛注：“北方有地，美而寒，不生五谷。邹子吹律暖之，而禾黍滋也。” ②迎长嘉节：指冬至节。冬至为古人三大节（另二节为除夕、元旦）之一，有庆迎之礼。《岁时广记》卷三十八《冬至·南极长》云：“《左传》：冬至日南极，景极长，阴阳日月万物之始。律当黄钟，其管最长，故有‘履长’之贺。” ③漏泄春：本杜甫《腊日》诗“侵陵雪色还萱草，漏泄春光有柳条”。 ④“太平”句：本柳永《迎新春》词“太平时，朝野多欢民康阜，随分良聚”。 ⑤“且与”句：莺花，本指春日景色。南朝梁丘迟《与陈伯之书》：“暮春三月，江南草长，杂花生树，群莺乱飞。”然唐宋人亦暗以喻指男女情事。唐卢仝《楼上女儿曲》：“莺花烂漫君不来，及至君来花已老。”石词隐用之，一语双关，言己姑且粉黛群中做主人的生活。

鹧鸪天

一夜冰澌满玉壶[①]，五更喜气动洪炉[②]。门前桃李知麟集[③]，庭下芝兰看鲤趋[④]。 泉脉动，草心苏[⑤]，日长添得绣工夫[⑥]。试询补衮弥缝手[⑦]，真个曾添一线无[⑧]。

[注释]

①“一夜”句:本欧阳修《渔家傲》词“梳洗懒,玉壶一夜轻澌满”。冰澌:冰凌,融冻后的碎冰碴。《艺文类聚》卷三《岁时·冬》引《五经通义》云:“冬至,阳气萌;阴阳交晴,始成万物。”此本之,谓微阳起,冰澌融。②“五更”句:此谓冬至节气交于五更。《岁时广记》卷三十八《冬至》:“《隋·礼仪志》:冬至之夜,阳气起于甲子。”《庄子·大宗师》:“今一以天地为大炉,造化为大冶。”洪炉,即大炉。 ③“门前”句:门前桃李,喻指生徒、门客。《韩诗外传》卷七第二十章载,魏文侯时,子质仕而获罪,因怨所培植之士多负于己,言:“从今而后,吾不复树德于人矣。”简主谏曰:“噫,子之言过矣。夫春树桃李,夏得阴其下,秋得食其实;春树蒺藜,夏不可采其叶,秋得其刺焉。由此观之,枉所树也。今子所树,非其人也。”后遂以桃李喻门生。《资治通鉴》卷二百零七:唐久视元年载,狄仁杰识才,所荐姚崇等数十人,率为名臣,人贺曰:“天下桃李,悉在公门矣。”此本之。麟集:喻杰出英才汇集门下。麟,麒麟,古人常以喻英才。如晋顾和、陈徐陵,皆被呼作“麒麟”,见《晋书·顾和传》、《陈书·徐陵传》。 ④“庭下”句:谢安尝问诸子侄,“子弟亦何预人事,而正欲使其佳?”谢玄答曰:“譬如芝兰玉树,欲使其生于阶庭耳。”见《世说新语·言语》。《论语·季氏》记孔鲤庭下受教事。词本之,谓子侄门生谦受长者教诲。 ⑤“泉脉”二句:仲冬之月,“芸始生,荔挺出……水泉动,日短至。”见《礼记·月令》。⑥“日长”句:《岁时广记》卷三十八《冬至·增绣功》载,“《唐杂录》言:宫中以女功揆日之长短。冬至后日晷渐长,比常日增一线之功。”杜甫《小至》诗:“刺绣五纹添弱线,吹葭六琯动飞灰。” ⑦补衮弥缝手:《诗经·大雅·烝民》“衮职有缺,维仲山甫补之”,毛传:“有衮冕者,君之上服也。仲山甫补之,善补过也。” ⑧添一线:《岁时广记》卷三十八《冬至·添红线》载,“《岁时记》:晋、魏间,宫中以红线量日影,冬至后日添长一线。”

[集评]

惠淇源云:“这首小词作于冬至前一日。特意胪列佳气,讴歌鼎盛。虽使事用典稍觉板重,毕竟典丽工整,气度自在。”(《婉约词》)

鹧鸪天

一别音尘两杳然[①],不堪虚度菊花天。惊秋远雁横斜字[②]，噪晚哀蝉断续弦[③]。　好将息，恶姻缘，凉宵如水复如年[④]。梦魂不怕风波险[⑤]，飞过江西阿那边[⑥]。

[注释]

①“一别”句：本白居易《长恨歌》“含情凝睇谢君王，一别音容两渺茫”。　②雁横斜字：本白居易《江楼晚眺，景物鲜奇，吟玩成篇，寄水部张员外》诗“风翻白浪花千片，雁点青天字一行”。　③“噪晚”句：本南朝梁王籍《入若耶溪》诗“蝉噪林愈静，鸟鸣山更幽”。　④“凉宵”句：本杜牧《秋夕》诗“天阶夜色凉如水，卧看牵牛织女星”。柳永《戚氏》词：“孤馆度日如年，风露渐变，悄悄至更阑。”　⑤“梦魂”句：本杜甫《梦李白二首》诗“魂来枫林青，魂返关塞黑”，“江湖多风波，舟楫恐失坠”。　⑥阿那边：中古俗语，犹那边。

鹧鸪天

屏幃重重翠幕遮[①]，兰膏烟暖篆香斜[②]。相思树上双栖翼[③]，连理枝头并蒂花[④]。　攲凤髻[⑤]，亸乌纱[⑥]，云慵雨困兴无涯[⑦]。个中赢取平生事[⑧]，免走乌飞一任他[⑨]。

[注释]

①“屏幃”句：本张先《天仙子》词“重重帘幕密遮灯”。　②“兰膏”句：本宋玉《招魂》“兰膏明烛，华容备些”。宋洪刍《香谱》有“香篆”条载：“镂木以为之，以范香尘为篆文，燃于饮席或佛像前。”其“百刻香”条又载：“近世尚奇者，作香，篆其文，准十二辰，分一百刻，凡燃昼夜而已。”　③“相思树”句：晋干宝《搜神记》卷十一载，宋康王夺其舍人韩凭妻，韩氏夫妇皆自杀以抗争。两家相望。“宿昔之间，便有大梓木生于二家之端，旬日而大盈抱，屈体相就，根交于下，枝错于上。又有鸳鸯雌雄各一，恒栖树上，晨夕不去，交颈悲鸣，音声感人。宋人哀之，遂号其木曰相思树。相思之名，起于此也。南人谓此禽即韩凭夫妇之精魂。”　④“连理枝”句：本汉班固《白虎通·封禅》“德至草木，朱草生，水连理”。白居易《长恨歌》：“在天愿作比翼鸟，在地愿为连理枝。”五代后蜀牛希济《生查子》词：“两

朵隔墙花,早晚成连理。” ⑤凤髻:中古流行的一种女子髮髻,属高髻类,其形梳成高翘似凤舞之状,故名。五代南唐冯延巳《菩萨蛮》词:“凤髻鸾钗脱。” ⑥乌纱:乌纱帽。唐宋流行的一种官帽。 ⑦“云慵”句:此暗用巫山神女典故。 ⑧赢取:赢得。 取:语助词,犹“得”、“着”。 ⑨兔走乌飞:本唐韩琮《春愁》诗“金乌长飞玉兔走,青鬓长青古无有”。古代神话,谓日中有三足乌,月中有玉兔;故古人常以乌指称日,兔指称月。

卜算子

人自蕊宫来①,微步香云拥②。小试樽前白雪歌③,叶叶秋声动④。 一剪艳波横⑤,两点愁山重。收拾眉尖眼尾情,作个鸳鸯梦⑥。

[注释]

①蕊珠宫:传说中的仙界宫阙。《黄庭内景经·上清》:“上清紫霞虚皇前太上大道玉宸君,闲居蕊珠,作七言。” ②“微步”句:本曹植《洛神赋》“凌波微步,罗袜生尘”。 ③白雪:歌曲名。宋玉《对楚王问》云:“客有歌于郢中者,其始曰《下里》、《巴人》,国中属而和者数千人……其为《阳春》、《白雪》,国中属而和有不过数十人。”此谓高雅的歌曲。 ④“叶叶”句:“百虫迎暮兮,万叶吟秋。……如吟如啸,非竹非丝;当自然之宫徵,动终岁之别离。”见唐刘禹锡《秋声赋》。 ⑤“一剪”句:本白居易《筝》诗“双眸剪秋水,十指剥春葱”。宋王观《卜算子》词:“水是眼波横,山是眉峰聚。” ⑥“作个”句:“天下真成长合会,无胜比翼两鸳鸯。……闻道鸳鸯一鸟名,教人如有逐春情。”见南朝陈徐陵《鸳鸯赋》。

卜算子①

见也如何暮,别也如何遽。别也应难见也难,后会难凭据②。 去也如何去,住也如何住。住也应难去也难,此际难分付③。

[注释]

①唐氏按：此首《词林万选》卷三误作毛幵词。　②"别也"二句：颜之推《颜氏家训》卷二《风操》，"别易会难，古人所重；江南饯送，下泣言离。"唐李商隐《无题》诗："相见时难别亦难，东风无力百花残。"　③分付：中古俗语，意发落、处理。欧阳修《梁州令》词："此事难分付，初心本谁先许。"

[集评]

李调元云："词中白描高手无过石孝友。《卜算子》云（略）。所谓不著一字，尽得风流。至《惜奴娇》仍然一种笔意，然却开曲儿一门矣。"（《雨村词话》卷二）

惠淇源云："此词以'见'、'列'、'去'、'住'四字为纲领，反复回吟聚短离长、欲留不得的怅惘。前后上下仅更动一两字，拙中见巧，确是言情妙品……情之所至，口语亦佳。"（《婉约词》）

卜算子

折得月中枝[①]，坐惜青春老。及至归来能几时，又踏关山道。　满眼秋光好，相见应须早。若趁重阳不到家[②]，只怕黄花笑[③]。

[注释]

①"折得"句：《晋书·郤诜传》载，郤诜举贤良对策，为天下第一，自称"犹桂林之一枝，昆山之片玉"。宋叶梦得《避暑录话》卷下："世以登科为折桂，此谓郤诜对策东堂，自云桂林一枝也。自唐以来闻之。"　②趁：赶，逐。　③黄花笑：本李白《九日龙山歌》"九日龙山饮，黄花笑逐臣"。黄花，菊花。传统风俗，重阳节有赏菊花之举。

卜算子

孟抚干“岁寒三友”屏风①

冷蕊闷红香②，瘦节攒苍玉。更著堂堂十八翁③，取友三人足。　　惜此岁寒姿④，移向屏山曲。纸帐熏炉结胜缘⑤，故伴仙郎宿⑥。

［注释］

①抚干：官名，安抚司干办公事的简称。为安抚使的属官。　岁寒三友：古人称松、竹、梅。以松、竹终不凋，梅耐寒开花，故云。宋葛立方《满庭芳·和催梅》词：“梅花君自看，……结岁寒三友，久迟筠松。”　②“冷蕊”句：此写红梅。葛立方《满庭芳·催梅》词：“梅花犹闷芳丛……寒姿未展，终愧群红。”　③“更著”句：“初，（丁）固为尚书，梦松树生其腹上，谓人曰：‘“松”字，十八公也。后十八岁，吾其为公乎？’卒如梦焉。”见《三国志·吴书·孙皓传》裴松之注引《吴书》。后以十八公代指松树。　④岁寒姿：本《论语·子罕》“岁寒，然后知松柏之后凋也”。此统指松竹梅。　⑤纸帐：以藤皮茧纸作四围，顶用绵布作帐，多为隐士高人所好。宋林洪《山家清事·梅花纸帐》谓：“法用独床，旁置四黑漆柱，各挂以半锡瓶，插梅数枝……上作大方目顶，用细白楮衾作帐罩之……”⑥“故伴”句：本韩愈《桃源图》诗“汉水盘回山百转，生绡数幅垂中堂。……月明伴宿玉堂空，骨冷魂清无梦寐”。　仙郎：唐人称尚书省各部郎中、员外郎，词称孟某。

鹧鸪天

旅中中秋

露叶披残露颗传，明星著地月流天①。不辞独赏穷今夜，应为相逢忆去年。　　辜窈窕②，负婵娟③，谁知两处照孤眠。姮娥不怕离人怨④，有甚心情独自圆。

[注释]

①明星著地：本杜甫《旅夜书怀》诗“星垂平野阔，月涌大江流”。②窈窈：本《诗经·周南·关雎》“窈窈淑女，君子好逑”。 ③婵娟：本唐孟郊《婵娟篇》“妓婵娟，不长妍；月婵娟，真可怜”。 ④姮娥：即嫦娥，月中女神。

鹧鸪天

冬至上李漕

万里羁孤困一箪[①]，平头四十误儒冠[②]。舜弦广播薰风暖[③]，邹律潜消黍谷寒。 楼谩倚[④]，剑休弹[⑤]，看君行复上金銮[⑥]。凤池波里求馀润[⑦]，蚖肆泥中岂久蟠[⑧]。

[注释]

①困一箪：“子曰：‘贤哉回也！一箪食，一瓢饮，在陋巷，人不堪其忧，回也不改其乐。贤哉，回也。’”见《论语·雍也》。 ②平头四十：整四十岁。中古人称不带零头的整数为平头或平头数。 误儒冠：本杜甫《奉赠韦左丞丈二十二韵》诗“纨袴不饿死，儒冠多误身”。 ③“舜弦”句：《孔子家语·辩乐解》，“昔者舜弹五弦之琴，造《南风》之诗。其诗曰：‘南风之薰兮，可以解吾民之愠兮；南风之时兮，可以阜吾民之财兮。’”《韩诗外传》卷四第七章：“舜弹五弦之琴以歌《南风》，而天下治。”此句及下句，语含双关，既扣住冬至阳气生之意，又寓颂美李漕之语。 ④楼谩倚：本杜甫《江上》诗“勋业频看镜，行藏独倚楼”。 ⑤剑休弹：战国时，孟尝君有门下客冯谖，尝以不遇而倚柱弹其剑，歌曰：“长铗归来乎，食无鱼。”“长铗归来乎，出无车。”“长铗归来乎，无以为家。”见《战国策·齐策四》。 ⑥金銮：唐大明宫中宫殿之名。金銮殿与翰林院相接，故皇帝召见学士常在此殿。宋沈括《梦溪笔谈》：“唐翰林院在禁中，乃人主燕居之所，玉堂、承明、金銮殿皆在其间。” ⑦凤池：即凤凰池。魏晋以来对中书省的美称。《通典·职官》载：“魏晋以来，中书监令掌赞诏命，记会时事，典作文章，以其地在枢禁，多承宠任，是以人固其位，谓之凤皇池焉。”后以泛指中央政府机构。 ⑧“蚖肆”句：旧谓龙未飞天前，常蟠隐泥中。晋刘琬《神龙赋》曰：

“大哉,龙之为德,变化屈伸,隐则黄泉,出则升云。”此用其意。

[集评]

楼思敬云:“石孝友,南渡初上舍生。读其《鹧鸪天》‘万里羁孤’云云,其不遇可知矣。又‘浮云富贵’云云,其人名亦可知矣。”(《词林纪事》卷十一)

渔家傲

送李惠言、徐元集赴试南宫①

射虎将军搴绣帽②,西园公子南山豹③。共跨龙媒衔凤沼④。风色好,宫花御柳迎人笑。　　剑履醒醒天日表⑤,集英殿下春来早⑥。双鹗盘空擎百鸟⑦。归来了,蓝袍锦水光相照⑧。

[注释]

①南宫:称礼部。宋代礼部下设贡院,每三年举行一次全国考试,时间在春季,故称“春试”,又称“省试”或“南省试”。　②“射虎”句:孙权为讨虏将军,建安二十三年十月,权“亲骑乘马射虎于庱亭。马为虎所伤,权投以双戟,虎即废;常从张世击以戈,获之”。见《三国志·吴书·孙权传》。　③“西园”句:“公子敬爱客,终宴不知疲。清夜游西园,飞盖相追随。”见曹植《公宴》诗。西园,本在魏国邺都,为曹氏君臣游宴之处。此泛指私家佳美园林。汉刘向《列女传·贤明传·陶答子妻》:“妾闻南山有玄豹,雾雨七日而不下食者,何也?欲以泽其毛而成文章也,故藏而远害。”　④龙媒:本《汉书·礼乐志·天马歌》“天马徕,龙之媒”。后以称骏马。　⑤“剑履”句:《史记·萧相国世家》载,汉定天下,论功行赏,以萧何为第一。汉高祖“乃令萧何赐带剑履上殿,入朝不趋”。剑履陛见,为赐与亲信大臣的一种殊宠。　⑥集英殿:宋廷宫殿名,为皇帝策试士人之所,上御集英殿,唱进士名。《武林旧事》:“上御集英殿,唱进士名,状元赐酒五盏,馀人各赐泡饭。”　⑦“双鹗”句:“孔融深爱祢衡才学,尝上疏力荐曰:‘鸷鸟累伯(佰),不如一鹗;使衡立朝,必有可观。’”见《后汉

书·文苑传·祢衡传》。 鹗：古人谓大鹰。 ⑧蓝袍：儒士之服。 锦水：指赣江支流锦江，源出江西宜春县慈化，流经高安，于南昌附近向塘入赣水。

渔家傲

夜半潮声来枕上[①]，击残梦破惊魂荡[②]。见说钱塘雄气象[③]。披衣望，碧波堆里排银浪。 月影徘徊天滉漾[④]，金戈铁马森相向。洗尽尘根磨业障[⑤]。增豪放，从公笔力诗词壮。

[注释]

①"夜半"句："江南忆，最忆是杭州。山寺月中寻桂子，郡亭枕上看潮头。"见白居易《忆江南》词。 ②"击残"句：出宋潘阆《酒泉子》(长忆观潮)词"别来几向梦中看，梦觉尚心寒"。 ③"见说"句：《武林旧事》卷三，"浙江之潮，天下之伟观也。……际天而来，大声如雷霆，震撼激射，吞天沃日，势极雄豪。"范仲淹《和运使舍人观潮》诗："何处潮偏盛？钱塘无与俦。……势雄驱岛屿，声怒转貔貅。" ④天滉漾：用宋陈师道《十七日观潮》诗"晴天摇动清江底"之意。 ⑤尘根、业障：皆释氏语。尘根，谓凡俗欲念。佛家以色、声、香、味、触、法为六尘，认为是污染六根生嗜欲的根缘。业障，谓罪孽。佛教认为人生前世所作种种恶果，致为今生的障碍。尘根、业障务欲净除。《华严经》卷二《世主妙严品》九："若有众生一见佛，必使净除诸业障。"《法华经·法师功德品》："以是功德庄严，六根皆令清净。"词谓江潮洗心明眼。

洞仙歌

芙蓉院宇[①]，露下秋容瘦。龟鹤仙人献长寿[②]。问蓬山别后，几度春归[③]，归去晚，开得蟠桃厮勾[④]。 人间游戏好[⑤]，鲸背风高[⑥]，那更相将凤雏九[⑦]。事蘋蘩[⑧]，工翰墨,才德兼全,人总道,古今稀有。尽从他、乌兔促年华,看绿鬓朱颜,镇长依旧[⑨]。

[注释]

①芙蓉院宇:"世传王迥子高,遇仙人周瑶英游芙蓉城。元丰元年三月,余始识子高,问之信然,乃作此诗。"见苏轼诗《芙蓉城·序》。芙蓉城,传说中的仙境,宋胡微之有《芙蓉城传》。 ②"龟鹤"句:本晋葛洪《抱朴子·对俗》"知龟鹤之遐寿,故效其道引以增年"。相传龟鹤皆有千年之寿。 ③"问蓬山"二句:蓬山,传说中的海上三山之一蓬莱。葛洪《神仙传·王远》:仙人麻如与王远饮于蔡经家。"麻姑自说云:'接待以来,已见东海三为桑田。向到蓬莱,又水浅于往日会时略半耳。'"此本之。④"开得"句:《汉武故事》载,七月七日,西王母降,以仙桃五枚与帝,帝留核欲种,母曰:"此桃三千年一开花,三千年一结实。"世谓是乃蟠桃,故多以作贺寿语。 厮勾:中古俗语,相接亲近。 ⑤"人间"句:庄子曰,"吾宁游戏污渎之中自快,无为有国者所羁,终生不仕,以快吾志焉。"见《庄子·秋水》。 ⑥"鲸背"句:本汉扬雄《羽猎赋》"乘巨鳞,骑京鱼"。京鱼,即鲸鱼。刘克庄《清平乐》词:"风高浪快,万里骑鲸背。" ⑦凤雏九:"凤生五雏,长于南郭。君子康宁,身悦荣乐。"见焦贡《易林》。 ⑧事蘋蘩:"苟有明信,涧溪沼沚之毛,蘋蘩蕴藻之菜……可荐于鬼神,可羞于王公。"见《左传·隐公三年》。蘋蘩,谓野菜。词谓隐逸高蹈的生活。 ⑨"看绿鬓"二句:本秦观《玉烛新》词"试看取,紫绶金章,朱颜绿鬓"。毛滂《点绛唇》词:"鬓绿长留,不使韶华晚。"

念奴娇

上洪帅王予道生辰正月十六日,用东坡韵[①]

半千宝运,瑞清朝、诞育人间英物[②]。暖律吹灰春到也[③],迟日光腾东壁[④]。婺女双溪[⑤],沈郎八咏[⑥],辉映皆冰雪[⑦]。储精毓秀,几年一个人杰。 须信和气随人[⑧],粉梅欺黛柳,娇春争发。翠幕重重称寿处,莲炬蕙烟明灭[⑨]。鼎席犹虚[10]，九重频念此，衮衣华髪。明年今夜，凤池应醉花月。

[注释]

①王予道：生平无考。据词所述，应为婺州（今浙江金华）人，尝任洪州（今江西南昌）知州。　用东坡韵：苏轼有名篇《念奴娇·赤壁怀古》词，本篇步其韵。　②“半千”二句：半千即五百。《孟子·公孙丑下》：“五百年必有王者兴，其间必有名世者……如欲平治天才下，当今之世，舍我其谁也？”《晋书·桓温传》：“（温）生未期而太原温峤见之，曰：‘此儿有奇骨，可试使啼。’及闻其声，曰：‘真英物也。’”　③“暖律”句：古人测试节候之法，于密室置十二律管，“以葭莩灰抑其内端，按历而候之，气至者灰动。”（《后汉书·律历志上》）此谓立春气暖，律管灰飞。　④迟日：本《诗经·豳风·七月》“春日迟迟，采蘩祁祁”。　⑤婺女：星名，为二十八宿之一，即女宿。婺州，旧说为婺女的分野，故名。诗词中常以婺女代婺州。　双溪：婺江的一段水域，位于今金华市区东南的八咏滩边。　⑥沈郎八咏：沈郎，指南朝齐梁著名诗人沈约。沈约，字休文，齐隆昌元年（494）出为东阳（治所在今金华市）太守。见《梁书·沈约传》。沈约在东阳尝登玄畅楼，作《八咏》诗，传颂一时，后人遂改玄畅楼为八咏楼。诗今存沈约文集，楼在今太平天国侍王府纪念馆左侧。　⑦“辉映”句：本南朝宋谢灵运《登江中孤屿》诗“云日相辉映，空水共澄鲜”。杜甫《送樊二十三侍御赴汉中判官》诗：“冰雪净聪明。”　⑧和气随人：“气同则从，声比则应。今人主和德于上，百姓和合于下，故心和则气和，气和则形和，形和则声和，声和则天地之和应矣。”见《汉书·公孙弘传》。　⑨莲炬：莲花状灯炬。本为帝王御前所用，偶以赐宠重大臣。《新唐书·令狐绹传》载：令狐绹为翰林承旨，“夜对禁中，烛尽，帝以乘舆、金莲华炬送还”。　⑩鼎席犹虚：鼎席，古人指称三公、宰相之职位。《吴书》载，虞翻有令名，“魏文帝常为翻设虚坐”。见《三国志·吴书·虞翻传》引。此谓帝以尊位虚缺相待。

念奴娇

闷红颦翠，惜流年、忍对艳阳时节。白玉楼成人去后[①],两地音尘都绝[②]。鸾鉴分飞[③],梦云零乱,欢意今衰飒。墨痕红淡,忆曾题遍红叶[④]。 须信后约难凭[⑤],臂啮鬟剪[⑥],也只成虚说。满眼凄凉无恨事[⑦],付与丁香愁结[⑧]。欲语情酸,临岐步懒,怅望兰舟发[⑨]。出门谁伴,泪昏一片孤月。

［注释］

①“白玉楼”句:李贺临死,据说梦见一绯衣人驾赤虬,持玉板来召,笑曰:“帝成白玉楼,立召君为记。天上差乐不苦也。”少之,贺气绝。见李商隐《李贺小传》。 ②“两地”句:本李白《忆秦娥》词“乐游原上清秋节,咸阳古道音尘绝”,白居易《长恨歌》“含情凝睇谢君王,一别音容两渺茫。昭阳殿里恩爱绝,蓬莱宫中日月长”。 ③鸾鉴分飞:南朝宋范泰《鸾鸟诗序》载,昔罽宾王捕获一鸾鸟,欲其鸣而不能。鸾鸟戚戚对食,三年不鸣。其夫人曰:“尝闻鸟见其类而后鸣,何不悬镜以映之。”王从其言。鸾睹形感契,慨然悲鸣,哀响中霄,一奋而绝。后人以此典写夫妻生离死别的悲哀。 ④“墨痕”二句:唐宣宗时,卢渥赴京应举,偶于御沟拾得一红叶。叶上题诗曰:“流水何太急,深宫尽日闲。殷勤谢红叶,好去到人间。”后渥得一放出宫女,即题叶者。见唐范摅《云溪友议》卷十。 ⑤后约难凭:本冯延巳《采桑子》词“后约难期,肯信韶华得几时”。 ⑥臂啮鬟剪:此写情人恩爱盟誓之情迹。五代后蜀阎选《虞美人》词:“臂留檀印齿痕香,深秋不寐漏初长,尽思量。”南唐冯延巳《更漏子》词:“金剪刀,青丝发,香墨蛮笺亲札。和粉泪,一时封,此情千万重。”《太平广记》卷二七四《情感》载:唐代欧阳詹,有太原所爱乐伎,别后思念成疾,“乃危妆引髻,刃而匣之。顾谓女弟曰:‘吾其死矣,苟欧阳生使至,可以是为信。’又遗之诗曰:‘……欲识旧时云髻样,为奴开取缕金箱。’绝笔而逝。” ⑦“满眼”句:本冯延巳《采桑子》词“昔年无限伤心事,依旧东风”。 ⑧丁香愁结:本李商隐《代赠二首》诗:“芭蕉不展丁香结,同向春风各自愁”。 ⑨“怅望”句:本柳永《雨霖铃》词“都门帐饮无绪,留恋处,兰舟催发”。

念奴娇

平湖阁上[①],正残虹挂雨,微云擎月。万顷琉璃秋向冷，忍便翠销红歇。北海尊罍[②]，西园游宴[③]，兴逸湖山发[④]。飞尘不到，坐移蓬岛珠阙[⑤]。　莫厌笑口频开[⑥]，少年行乐事，转头胡越[⑦]。公子多情真爱客，敢惮深杯百罚。太一舟轻[⑧]，芙蓉城锁，醉指神仙窟。乘风归去[⑨]，尽教吹乱华髮。

［注释］

①“平湖”句：宋代杭州有西湖十景，其一曰“平湖秋月”。林逋有诗：“平湖望不及，云气远依依。”见《梦粱录》卷十二。　②“北海”句：三国孔融，尝为北海相，人呼“孔北海”。孔融“爱才乐士，常苦不足。每叹曰：‘坐上客常满，尊中酒不空，吾无忧矣。’”见《艺文类聚》卷二十六引晋张璠《汉纪》。　③“西园”句：西园，即铜雀园，在邺都，曹操所建，为汉末曹氏集团游宴之处。曹丕有《芙蓉池作》诗，言：“乘辇夜行游，逍遥步西园。”　④湖山：西湖以“湖山”著称。苏轼《虞美人·有美堂赠述古》词：“湖山信是东南美，一望弥千里。”《梦粱录》卷十二《西湖》载：苏堤有堂，“扁曰‘湖山’”。又曰：“近者画家称湖山四时景色，最奇者有十……”⑤蓬岛珠阙：本谓海外仙山蓬莱，此指孤山，以孤山寺内有蓬莱阁。⑥“莫厌”句：本杜牧《九日齐山登高》诗“尘世难逢开口笑，菊花须插满头归”。　⑦转头胡越：本《淮南子·俶真训》“自其异者视之，肝胆胡越”。胡地在北，越地在南，相去甚远，故汉高诱注：“肝胆喻近，胡越喻远。”⑧太一舟：太一，亦作太乙、泰一，天神名。《史记·天官书》：“中宫天极星，其一明者，太一常居也。”此以仙舟喻归舟。　⑨乘风归去：本苏轼《水调歌头》词“我欲乘风归去，又恐琼楼玉宇，高处不胜寒”。

念奴娇

平湖阁上，正雌霓将卷，雄风初发[①]。醉倚危栏吟眺处，月在蓬莱溟渤。蓬叶香浮，桂华光放[②]，翻动蛟鼍窟。踏轮谁信[③]，宓妃曾借尘袜[④]。　人世景物堪悲，等闲都换了，朱颜云髮。遥想广寒秋到早[⑤]，闲著几多空阔。太白诗魂，玉川风腋，自有飞仙骨[⑥]。嫦娥为伴，夜深同驾霜月。

［注释］

①“正雌霓”二句：宋玉谓楚襄王，风有雌雄之别，分属大王与庶人，曰：“发明耳目，宁体便人，此所谓大王之雄风也……啗齰嗽获，死生不卒，此所谓庶人之雌风也。”见《文选·宋玉〈风赋〉》。此本之，通指虹霓、秋风。 ②“桂华”句：相传月中有桂树。唐段成式《酉阳杂俎·天咫》载：“旧言月中有桂有蟾蜍，故异书言有桂高五百丈。”古人遂以桂华借称月光。 ③踏轮：旧称月为“冰轮”。此谓月升。 ④“宓妃”句：本曹植《洛神赋》“臣闻河洛之神，名曰宓妃。……凌波微步，罗袜生尘”。 ⑤广寒：旧题柳宗元《龙城录·明皇梦游广寒宫》载，唐玄宗尝游月中，“过一大门，在月光中飞浮宫殿，往来无定，寒气逼人，露濡衣袖皆湿。顷见一大宫府，榜曰‘广寒清虚之府’。”词称月宫。 ⑥“太白”三句：太白谓李白。玉川，唐代诗人卢仝号玉川子。李白《大鹏赋序》：“余昔于江陵见天台司马子微，谓余有仙风道骨，可与神游八极之表。”卢仝《走笔谢孟谏议寄新茶》诗：“七碗吃不得也，唯觉两腋习习清风生。蓬莱山，在何处？玉川子乘此清风欲归去。”

念奴娇

上德安王文甫生辰[①]

麦秋天气[②]，正玉杓斡暑[③]，熏弦鸣律[④]。浴佛生朝初过也[⑤]，还数佳辰三日[⑥]。箕水呈祥，梦熊叶庆[⑦]，宝运符千一。太平朝野，异人端为时出。　须信家世蝉联，乃翁遗范在，子孙逢吉[⑧]。雾隐巢云聊寄傲[⑨]，行矣飞英腾实。瀑布泉清，炉峰气秀[⑩]，光映霞觞溢[⑪]。萱堂争看[⑫]，彩衣红堕双橘[⑬]。

［注释］

①德安：县名，今属江西。 王文甫：作者友人，生卒行事不详。 ②麦

秋：孟夏之月，“靡草死，麦秋至”。见《礼记·月令》。汉蔡邕《月令章句》释曰：“百谷各以其初生为春，熟为秋，故麦以孟夏为秋。”词指农历四月。 ③玉杓：即杓星，指北斗七星柄部的三颗星。 ④“熏弦”句：此用舜弹五弦歌《南风》典故，谓夏风熏物。 ⑤浴佛生朝：指农历四月八日，《东京梦华录》卷八：“四月八日，佛生日。十大禅院各有浴佛斋会，煎香药糖水相遗，名曰浴佛水。” ⑥佳辰三日：“东坡贺子由生孙云：‘况闻万里孙，已报三日浴。’今俗以三朝浴儿，殆是意也。”见宋人《爱日斋丛钞·三朝》。 ⑦“梦熊”句：本《诗经·小雅·斯干》“吉梦维何？维熊维罴。……大人占之。维熊维罴，男子之祥”。 ⑧“子孙”句：本《尚书·洪范》“身其康强，子孙其逢吉”。 逢吉：大吉。 ⑨雾隐巢云：谓其隐居深山大泽云雾深处。雾隐：用陶答子妻之豹隐典故。 ⑩炉峰气秀：本李白《望庐山瀑布》诗“日照香炉生紫烟”。张九龄《湖口望庐山瀑布水》诗“灵山多秀色，空水共氤氲”。 ⑪霞觞：汉王充《论衡·道虚》载，河东项曼都自云尝遇仙人，引上天，居月之旁。“口饥欲食，仙人辄饮我以流霞一杯。每饮一杯，数月不饥。”后以霞觞称酒杯。 ⑫萱堂：《诗经·卫风·伯兮》“焉得谖（萱）草，言树之背”，毛传：“谖草，令人忘忧。背，北堂也。”北堂，古为母亲所居处。此以萱堂代指母亲居所。 ⑬“彩衣”句：“老莱子孝养二亲。行年七十，婴儿自娱，著五色彩衣。”见《艺文类聚》卷二十引《列女传》。唐牛僧孺《玄怪录》卷三：“有巴邛人，不知姓名，家有橘园。因霜后，诸橘尽收，馀有两大橘，如三斗盎。”剖开，每橘有二仙，“肌体红润，皆相对象戏。身长尺馀，谈笑自若”。此谓以仙戏娱亲。

醉落魄

友莺梦蝶，寻花问柳深相结①。教春去后群芳歇，零落朋游，辜负好时节。　　眼边愁绪多于髮，迢迢一水通吴越。旧欢新恨都休说，坐暖残红，沉醉碧天阔②。

[注释]

①“寻花”句：本杜甫《严中丞枉驾见过》诗“元戎小队出郊坰，问柳寻花到野亭”。 ②“沉醉”句：本柳永《雨霖铃》词“暮霭沉沉楚天阔”。

醉落魄

鸾孤凤只[1]，而今怎忍轻抛掷。知他别后谁怜惜。一味悽惶，辜负我思忆。　　云山万叠烟波急，短书频寄征鸿翼[2]。相逢后会知何日。去也奴哥，千万好将息[3]。

[注释]

①“鸾孤”句：鸾、凤皆成双作对，此比喻情人分别，孤身只影。　②“短书”句：用鸿雁传书的典故。汉苏武出使匈奴被扣，于北海牧羊十九年。后汉朝与匈奴和亲，求索苏武。汉使诡言于单于曰：“天子射上林中，得雁，足有系帛书，言武等在某泽中。”单于视左右而惊，遂归还苏武。见《汉书·苏武传》。　③将息：中古俗语，保重、调养。

醉落魄

空庭草积，吹花风去春无迹[1]。锁鸾深处应相忆。红染罗巾[2]，颦损眉山碧。　　曲屏尘暗双鸂鶒[3]，醉衾不暖炉烟湿。一帘暝色人孤寂。梦里灯残，心上雨声滴。

[注释]

①春无迹：本黄庭坚《清平乐》词“春归何处？……春无踪迹谁知”。　②“红染”句：晋王嘉《拾遗记》卷七，“魏文帝美人薛灵芸，被选入宫，哀别父母时，歔欷累日，泪下沾衣。至升车就路之时，以玉唾壶承泪，壶皆红色。既发常山，及至京师，壶中泪凝如血。”此用之，言别泪沾巾。③鸂鶒：一种水鸟，其形似鸳鸯，多成双对游嬉水上，羽色多紫，又名紫鸳鸯。

醉落魄

红娇翠弱，怨人珠泪频偷落[1]。归期莫负青笺约。雨断云销，总是初情薄。　　夜深秋气生帘幕，半衾依旧空闲却。故人何处孤舟泊。两岸秋声，一夜风涛恶[②]。

[注释]

①珠泪：晋张华《博物志》卷九载，"南海外有鲛人……其眼能泣珠。"此形容女子眼泪。　②风涛恶：风涛凶猛。恶，在中古口语中意思多种，具体随文而定。此谓猛，狂。

丑奴儿

次韵何文成"灯下镜中桃花"

菱花镜里桃花笑[①]，清影团团。月淡风寒，深夜移灯许细观。　　武陵溪上当时事[②]，何处飞鸾。泪纸惊澜，飘尽红英不忍看。

[注释]

①菱花镜：古代的一种铜镜。北周庾信《镜赋》："照壁而菱花自生。"宋陆佃《埤雅·释草》："旧说镜谓之菱花，以其面平，光影所成如此。"　②"武陵"句：晋陶渊明《桃花源记》载，"晋太元中，武陵人捕鱼为业，缘溪行，忘路之远近。忽逢桃花林，夹岸数百步，中无杂树，芳草鲜美，落英缤纷。"后渔人得入桃花源仙境。

西江月

歌彻秋娘金缕[①]，醉扳织女云车[②]。而今谁复荐相如[③]，拔剑茫然四顾[④]。　　好景凭诗断送，闲愁著酒消除[⑤]。镜中丝鬓莫惊呼，春满珠帘绣户。

[注释]

①“歌御”句:秋娘,杜秋娘,唐代著名歌女,善唱《金缕曲》。杜牧有《杜秋娘诗》云:“秋持玉斝醉,与唱《金缕衣》。”自注:“劝君莫惜金缕衣,劝君须惜少年时。花开堪折直须折,莫待无花空折枝。李锜长唱此辞。” ②织女云车:织女,传说中天帝的孙女。杜甫《送孔巢父谢病归游江东兼呈李白》诗:“蓬莱织女回云车,指点虚无是征路。” ③荐相如:《史记·司马相如列传》载,司马相如落魄潦倒。“蜀人杨得意为狗监,侍上。上读《子虚赋》而善之,曰:‘朕独不得与此人同时哉!’得意曰:‘臣邑人司马相如自言为此赋。’上惊,乃召问相如。”司马相如遂得赏识任用。 ④“拔剑”句:本李白《行路难》诗“停杯投箸不能食,拔剑四顾心茫然”。 ⑤“闲愁”句:本唐郑谷《中年》诗“愁破方知酒有权”。

西江月

脉脉无端心事①,厌厌不奈春酲。越罗衫薄峭寒轻,试问几番花信②。　　万点风头柳絮,数声柳外啼莺。斜阳还傍小窗明,门掩黄昏人静③。

[注释]

①“脉脉”句:“迢迢牵牛星,皎皎河汉女……盈盈一水间,脉脉不得语。”见《古诗十九首》其十六。 ②几番花信:宋程大昌《演繁露》卷一“花信风”称,江南“三月花开时,风名花信风”。以其应花期而至,每来有信,故名。自梅花风始,至楝花风止,人称“二十四番花信风”。 ③门掩黄昏:本欧阳修《蝶恋花》词“门掩黄昏,无计留春住”。

鹧鸪天

庆徐元寿生子

六十仙翁抱桂栽,果符吉梦诞英才。上天与降麒麟种①,明月还生蚌蛤胎②。　　华阁启,玳筵开③,快呼玉手捧金罍。要知远地无功客，曾到高门作贺来[4]。

[注释]

①“上天”句：《陈书·徐陵传》载，徐陵自幼聪颖。“时宝志上人者，世称其有道。陵年数岁，家人携以候之。宝志手摩其顶曰：‘天上石麒麟也。’” ②“明月”句：旧说蚌孕珠如人怀胎，与月亮的盈缺有关。晋郭璞《蚌赞》：“含珠怀珰，与月盈亏。”词以喻徐氏得贵子。 ③“华阁”二句：本杜牧《兵部李尚书席上作》诗“华堂今日绮筵开”。 ④“要知”二句：苏轼《减字木兰花》（惟熊佳梦）序有云，“秘阁古《笑林》云：晋元帝生子，宴百官，赐束帛。殷羡谢曰：‘臣等无功受赏。’帝曰：‘此事岂容卿有功乎？’同舍每以为笑。”

踏莎行

沉水销红，屏山掩素，锁窗醉枕惊眠处。芰荷香里散秋风，芭蕉叶上鸣秋雨[1]。　　飞阁愁登，倚阑凝伫，孤鸿影没江天暮[2]。行云懒寄好音来，断云暗逐斜阳去。

[注释]

①“芭蕉”句：“草木一般雨，芭蕉声独多。主人栽未足，其奈客愁何？”见宋王十朋《芭蕉》诗。 ②“孤鸿”句：本南朝梁沈约《八咏诗·听晓鸿》“孤鸿夜南飞，客泪夜沾衣”。此以孤鸿暗寓失偶人。

望海潮

离情冰泮，归心云扰，黯然凝伫江皋。柳色摇金，梅香弄粉，依稀满眼春娇。常记极游遨，更与持玉斝，因解金貂[1]。郎去瞿塘，妾家巫峡水迢迢[2]。　　别来暗减风标，奈碧云暗断，翠被香消。春草生池[3]，芳尘凝榭，凄凉月夕花朝[4]。千里梦魂劳[5]，但鸟啼渡口，猿响山椒。拟把无穷幽恨，万叠写霜绡。

[注释]

①解金貂：《晋书·阮孚传》载，阮孚为人倜傥不羁，“迁黄门侍郎、散骑常侍，尝以金貂换酒，复为有司弹劾”。 ②瞿塘、巫峡：长江三峡之二，在今重庆境内，相去百数里。商贾入川常经行其地。李白《长干行》云：“十六君远行，瞿塘滟滪堆。” ③“春草”句：借用谢灵运《登池上楼》诗“池塘生春草，园柳变鸣禽”，言荒凉冷落。 ④月夕花朝：宋吴自牧《梦粱录》卷四“中秋”载，“八月十五日中秋节，此日三秋恰半，故谓之中秋。此夜月色倍明于常时，又谓之月夕。”又卷一“二月望”载，“仲春十五日为花朝节。浙间风俗，以为春序正中，百花争放之时，最堪游赏。” ⑤“千里”句：本唐岑参《春梦》诗“枕上片时春梦中，行尽江南数千里”。

虞美人

醉寻芳草城头路，底事频凝伫。丽谯直下小层楼[①]，鸳瓦重重匀砌、几重愁[②]。 睡红颦翠春风面[③]、咫尺无由见。从教笑语落檐楹，图得香闺依约、认郎声。

[注释]

①丽谯：壮美的城楼。词指城头望楼。 ②鸳瓦：即鸳鸯瓦，一俯一仰砌成的瓦。白居易《长恨歌》：“鸳鸯瓦冷霜华重。” ③春风面：杜甫《咏怀古迹五首》诗其三咏王昭君曰，“画图省识春风面，环佩空归月夜魂。”

虞美人

月娥弄影当窗照[①]，疑是巫山晓。芙蓉帐里睡魂惊[②]，浅指轻匀犹恐、已天明。 高楼未放梅花弄[③]，却就鸳衾拥。舞腰纤瘦不禁春，恣意任郎撩乱、一梳云。

[注释]

①月娥：旧说月中有仙女，名嫦娥。见《淮南子·览冥训》。 ②“芙蓉帐”句：本白居易《长恨歌》“芙蓉帐暖度春晓”。又，“九华帐里梦魂惊”。 ③梅花弄：古代笛中曲有《梅花落》。见《乐府诗集·横吹曲词》。

水龙吟

旧游曾记当年，凤城雨露开晴昼[①]。端门发钥，御炉烟暗，宫花影覆。帝念民劳，俾乘轺传[②]，暂临牛斗。散阳和四照，春光万井，来小试、调元手[③]。 职业才华竞秀，汉廷臣、无出其右。九重眷倚，频虚槐鼎[④]，争迎衮绣。爽气西山[⑤]，绿波南浦[⑥]，酿成芳酒。趁锋车未到，霞觞共祝，百千长寿[⑦]。

[注释]

①凤城：汉代长安建章宫东侧有凤阙。《三辅故事》：“北有圜阙，高二十丈，上有铜凤皇，故曰凤阙也。”后以“凤城”称京都。 ②轺（yáo）传：使臣所乘专车。 ③调元手：调元即调燮元鼎（大鼎）。此颂宰辅大臣语。 ④槐鼎：喻三公之位。古代朝廷种三槐，以对三公之位；鼎有三足，亦以喻三公。此泛指宰辅执政之位。 ⑤“爽气”句：《世说新语·简傲》载，王子猷作桓温车骑参军，不料理府事俗务。桓诘之。“初不答，直高视，以手版拄颊云：‘西山朝来，致有爽气。’” ⑥“绿波”句：本南朝梁江淹《别赋》“春草碧色，春水绿波，送君南浦，伤如之何”。 ⑦百千长寿：古人祝酒。南唐冯延巳《长命女》词：“再拜陈三愿：一愿郎君千岁。”宋毛滂《玉楼春》词：“佳人重劝千长寿。”

长相思

你又痴，我又迷，到此痴迷两为谁[①]。问天天怎知[②]。
长相思，极相思，愿得姻缘未尽时。今生重共伊。

［注释］

①为谁:为何。 ②问天:唐氏按,“问”原作“天”,从朱居易校改。

长相思

红依稀,绿依稀,寒勒花梢开较迟。蝶魂空自迷[①]。
怕人疑,使人疑,人道闲愁想未知。歌眉因甚低。

［注释］

①蝶魂:化用宋林逋《山园小梅》诗“霜禽欲下先偷眼,粉蝶如知合断魂”。

长相思

蝶团飞,莺乱啼,陌上花开人未归[①]。碧台歌舞稀。
月入扉,风满帷,坐到黄昏人静时。清愁君不知。

［注释］

①“蝶团飞”三句:苏轼《陌上花》诗云,“陌上花开蝴蝶飞……游女长歌缓缓归”。其序有云:“游九仙山,闻里中儿歌《陌上花》。父老云:吴越王妃,每岁春必归临安。王以书遗妃曰:‘陌上花开,可缓缓归矣。’吴人用其语为歌,含思宛转,听之凄然。”

长相思

树槎牙,冰交加,冷艳疏疏瘦影斜[①]。几枝梅放花。
天一涯,语三叉[②],已是情多怨物华。那堪更忆家。

［注释］

①“冷艳”句:本林逋《山园小梅》诗“疏影横斜水清浅”。 ②三叉:

三叉路口,即分手的歧路。苏轼《儋耳四绝句》其三:“溪边古路三叉口,独立斜阳数过人。”

品 令

困无力,几度偎人,翠鞾红湿。低低问、几时么,道不远、三五日。　你也自家宁耐①,我也自家将息。蓦然地、烦恼一个病,教一个、怎知得。

[注释]

①宁耐:中古俗语,忍耐。

[集评]

李佳云:“品令,前人多作俳词,盖为彼时歌伶语气。如石孝友云(略)。此等词,太嫌不雅。”(《左庵词话》卷下)

刘永济云:“此男女二人将别时彼此安慰之词。词中作问答体,甚少见。首三句叙述之词,以下即问答语。后半阕仍是男慰女之词。但词中例不明出宾、主词,读之自知。今有人疑旧形式之文体,不能摹绘活泼的生活。读此等词,知其不然,要看作者手法高强与否耳。”《唐五代两宋词简析》卷八)

章廷泗云:“这首词描绘了一对情人分手时的情景。它的表达方式比较特殊,除了头三句外,从‘低低问’到结尾,全是对话组成,颇有散曲的韵味。……此词的独特之处,就在于用通俗浅近的口语入词,与说白话相差无几。”(《古代爱情诗词鉴赏辞典》)

点绛唇

霁景澄秋,晚风吹尽朝来雨。夕阳烟树,万里山光暮。　一带长川,自在流今古。人何处,月波横素①,冷浸蒹葭浦。

[注释]

①"月波"句:描写洁白的月光在空中横流。 素:素光,指月光。

点绛唇

缓解罗裳,十分鸳履低腰素[①]。冰香微度,一罅殷红露。 风折芳莲,影落盆池去。多羞处,怕人偷觑,粉面频回顾。

[注释]

①"十分"句:形容漂亮,可人。五代后唐马缟《中华古今注》卷中《鞋子》:"汉有绣鸳鸯履,昭帝令冬至日上舅姑。" 低腰素:谓纤腰低折。《古诗为焦仲卿妻作》:"足下蹑丝履……腰若流纨素。"

点绛唇

著意栽银,砌成叶叶莲花舫。醉霞摇荡,恰似凌波样。 自笑平生,鲸吸洪波量[①]。孤心赏,不如深幌,一搦酬千想[②]。

[注释]

①"鲸吸"句:本杜甫《饮中八仙歌》"左相日兴费万钱,饮如长鲸吸百川"。 唐氏按:"洪波"原作"供陂"。原校,疑"洪波"。 ②一搦:一握。形容腰围纤瘦。柳永《木兰花》词:"酥娘一搦腰肢袅,回雪萦尘皆尽妙。"

点绛唇

杨柳腰肢[①],春来尚怯铢衣重[②]。眼波偷送,笑把花枝弄。 雨帐云屏,一枕高唐梦。春情动,殢人娇纵,困鞾钗横凤[3]。

[注释]

①"杨柳"句:白居易有家伎二人:樊素,善歌;小蛮,善舞。白居易为诗曰:"樱桃樊素口,杨柳小蛮腰。"见唐孟棨《本事诗·事感》。②"春来"句:本唐贾至《赠薛瑶英》诗"舞怯铢衣重,笑疑桃脸开"。铢衣,即五铢衣;古代以二十四铢为一两,此言极轻之衣。③钗横凤:指凤钗横插。《中华古今注》卷中:"钗子,盖古笄之遗象也。……始皇以金银作凤头,以玳瑁为脚,号曰'凤钗'。"

点绛唇

醉倚危樯,望中归思生天际[1]。山腰渚尾,几簇渔樵市。帆落西风,一段芦花水。八千里[2],锦书欲寄,新雁曾来未[3]。

[注释]

①"望中"句:本南朝宋谢朓《之宣城郡出新林浦向板桥》诗"天际识归舟,云中辨江树"。②八千里:本岳飞《满江红》词"三十功名尘与土,八千里路云和月"。③"锦书"二句:前秦秦州刺史窦滔被徙流沙,其妻苏氏思之,"织锦为回文旋图诗以赠滔。宛转循环以读之,词甚凄惋"。见《晋书·列女列传·窦滔妻苏氏》。后称闺中书信为"锦字"或"锦书"。又,"新雁"云云用雁足传书典故,事见《汉书·苏武传》。

点绛唇

日薄风迟,柳眠无力花枝妥[1]。燕楼空锁[2],好梦谁惊破。寒食清明,又等闲都过。愁无那[3],泪珠频堕,洒尽相思颗。

[注释]

①柳眠:《三辅旧事》载,“汉苑中有柳,状如人形,号曰人柳,一日三眠三起。” 花枝妥:此谓花落枝垂。 妥:落,下垂。宋程垓《小桃红》词:“不恨残花妥,不恨残春破。” ②“燕楼”句:白居易《燕子楼》诗有小序,云:“徐州故张尚书有爱妓曰盼盼,善歌舞,雅多风态。……尚书既殁,归葬东洛,而鼓城有张氏旧第,第中有小楼名燕子。盼盼念旧爱而不嫁,居是楼十馀年,幽独块然。”苏轼《永遇乐》词:“燕子楼空,佳人何在?空锁楼中燕。” ③愁无那:无那,无奈。宋莫将《木兰花·晴天》词:“寒梢雨里愁无那。”

玉楼春

小桃破尽风前萼,草草年华闲过却。十分清瘦有谁知,一点相思无处著[①]。 书凭雁字应难托,花与泪珠相对落。万红千翠尽春光,若比此情犹自薄。

[注释]

①“一点”句:仿南唐李煜《蝶恋花》词“一片芳心千万绪,人间没个安排处”。

玉楼春

春生泽国芳菲早,楼外墙阴闻语笑[①]。东君著意到西园[②],点破施朱浑未了。 楚云暮合吴天杳,天色沉沉云扰扰。洞门深闭月轮孤,不见当时张好好[③]。

[注释]

①“楼外”句:隐括苏轼《蝶恋花》词“墙里秋千墙外道。墙外行人,墙里佳人笑”。 ②东君:春神,也称东皇。《尚书纬》:“春为东皇,又为青帝。” ③张好好:唐代著名乐伎,为江西观察使沈传师所宠爱。沈卒,张

好好后流落洛阳。杜牧有《张好好》诗及序。

玉楼春

风光澹淹云容粹，点染园林添况味[①]。花间照夜簇红纱[②]，柳外踏青摇彩旆[③]。　芳时不分空憔悴，抖擞愁怀赊乐事。罗衫一任涴尘泥，拚了通宵排日醉。

[注释]

①况味：中古俗语，情味、境况。　②“花间”句：本宋毛滂《灯夕当三日而罢……聊作小诗记一时之事》“两行红纱三百炬，插花携酒趁遨头”。此句谓秉烛夜游。　红纱：指红纱灯笼。　③踏青：“三月上巳，赐宴曲江。都人于江头禊饮，践踏青草，曰踏青。”见唐人《秦中岁时记》。此指春日郊游。

玉楼春

扁舟破浪鸣双橹[①]，岁晚客心分万绪[②]。香红漠漠落梅村，愁碧萋萋芳草渡[③]。　汉皋佩失诚相误[④]，楚峡云归无觅处。一天明月缺还圆，千里伴人来又去[⑤]。

[注释]

①鸣双橹：本毛滂《送徐天隐判官》诗“嘈嘈双橹鸣，万里欲俄瞥”。②“岁晚”句：本宋柳永《婆罗门令》词“寸心万绪，咫尺千里”。　③“萋萋”句：本《楚辞》淮南小山《招隐士》“王孙游兮不归，春草生兮萋萋”。④“汉皋”句：此用郑交甫遇仙女事。《文选·郭璞〈江赋〉》注引《韩诗内传》云：“郑交甫遵汉皋台下，遇二女。与言曰：‘愿请子之佩。’二女与交甫。交甫受而怀之，超然而去，十步循探之，即亡矣。回顾二女，亦即亡矣。”　⑤“一天”二句：本南朝宋谢庄《月赋》“美人迈兮音尘阙，隔千里兮共明月”。词隐寓其意。

玉楼春

井花暖处新阳动，节物撩人添倥偬。寒齑冰齿晕轻澌，败絮粟肌悭短梦。　　文章彻了成何用，闷拨炉灰窥饭瓮。寻思已得到春时，预把五穷连夜送①。

［注释］

①"预把"句：古代有送穷的风俗，唐宋人以正月晦日送穷。《岁时广记》卷十三《月晦·号穷子》引《图经》云："池阳风俗，以正月二十九日为穷九日，扫除屋室尘秽，投之水中，号送穷。"　五穷："穷鬼有五，其名曰：智穷，学穷，文穷，命穷，交穷。凡此五鬼，为吾五患，饥我寒我，兴讹造讪。……三揖穷鬼而送其行。"见韩愈《送穷文》。

玉楼春

冬日上江西漕鲁大卿①

汉皇受禅新尧统，沼跃潜鱼仪舞凤②。五云色备观台书③，万世功成贤相用。　　江湖襟带蛮荆控，摩抚民劳输土贡。愿倾石尉望尘心④，来献鲁侯难老颂⑤。

［注释］

①本篇当作于绍兴三十二年（1162）。是年五月乙亥，宋高宗内禅孝宗，自称太上皇。　鲁大卿：江西转运使，姓鲁，名字不详。大卿，是宋人对大理卿、司农卿等寺卿之官的尊称。　②仪舞凤：本《尚书·益稷》"箫韶九成，凤凰来仪"。　③"五云"句：天上祥云为五色，李白侍从宜春苑奉诏赋《听新莺百啭歌》："是时君王在镐京，五云垂晖耀紫清。"古人每于冬至、春分等节气，要登台观云物，凡有异常。"必书云物，为备故也。"见《左传·僖公五年》。此言祥云出现，有司书备。　④"愿倾"句：石尉，指西晋石崇，尝官卫尉卿。《晋书·潘岳传》载：潘岳"与石崇等谄事贾谧，每候其出，与崇辄望尘而拜"。此以石崇为喻，表白对鲁氏的倾倒之意。

⑤“来献”句:《诗经·鲁颂·泮水》云,“鲁候戾止,在泮饮酒;既饮旨酒,永锡难老”。唐孔颖达疏:“难老者,言其身力康强,难使之老。”此借颂鲁转运使长寿难老。

玉楼春

一阳不受群阴壅①,残历行间冬破仲②。云低吹白腊寒浓,梅小绽红春意重。　湖山千里勤飞控③,淑气冲融披水冻。笑携雨露洒民心,暗聚精神交帝梦④。

[注释]

①“一阳”句:《易·复》“七日来复”。孔颖达疏:“五月一阴生,十一月一阳生。”古人认为:十一月冬至为复卦,阳气初动,一阳生于下。故《易·通卦验》云:“冬至一阳生。”又《淮南子·天文训》:“冬至……阴气竭,阳气萌。”故本句云云。　②冬破仲:谓仲冬之日,春意冲破冬寒。　③飞控:同“飞鞚”,谓驭马飞驰。南朝宋鲍照《拟古诗》其三:“飞鞚越平陆。”词谓奔走王事。　④帝梦:“梦帝赉予良弼,其代予言。乃审厥象,俾以形旁求天下。说筑傅岩之野,帷肖,爰立作相。”见《尚书·说命上》。此以傅说作相预贺鲁氏。

玉楼春

黄钟应律扶炎统①,舜日迎长佳节用②。娟娟芳意著花梢,盎盎暖香浮酒瓮。　寿觞唤取纤纤捧③,雨歇珠帘云绕栋。兴来且伴橘中仙④,归去却联池上凤⑤。

[注释]

①黄钟应律:古人以十二律管,应测节候,黄钟为第六律管。冬至,律应黄钟。《礼记·月令》:仲冬之月,“其音羽,律中黄钟”。注:“黄钟者,律之始也。九寸,仲冬气至则黄钟之律应。”　炎统:宋人自称以火德王,

故呼炎宋。《宋史 · 乐志十》:"於赫炎宋,十叶化耀。"此本之,指帝统,赵宋正统。 ②舜日:古人常以"舜日尧年"谓太平盛世。南朝梁沈约《四时白纻歌》:"舜日尧年欢无极。" 迎长:长指长日、长至,即夏至。唐宋人以之为一节日。 ③纤纤:本《古诗十九首》其十六"纤纤擢素手,札札弄机杼"。词借称美人。 ④橘中仙:唐牛僧孺《玄怪录》卷三载,一巴邛人有橘园,得二大橘,"剖开,每橘有二老叟……身长尺馀,谈笑自若,剖开亦不惊怖,但相与决赌。决赌讫……一叟曰:'王先生许来,竟待不得。橘中之乐,不减商山,但不得深根固蒂,为愚人摘下耳。'"词因之谓弈棋之戏。 ⑤池上凤:魏晋人以中书省为"凤凰池",以其地在枢要,多承宠任,身份贵显,故云。见《通典 · 职官三 · 中书令》。此借指朝廷贵显英杰。

玉楼春

台门瑞霭光阳动,人语鼓声沉汹汹。观风堂迥暗香飘,卷雨楼前寒翠拥。 锋车促入承天宠[①],丹诏衔来须彩凤[②]。五丝宫线日边长[③],看补岩廊龙衮缝[④]。

[注释]

①"锋车"句:《晋书 · 宣帝纪》载,"有诏召帝(司马懿),三日之间,诏书五至。……乃乘追锋车昼夜兼行,自白屋四百馀里,一宿而至"。追锋车,简称锋车,一种轻便快捷的驿车。 ②"丹诏"句:《春秋合诚图》载,"黄帝游玄扈洛水上,与大司马容光等临观,凤皇衔图至帝前,帝再拜受图"。见《艺文类聚》卷九十八《祥瑞下 · 凤皇》。凤皇为祥鸟,有德临位,天下太平,则出。此本之。 ③"五丝"句:本杜甫《小至》诗"刺绣五纹添弱线,吹葭六管动浮灰"。《岁时广记》卷三十八《冬至 · 增绣功》:"《唐杂录》言:'宫中以女功揆日之长短,冬至后日晷渐长,比常日增一线之功。'" ④"看补"句:《诗经 · 大雅 · 烝民》"衮职有阙,维仲山甫补之"。毛传:"有衮冕者,君之上服也;仲山甫补之,善补过也。"此颂辅弼有成。

西地锦

回望玉楼金阙[①],正水遮山隔。风儿又起,雨儿又煞[2]，好愁人天色。　两岸荻花枫叶[3]，争舞红吹白。中秋过也，重阳近也，作天涯行客。

[注释]

①玉楼金阙：唐段成式《酉阳杂俎》前集卷二载，翟天师乾祐与弟子数十于江岸观月，二弟子随其指观，"见月规半天，琼楼金阙满焉。数息间不复见"。词似借指京城。　②煞：急，迅猛。　③荻花枫叶：本白居易《琵琶行》"浔阳江头夜送客，枫叶荻花秋瑟瑟"。秋日霜后，荻花色白，枫叶色红，故下文有"舞红吹白"语。

朝中措[1]

乱山叠叠水泠泠，南北短长亭[2]。客路如天杳杳，归心能地宁宁[3]。　春光荏苒花期，冷落酒伴飘零。鬓影黄边半白，烧痕黑处重青[4]。

[注释]

①唐氏按：此首又见赵长卿《惜香乐府》卷三，有附注云是张孝祥降乩之词，必非。　②"南北"句：本李白《菩萨蛮》词"何处是归程，长亭更短亭"。古代驿路，五里一短亭，十里一长亭。　③能地：这么，如此。中古俗语。　④"烧痕"句：本白居易《赋得古原草送别》诗"野火烧不尽，春风吹又生"。词写其意。

阮郎归

烛花吹尽篆烟青[1]，长波拍枕鸣。西风吹断雁鸿声，离人梦暗惊。　乡思动，旅愁生[2]，谁知此夜情。乱山重叠拥孤城，空江月自明。

[注释]

①篆烟:篆香的烟气。篆,指形如篆文的盘香。 ②旅愁:客旅中的羁恨离愁。

满江红

雁阵惊寒[①],故唤起、离愁万斛。因追念、镜鸾易破[②]、凤弦难续[③]。诗句已凭红叶去,梦魂未断黄粱熟[④]。叹浪萍、风梗又天涯[⑤],成幽独。 归来引,相思曲。尘满把,泪盈掬,对长天远水,落霞孤鹜[⑥]。立尽西风无好意[⑦],遥山也学双眉蹙。恨草根、不逐鬓根摧,秋更绿。

[注释]

①"雁阵"句:本王勃《秋日登洪府滕王阁饯别序》"雁阵惊寒,声断衡阳之浦"。 ②镜鸾易破:相传鸾鸟钟情春偶,"见其类而后鸣"。人有捕获孤鸾者,三年不鸣;后"悬镜以映之","鸾睹形悲鸣,哀响中霄,一奋而绝"。见南朝宋范泰《鸾鸟诗序》。后常以"鸾镜"喻夫妇或情侣生离死别之类事。又,唐孟棨《本事诗·情感》载有"破镜重圆"事:南朝末年天下大乱。徐德言娶妻陈后主之妹乐昌公主,才色冠绝。临乱,德言知不相保,"乃破一镜,人执一半",相约他日以此为凭信,设法团圆。词融铸二典,言有情人易被分离。 ③"凤弦"句:旧题东方朔《十洲记》载,西海中央有凤麟洲,"洲上多凤麟,数万各为群。又有山川池泽,及神药百种。亦多仙家,煮凤喙及麟角,合煎作膏,名之为续弦胶,或名连金泥。此胶能续弓弩已断之弦……使力士掣之,它处乃断,所续之际终无断也"。 ④黄粱:唐氏按,"粱"原作"梁",从朱居易校。 ⑤"叹浪萍"二句:《战国策·齐策三》载,苏秦自言过淄上,闻土偶人与桃梗相与语。"桃梗谓土偶人曰:'子,西岸之土也。挺子以为人,至岁八月,降雨下,淄水至,则汝残矣。'土偶曰:'不然。吾西岸之土也,土则复西岸耳。今子,东国之桃梗也,刻削子以为人,降雨下,淄水至,流子而去,则子漂漂者将何如耳?'" ⑥"对长天"二句:本唐王勃《秋日登洪府滕王阁饯别序》"落霞与孤鹜齐飞,秋水共长天一色"。 ⑦"立尽"句:本唐杜牧《齐安郡中偶题二首》其

一“多少绿荷相倚恨，一时回首背西风”。宋毛滂《玉楼春》词：“西风吹面立苍茫，欲寄此情无雁去。”此从中变化出。

浪淘沙

好恨这风儿，催俺分离。船儿吹得去如飞。因甚眉儿吹不展，叵耐风儿[①]。　　不是这船儿，载起相思。船儿若念我孤恓[②]。载取人人篷底睡[③]，感谢风儿。

[注释]

①叵耐：不可耐，可恶。叵为“不可”的合音。　②孤恓：孤寂烦恼之意。恓，同“悽”。　③人人：昵语，常以称情人，心爱的人，犹伊人。中古口语。

[集评]

刘永济云：“此纯用口头语写别情者。如以与五代闺情词相较，觉此种词更为亲切有味。惜作者不多。”（《唐五代两宋词简析》卷八）

赵继武云：“这首词字句浅明。全词所说，不过是离愁别苦，一般作品中常见的题材，但它的表达方式却比较特殊。‘风儿’贯串全篇，先是对它‘好恨’，中间嫌它‘叵耐’，最后从设想中对它‘感谢’。……这首词所眷虽在风尘，而所伤实关身世。然而作者又不是柳永一路的人物，他是以傲岸的态度对待现实的。反映到作品里，不仅意气迈往，有时形式上也很难律以常规。如此词，语言快利通俗，简直像一首民歌小调。”（《唐宋词鉴赏辞典》）

章廷泗云：“（石）词的独特之处，就在于运用通俗浅近的口语入词，与说白话相差无几。……这篇以快利通俗语言，表达其分离后孤恓的寂寞及盼望欢聚的心情。”（《古代爱情诗词鉴赏辞典》）

胜胜慢

花前月下[①]，好景良辰[②]，厮守日许多时，正美之间，何事便有轻离。无端珠泪暗簌，染征衫、点点红滋。最苦是、□殷勤蜜约[③]，做造相思[④]。　　咿哑橹声离岸，魂断处，高城隐隐天涯[⑤]。万水千山，一去定失花期。东君鬥来无赖[⑥]，散春红，点破梅枝。病成也，到而今、著个甚医。

［注释］

①花前月下：本唐白居易《老病》诗“尽听笙歌夜醉眠，若非月下即花前”。　②好景良辰：本谢灵运《拟魏太子邺中集诗序》“天下良辰、美景、赏心、乐事，四者难并”。　③□殷勤：唐氏按，原无空格。原校，“殷勤”上缺一字。　④做造：做成，造成。中古俗语。　⑤“魂断”二句：本唐欧阳詹《初发太原途中寄太原所思》诗“高城已不见，况复城中人”。　⑥鬥来：逗来，勾来。鬥，逗引，勾引。　无赖：中古俗语。本谓惹人喜爱。杜甫《奉陪郑驸马韦曲二首》诗其一：“韦曲花无赖，家家恼杀人。”此借称春色。

忆秦娥

秦楼月，秦娥本是秦宫客[①]。秦宫客，梦云风韵，借仙标格。　　相从无计不如休，如今去也空相忆。空相忆，尊前欢笑[②]，梦中寻觅[③]。

［注释］

①“秦楼月”二句：本李白《忆秦娥》词“箫声咽，秦娥梦断秦楼月”。秦娥：泛指美女。汉扬雄《方言》卷二：“秦晋之间，美貌谓之娥。”李词用秦穆公之女弄玉的故事。事见《列仙传》。　②“尊前”句：本杜牧《赠别二首》诗其二“多情却似总无情，唯觉尊前笑不成”。此乃相忆之所指。③“梦中”句：化用岑参《春梦》“洞房昨夜春风起，遥忆美人湘江水。枕上片时春梦中，行尽江南数千里”诗意。

菩萨蛮

酒浓花艳秋波滑，舞馀腰素花枝活。相见又还休，不禁归去愁。　　醉衾成独拥，月冷知霜重。早是梦难成[1]，梅花肠断声[2]。

[注释]

①“早是”句：本五代前蜀李珣《定风波》词“惟恨玉人芳信阻，云雨，屏帷寂寞梦难成”。　②梅花：此指笛曲。古乐府《横吹曲》有《梅花落》为笛中曲。见《乐府诗集》卷二四《横吹曲词》。

菩萨蛮

雪香白尽江南陇，暖风绿到池塘梦[1]。叠影上檐明，夜潮春水生[2]。　　踏青何处去，杨柳桥边路。不见浣花人[3]，汀洲空白蘋[4]。

[注释]

①池塘梦：南朝宋谢惠连，“年十岁能属文，族兄灵运嘉赏之，云：‘每有篇章，对惠连辄得佳语。’尝于永嘉西堂思诗，竟日不就，忽梦见惠连，即得‘池塘生春草’，大以为工。常云：‘此语有神功，非吾语也。’”　②夜潮：唐氏按，“潮”原作“湖”。原校，疑“潮”。　③浣花人：南宋陆游《老学庵笔记》卷八载，“四月十九日，成都谓之浣花日，遨头宴于杜子美草堂沧浪亭，倾城皆出，锦绣夹道”。词指游春之情人。　④“汀洲”句：化用南朝梁柳恽《江南曲》“汀洲采白蘋，日暖江南春。……故人何不返，春花复应晚”诗意。

菩萨蛮

花销玉瘦斜平薄，舞衣宽尽腰如削。困甚不胜娇[1]，乌云横鬓翘[②]。　双蛾颦浅黛[③]，鸾镜愁空对。罗袖晚香寒，泪珠和粉弹。

［注释］

①困甚：唐氏按，“困”原作“因”，从朱居易校。　②鬓翘：妇人头上首饰，其形似翠鸟之长尾。白居易《长恨歌》：“花钿委地无人收，翠翘金雀玉搔头。”　③双蛾：唐氏按，“蛾”原作“娥”，从朱居易校。

惜奴娇

我已多情，更撞著、多情底你。把一心、十分向你。尽他们[①]，劣心肠、偏有你。共你，风了人、只为个你[②]。

宿世冤家[③]，百忙里、方知你。没前程、阿谁似你。坏却才名，到如今、都因你。是你，我也没、星儿恨你。

［注释］

①尽他们：唐氏按，原校“尽”字上下少一字。　②风：通“疯”，即癫狂。意谓心上人使己癫狂入迷。　③宿世冤家：前世冤家。冤家，对情人的昵称。

［集评］

李调元云：“宋人多以曲调为词调，如用十个‘你’之类是也。石孝友《惜奴娇》云（略）。通首不用韵，只以十个‘你’字成韵。元人书皆本此。”（《雨村词话》卷二）

又云：“词中白描高手无过石孝友。……至《惜奴娇》仍然一种笔意，然却开曲儿一门矣。”（同上）

刘永济云：“此亦别情之词。‘尽他们’二句，言一般底人不如这人也。‘撇了人’句，言抛了别人专因为你也。后半阕用意甚为曲折，既说他‘没前程’，又说自己‘坏却才名，但只要‘是你’，我就没一点恨你底心思也。此词全用‘你’字押韵，名独木桥体。”（《唐五代两宋词简析》卷八）

惜奴娇

合下相逢[①]，算鬼病、须沾惹[②]。闲深里、做场话霸[③]。负我看承[④]，枉驼我、许多时价[⑤]。冤家，你教我，如何割舍。　苦苦孜孜，独自个、空嗟呀。使心肠、捉他不下。你试思量，亮从前、说风话[⑥]。冤家，休直待、教人咒骂。

[注释]

①合下：当初。中古俗语。　②鬼病：心病，相思。中古俗语。鬼，指不可告人的心事，词里多谓相思心上人。　③话霸：俗语，谓言行被人用来作谈笑的资料。　④看承：看重，护持。　⑤驼：同"拖"，拖累、拖扯。⑥亮：同"谅"，料想的意思。　风话：同"疯话"。

[集评]

杜文澜云："词之与曲，则同源别派，清浊判然。自元以来，院本传奇原有佳句可入词林，但曲之径太宽，易涉粗鄙油滑，何可混羼入词。乃宋有俳优一体，降格而甘比于伶官，误人非浅。如《词律》所列黄山谷《望远行》、《少年心》各一阕、《鼓笛令》二阕，石孝友《惜奴娇》二阕，庸恶陋劣，其猥亵几似淫词，怫心刺目。"（《憩园词话》卷一）

薛砺若云："他的词亦如耆卿、山谷一样，常以俚语写男女猥冶之情，而流为浑亵，如他的《惜奴娇》（指本词）。所以楼思敬说他：'大都迷花滞酒、弄月嘲风之作，不乏谑词，要词，利于嘌唱者之品，览者往往目倦。'"（《宋词通论》第五编第三章《柳永期的馀波·石孝友》）

江城子

青青杨柳水边桥，水迢迢，柳摇摇。缓引离觞，频驻木兰桡[①]。我是行人君是客，俱有恨，总无聊。　冰澌波暖数琼瑶，舞晴飚，拂春潮。一片别魂，销尽遣谁招[②]。不似严阳山上雪，魂易尽，雪难销。

[注释]

①木兰桡:南朝梁任昉《述异记》卷下载,“木兰洲在浔阳江中,多木兰树。昔吴王阖闾植木兰于此,用构宫殿也。七里洲中,有鲁班刻木兰为舟,舟至今在洲中。诗家言木兰舟,出于此”。 ②“一片”二句:本南朝宋江淹《别赋》“黯然销魂者,唯别而已”。楚辞有《招魂》篇,云:“目极千里兮伤春心,魂兮归来哀江南。”

江城子

相逢执手也踟蹰,立斯须,话区区[①]。借问来时,曾见那人无。忍泪啼痕香不减,虽少别,忍轻辜。 霜风摇落岁将徂,景凋疏,恨萦纡。过尽行云,我在与谁居。一掬归心飞不去,层浪叠,片蟾孤[②]。

[注释]

①区区:谓爱慕、思念之心。《古诗十九首》其十八:“客从远方来,遗我一书札。上言‘长相思’,下言‘久离别’。置书怀袖中,三年字不灭。一心抱区区,惧君不识察。” ②片蟾:指月亮。《淮南子·精神训》:“月中有蟾蜍。”《艺文类聚·天部上·月》:“姮娥奔月,是为蟾蜍。”

如梦令

照水粉梅开尽[①],春残峭寒犹甚。秋气著人衣,斗帐玉儿生晕[②]。那更,那更,帘外月斜风横[③]。

[注释]

①照水粉梅:本杜牧《梅》诗“轻盈照溪水,掩敛下瑶台”。 ②“斗帐”句:本苏轼《次韵杨公济奉议梅花十首》诗其四“月地云阶漫一尊,玉奴终不负东昏”。清王文诰注曰:“《南史·王茂传》:“‘齐东昏侯妃潘玉儿,有国色。’”南宋吴曾《能改斋漫录》卷三有《以玉儿为玉奴》条,称苏轼

诗以玉儿喻梅。 ③月斜风横：题柳宗元《龙城录》载，隋赵师雄迁罗浮，醉遇梅花仙子。及醒，乃身在大梅树上，只见“月落参横，但惆怅而已”。苏轼《再和杨公济梅花十绝》诗其十：“北客南来岂是家，醉看参月半横斜。”此本之。

如梦令

风猎乱香如扫，又是粉梅开了。庭户锁残寒，梦断池塘春草[1]。情悄，情悄，帘外数声啼鸟[2]。

[注释]

①“梦断”句：用谢灵运《登池上楼》“池塘生春草”典故。 ②“帘外”句：孟浩然《春晓》诗有“春眠不觉晓，处处闻啼鸟”云云，本词整篇暗融孟诗境。

如梦令

折寄陇头春信[1]，香浅绿柔红嫩。插向鬓云边，添得几多风韵。但问，但问，管与玉容相称。

[注释]

①“折寄”句：南朝盛弘之《荆州记》载，陆凯与范晔相善，自江南寄梅花一枝，诣长安与晔，并赠花诗曰：“折梅逢驿使，寄与陇头人。江南无所有，聊赠一枝春。”

亭前柳

有件倅遮[1]，算好事，大家都知。被新冤家矍索后[2]，没别底，似别底也难为。 识尽千千并万万，那得恁、海底猴儿[3]。这百十钱，一个泼性命[4]。不分付、待分付与谁。

[注释]

①侓(chē)遮:大,了不起,厉害等意思。此谓有件大事,不寻常的事。俗语。 ②矍索:开解,排遣的意思。 ③海底猴儿:即海猴儿,“底”为衬音之字。为“好孩儿”的谐音。宋代市井语,系对心上人的昵称。 ④泼性命:贱性命。本为自叹命苦语。此乃市井谦语。

[集评]

李调元云:“石次仲孝友《金谷遗音》,用笔超逸,似不食人间烟火,在南宋另是一格。然亦有鄙俗句。如《亭前柳》词后段云‘识尽千千并万万,那得恁、海底猴儿。这百十钱,一个泼性命,不分付,待分付谁?’集中佳词固多,此首颇为白璧之累。且前段有‘被新冤家矍索’。按‘矍索’二字,曲中少用,亦俗语也。”(《雨村词话》卷二)

好事近

幸自得人情,只是有些脾鳖[①]。引杀俺时直甚[②],损我儿阴德[③]。 情知守定没乾休[④],乾休冤俺急。今夜这回除是,有翅儿飞得。

[注释]

①脾鳖:脾气别扭。 ②引杀:逗杀,诱杀。 ③我儿:男子对心上人的昵称。 ④乾休:罢手,作罢。

夜行船

昨日特承传诲[①]。欲相见,奈何无计。这场烦恼捻著嚎,晓夜价[②],求天祝地。 教俺两下不存济[③]。你莫却、信人调戏。若还真个肯收心,厮守著[④],快活一世。

[注释]

①传诲：指转达语。 ②价：语助词，犹如“地”。 ③存济：安顿，安定。 ④厮守：相亲相守。

夜行船

漏永迢迢清夜。露华浓、洞房寒乍。愁人早是不成眠，奈无端、月窥窗罅[①]。 心心念念都缘那。被相思、闷损人也[②]。 冤家你若不知人，这欢娱、自今权罢。

[注释]

①月窥窗罅：月亮透过窗隙照进。后蜀孟昶《木兰花》词：“绣帘一点月窥人。” ②闷损：闷坏、闷伤。损，常作结果补语。表示损坏。

茶瓶儿

相对盈盈一水[①]。多声价、开名得字[②]。刚能见也还抛弃，负了万红千翠。 留无计，来无计。□□□、成何况味[③]。而今若没些儿事，却枉了、做人一世。

[注释]

①“相对”句：本《古诗十九首》其十六“盈盈一水间，脉脉不得语”。②开名：疑为“问名”之讹。 ③□□□：唐氏按，原校“脱三字”。 按：《词谱》作“闷厌厌”。

[集评]

杜文澜云：“《茶瓶儿》，石孝友词‘来无计’句下，脱‘闷恹恹’三字。”（《憩园词话》卷一《论词三十则》）

西江月

拽尽风流露布[1]，筑成烦恼根基。早知恁地浅情时，枉了教人恁地。　　惜你十分搁就[2]，把人一味禁持[3]。这回断了更相思，比似人间没你。

[注释]

①露布：唐封演《封氏闻见记》卷四载，“露布，捷书之别名也。诸军破贼，则帛书建诸竿上，兵部谓之露书。盖自汉以来有其名。所以名露布者，谓不封检而宣布，欲四方速知，迹谓之露版”。此谓情场的捷报佳音。　②搁（ruán）就：温存，迁就。　③禁持：禁制挟持，意犹折磨、摆布。

望海潮

元日上都运鲁大卿[1]

云龙双辅[2]，匣龙双起[3]，当年楚尾吴头[4]。借月命卿[5]，占星分使[6]，来宽俗瘵君忧。绣指屈儒流。□暂辍北阙，小试南州，协奏熏风，霈为霖雨岁登秋[7]。　　春工点缀芳柔。正梅凝笑脸，柳弄青眸。柏叶荐觞，椒花载颂[8]，休辞秉烛嬉游[9]。乃眷在宸旒。更德标银管[10]，名覆金瓯[11]。共看朝天路稳，归拜富民侯。

[注释]

①都运：即都转运使。　鲁大卿：名字、行实皆不详。大卿，大理卿、司农卿等寺卿的通称。　②“云龙”句：本《易经·乾》“云从龙，风从虎，圣人作而万物睹”。后以云龙喻君臣相得。　③“匣龙”句：晋王嘉《拾遗记》卷一载，“帝颛顼有曳影之剑……未用之时，常于匣里如龙虎之吟”。又《晋书·张华传》载，豫章人雷焕尝于丰城掘得一石函，“光气非常，中有双剑，并刻题，一曰龙泉，一曰太阿。”焕一自佩，一送张华。后张华伏诛，其剑失

踪。焕子雷化为州从事，“持剑行经延平津，剑忽于腰间跃出堕水。使人没水取之，不见剑，但见两龙各长数丈”。此用典故。 ④吴头楚尾：宋祝穆《方舆胜览》，“豫章之地为楚尾吴头”。后以“楚尾吴头”代称江西，以其位于楚地下游，吴地上游，如首尾相衔接。 ⑤“借月”句：本《尚书·洪范》：“卿士惟月，师尹惟日”。谓卿统于王，如月统于岁。后以“月卿”称朝中贵官。 ⑥“占星”句：古人以天节八星主使臣持节，称使臣为使星。《后汉书·李郃传》载：李郃好天文之术。和帝即位，分遣使者微服单行，至各地观采风谣。使者二人当到益部，投李郃候舍。郃知之。人异之，“郃指星示云：‘有二使星向益州分野，故知之耳。’”此用典故。 ⑦“霈为”句：《尚书·说命》载，商高宗得傅说为相，命曰：“……若岁大旱，用汝作霖雨。” ⑧“柏叶”二句：南朝宗懔《荆州岁时记》载，元日晨起，长幼以次拜贺，“进椒柏酒”。注云：“椒是玉衡星精，服之令身轻却老。柏是仙药。……董勋云：‘俗有岁首用椒酒，椒花芬香，故采花以贡尊。’” ⑨“休辞”句：本魏曹丕《与朝歌令吴质书》“年一过往，何可攀援。古人思秉烛夜游，良有以也”。《古诗十九首》：“人生不满百，常怀千岁忧。昼短苦夜长，何不秉烛游？” ⑩银管：一种管乐器，即银字。《新唐书·礼乐志十二》载，“倍四本属清乐……复有银字之名，中管之格皆前代应律之器也。”此乐器，其管上用银作字，以标音之高低，故名。唐白居易《南园试小乐》诗有“高调管色试银字”句。 ⑪“名覆”句：“玄宗每命相，皆先书其名，覆以金瓯令太子猜之。”见《新唐书·传第三十四》。

清平乐

恼花风雨，断送春将暮。底死留春春不住，那更送春归去。　　今朝且赋归与，明年春满皇都。共泛桃花锦浪，与君同醉西湖。

清平乐

天涯重九，独对黄花酒。醉捻黄花和泪嗅，忆得去年携手。　　去年同醉流霞，醉中折尽黄花。还是黄花时侯，去年人在天涯。

清平乐

见时怜惜，不见时思忆。花柳光阴都瞬息，□把光阴虚掷。　　才郎妾貌相当，有些似欠商量。看你忔憎模样，更须著我心肠。

清平乐

醉红宿翠，髻亸乌云坠。管是夜来不得睡，那更今朝早起。　　春风满搦腰肢，阶前小立多时。恰恨一番雨过，想应湿透鞋儿。

清平乐

山明水嫩，潇洒桐庐郡。极目风烟无限景，说也如何得尽。　　自怜俗状尘容，几年断梗飘蓬。借使严陵知道，只应笑问东风。

清平乐①

霁光摇目，春入效原绿。残雪压枝堆烂玉，时闻枝间簌簌。　　瘦藤细履平沙，醉中一任攲斜。落日数声啼鸟，香风满路梅花。

［注释］

①唐氏按：此首别又误入赵长卿《惜香乐府》卷三。

一剪梅

送晁驹父

萍水相逢无定居。同在他乡，又问征途，离歌声里客心孤。花尽园林，水满江湖。　烟树微茫带岸蒲。何处长沙，何处洪都。要知安稳到家无，千里征鸿，一纸来书。

浣溪沙①

宿醉离愁慢髻鬟②，绿残红豆忆前欢③。锦江春水寄书难④。　红袖时笼金鸭暖⑤，小楼吹彻玉笙寒⑥。为谁和泪倚阑干⑦。

［注释］

①此为集句词。　②句末作者自注："韩偓"。韩偓，唐末诗人。③句末作者自注："叔原。"晏几道，字叔原，北宋词人。　④句末作者自注："叔原。"　⑤句末作者自注："少游。"秦观，字少游，北宋词人。⑥句末作者自注："李璟。"李璟，字伯玉，五代南唐国主，词人。　⑦句末作者自注："中行。"

［集评］

陈行焯云："集成语尚能自写其意。……运用自如，无凑泊之痕，有生动之趣，出古人之右矣。"(《白雨斋词话》卷八)

浣溪沙

柳岸梅溪春又生，风枝斜里雪枝横。空牵归兴惹离情。　灰尽寸心犹自热，泪承双睫不能晴。梦云楼隔豫章城。

浣溪沙

迎客西来送客行，堆堆历历短长亭。殢人残酒不能醒。　　烟染暮山浮紫翠，霜凋秋叶复丹青。凭谁图写入银屏。

浣溪沙

几曲屏山数幅波，雁声斜带夕阳过。卸帆聊醉菊花坡。　　旅枕梦魂归路远，秋江风紧夜寒多。薄情还解忆人么。

谒金门

归不去，归去又还春暮。洞里小桃音信阻，几番风更雨。　　相伴竹笻芒履，穿尽松溪花坞。早是行人贪道路，声声闻杜宇。

谒金门

云树直，雨歇半空犹湿。山影插尖高几尺，依依衔落日。　　远岸双飞鸂鶒，一水无情自碧。飒飒白蘋风正急，断肠人独立。

谒金门

春睡重，睡起烟销鸾凤。著雨柳绵吹易动，风帘花影弄。　过雁空劳目送，纵有音书何用。有意相思无意共，不如休做梦。

谒金门

风又雨，断送残春归去。人面桃花在何处，绿阴空满路。　立马垂杨官渡，一寸柔肠万缕。回首碧云迷洞府，杜鹃啼日暮。

谒金门

山雨绝，山重冷如冰雪。窗外芭蕉三两叶，影排窗上月。　醉枕惊回蝴蝶，好梦无人共说。心事悠悠芳草歇，不眠听鼠啮。

水调歌头

上清江李中生辰

清霜洗空阔，黍管吹秋灰[①]。七蓂馀翠[②]，半月流素影徘徊。天遣蟠根仙李，世折一枝丹桂，积庆到云来[③]。风骨峭冰玉，谈辩屑琼瑰。　黄阁老，金闺彦，谪仙才。小分铜竹[④]，遍洒雨露楚江隈。好把萧滩玉笥[⑤]，变作嘉肴芳酒，为寿莫停杯。飞诏下霄汉，调鼎待盐梅。

[注释]

①黍管：邹衍居黍谷，地寒不生五谷，邹子以律管吹之，而温气生。见刘向《别录》。　②七蓂：瑞草，传说日生一荚。七蓂即初七。　③云来：九世孙，曰云孙。六世孙，曰来孙。此指后嗣。　④铜竹：铜符、竹符，州县长官之符节。　⑤萧滩：水名，在江西清江。　玉笥：山名，在江西峡江一带。

水调歌头

赵倅生辰[①]

萧滩韵环佩,玉笥灿玲珑。仙源积庆,当日占梦兆维熊[②]。学业肯先歆向[③],文焰已高白贺[④],飞步更蟾宫。秀色溢眉宇,雄辩倒心胸。　　作儿戏,为亲寿,捧霞钟。彩衣摇曳,光映怀橘堕双红[⑤]。正好平分风月,且伴能言桃李,鲸吸海涛洪。行赴紫泥诏[⑥],归拜黑头公。

[注释]

①赵倅:赵姓判官。　倅:州县副职之称。　②占梦:传说梦见熊,为生男之兆。见《诗经·小雅·斯干》。　③歆向:刘向、刘歆父子,西汉著名学者。　④白贺:似指李白、李贺。　⑤怀橘:陆绩六岁,见袁术于九江。术以橘相待。绩怀三枚以孝母,时人称之。　⑥紫泥诏:盖有紫泥印油的皇帝诏书。此指升迁的诏命。

水调歌头

男儿四方志,岂久困泥沙。束书匣剑,依旧旅食在京华。蹭蹬青云未遂[①],奔走红尘何计,敛袂且还家[②]。草木渐黄落,风月正清嘉。　　友猿鹤[③],宅丘壑,乐生涯。几时雷雨,轰磕平地起龙蛇[④]。尺箠可鞭夷狄[⑤],寸舌可盂社稷[⑥],无路踏云车。今古万千事,洒泪向黄花。

[注释]

①蹭蹬:失势。　②唐氏按:"袂"原作"袨",从朱居易校。　③友猿鹤:与猿鹤为友,隐居之意。　④轰磕:象声词,雷鸣之声。　龙蛇:龙蛇起陆,指事业腾达。　⑤尺箠:短的马鞭。　⑥可盂:可以安定。"安于覆盂",见《史记·滑稽列传》。

水调歌头

美人在何许，相望正悠悠。云窗雾阁，遥想宛在海中洲。空对残云冷雨，何限重山叠水，一梦到无由。遗怨写红叶，薄幸记青楼[①]。　金乌掷，玉蟾缺，物华休。凤梧智井[②]，一夜风露各惊秋。唯有远山无赖，淡扫一眉晴绿，特地向人愁。敛袂且归去，回首谩迟留。

［注释］

①薄幸：负心。　青楼：妓馆。　②凤梧：凤栖之梧桐树。　智井：无水之井。

水调歌头

高情邈云汉[①]，长揖谢君侯[②]。脱遗轩冕[③]，簸弄泉石下清幽。心契匡庐猿鹤[④]，泪染固陵松柏[⑤]，一衲且蒙头。风月感平髮，魂梦绕神州。　漾一叶，横孤管，去来休。琵琶亭畔，正是枫叶荻花秋。点检诗囊酒碗，抬帖舞茵歌扇，收尽两眉愁。回望碧云合，相伴赤松游。

［注释］

①邈：远。　②谢：辞别。　③轩冕：轩车冕服，贵族用物。　④匡庐：庐山。　⑤固陵：地名，在河南淮阳西北。汉军追项羽于此。

杏花天

借朱希真韵送司马德远[①]

把杯莫唱阳关曲。行客去，居人恨跼[②]。屏山似展江如簇，不见尊前醉玉[③]。　鹃啼处、怨声裂竹[④]，问后夜、兰舟哪宿。帛书早系征鸿足[5],肠断弦孤怎续。

[注释]

①朱希真:朱敦儒,字希真,有《樵歌》词。 ②恨跼:不安。 ③醉玉:醉玉颓山,形容人喝醉了酒。“其醉也,傀俄若玉山之将颓。”见《世说新语·容止》。 ④裂竹:吹裂笛管。 ⑤“帛书”句:即雁足传书之意。

南歌子

蚁酒浮明月[1],鲸波泛落星。春花秋叶几飘零。只有庐山君眼、向人青。 明日非今日,长亭更短亭。不辞一饮尽双瓶。争奈秋风江口、酒初醒。

[注释]

①蚁酒:有浮沫的酒。

南歌子

草色裙腰展[1],冰容水镜开。又还春事破寒来。一夜东风吹绽、后园梅。 糯瓮篘香酿[2],薰炉续麝煤[3]。休惊节物暗相催,赢取大家沉醉、探春杯。

[注释]

①裙腰展:比喻春草萋萋的小路。“谁开湖寺西南路,草绿裙腰一道斜。”见白居易《杭州春望》。 ②篘(chōu):滤酒用的竹具。 ③麝煤:掺有麝香的煤饼。

南歌子

凤髻斜分翠,鸳鞋小斫红[1]。东君著意绮罗丛。最好一枝特地、怨春风。　　懊恨无情语，娇羞忍笑容。相看疑是梦魂中。怕逐飞云归去、断行踪。

[注释]

①砑红：鞋上压有红色鸳鸯图案。　砑：压印。

南歌子

畴昔飞鸾侣[1]，而今断雁行。西风岭外下斜阳。无赖一钩新月、挂人肠。　　双泪沾襟袖，孤灯对客床。枕馀衾剩只残香。别得娇痴不睡、也思量。

[注释]

①畴昔：过去。　飞鸾侣：情侣。即鸾俦凤侣之意。

南歌子

春浅梅红小，山寒岚翠薄。斜风吹雨入帘幕。梦觉南楼呜咽、数声角。　　歌酒工夫懒，别离情绪恶。舞衫宽尽不堪著。若比那回相见、更消削。

[集评]

《词谱》云："此词有单调、双调……双调者有平韵、仄韵两体……仄韵者始自《乐府雅词》，惟石孝友词最为谐婉。"（《词谱》卷一）

南歌子

乱絮飘晴雪[1]，残花绣地衣。西园歌舞骤然稀。只有多情蝴蝶、作团飞。　　旧事深琴怨，新愁减带围。倚楼凝望更依依，怕见一天风雨、卷春归。

[注释]

①晴雪：柳絮。

武陵春[1]

走去走来三百里，每日以为期。六日归时已是疑，应是望归时。　　鞭个马儿归去也，心急马行迟。不免相烦喜鹊儿，先报那人知。

[注释]

①唐氏按：此首别作辛弃疾词，见《稼轩长短句》卷十二。

好事近

微雨洒芳尘，酝造可人春色。闻道梦云楼外，正小桃花发。　　殷勤留取最繁枝，樽前待闲折。准拟乱红深处[1]，化一双蝴蝶。

[注释]

①准拟：打算，希望。

减字木兰花

赠何藻

新荷小小，比目鱼儿翻翠藻。小小新荷，点破清光景趣多。　　青青半卷，一寸芳心浑未展[1]。待得圆时，罩定鸳鸯一对儿。

[注释]

①浑未展：全未展。

减字木兰花

空阶雨过，细草摇摇光入座。斜日多情，恋恋出窗故故明[1]。　沉吟无语，立遍梧桐庭下树。病叶先秋，零乱风前片段愁。

[注释]

①故故：特别。

减字木兰花

角声催晓，斗帐美人初梦觉[1]。黛浅妆残，清瘦花枝不奈寒。　匆匆睡起，冷落馀香栖翠被。何处阳台[2]，雨散云收犹未来。

[注释]

①斗帐：形如覆斗的小帐。　②阳台：男女欢爱之场所。语见宋玉《高唐赋序》。

柳梢青[1]

云髻盘鸦[2]，眉山远翠，脸晕微霞。燕子泥香，鹅儿酒暖，曾见来那。　秋光已著黄花，又恰恨、尊前见他。越样风流，恼人情意，真个冤家。

[注释]

①唐氏按:《词林万选》卷三此首误作毛幵词。 ②盘鸦:盘起黑髮。鸦鬓,黑髮之称。

乌夜啼

潇湘雨打船篷。别离中,愁见拍天沧水、搅天风[1]。

留不住,终须去,莫匆匆。后夜一尊何处、与谁同。

[注释]

①沧水:青颜色的水。

愁倚阑[1]

人好远,路能长,奈思量。更放晚来些小雨,做新凉。

衰草低衬斜阳。斜阳外,水冷云黄。借使有肠须断尽,况无肠。

[注释]

①愁倚阑:又名《春光好》。

愁倚阑

淮水阔,楚山长,恨难量。不道愁离人独夜[1],更天凉。　佳节虚过重阳,更篱下、折尽疏黄[2]。看取清溪三百,是回肠。

[注释]

①不道:不料。 ②疏黄:黄菊。

[集评]

周笃文云："此为和韵之作，而笔致清疏可喜。"

满庭芳

上张紫薇[①]

笔走龙蛇，词倾河汉，妙年德艺双成。帝庭敷奏[②]，亲擢冠群英。龙首其谁不取[③]，便直饶、勋业峥嵘[④]。偏他甚，泼天来大，一个好声名。　　忆曾，瞻拜处，当年汝水，今日湓城[⑤]。叹白首青衫，又造宾闳[⑥]。谨贽诗文一卷，仗仙风、吹到蓬瀛。依归地，熏香摘艳，作个老门生。

[注释]

①张紫薇：张孝祥。　②敷奏：陈奏。　③龙首句：意谓哪次科考不取状元（龙首）。　④直饶：直须，应当。　⑤湓城：九江。　⑥宾闳：犹宾馆。

[集评]

周笃文云："张孝祥乾道二年自桂林北归，过江州。孝友此词盖作于此时。据'青衫白首'语，知当未中进士，意存干谒。然能以勋业相期许，便与一味献谀者有别。"

满庭芳

次范倅忆洛阳梅

兰畹霜浓[①]，柳溪冰咽，春光先到江梅。瘦枝疏萼，特地破寒开。钩引天涯旧恨，双眉锁，九曲肠回。空销黯，故园何在，风月浸长淮。　　当年，吟赏处。醉山颓倒，飞屑成堆。怎奈向而今，雨误云乖[②]。万里难凭驿使，那堪对、别馆离怀。谁知道,洛阳诗老,还有梦魂来。

[注释]

①兰畹:兰圃。 ②雨误云乖:云雨分离。 乖:离别。

满庭芳

瘦颊凝酥,残妆弄酒,相逢一笑东风。并肩携手,羞落可怜红。疑是回心院里[①],埋醉首、吐作芳丛。无端处,雄蜂雌蝶,相美两情通。 一丛,攀折后,汉皋佩失[②],铜雀春空。想桃叶桃根[③],此恨能同。多谢金銮旧客,收拾在、芸阁签中[④]。还知否,窍香传粉,输与蠹书虫。

[注释]

①回心院:宫院名。唐高宗幽废后王皇后于此。 ②汉皋:山名,在襄阳西北。郑交甫遇弄珠游女于此,解佩相赠。见《韩诗外传》。 ③桃叶、桃根:人名。晋王献之妾名桃叶,其妹名桃根。 ④芸阁:秘书阁,一曰芸香阁。

满庭芳

寄 别

修竹接蓝,梅山耸翠,小小佳处西安[①]。从来闻说,今日远来看。便好求田问舍,耳溪涧[②],日饱林峦。争知道,尘缘未了,无计与盘桓。 小蛮[③],应念处,弦孤么凤,镜掩孤鸾。愁再见多情,素日闲闲。早晚扁舟两桨,惊翠枕,云巘风湍[④]。从前去,殷勤细数,细数万重滩。

[注释]

①西安：衢州旧称，疑即指此。 ②耳溪涧：耳听溪声。 ③小蛮：白居易有家伎小蛮，善舞。 ④云巘：云峰。

更漏子

亸吟鞭，攲醉帽[1]，行尽关山古道。霜满地，水平田，雁儿声在天。 北沙门，南浦岸，望得眼穿肠断。桐树巷，梦云楼，玉儿应也愁。

[注释]

①攲（qī）：侧。

更漏子[1]

烛销红，窗送白，冷落衾寒色。鸡唤起，马驼行[2]，月昏衣上明。 酒香唇，妆印臂，竟夜人人共睡[3]。魂蝶乱，梦鸾孤[4]，知他睡稳无。

[注释]

①唐氏按：此首别见《惜香乐府》卷八，误题刘长卿作。 ②驼：通“驮”。 ③竟夜：整夜。 ④梦鸾孤：梦见鸾凤分离。

木兰花

送赵判官

阳关声里催行色，马惜离群人惜别。入怀风月记衔杯，迎步溪山供散策[1]。 阴飙断渡江吹白[2]，晴壑吞云天放碧。悬知诗兴满归途[3]，三四野梅开的皪[4]。

[注释]

①散策：散步。 策：手杖。 ②阴飙：寒风。 ③悬知：料想。④的皪：鲜明貌。

木兰花[1]

寻春误入桃源洞，草色幽欢聊与共。牢笼风月此时情[2]，做造溪山今夜梦。 柳溪未放金丝弄[3]，梅径已经香雪冻。春愁离恨重于山，不信马儿驼得动。

[注释]

①唐氏按：此首别又误入赵长卿《惜香乐府》卷六。 ②牢笼：包罗。③金丝：金黄色的柳丝。

踏莎行

钗凤摇金，髻螺分翠，铢衣稳束宫腰细。绿柔红小不禁风，海棠无力贪春睡。 剪水精神[1]，怯春情意，霓裳一曲当时事。五陵年少本多情[2]，为何特地添憔粹。

[注释]

①剪水：剪水双瞳，形容眼波清美。 ②五陵年少：贵家公子。咸阳附近有汉代帝王五座陵墓，为贵族聚居之地。

行香子

你也娇痴，我也狂迷。望今生、永不分离。如何别后，三换梅枝。是好相知，不相见，只相思。 良辰美景，赏心乐事，□□□、负我辜伊[1]。凤弦再续[2]，鸾鉴重窥[3]。且等些时、说些子，做些儿。

[注释]

①负我句："负"上据《词谱》当有三字，据补空格。②风弦：传说以鸾凤之胶续弦，射之不断。后世则以之喻再娶。③鸾鉴：妆镜。

画堂春

寒蛩切切响空帷，断肠风叶霜枝。凤楼何处雁书迟，空数归期。　□□沈腰春瘦[1]，却成宋玉秋悲。又还辜负菊花时，没个人知。

[注释]

①沈腰：沈约曾对徐勉说"老病百日数旬，革带（皮带）常应移孔"。后遂为腰瘦之称。

摊破浣溪沙

落日秋风岭上村，全稀过雁少行人。正是悲伤愁绝处，更黄昏。　漠漠野烟生碧树，漫漫衰草际黄云[1]。借使昔人行到此，也销魂。

[注释]

①际黄云：与黄云相接。

燕归梁

楼外春风桃李阴，记一笑千金。翠眉山敛眼波侵，情滴滴，怨深深。　当初见了，而今别后，算此恨难禁。

与其向后两关心，又何似、□而今[①]。

[注释]

①《全宋词》注："而今"上脱一字，据补空格。

望江南

山又水，云巘带风湾。断雁飞时天拍水，乱鸦啼处日衔山，疑在画图间。人渐远，游子损朱颜。别泪空沾双袖湿，春心不放两眉间。此去几时还。

[集评]

周笃文云："'云巘带风湾'，云巘指山，风湾指水，字省而意足。几多气象一笔带出，以少胜多之健笔也。"

青玉案

征鸿过尽秋容谢，卷离恨、还东下。剪剪霜风落平野[①]。溪山掩映，水烟摇曳，几簇渔樵舍。　　芙蓉城里人如画[②]，春伴春游夜转夜。别后知他如何也。心随云乱，眼随天断，泪逐长江泻。

[注释]

①剪剪：飘拂。　②芙蓉城：四川成都亦称芙蓉城。

蝶恋花

别后相思无限忆[①]。欲说相思，要见终无计，拟写相思持送似[②]。如何尽得相思意。　　眼底相思心里事。

纵把相思，写尽凭谁寄。多少相思都做泪，一齐泪损相思字。

[注释]

①唐氏按："忆"原作"期"，从《花草粹编》卷七。 ②送似：送与。贾岛《剑客诗》："今日把似君，谁有不平事。"

蝶恋花

寒卸园林春已透[1]，红著溪梅，绿染前堤柳。见个人人今感旧，引杯相属蒲塘酒。 金缕歌中眉黛皱，多少闲愁，借与伤春瘦。明日马蹄浮野秀，柳颦梅惨空回首[2]。

[注释]

①寒卸：寒尽春来之意。 ②柳颦：柳已颦眉作态，梅却残落可怜。指早春节候。

蝶恋花

薄幸人人留不住[1]，杨柳花时，还是成虚废。一枕梦回春又去，海棠吹落胭脂雨。金鸭未销香篆吐[2]，断尽柔肠，看取沉烟缕。独上危楼凝望处，西山暝色连南浦。

[注释]

①薄幸：负心人。 ②金鸭：铜质鸭形香炉。

蓦山溪

莺莺燕燕，摇荡春光懒。时节近清明，雨初晴、娇云弄暖。醉红湿翠，春意酿成愁，花似染，草如剪，已是春强半。　　小鬟微盼，分付多情管。痴騃不知愁，想怕晚、贪春未惯。主人好事，应许玳筵开，歌眉敛，舞腰软，怎向轻分散①。

[注释]

①怎向：怎奈，奈何。

蓦山溪

小花静院，有个人人现。缥缈更娉婷，算不数、歌朋舞伴。鸣珂曲里①，常记偶相逢，无语恨，有情愁，绿嫩红妆浅。　　别来谁念，人面关山远②。凝睇倚危楼，眼波长、眉峰不展。一年心事，到此向谁论，书雁杳，梦云深，寂寞江天晚。

[注释]

①鸣珂：贵人车马饰以白色贝壳，车行发声曰鸣珂。　②人面：谓所思美人，用"人面桃花"之典。

蓦山溪

醉魂初醒，强起寻芳径。一似楚云归①，诮没个、鳞书羽信②。疏狂踪迹，虚度可怜春，阴还闷，晴还困，赢得无端病。　　菱花宝镜。拆破双鸾影。别袖忍频看，生怕见、啼红醉粉。而今憔悴，瘦立对东风，红成阵，绿成阴，况是春将尽。

[注释]

①楚云:巫山行云,用楚王梦高唐神女之典。 ②消没个:全没个。

千秋岁

春工领略,点破群花萼。对流景,伤沧落。踏青心缕懒,病酒情怀恶。无奈处,东风故故吹帘幕。 腕玉宽金约[①],一去音容邈[②]。鱼与雁,应难托。从前多少事,不忍思量著。心撩乱,斜阳影在栏干角。

[注释]

①宽金约:金钏已宽,说明人瘦了。 ②邈:远。

传言玉女

雪压梅梢,金袅柳丝轻敛。锦宫春早[①],乍风和日暖。华国翠路[②],九陌绮罗香满[③]。连空灯火,满城弦管。月射西楼,更交光照夜宴[④]。万人拥路,指鳌山共看。花旗翠帽,到处朱帘高卷。归时常是,漏残银箭[⑤]。

（以上一百四十九首据校本《金谷遗音》）

[注释]

①锦宫:皇宫。 ②华国:华丽的皇都。 ③九陌:汉都长安有九条大道,此指临安四通八达的交通。 ④更交:犹“更教”,更使。 ⑤漏残句:指已天亮。滴漏声残银箭(时之刻度)铿然作声。

多　丽

晚山青,一川云树冥冥。正参差、烟凝紫翠,斜阳画出南屏[①]。馆娃归、吴台游鹿[②],铜仙去、汉苑飞萤[③]。怀古情多,凭高望极,且将尊酒慰飘零。自湖上、爱梅仙远[④],鹤梦几时醒。空留得、六桥疏柳,孤屿危亭。　待苏堤、歌声散尽,更须携妓西泠。藕花深、雨凉翡翠,菰蒲软、风送蜻蜓。澄碧生秋,闹红驻景[⑤],采菱新唱最堪听。一片水天无际,渔火两三星。多情月、为人留照,未过前汀。[⑥]

[注释]

①南屏:山名,在杭州南,为西湖十景之一。　②馆娃:西施入吴,吴王为其筑馆娃宫,遗址在今苏州。　③铜仙:即金铜仙人承露盘,汉武帝建在长安宫中。　④爱梅仙远:指梅妻鹤子的林和靖已远去。　⑤闹红:指荷花盛开。　⑥《词品》卷二以此为张翥作,见《蜕岩词》。

[集评]

杨慎引张翥《蜕岩词》云:"石次仲西湖《多丽》一曲云(略)。次仲词在宋未著名,而清奇宕丽如此。宋之填词为一代独艺,亦犹晋之字、唐之诗,不必名家而皆奇也。然奇而不传者何限,而传者未必皆奇。如唐之胡曾,宋之杜默,识者知笑之,而不能靳其传。盖亦有幸不幸乎。"(《词品》卷二)

存目词

调　名	首　句	出　处	附　　注
千秋岁	金风玉宇	《词谱》卷十六	王之道词,见《香山居士词》
朝中措	清夜莲壶宫漏长	金绳武本《花草粹编》卷八	明人汪心壶作,见《汇选历代名贤词府全集》卷二

【补　辑】

满江红

分景亭前，梅红糁、柳金谁粟[①]。芳意闹，烧灯初过[②]，坠萱才六[③]。此日悔康歌别驾[④]，当年神降生嵩岳[⑤]。看邦人，称寿雾凝香，杯丛玉[⑥]。　采石月[⑦]，光天禄[⑧]。姑溪水[⑨]，增川福。炳灵祥曾产，瑞枝奇木。秋露短檠诗礼训，春风小院琵琶曲。愿长眉疏鬓等松椿[⑩]，年年绿。

[注释]

①糁(sǎn)：散落。　粟：指初生的柳芽。　②烧灯：指元宵节。　③"坠萱"句：指阴历二十一。"萱"，疑为"蓂"。蓂，尧时历草。月初日长一叶，十六日起日坠一叶。见《竹书纪年》。　④康歌：本《尚书·益稷》"（皋陶）乃赓载歌曰：'元首明哉，股肱良哉，康哉。'"此指颂歌。　悔康："悔"，疑或为"庶"字之讹。"庶康"即"庶事康哉"之省。　别驾：州县通判。此当为寿"别驾"之作。　⑤"当年"句：《诗经·大雅·崧高》"崧高维岳，骏极于天，维岳降神，生甫及申"。毛传："山大而高曰崧；岳，四岳也……岳降神灵和气，以生申甫之大功。"申，指申伯；甫，指甫侯。他们均系周宣王的舅父、周王朝的重臣，传为古代四岳后裔。　⑥杯丛玉：形容碰杯祝寿的声音。　⑦采石月：《旧唐书·文艺传·李白》载，"（李白）尝乘月与崔宗之自采石至金陵，著宫锦袍坐舟中，旁若无人。"　⑧天禄：即天禄阁。汉代宫中的藏书阁。　⑨姑溪：姑熟溪，当涂水名。　⑩松椿：松树与椿树。比喻高寿。

鹧鸪天

贤圣相逢信有因，同年同月下穹庭[①]。紫薇花下丝纶手[②]，采石江边衮绣身。　梅破腊，酒浮春。锦绷行弄掌珠新[③]。那人请效封人祝[④]，愿寿尧君与舜臣。

[注释]

①下穹庭:从天而降。 ②紫薇:指中书省。 丝纶手:起草诏书的官员。丝纶,指诏书。《礼记·缁衣》:"王言如丝,其出如纶。"孔颖达疏:"王言初出,微细如丝,及其出行于外,言更渐大,如似纶也。" ③锦绷:锦制的襁褓。 掌珠:掌上珠。比喻极受宠爱的小儿。 ④封人祝:《庄子·天地》载,尧观于华,华封人祝其寿、富、多男子。 封人:古官名。春秋时为典守封疆之官。此处借典以祝颂。

南乡子

梅雪弄芳馨[1],饯日迎辰契月蓂[2]。争着琴堂称贺处[3],娉婷。满捧霞觞瑓鲤庭。 鹤等更龟龄[4],八十仙翁醉复醒。好倩洛阳驰誉手[5],丹青[6]。乞与人间作寿星。

[注释]

①梅雪:指盛开的白色梅花。 芳馨:芳香。 ②辰:当作"长"。 迎长:旧俗迎夏至或冬至皆曰"迎长"。 月蓂:即月荚。借指日期。 ③琴堂:"宓子贱治单父,弹鸣琴,身不下堂而单父治。"见《吕氏春秋·察贤》。此指公署。 ④鹤等:当是"鹤寿"之讹。 ⑤倩(qiàn):请求。 洛阳驰誉手:指白居易等九老之会。 ⑥丹青:绘画。

满江红

帘卷南薰[1],微雨过、天容似沐[2]。开绮燕[3],红蕖别馆[4],绿槐高屋。灵寿杖横龙脊瘦[5],长年酒酿鹅儿熟[6]。唤飞琼、亲捧紫霞杯[7],歌新曲。 双凤好,温和玉。谈俭幕[8],嬉莱服[9]。且功成身退,注名仙箓[10]。莲社焚香冰琢句[11],兰亭泚笔云翻墨[12]。愿朱颜、长伴赤松游[13],骑黄鹄[14]。

[注释]

①南薰：南风。 ②天容：天空的景色。 沐：洗。 ③绮燕：华美丰盛的宴席。 ④红蕖（qú）：红荷花。蕖，荷花。 ⑤灵寿杖：用灵寿木做的手杖。 ⑥鹅儿：酒名。 ⑦飞琼：传说中西王母的侍女。 紫霞杯：神仙所用的酒杯。 ⑧俭幕：南朝齐王俭的幕府。俭于高帝时任卫将军，掌握朝政，重用才士为幕僚。 ⑨嬉莱服：莱服，用老莱子斑衣娱亲之典。“服”，原误作“眼”。 ⑩仙箓：指神仙的秘笈。 ⑪“莲社”句：晋代庐山东林寺的高僧慧远。曾与僧俗十八贤结社念佛，并招陶渊明参与。 ⑫“兰亭”句：东晋穆帝永和九年（353）三月三日，王羲之与谢安、孙绰等四十一人，在山阴（今浙江绍兴）兰亭修禊，会上各自作诗，又由羲之书序。 泚（cǐ）笔：以笔蘸墨。 ⑬赤松：即赤松子。 ⑭骑黄鹄：传说仙人子安曾乘黄鹄飞行。

满江红

日转桐阴，正玉燕、飞来夏屋①。帘幂映，海留红艳，麝熏兰馥。风采传闻瞻瑞节②，婉谋曾是回钧轴③。卷秦淮、吹入酒杯中，波翻绿。 丹诏下④，公归速。看日奏，三千牍⑤。想春迷柳院，夜分莲烛⑥。清暑声寒苍玉佩，月娥笑捧长生箓⑦。问瑶池、阿母手栽花⑧，何年熟。

（以上五首见《诗渊》第二十五册，引自孔凡礼《全宋词补辑》）

[注释]

①“玉燕”句：比喻生育贵子。唐张说母梦玉燕投怀而生说。见《开元天宝遗事》。 夏屋：天屋。 ②瑞节：用作朝聘凭信的玉制符节。 ③钧轴：钧以制陶，轴以转车。比喻国家重任。 ④丹诏：诏书。因用朱笔书写，故称。 ⑤牍（dú）：向帝王进言的文书。 ⑥莲烛：金莲花烛。《新唐书·令狐绹传》：“夜对禁中，烛尽，帝以乘舆，金莲华烛送还。”形容帝王对文臣的特殊礼遇。

韩　玉

韩玉，字温甫。宋孝宗隆兴初，自金投宋。乾道二年(1166)添差通判隆兴府。勒停，送柳州羁管。五年(1169)，添差袁州通判。六年(1170)右承务郎、军器少监，兼权兵部郎官。七年(1171)，兼提点御前军器所。

水调歌头

张魏公生日[①]

间世真贤出，吉梦兆维熊[②]。玉麟天上谪见[③]，帏薄贯长虹。追念当年筹算，封魏封留勋业[④]，千古事攸同。语云仁者寿[⑤]，何必喻乔松[⑥]。　嗣天子，乘九五，驭飞龙[⑦]。分麾契符阃外，凭倚定寰中。由是天才英纵，散入枢庭闲暇[⑧]，谈笑抚兵戎。伫看骄虏静，金鼎篆元功。

［注释］

①张魏公：南宋抗金名将张浚，爵封魏国公。　②“吉梦”句：《诗经·小雅·斯干》有“维熊维罴，男子之祥”的诗句。所称本事，是一位孕妇，梦见熊和俗名“人熊”的罴，醒后请人解梦，占梦人以此解答，说夜里梦见熊罴，是诞育男孩子的吉兆。　③“玉麟”句：南朝徐陵，从幼时即颖悟非常。数岁时，家长带他去谒见高僧宝志。宝志抚摩徐陵头顶称赞：“天上石麒麟也。”见《陈书·徐陵传》。　④封留：西汉开国佐命元勋张良，以功封为留侯。此以张浚功业与张良并举，以寓赞颂。　⑤仁者寿：孔子语。见《论语·雍也》：“知(智)者乐，仁者寿。”　⑥乔松：古时传说长生不死的仙人王乔和赤松子。　⑦“乘九五”二句：《周易·乾》有“九五，飞龙在天，利见大人”的语句，后人即据此以“龙飞九五”一词喻称在位的皇帝。　⑧枢庭：即枢密院，宋皇朝时分掌全国军事和对外国交际的机构长官叫“枢密使”，宰相级，尊称“使相”，张浚曾任过此职。

水调歌头

自广中出，遇庐陵，赠歌姬段云卿

有美如花客，容饰尚中州[①]。玉京杳渺天际[②]，与别几经秋。家在金河堤畔，身寄白蘋洲末，南北两悠悠。休苦话萍梗[③]，清泪已难收。　玉壶酒，倾潋滟，听君讴。伫云却月，新弄一曲洗人忧。同是天涯沦落，何必平生相识[④]，相见且迟留。明日征帆发，风月为君愁。

［注释］

①容饰：泛称服装打扮。　②玉京：指喻宋故都汴梁。　③萍：随水移动。　梗：枯蓬，随风卷动。喻称人被生活和社会动荡驱迫，不能安居。④"同是"二句：化引白居易《琵琶行》"同是天涯沦落人，相逢何必曾相识"诗句。

水调歌头[①]

月里一枝桂[②]，不付等闲人。昔年霄汉，闻道争者尽输君。衣袖天香犹在，风度仙清难老[③]，冰雪莹无尘。赋才三十倍，论寿八千春。　夏庭芝，周室凤，舜郊麟。岂如今日称瑞，皇国再生申[④]。聊借济时霖雨[⑤]，来种重湖桃李，和气一番新。尚闻虚黄阁[⑥]，行看秉洪钧。

［注释］

①此首与另首《念奴娇》，未署题旨。玩其词意，当同为封即将位列首辅之大臣祝寿而作。　②"月里"句：西晋郤诜朝堂封策第一，对皇帝谦喻自己犹如昆山片玉和桂林一枝。后世即以攀折月中桂枝作为考中状元的代替词语。　③难老：不容易老，祝人健康长寿的词语。首见《诗经·鲁颂·泮水》："永锡难老。"　④生申：周宣王的舅父申伯出封就国，大臣尹

吉甫做《崧高》一诗送行。颂赞说高大的岳岭神灵下降,诞生了申伯和甫侯,给周王室作为坚固的支柱。见《诗经·大雅·崧高》:“维岳降神,生甫及申。维申及甫,为周之翰。” ⑤霖雨:商王武丁选拔任用一个名字叫“说(yuè)”的人作为宰辅,在任命时当面勉励和要求:“若岁大旱,用汝作霖雨。”事见《尚书·说命上》。 ⑥黄阁:汉朝时宰相处理国政的大厅、墙壁和汉朝以后位列三公的衙署门口,都涂成黄色,都叫“黄阁”。

念奴娇

吴东清胜,是吴山苍翠,吴江澄渌。灵秀钟人文物盛,历历皆非凡俗。而况君家,风流遗世。犹寄山阴曲。继承才业,算来真是名族。　聊恁驻节重湖,惠歌仁咏,蔼丰年图录。行看登庸归去后①,谁展高才相续。寿日称觞,一杯千岁,应见蟠桃熟。祝君难老,为君还更再祝。

[注释]

①登庸:为皇帝所选拔重任。

感皇恩

广东与康伯可①

远柳绿含烟,土膏才透。云海微茫露晴岫。故乡何在,梦寐草堂溪友。旧时游赏处,谁携手。　尘世利名,于身何有。老去生涯殢樽酒。小桥流水,一树雪香瘦②。故人今夜月,相思否。

[注释]

①康伯可:词作者友人康与之。伯可为康表字,一字叔开,号退轩,滑

州人。生卒年月不详,宋高宗南渡初在世。初不见用,秦桧当国,乃迎合求进,擢任台郎,多所撰述。秦桧死,坐贬官广州。著有《顺庵乐府》五卷、《昨梦录》一卷,并传。 ②毛扆校:"'香'字上下疑脱一字。"

满江红

重九与张舍人

正欲登临,何处好、登临眺望。君约我、今朝携酒,古台同上。风静秋郊浑似洗,碧空淡覆玻璃盎。夕照外、渺渺万遥山,开青嶂。 龙山事[1],空追想。风流会,今安往。我劝君一杯,为君高唱。今日谋欢真雅胜,休辞痛饮葡萄浪。纵黄花、明日未凋零,非佳赏。

[注释]

①龙山事:据晋代已佚书籍《孟嘉别传》记述,东晋时,征西大将军桓温在江陵城附近的龙山上宴集僚属,与会者多人,俱服戎装。参军孟嘉贪看山景,西风吹落了帽子,本人都没有觉察。桓温让孙盛做了篇文章嘲笑,孟嘉也当场做诗回答。与会者看到孟嘉的诗,都十分佩服。以后,龙山落帽的故事,就成了重阳节的佳话。

曲江秋[1]

明轩快目。正雨过湘溪,秋来泽国。波面鉴开,山光淀拂,竹声摇寒玉。鸥鹭戏晚日,芰荷动,香红簌。千古兴亡意,凄凉飏□舟,望迷南北。 仿佛烟笼雾簇。认何处、当年绣毂。沉香花萼事[2],潇然伤□;宫殿三十六。忍听向晚菱歌,依稀犹似新番曲。试与问,如今新蒲细柳,为谁摇绿[3]。

[注释]

①调下原注:“正宫”。 ②沉香花萼:沉香亭和花萼相辉之楼,俱唐宫建筑物名称。 ③“如今”二句:曲江,在唐代都城东南隅,为当时游赏胜地。昔人追记入夏景色,有“菇蒲葱翠,柳阴四合”的叙写。安禄山占据长安时,杜甫曾从避居的杜陵潜去曲江看视,做了一首《哀江头》诗,有“细柳新蒲为谁绿”的句子。

一剪梅

镜里新妆镜外情。小眉幽恨,浅绿低横。只怨闲纵绣鞍尘。不道天涯,萦绊归程。 梦里兰闺相见惊。玉香花瘦,春艳盈盈。觉来攲枕转愁人。门外潇潇,风雨三更。

上平西[①]

甲申岁西度道中作

折腰劳[②],弹冠望[③],纵飞蓬。笑造化、相戏穷通。风帆浪桨,暮城寒角晓楼钟。暗借霜雪鬓边来[④],惊对青铜[⑤]。 萧闲好,何时遂,门横水,径穿松。有无限、杯月襟风[⑥]。区区个甚,帝尧堂下足夔龙[⑦]。不如闻早问溪山,高养吾慵。

[注释]

①唐氏按:原作“上西平”,从毛扆校本《东浦词》。 ②折腰:《晋书·隐逸传》记述云,陶渊明作彭泽县令,江州督邮到县巡视,县吏关照陶说,应当穿好官服迎接,陶说,自己不能为了五斗米的俸禄去折腰见“乡里小儿”,于是辞官归家。此语系词作者借以譬喻自己身处下位应酬公务往来的辛苦。 ③弹冠:《汉书·王吉传》云,王吉,字子阳,与贡禹是好友,取舍志趣相同,当时人说:“王阳在位,贡公弹冠。”后世把“弹冠”作为期

待身居高位的友人进行推荐之语。 ④借：汲古阁刊本《东浦词》作“惜”。 ⑤青铜：古时以铜和锡的合金铸造器物，此处专指镜。 ⑥怀月襟风：取李白和宋玉的有关诗赋词语，形容幽居之际，有可以举杯邀饮的明月和披襟取凉的清风，足堪尽情领略。 ⑦《尚书·舜典》记叙：舜受尧禅，亲政之际，物色选拔任用了二十多名朝堂各方面高官，其中包括专司音乐的夔和负责审核发布最高政令的龙。后世以夔龙合称佐命大臣。注者按：词中“帝尧堂下”之语当订正为“帝舜堂下”。

西江月

捍拨声传酒绿，蔷薇面衬宫黄。娇波斜入鬓云长，眉与春山一样。 潇洒不禁疏瘦，低回犹似思量。换花梨叶晚阴凉，说与三年梦想。

临江仙

月是银釭溪是镜，云霓与作衣裳。夜寒独立竹篱傍。妆成那待粉，笑罢自生香。 自古佳人多薄命，枉教傲雪凌霜。从来林下异闺房。何须三弄笛①，方断九回肠。

［注释］

①三弄笛：晋桓伊擅长器乐，得蔡邕故物柯亭笛，不轻易为人吹奏。王徽之泊舟溪岸，桓伊从岸上路过，王崇慕已久，派从人邀请桓伊上船演技。其时桓伊已任职高官，平时也耳闻王名，即下车，吹奏三调，上车径去，此事传为音乐界历史佳话。

番枪子

莫把团扇双鸾隔。要看玉溪头、春风客。妙处风骨潇闲，翠罗金缕瘦宜窄。转面两眉攒、青山色。 到此月想精神，花似秀质。待与不清狂、如何得。奈向难驻朝云，易成春梦恨又积。送上七香车春草碧。

清平乐

赠棋者

梅花照雪，浑似人清绝。香叠绀螺双背结，曾侍霓旌绛节。　如今却向尘寰。棋中寄个清闲。纵使阿郎多病，也须偷画春山。

减字木兰花

赠歌者

香檀素手，缓理新词来伴酒。音调凄凉，便是无情也断肠。　莫歌杨柳，记得渭城朝雨后。客路茫茫，几度东风春草长。

行香子

一剪梅花，一见销魂。况溪桥、雪里前村。香传细蕊，春透灵根。更水清泠，云黯淡，月黄昏。　幽过溪兰，清胜山矾。对东风、独立无言。霜寒塞垒，风净谯门。听角声悲，笛声怨，恨难论。

太常引

荒山连水水连天。忆曾上、桂江船。风雨过吴川。又却在、潇湘岸边。　不堪追念，浪萍踪迹，虚度夜如年。风外晓钟传。尚独对、残灯未眠。

太常引

东城归路水云间。几曾放、梦魂闲。何日整归鞍，又人对、西风凭栏。　　温柔情性，系怀伤感，欲诉诉应难。愁聚两眉端。又叠起、千山万山。

贺新郎

柳外莺声碎。晚晴天、东风力软，嫩寒初退。花底觅春春已去，时见乱红飞坠。又闲傍、阑干十二。阑外青山烟缥缈，远连空、愁与眉峰对。凝望处，两叠翠。　　鸳鸯结带灵犀佩。绮屏深、香罗帐小，宝檠灯背。谁谓彩云和梦断，青翼阻寻后会。待都把、相思情缀。便做锦书难写恨，奈菱花、都见人憔悴。那更有，枕痕泪。

贺新郎

咏水仙

绰约人如玉。试新妆、娇黄半绿，汉宫匀注。倚傍小阑闲伫立，翠带风前似舞。记洛浦、当年俦侣[①]。罗袜尘生香冉冉，料征鸿、微步凌波女。惊梦断，楚江曲。　　春工若见应为主。忍教都、闲亭邃馆，冷风凄雨。待把此花都折取。和泪连香寄与。须信道、离情如许。烟水茫茫斜照里，是骚人、九辨招魂处[②]。千古恨，与谁语。

[注释]

①洛浦:魏曹植作《洛神赋》,拟叙了自己在洛水岸边和洛水女神宓妃的一段人神艳遇故事,后人即以洛浦作为曾和恋人聚会之处的代称。　②骚人:指战国时屈原的弟子宋玉。　辨:疑是“辩”字之讹。楚词有《九辩》、《招魂》等赋作,传说是宋玉在屈原投江前后慰劝和悼念其师所作。

架新郎

睡起帘栊静。□金铺、春帏半卷,宝香烟冷。门外落花风不定,糁糁乱红堆径。谁唤做、春愁如病。零乱云鬟慵梳掠,傍菱花、羞对孤鸾影[1]。情易感,恨难醒。　　沙边柳外当时景。记分携、离筵乍阕,去帆初整。尽举棹歌和泪听。云淡水寒烟暝。空怆望、楼高天迥。犹未归来何处也,日长时、不念人孤另。书谩写,雁谁倩。

[注释]

①羞对孤鸾影:刘宋范泰《鸾鸟诗》序中云,从前罽宾国王在峻卯山网得一雄性鸾鸟,精心饲养了三年,总不鸣叫。王夫人提示,物见其类而鸣,何不悬镜以照之。鸾鸟见到镜中自己的影子,以为是同伴,感极而鸣。

水调歌头

上辛幼安生日[1]

重午日过六[2],灵岳再生申。丰神英毅,端是天上谪仙人[3]。夙蕴机权才略,早岁来归明圣[4],惊耸汉庭臣。言语妙天下,名德冠朝绅。　　绣衣节,移方面,政如神。九重隆眷倚注,伟业富经纶。闻道山东出相[5],行拜紫泥飞诏,归去秉洪钧。寿嘏自天锡,安用拟庄椿[6]。

[注释]

①辛幼安：即辛弃疾。幼安，为其表字。　②重午：即端阳。　③谪仙：从天宫谪居世间的仙人。李白诗序有云，贺知章在长安初见李白，呼之为谪仙人。此处借语誉赞辛弃疾。　④明圣：明圣湖，杭州西湖旧名，此以之寓称南宋行在临安。辛自山东集众抗金，辗转归朝。语指此。⑤山东出相：语出《汉书·赵充国传赞》"山东出相，山西出将"。此山东，泛称太行山以东地带。　⑥庄椿：《庄子·逍遥游》云，"上古有大椿，以八千岁为春，八千岁为秋。"

且坐令

闲院落，误了清明约。杏花雨过胭脂绰。紧了秋千索。鬥草人归，朱门悄掩，梨花寂寞[1]。　　书万纸、恨凭谁托。才封了、又揉却。冤家何处贪欢乐。引得我心儿恶。怎生全不思量著，那人人情薄。

[注释]

①梨花寂寞：语从唐人诗句"寂寞斜阳春欲晚，梨花满地不开门"化出。

风入松

柳阴亭院杏梢长，依约巫阳[1]。凤箫已远秦楼在，水沉烟暖馀香。临镜舞鸾窥沼，倚筝飞雁辞行。　　醉边人去自凄凉，泪眼愁肠。断云残雨当年事，到而今、好处难忘。两袖晓风花陌，一帘夜雨兰堂。[2]

[注释]

①巫阳：战国时宋玉所撰《高唐赋序》中说，有神女在梦中告知楚王，说自己住在巫山之阳，并云："旦为朝云，暮为行雨。朝朝暮暮，阳台之下。"后

人据此附会,以“巫阳”或“阳台”作为男女幽会场所之代称。　②唐氏按:此首别见晏几道《小山词》。

鹧鸪天

披拂芝兰便断金,顿成南北岂胜任。三年尊酒半生话,千里云山一寸心。　　休怅望,莫登临。梦魂何处不相寻。柔肠欲问愁多少,未比湘江烟水深。

鹧鸪天

爱日烘晴旬日间[①],谩邀朋辈为跻攀。无穷望眼无穷恨,不尽长江不尽山。　　星点点,月团团。倒流河汉入杯盘。饱吟风月三千首,寄与吴姬忍泪看。

[注释]

①唐氏按:“晴”原误“寻”,据吴讷本《东浦词》改。

生查子

裙拖簇石榴,髻绾偏荷叶。头上短金钗,轻重还相压。　　轻颦月入眉,浅笑花生颊。夫婿不风流,取次看承别。[①]

[注释]

①唐氏按:此首别误作牛希济词,见《词林万选》卷四。又误作赵彦端词,见杨金本《草堂诗馀前集》卷下。首二句别作温庭筠词,见《观林诗话》引《泉南老人杂记》。

卜算子

杨柳绿成阴，初过寒食节。门掩金铺独自眠，那更逢寒夜。　　强起立东风，惨惨梨花谢。何事王孙不早归，寂寞秋千月。

霜天晓月

竹篱茅屋，一树扶疏玉。客里十分清绝。有人在、江南北。　　伫目。诗思促。翠袖倚修竹[①]。不是月媒风聘，谁人与、伴幽独。

（以上武进陶氏景汲古阁抄本《东浦词》）

［注释］

①"翠袖"句：化用杜甫《佳人》"天寒翠袖薄，日暮倚修竹"。

熊良翰

熊良翰，太学生。

蓦山溪

寿熊尚友

四时美景，最好惟春昼。仙诞弥辰，况还当、中春时候。日迟风软，是处霭晴烟，桃散锦，柳摇金，交映门庭秀。　　此时称寿，兰玉相先后。喜色上眉峰，且休辞、频倾芳酒。虚空看透，摆脱利名缰，云鬓绿，醉颜酡，笑挹浮丘袖[①]。

（《翰墨大全》丙集卷十四）

［注释］

①浮丘公：传说是黄帝时仙人。《列仙传》有记述。晋郭璞《游仙》诗之三：“左挹浮丘袖，右拍洪崖肩。”

熊可量

熊可量，福建建安人。孝宗乾道五年（1169）进士。初授江山县尉，历官两浙运干。

鹧鸪天

寿熊尚友

清晓南窗笑语喧，今朝生日胜从前。鹤吞沆瀣神逾爽[①]，松饱风霜节更坚。　　调气马，殖心田。几曾佞佛与夸仙[②]。戏衫脱了浑无累，快活人间百十年。

（《翰墨大全》丙集卷十四）

[注释]

①沆瀣（hàng xiè）：露水。　②佞（nìng）佛：迷信佛教。

熊上达

熊上达，字通甫。

万年欢

寿熊尚友

春筦方中，正良辰馀五，韶光明媚。晓见非烟佳气，满堂融溢。学语儿童喜色。庆间世、悬弧此日[①]。休言未、结组弹冠，不劳戏傲泉石。　　生平服膺道德。看名高谷口，年齐箕翼。况有宁馨[②]，已报月宫消息。只这谁人似得。且莫惜，高张华席。应须拚、明日扶头，尽教金盏频侧。

（《翰墨大全》丙集卷十四）

［注释］

①悬弘：古时习俗，如家中生了男孩，即在门口外挂一张桑木弓，叫做"悬弧"。后世即以"悬弧"作为男子诞辰的通称。　②宁馨：晋代口语中的指示代词，意为"这样"。《晋书·王衍传》记载说，王衍小时，造访名公山涛。山涛赞叹说："何物老妪，生此宁馨儿。"后人即以"宁馨儿"作为对人家佳儿的赞称。

苏十能

苏十能，字千之。福建兴化（今福建莆田）人。孝宗乾道五年（1169）第进士。历任太常博士、太常丞，兼考功郎中。宁宗嘉定三年（1210），知江阴军，被论放罢。

南柯子

江水粼粼碧，云山叠叠奇。平生心事一钓丝，便是壶中日月、更何疑。　　文叔今方贵，君房素自痴。洛阳尘土涴人衣①。争似归来双足、踏涟漪。

（《钓台集》卷六）

［注释］

①"洛阳"句：本晋陆机《为顾彦先赠妇诗之一》"京洛多风尘，素衣化为缁"。后相沿用作不乐居京为官的故实。

朱景文

朱景文，字元成，江南西路临江军清江县人。孝宗乾道五年（1169）中进士，调授筠州司户，后调分宜县尉，未赴任而卒。

玉楼春

玉阶琼室冰壶帐，凭地水晶帘不上。儿家住处隔红尘，云气悠扬风淡荡。　　有时闲把兰舟放，雾鬓风鬟乘翠浪。夜深满载月明归①，画破琉璃千万丈。

（《异闻总录》卷三）

［注释］

①“夜深”句：华亭船子和尚偈语“满船空载月明归”，见宋惠洪《冷斋诗话》。

欧阳光祖

欧阳光祖，字庆嗣。福建路建宁府崇安县人。九岁能文。曾师从刘子翚、朱熹学习。孝宗乾道八年(1172)登进士第。任职江南西路转运判官，后致仕。

满江红[①]

寿吴漕　正月十五

恰则元宵，灿万灯、星球如昼。春乍暖、化工未放，十分花柳。和气并随灯夕至，一时钟作人间秀。问烟霄、直上舌含香，文摛绣。　命世杰，调元手。荆楚地，淹留久。看日边追诏，印垂金斗。翠竹苍松身逾健，蛾儿雪竹人如旧[②]。愿湘江、卷入玉壶中[③]，为公寿。

[注释]

①唐氏按：此首原题欧庆嗣作。　②唐氏按："竹"疑"柳"字讹。③古人常以河水喻酒之多，如《春秋左氏传》所述"有酒如淮"、"有酒如渑"等是。此以湘江之水譬喻意境相同。

瑞鹤仙[①]

寿虞守　三月初十

得毛韩经学[②]，振祖风，挺挺凌烟勋业[③]。文章世为甲。果妙龄秀发，荐膺衡鹗[④]。名登雁塔，访梅仙，种河阳桃李[⑤]，从兹两绾铜符，多少吏民欢洽。[⑥]　庆惬。归来整顿，松竹笑傲，武夷溪壑。韶光恰匝。清明过了旬浃。喜当初度日，称觞春酒，一饮红生双颊。愿儿孙，世袭簪缨，代常不乏。　（以上二首《翰墨大全》丁集卷二）

[注释]

①唐氏按:此首原题欧阳嗣作。 ②毛韩经学:汉毛苌、毛宏及韩婴,均精于《诗》学,此以虞知州治学特长与古人相并称誉。 ③凌烟:唐太宗贞观十七年,画功臣像二十四人于凌烟阁,其中有虞世南。 ④衡鹗:东汉末年,孔融曾向曹操表荐十二岁出头的处士祢衡,表中有“鸷鸟虽百,不如一鹗”的赞语。 ⑤河阳桃李:西晋潘岳任职河阳县令,督率在县境遍植桃李,时号“花县”。 ⑤铜符:西汉文帝初年,授郡国守相铜虎符,作为发兵卒到境时合验信物,简称“铜符”或“虎符”。两绾铜符,意即两度职任郡州长官。 ⑥唐氏按:此段有讹夺字。

存目词

《花草粹编》卷九载有欧庆嗣《庆千秋》“点检尧蓂”一首,乃《翰墨大全》丁集卷二无名氏词。

罗 椿

罗椿,字永年,自号就斋,南宋江南西路吉州(今江西吉安)人。曾于孝宗淳熙四年(1177)赴解试,未第。

酹江月

寿杨诚斋[①]

郎星锦帐,忽翩然归访,南溪孤鹜。前日登高谁信道,寿酒重浮茱萸[②]。风露杯寒,芙蓉帐冷,笑受长生箓。广寒宫殿,桂华应已新续。　不用翠倚红围,舞裙歌袖,共理称觞曲。只把文章千古事,留伴平生幽独。但使明年,鬓青长在,萱草春风绿。诸郎如许,转头百事都足。

(《翰墨大全》丁集卷四)

[注释]

①杨诚斋:名万里,南宋时著名诗人,“诚斋”为其书室之名。罗椿系杨万里弟子。　②茱萸:树名,实如花椒子。传说,古人重阳日登高,以红纱裹盛茱萸子拴在臂上,饮菊花酒,可以辟灾。此以两者合称,为祝寿之词,杨万里生日在重阳后不久,故云。

游九言

游九言，初名九思，字诚之，建阳人。宋高宗绍兴十二年(1142)生。学者称默斋先生。干办诸军粮料院，改知光化军。薛叔似辟充荆鄂宣抚参谋官，未行卒，年六十五。端平中，赠直龙图阁，谥文靖。有《默斋遗稿》二卷。

沁园春

五十五自述

五十五年，满簪华髮，佴然遂良。又何曾戚戚，荜门圭窦，何曾汲汲，玉带金章[①]。困后高眠，饥来饱□，老矣狂夫老更狂[②]。空回首，叹世间名利，傀儡开场。 幸临晚节安康。又两日、三秋催肃霜[③]。欢生朝亦是，贺宾踵至，龙钟矍铄，何足称觞。喜对诸贤，笑谈世事，相会亲朋醉玉觞。谁如我，素乐天知命，不事侯王。

[注释]

①"荜门"三句：荜门圭窦，贫者所居；玉带金章，贵者所佩带。二语自陶渊明《五柳先生传》"不戚戚于贫贱，不汲汲于富贵"二语化出，述说自己淡于名利，俭约自安。 ②狂夫老更狂：语出杜甫《狂夫》"自笑狂夫老更狂"。 ③肃霜：《诗经·豳风·七月》"九月肃霜"。肃，意为收敛，凉秋九月万物收缩。

赤枣子

华阳洞

河汉澈，碧霄晴。九华仙子到凡尘。凉夜山头吹玉笛，纤云卷尽月分明。

赤枣子

香露湿，草晶荧。起看大地粲瑶琼[1]。下界千门人寂寂，空山夜静海波声。[2]

［注释］

①粲：白色。　瑶琼：白色美玉。形容秋夜月下露光。　②唐氏按：《赤枣子》三首，《默斋遗稿》辑自元刘大彬《茅山志》。按，实见于《景定建康志》卷十九。此首文字据以校改。

赤枣子

仙子去，眇云程[1]。天香杳杳佩环清。回首九州烟雾日，千山月落影纵横。　（以上《彊村丛书》本《默斋词》）

［注释］

①眇：疑“渺”字之误。

刘光祖

刘光祖(1142—1222),字德修。四川简州(今四川简阳)人。登孝宗乾道五年(1169)进士第。宁宗初,官侍御史,改司农少卿,迁起居郎。后权臣韩侂胄禁道学,光祖坐谤讪免官。后复起任职至显谟阁直学士,提举茅山崇福宫,卒年八十岁。著有《鹤林词》一卷,已佚,今有赵万里辑本。

洞仙歌

荷　花

晚风收暑,小池塘荷净。独倚胡床酒初醒[①]。起徘徊、时有香风吹来,云藻乱,叶底游鱼动影。　　空擎承露盖[②],不见冰容,惆怅明妆晓鸾镜。后夜月凉时,月淡花低,幽梦觉、欲凭谁省。且应记、临流凭阑干,便遥想,江南红酣千顷。　　(《全芳备祖》前集卷十一"荷花门")

[注释]

①胡床:即高脚交椅。　②承露盖:喻指荷叶。汉武帝迷信神仙之道,以为饮天降甘露,可以延寿。在建章宫立承露铜盘,高二十丈,粗七围,上有掌形铜器,收取露水,和玉屑饮之。见《汉书·郊祀志》苏林注。

鹊桥仙

留　别

相逢一笑,又成相避,南雁归时霜透。明朝人在短亭西,看舞袖、双双行酒[①]。　　歌声此处,秋声何处,几度乱愁搔首。如何不寄一行书,有万绪、千端别后。

[注释]

①行酒：原意为筵间巡回酌酒劝饮，后演为侍饮之称，晋怀帝司马衷为匈奴族首领刘聪所俘，刘聪在平阳城置酒盛会，使司马衷穿奴仆所服的青色衣服，在坐间斟酒侍饮。事见《晋书·怀帝纪》。

昭君怨

别 恨

人在醉乡居住，记得旧曾来去。疏雨听芭蕉，梦魂遥。　　惆怅柳烟何处，目送落霞江浦。明夜月当楼，照人愁。

江城子

梅 花

十分雪意却成霜。暮云黄，月微茫。只有梅花，依旧吐幽芳。还喜无边春信漏，疏影下，觅浮香[①]。　　才清端是紫薇郎[②]。别鹓行[③]，忆宫墙。夜半胡为，人与月交相。君合召归吾老矣，月随去，照西厢。

[注释]

①"疏影"二句：化用宋林逋《山园小梅》"疏影横斜水清浅，暗香浮动月黄昏"。　②紫薇郎：唐玄宗改中书省为紫微省，人即称省内专掌文字撰写的中书舍人为紫微郎。后中书省内栽植多紫薇，因之，"紫微"又作"紫薇"。中书舍人，号称清要，故以喻赞梅花。　③鹓行：喻称群臣在朝堂的班列。

长相思

别 意

玉尊凉，玉人凉，若听离歌须断肠，休教成鬓霜。
画桥西，画桥东，有泪分明清涨同，如何留醉翁。

水调歌头

旅 思

客梦一回醒，三度碧梧秋。仰看今夕天上，河汉又西流。早晚凉风过雁，惊落空阶一叶，急雨闹清沟。归计休令暮，宵露浥征裘。　　古来今，生老病[①]，许多愁。那堪更说、无限功业镜中羞。只有青山高致，对此还论世事，举白与君浮[②]。送我一杯酒，谁起舞凉州。

[注释]

①生老病：佛家以生、老、病与死为人生四苦。　②白：酒杯。　浮：一气饮干。

临江仙

春 思

小院回廊春寂寂，晚来独自闲行。画帘东畔碧云生。也知无雨，空滴枕边声。　　一簇小桃开又落，低头拾取红英。东风相送忘相迎。梨花寒食，到得锦宫城[①]。

[注释]

①唐氏按："宫"字疑"官"字之误。

临江仙

自　咏

我似万山千里外，悠然一片归云。宫衔犹自带云云。谁知前进士①，已是故将军②。　　闲坐闲行闲饮酒，闲拈闲字闲文。诸公留我笑纷纷。一枝簪宝髻，六幅舞罗裙。

［注释］

①前进士：唐代举子赴京应进士试，中式者即称“前进士”。　②故将军：以前曾任过将军的武职官员。汉朝李广和从人夜间从终南山打猎回来时路经文帝陵区。被喝醉了的守陵官员厉声斥责，李广从人解释李广的身份是“故将军”，解释无效，被拦阻过夜。故事见《史记·李将军列传》。

踏莎行

春　暮

扫径花零，闭门春晚。恨长无奈东风短。起来消息探荼蘼，雪条玉蕊都开遍。　　晚月魂清，夕阳香远。故山别后谁拘管。多情于此更情多，一枝嗅罢还重捻。

醉落魂

春日怀故山

春风开者，一时还共春风谢。柳条送我今槐夏。不饮香醪，孤负人生也。　　曲塘泉细幽琴写，胡床滑簟应无价。日迟睡起帘钩挂。何不归欤，花竹秀而野。

（以上九首，见《中兴以来绝妙词选》卷五）

沁园春

寿晁帅七十

画戟如霜，绮疏如水，篆香渐微。向莺花多处，青山衮衮，鹭凫散后，落屑霏霏。曾是鸾台金马客[①]，一场梦觉来人事非。多少话，付无心云叶，自在闲飞。　想看燕鸿易感[②]，□几度春往秋又归。见黄馀露点，东坡菊赋[③]，清传雪片，处士梅诗[④]。向此年年开寿斝[⑤]，算今古人生七十稀[⑥]。歌啸外，作皇朝遗老，名字辉辉。

（《翰墨大全》丁集卷一）

［注释］

①鸾台：即专司皇帝诏令的门下省。唐武周光宅时改易此名。　金马：即金马门。汉武帝得大宛良马，令铸铜形于鲁班门外，易门名为金马，与近设官署。在此署任职者称"待诏"，专司撰写诏令文字，东方朔等人都曾做过金马门待诏。　②燕鸿：燕子和大雁都春来秋去，二者并举，喻称春秋季节变化。　③东坡菊赋：苏轼任职密州知州时，曾就唐代陆龟蒙《杞菊赋》原题写有《后杞菊赋》。　④处士：即北宋林逋，不乐仕进，隐居杭州西湘孤山，喜爱梅花，以《山园小梅》七律二首著称。　⑤斝（jiǎ）：商代通用的铜制大型酒器。　⑥七十稀：语出杜甫《曲江二首》之一"人生七十古来稀"。

存目词

本书（今按，指《全宋词》）初版卷一百六十二载刘光祖《沁园春》"浅碧芙蓉"一首，原引《金芳备祖》前集卷十一"荷花门"，原书题刘玉溪作，据《中兴以来绝妙词选》卷八，此首乃刘清夫作。

祝英台近

春日感怀

有时低按银筝，高歌水调，落花外、纷纷人境。①

（唐圭璋辑《词话丛编·蕙风词话》卷二）

[注释]

①《鹤林词》《祝英台近·春日感怀》云："末七字余极喜之。其妙处难以言说。但觉芥子须弥，犹涉执象。"

何师心

何师心，资中人，孝宗淳熙间知叙州。

满江红

按郡志[①]：涪溪侧十里有瀑布[②]，泻出两峰间，垂数十丈，号水帘洞。其侧有亭，山谷榜曰“奇观”[③]。

一水飞空，揭起珠帘全幅。不须人卷，不须人轴。一点不容飞燕入，些儿未许游鱼宿。向山头、款步听疏音，清如玉。　　三峡水，堪人掬。三汲浪[④]，堪龙浴。更两边潇洒，数竿修竹。晓倩碧烟为绳束[⑤]。夜凭新月为钩曲。问当年、题品是何人？黄山谷。[⑥]

（宋《涪溪胜览集》）

［注释］

①郡志：即《叙州府志》。叙州，汉置犍为郡，梁隋相沿为戎州，宋改叙州，明、清为叙州府，治宜宾县，即今四川宜宾市区。　②涪溪：在四川宜宾市区迤北。宋黄庭坚谪官涪州别驾，自号“涪翁”，放浪游览山水。绍圣二年移知叙州，城近有溪，游而乐，命名为“涪溪”。　③山谷：即黄庭坚。黄早年游览到位于今安徽潜山附近山谷寺石牛涧，乐其泉石三胜，因自号为“山谷道人”。　④汲：疑误。通作“激”或“级”。　⑤唐氏按：“晓”原作“晚”，“绳束”原作“纯绿”，并据《叙州府志》改。　⑥《全宋词》注：“起首四句疑有脱文。”

赵　蕃

赵蕃(1143—1229),字昌甫,号章泉,郑州人。生于绍兴十三年,寓信州之玉山,以荫补仕。尝受学于刘清之。清之守衡州,乃求监衡州酒库以卒业焉。旋乞祠归。理宗朝,与刘宰同召,不赴。绍定二年卒,年八十七。景定中,追谥文节。

小重山

寄刘叔通　先生序云:《小重山》一阕。传闻叔通吾兄间留建城,衔杯之际,可令歌以酹我否?

何地无溪祗欠人。有翁年八十,住其滨[①]。直钩元不事丝缗[②]。优游尔[③],聊以遂吾身。　陶令赋归辰[④]。未尝轻出入,犯风尘。江洲太守独情亲[⑤]。庐山醉,谁主复谁宾。

[注释]

①"有翁"二句:古书记述,姜子牙年八十,在渭水旁磻溪之滨钓鱼。以此喻称刘叔通。　②直钩:据传说,姜太公以直钩垂钓,志不在鱼。　③优游:逸乐。古诗:"优哉游哉,聊以卒岁。"　④陶令:陶渊明,曾任职彭泽县令。后辞官归隐。　⑤洲:系"州"之误。此指江州刺史王弘。太守当汉晋六朝时,系郡长官,此作"太守",实为"刺史"之误。《晋书·陶潜传》记载说,江州刺史王弘,钦慕陶渊明,多次约见或造访不得会见,打听到陶要去庐山游览,密令友人在野亭置酒相待,陶渊明见酒畅饮,王弘出见,一起欢宴终日,由此结为深交。

[集评]

沈雄云:"花庵词客曰:赵蕃号章泉,负天下重望,屡召不起。刘后村所谓'一生官职监南岳,四海诗名仰玉山'者。曾作《小重山》一阕,以寄刘叔通,云:'同留建城,衔杯之际,可令歌以酹我否。'"(《古今之话·词评》)

菩萨蛮

送游季仙归东阳[①]

鸡声茅店炊残月，板桥人迹霜如雪[②]。此是古人诗，身轻老忘之。　君行当此境，令我昏成醒。乘月犯霜来，诗真误尔哉。　（以上二首见《中兴以来绝妙词选》卷四）

［注释］

①东阳：郡名，三国孙吴时首置，宋改为婺州，隶属两浙东路。郡治所在东阳县，位于今浙江金华市区。　②“鸡声”二句：此二句原出处为“鸡声茅店月，人迹板桥霜。”唐人温岐作，题为《商山早行》。温岐，一名庭筠，字飞卿。

失调名

春浦雪，涧泉梅。　（韩淲《太常引·呈昌甫》词注）

何令修

何令修,淳熙间仁寿人。

望江南

登龙脊[①],抚剑一长歌。巫峡峰高腾凤鹤,夔门波阔失蛟鼍。东望意如何。[②] (《历代词人考略》引石刻拓本)

[注释]

①龙脊:即龙脊石,位于重庆市云阳县张飞庙原址迤南江心,与涪陵市石鹤梁同为长江上游著名水文题刻遗迹。形如龙背,上有自北宋元祐以来游人诗文和纪游石刻题记一百七十馀段,极多上品,其水文刻记是十分珍贵的历史水文记录的科学资料。 ②词后原注:丁酉岁不尽六日,武阳何令修奉宪檄东下,道出云安,独游龙脊石,荒江沍寒,水落石出,赋此刻之崖壁,并记岁月,子埙侍行。武阳:汉置县,梁代改名犍为县,故地在彭山县附近,何令修为仁寿县人,地当武阳东境,故以之自署。隋代更易北周所置之武阳县为犍为县,即今四川犍为县。与何令修籍贯无涉。岁月:即宋孝宗淳熙六年十二月二十四日。

马子严

马子严,生卒年不详,字庄父。建安人。自号古洲居士。淳熙二年(1175)进士,尝为岳阳守。撰《岳阳志》二卷,不传。其词今存二十九首。多抒情咏物之作。宛转悠扬,含不尽之情;或随物赋形,状难状之景。

水龙吟①

为陈坂种玉庄作

买庄为贮梅花,玉妃一万森庭户②。古来词客,比方不类,可怜毫楮③。谁扫尘凡,独超物表,神仙中取。是崑丘标志④,射山风骨⑤。除此外,吾谁与。　九酝醍醐雪乳⑥。和金盘、月边清露。寿阳骄騃⑦,单于疏贱⑧,不堪充数。弄玉排箫⑨,许琼挥拍⑩,胎禽飞舞⑪。待先生,披着羊裘鹤氅,作园林主。

[注释]

①唐氏按:题据《花庵词选》补。　②玉妃:典出唐陈鸿《长恨歌传》。本指仙女,后借指杨贵妃。此词中喻梅花。　③楮(chǔ):植物名,以皮作纸。　④崑丘:仙山。崑丘亦作崑崙、崑陵。《西王母传》:"王母之国,在西荒也。"　⑤射山:本《庄子·逍遥游》"藐姑射之山,有神人居焉"。此以射山代指藐姑射之山的仙女。后世诗词多借喻花。于此喻腊梅。　⑥醍醐:作乳酪时凝于上层,加油即得。九酝醍醐雪乳,喻腊梅之润泽。　⑦寿阳:宋武帝女寿阳公主。尝卧于含章殿下,梅花落于额上,呈五出之花,洗之不去,号梅花妆。　骄騃(sì):犹言娇憨任性。　⑧单于疏贱:此暗指王昭君出塞嫁呼韩邪单于事。转义指王昭君。词中以王昭君喻梅花。典出宋姜夔《疏影》:"昭君不惯胡沙远,但暗忆江南江北。"　⑨弄玉:弄玉为春秋时秦穆公之女。箫史善吹箫,穆公以女妻之。后共飞仙去。此以弄玉喻梅花。　⑩许琼:即许飞琼,善乐之仙女。汉班固《汉武帝内传》:

"许飞琼鼓震灵之簧。" 唐氏按:《全芳备祖》原作"许飞琼拍",兹从《中兴以来绝妙词选》卷六改。 ⑪胎禽:鹤之别称。

玉楼春

南枝又觉芳心动,慰我相思情味重。陇头何处寄将书,香发有时疑是梦。 谁家横笛成三弄[1],吹到幽香和梦送。觉来知不是梅花,落寞岁寒谁与共。

[注释]

①横笛成三弄:梅花三弄。陆游诗:"梅花调苦愁三弄,竹叶香清泥一觞。"

桃源忆故人

几年闲作园林主,未向梅花著语。雪后又开半树,风递幽香去。 断魂不为花间女,枝上青禽□诉。我是西湖处士[1],常恨芳时误。

（以上三首见《全芳备祖》前集卷一"梅花门"）

[注释]

①处士:未仕或不仕的人。

十拍子

点缀莫窥天巧,名称却道人为。香酝蜜脾分几点,色映乌云倚一枝。遥看步赏迟。 映水不嫌疏影[1],娇春色也自同时。红树落残风自暖,塞管声长晓更催。此时知不知。

（《全芳备祖》前集卷四"蜡梅门"）

[注释]

①疏影:喻梅花。典出林逋《山园小梅》“疏影横斜水清浅,暗香浮动月黄昏”。

花心动

雨洗胭脂,被年时、桃花杏花占了。独惜野梅,风骨非凡,品格胜如多少。探春常恨无颜色,试浓抹、当场微笑。趁时节,千般冶艳,是谁偏好。　　直与岁寒共保。问单于、如今几分娇小[①]。莫怪仙人[②],不识南枝[③],横玉自来同调。岂须摘叶分明认,又何必、枯枝比较。恐桃李、开时妒他太早。　　(《全芳备祖》前集卷四“红梅门”)

[注释]

①单于:曲调名。《梅花落》注云:唐大角曲,有《大单于》、《小单于》、《大梅花》、《小梅花》等曲。　②仙人:指隐士。　③南枝:即南枝鹊。后以指羁旅在外。典源曹操《短歌行》:“月明星稀,乌鹊南飞。绕树三匝,何枝可依。”

贺新郎

客里伤春浅。问今年梅蕊,因甚化工不管[①]。陌上芳尘行处满,可计天涯近远。见说道、迷楼左畔[②],一似江南先得暖。向何郎、庭下都寻遍[③]。辜负了,看花眼。

古来好物难为伴。只琼花一种[④],传来仙苑。独许杨州作珍产。便胜了、千千万万。又却待、东风吹绽。自昔闻名今见面。数归期、屈指家山晚。归去说,也稀罕。

[注释]

①化工：造化之功。 ②迷楼：隋炀帝于扬州所建行宫之楼名。工巧弘丽，误入者虽终日不能出。 ③何郎：即何晏，字平叔。《世说新语》："何平叔美姿仪，面至白。"《三国志》："晏平日喜修饰，粉白不去手，人称傅粉何郎。" ④琼花：与八仙花相似，唯叶柔而莹泽。花色微黄而有香。是首咏琼花。

满庭芳

共庆春时，满庭芳思，一枝心蕊非常。少年游冶，何但折垂杨[1]。曾向瑶台月下[2]，逢解佩、玉女翻香[3]。风光好，真珠帘卷，都胜早梅芳。 人间、无比并，玉蝴蝶树，争敢相方。既□春归后，此意难忘。夜梦扬州万玉，飞魂共、紫燕归梁。须行乐，马家花圃[4]，不肯醉红妆。

（以上二首见《全芳备祖》前集卷五"琼花门"）

[注释]

①但：只，仅。 ②瑶台月下：瑶台，神仙居所。典出屈原《离骚》："望瑶台之偃蹇兮，见有娀之佚女。"唐李白《清平调》："若非群玉山头见，会向瑶台月下逢。" ③解佩：解玉佩相赠以寄情。典源汉刘向《神仙传》，写汉水流域人神相爱的故事。后表男女相悦，赠物表意。 ④马家花圃：此言犹如马融在吟诵之馀，设女乐而行乐。典出《后汉书·马融传》："马融居所多侈饰。常坐高堂，施绛纱帐，前授生徒，后列女乐。"

水龙吟

东君直是多情，好花一夜都开尽。杏梢零落，药栏迟暮，不教宁静。风度秋千，日移帘幕，翠红交映。正太真浴罢[1]，西施浓抹，都沉醉、娇相称。 磨遍绿窗铜镜。挽春衫、不堪比并，暮云空谷，佳人何处，碧苔侵径。睡里相看，酒边凝想，许多风韵。问因何，却欠一些香味，惹傍人恨。

（《全芳备祖》前集卷七“海棠门”）

［注释］

①太真：杨贵妃。以杨贵妃的美艳比喻海棠盛开。

二郎神

日高睡起，又恰见、柳梢飞絮。倩说与，年年相挽，却又因他相误。南北东西何时定，看碧沼、青萍无数。念蜀郡风流，金陵年少，那寻张绪[①]。　应许。雪花比并，扑帘堆户。更羽缀游丝，毡铺小径，肠断鹁鸠唤雨[②]。舞态颠狂，腰肢轻怯，散了几回重聚。空暗想，昔日长亭别酒[③]，杜鹃催去[④]。

（《全方备祖》前集卷十八“杨花门”）

［注释］

①张绪：字思曼，南朝齐吴郡人。美丰姿，武帝植蜀柳于灵和殿前，叹曰：“此杨柳风流可爱，似张绪当年时。”　②鹁鸠唤雨：鹁鸠又名鹁鸪，雨时叫声急切。　③长亭：古时设在路旁的亭舍，常作饯别之用。　④杜鹃：鸟名，传为古蜀望帝杜宇所化，其叫声谐“不如归去”音。

天仙子

白玉为台金作盏，香是江梅名阆苑[①]。年时把酒对君歌，歌不断，杯无算。花月当楼人意满。　翘戴一枝蝉影乱，乐事且随人意换。西楼回首月明中，花已绽，人何远。可惜国香天不管。

（《全芳备祖》前集卷二十一“水仙门”）

[注释]

①阆苑：传说为神仙居所。常用指宫苑。典源晋葛洪《神仙传》："昆仑阆风苑有玉楼十二层，左瑶池，右翠水。"

最高楼

花解笑、冷淡不求知。长是殿、众芳时[①]。鲜鲜秀颈磋圆玉，洛阳翠佩剪琉璃。向人前，迎茉莉，送荼蘼。

几欲把、清香换春色。费多少、黄金酬不得。梅雨妒，麦风欺。细腰空恋当心蕊，同时犹结旧年枝。谢家娘[②]，将远寄，待凭谁。（《全芳备祖》前集卷二十二"簷蔔门"）

[注释]

①长是殿：殿，军队的尾部。簷蔔花开在春花之后，夏花之前。故以下有迎茉莉、送荼蘼之句。 ②谢家娘：本为名妓谢秋娘或谢安娘，后泛指歌伎，亦作美女代称。于此喻簷蔔。唐彦谦离鸾诗："庭前佳树名栀子，试结同心寄谢娘。"

青门引

手种团团玉，香趁日晴初熟。金刀错落晓霜寒，十分风味，独向暑天足。 唐君去后云空谷，异事传流俗。刀圭倘是神仙药，地皮卷尽犹飞肉[①]。

（《全芳备祖》后集卷八"瓜门"）

[注释]

①下片咏切瓜，以香艳故事作比喻。

朝中措

龙荪晚颖破苔纹[①]，英气欲凌云。深处未须留客，春风自掩柴门。　　蒲团宴坐，轻敲茶臼，细扑炉熏。弹到琴心三叠，鹧鸪啼傍黄昏。

（《全芳备祖》后集卷十六“竹门”）

［注释］

①龙荪：又作龙孙，笋竹之别称，此指笋。

临江仙

上　元

人意舒闲春事到，徐徐弄日微云。翠鬟飞绕闹蛾群[①]。烟横沽酒市，风转落梅村。　　岁事一新人半旧，相逢际晚醺醺。花间亭馆柳间门。克除风雨外，排日醉红裙[②]。

［注释］

①闹蛾群：即闹蛾儿。古代妇女剪彩为花或蛱蝶虫草，戴于髪间。②红裙：此指妇女。唐韩愈诗：“长安众富儿，盘馔罗膻荤。不解文字饮，唯能醉红裙。”

月华清

忆　别

瑟瑟秋声，萧萧天籁，满庭摇落空翠。数遍丹枫，不见叶间题字[①]。人何处、千里婵娟，愁不断、一江流水。遥睇。见征鸿几点，碧天无际。　　恨望月中仙桂。问窃药佳人[②]，谁与同岁。把镜当空[③]，照尽别离情意。心里恨、莫结丁香[④]，琴上曲、休弹秋思。怕里。又悲来老却，兰台公子[⑤]。

[注释]

①叶间题字：借用红叶题诗的典故，抒发相思之情。 ②窃药佳人：指嫦娥。喻心中思念的人。 ③把镜：以镜喻月。 ④莫结丁香：古人以丁香花蕾喻愁之不散。 ⑤兰台公子：指宋玉。典源宋玉《风赋》："楚襄王游于兰台之宫，宋玉、景差侍。"

[集评]

况周颐云："马古洲《月华清》云：'怕里。又悲来老却，兰台公子。''怕里'，宋人方言，《草窗词》中屡见，犹言恰提防间。大致如此诠释，尚须就句意活用之。"（《蕙风词话续编》卷一）

冯金伯云："《月华清》云：'恨望月中仙桂，问窃药佳人，谁与同岁。'《贺圣朝》云：'游人不知返，被子规呼转。'《阮郎归》云：'三三两两叫船儿，人归春也归。'俱骀荡清快，别有旨趣。《元夕词》云：'玉梅妆对雪柳，闹蛾儿，象生娇颤。'更可考见杭都节物。"（《词苑萃编》）

贺圣朝

春 游

游人拾翠不知远，被子规呼转。红楼倒影背斜阳，坠几声弦管。 荼蘼香透①，海棠红浅。恰平分春半。花前一笑不须悭，待花飞休怨。

[注释]

①荼蘼：初夏开花，白色。又写作酴醾。苏轼《酴醾花菩萨泉》诗："酴醾不争春，寂寞开最晚。"

鱼游春水

怨 别

池塘生春草，数尽归鸿人未到。天涯目断，青鸟尚赊音耗。晓月频窥白玉堂，暮雨还湿青门道[①]。巢燕引雏，乳莺空老。　庭际香红倦扫，乾鹊休来枝上噪[②]。前回准拟同他，翻成病了。欲题红叶谁寄，独抱孤桐无心挑。眉间翠攒，鬓边霜早。

[注释]

①青门：汉长安城东城南头的霸城门。门色青，故云。泛指京城门。②乾(gān)鹊：本《西京杂记》三"乾鹊噪而行人至"。鹊恶湿，晴则噪，故称乾鹊。

海棠春

春　景

柳腰暗怯花风弱，红映秋千院落。归逐燕儿飞，斜撼真珠箔[①]。　满林翠叶胭脂萼，不忍频频觑著[②]。护取一庭春，莫弹花间鹊[③]。

[注释]

①真珠箔：帘栊的美称。　②觑(qù)：窥伺。　③弹(dàn)：用弹弓打。

[集评]

况周颐云："马古洲《海棠春》云：'护取一庭春，莫弹花间鹊。'用徐于臣：'闷来弹鹊，又搅碎一帘花影。'可谓善变。"（《蕙风词话续编》卷一）

鹧鸪天

闺　思

睡鸭徘徊烟缕长，日高春困不成妆。步敧草色金莲润[①]，捻断花鬚玉笋香[②]。　轻洛浦[③]，笑巫阳[④]。锦纹亲织寄檀郎[⑤]。儿家闭户藏春色，戏蝶游蜂不敢狂。

[注释]

①金莲：女子足。 ②玉笋：女子手指。 ③洛浦：指曹植《洛神赋》述于洛水遇仙女事。 ④巫阳：宋玉《高唐赋序》，楚襄王游云梦台馆，梦妇人自称巫山之女。 ⑤檀郎：晋代潘岳为美男子，小名檀奴，时人称为“檀郎”。后为夫婿或对所爱男子之爱称。

归朝欢

春 游

听得提壶沽美酒，人道杏花深处有[①]。杏花狼藉鸟啼风，十分春色今无九。麝煤销永昼[②]，青烟飞上庭前柳。画堂深，不寒不暖，正是好时候。 团团宝月凭纤手[③]。暂借歌喉招舞袖。真珠滴破小槽红，香肌缩尽纤罗瘦。投分须白首[④]，黄金散与亲和旧。且衔杯，壮心未落，风月长相守。

[注释]

①杏花深处：本唐杜牧诗《清明》“借问酒家何处有，牧童遥指杏花村”。 ②麝煤：此作烧香解。 ③团团宝月：指团扇。汉班婕妤《怨歌行》：“裁为合欢扇，团团似月明。” ④投分（fèn）：志向相合相知。晋潘岳诗：“投分寄石友，白首同所归。”

孤 鸾

早 春

沙堤香软。正宿雨初收，落梅飘满。可奈东风，暗逐马蹄轻卷。湖波又还涨绿，粉墙阴、日融烟暖。蓦地刺桐枝上，有一声春唤。　任酒帘、飞动画楼晚。便指数烧灯，时节非远[1]。陌上叫声，好是卖花行院[2]。玉梅对妆雪柳，闹蛾儿、象生娇颤[3]。归去争先戴取，倚宝钗双燕。

［注释］

①时节：指上元节。　②行院：此谓行业。从事卖花行业的人。　③梅妆、雪柳、闹蛾儿：宋代妇女头上的妆饰品。

阮郎归

西湖春暮

清明寒食不多时，香红渐渐稀。番腾妆束闹苏堤[1]，留春春怎知。　花褪雨，絮沾泥。凌波寸不移[2]。三三两两叫船儿，人归春也归。

（以上九首见《中兴以来绝妙词选》卷六）

［注释］

①番腾：犹翻腾。　②凌波：形容女子步态优美。曹植《洛神赋》："凌波微步，罗袜生尘。"

［集评］

况周颐云："'翻腾春色闹苏堤。'宋马子严《阮郎归》词句。形容粗钗腻粉，可谓妙于语言。天与娉婷，何有于'翻腾妆束'，适成其为'闹'而已。"（《蕙风词话》卷二）

浣溪沙慢

壁月上极浦，帆落人挝鼓。石城倒影，深夜鱼龙舞。佳气郁郁，紫阙腾云雨。回首分今古。千载是和非，夕阳中、双燕语。　向人诉。记玉井辘轳，胭脂涨腻[①]，几许蛾眉妒。感叹息、花好随风去。流景如羽。且共乐升平，不须后庭玉树[②]。　（《景定建康志》卷三十七）

［注释］

①胭脂：指胭脂井。为南朝陈井阳宫中之井。故址在今江苏南京。陈后主建临春、结绮、望仙三阁，极其奢丽。与张丽华、孔贵嫔各居其一。随兵南克台城，三人坐视无计，遂投是井。　②后庭玉树：即《玉树后庭花》。陈后主所作之曲，其词云："玉树后庭花，花开不复久。"声调哀婉。未久陈灭，后人谓之诗谶。

锦缠道

桑[①]

雨过园林，触处落红凝绿。正桑叶、齐如沃。娇羞只恐人偷目。背立墙阴，慢展纤纤玉。　听鸠啼几声，耳边相促。念蚕饥、四眠初熟。劝路旁、立马莫踟躇，是那里唱道秋胡曲[②]。　（《今古合璧事类备要》别集卷五十一）

［注释］

①唐氏按：《全芳备祖》后集卷二十二"桑门"，此首无撰人姓名。《古今图书集成草木典》卷二百四十七桑部误作贺铸词。　②秋胡曲：此咏桑词，用秋胡事。汉乐府相和歌辞清调曲名。《西京杂记》六："鲁人秋胡，娶妻三月而宦游。三年休，还家。其妇泉桑于郊，胡至郊而不识其妻也。见而悦之，乃遗黄金一镒。妻曰：'妾有夫游宦不返，幽闺独处，三年于兹，未有被辱于今日也。'采不顾，胡惭而退。至家，问家人妻何在？曰'行采桑于郊，未返。'既还，乃向所挑之妇也。夫妻并惭，妻赴沂水而死。"

满江红

寿傅尚书

瑞霭秋空，银河里、非烟非雾。想应是、岳钟神秀，再生伊傅①。昨夜五云随梦入②，今朝万象朝元去③。正六星、炳炳耀文昌④，循初度。　五马贵⑤，多文富。人品异，心期古。似冰清瑶水，玉森元圃。天子方将循异政，灵孙又合为霖雨。问汾阳、几考在中书，从今数。

（《截江网》卷四）

［注释］

①伊傅：伊尹、傅说，人名，都为殷之名相。　②五云：五色瑞云。杜甫《重经昭陵》："再窥松柏路，还有五云飞。"一说指五陵景色，也指皇帝所在。　③朝元：道教徒参拜神仙。白居易《寻郭道士不遇》："郡中乞假来相访，洞里朝元去不逢。"　④六星、文昌：文昌即斗魁六星之统称，又为官署名。此处双指。　⑤五马：太守的代称。《陌上桑》："使君从南来，五马立踟蹰。"

水调歌头

寿赵提刑

万仞鹅湖顶，千岁矫苍龙。楼台一簇，仙家遥寄五云中。天上朝元佳节，人世生贤华旦，瑞气郁葱葱。六辔耀闽海①，列郡喜趋风。　记昔年，当此际，早梅红。插花饮酒，狂歌醉舞寿昌宫。零落青袍如旧，敛板绣衣庭下，欣见黑头公。王室要师保，叔父忽居东。

（《截江网》卷五）

[注释]

①六辔：本《诗经·秦风·小戎》"四牡孔阜，六辔在手"。古代一车四马，马各二辔，共八辔。其中骖马的两辔系在轼前不用，故御者执六辔。辔：缰绳。

感皇恩

自　寿

深约海棠开，一庭儿女。共插满头笑相语。入春准备了，到今朝团聚。近来都不怕，风和雨。　一个一杯，君山绿醑[①]。何必贪多似彭祖[②]。但须看遍，子生孙孙生子。便年年拚一醉，花前舞。　（《截江网》卷六）

[注释]

①君山：亦称湘山、洞庭山。位于洞庭湖中。传为湘水之神所游之地。　绿醑（xǔ）：美酒。　②彭祖：传说为颛顼帝玄孙陆终氏的第三子，姓篯（qiān）名铿，寿八百。

浪淘沙

蜡　梅

娇额尚涂黄，不入时妆。十分轻脆奈风霜。几度细腰寻得蜜，错认蜂房。　东阁久凄凉[①]，江路悠长。休将颜色较芬芳。无奈世间真若伪，赖有幽香。

（《永乐大典》卷二千八百十一"梅"字韵）

[注释]

①东阁：此指东亭。杜甫《和裴迪登蜀州东亭》诗："东阁官梅动诗兴，还如何逊在扬州。"

苏幕遮

地偏灵，天应瑞。簇簇银花，团绕真珠蕊。金阙玉楼分十二。要伴姮娥，与月循环睡。　　月如花，花表岁。人道闰年，添个真奇异。不许扬州夸间气①。昨夜春风，吹送柴门里。

（曹璿《琼花集》卷三）

（以上马子严词二十九首，用赵万里辑《古洲词》）

[注释]

①间（jiàn）气：本《春秋演孔图》“正气为帝，间气为臣”。旧谓英雄豪杰上应星象，禀天地特殊之气，间世而生，称为“间气”。

赵师侠

赵师侠，生卒年不详，一名师使，字介之，号坦庵，燕王德昭七世孙，新淦（今江西新干）人。淳熙二年（1175）进士。淳熙十五年，为江华郡丞。清胡薇之《岁寒居词话》谓其于益阳（湖南）、豫章（江西）、柳州（广西）、宜春（陕西）、潇湘（湖南）、衡阳（湖南）、蒲中（河北）、长沙（湖南）为县令，始于丁亥（1167）终于丁巳（1197）盖三十年，所作可按地而索寻。其门人尹觉序云："坦庵文如泉出不择地，词章乃其馀事。其模写体虽极精巧，皆本性之自然。"有《坦庵长短句》。今存词154首。

万年欢

电绕神枢，华渚流虹，诞弥良用佳辰。万宇讴歌归舞，宝历增新。四七年间盛事，皇威畅、边鄙无尘。仁恩被，华夏咸安，太平极治欢声。　重华道隆德茂[①]，亘古今希有[②]，揖逊重闻。圣子三宫欢聚，两世慈亲。幸际千秋圣旦，沾镐宴、普率惟均。封人祝[③]，亿万斯年，寿皇尊并高真。

[注释]

①重华：虞舜名。舜继尧，"重其文德之光华"意。词中比今之皇帝。②亘古：终古。从古至今。　③封人祝：即封人祝尧，祝人长寿意。封人，传说中的人。

[集评]

王弈清云："尹先之（即门人尹觉序）云：'赵师侠词章，摹写风景，体状物态，俱极精巧，初不知其得之之易也。'"（《历代词话》）

水调歌头

龙帅宴王公明

金鼎调元手，玉殿涣恩华。宣威蜀道，曾见千骑拥高牙[1]。凭仗元枢筹略，宽我宸旒西顾，惠泽被幽遐。为忆江城好，南浦舣仙槎[2]。　格天心，膺帝眷[3]，极褒嘉。琳宫香火缘在[4]，还近玉皇家[5]。霖雨久思贤佐，看即声传丹禁，唤仗听宣麻[6]。衮绣公归去[7]，宰路筑堤沙[8]。

[注释]

①千骑拥高牙：语出柳永《望海潮》"千骑拥高牙，乘醉听箫鼓"。高牙：军前大旗，借指高级将帅、官吏。　②南浦：泛指送别之处。亦指送别。《楚辞·九歌·河伯》："子交手兮东行，送美人兮南浦。"　舣(yǐ)：附船着岸。　仙槎(chá)：神异的木筏，神话中往返于天河与大海之间的木筏。　③膺：蒙受。　④琳宫：本为仙人所居之所，后亦作为道观的美称。　⑤玉皇：传说中的天帝。　⑥宣麻：即宣诏，唐以黄麻写诏书。⑦衮绣公：此指穿卷龙衣的上公。　⑧筑堤沙：用以表示拜相。又称筑沙堤。唐李肇《国史补》卷下："凡拜相，礼绝班行，府县载沙填路，自私第至子城东街，名曰沙堤。"

水调歌头

春野亭送别

江亭送行客，肠断木兰舟[1]。水高风快，满目烟树织成愁。咿轧数声柔橹[2]，拍塞一怀离恨，指顾隔汀洲[3]。独立苍茫外，欲去强迟留。　海山长，云水阔，思难收。小亭深院歌笑，不忍记同游。惟有当时明月，千里有情还共，后会尚悠悠。此恨无重数，和泪付东流。

[注释]

①木兰舟：舟之美称。 ②咿轧：象声词。 ③汀：水中或水边的平地。

[集评]

梁逸犁云："景蕴情，情含景，伤别之愁悠悠。"（《滴水轩词话》）

水调歌头

癸卯信丰送春

韶华能几许，节物叹推移[①]。群花竞芳争艳，无奈隙驹驰[②]。红紫随风吹何处，唯有抟枝新绿[③]，暗逐雨催肥。乔木莺初啭，深院燕交飞。 渐清和，微扇暑，日迟迟。新荷泛水摇漾，萍藻弄晴漪。百岁光阴难挽，一笑欢娱易失，莫惜酒盈卮[④]。无计留连住，还是送春归。

[注释]

①节物：指节气与物候。动植物生活规律与气候的关系。 ②隙驹：即白驹过隙。形容光阴过得极快。《庄子·知北游》："人生天地之间，若白驹之过隙，忽然而已。"白驹，原指骏马，后比喻日影。 ③唐氏按："抟"原作"搏"，从紫芝漫抄本《坦庵长短句》。 ④卮（zhī）：古代一种盛酒器。

水调歌头

万载烟雨观

江流清浅外，山色有无中[①]。平田坡岸回曲，一目望难穷。波面轻鸥容与[②]，沙际野航横渡，不信画图工。路入神仙宅，翠锁梵王宫[③]。 俯睛郊，增胜概，气横空。

云林城市层列,知有几重重。更上危亭高几,徙倚栏干虚敞[4],象纬逼璇穹[5]。要尽无边景,烟雨看空濛。

[注释]

①“山色”句:此句用王维《汉江晚眺》诗句。欧阳修《朝中措·平山堂》词亦用此句。 ②容与:闲暇自得貌。 ③梵王:佛的侍从。 ④唐氏按:“徙”原作“从”,陆校,“從”疑为“徙”。 ⑤璇穹:明亮美丽的天空。

水调歌头

戊申春陵用旧韵赋二词呈族守德远

人生如寄耳,世态逐时移。浮名薄利能几,方寸谩交驰[1]。粗足生涯随分,到眼风光可乐,终不羡轻肥[2]。有志但长叹,无路且卑飞。 恨年华,何去速,又来迟。绿阴浓映池沼,縠浪皱风漪[3]。啭午莺声睍睆[4],滚地杨花飘荡,爱景惜芳卮。此意谁能解,一笑任春归。

[注释]

①方寸:指心。亦作“方寸地”。 ②轻肥:“轻裘肥马”的略语。杜甫《秋兴》诗:“同字少年多不贱,五陵衣马自轻肥。” ③縠浪:像轻纱一样的波浪。 ④睍睆(xiàn huǎn):美丽,好看。《诗经·邶风·凯风》:“睍睆黄鸟,载好其音。”

水调歌头

心景两无著,情物岂能移。超然远览失笑,名利苦纷驰。一品官资荣显,百万金珠豪富,空自喜家肥。会得个中理,川泳与云飞[1]。 静中乐,闲中趣,自舒迟。心如止水,无风无自更生漪。已是都忘人我,一任吾身醒醉,有酒引连卮。万法无差别，融解即同归。

[注释]

①“川泳”向：“鱼川泳而鸟云飞”，韩愈《厅石记》中语。

水调歌头

和石林韵

世态万纷变，人事一何忙。胸中素韬奇蕴，匣剑岂能藏。不向燕然纪绩[①]，便与渔樵争席，摆脱是非乡。要地时难得，闲处日偏长。　志横秋，谋夺众，谩轩昂。蝇头蜗角微利，争较一毫芒。幸有乔林修竹，随分粗衣粝食，何必计冠裳[②]。我已乐萧散，谁与共平章[③]。

[注释]

①燕然纪绩：指刻石记功。东汉窦宪大败北单于，于燕然山刻石记功。燕然：山名，今蒙古境内的杭爱山。②冠裳：此代指官服、官位。③平章：官名，相当于宰相。唐宋时有同平章事之名。

水调歌头

丁巳长沙寿王枢使

台星明翼轸[①]，和气满潇湘。长淮胜处地灵，应产股肱良[②]。共仰三朝元老，要识一时英杰，人物自堂堂。直气薄宵汉，德望耸岩廊。　拥貔貅[③]，森棨戟，镇藩方。折冲樽俎[④]，春融花柳侑壶觞。两世麟符玉节，九郡恩风惠雨，仁者寿宜长。凤诏来丹阙[⑤]，绣衮觐明光[⑥]。

[注释]

①台星:三台星。比喻重臣。 翼轸(zhěn):翼宿与轸宿之略称。翼宿:二十八宿之一,朱鸟七宿的第六宿。又是天区名。 轸宿(xiù):星宫名,二十八宿之一,朱鸟宿的末一宿。又为天区名。 ②股肱(gōng):比喻帝王左右辅佐得力的臣子。 ③貔貅(píxiū):比喻勇猛的军士。④折冲樽俎(zǔ):在会盟的席上制胜对方。 樽俎:古代盛酒内的器皿。折冲:本指折退敌方战车,意谓抵御敌人。后泛指外交谈判。 ⑤凤诏:皇帝的诏书。 丹阙:指皇宫。 ⑥绣衮(gǔn):皇帝与大公的礼服。觐(jìn):诸侯秋朝天子之称。

满江红

甲午豫章和李思永

渺渺春江,迷望眼、蒲萄涨绿。春过也、萧疏庭户,寂寥心目。念远不禁啼鴂闹[1],愁多易遣修蛾蹙[2]。向小窗、时把彩笺看,翻新曲。 晴昼永,便新浴。相思泪,不成哭。空尢言憔悴,暗销肌玉。目断碧云无信息,试凭青翼飞南北。听掀帘、疑是故人来,风敲竹。

[注释]

①啼鴂(jué):即杜鹃。《离骚》:"恐鹈鴂之先鸣兮,使夫百草为之不芳。"此鸟俗有"杜鹃啼血"之语。 ②修蛾蹙:即发愁皱眉。 修蛾:长眉,多代指女子。

满江红

辛丑赴信丰,舟行赣石中

烟浪连天,寒尚峭、空濛细雨。春去也、红销芳径,绿肥江树。山色云笼迷远近,滩声水满忘艰阻。挂片帆、掠岸晚风轻,停烟渚。 浮世事,皆如许[1]。名利役,惊时序。叹清明寒食，小舟为旅。露宿风餐安所赋，石泉榴火知何处。动归心、犹赖翠烟中，无杜宇[2]。

[注释]

①唐氏按："许"原作"计"，陆校，"计"疑"许"。　②杜宇：即子规鸟的代称。规与归谐音，以子规叫为思归之声。

[集评]

梁逸犁云："上阕以烟雨空濛、红销芳径、山色、滩声、片帆，为下阕'归心'铺垫，层层渲染。"（《滴水轩词话》）

满江红

壬子秋社莆中赋桃花

露冷天高，秋气爽、千林叶落。惊初见、小桃枝上，盛开红萼。浅淡胭脂经雨洗，剪裁码碯如云薄。问素商、何事鬥春工[1]，施丹雘。　芙蓉苑，颜如灼。曾暗与，花王约。要乘秋名字，并传京雒[2]。回首瑶池高宴处，桂花香里骖高鹤。但莫教、容易逐西风，轻飘却。

[注释]

①素商：秋季的别称。　②雒（luò）：同"洛"。

[集评]

谢章铤云："坦庵在莆阳咏柳有《满江红》，莆中旧传盛事，六亚三魁。此尤足资文献之谈助也。"（《赌棋山庄词话》）

满江红

丙辰中秋定王台即席饯富次律

凉入三湘[1]，秋气爽、江澄沙白。人欲去、离愁黯黯，莫留行色。盍在中朝陪鹓鹭[2]，暂来南楚分风月。与元枢、鹗荐共扶摇[3]，朝天阙[4]。　　皇华使，和戎策。西府赞，中兴叶。有缁衣同美[5]，武公勋烈。樯燕已知添别意，骊驹谁为歌新阕。恨此情、如月过中秋，圆还缺。

[注释]

①三湘：指湖南。　②鹓鹭（yuán lù）：鹓与鹭飞行有序，因喻百官朝见时秩序井然。　③鹗荐：旧时称推荐有才能的人为"鹗荐"。　④朝天阙：朝见皇帝。　天阙：皇帝所居之处。　⑤缁（zī）衣：用黑布做的衣服。

满江红

丁巳和济时几宜送春

去去春光，留不住、情怀索莫[1]。那堪是、日长人困，雨馀寒薄。叶底青青梅胜豆，枝头颗颗花留萼。叹流年、空有惜春心，凭春酌。　　歌共酒，谁酬酢[2]。非与是，忘今昨。且随时随分，强欢寻乐。世事燕鸿南北去，人生乌兔东西落[3]。问故园、不负送春期，明年约。

[注释]

①索莫：亦作"索漠"。枯寂无生气、消沉貌。　②酬酢：饮酒时主客互相敬酒。　③乌兔：金乌与玉兔略称。金乌，古代神话，太阳中有三足乌，因用为太阳别称。玉兔，古代神话传说月中有兔，遂以代指月亮。

[集评]

梁逸犁云："有'无可奈何花落去'之悲。"（《滴水轩词话》）

沁园春

和伍子严避暑二首

雨接梅霖[1]，风祛槐暑，麦天已秋。正榴燃红炬[2]，枝头色艳，荷翻绿盖，池面香浮。心景俱清，身名何有，且向忙中早转头。尘劳事，枉朝思夕计，细虑深谋。　悠悠。不复徼求。但安分、随缘休便休。纵官居极品，徒为美玩，家称钜富，未免闲愁。遇酒开颜，逢欢乐意，有似木人骑土牛[3]。从他笑，看一朝解悟，八极遨游。

[注释]

①霖：久下不停的雨。　②榴燃：石榴开花红似火燃。　③土牛：古时春祭，以土制成牛形，以备祭礼。《后汉书·礼仪志》："立春之日，施土牛耕夫于门外，以示兆民。"

沁园春

羊角飘尘[1]，金乌烁石[2]，雨凉念秋。有虚堂临水，披襟散髮，纱橱雾卷，湘簟波浮[3]。远列云峰，近参荷气，卧看文书琴枕头。蝉声寂，向庄周梦里[4]，栩栩无谋。　茶瓯。醒困堪求。粗饱饭安居可以休。算翛闲静胜[5]，吾能自乐，荣华纷扰，人谩多愁。习懒非痴，觉迷是病，一力那能胜九年。俱休问[6]，且追寻觞咏，知友从游。

[注释]

①羊角：旋风。　②金乌：神话中太阳中有金乌鸟，此代指太阳。

③簟(diàn):竹席。 ④庄周梦里:指庄周梦蝶。 ⑤翛(xiāo):无拘无束,自由自在之貌。 ⑥唐氏按:"俱"原作"但",陆校,"但"疑"俱"。

[集评]

梁逸犁云:"以庄周梦蝶悟世,解脱潇洒。俚语雅词并用。"(《滴水轩词话》)

酹江月

题赵文炳枕屏

枕山平远。记当年小阁,牙床曾展。围幅高深春昼永,寂寂重帘不卷。棹舣西湖[1],人归南陌,酒晕红生脸。困来无那,玉肌小倚娇软。 堪恨身在天涯,曲屏环枕,此意何由见。想像高唐无梦到[2],独拥闲衾展转。物是人非,山长水阔,触处思量遍。愁遮不断,夜阑依旧斜掩。

[注释]

①棹(zhào):摇船的用具,此代指船。 舣(yǐ):附船着岸。 ②高唐梦:指楚襄王梦中与高唐神女幽会,后亦泛指男女欢会。

酹江月

丙午螺川

飘流踪迹,趁春来、还趁春光归去。九十韶华能几许,著意留他不住。攒柳催花,摧红长翠,多少风和雨。蜂闲蝶怨,尽凭枝上莺语。 归棹去去难留,桃花浪暖,绿涨迷津浦。回首重城天样远,人在重城深处。惜别愁分,凝暗有泪[1],总寄阳关句[2]。不堪肠断,恨随江水东注。

［注释］

①唐氏按："暗"字陆校疑为"脂"、"晴"。　②阳关：在今甘肃敦煌西南，为出塞要道，在玉门关南。王维《送元二使安西》："劝君更尽一杯酒，西出阳关无故人。"

酹江月

乙未白莲待廷对

斜风疏雨，正无聊情绪，天涯寒食。烟重云娇春烂熳，却得轻寒邀勒。柳褪鹅黄，池添鸭绿，桃杏浑狼藉。乱山深处，尚留些子春色。　海燕未便归来，踏青鬥草[1]，谁与同寻觅。杜宇多情芳树里，只管声声历历[2]。似劝行人，不如闻早，作个归消息。休教肠断，梦魂空费思忆。

［注释］

①鬥草：古代妇女或儿童用草来做比赛的一种游戏。　②历历：分明可数。

酹江月

乙未中元自柳州过白莲

晓风清暑，映湖光如练，山光如染。十里荷花香满路，飞盖斜敧妆面。一叶扁舟，数声柔橹，陡觉红尘远。六桥三塔，恍然图画中见。　因念当日三贤，两山佳处，应也经行遍。琢月吟风无限句，景物随人俱显。贺监风流[1]，玄真清致[2]，我亦情非浅。渔蓑投老，利名何用深羡。

[注释]

①贺监:即贺知章,曾为秘书监,故称贺监。《新唐书·隐逸传》:“贺知章性旷夷,善谭说。……晚节尤诞放,遨戏里巷,自号‘四明狂客’。” ②玄真:即玄真子,唐代诗人张志和的别号。所作词《渔歌子》等,清新有致。

酹江月

信丰赋茉莉

化工何意,向天涯海峤,有花清绝。缟袂绿裳无俗韵[1],不畏炎荒烦热。玉骨无尘,冰姿有艳,雅淡天然别。真香冶态,未饶红紫春色。　底事□落江南,水仙兄弟,端自难优劣。瘴雨蛮烟魂梦远,宁识溪桥霜雪。薝蔔同芳[2],素馨为伴,百和清芬爇。凄然风露,夜凉香泛明月。

[注释]

①缟袂:白色衣袖。　②薝蔔(zhān bǔ):花名。木高七八尺,叶似李而厚硬,二三月生白花,花皆六出,甚芬香。

[集评]

梁逸犁云:“正面描绘与侧面烘托结合,层层突出茉莉的冰姿雅淡。”(《滴水轩词话》)

酹江月

万载龙江眼界

平生奇观,爱登高临远,寻幽选胜。欲上层巅穷望眼,一半崎岖危径[1]。万瓦鳞鳞,四山簇簇,咫尺疏林映。

山川城郭，恍然多少清兴。　残照斜敛馀红，横陈平远，一抹轻烟瞑。何处飞来双白鹭，点破遥空澄莹。鹤岭云平，龙江波渺，不羡潇湘咏。襟怀舒旷，曲栏倚了还凭。

[注释]

①危径：高山上的小径。危，高也。

酹江月

足乐园牡丹

韶华婉娩[①]，正和风迟日，暄妍清昼[②]。紫燕黄鹂争巧语，催老芬芳花柳。灼灼花王，盈盈娇艳，独殿春光后。鹤翎初拆，露沾香沁珠溜。　遥想京洛风流，姚黄魏紫[③]，间绿如铺绣。小盖低回雕槛曲，车马纷驰园囿[④]。天雨曼珠，玉槃金束[⑤]，占得声名久。留连朝暮，赏心不厌芳酒。

[注释]

①婉娩(wǎn wǎn)：天气温和。　②暄妍(xuān yán)：天气和暖，景物明媚。　③姚黄魏紫：宋代洛阳两种名贵的牡丹花品种。姚黄为千叶黄花，出于姚氏民家；魏紫为千叶肉红花，出于魏仁溥家。见欧阳修《洛阳牡丹记·花释名》。　④园囿：畜养禽兽的园林。　⑤玉槃(pán)：比喻圆月。

促拍满路花

信丰黄师尹跳珠亭

栽花春烂熳，叠石翠巑岏[①]。小亭相对倚，数峰寒。主人寻胜，接竹引清泉。凿破苍苔地，一掬泓澄[②]，六花疑是深渊。[3]　向闲中、百虑翛然。情事寄鸣弦。炉香陪茗碗，可忘言。喷珠溅雪，历历听潺湲。尘世知何计，不老朱颜，静看日月跳丸。

[注释]

①巑岏（cuán yuán）：山高锐峻大貌。　②泓澄：水深而清澈。　③原注："山前六花小池。"

促拍满路花

瑞荫亭赠锦屏苗道人

连枝蟠古木，瑞荫映晴空。桃江江上景，古今同。忙中取静，心地尽从容。扫尽荆榛蔽，结屋诛茅[1]，道人一段家风。　任乌飞兔走匆匆，世事亦何穷。官闲民不扰，更年丰。箪瓢云水，时与话西东。真乐谁能识，兀坐忘言，浩然天地之中[2]。

[注释]

①诛茅：剪除茅草。《楚辞·卜居》："宁诛锄草茅以力耕乎？"　②唐氏按："之中"二字原缺，据汲古阁刊本《坦庵词》。

[集评]

梁逸犁云："出离尘世以自娱也。"（《滴水轩词话》）

永遇乐

重明节

金昊行秋[1]，季商回律[2]。天气佳处。瑞应皇家，祥开圣旦，宝历绵基祚。瑶池人祝，钧天乐奏[3]，湛露宴均寰宇。万花覆、千官尽醉。盛事顿超今古。　中兴天统，四三传序，揖逊自归明主。黄屋非心[4]，萝图有永，还付当今主。希夷高蹈[5]，寿康长保，五世祖孙欢聚。尊之至，千秋令节，万年圣父。

[注释]

①金昊(hào)：秋天。金，指秋，昊，指天。　②季商：指秋天。　③钧天乐：神话中天上的音乐。　④黄屋：古代帝王所乘车上以黄缯为里的车盖。因亦即指帝王车。　⑤希夷：指方外之士。

永遇乐

甲午走笔和岳大用梅词韵

秋满衡皋[1]，淡云笼月，晚来风劲。一抹残霞，数声过雁，还是黄昏近。凭高临远，倚楼凝睇，多少断愁幽兴。听渔村、鸣榔隐隐[2]，别浦暮烟收暝。　湘妃起舞[3]，芳兰纫佩，约略乱峰云鬓。景物悲凉，楚天澄淡，过尽归帆影。斜阳低处，远山重叠，萧树乱鸦成阵。空无言，栏干凭暖，闷怀似困。

[注释]

①皋(gāo)：近水处高地。　②鸣榔：渔人捕鱼时用长木敲船舷作声，惊鱼令入网。　唐氏按："隐"字原缺，从汲古阁刊本。　③湘妃：指传说中尧之二妃娥皇、女英，死后为湘水女神，亦称湘妃，亦指湘水。

永遇乐

为卢显文家金林檎赋[1]

日丽风暄[2]，暗催春去，春尚留恋。香褪花梢，苔侵柳径，密幄清阴展。海棠零乱，梨花淡伫，初听闹空莺燕。有轻盈、妍姿靓态[③]，缓步阆风仙苑[④]。　绿丛红萼，芳鲜柔媚，约略试妆深浅。细叶来禽，长梢戏蝶，簇簇枝头见。酡颜鬒发[⑤]，春愁无力，困倚画屏娇软。只应怕、风欺雨横，落红万点。

［注释］

①林檎（qín）：一种落叶小乔木，花呈淡红色，果实黄绿色而带微红。又称沙梁。　②暄（xuān）：暖和。　③靓（jìng）态：脂粉妆饰的风姿。④阆（làng）风：阆风巅。神话中的山名。　⑤酡（tuó）颜：红颜。　酡：饮酒脸泛红。　鬒（zhěn）发：黑发。

［集评］

梁逸犁云："多层设喻，层层渲染。"（《滴水轩词话》）

风入松

戊申沿檄衡永，舟泛潇湘

溪山佳处是湘中，今古言同。平林远岫浑如画[①]，更渔村、返照斜红。两岸荻风策策[②]，一江秋水溶溶。
苍崖石壁景尤雄。人自西东。利名汩没黄尘里[③]，又那知、清胜无穷。何日轻舠蓑笠[④]，持竿独钓西风。

［注释］

①岫（xiù）：峰峦。　②策策：象声词，犹沙沙。　③汩（gǔ）没：沉沦，埋没。　④舠（daō）：小船。形如刀。

［集评］

梁逸犁云："'利名汩没黄尘里'感世颇深。"（《滴水轩词话》）

凤凰阁

己酉归舟衡阳作

正薰风初扇，雨细梅黄暑溽[①]。并摇双桨去程速。那更黄流浩淼，白浪如屋。动归思、离愁万斛[②]。　平生奇观，颇快江山寓目。日斜云定晚风熟。白鹭飞来，点破一川明绿。展十幅、潇湘画轴。

［注释］

①溽（rù）：炎热天气，湿气熏蒸。　②斛（hú）：古代以十斗为一斛，南宋末年改为五斗为一斛。

蝶恋花

戊戌和邓南秀

柳眼窥春春渐吐。又是东风，摇曳黄金树[①]。宜入新春闻好语，一犁处处催耕雨。　未有花鬚金缕缕。醉梦悠飏，似蝶翩跹舞。一枕仙游何处去，觉来依旧江南住。

［注释］

①黄金树：形容初春刚刚发芽的杨柳等。

［集评］

梁逸犁云："首句拟人涉想奇；结句耐人寻味。"（《滴水轩词话》）

蝶恋花

己亥同常监游洪阳洞题肯堂壁

春到园林能几许。昨夜疏疏，过却催花雨。暖日晴岚原上路[1]。雕鞍暂系芳菲树。　　仙洞同游皆胜侣。翻忆年时，醉里曾寻句。要与龙江春作主，翩然又趁东风去。

[注释]

①晴岚(lán)：晴天山林中的雾气。

蝶恋花

癸卯信丰赋芙蓉

剪剪西风催碧树[1]。乱菊残荷，节物惊秋暮。绿叶红苞迎晓露，锦屏绣幄围芳圃[2]。　　尘世鸾骖那肯驻[3]。尚忆层城，仙苑飞琼侣。能共牡丹争几许，惜花对景聊为主。

[注释]

①剪剪：风轻微而带寒意。　②绣幄(wò)：绣花的篷帐。　③鸾骖：指凤凰与马。

[集评]

梁逸犁云："佳句'惜花对景聊为主'点题。"(《滴水轩词话》)

蝶恋花

道中有簪二色菊花

百叠霜罗香蕊细。袅袅垂铃，缀簇黄金碎。独占九秋风露里[1]，芳心不与群英比。　　采采东篱今古意[2]。秀色堪餐，更惹兰膏腻[3]。不用南山横紫翠[4]，悠然消得因花醉。

[注释]

①九秋：指秋季之九十天。 ②东篱：指陶渊明之爱菊。晋陶渊明《饮酒》诗之五："采菊东篱下，悠然见南山。" ③兰膏：古时用泽兰炼油燃灯，有香气。又泛指有香气的油脂。 ④南山：指庐山。用陶渊明《饮酒》诗之五"悠然见南山"意。

蝶恋花

临安道中赋梅

剪水凌虚飞雪片。认得清香，雪树深深见。傅粉凝酥明玉艳[1]，含章檐下春风面[2]。 照影溪桥情不浅。羌管声中，叠恨传幽怨。陇首人归芳信断，万重云水江南远。

[注释]

①傅粉：以傅粉何郎之美来形容梅花。傅粉何郎，《世说新语·容止》载何晏美姿面白，魏明帝疑其傅粉。 ②含章：汉代宫殿名。

蝶恋花

戊申秋夜

夜雨鸣檐声录蔌。薄酒浇愁，不那更筹促。感旧伤今难举目，无聊独剪西窗烛[1]。 弹指光阴如电速。富贵功名，本自无心逐。粝食粗衣随分足，此身安健他何欲。

[注释]

①西窗烛：谓久别重逢后在晚上剪烛叙旧，又用作怀念家室的典故。唐李商隐《夜雨寄北》诗："何当共剪西窗烛，却话巴山夜雨时。"

蝶恋花

丙辰嫣然赏海棠

春入园林新雨过。次第芳菲[1]，惹起情无那。蜀锦青红初剪破，枝头点点胭脂颗。　柳带随风金袅娜。隐映馀霞，灿灿红云堕。高烛夜寒光照坐，只□沉醉谁扶我[2]。

［注释］

①次第：宋时口语，一连串之意。　②□：紫芝漫抄本作“拚”，汲古阁刊本作“愁”。

蝶恋花

用宜笑之语作

解语花枝娇朵朵。不为伤春，爱把眉峰锁。宜笑精神偏一个，微涡媚靥樱桃破[1]。　先自腰肢常袅娜。更被就来，酒饮频过火。茶饭不忺犹自可[2]，脸儿瘦得些娘大。

［注释］

①靥（yè）：面颊上笑涡。　②忺（xiān）：适意。

鹧鸪天

壬辰豫章惠月佛阁

烟霭空濛江上春，夕阳芳草渡头情。飞红已逐东风远，嫩绿还因夜雨深。　情脉脉，思沉沉。卷帘愁与暮云平。阑干倚遍东西曲，杜宇一声肠断人[1]。

[注释]

①杜宇：子规鸟代称。又称杜鹃，素有“杜鹃啼血”之说。见扬雄《蜀王本纪》。

鹧鸪天

豫章大阅

玉带红花供奉班，裹头新样总宜男。闹装鞍辔青骢马[1]，帖体衣裳紫窄衫。　　云鬓重，黛眉弯。内家妆束冠江南。轻裘缓带风流帅，锦绣丛花拥骑还。

[注释]

①青骢马：青白色马。今名菊花青马，也泛指马。

鹧鸪天

揖翠晚望

榕叶阴阴未著霜，浅寒犹试夹衣裳。雾浓烟重遥山暗，云淡天低去水长。　　风淅沥，景凄凉。乱鸦声里又斜阳。孤帆落处惊鸥鹭[1]，飞映书空雁字行。

[注释]

①鸥鹭：鸥鸟与鹭鸶。

[集评]

梁逸犁云：“山暗、云淡、天低、乱鸦、斜阳、孤帆、惊鸥、雁行，一幅秋色图，愁蕴其中。”（《滴水轩词话》）

鹧鸪天

七 夕

一叶惊秋风露清，砌蛩初听傍窗声①。人逢役鹊飞乌夜，桥渡牵牛织女星。 银汉淡，暮云轻。新蟾斜挂一钩明②。人间天上佳期处，凉意还从过雨生。

[注释]

①砌蛩(qióng)：台阶上下的蟋蟀。 ②新蟾：指新月。传说月中有蟾蜍，故以蟾代月。

鹧鸪天

湘江舟中应叔索赋

风定江流似镜平，斜阳天外挂微明。云归远岫千山暝，雾映疏林一抹横。 渔火细，钓丝轻。黄尘扑扑谩争荣。何时了却人间事，泛宅浮家过此生①。

[注释]

①泛宅浮家：谓江湖漂泊，船只为家。《新唐书·张志和传》："愿为浮家泛宅，往来苕霅间。"

鹧鸪天

赠妙惠

妙曲清声压楚城，蕙心兰态见柔情。凌波稳称金莲步①，蘸甲从教玉笋斟。 歌缓缓，笑吟吟。向人真处可怜生。仙源幸有藏春处，何事乘风逐世尘。

[注释]

①凌波：本为形容洛神行步之美，后亦用指美女。曹植《洛神赋》描写洛神体态“凌波微步，罗袜生尘”。

[集评]

叶申芗云：“赵师侠坦庵，为南宋之隽，工词章，亦多赠妓之作。其赠妙惠《鹧鸪天》云：‘妙曲清声……’暗藏小字云。”（《本事词》）

鹧鸪天

丁巳除夕

爆竹声中岁又除，顿回和气满寰区。春风解绿江南树，不与人间染白鬚。　残蜡烛，旧桃符[①]。宁辞末后饮屠苏[②]。归欤幸有园林胜，次第花开可自娱。[③]

[注释]

①桃符：古时习俗，元日用桃木板写神荼、郁垒二神名，悬挂门旁以压邪。后以为春联的别名。　②屠苏：酒名。古俗，阴历正月初一日，家人先幼后长，饮屠苏酒。　③唐氏按：以上七首别又误入赵彦端《介庵琴趣外篇》卷五。

柳梢青

祭户立春

节物推移。青阳景变[①]，玉琯灰飞[②]。彩仗泥牛[③]。星球雪柳[④]，争报春回。　丝金缕玉幡儿[⑤]，更斜袅、东风应时。宜入新春，人随春好，春与人宜。

[注释]

①青阳：代指春天。《尔雅·释天》：“春为青阳。”　②玉琯：玉制的

古乐器，即玉管。《尚书大传》卷二："舜之时，西王母来献白玉琯。"北周庾信《赋得鸾台》诗："九成吹玉琯，百尺上瑶台。" ③泥牛：宋时府县官，在立春前一天迎接用泥土做的春牛，放于衙门前，立春日用红绿鞭抽打。用以迎春耕。 ④雪柳：宋时妇女之装饰品。另一说用黄纸白纸捻扎的迎春柳枝以装饰。 ⑤唐氏按："幡"原作"蟠"，陆校，"蟠"疑"幡"。

柳梢青

荼蘼屏

红紫凋零。化工特地[1]，剪玉裁琼。碧叶丛芳，檀心点素，香雪团英。　　柔风唤起娉婷[2]，似无力、斜敧翠屏。细细吹香，盈盈浥露[3]，花里倾城。

[注释]

①化工：天工，自然创造或生长万物之功能。 ②娉婷：美好貌。③浥（yì）：湿润。

柳梢青

和赵显祖

漠漠轻阴。养花天气，乍暗还明。曲径风微，蜂迷红片，蝶趁游人。　　平芜极目青青，谩怅望、谁招断魂。柳外愁闻，莺雏唤友，鸠妇呼晴。

柳梢青

黄栀林送李粹伯

料峭馀寒。元宵欲过，灯火阑珊。宿酒难醒，新愁未解，摇兀吟鞍。　　深林百舌关关[1]，更雨洗、桃红未干。

野烧痕青，荒陂水满[2]，春事何堪。

[注释]

①百舌：鸟名，全身黑色，唯嘴黄。善鸣，其声多变化，故又称"百舌"。益鸟。　关关：鸟相和鸣声。　②陂（bēi）：山坡。

柳梢青

富阳江亭

烟敛云收。夕阳斜照，暮色迟留。天接波光，水涵山影，都在扁舟。　虚名白尽人头，向来往、何时是休。潮落潮生，吴山越岭[1]，依旧临流。

[注释]

①吴山越岭：泛指江南山岭。

[集评]

梁逸犁云："'天接波光'三句勾出天连水，水连山浑然浩瀚之意境。而此境皆在一叶扁舟之所见。妙哉！"（《滴水轩词话》）

柳梢青

聚八仙花

人间春足。一番红紫，水流风逐。戏蝶初闲，轻摇粉翅，高低飞扑。　雨昏烟暝增明，似积雪、枝间映绿。后土琼芳，蓬莱仙伴，蕊粉香粟。

[集评]

梁逸犁云："上阙铺垫渲染，下阙着意于花。"（《滴水轩词话》）

柳梢青

邵武熙春台席上呈修可叔

矫首遐观。崇台徙倚[①],心目俱宽。一水萦蓝,群峰耸翠,天接高寒。　平生江北江南,总未识、闽中好山[②]。雨暗前汀,云生衣袂,身倦跻攀[③]。

[注释]

①崇台:高台。　②唐氏按:"闽"原作"栏",从紫芝漫抄本《坦庵长短句》。　③跻(jī):登,升也。

柳梢青

壬子莆阳壶山阁

暑怀烦郁。危栏徙倚,凝情独立。榕叶连阴,横冈接秀,壶峰凝碧。　海山云树微茫,更无数、归帆暮集。却忆潇湘,孤村烟渚,晚风斜日。

[集评]

谢章铤云:"题壶山阁有《柳梢青》,蒲中旧传盛事,此尤足资文献之谈助也。"(《赌棋山庄词话》)

梁逸犁云:"好一幅斜阳孤村归帆图!抒静穆隐逸之情。"(《滴水轩词话》)

柳梢青

鉴止月下赏莲

水满方塘[①]。菰蒲深处[②],戏浴鸳鸯。灿锦舒霞,红幢绿盖[③],时递幽香。　天弓摇挂孤光[④]。映烟树、云间渺茫。散髮披襟，都忘身世，真在仙乡。

［注释］

①唐氏按："方"原作"芳"，从汲古阁刊本。 ②菰蒲：菰与蒲均为浅水植物。嫩者可食。 ③红幢（chuáng）绿盖：指莲花的绿叶红花。幢，旧时作为仪仗用的一种旗帜，此代指花。 ④天弓：指天体，古人认为天圆地方，故言天弓。 孤光：指月。

［集评］

梁逸犁云："篇末抒情点出旨意。"（《滴水轩词话》）

柳梢青

和张伯寿紫笑词

浓碧抟枝[1]，柔黄衬紫，独殿春风[2]。菡萏轻盈[3]，甘瓜馥郁，叶萼相重。　　人生一笑难同。列馀韵、都藏笑中。日助清芬，酒添风味，须与从容。

［注释］

①抟：原作"搏"，形似而讹。 ②独殿：独居于后。 ③菡萏（hàn dàn）：荷花。

浣溪沙

癸巳豫章

日丽风和春昼长，杏花枝上正芬芳。无情社雨亦何狂[1]。　　一洗娇红啼嫩脸，半开新绿映残妆。画梁空有燕泥香。

[注释]

①社雨:社日下雨。社日指祭土地神的日子。

浣溪沙

滕王阁席上赠段云轻

落日沉沉堕翠微①,断云轻逐晚风归。西山南浦画屏围。　一目波光明欲溜,两眉山色翠常低。须知人与景相宜。

[注释]

①翠微:指青翠掩映的山腰幽深处。

[集评]

叶申芗云:"赵师侠多赠妓之作,于滕王阁赠段云轻云:'落日沉沉……'暗藏小字。"(《本事词》)

梁逸犁曰:"'一目波光'两句对仗工整而富画境。"(《清水轩词话》)

浣溪沙

鸣山驿道中

松雪纷纷落冻泥,栖禽犹困傍枝低。茅檐冰柱玉鞭垂。　流水溅溅春意动①,群山灿灿晓光迷。朔风寒日度云迟。

[注释]

①溅溅(jiān):水疾流貌。

浣溪沙

螺川从善席上叙别

不比阳关去路赊，使君行即返京华。清江江上是吾家。　聚散有时思夜雨，留连无计劝流霞。红愁绿惨一川花。

[集评]

梁逸犁云："'聚散有时思夜雨，留连无计劝流霞。'物我之间情浓如此。"（《滴水轩词话》）

浣溪沙

鉴止宴坐

雪絮飘池点绿漪，舞风游漾燕交飞。阴阴庭院日迟迟。　一缕水沉香散后，半瓯新茗味回时。翛闲万事总忘机[①]。

[注释]

①翛（xiāo）闲：无拘无束、自由自在貌。

[集评]

谢章铤云："其《浣溪沙》云：'雪絮飘池……'所谓清绝滔滔者。"（《赌棋山庄词话》）

浣溪沙

鸳鸯红梅

本是孤根傲雪霜，肌肤不肯浣铅黄[①]。要随尘世浅匀妆。　　似杏著花尤灿灿，比梅成实自双双。青枝巧缀碧鸳鸯。

[注释]

①涴(wò)：被沾污。

菩萨蛮

癸巳自豫章檄归

扁舟又向萧滩去，危樯却系江头树。风送雨声来，凉生真快哉。　　电光云际掣，白浪天相接。不用怯风波，风波平地多。

[集评]

梁逸犁云："结句一转点题旨。"(《滴水轩词话》)

菩萨蛮

娇花媚柳新妆靓[①]，裙边微露双鸳并。笑靥最多情[②]，春从两脸生。　　香罗萦皓腕，翠袖笼歌扇。馀韵遏云低，梁尘簌簌飞。

[注释]

①靓(jìng)：妆饰、打扮。　②笑靥(yè)：脸上笑涡。

[集评]

叶申芗云："坦庵为南宋之隽，工词章，亦多赠妓之作。"(《本事词》)

梁逸犁云："此为赠妓之作。结句'馀韵遏云低，梁尘簌簌飞'，以夸张之笔衬馀韵。"(《滴水轩词话》)

菩萨鬘

晚风断送归帆急，重城回首天连碧。犹有小楼情，西山如旧青。　故园今渐近，应卜灯花信[1]。一喜一牵萦，平分两处心。

[注释]

①灯花信：旧以结灯花为吉兆。

菩萨鬘

用三谢诗"故人心尚远，故心人不见"之句

故人心尚如天远，故心人更何由见。肠断楚江头，泪和江水流。　江流空空滚滚，泪尽情无尽。不怨薄情人，人情逐处新。

菩萨鬘

瑞荫秋望

小春爱日融融暖，危亭望处晴岚满。江静绿回环，横陈无际山。　清霜欺远树，黄叶风扶去。试探岭头梅，点红开未开。

[集评]

沈雄云："赵师侠词之摹写风景，体状物情，俱极精巧。"（《古今词话》）

菩萨蛮

可人梅轴

琼英为惜轻飞去，可人妙笔移缣素。潇洒向南枝，永无开谢时。　　闺房难并秀，自是春风手。何必问逃禅，人间水墨仙。

菩萨蛮

韵胜竹屏

多情可是怜高节，濡毫幻出真清绝。雨叶共风枝，天寒人倚时。　　萧萧襟韵胜，堪与梅兄并。不用翠成林，坡仙曾赏音①。

［注释］

①坡仙：指苏东坡。

［集评］

梁逸犁云："林和靖有梅妻，师侠有梅兄之称。"(《滴水轩词话》)

菩萨蛮

玉山道中

霜风落木千山远，护霜云散晴曦暖。潇洒小旗亭，山花照眼明。　　粉妆匀未了，一捻春风小。把酒恨匆匆，深情妩媚中。

菩萨鬘

梅林渡寄兴伯

行舟荡漾鸣双桨，江流为我添新涨。指顾隔汀洲，人归心尚留。　阳关三叠举，怨柳离情苦。何似莫来休，不来无许愁。

［集评］

梁逸犁云："去留来往真情乃一波三折。"(《滴水轩词话》)

菩萨鬘

永州故人亭和圣徒季行韵

故人话别情难已，故人此别何时会。江上驻危亭，离怀牵故情。　悠悠东去水，簇簇渔村市。应记合江滨，潇湘别故人。

［集评］

梁逸犁云："小令五'故'字，复而不犯复，加浓离情。"(《滴水轩词话》)

菩萨鬘

春陵迎阳亭

西风又老潇湘树，翩翩黄叶辞枝去。斜日淡云笼，溪山烟霭中。　危阑闲独倚，縠浪连天际。残角起江城，书空征雁横。

[集评]

梁逸犁云:"一派离愁。西风、黄叶、斜日、淡云、烟霭、危阑、残角、征雁,层层托之。"(《滴水轩词话》)

菩萨蛮

辛亥二月雪

东皇不受人间俗[1],为嫌花柳纷红绿。特地闷春和[2],连延雨雪多。　　梅梢封玉蕊,春半开犹未。还恐怨韶华[3],吹绵作柳花。

[注释]

①东皇:春神。一谓天帝。　②闷(bì):关闭。　③韶华:美好的时光,常指春光。

[集评]

梁逸犁云:"'吹棉作柳花'以飘雪作柳花,涉想奇。"(《滴水轩词话》)

菩萨蛮

鉴止莲花穿阑干开

水风叶底波光浅,亭亭翠盖红妆面。六月下塘春,平铺云锦屏。　　露凉轻点缀,绿映珍珠袂。浑似太真妃[1],倚阑娇困时。[2]

[注释]

①太真妃:即杨贵妃。　②唐氏按:以上十三首别又误入赵彦端《介庵琴趣外篇》卷三。

好事近

垂丝海棠

红杏已香残，唯有海棠堪惜。天气著花如酒，醉娇红无力。　　娉娉袅袅倚东风，柔媚忍轻摘。凭仗暮寒要住，赛锦川春色。

好事近

癸巳催妆

云度鹊成桥，青翼已传消息①。彩仗蕊宫初下，应人间佳夕。　　龙烟缥渺散妆楼，香雾拥瑶席。准拟洞房披扇，看仙家春色。

[注释]

①青翼：即青鸟，神话中西王母之传信使者。后泛指传信之人。

醉蓬莱

重明节丙辰长汝

正金风零露①，玉宇生凉，晚秋天气。华渚流虹，应生商佳瑞。电绕神枢，庆绵宗社，御宝图宸极。脱屣尘凡②，游心澹泊，逍遥物外。　　圣子神孙，祖皇文母，上接三宫，下通五世。至盛难名，亘古今无比。诞节重明，燕乐和气，动普天均被。寿祝南山，尊倾北海③，臣邻欢醉。

[注释]

①金风：秋风。古代以五行释季节，秋属金。　②屣（xǐ）：鞋。　③尊

倾北海:孔融曾为北海相,好宴宾客,尊酒不空。

汉宫春

壬子莆中鹿鸣宴

丹诏天飞,见皇家愿治,侧席英才。鸿儒抱负素蕴,壮志兴怀。文场战胜[1],便从此、脱迹蒿莱[2]。人共羡,鹿鸣劝驾,还因计吏偕来。　　先春占早争开。是人间第一,唯有江梅。莆中旧传盛事,六亚三魁。桃花浪暖,更平地、听一声雷。蓝绶袅,芦鞭骏马,长安走遍天街。

[注释]

①文场:犹古文坛、文学界。　②蒿莱:野草、杂草。此代指低贱。

[集评]

谢章铤云:"'莆中旧传盛事,六亚三魁。'此尤足资文献之谈助也。"(《赌棋山庄词话》)

厅前柳

晚秋天。过暮雨,云容敛,月澄鲜。正风露凄清处,砌蛩喧[1]。更黄蝶,舞翩翩。　　念故里、千山云水隔,被名缰利锁萦牵。莫作悲秋意,对尊前。且同乐,太平年。

[注释]

①砌蛩(qióng):台阶下的蟋蟀。

[集评]

王弈清云:"尹先之云:'赵师侠词章,摹写风景,体状物态,俱极精巧,

初不知其得之之易也。'"（《历代词话》卷七）

梁逸犁云："上阕三字句连绵而下，有声有形有气势。"（《滴水轩词话》）

厅前柳

丹桂

景清佳。正倦客，凝秋思，浩无涯。递十里香芬馥，桂初华。向碧叶，露芳葩。　为粟粒、鹅儿情淡薄，倩西风染就丹砂[①]。不比黄金雨，灿馀霞。送幽梦，到仙家。

[注释]

①倩（qiàn）：请。

诉衷情

鉴止初夏

清和时候雨初晴，密树翠阴成。新篁嫩摇碧玉，芳径绿苔深。　雏燕语，乳莺声，暑风轻。帘旌微动，沉篆烟消，午枕馀清[①]。

[注释]

①唐氏按："馀"原作"除"，陆校，"除"疑"馀"。

诉衷情

莆中酌献白湖灵惠妃三首（一）

神功圣德妙难量，灵应著莆阳。湄洲自昔仙境，宛在水中央[①]。　孚惠爱，备祈禳，降嘉祥。云车风马，肸蚃来歆[2],桂酒椒浆。

[注释]

①宛在水中央:本《诗经·秦风·蒹葭》"溯游从之,宛在水中央"。②肸蚃(xī xiǎng):分布、散布;引申为盛貌。 歆(xīn):谓祭祀时神灵先享其气。

[集评]

谢章铤:"《诉衷情》三首,题曰'莆中酌献白湖灵惠妃',则今祀典之天后也。"(《赌棋山庄词话》)

诉衷情

莆中酌献白湖灵惠妃三首(二)

茫茫云海浩无边,天与水相连。舳舻万里来往[1],有祷必安全。 专掌握,雨旸权[2],属丰年。琼卮玉醴,飨此精诚[3],福庆绵绵。

[注释]

①舳舻(zhú lú):言其船多,前后相衔。 舳:船后持舵处。 舻:船前刺棹处。 ②雨旸(yáng)权:下雨天晴的大权。 旸:日出,天晴。③飨(xiǎng):用酒食款待。

[集评]

谢章铤云:"《诉衷情》三首,题曰'莆中酌献白湖灵惠妃',则今祀典之天后也。然其词云:'专掌握、雨旸权。'则湄洲在宋代祈晴祷雨,不独恩在海舶矣,此尤足资文献之谈助也。"(《赌棋山庄词话》)

诉衷情

莆中酌献白湖灵惠妃三首(三)

威灵千里护封圻[①],十万户归依。白湖宫殿云耸,香火尽虔祈。　　倾寿酒,诵声诗,谅遥知。民康俗阜,雨润风滋,功与天齐。[②]

[注释]

①封圻(qí):方千里之地界。　②唐氏按:以上四首又误入赵彦端《介庵琴趣外篇》卷五。

一剪梅

莆中赏梅

雪里盈盈玉破花。遐想风流,压尽京华。点酥团粉任攲斜,独露春妍谁似他。　　有酒何须稚子赊。访戴归来[①],依棹溪涯。人生得意定谈夸。除却西湖[②],不记谁家。

[注释]

①访戴归来:即王子猷雪夜访戴事。　②西湖:指北宋林逋,隐居西湖孤山,终身未婚,植梅养鹤,故有"梅妻鹤子"之谓。

[集评]

梁逸犁云:"上阕言'梅',下阕言'赏'。"(《滴水轩词话》)

一剪梅

丙辰冬长沙作

暖日烘梅冷未苏。脱叶随风,独见枯株。先春占早又何如。玉点枝头，独自萧疏。　江北江南景不殊。雪里花清，月下香浮。他年调鼎费工夫[①]。且与藏春，处士西湖。

［注释］

①调鼎：对大臣宰辅的赞词。

朝中措

莆中共乐台

斜阳留照有馀红，烟霭淡冥濛。麦陇青摇一望，前山翠失双峰。　高台徙倚，松飘逸韵，梅减冰容。俯视尘寰如掌，翩然我欲乘风[①]。

［注释］

①我欲乘风：本苏轼《水调歌头》“我欲乘风归去”。

朝中措

疏疏帘幕映娉婷，初试晓妆新。玉腕云边缓转，修蛾波上微颦。　铅华淡薄，轻匀桃脸，深注樱唇。还似舞鸾窥沼，无情空恼行人。

朝中措

乙未中秋麦湖舟中

西风著意送归船，家近总欣然。去日梅开烂熳，归时秋满山川。　京华倦客，难堪羁思[①]，历尽愁边。寄语姮娥休笑[2]，月圆人亦团圆。

[注释]

①羁思：游子羁旅在外的思乡之情。 ②姮娥：嫦娥。

朝中措

山 樊

乱山春过雪成堆，七里递香回。蕊簇玲珑金粟，花装碎屑玫瑰。 兰衰梅谢，桃粗李俗，谁与追随。清绝殿春仙侣，清风吹破荼蘼。

朝中措

月 季

开随律琯度芳辰，鲜艳见天真。不比浮花浪蕊，天教月月常新。 蔷薇颜色，玫瑰态度，宝相精神。休数岁时月季，仙家栏槛长春。

朝中措

丁亥益阳贺王宜之

眉间黄色喜何如，花县拜恩初。五品荣颁命服，十行祗奉天书。 萱堂绣阁[1]，均封大邑，盛事同居。此日银章朱绂[2]，行看玉带金鱼[3]。

[注释]

①萱堂：指母亲居室，亦指母亲。 ②朱绂（fú）：官员系印的红丝带。

③金鱼:金鱼袋。着紫衣佩金鱼袋是高官的服饰。佩金鱼袋从唐始,宋系之。以金银饰为鱼形,公服则系于带而垂于后,以明贵贱。

点绛唇

和翁子西

日暖风暄,殿春琼蕊依台榭。雪堆花架,不用丹青写。　莹彻精神,映月唯宜夜。幪香帕,倩风扶下。碎玉残妆卸。

点绛唇

漠漠春阴,褪花时候馀寒峭。数声啼鸟,唤起帘栊晓。　云鬓慵梳,淡拂春山小。情多少,乱萦愁抱。风里垂杨袅。

[集评]

梁逸犁云:"此闺怨也。上片以景渲染之。"(《滴水轩词话》)

点绛唇

同曾无玷观沈赛娘棋

袅袅娉娉,可人尤赛娘风韵。花娇玉润,一捻春期近。　占路藏机,已向棋中进。俱休问[1],酒旗花阵,早晚争先胜。[2]

[注释]

①俱:原作"但",据叶遐庵藏抄本改。　②唐氏按:以上三首别又误入赵彦端《介庵琴趣外篇》卷二。

[集评]

叶申芗云："同曾无玷观沈赛娘弈棋，《点绛唇》云：'袅袅娉娉……'皆暗藏小字云。""赵师侠坦庵，为南宋之隽，工词章，亦多赠妓之作。"（《本事词》）

扑蝴蝶

清和时候，薰风来小院。琅玕脱箨[①]，方塘荷翠飐[②]。柳丝轻度流莺，画栋低飞乳燕。园林绿阴初遍。景何限。

轻纱细葛，纶巾和羽扇。披襟散髮，心清尘不染。一杯洗涤无馀，万事消磨去远。浮名薄利休羡。

[注释]

①琅玕（láng gān）：指竹。　脱箨（tuò）：脱掉笋壳。　箨：笋壳。②飐（zhǎn）：风吹物使颤动。

[集评]

梁逸犁云："'披襟散髮，心清尘不染。'潇洒活脱，本色俊语。"（《滴水轩词话》）

醉桃源

桐江舟中

微云扫尽碧虚宽，月华光影寒。山河表里鉴中看，沉沉清夜阑。　风细细，露抟抟[①]。神游八极间。九霄回首望尘寰，悠然醉梦还。

[注释]

①抟抟（tuán）：露多貌。

醉桃源

单叶荼蘼

纤枝延蔓走青虬[①],风清体更柔。故饶檀蕊著花稠,疏疏如缀旒[②]。　　琼作靥[③],玉成裘。玫瑰应辈流。惜香愁怕罥搔头[④],宁随□事休。

[注释]

①青虬(qiú):形容荼蘼枝干之形状如龙。　②旒(liú):帝王冕冠前后悬垂之玉串。　③琼作靥:形容荼蘼花绽开如美人的笑脸。靥(yè):笑涡。　④罥(juàn):缠绕、牵挂。

醉桃源

杜鹃花发映山红,韶光觉正浓。水流红紫各西东,绿肥春已空。　　闲戏蝶,懒游蜂。破除花影重。问春何事不从容,忧愁风雨中。

[集评]

梁逸犁云:"发端倒插,一派花红春浓,歇拍直转,直至下阕以'忧愁风雨'作结。"(《滴水轩词话》)

贺圣朝[①]

和宗之梅

千林脱落群芳息,有一枝先白。孤标疏影压花丛,更清香堪惜。　　吟情无尽,赏音未已,早纷纷藉藉[②]。想贪结子去调羹,任叫云横笛。

[注释]

①唐氏按：此首又误入赵彦端《介庵琴趣外篇》卷六。　②藉藉：杂乱众多。

踏莎行

白雪开残，红云吹尽。园林新绿迷芳径。榆钱不解买青春，随风乱点苍苔晕。　紫燕飞忙，黄鹂声嫩。日长烟暖游蜂困。凭高念远思无穷，那堪宿酒厌厌病。

踏莎行

万事随缘，一身须正。功名富贵皆前定。多图广计要争强，如何人力将天胜。　枉费机谋，徒劳奔竞，到头毕竟由他命。安时处顺得心闲，饥餐困寝亏贤甚。

[集评]

梁逸犁云："全首以议论入词，喟叹人生。"（《滴水轩词话》）

忆秦娥

和刘希宋

伤离索，不堪凉月穿珠箔。穿珠箔。料应别后，粉销琼削。　无聊倚遍西楼角，枝头几误惊飞鹊。惊飞鹊。先来憔悴，更逢摇落。

武陵春

和王叔度桃花

一阵晓风花信早，先到小桃枝。冉冉红云映翠微，开宴忆琼池。　　零乱分飞贪结子，芳径自成蹊[1]。消得刘郎去路迷[2]，肠断武陵溪。

[注释]

①“芳径”句：用《史记·李将军列传》“李将军……忠实心诚信于士大夫也。谚曰：‘桃李不言，下自成蹊’”典。　②刘郎：指刘禹锡。刘曾两度至玄都观观桃花，事隔多年风物迥异。曾写诗曰：“玄都观里桃千树，尽是刘郎去后栽。”

武陵春

信丰揖翠阁

乍雨笼晴云不定，芳草绿纤柔。燕语莺啼小院幽，春色二分休。　　试凭危栏凝远目，山与水光浮。滚滚闲愁逐水流，流不尽、许多愁。

[集评]

梁逸犁云：“宛转情思，结句逗出。‘滚滚闲愁逐水流’语平而奇。”（《滴水轩词话》）

清平乐

萍乡必东馆

无风轻燕，缭绕深深院。昼永人闲帘不卷，时听莺簧巧啭。　　清和天气阴阴，南风初奏薰琴。唤起午窗新梦,愁添一掬归心。

清平乐

阳春亭

一宵风雨,春与人俱去。春解再来花作主,只有行人无据。　　殷勤满酌离觞,阳关唱起愁肠[1]。苦恨无情杜宇[2],声声吐断斜阳。

[注释]

①“阳关”句:用王维《送元二使安西》“西出阳关无故人”意。　②杜宇:即杜鹃、子规。

清平乐

迎春花一名金腰带

纤秾娇小,也解争春早。占得中央颜色好,装点枝枝新巧。　　东皇初到江城[1],殷勤先去迎春。乞与黄金腰带,压持红紫纷纷。

[注释]

①东皇:春神,一谓天帝。

鹊桥仙

归舟过六和塔

风波平地,尘埃扑面,总是争名竞利。悟时不必苦贪图,但言任、流行坎止。　　忽来忽去,何荣何辱,天也知人深意。一帆风送过桐江,喜跳出、琉璃井里。

鹊桥仙

安仁道中雪

同云幂幂[1],狂风浩浩,激就六花飞下[2]。山川满目白模糊,更茅舍、溪桥潇洒。　玉田银界,瑶林琼树,光映乾坤不夜。行人不为旅人忙,怎解识、天然图画。

[注释]

①幂幂(mì):覆盖,罩。后一字唐氏按:原空格,从紫芝漫抄本。②六花:雪花。

鹊桥仙

同敖国华饮,闻啼鹃,即席作

春光已暮,花残时密,更值无情风雨。斜阳芳树翠烟中,又听得、声声杜宇。　血流无用[1],离魂空断,只挠凄凉为旅。在家谁道不如归,你何似、随春归去。

[注释]

①血流:承上片歇拍的"杜宇",杜宇即杜鹃,俗语"杜鹃啼血"。

鹊桥仙

丁巳七夕

明河风细,鹊桥云淡,秋入庭梧光坠。摩孩罗荷叶伞儿轻[1],总排列、双双对对。　花瓜应节,蛛丝卜巧,望月穿针楼外。不知谁见女牛忙,谩多少、人间欢会。

[注释]

①摩孩罗：亦作摩侯罗、磨喝罗，宋元时习俗，用土、木等雕塑成小人形，加衣饰，七夕节供养，后来成为儿童玩具。金盈之《醉翁谈录·七夕》："京师是日多抟泥孩儿，端正细腻，京语谓之摩侯罗。"

谒金门

风和雨，又送一番春去。春去不知何处住，惜春无觅处。　柳老空抟香絮[①]，莺娇乍迁芳树。回念故园如旧否，不堪闻杜宇。

[注释]

①抟（tuán）：把散碎的东西捏聚成团。"抟"原本作"搏"，形似而讹。

[集评]

梁逸犁云："全首抒惜春之情。"（《滴水轩词话》）

谒金门

丁酉冬昌山渡

江水绿，江上数峰如簇。唤渡小舟来岸北，笋舆行太速[①]。　素艳窗纱笼玉，不负看花心目。今夜知他何处宿，断魂沙路曲。

[注释]

①笋舆：指竹车。

谒金门

耽冈迓陆尉

沙畔路，记得旧时行处。蔼蔼疏烟迷远树，野航横不渡。　竹里疏花梅吐，照眼一川鸥鹭。家在清江江上住，水流愁不去。

[**集评**]

王弈清云："尹先之云：'赵师侠词章，摹写风景，体状物态，俱极精巧，初不知其得之之易也。其《坦庵集》中有《谒金门》词云：'沙畔路……'"(《历代词话》卷七)

梁逸犁云："沙畔、疏烟、远树、横渡、鸥鹭层层铺垫、渲染，意远情浓，结语本色而深沉。"(《滴水轩词话》)

谒金门

风雨急，红紫又还狼藉。嫩绿团枝苔径湿，帘开双燕入。　院静昼闲人寂，一缕水沉烟直。心事有谁能会得，阶前芳草碧。

谒金门

常山道中

风策策，山迥暮烟横白。淅沥穿林翻败叶，羁怀愁倦客。　问宿荒村山驿，谁识离情脉脉。雁足无书孤夜色，音尘千里隔。

谒金门

和从善二首

花夜雨，渺渺绿波南浦①。擘絮晴云山外吐，凝情谁共语。　十二玉梯空伫②，闲却琐窗朱户。久客念归归未许，寸心愁万缕。

［注释］

①南浦：典出《楚辞·九歌·河伯》“子交手兮东行，送美人兮南浦”。泛指送别之处。亦指送别。　②十二玉梯：本《西王母传》“所居宫阙，有城千里，玉楼十二”。指仙境中的楼观，后亦指华美楼阁。

谒金门

风雨半，春锁绿杨深院。幕浪不翻香穗卷，轻寒闲便面①。　归兴新来不浅，勾引闲愁撩乱。一枕春酲谁与管，晓莺惊梦断。

［注释］

①便面：屏面，以扇遮面。

东坡引

别周诚可

相看情未足，离觞已催促。停歌欲语眉先蹙，何期归太速。　如今去也，无计追逐。怎忍听、阳关曲。扁舟后夜滩头宿。愁随烟树簇。愁随烟树簇。

[集评]

梁逸犁云:“情景相生,一气贯注,联翩而下,从耆卿羁旅词夺胎。”(《滴水轩词话》)

东坡引

癸巳豫章

飞花红不聚,都因夜来雨。枝头冷落情如许,东风谁是主。　　看看满地,堆却香絮[①]。但目断、章台路[②]。残英剩蕊留春住。春归何处去。春归何处去。

[注释]

①唐氏按:原无“却”字,从汲古阁刊本。　②章台路:即章台街,汉时长安中街道名。街多妓馆,后因以泛指冶游处。

东坡引

龙江赵去非席上

杯行情意密,今宵是何夕。行人此别真堪惜,愁肠空闷郁。　　明朝去也,回首相忆。要留恋、如何得。无端骤雨飘何急。人来心上滴。人来心上滴。

生查子

宜春记宾亭别王希白庚

梅从陇首传,柳向邮亭折。鸳瓦晓霜浓[①],掠面凝寒色。相逢意便亲,欲去如何说。我亦是行人,更与行人别。

[注释]

①鸳瓦：即鸳鸯瓦。互相成对的瓦。

[集评]

梁逸犁云："结语奇妙。"(《滴水轩词话》)

生查子

萍乡阳春亭

千山拥翠屏，一水萦罗带。雨过水痕添，云散山容在。　亭高景最幽，天迥风尤快。啼鸟一声闲，唤起情无奈。

[集评]

梁逸犁云："前六句对仗工整，体物入微，'拥'、'萦'，'过'、'散'，'高'、'迥'语平实而胜，结句淡永。"(《滴水轩词话》)

生查子

迟迟春昼长，冉冉东风软。寒食乍晴天，红紫芳菲遍。　前峰积翠横，新涨挼蓝远。向晚淡烟迷，一段屏山展。

生查子

丙午铁炉冈回

春光不肯留，风雨催将去。红逐故园尘，绿满江南树。　阴晴寒食天，寂寞西郊路。芳草织新愁，怅望人何处。

生查子

庭虚任雀喧，院静无人到。回首十年非，赖得知几早。　　心随香篆销，意与梅花好。万事转头空，一笑吾身老。[1]

[注释]

①唐氏按：以上五首俱误入赵彦端《介庵琴趣外篇》卷六。

少年游

梅

玉壶冰结暮天寒，朔风绕阑干。雪破梢头，香传花外，春信入江南。　　巡檐索笑情何限，一点已微酸。待得黄垂，冥冥烟雨，绿树袅金丸[1]。

[注释]

①金丸：喻梅子。

少年游

冰霜凝冻腊残时，暖律渐推移。彩胜罗幡，土牛春杖，和气与春回。　　花心柳眼知时节，微露向阳枝。喜入新春，称心百事，如意想都宜。

[注释]

①土牛：古时春祭，以土制为牛形，以备祭礼。《后汉书·礼仪志》："立春之日，施土牛耕夫于门外，以示兆民。"

小重山

农人以夜雨昼晴为夜春

乐岁农家喜夜春。朝来收宿雾，快新晴。云移日转午风轻。香罗薄，暄暖困游人。　积水满春塍[①]。绿波翻郁郁，露秧针。幸无离绪苦牵情。烟林外，时听杜鹃声。

[注释]

①塍（chéng）：田畦；田间的界路。

[集评]

梁逸犁云："东坡以农事入词，开拓词之境界，稼轩进而为之，师侠又为之，以乐府神理入词。"（《滴水轩词话》）

霜天晓角

三衢道中

雨馀风劲，雾重千山暝。茅舍寒林相映，分明是、画图景。　去程何日定，天远长安近。唤起新愁无尽，全没个、故园信。

霜天晓角

舟行清溪

舣舟砂碛[①]，秋净波澄碧。极目青山横远，悬崖断、拥苍壁。　傍岩渔艇集，渡头人物立。入景潇湘真画，云笼日、晚风急。

[注释]

①舣(yǐ)舟:附船着岸。　砂碛(qì):浅水中的沙石,亦指沙岸。

江南好

天共水,水远与天连。天净水平寒月漾,水光月色两相兼。月映水中天。　　人与景,人景古难全。景若佳时心自快,心还乐处景应妍。休与俗人言。

[集评]

梁逸犁云:"道得人与景两相偕,物与我相融。"(《滴水轩词话》)

关河令

清远轩晚望

亭皋霜重飞叶满[①],听西风断雁。闲凭危阑,斜阳红欲敛。　　行人归期太晚。误仿佛、征帆几点。水远连天,愁云遮望眼。

[注释]

①唐氏按:"重"字原为空格,从汲古阁刊本。

[集评]

梁逸犁云:"层层渲染,结句点出题旨。"(《滴水轩词话》)

关河令

己亥宜春舟中

江头伊轧动柔橹,渐楚天欲暮。浩荡轻鸥,波间自容与。　岸蓼汀蘋无绪[①]。更满目、潇疏江树。此意何穷，凭谁图画取。

[注释]

①蓼(liǎo)：指水蓼，浅水植物，草本。　蘋(pín)：亦称“四叶菜”、“田字草”。多年生浅水植物，草本。

采桑子

三月晦必东馆大雨

连朝雨骤驱春去，瓦注盆倾。不记初春，润柳催花忒有情。　春光解有重来日，宁耐休争。待得秋深，听你无聊点滴声。

[集评]

梁逸犁云：“发端扣题写大雨，歇拍转润物细雨，结句转秋雨淅沥。构思精奇。”(《滴水轩词话》)

采桑子

樱桃花

梅花谢后樱花绽，浅浅匀红。试手天工，百卉千葩一信通。　馀寒未许开舒妥，怨雨愁风。结子筠笼[①]，万颗匀圆讶许同。

[注释]

①筠笼：竹筐。

浪淘沙

杏 花

绛萼衬轻红，缀簇玲珑。夭桃繁李一时同。独向枝头春意闹[①]，娇倚东风。 飞片入帘栊，粉淡香浓。凤箫声断月明中。只恐明朝风雨恶，燕嘴泥融。

[注释]

①春意闹：用北宋词人宋祁《玉楼春》"红杏枝头春意闹"句。

浪淘沙

桃 花

桃萼正芳菲，初占春时。蒸霞灿锦望中迷。斜出繁枝临曲沼[①]，鸾鉴妆迟。 蜂蝶镇相依，天气融怡。空教追忆武陵溪。片片漫随流水去，风暖烟霏。

[注释]

①斜：原本作"料"，形似而讹。

浪淘沙

柳

摇曳万丝风，轻染烟浓。鹅黄初褪绿茸茸，雨洗云娇春向晚，雪絮空濛。 车马灞桥中[①]，别绪匆匆。只知攀折怨西东。不道晓风残月岸[②]，离恨无穷。

[注释]

①灞桥：在今陕西西安。古长安灞桥多植柳，送别时常折柳赠别。②晓风残月：用柳永《雨霖铃》"今宵酒醒何处，杨柳岸、晓风残月"。

双头莲令

信丰双莲

太平和气兆嘉祥，草木总成双。红苞翠盖出横塘，两两鬥芬芳。　　榦摇碧玉并青房①，仙髻拥新妆②。连枝不解引鸾皇，留取映鸳鸯。

[注释]

①榦（gàn）：枝子。　青房：喻莲蓬。　②仙髻：喻莲苞。

画堂春

梅

西真仙子宴瑶池①，素裳琼艳冰肌。瑞笼香雾扑铢衣②，风翥鸾飞③。　　玉骨解凌风露，铅华不涴凝脂④。戍楼羌管正孤吹⑤，月淡烟低。

[注释]

①西真仙子：即西王母。　②铢衣：衣之最轻者。　③翥（zhù）：飞举。　④涴（wò）：为泥土所玷污。　⑤"戍楼"句：吹《梅花落》古曲的笛音。

[集评]

梁逸犁云："师使多咏物词，梅、柳、樱桃花、杏花、桃花、莲等。或绘形绘色，或化典活脱，形神兼备。"（《滴水轩词话》）

南柯子

送朱辰州千方壶小隐

木落千山瘦，风微一水澄。清霜暖日快归程。唤渡沙头、款款话离情。　　傍岸渔舟集，横空雁字轻。凭阑凝望眼增明。一片潇湘、真个画难成。

［**集评**］

梁逸犁云："一幅水墨，其清新至此。"（《滴水轩词话》）

西江月

丁巳长沙大阅

笳鼓旌旗改色，弓刀铠甲增明。攒花簇队马蹄轻，禀听元戎号令。　　羊祜轻裘临阵①，亚夫细柳屯营②。观瞻已耸定王城，飞虎威名日振。

［**注释**］

①羊祜：西晋大臣。乃泰山南城（今山东费县西南）人。晋武帝（司马炎）代魏后，与他筹划灭吴。泰始五年以尚书左仆射都督荆州诸军事，出镇襄阳。在镇十年，开屯田，储军粮，做一举灭吴的准备。部署念其德，在其生前游息处（岘山）树碑为念。　②亚夫：西汉名将。沛县（今属江苏）人。周勃子。文帝时，匈奴进犯，其以河内守为将军，驻守细柳（今陕西咸阳西南），军令严整。景帝时，任太尉，平定吴楚七国之乱，迁为丞相。

西江月

同蔡受之、赵中甫巡城，饮于南楚楼

淼淼澄清波面，依依紫翠山光。危栏徙倚对斜阳，山影波流荡漾。　　世事一番醒醉，人生几度炎凉。高情收拾付觥觞，何止羲皇人上[1]。

[注释]

①羲皇人上：即羲皇上人。原指太古人民。太古之民恬淡无为，故后世用以喻高隐之士。

洞仙歌

丁巳元夕大雨

元宵三五，正好嬉游去。梅柳蛾蝉门济楚[1]。换鞋儿、添头面，只等黄昏，恰恨有、些子无情风雨[2]。 心忙腹热，波顿浑身处。急把灯台炙艾炷[3]。做匙婆、许葱油，面灰画葫芦，更漏转，越噋不停不住[4]。待归去、犹自意迟疑，但无语空将，眼儿厮觑。

[注释]

①"梅柳"句：宋时元宵节妇女们头上插满妆饰品比赛整齐漂亮。《宣和遗事：十二月预赏元宵》："京师民有似雪浪，尽头上戴著玉梅、雪柳、闹蛾儿，直到鳌山下看灯。"梅，玉梅；柳，雪柳；蛾蝉，均是妇女头上饰物。 济楚：整齐。 ②唐氏按："恨"原作"限"，从紫芝漫抄本《坦庵长短句》。 ③艾炷(zhù)：用艾草做的灯心。 炷：灯心。 ④噋(shà)：表示程度之深。

[集评]

梁逸犁云："犹如宋代风俗画。"(《滴水轩词话》)

南乡子

尹先之索净圆子词[1]

元夜景尤殊，万斛金莲照九衢。锤拍豉汤都卖得，争如。甘露杯中万颗珠。　　应是著工夫，脑麝浓薰费小厨。不比七夕黄蜡做，知无。要底圆儿糖上浮。[②]

［注释］

①尹先之：字觉序。清胡薇之曰：其门人尹觉序云："坦庵文如泉出不择地，词章乃其馀事。其模写体虽极精巧，皆本性情之自然。"可知尹先之为赵师侠门人。　②唐氏按：此首又误入赵彦端《介庵琴趣外篇》卷四。

行香子

春日迟迟，春景熙熙。渐郊原、芳草萋萋。夭桃灼灼，杨柳依依。见燕喃喃，蜂簇簇，蝶飞飞。　　闲庭寂寂，曲沼漪漪。更秋千、红索垂垂。游人队队，乐意嬉嬉。尽醉醺醺，歌缓缓，语低低。

［集评］

梁逸犁云："以铺叙、叠词渲染春景，真如大珠小珠落玉盘。"（《滴水轩词话》）

卜算子

立石道中

晴日敛春泥，陌上东风软。料峭寒禁花柳闲，枉恨春工浅。　　绿涨一江深，黛泼千山远。目断平芜无际愁，数尽征鸿点。

［集评］

梁逸犁云："'绿涨'与'黛泼'二句，对仗工整而富情韵。'目断'呼应词题'立'字，满蕴愁情。"（《滴水轩词话》）

卜算子

丙午春即席和从善

杨柳褪金丝，艳杏摇红影。欲雨还晴二月天，春色浑无定。　　晓梦不堪惊，午昼新来永。一掬归心万叠愁，空惹长亭恨。[1]

[注释]

①唐氏按：以上二首又误入赵彦端《介庵琴趣外篇》卷六。

卜算子[1]

和从善筹安堂赏海棠

娇艳醉杨妃，轻袅怜飞燕。人在昭阳睡足时，初试妆深浅。　　一段锦新裁，万里来何远。高烛休教照夜寒，媚脸融春艳[2]。

[注释]

①唐氏按：此首误入叶刻叶梦得《石林词》。　②"艳"字原夺，从汲古阁刊本。

卜算子

和徐师川韵赠歌者

绿暗柳藏烟，红淡花经雨。更著如花似玉人，艳态娇波注。　　纤手捧瑶卮，缓遏歌云缕。只恐莺花不解留，还逐东风去。

卜算子

赴春陵和向伯元送行词

云敛峭寒轻，雨涨春波渺。旅枕无堪梦易惊，啼鴂声催晓[①]。　尚忆故园花，红紫为容好。世语崎岖长短亭，来往何时了。

[注释]

①鴂(jué)：即杜鹃、子规。

伊洲三台

丹　桂

桂华移自云岩，更被灵砂染丹。清霞湿酡颜[①]。醉乘风、下临世间。　素娥襟韵萧闲[②]，不与群芳并看。蔌蔌绛绡单[③]。觉身轻、梦回广寒[④]。

（以上坦庵长短句，从陆敕先校汲古阁本《坦庵词》录出）

[注释]

①酡(tuó)颜：饮酒而脸红。　②素娥：嫦娥，亦泛指月宫中的仙女。③蔌蔌(sù)：花落貌。　④广寒：旧时称月宫为广寒宫。

存目词

《词律》卷八有赵师侠《转调踏莎行》(宿雨才收)一首，乃赵彦端作，见《宝文雅词》卷四。

陈　亮

陈亮（1143—1194），初名汝能，字同甫，时人称龙川先生。婺州永康（今属浙江金华永康）人。为人才气超迈，喜谈兵议政，提倡功利，多次冒犯上书，力主北伐，统一国家。自以豪侠不羁，屡遭空言织罪，落拓入狱，当权者目为“狂怪”。绍熙四年（1193）登进士第一，授签书建康府判官厅公事，未到官而卒。著有《龙川文集》。其文意气凌厉，大言快语，锋芒逼人，为南宋一大家。其词今存七十馀首，多豪雄奔放之作，又常融入政论之语，感情激越，独标一帜。

水调歌头

送章德茂大卿使虏①

不见南师久②，谩说北群空③。当场只手④，毕竟还我万夫雄。自笑堂堂汉使，得似洋洋河水⑤，依旧只流东⑥。且复穹庐拜⑦，会向藁街逢⑧。　尧之都，舜之壤，禹之封⑨。于中应有，一个半个耻臣戎⑩。万里腥膻如许，千古英灵安在，磅礴几时通⑪。胡运何须问，赫日自当中⑫。

[注释]

①章德茂：名森。淳熙十二年（1185），宋孝宗命其为正使贺金世宗完颜雍生辰（万春节），事见《宋史·孝宗本纪》。　②南师：北伐之师。“南师之不出，于今几年矣。”见陈亮《上孝宗皇帝第一书》。　③谩说：休说，莫说。“谩说陶潜篱下醉，何曾得见此风流？”见王昌龄《九日登高》。一作“漫说”。　北群空：喻无才。“伯乐一过冀北之野，而马群遂空。”见韩愈《送温处士赴河阳军序》。　④当场只手：当场大事，一人只身可了。⑤“得似”句：得似，岂能像。　洋洋：大水。“河水洋洋”，见《诗经·卫风·硕人》。　⑥“依旧”句：反诘之语，以言岂能长此屈辱于敌，似河水永

世东流耶？　⑦穹庐:北方少数民族所居毡帐,此指金廷。“欲屈万乘之尊,下穹庐之拜。”见胡铨《上高宗封事》。　⑧藁街:长安街名。汉代少数民族及外国使者在长安所居之地。“斩郅支首及名王以下,宜悬头藁街蛮夷邸间。”见《汉书·陈汤传》。　⑨“尧之都”三句:都,京邑。壤,土地。封,疆域。三字在此,实为一意。　⑩耻臣戎:以称臣于少数民族统治者为可耻。　⑪“磅礴”句:谓民族正气何时方伸扬于天地之间。　磅礴:充满,广大无垠。　⑫“赫日”句:言宋朝国运隆盛,如日行中天。　赫日:红日。

[集评]

李调元云:“陈同甫无媚词,与稼轩同唱和,笔亦近之。余甚爱其《水调歌头》一阕云:“不见南师文……”读之令人神往。”(《雨村词话》卷三)

陈廷焯云:“同甫《水调歌头》云:‘尧之都,舜之壤,禹之封,于中应有、一个半个耻臣戎。’精警奇肆,几于握拳透爪。可作中兴露布读,就词论,则非高调。”(《白雨斋词话》卷一)

陈廷焯云:“陈同甫豪气纵横,稼轩几为所挫。而《龙川词》一卷,合者寥寥,则去稼轩远矣。”(《白雨斋词话》卷一)

张祥龄云:“龙川《水调歌头》云……世谓此等为洗金钗细盒之尘,不知洗之者在气骨,非在选字。周、姜绮语,不患大家。若以叫嚣粗犷为正雅,则未之闻。”(《词论》)

念奴娇

至金陵①

江南春色,算来是、多少胜游清赏。妖冶廉纤②,只做得,飞鸟向人偎傍。地辟天开,精神朗慧,到底还京样③。人家小语,一声声近清唱。　　因念旧日山城④,个人如画⑤,已作中州想⑥。邓禹笑人无限也⑦,冷落不堪惆怅。秋水双明⑧,高山一弄⑨,著我些悲壮。南徐好住⑩,片帆有分来往。

[注释]

①至金陵：同甫淳熙十五年（1188）至金陵视察形势，词当作于此时。事见《宋史·陈亮传》。 ②妖冶：艳丽。 廉纤：细巧。 ③还京样：仍有京都模样。 ④山城：指金陵。 ⑤个人：此处之人。 ⑥中州想：指北伐中原，收复汴京故都之念。 ⑦邓禹笑人：邓禹，东汉人，年少而有王霸之略平定天下之计。尝佐光武起兵，年仅二十四即拜大司徒。同甫即以邓禹自比。《南齐书·王融传》："融自恃人地，三十内望为公辅。直中书省，夜叹曰：'邓禹笑人！'"此同甫亦有以王融事自慨之意。 ⑧"秋水"句：谓眼波双明。"双眸剪秋山"，见白居易《筝》。"遥岑出寸碧，远目增双明"，见韩愈《城南联句》。 ⑨"高山"句：谓知音难遇。"伯牙鼓琴，志在高山。钟子期曰：'善哉，峨峨兮若泰山。'"见《列子·汤问》。 ⑩南徐：今江苏镇江。晋南渡后，侨置徐州于京口，刘宋改称南徐。

贺新郎

同刘元实唐与正陪叶丞相饮[1]

修竹更深处。映帘栊、清阴障日，坐来无暑。水激泠泠如何许。跳碎危栏玉树。都不系、人间朝暮。东阁少年今老矣[2]，况樽中有酒嫌推去。犹著我，名流语。
大家绿野陪容与[3]。算等闲、过了薰风[4]，又还商素[5]。手弄柔条人健否，犹忆当时雅趣。恩未报、恐成辜负。举目江河休感涕[6]，念有君如此何愁虏。歌未罢，谁来舞。

[注释]

①刘元实：未详。 唐与正：名仲友，金华人。绍兴二十一年进士，尝上书万言论政事。知信州、台州，后为朱熹所劾。 叶丞相：叶衡，字梦锡，金华人。绍兴十八年进士，累拜参知政事、右丞相，兼枢密院。 ②东阁：东向之小门。《汉书·公孙弘传》："弘自见为举首，起徒步，数年至宰相封侯，于是起客馆，开东阁以延贤人，与参谋议。"《后汉书·周黄徐等传序》："东平王苍为骠骑将军，开东阁延贤俊。"后因以称宰相招致款待宾客

之所。 ③绿野:绿野堂,唐朝裴度之别墅。度为宪宗时宰相,平定藩镇叛乱有功,晚年以宦官专权,辞官退居洛阳。于"午桥作别墅,具燠馆凉台,号绿野堂,激波其下。度野服萧散,与白居易、刘禹锡为文章,把酒穷昼夜相欢"。见《新唐书·裴度传》。 容与:闲暇自得。 ④薰风:初夏时之东南风。"东南曰薰风",见《吕氏春秋·有始》。此指夏天。 ⑤商素:指秋天。"商素肃金飙",见曹冠《好事近·乙丑重阳游雷峰》。 ⑥"举目"句:与前"况樽中"句,皆用东晋过江名士事:"过江诸人,每至美日,辄相邀新亭,藉卉饮宴。周侯中坐而叹曰:'风景不殊,正自有河山之异。'皆相视流泪。唯王丞相愀然变色曰:'当共戮力王室,克复神州,何至作楚囚相对!'"见《世说新语·言语》。

满江红

怀韩子师尚书①

曾洗乾坤,问何事、雄图顿屈。试著眼、阶除当下,又添英物②。北向争衡幽愤在,南来遗恨狂酋失③。算凄凉部曲几人存④,三之一。 诸老尽,郎君出。恩未报,家何恤。念横飞直上,有时还戢⑤。笑我只知存饱暖,感君元不论阶级⑥。休更上百尺旧家楼⑦,尘侵帙。

[注释]

①韩子师:名彦古,韩世忠之子,官至户部尚书。同甫尝云:"四海所素望者,东序惟元晦,西序惟公与子师耳。"见《龙川文集·与辛幼安殿撰》。 ②英物:杰出人物。"(温)生未期而太原温峤见之曰:'此儿有奇骨,可试使啼。'及闻其声,曰:'真英物也。'"见《晋书·桓温传》。 ③狂酋:指金兀术。建炎四年,兀术南犯,几为世忠生擒。 ④部曲:军队编制单位,此指世忠部属军将。"凄凉余部曲",见杜甫《送郭中丞》。 ⑤戢:敛翼不飞。"鸳鸯在梁,戢其左翼",见《诗经·鸳鸯》。 ⑥阶级:地位高低之等级。 ⑦"百尺"句:言勿退隐故居,与世隔绝,不问国事。"许汜与刘备共在荆州牧刘表座,表与备共论天下人,汜曰:'陈元龙湖海之士,

豪气不除……昔遭乱，过下邳，见元龙。元龙无主客之意，久不相与语，自上大床卧，使客卧下床。'备曰：'君有国士之名，今天下大乱，帝王失所，望君忧国忘家，有救世之意。而君求田问舍，言无可采，是元龙所讳也。何缘当与君语。如小人，欲卧百尺楼上，卧君于地，何但上下床之间耶？'"见《三国志·魏书·陈登传》。

桂枝香

观木樨有感寄吕郎中①

天高气肃，正月色分明，秋容新沐。桂子初收②，三十六宫都足③。不辞散落人间去，怕群花、自嫌凡俗。向他秋晚，唤回春意，几曾幽独。　是天上、馀香剩馥，怪一树香风，十里相续。坐对花旁，但见色浮金粟。芙蓉只解添秋思，况东篱、凄凉黄菊。入时太浅，背时太远，爱寻高躅④。

［注释］

①木樨：木犀。别名丹桂、岩桂、九里香，通称桂花。花有黄、白、红等色，多于中秋开放，香气浓烈。花形小，故下阕喻之为粟。　吕郎中：吕祖谦，字伯恭，学者称东莱先生。居金华，与同甫交谊甚厚。尝除礼部郎官，故称郎中。　②桂子：神话谓月中有桂。"桂子月中落，天香云外飘。"见宋之问《灵隐寺》。　③三十六宫：言宫殿之多。张衡《西京赋》："离宫别馆，三十六所。"骆宾王《帝京篇》："秦塞重关一百二，汉家离宫三十六。"李贺《金铜仙人辞汉歌》："画栏桂树悬秋香，三十六宫土花碧。"　④躅（zhuó）：踪迹。"知其无可奈何而安之兮，乃圣贤之高躅。"见张耒《病暑赋》。

三部乐

七月送丘宗卿使虏①

小屈穹庐，但二满三平②，共劳均佚。人中龙虎，本为明时而出。只合是、端坐王朝，看指挥整办，扫荡飘忽③。

也持汉节，聊过旧家宫室。　　西风又还带暑，把征衫著上，有时披拂。休将看花泪眼，闻弦□骨。对遗民、有如皎日[④]。行万里、依然故物[⑤]。入奏几策，天下里、终定于一[⑥]。

［注释］

①丘宗卿：丘崈，字宗卿，江阴人。隆兴元年(1163)进士，官至同知枢密院事。绍熙元年(1190)六月丁亥，遣丘崈等贺金主生辰。此词云"七月"，盖启程之时。事见《宋史》。　②二满三平：宋时俗语，平平稳稳，得过且过之意。　③飘忽：迅速，轻疾。"体迅飞凫，飘忽若神。"见曹植《洛神赋》。　④"对遗民"句：指对北方沦陷区民众应如皎日照临，鼓舞其恢复之志。　⑤故物：故土，祖国固有之地。　⑥定于一：平定统一。"天下恶乎定？吾对曰：'定于一。'"见《孟子·梁惠王上》。

水调歌头

癸卯九月十五日寿朱元晦[①]

人物从来少，篱菊为谁黄。去年今日，倚楼还是听行藏[②]。未觉霜风无赖，好在月华如水，心事楚天长。讲论参洙泗[③]，杯酒到虞唐[④]。　　人未醉，歌宛转，兴悠扬。太平胸次，笑他磊块欲成狂[⑤]。且向武夷深处，坐对云烟开敛，逸思入微茫。我欲为君寿，何许得新腔[⑥]。

［注释］

①癸卯：即淳熙十年(1183)。　朱元晦：朱熹，字元晦。南宋著名哲学家、教育家。是年九月十五日为朱熹五十四岁生日。又，是年朱熹筑精舍于武夷山，四月落成。　②"倚楼"句：淳熙九年(1182)秋，熹以劾前知台州唐仲友，辞官归闽。　行藏：指人之出仕或归隐。"用之则行，舍之则藏。"见《论语·述而》。"勋业频看镜，行藏独倚楼。"见杜甫《江上》。③洙泗：鲁国二水名。孔子曾设教于洙泗二水之间。《礼记·檀弓》：曾子

谓子夏曰："吾与女事夫子洙泗之间。" ④"杯酒"句：指对饮时言及唐虞太平盛世。 ⑤磊块：山石不平之状。喻心中郁结难平。"王孝伯问王大：'阮籍何如司马相如？'王大曰：'阮籍胸中垒块，故须酒浇之。'"见《世说新语·任诞》。 ⑥何许：何处。 新腔：新词调。

念奴娇

登多景楼[1]

危楼还望[2]，叹此意，今古几人曾会。鬼设神施，浑认作，天限南疆北界[3]。一水横陈[4]，连岗三面[5]，做出争雄势。六朝何事，只成门户私计。 因笑王谢诸人，登高怀远，也学英雄涕[6]。凭却长江管不到[7]，河洛腥膻无际。正好长驱，不须反顾，寻取中流誓[8]。小儿破贼[9]，势成宁问强对[10]。

［注释］

①多景楼：在今江苏镇江北固山甘露寺内，北面长江，为登览胜地。 ②还望：四周顾望。 还：通"环"。 ③"天限"句：魏文帝至广陵，临江观兵，有渡江之志。见波涛汹涌，叹曰："嗟乎！固天所以隔南北也。"事见《三国志·吴书·孙权传》注引《吴录》。 ④一水：此指长江。 ⑤"连冈"句：谓长江之东、西、南三面有山冈环绕。 ⑥"因笑"三句：东晋南渡后，大臣常至新亭饮酒，远望悲泣。"过江诸人，每至美日，辄相邀新亭，藉卉饮宴。周侯中坐而叹曰：'风景不殊，正自有山河之异。'皆相视流泪。唯王丞相愀然变色曰：'当共戮力王室，克服神州，何至作楚囚相对！'"见《世说新语·言语》。 ⑦唐氏按："长江"原作"江山"，从《藏园群书题记初集》卷八引明钞本《龙川词》改。下引明钞本即此本，不另详注。 ⑧中流誓：祖逖北伐渡江，"中流击楫而誓曰：'祖逖不能清中原而复济者，有如大江！'辞色壮烈，众皆慨叹"。见《晋书·祖逖传》。 ⑨小儿破贼：谢安之侄玄及弟石率晋军击破苻秦之事。"玄等既破坚，有驿书至。安方对客围棋，看书既竟，便摄放床上，了无喜色，棋如故。客问之，徐答曰：'小

儿辈遂已破贼。'"见《晋书·谢安传》。 ⑩强对:强敌。"刘备天下知名,曹操所惮,今在境界,此强对也。"见《三国志·吴书·陆逊传》。

[集评]

冯煦云:"龙川痛心北虏,亦屡见于辞,如……《念奴娇》云:'因笑王谢诸人,登高怀远,也学英雄涕。'……忠愤之气,随笔涌出,并足唤醒当时聋聩,正不必论词之工拙也。"(《蒿庵论词》)

贺新郎

寄辛幼安和见怀韵①

老去凭谁说。看几番、神奇臭腐②,夏裘冬葛③。父老长安今馀几,后死无仇可雪。犹未燥、当时生髮④。二十五弦多少恨⑤,算世间、那有平分月。胡妇弄,汉宫瑟。

树犹如此堪重别⑥。只使君、从来与我,话头多合。行矣置之无足问,谁换妍皮痴骨⑦。但莫使、伯牙弦绝。九转丹砂牢拾取⑧,管精金、只是寻常铁⑨。龙共虎,应声裂⑩。

[注释]

①此词作于淳熙十五年(1188)。是年冬,同甫至上饶,访稼轩,盘桓十日而别。别后,稼轩作《贺新郎》寄同甫。同甫以此阕和之。 ②神奇臭腐:与下句"夏裘冬葛"皆谓世事多故,变化无常。"臭腐复化为神奇,神奇复化为臭腐。"见《庄子·知北游》。 ③夏裘冬葛:"知冬日之葛,夏日之裘,无用于己,则万物之变犹尘埃也。"见《淮南子》。"作无益之能,纳无补之说,以夏进炉,以冬奏扇,为所不欲得之事,献所欲闻之语,其不遇祸幸矣。"见《论衡·逢遇》。 ④"犹未燥"句:南朝宋文帝刘义隆遣田寄向北魏拓跋焘索回失地,"焘大怒,谓寄曰:'我生头髮未燥,便闻河南是我家地,此岂可得!'"见《宋书·索虏传》。 ⑤二十五弦:谓瑟。下应"平分月"、"汉宫瑟"。"太帝使素女鼓五十弦瑟,悲。帝禁不止,故破其瑟为二十五弦。"见《史记·封禅书》。 ⑥树犹如此:谓岁月如流,人已

老大，而事业无成，实堪悲叹。“桓公北征经金城，见前为琅邪时种柳皆已十围，慨然曰：‘木犹如此，人何以堪！’攀枝执条，泫然流泪。”见《世说新语·言语》。又，“桓大司马闻而叹曰：‘昔年移柳，依依汉南；今看摇落，凄怆江潭。树犹如此，人何以堪。’”见庾信《枯树赋》。　⑦妍皮痴骨：谓虽有奇才，而恒遭贱视。“超自以诸父在东，恐为姚氏所录，乃阳狂行乞。秦人贱之，惟姚沼见而异焉，劝兴拘以爵位。召见与语，超深自晦匿，兴大鄙之，谓绍曰：‘谚云：妍皮不裹痴骨，妄语耳。’由是得去来无禁。”见《晋书·慕容超载记》。　⑧九转丹砂：指坚苦多炼。“一转之丹，服之三年得仙；二转之丹，服之二年得仙；……九转之丹，服之三日得仙。”见《抱朴子·金丹》。　⑨“管精金”句：言尽管精金亦是寻常之铁炼制而成。《全宋词》注：“寻常”二字原脱，据明钞本补。　管：尽管、即使。　⑩“龙共虎”二句：谓勤加苦炼，火候一到则鼎中丹成。龙虎，丹名。

［集评］

刘熙载云：“陈同甫与稼轩为友，其人才相若，词亦相似。同甫《贺新郎·寄辛幼安见怀韵》云：‘树犹如此堪重别。只使君从来与我，话头多合。行矣置之无足问，谁换妍皮痴骨。但莫使伯牙弦绝。’其《酬幼安再用韵见寄》云：‘斩新换出旌麾别，把当时、一桩大义，拆开收合。据地一呼吾往矣，万里摇肢动骨。这话把只成痴绝。’《怀幼安用前韵》云：‘男儿何用伤离别。况古来、几番际会，风从云合。千里情亲长晤对，妙体本心次骨。卧百尺高楼斗绝。’观此则两公之气谊怀抱，俱可知矣。”（《词概》）

瑞云浓慢

六月十一日寿罗春伯①

蔗浆酪粉②，玉壶冰醑③，朝罢更闻宣赐。去天咫尺，下拜再三，幸今有母可遗④。年年此日，共道月入怀中最贵⑤。向暑天，正风云会遇，有恁嘉瑞。　鹤冲霄，鱼得水。一超便、直入神仙地。植根江表，开拓两河⑥，做得黑头公未⑦。骑鲸赤手，问如何、长鞭尺箠。向来王谢风流，只今管是[8]。

[注释]

①罗春伯：罗点，字春伯，崇仁（今江西崇仁）人。淳熙三年（1176）进士。为兵部尚书时，尝援同甫出狱。　②蔗浆：甘蔗汁。南朝梁元帝《谢东宫赉瓜启》："味夺蔗浆，甘逾石蜜。"　酪粉：乳制品，干酪成粉。　③玉壶：玉制酒壶。　冰醑：美酒如冰之清洁。　④有母可遗：盖指罗点进谏光宗，讽其过重华宫朝太上皇（孝宗），以全父子之谊。"颍考叔对曰：'小人有母，皆尝小人之食矣，未尝君之羹，请以遗之。'（庄）公曰：'尔有母遗，繄我独无！'"事见《左传·隐公元年》。　⑤月入怀中最贵：此谓罗点生日。"孙坚夫人吴氏孕而梦月入怀，既而生策。及权在孕，又梦日入其怀，以告坚。坚曰：'日月者，阴阳之精，极贵之象。吾子孙其兴乎？'"见《搜神记》。⑥"植根"二句：谓凭借江南，北向争衡，收复中原。　⑦"黑头公"句：谓宜早建奇勋，当以壮年仕至三公。"珣字元琳，弱冠与陈郡谢玄为桓温椽，俱为温所敬重，尝谓之内曰：'谢掾年四十必拥旄仗节，王掾当作黑头公，皆未易才也。'"见《晋书·王导传附王珣》。　⑧只今管是：如今便是。

阮郎归

重午寿外舅[1]

波光渺渺浸晴陂，有亭湖岸西。芰荷香拂柳丝垂，升堂献寿卮。　　红约腕，绿侵衣，愿祝届期颐[2]。花间妙语欲无诗[3]，一年歌一词。

[注释]

①重午：端午即阴历五月初五日。　外舅：即妇翁。"妻之父为外舅。"见《尔雅·释亲》。今称岳父。同甫岳父何恢，字茂宏，盖其五月五日生也，卒于淳熙十年（1183）。同甫有《何茂宏墓志铭》、《祭妻父何茂宏文》。　②期颐："百年曰期颐。"见《礼记·曲礼》。　③"花间"句：花间，赵崇祚所编之《花间集》。欲无诗，谓词胜于诗。

祝英台近

六月十一日送叶正则如江陵①

驾扁舟，冲剧暑，千里江上去。夜宿晨兴，一一旧时路。百年忘了句头②，被人馋破③，故纸里、是争雄处。 怎生诉。欲待细与分疏④，其如有凭据⑤。包裹生鱼，活底怎遭遇⑥。相逢樽酒何时，征衫容易，君去也、自家须住。

[注释]

①叶正则：叶适，字正则，温州永嘉人。淳熙五年(1178)进士。韩侂胄北伐，以适知建康府兼沿江制置使，力却金兵。适为同甫毕生挚友。学者称为水心先生。著有《习学记言》、《水心集》。 ②“百年”句：百年，指百年大业。 句头：盖谓十一日。 ③馋破：未详。 ④分疏：辩解。 ⑤“其如”句：其奈无所凭借，是反语。 ⑥“包裹”二句：如生鱼在包裹之中。自比遭遇困厄，痛苦不堪。

蝶恋花

甲辰寿元晦①

手捻黄花还自笑。笑比渊明，莫也归来早。随世功名浑草草②，五湖却共繁华老③。 冷淡家生冤得道④。旖旎妖娆⑤，春梦如今觉。管个岁华须到了⑥，此花之后花应少⑦。

[注释]

①甲辰：为淳熙十一年(1184)。是年九月十五日为朱熹五十五岁生日。 ②浑草草：谓功名简直草草而过。“闻君适万里，取别何草草。”见杜甫《送长孙九侍御赴武威判官》。 ③五湖：范蠡相勾践灭吴复仇后，乘扁舟，出三江，入五湖，莫知所终。见《吴越春秋》。 ④家生：家庭生计。 冤得道：休道冤屈之意。 ⑤旖旎妖娆：指春花、春事。 旖旎：繁艳。

妖娆:妍媚。　⑥到了:到底,到最后。　⑦"此花"句:"不是花中偏爱菊,此花开尽更无花。"见元稹《菊花》。

水调歌头

和吴允成游灵洞韵①

人爱新来景,龙认旧时湫。不论三伏,小住便觉凛生秋。我自醉眠其上,任是水流其下,湍激若为收②。世事如斯去,不去为谁留。　本无心,随所寓,触虚舟③。东山始末④,且向灵洞与沉浮。料得神山窟穴,争似提封万里⑤,大小几琉球⑥。但有君才具,何用问时流。

[注释]

①吴允成:吴竽,字允成,三山(今福州)人,尝为永康尉。　灵洞:在今兰溪市东,为石灰岩溶洞景观。洞凡六,而著名者三:"一曰涌雪,飞泉怒泻,光如烂银,汇而为潭,蛟龙潜其中,时出云雨。"见《金华府志》。　②"湍激"句:言水流激湍怎能收住。　③触虚舟:"太保沉浮,旷若虚舟,任高百辟,情惟一丘。"见《晋书·谢安传》。　④东山:在今浙江上虞。为晋谢安常宴游之处。"安虽受朝寄,然东山之志,始末不渝,每形于色。"见《晋书·谢安传》。　⑤提封:举封疆之内大数以计之。《汉书·刑法志》:"一同百里,提封万井。"注:"提,举也,举四封之内也。"又,"提封汉天下,万国尚同心。"见杜甫《提封诗》。　⑥琉球:唐宋人所指琉球,多谓今之台湾。此乃泛言提封万里之外,并非实指。

念奴娇

送戴少望参选①

西风带暑,又还是,长途利牵名役。我已无心,君因甚,更把青衫为客。邂逅卑飞,几时高举,不露真消息。

大家行处，到头须管行得[②]。　何处寻取狂徒，可能著意，更问渠侬骨[③]。天上人间，最好是、闹里一般岑寂。瀛海无波[④]，玉堂有路[⑤]，稳著青霄翼。归来何事，眼光依旧生碧[⑥]。

[注释]

①戴少望：戴溪，字少望，一作肖望，永嘉人。官至秘书监、权工部尚书，学者称岷隐先生。此词系淳熙五年（1178）送戴参吏部选官之试而作。②大家行处：指参选求仕之正途。　须管：必定。　③渠侬：他。“吴俗自称我侬，指他人亦曰渠侬。”见翟灏《通俗编·称谓》。　④瀛海：大海。“九州之外，更有瀛海。”见王充《论衡·谈天》。　⑤玉堂：古宫殿名。“泰液池南有玉堂。”见《史记·孝武本纪》。宋人称翰林院为玉堂。“何焯曰：‘汉时待诏于玉堂殿，唐时待诏于翰林院；至宋以后，翰林遂并蒙玉堂之号。’”见王先谦《汉书补注》。　⑥“眼光”句：意谓参选归来，必定得志，何至依然不得大位。陶谷少时，梦为吏追去，云：“奉符换眼。”吏附谷耳求钱，安第一等眼，谷不应；又安第二等眼，又不应；吏曰：“只得第三等眼矣。”既觉，眼睛深碧色。后遇善相道士相谷曰：“一双鬼眼，固当清贵，然不至大位也。”事见《乘异记》。

卜算子

九月十八寿徐子才[①]

悄静菊花天，洗尽梧桐雨。倍九周遭烂熳开[②]，祝寿当头取[③]。　顶戴御袍黄[④]，叠秀金棱吐[⑤]。仙种花容晚节香[⑥]，人愿争先睹。

[注释]

①徐子才：徐木，字子才，永康人。乾道丙戌进士。　②倍九：二九，十八，盖谓子才十八日生。　③当头：首先。　④御袍黄：菊花名。　⑤金棱：指黄菊花瓣。　⑥“仙种”句：此借菊喻人。“莫嫌老圃秋容淡，且看

黄花晚节香。”见韩琦《九日宴诸僚作》。

贺新郎

酬辛幼安，再用韵见寄

离乱从头说。爱吾民、金缯不爱①，蔓藤累葛。壮气尽消人脆好，冠盖阴山观雪②。亏杀我、一星星髪。涕出女吴成倒转③，问鲁为齐弱何年月④。丘也幸⑤，由之瑟⑥。

斩新换出旗麾别⑦。把当时、一桩大义，拆开收合。据地一呼吾往矣，万里摇肢动骨。这话霸、又成痴绝⑧。天地洪炉谁扇鞴⑨，算于中、安得长坚铁。淝水破，关东裂⑩。

[注释]

①“爱吾民”句：指宋朝每以爱民为由，不惜金缯屈膝事敌。　②“冠盖”句：谓宋使臣议和一无所成，只似去阴山观雪而已。　③“涕出”句：喻宋朝求和于金廷，乃颠倒错乱，不合常理之事。《孟子·离娄上》：“齐景公曰：‘既不能令，又不受命，是绝物也。’涕出而女于吴。”《吴越春秋·阖闾内传》：“阖闾复谋伐齐，齐侯使女为质于吴。”　④鲁为齐弱：谓鲁因齐强遭其欺凌而成弱。“孔丘三日齐（斋），而请伐齐，三。公曰：‘鲁为齐弱久矣！子之伐之，将若之何？’”见《左传·哀公十四年》。　⑤丘也幸：谓人皆知之。“子曰：‘丘也幸，苟有过，人必知之。’”见《论语·述而》。⑥由之瑟：盖以子路自比。力主北伐，被视为不合时宜之论。《家语》谓子路弹瑟有“杀伐之声”。又《论语·先进》：“由之瑟，奚为于丘之门？”⑦斩新：崭新。　⑧话霸：话柄，即供人谈论之资料。　⑨天地洪炉：“今一人以天地为大炉，以造化为大冶，恶乎往而不可哉？”见《庄子·大宗师》。　扇鞴（bài）：古时炼铁用以鼓风之皮囊。　⑩“淝水破”二句：用苻秦败亡之史事，说明敌不可畏，以此互勉，深望北伐，破敌成功。

[集评]

冯煦云：“龙川痛心北虏，亦屡见于辞，如……‘涕出女吴成倒转，问鲁

为齐弱何年月。'忠愤之气，随笔涌出，并足唤醒当时聋聩，正不必论词之工拙也。"(《蒿庵论词》)

垂丝钓

九月七日自寿

菊花细雨，萧萧红蓼汀渚。景物渐幽，风致如许。秋未暮，又值吾初度[①]。　　看天宇。正澄清欲往。登高未也，红尘当面飞舞。几人吊古。乌帽牢收取[②]。短髮还羞觑[③]。遐寿身、近五云深处[④]。

［注释］

①初度：初生，指生日。"皇览揆余初度兮。"见屈原《离骚》。　②"乌帽"句：晋孟嘉重九登高，风吹帽落而不之觉。桓温命人作文嘲之，嘉即答之，其文甚美。见《晋书·孟嘉传》。唐以后乌帽上下通用，为士人闲居常服。"风吹乌帽送轻寒，雨点春衫作醉班。"见陆游《东阳道中》。　③"短髮"句："羞将短髮还吹帽，笑倩旁人为正冠。"见杜甫《九日蓝田崔氏庄》。　短髮：谓年老髮短。　④遐寿：高龄。　五云：五色祥云，此指京城。"承恩新拜上将军，当直巡更近五云。"见王建《赠郭将军》。

彩凤飞

十月十六日寿钱伯同[①]

人立玉[②]，天如水，特地如何撰[③]。海南沉烧著[④]，欲寒犹暖。算从头，有多少、厚德阴功，人家上，一一旧时香案。瞮经惯[⑤]。　　小驻吾州才尔，依然欢声满。莫也教、公子王孙眼见。这些儿、颖脱处[⑥]，高出书卷。经纶自入手，不了判断。

[注释]

①钱伯同:即淳熙、绍熙间知婺州之钱象祖。 ②立玉:即玉立,喻节操之坚贞或风姿之秀美。 ③撰:选择。 ④海南沉:沉香名。“沉香以万安黎母山东洞者冠绝天下,谓之海南沉。”见《本草》。 ⑤噷:甚也。“昨日为逢青伞盖,慵不采,今朝斗觉凋零噷。”见欧阳修《渔家傲》。⑥颖脱:喻才能显露。“收本以文才,必望颖脱见知。位既不遂,求修国史。”见《北齐书·魏收传》。

[集评]

谢元淮云:“词禁诸条,亦须活看。如一声不许四用一条……如陈亮《彩凤飞》词‘经纶自入手,不了判断’二句,连用七仄字。”(《填词浅说》)

丁绍仪云:“词中换头句扼一篇之要,故分段不容稍混。乃词律有不知旧本之误,而误分未分者。亦有明知其误而未经订正者,如……陈亮《彩凤飞》,应于‘旧时香案’句分段……”(《听秋声馆词话》卷十四)

鹧鸪天

怀王道甫①

落魄行歌记昔游②,头颅如许尚何求③。心肝吐尽无馀事,口腹安然岂远谋。 才怕暑,又伤秋。天涯梦断有书不。大都眼孔新来浅,羡尔微官作计周。

[注释]

①王道甫:王自中,字道甫,温州平阳人。淳熙间进士。少负奇气,自立崖岸。与同甫相交甚厚。 ②“落魄”句:“落魄江湖载酒行。”见杜牧《遣怀》。 ③头颅如许:指头髮如此花白,年齿衰老。

谒金门

送徐子宜如新安[①]

新雨足，洗尽山城袢褥[②]。见说好峰三十六，峰峰如立玉。　四海英游追逐，事业相时伸缩[③]。入境德星须做福[④]，只愁金诏趣[⑤]。

[注释]

①徐子宜：徐谊，字子宜，一字宏父，温州人。乾道八年（1172）进士。尝知徽州，即新安郡，今安徽黄山歙县。　②袢（pàn）褥：或作“袢溽”，炎暑蒸热。“短鬓萧萧襟袖冷，便觉都无袢溽。”见卢炳《念奴娇》。　③相时：见机。　④德星：喻贤士，此指徐谊。　⑤金诏趣：言诏书召徐回朝。趣：促归。

天仙子

七月十五日寿内[①]

一夜秋光先著柳，暑力平明羞失守[②]。西风不放入帘帏，饶永昼，沉烟透，半月十朝秋定否。　指点芙蕖凝伫久，高处成莲深处藕。百年长共月团圆，女进男，酒称寿，一点浮云人似旧。

[注释]

①内：同甫妻何氏，义乌富室何恢之次女。乾道元年，同甫二十三岁，就婚义乌。　②失守：不敌而退。此言天气转凉。

水调歌头

和赵用锡[①]

事业随人品，今古几麾旌[②]。向来谋国，万事尽出汝书生。安识鲲鹏变化，九万里风在下，如许上南溟。斥鷃旁边笑，河汉一头倾[③]。　叹世间，多少恨，几时平。霸图消歇，大家创见又成惊[④]。邂逅汉家龙种[⑤]，正尔乌纱白纻，驰骛觉身轻。樽酒从渠说，双眼为谁明。

[**注释**]

①赵用锡：赵彦字周锡，一作用锡，浙江东阳人。师事吕祖谦，精《春秋左氏传》，尝作《发微》百篇。隆兴元年（1163）进士，终眉州通判。　②麾旌：指达官之仪仗，此指高位。　③“安识”五句：用《庄子·逍遥游》寓言故事，“北冥有鱼，其名为鲲。鲲之大，不知其几千里也。化而为鸟，其名为鹏……背若泰山，翼若垂天之云，抟扶摇羊角而上者九万里，绝云气，负青天，然后图南，且适南溟也。斥鴳笑之曰：‘彼且奚适也？我腾跃而上，不过数仞而下，翱翔蓬蒿之间，此亦飞之至也。而彼且奚适也？’”　④大家：指天子。“亲近侍从官称天子曰大家。”见蔡邕《独断》卷上。　⑤龙种：指用锡为宋宗室。

洞仙歌

丁未寿朱元晦[①]

秋容一洗，不受凡尘涴[②]。许大乾坤这回大。向上头，些子是雕鹗抟空，篱底下，只有黄花几朵。　骑鲸汗漫[③]，那得人同坐。赤手丹心扑不破[④]。问唐虞、禹汤文武[⑤]，多少功名，犹自是，一点浮云铲过。且烧却，一瓣海南沉，任拈取，千年陆沉奇货[⑥]。

[注释]

①丁未：淳熙十四年（1187），朱熹时年五十八岁。　②涴（wò）：泥着物体。"愿书岩上石，勿使泥尘涴。"见韩愈《合江亭》。　③骑鲸："乘巨鳞，骑京鱼。"见扬雄《羽猎赋》。"骑鲸遁沧海，捋虎得绨袍。"见苏轼《读杜甫诗》。　汗漫：漫无边际。"徙倚于汗漫之宇"，见《淮南子·俶真训》。　④扑不破：即"颠扑不破"，为宋人习用语。朱熹《朱子全书·性理》："伊川'性即理也'四字，颠扑不破。"　⑤《全宋词》注："文"字原脱，据明钞本补。　⑥陆沉：无水而沉，喻隐于市朝。"方且与世违，而心不屑与之俱，是陆沉者也。"见《庄子·则阳》。

祝英台近

九月一日寿俞德载[①]

嫩寒天，金气雨，揽断一秋事[②]。同样霏微，还作小晴意。世间万宝都成[③]，些儿无欠，只待与、黄花为地。
好招致[④]。对此郁郁葱葱，新篘未成醉[⑤]。翻手为云，造物等儿戏。也知富贵来时，一班呈露，便做出人中祥瑞。

[注释]

①俞德载：俞厚，字德载，淳熙年间进士，官至知县。同甫有《祭俞德载知县文》。　②揽断：占尽。　③万宝：五谷。"夫春气发而百草生，正得秋而万宝成。"见《庄子·庚桑楚》。　④招致：邀集宾客。　⑤篘（chōu）：酒。本指以竹器滤酒。苏轼诗："近日秋雨足，公馀试新篘。"

踏莎行

怀叶八十推官[①]

书册如仇，旧游浑讳[②]。有怀不断人应异[③]。千山上去梦魂轻，片帆似下蛮溪水。　已共酒杯，长坚海誓。见君忽忘花前醉。从来解事苦无多，不知解到毫芒未。

［注释］

①叶八十推官：疑为叶适。《宋史·叶适传》：第进士，“为平江节度推官”。　②“书册”二句：谓弃书不读，疏远老友。　③“有怀”句：言对叶想念无已，则其必异于常人。

南乡子

谢永嘉诸友相饯[①]

人物满东瓯[②]，别我江心识俊游[③]。北尽平芜南似画，中流，谁系龙骧万斛舟[④]。　去去几时休，犹自潮来更上头。醉墨淋漓人感旧，离愁。一夜西风似夏不。

［注释］

①永嘉诸友：指陈傅良、叶适、郑伯熊、郑伯英、陈谦、蔡幼学、戴溪、徐谊等人。　永嘉：今浙江温州。　②东瓯：即指永嘉。《一统志》：“浙江温州府，汉初为东瓯之国。”　③江心：永嘉瓯江中有江心孤屿。　④龙骧、万斛：均指大舟。晋龙骧将军王濬受命伐吴，尝造船舰，可载二千馀人。“龙骧万斛不敢过”，见苏轼《大风留金山两日》。

三部乐

七月廿六寿王道甫

入脚西风，渐去去来来，早三之一[①]。春花无数，毕竟何如秋实。不须待、名品如麻，试为君屈指，是谁层出。十朝半月，争看抟空霜鹘[②]。　从来别真共假[③]，任盘根错节[④]，更饶仓卒。还他济时好手，封侯奇骨。没些儿、媻姗勃窣[⑤]，也不是、峥嵘突兀。百二十岁，管做彻、元分人物[⑥]。

［注释］

①"入脚"三句：谓秋至，且已过三分之一。　②鹘：即隼，一种猛禽。③共：和。　④盘根错节：喻事之纠缠复杂。"不遇盘根错节，何以别利器乎。"见《后汉书·虞诩传》。　⑤媻姗勃窣：谓行动蹒跚，步履艰难。《文选·司马相如〈子虚赋〉》："媻姗勃窣，而上乎金堤。"　⑥管做彻：必然能够。　元分人物：头等人物。

［集评］

刘熙载云："'没些儿、媻姗勃窣，也不是、峥嵘突兀。管做彻、元分人物。'此陈同甫《三部乐》词也。余欲借其语以判词品，以'元分人物'为最上，'峥嵘突兀'犹不失为奇杰，'媻姗勃窣'则沦于侧媚矣。"（《词概》）

贺新郎

怀辛幼安用前韵

话杀浑闲说。不成教、齐民也解，为伊为葛[①]。樽酒相逢成二老，却忆去年风雪。新著了、几茎华发。百世寻人犹接踵[②]，叹只今、两地三人月[③]。写旧恨，向谁瑟。

男儿何用伤离别。况古来、几翻际会，风从云合。千里情亲长晤对，妙体本心次骨[④]。卧百尺、高楼斗绝[⑤]。天下适安耕且老，看买犁卖剑平家铁[⑥]。壮士泪，肺肝裂。

［注释］

①"齐民也解"二句：盖慨叹雄图大略无人理解。　齐民：平民。伊、葛：伊尹、诸葛亮。　②"百世"句：谓知己难寻。"万世之后，而一遇大圣，知其解者，是旦暮遇之也。"见《庄子·齐物论》。王先谦注曰："解人难得，万世一遇，犹日暮然。"又，"淳于髡一日而见七人于宣王。王曰：'子来，寡人闻之：千里而一士，是比肩而立；百世而一圣，若随踵而至也。'"见《战国策·齐策》。　③两地三人月：言二人各在一方，对月成三。未有知音，孤独之至。三人月，活用李白诗句"举杯邀明月，对影成三

人”。见李白《月下独酌》。　④“妙体”句：谓二人互知真心，体察深微。妙体本心：善于体察本心。“《汉昭烈赞》论其君臣，反复于天意人事之际，所谓妙体本心。”见吕祖谦《与陈同甫书》。　次骨：刻骨。《史记·酷吏列传·杜周》：“内深次骨。”《索隐》曰：“次，至也。”　⑤“卧百尺”句：盖谓辛弃疾德高才大而不见重用，如卧于百尺楼之上。“许汜与刘备共在荆州牧刘表座，表与备共论天下人。汜曰：‘陈元龙湖海之士，豪气不除。’……备问汜：‘君言豪，宁有事耶？’汜曰：‘昔遭乱，过下邳，见元龙。元龙无客主之意，久不相与语，自上大床卧，使客卧下床。”备曰：‘君有国士之名，今天下大乱，帝主失所，望君忧国忘家，有救世之意。而君求田问舍，言无可采，是元龙所讳也，何缘当与君语？如小人，欲卧百尺楼上，卧君于地，何但上下床之间耶？’”见《三国志·魏书·陈登传》。　⑥“看买”句：盖谓误国者不图恢复，不事战备，消弭武器，视百炼之钢为百姓常用之铁。　买犁卖剑：汉龚遂为渤海太守，时郡饥，民多带持刀剑为盗。遂“令民卖剑买牛，卖刀买犊，使趋田亩”。见《汉书·龚遂传》。　平家：盖谓平人之家，平民百姓之家。“度奏曰：‘用兵，小事也；五坊追捕平人，大事也。’”见《旧唐书·裴度传》。

点绛唇

咏梅月

一夜相思，水边清浅横枝瘦①。小窗如昼，情共香俱透。　清入梦魂，千里人长久②。君知否，雨僝云僽③，格调还依旧。

（以上《龙川集》卷十七）

［注释］

①“水边”句：化用林逋咏梅诗句“疏影横斜水清浅，暗香浮动月黄昏”。见林逋《山园小梅二首》其一。又，“雪后园林才半树，水边篱落忽横枝。”见林逋《梅花》。　②“千里”句：“但愿人长久，千里共婵娟。”见苏轼《水调歌头·丙辰中秋，欢饮达旦，大醉，作此篇，兼怀子由》。　③雨僝（chán）云僽（zhòu）：谓梅花遭愁云苦雨之摧折。“甚无情，便下得，雨僝

风懒。向园林铺作地衣红绉。”见辛弃疾《粉蝶儿·和赵晋臣敷文赋落梅》。

点绛唇

圣节[①]

电绕璇枢[②]，此时昌运生真主。庆联簪组[③]，喜气生绵宇。　宴启需云[④]，湛露恩均布[⑤]。锵韶濩[⑥]，凤歌鸾舞，玉斝飞香醑[⑦]。

[注释]

①圣节：指皇帝生辰。　②璇枢：二星名。《广雅·释天》：“一为枢，二为璇。”《史记·五帝本纪》注曰：“黄帝母曰附宝，之郊野，见大电绕北斗枢星，感而怀孕，二十四月而生黄帝于寿丘。”　③簪组：指官服或显贵。组：冠带。　④需云：君臣相乐之意。见《易·需》。　⑤湛露：《诗经·小雅·湛露》小序曰，“天子宴诸侯也”。　⑥韶濩：殷商乐名。　⑦玉斝(jiǎ)：玉制酒器，圆口，三足。

点绛唇

碧落蟠桃[①]，春风种在琼瑶苑。几回花绽，一子千年见[②]。　香染丹霞，摘向流虹旦[③]。深深愿，万年天算[④]，玉颗常来献[⑤]。

[注释]

①碧落：指天。《度人经》注：“东方第一天，有碧霞遍满，是云碧落。”“上穷碧落下黄泉。”见白居易《长恨歌》。　蟠桃：指仙桃。《十洲记》：“东海有山名度索山，上有大桃树，蟠屈三千里，曰蟠木。”　②“一子”句：“七月七日，西王母降，以仙桃四颗与帝，帝食辄收其核，欲种之。母曰：‘此桃三千年一生实，中夏地薄，种之不生。’乃止。”见《汉武内传》。

③流虹:“帝挚少昊氏,母曰女节,见星如虹,长流华渚,既而梦接意感,生少昊。”见《宋书·符瑞志》。 ④天算:天寿,天年。 ⑤玉颗:蟠桃质白如玉,故称。

点绛唇

烟雨楼台,晓来独上无滋味。落花流水,掩映渔樵市。 酒圣诗狂,只遣愁无计。频凝睇[1],问人天际,曾见归舟未[2]。

[注释]

①凝睇:注视。“故人千里,竟日空凝睇。”见柳永《诉衷情近》。 ②“问人”二句:盖谓客中愁思。“天际识归舟,云中辨江树。”见谢朓《之宣城郡出新林浦向板桥》。

南歌子

池草抽新碧,山桃褪小红[1]。寻春闲过小园东。春在乱花深处,鸟声中。 游镫归敲月[2],春衫醉舞风。谁家三弄学元戎[3]。吹起闲愁、容易上眉峰。

[注释]

①小红:浅红色。“宠光蕙叶与多碧,点注桃花舒小红。”见杜甫《江雨有怀郑典设》。 ②镫(dèng):马鞍两边之脚踏。 ③三弄学元戎:“王徽之召赴京师,泊船青溪侧,(伊)素不与徽之相识,伊于岸上过……徽之便令人谓伊曰:‘闻君善吹笛,试为我一奏。’伊是时已贵显,素闻徽之名,便下车踞胡床,为作三调。弄毕,便上车去。”见《晋书·桓伊传》。三弄:奏三曲。 元戎:主将。桓伊时为将军,故云。

好事近

篱菊吐寒花，香弄小园秋色。携手画阑西畔，忆去年同摘。　　小亭依旧锁西风，往事已无迹。懒向碧云深处，问征鸿消息[①]。

［注释］

①“问征鸿”句：询问是否带来佳音。“汉求武等，匈奴诡言武死，后汉使复至匈奴……教使者谓单于，言天子射上林中，得雁，足有系帛书，言武等在某泽中。使者大喜，如（常）惠语以让单于，单于视左右而惊，谢汉使曰：‘武等实在。’”见《汉书·苏武传》。

好事近

横玉叫清宵[①]，帘外月侵残烛。人在画楼高处，倚阑干几曲。　　穿云裂石韵悠扬[②]，风细断还续。惊落小梅香粉[③]，点一庭苔绿。

［注释］

①横玉：即笛。“叫云横玉，须臾三弄不胜愁。”见袁去华《水调歌头·次黄舜举登姑苏台韵》。　②穿云裂石：形容笛声高扬清越。苏轼《李委吹笛诗叙》：“既奏新曲，又快奏数弄，嘹然有穿云裂石之声。”　③“惊落”句：笛有《落梅花》曲。

好事近

咏　梅

的皪两三枝[①]，点破暮烟苍碧。好在屋檐斜入，傍玉奴横笛[②]。　　月华如水过林塘，花阴弄苔石。欲向梦中飞蝶，恐幽香难觅。

[注释]

①的皪：光亮、鲜明。　②玉奴：南齐东昏侯潘妃小字玉儿，东昏侯败，同死。见《南史·王茂传》。苏轼《次韵杨公济奉议梅花十首》其四："月地云阶漫一樽，玉奴终不负东昏。"唐玄宗妃杨太真小字玉环，亦称"玉奴"。此词玉奴泛指美女。

浣溪沙

小雨翻花落画檐，兰堂香注酒重添。花枝能语出朱帘。　缓步金莲移小小，持杯玉笋露纤纤[①]。此时谁不醉厌厌[②]。

[注释]

①玉笋：喻美女手指。"暖白浅红玉笋芽，调琴抽线露尖斜。"见韩偓《咏手》。　②厌厌："厌厌夜饮，不醉无归。"见《诗经·小雅·湛露》。朱熹《诗集传》："厌厌，安也，久也。盖饮酒之久，将醉而有安详之容也。"

采桑子

桃花已作东风笑，小蕊嫣然，春色暄妍，缓步烟霞到洞天。　一杯满泻蒲桃绿[①]，且共留连，醉倒花前，也占红香影里眠。

[注释]

①蒲桃：即葡萄。谓葡萄酒。

朝中措

蓼花风淡水云纤[①]，倚阁卷重帘。索寞败荷翠减[②]，萧疏晚□红添。　　魂销天末，眉横远岫，斜挂新蟾。谁信故人千里，此时却到眉尖。

[注释]

①蓼花风：秋季蓼花开时之风又称蓼花风，即秋风。“送来松槛雨，半是蓼花风。”见李咸用《登楼值雨二首》其二。　蓼：草本植物，生于水泽，秋季开花。花淡绿或淡红。　②索寞：枯寂无生气。

柳梢青

柳丝烟织，掩映小池，鳞鳞波碧。几片飞花，半檐残雨，长亭愁寂。　　凭高望断江南，怅千里，疏烟淡日。鬥草风流，弄梅情分[1]，教人思忆。

[注释]

①弄梅：“郎骑竹马来，绕床弄青梅。同居长干里，两小无嫌猜。”见李白《长干行》。

浪淘沙

霞尾卷轻绡[1]，柳外风摇。断虹低系碧山腰。古往今来离别地，烟水迢迢。　　归雁下平桥，目断魂销。夕阳无限满江皋[2]。杨柳杏花相对晚，各自无聊。

[注释]

①“霞尾”句：红霞淡如薄绡轻卷。“江风吹巧剪霞绡，花上千枝杜鹃血。”见温庭筠《锦城曲》。　②江皋：江边高地。

浪淘沙

梅

院落晓风酸[①],春入西园。芳英吹破玉阑干。墙外红尘飞不到,彻骨清寒。　　清浅小堤湾,瘦竹团栾[②]。水光疏影有无间。仿佛浣沙溪上见,波面云鬟。

[注释]

①晓风酸:酸风为凄凉刺人之风。李贺《金铜仙人辞汉歌》:“东关酸风射眸子。”　②团栾:圆。此处形容竹丛枝叶环聚。

小重山

碧幕霞绡一缕红[①]。槐枝啼宿鸟,冷烟浓。小楼愁倚画阑东。黄昏月,一笛碧云风。　　往事已成空。梦魂飞不到,楚王宫[②]。翠绡和泪暗偷封。江南阔,无处觅征鸿。

[注释]

①霞绡一缕红:红绡一样的彩霞。贺铸《减字浣溪沙》其十五:“楼角初销一缕霞。”　②“梦魂”二句:用楚襄王游高唐事。“一枕楚台残梦,似行云无迹。”见赵鼎《好事近·杭州作》。

转调踏莎行

上巳道中作[①]

洛浦尘生[②],巫山梦断。旗亭烟草里[③],春深浅。梨花落尽,酴醾又绽[④]。天气也似,寻常庭院。　　向晚情怀,十分恼乱。水边佳丽地,近前细看。娉婷笑语,流觞美满[⑤]。意思不到,夕阳孤馆。

[注释]

①上巳：农历三月三日。古人于三月上旬之巳日，临水边举行修禊仪式，以祓除不祥，故称上巳节。自三国魏之后，只以三月三日为节，不复用巳日。"三月三日天气新，长安水边多丽人。"见杜甫《丽人行》。 ②洛浦尘生："凌波微步，罗袜生尘。"见曹植《洛神赋》。 ③旗亭：市楼酒家。④酴醾：即荼蘼，落叶小灌木，攀缘茎，花白，或黄，有香气，春末夏初开。"酴醾不争春，寂寞开最晚。"见苏轼《杜沂游武昌以酴醾花菩萨泉见饷》其一。 ⑤流觞：古时风俗。逢三月三日，于曲水旁宴集。水上放置酒杯，杯循流而下所停之处，其旁之人，当即取而饮之。

品　令

咏雪梅

潇洒林塘暮，正逶迤、香风度[①]。一番天气，又添作琼枝玉树[②]。粉蝶无踪，疑在落花深处。　深沉庭院，也卷起、重帘否。十分春色，依约见了，水村竹坞。怎向江南，更说杏花烟雨。

[注释]

①逶迤：曲折连绵。 ②琼枝玉树：盖喻雪梅之洁白而瑰丽。"凤阙龙楼连霄汉，玉树琼枝作烟萝。"见李煜《破阵子》。

最高楼

咏　梅

春乍透，香早暗偷传。深院落，斗清妍。紫檀枝似流苏带[①]，黄金鬚胜辟寒钿[②]。更朝朝，琼树好，笑当年。

花不向沉香亭上看[③]，树不著唐昌宫里玩[④]。衣带水[⑤]，隔风烟。铅华不御凌波处[⑥]，蛾眉淡扫至尊前[⑦]。管如今，浑似了，更堪怜。

［注释］

①流苏：以五彩羽毛或丝线制成穗子作垂饰。　②辟寒钿：谓宫中服饰。魏明帝时，昆明国献嗽金鸟，“饴以真珠及龟脑，常吐金屑如粟，铸之乃为器服。宫人争以鸟所吐金为钗耳，谓之辟寒金，以鸟不畏寒也。宫人相嘲弄曰：‘不服辟寒金，那得君王心？不服辟寒钿，那得君王怜？”见《酉阳杂俎》。　③沉香亭：“开元中，禁中重木芍药，即今牡丹，得数本红、紫、浅红、通白者，上因移植于兴庆池东沉香亭前。会花方盛开，上乘照夜白，妃以步辇从。”见《杨太真外传》上。李白《清平调》：“觞释春风无限恨，沉香亭北倚阑干。”　④唐昌宫：唐宫名。“唐昌观旧有玉蕊花。其花每发，若瑶林琼树。”见康骈《剧谈录》下。　⑤衣带水：极言其邻近。《南史·陈后主纪》隋文帝言：“我为百姓父母，岂可限一衣带水不拯之乎？”　⑥“铅华”句：“芳泽无加，铅华弗御。”见曹植《洛神赋》。　凌波：“凌波微步，罗袜生尘。”见曹植《洛神赋》。　⑦“蛾眉”句：“却嫌脂粉污颜色，淡扫蛾眉朝至薄。”见张祜《集灵台二首》其二。一作杜甫诗，题为《虢国夫人》。

青玉案

武陵溪上桃花路[①]，见征骑、匆匆去。嘶入斜阳芳草渡。读书窗下，弹琴石上，留得销魂处。　　落花冉冉春将暮，空写池塘梦中句[②]。黄犬书来何日许[③]。辋川轻舸[④]，杜陵尊酒[⑤]，半夜灯前雨[⑥]。

［注释］

①“武陵”句：用陶潜《桃花源记》事。　②“空写”句：谢灵运尝于永嘉西堂思诗，竟日不就，忽梦见惠连，即得“池塘生春草”，大以为工。见《南史·谢惠连传》。　③“黄犬”句：“机有骏犬，名曰黄耳，甚爱之。既而羁寓京师，久无家问，笑语犬曰：‘我家绝无书信，汝能赍书取消息不？’犬摇尾作声。机乃为书，以竹桶盛之，而系其颈。犬寻路南走，遂至其家，得报还洛。其后因以为常。”见《晋书·陆机传》。　④辋川：水名，在今

陕西蓝田县南，近有王维别墅。 ⑤杜陵尊酒：“何时一尊酒，重与细论文。”见杜甫《春日忆李白》。 ⑥“半夜”句：“夜雨滴空阶，晓灯暗离室。”见何逊《临行与故游夜别》。

诉衷情

独凭江槛思悠悠，斜日堕林邱[①]。鸳鸯属玉飞处[②]，急桨荡轻舟。 红蓼岸，白蘋洲，夜来秋。数声渔父[③]，一曲水仙[④]，歌断还愁。

［注释］

①邱：同“丘”。 ②属玉：水鸟名。司马相如《上林赋》：“驾鹅属玉。”注引郭璞云：“属玉似鸭而大，长颈赤目，紫绀色。” ③渔父：词牌名。 ④水仙：琴曲有《水仙操》。

南乡子

风雨满蘋洲，绣阁银屏一夜秋。当日袜尘何处去，溪楼。怎对烟波不泪流。 天际目归舟，浪卷涛翻一叶浮。也似我侬魂不定[①]，悠悠。宋玉方悲庾信愁[②]。

［注释］

①我侬：他。“吴俗自称我侬，指他人亦曰渠侬。”见翟灏《通俗编·称谓》。 ②宋玉方悲：宋玉《九辩》曰“悲哉！秋之为气也”。 庾信愁：庾信尝作《愁赋》，已佚。存有《伤心赋》、《哀江南赋》等。

一丛花

溪堂玩月作

冰轮斜碾镜天长[①]，江练隐寒光[②]。危阑醉倚人如画，隔烟村、何处鸣榔[3]。乌鹊倦栖，鱼龙惊起，星斗挂垂杨。

芦花千顷水微茫，秋色满江乡。楼台恍似游仙梦，又疑是、洛浦潇湘[4]。风露浩然，山河影转，今古照凄凉。

[注释]

①冰轮：明月。“昨夜忽已过，冰轮始觉亏。”见朱庆馀《十六夜月》。②江练：“澄江静如练”，见谢朓《晚登三山还望京邑》。③鸣榔：榔，一种长木棒，于船舷扣击以驱鱼入网。榔，亦作桹。“尽日平湖上，鸣桹仍动桨。”见皮日休《鸣榔》。④洛浦：洛水之滨，指洛神居地。“召洛浦之宓妃”，见张衡《思玄赋》。

清平乐

秋晚，伯成兄往龙兴山中，意其登山临水，不无闺房之思，作此词恼之[1]

银屏绣阁，不道鲛绡薄[2]。嘶骑匆匆尘漠漠，还过夕阳村落。　乱山千叠无情，今宵遮断愁人。两处香消梦觉，一般晓月秋声。

[注释]

①伯成：未详。　龙兴：宋时府名，在今江西。　②鲛绡：相传为鲛人所织之绡。“鲛人水居如鱼，不废织绩，时出人家卖绡。”见张华《博物志》。词中似指手巾。“云色鲛绡拭泪颜”，见唐彦谦《无题》（其十）。

渔家傲

重阳日作

漠漠平沙初落雁，黄花浊酒情何限。红日渐低秋渐晚。听客劝，金荷莫诉真珠满[1]。　坐上少年差气岸[2]，题诗落帽从来惯[③]。戏马龙山当日燕[④]。真奇观，尊前未觉风流远。

[注释]

①金荷：指酒杯。　诉：辞酒不饮。欧阳修《依韵答杜相公》："到处何尝诉酒巡。"　真珠：指酒。李贺《将进酒》："小槽酒滴真珠红。"　②差气岸：盖谓气概颇为雄奇傲岸。　差：颇。"从塞以南，径深山谷，往来差难。"见《汉书·匈奴传下》。　岸：高傲，任性。"傲岸平生中，不为物所裁。"见鲍照《代挽歌》。　③落帽：用孟嘉龙山落帽之典。　④戏马：今江苏铜山县南旧有戏马台，南朝宋武帝重九日尝于此召群臣宴会作咏。见《文选·谢灵运〈九日从宋公戏马台集送孔令〉》唐李善注。　龙山：山名，在今湖北江陵县，晋桓温重阳宴集，孟嘉落帽即发生于此。

丑奴儿

咏　梅

黄昏山驿消魂处，枝亚疏篱[①]，枝亚疏篱，酝藉香风蜜打围[②]。　隔篱鸡犬谁家舍，门掩斜晖，门掩斜晖，花落花开总不知。

[注释]

①亚：压，依傍。　②蜜打围：谓蜜蜂打围，即蜂绕花采蜜。"紫冠黄鈿网丝窠，蝶绕蜂围奈晚何。"见黄庭坚《入穷巷谒李材叟翘叟戏赠兼简田子平三首》其一。

滴滴金[①]

断桥雪霁闻啼鸟[②]，对林花、弄晴晓。画角吹香客愁醒，见梢头红小。　团酥剪蜡知多少[③]，向风前、压春倒。江嶂人烟画图中，有短篷香绕。

［注释］

①唐氏按：此首别误作胡铨词，见《永乐大典》卷二千八百零九“梅”字韵。 ②断桥：在杭州孤山旁。“断桥残雪”为西湖十景之一，南宋时即已闻名。见吴自牧《梦粱录》。 ③团酥剪蜡：指雪中蜡梅。酥，喻疏松，光洁。“团酥与凝蜡，难学是生香。”见尤袤《蜡梅》。

七娘子

三衢道中作[①]

风流家世传张绪，似灵和新种垂杨缕[②]。绮席摛词，银台奏赋[③]，当年梦绕蓬山路[④]。 卖花声断蓝桥暮[⑤]，记吟鞭醉帽曾经处。蜀郡归来[⑥]，荆州老去[⑦]。心情零乱随风絮。

［注释］

①三衢：即衢州，因浙江旧衢州府有三衢山，故名。 ②“风流”二句：张绪，字思曼，南齐吴郡人，通《周易》，好谈玄，清简寡欲，以风度脱俗知名当时。齐武帝尝于灵和殿前植柳，忆及张绪吐纳风流，曰：“此柳风流可爱，似张绪当年。”见《南史·张绪传》。 ③银台：唐宫门名。李肇《翰林志》：“翰林院在银台门北，学士院在翰林之南，别户东开。” ④蓬山：汉洛阳南宫内之东观为宫中藏书著书之处，当时学者称东观为道家蓬莱。唐人因以蓬莱阁或蓬山喻秘书省或集贤殿书院。唐有蓬莱宫，即大明宫。“忆献三赋蓬莱宫”，见杜甫《莫相疑行》。 ⑤蓝桥：在今陕西蓝田县东南，跨蓝溪上。《太平广记》卷五十引裴铏《传奇》：秀才裴航过蓝桥，渴，求浆于一老妪，遇其女云英，欲娶之。其母曰：“得玉杵臼当与。”后航得玉杵臼，前去履约，婚后方知云英一家皆为仙人。 ⑥蜀郡归来：指司马相如。相如归蜀，尝家贫无以自业。见《史记·司马相如列传》。 ⑦荆州老去：指王粲。粲尝依荆州刘表，不受重用。见《三国志·魏书·王粲传》。

醉花阴

重九，诸公招饮于兹者十有六人，偶掇醉花阴腔，折堲书之壁间①，聊以志时耳

峻极云端潇洒寺，赋我登高意。好景属清游②，玉友黄花③，谩续龙山事④。　秋风满座芝兰媚，杯酒随宜醉。行乐任天真，一笑和同，休问无携妓。

［注释］

①堲（jí）：火之馀烬，类今之木炭。　②属：当，面对。“湖阔兼云雾，楼孤属晚晴。”见杜甫《陪裴使君登岳阳楼》。　③玉友：宋时酒名。“金华诗里初相识，玉友尊前每相忆。”见杨万里《谢送焊菜》。　④谩：聊且。龙山事：指孟嘉龙山落帽之事。

醉花阴

再用前韵

姓名未勒慈恩寺①，谁作山林意。杯酒且同欢，不许时人，轻料吾曹事。　可怜风月于人媚，那对花前醉。珍重主人情，闻说当年，宴出红妆妓。

（以上四印斋所刻词本《龙川词补》）

［注释］

①慈恩寺：位于今陕西西安市南四公里处。进士题名，自神龙之后，曲江宴后，率皆期集于慈恩寺塔下题名。见《唐摭言》卷三。又“韦肇初及第，偶于慈恩寺塔下题名。后进慕效之，遂成故事。”见《南部新书》。

汉宫春

雪月相投。看一枝才爆，惊动香浮①。微阳未放线

路，说甚来由。先天一着，待辟开、多少旬头。却引取，春工入脚[②]，争教消息停留。　官不容针时节[③]，做一般孤瘦，无限清幽。随缘柳绿柳白，费尽雕锼[④]。疏林野水，任横斜、谁与妆修。猛认得，些儿合处，不堪持献君侯。

（《全芳备祖》前集卷一“梅花门”）

[注释]

①香浮：“疏影横斜水清浅，暗香浮动月黄昏。”见林逋《山园小梅》。　②春工：即春功，指春事、春景等。　③官不容针：官法严密，不容些许疏漏。“尽道教、心坚石穿，更说甚，官不容针。”见黄庭坚《两同心》。　④雕锼（sōu）：雕琢旋镂。“木无雕锼，土无绨锦。”见左思《魏都赋》。

暮花天

天意微悭，春工多裕，长须末后殷勤。骨瘦挽先，肌韵恰好，花头径尺徐陈。红黄粉紫，更牛家、姚魏为真[①]。留几种，蒂殢中州[②]，异时齐顿浑身。　承平当日开多少，笙歌何限，是甚人人。气入江南，心知芍药，仿佛前事犹存。名品应须，认旧家、雨露方新。成一处，蓓蕾根株，剩看诸谱纷纷。

（《全芳备祖》前集卷三“芍药花门”）

[注释]

①“红黄”二句：宋有牛姓、姚姓人家培育牡丹极品，为千叶黄花，世称牛黄、姚黄；魏仁溥家培育千叶肉红花，称为魏紫。见欧阳修《洛阳牡丹记·花释名》及陆佃《埤雅·芍药》。苏轼《荔枝叹》：“洛阳相君忠孝家，可怜亦时姚黄花。”范成大《再赋简养正》：“一年春色摧残尽，更觅姚黄魏紫看。”　②蒂殢（tì）：留恋，滞留。“进乏梯媒退又难，强随豪贵殢长安。”见罗隐《西京崇德里居》。

新荷叶

艳态还幽，谁能洁净争妍。淡抹疑浓，肯将自在求怜。终嫌独好，任毛嫱、西子差肩①。六郎涂涴②，似和不似依然。　赫日如焚，诸馀只凭光鲜③。雨过风生，也应百事随缘。香须道地，对一池、著甚沉烟。根株好在，淤泥白藕如椽。

（《全芳备祖》前集卷十一“荷花门”）

[注释]

①“任毛嫱”句：毛嫱、西子，皆为古时美女。“毛嫱丽姬，人之所美也。”见《庄子·齐物论》。　差(cī)肩：并肩。　②六郎：武则天宠臣张昌宗，排行第六，貌美。杨再思谀之曰：“人言六郎似莲华，非也。正谓莲华似六郎耳。”见《新唐书·杨再思传》。　③诸馀：一切，种种。

秋兰香

未老金茎，些子正气，东篱淡伫齐芳。分头添样白，同局几般黄①。向闲处、须一一排行。浅深饶间新妆。那陶令，漉他谁酒②，趁醒消详③。　况是此花开后，便蝶乱无花④，管甚蜂忙。你从今、采却蜜成房。秋英诚商量。多少为谁，甜得清凉。待说破，长生真诀，要饱风霜。

（《全芳备祖》前集卷十二“菊门”）

[注释]

①局：卷曲。《诗经·小雅·采绿》：“予髮曲局。”　②漉：滤。　③消详：受用，消受。　④“况是”二句：“不是花中偏爱菊，此花开尽更无花。”见元稹《菊花》。

汉宫春

见早梅呈吕一郎中郑四六监岳[1]

雪满江头，怪一枝不耐，还漏微阳。诗人越样眼浅[2]，早自成章。群葩如绣，到那时、争爱春长。须知道，未通春信，是谁饱试风霜。　　堪笑红炉画阁，问从来寒气，损甚容光。枝头有花恁好，映带新妆。寒窗愁绝，嗅清芬、不料饥肠[3]。都缘是，此君小异，费他万种消详。[4]

[注释]

①题从《永乐大典》卷二千八百零八“梅”字韵补。　②越样：特别，分外。韩元吉《菩萨蛮·腊梅》：“江南雪里花如玉，风流越样新装束。”③不料饥肠：似为“不疗饥肠”。　④唐氏按：《全芳备祖》误入“桂花门”。

桂枝香

仙风透骨。向夏叶丛中，春花重出。骏发天香，不是世间尤物。占些空阔闲田地，共霜轮、伴他秋实。浅非冷蕊，深非幽艳，中无倚握。　　任点取、龙涎笃耨[1]。儿女子看承，万屈千屈。做数珠见[2]，刻画毋盐唐突[3]。不知几树栾团着，但口吻、非鸣云室。是耶非也，书生见识，圣贤心术。

（以上二首《全芳备祖》前集卷十三“桂花门”）

[注释]

①龙涎、笃耨：均为香料名。　②做数珠见：《陈亮集》作“仿数珠儿”，似均难解。姜书阁《陈亮龙川词笺注》作“做数珠儿”，可从。　③刻画毋盐：即刻画无盐。“齐有妇人，极丑无双，号曰无盐女。”见刘向《新序》卷三。又《世说新语·轻诋》：“庾元规语周伯仁：‘诸人皆以君方乐。’周曰：‘何乐？谓乐毅耶？’庾曰：‘不尔。乐令耳。’周曰：‘何乃刻画无盐，

以唐突西子也。'"后以此典喻二者相差悬殊，比拟不伦。

水龙吟

钱王霸图成时，多应是百年遗树。羞将高古，为渠遮映，鱼盐调度[①]。且向空山，趁时多事，四垂盘踞。算兴衰坐阅，权奇磊块[②]，世间□、□斤斧。　又见当天明圣，便弹丸、也难分土。一番整顿[③]，旧家草木，新来雨露。铁石心肠，虬龙根干，亭亭天柱。纵茯苓下结[④]，茑萝高际[⑤]，怎堪攀附。

[注释]

①鱼盐：盛产鱼盐，自古视为大利。《周礼·夏官·职方氏》："东北曰幽州……其利鱼盐。"　调度：征调赋税。《后汉书·鲁恭传》："今始征发，而大司农调度不足。"　②权奇：非常，高超。　③整顿：准备，收拾。　④茯苓：菌类植物，寄生于松树根，状如甘薯，入药。《淮南子·说山训》："千年之松，下有茯苓，上有兔丝。"　⑤茑萝（niǎo luó）：草本植物，缠绕茎，叶呈丝状，花开红或白色，可供观赏。常喻亲戚依附关系。《诗经·小雅·頍弁》："茑与女萝，施于松柏。"

临江仙

五百年间非一日，可堪只到今年。云龙欲化艳阳天[①]。从来耆旧传[②]，不博地行仙[③]。　昨夜风声何处度，典型犹在南山。自怜不结傍时缘。着鞭非我事[④]，避路只渠贤[⑤]。

（以上二首《全芳备祖》后集卷十四"松门"）

[注释]

①云龙:即龙。“云从龙,风从虎,圣人作而万物睹。”见《易经·乾》。 ②耆旧:故老,故旧。 ③博:换取。 地行仙:即地仙。按道教说法,天上仙人为天仙,世人得道为地仙。后亦以地仙指闲散享乐之人。白居易《池上即事》:“身闲当贵真天爵,官散无忧即地仙。”赵彦端《临江仙·和洪景卢送行韵》:“从教官府冷,甘作地行仙。” ④着鞭:扬鞭策马,奋发争先。见《三国志·蜀书·杨洪传》。 ⑤“避路”句:“愿归丞相侯印,乞骸骨归,避贤者路。”见《史记·万石张叔列传》。 避贤:让贤。李适之《罢相作》:“避贤初罢相,乐圣且衔杯。”

水龙吟

春 恨

闹花深处层楼,画帘半卷东风软。春归翠陌,平莎茸嫩[①],垂杨金浅[②]。迟日催花[③],淡云阁雨[④],轻寒轻暖。恨芳菲世界,游人未赏,都付与、莺和燕。 寂寞凭高念远。向南楼、一声归雁。金钗鬥草[⑤],青丝勒马[⑥],风流云散。罗绶分香[⑦],翠绡封泪[⑧],几多幽怨。正销魂,又是疏烟淡月,子规声断。

[注释]

①平莎茸嫩:莎草平整,一片柔嫩。 茸:草初生柔嫩之状。 ②金浅:金色而浅淡。指垂杨初发,呈浅黄色。 ③迟日:春日昼长故云迟日。“春日迟迟,采蘩祁祁。”见《诗经·豳风·七月》。 ④阁雨:雨止。阁,同“搁”。 ⑤金钗鬥草:鬥百草之赛,以金钗为赌注。“五月五日有鬥百草之戏。”见《荆楚岁时记》。“闲来鬥百草,度日不成妆。”见崔颢《少妇》。 ⑥青丝:马缰。 ⑦罗绶分香:以罗带贮香料赠人。罗绶,又称香罗带,即腰间所佩丝织带子。 ⑧翠绡封泪:“灼灼,锦城官妓也,善舞《柘枝》,能歌《水调》,御史裴质与之善。裴召还,灼灼以软绡聚红泪为寄。”见《丽情集》。“红绡粉泪知何恨,万古空传遗怨。”见秦观《调笑令·灼

灼》。　翠绡：青绿色之丝巾。

[集评]

徐釚云："陈同父开拓万古之心胸，推倒一世之豪杰，其《水龙吟》词，乃复幽秀。"（《词苑丛谈》）

黄苏云："'闹花深处层楼'，言不事事也。'东风软'，即东风不竞之意也。'迟日'、'淡云'、'轻寒轻暖'，一暴十寒之喻也。好'世界'不求贤共理，惟与小人游玩。如莺燕也。'念远'者，念中原也。'一声归雁'，谓边信至，乐者自乐，忧者徒忧也。"（《蓼园词选》）

刘熙载云："同甫《水龙吟》云：'恨芳菲世界，游人未赏，都付与莺和燕。'言近指远，直有宗留守大呼渡河之意。"（《词概》）

沈祥龙云："感时之作，必借景以形之。……同甫云：'恨芳菲世界，游人未赏，都付与莺和燕。'不言正意，而言外有无穷感慨。"（《论词随笔》）

沈雄云："《词品》曰：同甫《水龙吟》一阕：'闹花深处层楼，画帘半卷东风软。'可诵也。"（《词评》上卷）

洞仙歌

雨

琐窗秋暮，梦高唐人困。独立西风万千恨。又檐花落处，滴碎空阶[①]，芙蓉院，无限秋容老尽。　枯荷摧欲折[②]，多少离声，锁断天涯诉幽闷。似蓬山去后，方士来时，挥粉泪、点点梨花香润[③]。断送得、人间夜霖铃[④]，更叶落梧桐[⑤]，孤灯成晕[⑥]。

[注释]

①"滴碎"句："夜雨滴空阶，晓灯暗离室。"见何逊《临行与故游夜别》。　②"枯荷"句："留得枯荷听雨声"，见李商隐《宿骆氏亭寄怀诗》。　③"似蓬山"三句："为感君王展转思，遂教方士殷勤觅……忽闻海上有仙山，山在虚无缥缈间……玉容寂寞泪阑干，梨花一枝春带雨……

昭阳殿里恩爱绝，蓬莱宫中日月长。”见白居易《长恨歌》。　④夜霖铃：郑处诲《明皇杂录》载，“明皇既幸蜀，西南行。初入斜谷，属霖雨，涉于栈道雨中闻铃音与山相应。上既感念贵妃，采其声为《雨霖铃》曲，以寄恨焉”。白居易《长恨歌》：“夜雨闻铃肠断声。”　⑤叶落梧桐：“春风桃李花开日，秋雨梧桐叶落时。”见白居易《长恨歌》。　⑥孤灯成晕：“夕殿萤飞思悄然，孤灯挑尽未成眠。”见白居易《长恨歌》。

虞美人

春　愁

东风荡飏轻云缕，时送萧萧雨。水边台榭燕新归，一口香泥湿带、落花飞。　海棠糁径铺香绣[①]，依旧成春瘦。黄昏庭院柳啼鸦，记得那人和月、折梨花[②]。

[注释]

①糁（sǎn）：此指撒落。“杨花玉糁街”，见李白《春感》。　②“黄昏二句：“淡黄杨柳暗栖鸦，玉人和月摘梅花。”见贺铸《浣溪沙》词。

[集评]

王弈清等云：“……盖《虞美人》词也。陈龙川好谈天下大略，以气节自居，而词亦疏宕有致。”（《历代词话》卷八）

眼儿媚

春　愁

试灯天气又春来[①]，难说是情怀。寂寥聊似，扬州何逊，不为江梅[②]。　扶头酒醒炉香灺[③]，心绪未全灰。愁人最是，黄昏前后，烟雨楼台。

[注释]

①试灯：元宵节以前预赏花灯，宋人谓之“试灯”。“元日人日来联翩，转头又是试灯天。”见陆游《初春》。 ②“扬州”二句：何逊在扬州有咏早梅诗，起二句云：“兔园标物序，惊时最是梅。”其诗题为《扬州法曹梅花盛开》。杜甫《和裴迪登蜀州东亭送客逢早梅相忆见寄》：“东阁官梅动诗兴，还如何逊在扬州。” ③“扶头”句：扶头，易醉之烈酒。“扶头一盏怎生无”，见苏轼《浣溪沙》。 灺（xiè）：指灯烛、香火熄灭。“香灺一炉春睡足，上方车马正纷纷。”见王安石《金陵报恩大师西堂方丈二首》其一。

思佳客

春 感

花拂阑干柳拂空，花枝绰约柳鬟松[①]。蝶翻淡碧低边影，莺啭浓香杪处风[②]。 深院落，小帘栊。寻芳犹忆旧相逢。桥边携手归来路，踏皱残花几片红。

[注释]

①绰约：此谓花枝柔美。 ②杪（miào）：树梢。

浣溪沙

南湖望中[①]

爽气朝来卒未阑[②]，可能着我屋千间[③]。不须拄笏望西山。 柳外霎时征马骏，沙头尽日白鸥闲[④]。称心容易足君欢[⑤]。

（《永乐大典》卷二千二百六十五“湖”字韵引《龙川集》）

[注释]

①南湖：同甫友张镃，字功甫，南宋名将张俊曾孙，尝居杭州南湖，著

《南湖集》,卷五有七律《送陈同甫》。　②爽气朝来:"王子猷作桓车骑参军。桓谓王曰:'卿在府久,比当相料理。'初不答,直高视,以手版拄颊云:'西山朝来,致有爽气。'"见《世说新语·简傲》。后即借此典以清朗之象寄寓超尘之怀。"若见西山爽,应知黄绮心。"见王维《送李太守赴上洛》。　③屋千间:"安得广厦千万间,大庇天下寒士俱欢颜。"见杜甫《茅屋为秋风所破歌》。　④"沙头"句:"海上之人有好鸥鸟者,每旦之海上,从鸥鸟游,鸥鸟之至者百数而不止。其父曰:'吾闻鸥鸟皆从汝游,汝取来,吾玩之。'明日之海上,鸥鸟舞而不下也。"见《列子·黄帝》。后以此喻指高蹈远世之情。"谁见白鸥鸟,无心洲渚间。"见刘长卿《福公塔》。　⑤"称心"句:"人亦有言,称心易足。挥兹一觞,陶然自乐。"见陶潜《时运四章》其二。

贺新郎

人有见诳以六月六日生者,且言喜唱《贺新郎》,因用东坡屋字韵追寄①

镂刻黄金屋②。向炎天,蔷薇水洒,净瓶儿浴③。湿透生绡裙微褪,谁把琉璃藉玉。更管甚、微凉生熟。磊浪星儿无著处,唤青奴、记度新翻曲。娇不尽,蕲州竹④。

一泓曲水鳞鳞蹙。粉生红、香脐皓腕,藕双莲独。拂掠乌云新妆晚,无奈纤腰似束。白笃耨、霞觞浮绿⑤。三岛十洲身在否⑥,是天花、只怕凡心触⑦。才乱坠,便簌簌。

[注释]

①东坡屋字韵:指苏轼《贺新郎·夏景》"乳燕飞华屋"一词。　②黄金屋:极言屋之华丽。汉武帝为太子时,长公主欲以女配帝,问曰:"阿娇好否?"帝曰:"好!若得阿娇作妇,当作金屋贮之。"见班固《汉武故事》。　③净瓶儿:"净瓶,梵语军迟,此云瓶,常贮水,随身用以净手。"见《释氏要览》中。　④蕲州竹:出于湖北蕲州。以色润者为簟,节疏者为笛,带须者为杖,自古即有盛名。韩愈《郑群赠簟》:"蕲州笛竹天下知,郑

君所宝尤瑰奇。”白居易《病中逢秋招客夜酌》：“卧簟蕲竹冷，风襟筇葛疏。” ⑤霞觞：红色酒杯。 ⑥三岛：或称三神山。《史记·秦始皇本纪》：“齐人徐市等上书，言海中有三神山，名曰蓬莱、方丈、瀛洲，仙人居之。” 十洲：亦为神仙居地，传说均在八方大海中。见《十洲记》。 ⑦天花：亦作天华，佛教语，即天界仙花。“时维摩诘室有一天女……见诸大人闻所说法，便现其身，即以天华散诸菩萨大弟子上。”见《维摩经·观众生品》。“既落天花，亦通神路。”见徐陵《麈尾铭》。“病维摩，意云何。扫地烧香，且看散天花。”见辛弃疾《江神子·闻蝉蛙戏作》。

贺新郎

又有实告以九月二十七日者，因和叶少蕴缕字韵并寄①

昵昵骈头语②。笑黄花、重阳去也，不成分数。倾国容华随时换，依旧清歌妙舞。苦未冷、都无星暑。恰好良辰花共酒，鬥尊前、见在阳台女。朝共暮，定何许。

蓼红徙倚明汀渚。正萧萧、迎风夹岸，淡烟微雨。笃耨龙涎烧未也，好向儿家祝取。是有分、分工须与③。以色事人能几好，愿衾稠、无缝休离阻④。心一片，丝千缕。

（以上二首见《永乐大典》卷一万四千三百八十一“寄”字韵引《龙川先生集》）

[注释]

①叶少蕴：叶梦得，字少蕴。 缕字韵：指其《贺新郎》“睡起啼莺语”一词。 ②骈：齐列。 ③分工须与：似应从《陈亮集》作“天工须与”。 ④衾稠：指被褥床帐等卧具。稠，当作“裯”。

存目词

《广群芳谱》卷八十五“竹门”有陈亮《谒金门》“西风竹”一首，乃陈东甫作，见《全芳备祖》后集卷十六“竹门”。

李　訦

李訦(chén)(1144—1220),字诚之,自号山泽道人,晋江(今属福建)人,李邴之孙。訦以祖荫,补承务郎,历大理正卿、权户部侍郎,因忤韩侂胄罢。起除宝文阁待制。嘉定十三年卒,年七十七。

水调歌头

次琼山韵①

足迹半天下,家说在琼川。往来无定,蓬头垢面任憎嫌。挥扫笔头万字,贯穿胸中千古,不记受生年。海角一相遇,缘契似从前。　钟离歌②,吕公篆③,醉张颠④。恍如赤城龙凤,来过我鲸仙。笑我未离世网,不染个中尘土,饥食困来眠。拟问君家祖,兜率乐天天⑤。

(附《白玉蟾集》卷六)

[注释]

①琼山:作者友人,家在琼州(今海南琼山)。其他不详。　②钟离:传说中八仙之一,俗传姓钟离,名权,号云房。尝自称天下都散汉,亦称散人。见《宣和书谱》十九《钟离权》。　③吕公篆:吕子元,五代吴国人,道士。工书,尤工篆。杨吴大和三年(931)尝书王栖霞所撰灵宝院记并篆额。见《书史会要》。　④醉张颠:张旭,唐书法家。字伯高,吴郡(今苏州)人。官金吾长史。工书,精通楷法,草书最为知名。相传他往往在大醉后呼喊狂走,然后落笔,故人称张颠。　⑤兜率:兜率宫,犹言天宫。

六州歌头

吊武穆鄂王忠烈庙

高皇神武,善驾驭豪英。攘北狄,驱群盗,命天膺。

救苍生。奈梦绕沙漠，隔温凊，屈和好，召大将，归兵柄，列枢庭。公指汴京。威已振河洛，不顾身烹。失一时机会，嗟左衽吾民[①]。痛岳家军，孰扶倾。　久沉冤愤，七十载，还复遇，帝王真。表遗烈，锡王号，日照临、激士心。始识安刘计[②]，宁祸己，是忠臣。我乘传[③]，访壁垒，想精明。英气懔然若在，仍题匾、昭揭天恩。笑原头芳草，一死不能春，交怨人神。

（附刘过《龙州词》内）

［注释］

①左衽：衽，衣襟。我国古代少数民族的服装，前襟向左，不同于中原一带人民的右衽。《尚书·毕命》："四夷左衽，罔不咸赖。"后因以左衽指受外族的统治。　②安刘计：汉刘邦（高祖）病危时对吕后说："周勃重厚少文，然安刘氏者必勃也。"见《史记·高祖本纪》。后因以"安刘"为维护王朝的典故。　③乘传：乘车。　传：公车。

杨炎正

杨炎正(1145—?),字济翁,庐陵(今江西吉安)人。杨邦义之孙。登庆元二年(1196)进士第。初为宁远簿,庆元中任吏部阁架,嘉定三年(1210),改大理司直,七年(1214),知藤州,被论放罢。又曾知琼州。有《西樵语业》。

水调歌头

登多景楼①

寒眼乱空阔,客意不胜秋。强呼斗酒,发兴特上最高楼。舒卷江山图画,应答龙鱼悲啸,不暇顾诗愁。风露巧欺客,分冷入衣裘。　忽醒然,成感慨,望神州。可怜报国无路,空白一分头。都把平生意气,只做如今憔悴,岁晚若为谋。此意仗江月,分付与沙鸥。

[注释]

①多景楼:在今江苏镇江北固山甘露寺内。宋郡守陈天麟在唐人临江亭故址修建。宋张邦基《墨庄漫录》说楼取名唐李德裕题临江亭诗"多景悬窗牖"的句意。

[集评]

张德瀛云:"所谓拔地倚天,句句欲活者。"(《词徵》卷四)

水调歌头

呈辛隆兴①

杖屦觅春色,行遍大江西。访花问柳,都自无语欲成蹊。不道七州三垒,今岁五风十雨,全是太平时。征辔晚乘月，渔钓夜垂丝。　诗书帅，坐围玉，麈挥犀[②]。兴方不浅，领袖风月过花期。只恐梅梢青子，已露调羹消息[③]，金鼎待公归。回首滕王阁，空对落霞飞。

［注释］

①辛隆兴：即辛稼轩。辛于淳熙四年（1177）自江陵移帅隆兴（今南昌）。　②麈挥犀：镶有犀角的麈尾，魏晋时名士清谈，常持麈尾。麈尾：古以驼鹿尾做成的拂麈，故称拂麈为麈尾。　③调羹：本《尚书·说命》"若作和羹，尔惟盐梅"。盐、梅都是调味品。意谓商王武丁立傅说以相，欲其治理国家，为调鼎中之羹，使之协调。后因以调羹为宰相职责之喻称。元蒲道源《闻居丛稿·郭某席间赋》："调羹事业无劳问，深谢诸公愧不能。"

水调歌头

送张史君

父老一杯酒，争劝史君留。可怜桃李千树，无语送归舟。听得拈笙玉指，都把万家遗爱，吹作许离愁。倚醉袖红湿，生怕夕阳流。　问君侯，今几日，到东州。还家时候，次第梅已暗香浮。只恐道间驿使，先寄调羹消息，归去总无由。鼎铉功名了[①]，徐赴赤松游。

［注释］

①鼎铉：本《易经·鼎》"鼎黄耳金铉"。铉为贯鼎之具，用以提举。以喻宰辅之职。晋潘正叔《赠河阳》诗："弱冠步鼎铉，既立宰三河。"

水调歌头

呈赵总领

买得一航月，醉卧出长安。平堤千里过尽，杨柳绿阴间。依约晓莺啼处，认得南徐风物[①]，客梦恍惊残。重到旧游所，如把画图看。　　英雄事，千古意，一凭阑。惜今老矣，无复健笔写江山。天上人间知己，赖有使星郎宿[②]，照映此尘寰。准拟五湖去，为乞钓鱼竿[③]。

[注释]

①南徐：即京口，在今镇江。　②使星："和帝即位，分遣使者，皆微服单行，至各州县观采风谣。使者二人当到益部（都），投郃候舍。时夏夕露坐……郃指星示：'有二使星向益州分野，故知之耳。'"见《后汉书·李郃传》。后便把朝廷派出的使者称作使星。杜甫《秦州》之九："稠迭多幽事，喧呼阅使星。"　郎宿：即郎官，汉称中郎、侍中、郎中为郎官。刘禹锡《洛下初冬拜表有怀上京故人》诗："凤楼南面控三条，拜表郎官早渡桥。"古人附会上应星宿，故称郎官为郎宿。　③唐氏按："鱼"原误作"渔"，从傅增湘校。

水调歌头

把酒对斜日，无语问西风。胭脂何事，都作颜色染芙蓉。放眼暮江千顷，中有离愁万斛，无处落征鸿。天在阑干角，人倚醉醒中。　　千万里，江南北，浙西东[①]。吾生如寄，尚想三径菊花丛[②]。谁是中州豪杰，借我五湖舟楫，去作钓鱼翁。故国且回首，此意莫匆匆。

[注释]

①浙（zhè）：同"浙"。　②三径：西汉末，王莽专权，兖州刺史蒋诩告病

辞官，隐居乡里，于院中辟三径，唯与求仲、羊仲来往。事见晋赵岐《三辅决录》。后常用"三径"指家园。陶潜《归去来兮辞》："三径就荒，松菊犹存。"

[集评]

陈廷焯云："'放眼'以下五句，悲壮而沉郁。'谁是'以下五句，忽纵忽擒，摆脱一切。"（《词则》）

水调歌头

一笛起城角，吹破小梅愁。东风犹未，谁遣春信到吾州。闻得东来千骑，鼓舞儿童竹马，和气与空浮。桃李未阴处，准拟种千头。　今太守，宋人物，晋风流。政成谈笑，不妨高兴在南楼[①]。只恐蓬莱仙伯，合侍玉皇香案，难作寇恂留[②]。约住紫泥诏[③]，凭轼且优游。

[注释]

①南楼：东晋庾亮镇武昌（今湖北鄂城）秋夜登南楼与殷浩等赏月。事见《世说新语》。　②寇恂留：寇恂（？—36），东汉上谷昌平人，字子翼，世为地方著姓豪强。光武帝时拜河内太守。曾镇压农民起义军绿林苏茂、贾强等部。继任颍川太守，封雍奴侯。后随光武出征，再到颍川，当地士绅谓光武曰："愿从陛下复借寇君一年。"见《后汉书·寇恂传》。后因以"借寇"为地方挽留官吏之典。　③唐氏按："诏"原作"認"，从傅校。

水调歌头

踏碎九街月，乘醉出京华。半生湖海，谁念今日老还家。独把瓦盆盛酒，自与渔樵分席，说尹政声佳[①]。竹马望尘去，倦客亦随车。　听熏风，清晓角，韵梅花。人家十万，说尽炎热与咨嗟。只恐棠阴未满[②]，已有枫宸趣召[③]，归路不容遮。回首江边柳，空著旧栖鸦。

[注释]

①说(yuè):傅说。殷相。相传说曾筑于傅岩之野,武丁访得,举以为相,出现殷中兴的局面。 尹:伊尹,商汤臣,名挚,是汤妻陪嫁的奴隶。后佐汤伐夏桀,被尊为阿衡(宰相)。汤死后,孙太甲破坏商汤法制,伊尹把他放逐到桐宫,三年后迎之复位。一说伊尹放逐太甲,自立七年;太甲还,杀伊尹。 ②棠阴:传说周召公奭(shì)巡行南国,在棠树下听讼断案,后人思之,不忍伐其树。见《诗经·召南·甘棠》。后因以喻惠政。刘长卿《饯前苏州韦使君》诗:"幸容栖托分,犹恋旧棠阴。" ③枫宸:宫殿。汉宫殿中多植枫。宸,北宸所居,泛指帝王的殿庭。

满江红

春入台门,又见染、柳丝新绿。对此景、一年为寿,一番添福。莫怪凤池颁诏晚[①],要教淮水恩波足。听边民、千岁颂声中,重重祝。 堂萱茂[②],庭芝馥[③]。歌倚扇,杯持玉。共劝君一醉,满斟醽醁。今夜东风吹酒醒,明朝万里骑黄鹄。向九霞、光里望宸辉,看除目[④]。

[注释]

①凤池:亦作凤凰池。魏晋时中书省掌管一切机要,唐以后指宰相之职,因接近皇帝,故称"凤凰池"或"凤池"。杜甫《紫宸殿退朝口号》:"宫中每出归东省,会送夔龙集凤池。" ②堂萱:母亲。范成大《致政承奉卢君挽词》诗:"眼看庭玉成名后,身及堂萱未老时。" ③庭芝:芝兰,喻才质优美的子弟。《世说新语·言语》:"谢太傅问诸子侄:'子弟亦何预人事,而正欲使其佳?'诸人莫有言者。车骑答曰:'譬如芝兰玉树,欲使其生于阶庭耳。'" ④除目:除授官职的文书。《新五代史·刘延朗传》:"帝欲罢晋高祖总督,徙镇恽州,乃令文遇(薛文遇)手书除目,夜半下学士院草制。"

满江红

笔染相思,暗题尽、朱门白壁。动离思、春生远岸,烟销残日。杨柳结成罗带恨，海棠染就胭脂色。想深情、幽怨绣屏间，双鹈鸂[①]。　春水绿，春山碧。花有恨，酒无力。对一奁愁思，九分孤寂。寸寸锦肠浑欲断，盈盈玉泪应偷滴。倩东风、吹雁过江南，传消息。

[注释]

①鹈鸂：即鸂鹈，水鸟名，一曰紫鸳鸯。"鸂"字出韵，当作"鸂鹈"为是。

满江红

寿稼轩

寿酒如渑[①]，拚一醉、劝君休惜。君不记、济河津畔，当年今夕。万丈文章光焰里，一星飞堕从南极。便御风、乘兴入京华，班卿棘[②]。　君不是，长庚白。又不是，严陵客。只应是，明主梦中良弼。好把袖间经济手，如今去补天西北。等瑶池、侍宴夜归时，骑箕翼[③]。

[注释]

①如渑："有酒为渑，有肉为陵。"见《左传·昭公十二年》。渑(shéng)：水名。　②班卿棘：上朝站班于九棘之地，即位在九卿之意。古代朝堂树九棘以区别等级。　③箕翼：翼，二十八宿，有箕宿，翼宿。

满江红

典尽春衣，也应是，京华倦客。都不记、麴尘香雾[①]，西湖南陌。儿女别时和泪拜，牵衣曾问归时节。到归来、稚子已成阴，空头白。　功名事，云霄隔。英雄伴，东南坼[②]。对鸡豚社酒，依然乡国。三径不成陶令隐，一区未有扬雄宅。问渔樵、学作老生涯,从今日。

[注释]

①麴尘:麴上所生菌,色淡黄为尘。因以称淡黄色。白居易《山中石榴寄元九》诗:“千林芳叶一时新,嫩紫殷红鲜麴尘。” ②东南坼:“坼”,《全宋词》作“拆”。“吴楚东南坼”,杜甫《登岳阳楼》诗,据改。

瑞鹤仙

元夕为王史君赋

风光开旧眼,正梅雪初消,柳丝新染。楼台竞装点。照金荷十里,珠帘齐卷。湘弦楚管,动香风、旌旗影转。望云间,一点台星飞下[①],洞天清晚。 争看。袖红围坐,舞翠回春,笑歌生暖。欢声正远。嬉游意,未容懒。恐丝纶趣召[②],清都仙伯[③],归去朝天夜半。倩邦人、挽取遨头[④],醉扶玉腕。

[注释]

①台星:三台星。喻宰辅之位。 ②丝纶:《礼记·缁衣》“王言如丝,其出如纶”。《疏》:“王言初出微细如丝,及其行于外,言更渐大如纶也。”后因称帝王诏书为丝纶。 ③清都:古时谓天帝所居之宫阙,也指帝王所居的都城。颜延年(延之)《宋文皇帝元皇后哀策文》:“灭彩清都,夷体寿原。” ④遨头:宋代成都自正月至四月浣花,太守出游,士女纵观,称太守为遨头。苏轼《次韵刘景文周次元寒食同游西湖》诗:“兰尾忽惊新火后,遨头要及浣花前。”

贺新郎

十日狂风雨。扫园林、红香万点,送春归去。独有茶蘼开未到，留得一分春住。早杨柳、趁晴飞絮。可奈暖埃欺昼永，试薄罗衫子轻如雾。惊旧恨，到眉宇。　东风台榭知何处。问燕莺如今，尚有春光几许。可叹一年游赏倦[①]，放得无情露醑[②]。为唤取、扇歌裙舞。乞得风光还两眼，待为君、满把金杯举。扶醉玉，伴挥麈[③]。

［注释］

①唐氏按："叹"原作"杀"，从傅校。　②露醑：香酒。　③挥麈：拂尘。指闲谈。

贺新郎

寄辛潭州[①]

梦里骖鸾驭。望蓬莱不远，翩然被风吹去。吹到楚楼烟月上，不记人间何处。但疑是、蓬壶别所[②]。缥缈霓裳天女队，奉一仙、满把流霞举。如唤我，醉中舞。

醉醒梦觉知何许。问潇湘今日，谁与主盟樽俎。无限青春难老意，拟倩管弦寄与。待新筑沙堤稳步[③]。万里云霄都历遍，却依前、流水桃源路。留此笔，为君赋。

［注释］

①辛潭州：辛稼轩。辛于淳熙六年（1179）领湖南漕，寻改湖南安抚使。治所在长沙，古称潭州。　②蓬壶：山名，即蓬莱。古代方士传说为仙人所居。　③沙堤：唐故事：宰相初拜，京兆使人载沙填路，自私邸至于城东街，名沙堤。

念奴娇

汉天云静，望一星飞过，湘南湘北。当是郴山猿鹤梦[①]，唤起日边消息[②]。羽扇纶巾，浩然乘兴，此意无人识。扁舟千里，但闻清夜横笛。　　记得天上人间，去年今日，曾作称觞客。明月风烟依旧似，只觉蓬莱悬隔。更恐明朝，诏黄飞下[③]，趣驾冲霄翼[④]。衮衣剑履[⑤]，望公长在南极。

[注释]

①猿鹤：与猿鹤为侣，指隐逸生活。　②日边：比喻京都附近或帝王左右。　③诏黄：用黄色纸书写的诏书。《宋书·王韶之传》："恭帝即位，迁黄门侍郎，领著作郎，西省如故。凡诸诏黄，皆其辞也。"　唐氏按："诏"原作"韶"，从《永乐大典》卷一万四千三百八十一"寄"字韵。　④趣(cù)：催促。　⑤衮衣：古代帝王及上公的礼服。

念奴娇

杏花杨柳，对东风染尽、一年春色。弹压烟光三万顷[①]，谁识清都仙伯。夜泛银潢[②]，手移星纬[③]，飞堕从天阙。御风乘兴，偶然身到乡国。　　二年人乐升平，舞台歌榭，处处红牙拍。寿酒千觞斟不尽，一醉何妨今夕。更约明年，凤皇池上，去作称觞客。梅花折得，赠君调鼎消息[④]。

[注释]

①弹压：制服，掌控。《淮南子·本经训》："秉太一者，牢笼天地，弹压山川，含吐阴阳，伸曳四时，纪纲八极，经纬六合。"　②银潢：本苏轼《和文与可洋州园池天汉台》诗"汉水东流旧见经，银潢左界上通灵"。　③星纬：星辰。　④调鼎：调和鼎鼐，喻宰相之职。

洞仙歌

芙蓉开了，春未江梅透，小小东风弄晴昼。把万家和气，吹入笙歌，炉熏里，都与慈闱做寿[①]。　黄堂今日贵[②]，自著莱衣[③]，捧劝金船十分酒[④]。愿从今，江海上，日日韶华桃李径，总为人间种就。但看取、天边老人星，有一点台星，共光南斗。

［注释］

①慈闱：古时母亲的代称。　②黄堂：太守办事的厅堂。见《后汉书·郭丹传》。　③莱衣：传说春秋楚老莱子奉二亲至孝，行年七十，着五彩衣，寻雏鸟于亲侧。后因以莱衣为年老孝顺不衰的典故。唐李中《献中书汤舍人》诗："銮殿对时亲舜日，鲤庭过处着莱衣。"　④金船：酒器。

洞仙歌

寿稼轩

带湖佳处，仿佛真蓬岛。曾对金樽伴芳草。见桃花流水，别是春风，笙歌里，谁信东君会老[①]。　功名都莫问，总是神仙，买断风光镇长好。但如今，经国手，袖里偷闲，天不管、怎得关河事了。待貌取、精神上凌烟，却旋买扁舟，归来闻早。

［注释］

①东君：司春之神。唐成彦雄《柳枝词》之三："东君爱惜与先春，草泽无人处也新。"

鹊桥仙

思归时节，乍寒天气，总是离人愁绪。夜来无奈被西风,更吹做、一帘秋雨。　　征衫拂泪,阑干倚醉,羞对黄花无语。寄书除是雁来时,又只恐、书成雁去。

[集评]

周笃文云:“一点乡愁,千回百转。被西风吹作秋书,欲寄出而雁阵又去,递相生发,洵为妙笔。”

鹊桥仙

寿稼轩

筑成台榭,种成花柳,更又教成歌舞。不知谁为带湖仙,收拾尽、壶天风露①。　　闲中得味,酒中得趣,只恐天还也妒。青山纵买万千重,遮不断、诏书来路。

[注释]

①壶天:道家所称仙境。唐张乔《古观》诗:“洞水流花草,壶天闭雪春。”

蝶恋花

别范南伯①

离恨做成春夜雨,添得春江,刬地东流去②。弱柳系船都不住,为君愁绝听鸣橹。　　君到南徐芳草渡,想得寻春,依旧当年路。后夜独怜回首处,乱山遮隔无重数。

[注释]

①范南伯:名如山,邢台人。荆南帅张南轩辟为辰州卢溪令,改摄江陵之公安。公治官犹家,抚民如子。女弟归稼轩。　②刬地:无端、平白。

[集评]

况周颐云："杨济翁《蝶恋花》……婉曲而近沉着，新颖而不穿凿，于词为正宗中之上乘。"(《蕙风词话》卷二)

蝶恋花

稼轩坐间作，首句用丘六书中语①

点检笙歌多酿酒，不放东风，独自迷杨柳。院院翠阴停永昼，曲栏随处堪垂手。　　昨日解酲今夕又，消得情怀，长被春僝僽②。门外马嘶人去后，乱红不管花消瘦。

[注释]

①丘六：丘宗卿，名密，江阴军人，隆兴元年进士。为建康府观察推官，丞相虞允文奇其才，奏除国子博士。……知鄂州移江西转运判官，提点浙东刑狱。……密仪状魁杰，机神英悟，尝慷慨谓人曰："生无以报国，死愿为猛将以灭敌。"其忠义性然也。　②僝僽(chán zhòu)：愁苦，烦恼。宋王质《雪山集·清平乐·梅影》："从未清瘦，更被春僝僽。"

蝶恋花

万点飞花愁似雨，峭杀轻寒①，不会留春住。满地乱红风扫聚，只教燕子衔将去。　　独倚阑干闲自觑，深院无人，行到无情处。帘外丝丝杨柳舞，又还装点人情绪。

[注释]

①峭杀：尖利的意思。姚合《除夜》之一："寒犹近北峭，风渐向东生。"

千秋岁

代人为寿

五云缥缈,朝退金门晓。归未稳,传宣到。龙楼陪夕宴,凤沼吟春草[①]。人间世,谁知自有蓬莱岛。　一杯宜劝了,换得天颜笑。人不老,春长好。从今千百岁,总是中书考[②]。瑶池会,金盘剩荐安期枣[③]。

[注释]

①凤沼:指中书省。　②中书考:"校中书会考二十有四,而朝不忌。"见《旧唐书·郭子仪传》。此指富贵寿考。　③安期枣:传说仙果名。汉方士李少君对武帝说,仙人安期生食巨枣,大如瓜。见《史记·封禅书》。元稹《和乐天赠吴丹》诗:"冥搜方朔桃,结念安期枣。"

玉人歌

风西起。又老尽篱花,寒轻香细。漫题红叶,句里意谁会。长天不恨江南远,苦恨无书寄。最相思,盘橘千枚,脍鲈十尾。　鸿雁阻归计。算愁满离肠,十分岂止。倦倚阑干,顾影在天际。凌烟图画青山约[①],总是浮生事。判从今,买取朝醒夕醉。

[注释]

①凌烟图画:画像于凌烟阁中,指建功立业,名标青史。　凌烟阁:唐太宗贞观十七年建,在长安城中。

点绛唇

邂逅开尊[①],眼中有个人纤软。袖罗轻转,玉腕回春暖。　　韵处无多，只恼人肠断。词将半，近前相劝，扑扑清香满。

[注释]

①邂逅：不期而遇。

点绛唇

送别洪才之[1]

水载离怀，暮帆吹月寒欺酒。楚梅春透，忍放持杯手。　　莫唱阳关，免湿盈盈袖。君行后，那人消瘦，不恼诗肠否。

[注释]

①洪才之：不详。

秦楼月

东风寂，垂杨舞困春无力。春无力，落红不管，杏花狼籍。　　断肠芳草萋萋碧，新来怪底相思极[1]。相思极，冷烟池馆，又将寒食。

[注释]

①怪底：难怪。

浣溪沙

杨柳笼烟袅嫩黄[1]，桃花蘸水染红香。薄罗衫子日初长。　　饮尽东风三百盏，醉来愁断几回肠。教人独自遣风光。

[注释]

①袅嫩黄:金色柳条在风中摇摆。

浣溪沙

三径闲情傲落霞[①],五湖高兴不浮家。自斟北斗浸丹砂[②]。　　闲把胸中千涧壑,撰成醉处一生涯。雪楼风月篆岗花[③]。

[注释]

①三径:指隐士之居。陶渊明《归去来兮辞》:“三径就荒,松菊犹存。”　②北斗:酒杯。北斗七星排列如勺形,以喻酒器。“操北斗兮酌桂浆”,见《九歌·东君》。　③篆岗:地名。辛稼轩有《踏莎行·庚戌中秋后二夕,带湖篆岗小酌》词。

桃源忆故人

尊前未语眉先皱,只把横波斜溜。此意问春知否,蝶困蜂儿瘦。　　膍膍呷丁些来酒[①],越会把人僝僽[②]。有个约伊时候,梦里来相就。

[注释]

①膍膍:肉食肴馔。　呷:饮也。　丁:未详,或即“了”字之讹。　②僝僽:折磨,摆布。黄庭坚《宴桃源》词:“天气把人僝僽,落絮游丝时候。”

[集评]

李调元云:“杨炎正《桃源忆故人》词有句云:‘膍膍呷丁些来酒。’又《柳梢青》云:‘捧杯更着膍膍唱’。皆江西土语,犹言随意也。”(《雨村词

话》卷二）

踏莎行

宿鹭栖身，飞鸿点泪，不堪更是重阳到。一襟无处著凄凉，倚栏看尽斜阳倒。　瘦减难丰，悲伤易老，淡觞消得黄花笑[1]。画眉人去玉篦存[2]，浓愁如黛凭谁扫。

[注释]

①淡觞：淡酒。　②画眉人：丈夫。张敞为妻子画眉，见《汉书·张敞传》。

减字木兰花

月明如昼，占断小楼供把酒。入眼人人[1]，如月精神更有情。　大家休睡，留到天明和月醉。生怕醒来，月到波心忆酒媒。

[注释]

①人人：指伴酒之乐伎。"人"与"情"相押，乃江西方音。

生查子

金莲照夜红[1]，玉腕扶春碧。曲妙遏云行，人好欺花色。　欢生酒面浓，笑染炉香湿。饮尽十玻璃，月堕东方白。

[注释]

①金莲：烛名。令狐绹禁中召问，帝以金莲花烛送还，见《唐书·令狐

绚传》。

柳梢青

生紫衫儿[1],影金领子[2],著得偏宜。步稳金莲,香熏纨扇,舞转花枝。　　捧杯更著觝鞕,唱一个、新行耍词。玉骨冰肌,好天良夜,怎不怜伊。

[注释]

①生紫:深紫色。　②影金:不详,或即浅金之意。

相见欢

江湖万里征鸿,再相逢。多少风烟摸在、笑谈中[1]。
歌裙醉,罗巾泪,别愁浓。瘦减腰围不碍、带金重。

[注释]

①摸在:《宋六十名家词》作"都在",是。

诉衷情

露珠点点欲团霜,分冷与纱窗。锦书不到肠断,烟水隔茫茫。　　征燕尽,塞鸿翔,睇风樯。阑干曲处,又是一番,倚尽斜阳。

(以上毛扆校《汲古阁》本《西樵语业》三十七首)

[集评]

李调元云:"'团霜'、'分冷',四字最工。为《生查子》句云:'人好欺花色','欺'字亦工。盖能炼句故也。"(《雨村词话》卷二)

满江红

寿邹给事

豹尾班中[①]，谁一似、神仙冠玉。认得是、当年唱第，斗间星宿。万卷平生都看了，如今刬地无书读[②]。向云霄、去路有行堤，沙新筑。　黄封酒[③]，生朝禄[④]。金缕唱，生朝曲。且通宵一醉，剩裁红烛。待做太平真宰相，黑头坐对三槐绿[⑤]。问恁时、犹有甚除书[⑥]，长生箓。

（《截江网》卷四）

[注释]

①豹尾班：侍卫班。所执饰有豹尾之枪，叫豹尾枪。故称豹尾班。白居易《奉和汴州令狐令公》诗："枪森赤豹尾，纛吒黑龙髯。"　②刬地：照样、反而的意思。　③黄封酒：宫廷酿造之酒，以黄罗帕封，故称。也用以泛称美酒。　④生朝：生日。　⑤"黑头"句：喻少壮而取得三公高位。黑头：喻青壮年。　三槐：相传周代宫廷外种有三棵槐，朝见天子时，三公面向三槐而立。　⑥除书：授官之诏令。韦应物《始除尚书郎别善福精舍》诗："除书忽到门，冠带始拘束。"

存目词

《永乐大典》卷一万四千三百八十一"寄"字韵载杨炎正《贺新郎》"兰芷湘东国"一首，乃严仁所作，见《中兴以来绝妙词选》卷五。

俞　灏

俞灏(1146—1231),字商卿,世居杭。绍熙四年(1193)进士。历知安丰军,提举湖北常平茶盐。宝庆二年(1226)致仕,筑室九里松,自号青松居士。绍定四年卒,年八十六。有《青松居士集》,不传。

点绛唇

欲问东君,为谁重到江头路。断桥薄暮,香透溪云渡。　细草平沙,愁入凌波步[①]。今何许,怨春无语,片片随流水。

(《绝妙好词》卷一)

[注释]

①凌波步:形容女子步态轻盈。“凌波微步,罗袜生尘。”见曹植《洛神赋》。

连久道

连久道，字可久。道士，年二十即以诗名。

清平乐

渔　父

阵鸿惊处，一网沉江渚。落叶乱风和细雨，拨棹不如归去。　　芦花轻泛微澜，蓬窗独自清闲。一觉游仙好梦，任它竹冷松寒。①

（《中兴以来绝妙词选》卷十）

［注释］

①唐氏按：此首误入洪瑹《空同词》。

［集评］

黄昇云："久道，江湖得道士也。十二岁已能作诗。其父携见熊曲肱，适有渔父过前。令赋《渔父词》。曲肱赠以诗。且谓此子富贵中留不住。后果为羽衣，多往来西山。"（《中兴以来绝妙词选》卷十）

存目词

调　名	首　句	出　处	附　注
水调歌头	雨后烟景绿	《诗渊》第五册	张颜作，见《洞霄诗集》卷三

【补　辑】

水调歌头[①]

游洞霄赋

雨后烟景绿，春水涨桃花。系舟溪上、笋舆十里踏平沙[②]。路转峰回，好处无数。青荧玉树，缥缈羽人家。楼观倚空碧，水竹湛清华。　　纵幽寻，飞腊屐，上苍霞。古仙何在，空馀金灶委岩洼。它日傥然归老[③]，乞取一庵云卧，随分了生涯。底用更辛苦，九转炼黄芽[④]。

（影印明抄本《诗渊》第三册，引自孔凡礼《全宋词补辑》）

[注释]

①孔凡礼按：原缺调名，今补。　②笋舆：竹轿。指竹制滑竿。　③傥然：不拘束。　④黄芽：指仙丹。

赵师羿

赵师羿（yì）（1148—1217），字从善，燕王德昭七世孙。淳熙二年（1175）举进士。累迁司农卿，知临安府，进兵部尚书。年七十，谥宣敏。自号无著居士，又号东墙。

减字木兰花

江南春早，春到南枝花更好。不比寻常，深著胭脂学弄妆。　　寿阳开宴[①]，拂拂红霞生酒面。从此溪桥，步障翻腾著绛绡[②]。

（《永乐大典》卷二千八百零九“梅”字韵引《维扬志》）

［注释］

①寿阳：寿阳公主，南朝宋武帝女。《太平御览》引《宋书》，说寿阳公主睡在含章殿檐下，梅花落额上，成五出之花，拂之不去。自后就有所谓梅花妆，简称梅妆，也称寿阳妆。　②步障：贵人出行时所设之屏幕，用以遮蔽风尘。

宋先生

宋先生,生平不详,修道家养生之术。

苏幕遮

气随神,神随气。神气相随,透入泥丸里[①]。长把金关牢锁闭[②],捉得金晶[③],暗地添欢喜。　　下辛勤,须发志。十二时中,莫把工夫弃。阴尽阳全神出体,功行成时,名列神仙位。

[注释]

①泥丸:道家以人体为小天地,各部分皆赋以神名,脑神称精根,字泥丸。后因称人头为泥丸宫。　②金关:言养生者谨守精神而不妄耗。见《黄庭内景经》。　③金晶:意指金丹。

丑奴儿

真人本是凡人做,悟者何难,名利如山,隔断神仙路往还。　　谢师指教生死限,长在心间,长在心间,十二时中不暂闲[①]。

[注释]

①十二时:一昼夜。古代计时法,一昼夜凡十二时。

沁园春

速速修行,惜取身中,无价□珍。把金乌玉兔,垆中炼用,阴阳造化,养就阳神。虎啸龙吟丹田里,顶内时时仙乐声[①]。泥丸里，烹煎水火，铅汞成真。　　夜来端坐澄心神，见真人颜貌新。用河车搬载[②]，充开牛斗。星辰洁皎，光射分明。服了刀圭功成后[③]，自知道、仙班有姓名。诸仙请，待玉皇宣至，朝拜三清[④]。

[**注释**]

①顶：头。　顶内：即脑袋里。　②河车：道家炼丹，称北方正气名河车；炼丹所用铅汞，与河车相合，始能成丹。苏轼《王颐赴建州钱监求诗及草书》诗："河东挽水灌脑黑，丹砂伏火入颊红。"脑黑言髮不白。　③刀圭：古时量取药物的用具，借指药物。韩愈《寄随州周员外》诗："金丹别后知传得，乞取刀圭救病身。"　④三清：道家认为人天两界之外，别有三清，一说为玉清、太清、上清，是神仙居住的地方。

武陵春

七返还丹人怎晓[①]，晓后有何难。夜静存神向内观，神水满泥丸。　　搬运金精无夜昼，呼吸不曾闲。功行成时出世寰，名姓列仙班。

[**注释**]

①七返：七返丹，即七返灵砂。

武陵春

虎绕龙蟠功最妙，交会在丹田。垆鼎烹煎火自然，日月炼为先。　　认取坎离为造化[①]，真气要还源。向己澄静坐内观，九转炼成丹。

[注释]

①坎离:犹言铅汞。坎指汞,人之阴精;离指铅,人之阳气。

丑奴儿

河车怎敢停留住[①],搬入泥丸,水火烹煎,一粒丹砂炼汞铅。　　金丹大药人人有,只要心坚,休说闲言,不走阳精便是仙。

[注释]

①河车:指汞,炼丹的原料。

丑奴儿

因师传说朝元理[①],昼夜功勤,炼煅成真,偷得阴阳共半斤。　　壶中天地何曾夜,四季长春,洞里光阴,交我如何与世论[②]。

[注释]

①朝元:道教徒礼拜神仙。白居易《寻郭道士不遇》诗:"郡中乞假来相访,洞里朝元去不逢。"　②交:通"教"。罗隐《铜雀台》诗:"祇合当年伴君死,免交憔悴望西陵。"

丑奴儿

夜来子后披衣坐,心定神清,见个真人,脸似胭脂体似银。　　垆中火焰炎炎起,紫气腾腾,一粒丹成,管取飞升上帝京。

太常引

金丹只在自身中[①],真水火、炼成功。因遇吕仙公,识返本、还元祖宗。　阳全阴尽,神光现处,认得自真容。名姓列仙宫,已跳出、乾坤世笼。

[注释]

①金丹:指道士修炼之丹,有内丹、外丹之别。

点绛唇

二气工夫,河车搬入昆仑脑[①]。世人谁晓,此是玄元道[②]。　存得阳精,年老身不老。三田饱[③],行功都了,拂袖游蓬岛。

[注释]

①昆仑脑:昆仑,道家语,头脑的别称。《云笈七签·太上黄庭外景经》:"子欲不死修昆仑。"　②玄元:谓道:本《晋书·李玄盛传》载《述志赋》"涉至虚以诞驾,乘有舆于本无,禀玄元而陶衍,承景灵之冥符"。③三田:三丹田。两眉之间为上丹田,心下为中丹田,脐下为下丹田。

点绛唇

这个工夫,因师传授知元祖。论甚子午[①],说甚龙和虎[②]。　只在目前,明有神仙路。速修取,有朝归去,消了阴司簿。

[注释]

①子午:均为地支之一。又均为十二时之一。　②龙和虎:内丹家以

龙属木,为火象,主心;虎属金,为水象,主肾。

捣练子

真水火,谢师传,黑铅红汞鼎中煎。现神光,满目前。　丹砂就,是神仙,金鼎捉住寿同天。待功成,玉帝宣。

临江仙

说甚坎离龙共虎,休言火候周天[①]。阳精不走自神全。双关明有路,直上至泥丸。　牢锁金关并玉户[②],日魂月魄烹煎。三宫都满体牢坚[③],阳神朝上帝,永劫作天仙。

[注释]

①火候:道家称炼丹的功夫。　周天:一日一夜为一周天。　②玉户:“人体内有百关、九节,合为形质、洞房、玉户、紫宫、泥丸丹以处泊百神。见《云笈七签》。　③三宫:丹家修炼阳神出入之所。见《黄庭内景经》。

丑奴儿

金公本是乾家子[①],住在坤宫,真虎真龙,吃尽三尸及九虫[②]。　丹砂锻炼泥丸里,赫赫长红,一日成功,直见三清太上公。

[注释]

①金公:《云笈七签》云,“金者太白之名,公者物之尊,呼之曰铅。”
②三尸:道家认为人身体中有作祟之神三,叫三尸。每逢庚申的日子,向

天帝诉说人的过恶。唐段成式《酉阳杂俎·玉格》:“三尸一日三朝,上尸青姑,伐人眼;中尸白姑,伐人五脏;下尸血姑,伐人胃命。”

浪淘沙

我有一张琴,随坐随行。无弦胜似有弦声。欲对人前弹一曲,不遇知音。　　夜静响琤轰,神鬼俱惊。惊天动地若雷鸣。只候功成归去后,携向蓬瀛。

浪淘沙

师指炼金丹,牢锁金关。工夫进火莫交闲。向己澄心观内景[①],闪电眉间。　　妙用在泥丸,神思难看。愚迷不悟隔千山。悟即如同观返掌,出世何难。

[注释]

①内景:内神。见《云笈七签》。

浪淘沙

铅汞要加添,火候频煎。体中气足返阳全。养就婴儿并姹女[①],同坐同眠。　　髓实自身坚,运满三田。刀圭服了得神仙。只候功成并行满,独步朝元。

[注释]

①婴儿:道家称铅为婴儿,汞为姹女。

糖多令

搬载渡黄河,金关牢闭锁。运九还[①]、须是功多。光透帘帏红似火，见金钱、万千朵。　过水涌银波，充开牛斗过。进工夫、□□蹉跎。见个真人便是我，暗欢喜，笑呵呵。

[注释]

①九还：九转，九返。

桃源忆故人

自从师指天机道，万卷仙经都晓。若会运精归脑，颜貌长不老。　真铅真汞人知少，乌兔烹煎成宝①。身外有身方了，玉帝金书召。

[注释]

①乌兔：日月。传说日中有乌，月中有兔，故云。

惜黄花

天机大道，达者稀少。运戊己、龙蟠更虎绕①。这一颗丹砂，凡世人难晓。间木金、坎离颠倒。　阳全阴尽，形容不老。将水火烹煎，自然炉灶。待行功成就，炼无价宝。去朝元、七祖都了②。

[注释]

①戊己：指五行之土。古以十干配五方。中央为戊己属土。　②七祖：未详。道家以日月五星为七政星君，或即指此。

阮郎归

一轮明月照三峰，彩霞飞满空。分明见我主人公，明珠透上宫[①]。　　丹药炼，鼎中红，频频要用功。功成定是出樊笼[②]，闲游仙洞中。

［注释］

①上宫：玄丹宫，在上丹田上，乃脑中极高处。　②樊笼：牢笼。

武陵春

七返阳全阴去尽，精髓满三田。修道无为必自然，论甚后和先。　　认取五行真水火，须要识根源。自己丹砂著意看，何用外寻丹。

（以上《道藏了明篇》二十二首）

叶　适

叶适(1150—1223),字正则,永嘉人。淳熙五年(1178)进士。宁宗时,累官宝文阁待制,兼江淮制置使。被劾附韩侂胄,夺职。杜门著述,自成一家,学者称水心先生。年七十四,谥忠定。有《水心文集》。

西江月

和李参政

识贯事中枢纽[1],笔开象外精神[2]。传观弓力异常钧,衣我六铢羞问[3]。　　周后数茎命粒[4],鲁儒一点芳心。啄残栖老付谁论。谩要睡馀支枕。

(《水心先生文集》卷二十九)

[注释]

①事中枢纽:事理的关键。　②象外精神:超逸物象之外的意境。司空图《与极浦书》:“戴容州云:诗家之景,如兰田日暖,良玉生烟,可望而不可置于眉睫之前也。象外之象,景外之景,岂容易可谭哉!”　③六铢:六铢衣。　铢:古衡制单位。两之二十四分之,为一铢。佛经中称忉利天衣重六铢,言其轻而薄。后用以泛指一般极轻极薄的衣服。　④命粒:象征天命的嘉禾。《尚书大传》云:“成王时有苗异茎而生,同为一穗……王召周公而问之。公曰三苗为一穗,抑天下其和为一乎。”

王　楙

王楙（mào）（1151—1213），字勉夫，家本福清，其先徙平江，遂为长洲（今江苏苏州市）人。隐居不仕。年六十三。著有《野客丛书》三十卷传世。

望江南

寿张仪真

三杰后[①]，福寿两无涯。食乳相君功未既[②]，妩眉京兆眷方兹[③]，富贵莫推辞。　　门两戟[④]，却棹一纶丝。莼菜秋风鲈脍美，桃花春水鳜鱼肥，笑傲霅溪湄[⑤]。

（《野客丛书》卷二十九）

［注释］

①三杰：汉张良、韩信、萧何称三杰。见《史记·高祖本纪》。　②食乳相君：汉张苍免相后家居。口中无齿，食乳以生。见《汉书》。　③妩眉京兆：指汉京兆尹张敞。《汉书·张敞传》："为妇画眉，长安中传张京兆眉妩（美好）。"　④门两戟：戟门，古代宫门立戟。唐制三品以上官员亦得于私门立戟，因称显贵之家为"戟门"。贾岛《上杜驸马》诗："玉山突兀压乾坤，出得朱门入戟门。"　⑤霅（zhà）溪：水名，在浙江吴兴县境。

刘 褒

刘褒，生卒不详，字伯宠，一字春卿，武夷（今福建崇安）人。登淳熙五年（1178）进士。除司门郎中，历官朝请郎，知西全州。嘉定六年（1213）时，监尚书六部门，放罢。有集，不传。

水龙吟

桂林元夕呈帅座

东风初縠池波，轻阴未放游丝堕。新春歌管，丰年笑语，六街灯火。绣毂雕鞍，飞尘卷雾，水流云过。恍扬州十里，三生梦觉，卷珠箔，映青琐[①]。　　金猊戏掣星桥锁。博山香[②]、烟浓百和。使君行乐，绛纱万炬，雪梅千朵。羯鼓轰空，鹍弦沸晓，樱梢微破。想明年更好，传柑侍宴[③]，醉扶狨座[④]。

[注释]

①青琐：泛指宫廷，汉有青琐门。　②博山：博山炉，古香炉名，见《西京杂记》。　③传柑：北宋上元夜，宫中宴近臣、贵戚。宫人以黄柑相赠，谓传柑。　④狨（róng）：金丝猴。　狨座：狨皮制成的坐褥。宋制：文臣中书舍人以上，武臣节度使以上得用狨毛座。

[集评]

黄昇云：“刘伯宠，武夷之文士，尤工于乐府，而鲜传于世。余极爱其《桂林元夕呈帅座》一阕云（略）。盖《水龙吟》也。”（《中兴词话》）

杨慎云：“其词多俊语。”（《词品》卷五）

雨中花慢

春日旅况

缥蒂缃枝[①]，玉叶翡英，百梢争赴春忙。正雨后、蜂黏落絮，燕扑晴香。遗策谁家荡子，唾花何处新妆。想流红有恨，拾翠无心，往事凄凉。　　春愁如海，客思翻空，带围只看东阳[②]。更那堪、玉笙度曲，翠羽传觞。红泪不胜闺怨，白云应老他乡。梦回羁枕，风惊庭树，月在西厢。

（以上二首见《诗人玉屑》卷二十一）

[注释]

①缥：青白色的丝织品，也指淡青色。　缃：浅黄色。　②东阳：沈东阳，沈约。《南史·沈约传》：隆昌元年（494）约除吏部郎，出为东阳太守。李商隐《寄呈韩冬郎兼呈畏之员外》诗："为凭何逊休联句，瘦尽东阳姓沈人。"

[集评]

黄昇云："下字造语，精深华妙，唯识者能知之。"（《中兴词话》）

满庭芳

留　别

柳袅金丝，梨铺香雪，一年春事方中。烛前一见，花艳觉羞红。枕臂香痕未落，舟横岸、作计匆匆。明朝去，暮天平水，双桨碧云东。　　隔离歌一阕，琵琶声断，燕子楼空[①]。叹阳台梦杳，行雨无踪。后会芙蕖未老，从今去、日望归鸿。愁如织，断肠啼鴂[②]，饶舌诉东风。

[注释]

①燕子楼:在今江苏徐州。唐贞元中,张尚书建封镇徐州,筑楼以居家伎关盼盼。张死后,盼盼不嫁,居此楼十馀年。见白居易《长庆集》十五《燕子楼诗三首序》。　②鸩:伯劳鸟。

[集评]

杨慎云:"其词多俊语。"(《词名》卷五)

沈雄云:"善于言情者。"(《古今词话·词评》)

六州歌头

上广西张帅[①]

凭深负阻,蜂午肆奔腾[②]。龙江上,妖氛涨,鲸海外,白波惊。羽檄交飞急,玉帐静,金韬闳,恢远驭,振长缨,密分兵。细草黄沙渺渺,西关路、风袅高旌。听飞霜令肃,坚壁夜无声。鼓角何神,地中鸣。　看追风骑,攒云槊,雷野毂,激天钲。飞箭集,旄头坠,长围掩,郭东倾。振旅观旋凯,笳鼓竞,绣旗明。刀换犊,戈藏革,士休营。黄色赤云交映,论功何止蔡州平[③]。想环城苍玉,深刻入青冥,永诏来今。[④]

[注释]

①张帅:张孝祥乾道初任广南西路经略安抚使。　②蜂午:纷然并起貌。《史记·项羽本纪》:"今君起江东,楚蜂午之将皆争附君者,以君世世楚将,为能复立楚之后也。"　③蔡州平:元和中,藩镇割据,十年(815)淮西节度使吴元济反,朝廷遣裴度宣慰淮西行营,以李愬为邓州节度使,率兵讨伐。十二年(817)愬率师夜袭蔡州,生擒吴元济,淮西平。见《新唐书》、《旧唐书》。　④唐氏按:此首别误作向子諲词,见《永乐大典》卷一万五千一百三十九"帅"字韵。

水调歌头

中 秋

天淡四垂幕，云细不成衣。西风扫尽纤翳，凉我鬓边丝。破匣菱花飞动①，跨海清光无际，草露滴明玑。杯到莫停手，何用问来期。　坐虚堂，揩病眼，溯流辉②。云山应有幽恨，瑶瑟掩金徽。河汉无声自转，玉兔有情亦老，世事巧相违。一写谪仙怨，双泪满君颐。

（以上三首见《中兴以来绝妙词选》卷七）

[注释]

①菱花：菱花镜。　②溯：逆水而上。引申为迎、向。

[集评]

沈雄云："《水调歌头》亦不减于东坡也。"（《古今词话·词评》上卷）

况周颐云："'跨海'云云，是何意境。下乃忽作小言。子云《解嘲》所云'大者含元气，细者入无间'，略可喻词笔之变化。"（《蕙风词话》卷二）

章良能

章良能(？—1214),字达之,丽水人。淳熙五年(1178)进士。除著作佐郎。庆元六年(1200),枢密院编修官。嘉泰元年(1201),为起居舍人。开禧元年(1205),宗正少卿。三年(1207),直舍人院除直学士院。嘉定元年(1208),试礼部侍郎兼直学士院,又为御史中丞。嘉定二年(1209),同知枢密院事。六年(1213),参知政事。七年(1214)卒。有《嘉林集》百卷,不传。

小重山①

柳暗花明春事深。小阑红芍药,已抽簪。雨馀风软碎鸣禽。迟迟日,犹带一分阴。　往事莫沉吟。身闲时序好,且登临。旧游无处不堪寻。无寻处,惟有少年心。

(《绝妙好词》卷一)

[注释]

①唐氏按:《词综》卷十六此首误作章颖词。

[集评]

周密云:"外大父文庄章公……闲作小词,极有思致。先妣能口诵数首阕。《小重山》云(略)。"(《齐东野语》)

陈霆云:"语语甚婉约。但鸣禽曰碎,于理不通,殊为语病。唐人句云:'风暖鸟声碎'。然则何不曰:'暖风娇鸟碎鸣音'也?"(《渚山堂词话》卷二)

熊以宁

熊以宁，生卒年不详。号东斋，建安崇泰里（今属福建）人。淳熙五年（1178）进士。官光泽主簿。《截江网》卷六《鹊桥仙》一首重出，一题熊伯诗作，一题熊东斋作，是以宁字伯诗也。

水调歌头

寿常德府刘守

天地有英气，钟秀在人间。流虹甫近华旦[1]，维岳预生贤[2]。千载明良会遇，三世勋庸忠烈，谁得似家传。高论排风俗，抗志遏狂澜。　记年时，胡尘外，拥朱幡。洪枢紫府功业[3]，指日复青毡[4]。拭目泥封飞下[5]，趁取梅花消息，去去簉朝班[6]。骨相元不老，何必颂南山。[7]

（《截江网》卷五）

［注释］

①流虹：生日之兆。少昊之母，见星如虹下流华渚，梦接意感而生少昊。见《宋符瑞志》。　②维岳：本《诗经·大雅·崧高》“维岳降神，生甫及申”。后世遂为生日之称。　③洪枢紫府：即指中央发号施令的部门或职位。　洪枢：指枢密院。　紫府：紫薇省，中书令于此办公。　④青毡：“（献之）夜卧斋中，而有人入其室，盗物都尽。献之徐曰：‘偷儿，青毡我家旧物，可特置之。’群偷惊走。”见《晋书·王羲之传附王献之》。后以青毡为士人故家旧物之代词。　⑤泥封：古人封书函，用泥封于绳端打结处，上盖印章，称泥封。泥封上的图文，或为官品人名，或为厌胜古语。书简用青泥，诏书用紫泥，登封玉检，则用金泥。此处指诏书。　⑥簉（zào）：荟萃。江淹《颜特进侍宴》诗：“中坐溢朱组，步栏簉琼弁。”　⑦唐氏按：此首原题熊东斋作。

醉蓬莱

寿察判

某伏以清商肇序，阶蓂方五荚之飞[①]。元精生贤，宝历应千龄之运。于赫自天之佑，丕昭维岳之祥。弧矢垂门[②]，冠裳争耀。既托帡幪之芘[③]，敢忘颂咏之私。敬制拙词，仰祝台算[④]。以醉蓬莱寄调，缮写拜呈，伏惟台慈，特赐采览

渐荷收绿盖，桂吐金英，嫩凉天气。香案仙官，向人间游戏。道貌孤高，灵扃恬淡[⑤]，有寿星标致。梦得文章[⑥]，水心谈论[⑦]，家声相继。　　芙蓉上幕，龙藩胜地。剡荐交飞[⑧]，宸衷简记。行趣朝班，便骞坡螭陛。赞画堂中，垂弧节届[⑨]，且举觞一醉。试问庄椿[⑩]，春秋多少，八千馀岁。

（《截江网》卷五）

[注释]

①阶蓂：即蓂荚。传说中的瑞草，夹阶而生。观以知日，又名历荚。见《竹书纪年》。　②弧矢：弓箭。古俗生男则悬弧于门，以表四方志。　③帡幪：帷幄，帐幕。引申为覆盖。　芘（bì）：通“庇”。　④台算：高寿之意。台：古时对人尊称之词。　算：即筹，此指寿筹。　⑤灵扃：心府。　⑥梦得：刘禹锡，字梦得，中唐诗人。　⑦水心：南宋叶适，字水心。　⑧剡荐：剡（yǎn），削，削牍写成奏章。荐，举荐。削牍举荐为剡荐。　交飞：举荐文书之多。　⑨弧：弓箭。　节：指生日。　⑩庄椿：本《庄子·逍遥游》“上古有大椿者，以八千岁为春，八千岁为秋”。后来用为祝人长寿之词。

鹊桥仙

寿帅守硕人并引[①]

某窃承帅阃太硕人顷自仙班，来瑞人世。诞弥喜届，庆颂骈臻。某仰托门墙，用伸庆贺。辄成小词一，寄声鹊桥仙。僭

易尘献，上祝椿鹤之算。伏惟懿慈，特赐采览。门下士姓某惶恐再拜上

隐君仙裔，帅垣佳配。谁似硕人清贵。几番鸾诰自天来，森绿绶、彩衣当砌[2]。　莲开十丈，蓂留十荚，迟十日，瑶池秋至。殷勤祝寿指蟠桃，更重数、三千馀岁[3]。

（《截江网》卷六）

[注释]

①硕人：妇人封赠之号。宋政和初，定命妇等级大夫以上封硕人。见《宋官制旧典》。　②森：《截江网》同卷重出一首作“看”。　绿绶：古代三公以上配绿绶。　③唐氏按：重出一首此句作“过结实、开花年岁”。又按：此首原题熊伯诗作。《截江网》卷六此首重出，署熊东斋作，题作“寿曹硕人”。

詹克爱

詹克爱,生平不详,字济夫,崇安黄村里人。淳熙五年(1178)进士。

失调名

天孙亲织云锦,一笑下河西。

失调名

空将别泪,洒作人间雨。

(以上《岁时广记》卷二十六)

失调名

后会不知谁健,茱萸莫厌重看。

(《岁时广记》卷三十四)

李寅仲

李寅仲，生卒不详，字君亮，世居什邡（今四川什邡）。淳熙五年（1178）进士。官至工部侍郎。

齐天乐

寿韩郡王[1]

摩挲阅古堂前柳，尽是世臣乔木[2]。故国风流，中兴事业，都写南山修竹。商颜自绿[3]。甚当日君王，浩歌鸿鹄。谁识宫中，有人先定大横卜[4]。　簪貂更鸣佩玉。退朝归较晚，留传黄屋[5]。雨露无边，风云在手，宜享长生福[6]。神京未复。看先取鸿沟[7]，次封函谷。岁岁初寒，小桃花下跨青鹿[8]。

（《截江网》卷四）

［注释］

①韩郡王：韩侂胄（1151—1207）。相州安阳人，字节夫。琦曾孙。宁宗即位，以外戚执政，专权十四年，封平原郡王，官至平章军国事。开禧二年（1206）发动北伐，兵败求和。次年因金人欲罪首谋，用史弥远议因斩侂胄首，函送于金。　②世臣：韩侂胄曾祖韩琦（1008—1075），仁宗时，任陕西经略招讨使。西夏和成，入为枢密副使。英宗立，封魏国公，为相十年，谥忠献。　③商颜自绿：老寿之意。商山四皓，俱享大龄。　颜绿：绿颜，面色有如青年。　④大横卜：大横，卦兆名。帝王之兆。《史记·孝文本纪》："卜之龟，卦兆得大横。占曰：大横庚庚，余为天王，夏启以光。"　⑤黄屋：帝王车盖，以黄缯为盖裹，故名。　⑥唐氏按：此处（"生"后）缺一字。　⑦鸿沟：古渠名。故道大部循今河南贾鲁河东，由荥阳北引黄河水曲折东至淮阳入颍水。秦末项羽刘邦约中分天下，以鸿沟为界，西为汉，东为楚。　⑧青鹿：仙家之坐骑。褚载《赠道士诗》："闻说葛陂风浪恶，许骑青鹿从行无。"

张　镃

张镃(1153—1211),字功甫,号约斋,西秦(今属陕西)人,居临安。张俊诸孙。隆兴二年(1164),大理司直。淳熙五年(1178),直秘阁通判婺州。庆元元年(1195),司农寺主簿。三年(1197),司农寺丞,与宫观。开禧三年(1207),为司农少卿,坐事追两官送广德军居住。嘉定四年(1211),坐扇摇国本,除名象州编管卒。有《南湖集》、《玉照堂词》。

长相思

晴时看,雨时看。红绿云中驾彩鸾,阳台梦未阑。
咏伊难,画伊难。服透东皇九转丹①,光生玉炼颜。

[注释]

①九转丹:即九转金丹。道家谓烧炼金丹,以九转为贵。　转:循环变化之意,为把丹砂烧成水银,将水银又炼成丹砂。烧炼时间愈久,则转数愈多,效能愈高。见《抱朴子·金丹》。

梦游仙

小姬病起,幡然有入道之志,因书赠之

骖鸾侣,娇小怯云期①。柳戏花游能几日,顿抛尘幻学希夷②。清梦到瑶池。　霞袂稳,那顾缕金衣。自与长生分姓谱,恰逢长老铸丹时。此意有谁知。

[注释]

①云期:与神仙为侣,游于云霄。　②希夷:无声曰希,无色曰夷;形容虚寂微妙。《老子》:“视之不见名曰夷,听之不闻名曰希。”此指学道。

梦游仙

晴昼永，闲步小园中。羽帔云轻苍佩响[①]，宝冠星莹绀纱笼[②]。波秀浅蛾峰。　琳洞窈，人静理丝桐。泛指馀音摇桂影，过墙高韵入松风。月上翠楼东。

[注释]

①羽帔：羽衣，道家之服。　②绀纱：天青色的纱织物。

梦游仙

记　梦

飞梦去，闲到玉京游。尘隔天高那得暑，月明云薄淡于秋。宫殿锁金虬。　冰佩冷，风飏紫绡裘。五色光中瞻帝所，方知碧落胜炎洲[①]。香雾湿帘钩。

[注释]

①炎洲：又作炎州。传说为南海中的洲名。上有风生兽、火光兽及火林山，出火浣布。见东方朔《十洲记》。此指酷热之地。

梦游仙

归兴动，骑鹤下青冥。几点山河浮色界[①]，一簪风露拂寒星。银汉悄无声。　鸾啸舞，仙乐送霓旌。摘得琪花飞散了，却将何物赠仙卿。衣上彩云轻。

[注释]

①色界：凡尘。

昭君怨

游　池

拂晓拏舟东去[1]，细看荷花垂露。红绿总吹香，一般凉。　　会享人天清福，休把两眉轻蹙。谁道做神仙，戴貂蝉[2]。

[注释]

①拏舟：荡舟。　②貂蝉：即貂蝉冠。古代王公显贵饰以貂尾和蝉翼之冠，始于汉代武官。见《后汉书·舆服志下》。

昭君怨

月夜放船

船过柳湾亭曲，万叶园荷浮绿。月照水珠明，一池星。　　光透玻璃香蒂[1]，梦入藕丝中戏。却上小金台，罢归来。

[注释]

①玻璃香蒂：此指耸立水中之荷花。

昭君怨

园池夜泛

月在碧虚中住，人向乱荷中去。花气杂风凉，满船香。　　云被歌声摇动，酒被诗情掇送。醉里卧花心，拥红衾。

霜天晓角

泛　池

荷花闲拨，撑破玻璃滑。拂拂香风微度，吹雪乱、数根髮。　　弄泉罗盖匝①，万颗真珠撒。唱我莲歌归去，凌波步、水仙袜。

[注释]

①匝（zā）：周、圈。引申为环绕。

如梦令

雪

人在骖鸾深院，误认落梅疏片。零乱舞东风，云淡水平天远。帘卷，帘卷。飞上绣裀不见①。

[注释]

①绣裀：绣花地毯。

南乡子

春　雪

翠袖怯春寒，对雪偏宜傍彩阑。弱骨丰肌无限韵，凭肩。共看南窗玉数竿。　　羔酒莫留残，更觉娇随饮量宽。小立妖娇何所似，风前。柳絮飞时见牡丹。

[集评]

周笃文云："工于设喻：柳絮喻雪，牡丹喻人，可谓自然入妙。"

乌夜啼

夜坐

月儿犹未全明，乞怜生[1]。几片彩云来去、更风轻。
应见我，行又坐，苦凝情。卷起帘儿不睡、到三更。

[注释]

①乞怜生：乞求（月亮）升起。生，升也。“新月已生飞鸟外”，见张耒《和周廉彦诗》。

菩萨蛮

芭蕉

风流不把花为主，多情管定烟和雨。潇洒绿衣长，满身无限凉。　文笺舒卷处[1]，似索题诗句。莫凭小阑干，月明生夜寒。

[注释]

①文笺：形容芭蕉叶为笺纸。

菩萨蛮

鸳鸯梅[1]

前生曾是风流侣，返魂却向南枝住。疏影卧晴溪，恰如沙暖时。　绿窗娇插鬓，依约犹交颈。微笑语还羞，愿郎同白头。

[注释]

①鸳鸯梅：并蒂梅花。

菩萨蛮

遣 兴

藤床巧织波文小，翻书欲睡莺惊觉。绕舍灿明霞，短长旌节花[①]。　　此身无系著，南北东西乐。碧宇朗吟归[②]，天风香染衣。

[注释]

①旌节花：花名。多花少叶，叶又翘起，状如旌节。又名锦葵，供观赏。见《太平广记》四百零九《旌节花》。　②自注："碧宇，余家竹堂名也。"

折丹桂

中秋南湖赏月[①]

玉为楼观银为地，秋到中分际。淡金光衬水晶球，上碧虚、千万里。　　香风浩荡吹蟾桂，影落澄波底。揭天箫鼓要诗成[②]，任惊觉、鱼龙睡。

[注释]

①南湖：在杭州，为张镃宅地所在。　②揭天：震天。

清平乐

题黄宁洞天吹笛台

苍崖迭嶂，有路梯云上。忽见地平方数丈，坐石风林相向。　　风篌时作龙声[①]，夜深惊动寒星。几点光芒欲下，傍人头上来听。

［注释］

①凤膺:指笛。苏轼《赠吹笛侍儿词》:“龙鬚半截,凤膺微涨,玉肌匀绕。”

清平乐

炮　栗[①]

猬房秋熟[②],紫实包黄玉。吹叶风高销旧绿,疏影半遮茅屋。　山居未觉全贫,园收今岁盈囷。自拨砖炉松火,细煨分饷幽人。

［注释］

①炮(páo):烧。　炮栗:烧煨板栗。　②猬房:栗之球形外壳,内生坚果,因具密生刺,状为刺猬,故谓之猬房。

谒金门

秋　兴[①]

秋淡淡,弥望暮天云黯。窗小新糊便老眼[②],不应疏酒盏。　菊净橙香霜晚,何处数声来雁。飞下湖边红蓼岸,有诗方许看。

［注释］

①唐氏按:《永乐大典》卷二千二百六十五“湖”字韵题作“南湖偶成”。　②便老眼:便,利于。利于老眼观赏。

谒金门

赏梅即席和洪内翰韵[1]

何许住，不属西湖烟雨。雪后偏怜香猛处，全胜开半树。　试倩暖云收贮，桃杏尽教羞妒。只把新词林下去，一春休著雨。

[注释]

①洪内翰：洪迈（1123—1202），字景卢，鄱阳人。绍兴十五年（1145）中博学宏词科。孝宗朝，累迁翰林学士。

柳梢青

适和轩

一望清溪，两堤翠荫，半纸新诗。凉满衣裳，香生笔砚，风动窗扉。　月明撑过船儿，载龙玉[1]，双娥对吹。竹外山亭，花边水槛，不醉休归。

[注释]

①龙玉：竹笛。

柳梢青

秋日感兴

烟淡波平，蓬松岸蓼，红浅红深。满院西风，连宵良月，几处清砧。　区区宦海浮沉，幸隐去、将酬素心。两鬓吴霜，一屏秦梦[1]，谁是知音。

［注释］

①秦梦：秦楼之梦。李白词："秦娥梦断秦楼月。"

柳梢青

雨后天涯，微云送晚，过尽归鸦。何处开尊，海棠亭小，飞燕风斜。　　有人粲玉娇花[1]，更翳凤、曾游帝家[2]。长远身心，温柔情态，不枉多他。

［注释］

①粲玉：玉一样的洁白。　②翳凤：乘凤。

好事近

拥绣堂看天花[1]

手种满阑花，瑞露一枝先坼[2]。拄个杖儿来看，两三人门客。　　今朝欢笑且衔杯，休更问明日。此意悠然谁会，有湖边风月。

［注释］

①天花：即紫牡丹，张镃为取新名曰：瑞露。　②原注："瑞露，紫牡丹新名也。"

诉衷情

得二白雁，偶亡其一，感而歌之[1]

筠笼白雁得时双，一自戏回塘。冰魂问归何处，明月影中藏。　　蘋蓼岸，镇相将，忍思量。晓昏应是，梦绕江湖，怕见鸳鸯。

[注释]

①白雁：候鸟，体色纯白，似雁而小。一曰即白天鹅。

浣溪沙

无计长留月里花[①]，收英巧付火前茶。绿尘飞处粉芳华。　　午夜露浓天竺径[②]，一秋香满玉川家[③]。扫除残梦入云涯。

[注释]

①月里花：桂花。　②天竺：山峰名，又寺名，在杭州市灵隐山飞来峰之南。有上、中、下三天竺寺。　③玉川：井名。在今河南济源县泷水北，一名玉泉。唐诗人卢仝喜饮茶，尝汲井泉煎煮，因自号玉川子。后世诗文中，常以玉川为茶之故实。

虞美人

咏水蘋花

妆浓未试芙蓉脸，却扇凉犹浅[①]。粉轻红袅一生娇，风外细香时伴、湿云飘。　　双飞属玉来还去[②]，谁识幽闲趣。莫教疏雨暗黄昏，已是不禁秋色、怕销魂。

[注释]

①却扇：婚礼中新娘以扇掩面谓之却扇。后世遂用作完婚之词。　②属玉：水鸟名，似鸭而大。

玉团儿

香月堂古桂数十株著花，因赋

晓来一阵金风劣[1]，把阆海、檀霞细屑[2]。依就花儿，深藏叶底，不教人折。　　初开数朵谁知得，却又是、金风漏泄。吹起清芬，露成香露，月成香月。

[注释]

①金风劣：秋风紧。　②阆海：花海。阆苑，仙家园苑。

眼儿媚

初　秋

凄风吹露湿银床，凉月到西厢。蛩声未苦，桐阴先瘦，愁与更长。　　起来没个人偢采[1]，枕上越思量。眼儿业重[2]，假饶略睡[3]，又且何妨。

[注释]

①偢：同"瞅"。　采：睬。　偢采：即理睬。王实甫《西厢记》："呀！今夜凄凉有四星，他不偢人待怎！"　②业：已经。　③假饶：宽容、宽恕之意。

眼儿媚

女贞木[1]

山礬砚风味木樨魂[2]，高树绿堆云。水光殿侧，月华楼畔，晴雪纷纷。　　何如且向南湖住，深映竹边门。月儿照著，风儿吹动，香了黄昏。

[注释]

①女贞木：一名冬生，负霜葱翠，振柯凌风，为观赏佳木。有“女贞凌严冬，艳不数桃”之说。见沈涛《瑟榭丛谈》。 ②山礬（fán）：常绿乔木，又名七里香。杨万里《万安出郭早行》诗：“玉花小朵是山礬，香杀行人只欲颠。”

眼儿媚

水晶葡萄

玄霜凉夜铸瑶丹，飘落翠藤间。西风万颗，明珠巧缀，零露初漙[①]。 诗人那识风流品，马乳漫堆盘。玉纤旋摘，银罂分酿[②]，莫负清欢。

[注释]

①漙（tuán）：露多的样子。 ②罂：盛流质的陶制容器，大肚小口。银罂则为银制品。

南歌子

山 药

种玉能延命，居山易学仙。青青一亩自锄烟。雾孕云蒸、肌骨更凝坚。 熟染蜂房蜜，清添石鼎泉。雪香酥腻老来便。煨芋炉深、却笑祖师禅[①]。

[注释]

①祖师禅：唐僧明瓒禅师，一号懒残，住衡岳寺。李泌往访，乃以煨芋赠之曰：“勿多言，领取十年宰相。”见《高僧传》。

鹧鸪天

咏二色葡萄

阴阴一架绀云凉，袅袅千丝翠蔓长。紫玉乳圆秋结穗，水晶珠莹露凝浆。　相并熟，试新尝。累累轻剪粉痕香。小槽压就西凉酒[①]，风月无边是醉乡。

［注释］

①小槽：压制葡萄酒之器械。"小槽空压新醅"，见辛弃疾《临江仙》词。

江城子

黄子由少监同内子慧斋奉岳母定斋相过，席间因走笔次韵

试霜池面浅粼粼。鹊飞晴，远峰明，蓬岛群仙，来过瑞云清。龙榜当年人第一，黄叔度[①]，是前生。　玉堂行见演丝纶。彩毫轻，思难停，醉里长鲸，翻浪吸东溟。谢女风流相称好[②]，金母更、鬓常青[③]。

［注释］

①黄叔度："黄宪字叔度，汝南慎阳人。"见《后汉书·黄宪传》。德行高洁，名盛一代。　②谢女：晋王凝之妻谢道韫。又泛指女郎。此处指慧斋、定斋。　③金母：西王母。

江城子

凯　旋

春风旗鼓石头城。急麾兵，斩长鲸，缓带轻裘，乘胜讨蛮荆。蚁聚蜂屯三十万，军面缚，赴行营。　舳舻千

里大江横。凯歌声，犬羊惊，尊俎风流，谈笑酒徐倾。北望旄头今已灭，河汉淡，两台星①。

[注释]

①两台星：台星，星宿。此借指宰辅大员。

卜算子

无逸寄示近作梅词，次韵回赠

常记十年前，共醉梅边路。别后频收尺素书，依旧情相与。　　早愿却来看，玉照花深处①。风暖还听柳际莺，休唱闲居赋②。

[注释]

①玉照：即玉照堂，张镃第宅堂名。　②闲居赋：潘岳有《闲居赋》，后世以退居山林曰赋闲。

杨柳枝

绿蜡芽疏雪一包①，绽云梢。清香却暑置堂坳，晚风飘。　　冰雹无声栖碧叶，笑仍娇。相随茉莉展轻绡，伴凉宵。

[注释]

①绿蜡：芭蕉。“冷烛无烟绿蜡乾，芳心犹卷怯春寒。”见钱诩诗。

感皇恩

驾霄亭观月[①]

诗眼看青天，几多虚旷。雨过凉生气萧爽。白云无定，吹散作、鳞鳞琼浪。尚馀星数点，浮空上。　明月飞来，寒光磨荡。仿佛轮间桂枝长。倚风归去，纵长啸、一声悠飏。响摇山岳影，秋悲壮。

［注释］

①驾霄亭："张约斋能诗……尝于南园作驾霄亭于四古松间。"见《齐东野语》。

夜游宫

美　人

鹊相庞儿谁有[①]，兀底便，笔描不就。小邈如何敢出手[②]。细端相，甚精神，甚洗漱。　到老长厮守。不吃饭、也须唧噌[③]。你待包弹怎开口。暖底雪，活底花，嫩底柳。

［注释］

①鹊相：俊美貌。　②小邈：未详何人。　③唧噌：秀丽。

醉高楼

初　月

浮云散，天似碧琉璃。月正是、上弦时。姮娥蟾兔俱何在，广寒宫殿不应亏。这神功，千万世，有谁知。

甚只解、催人须鬓老。更不算、将人情绪恼[1]。撺掇酒[2]，撼摇诗。山头望伴疏星落，庭前看照好花移。夜无眠，应笑我，怎如痴。

[注释]

①唐氏按：原无“人”字，据《彊村丛书》本《南湖词》补。 ②撺掇：怂恿。

蝶恋花

杨柳秋千旗鬥舞[1]。漠漠轻烟，罩定黄鹂语。红滴海棠娇半吐，燕脂水似朝来雨。　　行过池边携手路。都把多情，变作无情绪。惟有东风知住处，凭君送取温存去。

[注释]

①旗鬥舞：彩旗与秋千、杨柳竞相飘舞。

蝶恋花

南　湖

门外沧洲山色近。鸥鹭双双，恼乱行云影。翠拥高筠阴满径[1]，帘垂尽日林堂静。　　明月飞来烟欲暝。水面天心，两个黄金镜。慢飐轻摇风不定，渔歌欸乃谁同听[2]。

[注释]

①高筠：筠，坚韧的竹皮，引申为竹之别名。 ②欸乃：渔夫唱歌之声。

蝶恋花

挟翠桥

洒面松风凉似水。下看冰泉，喷薄溪桥底。叠叠层峰相对起，家居却在深山里。　　枝上凌霄红绕翠。飘下红英，翠影争摇曳。今夜岩扉休早闭，月明定有飞仙至。

鹊桥仙

立秋后一夕

暑云犹在，澄空欲变，入夜徘徊庭际。新秋知是昨宵来，爱残月、纤纤西坠。　　芭蕉老大，流萤衰倦，静里细观天意。轻风未有半分凉，奈人道、今宵好睡[①]。

[注释]

①奈人道：犹人奈道。　奈：怎能。

鹊桥仙

采　菱

连汀接渚[①]，萦蒲带藻，万镜香浮光满。湿烟吹霁木兰轻[②]，照波底，红娇翠婉。　　玉纤采处，银笼携去，一曲山长水远。采鸳双惯贴人飞，恨南浦，离多梦短。

[注释]

①接渚：《历代诗馀》作“接溆”。　溆：小的出水口。　②湿烟吹霁：犹吹霁湿烟。　霁：雨止。

鹧鸪天

自兴远桥过清夏堂①

闲立飞虹远兴长，一方云锦荐疏凉。翻风翠盖无尘土，出水红妆有艳香。　携靓侣②，泛轻航。棹歌惊起野鸳鸯。同过清夏看新月，茉莉花园小象床。

[注释]

①清夏堂：张镃南湖中堂名。　②靓侣：美丽的伴侣。

鹧鸪天

咏　阮①

不似琵琶不似琴，四弦陶写晋人心。指尖历历泉鸣涧，腹上锵锵玉振金。　天外曲，月边音。为君转轴拟秋砧。又成雅集相依坐，清致高标记竹林②。

[注释]

①阮：乐器名。相传为阮咸所造，长头十三柱，有似琵琶而圆者，形似今之月琴，又叫阮咸。　②竹林：晋阮籍、嵇康、山涛、向秀、阮咸、王戎、刘伶为竹林七贤。

临江仙

余年三十二，岁在甲辰。尝画七圈于纸，揭之坐右，每圈横界作十眼，岁涂其一。今已过五十有二，怅然增感，戏题此词

七个圈儿为岁数，年年用墨糊涂。一圈又剩半圈馀。看看云蔽月，三际等空虚。　纵使古稀真个得，后来争免呜呼。肯闲何必更悬车①。非关轻利禄，自是没工夫。

[注释]

①悬车:古人年七十辞官家居,废车不用,故曰悬车。《文选·蔡邕〈陈太丘碑文序〉》:“时年已七十,遂隐丘山,悬车告老。”

御街行

灯夕戏成

良宵无意贪游玩,奈邻友、闲呼唤。六街非是少人行[①],不似旧时风范。笙歌零落,绮罗销减,枉了心情看。

思量往事堪肠断,怕频到、帘儿畔。朦胧月下却归来,指望阿谁收管。低头注定,两汪儿泪,百计难销遣。

[注释]

①六街:指唐代长安城中左右的六条长街。后指京城之大街。

满庭芳

促织儿[①]

月洗高梧,露漙幽草[②],宝钗楼外秋深。土花沿翠,萤火坠墙阴。静听寒声断续,微韵转、凄咽悲沉。争求侣,殷勤劝织,促破晓机心。　　儿时,曾记得,呼灯灌穴,敛步随音。任满身花影,犹自追寻。携向华堂戏鬥,亭台小、笼巧妆金。今休说,从渠床下,凉夜伴孤吟。

[注释]

①促织儿:蟋蟀。　②漙:露凝。

[集评]

贺裳云:“不惟曼声胜其高调,兼形容处心细如丝髮,皆姜词所未发。”

(《皱水轩词筌》)

沈雄云:"'月洗高梧'一阕,乃咏物之入神者。"(《古今词话·词评》)

许昂霄云:"响逸调远。'萤火坠墙阴',陪衬。'任满身花影'二句,工细。"(《词综偶评》)

郑文焯云:"功父《满庭芳》词咏促织儿,清隽幽美,实擅词家能事,有观止之叹。"(《校白石道人歌曲》批语)

风入松

小樊标韵称香山[①],压尽花间。便须著个楼儿住,彩鸾看、飞舞妖闲[②]。珠佩时因醉解,云扉常为春关。耳边属付话儿奸[③]。休放蛮檀[④]。绿窗惟怕今宵梦,莺声巧、春满阑干。待把衷肠教与,却愁长远都难。

[注释]

①小樊:唐白居易家伎樊素。白有诗:"樱桃樊素口,杨柳小蛮腰。" ②妖闲:婀娜多姿。 ③话儿奸:语言乖巧有趣。 ④蛮檀:蛮弦与檀板,乐器名。

念奴娇

宜雨亭咏千叶海棠

绿云影里,把明霞织就,千重文绣。紫腻红娇扶不起,好是未开时候。半怯春寒,半便晴色[①],养得胭脂透。小亭人静,嫩莺啼破清昼。犹记携手芳阴,一枝斜戴,娇艳波双秀。小语轻怜花总见,争得似花长久。醉浅休归,夜深同睡,明日还相守。免教春去,断肠空叹诗瘦。[②]

[注释]

①便:《全芳备祖》、《历代诗馀》作“宜”,是。 ②唐氏按:此首别作谢迈词,见《全芳备祖》前集卷七“海棠门”。

水调歌头

姑苏台

孤棹溯霜月,还过阖闾城。系船杨柳桥畔,吹袖晚寒轻。百尺层台重上,万事红尘一梦,回首几周星[①]。风调信衰减,亲旧总凋零。 认群峰,寻四塔,半烟横。平生感慨,况逢佳处辄销凝。休说当时雕辇,不见后来游鹿[②],斜照水空明。猛把画阑拍,飞雁两三声。

[注释]

①周星:岁星。岁星十二年在天空循环一周,因此把十二年叫周星。②游鹿:子胥谏夫差不听。曰:“吾见鹿豕游姑胥之台。”《史记正义》曰:“台在吴县西南三十里。”

水调歌头

项平甫大卿索赋武昌凯歌[①]

忠肝贯日月,浩气扶云霓。诗书名帅,谈笑果胜棘门儿[②]。牛弩旁穿七札[③],虎将分行十道,先解近城围。一骑夜飞火,捷奏上天墀。 畅皇威,宣使指,领全师。襄阳耆旧,请公直过洛之西。箪食欢呼迎处,已脱毡裘左衽[④],还著旧藏衣。笳鼓返京阙,风采震华夷。

[注释]

①项平甫:项安世,字平甫,历任知鄂州、太府卿等职。 ②棘门:地

名，在长安北。汉文帝时，匈奴来犯，文帝视师棘门、霸上，对其军纪松弛进行批评，认为有如儿戏。事见《史记·绛侯周勃世家》。 ③牛弩：用牛筋制成的强弩。 七札：七层铠甲。 ④左衽：衽，衣襟。我国古代少数民族的服装，前襟向左，不同于中原一带人民的右衽。因以左衽指受外族的统治。

木兰花慢

七 夕

喜秋回霁宇，倩凉露、洗炎飙。被鹊误仙盟，经年恨阻，银汉迢迢。牛闲更停弄杼，趁佳期、华幄傍星桥。授玉鸾骞雾霭[①]，赠绡龙戏花娇。 欢娱回首是明朝。未别已魂销。想翠轭珠轮，归途望断，斗转斜杓。人间易离易遇，尽胜如、天上各云霄。携去一梳水月，巧楼犹醉笙箫[②]。

[注释]

①授玉：解佩玉相赠。玉，指结情好之信物。 ②巧楼：古俗七夕结彩楼以乞巧。

木兰花慢

癸丑年生日

年年三月二，是居士、始生朝。念绿鬓功名，初心已负，难报劬劳[①]。天留帝城胜处，汇平湖、远岫碧岧峣。竹色诗书燕几，柳阴桃杏横桥。 西邻东舍不难招，大半是渔樵。任翁媪欢呼，儿孙歌笑，野具村醪。醉来便随鹤舞，看清风、送月过松梢。百岁因何快乐，尽从心地逍遥。

[注释]

①劬(qú)劳:辛劳。指父母养育子女之劳苦。见《诗经·邶风·凯风》。

木兰花慢

纪 梦

驾飙车直上[1],绛衣惹、彩云轻[2]。过宝树千峰,东逾绿海,宫殿峥嵘。檐楹万花灿倚,映阶层、十二总雕琼。剑佩簪裳卫肃,序班真辅仙卿。 瑶京,谁解有神升。为秘授玄经[3]。拜九光霞里,轮金日耀,丹篆符明。龙鸾再催羽仗,报帝皇、新御紫阳城。归路梅花弄玉,数声月冷风清。

[注释]

①飙车:御风以行之车。李白《古风》之四:"羽驾灭去影,飙车绝回轮。" ②绛衣:绛绡之衣,仙人所服。见郭璞《游仙传》。 ③玄经:此指道家秘笈。

水龙吟

夜梦行修竹林中,有道士颀然而长,风神秀异,自称见独居士。谓余曰:人间虚幻,子能毕辞荣宠,清净寡欲,当享万寿。惊觉,因赋此词,乙丑冬十二月也

这番真个休休,梦中深谢仙翁教。浮生幻境,向来识破,那堪又老。苦我身心,顺他眼耳,思量颠倒。许多时打哄,鲇鱼上竹[1],被人弄、知多少。 解放微官系缚,似笼槛、猿归林草。云山有约,儿孙无债,为谁烦恼。自古高贤,急流勇退,直须闻早。把忧煎换取,长伸脚睡,大

开口笑。

[注释]

①鲇鱼上竹：即鲇鱼上竹杆，喻办事难成。为梅圣俞妻刁氏之讽语。见欧阳修《归田录》。

祝英台近

邀李季章直院赏玉照堂梅①

暖风回，芳意动，吹破冻云凝。春到南湖，检校旧花径。手栽一色红梅，香笼十亩，忍轻负、酒肠诗兴。　小亭凭。几多月魄□□②，重重乱林影。却忆年时，同醉正同咏。问公白玉堂前，何如来听，玉龙喷、碧溪烟冷。

[注释]

①李季章：作者友人，生平事历不详。　②唐氏按：《彊村丛书》本《南湖词》此处补二空格。

满江红

小圃玉照堂赏梅，呈洪景卢内翰①

玉照梅开，三百树、香云同色。光摇动、一川银浪，九霄珂月。幸遇勋华时世好，欢娱况是张灯夕。更不邀、名胜赏东风，真堪惜。　盘诰手②，春秋笔。今内相，斯文伯。肯闲纡轩盖，远过泉石。奇事人生能几见，清尊花畔须教侧。到凤池、却欲醉鸥边，应难得。

[注释]

①洪景卢内翰:即洪迈。　②盘:《盘庚》。《尚书》中盘庚迁殷时诰谕臣民之辞。　诰:《大诰》,《周书》所载管叔蔡叔叛周,周公奉成王之命,兴师东伐而作的训诫之辞。　盘诰手:乃为皇帝作诰谕的大手笔。

[集评]

沈雄云:“花庵词客曰:杨万里极称功甫之诗。《玉照堂》词以种梅得名,如‘光摇动,一川银浪,九霄珂月’是也。”(《古今词话·词评》上卷)

满江红

贺项平甫起复知鄂渚

公为时生,才真是、禁中颇牧[①]。擎天手、十年犹在,未应藏缩。说项无人堪叹息[②],瞻韩有意因恢复[③]。用真儒、同建太平功,心相属。　忠与孝,荣和辱。武昌柳,南湖竹。一箪瓢非欠,万钟非足。知命何曾怀喜愠,轻身岂为干名禄。看可汗生缚洗烟尘,机神速。

[注释]

①颇牧:战国赵将廉颇、李牧,皆著战功,称名将。此处以颇牧比项平甫。　②说项:唐项斯字子迁,江东人。始未著名,以卷谒杨敬之。杨赠诗云:“几度见诗诗尽好,及观标格过于诗。平生不解藏人善,到处逢人说项斯。”后谓称替人说好话为说项。　③瞻韩:“生不用封万户侯,但愿一识韩荆州。”见李白《与韩荆州书》。后遂为仰慕求见之词。韩,名朝宗。

汉宫春

稼轩帅浙东,作秋风亭成,以长短句寄余,欲和久之。偶霜晴小楼登眺,因次来韵,代书奉酬

城畔芙蓉,爱吹晴映水,光照园庐。清霜乍凋岸柳,

风景偏殊。登楼念远，望越山、青补林疏。人正在，秋风亭上，高情远解知无。　　江南久无豪气，看规恢意概，当代谁如。乾坤尽归妙用，何处非予。骑鲸浪海，更那须、采菊思鲈[①]。应会得，文章事业，从来不在诗书。

[注释]

①采菊："结庐在人境，而无车马喧……采菊东篱下，悠然见南山……"见陶潜《饮酒》诗。　思鲈："张季鹰辟齐王东曹掾，在洛，见秋风起，因思吴中菰菜莼羹、鲈鱼脍，曰：'人生贵得适意尔，何能羁宦数千里以要名爵。'遂命驾便归。"见《世说新语·识鉴篇》。此处指辞官退隐。

烛影摇红

灯夕玉照堂梅花正开

宿雨初干，舞梢烟瘦金丝袅。嫩云扶日破新晴，旧碧寻芳草。幽径兰牙尚小。怪今年、春归太早。柳塘花院，万朵红莲[①]，一宵开了。　　梅雪翻空，忍教轻趁东风老。粉围香阵拥诗仙，战退春寒峭。现乐歌弹闹晓。宴亲宾、团圞同笑。醉归时候，月过珠楼，参横蓬岛。[②]

[注释]

①红莲：红色灯笼。　②作者自注："柳塘、花院、现乐，皆家中堂名也。"

[集评]

杨慎云："其佳处为'光摇动、一川银浪，九霄珂月'，又'宿雨初干，舞梢烟瘦金丝袅。粉围香阵拥诗神，战退春寒峭'皆咏梅之作。虽不惊人，而风味殊可喜。"（《词品》卷四）

潘游龙云："形灯夕水月镜花，更妙在字字有分寸。"（《精选古今诗馀醉》卷十三）

贺新郎

李颐正路分见访，留饮，即席书赠[①]

看了梅花去。要东风、攀翻飞雪，与君同赋。海内从来天际眼，一笑平窥千古。待剪尽、烛花红吐。久矣南湖无此客，似乔松、万丈凌霄举。飞欬唾，扫尘土。　承平气象森眉宇。想天家、骖鸾洞里，细烟冰雾。我亦秦关归未得，谁念干将醉抚[②]。拚良夜、皷横冠屦。莫叹潇湘居尚远，拥戎辂万骑鸣笳鼓[③]。云正锁，汴京路。

[注释]

①李颐正：生平事历不详。　路分：官职名。宋朝的“路”与“省”大致相当。　②干将：古剑名。　醉抚：《全宋词》作“醉扶”，失韵，此据《历代诗馀》改。　③戎辂：军车。　辂：《晋书·舆服志》：“古之时军车也。”

贺新郎

次辛稼轩韵寄呈

邂逅非专约。记当年、林堂对竹，艳歌春酌。一笑乘鸾明月影，馀事丹青麟阁。待宇宙、长绳穿却。念我中原空有梦，渺风尘、万里迷长乐。愁易老，欠灵药。　别来几度霜天鹗。厌纷纷、吞腥啄腐，狗偷乌攫。东晋风流兼慷慨，公自阳春有脚。妙悟处、不存毫发。何日相从云水去，看精神峭紧芝田鹤[①]。书壮语，遍岩壑。

[注释]

①芝田鹤：即仙鹤。此处以喻稼轩。

瑞鹤仙

壬子年灯夕

喜浓寒乍退。风共日、已作深春天气。轻车载歌吹。选名坊闲玩[①]，落梅秾李。无端雨细。动清愁、聊成浅醉。怅年时、携手同来，笑里绣帘斜倚。　　佳节匆匆又至。抚事惊心，忍堪重记。阑情倦意，行不是，坐不是。闷归来，已早游人回尽，灯暗重门欲闭。念欢娱、最是今宵，怎知恁地。

[注释]

①名坊：犹歌楼瓦市，作乐之地。

八声甘州

秋夜奉怀浙东辛帅

领千岩万壑岂无人，惟欠稼轩来。正松梧秋到，旌旗风动，楼观雄开。俯槛何劳一笑，瀚海荡纤埃。馀事了凫鹜，闲命尊罍[①]。　　江左风流旧话[②]，想登临浩叹，白骨苍苔。把龙韬藏去[③]，游戏且蓬莱。念乡关、偏怜霜鬓，爱盛名、何似展真才。怀公处，夜深凝望，云汉星回。

[注释]

①唐氏按："闲"下原衍一"咏"字，据《永乐大典》卷一万五千一百三十九"帅"字韵删。　②江左：江南。　③龙韬：指兵书。

八声甘州

九月末南湖对菊

对黄花犹自满庭开，那恨过重阳。凭阑干醉袖，依依晚日，飘动寒香。自叹平生豪纵，歌笑几千场。白髮欺人早，多似清霜。　谁信心情都懒，但禅龛道室[①]，黄卷僧床。把偎红调粉，抛掷向他方。□唤汝、东山归去[②]，正灯明、松户竹篱旁。关门睡，尽教人道，痴钝何妨。

［注释］

①禅龛：僧榻。　②唐氏按：据《彊村丛书》本《南湖集》补一空格。

江城子

夏夜观月

飞来冰雪冷无声。可中庭，骨毛清，卧看东南，和露两三星。蓦地神游天上去，呼彩凤，驾云軿[①]。　望舒宫殿玉峥嵘[②]。桂千层，宝香凝，捣药仙童，邀我论长生。一笑归来人未睡，花送影，上窗棂。

［注释］

①云軿：妇女所乘四周有障蔽的车，饰以云彩。　②望舒：神话传说中为月亮驾车的仙人。

渔家傲

渔　翁

拂拂春风生草际，新晴万景供游戏。鸥鹭飞来斜照里。金和翠[1]，分明画出真山水。　　遮个渔翁无愠喜，乾坤都在孤篷底。一曲高歌千古意。闲来睡，从教月到花汀外。

［注释］

①金和翠：金色的斜阳与绿色的江水。

八声甘州

中秋夜作

叹流光迅景，百年间、能醉几中秋。正凄蛩响砌，惊乌翻树，烟淡蘋洲。谁唤金轮出海，不带一云浮。才上青林顶，俄转朱楼。　　人老欢情已减，料素娥信我，不为闲愁。念几番清梦，常是故乡留。倩风前、数声横管，叫玉鸾、骑向碧空游。谁能顾，黍炊荣利[1]，蚁战仇雠[2]。

［注释］

①黍炊：即黄粱梦。《枕中记》："卢生于邯郸逆旅梦一生荣华。及醒，黄粱（黍）犹未熟。"又名邯郸梦。　②蚁战：亦曰蚁鬥。指为微末之利而争鬥。

木兰花慢

甲寅三月中澣，邀楼大防、陈君举中书两舍人，黄文叔待制、彭子寿右史、黄子由匠监、沈应先大著过桂隐即席作[1]

清明初过后，正空翠、霭晴鲜。念水际楼台，城隅花柳，春意无边。清时自多暇日，看连镳、飞盖拥群贤[2]。朱邸横经满坐[3]，紫微渊思如泉[4]。　　高情那更属云天，语笑杂歌弦。向啼鸩声中，落红影里，忍负芳年。浮生转头是梦，恐他时、高会却难全。快意淋浪醉墨，要令海内喧传。

[注释]

①中澣(huàn)：澣，同“浣”。唐代规定官吏每十天休息沐浴一次叫浣。每月上旬、中旬、下旬为上澣、中澣、下澣。 桂隐：堂名，在南湖。 ②镳(biāo)：马嚼子。也指代乘骑。连镳，指马队。 ③朱邸：汉制，诸侯朝天子在京师立舍名邸。诸侯王以朱红漆门，故称朱邸。后亦泛指大官豪门的第宅。 ④紫微：唐开元元年改中书省为紫微省，中书令为紫微令，中书舍人为紫微舍人，取天文紫微垣为义。唐宋以来作为中书舍人的代称。

念奴娇

登平江齐云楼，夜饮双瑞堂，呈雷吏部①

东吴名胜，有高楼直在，浮云齐处。十二阑干邀远望，历历斜阳烟树。香径人稀，屧廊山绕②，往事今何许。一天和气，为谁吹散疏雨。 知是兰省星郎③，朱轮森戟，与风光为主。暇日登携多雅致，容我追随临赋。小宴重开，晚寒初劲，还下危梯去。烛花红坠，瑞堂犹按歌舞。

（以上《知不足斋丛书》本《南湖集》卷十）

[注释]

①平江齐云楼：在苏州，于绍兴十六年建。苏州，亦称平江。 ②屧(xiè)廊：春秋时吴王宫中廊名。遗址在今江苏省苏州市西灵岩山。相传吴王令西施辈步屧，廊虚而响，故名。 ③兰省：即兰台，本为汉代宫庭藏书之处，设御史中丞掌管，后置兰台令史，掌书奏。东汉以御史大夫官属省入兰台，置御史中丞，故御史府也称兰台寺，御史台也称兰台。 星郎：《后汉书·明帝纪》：“馆陶公主为子求郎，不许，而赐钱千万。谓群臣曰：‘郎官上应列宿，出宰百里，有非其人，则民受其殃。’”后称郎官为星郎。

兰陵王

蓼汀侧，朝霭依依弄色。知何许、湘女淡妆，羽节飞来带秋碧[①]。轻裙素绡织，谁与明珰竞饰。无言处、相与溯洄，应有柔情正堆积。　当年驻香鹢[②]。记草媚罗裙，波映文席[③]。□□□□□□□摘[④]。□□□□□□，□□□□□，斜阳返照暮雨湿，爱天际凉入。　愁寂，念畴昔。谩太华峰头，幽梦寻觅。而今两鬓如花白。但一线才思，半星心力。新词奇句，便做有、怎道得。

[注释]

①羽节：用羽毛装饰的旗帜，指神仙仪仗。　②香鹢：犹言兰舟。鹢：船首之鸟饰。　③文席：华丽的宴席。　④《全宋词》注：原空格据《梅溪词》补。

乌夜啼

晓来闲立回塘，一襟香。玉飐云妆风外、数枝凉[①]。
相并浑如私语，恼人肠。飞去方知白鹭、在花旁。

（以上二首见《全芳备祖》前集卷十“荷花门”）

[注释]

①云妆：《全宋词》作“云松”，据《全芳备祖》卷十改。

如梦令

野菊亭亭争秀，闲伴露荷风柳。浅碧小开花，谁摘谁看谁嗅。知否，知否，不入东篱杯酒[①]。

（《全芳备祖》前集卷十二“菊门”）

［注释］

①东篱："采菊东篱下，悠然见南山"为渊明诗句，此指隐士。

失调名

翠鬟佩明珂，度纹波。亲到曾入梦，听云和[①]。洞庭香、随月影来过。无尘土、敢涴弓罗。正似梦时风韵、更娇多。

（《全芳备祖》前集卷二十一"水仙门"）

［注释］

①云和：古琴名。

风入松

芳丛簇簇水滨生，勾引午风清。六花大似天边雪[①]，又几时、雪有三层。明艳射回蜂翅，净香薰透蝉声。

晚檐人共月同行，疏影动银屏。指尖轻捻都如玉，听画栏、高啭流莺。道是花枝比得，不成花也多情。

（《全芳备祖》前集卷二十二"薝葡门"）

［注释］

①六花：薝蔔，即栀子花，花瓣六出如雪，故云。

蓦山溪

抚莲吟就，檐葡还曾赋。相伴更无花，倦炉熏、日长难度。柔桑叶里，玉碾小芙蕖，生竺国，长闽山，移向玉城住。　池亭竹院，宴坐冰围处。绿绕百千丛，夜将阑、争开迎露[①]。煞曾评论，娇媚胜江梅，香称月，韵宜风，消尽人间暑。

（《全芳备祖》前集卷二十五“茉莉门”）

[注释]

①争开迎露：一作“争迎晓露”。

菩萨蛮

层层细剪冰花小，新随荔子云帆到。一露一番开，玉人催买栽[①]。　爱花心未已，摘放冠儿里。轻浸水晶凉，一窝云影香[②]。

（《全芳备祖》前集卷二十五“素馨门”）

[注释]

①买：《全宋词》作“卖”，据《四库全书》本《全芳备祖》改。　②云影：指云鬓，头发。

贺新郎

陈退翁分教衡湘，将行，酒阑索词，漫成[①]

桂隐传杯处。有风流、千岩韵胜，太丘遗绪[②]。玉季金昆霄汉侣[③]，平步鸾坡挥麈[④]。莫便驾、飞帆烟渚。云动精神衡岳去，向君山、帝乐锵韶濩[⑤]。兰艺畹，吊湘楚。

南湖老矣无襟度。但尊前、踉跄醉影，帽花颠仆。只恐清时专文教，犹贷阴山狂虏。卧锦帐、貔貅钲鼓。忠烈前勋赍万恨，望神都、魏阙奔狐兔。呼翠袖，为君舞。

[注释]

①陈退翁:生平事历不详。　分教衡湘:外任衡湘教职。　②太丘:春秋宋地。东汉陈寔为太丘长。以平正闻名乡里,里人云:"宁为刑罚所加,不为陈君所短。"　③玉季金昆:指学业德行齐名之兄弟。　④鸾坡:又作"銮坡",朝廷。　挥麈:挥动拂尘,名士风度之谓。　⑤韶:舜乐。　濩(huò):汤乐。

[集评]

杨慎云:"此词首尾变化,送教官而及'阴山狂虏',非善转换不及此。末句'呼翠袖,为君舞',又能挽回结煞,非有千钧笔力,未易到此。"(《词品》卷四)

卓人月云:("只恐"二句)"念念不忘国耻。"(《古今词统》卷十六)

柳梢青

舟泊秦淮

天远山围,龙蟠淡霭[①],虎踞斜晖[②]。几度功名,几番成败,浑似鸥飞。　楼台一望凄迷。算到底、空争是非。今夜潮生,明朝风顺,且送船归。

(以上二首见《中兴以来绝妙词选》卷三)

[注释]

①龙蟠:指钟山,其形为龙,盘亘金陵之侧。　②虎踞:指石头城。古有石城虎踞之说。

鹧鸪天

御路东风拂翠衣,卖灯人散烛笼稀。不知月底梅花冷,只忆桥边步袜归[①]。　闲梦淡,旧游非。夜深谁在小帘帷。罘罳儿下围炉坐[②],明处行人立地时。[③]　(《阳春白雪》卷二)

[注释]

①步袜归：犹言步行归来。 ②罘罳（fú sī）：古代一种屏风。 ③唐氏按：此首又见史达祖《梅溪词》。

宴山亭

幽梦初回，重阴未开，晓色吹成疏雨。竹槛气寒，蕙畹声摇，新绿暗通南浦。未有人行，才半启、回廊朱户。无绪。空望极霓旌[1]，锦书难据。　苔径追忆曾游，念谁伴、秋千彩绳芳柱。犀奁黛卷，凤枕云孤，应也几番凝伫。怎得伊来，花雾绕、小堂深处。留住。直到老、不教归去。

（《阳春白雪》卷四）

[注释]

①霓旌：本为指仙人旗帜，此指所思女郎之行踪。

柳梢青

西　湖

千丈风漪。霁光明处，花柳高低。箫鼓声中，宝钗遥认，兰棹交驰。　贪呆觑著帘儿。不好价、伊家怎知[1]。便是重来，真情厮向，难似当时。

（《永乐大典》卷二千二百六十五“湖”字韵）

[注释]

①价（jiē）：助词。柳永《凤衔杯》词：“经年价两成幽怨。”

朝中措

重葺南湖堂馆，小词落成

先生心地等空虚，行处幻仙都。点缀玲珑花柳，翻腾窈窕规模。　　三杯两盏，五言十字，迟老工夫[①]。受用南湖风月，何须更到西湖。

（《永乐大典》卷一万一千三百十三"馆"字韵引张镃《南湖集》）

［注释］

①迟老：养老、消磨晚年时光。

存目词

《广群芳谱》卷十六蔬谱"山药门"有张镃《南柯子》"种玉能延命"一首，据《全芳备祖》后集卷二十五乃无名氏作品。

刘　过

刘过(1154—1206)，字改之，自号龙洲道人，吉州太和(今江西泰和)人。平生以义气撼当世，上书朝廷献恢复中原方略，不用。流浪江湖，以填词名动公卿。曾为辛弃疾座上客。晚年隐于江苏昆山。著有《龙洲词》。刘过词风豪放，与辛词一脉，而更粗肆。词中鼓吹忠勇爱国，常为后人所称道。小令亦复纤秀缠绵，别具一格。

沁园春

御园还上郭殿帅①

玉带猩袍，遥望翠华，马去似龙。拥貂蝉争出，千官鳞集，貔貅不断②，万骑云从。细柳营开③，团花袍窄，人指汾阳郭令公④。山西将，算韬钤有种，五世元戎。　旌旗蔽满寒空。鱼阵整、从容虎帐中。想刀明似雪，纵横脱鞘，箭飞如雨，霹雳鸣弓。威撼边城⑤，气吞胡虏，惨淡尘沙吹北风。中兴事，看君王神武，驾驭英雄。

[注释]

①郭殿帅：郭浩，字充道，历知原州、泾州、秦州、凤翔府，拜检校少保，枢密院统制，屯金州，坚决抗金。　②貔貅：猛兽，以喻勇士，护卫。　③细柳营：汉周亚夫屯军细柳(今陕西咸阳西南)，军纪严明。　④郭令公：唐郭子仪，为平安史之乱主要将领，以功封汾阳王。郭子仪为华州人。古时以华山为界，《汉书·赵充国传》云："山西出将，山东出相。"　⑤边城：指金州(今陕西安原)，当时为宋金对峙边境。

[集评]

陈廷焯云："慷慨激烈，髮欲上指。词境虽不高，然足以使懦夫有立

志。”(《白雨斋词话》卷六)

沁园春

题黄尚书夫人书壁后[1]

缓辔徐驱,儿童聚观,神仙画图。正芹塘雨过,泥融路软,金莲自策,小小篮舆。傍柳题诗,穿花劝酒,嗅蕊攀条得自如。经行处,有苍松夹道,不用传呼。　清泉怪石盘纡,信风景江淮各异殊[2]。记东坡赋就,纱笼素壁[3],西山句好[4],帘卷晴珠。白玉堂深[5],黄金印大[6],无此文君载后车[7]。挥毫罢,看淋漓雪壁,真草行书。

[注释]

①黄尚书夫人:黄尚书,名由,字子由,淳熙进士第一,历嘉王府赞读、四川招抚使,终刑部尚书。黄由帅蜀时,道经黄州,其夫人游雪堂,书苏轼前后《赤壁赋》于壁,字甚工。雪堂为苏轼被谪黄州时所筑。　②“信风景”句:晋时南渡诸人,于新亭饮宴。周颛于座中叹道:“风景不殊,正自有山河之异。”流露故国之思。事见《世说新语·言语》。　③纱笼素壁:以纱笼保护壁上诗文。唐王播少孤贫,居扬州惠昭寺,随僧斋食,僧不为礼。后王播得官,重游旧地,见当年壁上题诗,俱被寺僧以碧纱笼护之。感慨题诗云:“二十年来尘扑面,如今始得碧纱笼。”　④西山句好:本唐王勃《滕王阁序》诗“画栋朝飞南浦云,朱帘暮卷西山雨”。　⑤白玉堂:指皇宫、朝廷。　⑥黄金印大:晋周颛声言杀退叛逆时云“今年杀诸贼奴,当取金印如斗大系肘”。后引指立大功而得高位。　⑦文君:卓文君,汉时临邛大富商女,新寡。司马相如过饮于卓氏,与文君相恋。文君夜奔相如,同归成都。夫妻后返临邛卖酒,文君当炉。后司马相如被汉武帝任命为郎,出使邛、笮有功。卓文君美艳多才,工音律诗歌,为后世所称许。

沁园春

寄辛稼轩[①]

古岂无人，可以似吾，稼轩者谁。拥七州都督，虽然陶侃[②]，机明神鉴，未必能诗。常衮何如[③]，羊公聊尔[④]，千骑东方侯会稽。中原事，纵匈奴未灭，毕竟男儿。　平生出处天知，算整顿乾坤终有时。问湖南宾客[⑤]，侵寻老矣，江西户口[⑥]，流落何之。尽日楼台，四边屏幛，目断江山魂欲飞。长安道，奈世无刘表，王粲畴依[⑦]。

［注释］

①辛稼轩：辛弃疾。　②陶侃：晋人，字士行，封长沙郡公，都督七州军事。文武功业为后世所称。　③常衮：唐京兆人，代宗时为门下侍郎，同平章事，封河内郡公，清俭著称。　④羊公：羊祜，字叔子，晋尚书右仆射，都督荆州诸军事，绥怀远近，甚得军民之心。　⑤湖南：稼轩曾官湖南任安抚使等职。　宾客：言其友人与僚属。　⑥“江西”句：辛弃疾曾任江西安抚使。作者亦江西泰和人。　⑦王粲：三国时文学家，汉献帝时，依附刘表十五年。

沁园春

寄孙竹湖[①]

问讯竹湖，竹如之何，如何未归。道吴山越水，无非佳处，来无定止，去亦何之。莫是秋来，未能忘耳，心与孤云相伴飞。愁无奈，但北窗寄傲[②]，南涧题诗。　人生万事成痴。算世上久无公是非。恨云台突兀[③]，无君子者，雪堂寥落[④]，有美人兮。疏雨梧桐，微云河汉，钟鼎山林无限悲。阳山县[⑤]，是昌黎误汝[⑥]，汝误昌黎。

［注释］

①孙竹湖：不详。　②北窗寄傲：晋陶潜尝于五六月间，倚北窗下，自谓羲皇上人。指有如伏羲时代之人，自由自在。　③云台：汉代洛阳皇宫中之高台，上有广德殿。汉明帝时画中兴功臣三十二人于云台之上，用以表彰。　④雪堂：苏轼贬谪黄州（今湖北黄冈）时，于临皋亭东坡上筑一室，名曰雪堂。　⑤阳山：今广东县名。　⑥昌黎：唐代诗人韩愈，字退之，郡望昌黎，世称韩昌黎。任监察御史时，因极言宫市之弊，贬为阳山县令。

沁园春

卢蒲江席上，时有新第宗室①

一剑横空，飞过洞庭，又为此来。有汝阳琎者②，唱名殿陛，玉川公子③，开宴尊罍。四举无成，十年不调，大宋神仙刘秀才④。如何好，将百千万事，付两三杯。　未尝戚戚于怀。问自古英雄安在哉。任钱塘江上⑤，潮生潮落，姑苏台畔⑥，花谢花开。盗号书生，强名举子，未老雪从头上催。谁羡汝，拥三千珠履⑦，十二金钗。

［注释］

①卢蒲江：卢祖皋，字申之。永嘉人，庆元进士。　新第：新登进士第。②汝阳琎：李琎，唐皇子，得玄宗喜爱，封汝阳王，历任太仆卿。　③玉川公子：唐诗人卢仝，隐居少室山，自号玉川子，好饮茶。　④刘秀才：刘过自谓。　⑤钱塘江：流经浙江。每年八月，海潮倒灌，声势壮观，是谓钱塘潮。　⑥姑苏台：在江苏吴县姑苏山上。又称胥台。　⑦珠履：缀珠之鞋，极言华美。此处与下文金钗，皆指代女子，谓宗室侍姬也。

沁园春

寿

玉带金鱼[①]，绿鬓朱颜，神仙画图。把擎天柱石，空留绿野，济川舟楫，闲舣西湖。天欲安刘[②]，公归重赵[③]，许大元勋谁得如。平章处，看人如伊吕[④]，世似唐虞[⑤]。 不须别样规模。但收揽人才多用儒。况自昔军中，胆能寒虏，而今胸次，气欲吞胡。紫府真人[⑥]，黑头元宰[⑦]，收敛神功寂似无。归来好，正芝香枣熟，鹤瘦松臞。

［注释］

①玉带金鱼：古时官员服饰。唐制，三品以上官员佩金鱼袋。 ②安刘：维护宋王朝。典出汉高祖刘邦病危时，嘱吕后云：周勃重厚少文，然安刘氏者必勃也。事见《史记·高祖本纪》。 ③重赵：重用有功大臣。典出春秋时赵衰随晋文公出亡十九年，终于返国，功最大。事见《史记·晋世家》。 ④伊吕：商汤的伊尹、周武王的吕尚，皆开国元勋，功业甚著。 ⑤唐虞：陶唐氏（尧）及有虞氏（舜）时代，古时以为太平盛世。 ⑥紫府真人：道家称仙人所居处为紫府。 ⑦黑头元宰：少壮而居高任者。

［集评］

陈霆云："刘改之《沁园春》……此词题云：'代寿韩平原。'然在当时，不知竟代谁作。……改之词意虽媚，其'收拾用儒'、'收敛若无'与'芝香枣熟'等句，犹有劝侂胄谦冲下贤，及功成身退之意。"（《渚山堂词话》卷三）

沁园春

寄稼轩承旨[①]

斗酒彘肩[②]，风雨渡江，岂不快哉。被香山居士[③]，约林和靖[4]，与东坡老[5]，驾勒吾回。坡谓西湖，正如西子，浓抹淡妆临镜台[6]。二公者，皆掉头不顾，只管衔杯。
白云天竺飞来。图画里、峥嵘楼观开。爱东西双涧，纵横水绕，两峰南北，高下云堆[7]。逋曰不然，暗香浮动[8]，争似孤山先探梅。须晴去，访稼轩未晚，且此徘徊。

［注释］

①寄稼轩承旨：《宋六十名家词》作“风雪中欲诣稼轩，久寓湖上，未能一往，因赋此词以自解”。胡云翼《宋词选》作“寄辛承旨，时承旨招，不赴”。胡云翼按：“辛弃疾进枢密都承旨是他六十八岁死那一年的事情，《宋史》本传称他‘未受命而卒’。‘承旨’字样，疑为后人所妄加。” ②斗酒彘肩：汉樊哙见项王，赐斗酒彘肩（猪蹄膀），切而食之。事见《史记·项羽本纪》。 ③香山居士：白居易晚年自号香山居士。白居易曾任杭州刺史。 ④林和靖：林逋，字君复，宋初隐士，居孤山，种梅养鹤，后人称之为和靖先生。 ⑤东坡老：苏轼，自号东坡居士。 ⑥“浓抹”句：苏轼《饮湖上初晴后雨》诗有句“欲把西湖比西子，淡妆浓抹总相宜”。 ⑦高下云堆：白居易《寄韬光禅师》诗有句云“东涧水流西涧水，南山云起北山云”。 ⑧“暗香”句：林逋《山园小梅》诗有句云“疏影横斜水清浅，暗香浮动月黄昏”。盖因孤山多梅。

［集评］

黄昇云：“刘改之，豪爽之士。辛稼轩帅越，刘寓西湖，稼轩招之，值雨，答以《沁园春》词，甚奇伟。”（《中兴词话》）

岳珂云：“嘉泰癸亥岁，改之在中都。时辛稼轩弃疾帅越，闻其名，遣介招之。适以事不及行，作书归辂者，因效辛体《沁园春》一词，并缄往，下笔便逼真。……辛得之，大喜，致馈数百千，竟邀之去，馆燕弥月，酬唱亹亹，皆似之，逾喜。垂别，赒之千缗，曰：‘以是为求田资。’改之归，意荡于酒，不问也。词语峻拔，如尾腔对偶错综，盖出唐王勃体又变之。”（《桯史》卷二）

俞文豹云：“此词虽粗刺而局高。与三贤游，固可睨视稼轩。视林、白之清致，则东坡所谓‘淡妆浓抹’，已不足道，稼轩富贵，焉能浼我哉？”（《词林纪事》卷十一引《吹剑录》）

沁园春

柳思花情，湖上应怪，先生又来。想旧时谈舌，依然解使，六丁奔走①，驱斥风雷。翠袖传觞，金貂换酒②，痛饮何妨三百杯③。人间世，算谪仙去后④，谁是天才。　碧窗画鼓船斋，胸次与乾坤一样开。试云间招手，下呼馀子，逡巡去矣，但觉尘埃。若是花时，无风无雨，一日须来一百回。教人道，看玉山自倒⑤，不用相推。

［注释］

①六丁：道教之神。韩愈《调张籍》诗："仙宫敕六丁，雷电下取将。"　②金貂换酒：晋阮孚为散骑常侍，嗜酒，终日酣饮。常以所服金貂换酒。事见《晋书·阮孚传》。后世以此喻名士风度。　③痛饮何妨三百杯：本李白《将进酒》："烹羊宰牛且为乐，会须一饮三百杯"。　④谪仙：李白。贺知章见李白，为其才气所倾倒，呼之为谪仙人，即解金龟换酒为乐。时人称白为谪仙。　⑤玉山：形容人姿容品德优美。晋山涛指嵇康为人"岩岩若孤松之独立；其醉也，傀俄若玉山之将崩"。见《世说新语·容止》。

沁园春

张路分秋阅①

万马不嘶，一声寒角，令行柳营。见秋原如掌，枪刀突出，星驰铁骑，阵势纵横。人在油幢②，戎韬总制③，羽扇从容裘带轻④。君知否，是山西将种⑤，曾系诗盟。　龙蛇纸上飞腾⑥。看落笔四筵风雨惊⑦。便尘沙出塞，封侯万里⑧，印金如斗⑨，未惬平生。拂试腰间，吹毛剑在⑩，不斩楼兰心不平⑪。归来晚，听随军鼓吹，已带边声。

［注释］

①张路分：张姓将领，姓名不详。宋制行政管辖有荆南湖北路江东路。 ②油幢：油布帐蓬，用于军旅。 ③戎韬：军事谋略。 ④羽扇：羽扇轻裘，为闲暇之服。军旅中羽扇轻裘，示其从容潇洒。苏轼《念奴娇》词："羽扇纶巾，谈笑间、樯橹灰飞烟灭。" ⑤山西将种：山指崤山。古时俗谚："山东出相，山西出将。"见《汉书·赵充国传》。 ⑥"龙蛇"句：笔迹灵动豪健。见温庭筠《题秘书省贺知章草书》诗。 ⑦"落笔"句：杜甫《寄李十二白二十韵》诗："落笔惊风雨，诗成泣鬼神。" ⑧封侯万里：万里之外征战，得以封侯。汉班超投笔从戎，曰："大丈夫当……立功异域，以取封侯。"事见《后汉书·班超传》。 ⑨印金如斗："今年杀诸贼奴，当取金印大如斗系肘。"见《世说新语·尤悔》。 ⑩吹毛剑：卢纶《难绾刀歌》："吹毛可试不可触"，极言刀剑锋利。 ⑪"不斩楼兰"句：楼兰，汉时西域鄯善国，与匈奴通，屡次遮杀汉使臣，后泛指西北敌人。王昌龄《从军行》诗："黄金百战穿金甲，不破楼兰终不还。"

沁园春

观竞渡

画鹢凌风，红旗翻雪，灵鼍震雷。叹沉湘去国[①]，怀沙吊古，江山凝恨，父老兴哀。正直难留，灵修已化[②]，三户真能存楚哉[③]。空江上，但烟波渺渺，岁月洄洄。 持杯。西眺徘徊。些千载忠魂来不来。谩争标夺胜，鱼龙喷薄，呼声贾勇，地裂山摧。香黍缠丝[④]，宝符插艾，犹有樽前儿女怀。兴亡事，付浮云一笑，身在天涯。

［注释］

①沉湘去国：战国屈原被谗，流落荆楚，自沉于汨罗江。《楚辞·九章》有《怀沙》，相传为屈原绝命词。 ②灵修：喻君王。屈原《离骚》："指九天以为正兮，夫唯灵修之故也。"指楚怀王。 ③"三户"句：《史记·项羽本纪》："楚虽三户，亡秦必楚也。"指楚民怨愤，然楚终灭于秦。 ④香

黍缠丝：粽子。传为湘民沉之于汨罗江以吊屈原。

沁园春

赠王禹锡[①]

自注铜瓶，作梅花供，尊前数枝。说边头旧话，人生消得，几翻行役，问我何之。小队红旗，黄金大印，直待封侯知几时。杯行处，且淋漓一醉，明日东西。　如椽健笔鸾飞。还为写春风陌上词[②]。便平生豪气，销磨酒里，依然此乐，儿辈争知。霜重貂裘[③]，夜寒如水，饮到月斜犹未归。仙山路，有笙簧度曲，声到琴丝。

［注释］

①王禹锡：未详。　②陌上词：《陌上花》，民歌名。苏轼《陌上花·引》云："吴越王妃每岁春必归临安，王以书遗妃曰：'陌上花开，可缓缓归矣。'吴人用其语为歌，含思宛转，听之凄然。"　③霜重貂裘：战国时苏秦说秦王，书十上而不行，黑貂之裘敝。事见《战国策·秦策》。陆游《诉衷情》词："关河梦断何处，尘暗旧貂裘。"

沁园春

送王玉良[①]

万里湖南，江山历历，皆吾旧游。看飞凫仙子[②]，张帆直上，周郎赤壁[③]，鹦鹉汀洲[④]。吸尽西江[⑤]，醉中横笛，人在岳阳楼上头[⑥]。波涛静，泛洞庭青草[⑦]，重整兰舟。
长沙会府风流。有万户娉婷帘玉钩。恨楚城春晚，岸花樯燕，还将客送，不与人留。且唤阳城[⑧]，更招元结[⑨]，摩抚之馀歌咏休。心期处，算世间真有，骑鹤扬州[⑩]。

[注释]

①王玉良:未详。　②飞凫仙子:王乔。东汉叶县令。传有仙术,乘双凫飞行。　③周郎赤壁:赤壁地名有三,俱在湖北。三国时周瑜破曹军之赤壁,在蒲圻县,长江南岸。　④鹦鹉汀洲:鹦鹉洲,在湖北武汉市长江中,明季曾为江水冲没。　⑤西江:长江,自西而来。　⑥岳阳楼:在今湖南岳阳,洞庭湖畔。　⑦青草:湖名,为今洞庭湖一部分。　⑧阳城:唐北平人。德宗时任谏议大夫,以鲠直敢言著称。　⑨元结:唐代诗人,曾任道州(今湖南宁远县附近)刺史,有《舂陵行》诗,伤赋税之重。　⑩骑鹤扬州:南朝梁殷芸《殷芸小说》载数人言幻想,其中的一人欲"腰缠十万贯,骑鹤上扬州",言其既富又仙且享乐也。

沁园春

咏　别

一别三年,一日三秋[①],庶几见之。念丹霞秋冷[②],风巾雾屦,五湖春暖[③],雨笠烟蓑。山水光中,要人携手,独欠金华俞紫芝[④]。谁知道,向酴醾香里,杯酒同持。

油然川泳云飞。但口不能言心自知。便狂敲铜斗,我歌君和,醉拈如意,我舞君随。风韵如君,岂堪言别,别后如之何勿思。须金玉[⑤],再相逢莫负,芷约兰期。

[注释]

①一日三秋:本《诗经·王风·采葛》"一日不见,如三秋兮"。　②丹霞:山名,在广东乐昌。　③五湖:太湖。　④俞紫芝:宋金华(今浙江市名)人,流寓扬州,字秀老,谙佛法,工诗,得王安石看重。　⑤金玉:喻贵重。《诗经·小雅·白驹》有"毋金玉尔音,而有遐心"之句。

沁园春

王汝良自长沙归[1]

一笛横风，稳转船头，系楫大江。还有人争说，鸣琴手段[2]，教侬重吐，锦绣肝肠[3]。不复少年，插花搥鼓，雅意在乎云水乡。阳关泪[4]，笑琼姬犹恋，奇俊王郎。　谈兵齿颊冰霜[5]，有万户侯封何用忙[6]。借烟霞且作，诗中队仗，鹭鸳已是[7]，归日班行。收敛平生，筹边胸次，以酒浇之书传香。消凝处，怕三更枕上，疏雨潇湘。

[注释]

①王汝良：不详。　②鸣琴：春秋时宓子贱治理单父，弹鸣琴而不堂，地方大治，事见《吕氏春秋》。引为地方官政简刑轻，治理有法。　③锦绣肝肠：犹锦心绣口，文章口才皆巧敏。　④阳关：在甘肃，汉唐时为边塞重地。王维《送元二使安西》诗："劝君更进一杯酒，西出阳关无故人。"　⑤齿颊冰霜：言辞神志严肃冷静。　⑥万户侯：食邑万户之侯，有极大功劳者得封。　⑦鹭鸳：又作鹓鹭。二鸟群飞有序，历来借此喻朝官上朝时班行整齐有序。

沁园春

美人指甲

销薄春冰[1]，碾轻寒玉[2]，渐长渐弯。见凤鞋泥污，偎人强剔，龙涎香断，拨火轻翻。学抚瑶琴，时时欲剪，更掬水鱼鳞波底寒。纤柔处，试摘花香满，镂枣成班[3]。　时将粉泪偷弹，记绾玉曾教柳傅看。算恩情相著，搔便玉体，归期暗数，画遍阑干。每到相思，沉吟静处，斜倚朱唇皓齿间。风流甚，把仙郎暗掐，莫放春闲。

[注释]

①“销薄”句:言指甲薄得如消融中的春冰。 ②“碾轻”句:轻巧得如加工凉玉一样玲珑。 ③镂枣:用纤指玩枣,染上了枣的红色。

[集评]

张炎云:“刘改之《沁园春 · 美人指甲》云(略)。又咏小脚云(略)。二词亦自工丽。”(《词源》卷下)

《四库全书总目》云:“刻画猥亵,颇乖大雅。”(《龙洲词提要》)

沁园春

美人足

洛浦凌波[①],为谁微步,轻尘暗生。记踏花芳径,乱红不损,步苔幽砌,嫩绿无痕。衬玉罗悭[②],销金样窄[③],载不起、盈盈一段春。嬉游倦,笑教人款捻,微褪些跟。

有时自度歌声。悄不觉、微尖点拍频。忆金莲移换,文鸳得侣[④],绣茵催衮[⑤],舞凤轻分。懊恨深遮,牵情半露,出没风前烟缕裙。知何似,似一钩新月,浅碧笼云。

[注释]

①洛浦凌波:本曹植《洛神赋》“凌波微步,罗袜生尘”。 ②衬玉:绣鞋装饰以珠玉。 悭(qiān):言其瘦小。 ③销金:以金饰物,此处指鞋饰。 ④鸳:文彩斑斓的鸳鸯鸟,指双足。 ⑤催衮:音乐术语。大遍有“序、引……催攧衮破”等。

[集评]

卓人月云:“言其轻则持不住,言其盈则‘载不起’,轻、盈原非两种。鸳凤常读。而得人品、轻分四个甚异。”(《古今词统》卷十五)

江顺诒云:“自刘改之以《沁园春》咏指甲、咏美人足后,词家刻划闺秀,轨从其体。”(《词学集成》续编卷四)

水调歌头

春事能几许，密叶著青梅。日高花困，海棠风暖想都开。不惜春衣典尽，只怕春光归去，片片点苍苔。能得几时好，追赏莫徘徊。　雨飘红，风换翠，苦相催。人生行乐，且须痛饮莫辞杯[①]。坐则高谈风月，醉则恣眠芳草[②]，醒后亦佳哉。湖上新亭好，何事不曾来。

［注释］

①"且须"句：本李白《将进酒》诗"人生得意须尽欢，莫使金樽空对月"。　②"醉则"句：苏轼《西江月》"我欲醉眠芳草"。

［集评］

俞陛云云："容易春残，及时行乐。使笔如舌，纯以气行，不在造句之工。"（《唐五代两宋词选释》）

水调歌头

弓剑出榆塞[①]，铅椠上蓬山[②]。得之浑不费力，失亦匹如闲[③]。未必古人皆是，未必今人俱错，世事沐猴冠[④]。老子不分别，内外与中间。　酒须饮，诗可作，铗休弹[⑤]。人生行乐，何自催得鬓毛斑。达则牙旗金甲，穷则蹇驴破帽，莫作两般看。世事只如此，自有识鹓鸾[⑥]。

［注释］

①榆塞：边塞。　②铅椠：铅粉笔及木板，古时书写工具。　蓬山：即蓬莱山，古时传说为仙人所居之海上仙山。　③匹如：比如。　④沐猴冠：沐猴为猕猴，戴冠实无人性，不能持久。　⑤铗休弹：战国孟尝君食客冯谖，弹铗（剑）而歌，表示不满待遇。事见《史记·孟尝君列传》。此处指

不必不满。 ⑥鸮:猫头鹰,古时指为恶鸟。 鸾:鸾凤,古时指为祥瑞鸟。《庄子·秋水》寓言云,凤凰自南海飞往北海,非梧桐不止,非练实不食。有一猫头鹰抓住腐烂之老鼠,竟然指斥凤凰欲来争夺。

水调歌头

寿王汝良

文采汉机轴[①],人物晋风流[②]。丈夫有此,便可谈笑觅封侯。试问湘南水石,今古阅人多矣,曾见此公不。名姓出天上,声誉塞南州。 斩楼兰,擒颉利[③],志须酬。青衫何事,犹在楚尾与吴头。闻道长安灞水[④],尽是三槐风月[⑤],好奉板舆游[⑥]。此曲为君寿,为我唤歌喉。

[注释]

①机轴:机,弩牙;轴,车轴。喻掌政要之位。 ②风流:英俊杰出,不拘礼法。 ③颉利:颉利可汗,唐时突厥首领,屡率兵骚扰唐边境。贞观年间被擒送长安。后以颉利泛指扰掠边境之少数民族首领。 ④灞水:渭河支流,经长安东。灞水上有桥名灞桥,唐人送别,常于灞桥折柳为别。⑤三槐:相传周朝宫外有槐树三棵,朝见天子时,三公面向三槐而立。后以三槐喻高官。 ⑥板舆:古时老人代步工具,类板车。官吏出任,得以奉养父母,称为奉板舆。

念奴娇

留别辛稼轩

知音者少,算乾坤许大,著身何处。直待功成方肯退,何日可寻归路。多景楼前[①],垂虹亭下[②],一枕眠秋雨。虚名相误,十年枉费辛苦。 不是奏赋明光,上书北阙[③],无惊人之语。我自匆忙天未许,赢得衣裾尘土。白璧追欢,黄金买笑，付与君为主。莼鲈江上[4]，浩然明日归去。

[注释]

①多景楼：在今江苏镇江北固山甘露寺内。②垂虹亭：亭名，在今江苏吴江市长桥上。③上书北阙：1165 年，辛弃疾作《美芹十论》，分析宋金和战前途，奏宋孝宗。1170 年，辛弃疾又撰《九议》，送交丞相虞允文，力陈抗金治国大策。④莼鲈：《晋书·张翰传》载，张翰见秋风起，思吴中菰菜、莼羹、鲈鱼脍，即感叹弃官归去。后多指弃官归隐故乡。

念奴娇

七夕

并肩楼上，小阑干、独记年时凭处。百岁光阴弹指过，消得几番寒暑。鹊去桥空[1]，燕飞钗在，不见穿针女。老怀凄断，夜凉知共谁诉。　不管天上人间，秋期月影，两处相思苦。闲揭纱窗人未寝，泪眼不曾晴雨，花落莲汀，叶喧梧井，孤雁应为侣。浩歌而已，一杯长记时序[2]。

[注释]

①鹊去桥空：古时传说，七月七日织女渡过喜鹊搭成之桥与牛郎相会。②"一杯"句：宋时风俗，七夕晚晡时，富贵之家，于高楼危榭，安排筵会，以赏节序。事见吴自牧《梦粱录》。

糖多令

安远楼小集[1]，侑觞歌板之姬黄其姓者，乞词于龙洲道人，为赋此《糖多令》，同柳阜之、刘去非、石民瞻、周嘉仲、陈孟参、孟容[2]，时八月五日也[3]

芦叶满汀洲，寒沙带浅流。二十年、重过南楼。柳下系舟犹未稳，能几日、又中秋。　　黄鹤断矶头[4]，故人今在不。旧江山、浑是新愁。欲买桂花同载酒，终不是、少年游。

[注释]

①安远楼：在湖北武昌黄鹤山上，即南楼。　②柳阜之等：作者吟友。③唐氏按：原题只"安远楼小集"五字，此从《彊村丛书》本《龙洲词》。④黄鹤矶：在湖北武昌蛇山上，黄鹤楼建其上。

[集评]

黄苏云："沈际飞曰：情畅语俊，韵叶音调，不见扭造。此改之得意之笔。"（《蓼园词评》）

李佳云："轻圆柔脆，小令中工品。词以写情，须意致缠绵，方为合作。无清灵之笔，意致焉得缠绵？彼徒以典丽堆砌为工者，固自不解用笔。"（《左庵词话》卷上）

满江红

同襄阳帅泛湖

猎猎风蒲，画船转、碧湾沙浦。都不是、蓼汀桃岸，橘洲梅渚。指点山公骑马地[1]，经由羊祜登山处[2]。悄一如、人生水晶宫，销烦暑。　　薰风动，帘旌举。秦筝奏，凌波舞。拚冰壶沉醉[3]，晚凉归去。侵岸一篙杨柳浪，过云几点荷花雨。倚楼人、十里凭阑干，神仙侣。

[注释]

①山公：晋代山简，镇守襄阳，常游高阳池，饮酒辄醉。　②羊祜：字叔子，晋大臣，镇守荆楚十年，帅襄阳时，尝登岘山，置酒咏诗。　③冰壶：盛冰雪之玉壶，喻胸襟高洁。

满江红

高帅席上[①]

敌面风轻，一两点、海棠微雨。春总在、英雄元帅，晓来游处。楼阁万家帘幕卷，江郊十里旌旗驻。有黄鹂、百舌啭新声，垂杨舞。　寒食近，喧箫鼓。车马闹，铜鞮路[②]。尽不妨沉醉，与花为主。风韵可将图画比，笑谈尽是惊人语。问何如、邹湛岘山头[③]，陪羊祜。

［注释］

①高帅：当指襄阳军政首脑，姓高名夔。　②铜鞮：旧襄阳坊名。③邹湛：晋人，字润甫，博学多才，任征南从事中郎，深为羊祜器重。羊祜登览岘山，邹湛常相陪同。

满江红

寿[①]

霜树啼鸦，梅欲放、小春清晓。庆初度、佩环风外，笑声云表。一柱独擎深栋重，十年整顿乾坤了。种春风、桃李满人间，知多少。　功甚大，心常小。居廊庙[②]，思耕钓。奈华夷休戚，系王颦笑。盟府山河书带砺[③]，成周师保须周召[④]。看貂蝉、绿鬓本天人，真难老。

［注释］

①寿：此寿韩侂胄生辰之作。庆元五年(1199)韩封平原郡王。　②廊庙：古时帝皇大臣议事处。　③带砺：黄河如带，泰山如砺石，喻功臣爵禄，世代永传。语出《史记·高祖功臣侯者年表》："封爵之誓曰：使河如带，泰山若砺。国以永宁，爰及苗裔。"　④周召：周成王时，周公、召公共同辅政，得以太平。

谒金门

次京口赋[1]

归不去，船泊早春梅渚。试听玉人歌白苎[2]，行云无觅处。　剪烛写诗无语，漠漠寒生窗户。明日短篷眠夜雨，宝钗留半股。

［注释］

①京口：今江苏镇江。　②白苎：《白苎歌》，乐府名。为吴地之舞曲，歌柔态美。

谒金门

秋兴恶，愁怯罗衾风弱。雨线垂垂晴又落，轻烟笼翠箔[1]。　休道旅怀萧索，生怕香浓灰薄。桂子莫教孤酒约[2]，诗情浑落魄。

［注释］

①翠箔：翠绿色之竹帘。　②孤酒约：错过了喝酒之事。孤，通“辜”。

贺新郎

平原纳宠姬[1]，能奏方响[2]，席上有作

倦舞轮袍后[3]。正鸾慵凤困，依然怨新怀旧。别有艳妆来执乐，春笋微揎罗袖。试一曲、琅璈初奏[4]。莫放珠帘容易卷，怕人知、世有梨园手[5]。钗玉冷，钏金瘦。
烛花对剪明于昼。画堂深、屏山掩翠[6]，炭红围兽。错认佩环犹未是，依约雏莺啭柳。任箭滴、铜壶银漏。一片雄

心天外去，为声清、响彻云霄透。人醉也，尚呼酒。

[注释]

①平原：韩侂胄，字节夫，官至太师平章军国事，封平原郡王，序班丞相上。举兵抗金而无良策，兵败求和而被杀。此时正封平原郡王，故以“平原”称之。　②方响：打击乐器，铜铁制，由十六片组成，分两排悬挂，以小铜锤击之奏乐。　③轮袍：郁轮袍，乐曲名，唐时王维以善奏郁轮袍而得荐举。　④琅璈：璈，乐器名。琅，玉石。琅璈为玉石排列制成之璈。传说神仙西王母处有八琅之璈，事见《汉武帝内传》。　⑤梨园：唐玄宗在骊山收乐工三百人于梨园，练习音乐。后以梨园子弟称乐工。　⑥屏山：屏风。

贺新郎

春　思

院宇重重掩。醉沉沉、亭阴转午，绣帘高卷。金鸭香浓喷宝篆[①]，惊起雕梁语燕。正一架、酴醾开遍。嫩萼梢头舒素脸，似月娥、初试宫妆浅[②]。风力嫩，异香软。　　佳人无意拈针线。绕朱阑、六曲徘徊，为他留恋。试把花心轻轻数，暗卜归期近远。奈数了、依然重怨。把酒问春春不管，枉教人、只恁空肠断。肠断处，怎消遣。

[注释]

①金鸭：金属制鸭形香炉。　②月娥：月里嫦娥，喻美女。

贺新郎

老去相如倦[①]。向文君、说似而今，怎生消遣。衣袂京尘曾染处，空有香红尚软。料彼此、魂销肠断。一枕新凉眠客舍，听梧桐、疏雨秋声颤。灯晕冷，记初见。　楼低不放珠帘卷。晚妆残、翠钿狼藉，泪痕凝面。人道愁来须殢酒，无奈愁深酒浅。但寄兴、焦琴纨扇[②]。莫鼓琵琶江上曲，怕荻花、枫叶俱凄怨[③]。云万叠，寸心远。[④]

［注释］

①相如：司马相如，汉代文学家。贫时与卓文君相爱私奔，传为佳话。　②焦琴：焦尾琴。有人烧桐木，蔡邕闻其声，知为良木，即请作为琴，果为美声，而尾犹焦。事见《后汉书·蔡邕传》。后泛指琴。　③"荻花"句：白居易《琵琶行》诗有"枫叶荻花秋瑟瑟"等句。　④刘过自跋："壬子春，余试牒四明，赋赠老娼，至今天下与禁中皆歌之。江西人来，以为邓南秀词，非也。"壬子，宋光宗绍熙三年（1192）。四明，浙江山名，在宁波市西南，古时四明为宁波府别称。

［集评］

许昂霄云："青衫憔悴，红粉飘零，千古一泪。"（《词综偶评》）

陈廷焯云："亦只从'同是天涯沦落人'化出，而波澜转折，悲感无端。考之艳情中最雅者。"（《词则》）

贺新郎

游西湖

睡觉莺啼晓。醉西湖、两峰日日，买花簪帽。去尽酒徒无人问，唯有玉山自倒。任拍手、儿童争笑[①]。一舸乘风翩然去，避鱼龙、不见波声悄[②]。歌韵歇，唤苏小[③]。　神仙路远蓬莱岛。紫云深、参差禁树，有烟花绕。人世红尘西障日，百计不如归好。付乐事、与他年少。费尽柳金梨雪句[④]，问沉香亭北何时召[⑤]。心未惬，鬓先老。

[注释]

①儿童争笑：晋山简镇守襄阳，好酒，常游习氏园池，醉归，儿童为之歌笑。事见《世说新语》。此处泛指出游醉归情态。 ②鱼龙：杂戏、杂技。 ③苏小：苏小小，南朝名妓，杭州人。西湖西泠桥堍原有苏小小坟。 ④柳金梨雪：柳叶垂金线，梨花白如雪。 ⑤沉香亭：在长安（今陕西西安）。唐玄宗于亭前植牡丹，与杨贵妃共赏，使李龟年以花笺召李白，命作新词，有"解释春风无限恨，沉香亭北倚阑干"之句。

[集评]

黄苏云："黄叔旸云：改之，稼轩之客。词多壮语，盖学稼轩者也。陶九成云：改之造语，赡逸有思致。按：改之为稼轩之客，稼轩一生忠义，坎坛崎岖后，以激而思退，作《沁园春》及《摸鱼儿》词，以抒其意。此词所谓'百计不如归好'，亦稼轩之意，有激之词也。前阕尤奇崛郁勃，得骚雅之遗。志隐而彰，旁若无人，可以悲其遇。"（《蓼园词选》）

贺新郎

赠张彦功①

晓印霜花步。梦半醒、扶上雕鞍，马嘶人去。岚湿青丝双辔冷，缓鞚野梅江路。听画角、吹残更鼓。悲壮寒声撩客恨，甚貂裘、重拥愁无数。霜月白，照离绪。 青楼回首家何处。早山遥、水阔天低，断肠烟树。谁念天涯牢落况②，轻负暖烟浓雨。记酒醒、香销时语。客里归鞯须早发③，怕天寒、风急相思苦。应为我，翠眉聚。

[注释]

①张彦功：不详。 ②牢落：孤寂。陆机《文赋》："心牢落而无偶。" ③归鞯：归去之马匹。 鞯：马鞍衬垫。

贺新郎

赠邻人朱唐卿①

多病刘郎瘦②。最伤心、天寒岁晚，客他乡久。大舸翩翩何许至，元是高阳旧友③。便一笑、相欢携手。为问武昌城下月，定何如、扬子江头柳。追往事，两眉皱。　烛花细剪明于昼。唤青娥、小红楼上，殷勤劝酒。昵昵琵琶恩怨语④，春笋轻笼翠袖。看舞彻、金钗微溜。若见故乡吾父老，道长安、市上狂如旧。重会面，几时又。

［注释］

①朱唐卿：字大伯，嘉定进士，临海人。　②刘郎：传说汉代刘晨、阮肇于天台山遇仙女，多年后又重来，后世称刘晨为刘郎。引称为去而复来之情郎。　③高阳旧友：高阳，地名，在今河南杞县。汉刘邦起兵，郦食其求见，不纳。郦叱曰："吾高阳酒徒也！"终受重用。事见《史记·郦生陆贾列传》。后以高阳友为好酒者。　④"昵昵"句：韩愈《听颖师弹琴》诗："昵昵儿女语，恩怨相尔汝。"

［集评］

陈廷焯云："措词炼句，全祖稼轩，但气魄不逮。"(《词则》)

贺新郎

弹铗西来路。记匆匆、经行十日，几番风雨。梦里寻秋秋不见，秋在平芜远树。雁信落、家山何处。万里西风吹客鬓，把菱花、自笑人如许。留不住，少年去。　男儿事业无凭据。记当年、悲歌击楫①，酒酣箕踞②。腰下光铓三尺剑，时解挑灯夜语③。谁更识、此时情绪。唤起杜陵风月手④，写江东渭北相思句。歌此恨，慰羁旅。

[注释]

①击楫：晋时黄河沦于胡族，祖逖渡江北伐，中流击楫（船橹）而誓：不收复中原，有如大江！辞色壮烈，众皆感慨。事见《晋书·祖逖传》。后以击楫形容收复失地之爱国热情。　②箕踞：叉开双腿而坐，古时为粗豪之态。　③"时解"句：本辛弃疾《破阵子》词"醉里挑灯看剑，梦回吹角连营"。　④杜陵：指杜甫，杜陵（今陕西西安市）人。杜甫《春日忆李白》诗："渭北春天树，江东日暮云。何时一尊酒，重与细论文。"

水龙吟

寄陆放翁[①]

谪仙狂客何如，看来毕竟归田好。玉堂无此[②]，三山海上[③]，虚无缥缈。读罢离骚，酒香犹在，觉人间小。任菜花葵麦，刘郎去后[④]，桃开处、春多少。　一夜雪迷兰棹。傍寒溪、欲寻安道[⑤]。而今纵有，新诗冰柱[⑥]，有知音否。想见鸾飞[⑦]，如椽健笔，檄书亲草。算平生、白傅风流[⑧]，未可向、香山老。

[注释]

①陆放翁：陆游字务观，号放翁。　②玉堂：皇宫议事处。　③三山：古代神话中海上有三仙山，分别称方壶（方丈）、蓬壶（蓬莱）、瀛壶（瀛洲）。　④刘郎去后：刘禹锡有《再游玄都观》诗，引云："重游玄都观，荡然无复一（桃）树，唯兔葵燕麦动摇于春风耳。"诗云："百亩庭中半是苔，桃花净尽菜花开。种桃道士归何处？前度刘郎今又来。"　⑤安道：晋戴逵，字安道。王徽之居山阴，一夜乘兴驾船往剡溪访戴逵，及门未进而返，说："乘兴而来，尽兴而返，何必见之？"　⑥冰柱：凝冰结成之柱。宋李曾伯《又和苍云岩》诗："冰柱刘叉素有声，诗筒毋惜仆频更。"　⑦鸾飞：旧时称喻书法高妙为鸾翔凤集，此处喻指陆游草写檄书（军书）。陆游自乾道六年（1170）入蜀，为枢密使王炎幕府，凡九年，属军事参议。　⑧白傅：白居易，字乐天，号香山居士。曾任太子少傅，后人尊称其为白傅。白居

易晚年居洛阳龙门山之东，称所居处为香山，自号香山居士。

水龙吟

庆流阅古无穷[①]，相门又见生名世[②]。致君事业，全如忠献[③]，经天纬地。十二年间，挺身为国，勋庸知几。便书之竹帛，铭之彝鼎，勤劳意、竟谁记。　一自平章庶政，觉人心、顿然兴起。朝廷既正，乾坤交泰，华夷欢喜。行定中原，锦衣归相，分茅□□[④]。看貂蝉绿鬓，中书上考[⑤]，过三千岁。

［注释］

①庆流：吉庆长流，指代有名人。此为韩侂胄作。　②相门：相国门第。韩侂胄为韩琦曾孙。韩琦，北宋名臣，曾任同中书门下平章事、右仆射，封魏国公。韩侂胄时任太师平章军国事，总领军政大计，故云“又见生名世”，闻名于当世也。　③全如：《全宋词》注，原空格，据《韩墨大全》丙集卷十二补。　忠献：谥号。韩琦去世，谥忠献。　④□□：《全宋词》注：《韩墨大全》作“裂地”，韵重，疑误。　⑤中书上考：中书，中书省，为行政最高机关。宋时官吏由中书省逐年考查宦绩，考绩之最上等称上考。

祝英台近

笑天涯，还倦客，欲起病无力。风雨春归，一日近一日。看人结束征衫，前呵骑马，腰剑上、陇西平贼[①]。　鬓分白。只可归去家山，无田种瓜得[②]。空抱遗书，憔悴小楼侧。杜鹃不管人愁，月明枝上，直啼到、枕边相觅。

［注释］

①陇西平贼：陇西，今甘肃一带。汉李广为陇西成纪人，击匈奴有大

功。 ②种瓜：召平为秦东陵侯，秦亡后无所依，于长安东门外种瓜为业。

柳梢青

送卢梅坡[1]

泛菊杯深，吹梅角远，同在京城。聚散匆匆，云边孤雁，水上浮萍。 教人怎不伤情。觉几度、魂飞梦惊。后夜相思，尘随马去[2]，月逐舟行。

[注释]

①卢梅坡：不详。 ②尘随马去：本苏味道《观灯》诗“暗尘随马去，明月逐人来”。

霜天晓角

霜天晓角，梦回滋味恶。酒醒不禁寒力，纱窗外、月华薄。 拥衾思旧约，无情风透幕。惟有梅花相伴，不成是、也吹落。

辘轳金井

席上赠马佥判舞姬[1]

翠眉重扫。后房深、自唤小蛮娇小[2]。绣带罗垂，报浓妆才了。堂虚夜悄，但依约、鼓箫声闹。一曲梅花，尊前舞彻，梨园新调。 高阳醉、玉山未倒。看鞋飞凤翼，钗梁微袅。秋满东湖，更西风凉早。桃源路杳[3]。记流水、泛舟曾到。桂子香浓，梧桐影转，月寒天晓。[4]

［注释］

①马佥判：不详。佥判全称为签书判官厅公事，为宋时各州府之副职。 ②小蛮：白居易家伎名，后泛指侍女。 ③桃源路：晋陶潜有《桃花源记》，记述隐居于世外之幸福境界，寄托其追求和平生活理想。 ④唐氏按：此下原有《长相思》"玉一梭"一首，乃李煜作，见《南唐二主词》；又"燕高飞"一首，"上帘钩"一首，乃吴潜作，见《履斋先生诗馀》，今并存目。

好事近

咏茶筅[①]

谁斫碧琅玕[②]，影撼半庭风月。尚有岁寒心在，留得数茎华髮。 龙孙戏弄碧波涛[③]，随手清风发。滚到浪花深处，起一窝香雪。[④]

［注释］

①茶筅：茶具，以竹丝编为小帚，古时用以冲调茶水。 ②琅玕：玉。此处指竹林。 ③龙孙：竹笋。 ④唐氏按：此首又见陈东《少阳集》。

四字令[①]

情深意真，眉长鬓青。小楼明月调筝，写春风数声。
思君忆君，魂牵梦萦。翠销香暖云屏，更那堪酒醒。

［注释］

①唐氏按：此首别误作刘克庄词，见《啸馀谱》卷二。

［集评］

陈辅之云："（'翠销'二句）警句。"（《词旨》下）

蝶恋花

赠张守宠姬[①]

帘幕闻声歌已妙。一曲尊前，真个梅花早。眉黛两山谁为扫，风流京兆江南调[②]。　醉得白鬓人易老。老去侯鲭[③]，旧也曾年少。后夜短篷霜月晓，梦魂依约云山绕。

[注释]

①张守：张姓太守，事迹不详。　②风流京兆：汉张敞在长安任京兆尹，早晨为其妻画眉，人称风流京兆。事见《汉书·张敞传》。　③侯鲭：即五侯鲭。汉代娄护能言善辩，传食五侯间，各得其欢心，竟致奇膳，护合以为鲭，世称五侯鲭。后泛指得贵族王公眷顾。　鲭：精美肉食。

蝶恋花

宝鉴年来微有晕。懒照容华，人远天涯近。昨夜灯花还失信，无心更唱江城引[①]。　行过短墙回首认。醉撼花梢，红雨飞成阵。拌了为郎憔悴损[②]。庞儿恰似江梅韵。

[注释]

①江城引：词调名。　②拌了：拚了。

临江仙

满院花香晴昼永，愔愔亭户无人。谁将心绪管青春。游丝知我懒，江柳也眉颦。　近水远山都积恨，可堪芳草如茵。何曾一日不思君。无书凭朔雁，有泪在罗巾。

临江仙

数叠小山亭馆静[1]，落花红雨园林。画楼风月想重临。琵琶金凤语，长笛水龙吟。　　青眼已伤前遇少[2]，白头孤负知音。苔墙藓井夜沉沉。无聊成独坐，有恨即沾襟。

［注释］

①小山：即屏山，屏风也。温庭筠《菩萨蛮》词："小山重叠金明灭。"　②青眼：正视，器重之态。

临江仙

长短驿亭南北路，蒙茸醉拥驼裘。雪天行计欠人留。严风催酒醒，微雨替梅愁。　　自作小词呵冻写，冷金淡衬银钩[1]。此情知得几时休。寒云迷洛浦[2]，残梦绕秦楼[3]。

［注释］

①冷金：纸名，冷金笺，纸上洒上捶制之金片，极其名贵。　②洛浦：洛水之滨。曹植《洛神赋》写洛浦遇神女事。　③秦楼：旧时游乐处所，又指妓院。

临江仙

茶　词

红袖扶来聊促膝，龙团共破春温[1]。高标终是绝尘氛。两箱留烛影，一水试云痕。　　饮罢清风生两腋[2]，馀香齿颊犹存。离情凄咽更休论。银鞍和月载[3]，金碾为谁分[4]。

[注释]

①龙团：茶饼，为宋代贡茶名，出于福建。　②清风生两腋：唐代卢仝《走笔谢孟谏议新茶》诗："七碗吃不得也，唯觉两腋习习清风生。"　③银鞍：金银装饰华丽之马鞍。　④金碾：唐宋时茶叶研磨成粉末，拌以其他，作成茶饼。

江城子

海棠风韵玉梅春。小腰身，晓妆新。长是花时，犹系茜罗裙。一撮精神娇欲滴，说不似，画难真。　　楼前江柳又江云。隔音尘，泪沾巾。一点征帆，烟浪渺无津。万斛相思红豆子，凭寄与个中人。

江城子

淡香幽艳露华浓。晚妆慵，略匀红。春困恹恹，□□鬓云松。早是自来莲步小，新样子，为谁弓。　　画堂西畔曲栏东[①]。醉醒中，苦匆匆。卷上珠帘，依旧半床空。香灺满炉人未寝[②]，花弄月，竹摇风。[③]

[注释]

①"画堂"句：本欧阳修《定风波》词"画堂东畔药阑西"。　②香灺(xiè)：燃香之灰烬。　③唐氏按：此下原有《浣溪沙》"花插山榴映翠蛾"一首，乃晁端礼作，见《闲斋琴趣外篇》卷四，今存目。

浣溪沙

赠妓徐楚楚

黄鹤楼前识楚卿，彩云重叠拥娉婷。席间谈笑觉风生。　　标格胜如张好好[1]，情怀浓似薛琼琼[2]。半帘花月听弹筝。

［注释］

①张好好：唐时宣城妓女。杜牧有《张好好诗》并序。　②薛琼琼：唐时妓女名。

浣溪沙

春晚书情

墙外濛濛雨湿烟，参差小树绿阴圆。残春中酒落花前。　　海燕成巢终是客，鳏鱼入夜几曾眠。人间一段恶因缘。

浣溪沙

留　别

著意寻芳已自迟，可堪容易送春归。酒阑无奈思依依。　　杨柳小桥人远别，梨花深巷月斜辉。此情惟我与君知。

浣溪沙

谁把幽香透骨薰，韵高全似玉楼人。几时劝酒不深颦。　　竹里绝怜闲体态，月边无限好精神。一枝斜插坐生春。

浣溪沙

雾鬓云鬟已懒梳，君休乔木妾归欤[1]。且来卖酒伴相如[2]。　　骨细肌丰周昉画[3]，肉多韵胜子瞻书[4]。琵琶弦索尚能无。[5]

[注释]

①乔木：大树。此指离别。《诗经·周南·汉广》有"南有乔木，不可休思"之句。　②相如：司马相如，与卓文君私奔，在临邛卖酒，文君当垆，司马相如和佣保杂作。　③周昉：唐代画家，所作仕女画，多为腴丽丰肥之贵族妇女。　④子瞻：苏轼，字子瞻，书法笔触丰满潇洒，气韵闲逸。⑤唐氏按：此下原有《浣溪沙》"清润风光雨馀天"、"昼漏迟迟出建章"、"湘簟纱厨午梦清"三首，乃晁端礼作，见《闲斋琴趣外篇》卷四，今存目。

满庭芳

浅约鸦黄[1]，轻匀螺黛[2]，故教取次梳妆。减轻琶面，新样小鸾凰[3]。每为花娇玉软，慵对客、斜倚银床。春来病，兰薰半歇，满笐舞衣裳[4]。　　悲凉。人事改，三春秾艳，一夜繁霜。似人归洛浦，云散高唐。痛念平生情分，孤负我、临老风光。罗裙在，凭谁留意，去觅反魂香[5]。

[注释]

①鸦黄：唐时妇女涂额之黄粉。　②螺黛：即螺子黛，一种画眉染料，出波斯国。　③鸾凰：凤凰。此处为琵琶面板上装饰。　④笐（hàng）：竹架。衣服架子。　⑤反魂香：即返魂香。传汉武帝时西域月氏国贡返魂香，大如燕卵，黑如桑椹。燃此香，病者闻之即起，死未三日者熏之即活。

西江月

细雨黄梅初熟,微风燕子交飞[1]。手拈团扇写新题,心事恹恹难寄。　　片月只堪供恨,双星却有重期[2]。石榴裙子正芬菲,知为何人慵系。

[注释]

①“微风”句:本晏几道《临江仙》词“落花人独立,微雨燕双飞”。②双星:牵牛、织女二星。每年七月七日,传说为牛郎、织女相会。

西江月

素面偏宜酒晕,晓妆净洗啼痕。只疑身是玉梅魂,长为春风瘦损。　　冉冉烟生兰渚,娟娟月挂愁村。落花飞絮耿黄昏,又是一番新恨。

西江月

武昌妓徐楚楚号问月索题

楼上佳人楚楚,天边皓月徐徐。呼童忙为卷虾鬚[1],试问中情几句。　　圆少却因底事,缺多毕竟何如。嫦娥无语谩踌躇,飞过画栏西去。

[注释]

①虾鬚:帘子。唐陆畅《咏帘》诗:“劳将素手卷虾鬚。”

天仙子

初赴省别妾

别酒醺醺容易醉，回过头来三十里。马儿只管去如飞，牵一会，坐一会，断送杀人山共水[①]。　是则青衫终可喜，不道恩情拚得未。雪迷村店酒旗斜，去也是，住也是，烦恼自家烦恼你。

[注释]

①杀人：形容极甚之词。《古诗十九首》之十四："白杨多悲风，萧萧愁杀人。"

天仙子

彩笔恹恹慵赋咏[①]，閂草闲来寻小径[②]。西园春事只供愁，当好景，成孤另，春又那知人欲病。　洗尽残妆临晚镜，淡玉一团浆水莹。强持檀板近芳樽，云遏定，君须听，低唱月来花弄影[③]。

[注释]

①"彩笔"句：本晏几道《木兰花》词"秋千院落重帘暮，彩笔闲来题绣户"。　②閂草：古时民俗，五月初五有閂草之戏。　③"低唱"句：本张先《天仙子》词"沙上并禽池上暝，云破月来花弄影"。

六州歌头

题岳鄂王庙[①]

中兴诸将，谁是万人英。身草莽，人虽死，气填膺，尚如生。年少起河朔[②]，弓两石，剑三尺，定襄汉，开虢洛，洗洞庭[3]。北望帝京。狡兔依然在，良犬先烹。过旧时营垒，荆鄂有遗民。忆故将军。泪如倾。　说当年事，知恨苦，不奉诏，伪耶真[4]。臣有罪，陛下圣，可鉴临。一片心。万古分茅土，终不到，旧奸臣。人世夜，白日照，忽开明[5]。衮佩冕圭百拜[6]，九泉下、荣感君恩。看年年三月，满地野花春。卤簿迎神[7]。

（以上沈愚本《龙洲词》）

［注释］

①鄂王庙：岳飞庙，在杭州西湖棲霞岭下。　②河朔：黄河以北地名。岳飞，河南汤阴人，起于行伍。　③“定襄汉”三句：岳飞，历任开封留守司统制、镇宁崇信军节度使，镇压洞庭杨么农民军。　④“不奉诏”二句：丞相秦桧收抗金诸将兵权，一日降下十二金字牌召岳飞还，飞不从。诬其反，下狱杀之。　⑤“白日照”二句：宋孝宗时为岳飞平反，谥武穆；宁宗时追封为鄂王。　⑥衮佩冕圭：古时王者服饰。岳飞追封鄂王，鄂王庙塑像为王者服饰。　⑦卤簿：帝王出驾仪仗队。此处指岳庙出巡仪仗。

六州歌头

镇长淮，一都会，古扬州。升平日，珠帘十里春风、小红楼[1]。谁知艰难去，边尘暗，胡马扰[2]，笙歌散，衣冠渡，使人愁。屈指细思，血战成何事，万户封侯。但琼花无恙[3]，开落几经秋。故垒荒丘，似含羞。　怅望金陵宅[4]，丹阳郡[5]，山不断绸缪。兴亡梦，荣枯泪，水东流。甚时休。野灶炊烟里，依然是，宿貔貅。叹灯火，今萧索，尚淹留。莫上醉翁亭[6]，看濛濛雨、杨柳丝柔。笑书生无用，富贵拙身谋，骑鹤东游。

[注释]

①“珠帘”句：本杜牧《赠别》诗“春风十里扬州路，卷上珠帘总不如”。②胡马扰：金兵于宋高宗建炎三年(1129)及绍兴三十一年(1161)两次南侵，扬州均受惨重破坏。 ③琼花：花木名。宋时杨州后土祠有琼花一本，相传为唐人所植。扬州亦以琼花著称。 ④金陵：今江苏南京。 ⑤丹阳：今江苏丹阳。 ⑥醉翁亭：在今安徽滁县西南。宋欧阳修任滁州太守时常宴客于此，有《醉翁亭记》。欧阳修自号醉翁，即以名亭。

沁园春

送辛幼安弟赴桂林官①

天下稼轩，文章有弟，看来未迟。正三齐盗起②，两河民散③，势倾似土，国泛如杯。猛士云飞，狂胡灰灭，机会之来人共知。何为者，望桂林西去，一骑星驰。 离筵不用多悲，唤红袖佳人分藕丝。种黄柑千户④，梅花万里，等闲游戏，毕竟男儿。入幕来南，筹边如北，翻覆手高来去棋⑤。公馀且，画玉簪珠履，倩米元晖⑥。

[注释]

①辛幼安弟：辛茂嘉，辛弃疾族弟。 ②三齐：今山东东部。据《三齐记》云：“右即墨，中临淄，左平陆，谓之三齐。”辛弃疾为山东济南人，当时山东已是金人占领区，辛弃疾起义南下。 ③两河：宋时称河北、河东地区为两河。 ④黄柑千户：三国吴丹阳太守李衡于洲中种柑橘千株，作为遗产留子孙。后引指安守田园，不追逐名位。 ⑤翻覆手高：本杜甫《贫交行》诗“翻手作云覆手雨，纷纷轻薄何须论”。 ⑥米元晖：米友仁，字元晖，北宋书画家，为大书画家米芾子，一称之小米。

八声甘州

送湖北招抚吴猎[1]

问紫岩去后汉公卿[2],不知几貂蝉。谁能借留侯箸[3],著祖生鞭[4]。依旧尘沙万里,河洛染腥膻。谁识道山客[5],衣钵曾传。　　共记玉堂对策,欲先明大义,次第筹边。况重湖八桂[6],袖手已多年。望中原驱驰去也,拥十洲、牙纛正翩翩。春风早,看东南王气,飞绕星躔。

[注释]

①吴猎:字德夫,湖南醴陵人。历任秘阁修撰、江陵知府、四川安抚制置使等职,主抗金。卒谥文定,有《畏斋文集》。　②紫岩:张浚,号紫岩,南宋抗金将领。曾任川陕安抚处置使。绍兴四年自枢密院事授左宣奉大夫右仆射,同平章事,兼枢密院都督诸路军马,是为宰辅,力主抗金。重用岳飞、韩世忠等抗金将领。后被秦桧一派打击,贬官远州。后又起用,封魏国公。　③留侯:辅助刘邦建立汉政权大臣张良,字子房,封留侯。张良曾以箸为刘邦谋画。　④祖生:祖逖,东晋名将,任豫州刺史时率众渡江,中流击楫,誓收复中原失地。　⑤道山:不详。　⑥重湖八桂:桂林有榕、杉二湖两连,称重湖。八桂为广西之代称。

四犯剪梅花

上建康钱大郎寿[1]

水殿风凉,赐环归、正是梦熊华旦[2](解连环)。叠雪罗轻,称云章题扇(醉蓬莱)。西清侍宴[3]。望黄伞、日华笼辇(雪狮儿)。金券三王[4],玉堂四世[5],帝恩偏眷(醉蓬莱)。

临安记、龙飞凤舞,信神明有后,竹梧阴满(解连环)。笑折花看,橐荷香红润[6](醉蓬莱)。功名岁晚。带河与、砺山长远(雪狮儿)。麟脯杯行,狨鞯坐稳,内家宣劝(醉蓬莱)。

［注释］

①钱大郎：不详。　②梦熊：《诗经·小雅·斯干》有“吉梦维何，维熊维罴”，以为是“男子之祥”。后贺人生子为梦熊。　③西清：皇宫内游赏之处。　④金券：金书铁券，古时帝王赐封王公凭证，以荫其子孙。又称丹书铁契。　⑤玉堂：宫内大臣议事所之雅称。　⑥橐：盛物袋子。橐荷：盛放荷花之具。

小桃红

在襄州作[①]

晚入纱窗静，戏弄菱花镜。翠袖轻匀，玉纤弹去，小妆红粉。画行人、愁外两青山，与尊前离恨。　宿酒醺难醒，笑记香肩并。暖借莲腮，碧云微透，晕眉斜印。最多情、生怕外人猜，拭香津微揾。

［注释］

①襄州：襄阳，今属湖北。

［集评］

冯煦云：“龙洲自是稼轩附庸，然得其豪放，未得其宛转。子晋亟称其《天仙子》、《小桃红》二阕云：纤秀为稼轩所无。今视其语，《小桃红》亵矣而未甚也，《天仙子》则皆市井俚谈，不知子晋何取而称之。殆与陶九成之称其《沁园春》咏美人指足同一见地邪？”（《蒿庵论词》）

竹香子

同郭季端访旧不遇[①]，有作

一琐窗儿明快，料想那人不在。熏笼脱下旧衣裳，件件香难赛。　匆匆去得忒煞[②]，这镜儿、也不曾盖。千朝百日不曾来，没这些儿个采。

（以上《彊村丛书》本《龙洲词》卷上）

［注释］

①郭季端：郭杲之字。杲为殿帅。　②忒煞：太，过于。

祝英台近

同妓游帅司东园[①]

窄轻衫，联宝辔，花里控金勒。有底风光，都在画阑侧。日迟春暖融融，杏红深处，为花醉、一鞭春色。对娇质。为我歌捧瑶觞，欢声动阡陌。□似多情，飞上鬓云碧。晚来约住青骢，蹋花归去，乱红碎、一庭风月。

［注释］

①帅司：宋时称经略安抚司为帅司，因其掌一路军事民政。

临江仙

四　景[①]

半雨半晴模样，乍寒乍热天时。榴花香逐湿风飞。绿云翻翠浪，水急转前溪。　谁识清凉意思，珊瑚枕冷先知。秋光预若借些儿。剩催金粟闹[②]，素魄好扬辉[③]。

［注释］

①四景：四季景色。　②金粟：桂花，花形黄而小，团簇开放。　③素魄：月。

鹧鸪天

楼外云山千万重，画眉人隔小帘栊。风垂舞柳春犹浅，雪点酥胸暖未融。　携手处，又相逢。夜阑心事与郎同。一杯自劝羔儿酒[①]，十幅销金暖帐笼[②]。

［注释］

①羔儿酒：即羊羔酒，宋时以糯米与上等麹同酿，极甘滑。　②销金：洒金，谓帐幕之布料极名贵。

清平乐

赠　妓

忔憎憎地[①]，一捻儿年纪[②]。待道瘦来肥不是，宜著淡黄衫子。　唇边一点樱多，是人频敛双蛾。我自金陵怀古，唱时休唱西河[③]。

（以上《彊村丛书》本《龙洲词》卷下）

［注释］

①忔憎憎：可爱貌。　②一捻儿：一把儿。　③西河：春秋时河南滑县一带称西河，《史记·孔子世家》："其男子有死之志，妇女有保西河之志。"词调亦有《西河》。周邦彦有《西河·怀古》之作。

西江月[①]

堂上谋臣尊俎[②]，边头将士干戈。天时地利与人和[③]，燕可伐欤曰可[④]。　今日楼台鼎鼐，明年带砺山河。大家齐唱大风歌[⑤]，不日四方来贺[⑥]。

（汲古阁本《龙洲词》）

［注释］

①《全宋词》注:此首又见《稼轩词丁集》。　②尊俎:盛放酒肉之器皿,指代宴饮。　③"天时"句:《孟子·公孙丑》:"天时不如地利,地利不如人和。"　④"燕可"句:《孟子·公孙丑》:"沈同以其私问曰:'燕可伐欤?'孟子曰:'可'。"此句谓南宋可以出兵伐金。　⑤大风歌:刘邦称帝后,返故乡宴集亲友,席间作歌:"大风起兮云飞扬,威加海内兮归故乡,安得猛士兮守四方。"后世称之《大风歌》,作为战胜纪盛之歌咏。　⑥邓广铭《稼轩词编年笺注》有此词,字句略有不同。词如下:"堂上谋臣帷幄,边头猛将干戈。天时地利与人和,燕可伐欤曰可。　此日楼头鼎鼐,他时剑履山河。都人齐和大风歌,管领群臣来贺。"

临江仙

行道桥南无酒卖,老天犹困英雄。

(《贵耳集》卷上)

糖多令

解缆蓼花湾[①],好风吹去帆。二十年、重过新滩。洛浦凌波人去后,空梦绕、翠屏间。　飞雾湿征衫,苍苍烟树寒。望星河、低处长安。绮陌红楼应笑我,为梅事、过江南。

(《全芳备祖》前集卷一"梅花门")

［注释］

①蓼花湾:江西南昌市西南,原有水中沙洲,称蓼洲。此处亦可泛指江南水际蓼苇丛。

贺新郎

水浴芙蓉净。护浓香、迟开半敛,靓妆临镜。长忆耶溪薰风里[①]，年少红颜照映。夜露冷、酒随香醒。回首当时同舟侣，为相思、怕折琼瑶柄。千万缕，意难罄。玻璃三万六千顷[②]。洗精神、尘埃尽绝，夐然端整[③]。浪蕊年来都慵问，爱此浓情淡性。待移种、灵根玉井。太一真人今何在[④]，取高花、十丈供烟艇[⑤]。来伴我，泛清影。[⑥]

（《阳春白雪》卷四）

[注释]

①耶溪：若耶溪，即浣纱溪，在今浙江诸暨。相传西施曾浣纱于此。李白《采莲曲》："若耶溪傍采莲女，笑隔荷花共人语。"词取诗意。 ②"玻璃"句：本张孝祥《念奴娇》词"玉鉴琼田三万顷，著我扁舟一叶"。 ③夐（xiòng）然：辽远貌。 ④太一：天神中最尊贵者称太一。 真人：仙人。⑤烟艇：游船。 ⑥原注："改之荷花词，余得于王乐道家所藏墨迹。"

清平乐

新来塞北，传到真消息。赤地居民无一粒，更五单于争立[①]。 维师尚父鹰扬[②]，熊罴百万堂堂。看取黄金假钺[③]，归来异姓真王[④]。

（《吴礼部诗话》）

[注释]

①五单于：汉宣帝后，匈奴多次受汉朝打击，内部分裂为五个单于，相互争夺。 ②"维师"句：掌军政大权官员英武之态。周武王称吕尚为尚父，位极尊崇。《诗经·大雅·大明》："维师尚父，时维鹰扬。" ③黄金假钺：以黄金饰之钺，为天子仪仗。有时遣大臣出师，亦假以黄钺以示威重。 ④异姓真王：非宗室而封王爵者。此指韩侂胄。

西吴曲

怀襄阳

说襄阳、旧事重省。记铜驼巷陌、醉还醒①。笑莺花别后,刘郎憔悴萍梗。倦客天涯,还买个、西风轻艇。便欲访、骑马山翁,问岘首、那时风景。 楚王城里②,知几度经过,摩挲故宫柳瘿。漫吊景。冷烟衰草凄迷,伤心兴废,赖有阳春古郢③。乾坤谁望,陆百里路中原,空老尽英雄,肠断剑峰冷。

(《花草粹编》卷十一)

[**注释**]

①铜驼:铜铸之骆驼。晋时索靖有远见,指洛阳宫门铜驼曰:"会见汝在荆棘中耳!"后洛阳果然陷于战乱。后人以铜驼荆棘喻朝代兴衰。 ②楚王城:襄阳于战国时为楚地。 ③郢:战国时楚都城,故址在今湖北江陵。

存目词

调名	首句	出处	附注
长相思	玉一梭	沈愚本《龙洲词》	李煜作,见《南唐二主词》。词已见前孙惔存目附录
长相思	燕高飞	同上	吴潜作,见《履斋先生诗馀》
长相思	上帘钩	同上	同上
浣溪沙	花插山榴映翠蛾	同上	晁端礼作,见《闲斋琴趣外篇》卷四

调名	首句	出处	附注
浣溪沙	清润风光雨馀天	沈愚本《龙洲词》	晁端礼作，见《闲斋琴趣外篇》卷四
浣溪沙	昼漏迟迟出建章	同上	同上
浣溪沙	湘簟纱厨午梦清	同上	同上
行香子	佛寺云边	《花草粹编》卷七	张翥作，见《蜕岩词》卷下。词附录于后
玉楼春	春风只在园西畔	《词辨》	严仁作，见《中兴以来绝妙词选》卷七
望江南	元宵景	话本《宋四公大闹禁魂张》	话本依托。词附录于后
系裙腰	山儿矗矗水儿清	见《山亭古今词选》卷中	刘仙伦作，见《中兴以来绝妙词选》卷五

行香子

山水扇面

佛寺云边，茅舍山前。树阴中、酒旆低悬。峰峦空翠，溪水青连。只欠梅花，欠沙鸟，欠渔船。　　无限风烟，景趣天然。最宜他、隐者盘旋。何人村墅，若个林泉。恰似鼓湖，似枋口，似斜川。

[集评]

沈雄云："《柳塘词话》曰'世以张子野《行香子》三句为足挂齿颊，谓之张三中……更不知刘改之有三欠字,如欠桃花,欠沙鸟、欠渔船,布景之诗,无限风烟,只存乎其人耳。'"(《古今词话·词辩》)

望江南

元宵

元宵景,天气正融融。柳线正垂金落索,梅花初谢玉玲珑。明月映高空。　　贤太守,欢乐与民同。箫鼓聒残灯火市,轮蹄踏破广寒宫。良夜莫匆匆。

蔡幼学

蔡幼学（1154—1217），字行之，瑞安人。孝宗乾道八年（1172）进士，试礼部第一。光宗绍熙四年（1193），秘书省正字。宁宗嘉定元年（1208），试中书舍人。二年，试吏部侍郎兼直学士院。历官宝谟阁直学士、提举万寿宫、进权兵部尚书、兼太子詹事。嘉定十年卒，年六十四，谥文懿。有《育德堂集》。

好事近

送　春

日日惜春残，春去更无明日。拟把醉同春住[1]，又醒来岑寂[2]。　明年不怕不逢春，娇春怕无力。待向灯前休睡，与留连今夕。

（《中兴以来绝妙词选》卷四）

［注释］

①拟把：打算。　同春住："才始送春归，又送归春去。若到江南赶上春，千万和春住。"见王观《卜算子·送鲍浩然之东》。　②岑寂：寂静。

卢　炳

卢炳，生卒年不详，字叔阳，自号丑斋，宋宁宗时人。嘉定七年（1214年）知融州（今广西融水苗族自治县），被论凶狠奸贪，罢归。有《烘（一作哄）堂词》一卷。其词学周邦彦，且多用周韵。熨帖细腻，多山水风景咏物之作。现存六十三首。

西江月

残雪犹馀远岭，晚烟半隐寒林。溶溶春涨绿波深，时有渔人钓艇。　　倚岸野梅坠粉，蘸溪宫柳摇金[①]。凭栏凝伫酒初醒，料得谁知此景。

［注释］

①蘸（zhàn）溪：沾水曰蘸。

念奴娇

晚天清楚，扫太虚纤翳，凉生江曲。四顾青冥天地阔，惟有残霞孤鹜。山气凝蓝，汀烟引素，竦竦浮群木[①]。白蘋风定，波澄万顷寒玉[②]。　　时有一叶渔舟，收纶垂钓[③]，来往何幽独。短髪萧萧襟袖冷，便觉都无袢溽[④]，曳杖归来，夜深人悄，月照鳞鳞屋。藤床一枕，迥然清梦无俗。

［注释］

①竦竦（sǒng）：高耸貌。　②寒玉：因玉质清凉，故称寒玉。此形容水平如玉，明澈可鉴。　③纶（lún）：钓鱼用的线。　④袢（pàn）溽：即暑热。

［集评］

李调元云："卢炳，自号丑斋，有《烘堂词》一卷，喜用僻字。如《念奴娇》之'短髮萧萧襟袖冷，便觉都无袢溽'，袢字。《减兰》咏梅'皴皵寒枝，未必生绡画得宜'，皵字。《少年游》词'绣罗裰子间金丝'，裰字。"（《雨村词话》）

鹊桥仙

七　夕

馀霞散绮，明河翻雪。隐隐鹊桥初结[1]。牛郎织女两逢迎，□胜却、人间欢悦。　一宵相会，经年离别。此语真成浪说[2]。细思怎得似嫦娥，解独宿、广寒宫阙。

［注释］

①鹊桥初结：指夫妻（或情人）相聚。事见宋罗愿《尔雅翼》卷十三："涉秋七日，鹊首无故皆髡。相传是日河鼓与织女会于汉东，役乌鹊为梁以渡，故毛皆脱去。"　②浪说：妄说。

柳梢青

兰蕙心情，海棠韵度，杨柳腰肢。步稳金莲，手纤春笋，肤似凝脂。　歌声舞态都宜。拚着个、坚心共伊。无奈相思，带围宽尽[1]，说与教知。

［注释］

①带围宽尽：即带减腰围。革带移孔，腰围瘦减。见《南史·沈约传》。

柳梢青

蜡 梅

雅淡精神，铅黄未洗①，犹带残妆。春艳一枝，鹅儿颜色，染就纤裳。　　月移影转南窗。特地送、些儿暗香。宿酒初醒，这般滋味，梦断池塘。

[注释]

①铅黄未洗：指铅粉与雌黄（用于涂面之化妆品）尚未洗去。

谒金门

春寂寂，节物又催寒食①。楼上卷帘双燕入。断魂愁似织。　　门外雨馀风急，满地落英红湿。好梦惊回无处觅，天涯芳草碧。

[注释]

①寒食：节令名。南朝梁宗懔《荆楚岁时记》："去冬节百五日，即有疾风甚雨，谓之寒食，禁火三日，造饧、大麦粥。"

谒金门

春事寂，苦笋鲥鱼初食①。风卷绣帘飞絮入，柳丝萦似织。　　迅速韶光去急，过雨绿阴尤湿。回首旧游何处觅，远山空伫碧。

[注释]

①苦笋鲥鱼：佳肴名。鲥鱼为名贵食用鱼，以其进出有时，故名。宋王安石《临川集·后元丰行》："鲥鱼出网蔽江渚，荻笋肥甘胜牛乳。"苦笋

为佐餐之物。

谒金门

送　客

门巷寂，梅豆微酸怯食。别恨萦心愁易入，寸肠如网织。　去橹咿哑声急，泪滴春衫轻湿。尺素待凭鱼雁觅[①]，远烟凝处碧。

[注释]

①尺素：指信，古有鱼雁传书之说。

[集评]

许昂霄云："（卢炳）《谒金门》，下语用字，亦复楚楚有致。"（《词综偶评》）

周笃文云："此三首《谒金门》为和韵之作。眼前景物，娓娓道来，亦清疏可喜。"

浣溪沙

水阁无尘午昼长，薰风十里藕花香。一番疏雨酿微凉。　旋点新茶消睡意，不将醽醁恼诗肠[①]。阑干倚遍挹湖光[②]。

[注释]

①醽醁（líng lù）：美酒名。又作醁醽、酃渌。　②挹湖光：揽取湖光。

贺新郎

绿遍芳郊木。早红褪香乾，堪叹韶华瞬目。薄幸东皇缘底事[①]，得恁匆匆去速。正永日、初长晴淑。尤忆夜来成梦处，记分明、浑似瑶台宿。人语静，燕双逐。

纱窗一炷沉烟馥[②]。拚淋浪剧饮，高枕春酲草屋[③]。无计留春添怅望，空写新词叠幅。算负却、照妆画烛。欲说萦心些个事，恐教人、蹙损眉峰绿。慵倚遍，画阑曲。

[注释]

①薄幸：负心、无情。 ②沉烟：以沉水木制成的香。 ③酲(chéng)：病酒曰酲，谓终宿饮酒，故云。

菩萨蛮

和 韵

梦回小枕攲寒玉[①]，博山香暖沉烟续[②]。帷薄怯轻纱，风牵幌带斜。 夜窗云影细，月送花阴至。身世在陶唐[③]，闲愁不挂肠。

[注释]

①攲寒玉：攲(qī)，倾斜。"攲寒玉"即斜依凉枕。 ②博山：香炉名。 ③陶唐：相传帝尧初居于陶，后封于唐，故号陶唐氏。

好事近

庭院欲昏黄，秋思恼人情乱。宝瑟试弹新曲，更与谁同伴。 阳台魂梦杳无踪[①]，奴住巫山畔。不似楚襄云雨，俏输他一半[②]。

[注释]

①阳台：指男女欢爱之所。宋玉与楚襄王游高唐梦见朝云。见宋玉

《高唐赋序》。 ②俏：通"悄"，黯然。

减字木兰花

传消寄息，咫尺还如千里隔。欲见无由，惹起新愁与旧愁。 情怀如醉，攲枕连宵终不寐①。无奈相思，此恨凭谁说与伊。

[注释]

①攲枕：横斜依枕，寝不安席貌。

画堂春

轻红桃杏鬥娇妍，晓来葱蒨祥烟①。霓旌绛节下云天②，行地神仙。 盛事频封锦诰③，歌声齐劝金莲④。教从沧海变桑田，富贵长年。

[注释]

①葱蒨(cōng qiàn)：青翠茂盛貌。 ②霓旌：皇帝出行仪仗。杜甫《哀江头》："忆昔霓旌下南苑，苑中万物生颜色。" ③锦诰：诰命，圣旨。 ④金莲：莲花形的金质酒杯。

临江仙

寿老人

弱水蓬莱真胜地①，祥烟闪烁霓旌。瑶池欢会下云軿②。康宁新喜事，淑善旧家声。 戏彩捧觞真乐事③，蟠桃献寿千春。从今更愿子孙荣。加恩封锦诰，学道诵黄庭④。

[注释]

①弱水:神话中的水名。见汉东方朔《十洲记》。　②軿(píng):有帷盖的车。神仙以云为车,即云軿。　③戏彩:传说老莱子年七十五着五彩衣,似婴儿嬉戏,引逗父母高兴。事见《艺文类聚·列女传》。　④黄庭:为道家《黄庭经》的简称。

踏莎行

秋色人家,夕阳洲渚。西风催过黄华渡。江烟引素忽飞来[①],水禽破暝双双去。　奔走红尘,栖迟羁旅[②]。断肠犹忆江南句[③]。白云低处雁回峰[④],明朝便踏潇湘路。

[注释]

①素:白色。　②栖迟:游息。"零落栖迟一杯酒,主人奉觞客长寿。"见李贺《致酒行》诗。　③江南句:"解道江南断肠句,至今唯有贺方回。"黄庭坚诗句。　④雁回峰:回雁峰为衡山七十二峰之一。此处疑为回雁峰名之倒置(按词谱调平仄)。

杏花天

镂冰剪玉工夫费,做六出、飞花乱坠[①]。舞风情态谁相似。算只有、江梅可比。　极目处、璚瑶万里[②]。海天阔、清寒似水。从教高卷珠帘起。看三白、年丰瑞气[③]。

[注释]

①六出:雪花六瓣,故名六出。　②璚瑶:璚(qióng),同"琼"。琼瑶,美玉也。此指天色。　③三白:指三次下雪。"正月三白,田公笑赫工。"见《全唐诗》八十八卷《占年》。　《全宋词》注:"海"字及末八字据《词谱》十卷补。

水调歌头

题蒲圻景星亭上慕容宰[①]

华亭新伟观，胜地得高雄。凭栏徙倚要眇[②]，万里景无穷。好是江流萦绕，那更云天舒阔，叠嶂倚晴空。眼界无尽藏，怀抱有清风。　主人贤，开绮席[③]，泛金钟[④]。放怀一笑，许我满酌醉颜红。只恐玺书即下，促起飞凫东去[⑤]，行作黑头公[⑥]。还记今朝客，曾待一杯同[⑦]。

[注释]

①蒲圻：县名，在今湖北。　②要眇（yāo miǎo）：亦作要妙，高远貌。③绮（qǐ）席：绮，华丽、美盛。绮席即盛宴。　④泛金钟：即泛酒。　⑤飞凫东去：为县令典故。　凫：水鸟名，俗称野鸭。事见《后汉书·方术传上》。　⑥黑头公：指头未白而官至三公。典出《世说新语·识鉴》。⑦曾待：《历代诗馀》作“曾对”，是。

鹧鸪天

初过清明春昼长，紫红香雾蔼华堂[①]。朱颜阿母逢生日，彩戏儿孙捧寿觞。　齐祝颂，喜平康。天教两鬓正苍苍。壶中日月应长久[②]，笑看蟠桃几度芳。

[注释]

①蔼（ǎi）：通“霭”，云气。　②壶中日月：即壶天，道家所谓仙境。

菩萨蛮

石榴裙束纤腰袅，金莲稳衬弓靴小。娇骙□羞人[①]，伞底遮半身。　恩情如纸薄，方信当初错。邂逅苦匆匆，还疑是梦中。

[注释]

①娇骙：呆傻。娇骙犹言娇小无知。　□羞：唐氏按，《花草粹编》卷三作“羞见”，无空格。

踏莎行

雅淡容仪，温柔情性。偏伊赋得多风韵。明眸剪水[①]玉为肌，凤鞋弓小金莲衬。　相见虽频，欢娱无定。蛮笺写了凭谁问[②]。坚心好事有成时，须教人道都相称。

[注释]

①明眸剪水：意即眸如秋水。　②蛮笺：唐时高丽纸的别称。

贺新郎

池馆闲凝目。有玉人、向晚妖娆，洗妆梳束。雅淡容仪妃子样，羞使胭脂点触。莹冰雪、精神难掬，好是月明微露下，似晚凉、初向清泉浴。好对我，笑羞缩。　好风拂面浑无俗。更撩人清兴，异香芬馥。惹起新愁无著处，细与端相未足[①]。俏不忍、游蜂飞扑。可惜伊家娇媚态，问天公、底事教幽独。待拉向，锦屏曲[②]。

[注释]

①端相：即端详，细看，审视。　②锦屏曲：锦绣屏风的深处。

水调歌头

风驭过姑射[①]，云珮挹浮丘[②]。丁宁月姊，为我澄霁一天秋。尽展冰奁玉鉴[③]，要看瑶台银阙，万里冷光浮。分与世间景，好在水边楼。　　想霓裳，呈妙舞，赴清讴[④]。蓝桥何处[⑤]，试寻玉杵恣追游。拟待铅霜捣就，缓引琼浆沉醉，谁信是良筹。长啸跨鲸背，不必愿封留[⑥]。

[注释]

①姑射：传说中的神山。见《庄子·逍遥游》。　②浮丘：山名，在今广东南海西。相传为浮丘道人得道处。　③冰奁玉鉴：冰玉般美洁的妆台（奁）宝镜（鉴）。　④讴（ōu）：歌唱、歌曲。　⑤蓝桥：在今陕西蓝田蓝溪上，传说为唐代裴航遇仙处。事见唐裴铏《传奇》。　⑥封留：张良封为留侯。

武陵春

赓何显夫小舟有景

红荻黄芦秋已老，妆点楚江头。更有吴姬拨小桡[①]，来往自妖娆。　　款款舣舟临别岸[②]，短缆系花梢。料得前身是莫愁[③]，依旧有风流。

[注释]

①吴姬：吴地美女。　小桡（ráo）：小桨。　②舣（yǐ）舟：船泊岸边。③莫愁：古代女子名。《旧唐书·音乐志二》："莫愁乐，出于石城乐。石城有女子名莫愁，善歌谣。"

朝中措

晓来天气十分凉[①]，时候近重阳。村落人家潇洒，篱菊有芬芳。　　年来渐觉，诗肠愈窄，酒量偏狂。好景不须放过，何妨一醉千觞[②]。

[注释]

①晓来:《历代诗馀》作“晚来”。 ②觞(shāng):盛酒的杯。

小重山

一见情怀便雅投。尊前成密约[①],意绸缪[②]。已成行计理归舟。空相忆,无计为伊留。 执别话离愁。萦牵滋味恶,在心头。而今无奈阻欢游。些子事,此恨两悠悠。

[注释]

①密约:幽会。 ②绸缪:紧缠密绕,情意殷勤。

玉团儿

用周美成韵

绿云慢绾新梳束[①]。这标致、诸馀不俗。邂逅相逢,情怀雅合[②],全似深熟。 耳边笑语论心曲。把不定、红生脸肉。若得同欢,共伊偕老,心事忒足[③]。

[注释]

①绿云:形容女子髪多而黑。 绾(wǎn):旋绕,盘髪。 ②雅合:很合,全合。 ③忒(tuī):太(方言)。

醉蓬莱

上南安太守庚戌正月[①]

正春回紫陌,瑞霭飞浮,暖风轻扇。皓月初圆,觉严城寒浅。彩结鳌山[②],纱笼银烛,与□花争艳。午夜融和,红莲万顷[③]，一齐开遍。　讼简民熙，史君行乐[④]，簇拥朱轮，旌旗辉暖[⑤]，鼎沸笙歌，遏行云不散。咫尺泥封[⑥]，促朝天陛，侍玉皇香案。来岁元宵，龙灯影里，金杯宜劝。

[注释]

①南安：今福建南安。　庚戌：绍熙二年（1191）。　②鳌（áo）山：宋时元宵夜，堆叠彩灯为山形，放花灯庆祝，称鳌山。　③红莲：莲花灯。④史君：《百家词》作"使君"，是。　⑤辉暖：《百家词》作"辉焕"，是。⑥泥封：古时封书函，以泥封绳端打结处，其上盖印章。

一剪梅

元　宵

灯火楼台万斛莲。千门喜笑，素月婵娟。几多急管与繁弦[①]。巷陌骈阗[②]，毕献芳筵。　乐与民偕五马贤[③]。绮罗丛里[④]，一簇神仙。传柑雅宴约明年[⑤]。尽夕留连，满泛金船[⑥]。

[注释]

①筦（guǎn）：古"管"字，箫笛之类。　②骈（pián）阗：连属、拥簇貌。亦作骈填、骈田。　③五马：太守的代称。　④绮（qǐ）罗：起花纹的丝织品。　⑤传柑：北宋上元夜，宫中宴近臣。贵戚宫人得以黄柑相遗，称为传柑。　⑥泛金船："金船"指酒器，"泛金船"即曲水流觞，以羽觞盛酒，浮泛于曲折的流水中。又称泛酒。

满江红

碧眼真仙，算元住、蓬莱宫里。记当日、等闲跨鹤[①]，人间游戏。要把忠勋扶帝业，更将姓字联宗系。拥朱轮、特地为民来，诗书帅。　　千里地，都和气。十万户，生欢喜。祝黄堂眉寿[②]，歌谣鼎沸。莫惜春醅供燕豆[③]，便承芝检朝天陛[④]。看云屏、隔坐并貂蝉[⑤]，双清贵。

[注释]

①跨鹤：指飞升成仙。　②黄堂：太守办事的厅堂，称黄堂。后为太守、知府代称。　③燕豆：古代宴席上的高足盘。燕，通“宴”。　④芝检：指封书题签。古时以竹、木简为书，穿之以丝绳或皮条，又于绳结处封泥并钤印，即谓之“检”。古时芝泥，即今之紫粉，以紫泥所封者，称“芝检”。⑤貂蝉：古代王公显官冠上之饰物。见《后汉书·舆服志》。

水调歌头

上沈倅

再拜识英度，喜气觉飞浮。神清骨秀，元是蓬莱谪仙流。盍去冲摩霄汉，刚向平分风月，半刺岭南州[①]。素蕴未施展，阔步尚淹留。　　从此去，朝帝阙，侍宸旒[②]。论思献替[③]，要须直与古人侔。好是羽仪朝著[④]，勒就鼎彝勋业[⑤]，却伴赤松游。曳杖太湖曲，笑傲八千秋。

[注释]

①半刺：州郡长官下属长史、通判，通称“半刺”。“诸侯非弃掷，半刺已翱翔。”见杜甫《寄彭州高使君适虢州岑长史参》诗。　②宸(chén)：北极星所在为宸，后借指帝王所居，并引申为帝位以及帝王代称。　旒(liú)：悬于冕冠前后之玉串，代指帝王。　③论思献替：指谋划国事、诤言进谏。侍从之臣不仅勤于议论思考国家大事，而且诤言敢谏，献可替否(进献可行者，除去不可行者)。　④羽仪：羽饰，后以羽仪为表率。　⑤鼎彝：前者为古代烹饪器，后者为古代宗庙祭器。其上往往刻有纪德铭功文字，即所谓“功铭鼎彝”。

清平乐

水　犀

玻璃剪叶，点缀黄金屑。雅淡幽姿风味别，翠影婆娑弄月[1]。　　秋光占断江南，清香鼻观先参[2]。一朵折来和露，乌云髻畔斜簪。

［注释］

①婆娑：茂盛、扶疏貌。　②鼻观：指佛家养性修炼的观想法，观鼻端白称为“鼻观”。

念奴娇

白莲呈罗教、黄法

凿开方沼，问何人种玉、工夫奇绝。幻出瀛州前未有[1]，十万水仙罗列。风曳琼琚[2]，露零珠珮，天上人装结。君看炎夏，堕来何处冰雪。　　我来对此凉生，红尘飞尽，却笑凌波袜[3]。最爱幽姿能雅淡，自蓄芳馨孤洁。挹取天浆，唤将空籁[4]，齐作清歌发。不知尘世，晃然身在瑶阙。

［注释］

①“幻出”句：原本作“幻出瀛州有”脱二字，此据《历代诗馀》补。　②琼琚（qióng jū）：美玉。《全宋词》作“璚”，同“琼”。　③凌波：形容女子步态轻盈。“凌波微步，罗袜生尘。”见曹植《洛神赋》。　④空籁：即天籁，万籁。从空穴发出之声。

念奴娇

碧池如染，把玻璃甃就[1]，纤埃都绝。西国夫人空里坠,圆盖亭亭排列。莹质无瑕,尘心不染,远社堪重结[②]。当时盛事,虎溪茗盌翻雪[③]。　　千载此意谁论,人争买笑,醉眼看罗袜。坐上如今皆我辈,素蕴从来蠲洁[④]。击节临风,停杯对月。浩气俱英发。两翁仙举,玉堂正在金阙[⑤]。

[注释]

①甃(zhòu):砌。　②远社:晋慧远法师于庐山东林寺结白莲社,亦称远社。　③虎溪:在庐山东林寺前。慧远送客至此而止,过溪则虎鸣。唐氏按:"盌"原作"盘",校云:"盘"疑"盌"。　④蠲(juān)洁:积贮着清洁。此喻高洁的品质。　⑤玉堂:此指翰林院。　金阙:指朝廷。

念奴娇

好风明月,共芙蕖,占作人间三绝。试问千花还百卉[①],敢与英姿同列。一曲千钟,凌云长啸,舒放愁肠结。人生易老,莫教双鬓添雪。　　回首蝇利蜗名,微官多误,自笑尘生袜。争似玉人真妩媚,表里冰壶明洁[②]。露下寒生,参横斗转[③],又听胡笳发。夜阑人静,一声清透云阙。

[注释]

①百卉:二字原缺,此据《历代诗馀》补。　②冰壶:盛冰之玉壶,喻洁白。　③参(shēn)横斗转:参星横斜,北斗转向,指即将天明之时。

瑞鹧鸪

除夜,依逆旅主人,寒雨不止,夜酌

客里惊嗟又岁除,萧萧寒雨滴茅庐。山深溪转泉声碎，夜永风摇竹影孤。　冷甚只多烧木叶，诗成无处写桃符[①]。强酬节物聊清酌，今岁屠苏自取疏[②]。

［注释］

①桃符：即春联。古以桃木为之，故名。　②屠苏：古代风俗，正月初一饮屠苏酒。亦作屠酥、酴酥。

武陵春

舟行三衢间，江干梅盛开，为风雨所妒，赋此以惜之

常记江南春欲到，消息付南枝[①]，疏影横斜照水时，月淡暗香迟。　可惜江头千树玉，雨暗更风欺。传语东君管领伊[②]，憔悴有谁知。

［注释］

①南枝：南向的树枝，此指梅花。　②东君：这里指司春之神，即青帝。

鹧鸪天

席上戏作

秋月明眸两鬓浓，衫儿贴体绉轻红。清声宛转歌金缕，纤手殷勤捧玉钟。　娇娅姹[①]，语惺松[②]。酒香沸沸透羞容。刘郎莫恨相逢晚[③]，且喜桃源路已通。

［注释］

①娇娅姹：美丽、明媚貌。　②惺松：轻快。　③刘郎：刘晨、阮肇入天台山，遇仙女结良缘。后以此称情人为“刘郎”。

蓦山溪

淡妆西子，怎比西湖好。南北两长堤，有罨画、楼台多少[①]。翠光千顷，一片净琉璃。泛兰舟，摇画桨，尽日金尊倒。　名园精舍，总被游人到。年少与佳人，共携手、嬉游歌笑。夕阳西下，沉醉尽归来，鞭宝马，闹竿随[②]，簇着花藤轿。

[注释]

①罨（yǎn）画：杂色彩画。　②闹竿：古代的一种儿童玩具，在竹竿上缀有丛杂装饰。又称闹竹竿。

蓦山溪

与何遂夫为寿

韶华七换，阻庆生申旦[①]。今日向高堂，载卮酒、为君满劝[②]。绣帘低挂，瑞霭□香浓，倩双娥，敲象板，缓缓歌珠贯[③]。　芝兰挺秀，俱是皇家彦。只这一般奇，见方寸、平生积善。几多厚德，天锡与遐龄，鬓长青，颜不老，日日开华宴。

[注释]

①生申：本《诗经·大雅·崧高》“维岳降神，生甫及申”，后遂为祝寿之意。　②卮（zhī）酒：古代酒器。　③珠贯：珍珠串，喻美妙歌声连续不断。

减字木兰花

莎衫筠笠[①]，正是村村农务急。绿水千畦，惭愧秧针出得齐。　　风斜雨细，麦欲黄时寒又至。馌妇耕夫[②]，画作今年稔岁图[③]。

[注释]

①莎衫筠笠：穿着莎衣（蓑衣），戴着斗笠。　筠（yún）：为竹外青皮，此指竹笠。　②馌（yè）：为耕夫送食。　③稔岁：即丰年。

[集评]

陈庆元云："这首反映农忙的农村词，十分清新，富有生活气息，莎衣、青笠、绿水、翠苗、黄麦，色调鲜明和谐，是活脱脱的一幅农忙图。语言自然朴实……像是随手拈来，但颇见功力。"（《唐宋词鉴赏辞典》）

满江红

送赵季行赴金坛[①]

积雨连朝，添新涨、一篙春碧。寒犹在、东风料峭，柳丝无力。系惹画船都不住，从教兰棹双飞急。泛大江、东去欲何之，瓜期迫[②]。　　龙钟裔[③]，神仙伯。金闺彦[④]，文章客。算河阳花县[⑤]，恁生留得。制锦才高书善最[⑥]，鸣琴化洽人欢怿[⑦]。想未容、坐暖诏归来，君王侧。

[注释]

①赵季行：《百家词》、《历代诗馀》作"赵李行"。　②瓜期：指任满更代之期，犹言"瓜代"。　③龙钟裔：《历代诗馀》作"龙种裔"，是。赵为宗室，故曰龙种。　④金闺：金马门为官署代称，金闺为金马门之别名。⑤花县：县治之美称。晋代潘岳为河阳令，满县种桃李，素称"河阳一县花"。　⑥制锦：称颂县令之词。见《左传·襄公三十一年》。　⑦鸣琴：称颂县令嘉政之词。见《吕氏春秋·察贤》。　怿（yì）：喜欢，愉快。

踏莎行

过黄花渡,沽白酒,因成,呈天休

猎猎霜风,濛濛晓雾。归来喜踏江南路。千林翠幄半红黄,试看青女工夫做[①]。　茅舍疏篱,竹边低户。谁家酒滴真珠露。旋酤一戡破清寒,趁晴同过黄花渡。

[注释]

①青女:主霜雪的女神。典出《淮南子·天文训》"青女乃出,以降霜雪"。

蝶恋花

和彭孚先韵

满架冰蕤开遍了[①]。试问花神,留得春多少。清胜荀香娇韵好[②],谢庭风月应难到[③]。　酒酿新醅名不老[④]。醉倒花前,真个无烦恼。满座清欢供一笑,春酲拚却明窗晓。

[注释]

①冰蕤:白色的茉莉花。见朱熹《末利》诗:"冰蕤乱玉英。"　②荀香:荀彧有异香熏衣,三日不散。　③谢庭:形容子弟优异超群之辞。事见《艺文类聚》卷八十一引晋裴启《语林》:"谢太傅问诸子侄曰:'子弟何预人事而政欲使其佳?'诸人莫有言者,车骑谢玄答曰:'譬如芝兰玉树,欲使生于阶庭。'"后遂为"谢庭"典故。　④醅(pēi):未滤的酒。

点绛唇

过眼溪山,向来都是经行处。骖鸾人去[①],冷落吹箫侣。　小立江亭，愁对蒹葭浦[2]。无情绪，酒杯慵举，闲看江枫舞。

［注释］

①“骖鸾”句：鸾，神鸟。此句意为仙人乘神鸟而去。　②蒹（jiān）：荻。　葭（jiā）：芦苇。

诉衷情

无端风雨送清秋，天气冷飕飕。行人先自离索[1]，直是不禁愁。　思往事，忆前游，泪难收。重阳近也，黄花依旧，谁伴清瓯。

［注释］

①离索：离群索居。

念奴娇

上巳太守待同官曲水园[1]，因成

快风收雨，正江城初霁，物华如许。丽日融和春思好，是处莺啼燕语。嫩绿成阴，落红堆绣。只恐春将暮。园林清昼，看看又见飞絮。　太守无限风流，铃斋多暇[2]，载酒郊原路。几队旌旗光闪烁，鼓吹更翻新谱。曲水流觞，兰亭修禊，俯仰成今古。为君一醉，归来楼上初鼓。

［注释］

①上巳：农历三月上旬之巳日，古人于此日修禊水边，以祓不祥。②铃斋：指太守所居地。

冉冉云[①]

牡丹盛开,招同官小饮,赋此

雨洗千红又春晚。留牡丹、倚阑初绽。娇娅姹、偏赋精神君看。算费尽、工夫点染。　带露天香最清远[②]。太真妃、院妆体段。拚对花、满把流霞频劝。怕逐东风零乱。

［注释］

①此调始见于《烘堂词》,当作卢炳自度。　②天香:指国色天香的牡丹。“天香夜染衣,国色朝酣酒。”见李正封《咏牡丹》诗。

减字木兰花

咏梅呈万教

冰姿雪艳,天赋精神偏冷淡。惟有清香,何逊扬州暗断肠。　孤芳好处,消得骚人题妙句。皴皵寒枝[①],未必生绡画得宜[②]。

［注释］

①皴(cūn)皵(qì):意为粗厚裂坼。这里形容树皮甲错粗厚。　②生绡(xiāo):生丝织物。

鹧鸪天

题广文官舍竹外梅花呈万教

阁雨浮云寒尚轻,商量雪意未全成。莫嫌竹外萧然处,忽有幽香透鼻清。　诗兴逸,酒魂醒。主人留客更多情。不辞满引成痴客,且为梅花醉一觥[①]。

［注释］

①觥（gōng）：古代以兽骨所制酒器。其腹椭圆，有把手，圈足。后亦有木、铜制品。

水龙吟

庚韵中秋

晚晴一碧天如水，风约尘埃都扫。素娥睡起，玉轮稳驾，初离海表。碾破秋云，涌成银阙，光欺南斗[①]。想广寒宫里，风流女伴，应都把、仙歌奏。　　夜永风生悄悄。耀冰雪、寒侵重峤[②]。今宵休道，从来此夕，阴多晴少。坐久更深，露冷襟袖，不禁清晓。更天风吹下，桂香拂袂，想蟠根老[③]。

［注释］

①南斗：南斗六星，即斗宿。按，"斗"字出韵，当是以方言相押耳。②峤（jiào）：山岭。　③蟠根：盘曲的根。

柳梢春

冬月海棠

笑菊欺梅，嫌蜂却蝶，压尽寒荄[①]。月下精神，醉时风韵，红透香腮。　　天工造化难猜。甚怪我，愁眉未开。故遣名花，凌霜带露，先送春来。

［注释］

①荄（gāi）：草根。冬月的草根，即寒荄。

少年游

用周美成韵

绣罗禐子间金丝[1],打扮好容仪。晓雪明肌,秋波入鬓,鞋小步行迟。　冠儿时样都相称,花插楝双枝[2]。倩俏精神[3],风流情态,惟有粉郎知[4]。

[注释]

①禐(yuàn)子:佩带。　②楝(liàn):木名,春天开紫花,芬香扑鼻,果实如小铃。　③倩俏:笑靥美好貌。　④粉郎:情郎。傅粉何郎,指何晏。见《世说新语·容止》。

汉宫春

向暖南枝,最是他潇洒,先带春回。因何事、向岁晚,搀占花魁。天公著意,安排巧、特地教开。知道是,仙翁诞节,琼英要泛金杯[1]。　人学寿阳妆面[2],正梁州初按[3],羯鼓声催[4]。年年此花开后,宴启蓬莱。朱颜不老,算难教、绿野徘徊[5]。消息好,行看父子,和羹鼎鼐盐梅[6]。

[注释]

①泛金杯:即泛酒,曲水流觞。　②寿阳妆:即梅花妆。事见《太平御览》引《宋书》。　③梁州:即《凉州曲》,乐曲名。　④羯(jié)鼓声催:羯鼓为古羯族乐器,唐玄宗好之,曾于内庭临轩击鼓,庭下柳杏时正发坼,帝指而笑谓宫人曰:“此一事,不唤我作天公可乎?”事见唐代南卓《羯鼓录》,后以“羯鼓催花”故事流传。　⑤绿野:绿野堂,在洛阳。唐裴度致仕后居此。　⑥“和羹”句:和羹,犹如鼎,为比喻宰相之辞。《尚书·说命下》云:“若作和羹,尔惟盐梅。”孔传:“盐咸梅醋,羹须咸醋以和之。”此为殷高宗命傅说作相之辞,后遂以“和羹”或“和鼎”比喻宰相辅助君主治理国家。

多 丽

寿邵郎中

庆佳辰，熊罴协梦生申[1]。记当年、曾游月殿，笑谈高跃龙津[2]。德弥高、源流孔孟，才迥出、黼黻卿云[3]。亟步华涂[4]，蜚英滕茂[5]，姓名端的简枫宸[6]。最好是、雍容兰省[7]，直道事吾君。还知否，承明倦直，来抚斯民。　算人生、五马最贵，朱旛画戟行春。讼庭清、祥风和畅，铃斋静、佳气氤氲[8]。寿宴香浓，梅繁柳嫩，年年今日劝芳尊。须信道、朱颜不老，眉寿等松椿。从兹去，衮衣特立[9]，廊庙经纶[10]。

[注释]

①熊罴协梦：旧时祝人生男曰“熊梦”或“熊罴入梦”。出自《诗经·小雅·斯干》：“吉梦维何，维熊维罴……大人占之，维熊维罴，男子之祥。”　②龙津：犹言龙门。“欲逐风波千万里，未知何路到龙津。”见李商隐《春日寄怀》诗。　③黼黻（fǔ fú）：礼服上的花纹，或华丽的词藻。卿云：一作庆云。古人视为祥瑞。　④亟步：犹言快步。　华涂：光明大路。　⑤蜚英滕茂：称颂人声名事业日盛之辞。出自《史记·司马相如列传》：“蜚英声，滕茂实。”　⑥枫宸：汉宫多植枫木，宸为北辰所居。故以枫宸泛指帝王殿庭。　⑦兰省：尚书省之别称。　⑧氤氲：气与光色混和动荡貌。　⑨衮（gǔn）衣：古代帝王及上公绣龙礼服。　⑩廊庙经纶：指朝廷、国家大事。

满江红

贺赵县丞

娟景良时，无非是、三春富贵。花共柳、著工夫染，嫩红轻翠。日丽风和薰协气，莺吟燕舞皆欢意。况生辰、恰恰值清明，笙歌沸。　分天派，真龙裔。到月殿，攀仙桂。看眉间黄色[1]，诏书将至。莫向蓝田分佐理[2]，便趋紫禁参朝对。问玉皇，仙籍注长生，三千岁。

［注释］

①眉间黄色：颂人吉利之辞。《太平御览》引《相书占气杂要》云："黄气如带当额横，卿之相也。有卒喜，皆发于色……黄色最佳。"　②蓝田：在今陕西东南，产美玉。故以之比喻名门出优秀人才。

蝶恋花

和人探梅

罗幕护寒遮晓雾，爱日烘晴，又是年华暮。潇洒江梅争欲吐，暗香漏泄春来处。　　何日寻芳溪畔路。挈榼携筇[1]，写景论心素。千里相逢真会遇，羡君解道江南句。

［注释］

①榼(kē)：古代盛酒、贮水的器具。　筇(qióng)：一种可做手杖的竹子。

水调歌头

富贵本何物，底用苦趋奔。都为造物娱弄，人事覆来翻。须索高抬目力，觑破只同儿戏，不必更重论。但愿吾长健，赢得日加飧[1]。　　衣轻裘，乘驷马，驾高轩[2]。算来荣耀，终输渔叟钓江村。休叹谋身太拙，未必折腰便是，炙手几曾温。清议不可辱，千古要长存。

［注释］

①赢：原误作"羸"。加飧(sūn)：即加餐。　②"乘驷马"二句：出自

“高门容驷”典故。事见《汉书·于定国传》。

满江红

罨画池亭，对十万、盈盈粉面。依翠盖、临风一曲，霓裳舞遍。亭上人如蓬岛客①，坐中别有飞琼伴②。占世间、风月最清凉，宜开宴。　当盛旦，歌喉啭。齐祝寿，金尊劝。算才华合侍，玉皇香案。处事从来坚特操，立朝更要持公论。使他时、台阁振风声，朝天眷③。

[注释]

①蓬岛客：蓬莱仙岛中人。　②飞琼：即仙女许飞琼，西王母之侍女。　③天眷：指帝王的恩眷与关爱。《尚书·大禹谟》：“皇天眷命，奄有四海，为天下君。”

诉衷情

柴扉人寂草生畦，藤蔓乱萦篱。秋净楚天如水，云叶度墙低。　同把盏，且伸眉，对残晖。红茱笑捻①，黄菊斜簪，恋饮忘归。

[注释]

①红茱：即茱萸。古代风俗，九月九日重阳节，佩茱萸囊以祛邪。

浣溪沙

常记京华昔浪游，青罗买笑万金酬。醉中曾此当貂裘①。　自恨山翁今老矣，惜花心性谩风流②。清樽独酌更何愁。

[注释]

①貂裘:貂皮大衣,贵者所服。 ②谩(màn):莫,不要。

清平乐

方池小小,风搊玻璃皱。数朵荷花开更好,把住薰风一笑。 芳容淡注胭脂,亭亭翠盖相依。只欠一双鸂鶒①,便如画底屏帏。

[注释]

①鸂鶒(xī chì):水鸟名,色多紫。大于鸳鸯,又称紫鸳鸯。“红溆荡融融,莺翁鸂鶒暖。”见温庭筠《黄昙子歌》。

[集评]

周笃文云:“《烘堂词》不惟爱用僻字,而且喜押乡音。为此词以‘皱’(宥韵)与‘小’、‘好’、‘笑’相押,便是将8部与12部通押了。前之《满江红》以‘论’与‘啅’、‘劝’、‘案’、‘面’相押。《水龙吟》中以‘斗’与‘扫’、‘表’、‘少’、‘老’等相押亦然。《四库提要》称其‘祝颂诸作,亦俱庸下’‘惟咏物诸作,尚细腻熨帖,间有可观耳’。可谓平情之论。”

菩萨蛮

用周美成韵

而今怕听相思曲,多情蹙损眉峰绿①。惜别上扁舟,望穷江际楼。 蛮笺封了发,为忆人如雪。离恨写教看,休令盟约寒②。 (以上校汲古阁本《烘堂词》)

[注释]

①眉峰绿:古人以黛描眉,故云眉绿或翠眉。 ②盟约寒:失言、爽约。

姜　夔

姜夔（1155？—1221？），字尧章，号白石道人，饶州鄱阳（今江西波阳）人。一生漂泊江湖，依人作客，却绝不曳裾豪门，逢迎取合。犹如白云怡逸，舒卷自如。他与辛弃疾、杨万里、范成大等为文字交，诗词皆卓然成家。其词多咏黍离之悲、江湖之志及身世之慨，词风清丽典雅，而以冷香幽韵和瘦逸清刚独擅胜场，为清代浙派词人所尊奉。他熟谙音律，集中十七首自度曲，都旁缀音谱，是流传至今的唯一完整的宋代词乐资料。曾自编词集《白石道人歌曲》六卷，其词今存八十四首。

小重山令

赋潭州红梅①

人绕湘皋月坠时②。斜横花树小③，浸愁漪。一春幽事有谁知？东风冷，香远茜裙归④。　鸥去昔游非。遥怜花可可⑤，梦依依。九疑云杳断魂啼⑥。相思血⑦，都沁绿筠枝⑧。

［注释］

①潭州：今湖南长沙。隋开皇九年（589）置潭州，以地有昭潭而名。明洪武五年（1372）改长沙府。　红梅："红梅标格是梅，而繁密则如杏。其种来自闽、湘，有福州红、潭州红、邵武红等号。"见宋范成大《梅谱》。　②湘皋：湘江岸边。湘水流经长沙，故云。　③斜横：明钞本作"横斜"。宋林逋《山园小梅》："疏影横斜水清浅。"　④茜裙：红裙。唐李群玉《黄陵庙》诗："黄陵庙前莎草春，黄陵女儿茜裙新。"　⑤可可：美好貌。唐元稹《春》诗："九霄浑可可，万姓尚忡忡。"宋周密《南楼令》词："暗想芙蓉城下路，花可可，雾冥冥。"　⑥九疑：山名，即九嶷。在今湖南宁远县南。《史记·五帝本纪》："舜葬于江南九嶷。"《水经注·湘水》："蟠基苍梧之野，峰秀数郡之间；罗岩九举，各导一溪；岫壑负阻，异岭同势。游者疑焉，

故名九疑山。”　⑦相思血：传说舜巡死于苍梧，葬于九疑。其妃娥皇、女英追至，望苍梧而泣，泪染竹枝，斑斑如血。此处化用其事。　⑧�：竹之别称。唐韦应物《闲居赠友》诗：“青苔已生路，绿筠始分箨。”

［集评］

张德瀛云：“梅之以色胜者，有潭州红焉……词则无逾姜白石《小重山》一阕，白石词仙，固当有此温韦之笔。”（《词徵》卷五）

俞陛云云：“梅苑人归，蘅皋月冷，感怀吊古，愁并毫端。其凄丽之致，颇类东山、淮海。”（《唐五代两宋词选释》）

江梅引

丙辰之冬①，予留梁溪②，将诣淮而不得③，因梦思以述志

人间离别易多时，见梅枝、忽相思。几度小窗，幽梦手同携。今夜梦中无觅处，漫徘徊、寒侵被、尚未知。

湿红恨墨浅封题④，宝筝空，无雁飞⑤。俊游巷陌⑥，算空有、古木斜晖。旧约扁舟⑦，心事已成非。歌罢淮南春草赋⑧，又萋萋。漂零客⑨，泪满衣。

［注释］

①丙辰：宋宁宗庆元二年（1196）。　②梁溪：山名，在今江苏无锡西。源出惠山，流入太湖。因梁时曾加疏浚，故名梁溪。一说以东汉梁鸿居此而名。　③诣淮：前往淮地。　淮：指安徽合肥。　④湿红：泪水流经涂有胭脂的脸颊时被染成红色，故曰湿红。杜甫《曲江对雨》：“林花著雨胭脂湿。”白居易《琵琶行》：“梦啼妆泪红阑干。”此句谓含泪题写离别之恨，寄赠对方。　⑤无雁飞：谓书札已成，却无大雁为之传送。相传雁能传书，见《汉书·苏武传》。　⑥俊游：胜游，雅游。秦观《望海潮》词：“金谷俊游，铜驼巷陌，新晴细履平沙。”　⑦旧约扁舟：越范蠡与西施原为情侣。为兴越亡吴，范蠡献西施于吴王。吴亡后，二人依照前约，同乘扁舟泛于五湖。　⑧淮南春草赋：“王孙游兮不归，春草生兮萋萋。”见汉淮南王刘

安《招隐士》诗。 ⑨漂零客:作者自指。 漂零:漂泊,流落。

蓦山溪

题钱氏溪月①

与鸥为客②,绿野留吟屐③。两行柳垂阴,是当日、仙翁手植④。一亭寂寞。烟外带愁横,荷冉冉,展凉云,横卧虹千尺⑤。 才因老尽⑥,秀句君休觅。万缘正迷人,更愁入、山阳夜笛⑦。百年心事,惟有玉阑知,吟未了,放船回,月下空相忆。

[注释]

①钱氏:指南宋宰辅钱良臣(字友魏)。其园苑号云间洞天,诸景皆备,为一时之冠。见《华亭县志》。姜夔于淳熙戊申(1188),己酉(1189)间,不仅受知于彼,且尝游斯园。 ②与鸥为友:指隐居自乐,不以世事为怀。犹"鸥盟"。 ③绿野:唐宰相裴度曾于洛阳午桥建别墅,号绿野堂。钱良臣于淳熙五年(1178)除参知政事,故白石以绿野堂比拟其园林。 ④仙翁:指钱氏园主钱良臣。 ⑤"横卧"句:谓长桥。杜牧《阿房宫赋》:"长桥卧波,未云何龙?复道行空,不霁何虹?" ⑥才因老尽:用南朝江淹事。江淹字文通,早年即以诗文名世。晚岁才思稍衰,人称"江郎才尽"。 ⑦山阳夜笛:晋人向秀与嵇康、吕安为友。后嵇、吕为司马昭所杀。一日,向秀途经其山阳旧居,闻邻人笛声,不胜悲凄,因作《思旧赋》,感怀旧友。见《晋书·向秀传》。

[集评]

陈廷焯云:"高朗。"(《词则·别调集》卷二)

莺声绕红楼

甲辰春，平甫与予自越来吴[①]，携家伎观梅于孤山之西村[②]，命国工吹笛[③]，伎皆以柳黄为衣

十亩梅花作雪飞[④]。冷香下、携手多时。两年不到断桥西[⑤]。长笛为予吹。　　人妒垂杨绿，春风为、染作仙衣。垂杨却又妒腰肢[⑥]。近前舞丝丝。

［注释］

①平甫：张鉴，字平甫，为南宋大将张俊后裔。《齐东野语》载白石自叙云："旧所依倚，惟有张兄平甫，其人甚贤。"　自越来吴：自绍兴至杭州。杭州有吴山，春秋时为吴国南界，故称。　②家伎：张鉴家中乐伎。　孤山：在杭州西湖中。《西湖志纂》："孤山耸峙湖心，碧波环绕……为西湖最胜处。唐白居易诗：'蓬莱宫在水中央'，正谓此也。"　西村：《武林旧事》："西陵桥又名西泠桥，又名西村。"　③国工：技艺超群，堪称国手的著名乐师。　④十亩梅花：宋孤山多梅树。白石《暗香》词有"千树压、西湖寒碧"句。　⑤断桥：在西湖白堤。《武林旧事》："断桥又名段家桥。"《桂坡遇录》："断桥以唐人张祐'断桥荒藓合'得名。亦以孤山路至此而尽，非有所谓段家桥者。"　⑥"垂杨"句：唐孟棨《本事诗》载白居易诗句"樱桃樊素口，杨柳小蛮腰"，垂杨本自婀娜，亦妒家伎腰肢，则家伎体态之美可想。

鬲溪梅令　仙吕调

丙辰冬自无锡归，作此寓意

好花不与殢香人，浪粼粼[①]。又恐春风归去绿成阴[②]，玉钿何处寻[③]。　　木兰双桨梦中云[④]，水横陈[⑤]。漫向孤山山下觅盈盈[⑥]，翠禽啼一春。[⑦]

［注释］

①“好花”二句：殢：困。秦观《梦扬州》词：“殢酒困花，十载因谁淹留。” 粼粼：清澈貌。 ②“又恐”句：疑用杜牧事。杜牧游湖州，见一小女，姿色卓绝，遂生爱慕之心，约以十年后迎娶。越十四年，牧始再至，则女已成婚三年，且生三子。牧赋诗自伤云：“自恨寻芳到已迟，往年曾见未开时。如今风摆花狼藉，绿叶成阴子满枝。”白石于此句下接以“玉钿何处寻”，或有感叹旧日恋人已他适之意。 ③玉钿：古代妇女首饰。据《词苑丛谈》载，淳熙间，御舟过断桥，见酒肆屏风上有太学生于国宝《风入松》词，其结句云：“明日重携残酒，来寻陌上花钿。”上笑曰：“此句不免寒酸气。”因改为“明日重扶残醉，来寻陌上花钿”。 ④木兰：木名，状如楠树，为造船之良材。柳宗元《酬曹侍御过象县见寄》诗：“破额山前碧玉流，骚人遥驻木兰舟。”此句谓昔日泛舟西湖之情事，已如云烟散去，思之恍然若梦。 ⑤水横陈：《全宋词》作“小横陈”，误。今据《钦定词谱》、《词律》改。陈同甫《念奴娇》词：“一水横陈，连岗三面，做出争雄势。” ⑥盈盈：美好貌。《古诗》：“盈盈楼上女，皎皎当窗牖。”此处指代旧日恋人。 ⑦唐氏按：此首《花草粹编》卷四误作李之仪词。

［集评］

陈廷焯云：“节短音长，酝酿可喜。”（《词则·别调集》卷二）

阮郎归

为张平甫寿[①]，是日同宿湖西定香寺[②]

红云低压碧玻璃[③]，惺憁花上啼[④]。静看楼角拂长枝[⑤]，朝寒吹翠眉[⑥]。 休涉笔，且裁诗，年年风絮时。绣衣夜半草符移[⑦]，月中双桨归。

［注释］

①张平甫：即张鉴。 ②定香寺：寺观名。《武林旧事》：“旌德观元（原）系定香寺。”《西湖志》：“旌德观在苏堤映波桥。” ③红云：喻花。张鉴生日在春间，正值桃杏盛开，若红云笼盖西湖。 碧玻璃：形容西湖碧

水荡漾，清澈见底。　④惺憁：同“惺忪”，象声词。元稹《春六十韵》诗：“燕巢才点缀，莺舌最惺忪。”此处亦拟写黄莺鸣声。　⑤长枝：指柳条。⑥翠眉：喻柳叶。　⑦绣衣：绣衣直指，汉代官名。据《汉书·武帝纪》，武帝为弹压民间骚乱，曾令光禄大夫范昆等身着绣衣，持斧仗节，兴兵剿杀，号直指使者。　草符：非正式文书。此句谓官府有令，禁止深夜游湖。

阮郎归

旌阳宫殿昔徘徊[①]，一坛云叶垂[②]。与君闲看壁间题[③]，夜凉笙鹤期[④]。　　茅店酒，寿君时，老枫临路歧[⑤]。年年强健得追随，名山游遍归。

[注释]

①旌阳宫殿：指晋人许逊之旧宅。逊曾任旌阳令，于晋永和二年(346)阖家仙去，“其宅今游帷观是也”。见《豫章古今记》。　②云叶：指游帷观中浓密的枫叶。　③君：指张鉴(平甫)。　题：题咏。　④笙鹤期：用周代王子乔故事。乔好吹笙，作凤鸣。后曰：七月七日俟我于缑氏山头。及期，果乘白鹤谢时人而去。见《列仙传》。　⑤茅店”三句：谓买酒茅店，同坐于路口小枫树下，为张鉴祝寿。白石《鹧鸪天》词序：“因买酒茅舍，并坐古枫下。”

好事近

赋茉莉[①]

凉夜摘花钿[②]，苒苒动摇云绿[③]。金络一团香露[④]，正纱厨人独[⑤]。　　朝来碧缕放长穿，钗头罣层玉[⑥]。记得如今时候，正荔枝初熟。

[注释]

①茉莉：花名。弱茎繁枝，花呈白色，夏季盛开，其香清婉芬芳。《武

林旧事》："都人避暑，而茉莉为最盛。" ②花钿：与"金钿"、"玉钿"、"翠钿"等为女子首饰。白居易《长恨歌》："花钿委地无人收，翠翘金雀玉搔头。"此处谓摘下茉莉，权代首饰。 ③苒苒：柔细貌。王粲《迷迭赋》："布萋萋之茂叶兮，挺苒苒之柔茎。" 动摇云绿：谓因摘花而动摇如云绿叶。 ④金络：金色的马辔头。汉乐府《陌上桑》："青丝系马尾，黄金络马头。"此处代指马。 一团香露：谓茉莉带露，含香欲滴。此句谓骑马送花。 ⑤纱厨：即碧纱厨，为帏帐之一种。以木作架，蒙以绿纱，夏季作避蚊蝇之用。唐王建《赠王处士》诗："松树当轩雪满地，青山掩障碧纱厨。"此句谓碧纱厨中的佳人不胜寂寞。 ⑥"朝来"二句：谓用绿色丝线穿过花心，挂在钗头。 层玉：喻茉莉花。 罣（guà）：悬挂。

点绛唇

丁未冬过吴松作[①]

燕雁无心[②]，太湖西畔随云去。数峰清苦[③]，商略黄昏雨[④]。 第四桥边[⑤]，拟共天随住[⑥]。今何许，凭阑怀古，残柳参差舞[⑦]。

[注释]

①丁未：宋孝宗淳熙十四年（1187）。 吴松：今江苏吴江。是年春，白石自湖州往苏州谒见范成大，道经吴松。 ②燕雁：来自北地的旅雁。燕：北地，意同"幽燕"之"燕"。 ③清苦：形容山之萧瑟、寥落。 ④商略：犹言商量、筹划、酝酿。此句谓傍晚时分的山峰，雨意甚浓。 ⑤第四桥：指苏州的甘泉桥。《苏州府志》："甘泉桥一名第四桥，以泉品居第四也。" ⑥天随：晚唐诗人陆龟蒙号天随子，隐居松江甫里。白石屡以龟蒙自比，如《除夜自石湖归苕溪》诗："三生定是陆天随，又向吴松作客归。"《三高祠》诗："沉思只羡天随子，蓑笠寒江过一生。" ⑦参差：长短不齐貌。《诗经·周南·关雎》："参差荇菜，左右流之。"

[集评]

卓人月云："'商略'二字诞妙。"（《古今词统》卷三）

陈廷焯云:“白石长调之妙,冠绝南宋。短章亦有不可及者,如《点绛唇》一阕,通首只写眼前景物,至结处云:‘今何许。凭栏怀古,残柳参差舞。’感时伤事,只用‘今何许’三字提唱;‘凭栏怀古’以下,仅以‘残柳’五字咏叹了之。无穷哀感,都在虚处。令读者吊古伤今,不能自止,洵推绝调。”(《白雨斋词话》卷二)

陈思云:“此阕为诚斋以诗送谒石湖,归途所作。”(《白石道人年谱》)

陈匪石云:“以词言,为小令正轨。以境言,则诚所谓‘襟期洒落’、‘意到语工,不期高远而自高远’者。”(《宋词举》)

点绛唇

金谷人归①,绿杨低扫吹笙道。数声啼鸟,也学相思调。　　月落潮生,掇送刘郎老②。淮南好③,甚时重到。陌上生春草。

[注释]

①金谷:地名,在今河南洛阳西北。晋太康中石崇筑园于此,即世传之金谷园。南朝何逊《车中见新林分别甚盛》诗:“金谷宾游盛,青门冠盖多。”　②刘郎:指中唐诗人刘禹锡。刘禹锡《元和十年自朗州承召至京戏赠看花诸君子》诗有句:“玄都观里桃千树,尽是刘郎去后栽。”因“语涉讥刺,执政不悦”,再度遭贬出京。十三年后,禹锡旧地重游,赋《再游玄都观》诗,仍以刘郎自称:“种桃道士知何去,前度刘郎今又来。”其时禹锡年已五十六岁,故云“刘郎老”。白石此处乃以“刘郎老”自伤老暮。　③淮南:淮水以南,指合肥一带。陈思《白石道人年谱》将此词定为宋光宗绍熙二年(1191)秋,白石再自合肥东归时的惜别之作。

虞美人

赋牡丹

西园曾为梅花醉①,叶剪春云细②。玉笙凉夜隔帘吹,卧看花梢摇动，一枝枝。　　娉娉袅袅教谁惜[③]，空压纱巾侧。沉香亭北又青苔[④]，唯有当时蝴蝶、自飞来。

[注释]

①西园：园名。汉末曹操所建，在邺都。曹丕《芙蓉池作》诗："乘辇夜行游，逍遥涉西园。"　②"叶剪"句：谓梅花开时，牡丹叶芽初吐。　③娉娉袅袅：形容女子体态轻盈、美好。杜牧《赠别》诗："娉娉袅袅十三馀，豆蔻梢头二月初。"此处言牡丹之婀娜多姿。　④沉香亭：亭名，在唐兴庆宫池东，因以沉香木建成，故名。其四周遍植牡丹。唐玄宗曾在牡丹盛开时节偕杨贵妃来此游宴，并诏李白赋《清平乐》词三章，其一云："名花倾国两相欢，长得君王带笑看。解释春风无限恨，沉香亭北倚阑干。"　又青苔：谓沉香亭上已荒凉破败。

虞美人

摩挲紫盖峰头石[①]，下瞰苍崖立[②]。玉盘摇动半崖花[③]，花树扶疏一半、白云遮[④]。　　盈盈相望无由摘，惆怅归来屐。而今仙迹杳难寻，那日青楼曾见、似花人[⑤]。

[注释]

①摩挲：抚摸。　紫盖峰：南岳衡山七十二峰之一。　②下瞰：俯视。《全宋词》作"上瞰"，误。　苍厓：青山。　③玉盘：指开在山腰的牡丹花。④扶疏：繁茂纷披貌。陶渊明《读山海经》诗："孟夏草木长，绕屋树扶疏。"　⑤青楼：原指显贵人家之闺阁。曹植《美女篇》诗："青楼临大路，高门结重关。"后多指妓院。南朝刘邈《万山见采桑人》诗："倡妾不胜愁，结束下青楼。"

忆王孙

番阳彭氏小楼作①

冷红叶叶下塘秋②，长与行云共一舟③。零落江南不自由，两绸缪④，料得吟鸾夜夜愁⑤。

［注释］

①番阳：地名，即“鄱阳”，今属江西。　彭氏：宋鄱阳世族。神宗时彭汝砺官至宝文阁直学士，著《鄱阳集》。其四世孙大雅，嘉熙四年使北，后追谥忠烈。　②冷红：谓花。　③行云：语出宋玉《高唐赋序》。本指巫山神女，后亦比拟游子。冯延巳《蝶恋花》词：“几日行云何处去？忘却归来，不道春将暮。”此处似白石自喻。　④绸缪：犹“缠绵”，谓情意殷切、深厚。晋卢谌《赠刘琨一首并书》：“绸缪之旨，有同骨肉。”　⑤吟鸾：犹“鸣凤”。喻恋人。李贺《湘妃》诗：“离鸾别凤烟梧中，巫云蜀雨遥相通。”

少年游

戏平甫①

双螺未合②，双蛾先敛③，家在碧云西④。别母情怀，随郎滋味，桃叶渡江时⑤。扁舟载了⑥，匆匆归去⑦，今夜泊前溪⑧。杨柳津头，梨花墙外，心事两人知。

［注释］

①平甫：张鉴此词戏作于平甫纳妾时，而着笔于其小妾。　②双螺：梳头为两髻，乃少女髮式，即所谓丫头。刘禹锡《寄赠小樊》诗：“花面丫头十三四，春来绰约向人时。”　螺：螺形髮髻。　③双蛾：双眉。蚕蛾之触鬚，弯曲而细长，故以喻美人眉毛。《诗经·卫风·硕人》：“齿如瓠犀，螓首蛾眉。”　敛：收敛。此句谓小妾收敛双眉，神情矜持。韦庄《女冠子》词：“忍泪佯低面，含羞半敛眉。”　④碧云：南朝江淹《休上人怨别》诗云“日暮碧云合，佳人殊未来”。　⑤桃叶：晋王献之侍妾。献之曾在渡口

赋诗为其送别:“桃叶复桃叶,渡江不用楫。但度无所苦,我自迎接汝。”见《隋书·五行志》。此处乃以桃叶比拟平甫小妾。 ⑥扁舟载了:用范蠡携西施泛舟五湖事。 ⑦归:含“于归”意。《诗经·周南·桃夭》:“之子于归,宜其室家。”后因称女子出嫁为“于归”。 ⑧前溪:在浙江武康,其地有平甫别墅。

[集评]

陈廷焯云:“‘别母情怀,随郎滋味,桃叶渡江时’。白石《少年游·戏平甫》词也。‘随郎滋味’四字,似不经心,而别有姿态。盖全以神味胜,不在字句之间寻痕迹也。”(《白雨斋词话》卷八)

鹧鸪天

己酉之秋①,苕溪记所见②

京洛风流绝代人③,因何风絮落溪津④。笼鞋浅出鸦头袜⑤,知是凌波缥缈身⑥。 红乍笑,绿长颦⑦。与谁同度可怜春。鸳鸯独宿何曾惯,化作西楼一缕云⑧。

[注释]

①己酉:宋孝宗淳熙十六年(1189)。 ②苕溪:水名。一名苕水。源出浙江天目山。相传此水夹岸多苕花,秋时飘散水上如飞雪,故名。 ③京洛:即洛阳。东汉曾建都于此,故称京洛。晋陆机《为顾彦先赠妇》诗:“京洛多风尘,素衣染为缁。” ④风絮:本谓柳絮,此处指苕花。 溪津:指苕溪的某一渡口。 ⑤笼鞋:鞋名。 鸦头袜:袜呈丫形,即拇趾与其他四趾分开。李白《越女词》诗:“屐上足如霜,不着鸦头袜。” ⑥凌波:曹植《洛神赋》:“凌波微步,罗袜生尘。” ⑦绿长颦:谓长蹙黛眉。隋炀帝幸江都时,有摆舟女子号殿脚女,争效为长蛾眉,司客吏遂每日给其螺子黛五斛,号为蛾绿。 ⑧西楼:南唐李煜《相见欢》词“无言独上西楼。月如钩”。

[集评]

李调元云:“姜白石夔《鹧鸪天》词三首,如‘鸳鸯独宿何曾惯,化作西

楼一缕云’，不但韵高，亦由笔妙。”（《雨村词话》卷三）

鹧鸪天

予与张平甫自南昌同游西山玉隆宫①，止宿而返，盖乙卯三月十四日是也②。是日即平甫初度③，因买酒茅舍，并坐古枫下。古枫，旌阳在时物也。旌阳尝以草屦悬其上④，土人谓屦为屩，因名曰挂屩枫。苍山四围，平野尽绿，隔涧野花红白，照影可喜，使人采撷，以藤纠缠著枫上。少焉月出，大于黄金盆。逸兴横生，遂成痛饮，午夜乃寝。明年，平甫初度，欲治舟往封禺松竹间⑤。念此游之不可再也，歌以寿之

曾共君侯历聘来⑥，去年今日踏莓苔。旌阳宅里疏疏磬⑦，挂屩枫前草草杯⑧。　呼煮酒，摘青梅⑨。今年官事莫徘徊。移家径入蓝田县⑩，急急船头打鼓催。

［注释］

①西山：在南昌西，又名南昌山。见《寰宇记》。　玉隆宫：即游帷观。《舆地纪胜》：“在新建县界，旧名游帷观。……国朝祥符中改赐玉隆观额。”　②乙卯：宋宁宗庆元元年（1195）。　③初度：诞生日。屈原《离骚》：“皇览揆余初度兮，肇锡余以嘉名。”　④旌阳：晋人许逊，字敬之，南昌人，曾任旌阳令。晋永和二年（346）八月十五日，阖家仙去。其旧宅遂有旌阳宫、游帷观、玉隆宫诸美称。　草屦：草鞋。　⑤封禺：山名。《吴兴志》：“武康有封山、禺山。”《太平寰宇志》：“防风山先名封禺山。”　⑥君侯：指张平甫。　历聘：游访经过。聘：游访，访问。　⑦磬：乐器。　疏疏磬：谓磬声稀疏，若断若续。　⑧草草：匆促、苟简。杜甫《送长孙九侍御赴武威判官》诗：“闻君适万里，取别何草草。”　草草杯：匆促、苟简的酒宴。　⑨“呼煮酒”二句：用曹操、刘备青梅煮酒论英雄事。晏殊《诉衷情》词：“青梅煮酒斗时新，天气欲残春。”　⑩蓝田县：县名，今属陕西，盛产美玉。唐代诗人王维有别墅在蓝田。此比拟张平甫封禺别墅。

鹧鸪天

丁巳元日①

柏绿椒红事事新②，隔篱灯影贺年人。三茅钟动西窗晓③，诗鬓无端又一春。　慵对客，缓开门。梅花闲伴老来身。娇儿学作人间字，郁垒神荼写未真④。

[注释]

①丁巳：宋宁宗庆元三年(1197)。　元日：正月初一日。　②柏绿椒红：据《玉烛宝典》，宋代元日有"进椒柏酒"之习俗。《四民月令》："椒是玉衡星精，服之令人身轻能走。柏是仙药。"　③三茅钟："宁寿观在七宝山，本三茅堂。绍兴中赐古器玩三种……其二唐钟，本唐澄清观旧物……禁中每听钟声以为寝兴食息之节。"见《咸淳临安志》。　④郁垒神荼：上古有兄弟二人，一名郁垒，一名神荼，性能执鬼。鬼有犯奸作科者，郁垒与神荼即持苇索，执以饲虎。故后人常在腊祭夜饰桃人，垂苇索，画虎于门，以祓除凶衅。

鹧鸪天

正月十一日观灯

巷陌风光纵赏时①，笼纱未出马先嘶②。白头居士无呵殿③，只有乘肩小女随④。　花满市，月侵衣。少年情事老来悲。沙河塘上春寒浅⑤，看了游人缓缓归。

[注释]

①纵赏：纵情游赏。《东京梦华录》"正月"条："向晚，贵家妇女纵赏。"　②笼纱：即纱笼。《梦粱录》"元宵"条："公子王孙、五陵年少，更以纱笼喝道，将带佳人美女，遍地游赏。"　纱笼：蒙纱灯笼。　③白头居士：作者自指。　呵殿：前呵后殿，谓显贵出行时，随从者前呼后拥。　④"乘肩"句：谓只有小女儿在肩头相随为伴。黄庭坚《陈留市隐》诗："乘肩娇

小女，邂逅此生同。”　乘肩：坐在肩上。　⑤沙河塘：杭州街名，在馀杭门内。因其门外为里沙河堰，故名。

[集评]

况周颐云：“姜白石《鹧鸪天》云：‘笼纱未出马先嘶。’七字写出华贵气象，却淡隽不涉俗。”（《蕙风词话》卷二）

鹧鸪天

元夕不出①

忆昨天街预赏时②，柳悭梅小未教知③。而今正是欢游夕，却怕春寒自掩扉。　帘寂寂，月低低。旧情惟有绛都词④。芙蓉影暗三更后⑤，卧听邻娃笑语归。

[注释]

①元夕：农历正月十五日，旧称上元。上元之夜称元夕，即元宵。　②天街：京都的街道。韩愈《早春》诗：“天街小雨润如酥，草色遥看近却无。”预赏：“景龙楼先赏，自十二月十五日便放灯，直至上元，谓之‘预赏’。”见《岁时广记》。　③悭：少。陆游《怀昔》诗：“泽国气候晚，仲冬雪犹悭。”④绛都词：宋本《草堂诗馀》录有《绛都春》（融和又报）词一首，咏汴都元夕灯会。　⑤芙蓉：指花灯。陆游《灯夕有感》诗：“芙蕖红绿亦参差。”

[集评]

贺裳云：“《鹧鸪天》最多佳辞，《草堂》所载，无一不善者。……姜白石《元夕不出》‘芙蓉影暗三更后，卧听邻娃笑语归。’骎骎有诗人之致，选不之及，何也？”（《皱水轩词筌》）

鹧鸪天

元夕有所梦

肥水东流无尽期①，当初不合种相思②。梦中未比丹青见③，暗里忽惊山鸟啼④。　春未绿，鬓先丝。人间别久不成悲。谁教岁岁红莲夜⑤，两处沉吟各自知。

［注释］

①肥水：亦作淝水，源出安徽合肥紫蓬山。　②种相思：红豆一名相思子，其树即相思树，故曰"种相思"。　③丹青：画图，画像。此句谓梦中所见，不如画像真切。　④"山鸟啼"句：谓山鸟的啼声将他从梦中惊醒。孟浩然《春晓》："春眠不觉晓，处处闻啼鸟。"　⑤红莲：指灯。欧阳修《蓦山溪》词咏元夕，有"纤手染香罗，剪红莲满城开遍"。

［集评］

郑文焯云："红莲谓灯。此可与《丁未元日金陵江上感梦》之作参看。"（《郑校白石道人歌曲》）

鹧鸪天

十六夜出①

辇路珠帘两行垂②，千枝银烛舞僛僛③。东风历历红楼下④，谁识三生杜牧之⑤。　欢正好，夜何其。明朝春过小桃枝。鼓声渐远游人散，惆怅归来有月知。

［注释］

①此词写十六夜观灯，实则借以抒发身世之感。倘可视《遣怀》为杜牧自解之诗，则亦可视此篇为白石自解之词。　②辇路：皇帝车驾常经之路。唐文宗《宫中题》诗："辇路生春草，上林花满枝。"　③僛僛：倾侧、摇摆状。《诗经·小雅·宾之初筵》："乱我笾豆，屡舞僛僛。"《诗集传》："僛

儆,倾侧之状。” ④历历:分明。唐崔颢《黄鹤楼》诗:“晴川历历汉阳树,芳草萋萋鹦鹉洲。” 红楼:泛指华丽楼所,多为富家女居所。白居易《秦中吟·议婚》诗:“红楼富家女,金缕绣罗襦。” ⑤三生:佛教语。指前生、今生、来生,即过去世、现在世、未来世。 杜牧之:晚唐诗人杜牧,字牧之。

夜行船

己酉岁①,寓吴兴,同田几道寻梅北山沈氏圃②,载雪而归

略彴横溪人不度③,听流澌、佩环无数④。屋角垂枝,船头生影,算唯有、春知处。 回首江南天欲暮,折寒香、倩谁传语⑤。玉笛无声,诗人有句,花休道、轻分付⑥。

[注释]

①己酉:宋孝宗淳熙十六年(1189)。 ②田几道:未详。白石诗集有《寄田郎》一首,当是其人。 北山沈氏圃:吴兴宋时有南、北二沈氏园。北山沈氏圃,当指沈宾王尚书园,在城北奉胜门外。见《癸辛杂识》前集。 ③略彴(zhuó):小木桥。 人不度:谓乘船过溪,不度小桥。④澌:解冻时流动的水。 佩环:女子饰物,以玉制成。此处形容流水声。⑤寒香:指梅花。 倩:请。辛弃疾《水龙吟》词:“倩何人、唤取红巾翠袖,揾英雄泪。” ⑥分付:同“吩咐”。

杏花天影

丙午之冬①,发沔口②。丁未正月二日③,道金陵④。北望淮楚⑤,风日清淑,小舟挂席,容与波上⑥

绿丝低拂鸳鸯浦,想桃叶、当时唤渡⑦。又将愁眼与春风,待去。倚兰桡、更少驻⑧。 金陵路,莺吟燕舞,算潮水、知人最苦⑨。满汀芳草不成归⑩,日暮。更移舟、向甚处。

［注释］

①丙午：宋孝宗淳熙十三年（1186）。 ②沔口：汉水入江处。见《方舆胜览》。 ③丁未：宋孝宗淳熙十四年（1187）。 ④金陵：今江苏南京。 道金陵：路过南京。 ⑤淮楚：指淮水流域。周成王封熊绎于楚。春秋战国时，有今两湖、两江、浙江及河南南部。安徽亦在楚领域之内。 ⑥容与：安逸自得貌。《九歌·湘夫人》："时不可兮骤得，聊逍遥兮容与。" ⑦"想桃叶"句："晋王献之爱妾名桃叶，其妹曰桃根。献之尝临渡歌以送之。后人因名渡曰桃叶。"见《古今乐录》。桃叶渡在今南京秦淮河畔。 ⑧桡：船桨。《九歌·湘君》："薜荔柏兮蕙绸，荪桡兮兰旌。" 兰桡：用木兰树干制成的船桨。 ⑨"算潮水"句：本唐李益《江南曲》"早知潮有信，嫁与弄潮儿"。 ⑩"满汀"句：本《楚辞·招隐士》"王孙游兮不归，春草生兮萋萋"。 汀：水中小洲。

［评集］

陈匪石云："布局与慢曲略同，而节足音繁，意赅言简。南宋小令，大率如是。"（《宋词举》）

醉吟商小品

石湖老人谓予云[1]："琵琶有四曲，今不传矣，曰濩索（一曰濩弦）梁州、转关绿腰、醉吟商湖渭州、历弦薄媚也。"予每念之。辛亥之夏[2]，予谒杨廷秀丈于金陵邸中[3]，遇琵琶工，解作醉吟商湖渭州，因求得品弦法，译成此谱，实双声耳

又正是春归，细柳暗黄千缕。暮鸦啼处，梦逐金鞍去[4]。一点芳心休诉，琵琶解语。

［注释］

①石湖老人：南宋诗人范成大，字致能，号石湖居士。 ②辛亥：宋光宗绍熙二年（1191）。 ③杨廷秀：南宋诗人杨万里，字廷秀，号诚斋。白石诣石湖老人，乃经杨万里介绍。杨万里有《送姜尧章谒石湖先生》诗。金陵邸中：杨万里当时在金陵典署江东漕衙门。 邸：官邸。 ④金鞍：

马之代称。此句谓心上人骑马而去,使自己魂牵梦萦。

玉梅令　高平调

石湖家自制此声,未有语实之[①],命予作。石湖宅南隔河有圃,曰范村[②]。梅开雪落,竹院深静,而石湖畏寒不出,故戏及之

疏疏雪片,散入溪南苑。春寒锁、旧家亭馆[③]。有玉梅几树,背立怨东风[④],高花未吐,暗香已远[⑤]。　公来领略,梅花能劝。花长好、愿公更健。便揉春为酒,剪雪作新诗,拚一日、绕花千转[⑥]。

[注释]

①未有语实之:谓范成大家乐工自制《玉梅令》曲乐,而未有歌词充实之。　②范村:范成大家的园圃。范成大《梅谱》自序:"余于石湖玉雪坡既有梅数百本,比年又于舍南买王氏僦舍七十楹,尽拆除之,治为范村。以其地三分之一与梅。"　③旧家亭馆:指《梅谱》自序所谓"买王氏僦舍七十楹"。　④东风:春风。李贺《南园》诗:"可怜日暮嫣香落,嫁与东风不用媒。"　⑤暗香:本林逋《山园小梅》诗"疏影横斜水清浅,暗香浮动月黄昏"。　⑥拚:舍弃,舍却。

[集评]

李佳云:"姜白石《玉梅令》下阕:'公来领略,梅花能劝。花长好、愿公更健。便探春为酒,剪雪作新诗,拚一日、绕花千转。'词中寓祝寿意,写来却见语妙意新,与俗手固自不同。"(《左庵词话》)

踏莎行

自沔东来[①],丁未元日至金陵[②],江上感梦而作

燕燕轻盈,莺莺娇软[③]。分明又向华胥见[④]。夜长争

得薄情知[⑤]，春初早被相思染。　别后书辞，别时针线。离魂暗逐郎行远[⑥]。淮南皓月冷千山[⑦]，冥冥归去无人管[⑧]。

［注释］

①沔：唐、宋时州名，今湖北武汉地区。白石早年流寓于此。　②丁未：宋孝宗淳熙十四年(1187)。　③燕燕、莺莺：指作者所恋女子。苏轼《张子野年八十五尚闻买妾，述古令作诗》："诗人老去莺莺在，公子归来燕燕忙。"　轻盈：形容体态。　④华胥：梦境。《列子·黄帝》："黄帝昼寝，而梦游于华胥氏之国。"　⑤薄情：《云斋广录》录进士丁渥妻寄赠诗，曰"泪湿香罗帕，临风不肯干。欲凭西去雁，寄与薄情看"。　⑥离魂：暗用《离魂记》所叙"倩女离魂"事。　郎行：情郎那边。　⑦淮南：指安徽合肥，宋时属淮南路。白石《鹧鸪天》词有句"肥水东流无尽期，当初不合种相思"。可知合肥有其恋人。　⑧冥冥归去：谓恋人离魂在冥冥中独自归去。

［集评］

王国维云："白石之词，余所最爱者，亦仅二语，曰：'淮南皓月冷千山，冥冥归去无人管。'"(《人间词话》)

诉衷情

端午宿合路[①]

石榴一树浸溪红，零落小桥东[②]。五日凄凉心事[③]，山雨打船篷[④]。　谙世味，楚人弓[⑤]，莫忡忡[⑥]。白头行客[⑦]，不采蘋花[⑧]，孤负薰风[⑨]。

［注释］

①端午：农历五月初五。　合路：陆游《入蜀记》谓合路是嘉兴、平望、吴江间一市镇，地傍运河，居民繁夥。　②小桥：指合路桥。《吴郡志》：

"合路桥在吴江县管下。" ③"五日"句:暗用宋万俟咏《南歌子》词"五日凄凉,今古与谁同"。 ④船篷:用竹箬制成,覆盖舟上以遮日蔽雨。 ⑤楚人弓:楚共王出游时失落一良弓,侍臣欲寻求之。王曰:"楚人失弓,楚人得之,又何求焉?"孔子闻之曰:"惜乎!其不大也。不曰'人遗之,人得之',何必楚也。" ⑥忡忡:忧愁貌。《诗经·召南·草虫》:"未见君子,忧心忡忡。" ⑦白头行客:作者自指。 ⑧蘋花:本柳宗元《酬曹侍御过象县见寄》诗"春风无限潇湘意,欲采蘋花不自由"。 ⑨孤负:亏负。同"辜负"。《三国志·蜀书·先主传》:"常恐殒没孤负国恩。" 薰风:和风,指初夏时的东南风。《吕氏春秋·有始》:"东南曰薰风。"

浣溪沙

予女须家沔之山阳[①],左白湖,右云梦[②],春水方生,浸数千里。冬寒沙露,衰草入云。丙午之秋[③],予与安甥或荡舟采菱[④],或举火罝兔,或观鱼簺下[⑤],山行野吟,自适其适,凭虚怅望[⑥],因赋是阕

著酒行行满袂风[⑦],草枯霜鹘落晴空[⑧]。销魂都在夕阳中。　恨入四弦人欲老[⑨],梦寻千驿意难通[⑩]。当时何似莫匆匆。

[注释]

①女须:即女媭。楚人谓姊曰媭。 山阳:村名。因在九真山之南,故名。 ②白湖:太白湖。《汉阳府志》:"太白湖一名九真湖,周二百馀里。" 云梦:古薮泽名。先秦西汉所称云梦泽,包括今湖南益阳、湘阴县以北,湖北江陵、安陆县以南,武汉市以西地区。 ③丙午:宋孝宗淳熙十三年(1186)。 ④安甥:白石姊子名安。 ⑤罝(jū):捕兔网。引处作动词用。 簺下:编竹木截水捕鱼曰簺。 ⑥虚:大丘,土山。《诗经·鄘风·定之方中》:"升彼虚矣,以望楚矣。" ⑦著酒:被酒,仗着酒劲。袂:衣袖。 ⑧鹘:鸷鸟。 霜鹘:秋冬时披霜之鹘。《福惠全书·筮仕部·四六启式》:"霜鹘横空,千里之狐兔屏迹。" ⑨四弦:指琵琶。琵琶为四弦乐器。白石恋人善琵琶,故有此句。 ⑩驿:驿亭,驿站。

浣溪沙

己酉岁[①]，客吴兴，收灯夜阖户无聊[②]，俞商卿呼之共出[③]，因记所见

春点疏梅雨后枝，剪灯心事峭寒时[④]。市桥携手步迟迟。　蜜炬来时人更好[⑤]，玉笙吹彻夜何其[⑥]。东风落靥不成归[⑦]。

[注释]

①己酉：宋孝宗淳熙十六年（1189）。　②收灯：灯节结束。孟元老《东京梦华录》："至正月十九日收灯。"吴自牧《梦粱录》："至十六夜收灯。"前者所记乃北宋风习，后者所记则为南宋风习。　阖户：关闭门户。《后汉书·邓骘传》："检敕宗族，阖门静居。"　③俞商卿：俞灏，字商卿，世居杭州，晚年筑室西湖九里松，有《青松居士集》。　④剪灯心事："君问归期未有期，巴山夜雨涨秋池。何当共剪西窗烛，却话巴山夜雨时。"见李商隐《夜雨寄北》诗。　峭寒：薄寒。常形容春寒。宋徐积《杨柳枝》诗："清明前后峭寒时，好把香绵闲抖擞。"　⑤蜜炬：蜡炬。蜂房似脾，谓之蜜脾。蜜脾之底为蜡，可以制烛，故称蜜炬。李贺《河阳歌》诗："觥船饫口红，蜜炬千枝烂。"　⑥玉笙吹彻：本南唐中主李璟《浣溪沙》词"细雨梦回鸡塞远，小楼吹彻玉笙寒"。　⑦靥：颊边微涡，俗称酒涡。

浣溪沙

辛亥正月二十四日发合肥[①]

钗燕笼云晚不忺[②]，拟将裙带系郎船。别离滋味又今年。　杨柳夜寒犹自舞，鸳鸯风急不成眠[③]。些儿闲事莫萦牵[④]。

[注释]

①辛亥：宋光宗绍熙二年（1191）。　②钗燕：钗上镶有燕形的装饰

品。　笼云:笼罩在薰香的烟雾中。　忺:如意。《方言》:“青、齐呼意所好为忺。”　③“杨柳”二句:以比兴手法烘托离情。　④些儿:细小,少许。《后山诗话》引卢多逊《新月》诗:“谁家玉匣开新镜,露出清光些子儿。”

浣溪沙

丙辰岁不尽五日[①],吴松作

雁怯重云不肯啼,画船愁过石塘西[②]。打头风浪恶禁持。　春浦渐生迎棹绿[③],小梅应长亚门枝[④]。一年灯火要人归。

[注释]

①丙辰:宋宁宗庆元二年(1196)。　岁不尽五日:谓除夕前五日。②画船:装饰华丽的游船。韦庄《菩萨蛮》词:“春水碧于天,画船听雨眠。”　石塘:苏州地名。其地有小长桥,乃垒石为之。见《方舆胜览》。③棹:划船拨水的桨。亦借指船。　④亚:次。　亚门枝:谓梅枝比门稍低。

浣溪沙

丙辰腊[①],与俞商卿、銛朴翁同寓新安溪庄舍[②],得腊花韵甚[③],赋二首

花里春风未觉时[④],美人呵蕊缀横枝[⑤]。隔帘飞过蜜蜂儿。　书寄岭头封不到[⑥],影浮杯面误人吹[⑦]。寂寥惟有夜寒知。

[注释]

①丙辰:宋宁宗庆元二年(1196)。　②俞商卿:俞灏,字商卿,世居杭州,晚年筑室西湖九里松,有《青松居士集》。　銛朴翁:指作者友人葛天

民。天民初为僧，名义铦，号朴翁。　新安溪庄舍："新安镇在无锡东南三十里。"见《一统志》。　③腊花：腊梅。韵：风雅。　④"花里"句：腊梅开花于腊月，所以说其时尚未觉春风到来。　⑤呵：嘘气。　蕊：梅蕊。横枝：本林逋《咏梅》诗"雪后园林才半树，水边篱落忽横枝"。　⑥岭头：指大庾岭，在今江西大庾县境。汉武帝时，庾胜奉旨出兵于此，以御南越，因名大庾。其地气候早暖，十月中即可见到梅花。唐宋之问《题大庾岭北驿》："明朝望乡处，应见陇头梅。"　⑦"影浮"句：谓人误以杯中梅影为堕物，故欲吹去之。

浣溪沙

剪剪寒花小更垂[①]，阿琼愁里弄妆迟[②]。东风烧烛夜深归。　落蕊半粘钗上燕，露黄斜映鬓边犀[③]。老夫无味已多时[④]。

（以上《彊村丛书》本《白石道人歌曲》卷三）

[注释]

①剪剪：整齐貌。沈亚之《闽城开新池记》："新蒲剪剪。"　寒花：指腊梅。　②阿琼：古代女子名琼者甚多，如飞琼、和琼、小琼、琼琼等。此处当是泛指。　弄妆迟：本温庭筠《菩萨蛮》词"懒起画蛾眉，弄妆梳洗迟"。　③露黄：谓腊梅露出黄色。　鬓边犀：鬓边犀簪。据《飞燕外传》载，赵飞燕歌舞时，汉成帝尝以文犀簪击玉瓯，为之伴奏助兴。　④老夫：作者自指。

慢

霓裳中序第一

丙午岁，留长沙，登祝融[①]，因得其祠神之曲曰黄帝盐、苏合香[②]。又于乐工故书中得商调"霓裳曲"十八阕，皆虚谱无辞。按沈氏乐律[③]，"霓裳"道调[④]，此乃商调。乐天诗云"散序六阕⑤”，此特两阕，未知孰是。然音节闲雅，不类今曲。予不暇尽作，作“中序”一阕传于世。予方羁游，感此古音，不自知其辞之怨抑也

亭皋正望极⑥，乱落江莲归未得，多病却无气力。况纨扇渐疏⑦，罗衣初索⑧。流光过隙⑨，叹杏梁、双燕如客⑩。人何在，一帘淡月，仿佛照颜色⑪。　幽寂，乱蛩吟壁⑫。动庾信⑬，清愁似织。沉思年少浪迹。笛里关山⑭，柳下坊陌。坠红无信息，漫暗水、涓涓溜碧。漂零久，而今何意，醉卧酒垆侧⑮。

［注释］

①祝融：衡山七十二峰中的主峰。　②黄帝盐、苏合香：词绅曲名。陈田夫《南岳总胜曲》：“献迎神曲。……三献：苏合香、皇帝炎、四朵子。”洪迈《容斋续笔》：“今南岳献神乐曲有黄帝盐，而俗传为黄帝炎。”　③沈氏乐律：指沈括《梦溪笔谈》论“乐律”章。　④霓裳道调：“然霓裳本谓之道调法曲。”见《梦溪笔谈·乐律》论“霓裳羽衣曲”。　⑤散序六阕：“散序六奏未动衣，阳台宿云慵不飞。”见白居易和元稹《霓裳羽衣歌》。《碧鸡漫志》：“霓裳第一至第六叠无拍者，皆散序故也。”　⑥亭皋：水边的高地。司马相如《上林赋》：“亭皋千里，靡不被筑。”　望极：极目远望。⑦纨扇：用细绢制成的团扇。南朝江淹《班婕妤扇》诗：“纨扇如团月，出自机中素。”此句谓因秋中凉而渐渐疏远团扇。　⑧罗衣：质地轻软的绸衣。　索：疏索，冷淡，稀疏。温庭筠《酒泉子》词：“近来音信两疏索，洞房空寂寞。”此句谓因秋凉而不再穿薄罗衣。　⑨流光过隙：谓时光流逝，如白驹过隙。　⑩杏梁：文杏所制的屋梁。司马相如《长门赋》：“刻木兰以为榱兮，饰文杏以为梁。”后以杏梁泛指华丽的屋宇。　⑪仿佛照颜色：本杜甫《梦李白》诗“落月满屋梁，犹疑照颜色”。　⑫蛩：蟋蟀。　⑬庾信：北周诗人，有《哀江南赋》、《伤心赋》等抒写“清愁”之作。　⑭笛里关山：本陆游《关山月》诗“笛里谁知壮士心”。　⑮酒垆：酒店中安置酒瓮的土台。《世说新语·伤逝》：“（王戎）为尚书令，着公服，乘轺车，经黄公酒垆下过。”

［集评］

陈廷焯云："骨韵俱古。"（《词则·大雅集》）

庆宫春

绍熙辛亥除夕①，予别石湖归吴兴②，雪后夜过垂虹③，尝赋诗云："笠泽茫茫雁影微④，玉峰重叠护云衣。长桥寂寞春寒夜⑤，只有诗人一舸归。"后五年冬，复与俞商卿、张平甫、铦朴翁自封禺同载诣梁溪，道经吴松。山寒天迥，云浪四合。中夕相呼步垂虹⑥，星斗下垂，错杂渔火，朔吹凛凛⑦，卮酒不能支⑧。朴翁以衾自缠，犹相与行吟，因赋此阕，盖过旬涂稿乃定⑨。朴翁咎予无益，然意所耽，不能自已也。平甫、商卿、朴翁皆工于诗，所出奇诡，予亦强追逐之。此行既归，各得五十馀解

双桨莼波，一蓑松雨，暮愁渐满空阔。呼我盟鸥，翩翩欲下，背人还过木末。那回归去，荡云雪、孤舟夜发。伤心重见，依约眉山，黛痕低压。　　采香径里春寒⑩，老子婆娑，自歌谁答。垂虹西望，飘然引去，此兴平生难遏。酒醒波远，政凝想、明珰素袜。如今安在，唯有阑干，伴人一霎。

［注释］

①绍熙辛亥：宋光宗绍熙二年（1191）。　②石湖：南余诗人范成大，号石湖居士。　③垂虹：桥名。在吴江。见《吴郡图经续志》。　④笠泽：水名，即松江。唐陆广微《吴地记》："松江一名松陵，又名笠泽……其江之源，连接太湖。"　⑤长桥：指利往桥。　⑥中夕：半夜。南朝江淹《效阮公诗》："岁暮怀感伤，中夕弄清琴。"　⑦朔吹：北风。唐太宗《拟饮马长城窟》诗："寒沙连骑迹，朔吹断边声。"　⑧卮：酒器。《史记·项羽本纪》："项伯即入见沛公，沛公奉卮酒为寿。"　⑨"盖过旬"句：谓涂改词章，十馀日始写定。　⑩采香径：范成大《吴郡志》载，"采香径在香山之傍，小溪也。

吴王种香于香山,使美人泛舟于溪以采香。今自灵岩望之,一水直如矢,故俗又名箭径。"

[集评]

陆友仁云:"近世以笔墨为事者,无如姜尧章、赵子固二公。往余见姜尧章《庆宫春》词,爱其词翰丰茸,故备载之。"(《砚北杂志》)

齐天乐　黄钟宫

丙辰岁,与张功父会饮张达可之堂①,闻屋壁间蟋蟀有声,功父约予同赋,以授歌者。功父先成,辞甚美。予裴回末利花间②,仰见秋月,顿起幽思,寻亦得此③。蟋蟀,中都呼为促织④,善鬥。好事者或以三二十万钱致一枚,镂象齿为楼观以贮之⑤

庾郎先自吟愁赋⑥,凄凄更闻私语。露湿铜铺⑦,苔侵石井,都是曾听伊处⑧。哀音似诉。正思妇无眠,起寻机杼⑨。曲曲屏山⑩,夜凉独自甚情绪。　西窗又吹暗雨。为谁频断续,相和砧杵⑪。候馆迎秋⑫,离宫吊月⑬,别有伤心无数。豳诗漫与⑭。笑篱落呼灯,世间儿女⑮。写入琴丝⑯,一声声更苦。⑰

[注释]

①张功父:张镃字功父,号约斋。张鉴(平甫)之异母兄。　张达可:张镃旧字时可,达可与之连名,当是其兄弟。　②裴回:即徘徊。　末利花:即茉莉花。　③寻:不久。　④中都:都中。指南宋都城临安(今浙江杭州)。　⑤楼观:楼台。《西湖老人繁胜录》:"促织盛出,都民好养,或用银丝为笼,或作楼台为笼。"此句谓将象牙雕镂成楼台来贮放蟋蟀。⑥庾郎:庾信。　愁赋:庾信所作,今不传。　⑦铜铺:铜制的螺形铺背,安装在门上用以衔住门环。此处乃借"铜铺"、"石井"泛指庭院篱落。⑧伊:指蟋蟀。此句谓蟋蟀鸣声无所不在,处处可闻。　⑨机杼:织具。

机以转轴，杼以持纬。此二句谓失眠的思妇听了促织的鸣声，起来寻找纺织的机杼。　⑩屏山：屏风。屏风上刻画着遥山远水，容易触发思妇的离愁别恨。　⑪砧杵：捣衣用具。砧：捣衣石。杵：捣衣棒。古代妇女常用砧杵整洗衣服以寄征夫。　⑫候馆：客馆。《周礼·地官·遗人》："五十里有市，市有候馆。"　⑬离宫：行宫。皇帝出巡时所住宫殿。骆宾王《帝京篇》："秦地重关一百二，汉家离宫三十六。"　⑭豳诗：指《诗经·豳风·七月》，诗咏蟋蟀云："七月在野，八月在宇，九月在户，十月蟋蟀入我床下。"漫与：即景抒情，率意作。　⑮"笑篱落"二句：描写儿童夜间点灯到篱边井旁捉蟋蟀的情景。　⑯琴丝：琴弦。此处指代乐曲。　⑰作者原注："宣政间有士大夫制《蟋蟀吟》。"　宣政间：指宋徽宗政和、宣和年间。

[集评]

张炎云："最是过片，不要断了曲意，须要承上接下。如姜白石词云：'曲曲屏山，夜凉独自甚情绪。'于过片则云：'西窗又吹暗雨'。此则曲之意脉不断矣。"（《词源》卷下《制曲》）

贺裳云："姜白石咏蟋蟀：'露湿铜铺，苔侵石井，都是曾听伊处。哀音似诉。正思妇无眠，起寻机杼。'又云：'西窗又吹暗雨。为谁频断续，相和砧杵。'数语刻划亦工。蟋蟀无可言，而言听蟋蟀者，正姚铉所谓'赋水不当仅言水，而言水之前后左右'也。"（《皱水轩词筌》）

刘体仁云："词欲婉转而忌复，不独'不恨古人吾不见'与'我见青山多妩媚'，为岳亦斋所诮，即白石之工，如'露湿铜铺'与'候馆吟秋'总是一法。"（《七颂堂词绎》）

许昂霄云："将蟋蟀与听蟋蟀者层层夹写，如环无端，真化工之笔也。"（《词综偶评》）

陈廷焯云："白石《齐天乐》一阕，全篇皆写怨情。独后半云：'笑篱落呼灯，世间儿女。'以无知儿女之乐，反衬出有心人之苦，最为入妙。用笔亦别有神味，难以言传。"（《白雨斋词话》卷二）

陈廷焯云："此词精工绝世。只一路写去，而中间自有起伏；正如大江无风，波涛自涌，洵千古绝技也。"（《云韶集》评）

郑文焯云："功父《满庭芳》词咏促织儿，清隽秀美，实擅词家能事，有观止之叹。白石别构一格，下阕托寄遥深，亦足千古已。"（《郑校白石道人歌曲》）

满江红

《满江红》旧调用仄韵,多不协律。如末句云"无心扑"三字①,歌都将"心"字融入去声,方谐音律。予欲以平韵为之,久不能成。因泛巢湖②,闻远岸箫鼓声。问之舟师,云:居人为此湖神姥寿也③。予因祝曰:"得一席风径至居巢④,当以平韵《满江红》为迎送神曲。"言讫,风与笔俱驶,顷刻而成。末句云"闻佩环",则协律矣。书以绿笺,沉于白浪,辛亥正月晦也⑤。是岁六月,复过祠下,因刻之柱间。有客来自居巢云:"土人祠姥,辄能歌此词。"按曹操至濡须口⑥,孙权遗操书曰⑦:"春水方生,公宜速去。"操曰:"孙权不欺孤。"乃撤军还。濡须口与东关相近,江湖水之所出入。予意春水方生,必有司之者,故归其功于姥云

仙姥来时⑧,正一望、千顷翠澜。旌旗共、乱云俱下,依约前山⑨。命驾群龙金作轭⑩,相从诸娣玉为冠⑪。向夜深、风定悄无人,闻佩环。　　神奇处,君试看。奠淮右,阻江南⑫。遣六丁雷电⑬,别守东关。却笑英雄无好手,一篙春水走曹瞒⑭。又怎知、人在小红楼,帘影间。

[注释]

①周邦彦《满江红》词歇拍云:"最苦是蝴蝶满园飞,无心扑。"　②巢湖:也称焦湖,在安徽合肥东南六十里。　③湖神姥:据《舆地纪胜》载,巢湖圣姥庙在城左厢明教台上。　④居巢:地名。秦为居巢县,汉沿置,东晋后废。故城在今安徽巢县西南。　⑤辛亥:宋光宗绍熙二年(1191)。正月晦:正月最后一日。　⑥濡须口:"濡须水自巢湖出,谓之马尾沟。"见《舆地纪胜·郡国志》。曹操于建安十八年(213)春引兵出濡须。　⑦孙权遗操书曰:此段文字,见《三国志·吴书·吴主传》注引《吴历》。　⑧仙姥:指巢湖神姥。　⑨依约:隐约。　⑩命驾:命令御者驾驶车马。　轭:车衡两端作缺月形,以扼马颈者。此句谓用群龙驾车,黄金作龙轭。　⑪相从诸娣:本《诗经·大雅·韩奕》"诸娣从之,祁祁如云"。原注:"庙中列坐如夫人者十三人。"　⑫"奠淮右"二句:谓巢湖乃军事要地,具有奠定淮

右、阻隔江南的作用。 淮右：淮水以西之地。 ⑬六丁：道教神名，火神。韩愈《调张籍》诗："仙宫敕六丁，雷电下取将。" ⑭曹瞒：曹操小字阿瞒。《三国志·魏书·武帝纪》裴松之注："太祖一名吉利，小字阿瞒。"

一萼红

丙午人日[1]，予客长沙别驾之观政堂[2]。堂下曲沼，沼西负古垣，有卢橘幽篁[3]，一径深曲。穿径而南，官梅数十株[4]，如椒如菽[5]，或红破白露，枝影扶疏。著屐苍苔细石间，野兴横生，亟命驾登定王台[6]。乱湘流[7]，入麓山[8]，湘云低昂，湘波容与。兴尽悲来，醉吟成调

古城阴[9]。有官梅几许，红萼未宜簪[10]。池面冰胶[11]，墙腰雪老，云意还又沉沉。翠藤共、闲穿径竹，渐笑语、惊起卧沙禽。野老林泉[12]，故王台榭[13]，呼唤登临。 南去北来何事，荡湘云楚水[14]，目极伤心。朱户粘鸡[15]，金盘簇燕[16]，空叹时序侵寻。记曾共、西楼雅集，想垂杨、还袅万丝金。待得归鞍到时，只怕春深。

[注释]

①丙午：宋孝宗淳熙十三年(1186)。 人日：农历正月初七。 ②别驾：宋代通判之别称。 ③卢橘：果名，一名金橘。生时青卢色，熟则金黄色，故有卢橘、金橘之名。 幽篁：深邃阴暗的竹林。王维《竹里馆》诗："独坐幽篁里，弹琴复长啸。" ④官梅：官府种植的梅树。杜甫《和裴迪登蜀州东亭送客逢早梅相忆见寄》诗："东阁官梅动诗兴，还如何逊在扬州。" ⑤椒：花椒。此谓红梅色如花椒。 菽：豆类的总称。此谓梅蕾大小如豆。 ⑥定王台：台名，在今湖南长沙。相传为汉景帝子长沙定王刘发为望其母唐姬墓而建。 ⑦乱湘：横渡曰"乱"。 ⑧麓山：一名岳麓山。在长沙西南，隔湘江六里。因其为南岳衡山之足，故以麓为名。 ⑨古城：指长沙。 阴：城北。 ⑩簪：簪花，插花。《宋史·司马光传》："性不喜华靡，闻喜宴独不戴花。同列语之曰：君赐不可违。乃簪花一枝。"此句谓红

梅待放,不宜簪插。 ⑪冰胶:水遇寒凝而成冰,如胶之粘合。 ⑫野老:田野老人。南朝丘迟《旦发渔浦潭》诗:“村童忽相聚,野老时一望。” ⑬故王台榭:指长沙定王台。 ⑭荡:游荡,浪游。此句谓在湘云楚水间浪游。 ⑮朱户:指富贵人家。 粘鸡:“人日贴画鸡于户,悬苇索其上,插符于旁,百鬼畏之。”见《岁时记》。 ⑯金盘:指富家华贵、精美的器皿。簇燕:《武林旧事》记时俗云,立春时供春盘,有“翠缕红丝,金鸡玉燕,备极精巧”。

[集评]

周尔墉云:“石帚词换头处,多不放过,最宜深味。”(《周评绝妙好词》)

念奴娇

予客武陵①。湖北宪治在焉②。古城野水,乔木参天。予与二三友日荡舟其间,薄荷花而饮③。意象幽闲,不类人境④。秋水且涸⑤,荷叶出地寻丈⑥,因列坐其下。上不见日,清风徐来,绿云自动⑦。间于疏处窥见游人画船,亦一乐也。朅来吴兴⑧,数得相羊荷花中⑨。又夜泛西湖,光景奇绝。故以此句写之

闹红一舸⑩,记来时、尝与鸳鸯为侣。三十六陂人未到⑪,水佩风裳无数⑫。翠叶吹凉,玉容销酒,更洒菰蒲雨⑬。嫣然摇动⑭,冷香飞上诗句⑮。 日暮。青盖亭亭⑯,情人不见,争忍凌波去⑰。只恐舞衣寒易落,愁入西风南浦⑱。高柳垂阴,老鱼吹浪,留我花间住。田田多少⑲,几回沙际归路。

[注释]

①武陵:今湖南常德,宋时名朗州武陵郡。 ②“湖北”句:宋朝荆湖北路提点刑狱的官署在武陵。 ③薄:迫近,靠近。谢灵运《登池上

楼》诗："薄霄愧云浮，栖川怍渊沉。" ④不类人境：谓不似人境，宛若仙境。 ⑤涸：干竭，枯竭。 ⑥寻：八尺。刘禹锡《西塞山怀古》诗："千寻铁锁沉江底，一片降幡出石头。" ⑦绿云：指荷叶。 ⑧朅来：来到。朅，发语词。 ⑨相羊：同"徜徉"。徘徊，游玩。 ⑩舸：大船。此句谓在盛开的荷花丛中荡舟。 ⑪三十六陂：极言水塘之多。王安石《题西太乙宫壁》诗："三十六陂烟水，白头想见江南。" ⑫水佩风裳：本指美人衣饰，此处指荷叶、荷花，犹言水叶风荷。 ⑬翠叶：荷叶。 玉容：荷花。 菰蒲：生于陂塘间的水草。 ⑭嫣然：女子笑容。宋玉《登徒子好色赋序》："嫣然一笑，惑阳城，迷下蔡。"此处乃拟写荷花。 ⑮飞上诗句：被写入诗句之中。 ⑯青盖亭亭：谓荷叶好似亭亭玉立的仙女。 ⑰争忍：怎忍。 凌波：形容女子步履轻盈。曹植《洛神赋》："凌波微步，罗袜生尘。"此句谓荷花未及与情人相会，怎忍翩然离去。 ⑱舞衣：指荷叶。 南浦：水边。泛指送别之地。江淹《别赋》："送君南浦，伤如之何。"此二句意谓只怕秋风一起，便要翠销香残，只剩下枯荷败叶。 ⑲田田：形容水面荷叶茂密。《古乐府》："江南可采莲，莲叶何田田。"

[集评]

卓人月云："'冷秀'六字鬼工也。（'高柳'二句）写出鱼柳深情，使人不能自绝。"（《古今词统》卷十三）

麦孺博云："俊语。"（《艺蘅馆词选》）

念奴娇

谢人惠竹榻[1]

楚山修竹，自娟娟、不受人间袢暑[2]。我醉欲眠伊伴我[3]，一枕凉生如许。象齿为材，花藤作面，终是无真趣。梅风吹溽[4]，此君直恁清苦[5]。 须信下榻殷勤，翛然成梦，梦与秋相遇。翠袖佳人来共看[6]，漠漠风烟千亩。蕉叶窗纱，荷花池馆，别有留人处。此时归去，为君听尽秋雨。

[注释]

①惠:赠,赐。　②袢暑:犹言溽暑、炎暑。范成大《夔门即事》诗:"峡行风物不堪论,袢暑骄阳杂瘴氛。"　③我醉欲眠:"渊明若先醉,便语客:我醉欲眠,卿可去。"见萧统《陶渊明传》。　④梅风:黄梅时节的风。溽:溽暑。　⑤此君:指竹榻。　恁:如此。　⑥翠袖佳人:"天寒翠袖薄,日暮倚修竹。"见杜甫《佳人》诗。

眉　妩①

戏张仲远①

看垂杨连苑,杜若侵沙②,愁损未归眼。信马青楼去③,重帘下,娉婷人妙飞燕④。翠尊共款⑤。听艳歌、郎意先感⑥。便携手、月地云阶里⑦,爱良夜微暖。　无限风流疏散。有暗藏弓履⑧,偷寄香翰⑨。明日闻津鼓⑩,湘江上,催人还解春缆⑪。乱红万点。怅断魂、烟水遥远。又争似相携,乘一舸、镇长见⑫。

[注释]

①眉妩:一名《百宜娇》。　张仲远:白石友人。陈鹄《春旧续闻》:"姜尧章尝寓吴兴张仲远家。仲远屡外出,其室人知书,宾客通问,必先窥来札,性颇妒。尧章戏作《百宜娇》词以遗仲远云……仲远归,竟莫能辨,则受其爪损面,至不能外出云。"　②杜若:香草名。一名杜蘅。《九歌·湘君》:"采芳州兮杜若,将以遗兮下女。"　③青楼:原指显贵人家之闺阁。曹植《美女篇》诗:"青楼临大路,高门结重关。"后多指妓院。南朝刘邈《万山见采桑人》诗:"倡妾不胜愁,结束下青楼。"　④娉婷:姿态美好。辛弃疾《摸鱼儿》词:"君莫舞,君不见玉环飞燕皆尘土。"　⑤款:殷勤款待。　⑥艳歌:情歌。梁武帝《子夜歌》:"朱口发艳歌,玉指弄娇弦。"⑦月地云阶:指天上。亦比喻景色美好的境界。苏轼《次韵杨公济奉议梅花》诗:"月地云阶漫一樽,玉奴终不负东昏。"　⑧弓履:即弓鞋,旧时妇女所穿,因呈弓形故名。　⑨香翰:带有美人香泽的书信。　⑩津鼓:渡

头鼓声。唐李端《古别离》诗："天晴见海樯，月落闻津鼓。" ⑪缆：维舟的绳索。王维《齐州送祖三》诗："解缆君已遥，望君犹伫立。" ⑫镇：常，久。唐褚亮《烛花》诗："莫言春稍晚，自有镇开花。"

［集评］

陈廷焯云："言情微至。"（《词则·闲情集》）

月下笛

与客携壶[①]，梅花过了，夜来风雨[②]。幽禽自语。啄香心、度墙去[③]。春衣都是柔荑剪[④]，尚沾惹、残茸半缕[⑤]。怅玉钿似扫[⑥]，朱门深闭，再见无路。　凝伫[⑦]。曾游处。但系马垂杨，认郎鹦鹉。扬州梦觉[⑧]，彩云飞过何许[⑨]。多情须倩梁间燕[⑩]，问吟袖、弓腰在否[⑪]。怎知道、误了人，年少自恁虚度[⑫]。

［注释］

①与客携壶："江涵秋影雁初飞，与客携壶上翠颖。"见杜牧《九日齐山登高》诗。　壶：酒壶。　②"梅花"二句："夜来风雨声，花落知多少。"见孟浩然《春晓》诗。　③香心：花心。　度：飞过。　④柔荑：软和的茅草嫩芽。因其极为纤细娇嫩，故用以形容美人纤手。《诗经·卫风·硕人》："手如柔荑，肤如凝脂。"　⑤茸：刺绣用的丝缕。同"绒"。　⑥玉钿：古代妇女首饰。据《词苑丛谈》载，淳熙间，御舟过断桥，见酒肆屏风上有太学生于国宝《风入松》词，其结句云："明日重携残酒，来寻陌上花钿。"上笑曰："此句不免寒酸气。"因改为"明日重扶残醉，来寻陌上花钿"。　⑦疑伫：出神，发愣。宋晁补之《黄莺儿》词："凝伫既往尽成空，暂遇何曾住。"　⑧扬州梦觉："十年一觉扬州梦，赢得青楼薄幸名。"见杜牧《遣怀》诗。　⑨彩云："只愁歌舞散，化作彩云飞。"见李白《宫中行乐词》。　⑩倩：请。　⑪弓腰：段成式《酉阳杂俎》载，"有士人醉卧，见妇人踏机器人曰：'舞袖弓腰浑忘却……'问：'如何是弓腰？'歌者笑曰：'汝

不见我作弓腰乎?'及反首髻及地,腰势如规焉。" ⑫恁:如此,这样。欧阳修《玉楼春》词:"已去少年无计奈,且愿芳心长恁在。"

清波引

予久客古沔[1],沧浪之烟雨[2],鹦鹉之草树[3],头陀、黄鹤之伟观[4],郎官、大别之幽处[5],无一日不在心目间。胜友二三,极意吟赏。朅来湘浦[6],岁晚凄然,步绕园梅,摛笔以赋[7]

冷云迷浦,倩谁唤、玉妃起舞[8]。岁华如许,野梅弄眉妩[9]。屐齿印苍藓[10],渐为寻花来去。自随秋雁南来,望江国、渺何处[11]。　新诗漫与[12],好风景、长是暗度。故人知否[13],抱幽恨难语。何时共渔艇,莫负沧浪烟雨。况有清夜啼猿,怨人良苦。

[注释]

①古沔:今湖北武汉。　②沧浪:水名。即汉水。阎若璩《四书释地·漯沧浪》谓湖北武当县西北汉水中有沧浪洲,因名沧浪。　③鹦鹉:鹦鹉洲。在武昌西南江中。　④头陀:寺名,在汉口西北。　黄鹤:楼名,在武昌黄鹤山上。　⑤郎官:湖名,在汉阳城东南。李白《泛沔州城南郎官湖》诗:"郎官爱此水,因号郎官湖。"郎官,指尚书郎张谓。　大别:山名。即今龟山。陆游《入蜀记》:"汉阳负山带江,其南小山有僧寺者,大别山也。又有小别,谓之二别云。"　⑥朅来:来去之意。　湘浦:湘水之滨。　⑦摛笔:执笔,挥笔。晋左思《魏都赋》:"摛翰则华纵春葩。"　⑧玉妃:喻雪。韩愈《辛卯年雪》诗:"白霓先启途,从以万玉妃。"亦可喻花。唐皮日休《行次野梅》诗:"茑拂萝梢一树梅,玉妃无侣独裴回。"　⑨眉妩:指眉毛式样美好。唐张说《赠崔安平公乐世词》:"自怜京兆双眉妩,会待南来五马留。"　⑩屐齿印苍藓:"应怜屐齿印苍苔,小叩柴扉久不开。"见宋叶绍翁《游园不值》诗。　⑪江国:指汉阳。汉阳濒临汉水、长江,故曰江国。此句谓汉阳姊家渺不可见。　⑫新诗漫与:即兴起写新诗。　⑬故人:当指词序中所谓"胜友二三"。

[集评]

陈廷焯云:"白石诸词乡心最切,身世之感当于言外领会。"(《词则·大雅集》卷三)

法曲献仙音 黄钟商

张彦功官舍在铁冶岭上,即昔之教坊使宅。高斋下瞰湖山,光景奇绝。予数过之,为赋此①

虚阁笼寒,小帘通月,暮色偏怜高处。树隔离宫②,水平驰道③,湖山尽入尊俎④。奈楚客淹留久⑤,砧声带愁去⑥。 屡回顾。过秋风、未成归计。谁念我、重见冷枫红舞。唤起淡妆人⑦,问逋仙、今在何许⑧。象笔鸾笺⑨,甚而今、不道秀句⑩。怕平生幽恨,化作沙边烟雨。

[注释]

①法曲献仙音:俗名大石。 张彦功:其籍履未详。刘过亦有《贺新郎》词,为赠张彦功而作。 铁冶岭:在杭州云居山下。见《西湖志》。唐氏按:原未注宫调,据陆钟辉本《白石道人歌曲》补。下二首同。 ②离宫:指聚景园,在杭州清波门外,为宋孝宗晚年居所。 ③驰道:天子驰走车马之道。《礼记·曲礼》:"驰道不除。"《疏》:"驰道,正道,如今御路也。是君驰走车马之处,故曰驰道也。" ④尊俎:古代盛酒肉的器皿。尊为酒器,俎为载肉之具。也作"樽俎"。《礼记·乐记》:"铺筵席,陈尊俎。"常用为宴席的代称。 ⑤楚客:白石来自汉沔,故自称楚客。 ⑥砧声:捣衣声。 ⑦淡妆人:喻梅花。杨万里《梅花》诗:"月波成雾雾成霜,借与南枝作淡妆。"又《梅妃传》谓妃"善属文,自比谢女。淡妆雅服,而姿态明秀,不可描画"。 ⑧逋仙:指北宋诗人林逋。逋字君复,长隐西湖孤山,以养鹤种梅为乐,自称梅妻鹤子。 ⑨象笔:用象牙制作的笔。 鸾笺:即彩笺。《墨池编》:"蜀人造十色笺,凡一幅为一拓,逐幅于文板之砑之,则隐起花木麟鸾,千万其态。"后人因称彩笺为鸾笺。 ⑩秀句:精美的诗句。

［集评］

冯金伯云:“《法曲献仙音》云:‘过秋风未成归计,谁念我重见冷枫红舞。’《玲珑四犯》云:‘轻盈唤马,端正窥户。酒醒明月下,梦逐潮声去。’句法奇丽,其腔皆自度者。”(《词苑萃编》卷五)

琵琶仙 黄钟商

《吴都赋》云①:户藏烟浦,家具画船。唯吴兴为然。春游之盛②,西湖未能过也。己酉岁,予与萧时父载酒南郭③,感遇成歌

双桨来时,有人似、旧曲桃根桃叶④。歌扇轻约飞花,蛾眉正奇绝⑤。春渐远、汀洲自绿,更添了、几声啼鴂⑥。十里扬州⑦,三生杜牧⑧,前事休说。　　又还是,宫烛分烟⑨,奈愁里,匆匆换时节。都把一襟芳思,与空阶榆荚⑩。千万缕、藏鸦细柳⑪,为玉尊、起舞回雪⑫。想见西出阳关⑬,故人初别。

［注释］

①顾广圻《思适斋集·姜白石集跋》辨曰:“此《唐文粹》李庾《西都赋》文,作《吴都赋》,误。李赋云:‘其近也方塘含春,曲沼澄秋。户闭烟浦,家藏画舟’。白石作‘具’、‘藏’,两字均误。又误‘舟’为‘船’,致失原韵。且移唐之西都于吴都,地理尤错。” ②春游之盛:湖州宋时春游盛况,可由苏泂《苕溪杂兴四首》其二略窥一斑。诗云:“美人楼上晓梳头,人映清波波映楼。来往行舟看不足,此中风景胜扬州。” ③萧时父:南宋诗人萧德藻之侄,白石妻党。 ④桃根桃叶:晋王献之爱妾名桃叶,其妹名桃根。见《古今乐录》。 ⑤蛾眉:蚕蛾触鬚,弯曲而又细长,故用以比喻美女眉毛。亦可用作美女代称。辛弃疾《摸鱼儿》词:“蛾眉曾有人妒。千金纵买相如赋,脉脉此情谁诉。” ⑥啼鴂:即杜鹃鸟。 ⑦十里扬州:“十年一觉扬州梦,赢得青楼薄幸名。”见杜牧《遣怀》诗。 ⑧三生杜牧:佛教语。指前生、今生、来生,即过去世、现在世、未来世。 杜牧之:晚唐

诗人杜牧，字牧之。 ⑨宫烛分烟："日暮汉宫传蜡烛，轻烟散入五侯家。"见唐韩偓《寒食即事》诗。 ⑩榆荚：榆树的果实。榆树未生叶前先生荚，形似钱而小，联缀成串，也称榆荚。韩愈《晚春》诗："杨花榆荚无才思，惟解漫天作雪飞。" ⑪藏鸦：比喻枝叶荫蔽。梁简文帝《金乐歌诗》："槐花欲覆井，杨柳正藏鸦。" ⑫起舞回雪：谓柳絮纷飞，如回风舞雪。 ⑬阳关：关名，在今甘肃敦煌西南。因居玉门关之南，故称阳关。王维《送元二使安西》诗："劝君更尽一杯酒，西出阳关无故人。"

[集评]

张炎云："（白石《琵琶仙》、少游《八六子》）全在情景交炼，得言外意。"（《词源》卷下）

沈际飞云："'春草碧色，春水绿波。送君南浦，伤如之何。'四句约是此篇。"（《草堂诗馀正集》）

许昂霄云："'都把一襟苦思'至末，句句说景，句句说情，真能融情景于一家者也。曲折顿宕，又不待言。"（《词综偶评》）

郑文焯云："白石《琵琶仙》题引《吴都赋》云：'户藏烟浦，家具画船。'惟吴兴为然。按二语见《唐文粹》所录李庚《西都赋》，非《吴都赋》，白石误。"（《绝妙好词校录》）

玲珑四犯

越中岁暮，闻箫鼓感怀①

叠鼓夜寒②，垂灯春浅③，匆匆时事如许。倦游欢意少，俯仰悲今古④。江淹又吟恨赋⑤。记当时、送君南浦⑥。万里乾坤⑦，百年身世，唯有此情苦。 杨州柳，垂官路。有轻盈换马，端正窥户⑧。酒醒明月下，梦逐潮声去。文章信美知何用⑨，漫赢得、天涯羁旅。教说与。春来要、寻花伴侣。

[注释]

①玲珑四犯:此曲双调,也别有大石调曲。 越中:今浙江绍兴。 箫鼓:古时岁暮有箫鼓迎春之俗。 ②叠鼓:接连不断地打鼓。指早晨报时的鼓声。 ③垂灯:悬挂的彩灯。此句谓家家张灯结彩,准备过年,但春意还是不浓。 ④俯仰:上下观察。《易经·系辞上》:“仰以观于天文,俯以察于地理。” ⑤江淹:南朝梁诗赋家。《恨赋》:江淹作,历举古代名人饮恨而死的故事组织成篇。 ⑥“送君”句:“送君南浦,伤如之何。”见江淹《别赋》。 南浦:泛指送别之地。 ⑦乾坤:天地。杜甫《登岳阳楼》诗:“吴楚东南坼,乾坤日夜浮。”此处指南宋江山。 ⑧“扬州”四句:此乃作者回忆昔日游乐生活。扬州为古代游乐名都,此处未必实指其地。 轻盈换马:指体态柔美的女子。古乐府有《爱妾换马》篇,其辞今不传。见《乐府解题》。又林坤《诚斋杂记》载有后魏曹彰以妓妾换马事。故此处以换马指代妓女。 端正:容貌端庄美丽。 窥户:站在门内偷看行人。周邦彦《瑞龙吟》词:“因记个人痴小,乍窥门户。” ⑨信美:的确美好。王粲《登楼赋》:“虽信美而非吾土兮,曾何足以少留。”

[集评]

梁启超云:“与清真之‘斜阳冉冉春无极’,同一风格。”(《饮冰室评词》)

侧 犯

咏芍药

恨春易去,甚春却向扬州住①。微雨,正茧栗梢头弄诗句②。红桥二十四③,总是行云处④。无语,渐半脱宫衣笑相顾⑤。 金壶细叶⑥,千朵围歌舞⑦。谁念我、鬓成丝,来此共尊俎⑧。后日西园⑨,绿阴无数。寂寞刘郎⑩,自修花谱。

[注释]

①甚：为甚，惋惜之词也。　扬州：吴曾《能改斋漫录》引孔武仲《芍药谱》："扬州芍药，名于天下，非特以多为夸也。其敷腴盛大而纤丽巧密，皆他州所不及。"　②茧栗：牛角初生时，其形如茧如栗，故常以茧栗借指牛犊。此处则引申以喻花之蓓蕾。黄庭坚《寄王定国》诗："红药梢头初茧栗，扬州风物鬓成丝。"　③红桥二十四："二十四桥明月夜，玉人何处教吹箫。"见杜牧《寄扬州韩绰判官》诗。　④行云：语出宋玉《高唐赋序》。本指巫山神女，后亦比拟游子。冯延巳《蝶恋花》词："几日行云何处去？忘却归来，不道春将暮。"此处似白石自喻。　⑤半脱宫衣：比拟芍药花蕾逐渐开放。　⑥金壶：酒器。唐韩偓《田仓曹东亭夏夜饮得春字》："玉佩迎初夜，金壶醉老春。"　⑦"千朵"句：《能改斋漫录》引孔武仲《芍药谱》，谓扬州芍药"自三月初旬初开，浃旬而甚盛。观者相属于路，幕帘相望，笙歌相闻"。　⑧尊俎：古代盛酒肉的器皿。尊为酒器，俎为载肉之具。也作"樽俎"。《礼记·乐记》："铺筵席，陈尊俎。"常用为宴席的代称。　⑨西园：园名。汉末曹操所建，在邺都。曹丕《芙蓉池作》诗："乘辇夜行游，逍遥涉西园。"　⑩刘郎：《宋史·艺文志》著录有刘攽《芍药谱》一卷，今不传。刘攽，字贡父，号去非，庆历六年（1046）进士，官至中书舍人。

水龙吟

黄庆长夜泛鉴湖[①]，有怀归之曲，课予和之[②]

夜深客子移舟处，两两沙禽惊起。红衣入桨[③]，青灯摇浪，微凉意思。把酒临风[④]，不思归去，有如此水[⑤]。况茂陵游倦[⑥]，长干望久[⑦]，芳心事、箫声里。　屈指归期尚未。鹊南飞、有人应喜[⑧]。画阑桂子，留香小待[⑨]，提携影底[⑩]。我已情多，十年幽梦，略曾如此。甚谢郎，也恨飘零，解道月明千里[⑪]。

[注释]

①黄庆长：籍履未详。其时，当与白石同客越中。　鉴湖：湖名，即镜

湖。在今浙江绍兴西南。 ②课予:嘱我。 ③红衣:谓荷花。白石有《惜红衣》词,专咏荷花。 ④把酒:手握酒杯。孟浩然《过故人庄》诗:“开筵面场圃,把酒话桑麻。” ⑤有如此水:此乃誓语。《晋书·祖逖传》谓祖逖渡江北伐,中流击楫而誓曰:“祖逖不能清中原而复济者,有如大江。” ⑥茂陵游倦:茂陵本为汉武帝陵墓,在今陕西兴平东北。因司马相如病免后家居茂陵,故此处以茂陵指代相如。 ⑦长干:古金陵里巷名。李白有《长干行》诗,抒写思妇盼归之情。 ⑧鹊南飞:“月明星稀,乌鹊南飞。”见曹操《短歌行》诗。 有人应喜:古代民间以闻鹊声为喜兆。《开元天宝遗事·灵鹊报喜》:“时人之家闻鹊声,皆为喜兆,故谓灵鹊报喜。” ⑨“画阑”二句:谓画栏桂子,留香以待远人归来。 画阑:同“画栏”。绘有图案的栏干。 ⑩提携影底:想象游人归来后与闺中人携手漫步花影下的情景。 ⑪谢郎:指南朝辞赋家谢庄。谢庄《月赋》有句:“美人迈兮音尘绝,隔千里兮共明月。”“解道月明千里”,指此。

[集评]

俞陛云云:“借杯酒自浇块垒,言愁欲愁,曲折写来,绝无平衍之笔。‘鹊南飞’四句从对面着想,便饶有情致。”(《唐五代两宋词选释》)

探春慢

予自孩幼从先人宦于古沔①,女须因嫁焉②。中去复来,几二十年。岂惟姊弟之爱,沔之父老儿女子,亦莫不予爱也。丙午冬③,千岩老人约予过苕霅④,岁晚乘涛载雪而下。顾念依依,殆不能去。作此曲别郑次皋、辛克清、姚刚中诸君⑤

衰草愁烟,乱鸦送日,风沙回旋平野。拂雪金鞭⑥,欺寒茸帽⑦,还记章台走马⑧。谁念漂零久,漫赢得、幽怀难写。故人清沔相逢,小窗闲共情话。 长恨离多会少,重访问竹西⑨,珠泪盈把。雁碛波平⑩,渔汀人散,老去不堪游冶⑪。无奈苕溪月,又照我、扁舟东下⑫。甚日归来,梅花零乱春夜。

[注释]

①先人:亡父。　官:做官。　古沔:唐、宋时州名,今湖北武汉地区。白石早年流寓于此。　②女须:即女嬃。楚人谓姊曰“嬃”。　③丙午:宋孝宗淳熙十三年(1186)。　④千岩老人:南宋诗人萧德藻,字东夫,号千岩老人。　苕霅:二水名。苕溪源出浙江天目山,源至吴兴为霅溪。此处指代浙江吴兴。　⑤郑次皋、辛克清、姚刚中:皆为白石居沔鄂时所交游的友人。　⑥金鞭:华贵的马鞭。唐卢照邻《长安古意》:“玉辇纵横过主第,金鞭络绎向侯家。”　⑦茸帽:皮帽或绒帽。　茸:柔细之毛。　⑧章台走马:汉代京城长安有章台街。京兆张敞罢朝后,常走马过章台街。见《汉书·张敞传》。又唐许尧佐有《章台柳传》,记妓女柳氏事。后因以章台指代歌伎聚居之地和男子冶游之所。　⑨竹西:指代扬州。扬州旧有竹西亭,今废。　⑩雁碛:鸿雁栖息的水中沙石。宋梅尧臣《送马仲途司谏使北》诗:“貂裘不见风霜劲,雁碛遥知道路艰。”　⑪游冶:游荡娱乐。李白《采莲曲》:“岸上谁家游冶郎,三三五五映垂杨。”后多指追求声色,寻欢作乐。欧阳修《蝶恋花》词:“玉勒雕鞍游冶处,楼高不见章台路。”　⑫扁舟:小船。苏轼《前赤壁赋》:“驾一叶之扁舟,凌万顷之茫然。”

[集评]

先著云:“求之字句,则字句末雕。求之音响,而音响已远。感人之深,不能指言其处,只一唤字,上下俱动。诸葛鼠鬚笔,除却右军,人不能用。”(《词洁辑评》卷三)

陈廷焯云:“一幅岁暮旅行画图。词意超妙,正如野鹤闲云,去来无迹。”(《词则·大雅集》卷三)

八　归

湘中送胡德华①

芳莲坠粉,疏桐吹绿,庭院暗雨乍歇②。无端抱影销魂处③,还见篠墙萤暗④,藓阶蛩切⑤。送客重寻西去路,问水面、琵琶谁拨⑥。最可惜、一片江山,总付与啼鴂⑦。

长恨相从未款⑧,而今何事,又对西风离别。渚寒烟淡，棹移人远，缥缈行舟如叶。想文君望久[⑨]，倚竹愁生步罗袜[⑩]。归来后、翠尊双饮，下了珠帘，玲珑闲看月[⑪]。

［注释］

①胡德华：事迹不详。　②暗雨：夜雨。白石《齐天乐》词："西窗又吹暗雨。"　③无端：无因。宋玉《九辩》："塞充倔而无端兮，泊莽莽而无垠。"引为无缘无故。此句谓自己平白无故地顾影神伤。　④篠(xiǎo)墙：竹墙。　篠：小。　⑤藓阶：布满苔藓的石阶。　蛩：《全宋词》作"蛬"，同"蛩"。　⑥水面琵琶："忽闻水上琵琶声，主人忘归客不发。"见白居易《琵琶行》。　⑦啼鴂：即杜鹃鸟。　⑧未款：谓相交未深。古人称至交为款交。⑨文君：指汉代辞赋家司马相如之妻卓文君。此处借指胡德华之妻遥想其望归心切。　⑩倚竹："天寒翠袖薄，日暮倚修竹。"见杜甫《佳人》诗。　罗袜：李白《玉阶怨》诗："玉阶玉白露，夜久侵罗袜。"　⑪"下了"二句：李白《玉阶怨》诗："却下水晶帘，玲珑望秋月。"

［集评］

许昂霄云："历叙离别之情，而终以家室之乐，即《豳风·东山》诗意也，谁谓长短句不源于《三百篇》乎？"（《词综偶评》）

吴衡照云："言情之词，必藉景色映托，乃具深婉流美之致。白石'问后约、空指蔷薇，叹如此溪山，甚时重至。'又'想文君望久，倚竹愁生步罗袜。归来后翠尊双饮，下了珠帘，玲珑闲看月。'似此造境，觉秦七、黄九尚有未到，何论馀子。"（《莲子居词话》卷二）

麦孺博云："全首一气到底，刀挥不断。"（《艺蘅馆词选》）

陈廷焯云："声情激越，笔力精健，而意味仍是和婉。哀而不伤，真词圣也。"（《白雨斋词话》）

解连环

玉鞭重倚。却沉吟未上[①]，又萦离思。为大乔、能拨春风，小乔妙移筝，雁啼秋水[②]。柳怯云松[③]，更何必、十分梳洗。道郎携羽扇[④]，那日隔帘，半面曾记[⑤]。　西窗夜凉雨霁。叹幽欢未足，何事轻弃。问后约、空指蔷薇，算如此溪山，甚时重至[⑥]。水驿灯昏[⑦]，又见在，曲屏近底[⑧]。念唯有、夜来皓月，照伊自睡。

[注释]

①沉吟未上：沉吟之际，未忍上马遽别。 ②"为大乔"三句：三国时乔公有二女，一名大乔，一名小乔，皆为国色，分嫁孙策、周瑜。杜牧《赤壁》诗："东风不与周郎便，铜雀春深锁二乔。"此处以二乔指代作者眷恋的两位女子，她们不仅容色姝丽，且妙通弦乐。 ③柳怯：形容腰肢柔软。云松：形容鬓发蓬松。 ④羽扇：鸟羽所制之扇。汉末盛行于江东。晋陆机、傅咸均有《羽扇赋》。苏轼《念奴娇》词："遥想公瑾当年，小乔初嫁了，雄姿英发。羽扇纶巾，谈笑间，樯橹灰飞烟灭。" ⑤半面：典出《南史·梁元帝徐妃传》，"妃以帝眇一目。每知帝将至，必为半面妆以俟。"李商隐《南朝》诗："休夸此地分天下，只得徐妃半面妆。" ⑥甚时：何时，几时。⑦水驿：水边的转运站。李白《流夜郎至西塞驿寄裴隐》诗："扬帆借天风，水驿苦不缓。" ⑧曲屏：曲折的屏风。

[集评]

先著云："意转而句自转，虚字皆揉入字内。一词之中，如是问答，抑之沉，扬之浮，玉轸渐调，朱弦应指，不能形容其妙。"（《词洁辑评》卷六）

陈廷焯云："词人好作精艳语，如左与言之'滴粉搓酥'，姜白石之'柳怯云松'，李易安之'绿肥红瘦'、'宠柳娇花'等类，造句虽工，然非大雅。"（《白雨斋词话》卷八）

喜迁莺慢　太蔟宫

功父新第落成[①]

玉珂朱组[②]，又占了、道人林下真趣[③]。窗户新成，青红犹润，双燕为君胥宇[④]。秦淮贵人宅第，问谁记、六朝歌舞[⑤]。总付与、在柳桥花馆，玲珑深处。　居士[⑥]，闲记取。高卧未成[⑦]，且种松千树。觅句堂深，写经窗静[⑧]，他日任听风雨。列仙更教谁做[⑨]，一院双成俦侣[⑩]。世间住，且休将鸡犬，云中飞去[⑪]。

[注释]

①功父：张镃字功父，号约斋，为张鉴之异母兄。　新第：据《浙江通志》载，张镃曾在南湖（一名白洋池）构建园亭，号曰桂隐。《齐东野语》谓其“园池声妓服玩之丽甲天下”。　②玉珂：马勒。色白似玉，故名。晋张华《轻薄篇》诗：“文轩树羽盖，乘马鸣玉珂。”　朱组：显贵者服饰。《晋书·谢安传论》：“褫薜萝而袭朱组，去衡泌而践丹墀。”　③道人：信奉道教、崇尚自然之人。　林下：退隐之所。唐范摅《云溪友议》载灵辙《答韦丹》诗：“相逢尽道休官去，林下何曾见一人。”此二句谓张镃虽为世家贵胄，其新第“桂隐”，却有山林野趣。　④胥宇：视察居室。　胥：看，察视。⑤六朝：东吴、东晋、宋、齐、梁、陈，相继建都于金陵（今江苏南京），是为六朝。　⑥居士：指张镃。张镃自号约斋居士。　⑦高卧：高枕而卧，谓安闲无事。《晋书·陶潜传》：“尝言夏日虚闲，高卧北窗之下。”亦以喻隐居不仕。《世说新语·排调》记高灵谓谢安语：“卿屡违朝旨，高卧东山。”⑧“觅句”二句：据《武林旧事》载，张镃新第中有“苍寒堂”、“写经斋”等。⑨列仙：诸仙。汉末方士尝托名刘向，撰《列仙传》，纪古来仙人七十二人。⑩双成：女仙名。白居易《长恨歌》：“金阙西厢叩玉扃，转教小玉报双成。”　俦侣：伴侣。晋张华《情诗》：“不曾远别离，安知慕俦侣。”此句谓张镃府中侍女，尽为神仙伴侣。　⑪“且休将”二句：汉王充《论衡·道虚》谓淮南王刘安得道后，“举家升天，畜产皆仙，犬吠于天上，鸡鸣于云中”。白石此处反用其事。

摸鱼儿

辛亥秋期[①]，予寓合肥。小雨初霁，偃卧窗下，心事悠然。起与赵君猷露坐月饮[②]，戏吟此曲，盖欲一洗钿盒金钗之尘[③]。他日野处见之[④]，甚为予击节也[⑤]

向秋来、渐疏班扇[⑥]，雨声时过金井[⑦]。堂虚已放新凉入，湘竹最宜攲枕[8]。闲记省。又还是、斜河旧约今再整[9]。天风夜冷。自织锦人归[10]，乘槎客去[11]，此意有谁领[12]。　空赢得[13]，今古三星炯炯[14]。银波相望千顷。柳州老矣犹儿戏[15]，瓜果为伊三请。云路迥。漫说道、年年野鹊曾并影[16]。无人与问。但浊酒相呼，疏帘自卷，微月照清饮。

（以上《彊村丛书》本《白石道人歌曲》卷四）

［注释］

①辛亥：宋光宗绍熙二年（1191）。　②赵君猷：其人未详。　露坐：坐于室外。　月饮：饮于月光下。　③钿合金钗："惟将旧物表深情，钿合金钗寄将去。"见白居易《长恨歌》。　钿合：用珠宝镶嵌的首饰盒。　④野处：洪迈字景卢，号野处，著有《容斋随笔》等。　⑤击节：指击节称赏。魏王朗《答曹操书》："承旨之日，抚掌击节。"　⑥班扇：纨扇。汉班婕妤因赵飞燕姊妹得宠，恐日久见危，求供养长信宫，并作纨扇诗自悼。后因称纨扇为班扇。　⑦金井：围有雕栏之井。李白《长相思》诗："络纬秋啼金井阑，微霜凄凄簟色寒。"　⑧攲枕：斜倚枕上。　攲：斜。北周庾信《哀江南赋》："入攲斜之小径，掩蓬翟之荒扇。"　⑨斜河：谓银河斜悬天际。　旧约：指牛郎织女的爱情盟约。　⑩织锦人：指织女。　⑪乘槎：神话传说谓天河通海，有一居海边者，常见每年八月海上有木筏来，遂登槎到达天河，得见牛郎织女。见张华《博物志》。后代诗文中因以乘槎指登天。李商隐《海客》诗："海客乘槎上紫氛，星娥罢织一相闻。"　槎：木筏。　⑫此意：指牛郎织女的离情别绪。　领：领会。　⑬赢得：获得。　⑭三星：指参宿、心宿、河鼓三个星座。《诗经·唐风·绸缪》："绸缪束薪，三星在天。"　⑮柳州：指中唐诗人柳宗元。宗元字子厚，曾任柳州刺史，故世称柳柳州。其文集中收有《乞巧》文，叙及民间女子向织女乞巧情景。　⑯"年年"句：谓群鹊衔接成桥，供牛郎织女渡河相会。　并影：犹"双影"，指牛女相会。

[注释]

①桓大司马:指桓温。桓温字元子,东晋明帝婿,官至大司马。《世说新语·言语》:"桓公北征经金城,见前为琅邪时种柳已皆十围,慨然曰:'木犹如此,人何以堪!'攀枝折条,泫然流泪。"　②"昔年"六句:见北周庾信《枯树赋》。　③萦回:形容船行时水波回旋、若有所恋的样子。　何许:何处。　④长亭:旅途中的驿站,行人于此休憩或送别。　长亭树:指种植在大路边长亭旁的柳树。　⑤"树若"二句:化用李贺《金铜仙人辞汉歌》"天若有情天亦老"句意。　⑥高城:"驱马渐觉远,回头长路尘。高城已不见,况复城中人。"见《青泥莲花记》引唐欧阳詹《赠太原妓》诗。⑦韦郎:指唐人韦皋。韦皋少游江夏,泊于姜使君之馆,与侍女玉箫两情相悦。临别,赠以玉指环,约七年再会。八年春,韦皋不至。玉箫叹曰:"韦家郎君一别七年,是不来矣。"绝食而殁。见范摅《云溪友议》。　⑧红萼:红梅。此处喻指玉箫。　⑨并刀:并州出产的剪刀,以锋利著称。唐杜甫《题王宰画山水图歌》:"焉得并州快剪刀,剪取吴松半江水。"此二句意谓并刀纵然锋利,亦难剪断离愁,当由李煜词《相见欢》"剪不断,理还乱,是离愁"翻转而来。

[集评]

许昂霄云:"韦皋与玉箫别,留玉指环,约七年再会。以其地在江夏,故用之。后遂沿为通用语。"(《词综偶评》)

先著云:"'时'字凑;'不会得'三字呆;'韦郎'二句,口气不雅;'只'字疑误,'只'字唤不起'难'字。白石人工熔炼特至,此一二笔容是率处。"(《词洁辑评》卷四)

吴衡照云:"白石《长亭怨慢》,小引桓大司马云云,乃庾信《枯树赋》,非桓温语。"(《莲子居词话》卷二)

麦孺博云:"浑灏流转,脱胎稼轩。"(《艺蘅馆词选》)

孙麟趾云:"路已尽而复开出之,谓之转。如'谁得似长亭树?树若有情时,不会得、青青如此。'"(《词径》)

淡黄柳　正平调近

客居合肥南城赤阑桥之西[1]，巷陌凄凉，与江左异[2]。唯柳色夹道，依依可怜。因度此阕，以纾客怀

空城晓角，吹入垂杨陌。马上单衣寒恻恻[3]。看尽鹅黄嫩绿[4]，都是江南旧相识。　正岑寂[5]，明朝又寒食[6]。强携酒、小桥宅[7]，怕梨花落尽成秋色。燕燕飞来[8]，问春何在，唯有池塘自碧。

[注释]

①作者《送范仲讷往合肥》诗："我家曾住赤阑桥，邻里相过不寂寥。君若到时秋已半，西风门巷柳萧萧。"　②江左：长江以东之地。此处专指江南。晋时温峤称王导为"江左夷吾"。　③恻恻：形容轻寒的样子，与"侧侧"同义。韩偓《寒食夜》诗："小梅飘雪杏方红，侧侧轻寒剪剪风。"宋人词多用"恻恻"。如周邦彦《渔家傲》："几日轻阴寒恻恻。"　④鹅黄嫩绿：形容嫩柳的颜色。王安石《南浦》诗："含风鸭绿粼粼起，弄日鹅黄袅袅垂。"　⑤岑寂：宁静。南朝鲍照《舞鹤赋》："去帝乡之岑寂。"　⑥寒食：节令名，清明前一日（或二日），相传起于晋文公悼念介子推事。是日禁烟禁火。　⑦小桥：东吴美女。桥原为姓，见《三国志 · 吴书 · 周瑜传》。后来多省作"乔"。宋苏轼《念奴娇》词："遥想公瑾当年，小乔初嫁了。"　小桥宅：此处喻指合肥恋人的住所。

[集评]

郑文焯云："长吉有'梨花落尽成秋苑'之句，白石正用以入词，而改一'色'字协韵。当时清真、方回多取贺诗隽句为字面。"（《郑校白石道人歌曲》）

谭献云："白石、稼轩，同音笙磬，但清脆与鞺鞳异响，此事自关性分。"（《谭评词辨》）

石湖仙 越 调

寿石湖居士①

松江烟浦②。是千古三高③，游衍佳处④。须信石湖仙⑤，似鸱夷、翩然引去⑥。浮云安在⑦，我自爱、绿香红舞⑧。容与，看世间、几度今古。 卢沟旧曾驻马⑨，为黄花、闲吟秀句。见说胡儿，也学纶巾攲雨⑩。玉友金蕉⑪，玉人金缕⑫，缓移筝柱⑬。闻好语，明年定在槐府⑭。

［注释］

①石湖居士：南宋诗人范成大，字致能，号石湖居士。绍兴二十四年(1154)进士，官至四川制置使、参知政事。晚年退居故乡石湖后，姜夔曾寄食其处。此词为贺范成大寿辰而作，亦属自度曲。 ②松江：又名吴松、松陵、笠泽，即今吴江。 ③三高：松江有建于宋代的三高祠，所祠者为越范蠡、晋张翰、唐陆龟蒙。范成大有《三高祠记》。 ④游衍：纵意声乐。《诗经·大雅·板》：“昊天曰旦，及尔游衍。” ⑤石湖仙：称美范成大。 ⑥“似鸱夷”句：范蠡辅佐越王勾践灭吴后，功成身退，与西施偕隐五湖。后浮海至齐国，变姓名为“鸱夷子皮”，省称“鸱夷子”。唐李白《古风》其十八：“何如鸱夷子，散髮棹扁舟。” ⑦浮云：喻功名富贵不常。⑧绿香红舞：形容荷叶荷花。范成大诞辰在六月，正是荷花盛开时节。“绿香红舞”，乃写眼前景象。 ⑨卢沟：地名，在今北京市西南郊。据《宋史·范成大传》，范成大乾道六年(1170)出使金国，当时金国定都于北京。“旧曾驻马”，指此。 ⑩“见说”二句：本《宋史·范成大传》“金使者慕成大名，至求巾帻效之”。又范成大有《蹋鸱巾》诗，自注云：“接送伴田彦皋，爱予巾裹求其样，指所戴蹋鸱巾，有愧色。” 胡儿：指金人。 攲雨：用汉人郭泰故事：郭泰途中遇雨，巾折一角。时人慕其高致，乃故折巾一角以效之。见《汉书·郭泰传》。 ⑪玉友：宋代以糯米和麴酿成的酒。因其色莹白如玉，故名。 金蕉：金爵，酒杯。 ⑫玉人：美女。唐韦庄《秋霁晚景》诗：“玉人襟袖薄，斜凭翠栏干。” 金缕：曲调名，即《金缕衣》。亦作“金缕曲”。宋苏轼《台头寺送宋希元》诗：“日夜更歌金缕曲，他时莫忘角弓篇。” ⑬筝：乐器。 筝柱：筝上承弦之柱。 ⑭槐府：宋

时学士院中有槐厅。宋沈括《梦溪笔谈·故事》:“学士院第三厅学士阁子,当前有一巨槐,素号槐厅。旧传居此阁者,多至入相。”又宋梅尧臣《送王著作赴西京寿安》诗:“闲寻前代迹,净扫古槐厅。”

[集评]

陈廷焯云:“白石《石湖仙》一阕,自是有感而作,词亦超妙入神。唯‘玉友金蕉,玉人金缕’八字,鄙俚纤俗,与通篇不类。正如贤人高士中,著一伧父,愈觉俗不可耐。”(《白雨斋词话》卷二)

暗　香[①]　仙吕宫

辛亥之冬,予载雪诣石湖[②]。止既月,授简索句,且征新声[③]。作此两曲,石湖把玩不已,使工妓隶习之[④],音节谐婉,乃名之曰《暗香》、《疏影》

旧时月色[⑤],算几番照我,梅边吹笛。唤起玉人,不管清寒与攀摘[⑥]。何逊而今渐老[⑦],都忘却、春风词笔。但怪得、竹外疏花[⑧],香冷入瑶席[⑨]。　江国,正寂寂。叹寄与路遥[⑩],夜雪初积。翠尊易泣[⑪],红萼无言耿相忆[⑫]。长记曾携手处,千树压、西湖寒碧[⑬]。又片片、吹尽也,几时见得。

[注释]

①此调与《疏影》调,均为作者自度曲。因咏梅花,故取林逋咏梅名句“疏影横斜水清浅,暗香浮动月黄昏”中的“暗香”、“疏影”二语为调名。　②辛亥:宋光宗绍熙二年(1191)。　载雪:冒雪。　诣:前往。　③简:纸。　征新声:征求新的词调。　④隶习:学习。　⑤“旧时”句:从调名本意引出。“旧时月色”,有别于“少时月色”,是指北宋承平时代林逋咏梅之际的月色,隐然有刘禹锡《金陵五题·石头城》中的“淮水东边旧时月”之意。　⑥与:共,同。“唤起玉人”二句写过去与美人一同冒着清寒攀折梅花的韵事。贺铸《浣溪词》:“玉人和月摘梅花,东风寒似夜来些。”

⑦何逊：南朝梁代诗人，曾在扬州作咏早梅诗。此处以何逊自比，感叹年华老大，诗兴衰减。　⑧竹外疏花：竹林外稀疏的梅花。苏轼《和秦太虚梅花》诗："竹外一枝斜更好。"　⑨瑶席：座席的美称。　⑩寄与路遥：路途遥远，难以寄赠。暗用南朝陆凯寄范晔诗"折梅逢驿使，寄与陇头人"。　⑪翠尊：翠绿色的酒杯。此处指酒。　⑫红萼：红花。此指红梅。　⑬"千树"句：写梅花盛开时节千树红梅与一湖碧波相映成趣的景象。

[集评]

张炎云："白石词如《疏影》、《暗香》、《扬州慢》、《一萼红》、《琵琶仙》、《探春》、《八归》、《淡黄柳》等曲，不惟清真，且又骚雅，读之使人神观飞越。"(《词源》卷下《清空》)

又云："词之赋梅，惟姜白石《暗香》、《疏影》二曲，前无古人，后无来者，自立新意，真为绝唱。太白云：'眼前有景道不得，崔颢题诗在上头。'诚哉斯言。"(《词源》卷下《杂论》)

毛稚黄云："沈伯时《乐府指迷》论填词咏物不宜说出题字，余谓此说虽是，然作哑谜亦可憎。须令在神情离即间乃佳。如姜夔《暗香》咏梅云：'算几番照我，梅边吹笛。'岂害其佳?"(王又华《古今词论》引)

许昂霄云："如绛云在霄，舒卷自如；又如琪树玲珑，金芝布护。"(《词综偶评》)

周济云："稼轩郁勃，故情深；白石放旷，故情浅。稼轩纵横，故才大；白石局促，故才小。惟《暗香》、《疏影》二词，寄意题外，包蕴无穷，可与稼轩伯仲，余皆据事直书，不过于意近辣耳。"(《介存斋论词杂著》)

又云："前半阕言盛时如此，衰时如此。后半阕想其盛时，想其衰时。"(《宋四家词选》)

邓廷桢云："朱希真之'梅枝，消瘦一如无，但空里疏花数点'。姜石帚之'长记曾携手处，千树压、西湖寒碧'。一状梅之少，一状梅之多，皆神情超越，不可思议，写生独步也。"(《双砚斋随笔》)

先著云："落笔得'旧时月色'四字，便欲使千古作者皆出其下。咏梅嫌纯是素色，故用'红萼'字，此谓之破色笔。又恐突然，故先出'翠尊'字配之。说来甚浅，然大家亦不外此。用意之妙，总使人不觉，则烹锻之工也。美成《花犯》云：'人正在，空江烟浪里。'尧章云：'长记曾携手处，千

树压、西湖寒碧。’尧章思路，却是从美成出，而能与之埒，由于用字高，炼句密，泯其来踪去迹矣。”(《词洁辑评》卷四)

郑文焯云：“案此二曲为千古词人咏梅绝调。以托喻遥深，自成馨逸。其《暗香》一解，凡三字句逗皆为夹协。”(《郑校白石道人歌曲》)

王闿运云：“此二词最有名，然语高品下，以其贪用典故也。”(《湘绮楼词选》)

蔡嵩云云：“白石咏梅，《暗香》感旧，《疏影》吊北狩扈从诸妃嫔。大都双管齐下，手写此而目注彼，信为当行名作。此虽意别有在，然莫不抱定题目立言。”(《柯亭词论》)

王国维云：“白石《暗香》、《疏影》，格调虽高，然无一语道者；视古人‘江边一树垂垂髮’等句如何耶？”(《人间词话》卷上)

疏　影

苔枝缀玉①，有翠禽小小，枝上同宿。客里相逢，篱角黄昏，无言自倚修竹②。昭君不惯胡沙远③，但暗忆、江南江北。想佩环、月夜归来，化作此花幽独④。　犹记深宫旧事⑤，那人正睡里⑥，飞近蛾绿⑦。莫似春风，不管盈盈⑧，早与安排金屋⑨。还教一片随波去，又却怨、玉龙哀曲⑩。等恁时、重觅幽香⑪，已入小窗横幅⑫。

［注释］

①“苔枝”句：意谓梅花像玉一般点缀在长满苔鬚的梅枝上。据范成大《梅谱》载，绍兴、吴兴一带的古梅“苔鬚垂于枝间，或长数寸，风至，绿丝飘飘可玩”。　②“无言”句：化用杜甫《佳人》诗“天寒翠袖薄，日暮倚修竹”之意，把梅花比作孤独高洁的美人。　③昭君：即王昭君，汉元帝时宫女，后奉诏远嫁为匈奴单于妻。　④佩环：女子饰物。此处借指王昭君。杜甫《咏怀古迹》之三：“画图省识春风面，环佩空归月夜魂。”“想佩环”二句：意谓梅花是月夜归来的王昭君灵魂所化。　⑤深宫旧事：指寿阳公主梅花妆事。《太平御览·时序部》引《杂五行书》：“宋武帝女寿阳公主，人日卧于含章殿檐下。梅花落公主额上，成五出花，拂之不去……宫女

奇其异，竞效之。今梅花妆是也。”　⑥那人：指寿阳公主。　⑦蛾绿：即黛眉。　⑧盈盈：仪态美好的样子。《古诗十九首》：“盈盈楼上女。”此处借指梅花。　⑨安排金屋：据《汉武故事》载，汉武帝幼时曾对姑母说：“若得阿娇为妇，当作金屋贮之也。”此处用来表示惜花的意思。　⑩玉龙：笛名。林逋《霜天晓角》词：“甚处玉龙三弄，声摇动、枝头月。”笛曲有《梅花落》，其声哀怨。“玉龙哀曲”，指此。　⑪恁时：那时。　⑫横幅：画幅。

[集评]

张炎云：“白石《疏影》云：‘犹记深宫旧事，那人正睡里，飞近蛾绿。’用寿阳事。又云：‘昭君不惯胡沙远，但暗忆江南江北。想佩环月夜归来，化作此花幽独。’用少陵事。此皆用事，不为事所使。”（《词源》卷下）

刘体仁云：“咏物至词，更难于诗。即‘昭君不惯胡沙远，但暗忆江南江北’，亦费解。”（《七颂堂词绎》）

周济云：“此词以‘相逢’、‘化作’、‘莫似’六字作骨。‘莫似’五句，言其不能挽留，听其自为盛衰也。”（《宋四家词选》）

许昂霄云：“别有炉鞴熔铸之妙，不仅以隐括前人诗句为能。‘昭君不惯胡沙远’四句，能转法华，不为法华所转。”（《词综偶评》）

蒋敦复云：“词原于诗，虽小小咏物，亦贵得风人比兴之旨。唐、五代、北宋人词，不甚咏物。南渡诸公有之，皆有寄托。白石石湖咏梅，暗指南北议和事。及碧山、草窗、玉潜、仁近诸遗民《乐府补遗》中，龙涎香、白莲、莼、蟹、蝉诸咏，皆寓其家国无穷之感，非区区赋物而已。”（《芬陀利室词话》）

谢章铤云：“‘那人正睡里，飞近蛾绿。’此即熟事虚用之法。”（《赌棋山庄词话》卷一）

周尔墉云：“何逊、昭君，皆属故事，但运气空灵，变化虚实，不同獭祭钝机耳。”（《周评绝妙好词》）

惜红衣

吴兴号水晶宫①，荷花盛丽。陈简斋云②：“今年何以报君恩？一路荷花相送到青墩。”亦可见矣。丁未之夏，予游千岩③，数往来红香中。自度此曲，以无射宫歌之④

簟枕邀凉⑤，琴书换日⑥，睡馀无力。细洒冰泉，并刀破甘碧⑦。墙头唤酒，谁问讯、城南诗客⑧。岑寂。高柳晚蝉，说西风消息。　虹梁水陌⑨。鱼浪吹香，红衣半狼藉⑩。维舟试望故国。眇天北⑪。可惜渚边沙外，不共美人游历⑫。问甚时同赋，三十六陂秋色⑬。

［注释］

①吴曾《能改斋漫录》："杨濮字湖州，赋诗云'溪上玉楼楼上月，清光合作水晶宫。'其后遂以湖州为水晶宫。"　②陈简斋：陈与义字去非，号简斋。宋室南渡后，累官至参知政事。以诗名世，亦工词。有《简斋集》。其《虞美人》词有云："去年长恨拿舟晚，空见残荷满。今年何以报君恩？一路繁花相送到青墩。"　③千岩：在湖州弁山。风光秀丽，为游览胜地。④无射宫：音乐名称。《周礼·春官·大司乐》："乃奏无射。"《礼记·月令·季秋》："其音商，律中无射。"　⑤簟：竹席。　⑥琴书换日：谓在弹琴读书声中消闲度日。　⑦并刀：并州出产的剪刀，以锋利著称。唐杜甫《题王宰画山水图歌》："焉得并州快剪刀，剪取吴松半江水。"此二句意谓并刀纵然锋利，亦难剪断离愁，当由李煜词《相见欢》"剪不断，理还乱，是离愁"翻转而来。　甘碧：指皮绿汁甘之水果。　⑧城南诗客：作者自指。⑨虹梁：桥之美称。唐陆龟蒙《和皋桥》诗："横绝春流架断虹，凭栏犹思五噫风。"　⑩红衣：指荷花。唐赵嘏《长安秋夕》诗："紫艳半开篱菊静，红衣落尽渚莲愁。"　⑪"维舟"二句：故国：指故乡。眇：通"渺"。此二句意谓故乡渺远，欲归不能。　⑫美人：指所思之人。《诗经·邶风·简兮》："云谁之思，西方美人。"　⑬"三十六陂"句："柳叶鸣蜩绿暗，荷花落日红酣。三十六陂春水，白头想见江南。"见宋王安石《题西太一宫壁二首》其一。

［集评］

王国维云："白石写景之作，如'二十四桥仍在，波心荡、冷月无声'，'数峰清苦，商略黄昏雨'，'高树晚蝉，说西风消息'，虽格韵高绝，然如雾里看花，终隔一层。"（《人间词话》）

角　招　黄钟角

甲寅春[1]，予与俞商卿燕游西湖[2]，观梅于孤山之西村。玉雪照映，吹香薄人。已而商卿归吴兴，予独来，则山横春烟，新柳被水，游人容与飞花中。怅然有怀，作此寄之。商卿善歌声，稍以儒雅缘饰。予每自度曲，吟洞箫，商卿辄歌而和之，极有山林缥缈之思。今予离忧，商卿一行作吏[3]，殆无复此乐矣

为春瘦，何堪更绕西湖，尽是垂柳。自看烟外岫，记得与君，湖上携手。君归未久，早乱落、香红千亩。一叶凌波缥缈[4]，过三十六离宫[5]，遣游人回首。　犹有，画船障袖[6]，青楼倚扇[7]，相映人争秀。翠翘光欲溜[8]，爱著宫黄，而今时候。伤春似旧，荡一点、春心如酒。写入吴丝自奏[9]。问谁识，曲中心、花前友。

［注释］

①甲寅：光宗绍熙五年(1194)。　②俞商卿：俞灏，字商卿，绍熙四年进士。致仕后筑室杭州九里松，自号青松居士。姜夔寓杭时，与其过从甚密。　③一行：一当，一旦，一去。嵇康《与山巨源绝交书》："一行作吏，此事便废。"　④一叶：指小船。李贺《送沈亚之歌》："雄光宝矿献春卿，烟底蓦波乘一叶。"　⑤三十六离宫：指南宋都城临安的宫殿。三十六，极言其多。骆宾王《帝京篇》："秦塞重关一百二，汉家离宫三十六。"　⑥画船障袖：谓画船游女，以袖掩面。　⑦青楼倚扇：谓青楼娼女，持扇而立。⑧翠翘：首饰。翡翠鸟尾部长毛曰翘，美人首饰酷肖其状，故名翠翘。⑨吴丝：指琴弦。吴地所产蚕丝，是制作琴弦的绝佳材料。李贺《李凭箜篌引》："吴丝蜀桐张高秋。"

［集评］

陈锐云："此调第三句本只六字，不知何时'湖'上多一'西'字，遂使旁注少一宫谱，此皆沿旧本之误。"(《袌碧斋词话》)

徵招

越中山水幽远。予数上下西兴、钱清间[1]，襟抱清旷。越人善为舟，卷篷方底，舟师行歌，徐徐曳之，如偃卧榻上，无动摇突兀势，以故得尽情骋望。予欲家焉而未得，作《徵招》以寄兴。《徵招》、《角招》者，政和间[2]，大晟府尝制数十曲[3]，音节驳矣。予尝考唐田畸《声律要诀》云：徵与二变之调，咸非流美，故自古少徵调曲也。徵为去母调，如黄钟之徵，以黄钟为母，不用黄钟乃谐。故隋唐旧谱，不用母声，琴家无媒调、商调之类，皆徵也，亦皆具母弦而不用。其说详于予所作琴书。然黄钟以林钟为徵，住声于林钟。若不用黄钟声，便自成林钟宫矣。故大晟府徵调兼母声，一句似黄钟均，一句似林钟均，所以当时有落韵之语。予尝使人吹而听之，寄君声于君民事物之中，清者高而亢，浊者下而遗，万宝常所谓宫离而不附者是已。因再三推寻唐谱并琴弦法而得其意。黄钟徵虽不用母声，亦不可多用变徵蕤宾、变宫应钟声。若不用黄钟而用蕤宾、应钟，即是林钟宫矣。馀十一均徵调仿此。其法可谓善矣。然无清声，只可施之琴瑟，难入燕乐。故燕乐阙徵调，不必补可也。此一曲乃予昔所制，因旧曲正宫《齐天乐》慢前两拍是徵调，故足成之。虽兼用母声，较大晟曲为无病矣。此曲依晋史名曰黄钟下徵调，角招曰黄钟清角调

潮回却过西陵浦[4]，扁舟仅容居士[5]。去得几何时，黍离离如此[6]。客途今倦矣。漫赢得、一襟诗思。记忆江南，落帆沙际，此行还是。　迤逦、剡中山[7]，重相见、依依故人情味。似怨不来游，拥愁鬟十二[8]。一丘聊复尔，也孤负、幼舆高志[9]。水荭晚[10]，漠漠摇烟，奈未成归计。

（以上《彊村丛书》本《白石道人歌曲》卷五）

［注释］

①西兴、钱清：均在今浙江萧山市境内。苏轼《望海楼晚景五绝》其三："江上秋风晚来急，为传钟鼓到西兴。"　②政和：宋徽宗赵佶年号。

③大晟府：音乐机关，建立于宋徽宗崇宁年间。周邦彦曾任大晟府提举，荟集词人乐师，创制新乐。　④西陵：即西兴。相传春秋时越人范蠡于此筑城，名固陵。六朝时改称西陵，五代吴越时复名西兴。　⑤居士：指未做官的士子。《韩非子·外储》："齐有居士田仲者。"后代文人多用作别号。此处乃作者自称。　⑥黍离：《诗经·王风》篇名，写周大夫过西周旧都，见宫室长满禾黍，感怀故国，赋诗寄慨。因首句为"彼黍离离"，故以"黍离"名篇。　⑦迤逦：曲折连绵。　剡中：指剡县，故城在今浙江嵊县西南。其地有剡溪，即王子遒雪夜访戴安道处。风光秀美。李白《秋下荆门》诗："此行不为鲈鱼脍，自爱名山入剡中。"　⑧愁鬟十二：谓剡中诸山惹愁寄恨，状如女子所挽髮鬟。黄庭坚《雨中登岳阳楼望君山》诗："满川风雨独凭栏，绾结湘娥十二鬟。"　⑨"一丘"二句：晋谢鲲字幼舆。晋明帝问曰："论者以君方庾亮，自谓何如？"幼舆对曰："端委庙堂，使百僚准则，鲲不如亮。一丘一壑，自谓过之。"见《晋书·谢鲲传》。　⑩水葓：草名，生池塘草泽中。李贺《恼公》诗："细镜飞孤鹊，江图画水葓。"

［集评］

俞陛云云："因忆越中水乡风景，赋此寄兴，音谐而词婉。'依依故人'三句尤摇曳生姿。"（《唐五代两宋词选释》）

自制曲

秋宵吟　越　调

古帘空，坠月皎。坐久西窗人悄。蛩吟苦①，渐漏水丁丁②，箭壶催晓③。引凉飔、动翠葆④。露脚斜飞云表⑤。因嗟念，似去国情怀，暮帆烟草。　　带眼销磨⑥，为近日、愁多顿老。卫娘何在⑦，宋玉归来⑧，两地暗萦绕。摇落江枫早。嫩约无凭⑨，幽梦又杳。但盈盈、泪洒单衣⑩，今夕何夕恨未了。

[注释]

①蛩:蟋蟀。 ②漏:漏壶,古代计时器。 ③箭壶:古代置漏壶中用以标记时刻之物。孙诒让《礼记正义》:"盖壶以盛水为漏,下当有盘以承之,漏箭有刻度,树之盘中,水下盘内,淹箭以定刻。" ④凉飔(sī):凉风。翠葆:形容草木青翠而又茂盛。 ⑤露脚:露水。古人以为露水乃自天而降,故承"雨脚"之说,称之为"露脚"。李贺《李凭箜篌引》:"吴质不眠倚桂树,露脚斜飞湿寒兔。" ⑥带眼:衣带上的孔眼。因日渐消瘦而频频移动带眼,以致带眼为之磨损。 ⑦卫娘:汉武帝皇后卫子夫,以髮美得宠。后因以"卫娘"借指美艳女子。李贺《浩歌》:"漏催水咽玉蟾蜍,卫娘髮薄不胜梳。"此处指作者意中人。 ⑧宋玉:战国时著名辞赋家,才貌皆卓然拔群。此处乃作者自指。 ⑨嫩约:柔弱易毁的盟约。 ⑩盈盈:水清浅貌。《古诗十九首·迢迢牵牛星》:"盈盈一水间,脉脉不得语。"此处写泪水之清莹。

凄凉犯 仙吕调犯商调

合肥巷陌皆种柳,秋风夕起骚骚然。予客居阖户,时闻马嘶。出城四顾,则荒烟野草,不胜凄黯,乃著此解[①]。琴有凄凉调,假以为名。凡曲言犯者,谓以宫犯商、商犯宫之类。如道调宫上字住,双调亦上字住。所住字同,故道调曲中犯双调,或于双调曲中犯道调,其他准此。唐人《乐书》云:犯有正、旁、偏、侧。宫犯宫为正,宫犯商为旁,宫犯角为偏,宫犯羽为侧。此说非也。十二宫所住字各不同,不容相犯,十二宫特可犯商、角、羽耳。予归行都[②],以此曲示国工田正德[③],使以哑觱栗角吹之[④],其韵极美,亦曰《瑞鹤仙影》[⑤]

绿杨巷陌。秋风起、边城一片离索[⑥]。马嘶渐远,人归甚处,戍楼吹角。情怀正恶,更衰草寒烟淡薄。似当时、将军部曲[⑦],迤逦度沙漠。 追念西湖上,小舫携歌,晚花行乐。旧游在否,想如今,翠凋红落。漫写羊裙[⑧],等新雁来时系著。怕匆匆、不肯寄与,误后约。

[注释]

①解:乐曲以一章为一解。词乃按曲填写,故亦称解。 ②行都:指南宋都城临安(今浙江杭州)。 ③田正德:南宋著名乐师,隶德府宫。见周密《武林旧事》卷四。 ④哑觱(bì)栗角:《中乐寻原》载,“哑觱栗即今头管。其制以竹为管,而无笳式之增音器,软芦为哨,长寸馀,音圆而和,下于笛而高于箫。” ⑤唐氏按:原未注宫调,据陆钟辉本补。 ⑥离索:谓离群索居。《礼记·檀弓》:“子夏曰:吾离群而索居,亦已久矣。”范仲淹《送黄灏员外》诗:“追陪未久还离索,早晚轩车重见寻。” ⑦部曲:古时军队的编制单位。《汉书·李广传》:“及出击胡,而广行无部曲行陈。” ⑧写羊裙:东晋羊欣,年十二时即工书法,为王献之所爱赏。欣尝着新绢裙昼寝,献之见后,写裙数幅而去。,自此,欣书艺益进。见《南史·羊欣传》。

[集评]

周济云:“白石号为宗工,然亦有……敷衍处(《凄凉犯》:‘追念西湖上’半阕)……不可不知。”(《宋四家词选目录序论》)

翠楼吟 双调

淳熙丙午冬,武昌安远楼成①,与刘去非诸友落之,度曲见志。予去武昌十年,故人有泊舟鹦鹉洲者②,闻小姬歌此词③,问之颇能道其事,还吴为予言之。兴怀昔游,且伤今之离索也

月冷龙沙④,尘清虎落⑤,今年汉酺初赐⑥。新翻胡部曲⑦,听毡幕、元戎歌吹⑧。层楼高峙。看槛曲萦红,檐牙飞翠。人姝丽⑨。粉香吹下,夜寒风细。 此地。宜有词仙,拥素云黄鹤,与君游戏⑩。玉梯凝望久,叹芳草、萋萋千里。天涯情味,仗酒祓清愁,花销英气⑪。西山外,晚来还卷,一帘秋霁⑫。

[注释]

①武昌安远楼:即武昌南楼。淳熙十三年(1186),作者曾参加其落成

典礼。 ②鹦鹉洲：在武昌西南江中。崔颢《黄鹤楼》诗："晴川历历汉阳树，芳草萋萋鹦鹉洲。" ③小姬：歌伎。 ④龙沙：原指白龙堆沙漠，在今新疆罗布泊以东。此处借指江北的南宋边塞。 ⑤虎落：护卫城堡或营寨的竹篱。《汉书·晁错传》："要害之处，通川之道，调立城邑……为中周虎落。"颜师古注："虎落者，以竹篾相连，遮落之也。" ⑥汉酺：指大酺，即大饮酒。因这一制度始于汉文帝时，故称汉酺。见《汉书·文帝纪》。 ⑦新翻：新近改编。 胡部曲：边地乐曲。 ⑧毡幕：用毛毡制成的帐幕。 元戎：带兵的主帅。 ⑨人姝丽：美人多么艳丽。指词序中的"小姬"。 ⑩"宜有"三句：相传仙人子安曾乘黄鹤过武昌黄鹤山。山上有黄鹤楼。崔颢《黄鹤楼》诗："昔人已乘黄鹤去，此地空馀黄鹤楼。黄鹤一去不复返，白云千载空悠悠。" 素云：即白云。 君：泛指参加盛会的诸位友人。 ⑪"天涯"三句：意谓多年来飘泊江湖，只有凭借饮酒赏花来排遣旅思客愁，销磨英风豪气。 祓：消除。 ⑫一帘秋霁：王勃《滕王阁》诗："珠帘暮卷西山雨。"

[集评]

周济云："此地宜得人才，而人才不可得。"（《宋四家词选》）

许昂霄云："'月冷龙沙'五句，题前一层，即为题后铺叙，手法最高。'玉梯凝望久'五句，凄婉悲壮，何减王粲《登楼赋》？"（《词综偶评》）

陈廷焯云："白石《翠楼吟》后半阕云：'此地宜有词仙，拥素云黄鹤，与君游戏。玉梯凝望久，叹芳草，萋萋千里。天涯情味。仗酒祓清愁，花消英气'。一纵一操（横），笔如游龙，意味深厚，是白石最高之作。此词应有所刺，特不敢穿凿求之。"（《白雨斋词话》卷二）

陈廷焯云："起笔便觉销魂。'看槛曲萦红，檐牙飞翠'，精丽。丽而有则。'祓'字奇警，情辞双绝。妙是雅音，非秦、柳能到。"（《云韶集》评）

湘　月

长溪杨声伯典长沙楫棹①，居濒湘江，窗间所见，如燕公、郭熙画图②，卧起幽适。丙午七月既望③，声伯约予与赵景鲁、景望、萧和父、裕父、时父、恭父④，大舟浮湘，放乎中流。山水空寒，烟月交映，凄然其为秋也。坐客皆小冠练服，或弹琴，或浩歌,或自酌,或援笔搜句。予度此曲,即《念奴娇》之鬲指声也[⑤],于双调中吹之[⑥]。鬲指亦谓之过腔,见晁无咎集[⑦],凡能吹竹者,便能过腔也

五湖旧约,问经年底事[⑧],长负清景。暝入西山,渐唤我、一叶夷犹乘兴[⑨]。倦网都收,归禽时度,月上汀洲冷。中流容与[⑩],画桡不点清镜[⑪]。　谁解唤起湘灵[⑫],烟鬟雾鬓[⑬],理哀弦鸿阵[⑭]。玉麈谈玄[⑮],叹坐客、多少风流名胜。暗柳萧萧,飞星冉冉,夜久知秋信。鲈鱼应好[⑯],旧家乐事谁省。　（以上《彊村丛书》本《白石道人歌曲》卷六）

[注释]

①杨声伯:长溪(今福建霞浦县南)人。曾掌管荆湖南路水运事务。作者客居长沙时,与其有交。　②燕公:宋代燕姓画家名世者二人。一为燕文贵,宋端拱中吴兴人,精于山水,不师古人,自成一家,称"燕家景致"。见刘道醇《宋朝名画录》。另一为燕肃,益都人,官至礼部侍郎,工山水寒林,《宋史》及夏文彦《图绘宝鉴》有传。　郭熙:宋代画家,河阳温县人,曾任御画院艺学,善山水寒林。见《宣和画谱》。　③七月既望:七月十六日。　望:望日,即农历十五日。　④萧和父、裕父、时父、恭父:指萧德藻子侄,白石妻党。　⑤鬲指声:"太蔟当用'四'字佳,仲吕当用'上'字佳,箫管'上'、'四'字中间只鬲一孔,笛'四'、'上'两孔相联,只在鬲指之间。又此调毕曲,当用'一'字'尺'字,亦鬲指之间,故曰'鬲指声'也。"见方成培《香研居词麈》。　⑥双调:"盖《念奴娇》本大石调,即太蔟商,双调为仲吕商,律虽异而同是商音,故其腔可过。"见《香砚居词麈》。　⑦"鬲指"二句:晁补之,字无咎,为苏门四学士之一。其《琴趣外编》消息注云:"自过腔,即越调《永遇乐》。"《舒艺室馀笔》初稿云:"晁氏不云过入何调,依此鬲指推之,则过入高大石也。"　⑧五湖:湖名。说法不一。一说,五湖为太湖之别名。　底事:何事。张元幹《送胡邦衡待制赴新州》:"底事昆仑顷砥柱。"　⑨夷犹:从容不迫。　⑩容与:安逸自得貌。　⑪清镜:谓月照湘江,水清如镜。　⑫湘灵:湘水之神。屈原《远游》:"使湘灵鼓瑟兮,令海若舞冯夷。"　⑬烟鬟雾鬓:形容鬓髮蓬松零乱。李清照《永遇乐》词:"风鬟雾鬓,怕见夜间出去。"　⑭"理哀"句:意谓拨动哀弦,弹奏

出飞鸿唳声。王勃《滕王阁序》:"雁阵惊寒,声断衡阳之浦。" ⑮玉麈:玉柄拂尘,用麈尾制作。《世说新语·容止》:"王夷甫容貌整丽,妙于谈玄,恒捉白玉柄麈尾,与手都无分别。"此处暗用其事。 ⑯"鲈鱼"句:用晋人张翰故事:张翰因秋风起,乃思吴中莼菜、鲈鱼脍,遂命驾归。见《晋书·张翰传》。

[集评]

陈廷焯云:"白石《湘月》云:'暗柳萧萧,飞星冉冉,夜久知秋冷。'写夜景高绝。点缀之工,意味之永,他手亦不能到。"(《白雨斋词话》卷二)

小重山令

赵郎中谒告迎侍太夫人[1],将来都下[2]。予喜,为作此曲

寒食飞红满帝城[3]。慈乌相对立[4],柳青青。玉阶端笏细陈情[5]。天恩许[6],春尽可还京。　鹊报倚门人[7]。安舆扶上了[8],更亲擎。看花携乐缓行程。争迎处,堂下拜公卿。

[注释]

①赵郎中:其人未详。当是作者的文字之交。 ②都下:京城。 ③寒食:节令名,清明前一日(或二日),相传起于晋文公悼念介子推事。是日禁烟禁火。 飞红:飞花。 帝城:京城。 ④慈乌:亦称慈鸦、孝乌、寒鸦。相传乌能反哺其母,故称慈乌。梁武帝《孝思赋》:"慈乌反哺以报恩。" ⑤端笏:玉笏。 笏:一名手版。古人朝见时所执,记事于其上以备忘。 陈情:申述迎亲奉养之情。西晋李密有《陈情表》,备陈因侍奉祖母不能应召服官情由。 ⑥天恩:皇恩。《后汉书·班超传》:"幸得以微功,特蒙重赏,爵列通侯,位二千石,天恩殊绝。" ⑦倚门人:指殷切盼子归来的赵郎中之母。《战国策·齐策》:"(王孙贾)母曰:'女朝出而晚来,则吾倚门而望。女暮出而不还,则吾倚闾而望。'"后因以倚门、倚闾比喻慈母盼归之情。 ⑧安舆:即安车。老人及妇女乘坐的车子。《新唐书·赵隐传》:"懿宗诞日,宴慈恩寺,隐侍母以安舆临观。"后代诗文中常

用以迎养亲老。

念奴娇

毁舍后作①

昔游未远,记湘皋闻瑟,澧浦捐褋②。因觅孤山林处士③,来踏梅根残雪。獠女供花④,伧儿行酒⑤,卧看青门辙。一丘吾老⑥,可怜情事空切。　　曾见海作桑田,仙人云表⑦,笑汝真痴绝⑧。说与依依王谢燕⑨,应有凉风时节。越只青山,吴惟芳草。万古皆沉灭。绕枝三匝,白头歌尽明月⑩。

[注释]

①毁舍:指嘉泰四年(1204)行都大火,作者杭州寓所被毁事。　②"记湘皋"二句:追怀淳熙年间游湘情事。　闻瑟:语本屈原《远游》"使湘灵鼓瑟兮"。　澧:澧水,源出桑植县,流入洞庭湖。　澧浦:澧水之滨。　捐褋:语本屈原《湘夫人》"捐余袂与江中,遗余褋兮澧浦"。　捐:弃。　褋:单衣。　③林处士:指北宋诗人林逋。逋字君复,隐居西湖孤山,妻梅子鹤,终身不仕。　④獠女:谓女子相貌丑陋。见唐刘肃《大唐新语》卷八。　⑤伧儿:谓男子粗野、鄙俗。　行酒:敬酒,劝酒。　⑥一丘:晋谢鲲字幼舆。晋明帝问曰:"论者以君方庾亮,自谓何如?"幼舆对曰:"端委庙堂,使百僚准则,鲲不如亮。一丘一壑,自谓过之。"见《晋书·谢鲲传》。　⑦云表:云外。　⑧汝:泛指世人。此句谓世人于沧桑变故耿耿萦怀,仙人云外视之,不免笑其痴绝。　⑨王谢燕:本刘禹锡《金陵五题·乌衣巷》诗"旧时王谢堂前燕,飞入寻常百姓家"。后人每藉"王谢燕"抒写沧桑之感。　王谢:指卜居南京乌衣巷的东晋贵族王导、谢鲲家族。　⑩"绕枝"二句:"月明星稀,乌鹊南飞。绕树三匝,何枝可依。"见曹操《短歌行》。

卜算子

吏部梅花八咏[1]，夔次韵

江左咏梅人[2]，梦绕青青路。因向凌风台下看[3]，心事还将与[4]。　忆别庾郎时[5]，又过林逋处。万古西湖寂寞春，惆怅谁能赋。

[注释]

①吏部梅花八咏：此为姜夔和友人曾三聘《卜算子》咏梅词。三聘曾任考功郎，故称为吏部。　②江左：泛指长江以东之地。晋温峤曾称王导为"江左夷吾"。　③凌风台："枝横却月观，花绕凌风台。"见南朝何逊《早梅》诗。　④"心事"句：意谓欲将心事持示梅花。　⑤庾郎：当指庾信。庾信《梅花》诗有"树动悬冰落，枝高出手寒"句。

卜算子

吏部梅花八咏，夔次韵

月上海云沉，鸥去吴波迥[1]。行过西泠有一枝[2]，竹暗人家静。　又见水沉亭，举目悲风景。花下铺毡把一杯，缓饮春风影[3]。[4]

[注释]

①迥：远。曹植《杂诗》："之子在万里，江湖迥且深。"　②西泠：桥名，为杭州西湖孤山下名胜。张炎《高阳台》词："更凄然，万绿西泠，一抹荒烟。"　③"花下"二句：意谓铺毡于花下，举杯缓饮，梅花影子映现于杯中。　春风：喻梅花。　④原注："西泠桥在孤山之西，水沉亭在孤山北，亭废。"

卜算子

吏部梅花八咏,夔次韵

藓干石斜妨[①],玉蕊松低覆[②]。日暮冥冥一见来,略比年时瘦[③]。　　凉观酒初醒,竹阁吟才就。犹恨幽香作许悭[④],小迟春心透[⑤]。[⑥]

[注释]

①藓干:布满苔藓的梅枝。范成大《梅谱》:“古梅会稽最多,四明、吴兴亦间有之。其枝虬曲万状。苍藓鳞皴,封满花身。”　石斜妨:谓梅枝横斜,为石所阻。　②玉蕊:花有名玉蕊者。刘禹锡《和严给事闻唐昌观玉蕊花下游仙二绝》其一:“玉女来看玉蕊花,异香先引七香车。”此处则指梅蕊。　③年时:当年,那时。辛弃疾《鹧鸪天》词:“十分筋力夸强健,只比年时病起时。”　④许悭:如此悭吝。　⑤小迟:小待。　⑥原注:“凉观在孤山之麓,南北梅最奇。竹阁在凉观西,今废。”

卜算子

吏部梅花八咏,夔次韵

家在马城西[①],今赋梅屏雪[②]。梅雪相兼不见花,月影玲珑彻。　　前度带愁看,一饷和愁折[③]。若使逋仙及见之,定自成愁绝。[④]

[注释]

①马城:亦作马塍。苏洞有《到马塍哭姜尧章》诗,其四云:“赖是小红渠已嫁,不然啼碎马塍花。”姜夔晚年卜居马塍,卒葬于此。《临安志》:“东西马塍在馀杭门外羊角埂之间。”据篇末自注,作者所居为西马塍。咸淳《临安志》谓西马塍:“其土极细,宜花。园丁种花,以卖都城。四时之花皆取此。”　②梅屏:以梅为屏。　③一饷:犹一晌,片时。宋张耒《有感》诗:“寄身爱憎间,得失真一饷。”柳永《鹤冲天》词:“青春都一饷,忍把

浮名，换了浅斟低唱。”　④自注：“马城在都城西北，梅屏甚见珍爱。”

卜算子

吏部梅花八咏，夔次韵

摘蕊暝禽飞，倚树悬冰落。下竺桥边浅立时[①]，香已漂流却。　空径晚烟平，古寺春寒恶[②]。老子寻花第一番[③]，常恐吴儿觉[④]。

[注释]

①下竺：即下天竺。杭州灵隐飞来峰南，有天竺山。白居易《答客问杭州》诗有句：“山名天竺堆青黛”，即指此山。环山有上、中、下三天竺寺。　浅立：小立。　自注：“下竺寺前硐石上，风景最妙。”　②古寺：指下天竺寺。《西湖志》：“下天竺寺在灵鹫山麓，晋高僧慧理建。”李白《送崔十二游天竺寺》诗，所咏即下天竺寺。　③老子：犹老夫。作者自指。④吴儿：吴地少年。《晋书·夏统传》：“（贾充）曰：此吴儿是木人石心也。”杜甫《陪郑广文游何将军山林》诗：“刺船思郢客，解水乞吴儿。”

卜算子

吏部梅花八咏，夔次韵

绿萼更横枝[①]，多少梅花样。惆怅西村一坞春，开遍无人赏。　细草藉金舆[②]，岁岁长吟想。枝上么禽一两声[③]，犹似宫娥唱。[④]

[注释]

①绿萼：“凡梅花附蒂皆绛紫色，惟此（绿萼）纯绿，枝梗亦清高，好事者比之九疑仙人萼绿华云。”见范成大《梅谱》。　②金舆：皇帝车辇。费氏《宫词》：“新开凉殿幸金舆。”　③么禽：小鸟。　么：小。姜夔《疏影》词：“苔枝缀玉，有翠禽小小，枝上同宿。”　④自注：“绿萼、横枝，皆梅别

种,凡二十许名。西村在孤山后,梅皆阜陵时所种。” 阜陵时:宋孝宗时。孝宗葬永阜陵。

卜算子

吏部梅花八咏,夔次韵

象笔带香题[1],龙笛吟春咽[2]。杨柳娇痴未觉愁,花管人离别。　路出古昌源[3],石瘦冰霜洁。折得青鬚碧藓花[4],持向人间说。

[注释]

①象笔:笔之精美者。因笔杆用象牙制成,故称。此句谓在梅香中以象笔题写咏梅诗词。　②龙笛:竹笛。王维《新竹》诗:“乐府裁龙笛,渔家伐钓竿。”　③昌源:“越州昌源梅最盛,实大而美。项里、容山、直步、石龟,多出古梅,尤奇古可爱。”见嘉泰《会稽志》。　自注:“越之昌源古梅妙天下。”　④青鬚:“又有苔鬚垂于枝间,或长数寸,风至绿丝飘飘可玩。”见范成大《梅谱》。

卜算子

吏部梅花八咏,夔次韵

御苑接湖波[1],松下春风细。云绿峨峨玉万枝[2],别有仙风味。　长信昨来看[3],忆共东皇醉[4]。此树婆娑一惘然,苔藓生春意。[5]

[注释]

①御苑:指聚景园,在清波门外,为宋孝宗晚年所居之地。周密《武林旧事》:“聚景园在清波门外,孝宗致养地……嘉泰间,宁宗奉成肃太后临幸,其后芜废不修。”　②峨峨:形容梅花仪容端庄盛美。　③长信:汉宫名,为太后所居。此处指代成肃太后。　④东皇:司春之神。杜甫《幽人》

诗:“风帆倚翠盖,暮把东皇衣。” ⑤自注:“聚景官梅,皆植之高松之下,芘荫岁久,萼尽绿。夔昨岁观梅于彼,所闻于园官者如此,末章及之。”

洞仙歌

黄木香赠辛稼轩①

花中惯识,压架玲珑雪②。乍见缃蕤间琅叶③。恨春风将了,染额人归④,留得个、袅袅垂香带月⑤。 鹅儿真似酒⑥,我爱幽芳,还比酴醾又娇绝⑦。自种古松根,待看黄龙⑧,乱飞上,苍髯五鬣⑨。更老仙、添与笔端春⑩,敢唤起桃花,问谁优劣。

[注释]

①唐氏按:此首别误入《梦窗词集》。 木香:蔓生植物。暮春开花,小而色白,香甜可爱。花大而黄者,香味稍逊。 辛稼轩:辛弃疾号稼轩,其词名与苏轼相埒,是南宋豪放词的代表作家。 ②压架:木香须攀缘花架,故云。 玲珑雪:形容木香花小巧而又繁密。 ③缃:浅黄色。 蕤:草木花下垂貌。 缃蕤:谓木香花呈浅黄色而下垂。 间:指花叶错杂相间。 琅叶:指木香叶。 ④染额:古代美人以黄色染额为妆,谓之“额黄”。李商隐《蝶》诗:“寿阳公主嫁时妆,八字宫眉捧额黄。”此处将黄木香比作染额美人。 ⑤“袅袅”句:谓黄木香在月色下香气缭绕不绝。袅袅:缭绕貌。 ⑥“鹅儿”句:幼鹅毛色黄嫩,故通称黄色之娇美者曰鹅黄。杜甫《舟前小鹅儿》诗:“鹅儿黄似酒,对酒爱新鹅。” ⑦酴醾:花名,以色似酴醾酒,故名。苏轼《杜沂游武昌以酴醾菩萨泉见饷》:“酴醾不争春,寂寞开最晚。” ⑧黄龙:指黄木香枝蔓。 ⑨苍髯玉鬣:形容松针。《庐山记》:“西岭松如马鬣。”《酉阳杂俎》:“段成式修竹里私第,大堂前有五鬣松。” ⑩老仙:指辛弃疾。此句谓辛弃疾慨然为黄木香赋诗填词。

蓦山溪

咏 柳

青青官柳①,飞过双双燕。楼上对春寒,卷珠帘、瞥然一见②。如今春去,香絮乱因风,沾径草,惹墙花,一一教谁管。　　阳关去也③,方表人肠断。几度拂行轩④,念衣冠、尊前易散。翠眉织锦⑤,红叶浪题诗⑥。烟渡口,水亭边,长是心先乱。

[注释]

①官柳:官府种植的柳树。后也泛指大道上的柳树。杜甫《西郊》诗:"市桥官柳细,江路野梅香。" ②瞥然:过目,眼光掠过。 ③阳关:故址在今甘肃敦煌西南,为唐时通往西域的要隘。因在玉门关之南,故称阳关。王维《送元二使安西》诗:"劝君更尽一杯酒,西出阳关无故人。" ④行轩:旅行所用之车。 轩:车之通称。 ⑤翠眉:指用黛螺所画之眉。南朝梁江淹《丽色赋》:"信东方之佳人,既翠眉而瑶质。"此处则以翠眉形容柳叶。 ⑥"红叶"句:唐人小说记红叶题诗故事者颇多,事同而人物各异。其一为:唐宣宗时,卢渥赴京应举,偶临御沟,拾得红叶,叶上题诗云:"流水何太急,深宫尽日闲。殷勤谢红叶,好去到人间。"后宣宗放出部分宫女,渥得一人,即题诗红叶上者。见范摅《云溪友议》卷十。

永遇乐

次韵辛克清先生①

我与先生,夙期已久,人间无此。不学杨郎②,南山种豆③,十一徵微利④。云霄直上,诸公衮衮⑤,乃作道边苦李⑥。五千言⑦,老来受用,肯教造物儿戏⑧。　　东冈记得,同来胥宇⑨,岁月几何难计。柳老悲桓⑩,松高对阮⑪,未办为邻地。长干白下⑫,青楼朱阁,往往梦中槐蚁⑬。却不如、洼尊放满[14]，老夫未醉。

[注释]

①辛克清：名泌，汉阳人，善诗。白石客游汉沔时与其有交。《奉别沔鄂亲友》诗有句："诗人辛国士，句法似阿驹。"白石于句下自注："辛泌，克清。" ②杨郎：指汉人杨恽。恽曾封通平侯，后废为庶人。其《报孙会宗书》，颇露怨意，卒为朝廷处死。 ③南山种豆：语本杨恽《报孙会宗书》。书中有云："其诗曰：田彼南山，芜秽不治。种一顷豆，落而为萁。" ④十一徵微利：十分取一，亦出《报孙会宗书》。书中有云："恽幸有馀禄，方籴贱贩贵，逐什一之利。" ⑤衮衮：高官之服。 ⑥道边苦李：用晋人王戎故事。道边李树多实，群儿竞往采摘，王戎独不与。或问其故，戎曰："树在道边而多子，必苦李也。"果如其言。见《晋书·王戎传》。 ⑦五千言：指老子《道德经》。其篇幅约五千言，故以指称。 ⑧肯教：犹言能效。此句谓效法造物，无为无施，如同婴儿嬉戏。按，"不学杨郎"句以下至此皆称美辛泌之辞，谓其不求闻达，自甘淡泊，精研《老子》学说，懂得"为天下谿"、"复归于婴儿"的道理。 ⑨胥宇：视察居室。 胥：视察，观察。宇：居室。《诗经·大雅·绵》："爰及姜女，聿来胥宇。" ⑩柳老悲桓：用晋人桓温故事，见前《长亭怨慢》注。 ⑪松高对阮："瞻仰景山松，可以慰吾情。"见阮籍《咏怀》诗。 ⑫长干：古金陵里巷名。李白有《长干行》诗，抒写思妇盼归之情。 白下：地名，今江苏南京。 ⑬梦中槐蚁：唐李公佐作《南柯太守传》，称淳于棼饮槐下，醉后梦入槐穴中，见一城楼题大槐安国，其王招棼为驸马，任南柯太守三十年。醒后见槐下有一大蚁穴，南枝又有一小穴，即梦中之槐安国与南柯郡。 ⑭洼尊：唐开元中李适之登岘山，见山上有石窦如酒樽，可注斗酒，因建亭，名曰洼樽。颜真卿《登岘山观李左相石尊联句》诗："李公登饮处，因为石洼尊。"

虞美人

括苍烟雨楼[1]，石湖居士所造也[2]。风景似越之蓬莱阁[3]，而山势环绕，峰岭高秀过之。观居士题颜[4]，且歌其所作《虞美人》，夔亦作一解阑干表立苍龙背[5]，三面巉天翠[6]。东游才上小蓬莱[7]，不见此楼烟雨、未应回。　　而今指点来时路，却是冥濛处。老仙鹤驭几时归[8]，未必山川城郭、是耶非[9]。

［注释］

①括苍：山名，位于处州（今浙江丽水）。　烟雨楼：括苍山之名胜。②石湖居士所造也：范成大号石湖居士。其《桂林中秋赋》自道：“戊子守括苍”。戊子，宋孝宗乾道四年（1168）。烟雨楼即建于其时。　③蓬莱阁：在今浙江绍兴卧龙山下，吴越王钱镠所建。因元稹诗“谪居犹得近蓬莱”而得名。　④居士题颜：谓烟雨楼楼匾乃范成大所题写。《浙江通志》引《方舆胜览》：“烟雨楼在州治，范至能书。”致能，范成大字。　⑤阑干：谓烟雨楼。　苍龙背：形容蜿蜒起伏的山冈。　⑥巉天翠：谓山岩高耸，岚翠接天。　⑦小蓬莱：因烟雨楼“风景似越之蓬莱阁”，故称为“小蓬莱”。　⑧老仙：指范成大。　鹤驭：即驭鹤。此句谓范成大驭鹤仙去，何时可归。范成大已于白石作此词前十三年即绍熙四年（1193）逝世，故云。　⑨“山川”句：汉人丁令威在灵虚山学道成仙，后化鹤归辽。飞鸣作人言：“有鸟有鸟丁令威，去家千年今始归。城郭如故人民非，何不学仙冢累累。”见《搜神后记》。

永遇乐

次稼轩北固楼词韵[1]

云隔迷楼[2]，苔封很石[3]，人向何处[4]。数骑秋烟，一篙寒汐，千古空来去。使君心在[5]，苍崖绿嶂[6]，苦被北门留住[7]。有尊中酒、差可饮[8]，大旗尽绣熊虎。　　前身诸葛[9]，来游此地，数语便酬三顾[10]。楼外冥冥，江皋隐隐，认得征西路[11]。中原生聚[12]，神京耆老[13]，南望长淮金鼓[14]。问当时、依依种柳[15]，至今在否。

[注释]

①稼轩：辛弃疾。　北固楼：在今镇江北固山上，下临长江，其势险固。　②迷楼：楼名，位于扬州，隋炀帝所建。楼成之日，炀帝幸之，曰："使真仙游此，亦当自迷。"因名迷楼。见《古今诗话》。北固楼与迷楼隔江可望。　③很石：北固山甘露寺有石状如伏羊，号很石。相传孙权尝踞石上与刘备论事。壁间旧有罗隐诗云："紫髯桑盖两沉吟，很石空存事莫寻。"见《蔡宽夫诗话》。　④人向何处：谓炀帝、孙权、刘备等人不知已归向何处。　⑤使君：指辛弃疾。　⑥苍崖绿嶂：指山。辛弃疾曾归隐上饶带湖与铅山瓢泉之间凡十年。　⑦北门：唐文宗开成二年（837）五月，裴度被任命为北都留守。文宗遣卢弘赴东都洛阳宣旨曰："卿虽多病，年未甚老，为朕卧镇北门可也。"见《旧唐书·裴度传》。　⑧差可：大可，颇可。此句用《晋书·郤超传》"京口酒可饮，兵可用事"。　⑨前身诸葛：此以诸葛亮比拟稼轩，谓稼轩乃诸葛亮转世。　⑩三顾：刘备为延请诸葛亮出山，曾三顾草庐。诸葛亮《出师表》："先帝不以臣卑鄙，猥自枉屈，三顾臣于草庐之中。"　⑪征西：晋人桓温曾率师西进伐蜀，凯旋而归后，升迁为征西大将军。　⑫生聚：谓繁殖人口，聚积物力。《左传·哀公元年》："越十年生聚。"　⑬神京：指北宋京城开封。　耆老：指北宋遗民。⑭长淮：指淮河。绍兴和议后，宋金以淮河为界。　金鼓：谓北伐大军之战鼓。　⑮依依种柳：用桓温故事。桓温字元子，东晋明帝婿，官至大司马。《世说新语·言语》："桓公北征经金城，见前为琅邪时种柳已皆十围，慨然曰：'木犹如此，人何以堪！'攀枝折条，泫然流泪。"

水调歌头

富览亭永嘉作①

日落爱山紫，沙涨省潮回②。平生梦犹不到，一叶眇西来③。欲讯桑田成海，人世了无知者，鱼鸟两相推④。天外玉笙杳，子晋只空台⑤。　倚阑干，二三子，总仙才。尔歌远游章句⑥，云气入吾杯。不问王郎五马⑦，颇忆谢生双屐⑧，处处长青苔。东望赤城近⑨，吾兴亦悠哉。

[注释]

①富览亭:据《永嘉县志》,富览亭“在郭公山上,不越几席而尽山水之胜”。又据《温州府志》,郭公山“在郡城西北,晋郭璞登此卜居,故名”。永嘉:今浙江温州。 ②省:觉察。永嘉濒江临海,时见潮水涨落,故有此句。 ③一叶:小舟。 眇:通“渺”。白石此行,当由丽水泛舟循瓯江东下而至永嘉。 ④推:推说。此句谓鱼鸟皆推说不知。 ⑤子晋:周灵王太子晋,好吹笙,作凤凰鸣,后乘鹤而去。《永嘉县志》引《名胜志》:“吹台山在城南二十里,上有王子晋吹笙台。” ⑥尔:指同游之“二三子”。 远游:《楚辞》篇名。 ⑦王郎五马:“五马坊在旧郡治前。王羲之守永嘉,庭列五马,绣鞍金勒,出即控之。”见《永嘉县志》。按,王羲之本传未载守永嘉事。《浙江通志》有辨,谓此乃后人错会《晋书·孙绰传》“会稽内史王羲之引为右军长史,转永嘉太守”之语。 ⑧谢生双屐:南朝诗人谢灵运任永嘉太守时,曾着木屐游山,上山则去其前齿,下山则去其后齿。李白《梦游天姥吟留别》诗:“脚着谢公屐,身登青云梯。” ⑨赤城:山名,在今浙江台州。《会稽志》谓其“土色皆赤,状似云霞”。

汉宫春

次韵稼轩[①]

云曰归欤[②]。纵垂天曳曳[③],终反衡庐[④]。扬州十年一梦[⑤],俯仰差殊[⑥]。秦碑越殿[⑦],悔旧游、作计全疏。分付与、高怀老尹[⑧],管弦丝竹宁无。 知公爱山入剡,若南寻李白,问讯何如[⑨]。年年雁飞波上,愁亦关予[⑩]。临皋领客,向月边、携酒携鲈[⑪]。今但借、秋风一榻[⑫],公歌我亦能书[⑬]。

[注释]

①此为和辛稼轩词。嘉泰三年(1203),辛弃疾起知绍兴府兼浙东安抚使。赴任后建秋风亭,且赋《汉宫春》词索和。当时次韵酬唱者有张镃、姜夔等。 ②归欤:归去。陶渊明《归去来兮辞》:“眷然有归欤之情。”

③垂天:《庄子·逍遥游》谓大鹏“翼若垂天之云”。 曳曳:连绵不绝貌。唐孟浩然《行至汝坟寄卢徵君》诗:“曳曳半空里,溶溶五色分。” ④衡庐:衡山、庐山。王勃《滕王阁序》:“地接衡庐。”亦可作“衡宇”解,即以衡木为门的简陋房屋。陶渊明《归去来兮辞》:“乃瞻衡宇,载欣载奔。” ⑤“扬州”句:用杜牧故事。杜牧《遣怀》诗:“十年一觉扬州梦,赢得青楼薄幸名。” ⑥差殊:颇为不同。 ⑦秦碑:“秦始皇登秦望山,使李斯刻石,其碑尚存。”见《舆地纪胜》卷十引《十道志》。秦望山,在今浙江绍兴东南。越殿:越王勾践之宫殿。 ⑧老尹:指辛弃疾。 尹:古代官名。楚有令尹、箴尹,汉有京兆尹。 ⑨“知公”三句:李白曾游历剡中。其《秋下荆门》诗有句:“此行不为鲈鱼脍,自爱名山入剡中。”此处用其事。 剡中:指剡县,故城在今浙江嵊县西南。其地有剡溪,即王子猷雪夜访戴安道处。风光秀美。李白《秋下荆门》诗:“此行不为鲈鱼脍,自爱名山入剡中。” ⑩愁亦关予:“帝子降兮北渚,目眇眇兮愁予。”见《九歌·湘夫人》。辛弃疾《菩萨蛮》:“江晚正愁予,山深闻鹧鸪。” ⑪“临皋”二句:“是岁十月之望,步自雪堂,将归于临皋。二客从予过黄泥之坂。……于是携酒与鱼,复游于赤壁之下。”见苏轼《后赤壁赋》。此处隐括其意。 ⑫秋风:秋风亭,辛弃疾建。 ⑬公歌:指辛弃疾《汉宫春·会稽秋风亭观雨》词。

[集评]

刘熙载云:“张玉田……不知稼轩之体,白石尝效之矣。集中如《永遇乐》、《汉宫春》诸阕,均次稼轩韵。其吐属气味,皆若秘响相通。何后人过分门户耶!”(《艺概·词概》)

汉宫春

次韵稼轩蓬莱阁①

一顾倾吴②。苎萝人不见③,烟杳重湖④。当时事如对弈,此亦天乎⑤。大夫仙去⑥,笑人间、千古须臾。有倦客、扁舟夜泛⑦,犹疑水鸟相呼。 秦山对楼自绿⑧,怕越王故垒⑨,时下樵苏⑩。只今倚阑一笑,然则非欤。小丛

解唱[11]，倩松风、为我吹竽。更坐待、千岩月落，城头眇眇啼鸟。（以上《白石道人歌曲别集》）

［注释］

①此亦为和辛稼轩词。　蓬莱阁：在今浙江绍兴卧龙山下，吴越王钱镠所建。因元稹诗“谪居犹得近蓬莱”而得名。　②一顾：“北方有佳人，绝世而独立。一顾倾人城，再顾倾人国。”见汉李延年歌。　倾吴：指西施亡吴。　③苎萝人：指西施。西施出生于今浙江诸暨南的苎萝山。《吴越春秋·勾践阴谋外传》：“乃使相者国中，得苎萝山鬻薪之女曰西施郑旦。”　④重湖：指绍兴鉴湖。　⑤“当时”二句：谓吴越两国相争，犹如对弈；吴亡越胜，殆因天意如此。杜甫《秋兴》诗：“闻道长安似弈棋，百年世事不胜悲。”　⑥大夫：指越大夫文种。文种与范蠡同助越王勾践灭吴。功成，范蠡劝其隐去，不听，终被勾践所杀。　⑦倦客：作者自指。　扁舟：小船。　⑦秦山：秦望山。在今浙江绍兴东南。　⑨越王故垒：指越王台。《浙江通志》：“越王台在卧龙山之西。　⑩樵苏：打柴割草。《史记集解》引《汉书昔义》：“樵，取薪也；苏，取草也。”　⑪小丛：指辛弃疾侍女。《碧鸡漫志》：“崔元范自越州幕府释侍御史，李讷尚书饯于鉴湖，命盛小丛歌。”

点绛唇

寿

祝寿筵开，画堂深映花如绣[1]。瑞烟喷兽[2]，帘幕香风透。　一点台星[3]，化作人间秀。韶音奏[4]，两行红袖[5]，齐劝长生酒。

［注释］

①画堂：泛指有画饰的厅堂。　②瑞烟：香烟。　兽：兽形香炉。李清照《醉花阴》词：“薄雾浓云愁永昼，瑞脑消金兽。”　③台星：星名，即三台星，古代用来比拟三公。　④韶音：犹韶乐。《史记·孔子世家》：“（孔

子）与齐太师语乐，闻韶音，学之，三月不知肉味。” ⑤红袖：女子装束。此处借指侍女、歌伎。

越女镜心

别席毛莹①

风竹吹香，水枫鸣绿，睡觉凉生金缕②。镜底同心，枕前双玉③，相看转伤幽素④。傍绮阁，轻阴度，飞来鉴湖雨。

近重午⑤，燎银篝、暗薰溽暑⑥。罗扇小、空写数行怨苦⑦。纤手结芳兰，且休歌、九辩怀楚⑧。故国情多，对溪山、都是离绪。但一川烟苇，恨满西陵归路⑨。

［注释］

①席毛莹：其人未详。据词意，当是作者恋人。 ②睡觉：睡醒。金缕：指镶有金丝的睡衣。 ③双玉：喻郎才女貌，各极其美。 ④幽素：犹幽心，幽思。 ⑤重午：农历五月五日端午节。宋吴自牧《梦粱录·五月》：“五日重午节，又曰浴兰令节。” ⑥银篝：香炉。 溽暑：潮湿的暑气。周邦彦《苏幕遮》词：“燎沉香，消溽暑。” ⑦罗扇：用细绢制成的团扇。此句谓空自题诗罗扇，抒写离愁别恨。 ⑧九辩：《楚辞》篇名，汉王逸《楚辞章句》定为宋玉作。 ⑨西陵：即西兴。相传春秋时越人范蠡于此筑城，名固陵。六朝时改称西陵，五代吴越时复名西兴。

月上海棠 夹钟商

赋 题

红妆艳色①，照浣花溪影②，绝代姝丽③。弄轻风、摇荡满林罗绮④。自然富贵天姿，都不比、等闲桃李⑤。帘栊静悄⑥，月上正贪春睡⑦。 长记初开日，逞妖丽、如与人面争媚⑧。过韶光一瞬⑨，便成流水。对此日叹浮华，惜芳菲，易成憔悴。留无计，惟有花边尽醉。[10]

[注释]

①红妆艳色：形容海棠之浓艳。 ②浣花溪：一名濯锦江，又名百花潭。在今四川成都西郊。溪畔有杜甫故居浣花草堂。 ③姝丽：美女。柳永《玉女摇仙佩》词：“有得许多姝丽，拟把名花比。”此处以“姝丽”喻海棠。 ④罗绮：彩色的绸缎。宋张俞《蚕妇词》：“遍身罗绮者，不是养蚕人。”此处亦借指海棠。 ⑤等闲：寻常，平凡。 ⑥帘：障蔽门窗的竹帘。栊：窗户。 ⑦“月上”句：“只恐夜深花睡去，故烧高烛照红妆。”见苏轼《海棠》诗。 ⑧如与人面争媚：“去年今日此门中，人面桃花相映红。”见唐崔护《游城南》诗。温庭筠《菩萨蛮》词：“照花前后镜，花面交相映。” ⑨韶光：韶景，春光。唐太宗《春日玄武门宴群臣》诗：“韶光开令节，淑气动芳年。” ⑩唐氏按：以上三首俱见洪正治刊本《白石诗词集》，不知应是何人作，姑附于此。

存目词

调名	首句	出处	附注
蓦山溪	洗妆真态	洪正治本《白石诗词集》	曾组词，见《梅苑》卷二
蓦山溪	鸳鸯翡翠	同上	黄庭坚词，见《山谷琴趣外篇》卷一
点绛唇	金井空阴	同上	吴文英词，见《梦窗丙稿》
点绛唇	金谷年年	同上	林逋词，见《苕溪渔隐丛话》后集卷二十一
越女镜心	花匣么弦	同上	赵闻礼词，见《阳春白雪》卷五。一作楼采词，见《绝妙好词》卷四。

调名	首句	出处	附注
湘月	海天向晚	洪正治本《白石诗词集》	韩驹词,见《草堂诗馀后集》卷上
湘月	素娥睡起	洪正治水《白石诗词集》	姚孝宁词,见《草堂诗馀后集》卷一
催雪	风急还收	同上	丁注词,见《阳春白雪》卷一
唐多令	何处合成愁	《草堂诗馀别集》卷二吴文英词注:刻尧章,误	吴文英词,见《中兴以来绝妙词选》卷十
一萼红	断云漏日	金绳武本《花草粹编》卷二十二	无名氏作,见万历刊本《花草粹编》卷十一

汪 莘

汪莘(1155—1227),字叔耕,号方壶居士,休宁(今属安徽)人。隐居黄山,精研《易》义,旁究韬钤、释、老诸书。嘉定中求直言,尝诣阙三上书,不报。为杨简、朱熹、真德秀所叹服。徐谊欲以遗逸荐,不果。遂筑柳溪,名所居为"方壶",自号方壶居士。有《方壶存稿》,词二卷。孙山甫谓其"长短句似坡翁,不受音律束缚者"。

水调歌头

东坡云:"明月几时有,把酒问青天。"本于"太白问月"句云:"青天有月来几时。"太白云:"今人不见古时月。"本于《抱朴子》云:"今月不及古月之朗。"《抱朴子》所言,非绮语也,深思而得之,诚有此理。嘉定元年中秋日①,因赋《水调》。其夜无月

听说古时月,皎洁胜今时。今人但见今月,也道似琉璃。君看少年眸子,那比婴儿神彩,投老又堪悲。明月不再盛,玉斧亦何为②。 约东坡,招太白,试寻思。凭谁斫却,里面桂影数千枝③。忆在无怀天上④,仍向有虞宫殿⑤,看月到陈隋⑥。别有一轮月,万古没成亏⑦。

[注释]

①嘉定元年:即1208年。 ②"明月"二句:指修月事。传说唐太和中郑仁本表弟游嵩山,见一人枕襆而眠。问其所自,其人笑曰:"君知月乃七宝合成乎?月势如丸,其影,日烁其凸处也。常有八万二千户修之,予即一数。"因开襆,有斤凿数件。见段成式《酉阳杂俎·天咫》。 ③"凭谁"二句:"斫却月中桂,清光应更多。"见杜甫《一百五日夜对月诗》。"斫去桂婆娑,人道是清光更多。"见辛弃疾《太常引·建康中秋夜为吕叔潜赋》。此兼用之。 ④无怀:无怀氏,传说中古帝名。 ⑤有虞:有虞氏,

古部落名。传说其首领舜受尧禅,都蒲孤(故址在今山西永济东南)。有:词头。　⑥陈隋:南朝陈与隋代。此处指近代。　⑦成亏:犹“盈亏”。

乳燕飞

汪子感秋①,采楚词,赋此②

去郢频回首③。正横江、荪桡容与,兰旌悠久④。怅望龙门都不见,似把长楸孤负⑤。念往日、佳人为偶。独向芳洲相思处,采蘋花、杜若空盈手⑥。乘赤豹⑦,谁来后⑧。

云中眼界穷高厚⑨。览山川、冀州还在⑩,陶唐何有⑪。木叶纷纷秋风晚,缥缈潇湘左右。见帝子、冰魂厮守⑫。应记薰弦相对日,酹一杯、太乙东皇酒⑬。问此意,君知否。

[注释]

①汪子:作者自称。　②楚词:即《楚辞》。此指屈原《离骚》、《九歌》、《九章》诸作中词句。　③去郢(yǐng):指屈原被放离开郢都。郢:春秋战国时楚国都城,今湖北江陵纪南城。　频回首:意本《楚辞》“忽反顾以流涕兮”(《离骚》)、“乘鄂渚而反顾兮”(《九章·涉江》)等句。④“正横江”二句:“横大江兮扬灵”、“荪桡兮兰旌”、“聊逍遥兮容与”,均见《九歌·湘君》。　荪:香草名,一作荃,俗名石菖蒲。　桡(náo):短桨。　容与:舒缓貌。　兰:兰草。　旌:旗杆顶上的饰物。　⑤“怅望”二句:意本《九章·哀郢》“望长楸而太息兮,涕淫淫其若霰。过夏首而西浮兮,顾龙门而不见”。　龙门:郢城东门。　长楸:指郢都的大楸树。⑥“独向”二句:“采芳洲兮杜若。”见《九歌·湘君》。　芳洲:生芳草的水洲。　蘋:水草名,夏秋间开小白花。　杜若:香草名。　⑦乘赤豹:“乘赤豹兮从文狸。”见《九歌·山鬼》。谓以赤豹驾车。　乘:驾车。　⑧来后:来迟。《九歌·山鬼》:“路险难兮独后来。”此用之。“来后”,“后来”之倒,以就韵。　⑨“云中”句:意本《九歌·云中君》“灵皇皇兮既降,猋远举兮云中。览冀州兮有馀,横四海兮焉穷”。　⑩冀州:中国古有九州,

名目不尽相同,均以冀州为首,后常以代指中国。 ⑪陶唐何有:承上句,谓山川依旧,人世变迁。 陶唐:帝尧。尧初居于陶,后封于唐,故称。此指帝尧之时。 ⑫“木叶”三句:用《九歌·湘君》“帝子降兮北渚,目眇眇兮愁予。袅袅兮秋风,洞庭波兮木叶下”。 木叶:树叶。 帝子:指传说中尧女娥皇、女英。 ⑬“应记”二句:用《九歌·东皇太一》“陈竽瑟兮浩倡”、“奠桂酒兮椒浆”等句意。 薰弦:传说舜弹五弦之琴,歌《南风》之诗(即《南风歌》)。见《孔子家语·辩乐》。《南风歌》:“南风之薰兮,可以解吾民之愠兮。”后因以“薰弦”指《南风歌》。 薰:温暖,和煦。 太乙东皇:即东皇太一,传说中的上帝。

乳燕飞

寄刘阆风祭酒[①]

晓趁西湖约[②]。到湖头、烟消日出[③],波生雨脚[④]。日挈白鱼携碧酒,要与诗人共酌。把楼上、珠帘卷却[⑤]。坐对荷花三万朵,念西邻、未嫁肌如削。待折与,不堪著。

别来又见秋萧索。恨无由、将余风月,伴君云鹤。想见登山临水处,醉把茱萸槃礴[⑥]。唱白雪、阳春新作[⑦]。一自东篱人去后[⑧],算人间、黄菊空零落。叹作者[⑨],多命薄。

[注释]

①刘阆风祭酒:刘阆风,生平不详。祭酒,官名。国子监之主管官。②趁:赴。 ③烟消日出:本柳宗元《渔翁》诗“烟消日出不见人”。 ④雨脚:密集之雨点。 唐氏按:“雨”原误作“两”,从雍正刊本《方壶集》。⑤唐氏按:“珠”原作“朱”,从雍正刊本。 ⑥“想见”二句:指重阳登高之事。 登山临水:登上高山,面临流水。宋玉《九辩》:“登山临水兮送将归。” 醉把茱萸:古俗重阳登高佩茱萸,饮菊花酒。见《西京杂记》卷三。杜甫《九日蓝田崔氏庄》诗:“醉把茱萸仔细看。” 把:拿。 槃礴:箕踞而坐。语出《庄子·田子方》。 ⑦白雪、阳春:战国时楚国高雅之曲。见宋玉《答楚王问》。此以喻指刘阆风格调高雅之新作。 ⑧东篱人:指陶

渊明。因其有“采菊东篱下”之句,故称。 ⑨作者:此指诗人。

浪淘沙

与外甥吴晋良游落石

天末起凉风①,云气匆匆②。如今何处有英雄。独佩一壶溪上去,秋水澄空。 绝壁耸云中,倒挂青松。醉歌汉殿与秦宫③。日现山西留不住,目送飞鸿④。

[注释]

①“天末”句:本杜甫《天末怀李白》诗“凉风起天末”。 天末:天的尽头。指极远处。 ②云气匆匆:云气,云雾,雾气。 匆匆:犹葱葱,气盛貌。王充《论衡·吉验》记苏伯阿能望气,刘秀问其何以知春陵气佳,对曰:“见其郁郁葱葱耳。” ③“醉歌”句:谓醉后唱歌,感叹今古。④目送飞鸿:三国魏嵇康《四言赠兄秀才公穆入军诗》:“目送飞鸿,手挥五弦。”此用其语,兼用杜牧“长空澹澹没归鸟,万古消沉向此中”句意。

沁园春

自题方壶①

春至伤春,秋至悲秋,谁在华胥②。叹谪仙才气,飞扬跋扈③,渊明何事,慷慨欷歔④。自我少年,如今晚境,行半人间真有馀⑤。都休问,且一觞一咏⑥,吾爱吾庐⑦。
南皋境界何如⑧,舍明月清风谁与居⑨。望蓬山路杳⑩,万株翠桧,方壶门掩,四面红蕖⑪。中有佳人,绰如姑射⑫,一炷清香满太虚⑬。尘寰外,被鸣鸾报客⑭,飞鹤传书。

[注释]

①方壶:传说中海上仙山名。见《列子·汤问》。作者以为室名。

②华胥:华胥国。《列子·黄帝》云:黄帝昼寝,梦游于华胥氏之国。“其国无帅长,自然而已;其民无嗜欲,自然而已。”“黄帝既寤,怡然自得。”后以指理想的安乐和平之境。 ③“叹谪仙”二句:用杜甫《赠李白》诗“痛饮狂歌空度日,飞扬跋扈为谁雄”句意。 谪仙:谪居世间的仙人。用以称誉才学优异的人。此指李白。李白初自蜀至长安,贺知章闻名访之,既奇其姿,复读其《蜀道难》而称叹数四,因呼李白为“谪仙”。见唐孟棨《本事诗·高逸》。 飞扬跋扈:此指李白才气纵横,性情狂放。 ④“渊明”二句:谓陶渊明诗多感慨。如“慷慨独悲歌”(《怨诗楚调示庞主簿邓治中》)、“歌竟长叹息”(《拟古》)等。 ⑤“行半”句:谓人生百年,已过其半。 ⑥一觞一咏:指饮酒赋诗。语见晋王羲之《兰亭集序》。 ⑦吾爱吾庐:“群鸟欣有托,吾亦爱吾庐。”见陶渊明《读〈山海经〉》十三首之一。 ⑧南皋:南岸。作者所筑方壶在柳溪,南皋或即其地。 ⑨“舍明月”句:“有时独醉,曰:‘入吾室者,但有清风;对吾饮者,唯有明月。’”见《南史·谢惠连传》。此用以指方壶境界之幽静、主人风致之高雅。 ⑩蓬山:蓬莱山。传说中仙人居处。此喻指作者所住方壶。 杳:深处。 ⑪红蕖:红荷。 蕖:芙蕖,荷花的别名。 ⑫“中有”二句:“藐姑射之山有神人居焉,肌肤若冰雪,淖约若处子。”见《庄子·逍遥游》。作者以传说中居于藐姑射山的仙女自比。 绰:绰约,婉美。 姑射(yè):藐姑射之省称。仙山名,此代指仙女。 ⑬“一炷”句:谓焚香静坐,感到清气弥满天空。一炷:一枝或一束。 太虚:天空。 ⑭报客:通报客人到来。

满江红

谢孟使君①

荆楚岁时②,念自古、登临风俗。休更道、桓家车骑③,谢家丝竹④。不觉吹将头上帽⑤,可来共采篱边菊⑥。叹如今、重九有何人,相追逐。 穷处士⑦,枯如木⑧。贤太守⑨,温如玉⑩。遣厨人馈酒,廪人馈粟⑪。欲寄唐虞无限意⑫,离骚都是相思曲。奈两三、寒蝶尚于飞⑬,秋光促⑭。

[注释]

①孟使君:生平不详。 使君:对州郡长官的尊称。 ②荆梦岁时:江南地区的节令风俗。南朝梁宗懔有《荆梦岁时记》,记荆楚乡土岁时风俗。 ③桓家车骑:晋桓温为荆州刺史时,曾于龙山(在今湖北江陵西北)与宾僚举行重阳宴集。 车骑(jì):车马。此指桓温之仪从。 ④谢家丝竹:晋谢安曾辞官隐居东山(在今浙江上虞),有携妓游山之事。"丝竹"指此。又,谢安曾对王羲之说"中年伤于哀乐",王羲之云:"正赖丝竹陶写。"见《世说新语·言语》。此兼用之。 ⑤"不觉"句:晋孟嘉为荆州刺史桓温参军,重九日参加龙山宴集,帽被风吹落而不觉。桓温令孙盛作文嘲之,孟嘉答文甚美。见《晋书·孟嘉传》。后传为重阳登高佳话。此用其事。 ⑥"可来"句:晋陶潜曾于重九日思饮而无酒,于宅边东篱下采菊盈把,坐其侧。望见一白衣人至,乃江州刺史王弘令吏人送酒。见南朝宋檀道鸾《续晋阳秋·恭帝》。此用其事。 ⑦穷处士:作者自指。 处士:有才德而隐居不仕的人。亦泛指未做过官的人。 ⑧枯如木:比喻颓丧之心或老朽之人。 ⑨贤太守:指孟使君。 ⑩温如玉:形容温和、亲切。好的玉,以手按之不凉,故云。语出《诗经·秦风·小戎》:"言念君子,温其如玉。" ⑪"遣厨人"二句:语出《孟子·万章下》"其后廪人继粟,庖人继肉"。此当指孟使君遣人馈酒食事。 厨人:厨师。 廪人:古代管理粮仓的官吏。 ⑫"欲寄"句:《孟子·万章下》在"廪人继粟,庖人继肉"后,还提到尧对舜种种尊贤举动,包括为其备"仓廪牛羊"。"唐虞"云云,当由"遣厨人"二句转意而用此,以示对孟使君遣人馈遗深深感谢之意。 唐虞:尧与舜。 ⑬于飞:偕飞。 ⑭促:短促。

满江红

自赋

万古灰飞[①],算何用、黄金满屋。吾老矣,几番重九[②],几杯醽醁[③]。此日登临多恨别,明年强健何由卜[④]。且唤教、儿女逐人来[⑤],寻黄菊。 蘋已白,枫犹绿。鲈已晚,橙初熟。叹人间何事,稍如吾欲。五柳爱寻王母使[⑥],三闾好作湘妃曲[⑦]。向飘风、冻雨返紫扉[⑧],骑黄犊[⑨]。

[注释]

①灰飞:喻迅速消失。语出《圆觉经》卷上:“譬如钻火,两木相因,火出木尽,灰飞烟灭。” ②重九:节日名。因在农历九月初九,故称。古以九为阳数之极,故又称“重阳”。 ③醽醁(líng lù):美酒。 ④“此日”二句:用杜甫《九日蓝田崔氏庄》诗“明年此会知谁健”句意。 ⑤逐人来:随人而来。 ⑥“五柳”句:五柳,五柳先生。陶潜的别号。陶潜曾作《五柳先生传》,文中云:“宅边有五柳树,因以为号焉。” 王母:西王母。我国古代神话中的女仙人。神话传说西王母有三青鸟代为取食报信。见《山海经·西山经》。“王母使”指此。陶潜《读〈山海经〉》组诗中多首写他读《穆天子传》、《山海经》等与西王母传说有关的书,表现了对西王母的想慕。第五首有句:“翩翩三青鸟,毛色奇可怜。”“在世无所须,唯酒与长年。”黄文焕云:“陶公因经(《山海经》)言三青鸟主为西王母取食,故发此索酒之想。”“爱寻王母使”正是此意,作者盖以陶潜好饮酒自比。 ⑦三闾:指屈原。屈原曾任楚国掌管昭、屈、景三姓贵族的三闾大夫,故称。 湘妃曲:指屈原《九歌》中的《湘君》、《湘夫人》。 湘妃:舜二妃娥皇、女英。传说二妃没于湘水,遂为湘水之神。除了《湘君》、《湘夫人》,屈原在《九章·远游》中写到的“二女”,亦即尧之二女娥皇、女英。故云“好作湘妃曲”。 ⑧飘风、冻雨:暴风骤雨。“令飘风兮先驱,使冻雨兮洒尘。”见屈原《九歌·大司命》。 ⑨黄犊:小黄牛。

浣溪沙

一曲清溪绕舍流①,数间茅屋正宜秋。芙蓉灼灼出墙头②。 元亮气高还作令③,少陵形瘦不封侯④。村醪闲饮两三瓯。

[注释]

①一曲:此指一弯。 ②芙蓉:此指木芙蓉,即木莲。秋季开花,花大,色有红白,夜转为深红。 ③元亮:陶潜字。 气高:心性高傲。陶潜为彭泽令,自称不能为五斗米折腰,弃官归隐。见《晋书·陶潜传》。 ④少陵:指杜甫。杜甫曾在长安(今陕西西安)东南郊杜陵附近的少陵住过,尝自

称“少陵野老”，故世称“杜少陵”。　形瘦：李白曾戏赠杜甫诗云“借问何来太瘦生？总为从前作诗苦”。讥其因作诗求格律而形容消瘦。见孟棨《本事诗·高逸》。此亦指杜甫奔走风尘之憔悴。　不封侯：杜甫曾困居长安近十年，应试不第，献赋亦未遇。安史乱中见肃宗于凤翔，被授职左拾遗，不久又被贬。后弃官入蜀，长期漂泊西南。一度挂衔检校工部员外郎，最后离蜀病死于湘水舟中。“不封侯”指此。作者嘉定中尝诣阙上书，不报。徐谊欲以遗逸荐，亦不果。此句盖以少陵自比。

念奴娇

寄孟使君

龙山高会[1]，忆当时宾主，风流云散[2]。今日紫阳峰顶上，人望旌旗天半。万叠红蕖[3]，千层黄菊，照耀成飞观[4]。西风浩荡，碧天斜去双雁。　遥想健笔淋漓，龙蛇落纸，妙句高张翰[5]。笼日轻霞横数抹，绿水金波相间。目寄宣平[6]，神追师道[7]，归棹摇星汉[8]。城中万户，烛光香雾交贯[9]。

［注释］

①龙山高会：晋桓温为荆州刺史时，曾于龙山（在今湖北江陵西北）与宾僚举行重阳宴集。　②风流云散：比喻人的离散如风吹过、云飘散。语出东汉王粲《赠蔡子笃》：“风流云散，一别如雨。”　③红蕖：红荷花。蕖：芙蕖，荷花的别称。　④飞观（guàn）：高耸的宫阙。　⑤“妙句”句：诗句高妙，超过张翰。　张翰：晋吴郡人，字季鹰，善属文。　⑥宣平：汉代长安城门名。汉宣帝时太傅疏广与其侄少傅疏受同时以年老乞致仕，公卿大夫于宣平门饯之。　⑦师道：陈师道（1053—1101），字履常，一字无己，号后山居士。北宋著名诗人，江西诗派代表诗人。　⑧归棹：归船。　星汉：银河。此指倒映在水中的星河。　⑨交贯：交融。

蓦山溪

金风玉露[1],洗出乾坤体。乘兴到前村,见一片、清溪无底。竹篱茅舍[2],鸡犬两三家,寻渔父,问湘灵[3],拄杖斜阳里。　　青春误我,白髮今如此。幸自识方壶,有个人、神通游戏[4]。涧边野鹤,岩上忽孤云[5],倾浊酒,对黄花,又似东篱子[6]。

[注释]

①金风玉露:秋风白露。古人以西方为秋而主金,故称秋风为“金风”。　②竹篱茅舍:乡村简陋的屋舍。　③湘灵:湘水之神。　④个人:这么一个人。此作者自指。　神通游戏:佛家指佛菩萨以神秘法力化度众生如游戏然。此指隐居生活中之自在遨游。　⑤野鹤、孤云:均喻隐居闲散之人。孤云,片云。“孤云将野鹤,岂向人间住。”见刘长卿《送方外上人》诗。　⑥东篱子:指陶潜。

生查子

忆去秋抱病过冬,因赋此

春来春色佳,秋至秋光好。无计奈春归[1],又看秋光老[2]。　　去年飞雪时,病与梅花道[3]。来岁雪飞时,为把金樽倒。

[注释]

①无计奈:无法对付。宋张先《庆佳节》词:“我忆欢游无计奈,除却且醉金瓯。”　②老:此指自然景物之迟暮、衰飒。　③与梅花道:对梅花说。

感皇恩

年少好寻芳，早春时节。飞去飞来似胡蝶。如今老大[①]，懒趁五陵豪侠[②]。梦中时听得，秦箫咽[③]。　割断人间，柳枝桃叶[④]。海上书来恨离别。旧游还在，空锁烟霞万叠[⑤]。举杯相忆处，青天月。

[注释]

①老大:年纪大。　②懒趁:懒得去追随。　五陵豪侠:原指京都豪族子弟。此泛指富豪子弟、游侠少年。　五陵:西汉高祖长陵、惠帝安陵、景帝阳陵、武帝茂陵、昭帝平陵的合称。均在渭水北岸今陕西咸阳附近。汉元帝以前,每立陵墓,均徙四方富豪及外戚于此居住,以供奉园陵。　③秦箫:传说萧史善吹箫作凤鸣,秦穆公以女弄玉妻之,后两人俱仙去。此指箫声。　④柳枝桃叶:唐韩愈、白居易均有侍姬名柳枝,晋王献之有爱妾名桃叶。此处似指所恋女子。　⑤空锁烟霞:唐氏按,“烟”字原脱,据雍正刊本补。

忆秦娥

村南北[①]，夜来陡觉霜风急[②]。霜风急，征途情绪，塞垣消息[③]。　佳人独倚琵琶泣[④]，一江明月空相忆，空相忆，寒衣未絮[⑤]，荻花狼藉[⑥]。

[注释]

①村南北:据词意,似暗用苏轼《浣溪沙》词“村南村北响缫车”句。②陡觉:顿觉。　③塞垣:边关。　④独倚:唐氏按,“倚”原误作“忆”,从雍正刊本。　⑤絮:此指在衣内铺进丝棉或棉絮。　⑥原注:“《淮南子》曰:‘蓪苗类絮,而不可以为絮。’”语见《淮南子·说林训》。蓪:同“荻”。“荻苗”即芦花絮。狼藉,此谓芦絮散乱不整,不可以代替棉絮。

点绛唇

数朵芙蕖[①],嫣然一笑凌清晓[②]。谢家池沼[③],秋景偏宜少。　　气挟清霜,似把群花小[④]。秋风袅,湘君来了,一曲烟波渺[⑤]。

[注释]

①芙蕖:荷花的别称。　②嫣然一笑:语出宋玉《登徒子好色赋》。嫣然:娇媚的笑态。　③谢家:南朝宋谢灵运在始宁有依山傍水的庄园,后因以“谢家”代称贵族家园。　④小:小看,轻视。　⑤“秋风袅”三句:用屈原《九歌·湘君》“帝子降兮北渚,目眇眇兮愁予。袅袅兮秋风,洞庭波兮木叶下”。　湘君:神话中湘水之神。

菩萨蛮

问言何处秋光好,当年曾过长洲道[①]。一望没遮拦,天宽水亦宽。　　也因轻霭扫[②],也傍斜晖讨[③]。指点与君看,画他难不难[④]。

[注释]

①长洲道:此指苏州道中。长洲,今江苏苏州吴县。　②轻霭:薄雾。③斜晖:斜阳。　④他:指秋色。

桃源忆故人

人间只解留春住,不管秋归去。一阵西窗风雨,秋也归何处。　　柴扉半掩闲庭户,黄叶青苔无数。犹把小春分付,梅蕊前村路[①]。

[注释]

①“犹把”二句:“十月小春梅蕊绽。”见欧阳修《渔家傲》词。农历十月称“小阳春”,因不寒如初春。

浣沙溪

九 日①

青女催人两鬓霜②,自篘白酒作重阳③。方壶老子莫凄凉④。　天地两三胡蝶梦⑤,古今多少菊花香。只将破帽送秋光⑥。

[注释]

①九日:农历九月初九,即重阳节。　②青女:神话中霜雪之神。③篘(chōu):篾编漉酒具。此指以篘漉酒。　④方壶老子:作者自指。方壶,作者室名。　⑤胡蝶梦:比喻迷离如梦虚幻之事。《庄子·齐物论》记庄周梦为胡蝶,觉来仍为庄周,因而感慨说:“不知周之梦为胡蝶与,胡蝶之梦为周与?”　⑥破帽:用孟嘉落帽事。苏轼曾反用孟嘉落帽之典,有“破帽多情却恋头”之句。

点绛唇

晓角霜天①,昼帘却是春天气。小园行处,双蝶相随至。　恰向梅边,又向桃边觑②。孜孜地③,访兰寻蕙,谁会幽人意④。

[注释]

①霜天:秋天。　②觑(qù):窥看。　③孜孜地:不倦地。　④幽人:隐逸之人。

[集评]

况周颐云:"余少作《苏武慢·寒夜闻角》云:'凭作出、百绪凄凉,凄凉唯有,花冷月闲庭院。珠帘绣幕,可有人听,听也可曾肠断。'半塘翁最为击节。此阅方壶词《点绛唇》云:'晓角霜天,画帘却是春天气。'意与余词略同,余词特婉至耳。"(《蕙风词话》卷二)

汉宫春

春色平分,甚偏他杨柳[①],分外风流。夭桃自适其适[②],一笑还休。可怜仙李,对东风、却少温柔。争奈得、海棠妆点,向人浑不知羞。　　谁觉韶华如梦,到酴醿开后,莺语供愁。天教姚黄晚出,贵与王侔[③]。花中隐者,有春兰、秋菊俱优。须是到、溪山清冻,江梅香喷枝头。

[注释]

①甚:怎么。　②夭桃:艳丽的桃花。语出《诗经·周南·桃夭》:"桃之夭夭,灼灼其华。"　自适其适:悠然闲适,自得其乐。语出《庄子·骈拇》。　③侔:相等。

菩萨蛮

金梦弼携鱼酒见访云:昨属渔人鱼[①]。渔人言:白茅潭中,有白鱼一双。今晨果搦其一以来。因赋此为谢,并致后会之意

渔翁家住寒潭上,晓霜晚日时相向。三尺白鱼长,一双摇玉光。　　前朝来献状[②],果慰携壶望[③]。水月正商量,小桥梅欲香。

[注释]

①属渔人鱼:托渔人打鱼。　属(zhǔ):通"嘱"。　②献状:报告、提供

情况。 ③携壶:携酒。

小重山

居士情怀爱小春[①],恰如重会面,旧时人。东君轻笑又轻颦。如道我,春去却伤心。 青鸟下红巾[②]。瑶池春信早,莫因循[③]。柳丝黄日牡丹晨。相随逐,春浅到春深。

[注释]

①居士:此指未做官的士人。《韩非子·外储左上》:"齐有居士田仲者。" 小春:"十月小春梅蕊绽。"见欧阳修《渔家傲》词。农历十月称"小阳春",因不寒如初春。 ②"青鸟"句:"青鸟飞去衔红巾。"见杜甫《丽人行》。 青鸟:神话中西王母的使者。 红巾:妇女用的手帕。此处"下红巾"指传递消息。 ③因循:拖延。

聒龙谣

梦下瑶台[①],神飞阆苑[②],自叹尘寰久客。三入成周[③],望皇居帝宅。荡兰桨、伊阙波涛[④],曳王杖、洛阳阡陌[⑤]。独踌躇、武烈文谟[⑥],天垂晚,月生魄[⑦]。 故人少,别怀多,引壶觞自酌[⑧],谁怜衰白[⑨]。群仙问我,尚低头方册[⑩]。共云将、东过扶摇,遇鸿濛、顿超玄默[⑪]。待功成,翳凤骑麟[⑫],把蟠桃摘[⑬]。

[注释]

①瑶台:传说中的神仙居处。见晋王嘉《拾遗记·昆仑山》。 ②阆(lǎng)苑:即阆风之苑。传说中的神仙居处。 ③成周:古地名,即西周的东都洛邑,故址传为今河南洛阳东郊。此指洛阳。 ④兰桨:船的美称。 伊阙:地名。在今河南洛阳南。两山相对如阙门,伊水流经其间。此指伊水。 ⑤阡陌:此指田野、垄亩。 ⑥武烈文谟:指周武王的功业、周文王

的谋略。《尚书·君牙》:“丕显哉,文王谟;丕承哉,武王烈。”此以泛指帝王之武功文绩。 ⑦月生魄:指月自圆而缺。 魄:月魄,即月黑无光的部分。语出《尚书·康诰》:“惟三月哉生魄。” ⑧“引壶觞”句:“引壶觞以自酌,眄庭柯以怡颜。”见晋陶潜《归去来辞》。 壶觞:酒器。 ⑨衰白:体衰髮白。 ⑩方册:简牍,典籍。 ⑪云将(jiàng):寓言中云的主将。 扶摇:寓言中生于东海上的神木。 鸿蒙:宇宙形成前的混沌状态。寓言中的元气。 玄默:此指清静无为的境界。《庄子·在宥》说云将东游,过扶摇之枝而适遇鸿蒙,后又一再遇之,均有问答,终于悟玄默之旨。此用之。⑫翳凤:本谓以凤羽为车盖,后用为乘凤之意。 ⑬把蟠桃摘:古神话中,西王母种桃,三千年一结子,东方朔曾三次偷摘食之。见《汉武故事》。此用之。 蟠桃:神话中仙桃。

水龙吟

当年剪彩垂髫[①],超然便欲为仙去。世间俗状,人心狡计,不堪同住。每坐空山,独临古涧,神闲意寓[②]。想瀛洲鸡犬,蓬莱猿鹤[③],应怅望,门前路。 自昔侯王将相,几番成、落花飞絮。仰天醉眼,兴云妙手,年华迟暮。长揖烟尘[④],静朝日月,谁知幽素[⑤]。正风清麟背,星垂海角,晓钟初寤[⑥]。

[注释]

①剪彩:古代正月七日,以金银箔或彩帛剪成人形或花鸟图形,插于髮髻或鬓角,也有贴于窗户、门屏,或挂在树枝上作为装饰的,谓之“剪彩”。见南朝梁宗懔《荆楚岁时记》。 垂髫(tiáo):指儿童。 髫:儿童垂下的头髮。此指“剪彩”垂于鬓髮。 ②神闲意寓:神气悠闲,意念安定。 ③“瀛洲”二句:瀛州、蓬莱,均为传说中的仙山。见《列子·汤问》。 鸡犬:此指仙家鸡犬。晋葛洪《神仙传·刘安》说汉淮南王刘安服药仙去,馀药器置中庭,鸡犬舐啄之,尽得升天。 猿鹤:亦指仙家猿鹤。 ④烟尘:此指人世。 ⑤幽素:幽情素心。恬淡质朴之心。 ⑥晓钟初寤:在报晓的钟声中醒来。 寤:醒。

水调歌头

寄语山阿子，何日出幽篁[①]。兰衣蕙带，为我独立万寻冈[②]。头上青天荡荡，足下白云霭霭[③]，和气自悠扬。一阵东风至，灵雨过南塘[④]。　招山鬼，吊河伯[⑤]，俟东皇[⑥]。朱宫紫阙，何事宛在水中央[⑦]。长望龙辀雷驾，凭仗箫钟交鼓，宾日出扶桑[⑧]。我乃援北斗，子亦射天狼[⑨]。

[注释]

①山阿子：指屈原《九歌》中的山鬼，传说中的山神。《九歌·山鬼》："若有人兮山之阿，被薜荔兮带女萝。"　山阿：山坳。　幽篁：幽暗的竹林。《九歌·山鬼》："余处幽篁兮终不见天。"　②兰衣：以兰叶为衣。蕙带：以蕙草为衣带。《九歌·少司命》："荷衣兮蕙带。"　独立万寻冈：用《九歌·山鬼》"表独立兮山之上"句意。　寻：古代长度单位，一般为八尺。　③"足下"句：意本《九歌·山鬼》"云容容而在下"。　霭霭：云密集貌。　④"一阵"二句：语本《九歌·山鬼》"东风飘兮神灵雨"。　灵雨：谓雨神所降之雨。　⑤河伯：传说中的黄河之神。"河伯"之名，始见于《庄子·秋水》，屈原有《九歌·河伯》。　⑥东皇：传说中上帝。此以指太阳之神东君。　⑦"朱宫"二句：写河伯。语本《九歌·河伯》："鱼鳞屋兮龙堂，紫贝阙兮朱宫，灵何为兮水中？"　宛在水中央：见《诗经·秦风·蒹葭》。　宛在：分明在。　⑧"长望"三句：写东君。语本《九歌·东君》"驾龙辀兮乘雷"、"緪瑟兮交鼓，箫钟兮瑶簴"、"暾将出兮东方，照吾槛兮扶桑"。　龙辀(zhōu)：龙车。　辀：车辕，此指车。　雷驾：谓车声如雷。一说以雷为轮。　箫钟：敲钟。　交鼓：相对击鼓。　扶桑：传说中东方神树，日栖其上。　⑨"我乃"二句：语本《九歌·东君》"青云衣兮白霓裳，举长矢兮射天狼。操余弧兮反沦降，援北斗兮酌桂浆"。　援：举。　北斗：星名，此以象征舀酒之斗。　天狼：星名，古人以为恶星。

水调歌头

谁与玩芳草，公子未西归[①]。天然脱去雕饰，秋水落芙蕖[2]。发轫朝兮东壁，弭节夕兮西极，故国入踌躇[3]。梦里不知路，南斗正扶疏[4]。 鸩不好，凤不利，忆三闾[5]。算来何事，苦道岁晏孰华余[6]。首拜东皇太乙[7]，复次云君司命[8]，高曳九霞裾[9]。山鬼正含睇，慕我欲何如[10]。

［注释］

①“谁与”二句：意本《九章·思美人》“吾谁与玩此芳草”、《九歌·山鬼》“怨公子兮怅忘归”。 谁与：与谁。 玩：赏玩。 芳草：香草，《楚辞》中常以喻忠贞或贤德之人。 公子：贵族子弟。《楚辞》中常以指所思恋者。 ②“天然”二句：“清水出芙蓉，天然去雕饰。”见李白《经乱离后思流夜郎忆旧游书怀赠江夏韦太守良宰》诗。此用之。 ③“发轫”三句：语本《离骚》“朝发轫于天津兮，夕余至乎西极”、“吾令羲和弭节兮，望崦嵫而勿迫”。 发轫（rèn）：拿掉支住车轮的木头，使车前进。指出发，启程。 东壁：星宿名。即壁宿。因在天门之东，故称。此指启程于天之东头。 弭（mǐ）节：停车。 弭：止息。 节：车行的节度。 西极：西天的尽头。 踌躇：徘徊不前。 ④扶疏：此指横斜。 ⑤“鸩不好”三句：语本《离骚》“吾令鸩为媒兮，鸩告余以不好”、“凤皇既受诒兮，恐高辛之先我”。屈原在《离骚》中写到在瑶台见到有娀氏美女简狄，托鸩鸟为媒，鸩却说不好；担心凤凰受帝喾之托，先于他聘了简狄，此本其意。 鸩（zhèn）：鸟名，传说其羽有毒，置于酒中，可致人死命。 不好：说简狄不好。 不利：对己不利。 三闾：指屈原。 ⑥岁晏：年已老。 晏：晚。 孰：谁。 华余：爱我。 ⑦东皇太乙：即东皇太一。屈原《九歌》中所咏天神，为最尊贵之神，诸神之领袖。 ⑧云君司命：云中君（月神）和大司命（主寿命之神）、少司命（主子嗣之神）。均为《九歌》中所咏之神。 ⑨“高曳”句：“举酒对明月，高曳九霞裾。”见宋张孝祥《水调歌头·为总得居士寿》词。 曳：拖。 九霞裾：形容华丽的裙裾。 ⑩“山鬼”二句：语本《九歌·山鬼》“既含睇兮又宜笑，子慕予兮善窈窕”。 山鬼：《九歌》中所咏山神。 含睇：含情脉脉。 慕：思慕，爱慕。

水调歌头

尧舜去已远，稷契不重来[1]。周流天上地下[2]，我马亦悠哉。君向云中独立，知与何人相俟，孔盖逐风回[③]。长忆目成处[④]，却苦别离催[⑤]。　　被明月，佩宝璐，冠崔嵬[⑥]。可怜幼好奇服，年老在尘埃[⑦]。天地与吾同性，日月与吾同命，何事有馀哀[⑧]。故国空乔木[⑨]，野鹿上高台[⑩]。

[注释]

①稷契：尧舜时代的臣稷与契。　②“周流”句：本《离骚》“周流观乎上下”。　周流：周游。　③孔盖：以孔雀羽毛装饰的车盖。亦泛指华丽的车舆。　④目成：眉目传情。语出《九歌·少司命》：“满堂兮美人，忽独与余兮目成。”　⑤“却苦”句：意本《九歌·少司命》“悲莫悲兮生别离”。　⑥“被明月”三句：“被明月兮佩宝璐”、“冠切云之崔嵬”，均见《九章·涉江》。被（pī），通“披”。　明月：夜光珠。　璐：美玉名。　崔嵬：高耸貌。此指帽。　⑦“可怜”二句：语出《九章·涉江》“余幼好此奇服兮，年既老而不衰”。　奇服：新奇的服饰。即上文明月、宝璐、崔嵬之冠。比喻高洁不同流俗的志行。　⑧“天地”三句：语出《九章·涉江》“与天地兮比寿，与日月兮齐光。哀南夷之莫吾知兮，旦余将济乎江湘”。　何事有馀哀，反“哀南夷”句意而言之。　⑨“故国”句：“所谓故国者，非谓有乔木之谓也，有世臣之谓也。”见《孟子·梁惠王下》。　故国：原指历史悠久的国家，此指故都。　乔木：高大的树木。常用以形容故国、故里。如颜延之《还至梁城作》诗“故国多乔木”。　⑩“野鹿”句：春秋时，伍子胥谏吴王，吴王不听。子胥乃曰：“臣今见麋鹿游姑苏之台也。”见《史记·淮南衡山列传》。后常以指国家倾亡。

水调歌头

怀吴中诸友

孔孟化尘土，秦汉共丘墟[①]。人间美恶如梦，试看几张书。还是天一地二，做出朝三暮四[②]，堪笑又堪悲。谁忆陶元亮[③]，春酒解饥劬[④]。　　老将至，岁既晏[⑤]，念春归。停云亲友南北[⑥]，何以慰离居[⑦]。半郭半村佳处，一竹一花生意，吾亦爱吾庐[⑧]。时访前村酒，旋买小溪鱼。

[注释]

①丘墟：此指古代遗迹成为荒地、废墟。 ②朝三暮四：《庄子·齐物论》写狙公（养猴的老人）给群猴分橡子，他说："朝三而暮四。"群猴皆怒。于是改说："朝四暮三。"群猴皆悦。后以为不变实质、只变名目以欺人的典故。此指历代帝王愚弄民众之事。 ③陶元亮：陶潜一名渊明，字元亮。 ④"春酒"句：本陶潜《和刘柴桑》诗"春醪解饥劬"。 饥劬（qú）：饥饿，劳苦。 ⑤"老将至"二句：语出《离骚》"老冉冉其将至兮，恐修名之不立"。《九歌·山鬼》"岁既晏兮孰华予"。 岁既晏：原指年已老，此指岁暮。 ⑥停云：停止不动的云。陶潜有《停云》诗，序云："停云，思亲友也。"后多用作思亲友之意。 ⑦离居：此指亲友天各一方，散处分居。⑧"吾亦"句："众鸟欣有托，吾亦爱吾庐。"见陶潜《读山海经》诗。

水调歌头

客有言持志者，未知其用，因赋

志可洞金石[①]，气可塞堪舆[②]。问君所志安在，富贵胜人乎[③]。看取首阳二子，叩住孟津匹马，天讨不枝梧[④]。特立浮云外[⑤]，大块可齐驱[⑥]。 铁可折，玉可碎，海可枯。不论穷达生死，直节贯殊途[⑦]。立处孤峰万仞，袖里青蛇三尺[⑧]，用舍付河图[⑨]。睎汝阳阿上[⑩]，濯汝洞庭湖[⑪]。

[注释]

①"志可"句：指至诚之心志可使金石为之开。语出汉刘向《新序·杂事四》："熊渠子见其诚心而金石为之开，况人心乎？" 洞：开。 金石：喻至坚之物。 ②"气可"句：意本《孟子·公孙丑上》"其为气也，至大至刚……则塞于天地之间"。 塞：充满。 堪舆：天地。 ③"富贵"句：《史记·魏世家》记子击问田子方："富贵者骄人乎？且贫贱者骄人

乎?"田子方答:"贫贱者骄人。"后以指对富贵权势之蔑视。此本其意。④"看取"三句:指武王伐纣时伯夷、叔齐叩马而谏之事。见《史记·伯夷列传》。　首阳二子:即伯夷、叔齐。武王平殷乱后,天下宗周。伯夷、伯齐耻之,义不食周粟,隐于首阳山,采薇而食,后饿死。　叩住:勒住。孟津:在今河南孟州南。武王伐纣,由陕西进入河南,由此渡过黄河。天讨:上天的诛讨。武王伐纣曾发布誓辞云:"故今予发,惟共行天罚。"见《史记·周本纪》。不枝梧:不支持。指伯夷、叔齐反对武王伐纣。　⑤特立:独立。亦指有坚定的志向和操守。　⑥大块:大地。　⑦直节:正直的志节。　⑧袖里青蛇:本唐吕岩诗"袖里青蛇胆气粗"。　青蛇:古宝剑名。此泛指剑。　⑨用舍:"用行舍藏"之略语。《论语·述而》:"子谓颜渊曰:'用之则行,舍之则藏,唯我与尔有是夫。'"谓被任用则行其道,不被任用则退隐。　河图:儒家关于《周易》卦形来源的传说。《易经·系辞上》:"河出图,洛出书,圣人则之。"据汉儒孔安国、刘歆等解说,伏羲时有龙马出黄河,马背有旋毛如星点,称作龙图。伏羲取法以画八卦。⑩晞汝:"晞女髮兮阳之阿",见屈原《九歌·少司命》。晞汝,"晞汝髮"的略语。晞髮,晒髮使干,指高洁脱俗的行为。　阳阿:古代神话中山名,为朝阳初升时所经之处。　⑪濯汝:"濯汝足"的略语。《孟子·离娄上》:"沧浪之水浊兮,可以濯我足。"

水调歌头

客有言存心者,未得其序,因赋

欲觅存心法,当自尽心求。此心尽处,豁地知性与天侔①。行尽武陵溪路,忽见桃源洞口,渔子舍渔舟②。输与逃秦侣③,绝境几春秋④。　举全体,既尽得,要敛收⑤。勿忘勿助之际⑥,玄牝一丝头⑦。君看天高地下,中有鸢飞鱼跃⑧,妙用正周流。可与知者道⑨,莫语俗人休⑩。

[注释]

①“欲觅”四句:意本《孟子·尽心上》“尽其心者,知其性也。知其性,则知天矣。存其心,养其性,所以事天也”。 豁地:豁然,开悟貌。侔:等齐。 ②“行尽”三句:“武陵人捕鱼为业,缘溪行,忘路之远近。忽逢桃花林……林尽水源,便得一山。山有小口,仿佛若有光,便舍船从口入。初极狭,才通人;复行数十步,豁然开朗。”见陶渊明《桃花源记》。王维《桃源行》亦有“行尽青溪”之语。此以武陵渔人发现桃花源经过,喻尽心知性、豁然开悟之境。 ③逃秦侣:指桃花源中人,因其自称先世避秦乱而来,故云。见《桃花源记》。 ④“绝境”句:桃花源中人自云先世来此,“遂与外人间隔”,“不知有汉,无论魏晋”。见《桃花源记》。 ⑤“举全体”三句:意本《孟子·尽心上》朱熹集注“人有是心,莫非全体。……故能极其心之全体而无不尽者,必其能穷夫理而无不知者也”。 ⑥勿忘勿助:语出《孟子·公孙丑上》朱熹集注“心勿忘,勿助长也”。意谓存心养气,“当勿忘其所有事,而不可作为以助其长”。 ⑦玄牝:道家指孳生万物的本源,比喻道。见《老子》。此喻心性。 ⑧鸢飞鱼跃:语出《诗经·大雅·旱麓》“鸢飞戾天,鱼跃于渊”。后以指万物各得其所。此以形容尽心知性后的化境。 ⑨知者:能了解的人,有见识的人。⑩“莫语”句:莫语俗人,不要对俗人说。休,此作助词。

满江红

客有索赋梅词者,余应之曰:自林和靖诗出,光前绝后矣。姑以此意赋之可也

唐宋诸公,谁道得、梅花亲切。到和靖、先生诗出,古人俱拙。写照乍分清浅水,传神初付黄昏月[①]。尽后来、作者鬥尖新,仍重叠[②]。 离不得,春和腊。少不得,烟和雪[③]。更茅檐低亚,竹篱轻折。何事西邻春得入,还如东阁人伤别[④]。总输他、树下作僧来,离言说[⑤]。

[注释]

①“写照”二句：指林和靖最能为梅花写照传神的名句“疏影横斜水清浅，暗香浮动月黄昏”。见《山园小梅二首》之一。 ②重叠：此指重复。③“离不得”四句：指一般咏梅诗离不开春、腊、烟、雪一类字面。 ④“还如”句：用杜甫《和裴迪登蜀州东亭送客逢早梅相忆见寄》诗“东阁官梅动诗兴，还如何逊在扬州”句意。 ⑤原注：“鲁直云：‘今作梅花树下僧。’”离言说：指黄庭坚此句较有新意，不落言诠。

满江红

不敢赋梅，赋感梅

洞府瑶池，多是见、桃红满地。君试问、江海清绝，因何抛弃。仙境常如二三月，此花不受春风醉。被贩儿、俚妇折来看，添憔悴。 泛雪艇，摇冰柑。溪馆静，村扉闭。须祁寒彻骨①，清香透鼻。孤竹赤松真我友②，姚黄魏紫非吾契③。笑方壶、日日绕南枝，犹多事。

[注释]

①祁寒：严寒。 ②“孤竹”句：梅与松、竹，俗称岁寒三友。 孤竹：独生之竹。又，伯夷、叔齐为孤竹君之二子，此兼用其字面象征孤高。赤松：松树的一种，树皮淡红色。此泛指松。又，传说中有仙人赤松子，此兼用其字面象征高逸。 ③姚黄魏紫：牡丹花的两个名贵品种。此指俗艳之花。 非吾契：原注，“渊明云：‘高举寻君契。’”此反陶渊明句意，谓俗艳非梅所投合者。

[集评]

况周颐云：“方壶词《满江红·感赋梅》云：‘洞府瑶池，多见是、桃红满地。君试问、江梅清绝，因何抛弃。仙境常如二三月，此花不受春风醉。’此意绝新，梅花身分绝高，向来未经人道。”（《蕙风词话》卷二）

水调歌头

岁暮书怀

草木自成岁，禽鸟已春声。仰观俯察，多少宇宙古今情[①]。遐想炎黄以上[②]，逮至汉唐而下，几个费经营。巢许有真意[③]，无责自身轻。 富与贵，贫与贱，死还生。方壶岁晚，深感梅蕊向人倾。造物元来无物，有物还应自造，人意几曾平。天际识归路，野鹤忽长鸣。

［注释］

①“仰观”二句：“仰观宇宙之大，俯察品类之盛。……俯仰之间，已为陈迹，犹不能不以之兴怀。”见晋王羲之《兰亭集序》。此用之。 ②炎黄：炎帝神农氏与黄帝轩辕氏。此指上古。 ③巢许：巢父和许由。传为尧时隐士，尧让位于二人，皆不受。事见晋皇甫谧《高士传》、《庄子·逍遥游》、《史记·伯夷列传》等。

沁园春

忆黄山

三十六峰，三十六溪，长锁清秋。对孤峰绝顶，云烟竞秀，悬崖峭壁，瀑布争流。洞里桃花，仙家芝草，雪后春正取次游[①]。亲曾见，是龙潭白昼，海涌潮头。 当年黄帝浮丘[②]，有玉枕玉床还在不。向天都月夜[③]，遥闻凤管，翠微霜晓，仰盼龙楼。砂穴长红，丹炉已冷，安得灵方闻早修。谁知此，问原头白鹿[④]，水畔青牛[⑤]。

［注释］

①春正（zhēng）：正月。此指春日。 ②浮丘：即浮丘公。古代传说中的仙人。 ③天都：黄山高峰名。 ④白鹿：白色的鹿。古时以为祥

瑞。 ⑤青牛：老子西游，骑青牛出函谷关。见《史记·老子韩非列传》司马贞《索隐》引刘向《列仙传》。后以为神仙道士之坐骑。

沁园春

挂黄山图十二轴，恰满一室，觉此身真在黄山中也。赋此词，寄天都峰下王道者

家在柳塘，榜挂方壶，图挂黄山。觉仙峰六六[1]，满堂峭峻。仙溪六六[2]，绕屋潺湲。行到水穷，坐看云起[3]，只在吾庐寻丈间[4]。非人世，但鹤飞深谷，猿啸高岩。
如今老疾蹒跚，向画里嬉游卧里看。甚花开花落，悄无人见。山南山北，谁似余闲。住个庵儿，了些活计，月白风清人倚阑。山中友，类先秦气貌，后晋衣冠[5]。

[注释]

①仙峰六六：即三十六峰。 ②仙溪六六：即三十六溪。 ③"行到"二句：用王维《终南别业》诗"行到水穷处，坐看云起时"句。 ④寻丈间：泛指八尺到一丈之间。 寻：古代长度单位，一般为八尺。 ⑤后晋：指晋代。因在上句所言秦之后，故云。

行香子

腊八日与洪仲简溪行[1]，其夜雪作

野店残冬，绿酒春浓，念如今、此意谁同。溪光不尽，山翠无穷。有几枝梅，几竿竹，几株松。 篮舆乘兴[2]，薄暮疏钟。望孤村、斜日匆匆。夜窗雪阵，晓枕云峰。便拥渔蓑，顶渔笠，作渔翁。

[注释]

①腊八日:农历十二月初八。十二月又称腊月,故云。　②篮舆:古代供人乘坐的交通工具,形制不一,一般以人力抬行,类似后世的轿子。

行香子

雪后闲眺

策杖溪边,倚杖峰前,望琼林、玉树森然[①]。谁家残雪,何处孤烟。向一溪桥,一茅店,一渔船。　别般天地,新样山川,唤家僮,访鹤寻猿。山深寺远,云冷钟残。喜竹间灯,梅间屋,石间泉。

[注释]

①琼林、玉树:形容雪后之林、树。

水调歌头

雪中篘酒[①],恰得三十六壶。乃酹黄山之神[②],而歌以侑之[③]

酿秫小春月[④],取酒雪花晨。漏壶插破浮蚁[⑤],涌起碧鳞鳞。谁觉东风密至[⑥],更带梅香潜入,瓮里净无尘。一见酒之面,便得酒之心。　这番酒,□□□[⑦],未及宾。黄山图就,旧日境界喜重新。三十六峰云嶂,三十六溪烟水,三十六壶春。寄语黄山道,我是境中人。

(以上《方壶存稿》卷八)

[注释]

①篘(chōu)酒:滤酒。　②酹(lèi):洒酒于地以祭奠。　③侑(yòu):劝。此指劝酒。　④酿秫:用秫黍酿酒。　秫:粱米、粟米之粘者,多用于酿酒。　⑤浮蚁:酒面上的浮沫。　⑥密至:悄悄来到。　⑦唐

氏按:原无空格,据雍正刊本补。

鹊桥仙

书所作词后

柳塘居处,方壶道号,汪姓莘名耕字。欲将丹药点凡花,教都做、水仙无计。　家中安石[①],村中居易[②],总是一场游戏。曲终金石满吾庐,争奈少、柳家风味[③]。

[注释]

①安石:当指晋谢安,字安石。曾隐于东山,屡辟不起。　②居易:指唐白居易。　③争奈:怎奈。

鹊桥仙

欲　雪

倘来无定[①],浮生如寄[②],休说真非真是。道人半睡半醒时[③],全身在、碧霄宫里[④]。　风师四起[⑤],云君六合[⑥],茅舍有何准拟[⑦]。待他雪阵打窗来,旋披起,半床纸被[⑧]。

[注释]

①倘来:意外得来,偶然得到。语出《庄子·缮性》:“轩冕在身,非性命也。物之倘来,寄者也。”　②浮生:语本《庄子·刻意》“其生若浮,其死若休”。谓人生虚浮不定,故称之为“浮生”。　③道人:此谓悟道之人,作者自指。　④碧霄宫:天上的神仙宫阙。　⑤风师:传说中的风神。此指风。　⑥云君:传说中的云神。此指云。　六合:此指云从上下四方聚合。　⑦准拟:准备,安排。　⑧纸被:古时用藤纤维纸制成的一种被子。“纸被围身度雪天。”见陆游《谢朱元晦寄纸被》诗。

沁园春

余自总角好性命之说①。其一身之中,自《黄庭》之所已言②,烟萝子之所未备③,搜寻剖□,斯已勤矣。闲从人求其法,高者如捕影,卑者不足为。嘉泰二年冬夜,坐一榻,知思所及,随乎骇目。尔后凡七载,时时为之。自知非深根固蒂之道,亦可谓世外之妙观矣。太上《云笈》有四规一镜之方④,存形立影之法,十五年前,未知此也。偶自有得,后乃见之。乃叹曰:太上立法⑤,令人造此,余以无法造,顾岂妄想哉。及观《楞严》宾主离合之义⑥,又知十五年前所谓,正佛之所诃,故并赋之,以示同志,足以知余之不欺也

流水小桥,茅屋竹窗,纸帐蒲团⑦。把坎宫闭了⑧,虎龙吟啸,离宫锁定⑨,日月回环。万点星飞,两轮电转⑩,五色圆光天样宽。□奇处,渐冥冥杳杳,有个鸦翻。　当时筑著机关。后常把空华戏弄看⑪。更有些可笑,寐中清境,有些可怪,镜里清颜。太上留魂,老君炼魄⑫,又被瞿昙都扫残⑬。如何好,只单修见性⑭,双炼还丹⑮。

[注释]

①总角:古时儿童束髮的两结,向上分开,形状如角,故称总角。总:束髮。此处借指童年。　性命之学:此指道家之学。　②黄庭:指道教的经典著作《黄庭经》。　③烟萝子:传说中古代学仙得道者。此泛指修道者。　④太上:此指道教尊神太上老君。　⑤云笈:指宋真宗时张君房所撰道教著作《云笈七签》。　⑥楞严:指佛教的《楞严经》。　⑦纸帐蒲团:此指修道中简易的卧坐之具。　⑧坎宫:九宫之一,属八卦之宫。坎在八卦中为北方之卦。故古代术数家以坎宫指居北的方位,于时为冬,于五行为水。　⑨离宫:九宫之一,属八卦之宫。离在八卦中为南方之卦。故术数家以离宫指居南的方位,于时为夏,于五行为火。　⑩两轮:指日和月。　⑪空华(huā):亦作“空花”。佛教语。隐现于病眼者视觉中的繁花状虚影。比喻纷繁的妄想和假相。语出《楞严经》卷四:“亦如

翳人，见空中华；翳病若除，华于空灭。忽有愚人，于彼空华所灭空地，待华更生；汝观是人，为愚为慧？” ⑫“太上”二句：指道家之修炼。太上、老君，均指老子。道教奉老子为教祖，尊之为太上老君。“老君”之称，最早见于《后汉书·孔融传》。“太上老君”之称，最早见于《魏书·释老志》。老子，姓李名耳，字伯阳。生而白首，故号老子；耳有三漏，又号老聃。见《老子内传》。 ⑬瞿昙：释迦牟尼的姓。亦作佛的代称。一译乔答摩（Gautama）。 ⑭唐氏按：“只”原作“子”，从雍正刊本。 ⑮还丹：道家合九转丹与朱砂再次提炼而成的丹术。此指炼就此丹，得道成仙。

杏花天

寄天台刘允叔[①]

残雪林塘春意浅，倚碧玉、阑干日晚。天涯五色明如剪[②]，上有新蟾占断[③]。　从别后、水遥山远，倩说与、天台刘阮[④]。方壶只有梅花伴，不似桃花庭院[⑤]。

[注释]

①刘允叔：不详。当是作者友人。 ②五色：青、赤、白、黑、黄。此指五色云气或云彩。 ③新蟾：新月。传说月中有三足蟾蜍，故称。 ④倩：请，求。 天台刘阮：指东汉刘晨、阮肇。相传二人在天台山遇仙，归来已是晋代。此处指作者天台友人刘允叔。 ⑤桃花庭院：刘晨、阮肇天台遇仙女为桃花洞，此借以称美天台友人所居。

杏花天

有　感

美人家在江南住，每惆怅、江南日暮[①]。白蘋洲畔花无数[②]，还忆潇湘风度。　幸自是、断肠无处，怎强作、莺声燕语。东风占断秦筝柱[③]，也逐落花归去。

[注释]

①“美人”二句：用《楚辞·离骚》“恐美人之迟暮”句意。　惆恨：惆怅、怨恨。　②白蘋洲：长满白色蘋花的沙洲。诗词中常以指与情人有关之地。　③鄎(qín)：古代乐器，似筝，七弦，有柱。

减字木兰花

诗家清绝，檐外森然苍玉节[①]。学易无思，一笑窗前白玉妃[②]。　　何人共说，山上青松松上雪。更有谁知，溪在门前月在溪。

[注释]

①森然：茂密貌。　②白玉妃：白梅。玉妃，指梅花。

西江月

赋红白二梅

红白虽分两色，清香总是梅花。早春风日野人家，相对伯夷柳下[①]。　　爱影拈将灯取，惜香放下帘遮。长安如梦只堪嗟，乐此应须贤者。

[注释]

①伯夷柳下：伯夷、柳下惠都是古代高洁之士，常并称“夷惠”，故以喻红白二梅。　伯夷：商代孤竹君长子，因孤竹君遗命立次子叔齐为继承人。叔齐欲让位于伯夷，伯夷不受，二人先后逃到周。后因武王灭商，二人耻食周粟，饿死于首阳山。　柳下惠：即春秋鲁大夫展禽，字季。因食邑柳下，谥惠，故又称柳下惠。传说他曾夜宿郭门，遇到一个没有住处的女子，因怕她受冻，用衣裳裹住，坐之于怀，一夜而不及于乱。后人因以指有操守的男子。

西江月

赋红梅

曾把红梅入室，门人不敬红梅。清香一点入灵台，傲雪家风犹在。　　状貌妇人孺子，性情烈士奇才。自开自落有谁来，与汝上林相待①。

[注释]

①"与汝"句：原注，"上林苑有朱梅。"　上林：秦旧苑，汉武帝扩建，周围至三百里，有离宫七十所，中养禽兽，供皇帝春秋打猎。地在今陕西西安市西及周至、户县界。

西江月

张文潜诗有东海大松①，序云：土人相传，三代时物。徐仲车先生和之。余意古松之散在天地间，其拄青天而蔽厚地者，可以数计周知。欲合而处之，不可得也。作问松

天下老松有数，人间不记何年。海心岳顶寺门前，我欲收成一片。　　为向此公传语，却教老子随缘。龙盘虎踞负青天②，岂若吾身亲见。

[注释]

①张文潜：张耒，字文潜。宋淮阴人，熙宁进士，徽宗时官至太常少卿，出知颍、汝二州，坐党籍落职。曾从苏轼游，与秦观、晁补之、黄庭坚并称"苏门四学士"。　②龙盘虎踞：亦作"龙蟠虎踞"。语出晋张勃《吴录》。原指地形雄壮险要，此指古松之虬曲苍劲。　负：背负。

卜算子

立春日赋

夏则饮红泉[①],冬则餐红朮[②]。一片新春入手来,不费些儿力。　　春在水无痕,春在山无迹。李白桃红未吐时,好个春消息[③]。

[注释]

①红泉:红色的泉水。传说东方朔小时掘井时陷落地下,随人泛红泉至仙草之处。见汉郭宪《洞冥记》。此指清泉。　②红朮:即赤朮。　朮:草名。多年生草本。有白朮、苍朮、赤朮等,根茎可入药。《尔雅·释草》:"朮,山蓟。"　③"好个"句:指立春日。谓山水之间未露春之痕迹,桃李亦未吐春光,而立春日即是春消息之吐露。

南乡子

茅舍起疏烟,家在寒溪阿那边[①]。修竹当篱梅当户,萧然。问是尧天是葛天[②]。　　风雨入新年:惟恐春阴咽管弦。绿酒一樽歌一曲,人传。不属天仙属散仙。

[注释]

①阿那(ē nà):指示代词,犹那,那个。李白《相逢行》:"万户垂杨里,君家阿那边。"　②葛天:此指葛天氏之时。葛天氏,传说中的远古帝名。

好事近

嘉定二年正月二日大雪

堂上挂黄山,辉映庭前春雪。记得山中雪境,恰一般清绝。　　须知天锡与方壶，比似镜湖别[1]。好得镜湖狂客[2]，伴方壶欢伯[3]。

［注释］

①“须知”二句：作者自谓所居方壶乃天所赐与，与唐代贺知章请为道士时敕赐镜湖有别。　锡与：赐与。　镜湖：在今浙江绍兴会稽山北麓，以水平如镜，故名。　②镜湖狂客：指贺知章。贺知章性放旷，善谈笑，晚号四明狂客，终老于镜湖。　③方壶欢伯：此与“镜湖狂客”对举，盖作者自指。“欢伯”本为酒之别名，此指怡然自乐之老者。

好事近

雪后金叔润相挽溪行

挽我过溪桥，请与春风权摄[1]。推出雪峰千丈，照碧溪春色。　　别来三度见梅花，今日共君说。只这溪山十里，剩几多风月。

［注释］

①权摄：暂时代管。

生查子

春晴寓兴

天上不知天，洞里休寻洞。洞府天宫在眼前，春日都浮动。　　我自觉来看，他在迷时梦。觉则人人总是仙，步步乘鸾凤。

好事近

春有三变，曰：孟、仲、季。天分四象，曰：晓、夕、昼、夜。自是而出，有不可胜言者矣。约而赋之，凡七篇

孟 春

风日未全春，又是春来风日。不出方壶门户，见东皇消息[①]。　此时春事苦无多，春意最端的[②]。却被草牙引去，向柳梢收得。

[注释]

①东皇：传说中司春之神。此指春天。　②端的(dí)：确实。

好事近

仲 春

春早不知春，春晚又还无味。一点日中星乌[①]，想尧民如醉[②]。　不寒不暖杏花天，花到半开处。正是太平风景，为人间留住。

[注释]

①唐氏按："乌"原误"乌"，从雍正刊本。　②尧民：尧时之民。

好事近

季 春

风雨打黄昏，啼杀满山杜宇[①]。到得人间春去，问英雄何处。　桃红李白竞春光，谁共残妆语[②]。最是梨花一树，照谁家庭户。

[注释]

①杜宇:即杜鹃鸟,传为古蜀帝杜宇之魂所化。春末夏初常昼夜啼鸣,其声哀切,如云“不如归去”。 ②残妆:喻落花。

好事近

春 晓

阆苑梦回时[①],窗外数声啼鸟。觉我床前天气,便清明多少。 诗人门户约花开[②],宿蝶误飞了。一段山青水绿,作洞庭春晓。

[注释]

①阆苑:阆风之苑。传说中仙人的住处。此指自己居处。 ②约花开:指门户开启时拂动花枝。 约:拂。

好事近

春 夕

夹岸隘桃花[①],花下苍苔如积。蓦地轻寒一阵,上桃花颜色。 东邻西舍绝经过,新月是相识。白玉阑干斜倚,作蓬山春夕[②]。

[注释]

①隘:通“溢”。充盈,堆积。 ②蓬山:蓬莱山,传说中的仙山。

好事近

春 昼

天宇绿无云,迟日江山如绣[①]。是日轻衫团扇,笑折花相授。 南山之北北山南,星鸟尚依旧。谁在松风高卧，作嵩阳春昼[②]。

［注释］

①“迟日”句：用杜甫《绝句二首》之一“迟日江山丽”句意。迟日，《诗经·豳风·七月》：“春日迟迟。”后以“迟日”指春日。 ②嵩阳：嵩山之南。

好事近

春 夜

月落画桥西，花影柳阴相亚[①]。把住常娥问道[②]，是谁家亭榭。 天边处士少微星[③]，正在杏花下。斜卓参旗一片[④]，作草堂春夜。

［注释］

①相亚：互相掩映。 ②常娥：即嫦娥。神话中的月中女神。③处士少微星：少微，星座名，一名处士星。此指隐士。 ④参旗：星名。属毕宿，共九星，在参星西。又名“天旗”、“天弓”。

洞仙歌

正月二日大雪，自后雨雪屡作，至三十日甲子，始晴

春王正月[①]，雪阵联翩下。我有春风怎生卖。忽扫残夜雨，推出朝阳，天地里，玉烛一枝无价[②]。 早春虚过了，尚有二分，是处春光好收买[③]。也不违天性，不远人情，杨柳陌、临水夭桃亭榭[④]。身子外、只要自家人，共酒后羲皇[⑤]，花前偏霸。

[注释]

①春王：指正月。按《春秋》体例，鲁十二公之元年均应书“春王正月公即位”，有些地方因故不书“正月”二字，后遂以“春王”指代正月。　②玉烛：指和畅之气。《尔雅·释天》：“四气和谓之玉烛。”　③是处：到处、处处。　④夭桃：艳丽的桃花。语出《诗经·周南·桃夭》：“桃之夭夭，灼灼其华。”　夭：美盛貌。　⑤羲皇：即传说中三皇之一伏羲氏。此为“羲皇上人”之略，指羲皇之世生活恬适之人，以喻隐逸之士。

乳燕飞

清明日，携幼为南山之游，适为游人所先。回访落石岩，恰坐定，有石楠红叶，飘下樽俎间。小饮而归，久立碧桃花下，即事赋之

策杖南山去。到南溪、谁家宅院，欺人先渡。羽扇徐麾僮仆退，翠柳白沙西路。帝赐我、阆风玄圃[①]。一片飞来红叶阔，细看来、上有双鸾句[②]。应念我，尘中住。

眼前儿女闲相语。怪人间、禁烟时节[③]，安排樽俎[④]。为道从来寒食好，且莫思量今古。共绿水、春风鸥鹭[⑤]。望我壶天天未晚[⑥]，记碧桃、花发闲庭户。归到也，对花舞。

[注释]

①阆风：阆风之苑。传说中仙人居处。　玄圃：传说中昆仑山顶的神仙居处，中多青花异石。玄，通“悬”。　②双鸾：此指乘双鸾的仙人。③禁烟时节：指寒食节。在清明前一日或二日。传说春秋时晋文公负其功臣介之推，介之推愤而隐于绵山。文公悔悟，烧山逼令出仕，介之推抱树焚死。人民同情介之推，相约于其忌日禁火冷食。后成习俗，谓之寒食。此处“禁烟时节”泛指寒食、清明时节。禁烟，即禁火。　④樽俎：古代盛酒食的器皿。樽以盛酒，俎以盛肉。此指酒肉筵席。　⑤鸥鹭：此喻忘机之友。　⑥壶天：传说东汉费长房为市掾时，市中有老翁卖药，悬一壶于肆头，市罢跳入壶中。长房于楼上见之，知为非常人。次日诣翁，翁

与俱入壶中，唯见玉堂严丽，旨酒甘肴盈衍其中，共饮毕而出。事见《后汉书·方术传下·费长房》。后以“壶天”指仙境、胜境。此作者自指其所居方壶。

八声甘州

惜馀春、蛱蝶引春来，杜鹃趣春归[①]。算何如桃李，浑无言说[②]，开落忘机[③]。多谢黄鹂旧友[④]，相逐落花飞。芳草连天远，愁杀斜晖。　　谁向西湖南畔，问亭台在否，花木应非。看孤山山下，惟说隐君庐[⑤]。想钱塘、春游依旧，到梨花、寒食隘舟车[⑥]。寻常事，不须惆怅，暮雨沾衣[⑦]。

[注释]

①趣（cù）：催促。　②“算何如”二句：意本古谚“桃李不言”，见《史记·李将军列传》引。　浑无：都无。　③开落忘机：此指花之开落无心。　④黄鹂旧友：唐戎昱《移家别湖上亭》有“黄鹂住久浑相识”之句，此用其意。　⑤隐君：隐士。此指宋代隐居孤山的林逋。　⑥隘舟车：车船充塞。　⑦“寻常事”三句：原注，“邵康节云：‘风雨寻常事，人心胡不安。’”

浣沙溪

邦君孟侯坐上论牡丹[①]，以为此花发于春深，禀气厚，故结花大；且属余赋词。遂以此意赋之。二月初二夜

白日青天蘸水开，落花江上玉鞭回。东君擎出牡丹来[②]。　　独占洛阳春气足，遂中天下作花魁[③]。相知深处举离杯[④]。

[注释]

①邦君:对州郡长官的尊称。 ②东君:传说中司春之神。 ③花魁:百花的魁首。梅、兰皆有“花魁”之称,牡丹则号“花王”,此处以“花魁”指牡丹,盖以合韵。 ④“相知”句:原注,“使君时擢浙东仓使。” 离杯:叙别之酒。

满庭芳

雨中再赋牡丹

云绕花屏,天横练带,画堂三月初三。斜风细雨,罗幕护轻寒。无数天香国色,枝枝带、洛浦嵩山。烧红烛,吞星□日,光射九霞冠①。 仙宫,深几许,黄莺问道,紫燕窥帘。似太真姊妹②,半醒微酣。须信生来富贵③,何曾在、草舍茅庵。皇州近,扁舟载去,春色冠东南。

[注释]

①九霞冠:华丽的冠帔。 ②太真姊妹:唐玄宗贵妃杨玉环号太真,姊三人以杨贵妃专宠分别封韩、虢、秦国夫人。姊妹皆美艳,此以喻牡丹。③“须信”句:原注,“韩魏公牡丹诗云:‘管弦围簇生来贵。’”

谒金门

使君再招饮,牡丹如山,坐上赋此

檐溜滴①,都是春归消息。带雨牡丹无气力,黄鹂愁雨湿。 争看洛阳春色②,忘却连天草碧。南浦绿波双桨急,沙头人伫立③。

[注释]

①檐溜:檐沟流滴的雨水。 ②洛阳春色:指牡丹花。 ③“忘却”三

句:南朝梁江淹《别赋》“春草碧色,春水绿波。送君南浦,伤如之何”句意。据前《浣沙溪》(白日青天蘸水开)原注,孟使君擢浙东仓使将行,故有此三句。

玉楼春

赠别孟仓使①

一片江南春色晚,牡丹花谢莺声懒。问君离恨几多长,芳草连天犹觉短。 昨夜溪头新溜满,樽前自起喷龙管②。明朝飞棹下钱塘,心共白蘋香不断。

[注释]

①孟仓使:孟使君擢浙东仓使,见前《浣沙溪》(白日青天蘸水开)原注。 ②喷龙管:吹笛。 喷(fèn):吹奏。 龙管:笛的美称。

江神子

再 赠

鹧鸪声里别江东①。绿阴中,夕阳红,一点离愁,相对景重重。目断大罗天上客②,朝玉帝,把芙蓉③。 紫阳山下偶相逢。醉金钟,跨苍龙,归去故山,犹带白云封。洞口桃花如恨我,飘满地,任春风。

[注释]

①鹧鸪声:鹧鸪,鸟名。古人谐其鸣声为“行不得也哥哥”,诗文中常借以表示思乡或惜别留客。 江东:长江自芜湖、南京以下南岸地区。孟使君将离之地黄山即属江东。 ②大罗天上客:喻达官贵人。此指孟使君。 大罗天:道教所称三十六天中最高一重天。此以喻朝廷。 ③把芙蓉:“素手把芙蓉”,见李白《古风五十九首》其十九。 把:执。 芙

蓉：莲花。

满庭芳

寿金黄州[1]

云梦南来[2]，岷嶓东会[3]，楼前天水苍茫。黄州太守，万里作金汤[4]。淮上烟尘初敛[5]，仍安集、耕陇渔乡[6]。须知道，纶巾羽扇，不独数周郎[7]。 生朝[8]，遥想处，雪消赤壁[9]，春动黄冈[10]。有新翻杨柳[11]，细抹丝簧。竹外一枝更好[12]，应回首、清浅池塘[13]。看看也，天边凤诏[14]，归侍赭袍光[15]。

[注释]

①金黄州：生平不详。据词中“黄州太守”等句，似为金姓黄州太守。黄州：隋唐宋时期州名，元改路，明改府，清因之。今湖北黄冈。 ②云梦：古泽名。晋以后包括洞庭湖。 ③岷嶓：岷山、嶓冢山的合称。 岷山，在四川北部，绵延于蜀、陇边境，为长江、黄河分水岭。 嶓冢山：在今甘肃省天水与礼县之间。古人误以为汉水上源。 ④万里作金汤：承“云梦”二句，谓黄州以岷嶓、云梦为金汤。 金汤：金城汤池，即金属造的城，沸水流淌的护城河。形容城池险固。 ⑤烟尘初敛：战乱刚刚止息。 ⑥安集：指战乱之后的安定百姓、招集流亡。 ⑦“纶巾”二句：宋苏轼《念奴娇·赤壁怀古》词写周瑜“羽扇纶巾，谈笑间，强虏灰飞烟灭”，此用之，谓不独周瑜，金黄州亦有焉。 纶（guān）巾：用青色丝带做的头巾。传三国蜀诸葛亮在军中服用，故又称诸诸葛巾。 羽扇：用长羽毛制成的扇子。《太平御览》卷七十二引晋裴启《语林》：“诸葛武侯与宣王在渭滨将战，武侯乘素舆，葛巾，白羽扇，指挥三军。”后因“纶巾羽扇”谓大将指挥若定、潇洒从容。 ⑧生朝：生日。 ⑨赤壁：此指黄州赤鼻矶，亦即苏轼作《念奴娇》怀古词处，常被认作孙权与刘备联军大破曹操之赤壁。 ⑩黄冈：旧为黄州州治、府治，1912 年后改黄州市为黄冈县。 ⑪新翻杨柳：汉乐府横吹曲辞《折杨柳》，至唐易名《杨柳枝》，开元时入教坊曲。至

白居易依旧曲作辞，翻为新声。其《杨柳枝词》之一云：“古歌旧曲君休听，听取新翻《杨柳枝》。”此处“新翻杨柳”泛指新曲。 ⑫“竹外”句：指梅花。苏轼《和秦太虚梅花》：“竹外一枝斜更好。” ⑬清浅池塘：宋林逋《山园小梅二首》之一有“疏影横斜水清浅”之句，此用之。 ⑭凤诏：即诏书。晋陆翙《邺中记》：“石季龙与皇后在观上，为诏书五色纸著凤口中，凤既衔诏，侍中放数百丈绯绳，辘轳回转，凤凰飞下，谓之凤诏。凤凰以木作之，五色彩画，脚皆用金。”语出此。 ⑮赭袍：即天子所穿赭黄袍，此指代天子。

哨 遍

余酷喜王摩诘山中与裴迪书①，因隐括其语为《哨遍》歌之②。其用韵平侧按稼轩词③

近腊景和，故山可过，足下听余述③。便自往山中，憩精蓝，与僧饭讫④。北涉灞川，明月华映郭，夜登华子冈头立。嗟辋水沦涟，与月上下，寒山远火蒙笼⑤。听林外犬类豹声雄。更村落谁家鸣夜舂。疏钟相闻，独坐此时，多思往日。　　噫，记与君同，清流仄径玉琤琮。携手赋佳什⑥，往来萝月松风⑦。只待仲春天，春山可望，山中卉木垂萝密。见出水轻儵，点溪白鹭，青皋零露方湿。雉朝飞，麦陇鸣俦匹，念此去非遥莫相失。倘能从我敢相必⑧。天机非子清者，此事非所急，是中有趣殊深，愿子无忽，不能一一。偶因驮檗附吾书，是山人王维摩诘⑨。

（以上《方壶存稿》卷九）

［注释］

①王摩诘：唐代诗人王维，字摩诘。 山中与裴迪书：即《山中与裴秀才迪书》。裴迪，王维友人。 ②隐（yǐn）括：就原有的文章用另一种体裁加以剪裁、改写。 ③平侧：即平仄。旧体诗词和骈俪文中所用字音必须平仄相间。平指四声中的平声，仄指四声中的上、去、入三声。稼轩词，指

辛弃疾同用《哨遍》这一词调的词。稼轩，辛弃疾号。 ③"近腊"三句：此隐括《山中与裴秀才迪书》中"近腊月下，景气和畅，故山殊可过。足下方温经，猥不敢相烦"等句。 腊：农历十二月。 景和：景物气候和融顺畅。 故山：旧居之山。此指王维辋川别业所在的陕西蓝田山。 过：访。 ④"便自往"三句：隐括"辄便往山中，憩感配寺，与山僧饭讫而去"。 精蓝：佛寺，僧舍。 蓝：梵语"阿兰若"之略。此指感配寺。 饭讫：吃了饭。 ⑤唐氏按："火"原误"家"，从雍正刊本。 ⑥"北涉灞川"至"携手赋佳什"一段：隐括"北涉玄灞，清月映郭。夜登华子冈。辋水沦涟，与月上下。寒山远火，明灭林外。深巷寒犬，吠声如豹。村墟夜舂，复与疏钟相间。此时独坐，僮仆静默，多思曩昔携手赋诗，步仄径、临清流也"。 灞川：为渭水支流，关中八川之一。 华映郭：指明月的光华映照城郭。 郭：外城。 华子冈：辋川别业二十景之一。 辋水：即辋川，又名辋谷川。在蓝田县南，向北流入灞河。 沦涟：波纹。 蒙笼：即朦胧，时明时灭貌。夜间舂米声。 仄径：狭窄的小路。 玉琤琮（chēng cōng）：形容流水声如玉相击清脆可听。 ⑦萝月松风：月在藤萝，风生松下。 ⑧"只待仲春天"至"倘能从我敢相必"一段：隐括"当待春中，草木蔓发，春山可望，轻鲦出水，白鸥矫翼，露湿青皋，麦陇朝雊。斯之不远，倘能从我游乎"。 仲春：春季的第二个月，即农历二月。 轻鯈（tiáo）：白鲦鱼。因其游动轻快，故称。 青皋：春天的水边，绿意盎然的水边。 零露：露水。零，降落。 雉朝飞：乐府琴曲名，传为齐处士犊木子见雉雌雄相随、朝飞于野，感伤而作。此用其字面。 麦陇鸣俦匹：谓雉雌雄相从，鸣叫于麦田。 ⑨"天机非子清者"至"是山人王维摩诘"一段：隐括"非子天机清妙者，岂能以此不急之务相邀？然是中有深趣矣，无忽！因驮黄檗人往，不一。山中人王维白"。 天机：天性。

[集评]

况周颐云："方壶居士词，其独到处，能淡而瘦。"（《蕙风词话》卷二）

存目词

《历代诗馀》卷五十有汪莘《南州春色》“清溪曲”一首，乃汪梅溪作，见《花草粹编》卷八引《辍耕录》，而《辍耕录》不载。此词见前王十朋存目。

曹彦约

曹彦约(1157—1228)，字简甫，号昌谷，都昌(今属江西)人。淳熙八年进士。薛叔似宣抚京湖，辟为主管机宜文字。历湖南、江西安抚，迁宝章阁学士，提举崇福宫。有《昌谷集》，自《永乐大典》辑出。

满庭芳

寿 妻[①]

老子今年，年登七十，阿婆年亦相当。几年辛苦，今日小风光。遇好景，何妨笑饮，依前是、未放心肠。人都道，明明了了，强似个儿郎。　幸偿，婚嫁了[②]。双雏蓝袖[③]，拜舞称觞[④]。女随夫上任，孙渐成行。惭愧十分圆满[⑤]，无以报、办取炉香[⑥]。频频祝，百年相守，老子更清强。

(《截江网》卷六)

[注释]

①唐氏按：此首原无撰人姓氏，题作“曹安抚寿妻”。　②“幸偿”二句：东汉向平子女婚嫁毕即不问家事，出游名山大川，不知所终。见《后汉书·逸民传》。后称子女婚嫁事毕为“向平愿了”。此用之。　③双雏蓝袖：指一对新人。蓝袖，指新人所服衣衫。　④拜舞：跪拜舞蹈。古代朝拜的礼节。此指新婚夫妇对父母跪拜行礼。　称觞：举杯祝酒。　⑤惭愧：此为感幸之词，犹多谢、难得、侥幸。　⑥办取：此指安排。

【补　辑】

芮　烨

芮烨(1121—?),字国瑞,与兄烨同登绍兴十八年(1148)进士。乾道初年提举浙西常平,后转江西转运判官。淳熙初年,提刑浙东,又任秘书少监、国子监祭酒兼国史院编修,以吏部侍郎兼同修国史。累官兵部尚书。《宋史翼》卷十三有传。

菩萨蛮

晴云低蘸湖光湿,新凉远带江声入。风景逼中秋,移樽月在楼。　　蓝田栽竹手,借竹为君寿。苍翠一年年,长承雨露边。

虞美人①

翠屏罗幕遮前后。舞袖翻长寿。紫髯冠珮御炉香。看取明年归奉、万年觞。　　今宵池上蟠桃席。咫尺长安日。宝烟飞焰万花浓。试看中间白鹤、驾仙风。

(以上二首俱见《诗渊》第二十五册,引自孔凡礼《全宋词补辑》)

[注释]

①孔凡礼按:此词《全宋词》录入,为辛弃疾词;以后又录入,为无名氏词。

【补　辑】

刘季裴

刘季裴（1123—？），一作刘季斐，字少度，原籍开封（今属河南），南渡后居福安（今属福建）。绍兴十八年（1148）进士。历官秘书丞、监察御史，后为起居郎兼太子左庶子。乾道间曾上孝宗《十论》，其屯田主张大得称赏。懂经学，能诗赋，有《论孟周易解》、《颐斋遗稿》等。

念奴娇[①]

三光五岳[②]，震乾坤英彩，非金非玉。赫赫岩岩真相种[③]，来跨横空仙鹄。十万儿童，和丰堂下，齐把梅山祝。黑头难老，岁寒苍桧修竹。　　须信自有家传，中庸一卷[④]，是长生真箓[⑤]。借问河阳公去后[⑥]，几度桃开桃熟。十九年间，梦回天上，又见棠阴绿[⑦]。看看促觐[⑧]，喜传沙路新筑[⑨]。

（见《诗渊》第二十五册，引自孔凡礼《全宋词补辑》）

［注释］

①孔凡礼按：此词《全宋词》作黄宰词，别见。文字略有异。　②三光：指日、月、星。　③赫赫岩岩：形容相貌富贵。　④中庸：儒家经典。⑤箓（lù）：秘诀。　⑥河阳公：晋人潘岳曾任河阳令，命全县遍植桃李。⑦棠阴：棠梨树阴，召公在棠树下断案使民各得其所，此喻良吏惠政。⑧觐（jìn）：指朝见帝王。　⑨沙路：沙堤，凡拜相，府县为其府前载沙填路。

【补　辑】

徐叔至

徐叔至,高宗、孝宗时人。生平不详。

促拍满路花

秋上曾两府[1]

人间秋正好,天上月才圆。玉霄人不老,对婵娟。五龙护日[2],一笑着貂蝉[3]。禁殿开金钥,宝炬宫壶,诏催移下钓天[4]。　昴奎分秀采[5],箕翼与长年[6]。华堂歌宛转,舞蹁跹。醉围红袖,妙墨起风烟。回首恩波地[7],身在江湖,为公一赋新扁[8]。

[注释]

①孔凡礼按:此词紧次姜特立《满庭芳·寿曾两府》"丹染吴枫"词。此词所云之"曾两府"与姜词之"曾两府"当属一人。　②五龙:传说中五个人面龙身的仙人。　③貂蝉:以貂尾与附蝉为饰的帽子。　④钓:孔凡礼按:当为"钧"之误。　⑤昴奎:昴宿与奎宿。借指显贵能文者。　⑥箕翼:箕宿与翼宿。　⑦恩波:指帝王恩泽。　⑧扁:孔凡礼按:当为"篇"之误。

鹧鸪天[1]

两两台符映昴躔[2],南熏披拂寿炉烟[3]。宝图继统千龄会[4],金铉调元一相贤[5]。　兰玉满[6],庆蝉联。天教世有鲁山川。霞觞更对瑶池侣,共看蟠桃着子年。

(以上二首见《诗渊》第二十五册,引自孔凡礼《全宋词补辑》)

［注释］

①孔凡礼按:《宋诗纪事》卷五十三曾怀小传谓"怀拜右丞相,封鲁国公",与此词"一相贤"、"鲁山川"云云相合。此词当为寿曾怀而作。查《宋史宰辅表》,曾怀除右丞相,一为乾道九年(1173)十月,一为淳熙元年(1174)七月。自"庆蝉联"句言,此词当作于淳熙元年。　②台符:指诸侯公卿。此指宰相。　昴躔(chán):昴宿的位置。　③南熏(xūn):指南风。　④宝图:指黄帝于洛水临观,凤皇衔图送于黄帝事。　⑤金铉:本为提鼎的金属器具,喻宰相。　⑥兰玉:芝兰玉树,喻优秀子弟。

存目词

《诗渊》有徐叔至《长生乐》"玉露金风月正圆"、"阆苑神仙平地见"二词,见《全宋词》,为晏殊词,兹不录。兹略述其文字不同处。《诗渊》第一首有"秋"字为题,"洞府"作"洞夜"。第二首"装真筵帮"作"众真上寿";"玉女双"作"玉女双双";"祝千岁长生"作"千岁得长生"。

《诗渊》又有徐叔至《拂霓裳》"庆生辰"一词,亦见《全宋词》晏殊词,不录。其略异处:诗渊"是百千春"作"是日生春";"玉色"作"五色";"尧云"作"尧龄"。

以上三词文字,《诗渊》有胜处。

【补　辑】

□　阳

□阳,无考。

八声甘州[①]

渐纷纷、木叶下亭皋[②],秋容际寒空。庆屏山南畔,龟游绿藻,鹤舞青松。缥缈非烟非雾,喜色有无中。帘幕金风细,香篆迷濛。　好是庭闱称寿[③],簇舞裙歌板,欢意重重。况芝兰满砌,行见黑头公[④]。看升平、乌栖画戟,更重开、大国荷荣封。人难老,年年醉赏,满院芙蓉。

(见《诗渊》第二十五册,引自孔凡礼《全宋词补辑》)

[注释]

①孔凡礼按:此词《全宋词》引《截江网》卷六录入,别见,为无名氏词。　②亭皋:水边平地。　③庭闱:内舍。　④黑头公:年轻而居高位的人。

【补　辑】

赵彦逾

赵彦逾（1130—1207），字德老，四明（今浙江宁波）人。绍兴三十年（1160）进士。官至工部尚书。晚年以资政殿大学士典乡郡，召除提举万寿观兼侍读，进观文殿学士。《宝庆四明志》卷九有传。

点绛唇

春到皇都，日边已觉风光丽[①]。异人名世。独禀阳和粹。　福寿川增，行庆鸳行缀[②]。笙歌重。几多珠翠。拚取今宵醉。

（见《诗渊》第二十五册，引自孔凡礼《全宋词补辑》）

[注释]

①日边：喻京城。　②鸳行：喻朝官整齐行列。鸳同“鹓”，立止有序。

【补　辑】

卫时敏

卫时敏(1132—1180),字子修,昆山(今属江苏)人。少怀大志,读书撰文。绍兴年间,曾任泰州海陵主簿。后监潭州南岳庙,授两浙转运司催促起发物斛官,监行在太平惠民和剂局。淳熙三年(1176),改宣教郎知临安府仁和县,磨勘转通直郎。

水调歌头[①]

骑鲸紫霞客[②],来作世耆英[③]。襟怀金玉循良,名字古无人。所至民歌遗爱,脱屣归来绿野[④],笑傲乐天真[⑤]。不学渭滨老[⑥],公子自长生。　一杯酒,再三祝,八十春。从今细数庆集,百度似今辰。绿鬓朱颜长好,何事紫芝仙草,兰玉自诜诜[⑦]。盛事有如此,谁道四难并[⑧]。

[注释]

①孔凡礼按:此词《诗渊》谓"宋卫子修"作。下首同。　②骑鲸:喻游仙。　③耆英:德高望重的老人。　④屣(xǐ):鞋。　绿野:绿野堂,唐裴度隐居时所建。　⑤乐天:白居易。　⑥渭滨老:姜太公。　⑦诜诜(shēn):众多貌。　⑧四难并:本南朝宋谢灵运《拟魏太子邺中集诗序》"天下良辰、美景、赏心、乐事,四者难并"。

念奴娇

春风桃李,问耐寒何似,霜松雪柏。珍重拔烦京兆手[①],早岁声名霹雳。收卷经论[②],摆遗荣利,物外多闲适[③]。熊经龟咽[④],真传秘诀消息。　寿秩初满华严,韶颜转映，绿鬓方瞳碧。况□□云供宴几[⑤]，静对凫翁鹤客[⑥]。只恐日边[⑦]，蒲轮催动，密侍钧天席[⑧]。上玉卮尧殿[⑨]，长生倍注仙籍。

（以上二首见《诗渊》第二十五册，引自孔凡礼《全宋词补辑》）

［注释］

①拨烦：指处理繁忙的公务。 ②论：孔凡礼按，似应为“纶”字。 ③闲：《全宋词》作“间”，通。 ④熊经龟咽：养生之法。如熊攀树而悬，龟息长生。 ⑤孔凡礼按：“况”下缺二字，今补“□□”。 ⑥凫：野鸭。 ⑦日边：喻朝廷。 ⑧钧天：指帝王。 ⑨尧殿：宫殿敬称。

【补　辑】

高伯达

高伯达,生平不详,南宋初人。

汉宫春[①]

寿张安国舍人[②]

绛阙朝元[③]。倦飞鸾控鹤[④],来寓人间。天教散舒和气,好与春还。蓬瀛罢宴,褪仙裳、欲冠貂蝉[⑤]。应是念、潇湘胜概,来与蕃宣[⑥]。　宣室向来初见[⑦],叹不如、文帝夜半虚前[⑧]。多情吊沉赋罢,莫负留连。经纶事叶,向朝廷、谁与争先。明岁好,云屏间坐,十分宣劝金船[⑨]。

[注释]

①孔凡礼按:此词原脱去调名,今补。　②张安国舍人:孔凡礼按,安国,名孝祥。《建炎以来系年要录》卷一百八十二绍兴二十九年(1159)六月癸酉,有"起居舍人张孝祥试中书舍人"之记载。此词之作,当在其时或稍后。　③朝元:朝见皇帝。　④控鹤:指成仙。　⑤冠貂蝉:戴上以貂尾和附蝉为饰的帽子。　⑥蕃宣:指护卫。　⑦宣室:宫殿。　⑧"文帝"句:指贾谊见孝文帝。文帝坐宣室问之鬼神事。　⑨金船:酒杯。

千秋岁

影摇波动。晓日浮华栋。庆麟绂[①],征兰梦[②]。绿擎龟叶小,红拂莲腮重[③]。帘幕外,半天仙驭来飞鞚[④]。
两两骖鸾凤[⑤]。□窣珠衣纵。香雾散,祥云拥。□传金母信[⑥],酒为麻姑送。休惜醉,与君更下蟠桃种。

[注释]

①麟绂(fú):指祥瑞,以丝带系麟角。　②征兰梦:孕育贵子征兆。③龟、莲:均为祥瑞之物。《史记·龟策列传》:"龟千岁乃游莲叶之上。"④飞鞚(kòng):飞驰。　鞚:有嚼口的马络头。　⑤骖鸾凤:乘鸾驭凤。⑥金母:西王母。

鹧鸪天

海上蟠桃月样圆。从头屈指几千年。双成已报春消息[①],输与萧郎半月前[②]。　风露晓,月华鲜。兽炉烟袅水沉烟。骑鸾踥鹤休归去[③],留取人间作女仙。

（以上三首见《诗渊》第二十五册,引自孔凡礼《全宋词补辑》）

[注释]

①双成:董双成,西王母的侍女。　②萧郎:指萧史。　③踥:孔凡礼按,疑为"鞚"。

【补　辑】

郝子直

郝子直,生平不详,南宋初人。

喜迁莺[①]

风云际会[②]。自军兴勋业,唯公屈指。中镝红心[③],骄虏胆丧,中正已回天意。采石扶危鏖战,激励熊罴乘势。震天地,沮金狄百万[④],元颜诛毙[⑤]。　英卫。摅红气[⑥],寰海共欣,雪恨亡胡岁。宸眷褒功[⑦],华衮貂蝉,荣拜济时左揆[⑧]。圣君用贤终始,肯使留侯谦退[⑨]。后范蠡,愿永佐中兴,庄椿同纪[⑩]。

[注释]

①孔凡礼按:查《宋史》,宋高宗绍兴三十一年(1161)十一月,虞允文大败金军于采石,金主完颜亮旋为其部下所杀,金军北遁。此词,当为寿允文者。　②风云际会:指君臣遇合。　③镝(dí):箭头。　④金狄:金兵。　⑤孔凡礼按:"元"当作"完"。　完颜:指金主完颜亮。　⑥孔凡礼按:"红",疑应为"虹"。　⑦宸眷:皇帝的恩宠。　⑧左揆:左丞相。　⑨留侯:指张良。　⑩庄椿:祝寿之词。《庄子·逍遥游》:"上古有大椿者,以八千岁为春,八千岁为秋。"

画堂春

华堂当日诞今辰。庆门人降西真[①]。一杯千岁祝遐龄[②]。莫厌频斟。　不愿头白还黑,不愿齿落重生。但容艳只如今[③]。寿等松椿。

(以上二首见《诗渊》第二十五册,引自孔凡礼《全宋词补辑》)

[注释]

①庆门:对别人家的敬称。　西真:即西王母。　②遐龄:长寿。③孔凡礼按:此句脱去一字。

【补　辑】

何安中

何安中，字得之，生平不详，南宋初人。见《墨庄漫录》卷七。

天　香

南国蜚声，三鳌孕粹，中兴循吏称首。官在中都，斑参玉笋[①]，妙简帝心应久[②]。长材已试，名字向、金瓯先覆[③]。貂冕冠蝉载服，鸾台凤池荣簉[④]。　年年桂觞介寿。正江梅、犯寒时候。料想舞僮歌女，翠鬟依旧。富贵人间罕有。任鼎沸笙箫对樽□[⑤]。稳步堤沙[⑥]，高攀禁柳。

（见《诗渊》第二十五册，引自孔凡礼《全宋词补辑》）

［注释］

①玉笋：人才济济。　②妙简：精心选拔。　③"名字向"句：指拜相。　④鸾台：唐门下省别称，此指相位。　凤池：即凤凰池，指相位。　簉（zào）：登上。　⑤孔凡礼按：据律，"樽"后脱一字，补"□"。　⑥堤沙：即沙堤、沙路。唐制，拜相后，县府以其府前用沙铺路以便行。

【补 辑】

徐明仲

徐明仲，生平不详，南宋初人。

水调歌头

春寿太守

迟日笼晴昼，新火敛馀寒[①]。东君着意，留恋春色在人间。故遣蓬瀛仙侣，来布阳和德泽，造化寄毫端[②]。麾节经行处[③]，喜气满江山。　听歌谣，五袴暖[④]，二天宽[⑤]。汉朝侧席[⑥]，英隽玺诏促征还[⑦]。鞭算钱流粟腐[⑧]，刃往剧剸烦解[⑨]，启沃动龙颜[⑩]。已有白麻笔，草制在金銮。

[注释]

①新火：寒食节后新取的火。　②毫端：细毛的末端，形容非常细微。　③麾节：指挥旗和符节，借指将帅。　④五袴暖：指生活富足。《后汉书·廉范传》中载民歌："平生无襦今五袴。"　袴（kù）：套裤。　⑤二天宽：指秉公执法。　⑥汉朝侧席：指帝王所敬重。汉文帝虚席问贾谊事。　⑦英隽：才智杰出之人。　⑧钱流粟腐：指经济富足。　⑨剧剸（tuán）：指处理繁杂政务。　⑩启沃：指启导君王。

水调歌头

宗社中兴佐[①]，廊庙黑头公。故家乔木[②]，十年风虎会云龙[③]。三镇上流藩翰[④]，千里北门符钥，何许在民功。刀剑还牛犊[⑤]，饥馑化登丰。　政成时，春明媚，日和融。寿觞如海，愿公一酌倒三松。移取活人心手[⑥]，归作调元勋业[7],谈笑共平戎[8]。还使十书老,直与古人同。

（以上二首见《诗渊》第二十五册,引自孔凡礼《全宋词补辑》）

[注释]

①宗社:宗庙、社稷,即国家。 ②故家乔木:指世家人才。 ③风虎会云龙:指圣君贤臣相遇合。 ④藩翰:喻国界。 ⑤“刀剑”句:指休兵恢复农业生产。 ⑥活人:使人活,救助他人。 ⑦调元:喻掌控大权。 ⑧平戎:指驱金。

【补　辑】

陈之贤

陈之贤，生平不详，南宋初人。

满江红

人物英雄，更独抱、无双才气。年正壮，文章武略，尽曾留意。破胆欲凭胸内甲[①]，清原宴启舟中誓[②]。笑区区、燕雀不能知，青云志。　封侯貌[③]，神人比。社下手，须荣试。况相门出将，君家常事。斗印垂金他日贵，寿杯浮玉今朝醉。看年年、南极倍明时，春明媚。

[注释]

①胸内甲：指胸有韬略。　②舟中誓：指晋祖逖中流击楫作誓恢复中原事。　③封侯貌：指班超有"万里侯相"。

念奴娇

炎精昌运[①]，庆天为笃生[②]，中兴人杰。横臆甲兵三百万，要扫群胡妖孽。抚弱怜贫，排奸击暴，所至人推服。飘飘志气，伟哉一代英特。　预信衮衮公侯，名闻英胄，素有阴功积。腾踏从天上去[③]，笑作龙头奇客[④]。相印重封，将符再绾，尽履青毡物[⑤]。寿杯满泛，年年长醉正月。

（以上二首见《诗渊》第二十五册，引自孔凡礼《全宋词补辑》）

[注释]

①炎精昌运：国运昌盛，如日中天。　炎精：指太阳。　②笃生：生而得天独厚。　③"腾踏"句：依词律，此句脱一字。　④龙头奇客：指状元。⑤青毡物：指仕宦之家的传家宝或传统家业。

【补　辑】

丁求安

丁求安,生平不详,高宗、孝宗时人。

踏莎行

风卷霜浓,寒销冰谢。一年皎月惟今夜。桑弧蓬矢庆门阑[1],云旌羽盖连车马。　命服新翻[2],恩波如泻[3]。海沂致锦傅声价[4]。晓来和气着梅梢,春随温诏看看下[5]。

[注释]

①“桑弧”句:庆人得子。　②命服:官服。　③恩波:帝王的恩泽。　④海沂:海边。　傅:孔凡礼按:疑为“传”之误。　⑤温诏:言辞恳切的诏书。

踏莎行

紫府延龄[1],瑶池开宴。人间好事都如愿。凤雏喜带桂宫香[2],东床镇压鸾台彦[3]。　酒泛金杯,香飘龙篆。大家齐把瑶觞献。中兴天子急贤才,相期共入金銮殿。

(以上二首见《诗渊》第二十五册,引自孔凡礼《全宋词补辑》)

[注释]

①紫府:仙人居所。　②“凤雏”句:指子弟登科。　③鸾台彦:朝廷的贤才。

【补　辑】

赵师律

赵师律，太祖次子燕王德昭七世孙。其他不详。

念奴娇

镜天露洗，荡仁风[①]，满县正开桃李。无讼堂深晴画永[②]，帘卷鹅山浓翠。吏散棠阴[③]，鸟啼花散，箫鼓弦歌地[④]。印封碧藓，笑谈无限清致。　佳会正属悬弧，十分蕉叶[⑤]，共祝千秋岁。道骨仙风元自有，功业人间游戏。名覆金瓯[⑥]，班联玉笋，行庆风云会。莲舟容与[⑦]，此时归继仙裔。

[注释]

①仁风：喻恩泽。　②孔凡礼按："晴画"当为"晴昼"之误。　③棠阴：喻惠政。　④"箫鼓"句：指礼仪之邦。　⑤蕉叶：浅底酒杯。　⑥名覆金瓯：指拜相。　⑦容与：随水波动荡。

念奴娇

暮春寿太守

楚天春晚，尽替了，残红点成层碧。蝴蝶蜂儿娇未足，舞破游丝千尺。一夜风高，满天清露，冷浸琼楼彻。遮鸾绕凤，使君不是凡骨[①]。　游荡偶尔人间，铃斋谈笑[②]，好作龚黄匹[③]。火急功成天上去，却问蓬莱消息。酒泻鹅儿[④]，十分金盏，染就眉间色。满城争看，一封鹗荐飞入[⑤]。

［注释］

①使君:州府长官,如刺史、太守等。 ②铃斋:州府长官办公处。③龚黄:汉代循吏龚遂、黄霸。 ④鹅儿:鹅黄酒。 ⑤鹗荐:荐贤书。汉孔融《荐祢衡表》:“鸷鸟累百,不如一鹗。使衡立朝,必有可观。”

济天乐①

重阳还近秋光好,银屏翠箔凉透。凤髓炉温②,鱼轩瑞应③,天与冰壶清透④。多文在手。更赖玉腰肢,唾花衫袖⑤。旧约梅仙⑥,为来人世作珍偶。 虚堂帘半卷,化工何限意,妆点时昼。裛真香葵倾劝盏,都把芳心为寿。当歌对酒。愿绿鬓朱颜,镇长依旧。宝篆名高⑦,已书千岁久。

（以上三首见《诗渊》第二十五册,引自孔凡礼《全宋词补辑》）

［注释］

①孔凡礼按:“济天乐”,各书皆作“齐天乐”。 ②凤髓:烛油美称。③鱼轩:以鱼皮为饰的车子。 ④冰壶:明月。 ⑤唾花:形容唱歌“美妙”如口吐花朵。 ⑥梅仙:指梅福,汉代隐士,后成仙。 ⑦宝篆:指道家簿籍。

【补　辑】

赵师严

赵师严，太祖次子燕王德昭七世孙。曾于高宗末、孝宗初添差通判吴兴。

蓦山溪

春寿太守

文章太守，今作湖山主。冰雪照人清，赋仙家、出尘风度。流芳积庆，故自有渊源，家将相，世侯王，勋德藏盟府。　　政修人治，千里歌来暮。有脚是阳春①，鼓和风、遍充寰宇。芝泥封诏，肯为郡人留，苍玉佩，紫金貂，稳上星辰去。

（见《诗渊》第二十五册，引自孔凡礼《全宋词补辑》）

［注释］

①"有脚"句：指爱民恤物的官员。五代王仁裕《开元天宝遗事·有脚阳春》："宋璟爱民恤物，朝野归美，时人咸谓璟为有脚阳春，言所至之处，如阳春照物也。"

【补　辑】

无名氏

味词意,作者当为南宋人。

喜迁莺

春寿太守

光风转蕙,正中和节过,艳阳春半。暖日曈昽,瑞烟蓬勃,还是生申华旦[①]。保釐东土三载[②],分却九重霄旰[③]。政成也,且凝香燕寝,雍容方面。　堪羡。德望重,敌国隐然,不假长江险。堂上奇兵,胸中妙画,便是当年韩范[④]。况逢左辖虚位[⑤],早晚洪钧须转[⑥]。来岁里,看内家敕使,传呼宣劝。[⑦]

见《诗渊》二十五册,引自孔凡礼《全宋词补辑》

[注释]

①生申:伟人的生日。“维岳降神,生甫及申。”见《诗经·大雅·崧高》　②保釐:享福、赐福。　釐:通“禧”。　③霄:孔凡礼按:当作“宵”。　宵衣旰食:天不亮就穿衣,晚上才进食。　④韩范:韩琦、范仲淹,北宋名臣。　⑤左辖:左臣,为辅政大员,管辖尚书省事。　⑥洪钧:本指天。此指帝王的宠任。　⑦孔凡礼按:此词紧次赵师严《蓦山溪》“文章太守”一词后,脱去作者名氏。未敢遽定为赵师严作,姑系以无名氏。

【补　辑】

沈伯文

沈伯文，无考。

望海潮[①]

山连嵩岱，疆分齐鲁，济南自古多奇月。魄堕英星[②]，芒剪瑞□[③]，来参汉主龙飞[④]。仙露浥繁枝。振家声赫奕，金印传龟[⑤]。一种春风，后园桃李自成蹊[⑥]。　淮堧暂弭旌旗[⑦]。庆歌浮绿野，人静圜扉[⑧]。梅破粉痕，柳回星眼，相将紫诏催归。玉勒晓骢嘶[⑨]。望天墀咫尺[⑩]，香惹朝衣。最好朱颜绿鬓，劝宴凤凰池。

（见《诗渊》第二十五册，引自孔凡礼《全宋词补辑》）

[注释]

①孔凡礼按：本词“济南”云云，似所寿之人与济南有关；“来参汉主龙飞”云云，似其人与皇帝即位有关。此二者，与辛弃疾有相似处。辛为济南人，绍兴三十二年（1162）六月，宋孝宗即位，其时，辛在烽火中自金占区来归。然“振家声”云云，又不甚相似。　②魄：月亮。　③孔凡礼按：此处脱一字，补“□”。　④龙飞：指帝王即位或兴起。　⑤金印传龟：指继承高爵显位。　⑥桃李自成蹊：用“桃李不言，下自成蹊”典。　⑦淮堧（ruán）：淮水边平地。　⑧圜扉：狱门，牢狱。　⑨玉勒、骢：均指马。⑩天墀：宫殿。

【补　辑】

钱处仁

钱处仁,生平不详,南宋人。

念奴娇

勋门积庆,为皇家此日,重生贤辅①。嵩岳储神须信道,非特当年申甫②。清白传芳,高明驰誉,材更兼文武。黑头年少,风云还会龙虎③。　　天为指日垂弧④,张旝持节⑤,不遣穹庐去⑥。中使传宣⑦,颁赐锡赉⑧,清晓欢声旁午。两世光华,一门荣耀,盛事夸千古。祝公千岁,庙堂长佐贤主。

[注释]

①贤辅:贤明的辅相。　②申甫:周代名臣申伯和仲山甫。　③会龙虎:明君与贤臣相遇合。　④垂弧:生子。　⑤张旝:扬旗。　⑥穹庐:此指北方少数族。　⑦中使:皇帝的使者。　⑧锡赉:赏赐。锡通“赐”。赉(lài):赏赐。

醉蓬莱

正梧阴碧转,扇浪凉生,渐回秋意。祥绕朱门,有嵩灵钟瑞①。笔走龙蛇,句雕风月,好客敦高谊。苏小琵琶②,绿珠箫管③,日添罗绮。　　邃阁清班④,贰车清政⑤,奕叶蝉联⑥,世间谁比。行侍甘泉⑦,趁青春荣贵。尽卷虾鬚⑧,满斟鹦鹉⑨,向画堂沉醉。铜狄摩挲⑩,蓬莱清浅,八千椿岁。

（以上二首见《诗渊》第二十五册，引自孔凡礼《全宋词补辑》）

[注释]

①嵩灵钟瑞：祝颂语。 ②苏小：南朝齐钱塘名妓苏小小。此指歌伎。 ③绿珠：晋石崇爱妾。 ④邃：孙凡礼按：疑为“邃”。 ⑤贰车：副车、副职。 ⑥奕叶：累世。 ⑦甘泉：汉代宫名，代指皇帝。 ⑧虾鬚：帘子别称。 ⑨鹦鹉：酒杯之一种。 ⑩铜狄：铜人。

【补 辑】

李 焕

李焕,生平不详,南宋人。

喜迁莺

云蒸雷动。庆瑞岳降真,祥生申甫。元后慈贤[1],勋臣英烈,百世显光家谱。久许致身忠孝,何止满怀今古。听舆论,是侯王苗裔,神仙俦侣。　　争睹藩尹盛[2],刑措政成,和气横眉宇。北阙莺花,西湖风月,旌骑稳游天路[3]。福海寿山无比,烂醉黄堂歌舞[4]。正荣耀,有华姻宠授,清朝恩数。

[注释]

①元后:皇帝。 ②藩尹:卫国官员。 ③天路:指京城。 ④黄堂:州衙内的正堂。

喜迁莺

风云嘉会,有英杰瑞时,来符平泰。子建才华[1],平阳勋业[2],流庆至今犹在。闾史卿来曾记,骨相堂堂庞艾。少年日,已心包云泽,名高嵩岱。　　超迈人尽道,今代吏师,小试犹淹大。两路登车,三州出牧,游刃了无凝碍。便合进推荷橐[3],迨逦参陪天绛[4]。愿从此,奉明君真相,优游千载。

(以上二首见《诗渊》第二十五册,引自孔凡礼《全宋词补辑》)

[注释]

①子建:魏曹植。　②平阳:指曹参。秦末从刘邦起义,屡建功,汉朝建元,封为平阳侯。　③荷橐:装文具的小袋。　④天绊(zài):朝廷政务。　绊:事情。

【补　辑】

林伯镇

林伯镇，根据遗存作品中涉及的同时代人物，知其为南宋时人，生活在高宗、孝宗之时。

喜迁莺

百年卿族[①]。更七叶桂籍[②]，蝉联相续。早冠鳌峰[③]，入持魁柄[④]，却商野耕岩筑。搢绅望山瞻斗[⑤]。勋业铭书金竹[⑥]。倦陶冶，暂镜湖舒啸，琳宫休足[⑦]。　催促。归秉轴[⑧]，须与君王，同享无疆福。缓访赤松[⑨]，莫留绿野[⑩]，宇县待公恢复[⑪]。手把命珪堂印，腰束精镠寒玉。愿岁岁，看和羹梅绽[⑫]，古阶槐绿。

［注释］

①百年卿族：世为卿相。　②七叶：七世。　桂籍：科举登第人的名籍。　③鳌峰：指翰林院。　④魁柄：喻朝政大权。　⑤搢绅：插笏于绅。为古代官宦代称。　搢（jìn）：插。　绅：儒者宦者腰际大带。　望山瞻斗：仰望高山、北斗般的看他。　⑥金竹：典册、专史。　⑦琳宫休足：休入仙宫。　⑧秉轴：喻执政。　⑨赤松：仙人赤松子。　⑩绿野：裴度隐居建绿野堂。　⑪宇县：疆土。　⑫和羹：喻指大臣辅佐君王理政。

凤栖梧[①]

施司谏冬生日[②]

破腊星回春可数。天佑中兴，岳降神生再[③]。造膝一言曾寤主[④]，翱翔历遍清华路[⑤]。　盖代功名知自许。倦把州麾，小向琳宫住[⑥]。早晚诏催归禁署，致身宰相双亲具。

[注释]

①孔凡礼按：调名原脱，今补。 又按：陆游《渭南文集》卷十五有施司谏注东坡诗序，当即此词所云之施司谏。施名元之，所注东坡诗，有传本，部分残缺。查周密癸辛杂识、中兴百官题名记，施元之，中绍兴二十四年（1154）张孝祥榜进士；其除左司谏，盖孝宗乾道五年（1169）十一月事。此词之作，当在其时或稍后。 ②施司谏：施元之，曾为苏轼诗作注。③“岳降”句：生日祝辞。 ④造膝：促膝。 ⑤清华路：指官职显贵。⑥孔凡礼按：“任”当为“住”之误。

南乡子

弥诞秩初筵，催舞春雷杂管弦。惊破梅梢香喷雪，都缘。王母瑶池会列仙。 残腊嫩寒天，恰在正朝两日前[1]。挽借椒花先献寿，新元。重数壬辰第一年[2]

（以上三首见《诗渊》第二十五册，引自孔凡礼《全宋词补辑》）

[注释]

①正朝：正月初一日。 ②壬辰第一年：当指宋孝宗乾道八年（1172）。

【补　辑】

王　涣

王涣，字季光。宋孝宗乾道三年(1167)为新宜春丞，从政郎。乾道末年为武陵宰。据王辟之《渑水燕谈录》卷四，北宋仁宗庆历时也有一位王涣，以太子宾客致仕。孔凡礼《全宋词补辑》云："味此词意，作者或是前人。"

念奴娇

水沉香霭，满钱塘千里，秋烟如织。万井欢声瞻宝钱[①]，遥指明星南极[②]。辇路看花，神旗垂彩，名冠金门籍[③]。平阳家世[④]，凌烟都减颜色。　须信勋业风流，阳春有脚[⑤]，到处开桃李。洊拥油幢宸眷重，吴越江南江北。认取疏梅，东君深意，遣调羹消息。凤书飞下，绿槐元自相识[⑥]。

（见《诗渊》第二十五册，引自孔凡礼《全宋词补辑》）

[注释]

①万井：万户。　②南极：南极老人星。　③金门：金明门，翰林院在此，后指翰林院。　④平阳家世：王侯之家。汉曹参、曹寿先后封为平阳侯。　⑤阳春有脚：唐宋璟爱民恤物，人称其为有脚阳春，所到处如阳春照物。　⑥绿槐：指王公大臣。

【补　辑】

陈　䓪

陈䓪，根据词中所述，当为宋孝宗时人。

水调歌头[①]

明月双溪上，胜景号金华。当年此夕，多少鸾凤杂云霞[②]。共拥飘飖倦伯[③]，来作人间英杰，王谢旧名家。纶綍妙文采[④]，帷幄富忠嘉。　圣天子，形梦寤，眷尤加。麒麟烟上，早晚丹陛听宣麻[⑤]。鼎袖无穷勋业，岁岁薰风日永，萱秀北堂花[⑥]。潋滟绮筵酒，寿算等胡沙[⑦]。

（见《诗渊》第二十五册，引自孔凡礼《全宋词补辑》）

[注释]

①孔凡礼按：此词《全宋词》引《截江网》卷四，为无名氏作，别见。又：此词《全宋词》题作“寿枢密”。据词中“胜景号金华”云云，两宋金华人为枢密者唯叶衡。查《宋史》卷二百十三：淳熙元年（1174）四月，叶衡除端明殿学士签书枢密院事；六月，除参知政事；十月，诏兼权知枢密院事。此词之作，或在其时。　②鸾凤：指贤俊之士。　③倦伯：倦客。　④纶綍：指皇帝诏令。《礼记·缁衣》：“王言如丝，其出如纶；王言如纶，其出如綍。”　綍（fú）：大索。　⑤宣麻：诏拜将相。唐宋用白麻纸写诏书。　⑥“萱秀”句：谓母亲长寿。　⑦寿算：寿命。

【补　辑】

甄良友

甄良友，根据词中的“淳熙新政”等语句，知其为宋孝宗时人。

满庭芳

杲杲重光[①]，遥山耸翠，九天秋气高明。露团仙掌[②]，初月挂前星[③]。帝念吾君父子，亲传授、光启中兴。生储后[④]，是为三圣[⑤]，一道以相承。　　升平。当此际，黄花照座[⑥]，丹桂充庭[⑦]。对雨宫喜色[⑧]，百辟欢声[⑨]。好是橙黄橘绿，宣猷殿、酒碧香清。重重庆，尧仁舜孝，亲见禹功成。[⑩]

［注释］

①杲杲(gǎo)：光亮貌。　②仙掌：指汉武帝造的承露金人盘。　③前星：指太子。　④储后：储君，太子。　⑤三圣：本指周文王、武王、周公。此借指宋孝宗及其父、子三代。　⑥黄花：女儿。　⑦丹桂：喻子。　⑧雨宫：孔凡礼按：“雨”当为“两”之误。　⑨百辟：百官。　⑩孔凡礼按：此词乃为寿太子者。

南乡子[①]

十月小春天[②]，放榜梅花作状元。会庆礼成三日后，生贤。第一龙飞不偶然[③]。　　劝酒自弹弦，更着斑衣寿老仙。见说海坛沙张也，明年。此夜休。真我近前。

[注释]

①孔凡礼按:此词《全宋词》为甄龙友词,别见。　②小春天:农历十月,亦称小阳春。　③龙飞:状元为龙头頭,一曰龙飞。

感皇恩

钱参政[1]

华表鹤重来[2],嘉禾合穗[3]。天命真人救斯世[4]。故仙子来佐,中兴之际。这回真是个,风云会[5]。　天水庆源,钱塘潮势。主圣臣贤千岁。半钩月小,一剪梅花香细。太平无事也,休辞醉。

[注释]

①孔凡礼按:南宋孝宗时,钱氏为参政者有二人。一为钱端礼,隆兴二年(1164)十一月,兼权参知政事;一为钱良臣,淳熙五年(1178)十一月,自签书除参知政事。(均见《宋史·宰辅表》)据词,当为钱良臣。若作于隆兴之际,当不可云"太平无事"。　②华表鹤:用丁令威化鹤归乡事。　③合穗:禾苗一茎生二穗,古人视为吉祥。　④天命真人:即真命天子,指皇帝。　⑤风云会:指圣君与贤臣相遇合。

水调歌头

直节傲山雪,偃盖咏松风[1]。天香真色来报[2],春信月明中。六七日分景纬[3],五百年间英气,相值产维嵩[4]。君子中庸也,天下有胡公[5]。　把州麾[6],将漕计[7],简渊衷[8]。淳熙新政[9],往风虎,趁云龙。底用玉卮卜寿,看取天然难老,高竹与长松。更有红梅实,调鼎告成功。

［注释］

①“直节”二句:咏竹与松。 ②天香:指牡丹。 ③景纬:日与星。 ④嵩:高。喻品质高尚之人。 ⑤胡公:东汉胡广,处事练达,谚曰:“天下中庸有胡公。” ⑥把州麾:掌地方政权。 ⑦将漕计:控制漕运总量。 ⑧简渊衷:为君王分忧。 渊衷:深的胸怀,指皇帝胸怀。 ⑨淳熙:宋孝宗年号。

菩萨蛮

祝 寿

希夷本是儒先祖[①]。云仍来自神仙所[②]。前日一阳生[③],德星今夜明。 灵椿殊未老,仙桂双双好。好是百花魁。年年称寿杯。

［注释］

①希夷:指陈抟,受宋太宗重视,赐希夷先生号。 ②云仍:远孙。③一阳生:指冬至。

蝶恋花

照水绮霞明木杪。彩翼双栖,未觉桐阴少。正是一年秋色好。世间重睹香山老。 祝寿人如群玉绕。满酌金莲,愿永谐歌笑。仙客莫疑来不早,洞中日月天昏晓[①]。

(以上六首见《诗渊》第二十五册,引自孔凡礼《全宋词补辑》)

［注释］

①洞中日月:隐居生活。

【补　辑】

郑元秀

郑元秀，根据《水调歌头》词中“渡江龙化，于今五十有三年”之句，知其为宋孝宗时人。

水调歌头[①]

富贵不难致，名节几人全。渡江龙化，于今五十有三年[②]。历数中兴诸老，谁似武夷仙伯，操行老弥坚。吾道方中否，一柱独擎天。　　江南北，湘左右，惠宣敷。见说韩公城下，米斗只三钱。人愿公归台鼎[③]，我愿公归草隐，九老要齐肩。岁岁祝公寿，风月满梅川[④]。

［注释］

①孔凡礼按：此词，《全宋词》为黄格词，别见。　②“渡江”二句：指赵构于建炎三年（1129）避金兵渡江至杭州，至今已五十三年。　③台鼎：宰相。　④梅川：河名，在湖北武穴。

水调歌头

园林夸富贵，红绿簇枝头。阳和毓秀，气劘屈贾压曹刘[①]。翰墨场中独步，洒落胸中万卷，横截百川流。邈视青云侣，俯首看瀛洲。　　到如今，萦扃务，尚淹留[②]。庙堂应得好语，早晚觐宸旒[③]。从此立登要路，便可羽仪台阁，指日凤池游[④]。岁岁蟠桃会，椿算八千秋。

（以上二首俱见《诗渊》第二十五册，引自孔凡礼《全宋词补辑》）

[注释]

①“气劘(mó)”句:气势逼近屈原、贾谊、超过曹操、刘备。 ②淹留:虚度岁月。 ③觐宸旒:朝见君王。 ④凤池游:指在凤凰池任职。中书省在凤凰池。

【补 辑】

周 云

周云，字从龙，庐陵吉水人。曾以诗文受知周必大。宁宗开禧年间，真德秀奉使，辟掌笺表，授行在同知，主管枢密府机宜文字。领兵北归，调荆州、襄州，累建战功，擢广西兵马钤辖。

满庭芳

黄蕊封金，素英缕玉，此花端为君开。五云深处，昨夜见三台[①]。天相勋门庆胄[②]，嫖姚后[③]，重产英材。蝉宫客[④]，胸中万卷，荷橐久徘徊。（以下缺）

[注释]

①三台：喻三公，朝廷重臣。 ②天相：上天相助。 ③嫖姚：汉抗匈奴嫖姚将军霍去病。 ④蝉：孔凡礼按，当为“蟾”。

洞仙歌

千崖滴翠。正秋高时候，橙黄橘绿又重九。有蓬壶仙子、赤鲤来游[①]。风云会，施展经纶妙手[②]。　去年称寿处，北斗天浆，今夜天浆挹南斗。听笙箫云里奏，月满琼楼，瑶台上、拥出嫦娥观酒。待脚踏层云倒天河，尽倾向霞觞，与君为寿。

（以上二首见《诗渊》第二十五册，引自孔凡礼《全宋词补辑》）

[注释]

①赤鲤：传说中仙人所骑之红色鲤鱼。 ②经纶：理国事。

张 潞

张潞,字东之,江西永新人。曾为昭州(今广西平乐)州官。诗学杨万里、范成大。有《张昭州集》,今不传。

祝英台近

木 穉[1]

宝熏浓[2],云幄重[3],琼叶丽金蕊。黛绿蜂黄,秋态未憔悴。绣帘深院黄昏,著香无处,人欲睡、为花重起。 月如水。别有天外楼台,玲珑异尘世。翠袖生寒,只欠素娥倚[4]。何如倩取西风,吹将归去,为添在、广寒宫里。

(《阳春白雪》卷八)

[注释]

①穉:当为“樨”。 木樨:桂花的别称,以木材纹理如犀,故名。 ②宝熏:有笼覆盖的熏炉,此指炉中香气。 ③幄(wò):篷帐。 云幄:指篷帐如云之覆。 ④素娥:嫦娥。以月皎洁,故又名素娥。

崔与之

崔与之（1158—1239），字正子，号菊坡，增城（今属广东）人。累官秘书监，权工部侍郎，出知成都府。又为广东安抚使，拜参知政事，右丞相。以观文殿大学士致仕，封南海郡开国公。谥清献，有《菊坡集》。

水调歌头

题剑阁[①]

万里云间戍，立马剑门关。乱山极目无际，直北是长安。人苦百年涂炭，鬼哭三边锋镝[②]，天道久应还。手写留屯奏，炯炯寸心丹。　对青灯，搔白髮，漏声残。老来勋业未就，妨却一身闲[③]。梅岭绿阴青子[④]，蒲涧清泉白石，怪我旧盟寒[⑤]。烽火平安夜，归梦到家山。

[注释]

①剑阁：栈道名。在今四川剑阁县东北大、小剑山之间。“连山绝险，飞阁通衢，故谓之剑阁也。”见《水经注·漾水》。相传为诸葛亮修筑，是川陕主要通道，军事重地。　②三边：汉幽并凉三州，其地皆在边疆，故曰三边，后泛指边地。　③“老来”两句：即范仲淹《渔家傲》“燕然未勒归无计”句意。　④梅岭：即大庾岭，因多梅而曰梅岭，是入粤之路。　⑤旧盟寒：指冷落了旧时归隐之盟约。

[集评]

潘飞声云：“此词起四句，雄壮极矣，虽苏辛亦无以过之。”（《粤词雅》）

侯孝琼云：“雄豪之气，顿挫以出之，不减宋初范老子边塞词。”

贺新郎

寿转运使赵公汝燧[①]

雨过云容扫。使星明、德星高揭，福星旁照[②]。槐屋犹暄梅正熟，最是清和景好。望金节、云间缥缈[③]。和气如春清似水，漾恩波，沾渥天南道。晨鹊噪，有佳报。　　天家黄纸除书到[④]。便归来、升华天下[⑤]，安边养浩[⑥]。好是六逢初度日[⑦]，碧落笙歌会早。遍西郡、欢声多少。人道菊坡新酝美，把一觞、满酌歌难老。瓜样大，安期枣[⑧]。

（以上二首见《崔清献公集》卷五）

［注释］

①赵汝燧：字明翁，太宗八世孙，曾官漕帅（即转运使）。工诗，有《野谷诗集》。　②使星、德星、福星：朝廷派出之使者曰使星，见《后汉书·李郃传》；所在有德曰德星，见《宋史·天文志》；福星，岁星（岁行一次谓岁星）所居国，人主有福。见《史记·天官书》。　③金节：仪仗之属有金节。见《宋史·仪卫制》六。　④除书：授职的诏书。　⑤升华：官吏升级，又作升荣。　⑥养浩：即养气，涵养道德。《孟子·公孙丑上》："我善养吾浩然之气。"　⑦初度：出生之年时。见屈原《离骚》。　⑧安期枣：传说之仙果名。见《史记·封禅书》。

吴　琚

吴琚，字居父，号云壑，汴（今河南开封）人。乃宋高宗吴皇后之侄。历尚书郎、部使者、直学士。庆元间，以镇安节度使留守建康，嘉泰二年（1202）迁少保。工诗、书，字画类米芾，又以词翰被遇孝宗。卒谥忠惠，有《云壑集》。

念奴娇

题浮玉石簾山[①]

我来浮玉，似凭陵沧海，蹑金鳌背。又若骑鲸游汗漫[②]，飞入八荒之外[③]。钟鼓传声，楼台倒影，不类人间世。徘徊吟眺，恨无陶谢酬对[④]。　今古潮落潮生，问英雄多少，与江俱逝。直欲乘风归阆苑[⑤]，疑是三生习气[⑥]。未办鱼蓑，先盟鸥鹭[⑦]，奈卜邻无地。从今清夜，梦魂应绕空翠。

（《嘉定镇江志》卷二十一）

[注释]

①浮玉：即金山。　②汗漫：水势浩渺貌，此指大海。　③八荒：八方荒远之地。刘向《说苑·辨物》："八荒之内有四海，四海之内有九州。"　④陶谢：指陶渊明、谢灵运。　⑤阆（làng）苑：传说中仙人居处。　⑥三生：佛教语，指前生、今生、来生。　⑦"未办"两句：指渔隐的预想。

柳梢青

元月立春

彩仗鞭春[①]，鹅毛飞管[②]，斗柄回寅[③]。拂面东风，虽然料峭[④]，毕竟寒轻。　戴花折柳心情，怎捱得、元宵放灯。不是今朝,有些残雪,先去踏青。

(《阳春白雪》卷二)

[注释]

①鞭春:鞭打土牛以示遇春劝农之意。见宋孟元老《东京梦华录·立春》。 ②鹅毛飞管:本《梁武帝歌》“飞管促节舞少年”,李贺《天上谣》“王子吹笙鹅管长”,指乐器。此似指十二律管,古时以葭灰置于管中,至某一气节,相应律管中之灰即自动飞出。或以律管长似鹅管,故云。 ③斗柄:即北斗星之斗柄。斗柄东指,天下皆春,见《鹖冠子·环流》。 回寅:回春。寅,夏历正月为建寅之月。 ④料峭:风寒侵肌战慄貌。

浪淘沙

云叶弄轻阴,屋角鸠鸣。青梅著子欲生仁。冷落江天寒食雨,花事关情。 池馆昼盈盈,人醉寒轻。一川芳草只销凝。时有入帘新燕子,明日清明。

浪淘沙

岸柳可藏鸦,路转溪斜。忘机鸥鹭立汀沙[①]。咫尺钟山迷望眼[②],一半云遮。 临水整乌纱,两鬓苍华。故乡心事在天涯。几日不来春便老,开尽桃花。

(以上二首见《阳春白雪》卷四)

[注释]

①忘机鸥鹭:指与鸥鹭共乐,忘却机心。见《列子·黄帝》。 ②钟山:在今江苏南京市东。

水龙吟[①]

紫皇高宴萧台[②],双成戏击琼包碎[③]。何人为把,银河水翦，甲兵都洗。玉样乾坤，八荒同色，了无尘翳[4]。喜冰销太液[5]，暖融鳷鹊[6]，端门晓、班初退。　圣主忧民深意[7]，转鸿钧[8]，满天和气。太平有象，三宫二圣[9]，万年千岁。双玉杯深，五云楼迥，不妨频醉。细看来、不是飞花，片片是、丰年瑞。

［注释］

①宋孝宗淳熙八年（1181）元月初二，孝宗奉太上皇高宗至萼绿华堂赏梅。未初（下午一时左右），雪大下。移至明远楼张灯设宴，吴琚进喜雪《水龙吟》词。太上大喜，多有赏赐。见《武林旧事》卷七。　②紫皇：道家传说的神仙，见《太平御览》卷六百五十九《秘要经》。　③双成：传说为西王母之侍女董双成，见《汉武帝内传》。　琼包：指雪莹如碎玉。　④尘翳（yì）：灰尘蔽障。　⑤太液：汉建章宫北池名。见《三辅黄图》。　⑥鳷（zhī）鹊：汉宫名，在长安甘泉宫外，见《三辅黄图》。　⑦“圣主”句：未初，雪下。太上云：“雪却甚好，但恐长安有贫者。”命拨款赈济贫民。见《武林旧事》卷七。　⑧鸿钧：庞大的陶钧（制陶所用转轮）。喻上天造化。　⑨二圣：指太上皇高宗与孝宗皇帝。

酹江月[1]

玉虹遥挂，望青山隐隐，一眉如抹。忽觉天风吹海立[2]，好似春霆初发。白马凌空，琼鳌驾水[3]，日夜朝天阙。飞龙舞凤，郁葱环拱吴越。　此景天下应无[4]，东南形胜，伟观真奇绝。好是吴儿飞彩帜，蹴起一江秋雪[5]。黄屋天临[6]，水犀云拥[7]，看击中流楫[8]。晚来波静，海门飞上明月。

（以上二首见《武林旧事》卷七）

［注释］

①淳熙十年（1183），宋孝宗请太上皇往浙江亭观潮，宣谕侍宴官令各赋《酹江月》一首。至晚进呈，以吴琚为第一。见《乾淳起居注》。　②“忽觉”

句:本杜甫《朝献太清宫赋》"四海之水皆立",苏轼《有美堂暴雨》"天外黑风吹海立"。　③白马、琼鳌:形容潮头奔涌貌。　④"此景"句:高宗观潮,喜见颜色,曰:"钱塘形胜,东南所无。"孝宗起奏云:"钱塘江潮,亦天下所无有也。"见《乾淳起居注》。　⑤"好是"两句:西兴(浙江萧山)一带,市井水乡居民,弄潮儿等百馀人,皆手持十幅彩旗,踏浪争雄,直至海门(萧山东北)迎潮。见《乾淳起居注》。　⑥黄屋:帝王的车盖,以黄缯作盖里,故名。　⑦水犀:犀牛的一种,多生活于水中。　⑧中流楫:用晋祖逖中流击楫,发誓恢复中原典故。见《晋书·祖逖传》。

[**集评**]

薛砺若云:"骏发。"(《宋词通论》)

侯孝琼云:"以波静月明结风起涛飞,最妙,正所谓善以静结动,馀意无穷。"

存目词

《历代诗馀》卷五有吴琚《点绛唇》"憔悴天涯"一首,乃赵彦端所作,见《介庵赵宝文雅词》卷四。

刘　翰

刘翰，字武子，长沙人。为吴琚之客。有《小山集》一卷。

桂殿秋

寿于湖先生①

青帝子②，碧莲宫，不驾云车骑白龙。瑶池路远羽衣湿③，玉珮泠泠明月中。

[注释]

①于湖：张孝祥，字安国，号于湖，曾领建康留守。　②青帝：天帝名，东方之神。　③瑶池：古代神话中的仙境。见《穆天子传》。

桂殿秋

寿于湖先生

双玉节，到神京①，碧杯仙露冷如冰。一声金磬千花发，洞口天风吹酒醒。　（以上二首见《小山集》）

[注释]

①玉节：玉做的符节，守邦国者所用。符节一分为二，各持其一，使用时以两片相合为验，故称“双”玉节。见《周礼·掌节》。　神京：帝京。

蝶恋花

团扇题诗春又晚。小梦惊残，碧草池塘满。一曲银钩帘半卷，绿窗睡足莺声软。　瘦损衣围罗带减。前度风流，陡觉心情懒。谁品新腔拈翠管①，画楼吹彻江南怨。

（《阳春白雪》卷二）

［注释］

①新腔：新词，新曲。 翠管：杜甫《腊日》“翠管银罂下九霄”，仇兆鳌注为盛物之器，此似指乐器。

清平乐

萋萋芳草，怨得王孙老①。瘦损腰围罗带小，长是锦书来少。 玉箫吹落梅花②，晓寒犹透轻纱。惊起半屏幽梦，小窗淡月啼鸦。③

［注释］

①“萋萋”两句：见淮南小山《招隐士》“王孙游兮不归，春草生兮萋萋”。 ②落梅花：即《梅花落》，汉横吹曲名。 ③唐氏按：此首《历代诗馀》卷十三误作潘牥词。

［集评］

陆辅之云：“惊起二句是警句。”（《词旨》）

清平乐

鸳鸯翡翠，小小池塘水。落絮游丝花满地，度日阑干独倚。 金刀裁就春衫，起来初试轻寒。满把相思清恨，题诗欲寄江南。 （以上二首见《阳春白雪》卷三）

好事近

花底一声莺，花上半钩斜月。月落乌啼何处？点飞

英如雪[①]。　东风吹尽去年愁，解放丁香结[②]。惊动小亭红雨，舞双双金蝶。　（《阳春白雪》卷四）

[注释]

①英：花。　②丁香结：丁香花蕾，常喻人之愁结不解。晚唐李商隐诗《代赠》之一："芭蕉不展丁香结，同向春风各自愁。"

[集评]

薛砺若云："造句明艳动人。"（《宋词通论》）

菩萨蛮

去时满地花阴月，归来落尽梧桐叶。帘外小梅残，绿窗幽梦寒。　明朝提玉勒[①]，又作江南客，芳草遍长亭，东风吹恨生。

（《阳春白雪》卷七）

（以上刘翰词七首用周泳先辑《小山词》）

[注释]

①玉勒：玉制的马衔。　提玉勒：言骑马外出。

赵　廱

赵廱（yōng），字浦夫，号竹潭，太原清源（今属山西）人。绍兴二十四年（1154）进士。宁宗开禧（1205—1207）间为处州（浙江丽水）太守。

谒金门

天色晚，云外一筝斜雁。独凭阑干秋满眼，菊花寒尚浅。　　叶落香沟红泛，懒把新诗题怨[①]。何处笛声三弄断[②]，月迟帘未卷。

（《阳春白雪》卷五）

[注释]

①"叶落"二句：用唐人红叶题诗故事。见唐范摅《云溪友议》卷十。　②三弄：弄，奏乐一曲，琴曲有《梅花三弄》。

杜　旟

杜旟(yú)，字伯高，金华（今属浙江）人。尝登东南三贤之一吕祖谦门。孝宗淳熙、开禧（1174—1207）间两以制科荐。有《桥斋集》，今不传。兄弟五人（其弟仲高、叔高、季高、幼高）均有词名，时称“金华五高”。

酹江月

石头城[①]

江山如此，是天开万古，东南王气。一自髯孙横短策[②]，坐使英雄鹊起。玉树声消[③]，金莲影散[④]，多少伤心事。千年辽鹤，并疑城郭非是[⑤]。　　当日万驷云屯，潮生潮落处，石头孤峙。人笑褚渊今齿冷，只有袁公不死[⑥]。斜日荒烟，神州何在，欲堕新亭泪[⑦]。元龙老矣[⑧]，世间何限馀子[⑨]。

［注释］

①石头城：在今江苏江宁县西，为六朝名胜。　②髯孙：孙权。汉建安十七年(212)始于石头筑城。　③玉树：南朝陈后主所制之曲《玉树后庭花》，歌词哀艳，被认为是亡国之音。　④金莲：南朝齐东昏侯凿金为莲花贴地，令潘妃行其上，见《南史·齐东昏侯纪》。　⑤“千年辽鹤”二句：用丁令威典。辽东人丁令威，学道成，化鹤归辽云：“有鸟有鸟丁令威，去家千年今始归。城郭如故人民非，何不学仙冢垒垒。”　⑥“人笑”二句：指袁粲殉刘宋王朝事。袁公，即袁粲，明帝时，受命与褚渊拥立太子。中领军萧道成杀太子，立显帝。粲谋诛道成，褚渊泄其谋，粲父子均被害，时人歌云：“可怜石头城，宁为袁粲死，莫作褚渊生。”见《南史·袁粲传》。齿冷：贻笑于人。《南齐书·乐颐传》：“人笑褚公（渊）至今齿冷。”　⑦新亭泪：用晋过江诸人新亭对泣，以“风景不殊，举目有山河之异”典，见《世

说新语·言语》。　⑧元龙:三国时名士陈登,字元龙。见《三国志·魏书·陈登传》。　⑨馀子:谓其馀人等。

［集评］

许昂霄云:"'一自髯孙横短策'五句,六朝兴废,数语括尽。换头又提起言之,并寓南宋之慨。"(《词综偶评》)

陈廷焯云:"议论纵横,魄力雄大,此是何等气概!"(《词则·放歌集》卷二)

侯孝琼云:"览古迹,议古人,褒贬之间,正见词人胸襟。"

摸鱼儿

湖　上

放扁舟,万山环处,平铺碧浪千顷。仙人怜我征尘久,借与梦游清枕[①]。风乍静,望两岸群峰,倒浸玻璃影。楼台相映。更日薄烟轻,荷花似醉,飞鸟堕寒镜。　中都内[②],罗绮千街万井。天教此地幽胜。仇池仙伯今何在[③],堤柳几眠还醒。君试问,□此意、只今更有何人领[④]。功名未竟。待学取鸱夷,仍携西子,来动五湖兴[⑤]。

［注释］

①游清枕:用唐人沈既济传奇《枕中记》典。卢氏于邯郸客店遇道者吕翁,吕翁授之以枕,使入梦。　②中都:京城。　③仇池:在甘肃成县西仇池山上。苏轼《和桃花源》诗序:"王钦臣仲至谓余曰……可以避世如桃源也。"　④□:原无空格,据律补。　⑤"待学"三句:用范蠡携西施泛五湖典。　鸱夷:范蠡浮海出齐,变姓名,自名鸱夷子皮。见《史记·越王句践世家》。

［集评］

陈廷焯云:"调高响逸。"(《词则·放歌集》卷二)

蓦山溪

春

春风如客，可是繁华主。红紫未全开，早绿遍、江南千树。一番新火[1]，多少倦游人，纤腰柳，不知愁，犹作风前舞。　　小阑干外，两两幽禽语。问我不归家，有佳人、天寒日暮。老来心事，唯只有春知，江头路，带春来，更带春归去。　　　　（以上三首见《词品》卷六）

［注释］

①新火：古代风俗，寒食节不举火，节后举火称新火。

［集评］

陈亮云："伯高奔风逸足，而鸣以和鸾；仲高丽句，晏叔原不得擅美；叔高戈矛森立，有吞虎食牛之气；季高幼高，后先辉映，匪独一门之盛，可谓一时之豪。"（《词林纪事》引）

存目词

《历代诗馀》卷六十八有杜旃《念奴娇》"小妆朱槛"一首，乃王炎作，见《双溪诗馀》。

刘仙伦

刘仙伦，一名儗，字叔拟，号招山，庐陵（今江西吉安）人。与刘过齐名，称庐陵二布衣。工诗，词尤脍炙人口，有《招山小集》一卷。

贺新郎[①]

翠盖笼娇面。记当年、沉香亭北[②]，醉中曾见。见了风流倾国艳，红紫纷纷过眼。算好处、何嫌春晚。谁把天香和晓露[③]，倩东君、特地匀娇脸。千万朵，开时遍。　隔花听取提壶劝[④]。道此花过了，春归蝶愁莺怨。挽住东君须醉倒，花底不妨留恋。待唤取、笙歌一片。最爱就中红一朵，似状元、得意春风殿。还惹起，少年恨。

[注释]

①此词咏牡丹，《全芳备祖》前集收入卷二"牡丹门"。　②沉香亭：唐玄宗于沉香亭与杨贵妃共赏牡丹，命李白作新词《清平乐》三章，有句云："解释春风无限恨，沉香亭北倚栏杆。"　③天香：本唐李正封《咏牡丹》"天香夜染衣，国色朝酣酒"。　④提壶：鸟名。

[集评]

杨慎云："刘叔拟乐章为人所脍炙。其赏牡丹《贺新郎》最佳，而结句意俗。"（《词品》卷四）

木兰花慢

秋日海棠

渐秋空向晚，被风雨、趱重阳[①]。正木落疏林，海棠枝上，忽见红妆。料应妒他兰菊，任年年、独甚占秋光。故把春风娇面，向人逞艳呈芳。　　看来毕竟此花强，只是欠些香。诮一似当年[2]，五陵公子[3]，却厌膏粱。肯来水边竹下，与幽人、相对说凄凉。只恐夜深花睡[4]，五更微有清霜。

[注释]

①趱(zǎn)：赶行。　②诮(qiào)：讥笑。　③五陵：豪门贵族居住之地。　④"只恐"句：本自苏轼《海棠》诗"只恐夜深花睡去，故烧高烛照红妆"。

[集评]

王士祯云："刘叔拟'看来毕竟此花强，只是欠些香'，岂非诗词一劫？程村尝云：'咏物不取形而取神，不用事而用意'，二语可谓简尽。"（《花草蒙拾》）

菩萨蛮

东风去了秦楼畔[1]，一川烟草无人管。芳树雨初晴，黄鹂三两声。　　海棠花已谢，春事无多也。只有牡丹时，知他归不归。

（以上二首见《全芳备祖》前集卷七"海棠门"）

[注释]

①秦楼：指市上歌酒游乐之所。

贺新郎[①]

寿王侍郎简卿

某兹者共审某官道协降神，祥开诞旦。五百年而名世，允谓间生；八千岁而为春，定膺难老。俯仰都无于愧怍，谤谗何损于忠良；却雁鹜而暂得闲身，对龟鹤而永绥眉寿。辄陈俚语，上祝台躔。狂斐是惭，览掷为幸

小队停钲鼓，向沙边、柳下维舟，庆公初度[②]。平尽群蛮方易镇，此事多应有数。奈自古、功成人妒。君看乐羊中山役[③]，任谤书、盈箧终无据。千载下，竟谁与。　诗中带得西山雨。指天台、雁荡归欤，寿乡深处。缓急朝廷须公出，更作中流砥柱。笑痴騃、纷纷儿女。多少人间不平事，有皇天、老眼能区处。挥玉斝[④]，听金缕[⑤]。

[注释]

①注者按：此首又见《截江网》卷四，调名作《乳燕曲》，题作“寿王帅”，载有小序，兹据补。　②初度：出生的年时，后借指生日。　③乐羊：战国时魏将，奉文侯命攻中山。其子为中山人获为人质，乐羊不顾，攻益急。中山人烹其子而将汤及头送乐羊，乐羊泣，饮汤三杯，卒拔中山。归而论功，文侯出示谤书一箧。乐羊云：“此非臣之功，主君之力也。”见《战国策·秦策二》。　④玉斝（jiǎ）：古代酒器，三足，两柱，一鋬（pàn，提手），圆口平底。　⑤金缕：《贺新郎》又名《金缕曲》。

贺新郎

题吴江[①]

重唤松江渡[②]。叹垂虹亭下[③]，销磨几番今古。依旧四桥风景在，为问坡仙甚处[④]。但遗爱、沙边瓯鹭。天水相连苍茫外，更碧云、去尽山无数。潮正落，日还暮。　十

年到此长凝伫。恨无人、与共秋风，鲙丝莼缕[⑤]。小转朱弦弹九奏，拟致湘妃伴侣[⑥]。俄皓月、飞来烟渚、恍若乘槎河汉上，怕客星、犯斗蛟龙怒[⑦]。歌欸乃[⑧]，过江去。

[注释]

①吴江：即吴淞江，太湖最大支流。 ②松江：即吴江。 ③垂虹亭：在江苏吴江县长桥上。宋仁宗庆历年间建。苏轼自杭州移高密时，曾于此亭饮酒。见《嘉庆一统志》七十八《苏州府》。 ④坡仙：指苏轼，苏轼号东坡居士。故曰坡仙。 ⑤鲙丝莼缕：用晋人张翰见秋风起，思吴中鲙丝莼缕，弃官归吴典。见《晋书·张翰传》。 ⑥湘妃：舜二妃娥皇、女英，自投湘水，死后成为湘水之神。 ⑦"恍若"二句：用《博物志》八月槎典。有人居海上，见每年八月有槎来。因乘之到天河见妇人织，丈夫饮牛。归问严君平，曰："某年月日，客星犯牛斗。"即此人也。 ⑧欸（ǎi）乃：唐乐府乐曲名，唐元结作，自序云："作欸乃曲，令舟人唱之，以取适于道路云。"

贺新郎

赠建康郑玉脱籍[①]

郑玉非娼女。叹尘缘未了，飘零被春留住。肠断胭脂坡下路，成甚心情意绪。生怕入、梨园歌舞[②]。寂寞阳台云雨散[③]，算人间、谁是吹箫侣[④]。空买断，两眉聚。　新来镜里惊如许。暗伤怀、莺老花残，几番春暮。事逐孤鸿都已往，月落千山杜宇。念修竹、天寒何处[⑤]。不念琐窗并绣户，妾从前、命薄甘荆布[⑥]。谁为作，解绦主[⑦]。

[注释]

①脱籍：旧时妓女属乐籍，出籍嫁人，称脱籍，或曰从良。 ②梨园：唐玄宗时，选乐工、宫女学习乐曲之所。 ③阳台：传说中楚襄王会合神女之台。 阳台云雨：泛指男女欢会。 ④吹箫侣：用秦时萧史、弄玉典。

见《列仙传》。 ⑤"修竹天寒"句:本自杜甫《佳人》"天寒翠袖薄,日暮倚修竹"。 ⑥荆布:荆钗布袖,代指贫寒人家,与琐窗绣户对照。 ⑦解绦主:此指帮助解除羁绊之人。唐崔铉咏架上鹰诗:"万里碧霄终一去,不知谁是解绦人。" 绦(tāo):丝绳。

[集评]

侯孝琼云:"代妓女立言,烟花甘苦,写得甚亲切。"

念奴娇

送张明之赴京西幕[①]

艅艎东下[②],望西江千里,苍茫烟水。试问襄州何处是,雉堞连云天际[③]。叔子残碑[④],卧龙陈迹[⑤],遗恨斜阳里。后来人物,如君瑰伟能几[⑥]。 其肯为我来耶,河阳下士[⑦],正自强人意。勿谓时平无事也,便以言兵为讳。眼底山河,楼头鼓角,都是英雄泪。功名机会,要须闲暇先备。

[注释]

①京西:宋置,包括河南洛阳以西,黄河以南全境。京西北路治河南府,南路治襄州即今湖北襄阳一带。 ②艅艎(yú huáng):船名。 ③雉堞:泛指城墙。城墙长三丈,广一丈为雉;堞,女墙,即城上凹凸迭起处。 ④叔子:晋羊祜。羊祜都督荆州,驻襄阳。 ⑤卧龙:指诸葛亮,曾隐于襄阳隆中。 ⑥瑰(guī)伟:奇伟。 ⑦河阳:河南孟州。 下士:差一等之士。

[集评]

陈廷焯云:"词严义正,慷慨激昂。"(《词则·放歌集》卷二)

薛砺若云:"感慨时事,悲愤溢于言表。"(《宋词通论》)

侯孝琼云:"下阕以文为词,叙事发论,更觉挥洒自如。"

念奴娇

感怀呈洪守

吴山青处，恨长安路断，黄尘如雾。荆楚西来行堑远，北过淮堧严扃[①]。九塞貔貅[②]，三关虎豹[③]，空作陪京固。天高难叫，若为得诉忠语。　追念江左英雄，中兴事业，枉被奸臣误。不见翠华移跸处[④]，枉负吾皇神武。击楫凭谁[⑤]，问筹无计，何日宽忧顾。倚筇长叹[⑥]，满怀清泪如雨。

［注释］

①"荆楚"二句：意指南宋以江淮为界与金对峙。　堧（ruán）：边境。　扃：守卫之地。　②九塞：古代称九处险要之地。见《吕氏春秋·有始》。　貔貅（pí xiū）：猛兽名，喻勇猛之武士。　③三关：三个重要关口，史传记载不一。　虎豹：亦喻勇士。　④跸（bì）：帝王出巡，清道止行者为跸。后指帝王车驾或行幸之所。　⑤击楫：用晋祖逖击楫中流，誓复中原典。　⑥筇（qióng）：竹杖。

［集评］

薛砺若云："《念奴娇》二词，尤见忠爱至诚。"（《宋词通论》）

念奴骄

长沙赵帅席上作

西风何事，为行人扫荡，烦襟如洗。垂涨蒸澜都卷尽，一片潇湘清泚[①]。酒病惊秋，诗愁入鬓，对景人千里。楚宫故事，一时分付流水。　江上买取扁舟，排云涌浪，直过金沙尾[②]。归去江南丘壑处，不用来寻月姊[③]。风露杯深，芙蓉裳冷，笑傲烟霞里。草庐如旧，卧龙知为谁起。

[注释]

①清泚(cǐ):清澈。 ②金沙:江名。长江之上游。 ③月姊:嫦娥。

[集评]

杨慎云:"此首绝佳。"(《词品》卷四)

满江红

题快阁和徐宰韵[1]

快阁东西,鸥边问、晚晴可喜。鸥解语、既盟之后,两翁曾倚。笛弄惯听黄鲁直[2],履声深识徐渊子[3]。添我来、相对两忘机,真相似。 也不种,闲桃李;也不玩,佳山水。有新诗字字,爱民而已。一片心闲秋水外,三年人在春风里。涨一篙、江水送归鸿,明朝是。

[注释]

①快阁:在太和县治东赣江之上。以江山广远,景物清华而得名。见《清一统志·吉安府》。 ②黄鲁直:即黄庭坚,有《登快阁》诗。 ③徐渊子:指徐宰。

满江红

春 晚

著意留春,留不住、春归难恋。最苦是、梅天烟雨[1],麦秋庭院[2]。嫩竹阴浓莺出谷,柔桑采尽蚕成茧。奈沈腰、宽尽有谁知[3],难消遣。 幽阁恨,双眉敛。香笺寄,飞鸿远。向风帘羞见,一双归燕。翠被闲将情做梦,青楼赚得恩成怨。对尊前、莫惜唤琼姬[4]，持杯劝。

[注释]

①梅天：黄梅天气，指春末夏初梅黄时节多雨之季。 ②麦秋：农历四月麦收之季。《礼记·月令》："靡草死，麦秋至。" ③沈腰：用沈约腰瘦典。南朝梁沈约《与徐勉书》："百日数旬，革带常应移孔。"后以沈腰作瘦损之通称。 ④琼姬：相传为战国吴王夫差女。此泛指美人。

霜天晓角

题蛾眉亭[1]

倚空绝壁，直下江千尺。天际两蛾凝黛，愁与恨、几时极。 暮潮风正急，酒醒闻塞笛。试问谪仙何处[2]，青山外，远烟碧。

[注释]

①唐氏按：此首《阳春白雪》卷三作韩元吉词。 蛾眉亭：在采石山（今安徽当涂西北）上，可望见蛾眉山（当涂西南），山夹大江，东曰博望，西曰梁山，形似蛾眉，故名。见《方舆揽胜》。 ②谪仙：李白。李白死于当涂族叔李阳冰家。

[集评]

魏庆之云："蛾眉亭题咏甚多，唯《霜天晓角》（倚空绝壁）为绝唱。词意高绝，几拍谪仙之肩。世传其词，不知为刘招山所作。"（《中兴词话》）

诉衷情

客　中

征衣薄薄不禁风，长日雨丝中。又是一年春事，花信到梧桐。 云漠漠，水溶溶，去匆匆。客怀今夜，家在江西,身在江东。

［集评］

侯孝琼云:"薛砺若谓刘招山词以清畅自然胜(见《宋词通论》),其此之谓欤?"

江神子

洪守出歌姬就席口占[①]

华堂深处出娉婷。语声轻,笑声清。燕语莺啼,一一付春情。恰似洛阳花正发,见花好,不知名。　金瓯盛酒玉纤擎。满盈盈,劝深深。不怕主人,教你十分斟。只怕酒阑歌罢后[②],人不见,暮山青[③]。

［注释］

①口占:不用起草,随口吟诵而成诗词,称为"口占"。　②阑:尽。③"人不见"二句:见钱起《省试湘灵鼓瑟》"曲终人不见,江上数峰青"。

系裙腰

愁　别

山儿矗矗水儿清,船儿似叶儿轻。风儿更没人情。月儿明,厮合造[①],送人行[②]。　眼儿蔌蔌泪儿倾,灯儿更冷清清。遭逢著雁儿,又没前程。一声声,怎生得,梦儿成。

［注释］

①厮:代词"此",合造,酿成,凑成。意指上列山水风月,造成送别之恼人情境。　②人行:《花庵》误作"行人",从《粹编乙》。

[集评]

杨慎云:“此词狷薄而意优柔,亦柳永之流也。”(《词品》卷四)

侯孝琼云:“宋人填词,极少用此调。字数多寡,用韵之句亦各异。如此词《钦定词谱》以‘遭逢着’三字为衬字(卷十三)。又连用十一个‘儿’字,亦可谓创格。”

永遇乐

春暮有怀

青幄蔽林[①],白毡铺径[②],红雨迷楚[③]。昼阁关愁,风帘卷恨,尽日萦情绪。阳台云去,文园人病[④],寂寞翠尊雕俎。惜韶容、匆匆易失,芳丛对眼如雾。　巾敧润裛[⑤],衣宽凉渗,又觉渐回骄暑。解箨吹香[⑥],遗丸荐脆[⑦],小芰浮鸳浦[⑧]。画栏如旧,依稀犹记,伫立一钩莲步。黯销魂,那堪又听,杜鹃更苦。

[注释]

①青幄:指树枝树叶如帏幄。　②白毡:暮春时节柳絮铺地如白毡。　③红雨:指落花。　④文园:汉文帝的墓所。司马相如曾为文帝陵园令,后以文园代指相如。　⑤敧(qī):斜。　⑥解箨(tuò):竹笋抽枝。元稹《新竹诗》:“新篁才解箨。”　⑦遗丸:指梅子。　⑧芰:菱角的一种。两角为菱,四角为芰。

菩萨蛮

怨　别[①]

吹箫人去行云杳,香篝翠被都闲了[②]。叠损缕金衣,是他浑不知。　冷烟寒食夜,淡月梨花下。犹自软心肠,为他烧夜香。(以上十四首见《中兴以来绝妙词选》卷五)

[注释]

①周密辑《绝妙好词》题作“效唐人闺怨”。　②香篝:熏笼。

[集评]

黄昇云:“辞鄙意浓。”(《词林纪事》卷十二引)

江神子

东风吹梦落巫山[①]。整云鬟,却霜纨。雪貌冰肤,曾共控双鸾。吹罢玉箫香雾湿,残月坠,乱峰寒。　解珰回首忆前欢[②],见无缘,恨无端。憔悴萧郎[③],赢得带围宽。红叶不传天上信,空流水,到人间。

[注释]

①巫山:用楚襄王与巫山神女相会典。　② 珰:耳珠。　③萧郎:南朝梁武帝萧衍。后泛指女子所恋之男子。

蝶恋花

小立东风谁共语。碧尽行云,依约兰皋暮。谁问离怀知几许?一溪流水和烟雨。　媚荡杨花无著处。才伴春来,忙底随春去。只恐游蜂黏得住,斜阳芳草江头路。

[集评]

侯孝琼云:“上阕末用贺方回《青玉案》‘试问闲愁都几许?一川烟草,满城风絮,梅子黄时雨’,下阕亦以景结,有不尽意。”

一剪梅

唱到阳关第四声[1]，香带轻分，罗带轻分。杏花时节雨纷纷。山绕孤村，水绕孤村。　更没心情共酒尊。春衫香满，空有啼痕。一般离思两销魂。马上黄昏，楼上黄昏。

（以上三首见《绝妙好词》卷二）

［注释］

①阳关：指《阳关曲》，即王维《送元二使安西》诗。　第四声："在黄州，偶得乐天（白居易）《对酒》云：'相逢且莫推辞醉，听唱阳关第四声。'注云：'第四声劝君更尽一杯酒。'"见苏轼《仇池笔记》卷上。

［集评］

陆辅之云："'一般'以下三句为警句。"（《词旨》下）

沁园春

庆彭司户

闻道参军[1]，今日垂弧[2]，胜如去年。正新颁蓝绶[3]，天香芬馥，初开黄牒[4]，御墨新鲜。鼻祖登科[5]，已逾百载，衣钵于今喜再传。图南事，看抟风九万，击水三千[6]。　官曹小试民编[7]，有奕世甘棠在道边[8]。向樽前有兴，细斟清醥[9]，琴中得趣，缓拂朱弦。东观雠书[10]，西垣草制[11]，此去掀腾好看鞭。应难老，信君家眉寿[12]，自有篯山[13]。

［注释］

①参军：即指彭司户。司户主管民户，为郡佐吏。在州曰司户参军。　②垂弧：古俗生男则设弧于门左。见《礼记·射义》。　③蓝绶：蓝色印绶。齐己《送司空学士赴京》："蓝绶乍称新学士。"　④黄牒：委令官吏

的证状。见《宋史·职官志》。 ⑤鼻祖:初祖,指彭司户之祖先。 登科:科考及第,由吏部复试获中,曰“登科”。 ⑥“图南”三句:见《庄子·逍遥游》,喻鹏程万里,前途远大。 ⑦官曹:古代分职治事的官署。 ⑧奕世:累世,一代代。 甘棠:一种乔木。《诗经·召南·甘棠》序:召伯巡行南方,憩于甘棠下,后人思其德,作《甘棠》诗。以后即以“甘棠”颂美政绩。 ⑨醥(piǎo):清酒。 ⑩东观:在洛阳南宫,班固曾于此修书,后泛指宫中藏书、著书处。 ⑪西垣:同西掖。中书省之别称。 草制:起草皇帝的命令。 ⑫眉寿:长寿。旧说眉长乃寿征。 ⑬篯(jiān)山:篯铿,即彭祖,古之长寿者。

好事近

庆祝司理[①]

春事恰平分,南极夜来星瑞。闻道都曹初度,拥万红千翠。 长才杰出应时须,一郡赖纲纪[②]。看即诏还入觐[③],上鸳行班里[④]。

[注释]

①司理:宋设置诸州司寇参军,后改为司理参军,主管狱讼。 ②纲纪:治理。《诗经·大雅·棫朴》:“勉勉我王,纲纪四方。” ③觐(jìn):朝见天子曰“觐”。 ④鸳行:喻朝官之班列。

沁园春

寿共大卿恕斋治《易》[①]

周易一书,更三圣人,深切著明[②]。凡变通动静,有形有象,盈虚消息,时止时行。天相名卿,日探妙趣,往古来今无两心。褰帷暇[③],手韦编不置,聊以娱情。 如今祝寿殷勤,请得以推评理致新。看九重有命[④],晋侯锡马[⑤]，三公论道，鼎足承君。同厥震男[⑥]，拔乎泰茹[⑦]，玉笋班中联步什[⑧]。贤奋建，定丰亨豫大[⑨]，扬夬王庭[⑩]。

（以上三首见《截江网》卷五）

［注释］

①治《易》：研究、校注《易经》。　②“周易”三句：周易，即《易经》，我国古代包含哲理之占卜书。三国魏王弼以义理说《易》。唐孔颖达有《周易正义》、李鼎祚有《周易集解》。均深切著明。　③褰帷：意指撩起车帷以观民情。《后汉书·贾琮传》载：贾琮为传车，垂赤帷裳，琮曰：“刺史当远视广听，纠察美恶，何垂帷裳以自掩乎！”命褰之。　④九重：指宫禁。九重，极言其深邃。　⑤晋侯锡马：此谓得到提升并赐车马。《易·晋卦》：“康侯用锡马蕃庶，昼日三接。”孔颖达疏：“康者美之名也，侯谓升进之臣也。臣既柔进，天子美之，赐以车马。”　锡：同“赐”。　⑥震男：娠男。《尔雅·释诂》：“娠，震动也。”注：“娠犹震也。”《诗经·大雅·生民》：“载震载夙”，言姜嫄方娠。　⑦泰茹：泰，指天地交，上下交而万物通，君子道长，小人道消。而君子进，必与其朋相牵援，如茹（茅草根相连）然。见《易·泰》“拔茅茹以其彙，征吉”王弼注。　⑧玉笋班：唐李相国武都公知贡举，门生多清秀俊茂，时谓之“玉笋”。得与其列为“玉笋班”。见唐赵璘《因话录》卷三。　什：此字疑为“升”字之讹。　⑨丰亨：谓财多德大，无所壅碍。见《易·丰》疏。　豫大：谓君德隆盛，国家富厚。见《易·豫》疏。　⑩扬夬（jué）：夬，易卦名。“夬，扬于王庭”，李鼎祚《周易集解》：郑曰：“是犹圣人积德，说天下以渐，消去小人，至于受命为天子。”　夬：果决貌。

喜迁莺

寿令人[①]

祥云笼昼。正梅花弄粉，岁寒时候。长记今朝，瑶台仙子，降作人间明秀。四德生来全备[②]，绿鬓年年依旧。更满目，儿妇儿孙，森罗前后。　　知否，笙歌奏。去岁芳筵,好事今年又。寿烛高烧,寿词齐唱,满劝长生酒。元自荣华富贵,况复康宁福寿。愿此去,等鹤算龟龄[3],天长地久。

（《截江网》卷六）

[注释]

①令人:命妇的封号。太中大夫(从四品以上文官)以上的妻子封令人。 ②四德:此指妇德、妇言、妇容、妇功。总称“四德”。 ③等:等同。 鹤算:鹤寿。算,数也。古时以龟、鹤为长寿之物。

鹧鸪天

帘幕祥风动玉钩,凤箫声彻瑞烟浮。萧郎玉女来相会,今日齐眉醉玉楼[1]。 同富贵,共风流。一封花诰一封侯[2]。更须有子腰金斗[3],镜里双鸾到白头。

（《翰墨大全》乙集卷十七）

[注释]

①齐眉:东汉梁鸿、孟光夫妇相敬如宾,光每为具食,举案齐眉。见《后汉书·梁鸿传》。后用以喻夫妇互敬。 ②花诰:帝王封赠命妇的诰书。 ③腰金斗:喻立殊功,地位显赫。《世说新语·尤悔》:周侯曰:“明年杀诸贼奴,当取金印如斗大。”辛弃疾《一枝花·醉中戏作》:“黄金腰下印,大如斗。”

满江红

寿郡幕[1]

过了烧灯[2],杨柳外、无边春色。庆初度、香浮东阁,瑞呈南极。翰墨场中推老手,曾魁多士催勍敌[3]。到而今、官簿在天台[4],神仙籍。 和月倚,南坡石。滴露点，床头易。看白头红颊，目光摇碧。富贵康强仍有子，人生似此应难得。更摩挲、铜狄说当年[⑤]，真消息。

[注释]

①《全宋词》注：《翰墨大全》丙集卷十三，又见丁集卷二，无撰人姓名，题作《寿张佥》。②烧灯：燃灯。《旧唐书·玄宗纪》："开元二十八年（740）春正月……以望日（十五日）御勤政楼宴群臣，连夜烧灯，会大雪而罢。因命自今常以二月望日夜为之。"③勍（qíng）敌：强大的敌人。④天台：山名，在今浙江天台县北。⑤铜狄：即铜人。咸阳宫有铜人十二。见刘歆《西京杂记》。

好事近

二月十八日

桃李绿阴浓，屈指中和三六[①]。恰是仙翁初度，霭瑞烟芬馥。　歌喉宛转绕华堂，总是长生曲。他日临清亭上，看儿孙朝服。

[注释]

①中和：中和节。《旧唐书·德宗纪》："诏以二月一日为中和节。"三六：即十八日。

满江红

寿留守　正月初三

凤历更端[①]，才信宿[②]，年华方好。深院宇、祥风飘荡，瑞烟缭绕。闻道君侯当诞日，欢声解压春寒峭。更九衢、烟火近元宵，闻嬉笑。　人正在，蓬莱岛。烧绛蜡[③]，斟清醥。听清歌艳曲，一声云杪。奠枕江淮无一事[④]，留都宫殿千门晓[⑤]。看赐环、千岁侍君王[⑥]，人难老。

[注释]

①凤历:年历的美称。 ②信宿:再宿叫“信”。元日过一宿再过一宿即初三。 ③烧绛蜡:即高烧红烛。 ④奠枕:安枕,安定之意。 ⑤留都:古代王朝迁都后,称旧都为留都,所置官为留守。 ⑥赐环:即赐还。环、还谐音。

念奴娇

寿尚倅[①] 三月初一

一番春事,到芗林[②],更两日重三节[③]。百品名花饶笑处,喜遇诞弥佳月[④]。巢叶灵龟,舞琴野鹤,总是千年物。来为公寿,纶巾长映华髮。 平生圣处工夫,道□深味,胸次真冰雪。高蹈丘园还谢了[⑤],枚叟蒲轮朝谒[⑥]。时上篮舆[⑦],相随孙子,庆满床簪笏。南丰道价[⑧],敬持一瓣香爇。 (以上三首见《翰墨大全》丁集卷二)

[注释]

①倅(cuì):地方佐贰副官。 ②芗林:宋园林名。向子諲忤秦桧,辞官闲居,自号其宅为芗林。 ③重三:指三月初三。 ④诞弥:生日满月为诞弥。 ⑤高蹈:谓隐居。 ⑥枚叟:指西汉枚乘。 蒲轮:用蒲草裹轮,减轻车轮的震动,古时征召贤士时所用。汉武帝曾以安车蒲轮征枚乘。 ⑦篮舆:竹轿。 ⑧南丰:属江西。宋曾巩,南丰人,人称曾南丰。道价:道行之资望、地位。观词意,尚倅为江西人,故以南丰拟之。

满江红

寿胡漕 六月初一

夜半天风,吹佩玉、列仙初度。又恰是、人间六月,叶蓂方吐[①]。黄纸除书惊乍到[②],青毡旧物欣重睹[③]。拥皇华、玉节待清秋，江南去。　　招壮士，增王旅。漕廪粟[4]，资淮浦[5]。济江南嘉绩，久闻当宁[6]。明弼堂前山满眼，来鸿庭后花无数。看召环、即到寿星边，朝明主。

（《翰墨大全》丁集卷三）

[注释]

①"叶蓂"句：帝尧时，有瑞草夹阶而生。月朔始生一荚，月半生十五荚。十六日以后，日落一荚。胡漕初度为六月一日，故云"叶蓂方吐"，以始生一荚也。　②除书：以黄纸写的授官的诏令。　③青毡旧物：晋王子敬夜卧，偷儿入室，盗物都尽。子敬徐曰："青毡我家旧物，可特置之。"借指清贵世家。　④漕廪粟：指水运粮食。　⑤资淮浦：供应淮水流域。胡漕为主水运之官，故云。　⑥当宁（zhù）：皇帝之代称。　宁：宫室屏门之间，为帝王视朝时站立之处。此句意谓皇帝已久闻嘉绩。

醉蓬莱

寿七十一　九月十八

昨长庚入梦[1]，昴宿呈祥[2]，岳神钟秀。降产英贤，信道由天祐。蓂荚飞三[3]，九秋将暮，遇称觞时候。香爇沉檀[4]，曲调金缕[5]，满斟春酒。　　试记绛年，六身二首，甲子方延，才经八九[6]。款醉蓬莱，寿与天长久。桂子青春，兰孙方茂，谅箕裘方绍[7]。折桂来秋[8]，成名指日，家毡复旧[9]。

（《翰墨大全》丁集卷四）

（以上刘仙伦词三十一首，用赵万里辑《招山乐章》）

[注释]

①长庚：星名。昏见为长庚，旦见曰启明。　②昴宿：星名。传说汉萧何为昴星之精。后因以昴降为颂扬之词。　③蓂荚飞三：见前首《满江红》（夜半天风）注①。九月十八，在十五日后三日，故荚已落三

叶矣。 ④爇(ruò):烧。 沉檀:沉香与檀香。 ⑤金缕:即《金缕曲》。 ⑥“试记”四句:泛指老年。绛县人某,不知纪年,云:“臣生之岁,正月甲子朔,四百有四十五甲子矣……”师旷云:“……七十三年矣。” 六身二首:“亥”字的篆文,上半像“二”字,下半像“六”字。亥,指本年岁星在亥。 八九:七十二年。 ⑦箕裘:谓承克父业。见《礼记·学记》。 绍:继承。 ⑧折桂:指登科。晋郤诜举贤良对策为最优,自谓“犹桂林之一枝”。 ⑨家毡:见前首《满江红》(夜半天风)注③,用王子敬典。后泛指家业。

存目词

调 名	首 句	出 处	附 注
折丹桂	初秋两两留蓂荚	《花草粹编》卷六	无名氏作,见《翰墨大全》丁集卷三
天 香	漠漠江皋	《词谱》卷二十四	刘镇(方叔)作,见《类编草堂诗馀》卷三
临江仙	薄紫飘红芳信断	金绳武本《花草粹编》卷十三	刘镇(叔安)词,见《中兴以来绝妙词选》卷八

杜　旃

杜旃，字仲高，号癖斋，金华人，生卒不详。杜旟之弟。与陆游、陈亮交往较密，有《杜诗发微》、《癖斋稿》等。

满江红

半落半开花有恨，一晴一雨春无力。……别缆解时风度紧，离觞尽处花飞急。（《龙川文集》卷十九）

[集评]

陈亮云：“杜仲高丽句，晏叔原不得擅美。”（《陈亮集》卷二十七《复杜仲高书》）

韩彦古

韩彦古（？—1192），字子师，延安人，韩世忠幼子。隆兴二年（1164），将作监丞，官终户部侍郎。绍熙三年卒。

浣溪沙

一缕金香永夜清，残编未掩古琴横。绣衾寒拥宝釭明[①]。 坐听竹风敲石磴，旋倾花水漱春酲[②]。落梅和雨打帘声。

（《阳春白雪》卷三）

[注释]

①釭：灯。 ②酲：病酒曰酲。

张　祥

张祥，生卒不详。孝宗淳熙十三年（1186）任合州（今四川重庆附近）知州。

水调歌头

为爱龙山胜，小队一登临。冯仙洞府安在？抉石试幽寻。商略生平事业，摆脱人间尘土，欲与劚丝苓[①]。泉响似相答，未可启归心。　中原地，禾黍茂[②]，犬羊腥[③]。君王梦想豪杰，有待扫妖氛。缚虎正须人手，跨鹤缓酬夙志[④]，行矣勿因循。夜半遣雷雨，助我作秋成。

（《合川县志》卷三十六合川龙多山石刻）

［注释］

①劚（zhǔ）：斫。　丝苓：即茯苓，仙人所食。　②"中原"二句：中原禾黍，用《诗经·王风·黍离》典。　③犬羊腥：指为异族占领。　④跨鹤：指归隐出世。

［集评］

侯孝琼云："出处之间，足见忧国爱民之心。"

张履信

张履信,生卒不详。字思顺,号游初。鄱阳(今属江西)人。淳熙中,曾监江口镇,又通判潭州(湖南长沙),官至连江(在广东)守。其子张辑,亦能诗词。

柳梢青

雨歇桃繁,风微柳静,日淡湖湾。寒食清明,虽然过了,未觉春闲。　　行云掩映春山,真水墨、山阴道间。燕语侵愁,花飞撩恨,人在江南。

谒金门

春睡起,小阁明窗儿底。帘外雨声花积水,薄寒犹在里。　　欲起还慵未起,好是孤眠滋味。一曲广陵应忘记[①],起来调绿绮[②]。　　(以上二首见《绝妙好词》卷一)

[注释]

①广陵:即《广陵散》,琴曲名。嵇康临刑索琴奏《广陵散》,云:"《广陵散》于今绝矣!"见《三国志·魏书》。　②绿绮:古代三大名琴之一。见晋傅玄《琴赋序》。

[集评]

侯孝琼云:"词中'起'字凡四见,且两用为韵字,吾未见其佳也。"

赵　昂

赵昂，生卒不详，孝宗时为御前应对。

婆罗门引

暮霞照水，水边无数木芙蓉。晓来露湿轻红。十里锦丝步障[1]，日转影重重。向楚天空迥，人立西风。
夕阳道中，叹秋色、与愁浓。寂寞三千粉黛[2]，临鉴妆慵[3]。施朱太赤，空惆怅，教妾若为容。花易老、烟水无穷。

（《藏一话腴》甲集卷一）

[注释]

①步障：用来遮蔽风尘或障蔽内外的屏幕。　②三千粉黛：指皇帝后宫的宫女们。白居易《长恨歌》："三千粉黛无颜色。"　③临鉴妆慵：杜荀鹤《春宫怨》："早被婵娟误，欲妆临镜慵。承恩不在貌，教妾若为容。"

[集评]

况周颐云："赵昂词，其《婆罗门引》自'向楚天空迥'以下，寓意甚佳，艳而有骨。"（《蕙风词话》）

徐 珌

徐珌(bì),生卒不详,字公饰,孝宗时人。《宋诗纪事》卷五十二有徐珩,亦字公饰,或为一人。

谒金门

题沅州幽兰铺壁[1]

秋欲暮,路入乱山深处。扑面西风吹雾雨,驿亭欣暂驻。　　可惜国香风度,空谷寂寥谁顾。已作竹枝传楚女[2],客愁推不去。

[注释]

①沅州:今湖南芷江。　②竹枝:指竹枝词。

谒金门

春欲半,重到寂寥山馆。修竹连山青不断,谁家门可款?　　红晕花梢未半,绿蘸柳芽犹短。金缕香消春不管,素蟾光又满[1]。　　(以上二首见《云谷杂记》卷三)

[注释]

①素蟾:月亮。传说月中有蟾蜍,故称。

郭应祥

郭应祥（1157—?），字承禧，号遁斋，临江（今江西清江）人。孝宗淳熙八年（1181）进士。曾官楚、越间，有《笑笑词》一卷。

万年欢

瑞庆节①

佳气葱葱，望长安日下②，鸾鹤翔舞。天祐皇家，当年挺生真主③。令节标名瑞庆，曾未数、电枢虹渚④。人都道、福若高宗⑤，太平赛过仁祖⑥。　需云燕锡广宇⑦。有霓旌绛节⑧，西极金母⑨。笑捧蟠桃，更酌九霞清醑⑩。持向两宫三殿，愿岁岁、此觞同举。南山寿、海算沙量⑪，定应高出前古。

[注释]

①瑞庆节：皇帝的诞辰。宋赵汝谈有《瑞庆节贺表》："社鼓斗枢，赫圣朝之诞节。"可证。　②日下：指京城，皇帝所居，故云日下。　③挺生：秀异特出。　④虹渚：星如虹，下流华渚，既而意接梦感，生少昊。登帝位，有凤凰之瑞。见《宋书·符瑞志》。　⑤高宗：南宋第一个皇帝，名赵构，在位三十五年。　⑥仁祖：即宋仁宗赵祯，在位四十年。宋由建国（960）至仁宗，号称"百年无事"。　⑦需云：云上于天，以喻德泽在朝廷之上。《易经·需》疏：云上于天，是天之欲雨，待时而落。所以明需。燕锡：即燕赐，丰厚慷慨的赐予。见《礼记·聘义》。　⑧霓旌绛节：仙人所御之仪仗。　⑨西极金母：即西王母。　⑩九霞：酒杯名，借指美酒。清醑（xǔ）：美酒。　⑪海算沙量：以海沙计量。

菩萨蛮

喜　雪

当年瑞雪多盈尺，今年仅有些儿白。天欲兆丰年，须教趁腊前。　南枝初破萼，风味浑如昨。快与泻银瓶，寒醅醉易醒[①]。

［注释］

①醅：未过滤之酒。

菩萨蛮

施尉生日

开禧三月初逢九[①]，持杯来庆梅仙寿[②]。警捕恰三年，四封人宴然[③]。　政成应不日[④]，去作朝京客。阴德合长生，休看三住铭[⑤]。

［注释］

①开禧：宋宁宗年号(1205—1207)。　②梅仙：用汉南昌尉梅福成仙典。　③四封：四境。　宴然：安乐貌。　④政成：指政事得以治理。　⑤作者自注："《三住铭》，施肩吾作。予近得御书墨本。尉来借录，云欲依此修行。"

菩萨蛮

立春日

雪销未久寒犹力，霜华特地催晴色。残腊尚馀旬，隔年先见春。　独怜霜点鬓，羞戴银幡胜[①]。百里却熙然[②]，今年强去年。

[注释]

①银幡胜：立春日，以金银箔罗彩剪成人形饰物戴在头上，称幡胜。见《荆楚岁时记》。 ②熙然：欢乐貌。

菩萨蛮

同僚友泛舟作

泉江三遇昌阳节[①]，棹歌还向中流发。急桨更轻桡，看谁夺得标[②]。 明年归紫淦[③]，尚忆舟同泛。应有旧双鬟[④]，能讴菩萨蛮。

[注释]

①泉江：在江西萍乡东三十里。见《明一统志》。 昌阳节：昌阳，即菖蒲。端午以菖蒲浸酒，可避瘟气。昌阳节即为端午节。 ②标：此指标旗。 ③紫淦：山名，在江西清江县东。 ④双鬟：古代未婚女子的一种髮式。

菩萨蛮

六月十三日，同官携具[①]，以予被荐

转头又是清秋近，晚风淅淅凉犹嫩[②]。多谢客携觞，空惭画饼章。 中亭明月可，未要亲灯火。十阅望舒圆[③]，归期在眼前。

[注释]

①具：指酒肴和食器。 ②凉犹嫩：指初秋天气。 ③“十阅”句：言十看月圆，即十个月后即归。 望舒：神话中为月驾车的神，指代月。

菩萨蛮

丁卯寿李嗣宗[1]

去年持酒为君寿，劝君快上悬车奏[2]。通籍已金闺[3]，腰银袍亦绯[4]。　　壶中闲日月，自有长生诀。父子弟兄贤，一门行地仙。

[注释]

①丁卯：宁宗开禧三年（1207）。　②悬车：古人七十辞官家居，废车不用，故曰"悬车"，见班固《白虎通·致仕》。　③通籍：将记有姓名、年龄、身份的竹片挂在宫门外，经核对，乃可入宫。记名于门籍曰通籍。　金闺：金马门之别名。唐刘禹锡《酬元九院长江陵见寄》："金门通籍真多士。"　④袍亦绯：唐制，文武官员四品服深绯，五品服浅绯。见《旧唐书·舆服志》。　腰银：唐时五品以上官佩银鱼，为出入之符信。

菩萨蛮

去岁寿李嗣立[1]

诞辰迟似秋三日，草堂已有新凉入。鬓绿未全霜，欣然把一觞。　　吟松新纳禄[2]，共享清闲福。两个老人星[3]，君家难弟兄[4]。

[注释]

①李嗣立：与李嗣宗为兄弟。　②纳禄：辞去官爵。　③老人星：即南极星。　④难弟兄：难兄难弟，谓兄弟俱佳，难分高下。见《世说新语·德行》。

菩萨蛮

牡丹已过酴醾谢，那堪风雨连朝夜。底事最堪悲[1]，春归人未归。　春宜留取住，人却推将去。早晚遂江滨[②]，欢然夸尹新。

[注释]

①底事：何事，何以。　②遂江：在江西遂川县东南，亦名龙泉江。

菩萨蛮

丁卯八月九日鹏飞集作

秋堂积雨新凉入，今宵雅趁鹏飞集。劲翮会高风，功名欬唾中[①]。　笔头元有准[②]，快写平生蕴。何日捷书来，重阳把一杯。

[注释]

①欬唾：喻谈吐。　欬（kài）：咳嗽。　②元：通"原"。　准：准则。

菩萨蛮

三月六日静胜小集

去年今日游稽古[①]，斓斑曾著莱衣舞。四世共团栾，津然一笑欢。　归期今不远。孥累俱先遣[②]。犹有社中人，相从寂寞滨。

[注释]

①稽古：湖北武昌县旧学府内有稽古阁，未知是否。　②孥（nú）累：妻子儿女。

菩萨蛮

饯太夫人之南丰[①]

修途六月清无暑，潘舆稳向盱南去[②]。喜气已津津，平反一笑春[③]。　人言阴德报[④]，罗纸重重诰[⑤]。明岁早归来，泉江去鹢催[⑥]。

［注释］

①太夫人：官吏之母均称太夫人。　南丰：今江西南丰。　②潘舆：晋潘岳除长安令，以母疾去官，作《闲居赋》，有"太夫人乃御板舆"句，后因以"潘舆"为养亲之典。此指母亲乘坐的车。　盱南：即南丰。盱，指盱江，在南丰境内。　③平反：纠正错误的判处。《汉书·隽不疑传》："每行县录囚徒还，其母辄问不疑：'有所平反，活几何人？'"平，指轻重适中。反，指推翻旧案。后此典表示妇女有妇德，仁慈恤人。　④阴德：暗中施德于人。　⑤诰：皇帝封赠的文书。　⑥鹢：水鸟，常刻于船首，此指代船。

菩萨蛮

邹伯源园木犀，次彭孚先韵

涂黄仙子娇无力[①]，秋花不敢争颜色。风物一番新，从今到小春[②]。　新词仍险韵，赓续惭非称[③]。桃李寂无言，此花名独传。

［注释］

①涂黄仙子：指金黄色的桂花。　②小春：十月小阳春。　③"赓续"句：意指次韵之作与原作不相称而惭惶。　赓续：即赓和，唱和。

菩萨蛮

县斋木犀今年殊未开，而盆菊特茂盛，以晦日约客[①]

未观岩桂先观菊，世间底事真迟速。节物苦相催[②]，重阳便到来。　白衣何处觅[③]，沽酒邀佳客。一笑有余欢，官居终日闲。

［注释］

①晦日：农历每月的最后一日。　②节物：应时节之景物。　③"白衣"句：谓无人送酒。南朝宋檀道鸾《续晋阳秋》卷二："陶潜九月九日无酒……未几望见一白衣至，乃刺史王宏送酒也。"白衣，指送酒的衙役小吏。

菩萨蛮

送太夫人就养南安[①]

佳辰昨日传筒黍[②]，今朝重把离觞举。别驾奉安舆，前呵方塞途[③]。　庞眉真寿相[④]，两处交迎养。庾岭到星沙[⑤]，风光属一家。

［注释］

①南安：今江西大庾。　②筒黍：即今之粽子。《初学记》：（五月五日）"进筒粽，一名角黍，一名粽。"　③前呵：车前呼喝开路的仪仗队。　④庞眉：眉毛花白。　⑤星沙：即长沙。

菩萨蛮

戊辰重阳[①]

分宜七里逢重九[②]，篱根无菊尊无酒。萧飒鬓如蓬，不禁吹帽风。　插花开口笑，未分输年少。明岁定王台[3]，传杯不放杯。

[注释]

①戊辰：宁宗嘉定元年(1208)。　②七里：以“七里”为名之处甚多，未详此指，或为湖南衡阳附近之七里山。　③定王台：在湖南长沙。

渔家傲

丁卯生日自作

去岁簿书丛里过，生朝也有人来贺。随分侑尊呼几个[1]。胡厮和[2]，愁颜镇日何曾破[3]。　素髮如今添老大，归来方是闲当座。旋擘黄柑篘白堕[4]。哩嗹啰[5]，从他扰扰如旋磨[6]。

[注释]

①随分：照例。　侑尊：劝酒之歌伎。　②厮和：相和。　③镇日：整日。　破：破颜，笑。　④篘(chōu)：竹编的滤酒器，此作动词用。　白堕：酒名。北魏河东人刘白堕善酿，故以名。　⑤哩嗹啰：啰唆不清。　⑥旋磨：《晋书·天文志上》以蚁行磨石之上喻天体日月之运行。后以喻沉迷世故，毕生劳碌。

渔家傲

用履斋韵赠邵惜惜

自古馀杭多俊俏，风流不独夸苏小[1]。又见尊前人窈窕。花枝袅，贪看忘却朱颜老。　曲巷横街深更杳，追欢买笑须年少。悔不从前相识早。心灰了，逢场落得掀髯笑。

[注释]

①苏小:即苏小小之省称,南齐钱塘名妓。南宋钱塘妓亦有名苏小小者。见赵翼《陔馀丛考》三十九《两苏小小》。

传言玉女

五月四日孙佥判四昆仲携具稽古堂观竞渡有作

稽古堂前,恰见四番端午[①]。又来江上,听鸣鼍急鼓[②]。棹歌才发,漠漠一川烟雨。轻舟摇飐,浪心掀舞。　倦客今年续命[③],欠□彩缕。归期渐近,刬地萦心绪[④]。何日斑衣,更看迎门儿女。百怀且付,尊前蒲黍。

[注释]

①作者自注:"自甲子至丁卯"(1204—1207)。　②鼍(tuó):猪婆龙,或称扬子鳄,皮可作鼓。　③续命:旧时民俗,于端午以彩丝系臂,名续命缕。　④刬(chǎn)地:怎的。

鹧鸪天

次孚先韵,重阳前两日无尽藏作[①]

依约滩声杂橹声[②],波光隐映月华明。眼前好景真无尽,身外浮名尽可轻。　穷胜赏,续欢盟。直饶风雨也须晴[③]。满头插菊掀髯笑,笑道齐山浪得名[④]。

[注释]

①无尽藏:佛教语。指佛法无边,作用于万物,亦无穷尽。苏轼《前赤壁赋》指清风明月为造物之"无尽藏"。　②依约:隐约,仿佛。　③直饶:即使。　④齐山:在安徽贵池县。杜牧有《九日齐山登高》:"尘世难

逢开口笑，菊花须插满头归。”

鹧鸪天

癸亥十一月十四日为内子寿①

爱日迎长月向圆，当年飞堕蕊珠仙②。相门赫奕人争羡③，阃则柔嘉世所贤④。　罗纸贵⑤，彩衣鲜。鼎来盛事乐无边⑥。妇姑夫妇孙和子，同住人间五百年。

[注释]

①癸亥：宁宗嘉泰三年（1203）。　内子：妻。　②蕊珠仙：道教传说天上上清宫有蕊珠宫，此指宫中仙子。　③赫奕：光显、盛大。　④阃（kǔn）：指闺门，此代指妇德。　柔嘉：温和美善。　⑤罗纸：皇帝封赠的诰书。　⑥鼎来：方来，正来。鼎，方也。陆游词《感皇恩·伯礼立春日生日》：“温诏鼎来，延英催对。”

鹧鸪天

甲子重阳①

谁道他乡异故乡，泉江风物似湄湘②。钗头缀糁萸偏紫③，杯面浮金菊倍黄。　今共古，几重阳。休将往事更平章④。舞衫歌扇姑随分，又得掀髯笑一场。

[注释]

①甲子：宁宗嘉泰四年（1204）。　②湄：湄江，在湖南湘阴县。　湘：源于广西，流经湖南湘阴西入湖。　③糁：饭粒，此泛指粒状物。韩愈《送无本师归范阳》：“桃枝缀红糁。”　萸：茱萸，一种芳香植物，民俗重阳插茱萸可避灾、邪。　④平章：品评。

鹧鸪天

风雨萧萧旧满城，今年九日十分晴。且同北海邀佳客①，共向东篱看落英②。　罗绮队，管弦声。银山高处好同登。催租岂解妨诗兴，自是潘郎句未成③。

[注释]

①北海：东汉孔融，曾为北海相，世称孔北海。好士，善文章。尝云："座上客常满，杯中酒不空。"　②东篱：本陶渊明《饮酒》"采菊东篱下"。　落英：本屈原《离骚》："夕餐秋菊之落英"。　③"催租"二句：见宋潘大临《寄谢无逸书》曰："昨日清卧，闻搅林风雨声，欣然起，题其壁云云。忽催租人至，遂败意，止此一句（满城风雨近重阳）奉寄。"

鹧鸪天

甲子十一月十四日寿内子

鸾诰双双妇与姑，家尊荣宦到中都①。暂时花县飞凫舄②，新看芝庭捧鹤书③。　梅欲放，柳将舒。诞辰先占一阳初。清心堂下围红处，剩有长生酒满壶④。

[注释]

①中都：京城。此指作者之岳父曾于京城任职。　②花县：晋潘岳为河阳令，遍种桃花。后遂以花县为县治的美称。　飞凫：用王乔典。《后汉书·方术传·王乔》有载。　③芝庭：庭院之美称。谢庄《舞马赋》："掩芝庭而献秘。"　鹤书：书体名，古时征辟贤士的诏书用此体。　④剩有：尽有。

鹧鸪天

遁斋自作生日

垂领纷纷已二毛，可堪州县尚徒劳。催科自笑阳城拙[①]，勇退应惭靖节高[②]。　来祝寿，笑儿曹[③]，说椿说柏说蟠桃[④]。世间底事非前定，妙理还需问浊醪。

［注释］

①阳城：唐代人名，字亢宗，著直声。出为道州刺史，治民如治家，税赋不能如额。观察使数皆责让，自署其考曰："抚字心劳，催科政拙，考下下。"弃官去。见《新唐书·阳城传》。　②靖节：陶渊明，世称靖节先生。　③儿曹：孩子们。　④椿：椿长寿，八千为春，八千为秋。见《庄子·逍遥游》。　柏：柏后凋，取其叶泡酒，以祝长寿。　蟠桃：传说中的仙桃，常用以献寿。

鹧鸪天

宴王园作

休道泉江寂寞滨，喧喧歌吹遍城闉[①]。莫辞邀赏连三日，且庆开禧第一春[②]。　呼小队，领嘉宾。王园佳处踏芳尘。星球不用随归骑[③]，自有山头月逐人。

［注释］

①闉（yīn）：城曲重门。　②开禧第一春：宁宗开禧元年（1205）。③星球：灯笼。

鹧鸪天

乙丑八月十八日寿太孺人①

人道今年秋较迟，木犀全未放些儿。不因诞节开千岁，争得今辰把一枝。　　呼宝鼎②，伴渠伊③。堂萱喜色正融怡④。儿前妇后孙曾从，岁岁称觞无尽期。

[注释]

①乙丑：开禧元年（1205）。　孺人：官吏之母或妻的封号。　太孺人：指母。　②宝鼎：《晋书·苻坚载记》载，新平王彫，明于图记，曰新平，古颛顼之墟，此里应出帝王宝器，名曰延寿宝鼎。　③渠伊：吴地方言"他"。见宋郑文宝《江南馀载》上。　④堂萱：即母亲。　融怡：和悦。

鹧鸪天

中秋后一夕宴修成之、富正甫作

万里澄空没点云，素娥依旧驾冰轮①。自缘人意看承别，未必清辉减一分。　　倾白堕②，拥红裙。不知谁主复谁宾。更筹易促愁分袂，又作东西南北人。

[注释]

①素娥：嫦娥。　冰轮：明月。　②白堕：酒名。北魏河东人刘白堕善酿，故以名。

鹧鸪天

乙丑岁寿内子

怪得欢声满十龙①，诞辰和气敌严冬。安书莲幕欣频到②，庆事花城喜屡逢。　　琼液泛，宝薰浓。华堂交口祝椿松。阿姑同健夫偕老，会有重重锦诰封。

[注释]

①十龙：十龙岩，在江西吉安府泰和县南。 ②安书：报平安之家信。 莲幕：幕府。

鹧鸪天

丙寅元夕①

动地欢声遍十龙，元宵真赏与民同。春归莲焰参差里，人在蓬壶快乐中②。 乘皓月，逐和风。凉舆归去莫匆匆。班春休道无千炬③，也有星球数点红。

[注释]

①丙寅：宁宗开禧二年（1206）。 元夕：农历正月十五。 ②蓬壶：即仙山蓬莱。见王嘉《拾遗记·高辛》。 ③班春：颁布春令。 元夕：农历正月十五。

鹧鸪天

寿徐主簿①

前数重阳后小春，中间十日是生辰②。二年稳作栖鸾客，百里谁非贺燕人③。 无一事，扰天真。年登八八愈精神。句稽宜解淹贤辙④，黄髪犹须上要津。

[注释]

①主簿：官名。 ②"前数"二句：重阳后一日，十月前一月，应是九月十日生辰。 ③贺燕：本《淮南子·说林训》"大厦成而燕雀相贺"，此借指祝贺之人。 ④句(gōu)稽：考核文书簿籍。 淹：此指淹滞于涸辙不

得晋升贤者。　辙：用《庄子·外物》涸辙之鱼典。

鹧鸪天

季功旬会之次日小醵饯陈巡入乡[1]

点检尊前主与宾，今宵依旧昨宵人。自缘笑语生和气，不为风光属小春。　香叆叇[2]，酒清醇。山肴野蔌总前陈[3]。掀髯抵掌君休怪，镜里星星白髮新。

[注释]

①旬会：十天一次的聚会。　小醵（jù）：聚钱饮酒。　②叆叇（ài dài）：浓郁貌。　③野蔌：野菜。　蔌：蔬菜的总称。

鹧鸪天

丙寅岁寿内子

贺了生辰却贺冬，今年乐事又重重。寿香喷处芝兰馥，寿酒斟时琥珀浓。　偕桂隐[1]，到花封[2]。迎长介寿恰三逢[3]。明年此日称觞罢，稳上肩舆九里松[4]。

[注释]

①桂隐：在西湖。《西湖志》：张功甫于湖上为梅园玉照堂。自是客有游桂隐者必求观焉。此似兼指隐居。　②花封：此或指花诰受封命妇。　③迎长：冬至日南极夜最长。曹植《冬至献袜颂表》："冬至献履贡袜，所以迎福践长。"　介寿：祝寿。　④九里松：在浙江杭州。

鹧鸪天

丁卯岁寿太夫人

诞节初开七秩祥[①]，今秋仍喜十分凉。称觞堂下孙和息[②]。备福人间寿且康。　从庾岭，到章江[③]，两州元自接封疆[④]。儿曹此去分风月，莱彩潘舆乐未央。

[注释]

①秩(zhì)：十年为一秩。　②息：子息。　③章江：江西赣江之西源。　④接封疆：地界相接。

鹧鸪天

戊辰正月十一日寿八兄[①]

瓶里梅花香正浓，阶前更著锦熏笼。且留幡胜明朝戴，共庆桑蓬此日逢[②]。　眉镇绿，脸长红。后堂无日不春风。明年定又强今岁，会有明珠入掌中[③]。

[注释]

①戊辰：宁宗嘉定元年(1208)。　②桑蓬：古代生男，以桑弧蓬矢射天地四方，寓志在四方意。见《礼记·内则》。　③明珠入掌：此喻生贵子。

鹧鸪天

戊辰七夕

令节标名自古闻，今宵银汉耿无云。难寻海上乘槎客[①]，空诵河东乞巧文[②]。　罗异果，炷名熏[③]。纫针捻线漫纷纷。蓬莱底事回车处，暗想当年钿合分[④]。

[注释]

①乘槎客：传说有人乘槎，直至天河，遇牵牛星。见张华《博物志》。　②河东：柳宗元，河东人，世称柳河东，他曾撰《乞巧文》。　③熏：香。　④钿合分：唐玄宗与杨贵妃曾在七夕于长生殿盟誓，后方士到仙山访贵妃，贵妃寄语云："钿合金钗寄将去。钗留一股合一扇，钗擘黄金合分钿。但令心似金钿坚，天上人间会相见。"

鹧鸪天

梦符置酒于野堂，出家姬歌自制词以侑觞，次韵

我离浏川七载强[①]，去思那有召公棠[②]。方怀旧友归鸿阁[③]，忽枉高轩戏彩堂。　频举白[④]，剩添香[⑤]。剧谈不觉引杯长[⑥]。官居也有城门禁，未到三更尽不妨。

[注释]

①浏川：水名，出湖南浏阳大围山，经长沙注入湘水。　②召公棠：喻美政，见《诗经·召南·甘棠》。　③鸿阁：阁之美称。丁鹤年《奉次虞侍讲先生见贻韵诗》："鸿阁诗成夕磬闻。"　④白：大白，大酒杯。　⑤剩：多。柳宗元《种大槲》："只因长作龙城守，剩种庭前大槲花。"　⑥剧谈：畅谈。

鹧鸪天

戊辰生日自作

古遂长沙千里遥[①]，三年三处做生朝。试拈疏蕊铜瓶插，更把轻沉宝鼎烧。　杯绿泛，脸红潮。抱孙娱膝语声娇。官居只似私居样，管取寒松最后凋。

[注释]

①古遂：遂川，江西地名，作者故乡。

鹧鸪天

丁卯岁寿内子

方是闲堂寿宴开，今回生日胜前回。慈闱斑貌看看到[1]，别驾除书鼎鼎来[2]。　纷彩服，滟金杯。缓歌慢舞不须催。明年此际称觞罢，醉向裴亭与定台[3]。

[注释]

①慈闱：母亲。　②别驾：州刺史的佐吏。　除书：授官之诏令。　鼎鼎：盛貌。　③裴亭：裴公亭。　定台：定王台。均在长沙。

西江月

七夕后一日县斋小集

巧节已成昨梦，今宵重倒芳尊。主宾和气敌春温，雄辩高谈衮衮[1]。　剩把烛花高照[2]，频教舞袖轻翻。笛声幽咽鼓声喧，却恨更筹苦短。

[注释]

①衮衮：指雄辩滔滔不绝。　②剩：尽。

西江月

鹏飞集作

锁棘方当拔士[1]，挥毫正好摛文[2]。词源三峡笔千军[3]，尽出平生素蕴。　天府伫登名姓[4]，夜窗不负辛勤。直须平步上青云，始信文章有准。

[注释]

①锁棘：贡院旧例，放榜日，设棘于门并锁闭院门，以防下第不逞者。见《旧五代史·和凝传》。　棘：棘院，科举时代的试院。　②摛(chī)文：展笔为文。　摛：铺展。　③“词源”句：谓文势浩瀚，笔势纵横。杜甫《醉时歌》：“词源倒流三峡水，笔阵独扫千人军。”　④天府：朝廷盟书、册籍存放处。

西江月

十桂胜如五柳，九秋赛过三春。蓬蓬金粟吐奇芬，自有天然风韵。　　休羡一枝高折，尽教十里遥闻。尊前若有似花人，乞与些儿插鬓。

西江月

乙丑中秋前二日[①]，约李季功、孙仲远、李茂叔、郭元择预赏月。申刻雨大作[②]。酉刻已开霁[③]，三更月出[④]

赏月几成喜雨，开尊仍间围棋。令人却忆敬斋词[⑤]，小饮不妨文字。　　底事冰轮未放，犹教银幕低垂。休言动是隔年期，闰八看看又至[⑥]。

[注释]

①乙丑：宁宗开禧元年(1205)。　②申：十二支第九位，下午三至五时。　③酉：十二支之十位，下午五至七时。　④三更：夜十一至一时。⑤敬斋词：吴镒有《敬斋词》。　⑥作者自注：“是岁有闰中秋。”

西江月

遁斋生日，有以喜神之轴来为寿者，悬之照壁，遂作

此老谁描拙状，今朝持献生辰。一人能变作三人，说与儿曹未信。　　坐者行者立者，化身报身法身[①]。且须辨取假和真，肥瘦短长休问。

［注释］

①化身报身法身：佛教语。六祖云："清净法身，汝之性也；圆满报身，汝之智也；千百亿化身，汝之行也。"见《圆觉经注》。

西江月

寿李知丞

明日恰当人日[①]，今年远胜常年。瓣香卮酒寿蓝田[②]，喜色津然满面。　　及戌人方竞进[③]，悬车公独高骞[④]。身闲便是地行仙，赢得千秋强健。

［注释］

①人日：农历正月初七。　②蓝田：陕西蓝田出产美玉，后以比喻父生佳子。《宋书·谢庄传》：太祖见谢庄而异之，曰："蓝田出玉，岂虚也哉！"　③竞进：指争着营谋位置。屈原《离骚》："众皆竞进以贪婪兮，冯不厌乎求索。"　④悬车：退休。

西江月

戊辰七月十日作

令节无过七夕，今年已隔三宵。奔驰五百里而遥，行止非人所料。　　月入尊罍楚楚[①]，风生襟袖飘飘。

不须抵死殢河桥[②]，对月临风一笑。

[注释]

①楚楚：鲜明貌。　②殢(tì)：滞留。　河桥：天河之桥，即鹊桥。

西江月

席间次潘文叔韵[①]

妙句春云多态，丰姿秋水为神。慕潘应有捧心颦[②]，谁是相看楚润。　试问甜言软语，何如大醉高吟。杯行若怕十分深，人道对花不饮。[③]

[注释]

①潘文叔：名有文。曾提举福建常平监，有善政。　②捧心颦：用东施学西施捧心皱眉典。此借指因爱慕潘郎而作态。　③作者自注："楚娘、润娘，维扬二妓。昔人诗云：'楚润相看别有情。'"

西江月

洗眼重看十桂，转头已过三秋。人生遇坎与乘流[①]，何况有花有酒。　花若于人有意，酒能为我浇愁。试挼金蕊泛金瓯，比似菊英胜否。

[注释]

①遇坎：遇到阻碍。　坎：地面凹陷处。《易经·说卦》："坎，陷也。"乘流：顺流而进。王勃《祭杜康新庙文》："与制于物，宁在于己。乘流则逝，遇坎则止。"

西江月

赋木犀次李季功韵

碎影乱筛月地，浓香时度风檐。渊明有菊径开三[①]，不似此花雅淡。　　兰蕙芬敷可并[②]，芙蓉浅俗堪嫌。美人妆罢笑窥帘，插鬓些儿正欠。

［注释］

①“渊明”句：本陶渊明《归去来兮辞》“三径就荒，松菊犹存”。　径开三：汉蒋诩隐居，于舍前竹下开三径，只与高士求仲、羊仲往来。见李善注引《三辅决录》。　②芬敷：清芬播散。

西江月

次彭天若元夕观灯之韵

歌扇潜回暖吹，酒兵顿解寒围。红莲绛蜡两交辉，小醉何妨大醉。　　落笔君如王勃[①]，属词我愧周墀[②]。明年应记盍簪时[③]，耿耿怀人不寐。

［注释］

①王勃：唐初诗人，“四杰”之一。　②周墀：唐宣宗时人。长于史学，属辞高古。　③盍簪：聚首。　盍：合。　簪：连冠于髮的长针。

西江月

天祐遣饷牡丹[①]，侑以新词，次韵为谢

为爱脸边著晕，更怜肌里生香。此花端合占年芳[②]，两朵那堪一样。　　自叹思归陶令，忽逢好事彭郎。朋来异卉与名章[③]，击节何妨叹赏。

［注释］

①饷:馈赠。 ②端合:应该。 ③朋来:并来。

西江月

赋紫笑花[①]

不但酴醿芍药,此花亦殿馀春[②],麝囊初破酒初醺,恰有这般风韵。 烂坼真成绝倒[③],半开犹带轻颦。不知抵死笑何人[④],待与折来细问。

［注释］

①紫笑花:即紫色含笑花。花开不大张口,如美人含笑,故名。 ②殿:行军的尾部。此引申为开于春末。 ③烂坼:盛开。 绝倒:俯仰大笑。 ④抵死:总是。

西江月

寿韩宰

乐事无过新岁,生辰恰占元宵。湄湘台下有欢谣[①],令尹风流年少[②]。 暂借牛刀凫舄[③],宜参豹尾鸡翘[④]。政成三异合归朝[⑤],拭目天边紫诏。

［注释］

①湄:湄水,在湖南湘阴。湘:湘水,出广西至长沙,经湘阴县西入湖。 ②令尹:县令。此指韩宰。 ③牛刀:用“割鸡焉用牛刀”典。见《论语·阳货》。此借指大材小用,暂屈居县职。 凫舄:用王乔典。 ④豹尾:指豹尾车,皇帝巡幸时殿属车之后。 鸡翘:皇帝出行前车有鸾旗车,编羽毛列系幢旁,名鸡翘车。见《宋史·舆服志一》。 ⑤三异:即三最。封建时代考核官吏,高者为最,三最指治事之最,劝课之最,持养之最。见《宋史·职官志》。

西江月

庆太夫人七十

头上银幡初卸[①]，堂前玉斝重飞[②]。人言七十古来稀，七十如今已至。　　斑白元无一点，微黄已秀双眉。一番庆寿十年期，更庆十番不啻[③]。

[注释]

①“头上”句：人日戴幡胜，此指过人日不久。　②玉斝(jiǎ)：玉杯。　斝：古代酒器，青铜制，圆口，三足，用以温酒。　③啻(chì)：止。

西江月

戊辰八月一日寿赵丞，其日社[①]

朔旦生朝同贺[②]，寿觞社瓮齐倾。湄湘元是小东京，著个风流贰令[③]。　　地胜岂如人胜，秋清争似官清[④]。双瞳炯炯鬓青青，稳上华途捷径。

[注释]

①社：祭社神(土地之神)日。立秋后第五个戊日为秋社，此应为秋社。　②朔旦：旧历每月初一。　③贰令：县丞。　贰：副职。　④争似：怎似。

西江月

韩亨道席上次方孚若韵[①]

送我匆匆行色，赖君衮衮名章。德星今夜聚清湘[②]，岂羡瀛洲方丈。　　宾醉须教主醉，更长不怕杯长。凤鸣端合在朝阳，飞诏来从天上。

[注释]

①方孚若：方信孺字。　②德星：岁星、景星，出于有道之国，见《史记·天官书》。后以喻贤士。东汉陈寔从诸子侄造荀淑父子，于时德星聚。太史奏："五百里内有贤人聚。"见南朝宋刘敬叔《异苑》卷四。

昭君怨

醉别小妓丽华

歌舞籍中第一，情致人间第一，年纪不多儿，尽娇痴[①]。　昨夜华严阁下，今夜海棠洞下，多少别离情，泪盈盈。

[注释]

①娇痴：娇小天真，未知世故。

昭君怨

乙丑九日前二日偕元择、茂叔、季功登高作[①]

去岁银山塔上，今岁金山塔上[②]。屈指到泉江，再重阳。　有菊不妨同戴，有酒不妨同醉。嘉客与佳宾，两俱新。

[注释]

①九日：即农历九月九日，旧有登高之习。　②银山、金山：在江苏丹徒西二里江口，两山相对。

玉楼春

匆匆相遇匆匆去，恰似当初元未遇。生憎黄土岭头尘[①],强学章台街里絮[②]。　　雨荒三径云迷路[③],总是离人堪恨处。从今对酒与当歌[④],空惹离情千万绪。

[注释]

①黄土岭:在江西遂川县西南,土色皆黄。　②章台街:章台,在今陕西长安县故城西南,秦王所建。汉有章台街,街在台下。见《汉书·张敞传》。　章台街里絮:唐韩翃有《章台柳》诗。　③三径:本陶渊明《归去来辞》"三径就荒,松菊犹在"。　④当歌:对诗。曹操《短歌行》:"对酒当歌,人生几何。"

玉楼春

丁卯四月二十三日书考会作

贤僚益友俱亲密,真个三年如一日。清尊倒处笑喧哗,彩笔吟馀才俊逸。　　杯盘狼藉情真率,歌管棋枰仍间出。今朝又喜盍朋簪[①],何日定当抛县绂[②]。

[注释]

①盍朋簪:即朋簪合,指朋友相聚。戴良芳《桥宴集》:"座有朋簪合。"　②抛县绂(fú):谓辞官。　绂:指系官印的丝带,亦代指官印。

鹊桥仙

甲子七夕

金风淅淅,银河耿耿,七夕如今又至。人间唤作隔年期,但只似、屈伸指臂。　　罗花列果,拈针弄线,等是纷纷儿戏。巧人自少拙人多,那牛女,何曾管你。

鹊桥仙

甲子中秋

金飙乍歇[①]，冰轮欲上，万里秋空如扫。一年十二度团圆，甚恰限、今宵最好。　烹麟脍凤，幕天席地，争似杯盘草草。明年应更胜今年，但只恐、朱颜暗老。

[注释]

①金飙：秋风。西方为秋而主金，故秋风曰金风。　飙：风。

鹊桥仙

□□立春

泥牛击罢[①]，银幡卸了，又是一番春至。有人耳畔语低低，道宜入、新年吉利。　堆盘红缕[②]，浮杯绿蚁[③]，自有及时风味。从今日日是东风，待拚了、偎红倚翠。

[注释]

①泥牛：旧时以土为牛，于立春前一日，鞭之以示劝农和春耕开始。见宋孟元老《东京梦华录》。　②红缕：细切的鱼丝、肉丝。苏轼《元日过丹阳明日立春寄鲁元翰》："堆盘红缕细茵陈。"　③绿蚁：酒面上的绿色泡沫。白居易《雪夜对酒招客》："杯香绿蚁新。"

鹊桥仙

乙丑七夕

薄云笼月，轻飙却暑，天上人间佳节。银河自有鹊为桥，又那要、兰舟桂楫。　后期可准，新欢如昨，选甚轻离易别[①]，姮娥休要妒人呵，待更与、留连一霎。

[注释]

①选(suàn)甚:算甚,论甚,管甚。

鹊桥仙

周监旬会上作

六人欢笑,六姬讴唱,六博时分胜负[①]。六家盘馔鬥芳鲜,恰两月、六番想聚。　　特排整整,华筵楚楚,终是不如草具[②]。赏心乐事四时同,又管甚、落花飞絮。

[注释]

①六博:古博戏。十二棋,六白六黑,两人相博,人各六棋。　②草具:粗劣之食物。

鹊桥仙

旬会作

六丁文焰[①],六韬武略[②],那更六经心醉[③]。六人相对座生风,继六逸、当年旧事[④]。　　六州清唱[⑤],六么妙舞[⑥],执乐仍呼六妓。大家且饮六分觥,看宾主、迭居六位。

[注释]

①六丁:道教火神。　②六韬:汉人采掇旧说,托名吕尚的兵书。为《武学七书》之一。　③六经:儒家六部经典:《诗》、《尚书》、《礼》、《乐》、《易》、《春秋》。　④六逸:李白客任城(山东济宁),与孔巢父、韩准、裴政、张叔明、陶沔居徂徕山,日沉饮,号竹溪六逸。见《旧唐书·李白传》。　⑤六州:指《六州歌头》。　⑥六么(yāo):唐琵琶曲名。见宋王灼《碧鸡漫志》。

[集评]

侯孝琼云:“每句皆着一‘六’字,此为词中之‘福唐体’乎?”

鹊桥仙

雨中赏酴醾,次周监税韵①

杯盘草草,园亭小小,不用罗帏锦幄。酴醾本是殿馀春,更风雨、无端趱却②。　有词可和,有棋可赌,杂以诙谐戏谑,闲时日日可邀嬉,又选甚、花开花落③。

[注释]

①监税:掌管税务的官员。　②趱(zǎn)却:赶行。　③选甚:算甚,论甚,管甚。

鹊桥仙

五月四日仲远浴儿①

去年七夕,今年五日,两见浴儿高会。乃翁种德已多年,看衮衮、公侯未艾②。　封胡羯末③,综维缜绛④,堪羡金鱼垂袋⑤。丹砂白蜜不须涂,把续命、彩丝与带。

[注释]

①浴儿:古俗,生子满月,为洗儿会。见孟元老《东京梦华录》。　②未艾:未止、未尽。　③封胡羯末:《晋书·谢万传》载,万子韶,少有名。时谢氏尤彦秀者,称封胡羯末。封谓韶,胡谓朗,羯谓玄,末谓川,皆其小字也。　④综维缜绛:《宋史·韩亿传》载,生八子皆贵,而综、维、缜、绛四子尤贵。　⑤金鱼垂袋:金鱼为唐代出入宫禁之符契。宋因之,服紫者,鱼饰以金,盛以袋系以带而垂于后。紫衣金鱼袋,是高官的标志。

鹊桥仙

丙寅七夕

两情相向，一年厮睚[①]，等得佳期又到。休言夜半悄无人，那喜鹊、也须知道。　　来今往古，吟诗度曲，总漫萦牵怀抱[②]。不如乞取巧些些，待见了、分明祷告。

[注释]

①厮睚(yá)：相捱。熬，拖延。　②漫：空，枉，徒然。

鹊桥仙

丙寅除夕立春，骨肉团聚，是夕大雪

立春除夕，并为一日，此事今年创见。席间三世共团栾，随分有、笙歌满院[①]。　　一名喜雪，二名饯岁，三则是名春宴。从教一岁大家添，但只要、明年强健。

[注释]

①随分：随处，到处。

鹊桥仙

丁卯七夕

今年七夕，新秋三日，已觉凉生院宇。吾乡风物胜他乡，更那著、莱衣起舞。　　泛槎经岁，分钗半夜[①]，往事流传千古。独怜词客与诗人，费多少、闲言泼语[②]。

[注释]

①泛槎、分钗：传说有人乘槎，直至天河，遇牵牛星。见张华《博物志》。唐玄宗与杨贵妃曾在七夕于长生殿盟誓，后方士到仙山访贵妃，贵妃寄语云："钿合金钗寄将去。钗留一股合一扇，钗擘黄金合分钿。但令心似金钿坚，天上人间会相见。" ②泼语：胡说、瞎扯。

浣溪沙

次李茂叔韵

仙子凌波袜有尘[①]，翰林摛藻笔如神[②]。此花此曲两无伦。　　不与妆台簪宝髻，却来书阁伴幽人。恨无佳客只空尊。

[注释]

①"仙子"句：本自曹植《洛神赋》"凌波微步，罗袜生尘"。此典多用以形容水仙花。 ②摛（chī）藻：铺张辞藻。

浣溪沙

嗣立置酒稽古，令予坐东

屈指中秋一日期，雨馀云薄月来迟。冰轮犹自欠些儿。
世事孰非颠倒相，客居东位主人西[①]。觞行莫惜醉如泥。

[注释]

①"世事"两句：我国古代习俗，主人东坐，客人西坐。此处客坐东，故言颠倒。

浣溪沙

树底全无一点红，今年春事又成空。不须追恨雨和风。　　欲去未来多恶况，独眠无寐少欢悰[①]，一声啼鴂五更钟[②]。

［注释］

①欢悰(cóng)：欢乐。　②啼鴂(jué)：伯劳。

浣溪沙

赠陈惜惜、怜怜

尊俎之间著二陈，津津眉宇笑生春。清歌妙舞两无伦。　　叔隗轻盈饶态度[①]，小乔妩媚足精神[②]。风流总属一家人。

［注释］

①叔隗：用二隗典。《左传·僖公二十三、二十四年》：狄人伐廧咎如，获其二女叔隗、季隗，纳诸公子(晋公子重耳)，公子取季隗，以叔隗妻赵衰。　②小乔：用二乔典。《三国志·吴书·周瑜传》：乔公两女，皆国色也。策自纳大乔，瑜纳小乔。

好事近

丙寅重阳

今日十分晴，好个重阳天气。又向银山高处，为黄花一醉。　　泉江风物饱相谙，瞥眼过三岁[①]。但得明年强健，任举杯何地。

［注释］

①瞥眼：转眼。

好事近

丁卯元夕

今岁度元宵，随分点些灯火。不比旧家繁盛，有红莲千朵。　客来草草办杯盘，饾饤杂蔬果[①]。休羡暗尘随马，与银花铁锁[②]。

[注释]

①饾饤（dòu dìng）：蔬果堆砌貌。　②“休羡”二句：“火树银花合，星桥铁锁开。暗尘随马去，明月逐人来。”见唐苏味道《上元》。

好事近

家人生日[①]

今岁庆生朝，迟似迎长十日。试向彩衣堂下，听欢声洋溢。　小孙能笑长能歌，已自堪娱膝。管取婆犹未老[②]，见满床堆笏[③]。

[注释]

①家人：观词意，此家人应指作者夫人。其《鹧鸪天·癸亥十一月十四日为内子寿》亦有“爱日迎长月向圆”之句，与此词“迟似迎长十日”相合。　②管取：准教。　③满床堆笏：唐开元中，崔神庆三子皆高官，逢有宴，以一床置笏（朝会时所用的手板），见《旧唐书·崔义玄传附崔神庆》。

满江红

次贾子济韵

节物匆匆，又还见、浓春入眼。那更是、晓风初扇，宿云都卷。蝶舞已便花蕊乱，燕归仍惬香泥暖。又何须、女手学春工，并刀剪。　欢乐事，郊坰遍。游赏处，轮蹄远。听谁家弦管，日开华宴。有客摛毫多丽句，惭予折袜无长线[①]。问新来、诗酒顿然疏，怎消遣。

[注释]

①折袜无长线：俗语，自谦词，谓己一无所长。

满江红

次子云弟韵

五十头颅，早已觉、飞腾景暮。愁眼看、蜂黄蝶粉，草烟花露。莫做阳台云雨梦，休怀渭北春天树[①]。怅城闉、多少踏青人，红尘路。　怀古恨，凭书诉。倾国貌，障羞妒。记山阴陈迹，群贤星聚[②]。对景裁诗真漫与，看花不饮成虚负。问落红、千点总随流，归何处。

[注释]

①渭北春天树：本杜甫《春日忆李白》"渭北春天树，江东日暮云"。　②"山阴陈迹"二句：指晋王羲之于永和九年（353），与谢安等四十一人在会稽山阴兰亭聚会的盛事。

满江红

寿韩思机

七袠华年[①]，这强健、人谁得似。还又见、设弧令旦[②]，秋风生桂。教子已成森砌玉[③]，弄孙仍得追风骥[④]。更后堂、深处著婵娟，笙歌沸。　香叆篆，杯浮蚁。欢意洽，酡颜醉。有静中日月，闲中天地。不必亲扶灵寿杖[⑤]，何须远挹浮丘袂[⑥]。看蟠桃、著子又开花，三千岁。

[注释]

①袠(zhì):十年。 ②令旦:好时辰。指男子生日。 ③砌玉:喻优秀子弟。谢玄曰:"譬如芝兰玉树,欲使其生于庭阶耳。"见《晋书·谢安传》。 砌:台阶。 ④追风骥:可追风的骏马。 ⑤灵寿杖:以灵寿木所作之杖。 灵寿:木名,似竹,有枝节。见《山海经·海内经》注。 ⑥浮丘袂:本朱熹诗"永怀仙陵子,久挹浮丘(浮丘道人)袂"。

念奴娇

次贾子济韵

琼苞玉屑[①],问天公、底事乱抛轻坠[②]。城郭山川都一样,那得个般清气[③]。谢女才情[④],如何只道、柳絮因风起。比梅差可[⑤],但无绿萼红蕊。 坐上十客雄豪,颓然一老,草具相邀致。驱尽寒威凭酒力,买笑千金须费。谁办佳词,洛阳年少,笔下生新意。待添几琖[⑥],共君今夕同醉。

[注释]

①琼苞玉屑:指雪。 ②底事:因何,为什么。 ③个般:这般。④谢女:谢安侄女谢道蕴。曾以"柳絮因风起"咏雪。 ⑤差可:尚可。⑥琖:同"盏"。

虞美人

送张监税

二年浏水司征榷[①],小却平戎略[②]。征衫指日去朝京。恰恰一江新渌、可扬舲[③]。 诗工画妙俱臻极,到处留真迹。一尊莫惜暂停桡,不待离歌唱彻、已魂消。

[注释]

①司:掌管。 征:征收商人过境税。 榷:官府专卖。 ②小却:稍稍推辞。 ③舲:有窗的小船。

虞美人

茂叔、季功置酒稽古堂[①],以瓶贮四花,因赋

梅桃末利东篱菊[②],著个瓶儿簇。寻常四物不同时,恰似西施二赵、太真妃[③]。 从来李郭多投分[④],伯仲俱清俊[⑤]。苍颜独我已成翁,尚许掀髯一笑、对西风。

[注释]

①茂叔、季功:皆李姓,为兄弟。 ②末利:即茉莉花。 ③二赵:赵飞燕与其妹合德,汉成帝时专宠后宫。 太真:杨贵妃,唐玄宗宠妃。 ④李、郭:东汉李膺与太学生首领郭泰相交,世称李郭。 投分(fèn):志向相合,投缘。 ⑤伯仲:古代以伯、仲、叔、季表示兄弟之顺序,此处指李氏兄弟。

虞美人

送周监税

周郎素蕴平戎略,聊此司征榷。他人两载已辞难,君独三年、只作一朝看。 紫萸黄菊重阳后,木落秋容瘦。休斟别酒惨离裾,戚畹如今、个个有新除[①]。

[注释]

①戚畹:外戚亲贵。见《宋史 · 李处耘传论》。此处指亲戚邻里。新除:新拜官授职的诏令。 除:授职拜官。

虞美人

次沈庄可韵

天公有意留君住，故作纤纤雨。闭门觅句自持觞，并舍官梅、时有过来香。　　沈郎诗骨元来瘦，更挹湘江秀。不须骂雨及嘲风，收拾个般、都入锦囊中。

醉落魄

丙寅中秋

琼楼玉宇，分明不受人间暑。寻常岂是无三五。惟有今宵、皓彩皆同普。　　素娥阅尽今和古，何妨小驻听吾语。当年弄影婆娑舞，妙曲虽传、毕竟人何许[①]。

［注释］

①“当年弄影”二句：“花间一壶酒，独酌无相亲。举杯邀明月，对影成三人。……我歌月徘徊，我舞影零乱。”见李白《月下独酌》。“起舞弄清影，何似在人间。”见苏轼《水调歌头》。　婆娑舞：指霓裳羽衣曲及舞。此曲本传自西凉，名《婆罗门》，经玄宗润色，改名。小说家附会为玄宗与方士游月宫，闻仙乐，归而记之。见宋王灼《碧鸡漫志》卷三。

采桑子

老人生日

中秋过了还逢社[①]，寿我亲闱。百里熙熙[②]，尽道平反赖母慈[③]。　　浏川水阔吾山峻，福禄如斯。绿鬓青眉、子又生孙孙又儿。

[注释]

①社:社日。古时祭祀土神的日子,有春社、秋社。此处为秋社。 ②百里:古时一县辖地约百里。 ③平反:纠正错误的判处。平,指轻重适中。反,指推翻旧案。典出《汉书·隽不疑传》。

采桑子

赠丽华

饯筵绿绕红围处,只这孩儿[①]。两泪垂垂,不忍教人遽别离。 别离不作多时计,千日为期。却恐归时,人道寻春已较迟[②]。

[注释]

①孩儿:对心爱人的昵称。 ②“人道”句:本杜牧《叹花》“自是寻春去较迟,不须惆怅怨芳时”。《唐摭言》载,牧佐宣城幕,得垂髫者十四馀,后十四年,牧刺湖州,其人已嫁生子。此借用其典。

朝中措

寒食前一日陪令佐小饮县圃,席上赋[①]

海棠零落玚花繁[②],春意已将阑。予告恰当寒食[③],邀宾同赏芳园。 湄湘台畔,杯盘楚楚,歌舞喧喧。预约牡丹开后,更须重倒清尊。

[注释]

①寒食:寒食节,在清明前一日或前二日。唐宋人多于此节日郊游踏青。 ②玚花:即玉蕊花,又名米囊。春开,花小而香。 玚(yáng):玉名,取其色白也。 ③予告:作者自注,“古诗‘君王予告作寒食。’”汉代二千石以上有功官员依例给以在官休假的待遇,谓之予告。

卜算子

春事到清明，过了三之二。秾李夭桃委路尘，太半成泥滓[①]。　只有海棠花，恰似杨妃醉。折向铜壶把烛看，且莫教渠睡[②]。

[注释]

①太：通"大"。　②"折向"二句："只恐夜深花睡去，故烧高烛照红妆。"见苏轼《海棠》。　渠：称他人。此处称海棠。

卜算子

客有惠牡丹者，其六深红，其六浅红。贮以铜瓶，置之席间，约五客以赏之。仍呼侑尊者六辈，酒半，人簪其一，恰恰无欠馀，因赋

谁把洛阳花[①]，剪送河阳县[②]。魏紫姚黄此地无[③]，随分红深浅。　小插向铜瓶，一段真堪羡。十二人簪十二枝，面面交相看。

[注释]

①洛阳花：牡丹。唐宋时，洛阳牡丹为第一，故名。见宋欧阳修《洛阳牡丹记·花品序》。　②河阳：用潘岳于河阳种桃李典。　③魏紫、姚黄：牡丹之名贵品种。魏紫，出于五代魏仁溥家。姚黄，出于宋姚氏家。

减字木兰花

寿李茂叔

仲春上七[①]，门左垂弧当此日[②]。点检春光，百草千葩已斗芳。　折花持酒，彩袖殷勤来祝寿。明岁而今，稳向

南宫待捷音[3]。

[注释]

①仲春上七:二月初七。 ②门左垂弧:(此指)男子生日。 ③南宫:古称尚书省为南宫。

减字木兰花

偶然相聚,最是人间堪乐处。散步寻春,来作琴堂不速宾。 缓歌一曲,野鹜纷纷都退缩[1]。不用多杯,准拟花时日日来[2]。

[注释]

①野鹜(wù):野鸭。 ②准拟:一定。

减字木兰花

戏万安胡簿

栖鸾高士,文采风流谁得似。年德虽高,对酒当歌气尚豪。 明眸皓齿,一朵红莲初出水。膝上安排,爱惜须教不离怀。

减字木兰花

用季功韵戏呈子定

遇如不遇,最是暂来还复去。归到乡关,欲再来时却恐难。 丁宁去后,倩雁传书须访旧。万斛羁愁,逐水那容许大舟。

柳梢青

惜　花

春事匆匆，花慵柳困，雨横风狂。寄语诗人，须烧银烛，与照红妆。　　休言桃李河阳。但过眼、难寻色香。只有今宵，更无明日，且缓飞觞。①

[注释]

①作者自注："时侑觞者明日遂行。"

[集评]

侯孝琼云："'匆'在一东。以下狂、妆、阳、香、觞均在七阳，意不知如何通押。"

柳梢青

乙丑自寿

遁斋居士，今年今日，又添一岁。鬓雪心灰，十分老懒，十分憔悴。　　休言富贵长年，那个是、生涯活计。茗饮一瓯，纹楸一局①，沉烟一穗②。

[注释]

①纹楸（qiū）：围棋棋盘。　②沉烟：点燃的沉香。

柳梢青

薄晚才晴，相邀移席，待月中庭。环坐斯须①，屋山高处，忽吐微明。　　云收雨止风停，人世有、琼楼玉京。一任星移，从教斗转，且缓飞觥。

[注释]

①斯须：须臾，片刻。

柳梢青

送别陈廉州于一片潇湘[①]

合浦名邦，风流太守，紫绶金章。暂驻旌麾，来临祖席[②]，一片潇湘。　且须缓举离觞。细看取、眉间点黄[③]。未到还珠[④]，已闻赐玺，归近清光。

[注释]

①廉州：即今广西合浦县。　②祖席：送别的筵席。　③眉间点黄：此祝愿陈廉州即当归朝。古术士以眉间有黄气是还朝之兆。韩愈《赠马侍郎冯李二员外》："城上赤云呈胜气，眉间黄色见归期。"　④还珠：传说合浦多珍珠，郡守皆贪秽，致使珠移别处。后孟尝为守，制止搜刮，珍珠复还。见《后汉书·孟尝传》。

柳梢青

两邑大夫鞭春之集，城南主人张澧州有词，次其韵[①]

两令邀宾，城南佳处，饯腊迎春。步入梅林，纷然缟袂，间以红英。　遥岑寸碧增明，更酬唱、无惭昔人。一笑相欢，且斟佳醑[②]，休羡莼羹[③]。

[注释]

①鞭春：旧时以土为牛，于立春前一日，鞭之以示劝农和春耕开始。见宋孟元老《东京梦华录》。　②醑（xǔ）：滤过的清酒。　③莼羹：晋张翰见秋风起，乃思吴中莼羹、鲈鱼脍，弃官而归。此借指辞官归里。见《晋书·张翰传》。

生查子

八月二十四日桂隐观菊，次彭孚先韵

尊前主与宾，欠一还成九。休唱木犀词，预饮黄花酒。

开怀今夕同，分手明朝又。不管岁年催，且把馨香嗅。

生查子

谢德操席上次卢守韵

银烛映红衫，薄暮新梳洗。一笑奉宾欢，未解东君意。

回廊月转初，忆趁良宵会。喜事在明年，剧饮拚先醉[①]。

[注释]

①剧饮：豪饮、痛饮。　拚：不惜。

点绛唇

王园次施尉韵

九十韶光，闲忙晴雨常相半。赏春有愿，乘兴宁论晚。

纵饮筠溪，日午花阴转。杯行缓，量悭嫌浅，须索斟教满。

点绛唇

祇林寺劝农

小队郊坰，耄倪争看铜章吏[①]。来宣德意，劝相遵彝制[②]。　夜雨连明，百谷应滋遂[③]。真奇事，开禧元二[④]，总是丰登岁。

[注释]

①耄(mào):八十、九十曰耄,亦泛指老人。 倪:小儿。 耄倪:老幼之合称。 铜章吏:令尹铜章墨绶。见《汉官仪》。 ②彝制:常规。 ③滋遂:滋生、舒展。 ④开禧元二:宁宗开禧元年二年(1205—1206)。

点绛唇

卢守席上

五马归来[①],后车载得如花女。缓歌金缕,新样京华舞。 主悦宾欢,一醉祛祥暑[②]。停箫鼓,且须听取,三朵花能语[③]。

[注释]

①五马:太守之代称。 ②祥暑:溽暑、炎暑。 ③三朵花:"房州通判许安世以书遗予言:'吾州有异人,常戴三朵花,莫知其姓名,郡人因以三朵花名之。'"见苏轼《三朵花序》。查慎行注云:"元丰间,有道者日簪三花,游于市,颇能诗,知人未来祸福,东坡赠以诗。"后因以冠簪三花为修炼得道。

点绛唇

庆江王之武子新居

甲第初成,持杯酌酒来相庆。棣华辉映[①],相对开三径。 小巧规模,百事都相称。年方盛,从容啸咏,不碍青云兴。

[注释]

①棣华:喻兄弟。《诗经·小雅·常棣》:"常棣之华,鄂不韡韡。凡

今之人，莫如兄弟。”

江城子

重阳次施尉韵

开尊拟对菊花黄。舞伊凉[1]，掺渔阳[2]。更有风流，妓女胜徐娘[3]。只道难逢开口笑[4]，争驰逐，利名场。　玉山蓝水两茫茫[5]。采幽香，泛清觞。橙橘堆盘，犹恨未经霜。底事□□堪喜处，丰年最，冠江乡。[6]

[注释]

①伊凉：伊州、凉州二曲之合称。见《新唐书·礼乐志》卷十二。　②掺（càn）：击鼓。　渔阳：即《渔阳参挝》，鼓曲名。见宋黄朝英《缃素杂记》十。　③徐娘：梁元帝妃徐氏。见《南史·后妃传》下。　④“只道”句：“尘世难逢开口笑，菊花须插满头归。”见杜牧《九日齐山登高》。　⑤玉山、蓝水：“蓝水远从千涧落，玉山高并两峰寒。”见杜甫《九日蓝田崔氏庄》。　⑥作者自注：“邻邑间缺雨，独此邦大熟，故卒章云。”

临江仙

庆谢操生子

忆我归舟初系岸，君家盛事先知。后房深处第三姬。熊罴符吉兆[1]，鹫鷟产佳儿[2]。　衮衮庆源真未艾，谢兰还茁新枝[3]。娇婴想见白和眉[4]，他年贤子弟，今日小机宜[5]。

[注释]

①熊罴：旧时以熊罴入梦为生男之兆。见《诗经·小雅·斯干》。②鹫（jiù）：猛禽。　鹫鷟：疑为“ 鸑鷟（yuè zhuó）”，鸟名，凤凰之属。此

借喻子之英武。 ③兰:旧时以梦兰为生子之吉兆。《左传·宣公三年》:郑文公贱妾姞,梦天使与己兰,生穆公。 ④白和眉:疑即白眉。三国蜀汉马良兄弟五人,皆以“常”为字,并有才名,而马良尤出众,良眉有白毛。里谚云:“马氏五常,白眉最良。” ⑤机宜:得时机之所宜。

临江仙

丙寅生日自作

老子开年年五十,依前恁地痴顽。昨非今是有无间[1]。惟惭新赤绂[2],不称旧苍颜。 休羡长年并极富,休贪宝带腰环。人生难得是清闲。急须抛县印,归去隐家山。

[注释]

①昨非今是:“寔迷途其未远,觉今是而昨非。”见陶渊明《归去来兮辞》。 ②赤绂(fú):唐时四五品官用赤绂。 绂:结印信的朱红色丝带。此应指县宰之印绶。

霜天晓角

赵簿席上写目前之景

琉璃十椀[1],兽炭红炉暖[2]。花下两枝银烛,和气洽、欢声满。 从他吹急管,杯行须款款。尽做更移漏转[3],也犹胜、春宵短。

[注释]

①椀:同“碗”。 ②兽炭:制成兽形的炭。 ③尽做:尽教,听任。

踏莎行

鹗离风尘,燕辞门户,翩然举翮轻飞去。当初自恨探春迟，而今岂解留春住。　花不重开，萍难再聚，垂杨只管牵离绪。直饶云雨梦阳台[①]，梦回依旧无寻处。

［注释］

①直饶：即使。

踏莎行

三月二十日元择旬会[①]

骤暖忽寒，送春迎夏，金沙过了酴醾谢[②]。漏声款款日偏长，奇峰历历云如画。　幸有杯觞，堪同保社，棋如飞雹晴空下。六人酬唱已成编，他年遂水留佳话[③]。

［注释］

①元择：郭元择，作者友人。　②金沙：即金沙罗，花似酴醾，单瓣。春末开花。　③遂水：在江西遂川县东南。

踏莎行

季功席上赋，时移尊就月，凉意甚佳，主人亲摘阮以娱客，故云[①]

露湿冠巾，风生襟袖，月华耿耿明如昼[②]。主人情意十分浓，阮咸横膝清音奏。　渐永更筹，新凉气候，穿针乞巧看看又。却怜相聚日无多，偷闲且可陪觞豆[③]。

［注释］

①摘（tì）阮：弹奏阮咸。　阮咸：乐器名，类琵琶，传为晋阮咸所制，故名。见宋米芾《宝晋英光集》补遗《西园雅集图记》。　②耿耿：明亮的样子。　③觞豆：觞酒豆肉的简称，泛指饮食。　豆：古食器，形似高足盘。

踏莎行

明月清风，绿尊红袖，厌厌夜饮胜如昼[①]。虽然文字有馀欢，也须闲把笙歌奏。　十雨如期[②]，三秋届候[③]，去年丰稔今年又。东阡西陌稼如云，笑他齐量区兼豆[④]。

［注释］

①厌厌：恬适貌。《诗经·小雅·湛露》："厌厌夜饮，不醉无归。"　②十雨：五风十雨之简说，意风调雨顺。汉王充《论衡·是应》："风不鸣条，雨不破块。五日一风，十日一雨。"　③三秋：秋季的第三个月。　届候：届时，到时候。　④齐量区兼豆：区（ōu）、豆，均为齐旧量器名。四升为豆，四豆为区。见《左传·昭公三年》注。此谓粮食丰盈，不可以区、豆计。

踏莎行

寄　远

一撮精神[①]，百般体态，兰心蕙性谁能赛[②]。霎时不见早思量，许多日子如何睚[③]。　我已安排，你须宁耐[④]，看看重了鸳鸯债。此生永愿不分飞，傍人一任胡瞋怪。

［注释］

①一撮：一把。　②兰心蕙性：兰草、蕙兰，开花香气清淡，喻女子幽静高雅的品格。　③睚：犹"捱"。熬，困难地度过。　④宁耐：忍耐。

踏莎行

七月十六日寿胡季海

自昔中元[①]，多生上相[②]，麒麟今又来天上。云衢虽未掇勋名[3]，月评先已腾声望[4]。　宝鼎浓熏，金翘绝唱[5]，真珠百斛倾家酿[6]。斯辰聊用祝龟龄，他年端合扶鸠杖[7]。

［注释］

①中元：道家以农历七月十五日为中元节。　②上相：对宰相的尊称。　③云衢：云路，喻仕途。　④月评：即月旦评，指舆论的品评。后汉许劭与从兄靖好共品评乡党人物，每月辄更其品题，故汝南俗有"月旦评"。见《后汉书·许劭传》。　⑤金翘：妇女头饰，此指代侑酒于席间之歌女。　⑥真珠：真珠红，一种红色美酒。　⑦鸠杖："八十、九十礼有加赐，玉杖长九尺，端以鸠鸟为饰。"见《后汉书·礼仪志中》。

踏莎行

乙巳正月二日雪[1]

春已经旬，历方换岁，六花依旧来呈瑞。细思残腊与新年，一般清绝元非二。　宿麦连云，遗蝗入地，坡仙有句谁能继[2]。元宵此去日无多，会看霁色生和气。

［注释］

①乙巳：宁宗嘉定二年（1209）。　②"宿麦"三句："遗蝗入地应千尺，宿麦连云有几家。"见苏轼《雪后书北台壁二首》之二。王注曰："雪宜麦而辟蝗，故为丰年之祥兆。蝗遗子于地，若雪深一尺，则入地一丈……此老农之语也。"

南歌子

生世逢端午，齐头五十番。一番须作一般看，又听竞船箫鼓、沸江干。　不用丝缠臂，休将艾插门[1]。及时蒲黍漫登盘，只恐岁华催促、鬓毛斑。

[注释]

①插门：疑为“插关”之讹。关：门闩。

南歌子

怀　人

心下悬悬地，侬家好好儿。相怜相惜许多时，岂料一朝轻折、便轻离。　　要见无由见，教归不肯归。数珠懒把镜慵窥[①]，只有新添鬓雪、减腰围。

[注释]

①作者自注：“二物渠所留者。”

好事近

二月十日作

春事日相催，红尽浅桃深杏。可惜窥园无暇，任绿苔封径。　　凭谁说与雨和风，休要太狂横。等待禁烟予告[①]，要选幽寻胜。

[注释]

①禁烟予告：作者自注，“古诗‘君王予告作寒食。’”　汉代二千石以上有功官员依例给以在官休假的待遇，谓之予告。

卜算子

二月二十六日夜大雷雨，枕上作

午夜一声雷，急雨如飞雹。枝上残红半点无，密叶都成幄。　苦恨簿书尘，刚把闲身缚。却忆湄湘春暮时，处处堪行乐。

卜算子

二月晦[①]，偕徐孟坚、滕审言、李季功游裴公亭作

城上著裴亭，亭下临湘水。泼黛揉蓝画不成[②]，暝色仍含紫。　忙里不知春，却问今馀几。相与偷将半日闲，共把尘襟洗。

[注释]

①晦：农历每月的最后一天。　②泼黛揉蓝：谓一片墨绿。黄庭坚《诉衷情》："山泼黛水挼蓝。"

更漏子

与黄几叔然烛赏木犀。几叔归而有作，遂次其韵

月蟠根[①]，天雨粟[②]，宜贮阿娇金屋[③]。心欲醉，眼偏明，无穷佳思生。　焰银钉，纷宝罫[④]，倒著接䍠花下[⑤]。人已散，梦初回，渴心犹望梅。

[注释]

①月蟠根：传说月中有桂树，故云蟠根于月。　②天雨粟：桂花小而黄，如粟，风吹花落，如粟自天而降。　③阿娇：汉武帝刘彻之姑母长公主女，姓陈。刘彻四岁，长公主戏问彻欲得阿娇为妇否？答云："欲得阿娇作

妇,当作金屋贮之。” ④斝(jiǎ):古代铜制酒器。 ⑤接䍦(lí):帽名。《世说新语·任诞》:“山季伦为荆州,时出酣畅。人为之歌曰:山公时一醉……倒着白接䍦。”李白《襄阳歌》:“倒着接䍦花下迷。”

谒金门

己巳为内子寿①

香篆袅②,瓶里梅英犹小。鸳瓦霜华晴欲晓,今年生日好。 鬓绿颜朱不老,女嫁儿婚将了。四世团栾同一笑,人间如此少。

[注释]

①己巳:南宋宁宗嘉定二年(1209)。 内子:称妻子。 ②香篆:盘成篆字形的香。

鹧鸪天

己巳生日自作

屈指新年五十三,未嫌垂领雪毵毵①。设弧届旦人交贺,题座无功我自惭。 荣莫羡,富休贪。寿龄也不慕彭聃②。只思了却痴儿事③,一榻香凝晓梦酣。

[注释]

①雪毵毵(sān):白髮细长貌。 ②彭聃(dān):彭祖与老聃。古代传说中的长寿者。 ③痴儿事:《晋书·傅咸传》载杨济与傅咸书曰。“生子痴,了官事,官事未易了也。” 了却:指解决、完成。

秦楼月

为陈倅寿

三月一，题舆恰届垂弧日[①]。垂弧日，武安门外，欢声扬溢。　　双瞳炯炯头如漆，天公付与长生质。长生质，云霄稳坐，持荷簪笔[②]。

[注释]

①题舆："周景为豫州刺史，辟陈蕃为别驾，蕃不就。景题别驾舆曰：'陈仲举坐。'不复更辟，蕃起视职。"见谢承《后汉书》。此指陈倅就职恰逢生日。　②持荷簪笔：古代官员负奏事之紫囊于肩上，谓持紫荷。见《宋书·礼志五》。又簪笔于冠以记事。此借指作高官。

卜算子

清明前一日，约韩耕道、卢国英、皮国材、叶南叔同赏牡丹，因点黄几叔所惠绿烛，遂赋

绿烛间红花，绝艳交相照。不分花时雨又风，折取供吟笑。　　拟把插乌巾，却恨非年少。点笔舒笺领略渠[①]，座客词俱妙。

[注释]

①渠：他。此指牡丹。

临江仙

次黄几叔韵赋酴醾

姑射仙人肌雪莹[①]，笑他红紫纷纷。从教藏白后庭深[②]。虬枝才破蕾，鼻观已遥闻。　　花正繁时春又暮，

年华荏苒催人[3]。惜花心事与谁论。长哦清绝句，目断古南云。

（以上《彊村丛书》本笑笑词）

[注释]

①姑射仙人："藐姑射之山，有神人居焉，肌肤若冰雪，淖约若处子。"见《庄子·逍遥游》。 ②从教：任凭。 ③荏苒(rěn rǎn)：时间不知不觉地过去。

李　壁

李壁(1159—1222)，字季章，号雁湖，眉州丹棱(今四川丹棱)人。尚书李焘子。光宗绍熙元年(1190)登进士第。宁宗朝，累迁权礼部尚书、直学院事、拜参知政事、兼知枢密院事。致仕。卒谥文懿。壁嗜学，为文综练。有《雁湖集》一百卷，今佚。

浣溪沙

人日过灵泉寺次韵少庄[①]

只记梅花破腊前，恼人春色又薰然。山头井似陆公泉[②]。　上客长谣追楚些[③]，娇娃短舞看胡旋[④]。崇桃积李自年年[⑤]。

[注释]

①人日：农历正月初七。　灵泉寺：在湖北秭归县南。《名胜志》载，宋张无尽于此寺著《楞严合论》。　②陆公泉：在江西瑞金西南东明观前。　陆公：陆藻。宋徽宗政和时被召，留诗于泉上，云："轩前山色依然绿，轩下泉声漱玉寒。"泉故此以陆公名。见《舆地纪胜》。　③长谣：长歌。　楚些(suò)：楚辞《招魂》句尾皆用"些"，此为楚人习用语气词，后以泛指楚调。　④胡旋：舞名。唐时由西域传入。见唐段安节《乐府杂录·俳优》。⑤崇桃积李："杨廷秀(万里)在高安有小诗云：'近红暮看失燕支，远白宵明雪色奇。花不见桃唯见李，一生不晓退之诗。'予语之曰，此意古人已道。荆公所谓'积李兮缟夜，崇桃兮炫昼'是也。"见陆游《老学庵笔记》。

朝中措

人日蟆颐席间和韵①

东风歌吹发重闉②，飞旆入山新。小雨不妨酥润③，江头一并霜晴。　　年年心似，输他钗燕、幡带迎春④。怎得尊前避酒，史君精鉴如神。

（以上二首见《永乐大典》卷三千零零一“人”字韵引李壁《雁湖集》）

［注释］

①蟆颐：即蟆颐山，在眉州东，玻璃江畔。　②闉（yīn）：城曲重门。　③“小雨”句：“天街小雨润如酥。”见韩愈《早春呈水部张十八员外》诗。　④钗燕、幡带：古时于人日、立春剪采为燕为幡带（即幡胜）戴在头上。

小重山

数椽甫葺，知府载酒宠临，辄次日近环湖所赋韵为一杯寿①

燕雀风轻二月天，一枝何处是家园②。有花不惜是谁怜。生嫌怕③，不为老人妍。　　眉黛拥连娟④，高情时载酒、雁湖边。略无雕饰自天然，新诗好，品第入朱弦。

［注释］

①环湖：在四川眉山县治西。　②一枝：“上林如许树，不借一枝栖？”见李义府《咏鸟》。后因以谋求职位为觅一枝栖。　又注者唐氏按：此句“是”字上下缺一字。　③生：甚词。如云最、偏、很。　④连娟：指眉之曲细。司马相如《上林赋》：“长眉连娟。”

满江红

知府丈宠教和蒋洋州乐府，蒋亦有书遗某，问所赠石君无恙[①]。辄次韵上呈，并以寄洋州也

帘卷东风，□林外、鸟啼姑恶[②]。政迤逦、花梢红绽[③]，柳梢黄著。散策丘园容懒□[④]，折冲尊俎须雄略[⑤]。但有书盈屋、酒盈缸，还堪乐。　嗟每被、浮云缚[⑥]。黄粱梦，新来觉。悄祇愁湖海，故交辽邈[⑦]。一纸素书来问我，数峰苍玉何如昨。更几时、夜雨落檐花，同春酌。

［注释］

①石君：指石山盆景，即词下阕所问之“数峰苍玉”。　②姑恶（wù）：水鸟，以叫声似“姑恶”得名。见苏轼《五禽言·咏姑恶》自注。又《全宋词》注：“林外”前，原无空格。　③政迤逦：正曲折连绵。　政：正。　④散策：扶杖散步。　唐氏按：原无空格，“懒”字上下缺一字。⑤折冲：击退敌军。　尊俎：指宴席。此指于宴席谈笑间击败敌人。刘向《新序·杂事》：“夫不出于尊俎之间，而知千里之外，其晏子之谓也。”⑥浮云缚：“不义而富且贵，于我如浮云。”见《论语·述而》。此指仍被官职所羁缚。　⑦辽邈：辽远，遥远。

南歌子

偶与子建小酌，知府秘书惠然临顾，此一段奇也。辄成小阕，呈二使君

紫绶新符竹[①]，叶赪老弟兄[②]。西风吹棹过湖亭，杨柳夫渠相伴、也多情。　况是瀛洲侣，来同酒盏倾。白沤浑不避双旌[③]，一种风流人似、玉壶清[④]。

（以上三首《永乐大典》卷一万零九百九十九“府”字韵引李壁词）

［注释］

①紫绶：紫色丝带，古代高级官员用作印组，或作服饰。 符竹：汉制郡守受竹使符，因以符竹指郡守。 ②叶：此字疑误。 ③白沤：白色水泡，此似指酒。 双旌：此泛指官吏出行之仪杖。 ④玉壶清：喻高洁清廉。

好事近

饯交代劝酒

莫惜一尊留，共醉锦屏山色[①]。多少飞花悠飏，送征轮南陌。 曲湖归去未多时，还捧诏黄湿。生怕别来凄断，看满园行迹。

［注释］

①锦屏山：四川，有二山以锦屏名。一在屏山县治北，一在阆中县南。此或为阆中县南之锦屏山。见李壁《阮郎归》（苏台一别）"风姿重见阆江边"。

江神子

劝 酒

露荷香泛小池台，水云堆，好风催。宝扇胡床[①]，无事且徘徊。帘外海榴裙一色[②]，判共釂、两三杯[③]。 此怀能得几番开，玉山颓，不须推[④]。回首慈恩，前梦老堪咍[⑤]。好是上林多少树，应早晚、待公来[⑥]。

［注释］

①胡床：一种可折叠的轻便坐具。 ②海榴：即石榴，自海外移入，故名。 ③釂（jiào）：饮酒尽。 ④"玉山"二句：谓酒醉。南朝宋刘义庆《世说新语·容止》："嵇叔夜……其醉也，傀俄若玉山之将崩。"李白《襄

阳歌》："清风朗月不用一钱买，玉山自倒非人推。" ⑤咍(hāi)：嗤笑。 ⑥"好是"两句：谓对方早晚得来高官爵。唐刘悚《隋唐嘉话》："李义府始召见，太宗令咏鸟。其末句云：'上林如许树，不借一枝栖。'帝曰：'吾将全树借汝，岂惟一枝。'"

阮郎归

劝袁制机酒

苏台一别费三年[①]，锦书凭雁传。风姿重见阆江边，玉壶秋井泉。 翻短舞，趁么弦[②]，篆香同夕烟。多情莫惜为留连，落花中酒天[③]。

（以上三首《永乐大典》卷一万二千零四十三"酒"字韵引李壁《雁湖集》）

[注释]

①苏台：即苏州姑苏台，宋叶廷珪《海录碎事·地·楼台》："传称：吴王阖闾……昼游苏台。" ②么弦：琵琶的第四弦，最细，故称。 ③中(zhòng)酒：醉酒。杜牧《睦州四韵》："残春杜陵客，中酒落花前。"

鹧鸪天

燕史君席间和韵

岸柳阴阴跃锦鳞[①]，并湖莲子恰尝新。谁教故岁应官去[②]，会老堂中少个人[③]。 归未久，意弥亲[④]，吹香不断酒倾银[⑤]。行藏判已天公付，且門而今见在身。

[注释]

①锦鳞：指鱼。 ②故岁：旧岁。 应官：应诏赴职。 ③会老堂：宋司马光等仿白居易洛阳九老之会作"耆英会"，此会老堂之"会老"或即耆英会之类。 ④弥：更加。 ⑤酒倾银：酒从银质酒器中倒出，谓畅饮。

西江月

和提刑昂席新赋

又送鹏程轩翥[①]，几看驹隙推移[②]。多端时事只天知[③]，不饮沉忧如醉。 白首已甘蓬艾[④]，苍生正倚丞疑[⑤]。楚台风转一帆吹，朝列问君来未。

（以上二首见《永乐大典》卷二万零三百五十三“席”字韵引李璧《雁湖集》）

［注释］

①鹏程：比喻远大的前途。 轩翥：飞举。屈原《远游》：“鸾鸟轩翥而翔飞。” ②驹隙：喻时光易逝。《庄水·知北游》：“人生天地之间，若白驹之过隙。” ③多端：多变。《晋书·艺术传论》：“法术纷以多端变态，谅非一绪。” ④白首：指作者本人。 蓬艾：蓬蒿与艾草，指草野、民间。 ⑤苍生：百姓。 丞疑：古官名，传说是供天子咨询之官。借指被欢送者。

存目词

调名	首句	出处	附注
清平乐	西江霜后	《广群芳谱》卷六十四	李之仪作，见《姑溪词》
西江月	昨夜十分霜重	同上	同上

韩 滮

韩滮(biāo) (1159—1224) , 字仲止, 号涧泉, 祖籍开封（今河南开封）。尚书韩元吉之子。有高节, 清苦自持。为官不久, 归信上（江西上饶）。休官二十年, 闻时事惊心, 得疾而死。见戴复古《哭涧泉》诗自注。有四库辑本《涧泉集》、《涧泉日记》、《涧泉诗馀》。

临江仙

为顾致尧生日

难老一杯春酒美[1], 主人玉鉴清秋。九华山下共追游[2]。朝来多爽气, 都向笔端收。　　台阁功名归去好, 便应衮衮公侯[3]。未妨含笑看吴钩[4]。当年佳梦日, 和气瑞光浮。

[注释]

①难老: 不易老, 长寿之意。《诗经 · 鲁颂 · 泮水》:“既饮旨水, 永锡难老。”　②九华山: 在今安徽青阳西南。　③衮衮: 相继不绝。杜甫《醉时歌》:“诸公衮衮登台省。”　④吴钩: 刀名, 刀刃有弯, 故曰钩。相传是吴王阖闾命人所作。见《吴越春秋 · 阖闾内传》。

满江红

和赵公明

五老峰前[1], 九江上、曾生仙客。相邂逅、贵池亭下[2], 定交金石。我辈风流宜啸咏, 官曹尘冗从煎逼。且簿书、丛里举清觞, 偷闲日。　　同一笑, 当今夕。梅正好, 香浮白[3]。便相忘尔汝, 醉巾沾湿。已向琼楼夸意态, 似闻金殿传消息。想君今、归去际风云[④],应相忆。

[注释]

①五老峰:在江西庐山,如五老骈肩而立,庐山最高处也。 ②贵池:今安徽市名。 ③浮白:满饮一杯酒,为浮一大白。 ④际风云:即际会一骋其壮怀的时机。 际会:遭遇时机。

柳梢青

云淡秋空。一江流水,烟雨濛濛。岸转溪回,野平山远,几点征鸿。 行人独倚孤篷。算此景、如图画中。莫问功名,且寻诗酒,一棹西风。

醉蓬莱

寿潘漕

问西湖好处,楼上薰风,有谁称寿。十里荷香,对槐阴清昼。细浪揉蓝,远山凝黛,更管弦初奏。醉舞傞傞[①],欢声沸沸,生申时候[②]。 膝下婆娑,老莱儿戏[③],帝所辉光,使衣呈绣[④]。眷倚方隆[⑤],赐金章华绶[⑥]。自此飞腾,凤阁鸾台,好满斟醇酎[⑦]。道骨仙风,朱颜青鬓,年年依旧。

[注释]

①傞傞(suō):舞姿婆娑貌。 ②生申:“维岳降神,生甫及申。”见《诗经·大雅·崧高》。后常以生申作祝寿之词语。 ③老莱儿戏:老莱子,春秋时隐士。相传他行年七十,父母犹在,常着五彩衣,为儿啼笑以娱亲。见《初学记·孝子传》。 ④使衣:指天子使派去负责地方政务之官员。 ⑤眷倚:指皇帝的爱重。 ⑥金章华绶:高官显宦的佩饰。 ⑦醇酎:醇美之酒。

水调歌头

晁子应三十八丈见过，因□张德广对木犀小饮[①]，次德广韵

明月到花影，把酒对香红。此情飘洒，但觉清景满帘栊。人被好花相恼[②]，花亦知人幽韵，佳处本同风。挥手谢尘网，举袂步蟾宫[③]。　　秋已半，幽涧侧，乱山中。故人过我，终夕乘兴可千钟。赖有曲江才子，坐上平章花月[④]，不管老英雄。心事将何寄，醉语又匆匆。

［注释］

①木犀：桂花的别称。　②相恼：相引逗、撩拨。　③袂（mèi）：衣袖。　蟾宫：传说月中桂树下有蟾蜍，故月亮又称蟾宫。　④平章：品评。此处为品花赏月。

贺新郎

坐上有举昔人《贺新郎》一词，极壮，酒半用其韵

万事佯休去。漫栖迟、灵山起雾[①]，玉溪流渚。击楫凄凉千古意[②]，怅怏衣冠南渡[③]。泪暗洒、神州沉处[④]。多少胸中经济略[⑤]，气□□、郁郁愁金鼓。空自笑，听鸡舞。　　天关九虎寻无路[⑥]。叹都把、生民膏血，尚交胡虏。吴蜀江山元自好，形势何能尽语。但目尽、东南风土。赤壁楼船应似旧，问子瑜、公瑾今安否[⑦]。割舍了，对君举。

［注释］

①栖迟：飘泊失意。李贺《致酒行》："雾落栖迟一杯酒。"　②击楫：用晋祖逖击楫中流誓复中原典。见《晋书·祖逖传》。　③怅怏（yàng）：抑郁不乐。　衣冠：指士大夫、官绅。　④沉：指陆沉，无水而沉，喻国土沦丧。　⑤经济略：经国济世之方略。　⑥九虎：《汉书·王莽传》载，

“莽拜将军九人，皆以虎为号，曰九虎。”这里借指能复国雪耻的壮士。⑦子瑜：吴诸葛瑾字。 公瑾：周瑜字。

贺新郎

病起情怀恶。小帘栊、杨花坠絮，木阴成幄。试问春光今几许，都把年华忘却。更多少、从前盟约。拟待莺边寻好语，怳残红、零乱风回薄。思往事，信如昨。 清明寒食须行乐。算人生、何时富贵，自徒萧索。试著春衫从酒伴，乱插繁英嫩萼。信莫被、功名担阁。随分溪山供笑傲，这一身，闲处谁能缚。琴剑外、尽杯酌。

［集评］

薛砺若云：“颇清畅。”（《宋词通论》）

清平乐

七月十三日潘令生朝

鸣琴单父[①]，凫舄宜飞去[②]。不比河阳花满树[③]，此意直高千古。 清秋诞日相逢，乃同涧上村侬。笑指壶山为寿，仁心静处加功。

［注释］

①鸣琴单父：《吕氏春秋》子贱为单父宰，鸣琴不下堂而治。以此称颂潘姓县令政简刑清，无为而治。 单父：地名，今山东单县南。 ②“凫舄（fú xì）”句：用东晋王乔典，王乔为邺令，着凫舄而飞。见《汉书·王乔传》。后用作县令之故实。 凫：野鸭。 舄：鞋子。 ③河阳：潘岳为河阳令，广树桃李花。人曰河阳一县花。

水龙吟

七月二十六日信守生朝[1]　王道夫

从来江左夷吾[2],大名迥出诸公右[3]。金堂玉室,瑶林琼树,龙麟蟠走[4]。志在神皋[5],气雄云梦,十吞八九。问三槐盛事[6],当年初度,人应羡、青毡旧。　说与文章太守。庆千秋、好为亲寿。冰桃雪藕,霞裾月佩,莺鸾歌奏。雨熟西畴,星躔南极[7],宝香凝昼。趁新凉,便约乘云绕日,饮天浆酒。

[注释]

①信守:信州太守。　②江左:长江下游以东地区。晋温峤称王导为江左夷吾。　夷吾:即春秋齐相管仲。　③迥出诸公右:《全宋词》作"迥诸出公右",倒文,今改。　④龙麟蟠走:指进出王家的皆是超凡之人。　蟠:曲折环绕状。　⑤神皋:指京城附近的良田,即京畿。　⑥三槐:旧传周代宫廷外有三槐。朝见天子时,三公面向三槐而立。后因以"三槐"喻三公一类高官。　⑦星躔:星宿的位置、序次。　南极:星名。

清平乐

次　韵

萧然在涧,景色秋来冠。几缕明霞红未断,矫首时时遐观[1]。　回思五马清游[2],分明前辈风流。留作山间佳话,更谁愁上眉头。

[注释]

①矫首:举头。　遐观:远望。　②五马:太守的代称。

踏莎行

七夕词

雨意生凉，云容催暮，画楼人倚阑干处。柳边新月已微明，银潢隐隐疏星渡[1]。　　今古佳期，漫传牛女，一杯试与寻新句。幽怀冷眼是青山，旧欢往恨浑无据。

［注释］

①银潢：即银河。苏轼《天汉台诗》："银潢左界上通灵。"查慎行注："银河……一曰银潢。"

［集评］

侯孝琼云："疏星淡月，冷眼幽怀，情景何其相称。"

清平乐

寿潘文叔[1]

常思高致，又见凉风起。欢喜年时为寿意，快写山歌重寄。　　愿公好德康宁，青云收取功名。莫道而今官小，吾儒正要仁民。

［注释］

①潘文叔：即潘友文。曾提举福建盐政，有美名。

［集评］

侯孝琼云："寿词而劝以仁民，亦见新意。"

柳梢青

雨洗元宵

雨洗元宵。楼台烟锁，隐隐笙箫。且插梅花，自烧银烛，沉水香飘[①]。　　软红尘里星桥。想霁色、皇都绛霄[②]。屏掩潇湘，醉和衣倒，春梦迢迢。

[注释]

①沉水：沉香的别名。宋胡宿《侯家》诗："沉水薰衣白璧堂。"　②绛霄：被灯烛染红的天空。

[集评]

侯孝琼云："且插、自烧、屏掩、醉卧，是别有怀抱。"

菩萨蛮

同仲明饮山隐

雪云收尽晴风软，小山春浪晴波远。梅片已飞香，海棠红试妆。　　人言诗易与[①]，酒盏谁分付[②]。不是没心情，夕阳啼鸟声。

[注释]

①易与：容易对付。　②分付：此处有"发落"意。

一剪梅

送冯德英

说著相思梦亦愁。芳草斜阳，春满秦楼。楼前新绿水西流。一曲阳关[①]，分付眉头[②]。　　多少风流事已休。

纷薄香浓，怕见绸缪[③]。淡云笼月小庭幽。明日山长，清恨悠悠。

［注释］

①阳关：曲调名，又名《渭城曲》。 ②分付：此处作“委托”意。③绸缪：情意殷勤。

海月谣

送赵永兴宰[①]

晚秋烟渚，更舟倚、萧萧雨。水痕清汜，迤逦渐整[②]，云帆西去。三叠阳关，留下别离情绪。 溪南一坞，对风月、谁为主。酒徒诗社，自此冷落，胸怀尘土。目送鸿飞，莫听数声柔橹。

［注释］

①宰：县令。 ②迤逦（yǐ lǐ）：曲折连绵。

好事近

红 梅

春色入芳梢，点缀万枝红玉。莫道怕愁贪睡[①]，倚新妆如束。 纷纷桃李太妖娆，相对夜阑烛。记取疏花横处，有暗香飘馥[②]。

［注释］

①“莫道”句：“怕愁贪睡独开迟，自恐冰容不入时。”见苏轼《红梅》。②“记取”二句：用林逋《山园小梅》“疏影横斜水清浅，暗香浮动月黄昏”句意。

菩萨蛮

野趣观梅

平生常为梅花醉，数枝滴滴香沾袂。雪后月华明[①]，胆瓶无限清[②]。　　夜深灯影瘦，饮尽杯中酒。明日景尤新，人间都是春。

［注释］

①月华：月光。　②胆瓶：长颈大腹之瓶，以形如悬胆得名。

西江月

走笔因宋九韵示黄六

春色著人多少，溪头桃杏舒红[①]。杖藜相与过桥东，往事旧欢如梦。　　花底醉眠芳草，柳边嘶入骄骢[②]。如今憔悴坐诗穷，莫问醯鸡舞瓮[③]。

［注释］

①舒红：花开。　②骄骢：高大健壮、毛色青白相杂的马。　③醯（xī）鸡：小虫名，是生在酒瓮中的能飞的小蚊子。《列子·天瑞》："醯鸡生于酒。"

浣溪沙

夜饮仲明小轩

一曲青山映小池，林疏人静月明时。相逢杯酒也相宜。　　醉眼不知春事少，欢情犹得漏声迟。神仙何处梦魂飞。

浣溪沙

仲明命作艳曲

宝鸭香消酒未醒[①]，锦衾香暖梦初惊。鬓云撩乱玉钗横。 半怯夜寒褰绣幌[②]，尚馀娇困剔银灯，粉痕微褪脸霞生。

［注释］

①宝鸭：鸭形香炉。 ②褰（qiān）：撩起，揭起。 绣幌：绣有花饰的帷幕。

西江月

次 韵

风暖晨光寂寂，月明夜气沉沉。山间林下步轻阴，花柳飞绵布锦。 酒病向谁能遣[①]，春愁惟我难禁。尊前一曲断肠声，梦破晓窗攲枕[②]。

［注释］

①酒病：指饮酒沉醉如病。 ②攲（qī）：斜倚。

朝中措

次 韵

池塘春草燕飞飞，人醉牡丹时。多少姚黄魏紫[①]，搦成腻粉燕支。 谪仙醉把平章看[②]，晴影度帘迟。花外一声鶗鴂[③]，柳边几个黄鹂。

[注释]

①姚黄魏紫:两种名贵的牡丹花。 姚黄:宋姚姓人家培育出的千叶黄花。 魏紫:五代魏仁溥家培育出的千叶肉红花。 ②“谪仙”句:李白曾作咏牡丹《清平调》三章。 ③鶗鴂(tí jué):即杜鹃鸟。

水调歌头

清明严濑[①]

今古钓台下[②],行客系扁舟。扁舟何似,云山千叠亦东游。我欲停桡一醉,与写平生幽愤,横管更清讴。小上客星阁[③],短鬓独搔头。 风乍起,烟未敛,雨初收。一年花事,数声鶗鴂欲春休。吊古怀贤情味,只有浮名如故,谁复识羊裘[④]。赖得玄英隐[⑤],相望此溪流。

[注释]

①严濑(lài):即严陵濑。在今浙江桐庐南。汉人严光,字子陵,少与光武帝刘秀游。秀称帝,觅访征召,不受,退隐富春山。后人因名其钓处为严陵濑,又名严滩。 ②钓台:严光钓鱼的地方。 ③客星阁:《后汉书·严光传》载,光武帝与严光共卧,光以足加帝腹上。明日,太史奏有客星犯帝座。 ④羊裘:严光披羊裘钓泽中,光武帝遣使召之,三返乃至。见《后汉书·严光传》。 ⑤玄英隐:唐道士成玄英,隐居东海,贞观五年召至京师,加号西华法师。见《文献通考·庄子疏》。

西江月

四叔生朝

梅蕊小春天气[①],橘林良月风光。五云边近九霞觞,美景初无尽藏[②]。 老矣相逢湖海,年来游遍潇湘。诗情满眼兴何长,赢得烟霄直上。

［注释］

①小春:小阳春,农历十月,有如初春,故名。　②无尽藏:佛家语。谓佛法无边,作用于万物,无穷无尽。后谓清风、明月用之无尽者。见苏轼《前赤壁赋》。

卜算子

生朝次坐客韵呈四叔

花底醉东风,好景宜同寿。海角天涯今几春,邂逅新丰酒[①]。　内集记高阳[②],南渡闲回首。但愿长年饱饭休,一笑风尘表[③]。

［注释］

①邂逅(xiè hòu):不期而遇。　新丰酒:新丰在今陕西临潼县东北,以产美酒著称。王维《少年行》:"新丰美酒斗十千。"　②高阳:用高阳酒徒郦食其典。见《史记·郦生陆贾列传》。　③表:此字出韵,疑为"老"字之讹。

浣溪沙

夜饮潘舍人家,有客携家伎来歌

小雨收晴作社寒,月桥花院篆香残。杏腮桃脸黛眉弯。　歌拂燕梁牵客恨,醉临鸾镜怕人看。良宵春梦绕屏山。

菩萨蛮

小　词

海棠欲谢绵飞柳,柳丝自拂行人首。上巳是清明[①],

新烟带粥饧[②]。　轻阴帘幕冷，闲却秋千影。曲水兴无涯[③]，丽人花半遮。

［注释］

①上巳：三月上旬巳日，为上巳节，魏以后一般习用三月初三。　②新烟：清明前二日是寒食节，禁火三日，禁火后再点之火称新火。　粥饧(xíng)：糖粥，用麦芽、谷芽熬成。《荆楚岁时记》：寒食"造饧大麦粥"。　③曲水兴："三月三日，士民并出江渚池沼间，为流杯曲水之饮。"见《荆楚岁时记》。

浣溪沙

寿晁元默[①]

湖海相逢更日边，槐风莲雨寿杯前。琴书图画水沉烟。　共指金銮当儤直[②]，不应彭泽尚回旋[③]。今年初度想超然。

［注释］

①晁元默：名百谈。淳熙进士。曾知南康军、道州，有《带川集》。　②儤(bào)直：官吏连日值宿。这里指为国效力。　③彭泽：陶渊明曾为彭泽令，为口体所役，后终于弃官归隐。

恋绣衾

晁仲一将到滁阳[①]，新买妾

欢浓两点笑靥儿[②]。雪初消、梅欲放时。不信道、伤春瘦，怕人猜、犹待皱眉。　香浓翠被屏山曲，把珊枕、侧过又移。试与伴、江头去，但醉翁、亭上要诗[③]。

[注释]

①滁阳:在今安徽滁县,欧阳修曾于此作太守。 ②笑靥(yè):酒窝儿。 ③醉翁亭:欧阳修自号醉翁,曾于滁州作《醉翁亭记》。

浣溪沙

题美人画卷

一曲霓裳舞未终[1],玉钗垂额鬓云松。梦回金殿月华东。 燕子莺儿情脉脉,柳枝桃叶恨匆匆[2],罗襟空惹御香浓。

[注释]

①霓裳舞:即霓裳羽衣舞,本传自西凉,经玄宗润色。杨贵妃善为此舞。 ②柳枝桃叶:"小妓携桃叶,新歌踏柳枝。"见白居易《杨柳枝词》。

步蟾宫

钓台词

三年重到严滩路,叹鬅鬓、衣冠尘土。倚孤篷、闲自濯清风,见一片、飞鸿归去。 人间何用论今古,漫赢得、个般情绪[1]。雨吹来云、乱处水东流,但只有、青山如故。

[注释]

①个般:这般。

水调歌头

次韵载叔

一枕暑风外,事事且随缘。随缘何处琴剑,闲泊此层巅。日绕九天楼殿，烟抹四山林薄[①]，尘土市声前。老眼醉还醒，犹得到诗边。　桥南院，双桂隐，有名言[②]。江湖人物，好在收拾付书帘。回首吾庐无恙，寄卧僧窗何事，鸿鹄本高骞。水调赋明月[③]，谁道更超然。

[注释]

①林薄：草木丛杂处。《楚辞九章·涉江》王逸注："草木交错曰薄。"　②"双桂"二句：宋初钱惟演因其府第起双桂楼命欧阳修、尹师鲁作记，并谓谢希深曰："君辈台阁禁从之选也，当用意史学，以所闻见拟之。"见《邵氏闻见录》卷八。　③"水调"句：指苏轼《水调歌头》（明月几时有）。

鹧鸪天

兰溪舟中[①]

雨湿西风水面烟，一巾华髮上溪船。帆迎山色来还去，橹破滩痕散复圆。　寻浊酒，试吟篇。避人鸥鹭更翩翩。五更犹作钱塘梦，睡觉方知过眼前。

[注释]

①兰溪：在浙江境，与新安江会合，东北流为浙江。

水调歌头

次宋倅韵[①]

嘉节已吹帽[②]，谁复见南山[③]。南山佳处，台上云绕一溪环。犹记使君同醉[④]，化鹤千年何在[⑤]，今古自应悭。胜事漫陈迹，风物只高寒。　都莫问，归酒畔，集毫端。等闲吟笑而已，赖有孔融尊[⑥]。伟矣广平心致[⑦]，赢得相遭淡泊，感旧唱酬闲。且看小斋菊，抵掌共凭阑。

[注释]

①倅(cuì):古时地方佐贰副官。　②"嘉节"句:用孟嘉重阳龙山落帽典。孟嘉,晋桓温参军,九月九日桓温率众游于龙山,风吹嘉帽落而不觉。温令人作文以嘲之,嘉即时以答,四座嗟服。见《世说新语·识鉴》。　③南山:在安徽当涂东。孟嘉落帽之龙山,亦在当涂东南,见《元和志》。　④使君:汉以后对州郡长官的尊称。　⑤化鹤:辽东人丁令威学仙,千年后化鹤。　⑥孔融:东汉末人。献帝时为北海相。后入朝,为太中大夫。自恃高门世族,颇狂傲。　⑦广平心致:唐名相宋璟封广平郡公。皮日休《桃花赋序》:"宋广平之为相,贞姿劲质,刚态毅状……而有《梅花赋》,清便富艳,得南朝徐庾体,殊不类其为人也。"

减字木兰花

次昌甫韵[1]

年光虚度,能得几多消散处。莫恨归迟,得见新词不自持。　　山中酒里,笑语喧哗知有弟。此意谁知,世事纷纷一任渠[2]。

[注释]

①昌甫:赵蕃,字昌甫,号章泉,家信州玉山,与韩淲齐名,并称二泉。②渠:第三人称代词"他"。

生查子

梅溪橘阁词

霜叶柳塘风,烟蕊梅溪渡。茅店问村醪,未许空归去。　　倚杖小徘徊,写我吟边句。醉眼复何之,落日孤鸿处。

西江月

晚春时候

闻道晚春时候，暖风是处花飘。游人争渡水南桥，多少池塘春草[①]。　　跃马谁联玉勒，钓鱼应泛兰桡[②]。韶光何限不逍遥[③]，输与溪鸥野鸟。

［注释］

①池塘春草："池塘生春草，园柳变鸣禽。"见谢灵运《登池上楼》。②兰桡：精美的船桨，代指船。　③韶光：春光。

朝中措

和吴子似[①]

春浓人静倦游嬉，烟雨战棠梨[②]。翠径乱红无数，频啼枝上黄鹂。　　小园流水溅溅处，绿遍谢家池[③]。怨月恨花滋味，泪痕犹染罗衣。

［注释］

①吴子似：名绍古，江西鄱阳人。善诗词，与韩淲交往密切，常相互唱和。　②战：同"颤"。　棠梨：一名甘棠，实似梨而小，春初开白花。　③谢家池：见前一首《西江月》注①。

小重山

和吴子似

云影收晴雨外明。碧溪春滟滟，落花平。莺声催我过桥行。人何在，诗酒淡心情。　　闲里兴还生。锦鳞题尺素[①]，有谁能。草边芳径柳边城。归来也，清梦绕山屏。

[注释]

①“锦鳞”句:“客从远方来,遗我双鲤鱼。呼儿烹鲤鱼,中有尺素书。”见《玉台新咏》蔡邕《饮马长城窟行》。　尺素:古人写文章、书信所用的一尺左右的锦帛,后成为书信的代称。

临江仙

闺　怨

脆管繁弦无觅处,小楼空掩遥山[①]。柳丝直下曲阑干。海棠红欲褪,玉钏怯春衫。　　殢酒不成芳信断[②],社寒新燕呢喃。雕盘慵整宝香残[③],绮疏明薄暮[④],帘外雨潺潺。

[注释]

①遥山:指山屏。　②殢(tì)酒:病酒。　③雕盘:精美的盆景摆设。“雕盘装草树”,见张说诗。　④绮疏:雕饰花纹的窗户。

[集评]

侯孝琼云:“词以后主《浪淘沙》首句置于阕末,别是一番情味。”

朝中措

平江施倅生朝[①]

五湖烟水百花洲,别乘最风流[②],人道紫枢家世[③],清时衮衮公侯。　　名园绿水春无价[④],蜀锦舞缠头[⑤]。眉寿年年今日,宝杯香霭飞浮。

[注释]

①倅(cuì):副职。　②别乘:即别驾,州刺史佐吏。因随刺史出巡时

别乘传车而得名。 ③紫枢：指唐中宗《授张锡工部尚书制》"紫枢伫俊，彤管须贤"，紫枢应为六部（吏、户、礼、兵、刑、工）之称。各部首长为尚书。 ④名园绿水："名园依绿水，野竹上青霄。"见杜甫《陪郑广文游何将军山林》。 ⑤缠头：古代歌舞伎表演时以锦缠头，演毕，又以锦为赠，谓缠头。

月宫春

和吴尉①

柳娇花妒燕莺喧，断肠空眼穿。一春风雨夜厌厌②，不闻钟鼓传。 香冷曲屏罗帐掩，园林谁与上秋千。忆得年时凤枕，日高犹醉眠。

［注释］

①吴尉：县尉吴子似。名绍古，江西鄱阳人。善诗词，与韩淲交往密切，常相互唱和。 ②厌厌：犹恹恹，精神不振貌。

浣溪沙

满院春

芍药酴醾满院春①，门前杨柳媚晴曛②。重帘双燕语沉沉。 花映绿娇初日嫩，叶栖红小晚烟昏。轻雷不觉送微阴。

［注释］

①酴醾（tú mí）：花名，一名木香，以色似酴醾酒而得名。 ②晴曛（xūn）：日光照射。

鹧鸪天

禁 烟[①]

烟禁荒荒雨湿云,近郊争出满城人。儿童藉草几成市[②],杯酒沾花不觉村[③]。 身又老,眼增明。回头一任是红尘。山中谁信无寒食,涧上何如且采蘋[④]。

[注释]

①禁烟:古俗寒食禁烟火三日。见《荆楚岁时记》。 ②藉草:坐卧于草地。 ③村:粗俗、土气。 ④采蘋:“于以采蘋?南涧之滨。”见《诗经·召南·采蘋》。 唐氏按:“何如”原作“如何”,从紫芝漫抄本《涧泉诗馀》。

一丛花

次韵斯远[①]

翻空雪浪送飞花,春晓媚霜华。风回点点迷人处,峭寒轻、诗思殊佳。双燕未来,断鸿何在[②],微雨又天涯。 绮窗明暗是谁家,雕槛馥兰芽[③]。画檐帘幕黄昏后,试倾杯、笑语喧哗。聚散人生,吾侪老矣[④],醉墨任横斜。

[注释]

①斯远:徐斯远,名文卿,江西上饶人。淡功名,乐山水,其诗与韩淲齐名。 ②断鸿:失群孤雁。 ③雕槛(jiàn):雕有图案的栅栏。 ④吾侪(chái):我辈。

眼儿媚

东风拂槛露犹寒,花重湿阑干[①]。淡云殢日[②],晨光微透，帘幕香残。　阴晴不定瑶阶润，新恨觉心阑。凭高望断，绿杨南陌，无限关山。

[注释]

①阑干：同"栏杆"。　②殢日：遮掩日头。

青玉案

西湖路

苏公堤上西湖路[1]，柳外跃、青骢去。多少韶华惊暗度[2]。南山游遍，北山归后，总是题诗处。　如今老矣伤春暮，泽畔行吟漫寻句[3]。落拓情怀空自许[4]。小园芳草，短篱修竹，点点飞花雨。

[注释]

①苏公堤：元祐间苏轼知杭州时所筑之堤。　②韶华：美好的年华，指青春岁月。　③泽畔行吟："屈原既放，游于江潭，行吟泽畔。"见《楚辞·渔父》。　④落拓：放浪不羁，不拘小节。

浣溪沙

和辛卿壁间韵[1]

只恐山灵俗驾回[2]，海鸥飞下莫惊猜，机心消尽重徘徊[3]。　宿雨乍晴千涧落[4]，晓云微露两山排。新苗时翼好风来。

[注释]

①见辛弃疾《浣溪沙·别成上人并送性禅师》。　②"只恐"句：是"山灵只恐俗驾回"的倒装。见孔稚圭《北山移文》。　③机心：智巧变诈

的心计。 ④宿雨:昨夜之雨。

朝中措

戏赠郑幹

扁舟撑月转江湖,烟水湛金铺[①]。篷底晓凉歌罢,肌肤冰雪初扶。 诗人自是风尘表,佳处句能摹。属玉一双飞去[②],荷花香动菰蒲。

[注释]

①“烟水”句:谓月下烟水如镀金。 ②属玉:水鸟名。似鸭而大,长颈赤目紫绀色。或云即鹭鸶。见《汉书·司马相如传》注引郭璞。

明月棹孤舟

逢子似清河坊市中客楼小饮[①]

忽得相逢惊似旧,问山中、酒徒诗友。闲倚晴楼,长安市上,华髮为君搔首。 绿竹疏梅今在否,对西湖、夕阳烟岫[②]。鸿雁声中,人间今古,还是醉醒时候。

[注释]

①子似:吴子似。 清河:即今江苏淮阴。 坊市:街市。 ②烟岫:烟雾笼罩的峰峦,山谷。

江城子

德久同醉,子似出新置佐酒,和德久词

天孙应为织云裳[①]。试宫妆,问刘郎。湖上波寒,依旧远山苍。自是老来心事懒,空落拓[②],少年场。 挥毫闲与细端相[3]。记严扬[4]，陋苏张[5]。兴到一杯，微醉亦成章。回首片帆西去也，何日更，共清狂。

［注释］

①天孙：即织女星。 ②落拓：此处作寂寞解。 ③毫：《全宋词》作"豪"，疑误。 ④严扬：或为严光、扬雄。 ⑤苏张：战国时策士苏秦、张仪。

冉冉云

弄花雨

倚遍阑干弄花雨，卷珠帘、草迷芳树。山崦里、几许云烟来去[1]，画不就、人家院宇。　　社寒梁燕呢喃舞，小桃红、海棠初吐。谁信道、午醉醒时情绪，闲整春衫自语。

［注释］

①崦（yān）：山。

谒金门

东风吹酒面

花影半，晴色乍开云卷。择胜寻春愁日短，雨馀山路晚。　　涧底桃深红满，人意不禁闲远。胡蝶绕枝啼鸟怨，东风吹酒面。

满庭芳

王寺簿生朝[1]

点点淮山，迢迢江水，分明别是风光。地灵人杰，星斗烂文章。初度充闾佳气[②],当年瑞、应弄珪璋[③]。薰弦奏,凉宵宝月,玉井藕花香[④]。　　清真,如逸少,兰亭修竹,曲水流觞[⑤]。想醉乡日永,地久天长。小驻屏星怀玉[⑥],飞凫舄、元在鹓行[⑦]。功名事,云龙风虎,行矣佩金章。

[注释]

①寺簿:朝庭管理簿籍之官。　②充闾:光大门户。《晋书·贾充传》载,充父"晚始生充,言后当有充闾之庆,故以为名字焉"。　③珪璋:珪与璋皆为朝会时所执之玉器。　④玉井:"太华峰头玉井亭。"见韩愈《古意》。　⑤"兰亭"二句:"此地有崇山峻岭,茂林修竹,又有清流激湍,映带左右。引以为流觞曲水。"见王羲之《兰亭集序》。　古俗:上巳节,置杯于水上,杯流行停其前,当取饮。　⑥屏星:车幡,是官车的某种标志。见《后汉书·舆服志上》。　怀玉:怀才。　⑦飞凫舄:用东晋王乔典,王乔为邺令,着凫舄而飞。见《汉书·王乔传》。后用作县令之故实。　凫:野鸭。　舄:鞋子。　鹓行:鹓,传说中凤一类的珍禽。此指朝班百官如鹓之排列。

浣溪沙

醉木犀[①]

一曲西风醉木犀,天香吹梦入瑶池。钗横犹记未开枝。　　花重嫩舒红笑脸,叶稀轻拂翠颦眉。酒醒残月雁声迟。

[注释]

①醉木犀:木犀,即桂花。醉木犀,观词意"嫩舒红笑脸",或为金红色之桂花。据《话腴》载,桂花亦有红色之变种。

浣溪沙

次韵昌甫

山气吹云宝月凉，园英承露菊花黄。吾生只合醉为乡。　帐望佳人因共赋，分明佳节是重阳。酒边犹发少年狂。

浣溪沙

次韵昌甫

莫问星星鬓染霜，一杯同看月昏黄。放歌渔父濯沧浪[①]。　却忆手栽双柳句，真成云汉抉天章[②]。苏仙何在立苍茫[③]。

[注释]

①渔父：屈原有《渔父》篇。　濯沧浪："沧浪之水清兮，可以濯我缨。"见《孟子·离娄上》。　②"却忆"二句：欧阳修《朝中措·平山堂》上阕末有"手种堂前杨柳，别来几度春风"句。　"真成"句：意谓此词豪气凌云，直冲云汉。　③"苏仙"句："欲吊文章太守，仍歌杨柳春风，休言万事转头空，未转头时是梦。"见苏轼《西江月·平山堂》下阕。　苏仙：苏轼。

浣溪沙

霜菊黄

霜后黄花尚自开，老年情绪为何哉。株株浑是手亲栽。　秋际有言挥玉麈[①]，冬来无梦绕金钗。相思一夜发窗梅。

[注释]

①玉麈(zhǔ):玉柄的拂尘,用麈(鹿属,俗名四不象)尾作。古人清谈时,常手持拂尘。苏轼《次韵王巩颜复同泛舟》:"舞腰似雪金钗落,谈辩如云玉麈飞。"

江城子

雪消霜入小溪舟。试浮游,上山头。薄薄寒烟,依旧未全收。问道梅花开也未,吟不尽,一春愁。　襟怀如此老还休。懒凝眸,转深幽。诗罢一眉、新月又如钩。腊后春前村意远,回棹稳,水西流。

浣溪沙[①]

野色轩看玉色木犀

月角珠庭映伏犀[②],扶摇当上凤凰池[③]。广寒曾折最高枝[④]。　壮志还同诸葛膝[⑤],清名还似紫芝眉[⑥]。梅花春寿酒行迟。

[注释]

①《全宋词》注:紫芝漫抄本调作《广寒枝》。　②月角:相术者称人之右额为月角。　珠庭:即天庭。两眉间前额隆起部分。　伏犀:前额中央至头顶的骨骼。此句写显贵之相。　③凤凰池:禁苑池沼名。魏晋南北朝设中书省于禁苑,掌近要之职,人称为凤凰池。　④"广寒"句:旧称科举高中为蟾宫折桂。　⑤"壮志"句:指作者有诸葛亮一样的雄心壮志。　⑥紫芝:传秦末商山四皓以乱世退隐,作《四皓歌》起句为"晔晔紫芝,可以疗饥",故称四皓为紫芝翁。此处作者引以自喻。

鹧鸪天

次韵昌甫

老去情怀酒味中，水边林下古人风。岁云暮矣江空晚，谁识儋州秃鬓翁[1]。　人易远，语难工。春时犹记一尊同。苦心未免皆如此，只合挥弦目送鸿[2]。

［注释］

①儋州：即今海南儋州。　②挥弦："目送归鸿，手挥五弦。"见晋嵇康《赠秀才入军》之四。

风入松

远山横

小楼春映远山横，绿遍高城。望中一片斜阳静，更萋萋、芳草还生[1]。疏雨冷烟寒食，落花飞絮清明。　数枝弦管忍重听，犹带微酲[2]。问春何事春将老，春不语、春恨难平。莫把风流时节，都归闲淡心情。

［注释］

①萋萋：茂盛貌。　②酲(chéng)：喝醉酒，神志不清。

菩萨蛮

花间意[1]

小园红入春无际，新声休写花间意。一笑唤真真，香腮酒未醒。　惜芳追胜事，畅饮馀诗思。无处说衷情，暗尘罗帐生。

［注释］

①花间意:即效《花间集》之体,语多冶艳。

谒金门

和昌甫

花肃肃,杨柳三眠未足①。一棹溪山新涨绿,旧欢无梦续。　　莫问杜鹃啼蜀②,只有江南水竹。北客凄凉无伴独③,春山生草木。

［注释］

①三眠:柽柳(又名人柳)之柔枝于空中时起时伏,如人之眠起。张澍《三辅旧事》:汉苑有柳状如人形,号曰人柳,一日三眠三起。　②啼蜀:传说蜀王杜宇死后化为杜鹃,其声凄苦,如呼"不如归去"。　③北客:词人祖籍河南,北宋亡而迁居南方,故称。

谒金门

和昌甫

幽意熟,吟啸春风自足。爽气初生晴未燠①,相逢休问卜②。　　画出高山盘谷,岩上飞云相逐③。他日江东思渭北④,断弦谁为续⑤。

［注释］

①燠(yù):暖和。　②问卜:灼龟甲取兆,以问吉凶。　③"岩上"句:"岩上无心云相逐。"见柳宗元《渔翁》。　④"他日"句:"渭北春天树,江东日暮云。"见杜甫《春日忆李白》。　⑤"断弦"句:续弦一般指再娶。此似用杜牧《读韩杜集》"天外凤凰谁得髓?无人解合续弦胶"诗意。《十洲记》载:煮凤喙麟角煎胶,可续断弦。

卜算子

中秋前一日和昌甫所寄

一雨已秋深，月色寒而静。夜半披衣草树间，玉露团清影。　　长笛倚楼声[①]，听彻还重省。手启柴门倦复关，云卧衣裳冷。

[注释]

①“长笛”句：“长笛一声人倚楼。”见赵嘏《长安秋望》。

醉蓬莱

上太守[①]

庆文章太守，燕寝凝香[②]，诞弥佳节。庾岭归来[③]，又经年梅发。棋酒心情，笙歌滋味，便合朝天阙。玉作山前，冰为水际，几多风月。　　绿鬓朱颜，浩然相对，自是中原，旧家人物。鹓鹭班回，尚记陪清切。好把胸蟠万卷，谈笑了、济时勋业。锦幄初温，宝杯深劝，舞回香雪。

[注释]

①《全宋词》注：紫芝漫抄本题作《冰玉风月》。　②燕寝：贵人所居之处。韦应物《郡斋雨中与诸文士燕集》：“燕寝凝清香。”　③庾岭：五岭之一，以多梅树，又名梅岭。

朝中措

梅月圆

为兹春酒寿诗翁，我辈一尊同。香动梅梢圆月，年年先得东风。　　冰溪清浅流环玉，莲幕漫从容[①]。但愿人生长久，挥弦目送飞鸿[②]。

[注释]

①莲幕：幕府。南齐王俭于齐高帝时为相，所辟皆才名之士。人称入俭府为入莲花池，如红莲绿水，交相辉映，后因美幕府为莲幕。 ②“挥弦”句：“目送归鸿，手挥五弦。”见晋嵇康《赠秀才入军》之四。

太常引

腊前梅

小春时候腊前梅[①]，还知道、为谁开。应绕百千回，夜色转、参横斗魁[②]。 十分孤静，替伊愁绝，片月共徘徊。一阵暗香来，便觉得、诗情有涯。

[注释]

①小春：农历十月，有如初春，也称小阳春。 腊前梅：腊梅一般农历十一、十二月（腊月）开，十月即开为腊前梅。 ②参：参星，参星横斜，天将破晓。 斗魁：北斗之星，一至四为魁，即斗勺部分，北斗转向，亦天明之兆。

[集评]

侯孝琼云：“浅语直陈，了无馀韵。”

朝中措

次韵昌甫见寄

谁翻新曲玉溪滨[①]，何日得为邻。醉里行歌相答，步随泉石松云。 如今又是梅时候，只有眼中人。魂断幽香孤影，花前闲整衣巾。

[注释]

①玉溪：江西信江在玉山县境曰玉溪。

恋绣衾

泪珠弹

溪风吹雨晚打窗，把心情、阑入醉乡。记取在、山深处，我如今、双鬓已苍。　　夜阑寒影灯花淡，梦难成、清漏更长。宝瑟断、鸾胶续，泪珠弹、犹带粉香。

一剪梅

腊前梅[①]

一朵梅花百和香[②]。浅色春风，别样宫妆。西湖衣钵更难忘。雪意江天，浑断人肠。　　清夜横斜竹影窗。赢得相思，魂梦悠扬。玉溪山外水云乡。茅舍疏篱，不换金章。

[注释]

①《全宋词》注：《永乐大典》卷二千八百十一作“蜡梅香”。　②百和香：多种香料配制而成的香。此指梅花之香。

蝶恋花

三十日归途村店市酒，成季、子任同酌而歌

道上疏梅花一树。人去人来，不管流年度。闲过南礲同散步[①]。东风为我吹香去。　　试问青春今几许。明日新正[②]，溪影横山暮。遮莫攀翻君且住，心儿却在题诗处。

[注释]

①巃(lóng):长大的山谷。　②新正:元旦。唐薛逢《元日田家》:“相逢但祝新正寿。”

蝶恋花

细雨吹池沼

尽道今年春较早。梅与人情,觉得梅偏好。一树南巃香未老,春风已自生芳草。　来自城中犹带晓。行到君家,细雨吹池沼。怅望沙坑须会到,玉溪此意年时少。

生查子

梅和柳

山意入春晴,都是梅和柳。白白与青青,日映风前酒。
归去也如何,路上休回首。各自做新年,柳袅梅枝瘦。

探春令

景龙灯①

暗尘明月小桃枝,旧家时情味。问而今、风转蛾儿底。有谁把、春衫试。　景龙灯火升平世,动长安歌吹。这山城、不道人能记。甚村酒、偏教醉。

[注释]

①景龙灯:大龙灯。　景:大。

临江仙

画屏春

罗帐画屏新梦悄，绿窗慵起香残。重帘生怕倚阑干。春风吹玉水，春雪满灵山[①]。　　梁燕未来归雁动，海棠才带红酣。酒愁花恨霎时间。烟云催薄暮，丝雨湿轻寒。

[注释]

①灵山：在信州上饶县北，为道家福地。

眼儿媚

社　日[①]

风回香雪到梨花，山影是谁家。小窗未晚，重檐初霁，玉倚蒹葭[②]。　　社寒不管人如此，依旧在天涯。碧云暮合，芳心撩乱，醉眼横斜。

[注释]

①社日：古代祭祀社神之日，春社多在春分前后。　②玉倚蒹葭：魏明帝使后弟毛曾与夏侯玄共坐，时人谓蒹葭倚玉树。见《世说新语·容止》。喻二人美恶不称。

临江仙

六月二日病差出门散适[①]

竹树阴阴流涧水，黄鹂飞去飞还。蓬门篱落小桥湾。更无尘迹到，我自爱其闲。　　雨又随风催薄暮，轻雷时动云斑。归来凉意一窗间。病馀真倦矣，睡熟簟纹宽。

[注释]

①差:同“瘥”,病愈。

蝶恋花

野趣轩看玉色木犀

斜日清霜山薄暮。行到桥东,林竹疑无路。小院横窗香噀雾[①],胆屏曲几花如雨。 细酌心情因少驻。九万刚风[②],寒影吹琼素。不是月宫那有许[③],霓裳舞彻凌波步。

[注释]

①噀(xùn):喷。 ②刚风:即罡风。高空的劲风。 ③“不是”句:相传月中有桂树。 许:此。

柳梢青

玉水明沙

玉水明沙,峰回路转,城倚桥斜。老我登临,同谁酩酊[①],一望还赊。 飞鸿杳霭天涯[②]。但拚取[③],心情酒家。紫菊枝枝,红茱颗颗,休问年华。

[注释]

①酩酊:大醉。 ②杳霭:亦作“杳蔼”,深远的样子。 ③拚取:拚,一作“判”,表示一种坚决的取舍。

满庭芳

玉水灵山[①],霜天清晓,非烟非雾琴堂。载临初度,圭壁记煌煌[2]。百里民安抚字[3]，欢呼处、禾黍登场。今年好，为兹春酒，莫惜醉淋浪[4]。　神仙，□领袖，山河勋业，星斗文章。便黄扉青琐[5]，会遇明良。愿赐尚方之剑[6]，攀槛折[7]，千古辉光。飞凫去[8]，甘棠遗爱[9]，留与话桐乡[10]。

[注释]

①玉水灵山：均在江西。　②圭璧：古代朝会诸侯以及祭祀时用作符信的玉器。　煌煌：盛大貌。　③抚字：抚养爱护。　字：乳哺，生育。　④淋浪：此指饮酒酣畅。　⑤黄扉：即黄阁。汉以来三公官署厅门涂黄色，以后代指宰相官署。　青琐：镂刻青色图纹的宫门。亦借指宫室。　⑥尚方剑：皇帝所佩之剑，是权力的象征。　⑦槛折：汉成帝时，槐里令朱云请斩安昌侯。帝怒，欲诛云，云攀折殿槛。后用为犯颜直谏之典。见《汉书·朱云传》。　⑧飞凫去：指县令去官。　⑨甘棠：《诗经·召南·甘棠》序，召伯巡行南国，憩于甘棠树下，人思其德，作《甘棠》诗颂美之。后用作赞美官吏政绩的典故。　⑩桐乡：汉大司农朱邑曾任桐乡（安徽桐城北）啬夫（乡官），为民敬重，死后葬于此。见《汉书·朱邑传》。

菩萨蛮

梅花句

风前觅得梅花句，香来自是相分付。片月动黄昏，一枝横酒尊。　人间何处有，又到春时候。莫负此诗家，将心吟好花。

贺新郎

十三日，小园梅枝微红点缀，便觉可句

梅蕊依稀矣。岁华深、翛然但把，杖藜闲倚[1]。山绕荒林红叶下，落日孤城烟水。意兴寄、云何则是。底事疏枝横绝峭[②]，未吹香、便与花相似。不忍折，为之喜。
寒鸦万点霜风起。正人家、园收芋栗，小槽初美[③]。欲醉阿谁同一饮，拟赋才成又止。老态度、浑侵髮齿。摸索孤根春在否，任红红、白白皆桃李。空烂漫，岂能尔。

［注释］

①翛然：超然自得貌。 ②底事：何事，何以。 ③小槽：压酒的木槽。 小槽初美：美酒刚刚酿好。

百字令

寿南枝

诏飞天上，看金狨系马[①]，西湖风月。朝罢香烟携满袖，身在琼楼玉阙。锦绣肝肠，珠玑欬唾[②]，绿鬓非华髮。与谁经济[③]，河山应笑吴越[④]。 且把春酒寻梅，年年眉寿，坐对南枝发。兵卫朱门森画戟，醉舞尘生罗袜。山面高堂，溪浮新舰，留取邦人说。等闲馀事，一时如此奇绝。

［注释］

①金狨：金丝猴。宋代禁从随驾皆骑狨座。金狨系马，极言尊贵。 ②珠玑欬(kài)唾：喻言语珍贵。 欬唾：指人之言论谈吐。 ③经济：经世济国。 ④吴越：古代吴越二国敌对，因泛指敌国，或指乖违。

菩萨蛮

赵昌甫折黄岩梅来，且寄《菩萨蛮》，次韵赋之

陇头无驿奚为朵，岩前有折宜来堕。风急雪云溪，诗清满意携。 竹炉良夜饮，饮竟煎僧茗。梅以句深长，

得花情未忘。

小重山

柳色新

点染烟浓柳色新。小桃红映水，日初匀。露收芳径草铺茵，凝情久，风淡起轻尘。　梁燕已争春。折花闲伴酒，试濡唇。流莺何处语声频。阑干曲，蜂蝶更随人。

[集评]

侯孝琼云："清新可诵。"

感皇恩

和吴推官[①]

急管度青枝，醉眠芳草。云断巫阳梦能到。乍醒馀困，晴影暗移纱帽。旧时闲意思，都忘了。　今岁春迟，去年春早。点点繁红又多少。惜春归去，酒病翻成花恼。数声鸣鸟唤，人惊老。

[注释]

①推官：掌勘问刑狱的属官。

感皇恩

诗社酒徒闲，村村花柳。月榭风亭更霞牖。临春结绮[①]，又是那回时候。不禁中夜雨，相僝僽[②]。　弄蕊攀条，为寻芳酒。一斗谁能问千首。江南云梦，空说气吞八九[③]。持杯人共我，能吟否。

［注释］

①临春结绮：殿阁名。《南史·张贵妃丽华传》：于光昭殿前起临春、结绮、望仙三阁。　②孱僽（chán zhòu）：骚扰、折磨。　③“空说”句：“吞若云梦者八九，其于胸中不曾蒂芥。”见《史记·司马相如列传》。

瑞鹧鸪

辛镇江有长短句[①]，因韵偶成，愧非禹步尔[②]

南兰陵郡鹧鸪词[③]，底用登临更赋诗。贵不能淫非一日，老当益壮未多时。　人间天上风云会，眼底眉前岁月知。只有海门横北固[④]，宦情随牒想推移。

［注释］

①辛镇江：即辛弃疾，因时任镇江知府，故称。　长短句：指辛弃疾《瑞鹧鸪·京口有怀山中故人》。　②禹步：禹涉山行，病脚行跛，后巫俗多效禹步。见《法言·重黎》。此或指诗词功力不及。　③兰陵郡：今山东枣庄。辛弃疾为山东历城人，故以代辛。　④海门：在浙江萧山，与北固相对。　北固：在京口（江苏丹徒）。

浣溪沙

同昌甫饮南池

屋上青山列晚云，水边红袂映斜曛[①]。柳阴荷气簟湘纹。　酒以歌长谁乐事，诗成杯滟我离群。香消凉意有南薰[②]。

[注释]

①曛：日落的馀光。　②南薰：旧传舜作《南风》诗云，“南风之薰兮，可以解吾民之愠兮。”后因以南薰为煦育子民之典。

浣溪沙

次韵昌甫

作意如何和好歌，细翻重看得长哦。晓梧吹雨露明荷。　老我从他琴下爨[①]，故人元自笛亭柯[②]。北山烟岫郁嵯峨。

[注释]

①琴下爨（cuàn）：吴人有烧桐以爨者。蔡邕闻火烈之声，知为良木，请而裁为琴，果有美音，而其尾犹焦。见《后汉书·蔡邕传》。后以喻幸免之良才。此言我既老，随他以良才为爨。　爨：炊，烧火做饭。　②笛亭柯：以亭柯为笛。晋干宝《搜神记》卷十三载，蔡邕尝至柯亭。亭以竹为椽。邕以为良竹，取以为笛，发声嘹亮。

浣溪沙

次韵昌甫

鸦矫荒寒燕复低[①]，门前长草与人齐。长桥南畔小桥西。　安得有诗同尔句，可教无酒泛其杯。相思常苦易离携[②]。

[注释]

①鸦矫：矫，高飞貌。王安石《登宝公塔》：“鸦矫荒寒影对翻。”　②离携：分离。

鹧鸪天

离歌一叠[①]

只唱离歌一叠休，玉溪浮动木兰舟。如何又对云烟晚，不道难禁草树秋。　　空脉脉[②]，忍悠悠。绸缪终是转绸缪[③]。相知相见知何处，记取新欢说旧游。

［注释］

①离歌：即骊歌，告别之歌。　一叠：此应作一曲，一遍。　②脉脉：相视状，含情不语的样子。　③绸缪：情意殷勤，深长。

满江红

陈玉局生朝[①]

归锦堂成，云汉上、天垂新画。有朱颜绿鬓，禁林仙客。玉局暂从香火社[②]，金龟未报文章力[③]。看彤庭、赐第别承恩[④]，居君侧。　　斑衣戏[⑤]，蟠桃摘[⑥]。翠袖倚，歌檀拍。正祥开初度，颂声千百。又是腊前梅态度，几多春近花消息。想明年、今日醉西湖，光辉赫。

［注释］

①玉局：宋代祠官（宋大臣罢职令管理宫观，以示优礼，无职事，借名食俸），有玉局观提举。　②香火社：原为佛教的结社，后泛指志同道合者的结社。　③金龟：唐三品以上官员之佩饰。　④彤庭：汉代宫室以朱色漆中庭，后以指皇宫、朝廷。　⑤斑衣：用老莱子斑衣娱亲典。　⑥蟠桃：传说中的仙桃。

好事近

翠圆枝

一涧水南山，腊尽春生梅雪。行过小桥深处，带疏钟横月。　征衫闲著指东吴，休怕与人别。吟到翠圆枝上，是归来时节。

菩萨蛮

胡教生朝[1]

南枝已见春消息，今年为寿方知得。俾尔炽而昌[2]，流霞浮暗香。　蓬壶清浅水[3]，笑指云阶喜。高论有规模[4]，平戎赋两都[5]。

［注释］

①教：担任教职如祭酒、司业、教授之类的官员。　②俾（bǐ）：使。　③蓬壶：即蓬莱。传说中仙人所居。　④规模：气概。《三国志·魏书·胡质传》："（质）规模大略不及于父。"　⑤赋两都：汉班固有《两都赋》。

浣溪沙

试香罗[1]

风软湖光远荡磨[2]，春衫初试薄香罗。踏青无计奈君何。　莫笑老来多岁月，肯教闲去少诗歌。长安陌上有铜驼。

［注释］

①香罗：纱罗的美称。杜甫《端午日赐衣》："香罗叠雪轻。"　②远荡磨：指湖水不再浪涛翻滚。

谒金门

春早湖山

春尚早，春入湖山渐好。人去人来虽未老，酒徒犹恨少。　　梅落桃开烟岛[1]，日日更吹香草。一片芳心拚醉倒[2]，冷云藏落照。

[注释]

①烟岛：烟雾笼罩的小岛。　②拚（bàn）：表示甘愿之意。

祝英台近

寒食词

馆娃宫[1]，采香径[2]，范蠡五湖侧[3]。子夜吴歌[4]，声缓不须拍。崇桃积李花闲，芳洲绿遍，更冉冉、柳丝无力。

试思忆，老去一片身心，孤负好春色[5]。古往今来，时序恼行客。去年今日山中，如何知得。却又在、他乡寒食。

[注释]

①馆娃宫：吴宫名。吴王夫差于砚石山（今江苏吴县西南灵岩山）作宫以馆西施。吴人谓美女为娃，故曰馆娃。　②采香径："采香径在香山之傍，小溪也。吴王种香于香山，使美人泛舟于溪以采香。"见范成大《吴郡志》卷八《古迹》。　③"范蠡"句：春秋越大夫范蠡助越王句践刻苦图强，卒灭吴。以句践可与共患难而不可同欢乐，功成去越，泛于五湖。见《史记·越王句践世家》。　④子夜吴歌：乐府《吴声歌曲》名。《宋书·乐志》："有女子名子夜，造此声。"故名。　⑤孤负：即辜负、亏负。

浣溪沙

过卢申之①

梅叶阴阴占晚春，博山香尽玉嶙峋②。茶瓯酒碗试濡唇。　闲里常愁无伴侣，老来不是有情人。牡丹天气惜芳辰。

[注释]

①卢申之：卢祖皋，字申之，宁宗时人，有《蒲江词》。　②博山：刻有重叠山形装饰的香炉，称博山炉。

洞仙歌

次韵斯远所赋清溪一曲①

溪山好处，赢得题新曲。待足人生甚时足。问临流情味，倚遍斜晖，应似画、小景生绡一幅②。　渔舟声欸乃，岩上云飞③，杳杳归鸦去鸿逐。任当年伊吕④，谈笑兴王，争敌恁、闲眠野宿⑤。待雪天、月夜我还来，醉潇洒清幽，那些儿屋。

[注释]

①斯远：即徐文卿。　②生绡：没有漂煮过的丝织品，古人以生绡作画。　③"渔舟"二句："……烟销日出不见人，欸乃一声山水绿。回看天际下中流，岩上无心云相逐。"见柳宗元《渔翁》。　欸乃（ǎi nǎi）：象声词，摇撸声。唐时湘中棹歌有《欸乃曲》。　④伊吕：伊，指伊尹，曾佐商汤；吕，指吕尚，佐周武王，二人都是开国元勋。　⑤恁：如此，这样。

点绛唇

寻瑶草①

山凹春生，探梅只道今年早。暗香迎晓，人与花能好。　岁岁持杯，天地同难老。须吟啸。放开怀抱，更约寻瑶草。

［注释］

①瑶草：传说中之仙草。东方朔《与友人书》：“相期拾瑶草，吞日月之光华，共轻举尔。”

减字木兰花

梅　词

菊花开了，待得梅梢来索笑。雪色江波，看尽千林未觉多。　一丘缓步，只恐朝来有新句。岁岁年年，白髮催人到酒边。

采桑子

梅　词

萧萧两鬓吹华髮，老眼全昏，徙倚衡门，岁晚寒消涧水痕。　含情更觉沧洲远①，欲语谁论，窈窕孤村，细雨梅花只断魂。

［注释］

①沧洲：滨水处，古时隐者所居。谢朓《之宣城出新林浦向板桥》：“既欢怀禄情，复协沧洲趣。”

采桑子

十四日

华灯自是年年好，月淡烟空，依旧东风，箫鼓吹香醉脸融。　谢他诗侣还相觅，雨迹云踪，不分情浓，柳浅梅深鬓影鬆。

好事近

次韵昌甫

北客过江来，赢得家家都老[1]。屈指中兴人物，到如今谁好。　散庵常是爱山林，健笔胜挥扫。我则临风三叹，信儿曹惊倒。

[注释]

①"北客"二句：赵蕃，字昌甫，原籍郑州。韩淲，祖籍开封。韩、赵两家，均为"过江北客"，而"老"于江南。

减字木兰花

昌甫以嵇叔夜语作曲，戏用杜子美诗和韵[1]

一杯易足[2]，自断此生犹杜曲[3]。词客哀时，不敢愁来赋别离[4]。　孤城麦秀[5]，常愧葛洪丹未就[6]。诗罢长吟[7]，衰晚迟回违寸心[8]。

[注释]

①嵇叔夜：名康，三国魏谯郡人，工诗文、善鼓琴、精乐理、尚老庄，为"竹林七贤"之一。　杜子美：杜甫。　②一杯易足：杜甫诗"老去一杯足"。　③"自断"句："自断此身休问天，杜曲幸有桑麻田。"见杜甫诗《曲

江三章》之二。此借指尚有可归之田。 ④“不敢”句:“不敢要佳句,愁来赋别离。”见杜甫《偶题》。 ⑤孤城麦秀:“白屋花开里,孤城麦秀边。”见杜甫诗《行次古城店泛江作不揆鄙拙奉呈江陵幕府诸公》。 ⑥“常愧”句:“秋来相顾尚飘蓬,未就丹砂愧葛洪。”见杜甫诗《赠李白》。 ⑦诗罢长吟:“新诗改罢自长吟。”见杜甫《解闷十二首》之七。 ⑧“衰晚”句:“腐儒衰晚谬通籍,退食迟回寸心违。”见杜甫《题省中壁》。

鹧鸪天

次韵赵路分生朝所赋[①]

便把山林寄此身,也须诗酒属吾人。仙家旧是金堂士,吏隐新收玉局名[②]。 惟自乐,不忧贫。渊明谈笑更清真。年年眉寿登高后,醉帽常留菊满簪[③]。

[注释]

①路分:官职名。指提调一个地区的指挥官。 ②玉局:宋代祠官,有玉局观提举。 ③“醉帽”句:用孟嘉龙山落帽典。

好事近

郑倅生朝

腊雪映江梅,冰玉更分风月。衮衮紫枢家世,庆诞弥时节。 烘堂赢得戏莱衣,春酒宝杯凸。籍籍郑庄人物[①],要汉廷勋业。

[注释]

①郑庄:郑当时,字庄,汉代陈人。任侠自喜,所交皆名士,有好贤之名。 籍籍:形容名声甚盛。

太常引

呈昌甫

随风和雨带烟开，更清冷、照崔巍。片片亦佳哉，细看得、花如剪裁。　　茅檐出没，水浮桥外，人自两峰来。吟到涧泉梅[1]，问何似、山阴道回。

[注释]

①作者自注："昌甫有'春浦雪，涧泉梅'之句。"

西江月

次韵赵路分

脉脉蜂黄蝶粉，盈盈水秀山明。卖花声里听吹饧[1]，佳丽芳华韵胜。　　下上休看舞燕，惺忪一任啼莺。枕痕屏曲梦关情，酒醒春宵漏尽。

[注释]

①吹饧（xíng）：卖饧（麦芽、谷芽熬制之糖）人所吹的一种饧箫声。

谒金门

次韵郑婺源

行又住，水远山遥村路。把酒问春春几许，老年花似雾。　　坐上风流张绪[1]，留我我还难去。却忆章台飞柳絮[2]，只愁萦暮雨。

[注释]

①张绪：南朝齐吴郡人。美风姿，清心寡欲，口不言利。武帝曾以柳

比之云:“此杨柳风流可爱,似张绪当年时。”　②“章台”句:唐韩翃寄柳氏诗云,“章台柳,章台柳,昔日青青今在否?”

绕池游慢

赵倅游濠[1],作绕池游慢,约同赋

荷花好处,是红酣落照[2],翠蔼馀凉。绕郭从前无此乐,空浮动、山影林篁[3]。几度薰风晚,留望眼、立尽濠梁。谁知好事,初移画舫,特地相将[4]。　惊起双飞属玉,萦小楫冲岸,犹带生香。莫问西湖西畔□,□九里、松下侯王。且举觞寄兴,看闲人、来伴吟章。寸折柏枝,蓬分莲实,徒系柔肠。

[注释]

①倅(cuì):副职。　濠:水名。《庄子·秋水》记庄子与惠施游于濠上,辩论鱼知乐与否。后因以指闲游玄思之所。　②“红酣”句:“荷花落日红酣。”见王安石《题西太一宫壁》。　③篁:竹丛生之林。　④相将:相随。

鹧鸪天

寿福国陈夫人

静乐堂中禅悦身[1],相家庆袭两家春。瑶池云气冲霄鹤,兰砌风标瑞世麟[2]。　华屋邃,宝杯新。年年秋与月常明。笙箫且奏长生曲,宣劝还看送喜频。

[注释]

①禅悦身:耽好禅理而恬悦之身。　②“兰砌”句:兰砌,长着兰草的台阶,对陈夫人庭院之美称。　风标:风度、仪态。　瑞世麟:传说中作为

祥瑞之兆的仁兽麒麟。

[集评]

侯孝琼云："况周颐以寿词难得佳句，尤易入俗(《蕙风词话》卷三)。此则未免谀而俗矣！"

忆秦娥

茉　莉

香滴滴，肌肤冰雪娇无力。娇无力，秋风凉冷，有谁消得[①]。　洗妆不奈云鬟侧[②]，璧堂珠院空相忆。空相忆，轻颦浅笑[③]，小梅标格[④]。

[注释]

①消得：经受得起。　②洗妆：犹言化妆。唐冯贽《云仙杂记》一《为梨花洗妆》引《唐馀录》载："洛阳梨花时，人多携酒其下曰：为梨花洗妆。"　③颦：皱眉。　④标格：风格、风范。

朝中措

寄元立

薰风两节照稽山[①]，三百里湖间。镜上谁为贺老[②]，棹船能伴官闲。　今年寿日，不妨吟啸，还上清班。为寄长生新曲，齐眉想见酡颜[③]。

[注释]

①两节：指除夕、元旦两节。唐高宗《守岁》："送迎交两节，暄寒变一辰。"　稽山：会稽山，在今浙江绍兴东南。　②镜上：镜湖上。镜湖在绍兴南三里。　③齐眉：用汉梁鸿、孟光举案齐眉典。喻夫妻相敬爱。　酡(tuó)颜：醉容，亦可借指面色红润貌。

醉落魄

次韵斯远[1]

风高木落，壮心万里空回薄[2]。振衣待把尘埃濯[3]。声里斜阳，孤起戍楼角。　人生谁会谁为错，年来但觉多离索[4]。黄花照地浑开却。华鬓如斯，同和醉落魄。

［注释］

①斯远：即徐斯远，名文卿，江西上饶人。淡功名，乐山水，其诗与韩淲齐名。　②回薄：乖违。　③“振衣”句：“振衣千仞岗，濯足万里流。”见左思《咏史》八首之五。此借指清洗世俗污垢，隐居高蹈。　④离索：离群索居之省说。

朝中措

约和卿、敬之持醪为文叔生朝

山林钟鼎似无同[1]，舒卷有穷通[2]。洗出壶中三峡[3]，帝城赢得从容。　黄流乱注，狂澜既倒，砥柱能东。此际诞弥杯酒，宜歌风虎云龙。

［注释］

①山林钟鼎：山林指归隐，钟鼎指仕禄。　钟鼎：古代富贵之家，列鼎而食，并击钟奏乐。　②“舒卷”句：指人的用舍有困穷与显达。谢灵运《书帙铭》：“用舍以道，舒卷不失。”舒卷常与用舍并用，指“用之则行，舍之则藏”。见《论语·述而》。　③壶中：后汉时，有老翁卖药于市，市罢，则跳入壶中，别有天地。见《后汉书·方术传下·费长房》。

西江月

十一月初六日夜偶成

日日山迷水癖，年年书恼诗痴。寻思那里要他知，试比古人犹未。　往往眼甜口苦，常常心是身非。如何则甚破他疑，只学今人足矣。

[集评]

侯孝琼云："有世人皆醉我独醒之概。"

阮郎归

客有举词者，因以其韵赋之

小楼秋霁碧阑干，中人初薄寒。霜风吹我到湖山，平林斜照残。　空阔里，有无间。牵萝翠袖闲。篮舆兴尽却愁还[①]，断肠歌未阑。

[注释]

①篮舆：竹制的轿子。

好事近

同仲至和探梅[①]

湖上有孤山[②]，合把探梅词刻。清浅黄昏时候，冷疏枝寒色[③]。　窗前忽到又如何，一夜足相忆。信道收香藏白，报春风消息。

[注释]

①仲至：姓巩名丰，武义人，工诗，有《东平集》。　②孤山：在杭州西

湖间,一屿孤耸,旁无联附,故名。宋处士林逋曾隐居其北麓,手植梅林。 ③“清浅”二句:“疏影横斜水清浅,暗香浮动月黄昏。”见林逋《山园小梅》。

浣溪沙

清和风[1]

买得船儿去下湖,这些天气近来无。清和风里绿阴初。 酒不为渠闲放荡[2],诗应嫌我太粗疏。酒徒诗社复何如。

[注释]

①清和风:应指四月春夏之交的风。《岁时记》:四月朔为清和节。 ②渠:方言,他。

浣溪沙

寄文叔生朝

江上新凉入酒杯。瑞芝堂祝寿筵开。五楼百雉更崔嵬[1]。 劳来流离施菽麦[2],作成丰稔到田莱[3]。便朝天去也徘徊。

[注释]

①百雉:雉,度名。方丈曰堵,三堵曰雉。百雉,谓三百丈的城墙。 ②“劳来”句:劝勉流离之人并施以豆麦之类。 劳来:劝勉。 ③田莱:荒芜之田地。《周礼·地官·县师》:“辨其夫家、人民、田莱之数。”注:“莱,休不耕者。”

醉桃源

昌甫有曲，名之濯缨，因和①

残春风雨绕檐声，山空分外鸣。闲来落佩倒冠缨，尚馀亲旧情。　人不见，句还成，又听求友莺②。濯缨一曲可流行，何须观我生。

[注释]

①濯缨：喻脱离尘俗，自持高节。《孟子·离娄上》："沧浪之水清兮，可以濯我缨。"　②求友莺："嘤其鸣矣，求其友声。"见《诗经·小雅·伐木》。

浣溪沙

徐倅生朝

留得菖蒲酒一杯①，与公今日寿筵开。灵山排闼送青来②。　须信南州高士后③，持荷持节照苏台④。瑞云深处是三台⑤。

[注释]

①菖蒲酒：用菖蒲浸泡之药酒。传说服之可避瘟疫。　②灵山：在江西信州上饶县北。　排闼（tà）：推开门。王安石《书湖阴先生壁》："两山排闼送青来。"　③南州高士：指东汉南昌人徐稺。"郭林宗有母忧，稺往吊之，置刍一束于庐前而去……林宗曰：'此必南州高士徐孺子也。'"此指徐倅为徐稺之后。　④持荷：古时高级官吏朝服，外负紫囊，俗称紫荷，见《宋书·礼乐志》。此以持荷、持节谓在朝为高官。　苏台：即姑苏台。　⑤三台：星名，也作三阶，又称泰阶。古代以星象征人事，称三公为三台。

醉桃源

和昌甫

固穷斋里语吾生[①]，言之必可行。扶疏夏木既啼莺[②]，更逢鱼计成[③]。 多雅尚，少时情。沧浪渔父缨。高歌宁与俗争鸣，朱弦疏越声[④]。

［注释］

①固穷斋：书斋名。出自《论语·卫灵公》“君子固穷”。 ②扶疏：繁茂分披貌。 ③鱼计：《庄子》“于蚁弃知，于鱼得计”，注：“鱼相忘于江湖而为计得矣。” ④“朱弦”句：“清庙之瑟，朱弦而疏越，一唱而三叹。”见《礼记·乐记》。 疏越：音声流畅。

减字木兰花

初五日昌甫生朝，因庆七十

从心所欲[①]，高蹈祠官惟见独[②]。其寿伊何，古井章泉水不波。 腊前梅好，玉洁日光香耐老。才大三千，首首清诗得自编。

［注释］

①“从心”句：“七十而从心所欲，不逾矩。”见《论语·为政》。 ②高蹈：隐居远避尘俗。

菩萨蛮

和昌甫见招[①]

归来又喜山中约，菊枝桂树真宜酌。兴尽只观山，秋深方闭关[②]。 会须追雅步，策蹇或肩舆[③]。少待必能治，膏肓泉石医④。

[注释]

①招：相邀。 ②闭关：闭门谢客，不为尘事所扰。 ③策蹇：骑着步伐迟缓的驴。 肩舆：用肩抬之代步工具，指轿子。 ④膏肓：本指不治之症，此指酷爱山林之癖。

百字令

杨民瞻索古梅曲，次其韵

园居好处，是古梅飞动，欺霜凌雪。底问纷华桃李态，自倚天姿明洁。城外灵山，桥头玉水，多少佳风月。岁寒时候，南枝尤与清绝。 几回唤酒寻诗，诗成小醉，絮帽浑攲侧。领略不辞身跌宕①，一洗群儿啁哳②。太始遗音③，元和新样④，到了都难说。草玄经在⑤，对花何闷孤寂。

[注释]

①跌宕：豪放不羁，无拘检。 ②啁哳（zhōu zhā）：纷繁细碎的议论。 ③太始：太初。 ④元和：唐宪宗年号。世云诗到元和体变新。 ⑤草玄经：指汉扬雄所撰《太玄经》。岑参《草玄台诗》："娟娟西江月，犹照草玄处。"

一剪梅

醉 中

醉倒城中不过溪。溪外无尘，惟掩柴扉①。水浮桥漾翠烟霏。一片闲情，能几人知。 留饮君家絮帽攲。爆竹声中，万事如斯。梅催春动已熹微②。尔既能来，我亦何疑。

[注释]

①柴扉:柴门。 ②熹微:朦胧貌。

贺新郎

次韵昌甫雪梅曲

又见年年雪。水浮桥、南岸幽处,周遭森列。横碧轩中空旧话,独钓寒江愁绝[①]。更一段、冰霜高洁。忽得两篇强健曲,倚回风、洒急凭谁说。嗟巩洛[②],乃闽浙。
何当醉酒扬雄宅[③]。问避人避地,其如楚之舆接[④]。览德已而歌凤去,千仞辉翔难蹑。我和句、却愁狂辄。折尽梅花伤岁暮,□撒盐、起絮分才劣[⑤]。鸡犬静,涧篱闬[⑥]。

[注释]

①"独钓"句:"独钓寒江雪。"见柳宗元《江雪》。 ②巩洛:河南巩义、洛阳。 ③扬雄宅:《汉书·扬雄传》,扬雄,成都人。处岷山之阳,曰郫,有田一廛,有宅一区。 ④舆接:传说是楚之隐士,佯狂避世,曾迎孔子之车而歌曰:"凤兮凤兮,何德之衰。" ⑤撒盐、起絮:晋谢安内集,天骤雪,安曰:"白雪纷纷何所似?"兄子朗曰:"撒盐空中差可拟。"奕女道韫云:"未若柳絮因风起。"安大悦。 ⑥闬:俗"闭"字。

点绛唇

五月二日,和昌甫所寄,并简叔通

竹隐高深,夏凉日有清风度。苎衣绳屦,鹤髮空相顾。 翠扑流烟,又向溪翁去。青山路,要当同住,长占无尘处。

菩萨蛮

酒半戏成[①]

秋林只共秋风老，秋山却笑秋吟少。恰恨有秋香，青岩秋夜凉。　　清秋须是酒，结客秋知否。醉笔写成秋，一秋无复愁。

［注释］

①此秋词句句有秋，共用十个秋字，人称“福唐体”。《艺苑卮言》云：陶渊明《止酒》用二十“止”字，梁元帝《春日》用二十二“春”字，一时游戏不足为尚。

祝英台近

燕莺语

海棠开，春已半，桃李又如许。一朵梨花，院落阑干雨。不禁中酒情怀[①]，爱闲懊恼，都忘却、旧题诗处。
燕莺语。溪岸点点飞绵，杨柳无重数。带得愁来，莫恁空休去。断肠芳草天涯，行云荏苒，和好梦、有谁分付。

［注释］

①中（zhòng）酒：酒酣。《汉书·樊哙传》师古注：“饮酒之中也，不醉不醒，故谓之中。”

谒金门

醉花春

人已醉，溪北溪南春意。击鼓吹箫花落未，杏梅桃共李。　　水底鱼龙惊起，推枕月明千里。伊吕衰翁徒尔耳①,我怀犹未是。

［注释］

①“伊吕”句:此谓伊吕亦不过如此而已。　伊吕:伊尹、吕尚。　徒尔:仅此。

虞美人

代儿寿黄靖州

晓来一阵催花雨,正桃李、横塘处。笙歌帘幕燕莺喧,春在人间不老、谷城仙①。　　潇湘图画迎千骑,襦袴欢声起②。功名风虎庆云龙,更看万钉横带、系金狨③。

［注释］

①谷城仙:谷城,山名,一名黄石山,在今山东东阿县东北。《史记·留侯世家》载,圯上老人语张良后十三年于济北谷城山下相见。谷城仙即指圯上老人。　②襦袴:东汉蜀郡太守廉范,有政绩,百姓作歌颂之,云:“廉叔度,何来暮?不禁火,民安作。平生无襦今五袴。”见《后汉书·廉范传》。　③万钉横带:“其为大司寇也,库有万钉金带。”见《周书·达奚武传》。　金狨:金丝猴。宋代禁从随驾皆骑狨座。金狨系马,极言尊贵。

朝中措

昌甫作长短句呈朱卿、余倅,因和韵

水南何事兴偏浓,花草小园中。山气静分馀霭,泉声幽转流淙。　　午桥坐上英豪客①,今昔为谁容②。不是倚楼人在,登临无复携筇③。

[注释]

①“午桥”句:“忆昔午桥桥上饮,坐中多是豪英。”见陈与义《临江仙》。 ②“今昔”句:“自伯之东,首如飞蓬。岂无膏沐,谁适为容。”见《诗经·卫风·伯兮》。此意谓无人赏识。 ③筇(qióng):竹名,可为杖。

卜算子

初十日海棠宋十一哥家饮

烟雨海棠花,春夜沉沉酌。寒食清明数日间,人也须行乐。　　不怕笛声长,只怕风儿恶。烛影红酣宝篆香[①],楼上黄昏角。

[注释]

①宝篆香:一种盘成篆字形状的香。

谒金门

方斋小集,有琴者,昌甫作词,和韵

闲度日,愁里费人辞辟[①]。榆火新烟还熟食[②],小墙花槛直。　　锦字玉徽清集[③],何用主人留客。相赏暂时谁画得,庞公非浪出[④]。

[注释]

①费人辞辟:无谓之空话谓辞费,见《礼记·曲礼》。 ②“榆火”句:寒食禁烟后,以榆木取火熟食。 ③玉徽:玉制的琴徽。琴的美称。 ④庞公:庞德公。汉末襄阳人。有令名,为司马徽、诸葛亮、徐庶所尊事。荆州刺史刘表数延请,携妻子登鹿门山采药不返。 浪出:轻率,轻易而出。

浣溪沙

怨啼鹃

锦瑟瑶琴续断弦，壁堂初过牡丹天。玉钩斜压小珠帘。　　睡鸭炉温吟散后[①]，双鸳屏掩酒醒前。一番春事怨啼鹃。

［注释］

①睡鸭：一种造型为睡鸭状的香炉。中空可焚香，烟从口出。

菩萨蛮

花溪碧

丝丝柳色清愁织，山城望断花溪碧。回首仲宣楼[①]，登临无计愁。　　雨声吹海立[②]，流转韶光急。九万有鹏程[③]，沉香天上亭[④]。

［注释］

①仲宣楼：在湖北当阳东南。王粲曾登其楼作《登楼赋》。见《水经注》。　②“雨声”句：化用杜甫《朝献太清宫赋》“四海之水皆立”，苏轼《有美堂暴雨》“天外黑风吹海立”。　③“九万”句：“鹏之徙于南冥也，水击三千里，抟扶摇而上者九万里。”见《庄子·逍遥游》。　④沉香亭：亭以沉香为之。《雍录》引阁本《兴庆宫图》：龙池东有沉香亭。唐玄宗曾移牡丹于亭前，与杨贵妃共赏。

好事近

次韵昌甫

梅雨快晴风，苔竹定翻新箨[①]。相望得寻幽调，把陈言都略。　　大江东去更飞云，心事共回薄。仿佛散庵佳处，一声声猿鹤。

[注释]

①箨(tuò)：笋。

好事近

次韵昌甫

黄髮享颐期[①]，兄弟此时宜告[②]。见说对床夜雨[③]，世间尘都扫。　　青毡堂外瑞峰高，云气拂晴昊[④]，老大中原人物，在江湖乡保[⑤]。

[注释]

①黄髮：喻高寿。人老头白，白久则黄。　颐期：期颐。《礼记·曲礼上》："百年曰期颐。"　颐：保养，休养。　②告：古时休假曰告。　③对床夜雨：多喻兄弟和友人相聚之乐。白居易《雨中招张司业宿》："能来同宿否？听雨对床眠。"　④昊(hào)：昊天，元气博大之天宇。　⑤保：古代十家为一保。

好事近

次韵昌甫

三叠古藤阴，自笑无能为役[①]。千载和陶新曲，了非仙非释。　　影徒随我月徘徊[②]，风叶露华湿。瓮下是成真逸[③]，醉令人思毕。

[注释]

①无能为役："既自以心为形役，奚惆怅而独悲。"见陶潜《归去来兮

辞》。此言心不能为形所役。　②"影徒随我"句:"月既不解饮,影徒随我身……我歌月徘徊,我舞影零乱。"见李白《月下独酌四首》之一。　③"瓮下"句:意指酒隐,故于酒瓮下成隐逸之士。

朝中措

述旧曲

霓裳霞佩淡丰容,云冷露华浓。唤起石丁归去[①],冥冥仙仗崆峒[②]。　人间秋老花饶笑[③],清映小帘栊。记取五城深处[④],凤箫吹下天风。

[注释]

①石丁:或为石人。《拾遗记》:暗海有潜英之石,刻以为人,神悟不异真人,能传译人言语,故知神异也。　②崆峒:河南、甘肃、四川、江西均有山曰崆峒。此或指江西之望山。　③饶:添也。　④五城:《史记·孝武本纪》,方士有言,黄帝时为五城十二楼以候神人。

水调歌头

坐间有伤仲至,且怀昌甫,因呈张宰

新月已如许,我问带湖梅[①]。人间题句,赢得浮潋酒盈杯。落拓豪英满坐,烂漫风骚连纸,天外凤凰来。只怕轻孤负,莫待巧安排。　空翠滴,寒爽矣,晚佳哉。为君绝倒[②],折尽千树玉蓓堆。渺渺章泉好在[③],寂寂卢泉仙去[④],今古付尊罍。拍手见花木,放眼记莓苔。

[注释]

①带湖:在江西上饶北郊。辛弃疾曾隐居于此。　②绝倒:大笑。③章泉:即赵蕃,昌甫之号。　④卢泉:指已逝之仲至。

鹧鸪天

看瑞香[1]

看了香梅看瑞香，月桥花槛更云窗。不知是有春多少，玉水灵山醉几场。　　闲蝶梦，褪蜂黄[2]。尽温柔处尽端相[3]。珠帘十里扬州路[4]，赢得潘郎两鬓霜[5]。

[注释]

①瑞香：常绿小灌木。《花经》云："花小成簇，形若丁香，气胜幽兰。"　②蜂黄：唐时宫妆，以黄色涂额。李商隐《醉崔八早梅有赠兼示之作》："几时涂额藉蜂黄。"　③端相：审视，细看。　④"珠帘"句："春风十里扬州路，卷上珠帘总不如。"见唐杜牧《赠别》。　⑤潘郎：即晋代潘岳。岳长相清俊，常借以称妇女所爱慕的男子。

菩萨蛮

寿昌甫生朝

今年是处梅花早，分明开到章泉好[1]。兄弟寿杯同，暗香明月风。　　风流文物旧，春意枝枝透。儿侄定飞轩[2]，衣冠与世传。

[注释]

①章泉：此指赵蕃寓信州之玉山。章泉或即章水（赣江西源）。　②儿侄：儿子、侄子。　飞轩：轩是一种曲辕有轓（车蔽障）的车。为卿大夫所乘。此为祝颂子侄辈飞黄腾达。

菩萨蛮

十五夜，昌甫约赋，寄刘簿①

聚星亭下书堂水，冬来欲问梅花使。圭撮是何官②，人间有底难③。　章泉词和去，交道元如故。转眼岁将穷，溪头鹤髮翁。

[注释]

①簿：掌管文书档案之低级官吏。　②圭撮：古度量名。《汉书·律历志》："量多少者，不失圭撮。"注引应劭曰："四圭曰撮，三指撮之也。"此指官微。　③有底：有如许之意。杜甫《可惜》："花飞有底急，老去愿春迟。"

朝中措

九日周国正席间赋长短句①

年年羞插菊花游，华髮不禁秋。此日遨头寻胜②，消除万斛清愁③。　湿云凉雨南台上，歌动玉溪流。俯仰人间今古，多情破帽飕飕。

[注释]

①九日：指九月九日重阳节。古时有佩茱萸食饵，饮菊花酒的习俗。　②遨头：宋代成都自正月至四月浣花，太守出游，士女纵观，称太守曰"遨头"。见陆游《老学庵笔记》八。　③斛(hú)：古量器。容量本为十斗，后为五斗。　万斛：极言其多。

点绛唇

席间和昌甫

银笔金花，断肠有句闲挥扫。又还落了，梅片阳春小。　古往今来，风味须才调。山林少，这些襟抱，输与江东老。

菩萨蛮

张饶县以一枝梅来，和韵

的皪南枝横县宇[①]，空山无此新花吐。手种几多梅，迎霜今已开。　簪屏聊隐几[②]，诗与君应喜。更报晏斋翁，相将索笑同[③]。

[注释]

①的皪(lì)：光亮，鲜明貌。　皪：明珠。　②簪屏：除去髮簪。　屏(bǐng)：除去。　隐(yìn)几：倚着几案。　③相将：行将。　索笑：取笑。杜甫《舍弟观赴蓝田取妻子到江陵喜寄》："巡檐索共梅花笑。"陆游《梅花》："不愁索笑无多少。"

鹧鸪天

冲雨小舟上南港[①]

莫笑闲身老态多，避人避世欲如何。分明画出山阴道[②]，太息吟成宁戚歌[③]。　穿木石，泛烟波。从前魑魅喜人过[④]。灵山西畔高溪上，一棹归来舞短蓑。

[注释]

①冲雨：冒雨。　②山阴道：即今浙江绍兴，秦置，以邑在山之阴而名。　③宁戚歌：宁戚，春秋时卫国人，家贫，为人挽车。至齐，喂牛车下，扣牛角而歌。齐桓公以为非常人，召见，拜为上卿。见《吕氏春秋·举难》。　④"从前"句："文章憎命达，魑魅喜人过。"见杜甫《天末怀李白》。山精水怪喜人经过，可以搏食。此指人生道路艰险。

浣溪沙

冲雨小舟上南港

系得船儿柳岸头，夹江灯火雨飕飕。寻诗家醉更绸缪。　　待腊未教寒事少，小春挽取暗香浮。夜长飞梦失清愁。

浣溪沙

至日带湖①

爱日回春一线长②，氛氲谁忆御炉香③。孤城岁晚卧沧江。　　花底千官迎淑气④，湖阴十里写晴光。剩拚华发醉为乡⑤。

[**注释**]

①至日：此指冬至日，在十二月二十一或二十二。　②“爱日”句：唐宫中以女工计日之长短。冬至后，日晷渐长，每日递增一线之功。　③“氛氲”句：“剑佩声随玉墀步，衣冠身惹御炉香。”见贾至《早朝大明宫呈两省僚友》。此指久卧江湖，已君门万里。　④“花底”句：“香飘合殿春风转，花覆千官淑景移。”见杜甫《紫宸殿退朝口号》。　淑：美好。　⑤剩拚：有甘愿豁出去的意思。

浣溪沙

至日带湖

春入疏弦调外声，雪云初霁带湖清。屏温香软绮窗深。　　山倚虚窗情淡淡，水流清浅韵泠泠。断魂醒处梦难凭。

谒金门

带湖新月

云外月，画出一痕清绝。梅已飘零桃未发，带湖烟水阔。　　汀渚尚留微雪，不恨酒融歌歇。老我多情胶漫结[①]，半醒空自说。

［注释］

①胶结：比喻如胶之结，不易分解。　漫：任由、随意。此指老尚多情，任由他如胶之结。

临江仙

和答昌甫见寄生朝

满眼春生梅柳意，山居清听风泉。又因初度说今年。华颠相望处，新曲忽来前。　　自笑一周闲甲子[①]，何为佞佛贪仙[②]。如翁辈行敢随肩。徒知言语妙，欢喜向谁传。

［注释］

①一周甲子：六十岁。甲为天干，子为地支首位，干支依次相配一周，可得六十数。　②佞佛：沉迷于佛教。　贪仙：沉迷于道教，希求成仙。

谒金门

不怕醉

不怕醉，记取吟边滋味。幽草绿阴花絮里，莺啼双燕起。　　老去是何乡里，漠漠吴头楚尾[①]。一曲荒山清照水，殢渠杯酒旨[②]。

[注释]

①吴头楚尾:江西的代称。江西位于吴之上游,楚之下游,故称。②"殢渠"句:指沉溺于杯酒之美。 渠:方言,他。

霜天晓角

不怕醉

雨收云薄,有底情怀恶。一段春风花事,吟得就、又忘却。 海棠红未落,细细流霞酌[1]。选甚蝇营狗苟[2],皆现定、有何错。

[注释]

①流霞酌:河东项曼都入山学仙,乘龙上天,"先过紫府……仙人但以流霞一杯与我,饮之辄不饥渴"。见《抱朴子·祛惑》。 ②选甚:管甚,论甚。 蝇营狗苟:如苍蝇一般钻营,如狗之苟且生存。

临江仙

周国正生朝

寒食清明春事好,公家霁月光风[1]。年时犹记雨声中,州侯陈乐舞[2],法从酒杯同[3]。 坐上王杨虽自散[4],酴醿依旧香浓。待将诗易寿无穷。鸢飞鱼跃矣,风虎更云龙[5]。

[注释]

①霁月光风:雨霁月明,清风和畅。比喻主人之胸怀坦荡。 ②州侯:此应指主持一州事务之官吏。 ③法从:跟随皇帝车驾。 ④王杨:未明谁指。或以唐初四杰王杨卢骆之王杨泛指诗友。 ⑤风虎云龙:"云从龙,风从虎。圣人作而万物睹。"见《易经·乾》。后以之喻圣君贤臣之相投。

鹧鸪天

昌甫同明叔饮赵崇公家

莫道庞公不入州[①]，为谁歌酒也迟留[②]。襟期别乘真难事[③]，领略同游岂易谋。　他扰扰，自悠悠。香浮茉莉笑花头。一帘云影催诗雨，唤起佳人无限愁。

[注释]

①"莫道"句：用东汉末庞德公不受刘表延请事典。　②迟留：流连不愿离去。　③襟期：情怀。　别乘：即别驾，州刺史佐吏。

鹊桥仙

闲举"金风玉露相逢"之曲，因赋[①]

诗非漫与[②]，酒非无算[③]，都是悲秋兴在。与君觞咏欲如何[④]，画不就、新凉境界。　微云抹月，斜河回斗[⑤]，隐隐奇奇怪怪。刚风九万舞瑶林[⑥]，甚些少，人间利害。

[注释]

①秦观《鹊桥仙》："金风玉露一相逢，便胜却人间无数。"　②漫与：率意而成。杜甫《江上值水如海势聊短述》："老去诗篇浑漫与。"　③无算：无法计算，不计数量。傅奕《酒赋》："饮者杯无算。"　④觞咏：饮酒赋诗。王羲之《兰亭集序》："一觞一咏，亦足以畅叙幽情。"　⑤斜河回斗：指时光推移，夜色已深。河指银河，斗指北斗星。　⑥刚风：高处的劲风。瑶林：传说中玉白色的仙树。

浣溪沙

洞上昌甫有词

闲里相看两鬓秋，酒能沾醉雨能幽。吾庐何幸得翁留。　世路尽教终易与[①]，山林佳话恐难酬。人来人去亦知不[②]。

[注释]

①易与:容易对付。 ②不:读如 fōu。

浣溪沙

元 夕[①]

分付心情作上元，不知投老在林泉[②]。谁将村酒劝觥船[③]。　月影静摇风柳外，霜华寒浸雪梅边。醉敧乌帽忽醒然。

[注释]

①元夕:农历正月十五日旧称上元，上元之夜即元夕。 ②投老:到老，临老。 ③觥(gōng)船:大容量的船形饮酒器。

浣溪沙

生朝和昌甫韵

老觉空生易得年，闲居那复问旌旃[①]。一丘春静自回旋。　翁善于人知美矣[②]，我行于世转乖然[③]。清词俾寿喜言传。

[注释]

①旌旃：旗帜。陶翰《出萧关怀古》："秦城亘宇宙，汉帝理旌旃。"似应指军队之武功。 ②知美："故好而知其恶，恶而知其美者，天下鲜矣。"见《礼记·大学》。 ③乖然：相抵触，不一致。

鹊桥仙

红梅已谢

红梅已谢，杏花开也，一片海棠犹未。春风吹我带湖烟，甚恰限、新晴天气。 黄昏楼上，烛花影里，拚得那回滋味。暗尘弦索拂纤纤，梦留取、巫山十二[1]。

[注释]

①巫山十二：巫山诸峰连绵，其尤著者有十二。此似用巫山神女典以示有所怀思。

生查子

晴色入青山

晴色入青山，更见飞花晚。不是不登临，自是心情懒。 试襞小红笺[1]，与写天涯怨。杜宇一声春，楼下沧波远。

[注释]

①襞（bì）笺：折纸作书。

一剪梅

闻箜篌[1]

缥渺神仙云雾窗。说与苏州[2]，未断人肠。带湖烟月堕苍茫。唤醒嫦娥，春笋纤长。　马上琵琶半额妆[③]。拨尽相思，十二巫阳。疏□清梦入潇湘。佩玉鸣鸾，吹下天香。

[注释]

①箜篌：乐器名，其源诸说不一。《旧唐书·音乐志二》谓依琴制作，似瑟而小，七弦，用拨弹之。　②苏州：唐代诗人韦应物，曾为苏州刺史，人称韦苏州。其《昭国里第听元老师弹琴》："暗识啼鸟与别鹤，只缘中有断肠声。"　③半额妆：画眉宽及半额，称半额妆。《后汉书·马廖传》："长安语曰：'城中好广眉，四方且半额。'"

眼儿媚

下郭赵园[①]

西溪回合小青苍，梅雨弄残阳。意行陇亩，景分庭院，乳燕春长。　酒深不用人歌啸，锄圃试商量。细晞菜甲[②]，旋寻蔬笋，一梦黄粱[③]。

[注释]

①郭：外城。　②晞：晒干。　菜甲：菜初生之叶。　③梦黄粱：唐人传奇沈既济《枕中记》载，卢生于邯郸客店遇吕翁，生诉其穷困，吕授以枕，使入梦。梦中享尽荣华，及醒，店主炊黄粱未熟。后以喻功名终归虚幻。

水调歌头

次韵倅车寿守[①]

一曲笙歌外，四座笑谈清。使君秋霁领客[②]，别乘更宗英[③]。想象亲闱称寿[④]，写就通家情分[⑤]，相与庆恩荣。欢动桂花发，香雾扑帘旌。　功名事，台阁路，好同登。只今报政归诏[⑥]，舆论正蜚声[⑦]。以我文章学术，与国和平安靖，冠剑入明庭。应顾棠阴下[8]，野老鬓星星。

［注释］

①倅（cuì）车：副车，指通判。　守：太守。　②领客：引领宾客。③宗英：宗族中的英俊杰出人物。　④亲闱：母亲。　⑤通家：世代有交谊之家。　⑥报政：报告政绩。　⑦蜚声：扬名。　⑧棠阴：用《诗经·召南·甘棠》典，以颂其官声。

鹧鸪天

十二月二十二日

云到春飞若素期[1]，柳条吹送落梅枝。冰壶表里谁能赋[2]，玉鉴圆明且屈卮[3]。　村舍北，郡楼西。治中风调只心知[4]。不堪野老关门醉，想见山翁倒载时[5]。

［注释］

①素期：意料之中，平素所期望的。　②冰壶：盛冰的玉壶，比拟人之清高莹洁。姚崇有《冰壶赋》。　③屈卮：弯柄酒杯。此指对月饮酒。　④治中：官名，汉置，历代相沿。为州刺史主管文书案卷之官。　⑤山翁倒载："简优游卒岁，唯酒是耽……有童儿歌曰：'山公出何许？往至高阳池。日夕倒载归，酩酊无所知。'"见《晋书·山简传》。

桃源忆故人

杏花风

杏花雨里东风峭，不比寻常开了。枝上飞来多少，人与春将老。　山城灯火笙箫杳，梦到十洲三岛[1]。睡觉绮窗清晓，绿遍池塘草。

[注释]

①十洲:传说八方大海中有祖洲等十洲,为神仙所居,见《十洲记》。 三岛:即三神山。《史记·秦始皇本纪》:齐人徐市等上书言海中有三神山,名曰蓬莱、方丈、瀛洲,仙人居之。

浣溪沙

十六夜

荆楚谁言镜听词[①],烛花影动画檐低。烧灯天气醉为期[②]。 雨湿杏腮疑淡淡,风迷柳眼半僛僛[③]。小山西路板桥西。

[注释]

①镜听:一种占卜之法。怀镜胸前,出门听人言,以卜吉凶,又名耳卜。 ②烧灯:即燃灯。唐开元后,常以二月望日(十五日)夜为之。见《旧唐书·玄宗记》。又以元宵节为烧灯之日。 ③僛僛(qī):摇曳状。这里指眼睛不停地眨动。

菩萨蛮

次韵昌甫见贻生朝

春来晴雨常相半,水光风力花撩乱。山北与山南,行歌或再三。 诵君诗过日,才大真盘屈。寿我敢言酬,相望亦饮不。

浣溪沙

十四日

百花丛里试新妆,不许巫山枉断肠。牡丹风飏曲声长。　寒食清明闲节序，绮窗朱户少年场。燕泥香润落空梁[①]。

[注释]

①“燕泥”句：“暗牖悬蛛网，空梁落燕泥。”见薛道衡《昔昔盐》。

虞美人

姑苏画莲

西湖十里孤山路，犹记荷花处。翠茎红蕊最关情，不是薰风、吹得晚来晴。　而今老去丹青底，醉腻娇相倚。棹歌声缓采香归，如梦如酲、新月照涟漪[①]。

[注释]

①酲（chéng）：喝醉了神志不清。

虞美人

赵倅酌别灵山阁

送君报最登朝路[①]，初整曹装处[②]。又因杯酒见馀情，凉雨灵山阁上、月初晴。　醺然领客襟怀底，消得阑干倚。风流别乘我依归，清誉冰溪棠荫、绿漪漪。

[注释]

①报最：旧时考察下属，以政绩最优者列名上报朝廷，曰报最。　②整曹装：意谓收拾行装入朝为官。《汉书·曹参传》：“萧何薨，参闻之，告舍人趣治行：‘吾且入相。’”

朝中措

赵倅约玉楼溪小集,不及往,因寄一曲

一番风月已平分,留得玉溪云。蔼蔼宾僚如故[1],东楼北海清尊[2]。　荷香凉透,柳阴深锁,翠袂珠裙。□到九重城里,才华好觐吾君[3]。

[注释]

①蔼蔼:盛多貌。犹言济济。　②东楼:未详,或泛指东边之楼。　北海:后汉孔融好士,宾客日盈其门,常叹曰:"座上客常满,尊中酒不空。"后指好客或欢宴。　③觐(jìn):拜见、朝见。

浣溪沙

秋　思

宋玉悲秋合反骚[1],陶潜把菊任诗醪[2]。山遥遥外水萧萧。　梦不到时诗自在,兴难忘处恨全消。香沉沉里蕊飘飘。

[注释]

①反骚:雄以为遇不遇,命也,何必湛身哉!乃作书,往往摭《离骚》文而反之。自岷山投诸江流以吊屈原,名曰"反离骚"。见《汉书·扬雄传》。　②醪(láo):浊酒。

朝中措

赵伊一哥回侍

君之竹隐是章泉[1],只要世家传。莫道闲诗浪句,风花雪月云烟。　一杯我醉,百年人事,乾转坤旋。直与唤回兴替[②]，羲皇留下遗编。

［注释］

①竹隐："竹隐先生八十一，定庵居士七十九。"见戴复古《章泉二老歌》。 ②兴替：兴盛与衰败。

浣溪沙

沙溪小饮[①]

一抹青山拍岸溪，麦云将过笋初齐，不知何处水流西。

小阁路头吾欲醉，短篷船尾客同携，酒边华鬓更题诗。

［注释］

①沙溪：闽江之西南源，源出宁化。

浣溪沙

次韵伊一

水绕孤村客路赊，一楼风雨角巾斜[①]。举觞无复问煎茶。 夜静曲声初喷竹[②]，酒深烛影细吹花[③]。明朝飞鹭起圆沙。

［注释］

①角巾：有棱角的头巾，为古时隐士的冠饰。 ②喷（pèn）竹：吹笛。③吹花：指吹烛芯所结之花。亦指吹花嚼蕊，撰写诗词。

浣溪沙

次韵伊一

忆把兰桡系柳堤，斜风细雨一蓑衣。夕阳回照断霞飞。 洛浦佩寒如隔日①，高唐梦到又何时②。背人挑□独心知。

[注释]

①洛浦：洛水之滨。 佩寒：指郑交甫于水滨遇仙事。仙女遗交甫佩，行数十步，怀中无佩，女亦不见。见《列仙传》。卢祖皋《卜算子·水仙》：“佩解洛波遥，弦冷湘江杪。” ②高唐：楚台观名，即高唐观。宋玉《高唐赋序》：“昔者楚襄王与宋玉游于云梦之台，望高唐之观，其上独有云气。”

水调歌头

和石倅寿汤守

玉水灵山地，燕寝亦书功①。邦人耆老，诞弥佳节以词通。尔岂知吾恺悌②，我乃因君谈笑，祝寿酒杯同。箫鼓少人会，歌舞为谁容。 观坐客，惊野老，笔如风。个般酬唱③，诏回应上玉华东④。多少家传经济，留与孙谋持守⑤，出处信何穷。唤起千年调⑥，分付一车公⑦。

[注释]

①燕寝：贵官所居之所。 书功：纪录功勋。意用“书功竹帛”。 ②恺悌：和乐简易。 ③个般：这般。 ④玉华：唐宫名，在坊州（陕西房陵）宜君县凤凰谷，后废为寺。见《唐会要》三十《玉华宫》。 ⑤持守：主持。 ⑥千年调：祝愿长寿之曲。 ⑦车公：车胤，晋南平人，字武子，以博学知名。白居易诗：“洛阳欢会忆车公。”《世说》：“坐无车公不乐，车武子也。”

菩萨蛮

次 韵

人间多少闲风度，薄情失记相逢处。绿鬓画鸦儿①，旧巢双燕栖。　舞衫回素玉，檀板声何蹙②。一抹晚霞飞，泪痕无脸啼。

［注释］

①“绿鬓”句：指髮鬓乌黑。《西洲曲》：“双鬓鸦雏色。”　②檀板：檀木拍板。　蹙（cù）：紧迫、急促。

浣溪沙

戏成寄李叔谦

彩笔新题字字香，雁来时候燕空梁。芙蓉无处著秋光。　人远山长言外意，曲传书恨醉时妆。倩谁闲寄水云乡。

菩萨蛮

晚云烘日

晚云烘日枝南北，一杯未尽梅花曲。城郭小春回，暗香开未开。　留连吾欲醉，醉眼红尘外。多少老心情，景清人亦清。

少年游

玉腊梅枝

闲寻杯酒，清翻曲语，相与送残冬。天地推移，古今兴替[①]，斯道岂雷同。　明窗玉蜡梅枝好，人情淡，物华浓[②]。个样风光，别般滋味，无梦听飞鸿。

[注释]

①兴替：兴废。　②物华：自然景色。

蝶恋花

次韵伊一

未就丹砂须九转[①]。谁把新词，歌绕梁尘遍。拍拍韶华春意满[②]，揆予初度文何健[③]。　恰是山花汀草远。独乐园林，不梦笙歌殿。灵气仙才非小见，霞杯漫道蟠桃献。

[注释]

①丹砂九转：道家烧炼丹砂，以九转为贵。　转：循环，即使丹砂变水银，水银变丹砂，循环愈多，效能愈高。　②拍拍：充溢貌。范成大《玉楼春》："一万重花春拍拍。"　③揆予初度：本屈原《离骚》"皇览揆余初度兮"，意指父亲研究他初生的情形。　揆(kuí)：研究，推测揣度。

蝶恋花

次韵郑一

千叶香梅春在手。日薄帘栊，花影遮前后。小立徐行还易久，微吟莫厌伤多酒[①]。　拾翠流红弦管透。望断青青，休问行人柳。往事如云如梦否，连天芳草惊依旧。

[注释]

①"微吟"句：用杜甫《曲江二首》之一"且看欲尽花经眼，莫厌伤多酒入唇"句意。谓对此春花须诗酒行乐，莫怕伤于酒也。

点绛唇

王　园

南陌柔桑，粉墙低见谁家女。燕飞莺语，依约提篮去。　老觉多情，梦也无分付。君知否，楚襄何处，一段阳台雨。

浣溪沙

为仲如赋茉莉

滴滴琼英发翠绡，江梅标韵木香娇[①]。乍凉时候漏声遥。　欲绾鬟丝妆未了，半回身分曲初招[②]。霓裳依约梦魂飘。

[注释]

①木香：酴醾花的别名。　②身分：体态、模样。

浣溪沙

小集涧亭

雨阁云流小院秋，半醺凉意不关愁。一番相见一番休。　淡伫乍持杯未浅，懒歌浑罢笑初收。主宾无处著绸缪[①]。

（以上《涧泉诗馀》）

[注释]

①著：此处当作"置"解。　绸缪：殷勤之意。

摊破浣溪沙

杨 梅

生与真妃姓氏同[①],家随西子苎萝东[②]。谁道玉肌寒起粟[③],酒能红[④]。　　火齐烧空来上苑[⑤],冰浆凝露在西宫。不似荔枝生处远,恨薰风。　　(《涧泉集》卷二十)

(以上《彊村丛书》本《涧泉诗馀》。　词题原由朱祖谋校删甚多,凡摭词中语为词题者皆是。今据紫芝漫抄本《涧泉诗馀》补。此为旧本所有,《永乐大典》所引韩淲词多有之。)

[注释]

①真妃:道教女仙有真妃,安姓。此真妃或指杨贵妃杨太真,与杨梅之“杨”同也。　②苎萝:在今浙江诸暨南,相传为西施之出生地。　③“谁道”句:本苏轼《雪后书北台壁》二首之二“冻合玉楼寒起粟”。　起粟:谓因冻而向上凸起小粒如粟。杨梅表面亦有小粒如粟。　④酒能红:杨梅红色,如人之醉酒。　⑤火齐:一种名贵的珠宝。《异物志》云:火齐如云母,重沓而可开,色黄赤,似金,出日南(广西苍梧一带)。陆游《看采杨梅诗》:“未爱满盘堆火齐,先惊探颔得骊珠。”

李廷忠

李廷忠，生卒不详，字居厚，号橘山，於潜（今浙江临安）人。淳熙八年（1181）进士。历於潜教授，终于夔州通判。有《橘山甲乙稿》，今不传。

瑞鹧鸪

洛浦风光烂漫时，千金开宴醉为期。花方著雨犹含笑，蝶不禁寒总是痴。　香腮擎吐浓华艳，不随桃李竞春菲[①]。东君自有回天力，看把花枝带月归。

（《全芳备祖》前集卷二“牡丹门”）

［注释］

①“不随”句：武则天天授二年（691）腊月卿相欲诈称花发，请幸上苑，有所谋也。许之。寻疑有异图，乃遣使宣诏云：“明朝游上苑，火急报春知。花须连夜发，莫待晓风吹。”于是凌晨名花布苑，独牡丹未开，贬洛阳，故云不随桃李也。又，牡丹开于晚春四月，其时桃李花期已过。

生查子

玉女翠帷薰，香粉开妆面。不是占春迟[①]，羞被群花见。　纤手折柔条，绛雪飞千片[②]。流入紫金卮[③]，未许停歌扇。

（《全芳备祖》前集卷十九“蔷薇门”）

［注释］

①“不是”句：蔷薇于春末夏初开花，故云。　②绛雪：绛，深红色。此是红色落花如雪。　③紫金卮：紫金，即紫磨金，一种珍贵的金子。　卮：酒器。

水龙吟

寿宁国太守王大卿正月二日[①]

风流最数宣城，奇山秀水神仙府。琴高台畔[②]，花姑坛上[③]，鸾翔凤舞。春度玉墀，月升金掌[④]，荣分铜虎[⑤]。想少陵[⑥]，知有异人间出，三百载、留佳句[⑦]。　岁岁椒盘栢斝[⑧]，到明朝、又还重举。阳和散作[⑨]，千岩瑞雪，两溪甘雨。汲取恩波，酿成禄酒，庆公初度。有东风传报，都人已为，筑沙堤路[⑩]。

[注释]

①宁国：即今安徽宣城。　②琴高：传说战国时赵人，名琴高，能鼓琴。修炼长生之术，后成仙。见刘向《列仙传》。　③花姑：即花神。　④金掌：西汉长安建章宫内设承露盘，由铜铸仙人伸掌捧托。杜甫《暮春江陵送马大卿公恩命追赴阙下》："卿月升金掌，王春度玉墀。"　⑤铜虎：一种兵符。罗隐《送云州郑员外诗》："铜虎贵提天子印。"　⑥少陵：即杜甫。　⑦佳句：即前之"金掌"、"玉墀"句。　⑧椒盘：古俗于正月初一以盘进椒，以置酒中。　栢："柏"俗字。　栢斝（jiǎ）：用柏木作的酒具。　⑨阳和：春天的暖气，和煦之气。　⑩沙堤路：唐制凡拜宰相，州府从其私邸铺沙至子城东街。

沁园春

刘总幹会饮同寮，出示新词，席上用韵

幕府增辉[①]，前度刘郎，又还到来[②]。看芙蓉池畔，神凝秋水。绮罗丛里，欢动春雷。彩笔新题，金钗半醉，当日英雄安在哉。开筵处，是真仙福地，不著纤埃。　堪怜倦客情怀。听吹竹弹丝金奏谐。有黄花插鬓，何妨攲帽[③]，绿橙醒酒，莫惜空罍[④]。坐上疏狂，帘间姝丽，应想横波一笑回。停杯久，待娇歌缓劝，归骑休催。

[注释]

①幕府：将帅作战时的营帐。后亦借指衙署。 ②"前度刘郎"二句："种桃道士归何处？前度刘郎今又来。"见刘禹锡《再游玄都观》。 ③攲（qī）帽：歪戴着帽子。 ④罍（léi）：古代盛酒器。

水调歌头

武昌南楼落成，次王漕韵[①]

抚景几今古，遗恨此江山。百年形胜，但见幽草杂枯菅。多少名流登览，赖有神扶坏栋，诗墨尚斑斑。风月要磨洗，顾我已衰颜。 擎天手，携玉斧，到江干。一新奇观，领客觞咏有馀闲。烟草半川开霁，城郭两州相望，都在画屏间。便拟骑黄鹄，直上扣云关。

[注释]

①南楼：在湖北鄂城南，又名玩月楼。 王漕：王正之，时任湖北转运判官。

满江红

上夔帅乐秘阁生日[①]

玉帐西来，道前是、绣衣使者[②]。游览处、秋风鼓吹，自天而下。湘水得霜清可鉴，巫峰过雨森如画。有神仙、佳致在胸襟，真潇洒。 荆州宝，元无价。夔门政，长多暇。听谈兵樽俎，百川倾泻。此日寿觞容我劝，他年枢柄还公把[③]。趁桂花、时节去朝天，香随马。

[注释]

①夔帅:宋代各路设安抚司,掌军事及民政称帅司,此指夔门帅司。秘阁:尚书省,亦泛指尚书省官吏。 ②绣衣使者:“侍御使有绣衣直指,出讨奸滑,治大狱,武帝所制,不常置。”见《汉书·百官公卿表》。注云:“衣以绣者,尊宠之也。” ③枢柄:指机要之职,此指兵权。

鹧鸪天

九日南楼和范总干韵

槛外长江浪拍空,萧萧红蓼白蘋风[①]。三秋告稔三农庆[②],九日追欢九客同[③]。 烟渚北,月岩东。莫嫌光景太匆匆。登龙戏马英雄事[④],都在南楼一啸中。

[注释]

①红蓼:草名,生于水滨,花淡红。 白蘋:水草名。 白蘋风:来于水面之清风。温庭筠《西江上送渔父诗》:“白蘋风起楼船暮。” ②稔(rěn):谷物成熟。 ③九客:“韩持国为守,每入春,常日设十客之具于西湖……有士大夫过,即邀之,满九客而止,辄与乐饮终日。”见《避暑录话》。 ④登龙:言得有力援引而提高身价。见《后汉书·李膺传》。戏马:彭城(今江苏徐州)西南有项羽戏马台,宋武帝尝九日登之。

踏莎行

赵宽夫十二月十二日生,赋此为寿

星野涵辉,云峰环翠。南园迎腊开梅蕊。瑶台仙子笑相逢,金钗行里拚沉醉。 照乘骊珠[①],出闲天骥[②]。相随寿母多年纪。春风侍宴宝花楼,五枝七叶都荣贵[③]。

(以上八首见花庵《中兴以来绝妙词选》卷四)

[注释]

①照乘骊珠：光亮能照明车辆的宝珠。　骊珠：传说是出于骊龙颔下之珠。　②出闲天骥：冲出皇家马厩之千里马。　闲：马厩。　③五枝：《宋史·窦仪传》，窦氏五兄弟皆相继登科。有诗云："丹桂五枝芳。"时人讽诵之，号为窦氏五龙。　七叶：七世。左思《咏史》："金张籍旧业，七叶珥汉貂。"

贺新凉

寿制帅董侍郎

濯锦江头路①。望祥云、密拥旌幢②，初开天府③。冰露壶中秋玉莹，不著人间烦暑。现物表、神仙风度。回首太清宫阙杳，是鸣珂簪笔遨游处④。舟万斛，却西诉⑤。　筹边堂上兵无数。笑当年、蜀山谅将⑥，夜分旗鼓。听取今朝宣阃令⑦，洗尽蛮烟塞雾。便催唤、衮衣归去⑧。运应河清逢岳诞⑨，办中兴事业须申甫⑩。看岁岁，寿觞举。（《截江网》卷四）

[注释]

①濯锦江：四川成都之浣花溪，一名濯锦江。　②幢(chuáng)：仪仗中一种用羽毛为饰的旗。《汉书·王莽传》："帅持幢。"　③天府：指天府之国成都。　④鸣珂：古代贵人之马饰以珂，行则作响，曰鸣珂。　珂：玉石。　簪笔：古代朝见，插笔于冠，以备记事。　⑤西诉：诉同"遡"、"溯"，指逆流而上。　⑥谅将：忠直、诚信之将。　⑦阃令：将帅之职为阃职，故将帅在外发布之令曰阃令。　阃：此指国门。　⑧衮衣：古代帝王、上公所着绣龙的礼服。　⑨河清：黄河水浊，古人因以河清为祥瑞之兆。　岳诞：即岳降。《诗经·大雅·崧高》："维岳降神，生甫及申。"甫侯、申伯都姓姜，为四岳的后代。以后就用岳诞为称颂官僚门阀的套语。　⑩申甫：即申伯、甫侯。指辅国贤臣。

霜天晓角

庆高尉[1]

洞天仙伯,总是梅标格。来索东风一笑,香浮动、潜溪月[2]。　寿尊谁共酌,少年花县客[3]。试问日边春信,梁园上,正飞雪。

[注释]

①尉:指县尉,主管一县之军事、治安。　②潜溪:源出今四川广元东北龙门山。欧阳修《牡丹记》:“潜溪绯者,千叶绯花,出于潜溪寺,寺在龙门山后。”　③花县:指河阳。潘岳为河阳令,广种桃李,人号河县一县花。见《白帖》。

感皇恩

寿王节使

昨夜一星明,太微西畔[1]。应得良朝诞名将[2],豹韬龙节[3],谈笑坐清江汉。年年梅雪里、开华宴。　铁券高勋[4],金钟洪算[5],要同宗社流芳远。玺书褒异[6],自得君王深眷[7]。看看登剑履、明光殿[8]。

(以上二首见《截江网》卷五)

[注释]

①太微:星垣名。上、中、下三垣之一。天子庭,五帝之座,见《晋书·天文志》。　②唐氏按:此句未叶韵,疑有误。　③豹韬:用兵之韬略。古兵书《六韬》中有《豹韬》八篇。　龙节:古代用于泽国之龙形符节,后泛指地方长官之使节。　④铁券:古代帝王颁赐功臣,使世代享受某种特殊待遇的铁券丹书。　⑤洪算:长寿。　算:谓年数。　⑥玺书:古时用印玺封印的文书。此指皇帝下文褒奖卓异的功劳。　⑦眷:眷顾,恩宠。⑧登剑履:指剑履上殿。此为帝王赐亲信大臣之特殊恩宠。受赐者可佩

剑着履朝见皇帝。　明光殿：汉宫名。汉尚书奏事于明光殿。见《汉官仪》。

临江仙

寿刘子野

人物风流真罕见，何须尘外求仙。绿龟千岁稳巢莲[①]。醉倾金凿落[②]，笑拥玉婕娟[③]。　须信日边消息好[④]，寒花也作春妍。笙歌乐地酒中天。功名无限事，都在寿觞前。

（《截江网》卷六）

［注释］

①绿龟：有水草附着于甲的龟。古代以为祥瑞之物。又《史记·龟策传》载有神龟在江南嘉林中，常巢于芳莲之上。《抱朴子》："千岁龟巢于莲叶。"　②金凿落：镌镂金银为饰的酒盏。　③婕娟：即连娟。身体窈窕之美人。　④日边：喻帝王左右。

临江仙

寿帅幕[①]

秋到三山呈瑞气[②]，斑斑绣虎文章[③]。早分桂殿一枝香[④]。婉谋参幕府，华署等朝行。　驾月姮娥来献寿，胜如昨夜辉光。十分满劝紫霞觞。年年花萼宴[⑤]，相约侍君王。

（《翰墨大全》丙集卷十三）

［注释］

①帅幕：帅司之幕僚。　②三山：古代传说中的三座仙山：蓬莱、方丈、瀛州。　③绣虎：指文章华美遒劲。《玉箱杂记》："曹植七步成章，号绣虎。"　④"早分"句：意指蟾中折桂，即登科。见《晋书·郤诜传》。　⑤花

萼宴:《明一统志》,花萼相辉楼在西安府勤政楼西。玄宗与宁、薛诸王常登此楼召诸王饮宴,是为花萼宴。

庆清朝

上楼大参　十一月十五日①

天启重光②,地钟上瑞,有人起自东山③。当年谢傅,几曾鹤髮貂冠。不似文章隽老,重来鸣步斗枢间④。洪钧转⑤,五原草绿⑥,太白兵闲⑦。　　运庆今朝初度,正日添纹线,月挂冰盘。恩重御壶宣劝,喜溢天颜。听取沙堤好语⑧,金科红篆押千官⑨。春长在,调元鼎里⑩,不假还丹。

(《翰墨大全》丁集卷四)

[注释]

①大参:即参知政事。此当指楼钥,官至参知政事。　②重光:古人以日冕,日珥(日晕)现象为重日,认为是吉兆。　③起自东山:晋谢安以病辞官隐东山,屡召不仕,年四十出为桓温司马,迁中书令,官至司徒。　④鸣步:声名远闻之谓也。　斗枢:北斗七星之第一星。谓权要之部门,亦指显要人物。　⑤洪钧:天。万物由天化育,故以天为大钧(制作陶器的转轮)。　⑥五原:唐长安、万年二县有毕、白鹿、少陵、高阳、细柳五原。杜甫《喜闻官军已临贼境二十韵》:"五原空壁垒。"　⑦太白:太白星,主杀伐。　⑧沙堤:唐故事,凡拜相,令民以沙铺路。自宰相私邸至子城东街。　⑨金科红篆:朝廷重要文书、法令。　押:掌管。　⑩调元鼎:对宰相调和阴阳,执掌政柄的赞词。《尚书·说命下》:"若作和羹,尔唯盐梅。"

卜算子

萧计议席上

草际雪痕消,梅上春心动。碧幕红裙簇画筵,横玉声三弄①。　　雅兴杂鱼龙②,妙舞回鸾凤。莫道司空眼惯

□[③]，还入清宵梦。

（《永乐大典》卷二万零三百五十三“席”字韵引李廷忠《橘山词》）

（以上李廷忠词十五首，用赵万里辑《橘山词》稍有增补）

[注释]

①“横玉”句：指吹笛数曲。　弄：奏乐一曲。　②鱼龙：古杂戏。陈子昂《洛城观酺应制》：“鱼龙杂戏来。”　③司空眼惯：唐司空李绅宴请刘禹锡，使歌女劝酒，刘即席赋诗云：“司空见惯浑闲事，断尽江南刺史肠。”后比喻屡见不鲜。　《全宋词》注：空格据律补。

胡惠斋

胡惠斋,生卒不详,平江(今江苏苏州)人。胡元功之女。尚书黄由之室。黄由淳熙八年(1181)状元,亦能诗,兼通书画。

百字令

几上凝尘,戏画梅一枝

小斋幽僻。久无人到此,满地狼藉。几案尘生多少憾,把玉指亲传踪迹。画出南枝[①],正开侧面,花蕊俱端的[②]。可怜风韵,故人难寄消息[③]。　　非共雪月交光,这般造化,岂费东君力。只欠清香来扑鼻,亦有天然标格[④]。不上寒窗,不随流水,应不钿宫额[⑤]。不愁三弄[⑥],只愁罗袖轻拂。

(《皇宋书录》外篇)

[注释]

①南枝:“大庾岭上梅,南枝落,北枝开。”见《白帖》。后常以南枝指早开之梅。苏轼《次韵杨公济奉议梅花诗》:“作意南枝剪刻多。”　②端的:明白,清楚。　③“故人”句:“折梅逢驿使,寄与陇头人。江南无所有,聊赠一枝春。”见南朝宋陆凯《赠范晔》。此指几上所画之花,难以折赠以寄春之消息。　④标格:风格标致。　⑤钿宫额:相传南朝宋武帝女寿阳公主人日卧于含章檐下,梅花落于额上,成五出之花,自后遂有梅花妆。见唐韩鄂《岁华纪丽·人日梅花妆》。　⑥三弄:琴曲有《梅花三弄》。

满江红

灯　花

暝霭黄昏,灯檠上、荧荧初炙。银焰袅、孤光分夜,寸心凝碧。留照娇颜欢笑偶，上元庆赏嬉游夕。笑聚萤、积雪与偷光[①]，寒儒忆。　　蝶眷恋，成何得。花传喜[②]，知何日。听邻家昨夜，扣阁谁觅。焰短始知新月上，摇红孤馆因风急。恨那人、别后不成眠，时时剔。

（《花草粹编》卷九）

[注释]

①聚萤：晋车胤勤学，家贫不得灯火，囊萤读书，以夜继日。　积雪：晋孙康家贫，常映雪读书。见《晋书·车胤传》、《晋书·孙康传》。　偷光：汉匡衡勤学无烛，邻舍有烛，乃凿壁引其光，见《西京杂记》。　②花传喜：灯心烧结成花形，古人以为吉兆。

谢 直

谢直,生卒不详,原名希孟。因避宁宗讳,改名直,字古民,台州黄岩(今属浙江)人。谢伋之孙。从著名理学家陆九渊游。淳熙十一年(1184)进士。历太社令,嘉兴府通判。

卜算子

赠 妓[①]

双桨浪花平,夹岸青山锁。你自归家我自归,说着如何过。　　我断不思量[②],你莫思量我,将你从前与我心,付与他人可。

[注释]

①谢希孟在临安狎娼,陆九渊责以名教,希孟敬谢。他日复为娼造鸳鸯楼,且有记。后忽起归意,不告而行。娼追送江浒,涕泣恋恋。希孟毅然取领巾,书《卜算了》与之。见庞元英《谈数》(《宋人轶事汇编》卷十六引)。　②断:断然。

[集评]

《词苑萃编》引《古今词话》:“其词勇决,真象山门下之利根也。”

侯孝琼云:“别词似此,大有禅意。”

高似孙

高似孙，生卒不详，余姚（今浙江余姚）人，淳熙十一年（1184）进士。历官校书郎，知严州、处州。少有才名，然性贪酷，文风奇涩，存词三首。有《疏寮小集》。

金人捧露盘

送范东叔给事帅维扬

下明光[①]，违宣曲[②]，上扬州。玉帐暖、十万貔貅[③]。梅花照雪，月随歌吹到江头。牙樯锦缆，听雁声、夜宿瓜州。　南山客，东山妓[④]，葡萄酒，鹔鹴裘[⑤]。占何逊、杜牧风流[⑥]。琼花红药，做珠帘、十里遨头[⑦]。竹西歌吹[⑧]，理新曲、人在春楼。

（《阳春白雪》卷二）

[注释]

①明光：汉宫名，后泛指宫殿。　②宣曲：宫名。见司马相如《上林赋》。　③貔貅（pí xiū）：猛兽名，以喻勇士。　④东山妓：东山，在浙江上虞西南，谢安早年曾隐居于此。李白《示金陵子》诗："谢公正要东山妓，携手林泉处处行。"注引《通鉴》：谢安每游东山，常以妓女自随。　⑤鹔鹴（sù shuāng）裘：鹔鹴，水鸟名，雁的一种。羽毛可以制裘。　⑥何逊：南朝梁人，曾为扬州法曹。官舍梅花盛开，常吟咏梅树下。后徙去，因思梅不已，求再任扬州。　杜牧：晚唐诗人，在扬州生活多年，其《遣怀》云："十年一觉扬州梦，赢得青楼薄幸名。"　⑦珠帘、十里："春风十里扬州路，卷上珠帘总不如。"见杜牧《赠别》之一。　⑧竹西：扬州城东禅智寺侧有竹西亭。杜牧《题扬州禅智寺》："谁知竹西路，歌吹是扬州。"

眼儿媚

翠帘低护郁金堂[①]，犹自未忺妆[②]。梨花新月，杏花新

雨,怎奈昏黄。　　春今不管人相忆,欲去又相将[3]。只销相约,与春同去,须到君行[4]。　　(《阳春白雪》卷三)

[注释]

①郁金堂:以郁金香浸酒和泥涂壁的堂屋。　郁金香:多年生草本植物,有异香。　②忺(xiān):高兴、乐意。　③相将:相随。　④君行(háng):行,常用于自称、人称之后,相当于你那边、我这边。

莺啼序

屈原《九歌·东皇太一》[1],春之神也。其词凄惋,含意无穷,略采其意,以度春曲

青旂报春来了[2],玉鳞鳞风旎。陈瑶席、新奏琳琅[3],窈窕来荐嘉祉[4]。桂酒洗琼芳,丽景晖晖,日夜催红紫。湛青阳新沐[5],人声澹荡花里。　　光泛崇兰[6],坼遍桃李[7],把深心料理。共携手、蘅室兰房,奈何新恨如此。对佳时、芳情脉脉,眉黛蹙、羞搴琼珥[8]。折微馨、聊寄相思,莫愁如水。　　青蘋再转[9],淑思菲菲[10],春又过半矣。细雨湿香尘,未晓又止。莫教一鸩无聊[11],群芳亹亹[12]。伤情漠漠,泪痕轻洗。曲琼桂帐流苏暖,望美人、又是论千里。佳期杳渺,香风不肯为媒,可堪玩此芳芷。　　春今渐歇,不忍零花,犹恋馀绮。度美曲、造新声,乐莫乐此新知,思美人兮,有花同倚。年华做了,功成如委[13]。天时相代何日已。怅春功、非与他时比。殷勤举酒酬春,春若能留,□还亦喜。　　(《阳春白雪》卷四)

[注释]

①《九歌·东皇太一》:九歌本是楚国南部流行的民间祭神乐歌,屈原以"其词鄙陋",遂加工改制而成《九歌》,共十一篇。　东皇太一:王逸

注："太一，星名，天之尊神。祠在楚东，以配东帝，故云东皇。"又东方为春，故谓东皇为春之神。见《尚书纬·刑德放》。 ②青旂：《礼记》：孟春之月，天子乘鸾辂，驾苍龙，载青旂。 ③陈瑶席：《东皇太一》："瑶席兮玉瑱。" 瑶席：设在神座前的香草编的席子。 琳琅：指乐曲如珠玉撞击之声。 ④嘉祉：嘉福。 ⑤青阳：春天。《尔雅·释天》："春为青阳。" ⑥崇兰：即丛兰。见《小尔雅》。宋玉《招魂》："光风转蕙，氾崇兰些。" ⑦坼：开放。 ⑧搴（qiān）：拔取。 琼珥：琼玉作的耳饰。 ⑨青蘋：水草。青蘋再转：春日融合，蘋草由嫩绿而逐渐转深。杜审言《和晋陵陆丞早春游望》："晴光转绿蘋。" ⑩淑思：被春色触发之美好向往。 菲菲：盛多。⑪鴂（jué）：即鶗鴂，杜鹃。 ⑫亹亹（wěi）：绵延开放貌。 ⑬委：弃。

失调名

红翻茧栗梢头遍。（《爱日斋丛钞》卷四）

存目词

调名	首句	出处	附注
江神子	春风花柳日相催	《永乐大典》卷一万四千三百八十一"寄"字韵	金元好问作，见《遗山乐府》卷中
江神子	众人皆醉屈原醒	同上	同上
江神子	二更轰饮四更回	同上	同上
木兰花慢	流年春梦过	同上	金元好问作，见《遗山乐府》卷上

调名	首句	出处	附注
木兰花慢	拥都门冠盖	《永乐大典》卷一万四千三百八十一“寄”字韵	金元好问作，见《遗山乐府》卷上
木兰花慢	赋招魂九辩	同上	同上
木兰花慢	对西山摇落	同上	同上
江神子	草堂潇洒浙江头	同上	金元好问作，见《遗山乐府》卷中
满江红	汉水方城	同上	金元好问作，见《遗山乐府》卷上
洞仙歌	青钱白璧	同上	金元好问作，见《遗山乐府》卷中
临江仙	自笑此身无定在	同上	同上
点绛唇	生死论交	同上	金元好问作，见《遗山乐府》卷下
点绛唇	十六芳年	同上	同上

易　祓

易祓（1156—1240），字彦祥，一作彦章，号山斋，长沙人。淳熙十一年（1184），上舍（宋代太学有外、内、上舍，置上舍生三百人）释褐（脱去布衣入仕），宁宗开禧元年（1205），官至左司谏，迁礼部尚书兼直学院士。有《周易总义》二十卷。

蓦山溪

春　情

海棠枝上，留得娇莺语。双燕几时来，并飞入、东风院宇。梦回芳草，绿遍旧池塘，梨花雪，桃花雨，毕竟春谁主。　　东郊拾翠[1]，襟袖沾飞絮。宝马趁雕轮[2]，乱红中、香尘满路。十千斗酒[3]，相与买春闲，吴姬唱[4]，秦娥舞[5]，拚醉青楼暮。

［注释］

①拾翠：拾取翠鸟之羽为饰，多指春游。　②雕轮：指华丽的车子。　③十千斗酒：语出曹植《名都篇》"我归宴平乐，美酒斗十千"。意为美酒价贵。　④吴姬：吴地的美人。李白《金陵酒肆留别》："吴姬压酒唤客尝。"　⑤秦娥：泛指长安一带的美女。《方言》："秦晋之间，美貌谓之娥。"

喜迁莺

春　感

帝城春昼。见杏脸桃腮，胭脂微透。一霎儿晴，一霎儿雨，正是催花时候。淡烟细柳如画，雅称踏青携手[1]。怎知道，那人人[2]，独倚阑干消瘦。　　别后。音信断，应是泪珠，滴遍香罗袖。记得年时，胆瓶儿畔[3]，曾把牡丹同

嗅。故乡水遥山远，怎得新欢如旧。强消遣，把闲愁推入，花前杯酒。　　（以上二首见《中兴以来绝妙词选》卷四）

［注释］

①雅称：十分合适，相宜。　踏青：春日郊游。　②人人：对亲昵者之称。　③胆瓶：长颈大腹之瓶，形如悬胆。

［集评］

况周颐云："易祓《喜迁莺》云：'记得年时，胆瓶儿畔，曾把牡丹同嗅。'语小而不纤。极不经意之事，信手拈来，便觉旖旎缠绵，令人低徊不尽。"（《蕙风词话续编》卷一）

水调歌头

祓奉陪判府府判诸丈为淡岩之游[①]，回视融之仙岩[②]，全之砻岩[③]，殆相长雄。使祓向不以罪斥，则安知天下有此清胜。谨以小词纪其实。祓皇恐再拜

自古清胜地，江带与山篸[④]。夸娥擘此石罅[⑤]，不独岭之南。初见仙岩第一，再见砻岩第二，今见淡岩三。邱壑皆有分，品第不须谈。　望前驱，陪后乘，破晴岚。出城一舍而近[⑥]，峭壁与天参。不使尘埃涴脚[⑦]，忽觉烟云对面，鹤驭可同骖，杖屦从归去，此乐□湘潭。　　（《金石补正》卷九十六载澹山岩题刻）

［注释］

①淡岩：在湖南零陵县南二十五里。中有窦岩，可容万夫。　②融：融州，属今广西柳州。　③全：全州。属今广西桂林。　④江带：如带之江流。　山篸（zān）：如簪之山。　篸：簪之异体字。　⑤夸娥：即夸蛾，传说中之大力神。见《列子·汤问》。　⑥一舍：三十里。　⑦涴（wò）：污染。

易祓妻

易祓妻，姓字、生卒年月无考。易祓以优校为前廊，久不归，作《一剪梅》词寄之。

一剪梅

染泪修书寄彦章①。贪做前廊②，忘却回廊③。功名成就不还乡。铁做心肠，石做心肠。　红日三竿懒画妆。虚度韶光④，瘦损容光⑤。不知何日得成双。羞对鸳鸯，懒对鸳鸯。

（《古杭杂记》）

[注释]

①彦章：易祓字。　②前廊：三学（国子学、太学、四门学）设前廊之职。《宋史·选举志》：度宗咸淳二年幸太学，谒先圣。礼成，推恩三学前廊，与免省试。　③回廊：此指自家庭院中曲折的走廊。唐张泌《寄人》："别梦依依到谢家，小廊回合曲阑斜。"此词"回廊"之"廊"既与"前廊"之"廊"相同，"回廊"之"回"又暗寓"回归"之意。　④韶光：美好时光。⑤容光：仪容风采。

[集评]

谢章铤云："易彦祥妻之《一剪梅》……深得《国风·卷耳》之遗。"（《赌棋山庄词话》卷十一）

侯孝琼云："词表述相怨相思之情，语甚率陋。浑不似易安之'玉枕纱厨'、'帘卷西风'。而诸家多选之，亦或以作者为妇人乎！"

存目词

《林下词选》卷三载易祓妻《长相思》"朝有时，暮有时"一首，乃刘克庄词，见《后村长短句》卷二。

章斯才

章斯才，生卒不详，一称章衡阳。《全宋词》引《宋会要辑稿》一百七册《选举二》所载，“淳熙十三年(1186)太学上舍生章斯才与释褐赐进士出身。”云：“未知即其人否，姑依之编于此。”

水调歌头

寿提刑

帝念重湖远①，使者选清强②。关西夫子人杰③，揽辔出鸳行④。熊楚一天坐镇⑤，虎节三台更历⑥，号令肃秋霜。褰帷间风俗⑦，原隰总生光⑧。　瞻南极，朝北斗，酌霞觞。潢池息浪奏凯⑨，筹饷属萧张⑩。一点眉间多□⑪，一札日边有诏，香案侍东皇。岁岁蓬壶宴⑫，好景对枨黄⑬。

［注释］

①重湖：洞庭湖南名青草，北名洞庭，所谓重湖。见张舜民《南迁录》。　②清强：清廉刚直之士。　③关西：指函谷关以西之地。　④鸳行：喻朝官之班列。　⑤熊楚：周成王封熊绎于楚，为楚之先，故曰熊楚。见《史记·楚世家》。　⑥虎节：古代使节所执之虎形符节。　三台：汉因秦制，设三台。尚书为中台，御史为宪台，谒者为外台。　⑦褰帷：琮为冀州传车，垂赤帷裳。琮曰：“刺史当远视广听，纠察美恶，何垂帷裳以自掩乎。”命褰之。见《后汉书·贾琮传》。　褰：撩起。此借指提刑远视广听，以近风俗，了解民情。　⑧原隰：广平低湿之地。　⑨潢池：池塘。《汉书·龚遂传》载：龚遂奏曰：吏不恤民，“故使陛下赤子盗弄陛下之兵于潢池中耳。”此借指提刑坐镇熊楚，动乱平息。　⑩萧张：指汉刘邦之良臣萧何、张良。　⑪唐氏按：此句缺一字，补“□”。　⑫蓬壶宴：仙家之宴。蓬即蓬莱，壶即方丈。海上三仙山之二。　⑬枨黄：宫门。　枨：门

两旁木，指代门。禁门黄闼，号黄门。见《通典·职官·侍中》。

水调歌头

寿杨宪

秋老楚天阔，光粲极南星。郁葱瑞霭浮动，湘水舞湘灵。方启流虹华旦①，恰值绂麟弥月②，嘉会庆千龄。维岳降神处③，玉印注长生④。　衣衮绣⑤，袍练鹊⑥，纽双萦。民气和乐，雁到回地作欢声⑦。楚观连天境界，四景撩人风物，身世自蓬瀛。剩酌金貂醁，飞诏到临蒸⑧。

（以上二首见《截江网》卷五）

［注释］

①流虹：舜母见大虹，意感而生舜。故以流虹颂寿。见《宋书·符瑞志》。　②绂麟：传说孔子未生时，有麟吐玉书于阙里人家，徵在知为神异，以绣绂系麟角，后遂以绂麟作为颂寿之词。　③维岳降神：称颂官僚门阀之套语。《诗经·大雅·崧高》："维岳降神，生甫及申。"甫侯、申伯，均姜姓，为四岳之后代。　④玉印：即白玉麒麟神玺。《晋书·元帝纪》载："白玉麒麟神玺出于江宁，其文曰：'长寿万年'"。　⑤衮绣：五色之公侯礼服。古代上公服衮。　绣：五色备谓之绣。见《周礼·考工记》。　⑥袍练鹊：以有鹊形图案之白色熟绢为袍。　⑦"雁到"句：湖南衡阳南有回雁峰。相传雁至衡阳，遇春而回。见《读史方舆纪要·衡阳县》。　⑧临蒸：即衡阳。后汉置，隋改衡阳。

危 稹

危稹,生卒不详,字逢吉,号巽斋,又号骊塘,临川(今江西临川)人。孝宗淳熙十四年(1187)进士。历屯田郎官,出知潮州,又知漳州后提举崇禧观卒。有《巽斋集》,不传。

水龙吟

庆齐年诸丈[①]

洛阳九老图中[②],当时司马年犹小[③]。争如今夕,举杯相劝,十人齐寿。已幸同庚,何分雌甲[④],本无多少。但有头可白,无愁可解,只如此、都赢了。　　庆礼十年还又,更十年、依前难老。尽教百岁,做人高祖,见孙白首。却要从今,探梅脚健,看山眼好。赖天公,顿得东园长在[⑤],陪歌陪酒。

[注释]

①齐年:同龄。　丈:老人。　②洛阳九老图:唐白居易于会昌五年(845)于洛阳与胡杲等举行九老尚齿之会,因绘图书姓名、年龄,题为"九老图"。　③当时司马:"与富弼、司马光等十三人,用白居易九老会故事,置酒赋诗相乐。"见《宋史·文彦博传》。司马,应指司马光。　④雌甲:甲子逢偶日。《天禄识馀·说楛》:甲子逢单日为雄,逢双日为雌。　⑤东园:园名。在今江苏仪征东。宋施昌言建,欧阳修作记,蔡襄书。称园、记、书三绝。见欧阳修《真州东园记》。

渔家傲

和晏虞卿咏侍儿弹箜篌

老去诸馀情味浅,诗词不上闲钗钏。宝幌有人红两靥[①]，帘间见。紫云元在梨花院[②]。　十四条弦音调远[③]，柳丝不隔芙蓉面。秋入西窗风露晚。归去懒。酒酣一任乌巾岸[④]。

[注释]

①宝幌：华丽的窗帘。　靥（yè）：颊辅上的微涡。　②紫云：唐时洛阳名妓。杜牧为御史，分司洛阳，李愿罢镇闲居，高会朝客，杜引满三卮，问李云："闻有紫云者孰是？"李指之，杜凝睇良久，云："名不虚得，宜以见惠。"见《唐诗纪事》。　梨花院：或指梨园。唐玄宗选坐部伎子弟三百，教于梨园。见《唐书·礼乐志》。　③十四条弦：明杨慎《词品》卷四按，"箜篌本二十三弦，十四弦盖后世从省，非古制矣。"　④乌巾岸：乌巾高揭，露出额头来。　岸：露额。

[集评]

沈雄云："其词咏箜篌，有《渔家傲》入选。危巽斋之词为善。"（《古今词话·词评·词品》）

沁园春

寿许贰车

籍甚声名[①]，门阑相种[②]，文章世科[③]。算当年瑞世，正当夏五[④]，仙家毓德[⑤]，全是春和。底事屏星[⑥]，著之海峤[⑦]，奈此腾骧骥足何。君知否，看飞来丹诏，径上鸾坡[⑧]。

殷勤携酒相过。要滟滟浮君金叵罗[⑨]。叹同心相契，古来难觅，二年同处，意总无它。如此平分，更教添个，也自清风明月多。拚沉醉，任光浮绿鬓[⑩]，笑满红涡[⑪]。

（以上三首见《中兴以来绝妙词选》卷四）

[注释]

①籍甚：形容名声很大。　②门阑：门框，指门第。　相种：为宰相之

族类。《史记·陈涉世家》:“王侯将相宁有种乎。”　③世科:世代相传之科目。张翥《送贡中玉》:“君家贤父兄,儒术传世科。”　④夏五:当指夏季。此殆指时近端午。　⑤毓德:养育之德。　⑥屏星:车上的障蔽,以蔽尘土。指代贰车。　⑦海峤:近海多山之地。　⑧鸾坡:又作銮坡,翰林院的别称。唐德宗时,曾移学士院于金銮坡上,故名。见宋叶梦得《石林燕语》五。　⑨滟滟:酒满杯貌。　金叵罗:金制酒器。　⑩绿鬓:犹黑鬓。　⑪红涡:指酒涡。

王居安

王居安，原名居敬，生卒不详，字资道，一字东卿，台州黄岩（今浙江黄岩）人。孝宗淳熙十四年（1187）进士。累迁右司谏，兼崇政殿说书，权工部侍郎，帅隆兴府，升龙图阁直学士。卒赠少保，有《方岩集》，不传。

满江红

八十归来，方岩下、几竿修竹[①]。柴门外、沙铺软路，水流清玉。栽接新来桃与李，安排旧日松和菊。过小桥、作个看山楼，千峰绿。　　收笔砚，藏棋局。酒莫饮，经须读。但平平放下，顿超凡俗。独睡已无年少梦，闲吟不唱他家曲。算人生、万事苦无多，相将足。

（《阳春白雪》外集）

［注释］

①方岩：在今浙江温岭西北。

沁园春

敬次白真人韵

湖海襟期[①]，烟霞气宇，天下星郎[②]。有灵方肘后[③]，年年却老[④]，神锋耳底[⑤]，夜夜腾光。万卷蟠胸，千钟蘸甲[⑥]，衮衮词源三峡滂[⑦]。功成处，见须弥日月[⑧]，河岳星霜。　　兴来引笔千行，看举世何人是智囊。任纵横万变，难瞒道眼；优游自乐，不识愁肠。闹市丛中，密林静处，鼻观常闻三界香[⑨]。天书到，听笙箫竞奏，幢盖班行。

（《白玉蟾集》卷六）

[注释]

①襟期:情怀,抱负。 ②星郎:即郎官,以郎官上应列宿,故名。见《后汉书·明帝纪》。 ③灵方:道人所炼之仙方灵药。 肘:晋葛洪有《肘后方》。 ④却老:不老。 ⑤神锋:风韵气度。杨炯《唐上骑都尉高君神道碑》:“王夷甫之道心,神锋太峻。” ⑥蘸甲:酒斟满,以指甲蘸酒,以示畅饮。 ⑦衮衮:言辞滔滔不绝。 滂:大水涌流。此指酒酣耳热之际,言论滚滚,如三峡之江流奔涌。 ⑧须弥:佛教传说中之山名。意译“妙高”、“妙光”。 ⑨鼻观:佛家有“观想法”,自观鼻端谓“鼻”观。此处又指鼻闻。黄庭坚《题海首座壁》:“香寒明鼻观。” 三界:佛家把生死流转之人世分为三界:欲界、色界、无色界。

王克勤

王克勤，生卒不详，字叔弼，一云字敏叔，临川人。孝宗淳熙十四年（1187）进士。历太学博士、太常寺主簿、秘书省正字。

朝中措

寿熊左史

银河无际渺澄空，一点寿光中。此夕谪仙初度，清歌吉甫清风[①]。　文章间世[②]，曾亲玉座[③]，屡赐金钟。丹禁若须鳌便[④]，赤城唤取渔翁[⑤]。

（《翰墨大全》丙集卷十三）

[注释]

①"清歌"句："吉甫作颂，穆如清风。"见《诗经·大雅·烝民》。　吉甫：周宣王时贤臣。　②间世：非每世所有的奇才。　③玉座：皇帝之御座。　④丹禁：皇帝所居之禁城。　鳌：海中巨龟，唐宋翰林学士朝见时立于刻有巨鳌的殿陛石正中，此指若许自行其便。　⑤赤城：道教传说中山名。

钟将之

钟将之，生卒不详，字仲山。宁宗庆元、开禧（1195—1207）间，历官军器监丞、江西提刑等官。有《岫云词》，不传。

浣溪沙

南湖席上次韵二首

鬓亸云梳月带痕①，软红香里步莲轻②。妖娆六幅过腰裙。　不怕满堂佳客醉，只愁灭烛翠眉颦③。更期疏影月黄昏。

[注释]

①亸（duǒ）：下垂貌。　②软红：指都市绮罗生涯。　步莲：南齐东昏侯凿金为莲花，贴地，令潘妃行其上。后以谓美人的步态。　③颦：皱眉。

浣溪沙

蘋老秋深水落痕，桂花微弄雨花轻。癯仙也解醉红裙①。　太白麴君愁满饮②，小鸿眉黛爱低颦③。尊前一洗眼花昏。

（以上见《永乐大典》卷二万零三百五十三“席”字韵引钟将之词）

[注释]

①癯（qú）仙：骨姿清瘦之仙。　②太白：即大白，大酒杯。　麴君：酒之代称。唐人故事，有麴秀才与叶法善之宴，谈笑风生。叶疑为魅，以小剑击之，坠地为瓶榼。见唐郑棨《开天传信记》。　③小鸿：当为席上歌女。

水调歌头

更似南津港，再遇吕公船。（《纯阳吕真人文集》卷二）

吴礼之

吴礼之,生卒不详,字子和,钱塘(浙江杭州)人。有《顺受老人词》,已佚。近人赵万里辑得十七首,汇为一卷。

浣溪沙

橄　榄

南国风流是故乡,红盐落子不因霜[①]。于中小底最珍藏[②]。　　荐酒荐茶些子涩[③],透心透顶十分香。可人回味越思量。　　　　(《全芳备祖》后集卷四“橄榄门”)

[注释]

①“红盐”句:苏轼《橄榄》“纷纷青子落红盐”,王文诰注:江南有红盐橄榄,树高,以红盐涂其树,而子自落。见范景仁《东斋记》。　②于中小底:其中小的。　③荐:供。　些子:稍许、微微。

喜迁莺

闰元宵

银蟾光彩。喜稔岁闰正[①],元宵还再。乐事难并,佳时罕遇,依旧试灯何碍。花市又移星汉,莲炬重芳人海[②]。尽勾引,遍嬉游宝马,香车喧隘[③]。　　晴快。天意教、人月更圆,偿足风流债。媚柳烟浓,夭桃红小,景物迥然堪爱。巷陌笑声不断,襟袖馀香仍在。待归也,便相期明日,踏青挑菜[④]。

[注释]

①稔(rěn):庄稼成熟。　稔岁:丰年。　闰正:闰正月。《尚书·尧

典》:“以闰月定四时成岁。”《传》:“一岁有馀十二日,未盈三岁足将一月,则置闰焉。” ②莲炬:莲花灯。 ③喧隘:喧闹拥挤。白居易《过紫霞兰若》诗:“朝市自喧隘。” ④挑菜:唐俗,农历二月初二曲江拾菜,士民游观其间。宋张耒有《二月二日挑菜节大雨不能出》。又以“菜”谐“财”音,挑菜之俗,预新年丰足。

丑奴儿

秋别

金风颤叶,那更饯别江楼。听凄切,阳关声断[1],楚馆云收[2]。去也难留,万重烟水一扁舟。锦屏罗幌,多应换得,蓼岸蘋洲[3]。　凝想恁时欢笑[4],伤今萍梗悠悠[5]。谩回首、妖饶何处,眷恋无由。先自悲秋,眼前景物只供愁。寂寥情绪,也恨分浅[6],也悔风流。

[注释]

①阳关:指王维《阳关曲》。 ②楚馆:秦楼楚馆,泛指歌舞场所。云收:用楚襄王梦巫山神女“旦为朝云,暮为行雨”典。云收指与所爱分手。 ③蓼岸蘋洲:长满红蓼的河岸和遍布白蘋的芳洲。此写离人之情境。中唐赵微明《思归》:“唯见分手处,白蘋满芳洲。” ④恁时:那时。 ⑤萍梗:以浮萍断梗,喻行踪漂泊无定。 ⑥分浅:指缘分太浅。

[集评]

沈雄云:“吴礼之有《顺受老人词》,久著名,郑国辅为之序。其《雨中花慢》、《丑奴儿》,能以极寻常语言,为极透脱文字。”(《古今词话·词评》卷上引《柳塘词话》)

杏花天

春　思

闷来凭得阑干暖[1]。自手引、朱帘高卷。桃花半露胭脂面，芳草如茵乍展[2]。　　烟光散、湖光潋滟[3]，映绿柳、黄鹂巧啭。遥山好似宫眉浅，人比遥山更远。

[注释]

①阑干：同“栏杆”。　②茵：席子。　乍：初、才。　③潋滟：波光闪动的样子。

雨中花

眷浓恩重，长离永别，凭谁为返香魂。忆湘裙霞袖，杏脸樱唇。眉扫春山淡淡，眼裁秋水盈盈。便如何忘得，温柔情态，恬静天真。　　凭栏念及，夕阳西下，暮烟四起江村。渐入夜、疏星映柳，新月笼云。酝造一生清瘦，能消几个黄昏[1]。断肠时候，帘垂深院，人掩重门。

[注释]

①消：经得住、受得起。

[集评]

沈雄云：“其《雨中花慢》云：‘酝造一生清瘦，能消几个黄昏。断肠时候，帘垂深院，人掩重门。’能以极寻常语言，为极透脱文字。”（《古今词话·词评》卷上）

况周颐云：“人静帘垂，灯昏香直……斯时若有无端哀怨，枨触于万不得已……此词境也。”（《蕙风词话》卷一）

侯孝琼云：“阕末门掩帘垂，正写自我封闭之态，凄苦中有无限深情在。”

瑞鹤仙

秋思

风传秋信至，颤叶叶庭梧，飘零阶砌。年华迅流水。况荣枯翻手，存亡弹指[1]。谁编故纸[2]。论古往、英雄鬥智。在当时、唤做功名，到此尽成闲气。　何谓，生为行客[3]，死乃归人[4]，世同驿邸[5]。十步九计。空捞攘[6]，谩儿戏[7]。忍都将、有限光阴萦绊，趁逐无穷天地[8]。我直须、跳出樊笼[9]，做个俏底[10]。

［注释］

①翻手、弹指：皆言时间之短暂。　②故纸：旧书，特指史书。　③行客：匆匆过路之旅客。　④归人：古人称死曰"大归"，顾况《祭李员外文》："先生大归，赴哭无由。"　⑤驿邸：旅舍。　⑥捞攘：寻求夺取。　⑦儿戏：指如同儿童游戏之无谓。　⑧趁逐：寻觅、追随。　⑨樊笼：喻尘世之羁锁。陶渊明《归园田居》之一："久在樊笼里，复得返自然。"　⑩俏底：风流潇洒的。

蓦山溪

感旧

刘郎老矣[1]，倦入繁华地。触目愈伤情，念陈迹、人非物是。共谁携手，落日步江村，临远水，对遥山，闲看烟云起。　买牛卖剑[2]，便作儿孙计。朋旧自荣华，也怜我、无名无利。箪瓢钟鼎[3]，等是百年身，空妄作，枉迂回，贪爱从今止。

［注释］

①刘郎：指刘晨。据刘义庆《幽明录》，晨于东汉永平年间入天台山采

药,遇仙女,半年后回家,竟是晋太康年间,子孙已过七代。 ②买牛卖剑:指改业归农。见《汉书·龚遂传》。 ③箪瓢:指生活简朴清苦。 钟鼎:古代富贵之家,击钟列鼎而食。

风入松

江 景

蘋汀蓼岸荻花洲,占断清秋。五湖景物供心眼,几曾有、一点闲愁。梦里翩翩胡蝶,觉来叶叶渔舟。 谢郎随分总优游[1],信任沉浮。恬然云水无贪吝,笑腰缠、骑鹤扬州[2]。只恐丹青妙笔,写传难尽风流。

[注释]

①谢郎:应指南朝宋谢灵运。谢灵运好山水,既不得意肆意遨游,四处题咏。见《南史·谢灵运传》。 ②骑鹤扬州:形容妄想不可实现。南朝梁殷芸《殷芸小说》:有客相从,各言所志,或愿为扬州刺史,或愿多赀财,或愿骑鹤上升。其一人曰:“腰缠十万贯,骑鹤上扬州。”

渔家傲

闺 思

红日三竿莺百啭,梦回鸳枕离魂乱。料得玉人肠已断。眉峰敛,晓妆镜里春愁满。 绿琐窗深难见面,云笺谩写教谁传。闻道笙歌归小院[1]。梁尘颤,多因唱我新词劝。

[注释]

①“闻道”句:“笙歌归院落,灯火下楼台。”见白居易《宴散》。

蝶恋花

春 思

睡思厌厌莺唤起[①]。帘卷东风，犹未忺梳洗[②]。眼细眉长云拥髻，笑垂罗袖熏沉水[③]。　媚态盈盈闲举止。只有江梅，清韵能相比。诗酒琴棋歌舞地，又还同醉春风里。

[注释]

①厌厌：同"恹恹"，萎靡不振貌。　②忺（xiān）：高兴，乐意。　③沉水：沉香的别名。

蝶恋花

别 恨

急水浮萍风里絮。恰似人情，恩爱无凭据。去便不来来便去，到头毕竟成轻负。　帘卷春山朝又暮。莺燕空忙，不念花无主。心事万千谁与诉，断云零雨知何处。

蝶恋花

春 思

满地落红初过雨。绿树成阴，紫燕风前舞。烟草低迷萦小路，昼长人静扃朱户。　沉水香销新剪苎[①]。攲枕朦胧，花底闻莺语。春梦又还随柳絮，等闲飞过东墙去。

[注释]

①苎：植物，麻属。此指新裁的苎袍。

桃源忆故人

春　暮

画桥流水飞花舞，柳外斜风细雨。红瘦绿肥春暮，肠断桃源路[①]。　欢随仙子乘鸾去，镂月裁云何处[②]。唯有病和愁绪，肯伴刘郎住[③]。

［注释］

①桃源：台州府天台县（今浙江天台）有桃源洞，相传是刘晨阮肇遇仙女处。　②镂月裁云：形容工巧之极。　③刘郎：即刘晨。此借指抒情主人公。

谒金门

春　晚

风乍扇，帘外落红千片。飞尽落花春不管，鬥忙莺与燕。　往事上心撩乱，睡起日高犹倦。料得伊家情眷眷，近来长梦见。

霜天晓角

王生、陶氏月夜共沉西湖，赋此吊之

连环易缺[①]，难解同心结[②]。痴騃佳人才子，情缘重、怕离别。　意切，人路绝，共沉烟水阔。荡漾香魂何处，长桥月，断桥月。

［注释］

①连环：连结成不可解之玉环。常用以比喻密不可解之事物。　②同心结：用锦带结成的菱形连环回文之结，常用以表示男女之恩爱。

霜天晓角

秋　景

西风又急，细雨黄花湿。楼枕一篙烟水，兰舟漾，画桥侧。　念昔，空泪滴，故人何处觅。魂断菱歌凄怨，疏帘卷，暮山碧。

生查子

浙　江

吴山与越山[①]，相对摩今古。袅缆浙江亭[②]，回首西兴渡[③]。　区区名利人，无分香闺住。匆遽促征鞍，又入临平路[④]。　（以上花庵《中兴以来绝妙词选》卷四）

［注释］

①吴山：在浙江杭县西南，南宋金主亮南侵欲立马吴山第一峰，即此。　越山：或指浙江绍兴西南之越王山。相传越王曾栖兵于此。　②浙江亭：应即在杭县附近。　③西兴渡：在浙江萧山县西，为吴越通津。　④临平：在浙江杭县东北。

好事近

秋日席上

金菊间芙蓉，秋意未为萧索。临水见山庭院，伴玉人杯酌。　携炉终日袅沉烟，氤氲篆文□[①]。可惜被风吹散，把袖儿笼著。

［注释］

①氤氲（yīn yūn）：烟气弥漫的样子。　篆文：指熏香炉散出的烟气，

缭绕曲折如篆字。　唐氏按:空格据律补。

柳梢青

席　上

板约红牙①,歌翻白雪②,杯泛流霞③。苏小情多④,潘郎年少⑤,欢计生涯。　轩窗临水人家。更门掩、青春杏花。百万呼卢⑥,十千沽酒⑦,不负韶华。

(以上见《永乐大典》卷二万零三百五十三"席"字韵引吴子和词)

[注释]

①红牙:用檀木作成的拍板,以调节乐拍。因色红,故名红牙。　②白雪:古曲名,相传为师旷所作。后泛指古雅之曲。　③流霞:神话中的仙酒。汉王充《论衡·道虚》:"曼都曰:'仙人辄饮我以流霞一杯。'"后泛指美酒。　④苏小:南齐钱塘名妓苏小小之简称。　⑤潘郎:晋潘岳美姿仪,后泛指女人所爱慕之男子。　⑥呼卢:一种博戏。李白《少年行》:"呼卢百万终不惜。"　⑦十千沽酒:"金樽清酒斗十千。"见李白《行路难》。

失调名

我不成,心酸眼软。

(引自郑元佐《新注朱淑真断肠诗集》卷六)

(以上吴礼之词全篇十九,断句一,用赵万里辑《顺受老人词》,稍有增补)

存目词

调名	首句	出处	附注
鹧鸪天	宣德楼前雪未融	《古今图书集成·岁功典》卷二十七	无名氏作，见《芦浦笔记》卷十
喜迁莺	梅霖初歇	《西湖游览志馀》卷三	黄裳词，见《演山先生文集》卷三十一

陈　善

陈善,生卒不详,号秋塘,罗源(今福建福州)人。淳熙间有豪士之名。

满江红

三月风前花薄命,五更枕上春无力。

(《贵耳集》卷上)

丁 黼

丁黼，生卒不详，字文伯，号涎溪，池州（今安徽贵池）人。淳熙间（1174—1189）进士。曾官军器监，人称丁大监。理宗宝庆初，官四川制置使。嘉熙三年（1239），元兵至，力战而死。

满江红

寿江古心母[①]

某惶恐端拜申禀某官（称呼）。某兹者共审庆集慈闱，时临诞节。《鹊巢》载咏[②]，知功行之弥深；鹤髮双垂，真古今之希有。某阻升堂而展拜，敢载酒以称觞。寿算南山，更辑康宁之福；辞同下俚，聊申祝颂之忱。尚冀台慈，俯赐鉴瞩

梅腊宾春[③]，瑞烟满，华堂馥郁。还又祝、屏垂彩帨，觞称醽醁[④]。南浦西山开寿域，朱帘画栋调新曲[⑤]。庆彩衣、龙节侍慈萱，春长绿。　双鹤髮，齐眉福[⑥]。一麟瑞，如冰玉。看国封重见，五霞凝轴[⑦]。王母瑶池鸾凤驭，麻姑金鼎神仙箓。数从今、椿算到何时[⑧]，蟠桃熟。[⑨]

（《截江网》卷六）

［注释］

①江古心：江万里号。度宗朝，同知枢密院事，进参知政事。元兵至，赴水死。　②鹊巢：《诗经·召南·鹊巢》序云，鹊巢，夫人之德也。后以指妇人之德。　③宾春：归春。　④醽醁（líng lù）：美酒名。　⑤“南浦”二句：“画栋朝飞南浦云，朱帘暮卷西山雨。”见王勃《滕王阁》。　⑥齐眉福：夫妇举案齐眉，互相敬爱。　⑦五霞：青白赤黑黄五色云霞，为祥瑞之兆。　⑧椿算：指长寿如椿。　椿：传说为长寿之树。　算：指年数。　⑨唐氏按：此首原题丁大监作。

俞国宝

俞国宝，生卒未详，号醒庵，临川（今江西临川）人。孝宗淳熙太学生。有《醒庵遗珠集》，不传。

贺新凉

梅

梦里骖鸾鹤[①]。觉三山不远，依前海风吹落。浮到五湖烟月上，刚被梅香醉着。粲玉树、轻明疏薄[②]。十万琼琚天女队，捧冰壶、玉液琉璃杓。来伴我，荐清酌。

恍然梦断浑非昨。问溪边竹外，新来为谁开却。无限冰魂招不得，拟把《离骚》唤觉。待抖擞、红尘双脚。万里瑶台终一到，想玉奴、不负东昏约[③]。留此恨、寄残角。

（《全芳备祖》前集卷一“梅花门”）

［注释］

①骖（cān）：驾车时位于两旁之马。此指以鸾鹤为骖。　②轻明疏薄：梅花以疏为美，此指梅花疏疏落落地点缀于枝上，显得玲珑而有光采。　③玉奴：南齐东昏侯潘妃之小字。苏轼《次韵杨公济奉议梅花》：“月地云阶漫一樽，玉奴终不负东昏。”

风入松

一春长费买花钱，日日醉花边。玉骢惯识西湖路，骄嘶过，沽酒垆前[①]。红杏香中箫鼓，绿杨影里秋千。

暖风十里丽人天[②]，花压鬓云偏。画船载取春归去，馀情寄，湖水湖烟。明日重扶残醉，来寻陌上花钿。

（《阳春白雪》卷一）

［注释］

①沽酒垆前：阮籍邻家少妇有美色，当垆沽酒。籍尝诣妇饮，醉，便卧其侧。见《晋书·阮籍传》。　②丽人大："三月三日天气新，长安水边多丽人。"见杜甫《丽人行》。

［集评］

周密云："一日，御舟经断桥，桥旁有小酒肆，颇雅洁，中饰素屏，书《风入松》一词于上。光尧（宋高宗）驻目，称赏久之，宣问何人所作。乃太学生俞国宝醉笔也。上笑曰：'此词甚好，但末句未免儒酸。'因为改定云'明日重扶残醉'，则迥不同矣。"（《武林旧事》卷三）

许昂霄云："较原本重携残酒，工拙判然。"（《词综偶评》）

陈廷焯云："馀波绮丽。"（《词则·闲情集》卷二）

薛砺若云："《风入松》一阕，则旖旎婉秀，极有情致。虽使欧、秦等高手为之，亦不能过此……末句'重携残酒'改为'重扶残醉'，虽仅易两字，然较原意蕴藉美妙多矣，不独变其儒酸已也。"（《宋词通论》）

侯孝琼云："此词'花'字凡四见。'买花'、'醉花'，合'沽酒起'、'花压鬓云'、'寻花钿'合看，'花'兼指所欢明矣。"

瑞鹤仙

春衫和泪著。又燕入江南，雁归衡岳[①]。东风晓来恶。绕西园无绪，泪随花落。愁钟恨角。梦无凭、难成易觉。到春来易感，韩香顿减[②]，沈腰如削[③]。　　离索。挑灯占信[④]，听鹊求音[⑤]，不禁春弱。云轻雨薄[⑥]。阳台远，信难托。念盟钗一股[⑦]，鸾光两破[⑧]，已负秦楼素约。但莫教、嫩绿成阴[⑨]，把人误却。

［注释］

①雁归衡岳：湖南衡阳南有回雁峰，相传雁至此而止，遇春而回。见《读史方舆纪要·衡阳县》。　②韩香：晋韩寿，美姿容，为贾充司空掾。

充女悦之,约与会,盗西域奇香赠寿。充觉,秘之,以女妻寿。此指以久别而香减。 ③沈腰:沈约以多病而瘦损。见沈约《与徐勉书》。此指因久别而消瘦。 ④挑灯占信:古人以灯芯结花为吉兆。见汉刘歆《西京杂记》三。 ⑤听鹊求音:鹊噪兆喜。见汉刘歆《西京杂记》三。 ⑥云轻雨薄:用楚襄王梦神女"旦为朝云,暮为行雨"典,指别易会难,恩情未展。 ⑦盟钗:以钗为盟誓的信物。白居易《长恨歌》:"钗留一股合一扇,钗擘黄金合分钿。但教心似金钿坚,天上人间会相见。" ⑧"鸾光"句:鸾光,指饰有鸾鸟图案之镜。两破,指两次分离。古时常以镜破喻恩爱之人离散。见《太平御览·神异经》。 ⑨嫩绿成阴:杜牧佐宣城幕,游湖州,刺史崔君张水戏,使州人毕观,令牧闲行阅奇丽,得垂髫者十馀岁。后十四年,牧刺湖州,其人已嫁生子矣,乃怅然而为诗:"自恨寻春已较迟,往年曾见未开时。如今风摆花狼藉,绿叶成阴子满枝。"见《唐摭言》。

清平乐

数声乌鹊,院宇寒萧索。杨柳梢头秋过却,无叶可供风落。 可人犹有芙蕖[①],向人冷澹妆梳[②]。云外征鸿过尽,夕阳依旧平芜。

[注释]

①可人:使人满意的。 芙蕖:荷花之别称。 ②冷澹:淡雅貌。白居易《牡丹》:"白花冷澹无人爱。"

卜算子

剪烛写香笺,拨火温寒醑[①]。门外东风将我愁,欲作三更雨。 夜夜玉楼心,日日长亭睡。荳蔻花开信不来[②],尘满金钗股[③]。 (以上三首见《阳春白雪》卷四)

[注释]

①醑（xǔ）：美酒。 ②荳蔻：植物名。诗人常借以喻未嫁少女，称"荳蔻年华"。 ③钗股：即钗脚。

存目词

《全宋词》初版卷一百七十五据《花草粹编》卷八引俞国宝《风入松》"东风巷陌暮寒骄"一首，乃元人张翥作，见《蜕岩词》卷下。

【补 辑】

水调歌头

灵谷有荚气①，盘结在巴山。云蒸雨朵欲遣，奇怪出人间。不作丰城宝剑②，不作渥洼灵种③，不作化龙竿④。生此济时杰，理乱总相关。 入为相，出为将，两馀闲。忠肝义胆，曾将鲠论破天颜⑤。好把升平勋业，趁取河清桃熟⑥，千岁奉金銮。草却登封检⑦，双鬓未曾斑。

[注释]

①荚气：不可解。疑为"英气"之讹。 ②丰城宝剑：指龙泉、太阿双剑。原在丰城狱基下。精气冲天。晋张华令雷焕取得。见《晋书·张华传》。 ③渥洼灵种：指神马。 渥洼：水名，在甘肃西部河上。汉武帝得神马于此。 ④化龙竿：壶公以一竹杖令费长房骑，不久到家，以杖投葛陂中，乃青龙。见《神仙传》。 ⑤鲠论：直言。 天颜：皇帝。 ⑥趁取：取得，建立。 河清：黄河清，太平之兆。 桃熟：蟠桃熟，人登寿域之谓。⑦登封检：登泰山之封禅文字。为国家大典，须大手笔为之。

[集评]

笃文云："此为歌颂虞允文（1110—1174）之作。虞四川仁寿人，字彬甫。父虞祺政和进士，仕至潼川路转运判官，允文登绍兴二十三年（1153）

进士。迁礼部郎官。金主亮南犯,佐葉义问督江淮军。犒师采石,夹击金兵,大破之。孝宗时累拜右仆射,同中书门下平章事,封雍国公,特授左丞相。出将入相身系天下安危者二十年。一代名臣,忠勤无二。词中上段赞其为济时之杰,关乎理(治)乱。下段更以太平勋业相寄,可谓傥言鸿论,雅称其人。"

满庭芳

南省西清[①],黄扉青琐[②],五年历遍中都。一封朝奏[③],无乃爱君欤。便作筠阳胜赏[④],东溪上、鸥鸟相娱。谁知道,心存魏阙[⑤],身暂寄江湖。　　东溪,何所有,冬梅夏柳,春杞秋蕖。谩回首,多少笼鸟池魚。细看山林朝市,经行处、等是蘧庐[⑥]。今朝好,一杯寿酒,一卷养生书。

[注释]

①南省:尚书省。　西清:西厢清静之处。　②黄扉:门下省。　③一封朝奏:指进谏获罪被贬。"一封朝奏九重天,夕贬潮阳路八千。"见韩愈《左迁至蓝关示侄孙湘》诗。　④筠阳:四川筠连县,古称筠州。　⑤魏阙:宫廷外之华表,代指朝廷。　⑥蘧(qú)庐:旅舍。

[集评]

笃文云:"此为寿杨万里之作。万里於淳熙十五年(1188)上疏驳太廟高宗配飨议获咎,贬知筠州。俞国宝作词为寿,以慰旅怀。疏荡而有高致。见出其襟怀之磊落。"

临江仙

落落江湖三岛[①],才高懒住清都[②]。手携黄石一编书。醉眠莘垄月[③],闲钓渭川鱼[④]。　　见说玉阶三尺地[⑤],思君来讲唐虞。夜来南极一星孤。不知天子梦,曾到傅严无[⑥]。

[注释]

①江湖:疑为“五湖”之讹。 三岛:指传说中的海上三神山。 ②清都:天帝所居宫阙名。 ③莘垄:商汤的宰相微时曾耕于有莘之野。 ④谓川:吕尚钓于渭川磻溪,遇文王,佐周灭商,为一代名相。 ⑤三尺地:“尧阶三尺,茅茨不剪。”见《帝王世纪》。 ⑥傅严:即傅岩。商相傅说曾在此为苦力。商中宗武丁求得,用以为相。

蓦山溪

木犀开了[①],还是生辰到。一笑对西风,喜人与、花容俱好。寿筵启处,香雾扑帘帏。星河晚,丝堇奏[②],拚取金尊倒。 当年仙子,容易抛蓬岛。月窟与花期,要同向、人间不老。拈枝弄蕊,此乐几时穷,一岁里,一番新,莫与蟠桃道。

[注释]

①木犀:桂花的别名。 ②丝堇:当作丝簧。意同丝竹,指管弦乐器。

临江仙

春到江南江北了,东皇未识花权[①]。直将和气入巴川,逢迎天上客,来作地行仙。 满捧一杯听细祝,只今谁似公贤。愿推功业辅尧年[②]。都将闲日月,来醉百花前。

[注释]

①花权:花的魅力。此句谓春神(东皇),不如人能欣赏花木。 ②尧年:指太平盛世。

蓦山溪

群花烂熳，春色浓如酒。芳草绿铺茵，正荼蘼、牡丹时候。佳辰协瑞[①]，来降蕊宫仙[②]。珠帘卷，画堂深，香雾腾金兽[③]。　　朱颜绿鬓，不改长如旧。金盏莫辞深，拚通宵、尽从银漏[④]。笙歌丛里，欢笑度年华。看荣贵，有儿孙，永祝松椿寿[⑤]。

[注释]

①佳辰：良辰，此指生辰。　协瑞：洋溢着祥瑞之气。　②蕊宫：即神仙所居之蕊珠宫。　③金兽：铜制兽形香炉。　④银漏：银质计时的漏壶。　⑤松椿寿：松树、大椿皆为长寿之木。

蓦山溪

江天霜晓，梅粉参差吐。剪剪暗香风，自吹到、瑶台仙路。辎軿缥缈[①]，昨夜出蓬莱，云鬓薄，月眉纤，元是飞琼侣[②]。　　知书识字，书带先生女[③]。来配计然家[④]，货财等、封君千户。谷量牛马[⑤]，更用斗量金，年不老，富无穷，常作蟠桃主。

[注释]

①辎軿：有帷盖屏障之车。此指仙车。　②飞琼：许飞琼，西王母侍从仙女。　③书带先生：东汉经学大师郑玄，门前长满长叶草，人称书带草。　④计然：春秋时越人，善理财，为范蠡之师。　⑤谷量：以山谷计量（牛马）。

念奴娇

云收雾敛，过一番疏雨，秋容新沐。月满巴山天似水，满眼祥云飞扑。一点长庚[①]，瑞腾光彩，独照梅仙屋[②]。十洲三岛，有人初降凡俗。　长怪李白疏狂，骑鲸一去[③]，千载无人逐。也解重来应尚欠，多少人间传曲[④]。只怨君王，促归批诏[⑤]，夜对金莲烛[⑥]。蓬仙日醉，不知海岛桃熟。

（以上八首见《诗渊》第二十五册，引自孔凡礼《全宋词补辑》）

[注释]

①长庚：即太白金星。　②梅仙：汉代梅福，弃官归隐，修炼仙去。　③骑鲸：李白自称海上骑鲸客。　④传曲：传唱。　⑤促归批诏：批准归隐的诏书。　⑥金莲烛：宫中专用的蜡烛。

徐冲渊

徐冲渊，一作仲渊，生卒不详，字叔静，姑苏（今江苏苏州）人。自号栖霞子。孝宗淳熙被召居太一宫高士斋，后主豫章（今江西南昌）玉隆观，卒。有《西游集》，不传。

水调歌头

怀山中

穷达付天命，生死见交情。人今老矣，□□狗苟与蝇营[①]。赢得一头霜雪，闲却五湖风月，鸥鸟负前盟[②]。颜厚已如甲，太息误平生。　想箕山[③]，怀颍水[④]，挹馀清。只今归去，沧浪深处濯吾缨。笑抚山中泉石，细说人间荆棘，有道苦难行。好补青萝屋，且占白云耕。

（《洞霄诗集》卷六）

［注释］

①狗苟蝇营：如犬一般苟且偷生，不讲节操，如蝇一般到处钻营。　②“鸥鸟”句：隐者无机心，与鸥鸟友，为鸥盟。此指尚未归隐，有负鸥盟。　③箕山：在河南登封东南。相传巢父、许由曾隐于此山。　④颍水：出河南登封县西。尧召许由为九州长，由不愿闻，洗耳于颍水。

李好义

李好义（？—1207），下邽（今陕西渭南县东北）人。宁宗开禧二年（1206），兴州（在陕西）中军副将转正任防御使，又转承宣使。诛灭叛将吴曦，收复关外四州。后被安丙所害。

谒金门[①]

花过雨，又是一番红素。燕子归来衔绣幕，旧巢无觅处。　谁在玉楼歌舞，谁在玉关辛苦。若使胡尘吹得去，东风侯万户。

（《花草粹编》卷三）

[注释]

①唐氏按：此首《贵耳集》卷上作卫元卿词，《阳春白雪》卷七作李好古词，未知孰是。

望江南[①]

思往事，白尽少年头。曾帅三军平蜀难[②]，沿边四郡一齐收。逆党反封侯。　元宵夜，灯火闹啾啾。厅上一员闲总管，门前几个纸灯球。箫鼓胜皇州。

（《词苑丛谈》卷七引《江湖纪闻》）

[注释]

①元人郭霄凤撰《江湖纪闻》云：宋理宗时，李好义为某郡总管作《望江南》。见《词苑丛词·纪事二》。　②平蜀难：指诛灭吴曦之事。

程 准

程准，生卒不详，字平叔，程大昌子，休宁(今属安徽)人。孝宗时龙图阁直学士。淳熙二年(1175)进士。历任桐庐宰，又知常熟县，通判太平州。宁宗开禧二年(1206)，任两浙路转运判官、淮东总领。嘉定二年(1209)以朝请大夫直秘阁知庆元府兼沿海制置司公事。四年，直焕章阁。

水调歌头

船系钓台下[①]，身寄碧云端。胸中千古风月，笔下助波澜。唤起羊裘仙魄[②]，来伴蝉冠清影[③]，星阁倚阑干[④]。上想中兴事，名节重于山。　　濯沧浪，开玉鉴，照朱颜。平生多少英气，直欲斩楼兰[⑤]。尽道诗书元帅，好作经纶上衮[⑥]，勋业秉华丹[⑦]。霄汉展鸾翼，雷雨震龙蟠。

(《钓台集》卷下)

[注释]

①钓台：即严子陵钓台。　②羊裘：严光披羊裘钓泽中，光武帝遣使召之，三返乃至。见《后汉书·严光传》。　③蝉冠：汉代侍从官员之冠以貂尾蝉文为饰，称蝉冠。此泛指贵近之臣。　④星阁：即客星阁。　⑤楼兰：汉西域国名。此泛指边患。　⑥经纶：筹划治理国家大事。　上衮：宰相。　⑦华丹：日月中气也。见《广韵·藻注》。

高翥

高翥(1170—1241)，字九万，号菊礀，余姚(今浙江绍兴)人。孝宗时游士。有《菊礀集》，已佚。后人集为《信天巢遗稿》一卷。

秋日田父辞

啄黍黄鸡没骨肥[1]，绕篱绿橘缀枝垂。新酿酒，旋裁衣[2]，正是昏男嫁女时[3]。

[注释]

①没骨肥：肥不见骨形。　没(mò)：稳没。　②旋：始，才。　③昏：同“婚”。

秋日田父辞

少妇挼蓝旋染裙[1]，大儿敲葛自浆巾[2]。新摘摘，笑欣欣，相唤相呼看赛神[3]。　　（以上二首见《菊礀小集》）

[注释]

①挼(ruó)蓝：揉搓蓝草。　②葛：植物名，茎的纤维可制葛布。　③赛神：还愿酬神，多于春秋二季举行。

高惟月

高惟月，生卒不详，字明之，怀安(今福建闽侯)人。绍熙元年(1190)进士。嘉定五年(1212)丹徒令。理宗朝，知永州(零陵)。

念奴娇

三山高惟月，以庆元戊午校秋试于零陵竣事①，尝游淡岩，观山谷留题。后廿九年，朅来分符②，暮秋复游。睹景物之依然，叹岁月之逾迈③。归兴翩翩，赋《念奴娇》一阕

岩扃不锁，算空洞深窈④，是谁初凿。帝遣六丁持月斧⑤，乱把云根镵劚⑥。骇目奇观，恍如崩浪，汹涌从天落。谪仙何处。翠珉佳句如昨⑦。　惆怅白首重游，多情还似，与青山有约。且对清尊酬胜赏，休想舞衣歌乐。景物依然，头颅如许，何事嗟漂泊。翩翩归兴，故山无限林壑。

(《金石补止》卷九十六载澹山岩题刻)

[注释]

①三山：福建福州。　庆元戊午：宁宗庆元四年(1198)。　零陵：湖南零陵。　竣事：完事，毕事。　②淡岩：在零陵县南二十五里。　山谷：北宋诗人黄庭坚。　朅(jiē)来：去来，偏义，指来。　分符：古时帝王剖竹符为二，一半与功臣，诸侯作为信物，曰分符。此指赴永州任。　③逾迈：过往。　④空洞：唐《张颢记》载，(淡岩)中有窦岩，可容万夫。　⑤六丁：道教神名，为力士。　月斧：此指神工天匠所用之斧。苏轼《白水佛迹岩》："天匠麾月斧。"　⑥镵劚(chán zhǔ)：挖掘。　⑦"翠珉"句："不得雄文镵翠珉。"见黄庭坚诗。　翠珉：指绿色的石碑。

彭叔夏

彭叔夏，生卒不详，字清卿，庐陵（今江西吉安）人。绍熙四年（1193）进士。周必大校《文苑英华》，叔夏之力为多。有《文苑英华辩证》十卷传世。

水调歌头

寿赵宰母

铜章纡墨绶①，茜服佩银鱼②。慈闱一笑，全胜莱子彩衣裾。好是柿红萱草③，长伴朱颜绿鬓，荣贵更谁如。轴锦装鸾诰，帘绣窣藤舆④。　龙为炙，麟作脯，倒琼壶。寿筵今年，邀请金母伴麻姑⑤。缥缈飞琼舞罢，宛转双成歌彻⑥，何物奉亲娱。探支长命缕⑦，预借角蟾蜍⑧。

（《截江网》卷六）

[注释]

①铜章墨绶：汉制，县令秩千石至六百石，皆用铜章，墨绶。见《汉书·百官公卿表》。　②茜：一种草，根可作红色染料。　茜服：即红色衣服。　银鱼：唐时五品以上佩银鱼为出入之符信。　③萱草：即萱堂，种萱于北堂，母之所居。　④窣（sù）：象声词。此指赵宰母所乘之藤舆上绣帘摩擦作声。　⑤金母：西王母。　麻姑：传说中之女仙。　⑥飞琼、双成：许飞琼、董双成，仙女名。　⑦探支：预支。　长命缕：旧俗端午所佩五彩带。　⑧角蟾蜍：传说中的万岁蟾蜍，头上有角。见晋葛洪《抱朴子·仙药卷》。

应　傃

应傃，生卒不详，字自得，号兰坡，昌国（今浙江定海）人。绍熙四年（1193）进士。曾官乌程尉，湖南抚机（安抚使司主管机宜文字）。

失调名

江路野梅香

横斜淡月黄昏，漏泄早春消息。

（《大德昌国州图志》卷六）

吴　康

吴康，生卒不详，字用章，南丰（今江西南丰）人，生于绍兴年间。

失调名

试问海棠健否，海棠虽似，减清香。

失调名

凌空蜂翼递香来，惊破蜜房幽梦。

（以上见《水云村稿》卷四词人吴用章传）

汪 晫

汪晫(1162—1237),字处微,绩溪(今安徽绩溪)人。以孝闻,宁宗开禧时,曾至阙下,不就举试而归。后归隐,结庐曰环谷。著有《环谷存稿》。里人私谥康范先生。

贺新郎

次韵初夏小集

田舍炉头语[①]。便如何学得、三变美成家数[②]。村酒三杯狂兴发,拔剑偶然起舞。只么也[③],迎寒送暑。待草万言书上阙,似忧端、倚柱东邻女[④]。卿相事,未易许。

渔歌且和芙蓉渚。又何须、淫辞媟语[⑤],诃风诋雨[⑥]。劝人生、且随缘分,分外一毫莫取[⑦]。那富贵、由天付与。身蹈危机犹不觉,如布衣、自在都无阻。空博得,雪千缕[⑧]。

[注释]

①炉头:酒肆。此句指田父醉酒之言辞。 ②三变:柳永原名三变。美成:周邦彦字。 家数:指柳、周一脉相传之词风。 ③只么:如此这般。 ④东邻女:"臣之东邻,有一女子,云髮丰艳……登垣而望臣,三年于兹矣。"见司马相如《美人赋》。 ⑤淫辞媟(xiè)语:浮夸失实,狎慢不恭之辞。 ⑥诃、诋:斥责,毁谤。 ⑦"分外"句:"物各有主,苟非吾之所有,虽一毫而莫取。"见苏轼《前赤壁赋》。 ⑧雪千缕:指雪白的鬓髮。

蝶恋花

秋夜简赵尉借韵[①]

午夜凉生风不住。河汉无声,时见疏星度。佳客伴君知未去，对床只欠潇潇雨[②]。　素月四更山外吐[③]。金鸭慵添[④]，消尽沉烟缕。料得玉楼人念处，归舟日望荷花浦。

[注释]

①借韵：次韵，和韵。　②“对床”句：“能来同宿否？听雨对床眠。”见白居易《雨中招张司业宿》。　③“素月”句：“四更山吐月，残夜水明楼。”见杜甫《月》。　④金鸭：鸭形香炉。　慵：懒。

念奴娇

清　明

谁家野菜饭炊香，正是江南寒食。试问春光今几许，犹有三分之一。枝上花稀，柳间莺老，是处春狼藉[①]。新来燕子，尚传晋苑消息[②]。　应记往日西湖，万家罗绮[③]，见满城争出。急管繁弦嘈杂处，宝马香车如织。猛省狂游，恍如昨梦，何日重寻觅。杜鹃声里，桂轮挂上空碧[④]。

[注释]

①是处：到处。　狼藉：指暮春花落纷纷，散乱不整貌。　②“新来”二句：“旧时王谢堂前燕，飞入寻常百姓家。”见刘禹锡《乌衣巷》。王、谢，即晋代以王导、谢安为首的大世族。故云。　③万家罗绮：柳永《望海潮》咏杭州有“市列珠玑，户盈罗绮，竞豪奢”句。　④桂轮：月亮，因传说月中有桂树，故名。

水调歌头

次韵荷净亭小集

落日水亭静，藕叶胜花香。时贤飞盖[①]，松间喝道挟胡床[②]。暑气林深不受，山色晚来逾好，顿觉酒尊凉。妙语发天籁，幽眇亦张皇[③]。 射者中，弈者胜[④]，兴悠长。佳人雪藕，更调冰水赛寒浆。惊饵游鱼深逝，带箭山禽高举，此话要商量。溪上采菱女，三五傍垂杨。

[注释]

①盖:车上遮阳御雨之伞盖。 飞盖:借指奔驰的车子。 ②喝道:官吏出行，士卒前引传呼，使行人避道。 胡床:一种可以折叠的轻便坐具。 ③幽眇:精深微妙。 张皇:张大，引申为阐发。此指参与小集之君妙语天籁，阐幽发微。韩愈《进学解》:“补苴罅漏(填补缺漏)，张皇幽眇。” ④“射者，弈者”句:“射者中，弈者胜，觥筹交错，起坐而喧哗者，太守宴也。”见欧阳修《醉翁亭记》。

如梦令

次韵吴郎子信残春

几点弄晴微雨，翳日薄云来去[①]。断送一番春，满径杨花飞絮。无语，无语，还是旧时院宇。

[注释]

①翳(yì):遮掩。

贺新郎

开禧丁卯端午中都借石林韵[①]

帖子传新语[②]。问自来、翰林学士，几多人数。或道江心空铸镜，或道艾人如舞。或更道、冰盘消暑[③]。或道芸香能去蠹[④]，有宫中、鬥草盈盈女。都不管，道何许。 离骚古意盈洲渚[⑤]。也莫道、龙舟吊屈，浪花吹雨。只有辟兵符子好[⑥]，少有词人拈取。谁肯向、帖中道与。绝口用兵两个字，是老臣、忠爱知艰阻。写此句，绛纱缕[⑦]。

[注释]

①开禧丁卯：宋宁宗开禧三年(1207)。　中都：京城。　石林：叶梦得，号石林。此词为次叶梦得韵之作。　②帖子：宋时八节内宴，命翰林作应景之词，贴在阁中门壁上，称帖子词。多为七言诗，多歌功颂德，粉饰太平之语。　③"或道"三句：指端午帖子词常用之套语。　铸镜：据《异闻集》天宝中，扬州进水心镜，移炉以五月五日于扬子江心铸之，后大旱，祀之得雨。　艾人：端午"采艾以为人，悬门户上，以禳毒气"。见《荆楚岁时记》。　④芸香：植物名。花叶有强烈气味，可辟蠹驱虫。　⑤离骚：屈原代表作。其中洋溢着爱国忧民之思。　⑥辟兵符子：避免武器伤害之符。《文子·上德》："蟾蜍(癞蛤蟆)辟兵。"　⑦绛纱缕：意即以深红之纱封罩此词。

贺新郎

环谷秋夜独酌

夜对灯花语。且随宜、果盘草草，两三杯数。翠玉环中园五亩，自唱山歌自舞。况今夜、尊前无暑。何用食前须方丈[①]，更后车、何用婵娟女。这闲福，自心许。　蓼花芦叶纷江渚。有沙边、寒蛩吟透，梧桐秋雨。羡甚满堂金玉富，未可学人渔取[②]。怕天也、未曾相与。豹遁蛟藏泉可濯，有鬼神、呵护盘之阻[③]。鲜可食，脍银缕[④]。

[注释]

①方丈：一丈见方，食前方丈形容肴馔之丰。见《孟子·尽心下》。②渔取：用不正当的手法获取利益。　③盘之阻："盘之泉，可濯可沿；盘之阻(形势阻塞)，谁争子所……虎貌远迹兮，蛟龙遁藏；鬼神守护兮，呵禁不祥。"见韩愈。　④鲜可食："钓于水，鲜可食。"见韩愈《送李愿归盘谷

序》。 鲜:指鱼虾水鲜。

鹧鸪词

春 愁

伤时怀抱不胜愁,野水粼粼绿遍洲。满地落花春病酒,一帘明月夜登楼。 明眸皓齿人难得[①],寒食清明事又休。只是鹧鸪三两曲,等闲白了几人头。

[注释]

①明眸皓齿:指美女佳人。

念奴娇

汪平叔、王季雄、戴适之环谷夜酌,即席借东坡先生“大江东去”词韵就饯平叔赴任南陵尉

相逢草草,共吟诗、同醉杯中之物。评论三王讥五霸[①],谈辨喧哗邻壁。敲缺唾壶,击残如意[②],妙语飞华雪。无能为也,如何对此三杰[③]。 看取东野诗成[④],南昌书就[⑤],奈征车催发。后夜山深何处宿,红豆寒灯明灭。一老堪怜,两生未起,应念星星髮。风传佳话,花村无犬惊月。

[注释]

①三王:指夏禹、商汤、周文王。 五霸:其说不一,通常指齐桓、晋文、秦穆、宋襄、楚庄。 ②“敲缺”二句:晋裴启《语林》载,王敦酒后辄咏曹操“老骥伏枥”数句,以铁如意击唾壶(痰盂)为节,壶尽缺。 ③三杰:指与宴之汪、王、戴。 ④东野:唐代诗人孟郊的字。 诗成:或指其《登科后》“春风得意马蹄疾”。 ⑤南昌书就:未详。或指王勃《滕王阁序》。

西江月

次韵李明府见寿

千缕柳丝犹嫩，一星榆火初明[①]。载将新意寿幽人，红袖持杯劝尽。　老鹤自偏野性，沙鸥难比轻身。殷勤多谢祝长春，一笑东风夜静。

[注释]

①榆火：寒食禁火后以榆木钻取新火。

沁园春

次韵李明府劝农[①]

民吾同胞[②]，剖破藩篱[③]，元是大家。故见之诰诏，视如子弟，谆勤恳切，悃愊无华[④]。孝悌力田[⑤]，职当劝相[⑥]，起早非干为看花。亲酌酒，老农唯诺，句句仁芽。　晓来犹觉寒些。看雨湿风吹旗□斜。笑吾生八十，尽谙农事，公筵既彻，更共烹茶。高唱豳风[⑦]，敬酬令尹，王道桑麻乐有涯。春务急，见溪头杨柳，已可藏鸦。

[注释]

①劝农：勉励农耕。　②民吾同胞：同胞，此指同一国之人。宋张载《西铭》："民吾同胞，物吾与也。"　③藩篱：以竹木编制以御门户之外蔽。此指门户。　④悃愊（kǔn bì）：至诚。《后汉书·章帝纪》："安静之吏，悃愊无华。"　⑤孝悌：孝顺父母，敬爱兄长。　力田：努力耕作。　⑥劝相：劝勉。　⑦豳风：《诗经·豳风》有《七月》，乃写一年农事之诗。

如梦令

属纩遗语[1]

一只船儿没赛[2]，七十六年装载。把柁更须牢，风饱蒲帆轻快。无碍，无碍。匹似子猷访戴[3]。

（以上明嘉靖刊本《西园康范诗集》）

［注释］

①属纩：纩，丝棉，人将死，置于口鼻，以视有无呼吸。后指弥留之际为属纩。 ②没赛：完结。 ③子猷访戴：《世说新语·任诞》载，王子猷居山阴，夜大雪，忽欲访戴安道。乘舟经宿方至，造门不前而返。人问其故，曰："吾本乘兴而行，兴尽而返，何必见戴！"此以"兴尽而返"的态度来对待死亡。

江城子

咏木犀[1]

可是东风、当日欠商量[2]。百紫千红春富贵，无半点，似渠香[3]。

（《康范诗集》汪梦斗跋）

［注释］

①木犀：桂花。 ②欠商量：欠考虑，安排不当。 ③似渠香：是说春花都不如桂花香。 渠：他，指木犀。

虞刚简

虞刚简（1164—1227），字仲易，仁寿（今四川仁寿）人。宋高宗时名臣虞允文之孙。与魏了翁等在四川讲学，人称沧江先生。历提点夔州路刑狱兼提举常平。主管武夷山冲夷观。

南乡子

用子和韵送㠭西归就试，㠭屡劝余早还家，因一致意[①]

儿有掌中杯[②]，但把归期苦苦催。奕世衣冠仍上第[③]，公台。元自诗书里面来。　　秋色为渠开，先我梁山马首回。猿鹤莫轻窥蕙帐[④]，惊猜。抬步归休亦乐哉。

（《铁网珊瑚书品》卷五《虞提刑尚书父子词翰》）

[注释]

①㠭（zhǎn）西：㠭，古文展字。㠭西，虞刚简之子。唐氏按：此首原注"嘉定元年秋（1208）七月丁丑汉中泽物堂书"。　②掌中杯："云物不殊乡国异，教儿且覆掌中杯。"见杜甫《小至》。　③奕世：屡世，一代接一代。　上第：上等。　唐氏按："奕"字原空格，据《式古堂书画汇考·书考》卷十五补。　④"猿鹤"句："蕙帐空兮夜鹤怨，山人去兮晓猿惊。"见孔稚圭《北山移文》。

张　拭

张拭，生平不详。《宝庆四明志》卷十八有张拭，嘉泰四年(1204)任象山县令，或即此人。

向湖边

万里烟堤，百花风榭，游女翩翩羽盖。彩挂秋千，向花梢娇对。矧门外、森立乔松[1]，日花争丽，犹若当年文会[2]。廊庙夔龙[3]，暂卜邻交外。　　共讲真率[4]，玉糁金齑脍[5]。同萧散寄傲，樽罍倾北海。佳处难忘，约追欢须再。况风月不用一钱买。但回首，七虎堂中心欲碎。千里相思，幸前盟犹在。　　(《花草粹编》卷十一)

[注释]

①矧(shěn)：况且。　②文会：文酒之会。　③夔龙：相传是虞舜时名臣。夔为乐官，龙为言官。　④真率：真诚坦率，无伪饰。　⑤玉糁(sǎn)："轼曰：过子忽出新意，以山芋作玉糁羹，色香味皆奇绝，作诗云：'……莫将南海金齑脍，轻比东坡玉糁羹。'"见《东坡志林》。　金齑(jī)脍：南方人细切鱼丝以金橙拌之，号为金齑玉脍。

[集评]

笃文云："此为步韵江纬《向湖边》之作。把缆放舟，殊少生气。"

赵希明

赵希明，生卒不详，燕王德昭九世孙。宁宗嘉定元年（1208）处州守。

霜天晓角

空山木落，月淡阑干角。相与羊裘披上①，方知道、宦情薄。　　老来须自觉，酒尊行处乐。疑到碧湾无路，滩声小，橹声薄。

（《钓台集》卷六）

[注释]

①羊裘：东汉严光披羊裘，钓泽中。光武帝遣使聘之，三返而后至。典屡见。

程　珌

程珌(1164—1242),字怀古,休宁(今安徽休宁)人。光宗绍熙四年(1193)进士。知富阳县(今浙江钱塘),历官翰林学士知制诰,出知福州,兼福州路安抚使,封新安郡侯。以端明殿学士致仕。卒赠少师。家本河北洺州(今河南永平),因自号洺水遗民。有《洺水集》二十六卷。

前筵勾曲[①]

百世基图,光胙圣神之主;九天雨露,恩浓帝王之州。上奉台颜,后部献曲。

醉蓬莱

望皇都清晓,瑞日祥烟,洞开阊阖[②]。一朵红云,映重瞳日月[③]。万岁山高,九霞杯暖,正想宸游洽[④]。绝塞庭琛[⑤],重闹天笑[⑥],年年仙阙。　韶凤徘徊[⑦],蒲鱼演漾[⑧],镐酒恩浓[⑨],龙蟠建业[⑩]。玉琢麟符[⑪],分付人中杰。奠国安民[⑫],持将祝寿,乐作君臣悦。看取头厅,押班称贺,明年天节。

[注释]

①前筵勾曲:前筵,筵前。　勾曲:古乐曲名。　②阊阖:天门。亦指皇宫之正门。　③重瞳:目有二瞳。舜重瞳,项羽亦重瞳子。见《史记·项羽本纪》。亦以指皇帝。宋王禹偁《待漏院记》:"九门既开,重瞳屡回。"　④宸游:帝王的巡游。　洽:沾润周遍。　⑤庭琛:庭前满列来献之珍宝。《诗经·鲁颂·泮水》:"憬彼淮夷,来献其琛。"　⑥天笑:《神异经》载,东荒山中有大石室,东王公居焉。与一玉女投壶,设有入不出者,

天为之笑。杜甫《能画》："每逢天一笑，复似物皆春。"此指天颜（皇帝）之笑。⑦韶风：美好之鸾凤。⑧蒲鱼：鱼名，即鲂鱼。演漾：浮动起伏。⑨镐酒：此指皇家之宴饮。镐：镐京，在陕西西安西南。⑩建业：今江苏南京。⑪麟符：上相之符信。徐铉《还过东都》："麟符上相恩偏重。"⑫奠国：安定社稷。

后筵勾曲

天容不老，千龄已祝于尧年；地限无边，四海均闻于舜乐。至和一鼓，万象皆春。上侑清欢，后部献曲。

西江月

茶词

岁贡来从玉垒[①]，天恩拜赐金奁[②]。春风一朵紫云鲜，明月轻浮盏面。　想见清都绛阙[③]，雍容多少神仙。归来满袖玉炉烟，愿侍年年天宴。

[注释]

①玉垒：山名，在四川灌县西北。②奁：盛放东西的箱、盒之类。③清都：古时谓天帝所居之宫阙。绛阙：宫殿之门阙。

鹧鸪天

汤词

饮罢天厨碧玉觞，仙韶九奏少停章[①]。何人采得扶桑椹[②]，捣就蓝桥碧绀霜[③]。　凡骨变，骤清凉。何须仙露与琼浆。君恩珍重浑如许，祝取天皇似玉皇。

（以上嘉靖本《程端明公洺水集》卷二十一）

[注释]

①仙韶：传说舜所作乐曲名。　②扶桑：神木名，传说日出其下。③蓝桥：传说为唐裴航遇仙女云英处。见《太平广记》五十《裴航》。　碧绀霜：《拾遗记》载，广延国常雨青雪，冰霜之色，皆如绀碧。

水调歌头

昏发乌江[1]，朝至湖阴，月正午，舟中作

玉女扫天净，雍观掠江宽[2]。问君何事底急[3]，夜半挟舟还。三岛眠龙惊觉[4]，万顷明琼碾破，凉月照东南。碧气正吞吐，满挹漱膺肝。　烟篷上，乘云象，噭天关[5]。人间已梦，我独危坐玩漫汗[6]。螭殿黄昏未锁[7]，鹤氅翩跹蜚下[8]，共吸酒壶干。兴罢吹笙去，风露五更寒。

[注释]

①乌江：在安徽和县东北。　②雍观：传说中水神名。见《睽车志》。　③底急：甚急。　④三岛：即传说中之蓬莱、方丈、瀛洲。　⑤噭(jiào)：叫。　⑥漫汗：广大无边。　⑦螭殿：即龙宫。　⑧鹤氅：鸟羽所制之裘，用作外套。此指仙人所服。　蜚：同"飞"。

水调歌头

壬子五月二十三日[1]，流杯玉泉[2]，雨忽大作，连赋《水调》二章，一书于壁，一怀以归

电阙驱神骏，铁棰起痴蛟。木鸣山裂盛夏，白昼野魈号[3]。急上瑶庭深处，为问龙君何怒，抉破古天河。日华开绚采，雨意属诗豪。　与君来，蜚玉佩，斩觚瓢[4]。纤流沉羽[5]，借我万斛沸银涛。醉拍满缸香雪，写竭一池浓墨，逸气正飘飖。何事谪仙子，归去续松醪[6]。

［注释］

①壬子：光宗绍熙三年（1192）。②流杯：即流觞。在水上放置酒杯，流行其前，即取饮。王泉：在浙江杭州西湖。③野魖（xū）：传说中一种使人耗财的鬼。④斩觚瓢：传说许由"挂瓢为饮器，因风吹而飘动，感到烦闷，于是弃之"。见《琴操》。⑤沉羽：不能浮羽之水。见《淮南子·时则训》。此处形容水势之大。⑥松醪：苏轼有《中山松醪赋》。

水调歌头

日毂金钲赤[①]，雪窦水晶寒。支机石下翻浪[②]，喷薄出层关。半夜雌龙惊走，明日灵蛇张甲[③]，蜚上石盘桓。多谢山君护[④]，未放醉翁闲。　安得醉，风泚泚[⑤]，露珊珊[⑥]。翠云老子[⑦]，邀我瑶佩驾红鸾。一勺流觞何有，万石横缸如注，虹气饮溪干[⑧]。忽梦坐银井[⑨]，长啸俯清湍。

［注释］

①日毂（gǔ）：指太阳，日形如轮，故名。金钲：军中乐器，镯铙之类，圆形。②支机石：传说中织女天河边支机之石。③灵蛇：传说中灵异之蛇。屈原《天问》："灵蛇吞象，厥大何如？"④山君：山神。⑤泚泚（cǐ）：象声词，状风之声。⑥珊珊：象声词。⑦翠云老子：指仙人。冯衍《显志赋》："驷素虬而驰骋兮，乘翠云而相佯。"⑧"虹气"句：传说虹能吸饮。见南朝宋刘敬叔《异苑》。⑨银井：九仙殿有银井。见《云仙杂记》。

水调歌头

登甘露寺多景楼望淮有感[①]

天地本无际，南北竟谁分。楼前多景，中原一恨杳难论。却似长江万里，忽有孤山两点[②]，点破水晶盆。为借鞭霆力，驱去附昆仑。　望淮阴，兵冶处，俨然存。看来天意，止欠士雅与刘琨[3]。三拊当时顽石[4]，唤醒隆中一老[5]，细与酌芳尊。孟夏正须雨，一洗北尘昏。

[注释]

①甘露寺：在江苏镇江北固山上。相传始建于三国吴甘露年间(265—266)。宋真宗祥符(1008—1012)年间重建于北固山。 多景楼：在甘露寺内。宋郡守陈天麟在唐代临江亭故址上修建。 ②孤山两点：指江西鄱阳湖中之大孤山、小孤山。 ③士雅：东晋祖逖字，逖曾中流击楫誓复中原。 刘琨：与祖逖友善。闻逖为朝廷任用，云："吾枕戈待旦，志枭逆虏，常恐祖生先吾着鞭。" ④顽石：《莲社高贤传·道生法师》载，法师入虎丘山，聚石讲《涅槃经》，群石皆为点头。 ⑤隆中一老：诸葛亮曾隐居于隆中(湖北襄阳西)。

水调歌头

戊戌自寿[1]

渤澥东南界[2]，西北倚昆仑。当时推步[3]，但知宇内有乾坤。午夜风轮微转，驾我浮空迳景，一息过天垠[4]。俯视人间世，渺渺聚沤尘。 挽天吴[5]，摩海若[6]，吐还吞。宁用计年，八十阳九又三阴[7]。要自白榆星外[8]，直至黑流沙底[9]，山与泽俱平。不论初末度，一色界如银。

[注释]

①戊戌：宋理宗嘉熙二年(1238)，时作者已七十五岁。 ②渤澥：即渤海。 ③推步：推算天文历法。 ④天垠：天际。 ⑤天吴：水神。见《山海经》。 ⑥海若：传说中之北海神，也泛指海神。见《庄子·秋水》。 ⑦"八十"句：术数家推步天文历法，认为平均八十年有一灾年。即"阳九"。作者年七十五逢一阳九，故云八十阳九。 ⑧白榆星：星名。《乐府诗集》三十七《陇西行》："天上何所有？历历种白榆。" ⑨黑流沙：佛家所谓十六游僧地狱之一。见《法苑珠林》十一《六道·地狱受报》。

六州歌头

送辛稼轩

向来抵掌[①]，未必总谈空。难遍举，质三事，试从公。记当年，赋得一丘一壑[②]，天鸢阔，渊鱼静，莫击磬，但酌酒，尽从容。一水西来他日[③]，会从公，曳杖其中。问前回归去，已笑白髪成蓬。不识如今，几西风。　蒙庄多事，论虱豕，推羊蚁，未辞终。又骤说，鱼得计，孰能通[④]，□□□[⑤]。叹如云罔罟[⑥]，龙伯啖[⑦]，眇难穷。凡三惑，谁使我，释然融。岂是匏瓜者[⑧]，把行藏、悉付鸿濛。且从头检校，想见迎公，湖上千松[⑨]。

［注释］

①抵(zhǐ)掌：击掌。指谈话投机时忘形之态。《战国策·秦策一》："苏秦说赵王于华屋之下，抵掌而谈，赵王大悦。"　②一丘一壑，辛弃疾有《兰陵王·赋一丘一壑》："看天阔鸢飞，渊静鱼跃。""莫击门前磬，，荷蒉人过，仰天大笑簪缨落。"　③一水西来："一水西来，千丈晴虹，十里翠屏。"见辛弃疾《沁园春·再到期思卜筑》。　④"蒙庄多事"七句：见辛弃疾《哨遍》。　⑤《全宋词》注：空格据毛扆校汲古阁本《洺水词》校语补。　⑥网罟(gǔ)：网的通称。"罟"即"网"。　⑦龙伯：古之传说中的巨人，善钓。一钓而连六鳌。见《列子·汤问》。　⑧匏瓜者：喻求仕不遇者。《论语·阳货》："吾岂匏瓜也哉！焉能系而不食。"　匏瓜：葫芦。　⑨"且从头"三句："老合投闲，天教多事，检校长身十万松。"见辛弃疾《沁园春》（叠嶂西驰）。

满江红

龚抚干示闰中秋[①]

黄鹤楼前，江百尺、波横光溢。问老子、当年高兴，何人知得。最爱洞庭天际水，分明表里玻璃色。恐今宵、未必似前番，天应惜。　　都莫问，鸿钟勒[②]。也休羡，壶天谪[③]。忆故人霜下，乱滩横笛。便好骑鲸游汗漫，古来蟾影何曾没。更明年、重约再来时，乘槎客。

［注释］

①抚干：江南东路安抚使干办公事。　②鸿钟：即洪钟。　勒：刻文于金石。　③壶天：道家所称仙境。

满江红

登石头城，归已月生[①]

颇恨登临，浪自作、骚人愁语。石城上、何须苦说，死袁生褚[②]。当日卧龙商略处[③]，秦淮王气真何许。与君来、萧瑟北风寒，黄云暮。　　枕钟阜[④]，湖玄武[⑤]。生此虎，真蹲踞。看四山环合，休临江渚。可笑唐人无意度，却言此虎凌波去[⑥]。君且住、明月为人来，潮生浦。

［注释］

①石头城：即金陵（今江苏南京）。　②死袁生褚：南朝萧道成杀太子，立顺帝，袁粲等谋诛道成，褚渊泄其谋，粲父子均被害。时人哀之，歌曰："可怜石头城，宁为袁粲死，莫作褚渊生！"见《南史·袁粲传》。　③"当日"句：相传汉末刘备使诸葛亮至金陵，谓孙权曰："钟山龙蟠，石城虎踞，此帝王之宅。"　卧龙：指诸葛亮。　④枕钟阜：以钟山为枕。　⑤湖玄武：指玄武湖，在南京市东北。　⑥"可笑"二句：本李白《金陵歌送别范宣》"石头巉岩如虎踞，凌波欲过沧江去"。

沁园春

别陈总帅①

玉局仙人②，轻帆万里，送入三吴③。怪一舟如叶，元无浊物，依然姑射④，满载冰壶⑤。昔日文君⑥，千言成诵，不识如今记得无。新来也，喜都将分付，一颗骊珠⑦。
向来田赋蠲输⑧。散多少、春风巴与渝⑨。算公家粗了⑩，莼鲈而已⑪。何妨西子⑫，白髪江湖。印铸黄金，时来须佩，毕竟人生万卷书。离情处，正秦淮岁晚，雪意模糊。

[注释]

①唐氏按：调名原误作《八声甘州》，此从汲古阁本《洺水词》。 ②玉局仙人：宋祠观有玉局观提举。成都玉局观，为张道陵升仙处。见《寰宇记》。 ③三吴：有三说，亦泛指江浙一带。 ④姑射（yè）：仙山。见《庄子·逍遥游》。 ⑤冰壶：盛冰的玉壶。比喻高洁。王昌龄《芙蓉楼送辛渐》："洛阳亲友如相问，一片冰心在玉壶。" ⑥文君：卓文君。 ⑦骊珠：传说出于骊龙颔下之珠，喻珍贵之人或物。元稹《赠严童子》："杨公莫讶清无业，家有骊珠不复贫。" ⑧蠲（juān）输：减免输入之租税。 蠲：减免。 ⑨"散多少"句：指给巴、渝（四川巴中、重庆一带）人多少恩泽。 ⑩公家粗了：了却官家之事。 ⑪莼鲈：用晋张翰见秋风起，思故里莼菜、鲈鱼，弃官而归典。 ⑫西子：西施，用范蠡携西施泛五湖典。见《吴越春秋·句践阴谋外传》。

步虚词

寿张门司

休怪频年司钥①，仙官长守仙宫。东风未肯到凡红②，先舞云韶彩凤。 都是一团和气，故教上苑春浓。群仙拍手过江东，高唱紫芝新颂。

[注释]

①司钥:掌管宫禁出入的官。　②凡红:平常花草。

沁园春

寿王运使

公有仙姿,苍松野鹤,落落昂昂[1]。论法主长生,仍须极贵,云台绛阙,都许尚羊[2]。更忆当年,而今时候,一念功名下帝旁。天分付,使人间草木,尽有春香。　人知相法奇庞[3]。又那识、阴功事更长[4]。算毗陵荒政[5],江东风采,忠文典则,凛凛生光。再岁秦淮,觚棱入梦[6],帷幄从来在庙堂[7]。公归去,好平心献替[8],人望时康。

[注释]

①落落:坦荡貌。　昂昂:卓然特立,志行高超貌。　②尚(cháng)羊:同"徜徉",逍遥。　③奇庞:旧时相面者谓奇伟多福之相。　④阴功:暗中施德于人。《淮南子·人间训》:"有阴德者必有阳报",故曰"事更长"。　⑤毗(pí)陵:今江苏常州。　荒政:救济饥荒的法令制度。⑥觚棱:殿堂屋角瓦脊成方角棱瓣形,故名。常代称京城宫阙。　⑦"帷幄"句:"运筹帷幄之中,制胜于无形。"见《史记·太史公自序》。　⑧献替:献可替否的简说。指诤言进谏。见晋袁彦伯《三国名臣序赞》。

沁园春

寿李通判

那用招秋,休言推暑,风自薰兮。问谁解当初,识公来处,月明碧落,旆卷青霓。千丈长松,起人生意,冻芋寒瓜空满畦。还堪怪,怪诸公衮衮,我尚凭泥[1]。　须教一举崔嵬。算人世、功名各有梯。更何须炼鼎,玄霜绛雪[2]，只烦煮茗，水饼冰齑[3]。紫府多仙，招来满座，公自长生角亢齐[4]。何曾也，有玉麟行地，老凤梧栖。

[注释]

①凭泥：意指沉沦下僚。 凭：临近。 ②玄霜绛雪：仙药名。《初学记·汉武内传》："仙家上药有玄霜、绛雪。" ③水饼：即汤饼，水煮的面食。 齑（jī）：碎屑。 ④角、亢：星宿。《尔雅·释天》："寿星，角、亢也。"

沁园春

谢刘小山频寄所作

君有新词，何妨为我，时遣奚奴[1]。看此山大小，风流晋宋，眼中馀子[2]，苦自侏儒[3]。九曲清溪，千枝杨柳，还记新条更有无。春将好，欲从君商略[4]，君意何如。 佳人玉佩琼琚。更胸中、浇灌有诗书。把古人行处，从头检点，今人说底，却不须渠[5]。更上石头[6]，重登钟阜，画作金陵考古图。频相见，怕薰风早晚，便隔天隅。

[注释]

①奚奴：男女奴仆之通称。 ②馀子：其馀之人。 ③"苦自"句：意谓与山比，人显得很短小。 侏儒：短小之人。 ④商略：商讨。 ⑤渠：他。 ⑥石头：即石头城。

沁园春

庚午三月望日赋椿堂牡丹[1]

消得雕栏，也不枉教，车马如狂[2]。怪元和一事，韩公子者[3]。归来劚去，玉毁崑冈[4]。为解花嘲，朝来试看，采佩般霞浥露香。君休怪,算只缘太艳,俗障难降[5]。诗人未易平章[6]。向百卉、凋零独后装。看洪炉大器[7],从来成晚,只须这著,也做花王。况是月坡,花围一尺,压尽纷纷琐细芳。还堪笑,笑龙钟老凤[8],方入都堂[9]。

[注释]

①庚午:宁宗嘉定三年(1210)。　椿堂:父所居,古人以椿长寿,后以喻父。　②车马如狂:"花开花落二十日,一城之人皆若狂。"见白居易《牡丹芳》。　③"怪元和"二句:相传韩愈之侄韩湘学道成仙,曾劝韩愈弃官学道。并于初冬令牡丹开花数色,每朵有一联诗,预言愈未来之事。后愈以元和十四年(819)谏宪宗迎佛骨,果验其事。　④崑冈:即昆仑山,产美玉。《尚书·胤征》:"火炎崑冈,玉石俱焚。"　⑤俗障:尘俗之障碍。⑥平章:品评。　⑦洪炉:指天地。《庄子·大宗师》:"今一以天地为大炉。"　大器:大材,不可多得之人材。《老子》:"大器晚成,大音希声。"⑧龙钟:形容老态。　老凤:宋代丞相之别称。又父子俱有才,父为老凤,子为雏凤。李商隐《韩冬郎即席为诗……》:"雏凤清于老凤声。"　⑨都堂:尚书令之大厅,在尚书省中,谓都堂。

沁园春

读《史记》有感

试课阳坡[1],春后添栽,多少杉松。正桃坞昼浓,云溪风软,从容延叩,太史丞公[2]。底事越人,见垣一壁,比过秦关遽失瞳[3]。江神吏,灵能脱罟,不发卫平蒙[4]。　休言唐举无功[5]。更休笑、丘轲自阨穷[6]。算汨罗醒处[7],元来醉里,真敖假孟[8],毕竟谁封。太史亡言,床头酿熟,人在晴岚杳霭中。新堤路,喜樛枝鳞角[9],夭矫苍龙。

[注释]

①课:考查。　②太史丞公:指司马迁。　③"底事"三句:底事,为

何。　越人：战国时名医扁鹊，原名秦越人。《史记·扁鹊仓公列传》载，扁鹊以长桑君言，饮药三十日，视见垣一方人（可隔墙见人）。以此视病，尽见五脏症结。后至秦。秦太医令李醯自知伎不如，使人刺杀之。此三句意即越人能洞察人之肺腑，为何看不出李醯之杀心。　④"江神吏"三句：灵龟为江神之使，至于泉阳，为渔者网得，置之笼中。夜半，龟来见梦于宋元王，告以身在患中，知宋元王有德义，请释之。宋元王召博士卫平而问之。卫平运式，定日月，分衡度，视吉凶，占龟与物色同，谏元王留龟以为国重宝。此谓江神之使神龟虽灵，却不能使卫平从蒙昧中憬悟。事见《史记·龟策列传》。　⑤唐举无功：唐举，一作唐莒，梁人，善相。燕人蔡泽请相。唐举笑曰："先生曷鼻（仰鼻），巨肩，魋颜（额前突），蹙齃（皱鼻梁），膝挛（弯膝），吾闻圣人不相，殆先生乎？"蔡泽知唐举戏之，曰："富贵吾所自有，吾所不知者寿也，愿闻之。"后蔡泽拜秦相，功垂天下。见《史记·范睢蔡泽列传》。此指富贵靠人去争取，故云相者唐举无功。　⑥丘：孔丘。　轲：孟轲。孔子绝粮于陈，孟子辙环天下，卒老于行。故云自阨穷。阨：同"厄"。　⑦汨罗：屈原既放，忧愤国事，怀石自沉于汨罗。　⑧真敖假孟：孙叔敖死，其子困穷。优孟饰孙叔敖见楚庄王，庄王惊，以叔敖复生，欲以为相。优孟请与妇计，三日复来，云妇言楚相不足为。如孙叔敖之为楚相，尽忠，楚王得以伯。今死，其子无立锥之地。于是庄王谢优孟，召叔敖子，封之寝丘四百户。此借指世事真假难辨。　⑨樛（jiū）枝：指弯曲、纠结之树木。

锦帐春[1]

留　春

最是元来，苦无风雨，只恁匆匆归去[2]。看游丝、都不恨，恨秦淮新涨，向人东注。　醉里仙人，惜春曾赋，却不解、留春且住。问何人、留得住。怕小山更有[3]，碧芜春句。

［注释］

①唐氏按："帐"原作"堂"，据《词谱》卷十三改。　②只恁：只这

么。　③小山：即《沁园春·谢刘小山频寄新作》之刘小山。

壶中天

寿丘枢密[①]

日躔东井[②]，正轮囷桂影[③]，十分光洁。火令方中符国运[④]，天与非常英杰。荦荦平生[⑤]，眼空宇宙，绿鬓千寻雪。笑谈一镇，单于底事心慑。　　晚岁佛地功深，人间富贵，五湖烟水阔[⑥]。谁遣心期事左[⑦]，须酬满、麒麟勋业[⑧]。又也何妨[⑨]，长生仙箓[⑩]，已在黄金阙。中原恢拓，要公归任调燮[⑪]。

［注释］

①枢密：官职名。宋枢密院与中书省分掌军政。此指丘崈，曾任枢密使，视师江淮。　②躔（chán）：天体运行之轨迹。　东井：星名，即井宿。《礼记·月令》："仲夏三月，日在东井。"　③轮囷：屈曲貌。　桂影：指月。　④火令：有关用火的政令。　⑤荦荦（luò）：卓绝貌。　⑥唐氏按："水"字原缺，据汲古阁本《洺水词》补。　⑦心期：内心所期许。　事左：不当，事与心违。　⑧麒麟：麒麟阁，汉阁名。汉宣帝曾画功臣十一人图像于阁。　⑨又：古"右"字。　⑩仙箓：仙人之簿籍。　⑪调燮：调和元气，燮理阴阳。此指宰相之职。

烛影摇红

元　宵

青旆摇风，朱帘漏月黄昏早。蓬山万叠忽蜚来，上有千灯照[①]。和气祥烟缭绕。映琼楼、五云缥缈。青裙缟袂，乱吹繁弦，九衢欢笑。　　元是琴堂，十分管领春光到。手移星宿下人寰，招客来仙岛。信道邦人见少。仿佛似、皇都春好。明年只恐，鳌山扈从，随班清晓。

[注释]

①"蓬山"二句：宋代于元宵夜，堆彩灯为山形，称鳌山。即此所指。蜚：同"飞"。

谒金门

用赵帐干韵

烟漠漠，醉里看春都错。过了清明迟一著，牡丹重约摸[①]。　晓日渐明檐角，天与芳辰难却[②]。驻得韶华元有药，桃源谁共约。

[注释]

①约摸：大略、粗计。　②却：推辞不受。

水龙吟

寿李尚书

道家弱水蓬莱，鲸波万里谁知得[①]。人间自有，南昌居士，仙风道骨。诗似白星[②]，貌如聃老[③]，风尘挺出[④]。向谪仙家里[⑤]，滕王阁畔[⑥]，飘玉佩、下丹阙。　黄发四朝元老[⑦]，又谁知、重生绿发[⑧]。手提一笔，活人多少，三千功积。已冠文昌[⑨]，人人瞻望[⑩]，玉枢躔逼[⑪]。对新凉、酒颊微红，宛是一星南极[⑫]。

[注释]

①鲸波：江海巨浪。　②白星：或指太白星，指李白。　③聃老：即老聃，老子。　④挺出：高出于众。　⑤谪仙：古人称誉才行高迈者为谪居

尘世的仙人。唐李白即为谪仙人。 ⑥滕王阁:在江西南昌。 ⑦黄髮:老人髮由白而黄,因以黄髮为寿高之象。 ⑧绿髮:乌亮的头髮。 ⑨文昌:尚书省的别称。 ⑩唐氏按:“瞻”原误“詹”,从汲古阁本《洺水词》。 ⑪玉枢:重臣之美称。 躔逼:践履之所。 ⑫一星南极:南极星。杜甫《赠韩谏议》:“南极老人应寿昌。”

喜迁莺

别陈新恩

少年意气,脑燕兵胡簶[①],虏王区脱[②]。眼底朦胧,腹中空洞,不著曹刘元白[③]。闻道殊科八中[④],也要彩卢连掷[⑤]。收拾尽,到如今但有,寸心如铁。 天付,真奇特。口静神充,双眼胡僧碧。楚国离骚,唐朝词学,未信芳尘□歇[⑥]。结取佳人香佩,截断儿曹绮舌[⑦]。归去也,且斓斑戏彩[⑧],好春长日。

[注释]

①脑:《全宋词》注,疑是“恼”字之误。 胡簶:盛矢之器。辛弃疾《鹧鸪天·有客慨然谈功名,因追念少年时事戏作》:“燕兵夜娖银胡簶。” ②区(ōu)脱:匈奴语。指边界土堡哨所。 ③曹刘:一指曹操、刘备,一指曹植、刘桢,此应指前者。 元白:元稹、白居易。 ④殊科:不同的科举名目。 ⑤彩卢:樗蒲(古代之博戏)五子俱黑为“卢”,是最胜之采。 ⑥唐氏按:原无空格,从汲古阁本《洺水词》,下俱同,不另注。 ⑦绮舌:藻饰不实之辞。 ⑧戏彩:用老莱子斑衣娱亲典。

喜迁莺

寿李文昌

评君谁似,似长松千丈,离奇多节。骨瘦棱棱,文高荦荦,今日□来仙阙。走卒识公容貌,酋虏问公官阀[①]。

更史馆，一编书多少，频添勋业。　　伟绝，今岁别。新绿名孙，又见枝生叶。底事七旬，双瞳如水，毕竟桂花方发。赐第彤墀秋早[2]，又一瑶枢光洁。故人也，念相逢谁似，凤池同列[3]。

［注释］

①酋虏：部族之长。　问公官阀：问祖先建功之家世。　②彤墀：丹墀，宫中之台阶。　③凤池：凤凰池，在禁苑中。魏晋南北朝设中书省于禁苑，故称中书省为凤凰池。

喜迁莺

寿薛尚书

一天风露，喜初行弹压[1]，人间残暑。金母此时[2]，云軿先降[3]，又见枢星光吐[4]。人道鸿濛逢日[5]，可是东方明处。更天上、走王人络绎[6]，仪鸾琼醑[7]。　　听语，更希举。试把皇朝、盛事都来数。当日鳌头[8]，皇扉侍母[9]，绿鬓方瞳□□[10]。更有飞凫王季[11]，往往文星再聚。浑休问，但回班千岁，貂蝉成谱[12]。

［注释］

①弹压：制服。　②金母：西王母。　③云軿（píng）：仙人所御有帷盖的车。　④枢星：天枢星，北斗七星第一星。　⑤鸿（hòng）濛：东方之野，谓日出处。见《淮南子·俶真训》。　⑥王人：未详。或为玉人之误。玉人，风神高迈容仪俊爽之人。　⑦仪鸾：隋宫殿名。　琼醑（xǔ）：即琼浆美酒。　⑧鳌头：科举中状元为占鳌头。　⑨皇扉：即皇门。　⑩方瞳：方形瞳孔，为仙人之征。　⑪飞凫：见《后汉书·王乔传》。　⑫貂蝉：古代王公显贵冠上之饰物，借指显达。　谱：布列其事，主叙人世代相继如统绪。

喜迁莺

寿薛枢密

去年玉燕[①]，记曾期今岁，瑶光入度。今日都人，从头屈指，尽是黑头公辅[②]。争道一朝语合，谁信千龄际遇。更积雨，晓来晴，洗出琉璃秋宇。　笑语，知何许。旆卷青霓[③]，来自钧天所[④]。道骨仙风，安排顿著，须是人间紫府[⑤]。要识云台高绝，更有凤池深处。从今数，看千秋万岁，永承明主。

[注释]

①玉燕：传说唐代名臣张说之母梦玉燕投怀，生说。见五代后周王仁裕《开元天宝遗事》上。　②黑头公：指少壮而居高位者。见《世说新语·识鉴》。③青霓：道家之仪仗。　④钧天所：天中央之处。见《吕氏春秋·有始》注。　⑤紫府：道家称仙人所居。　人间紫府：谓宰相府。

柳梢青

寿薛尚书

官已尚书，人犹寒素，仙有名言。谓是若人[①]，法当至贵，仍主修年[②]。　唐人四字鲜妍，堪照映、画堂彩烟。更对新凉，一声芝曲，万斛金船。

[注释]

①若人：此人。　②修年：即修龄，长寿。

柳梢青

和齐仙留春

嫩绿成堆，朝来红紫，都在莓苔。方见春来，又闻春去，暗里谁催。　人生易老何哉，春去矣、秋风又来。何似云溪，长春日月，无去无归。

酹江月

丙子自寿[①]

平生有意，把六经膏泽，人人沾受。白被子明康节辈[②]，浪说乘除先后[③]。遇合一时，英雄千古，谁是高强手。蹉跎岁晚，临风浩然搔首。　今但入梦青山，云溪深处，烟月生怀袖。宿有十年萧散愿[④]，此段功缘须就。因忆坡公，仇池有约，莫误归时候[⑤]。今朝对酒，歌此与君为寿。

[注释]

①丙子：宁宗嘉定九年（1216）。　②子明：宋王旦字。累官至宰相。好学，预修《文苑英华》，为真宗所信赖。晚年以未能谏止托名天书行封禅事，为世所讥，抱憾而终。　康节：宋邵雍死谥康节，好易理。　③乘除：算法，一乘一除，仍为原数。韩愈《三星行》："名声相乘除，得少失有馀。"　先后：即进退。　④萧散：闲散自得。　⑤"因忆"三句："至扬州，获二石……忽忆在颍州日，梦人请住一官府，榜曰'仇池'。觉而诵杜子美诗曰：'万古仇池穴，潜通小有天。'乃戏作小诗。"见苏轼《双石》诗《序》。诗末二句云："一点空明是何处？老人真欲往仇池。"按杜甫所说仇池，在甘肃成县西。见杜甫《秦州杂诗二十首》之十四。

贺新郎

寿李端明

袖手云溪畔。看人间、纷纷饥乌腐鼠[①]，触蛮交战[②]。便得金鱼垂玉带[③]，多少雌黄点勘[④]。算此语、必非河汉[⑤]。直自弹冠班八座[⑥]，更青春、数到期颐算[⑦]。一段玉，无纤玷[⑧]。　　公难学处尤堪羡。全似□、泠泠秋水，体清形健。衮处从来高一著[⑨]，那肯随人脚转。要须是、常见乾坤清晏。天意未教公猛去，要都俞、了却从公便[⑩]。歌寿斝，朱帘卷。

［**注释**］

①饥乌腐鼠：喻仕途争名夺利之事，见《庄子·秋水》。李商隐《安定城楼》："不知腐鼠成滋味，猜意鹓雏竟未休。"　②触蛮交战：见《庄子·则阳》，有国于蜗之左角者曰触氏，有国于蜗之右角者曰蛮氏，时相与争地而战。此喻因微利而争者。　③金鱼：唐制，三品以上佩金鱼符信。　④雌黄：矿石，黄色晶体，可作颜料。古人以黄纸写字，有误，则以雌黄涂之。因称改易文字为雌黄。　点勘：校订。　⑤河汉：比喻议论迂阔不切实际。见《庄子·逍遥游》。　⑥弹冠：洁其冠以待仕。《汉书·王吉传》："吉与贡禹为友，世称'王阳在位，贡公弹冠'。"　八座：封建时代的高级官员，见《宋书·百官志》。　⑦期颐：百岁之人，见《礼记·曲礼上》。百年为年数之极，故曰期。此时需待人之养护，故曰颐。　⑧玷：玉上之斑点。　⑨衮处：三公之职。　⑩都俞：感叹词。《尚书·益稷》：禹曰："都！帝，慎乃在位。"帝曰："俞！"后引申为君臣问答相得情景。

宝鼎现

寿李端明

绿杨欲舞，红杏微笑，春工渐侈[①]。试偻指、自从嘉定[②]，数到宝庆□□里[③]。无一岁、不书年大有[④]，问元功谁燮理[⑤]。□□□、于变雍熙，如此自当千岁。　况是端笏蓬莱陛[⑥]。但看雍容、玉立山峙。炼五色、补天无迹，扶日天衢光四被。安清祏、填群心声色[⑦]，恬然如谈笑耳。更八荒、民生奠枕[⑧]，此著又当千岁。　又况善述先猷[⑨]，严武备、不开边鄙。阴功遍南北，千岁未多畤祉[⑩]。且说总是三千岁。此际方岐嶷[⑪]。听今日、处处笙歌，何止南楼十二。

[注释]

①侈：盛。　②偻（lǚ）指：屈指。　嘉定：宁宗年号（1208—1224）。③宝庆：理宗年号（1225—1227）。　④大有：大丰收。　⑤元功：大功。燮理：治理。　⑥端笏：手捧朝会记事所用之手板。　蓬莱陛：即蓬莱宫陛（台阶）。　⑦祏（shí）：宗庙藏神主的石匣。　安清祏：指安定宗庙社稷。　填（zhèn）：通“镇”。此指镇抚群心。　声色：声调及脸色。欧阳修《相州昼锦堂记》：“至于临大事，决大议，垂绅正笏，不动声色，而措天下于泰山之安，可谓社稷之臣也。”　⑧八荒：八方荒远之处。　奠枕：安枕、安定。　⑨先猷：古代安邦之道、法则。　⑩畤祉：酬福。此谓阴功遍南北，上天酬福，千岁未多。　⑪岐嶷：幼年聪慧之称。

念奴娇

忆先庐春山之胜

归来一笑，尚看看趁得，人间寒食。阿寿牵衣仍问我[①]，双鬓新来添白。忍见庭前，去年芳草，依旧青青色。西湖雨后，绿波两岸平拍。　天教断送流年，三之一矣[②]，又是成疏隔。燕子春寒浑未到，谁说江南消息。玉树熏香，冰桃翻浪，好个山间景物。这回归去，松风深处横笛。

[注释]

①阿寿:当指家中小儿辈。　②三之一:四月初夏,年光已过三分之一。

念奴娇

初见海棠花

嫣然一笑,向烛花光下,经年才见[①]。欲语还羞如有恨,方得东君一盼[②]。天意无情,更教微雨,香泪流丹脸。今朝霁色,笙歌初沸庭院。　因是思入东屏,当年手植,遍桃源低岸。失脚东来春七度,辜负芳丛无限。问讯园丁,宁如归去,细与从头看。东风独立,白云遮断双眼。

[注释]

①“嫣然”三句:本自苏轼《海棠》“只恐夜深花睡去,故烧高烛照红妆”。　②盼:此据《宋六十名家词》本。《全宋词》误作“盻”。

倾　杯

丁亥自寿[①]

銮殿秋深,玉堂宵永,千门人静。问天上、西风几度,金盘光满,露浓银井[②]。碧云飞下双鸾影。迤逦笙歌近笑语[③],群仙隐隐。更前问讯,堕在红尘今省。　渐曙色、晓风清迥。更积霭沉阴、都卷尽。向窗前、引镜看来,尚喜精神炯炯。便折简、浮丘共酌[④],奈天也、未教酩酊。来岁却笑群仙,月寒空冷。[⑤]

[注释]

①丁亥:理宗宝庆三年(1227)。　②银井:九仙殿有银井。见《云仙

杂记》。 ③迤逦：曲折连绵。 ④折简：古代以竹简作书，简长二尺四寸，短者半之。折简，即折简之半，表示随便。 浮丘：浮丘公，传说为黄帝时仙人。见晋郭璞《游仙诗》之三注。 ⑤作者自注："余家天都山，乃浮丘仙升之地。"

醉蓬莱

寿王司直

算千葩百卉，谁伴东风，早春时候。唯有江梅，在人间长久。雪后霜前，冲涉多少[1]，尚精神如旧。岁岁年年，酴酥饮了[2]，便为公寿。 更向尊前席上，细看人与梅花，棱棱争瘦。桃李漫山，都落芳尘后。和气满身，参调玉弦[3]，表天然孤秀。来岁今朝，星闱雾阁，一卮春酒。

［注释］

①冲涉：冲突，面对。此指梅花要面对多少雪霜之冲冒。 ②酴酥：即屠苏，草名。古习于正月初一饮屠苏酒。 ③玉弦：此指琴弦，操琴可除躁戾，养和气。

醉蓬莱

丙申自寿[1]

记蟾宫桂子，撒向人间，如今时候。□□□□，□□□□。白下长干[2]，乱滩横笛，想昔游依旧。大海一沤[3]，千年一息[4]，谁称彭寿[5]。 开遍门前丹蕊，渐西风入东篱，酿成仙酒。□□□□，□□□□□。卓笔鸡笼[6]，悬天宝盖[7]，占断宣徽秀[8]。来岁清茗[9]，公家事了，斑衣蓝绶。

[注释]

①丙申:理宗端平三年(1236)。　②白下:地名,故城在今江苏南京市北。　长干:地名,在今江苏江宁县境。　③一沤:一个水泡。此言大海小如一水泡。　④一息:一呼一吸谓一息。此言千年之短暂。　⑤彭寿:传说颛顼帝玄孙陆终氏的第三子篯铿,被尧封之于彭城,谓之彭祖,年八百岁,称有寿。见汉刘向《列仙传》。　⑥卓笔:执笔。　鸡笼:鸡笼山,在今江苏南京市西北。　⑦悬天:指山如悬于天。江淹《江上之山赋》:"信悬天兮窈昧。"　宝盖:宝盖山在今江苏镇江县西。　⑧宣徽:安徽宣城一带。　徽州:安徽歙县一带。　⑨清苕:即苕溪,源出浙江天目山之阳。

西江月

壬辰自寿[①]

天上初秋桂子[②],庭前八月丹花。一年一度见仙槎,秋色分明如画。　　愿把阴功一脉,灯灯相续无涯[③]。降祥作善岂其差,永作渔樵嘉话[④]。

[注释]

①壬辰:理宗绍定五年(1232)。　②作者自注:"今岁七月,月中桂子下。"　③灯灯相续:灯,指点于佛像前的长明灯,阴功长积,如灯灯相续无尽。　④渔樵:喻归稳。

西江月

癸巳自寿[①]

底事中秋无月,元来留待今宵。群仙拍手度仙桥,惊起眠龙夭矫[②]。　　天上灵槎一度,人间八月江潮。西兴渡口几魂消[③],又见潮生月上。

[注释]

①癸巳：理宗绍定六年（1233）。　②夭矫：屈伸纵恣之态。　③西兴：地名，在今浙江萧山县西，临运河。作者自注："癸丑八月侍亲西兴。"癸丑：光宗绍熙四年（1193），是年作者中进士，知富阳县。

[集评]

侯孝琼云："宵、桥、矫，潮、消，均属《词林正韵》第八部。'上'在去声二十三漾部，在《词林正韵》第二部。似不应通押。"

满庭芳

雪登前岭。自己酉江右雪行弥月[①]，四十七年，无此乐也，今再见之

未岁嘉平[②]，初旬日四，雪中归自崇唐[③]。山林湖海，一气接苍茫。踏尽玉龙千丈，更一望、龙尾天长。须臾上，高峰四顾，迤逦过前冈。　群山，如玉削，松林百万，尽傅琼霜。浑疑是天际，一鹤翱翔。人道玉皇三六[④]，欲一叩、风力方刚。明朝好，金乌衔烛[⑤]，八表散祥光。

[注释]

①己酉：孝宗淳熙十六年（1189）。时作者方二十五岁。　②未岁：指乙未年，理宗端平二年（1235）距己酉岁恰四十七年。　嘉平：腊月之别称。《史记·秦始皇本纪》："三十一年（前216）十二月，更名'腊'曰'嘉平'。"　③崇唐：观名，唐潘师正隐居河南登封逍遥谷，高祖赐其庐名曰"崇唐观"。见《旧唐书·隐逸传》。此借指隐居之所。　④三六：祚极三六，当有龙飞之秀。见《宋书·符瑞志》。　⑤金乌：太阳。传说太阳中有三足乌。　衔烛："天东有若木，下置衔烛龙。"见李贺《苦昼短》。此亦指代日出。传说羲和驾日车驭六龙。

满庭芳

戊戌上元喜霁，访开桃洞[①]

去腊飞花，今春未已，迤逦将度元宵。俄然甲子[②]，青帝下新条[③]。净扫一天沉霭，红轮满、大地山河。从今好，便当听取，万国起歌谣。　　有人，当此际，锄云深坞[④]，剪月中阿[⑤]。已占断春风，自种仙桃。更扶疏桂影直，从岩底、上拂云梢。仍为我，长摩苍石，无负此清波。

[注释]

①戊戌：理宗嘉熙二年（1238）。　上元：正月十五。　②甲子：甲为天干，子为地支首位，干支相配，得六十数。因以甲子代岁月，此指岁。　③青帝：东方之神，春神。　④深坞：很深的山坳。　⑤中阿：即阿（丘陵）之中。

[集评]

侯孝琼云："此词宵、条、谣、桃、梢与河、阿、波、通押，未知所据者何。"

满庭芳

戊戌自寿

人道苍姬[①]，燠多寒少[②]，故教千岁绵绵。算来春夏，一气本无偏。底事今年玉历，秋未朔、风露泠然[③]。君知否，山深地僻，自是早霜天。　　如今，当此去，十分亲切，面问婵娟。何须看仙槎，海上重还。好在金英玉屑[④]，□为我、满泛金船。仍传语，横江秀石，□永锁三川[⑤]。

[注释]

①苍姬：未详。似是主管气候之女神。　②燠（yù）：暖热。　③朔：

开始。　④金英：五金之英。　玉屑：玉之碎末。传说以云外之露和玉屑饮之，可得长生。见《三辅故事》。　⑤三川：未详：似指其家乡水名。

减字木兰花

不应双睫，看尽人间花与雪。曾是当时，一朵红云拥日飞。　　如今正好，万绿千红深处坐。也使春工，唤作天池五月风。　　（以上程端明公《洺水集》卷二十四）

朱用之

朱用之,生平不详,约与程珌同时。

意难忘

和清真韵

宫额涂黄[①]。怕笺凝怨墨,酒渍离觞。红楼春寄梦,青琐夕生香。花气暖,柳阴凉。棹曲水沧浪。爱弄娇,临流梳洗,顾影低相。　　桃花结子成双。纵题红去后[②],枉误刘郎[③]。琴心挑别恨[④],莺羽学新妆。千万恨,恼愁肠。便憔悴何妨。待共伊、平消别后,几度风光。

(《阳春白雪》卷五)

[注释]

①"宫额"句:六朝时妇女于额上施黄色涂饰。李商隐《蝶》之三:"寿阳公主嫁时妆,八字宫眉捧额黄。" ②题红:即红叶题诗以寄相思,唐人题红故事颇多,典屡见。 ③刘郎:用东汉刘晨、阮肇天台山遇仙女典。 ④琴心:寄相思于琴声。卓文君新寡,好音,相如以琴心挑之。见《史记·司马相如列传》。

厉元范

厉元范，生卒不详，金华人，曾任庐陵郡守。

失调名

梦中得

叶叶柳眉齐抹翠，梢梢花脸争匀白。

（《石屏长短句》《满江红》词序）

郑　域

郑域(1152—1173),字中卿,号松窗,三山(今福建福州)人。淳熙十一年(1184)进士。宁宗庆元二年(1196),曾随张贵谟使金。有《燕谷剽闻》二卷,今不传。存词十一首,名《松窗词》。

昭君怨

道是花来春未,道是雪来香异[①]。竹外一枝斜[②],野人家。　冷落竹篱茅舍,富贵玉堂琼榭。两地不同栽,一般开。

（《全芳备祖》前集卷一“梅花门”）

[注释]

①道是雪来香异:“只应花是雪,不悟有香来。”见唐苏子卿《梅花》。②“竹外”句:“竹外一枝斜更好。”见苏轼《和秦太虚梅花》。

[集评]

杨慎云:“兴比甚佳。”(《诗品》卷四)

薛砺若云:“《昭君怨》一阕为咏梅中新颖别致之作。”

侯孝琼云:“于咏梅中寄托对炎凉世态之批评,杨慎所谓‘比兴甚佳’,指此。”

念奴娇

水晶宫殿,放三千龙女,凌波浮浴。花里雕房分洞户,隐隐钉头齐簇[①]。处子娇羞,碧裙无袖,密护圆瑳玉。堤头微露,半身犹掩金绿。　知是紫府筵开[②],□随纤指,出玲珑窗屋[③]。倩剥霓裳轻手掻,掏损些些香玉[④]。端的中心[⑤]，密藏芳意，苦苦何时足[⑥]。巴城憔悴[⑦]，采歌犹闻新曲[⑧]。　　（《全芳备祖》前集卷十一“荷花门”）

［注释］

①“隐隐”句：指莲蓬中之莲实如钉头饱满齐整。　②紫府：道家称仙人居所为紫府。　③玲珑窗屋：指莲房。　④香玉：指莲肉。　⑤端的：的的确确，真个。　⑥苦苦：指莲心。　⑦巴城：指江苏昆山之巴城湖。　⑧新曲：指《采莲子》，唐教坊曲名，后用为词牌。

蓦山溪

嫣然一笑，风味人间没。来自广寒宫，直偷得、天香入骨[①]。软金缕屑，点缀碧琼枝。花藏叶，叶笼花，刚被风吹拂。　　道人衾帐，不用沉烟熨。插满枕屏山[②]，觉身在、蓝桥仙窟[③]。一觞一咏，消得九秋愁。篱边菊，畹中兰，甘避芳尘不。

［注释］

①“来自”二句：此咏桂花，传说月中有桂树，故云广寒、天香。　②屏山：指屏风。吴鼎《芳闺怨》：“无言偏倚屏山扇。”　③蓝桥：在陕西蓝田县东南蓝溪之上，传说其地有仙窟，即唐裴航遇仙女云英处。见《太平广记·裴航》。

霜天晓角[①]

绿云剪叶，低护黄金屑[②]。占断花中声誉，香与韵、两清洁。　　胜绝，君听说，是他来处别，试看金衣犹带，金庭露、玉阶月。

（以上二首见《全芳备祖》前集卷十三“桂花门”）

[注释]

①唐氏按:此首又作谢懋词,见《中兴以来绝妙词选》卷四。 ②黄金屑:指纤小如金屑之金桂花。

念奴娇

素肌莹净,隔鲛绡贴衬,猩红妆束[1]。火伞飞空熔不透[2],一块玲珑冰玉。破暑当筵,褪衣剥带,微露真珠肉。中心些子,向人何大焦缩。 应恨旧日杨妃,尘埃走遍,南闽和西蜀[3]。困入筠笼消黯搅,香色精神愁蹙[4]。赖有君谟,为传家谱,不弃青黄绿[5]。到头甜口,是人都要圜熟。

(《全芳备祖》后集卷一"龙眼门")

[注释]

①"素肌"三句:写荔枝肉莹白,上裹透明白膜如鲛绡,外壳猩红。 ②火伞:喻烈日。 ③"应恨"三句:"杨贵妃生于蜀,好食荔枝。南海所生,尤胜蜀者,故每岁飞驰以进。"见李肇《唐国史补》卷上。 "南闽"句:《全宋词》作"向南闽西蜀"此据《佩文斋广群芳谱》校改。 ④"困入"二句:荔枝经宿而败,故云消黯、愁蹙。 筠笼:竹篮。 ⑤君谟:宋蔡襄字君谟,著有《荔枝谱》。

念奴骄

蕊宫仙子,爱痴儿、不禁三偷家果[1]。弃核成根传汉苑[2],依旧风烟难□。老养丹砂,长留红脸[3],点透胭脂颗。金盘盛处,恍然天上新堕。 莫厌对此飞觞,千年一熟,异人间梨枣。刘阮尘缘犹未断[4],却向花间飞过。争似莲枝,摘来满把,莺嘴平分破。餐霞嚼露,镇长歌醉蓬岛。

(《全芳备祖》后集卷六"桃门")

[注释]

①三偷家果:《汉武故事》载,东郡献短人,帝呼东方朔。朔至,短人指朔谓上曰:“王母种桃,三千岁一熟。此子不良,已三过偷之矣。”　②弃核成根:《太平御览》:“三老相遇问年……一曰:吾师食桃弃其核昆仑之下,今与昆仑齐矣。”　传汉苑:《汉武故事》载,王母索七桃如弹丸,以五枚与帝。帝食桃,以核著于膝前,欲种之。　③“依旧”三句:《广群芳谱》卷五十四作“依旧风烟难老,养就丹砂,长留红脸”。　④刘阮:即刘晨、阮肇天台食桃遇仙女事。

[集评]

笃文云:“此咏桃之作,串合典实,有一气呵成之妙。结拍回映起句,章法井然。”

念奴骄

东陵美景[①],有轻烟和月,斜风吹雨。一体龙须随地转[②],不学松萝儿女。结就员青[③],收来掌握,犹带金盘露。拍浮金井,水花零乱飞舞。　　谁信六月飘霜,破开落刃,散银丝金缕。冷碧凄香萦齿颊,洗我尘襟烦暑。杜老吟诗,巳公留客[④],此兴无今古。安期非诞,世间有枣如许[⑤]。

（《全芳备祖》后集卷八“瓜门”）

[注释]

①东陵:“召平者,故秦东陵侯。秦破,为布衣,贫,种瓜于长安城东,瓜美,故世俗谓之东陵瓜。”见《史记·萧相国世家》。　②龙须:指瓜蔓随地卷曲,如龙须。　③员青:即又圆又青,指瓜。　④“杜老”二句:“巳公茅屋下,可以赋新诗。枕簟入林僻,茶瓜留客迟。”见杜甫《巳上人茅斋》。　⑤“安期”二句:汉方士李少君云,仙人安期生食巨枣,如瓜。见《史记·封禅书》。

画堂春

春 思

东风吹雨破花悭，客毡晓梦生寒。有人斜倚小屏山，蹙损眉弯。　　合是一钗双燕，却成两镜孤鸾[①]。暮云修竹泪留残[②]，翠袖凝斑。

[注释]

①两镜孤鸾：南朝宋范泰《鸾鸟诗序》载，罽宾王得鸾鸟，不鸣。夫人曰："闻鸟得类而后鸣，何不悬镜以映之？"王从其言，鸾鸟睹影而鸣，一奋而绝。后以喻失偶之悲。　②暮云修竹："天寒翠袖薄，日暮倚修竹。"见杜甫《佳人》。

[集评]

杨慎云："'合是一钗双燕，却成两处孤鸾。'乐府多传之。"（《诗品》卷四）

侯孝琼云："阕末用杜甫'日暮修竹'句，兴寄深远。"

桃源忆故人

春 愁

东风料峭寒吹面，低下绣帘休卷。憔悴怕他春见，一任莺花怨。　　新愁不受诗排遣，尘满玉毫金砚。若问此愁深浅，天阔浮云远。

念奴娇

戊午生日作[①]

嗟来咄去，被天公、把做小儿调戏。踏雪龙庭归未久[②]，还促炎州行李。不半年间，北胡南越[③]，一万三千里。征衫著破，著衫人、可知矣。　　休问海角天涯，黄蕉丹荔，自足供甘旨。泛绿依红无个事，时舞斑衣而已[④]。救蚁藤桥[⑤]，养鱼盆沼，是亦经纶耳。伊周安在，且须学老莱子。

［注释］

①戊午：宋宁宗庆元四年(1198)。　②蹀雪龙庭：指作者庆元二年随张贵谟使金事。　蹀雪：踏雪。　龙庭：匈奴单于祭天地之所，后泛指边庭。　③南越：此言南粤，今广东一带。　④斑衣：用老莱子斑衣娱亲典。见《初学记》卷十七《孝子传》。　⑤藤桥：广东崖县有藤桥港。或指以藤为桥以渡溺水之蚁。《搜神记》曾载吴人董昭之过钱塘救溺水蚁王之事。

［集评］

陈廷焯云："（上阕）以文为词，纵笔为直干。（下阕）平常事写得眉飞色舞。"（《词则·放歌集》卷二）

浣溪沙

别　恨

酒薄愁浓醉不成，夜长攲枕数残更[①]。嫩寒时节过烧灯[②]。　　已自孤鸾羞对镜，未能双凤怕闻笙，莫教吹作别离声。

（以上四首见《中兴以来绝妙词选》卷四）

（以上郑域词十首，用赵万里辑《松窗词》）

［注释］

①攲(qī)枕：倚枕。　②烧灯：唐制二月十五为烧灯节。

王　澡

王澡(1166—?),字身甫,号瓦全。四明(今浙江余姚南)人,一曰宁海(今浙江宁海东北)人。绍熙元年(1190)进士。宁宗嘉定十三年(1220)国子博士。有《瓦全集》。

霜天晓角[1]

梅

疏明瘦直,不受东皇识[2]。留与伴春终肯,千红底、怎著得。　　夜色,何处笛。晓寒无奈力,若在寿阳宫院[3],一点点、有人惜。

(《深雪偶谈》)

[注释]

①唐氏按:此首赵万里校辑《宋金元人词》误补作汪藻词。　②东皇:司春之神。　③寿阳宫院:宋武帝女寿阳公主睡于含章殿檐下,梅花落额上,成五出之花,拂之不去。后世曰梅妆。

祝英台近

别　词

玉东西[1],歌宛转,未做苦离调。著上征衫,字字是愁抱。月寒鬓影刁萧[2],舵楼开缆,记柳暗、乳鸦啼晓。　　短亭草,还是绿与春归,罗屏梦空好。燕语难凭,憔悴未渠了。可能妒柳羞花,起来浑懒,便瘦也、教春知道[3]。

(《浩然斋雅谈》卷下)

[注释]

①玉东西:玉制的酒杯。范成大《丙午新正书怀》:“谢人深劝玉东

西。”　②刁萧：即刁骚，稀落貌。欧阳修《斋宫尚有残雪思作学士时摄事于此……有感》：“休把青铜照双鬓，君谟（蔡襄字）今已白刁骚。”　③唐氏按：“妒柳羞花”三句，别引作王君玉词。见张氏《拙轩集》卷五，已收入王琪词中。惟宋另有王君玉，未必即王琪作。

赵希俩

赵希俩(1166—1237),字寅父,号野云,常州无锡人。宋太祖九世孙。曾任三衢酒官。

点绛唇

又是年时,冷烟寒食梨花院[1]。柳金拖线,一曲珠歌转。　　翠碧雕梁,风软帘通燕。何须劝,酒豪诗健,逸韵今重见[2]。

(《阳春白雪》卷四)

[注释]

①寒食:节令名。在清明前一二日。　②逸韵:音韵放逸。

戴复古

戴复古(1167—?),字式之,号石屏,黄岩(今浙江天台山南)人。理宗绍定间出为邵武教授,年近八十,未几归。陆游门人,工诗。有《石屏诗集》十卷,《石屏词》一卷。

满江红

赤壁怀古

赤壁矶头,一番过、一番怀古。想当时、周郎年少,气吞区宇。万骑临江貔虎噪[1],千艘列炬鱼龙怒。卷长波,一鼓困曹瞒[2],今如许。　　江上渡,江边路。形胜地,兴亡处。览遗踪,胜读史书言语。几度东风吹世换,千年往事随潮去。问道傍、杨柳为谁春,摇金缕[3]。

[注释]

①貔(pí)虎:貔,猛兽。此以貔、虎喻武士。　②曹瞒:曹操小字阿瞒。见《三国志·魏书·武帝纪》。　③金缕:形容春柳叶芽嫩黄。

[集评]

杨慎云:"'赤壁怀古'《满江红》一首,句有'万骑临江貔虎噪,千艘列炬鱼龙怒……'而全篇不称。"(《词品》)

水调歌头

送竹隐知郢州[1]

雕鹗上云汉,虎豹守天关。一官游戏,笑向古郢试朱轓[2]。天下封疆几郡,尽得公为太守,奉诏仰天宽。万物一吐气,千里贺平安。　　雪楼高,三百尺,玉栏干。政成无事,时复把酒对江山。问讯莫愁安在[3],见说风流宋玉,犹有屋三间。请和阳春曲,留与世人看。

[注释]

①郢州:即今湖北江陵。 ②朱轓(fān):红色的车的障蔽。 ③莫愁:古女子名。家于石城(今湖北钟祥),善歌谣。

沁园春

一曲狂歌,有百馀言,说尽一生。费十年灯火,读书读史。四方奔走,求利求名。蹭蹬归来[1],闭门独坐,赢得穷吟诗句清。夫诗者,皆吾侬平日[2],愁叹之声。 空馀豪气峥嵘,安得良田二顷耕。向临邛涤器,可怜司马[3]。成都卖卜,谁识君平[4]。分则宜然[5],吾何敢怨,蝼蚁逍遥戴粒行[6]。开怀抱,有青梅荐酒,绿树啼莺。

[注释]

①蹭蹬:本指海水近陆而水势渐弱,后以喻人之困顿。 ②吾侬:方言,我。 ③"向临邛"二句:临邛,今四川邛崃。司马相如与卓文君于此置酒舍,文君当炉,相如与保仆杂作。见《史记·司马相如列传》。 ④"成都"二句:汉代严君平在成都卖卜,得百钱,即闭门讲《老子》。见《汉书·王贡两龚鲍传序》。 ⑤分:读去声,自料之辞。 ⑥戴粒:比喻负戴轻微。东海有巨鳌,冠蓬莱而浮于海,众蚁曰:"彼之冠山,何异于我之戴粒,逍遥封壤之巅,伏乎窟穴也!"见《太平御览·符子》。

贺新郎

为真玉堂寿[1]

说与黄花道。九秋深、三光五岳,气钟英表。金马玉堂真学士，蕴藉诗书奥妙。一一是、经纶才调[2]。斟酌古今来活国，算忠言、谠论知多少[3]。又入奏、金门晓。
朝回问寝披萱草[4]。对高堂长说，一片君恩难报。更待痴儿千载遇，膝下十分荣耀。趁绿鬓、朱颜不老。整顿乾坤济时了，奉板舆、拜国夫人号[5]。可谓忠，可谓孝。

[注释]

①真玉堂：真德秀，理宗朝为翰林学士。 ②经纶才调：治理国家的才能。 ③谠(dǎng)论：正直之论。 ④萱草：指萱堂，母亲居室。《诗经·卫风·伯兮》："焉得谖(萱)草，言树之背(北堂，母居)。" ⑤板舆：古时老人代步工具，后指官吏出任奉养父母。见晋潘岳《闲居赋》。

贺新郎

寄丰真州[1]

忆把金罍酒。叹别来、光阴荏苒[2]，江湖宿留。世事不堪频着眼，赢得两眉长皱。但东望、故人翘首。木落山空天远大，送飞鸿，北去伤怀久。天下事，公知否。
钱塘风月西湖柳。渡江来、百年机会，从前未有。唤起东山丘壑梦[3]，莫惜风霜老手。要整顿、封疆如旧。早晚枢庭开幕府[4]，是英雄、尽为公奔走。看金印，大如斗。

[注释]

①丰真州：丰有俊，字宅之，嘉定间曾知真州(江苏仪真)。 ②荏苒(rěn rǎn)：流逝。 ③东山：晋谢安因病辞官，隐东山。朝廷屡诏不仕，时人曰："安石不肯出，其如苍生何！"年四十出，官至司徒。 ④枢庭：政权的中心机构。

贺新郎

丰真州建江淮伟观楼

百尺连云起。试登临，江山人物，一时俱伟。旁挹金陵龙虎势①，京岘诸峰对峙②。隐隐接、扬州歌吹③。雪浪舞从三峡下，乍逢迎、海若谈秋水④。形胜地，有如此。

使君一世经纶志，把风斤月斧⑤，来此等闲游戏。见说楼成无多日，大手一何容易。笑天下、纷纷血指⑥。酝酿春风与和气，举长江，变作香醪美。人共乐，醉桃李。

[注释]

①金陵龙虎：刘备使诸葛亮至金陵，谓孙权曰："秣陵(指金陵)地形，钟山龙蟠，石城虎踞，此帝王之宅。"见《太平御览》卷一百五十六张勃《吴录》。 ②京岘：在江苏镇江。 ③扬州歌吹："谁知竹西路，歌吹是扬州。"见杜牧《题扬州禅智寺》。 ④海若：传说为海神。《庄子·秋水》："于是焉河伯始旋其面目，望洋向若而叹。" ⑤风斤月斧：斤斧，即斧头。此喻神功鬼斧。戴复古《寄报恩长老》："风斤月斧日纷然，行看华屋突兀在眼前。" ⑥血指："不善为斲(zhuó 砍削)，血指汗颜。"见韩愈《祭柳子厚文》。此指不善斫削之人。

水调歌头

题李季允侍郎鄂州吞云楼

轮奂半天上①，胜概压南楼②。筹边独坐③，岂欲登览快双眸。浪说胸吞云梦④，直把气吞残虏，西北望神州。百载一机会，人事恨悠悠。

骑黄鹤，赋鹦鹉⑤，谩风流。岳王祠畔，杨柳烟锁古今愁。整顿乾坤手段，指授英雄方略，雅志若为酬。杯酒不在手，双鬓恐惊秋。

[注释]

①轮奂:高大华美。 ②南楼:古代名楼,在湖北鄂城县南。 ③筹边:即筹边楼,在四川成都西郊。唐李德裕建。四壁画边地险要,日与习边事者筹画其上。故云,登此楼未为登览山川,而为筹边也。 ④胸吞云梦:"吞若云梦者八九,其于胸中曾不蒂芥。"见《史记·司马相如列传》。词题吞云楼,故用此典以明修楼之义。 ⑤黄鹤、鹦鹉:"昔人已乘黄鹤去,此地空馀黄鹤楼……晴川历历汉阳树,芳草萋萋鹦鹉洲。"见崔颢《黄鹤楼》。

满庭芳

楚州上巳万柳池应监丞领客①

三日春光,群贤胜践,山阴何似山阳②。鹅池墨妙③,曲水记流觞。自许风流丘壑,何人共、击楫长江④。新亭上,山河有异,举目恨堂堂⑤。　使君,经世志,十年边上,两鬓风霜。问池边杨柳,因甚凄凉。万树重新种了,株株在、桃李花傍。仍须待,剩栽兰芷,为国洗河湟⑥。⑦

[注释]

①楚州:宋曰楚州山阳郡,即今江苏淮安。 上巳:三月三日上巳节。 领客:聚客饮宴。杜甫《王竟携酒高亦同过》:"故人能领客,携酒重相看。" ②山阴:浙江绍兴。此指晋王羲之于会稽(绍兴东南)兰亭修禊之事。 ③鹅池:在绍兴东北蕺山戒珠寺前,相传为王羲之养鹅处。见《嘉庆一统志》卷二百九十四《绍兴府·寺观》。 ④击楫:用晋祖逖中流击楫典。见《晋书·祖逖传》。 ⑤"新亭"三句:用东晋新亭对泣典。今常借喻为忧时忧国。见《世说新语·言语》。 恨堂堂:恨极。 ⑥河湟:黄河、湟水(出蒙谷,抵龙泉与黄河会合)流域。此泛指边患。 ⑦唐氏按:以上二首别误入黄昇《散花庵词》。

满庭芳

赤壁矶头[①],临皋亭下[②],扁舟两度经过。江山如画,风月奈愁何。三国英雄安在,而今但、一目烟波。风流处,竹楼无恙[③],相对有东坡。　　登临,还自笑,狂游四海,一向忘家。算天寒路远,早早归呵。明日片帆东下,沧洲上、千里芦花。真堪爱,买鱼沽酒,到处听吴歌[④]。

[注释]

①赤壁矶:在湖北黄冈,以土带赤色,屹立于江边,故名。苏轼游此作词、赋,曾以之为周瑜败曹操处。　②临皋亭:亦在黄冈。见《嘉庆一统志》卷三百四十《黄州府》。　③竹楼:宋王禹偁有《黄州新建小竹楼记》。　④吴歌:江南民歌。

[集评]

侯孝琼云:“此词下阕家、呵、花、歌相押。家、花属六麻,呵、歌属五歌,两韵应不可通押。”

醉落魄

九日吴胜之运使黄鹤山登高[①]

龙山行乐[②],何如今日登黄鹤。风光政要人酬酢[③]。欲赋归来,莫是渊明错[④]。　　江山登览长如昨,飞鸿影里秋光薄。此怀只有黄花觉,牢裹乌纱,一任西风作。

[注释]

①黄鹤山:在湖北武昌。　②龙山:在安徽当涂县东南,晋桓温常与僚佐于重九登此山,为孟嘉落帽处。　③酬酢:交往应酬。主酌以敬宾曰献,客还答曰酢,主复答曰酬。　政:即“正”。　④“欲赋”二句:陶渊明

有《归去来兮辞》。

柳梢青

岳阳楼[1]

袖剑飞吟，洞庭青草[2]，秋水深深。万顷波光，岳阳楼上，一快披襟。　　不须携酒登临。问有酒、何人共斟。变尽人间，君山一点，自古如今。[3]

[注释]

①岳阳楼：在今湖南岳阳。　②青草：湖名。南接湘水，北通洞庭，水涨则与洞庭湖相接，所谓重湖也。　③唐氏按：以上二首别误入黄昇《散花庵词》。

锦帐春

淮东陈提举清明奉母夫人游徐仙翁庵

处处逢花，家家插柳，政寒食、清明时候。奉板舆行乐[1]，使星随后，人间稀有。　　出郭寻仙，绣衣春昼[2]，马上列、两行红袖。对韶华一笑，劝国夫人酒，百千长寿。

[注释]

①板舆：古时老人代步工具，后指官吏出任奉养父母。见晋潘岳《闲居赋》。　②绣衣：汉武帝时设绣衣直指。此泛指官吏。

行香子

永州为魏深甫寿[1]

万石崔嵬，二水涟漪。此江山、天下之奇。太平气象，百姓熙熙。有文章公，经纶手[2]，把州麾[3]。　　满斟寿酒，笑捻梅枝。管年年、长见花时。佳人休唱，浅近歌词。读浯溪颂[4]，愚谷记[5]，澹岩诗[6]。

［注释］

①永州：今湖南零陵。　②经纶手：治国的良才高手。　③州麾：统管全州的指挥旗。　④浯溪颂：浯溪，在湖南祁阳西南。唐元结有《浯溪铭序》。　⑤愚谷记："古有愚公谷，今予家是溪而名莫定……故更之愚溪。"见柳宗元《愚溪诗》序。　⑥澹岩：在永州城。黄庭坚有《题澹岩诗》二首。

鹊桥仙

新荷池沼，绿槐庭院，檐外雨声初断。喧喧两部乱蛙鸣[1]，怎得似、啼莺睍睆[2]。　　风光流转，客游汗漫[3]，莫问鬓丝长短。即时杯酒醉时歌，算省得、闲愁一半。

［注释］

①两部蛙鸣：两部，指音乐的主部和坐部。苏轼《次韵述古过周长官夜饮诗》："正遣乱蛙成两部，更邀明月作三人。"　②睍睆（xiàn huǎn）：美好。《诗经·北风·凯风》："睍睆黄鸟，载其好音。"　③汗漫：不着边际。

木兰花慢[1]

莺啼啼不尽，任燕语、语难通。这一点闲愁，十年不断[2]，恼乱春风。重来故人不见，但依然，杨柳小楼东。记得同题粉壁，而今壁破无踪。　　兰皋新涨绿溶溶，流恨落花红。念著破春衫，当时送别，灯下裁缝。相思谩然自苦，算云烟，过眼总成空。落日楚天无际，凭栏目送飞鸿。

[注释]

①唐氏按：此首别误入黄昇《散花庵词》。 ②"十年"句：《总目提要》云："重来故人不见，云云，与江右女之词：'君若来时，不相忘处'语意若相酬答，疑即为其妻而作。"

洞仙歌

卖花担上，菊蕊金初破，说着重阳怎虚过。看画城簇簇，酒肆歌楼，奈没个巧处，安排着我。 家乡煞远哩，抵死思量，枉把眉头万千锁。一笑且开怀，小阁团栾，旋簇着、几般蔬果。把三杯两盏记时光，问有甚曲儿，好唱一个。

[集评]

侯孝琼云："似曲。"

西江月

宿酒才醒又醉，春宵欲雨还晴。柳边花底听莺声，白髮莫教临镜。 过隙光阴易去，浮云富贵难凭。但将一笑对公卿，我是无名百姓。

西江月

三过武昌台下，却逢三度重阳。菊花只作旧时黄，白雪堆人头上[①]。 昨日将军亭馆，今朝陶令壶觞。醉来东望海茫茫，家近蓬莱方丈[②]。

[注释]

①白雪:喻白髮。 ②蓬莱方丈:传说中的东海仙岛。

贺新郎

兄弟争涂田而讼[①],歌此词主和议

蜗角争多少[②]。是英雄、割据乾坤,到头休了。一片泥涂荒草地,尽是鱼龙故道。新堤上、风涛难保。沧海桑田何时变,怕桑田、未变人先老。休为此,生烦恼。
讼庭不许频频到。这官坊、翻来覆去,有何分晓。无诤人中为第一[③],长讼元非吉兆。但有恨、平章不早[④]。尊酒唤回和气在,看从来、兄弟依然好。把前事,付一笑。

[注释]

①涂田:海滨可垦的泥田。 ②蜗角争:为蜗牛角之地而争,典出《庄子·则阳》。后以喻因细事而争鬥。 ③无诤:即无争,诤通“争”。 ④平章:商量处理。

沁园春

请赋林堂,林堂未成,吾何赋哉。想胸中丘壑,山中风月,亭台几所,花木千栽[①]。应接光阴,品题胜概,须待堂成我再来。听分付,是经行去处,莫放苍苔。 吾曹不堕尘埃,要胸次长随笑口开。任江湖浪迹,鸥盟雁序。功名到手,凤阁鸾台。它日相寻,有逾此约,酌水浮君三百杯。闻斯语,有冠山突兀[②],袍岭崔嵬。

[注释]

①千栽:千树。 ②冠山:“树中天之华阙,丰冠山之朱堂。”见《西都

赋》。注："未央宫殿皆疏龙首山土作之，殿居山上，故曰冠云。"

鹧鸪天

题赵次山鱼乐堂

圉圉洋洋各自由[①]，或行或舞或沉浮。观鱼未必知鱼乐[②]，政恐清波照白头[③]。　休结网，莫垂钩。机心一露使鱼愁。终知不是池中物，掉尾江湖汗漫游。

[注释]

①圉圉（yǔ）洋洋：形容鱼游之态。《孟子·万章上》："昔有馈生鱼于郑子产。子产使校人畜之池。校人烹之，反命曰：'始舍之圉圉焉（困而未舒），少则洋洋焉（从空自在），悠然而逝。'"　②"观鱼"句：庄子与惠施游于濠梁之上，见鯈（tiáo）鱼出游从容，因论鱼之知乐与否。见《庄子·秋水》。　③政恐：只恐。

减字木兰花

寄钦州刘叔冶史君[①]

羊城旧路[②]，檀板一声惊客去。不拟重来，白髪飘飘上越台[③]。　故人居处，曲巷深深通竹所。问讯桃花，欲访刘郎不在家[④]。

[注释]

①钦州：今属广西钦县。　②羊城：今广州。　③越台：即越王台。在今广州越秀山上，赵佗因山而筑台。　④刘郎：应指刘晨天台遇仙典。

减字木兰花

寄五羊钟子洪[①]

天台狂客[②]，醉里不知秋鬓白。应接风光，忆在江亭醉几场。　　吴姬劝酒，唱得廉颇能饭否[③]。西雨东晴，人道无情又有情[④]。

[注释]

①五羊：即羊城广州。　②天台狂客：词人自指。　③廉颇能饭否：见辛弃疾《永遇乐》（千古江山）下阕云“凭谁问，廉颇老矣，尚能饭否”，意指无人起用能征善战之爱国老将。　④“西雨”二句：本刘禹锡《竹枝词》“东边日出西边雨，道是无晴却有晴”，此喻前程未卜。

减字木兰花

阻风中酒[①]，流落江湖成白首。历尽艰关，赢得虚名在世间。　　浩然归去[②]，忆着石屏茅屋趣[③]。想见山村，树有交柯犊有孙[④]。

[注释]

①阻风：遇风而阻。　②浩然：不可阻遏的样子。　③石屏茅屋趣：石屏山下的乡情村趣。　④交柯：树枝立伸繁密的样子。

浣溪沙

病起无聊倚绣床，玉容清瘦懒梳妆。水沉烟冷橘花香。

说个话儿方有味，吃些酒子又何妨。一声啼鴂断人肠[①]。

[注释]

①啼鴂：即鶗鴂，杜鹃鸟。

清平乐

嘲　人

醉狂痴作，误信青楼约[①]。酒醒梅花吹画角[②]，翻得一场寂寞。　　相如谩赋凌云[③]，琴台不遇文君[④]。江上琵琶旧曲，只堪分付商人[⑤]。

[注释]

①青楼约：青楼女子之誓约。　②梅花吹画角：以画角吹奏《大梅花》、《小梅花》等角曲。　③相如：司马相如。　凌云："相如《大人》之颂，'飘飘有凌云之气'。"见《史记·司马相如列传》。　④琴台：在今四川成都，相传为相如弹琴处。　文君：卓文君。　⑤"江上"二句：白居易《琵琶行》写江上遇琵琶女，女诉云："门前冷落车马稀，老大嫁作商人妇"，此借嘲不遇知音。

临江仙

代　作

误入风尘门户[①]，驱来花月楼台。樽前几度得徘徊。可怜容易别，不见牡丹开。　　莫恨银瓶酒尽，但将妾泪添杯。江头恰限北风回。再三相祝去，千万寄书来。

[注释]

①风尘门户：指娼妓。

鹊桥仙

周子俊过南昌,问讯宋吉甫、黄存之昆仲[①]

西山岩壑,东湖亭馆,尽是经行旧路。别时方见有荷花,还又见、梅花岁暮。　宋家兄弟、黄家兄弟,一一烦君传语。相忘不寄一行书,元自有、不相忘处。

[注释]

①昆仲:称别人之兄弟,兄长曰昆,次曰弟。

祝英台近

别李择之诸丈后途中寄此[①]

泛杭州,临尘水,几日共游戏。歌笑开怀,酒醒又还醉。奈何一旦分携,连宵风雨,剪不断、客愁千里。　水云际。遥望一片飞鸿,苦是失群地。满眼春风,管甚闲桃李。此行归老家山,相逢难又,但一味、相思而已[②]。

[注释]

①丈:对长辈男子尊称。　②一味:一直。

大江西上曲[①]

寄李实夫提刑,时郊后两相皆乞归[②]

大江西上,郁孤台八境[③],人间图画。地涌千峰摇翠浪,两派玉虹如泻。弹压江山[④],品题风月,四海今王谢[⑤]。风流人物,如公一世雄也。　一片忧国丹心,弹丝吹笛,未必能陶写[⑥]。西北风尘方澒洞[⑦],宰相闲归绿野。月斧争鸣，风斤运巧[8]，不用修亭榭。紫枢黄阁[9]，要公整顿天下。

[注释]

①大江西上曲：即《念奴娇》，因戴词有“大江西上”，故名。 ②提刑：提点刑狱官之省称。 郊后：祭天地后。古于郊外祭祀天地。 ③郁孤台：在今江西赣州西南。 八境：苏轼有《虔州八境图》八首（虔州，今江西赣县）。八境为八咏楼、章贡台、白鹊楼、螺亭、马祖岩、尘外亭、郁孤台及赣县东南山之台，可闻木客（《赤雅》：木客形如小儿好为近体诗，无烟火尘俗气）吟诗者。 ④弹压：制服。《淮南子·本经训》：“牢笼天地，弹压江山。” ⑤王谢：王氏、谢氏，东晋之大世族。 ⑥陶写：陶冶情性，抒发幽忧。 写：同“泻”。 ⑦澒（hòng）洞：弥漫无际。 ⑧月斧风斤：斤斧，即斧头。比喻神功鬼斧。 ⑨紫枢黄阁：宰相府邸。汉及汉以后三公官署涂黄色，故称黄阁。见汉卫宏《汉旧仪》。唐开元间改中书省为紫微省，中书令为紫微令，因称宰相府为紫枢。见《旧唐书·职官志·中书省》。

满江红

庐陵厉元范史君梦中得柳眉抹翠一联，仆为续作此词歌之

太守风流，何人似、金华仙伯[1]。试看取、珠篇玉句，银钩铁画[2]。叶叶柳眉齐抹翠，梢梢花脸争匀白。比池塘、春草梦来诗[3]，尤奇绝。 胸中有，蛾眉月。笔头带，蓬□雪。笑归来万里，不登金阙。鹿瑞堂前冬日暖，螺山江上春波阔[4]。但伤时，一念不能休，添华发。

[注释]

①金华仙伯：赤松子。传说赤松子于金华（浙江金华）得道。 ②银钩铁画：形容书法劲健。 ③“比池塘”句：“池塘生春草，园柳变鸣禽。”见谢灵运《登池上楼》。 ④螺山：在江西吉安北十里，临赣江。

望江南

壶山宋谦父寄新刊雅词[①],内有壶山好三十阕,自说平生。仆谓犹有说未尽处,为续四曲

壶山好,博古又通今。结屋三间藏万卷,挥毫一字值千金。四海有知音。　　门外路,咫尺是湖阴。万柳堤边行处乐,百花洲上醉时吟,不负一生心。

[注释]

①宋谦父:宋自逊,字谦父,金华人,号壶山居士。

望江南

壶山好,胆气不妨粗。手奋空拳成活计[①],眼穿故纸下功夫。处世未全疏。　　生涯事,近日果何如。背锦奚奴能检典[②],画眉老妇出交租[③]。且喜有赢馀。

[注释]

①活计:生计。　②"背锦"句:唐诗人李贺出游,恒从小奚奴,背锦囊,得句,即书投锦囊中。见李商隐《李贺小传》。　③画眉老妇:"学母无不为,狼藉画眉阔。"见杜甫《北征》。

望江南

壶山好,文字满胸中。诗律变成长庆体[①],歌词渐有稼轩风[②]。最会说穷通[③]。　　中年后,虽老未成翁。儿大相传书种在[④],客来不放酒尊空。相对醉颜红。

[注释]

①长庆体：指中唐元稹、白居易的诗体。二人作品皆于唐穆宗长庆年间编集，有《元氏长庆集》、《白氏长庆集》，故称。 ②稼轩风：指辛弃疾之词风。 稼轩：辛弃疾之号。 ③穷通：困顿与显达。 ④书种：读书种子，指世代相承的读书人。

望江南

壶山好，也解忆狂夫。转首便成千里别，经年不寄一行书。浑似不相疏。 催归曲[1]，一唱一愁予。有剑卖来酤酒吃，无钱归去买山居。安处即吾庐[2]。

[注释]

①作者自注："壶山有《催归曲》赠仆，甚妙。" ②"安处"句：苏轼《定风波》（常羡人间）有句云"此心安处即吾乡"。

望江南

仆既为宋壶山说其自说未尽处，壶山必有答语，仆自嘲三解

石屏老[1]，家住海东云。本是寻常田舍子，如何呼唤作诗人。无益费精神。 千首富，不救一生贫。贾岛形模元自瘦，杜陵言语不妨村[2]。谁解学西崑[3]。

[注释]

①石屏老：作者自称。 ②杜陵：杜甫。 村：俚俗。 ③西崑：宋初以杨亿、刘筠为代表的一种诗体，要求典丽。

望江南

石屏老，长忆少年游。自谓虎头须食肉[1]，谁知猿臂

不封侯[2]。身世一虚舟[3]。　　平生事，说着也堪羞。四海九州双脚底，千愁万恨两眉头。白髪早归休。

[注释]

①虎头：旧时相家以虎头为贵人之相。见《东观汉记·班超》。②猿臂：李广臂长如猿，故善射，终身未封侯。见《史记·李将军列传》。　③虚舟：比喻心怀恬淡旷达。《晋书·谢安传赞》："太保沉浮，旷若虚舟。"

望江南

石屏老，悔不住山林。注定一生知有命，老来万事付无心。巧语不如喑[1]。　　贫亦乐，莫负好光阴。但愿有头生白髪，何忧无地觅黄金。遇酒且须斟。

[注释]

①喑：沉默不言。

清平乐

兴国军呈李司直[1]

今朝欲去，忽有留人处。说与江头杨柳树，系我扁舟且住。　　十分酒兴诗肠，难禁冷落秋光，借取春风一笑，狂夫到老犹狂。

[注释]

①兴国军：今湖北阳新。　军：宋代行政区划名。　司直：官名，宋代分断刑、治狱二司直。　唐氏按：此首别误入黄昇《散花庵词》。

醉太平

长亭短亭，春风酒醒。无端惹起离情，有黄鹂数声。
芙蓉绣茵[①]，江山画屏。梦中昨夜分明，悔先行一程。

（以上双照楼本《石屏长短句》四十首）

[注释]

①芙蓉：荷花。　绣茵：华美的垫褥。

满庭芳

元夕上邵武王守子文[①]

草木生春，楼台不夜，团团月上云霄。太平官府，民物共逍遥。指点江梅一笑，几番负、雨秀风娇。今年好，花边把酒，歌舞醉元宵。　风流，贤太守，青云志气，玉树丰标。是神仙班里，旧日王乔[②]。出奉板舆行乐，金莲照、十里笙箫。收灯后，看看丹诏，催入圣明朝。[③]

（汲古阁本《石屏词》）

[注释]

①邵武：即今福建邵武。　王子文：即王埜，号潜斋，金华人。曾知邵武。　②王乔：即王子乔，传说中的仙人。《列仙传》："王子乔者，太子晋也。道人浮丘公接以上嵩高山。"　③唐氏按：此首别误入黄昇《散花庵词》。

渔　父　四首

一

渔父饮，不须钱。柳枝斜贯锦鳞鲜，换酒却归船。

二

渔父醉,钓竿闲。柳下呼儿牢系船,高眠风月天。

三

渔父醒,荻花洲。三千六百钓鱼钩,从头下复休。

四

渔父笑,笑何人。古来豪杰尽成尘,江山秋复春。

(以上四首见《锦绣万花谷别集》卷十八)

沁园春

送姚雪篷之贬所

访衡山之顶,雪鸿渺渺。湘江之上,梅竹娟娟①。寄语波臣②,传言鸥鹭,稳护渠侬书画船③。

(《诗人玉屑》卷二十一)

[注释]

①娟娟:秀美。 ②波臣:水中生物,鱼龙之类。 ③渠侬:他。吴地方言。

戴复古妻

戴复古妻，姓氏未详，《三台词录》作金伯华，江西武宁人。

祝英台近[1]

惜多才，怜薄命，无计可留汝。揉碎花笺，忍写断肠句。道傍杨柳依依，千丝万缕，抵不住、一分愁绪。
如何诉，便教缘尽今生，此身已轻许[2]。捉月盟言[3]，不是梦中语。后回君若重来，不相忘处，把杯酒、浇奴坟土。

（《广客谈》）

［注释］

①此为诀别词。戴复古流寓武宁，有富翁爱其才，以女妻之。居二三年，忽言故里有妻室，欲作归计。富翁大怒，女宛曲解释，并赠以路费，作《祝英台近》为别。夫既别，遂赴水死。见陶宗仪《辍耕录》。 ②唐氏按：此十四字（“如何诉”三句），各本皆脱，惟《古今词选》卷四有，未必可信。 ③捉月：亭名，在安徽当涂县采石山。此似泛言对月盟誓之地。

［集评］

卓人月云：“真率，可迸人翻泪。”（《古今词统》卷十一）

李子酉

李子酉,生卒不详,号冰壶。官转运判官。

玉楼春

纱窗春睡朦胧著,相见尚怀相别恶。梦随城上角声残,泪逐楼前花片落。　　东风不解吹愁却[①],明月几番乖后约[②]。当时惟恐不多情,今日情多无处著[③]。

（《阳春白雪》卷五）

[注释]

①却:语助,用于动词后,吹却犹言吹掉,吹去。　②乖:背离。③著:安置。刘辰翁《摸鱼儿》:"愁无可著。"

徐梦龙

徐梦龙，生卒不详，字叔柔。

醉太平

冰肌玉容，情真意浓。小楼几度春风，醉琉璃酒钟。
关山万重，何时又逢。思量雨迹云踪，似襄王梦中。

（《阳春白雪》卷六）

[集评]

笃文云："写别后相思。却将当时的浓情蜜意置于篇首，着力铺垫，以作波澜也。"

赵　扩

赵扩(1168—1224),光宗次子。初封嘉王,即位,为宁宗。在位三十年,纪元四:庆元、嘉泰、开禧、嘉定。

浣溪沙[1]

看杏花

花似醺容上玉肌[2],方论时事却嫔妃。芳阴人醉漏声迟。　　珠箔半钩风乍暖,雕梁新语燕初飞。斜阳犹送水精卮[3]。

(《皱水轩词筌》)

[注释]

①唐氏按:沈雄《古今词话·词话卷上》引作宋孝宗词,非。　②醺容:醉容。此喻杏花白中略泛红色。　③水精卮:以水晶作的酒器。

方信孺

方信孺(1168—1222),字孚若,兴化军(今福建莆田)人。以荫补官。宁宗开禧中,假朝奉郎使金,三往返不屈。历任淮东转运判官,知真州,至广西漕。有《好庵游戏集》,今不传。

西江月

再游龙隐岩,追和陶商翁韵①

碧洞青崖著雨,红泉白石生寒。竭来十月九湖山②,人笑元郎太漫③。　　绝壑偏宜叠鼓④,夕阳休唤归鞍。兹游未必胜骖鸾⑤,聊作湖南公案。

(《粤西诗载》卷二十五)

[注释]

①龙隐岩:在广西桂林,岩洞顶有龙迹。　陶商翁:陶弼(1017—1080)以功授阳朔主簿。曾游龙隐岩,有作。　②朅(jiē)来:去来。　③元郎漫:元郎,元结,自号漫郎。曾官湖南道州刺史,寄情山水,有"欸乃曲"。　④叠鼓:轻轻击鼓。　⑤骖鸾:以鸾鸟为骖(驾车之马)。喻仙游。方信孺《重题龙隐岩》:"骖鸾未办乘风去。"

龚大明

龚大明(1168—1238),字若晦,号山隐,仁和(今浙江杭州)人。洞霄宫道士。宁宗闻其名,召至禁中斋修,赐号冲妙大师。

缺调名

山　居

山居好,山居好,鹤唳猿啼饯昏晓。碧窗柏子炷炉香,趺坐蒲团诵黄老[①]。

[注释]

①蒲团:用蒲草编成的圆垫,为僧人坐禅或跪拜时用。　黄老:黄帝与老子,道家以黄老为祖。

缺调名

山居好,山居好,门对青山水环绕。一榻烟霞梦寐清,我以不贪为至宝。

缺调名

山居好,山居好,竹杖芒鞋恣幽讨[①]。坐分苔石树阴凉,闲数落花听啼鸟。

[注释]

①幽讨:谓寻讨幽隐。杜甫《赠李白》:"脱身事幽讨。"

缺调名

山居好，山居好，劚月锄云种瑶草[①]。泠泠碧涧响寒泉，簌簌落花风自扫。

[注释]

①劚（zhǔ）月：欣赏月亮。　劚：修理。

缺调名

赠道友雪崖朱先生[①]

清高绝，雪崖翁，向上玄机顿观通。金鼎有丹成九转，凝然宴坐白云中。[②]

[注释]

①朱雪崖：名真静，号雪崖，馀杭洞霄宫道士。　②唐氏按：以上五首未注调名，实亦潇湘神一类之词也。

西江月

书　怀

我本无为野客，飘飘浪迹人间。一时被命住名山，未免随机应变。　识破尘劳扰扰，何如乐取清闲。流霞细酌咏诗篇，且与白云为伴。

（以上六首《洞霄诗集》卷七）

陈　楠

陈楠(1168—1211),字南木,号翠虚翁,惠州博罗(今广东惠州)人。据传,楠得太乙金丹诀,能捻土疗人,人呼为陈泥丸。后归罗浮,民间多传其神异之事。

水调歌头

赠九霞子鞠九思

夺取天机妙,夜半看辰杓①。一些珠露,阿谁运倒稻花头②。便向此时采取,宛如碧莲含蕊,滴破玉池秋。万籁风初起,明月一沙鸥。　紫河车③,乘赤凤,入琼楼。谓之玉汞④,与铅与土正相投。五气三花聚顶⑤,吹著自然真火⑥,炼得似红榴。十月胎仙出⑦,雷电送金虬。

[注释]

①辰杓(biāo):即北极(辰)与北斗星。　②"一些"二句:喻丹砂所含元阳之气。俞琰云:"菖蒲稻花之凝露……无非金丹法象。"见《周易参同契发挥》。　③紫河车:河车,北方正气名曰河车。左曰日轮,右曰月轮,搬负正气,运藏元阳,应节顺行。见《道藏·修真十方金丹大成集》卷十。　④玉汞:即水银,道家炼丹的原料。　⑤五气:五脏之真气。　三花聚顶:指神、气、精混而为一,聚于玄关一窍。　⑥真火:太阳真火,乃坎中之阳。　⑦胎仙:即圣胎,所谓胎真,这里指金丹。

鹊桥仙

赠蛰虚子沙道昭

红莲含蕊,露珠凝碧,飞落华池滴滴①。运归金鼎唤丁公②,炼得似、一枚朱橘。　三花喷火,五云拥月,上有金胎神室[3]。洞房云雨正春风[4]，十个月，胎仙了毕。

［注释］

①华池：以汞投铅曰华池，以铅入汞为神水。见《道藏·修真十书金丹大成集》卷十。　②丁公：此代指心火。　③金胎：即圣胎。　神室：元神所居之室。　④"洞房"句：以夫妇喻炼丹过程中的阴阳交合。

真珠帘

赠海南子白玉蟾

金丹大药人人有[1]，要须是、心传口授。一片白龙肝，一盏醍醐酒[2]。只为离无寻坎有[3]，移却南宸回北斗[4]。好笑，见金翁姹女，两个厮閂[5]。　些儿铅汞调匀，观汉月海潮[6]，抽添火候。一箭透三关[7]，方表神仙手。兔子方来乌处住[8]，龟儿便把蛇吞了[9]。知否。那两个钟吕，是吾师友[10]。

（以上三首见《道藏翠虚篇》）

［注释］

①大药：即道家所谓仙丹。　②醍醐（tǐ hú）：此指美酒。　③离无寻坎有："坎离者，乾坤二用。二用无爻位，周游行六虚。往来既不定，上下亦无常。幽潜沦匿，升降于中，包囊万物，为道纲纪，以无制有……"见魏伯阳《周易参同契》。朱熹《周易参同契考异》云："坎（月）离（日）中爻之周流升降也，故以此之无，制彼之有。"　④南宸：北极星所在为宸，此指可使星移斗转。　⑤"金翁姹（chà）女"二句：指炼丹时铅汞之化合。　金翁：铅。　姹女：水银。　⑥汉月海潮：喻铅汞化合水激火发，鼎沸暴涌之状。　⑦三关：头为天关，足为地关，手为人关，称三关。　⑧"兔子"句：此谓坎离日月之交往和合。兔指月，为阴。　乌指日，为阳。　⑨"龟儿"句："雄不独处，雌不孤居。玄武龟蛇，盘虬相扶。"见《周易参同契·中篇》。　⑩钟吕：即唐之钟离、吕洞宾。钟离，名权，号云房，传说中八仙之一。　吕洞宾，名岩，亦八仙之一。

望江南

黄中宝,须向胆中求[①]。春气令人生万物,乾坤膝下与吾俦[②]。百脉自通流。　　施造化,左右火双抽。浩浩腾腾光宇宙,苦烟烟上霭环楼[③]。夫妇渐相谋[④]。

[注释]

①“黄中宝”二句:谓天一真水藏于胆,阴阳合和降而成丹。故曰向胆中求。　②“乾坤”句:阴阳太和,神居天外,则天地四海亦在膝下。　③“施造化”四句:谓其下手之初,先闭舌下两窍,不令气泄。其左边之气贯于左太阳而入脑,右边之气贯于右太阴而入脑。左右过脑而入顶泥丸宫,合成一处,下重楼十二环(喉管十二节),入心经,传入胆,冲开胆窍,使胆中生气上行,觉舌有苦味,乃是生气注,将欲降丹也。　④“夫妇”句:夫阳妇阴,阴阳大和,心肾交媾,故曰渐相谋。

望江南

玄珠降,丹窟在中宫[①]。九候息调重九数[②],赤波或进太阳东[③]。心肾遂交通[④]。　　逢六变,重六息阴功[⑤]。火自海门朝帝坐[⑥],水从莲萼佐丁公[⑦]。紫电透玲珑[⑧]。

[注释]

①“玄珠”二句:丹降于心络,故云玄珠降于中宫。　玄珠:真丹,指第一转所得之丹。　中宫:心络。　②“九候”句:指凡遇九日则闭息,九候为一次,九九八十一为九次,故曰重九数。　③赤波:丹田肾水。　④“心肾”句:丹由心络流入丹田藏于肾水,故云心肾交通。　⑤“逢六变”二句:二转向三转过渡,逢六则闭息,六六三十六为一周,以养其阴,故曰息阴功。　⑥海门:即丹田肾府。　帝座:指心。　⑦莲萼:舌也。　丁公:心之火也。真水(肾水)真火以成既济之功。　⑧“紫电”句:真丹气足时,内视脏腑,直见玄珠养于丹田。此为第二转所得之丹,如紫电之玲

珑透剔。

望江南

毛髮薄，三转运行阳[①]。胎色渐红阴渐缩，推移岁运助阳刚[②]。育火养中央[③]。　成物象，五转辨微茫[④]。出入尚迟形上小[⑤]，晨昏时饮玉壶浆[⑥]。天籁奏笙簧[⑦]。

[注释]

①"毛髮"二句：三转阳数足，每遇月尽，以左手摩顶入息，激动丹火。　②"胎色"二句：此后丹田中渐觉有物，圣胎将成曰火丹，而阴渐龟缩。　③"育火"句：摩顶入息，至五脏热，谓育火。　④"成物象"二句：此时圣胎将成，形象五岳而未甚分明。　⑤"出入"句：圣胎有魂而未尝有魄，故出入尚迟形尚小。上，即尚。　⑥"晨昏"句：圣胎成像，坐息之间，常见出饮七窍。　⑦"天籁"句：耳聪如闻仙乐。

望江南

丹已返，四转运行阴[①]。逢六闭藏阳户气[②]，三关全透合丁壬。龟游任浮沉[③]。　时出入，无碍贯他心[④]，游戏神通常出面，圆光周匝绕千寻[⑤]，寒暑不相侵。

[注释]

①"丹已返"二句：四转养内阴，丹藏于右胁。　②"逢六"句：指每月初六、十六、二十六入静室闭目，盘足，叩齿三十六通，集神定气，闭定鼻息，湛然不动。　③"三关"二句：息鼻息（阳气），则华池水满，下沃心络，水火内交，心气下降，肾气上腾，丁壬配合，如龟在水任意沉浮。　三关：头为天关，足为地关，手为人关，称三关。　④"时出入"二句：此时圣丹魂魄皆就，时出入无碍我心与他心之相通。　⑤"圆光"句：内丹光明罩我，其状如月。

望江南

珠自右，紫电入丹城[①]。内养婴儿成赤象，时逢五转采阳精[②]。火自水中生[③]。　　烧鬼岳[④]，紫电起峥嵘。随意嬉游寰海内，寐如砂碛卧长鲸[⑤]。时序与偕行[⑥]。

[注释]

①“珠自右”二句：五转功成，玄珠忽自右胁飞入丹田。　②“内养”二句：圣胎养就，灵躯身长尺馀，自此采日之精以养外阳，夺天地造化之功。　③“火自”句：此时以水求火，以阴求阳，水火既济，阴阳大和，故曰水自火中生。　④鬼岳：常人于丹田之下，积阴之气，谓之鬼岳。遍体纯阳，阴山鬼岳烧荡。　⑤“随意”二句：此时可随意出神，行游四海，去住从心。寐识其身，寤之其所。运神出身，自观本形如长鲸卧于砂碛也。　⑥“时序”句：五转之后，造化功成，与天地合德，日月合明，内丹造化，与时偕行。

望江南

日精满，阴魄化无形[①]。每遇月圆开地户，神龟时饮碧瑶精[②]。清洁复如冰。　　阳砂赤[③]，阴粉色微青[④]。粉换肉兮砂换骨，凡胎换尽圣胎灵。飞举似流星。

[注释]

①“日精”二句：六转阴阳数全，魂魄内外，体无形影。　②“每遇”二句：丹成六转，采月之华。月圆十五日夜半子时，对月而坐，闭息合口（地户）。采月之英华纳于神水之府，其神龟饮之，清洁如碧瑶之精。　③阳砂：日精所结，其色赤。　④阴粉：月华所结，其色青。

望江南

形透日，七转任飞腾[①]。幽静深岩图宴坐，息无来往气坚凝[②]。却粒著其能[③]。　　生成火，返本气澄清。九候浴时开地户，月中取火日求冰[④]。五内换重新[⑤]。

［注释］

①“形透日”二句：七转之后，内府皆为仙器。日中游行，身体通明，色如红玉。飞举腾空，一切如意。　②“幽静”二句：此时使日月之光华会于心肾，须深入岩谷，宴坐千百日，闭鼻息以绝呼吸之气，冲和凝定，然后内实不食尘食之物。　③却粒：即辟谷，不食粮食。　④“生成火”四句：闭息千日，神火内发，荡洗谷气，返本还元。凡遇五脏发热，则逢三九之日入水澄真，丹如火轮从口出，故曰开地户。阳从地户（阴）出，故曰月中取火。舌者，阳之窍，通流神水，故曰日中求冰也。　⑤五内：五脏。

望江南

内外变，八转始还元[①]。地带长垂主坎户，周行胎息贯天门[②]。太始道方存。　　纯一体[③]，赤黑气常喷[④]。丹火发时烧内景，冷泉涌处浴猴孙[⑤]。神水赤龟吞。[⑥]

（以上八首《修真十书·杂著·捷径》）

［注释］

①“内外变”二句：丹至八转，外之形体，内之五脏尽变。复生地带（脐带）如小儿之状，故曰还元。　②“地带”二句：地带生于脐中，属北方坎卦，故曰坎户。地带贯于口中，行周天之息。　天门：华池之窍也。　③纯一体：内丹纯阳一点。　④赤黑：神火之气。　⑤“丹火”二句：八转之后，内炼真火，使无热毒之患。凡遇火发，即口衔地带，闭息九日。真水至丹火如涌泉，丹珠如神龟戏于水。　猴孙：即丹珠、心珠。⑥唐氏按：以上八首又见《陈先生内丹诀》，作陈朴词。

史弥巩

史弥巩(1170—1249),字南叔,自号独善,鄞县(今浙江宁波)人。史浩从姪。嘉定十年(1217)进士,官直华文阁。有《独善先生文集》二十卷,不传。

失调名

羊左合人我[1],左既绝粮甘自饿,羊仕楚王官职大。
依旧杀身蓬颗[2],颜公畴昔曾经过。佳咏至今传播。

(《景定建康志》卷四十三)

[注释]

①羊左:战国羊角哀和左伯桃之合称。羊左为友,同赴楚。道遇雨雪,粮少衣薄,势难俱生,左乃以衣食与羊,自入空树中死。羊至楚,为上卿,乃启树礼葬左。后亦自刎以报之。 ②蓬颗:上生蓬草之土地,指坟头。

徐鹿卿

徐鹿卿(1189—1251),字德夫,号泉谷。丰城(今江西丰城)人,宁宗嘉定十六年(1223)进士。迁太府少卿,历礼部侍郎。方正廉约,享有盛名。卒谥清正。有《清正存稿》六卷。《彊村丛书》辑有《徐清正公词》一卷。

水调歌头

快阁上绣使萧大著①

廊庙补天手,夷夏想威名。上前张胆明目②,倾倒汉公卿。二百年来章贡③,前赵后萧相□④,今古两豪英。四海望霖雨⑤,可但总祥刑⑥。　自儿时,文字里,已心倾。魁躔邈在霄汉⑦,薄宦偶趋承。山见崆峒秀丽⑧,水见玉虹清绝⑨,犹愿见先生。寄语二三子,洙泗在江城⑩。

[注释]

①快阁:在太和(今江西吉安)县东澄江(赣江)之上,以江山广远,景物清华得名。　绣使:绣衣御使,特别纠查大员。见《清一统志·吉安府二》。　②张胆明目:谓无所避畏。见《史记·张耳陈馀列传》。　③章贡:在江西赣县西北,当章、贡二水之会。　④前赵后萧:赵指郡守赵抃(1008—1084)曾于此建章贡台,并有记。萧,应指萧大著绣使。　⑤霖雨:甘霖。以喻贤臣,见《尚书·说命》。杜甫《上韦相二十韵》:"霖雨生贤佐,丹青忆老臣。"　⑥祥刑:用刑详审谨慎。　祥:即详。见《尚书·吕刑》。⑦魁躔:魁伟之脚迹、经历。　⑧崆峒:山名,在江西赣县南六十里。章、贡二水夹以北驰。　⑨玉虹:或指江西信江,在玉山县又名玉溪。　⑩洙泗:水名,自泗水县合流西下,至曲阜北,又分流。孔子曾于洙泗间教授弟子。后因此作儒家的代称。此指萧于此弘扬儒学。

酹江月

元夕上秘丞 并 引

判府秘丞郎中永嘉陈公镇横浦之明年①,化洽政成②,民无札瘥③,岁无荒饥。冬既寒而雪,春方交而雨。邦民德之,乃因民所欲而尊其知。正月之望④,张灯公廨⑤,以旁施于亭也,令民游观无禁。前乎此也,阴云晻暧⑥,连日不开。膏火既举,霾云扫青,万象轩豁。城之中边⑦,士女阗咽⑧,以游以嬉,以歌以舞。穹壤之间⑨,同一和气⑩;官民之际,同一至乐,穆乎休哉⑪。属吏徐鹿卿偶得周旋其间,思有以写父老之所欲言而不能言者以为公寿。顾其词语浅薄,不足发越⑫,乃杂取东坡先生上元诸诗隐括成《酹江月》一阕⑬,与邦民共歌之

雪销平野,正云开天宇⑭,灯辉花市。明灭吞吐无尽藏,巧鬥飞桥激水⑮。铁马响冰,牙旗穿夜⑯,箫鼓声歌沸。丰年欢笑⑰,酿成千里和气。 相欢交□游嬉,卖薪买酒⑱,歌舞升平里。记得前年随玉辇⑲,吹下天香扑鼻⑳,璧月腾辉,仙球稳缒,归有传柑遗㉑。来年此夜,通明仍许归侍㉒。

[注释]

①永嘉:即今浙江永嘉。 陈公:名畏,字直甫,永嘉(温州)人。 横浦:在江西大金县南,宋为南安军治。 ②化洽政成:治化和洽,政治安定。 ③札瘥(cuó):因瘟疫而死亡。 札:疫死曰札。 瘥:疫疠。后以称荒年饥岁。唐皮日休《卒妻悲》:"况当札瘥年,米粒如琼瑰。" ④望:十五日。月满之名。 ⑤公廨:官署。 ⑥晻暧(àn ài):昏暗不明。 ⑦中边:表里、内外。 ⑧阗咽:填盈、充满。 ⑨穹壤:天地。 ⑩和气:祥和之气。 ⑪穆:温和。 休:美善。 ⑫发越:抒发,传播。 ⑬隐括:矫正竹木弯曲的工具。后引申为就原有诗文内容、辞语,另加修改、组织成篇。 ⑭"雪销"二句:见苏轼《次韵刘景文上元》"今宵扫云阵,极目净天宇"。 ⑮"明灭"二句:用上诗"飞球互明灭,激水相吞吐"。 激水:"临

轩设乐，舍利兽从西方来，戏于殿前，激水成比目鱼之状。”见《旧唐书·音乐志》。 ⑯“铁马”二句：见苏轼《上元夜》“牙旗穿夜市，铁马响春冰”。牙旗：府帅之旗。 ⑰丰年欢笑：本苏轼《上元侍饮楼上》三首之二“自是丰年有笑声”。 ⑱卖薪买酒：同上诗“薄雪初消野未耕，卖薪买酒看升平”。 ⑲“记得”句：苏轼《上元夜》“前年侍玉辇，端门万枝灯”。 ⑳“吹下”句：本苏轼《上元侍饮楼上》三首之一“仙风吹下御炉香”。 ㉑“归有”句：同上诗之三“犹有传柑遗细君”。 ㉒“通明”句：同上诗之一“侍臣鹄立通明殿”。

水调歌头

饯提举陈秘丞

岭峤转和气，英荡挟新凉[①]。登车揽辔慷慨，风采肃台纲[②]。第一澄清官府，次第咨询民瘼，馀事到囷仓[③]。谨勿养稂莠[④]，莠盛稻苗伤。 金芝秀，蒲涧碧，荔枝香。此中风味不恶，暂借使星光[⑤]。毋薄炎荒瘴海，曾著广平李勉[⑥]，归去□平章。唤起昔贤梦，千载续遗芳。

[注释]

①英荡（dàng）：古时盛符节的匣子。见《周礼·地官·掌节》。此言奉命巡视。 ②台纲：官署的纲纪。 ③囷（qūn）仓：存放粮食的圆仓。此指关心人民衣食。 ④稂莠（láng yǒu）：两种危害谷物之杂草。 ⑤使星：朝廷派遣之使臣。见《后汉书·李郃传》。 ⑥广平：唐代名臣宋璟，累封广平郡公。 李勉：唐肃宗即位灵武，擢监察御史。时武臣崛起无法度，勉劾不恭。帝叹曰：“吾有勉，乃知朝廷之尊。”

贺新郎

饯郭府判趋朝

解组轻千里[①]。趁朝来、风高气爽，波平如砥。试问馀恩深几许。江阔秋清无底。看两径、棠阴舞翠。明月归艎轻似叶[2],只梅花、香里诗千纸。端不愧,西江水。谪仙才气兰亭字。更清姿雅度,修竹长松标致。官职几人曾此过,萱草春风谁似[3]。任彩服、蹁跹娱戏[4]。此去云霄真一握[5],算令公、勋业浑馀事。中书考,从今始。

[注释]

①解组:解下印绶。 ②艎:船。 ③萱草:指代母亲或母居。 ④“任彩服”句:用老莱子斑衣娱亲典。 ⑤一握:指等闲细事。见《易萃初六》。

减字木兰花

杜南安和昌仙词见示,次韵酬之

狂吟江浦,不食人间烟火语。韦曲名家[1],也试河阳一县花[2]。 群仙推去,暂寄岭梅清绝处。笑俯清溪,只有清风明月知。

[注释]

①韦曲:地名,在陕西长安县,唐时以诸韦居此而得名。 ②河阳:河南孟州。潘岳为河阳令,遍栽桃李。见《白帖》。庾信《枯树赋》:“若非金谷满园树,即是河阳一县花。”

减字木兰花

再次韵

云横远浦,一段秋光烦著语。月下谁家,丹桂迎风一两花。 双凫来去[1],不踏人间风日处。才入云溪,问我来时总不知。

[注释]

①双凫：王乔有神术，每自县来朝，不见车骑，帝怪之，使人密伺。言其临至，必有双凫飞来。后用为县令之典。见《后汉书·王乔传》。

酹江月

贺提举陈秘丞除宪[①]

薰风有意，还年年吹下，九天纶绋[②]。庾岭高哉知几仞[③]，不隔清名突兀。明月扁舟，图书之外，所载无南物[④]。襄公往矣，辽辽直到今日[⑤]。　南来北地开藩[⑥]，甘棠好在[⑦]，一夜春光入。父老欢迎相告语，依旧朱颜绿鬓。四海无波，四江无讼，是先生清德。岭梅迎笑，和羹□□消息。

[注释]

①提举陈秘丞：指陈畏，畏于端平初为浙东提刑。此即贺畏之作。　除：去故官就新官，拜官授职。　宪：宋官名，即诸路提点刑狱公事，负责调查疑难未决的案件。　②纶绋（fú）：制令。　绋：特指帝王诏书。　③庾岭：即大庾岭。在江西、广东交界处。　④南物：从南方带回的财物。　⑤辽辽：邈远貌。年代久远。　⑥开藩：指陈秘丞由南归北，开拓新的业绩。　藩：封建王朝的属国或属地。　⑦甘棠：喻官吏政绩。见《诗经·召南·甘棠》。

水调歌头

贺史宰受荐

五剡乃脱选[①]，通籍入金闺[②]。祖宗立法初意，正欲猎英奇。近世流风薄矣，强者立跻霄汉，弱者困尘泥。流水伯牙操，底处有钟期[③]。　公为政，民不扰，吏无欺。春风桃李满县④,当路几人知。五马宏开公道⑤,一鹗首旌治最⑥,迟乃速之基。不枉受人荐,更看荐人时。

[注释]

①五剡(yǎn):五次剡荐。倪谦《竹坞精舍赋序》:“钱景和兹膺剡荐,起为侯门师范。” 剡:选拔推荐。 ②通籍:指进士初及第,此指受荐。 金闺:金马门之别称。谢朓《始出尚书省》:“既通金闺籍,复酌琼筵醴。” ③“流水”二句:用俞伯牙、钟子期高山流水典,见《列子·汤问》。 ④“春风”句:用潘岳为河阳令,遍栽桃李典。 ⑤五马:太守之代称。 ⑥鹗:大雕,以鹗喻出类拔萃者。 一鹗:《汉书·邹阳传》:“臣闻鸷鸟累百,不如一鹗。” 首旌:最前列之旗。

水调歌头

寿林府判

别驾映旋轸①,父老绕称觥②。西风底事于役③,造物岂无情。知道神生崧岳,大庾岭边和气,未足助欢声。小试活人手④,详谳命公行⑤。 赣滩石,青原雨⑥,快阁晴。西江一带风物⑦,尽把祝长生。福与此江无尽,寿与此江俱远,名与此江清。江水直到海,公亦上蓬瀛⑧。

[注释]

①别驾:官名。州刺史之佐吏。宋改置通判,以职守相同,故亦称别驾。 轸:旋车厢底部之横木,此代指车。 旋轸:归车。 ②称觥:举杯祝酒。 觥:兽角作的酒器。 ③于役:出行。 ④活人手:拯民于危困之手。《宋史·司马光传》:“司马光所至,民遮道聚观,马至不得行,曰:‘公无归洛,留相天子,活百姓。’” ⑤详谳:审察狱案。 ⑥青原:山名,在江西庐陵东南。 ⑦西江:经广西苍梧县而东流曰西江,入广东境。 ⑧蓬瀛:传说中的海上仙山蓬莱、方丈、瀛州。

汉宫春

和冯宫教咏梅，依李汉老韵

庚岭梅花，到江空岁晚，始放南枝。岂徒冰雪蹊径，不受侵欺。孤高自负，尽炎凉、变态无期。便瘴雨、蛮烟如许，淡妆也不随时。　　未肯移根上苑，且竹边院落，月下园篱。除却西湖句子[1]，此后无诗。向□红紫，要十分、妩媚因谁。算只有、天怜清苦，纷纷蜂蝶争知。

［注释］

①西湖句子：指隐居于西湖孤山，种梅养鹤的林逋所写的咏梅诗，"疏影横斜水清浅，暗香浮动月黄昏。"

汉宫春

重　和

吏隐南昌，问盘根几世，长子孙枝。仙风道骨如此，信不吾欺。素姿倾国，□难昏、坐觉愆期[1]。算好与、水仙作配，又还恨不同时。　　岁晚寻盟有几，早兰辞湘浦，竹谢东篱。自向月中弄影，雪里评诗。角声吹动，这一天、清兴关谁。刚唤起、赤松孤竹[2]，此心惟许君知。

［注释］

①愆（qiān）期：误期、失期。　②赤松：赤松子，传为神农的雨师。　孤竹：伯夷、叔齐为孤竹国君之子。武王灭商，不食周粟，饿死首阳山下。

满江红

饯林府判

斗大横江，旧曾著、周程夫子[①]。谭道处[②]，疏梅迎笑，双松延翠。百载高风勤景仰，数椽老屋重经始。更大书、留与后人看，公归矣。（下缺）

（以上《彊村丛书》本《徐清正公词》）

［注释］

①周程夫子：周敦颐、程颢、程颐。　②谭：同“谈”。见《庄子·则阳》注。

邹应龙

邹应龙（1172—1244），字景初，号南容。泰宁（今福建邵武）人。庆元二年（1196）进士第一。嘉定十年（1217）为广西安抚使兼知静江（桂林）府。理宗朝，累官端明殿学士，签书枢密院事兼权参知政事，进资政殿学士。谥元襄。

木兰花

寿伯母太夫人上官氏

吾家二老，前有高平生癸卯[①]。若到今辰，讵止荣华九十龄[②]。　　共惟伯母[③]，九十新年还又五，五五相承[④]，好看重逢乙巳春[⑤]。

［注释］

①高平：指母亲。韩愈《示儿》："主妇治北堂……恩封高平君。"　癸卯：应指宋徽宗宣和五年（1123）。　②讵止：岂止，何止。　③共惟：恭祝。共：通"恭"。　④五五相承：指二十五年。　⑤乙巳：应指理宗淳祐五年（1245）。作者伯母应生于徽宗宣和七年乙巳（1125），故云再过二十五年，可重逢乙巳，即已一百二十岁。

鹧鸪天

九十吾家两寿星，今夫人赛昔夫人。百年转眼新开袠[①]，十月循环小有春[②]。　　生日到，转精神，目光如镜步如云。年年长侍华堂宴，子子孙孙孙又孙。

［注释］

①袠（zhì）：十年为一袠。　②作者自注："十月二十一日生。"　"十

月”句:农历十月多暖,称小阳春。

鹧鸪天

寿母开年九十三,佳辰就养大江南[①]。缇屏晃耀新宁国[②],绣斧斓斑老朴庵[③]。　倾玉斝[④],擘黄柑。两孙垂绶碧于蓝。便当刊颂崆峒顶,留与千年作美谈。

[注释]

①就养:侍奉父母。　②缇(tí)屏:橘红色的屏风。　新宁国:似指赐封宁国太夫人之荣典。　③绣斧:执法大吏的别称。　朴庵:未详。　④斝(jiǎ):铜制酒器,三足,似爵而较大。

鹧鸪天

在朝日寿母昌国叶夫人

帝里风光别是天,花如锦绣柳如烟。还逢令节春三二[①],又庆慈闱岁八千。　斟寿斝,列长筵。子孙何以咏高年。各裒千首西湖什[②],一度生朝献一篇。

[注释]

①春三二:指二月末三月初之际。　②裒(póu):聚集。　什:同“诗”。

鹧鸪天

任静江经略安抚日元夕奉亲出郊[①]

彩结轻车五马随,倾城争出看花枝。笙歌十里岩前去,灯火千门月下归。　莲炬引,老莱衣。蛾眉无数卷帘窥。谁知万里逢灯夕，却胜寻常三五时。

[注释]

①静江：今广西桂林。　经略安抚使：官名，宋代于沿边各路设置，掌管军事及行政。

卜算子[①]

寿　母

满二望三时[②]，春景方明媚。又见蟠桃结子来，王母初筵启。　无数桂林山，不尽漓江水。总入今朝祝寿杯，永保千千岁。　（以上六首见《寿亲养老新书》卷四）

[注释]

①唐氏按：此首别误作范靖江词，见《花草粹编》卷二。　②作者自注："中春三十日生。"

邹应博

邹应博,生卒不详,邹应龙从弟。宁宗开禧元年(1205)登第,历知婺州、苏州,提点江南西路刑狱。

感皇恩

知平江日寿母上官太夫人[①]

觅得个州儿,稍供彩戏。多谢天公为排备[②],一轮明月,酝作清廉滋味。倾入寿杯里,何妨醉。　　我有禄书,呈母年万计。八十三那里暨[③]。便和儿算,恰一百四十地[④]。这九千馀岁,长随侍。

[注释]

①平江:今江苏吴县一带。　②排备:安排、准备。　③暨:到,至。　④"便和"二句:指母子年龄相加,也只一百四十岁。其母八十三,作者五十七。

鹧鸪天

天遣丰年祝母龄,人人安业即安亲。探支十日新阳福[①],来献千秋古佛身。　　儿捧盏,妇倾瓶。更欣筵上有嘉宾。紫驼出釜双台馈[②],玉节升堂两使星[③]。

[注释]

①探支:预支。　新阳:春天,此指小阳春。其母十月二十一日生日。农历十月为小阳春。　②紫驼:指以驼峰为炙。杜甫《丽人行》:"紫驼之峰出翠釜。"　③玉节:玉制之符节。　使星:朝廷派出的使者。

鹧鸪天

家居日寿词

十月二十一日，吾母太淑人生日也①。今年九十，仰荷乾坤垂佑，赐以福寿康宁，愿益加景覆②，令其耳目聪明，手足便顺，五脏六腑，和气流通，常获平安之庆，子孙贤顺，寸禄足以供甘旨也

诸佛林中女寿星，千祥百福产心田。喜归王母初生地，满劝麻姑不老泉③。　　吾梦佛，半千员④。一年一佛护庭萱。数过九十从头数，四百馀零一十年。

（以上三首见《寿亲养老新书》卷四）

［注释］

①太淑人：宋制文官三品母、妻各封淑人。　②景覆：大力护佑。　③“喜归”二句：“弱水之西，有西王母，生不知老，与天相保。”见《易林》。　麻姑：传说中女仙，曾见东海三为桑田。见葛洪《神仙传》。　④半千员：即五百。

黄　某

黄某，生卒不详。自号怡轩居士，与邹应博同时。

浪淘沙[①]

八十加三迎九十，还似婴童。

（《寿亲养老新书》卷四）

［注释］

①《全宋词》注：原不著调名，按律似是《浪淘沙》。

叶秀发

叶秀发(1160—1230)，字茂叔，金华(今浙江金华)人。宁宗庆元二年(1196)进士。为庆元(浙江鄞县)府教授。吕祖谦弟子，精性理之学。学者称南坡先生。

醉落魄

自寿

胸襟洒落，光风霁月澄廖廓。生平素志惟丘壑。随分田园，花木四时乐[①]。　儿孙不用千金橐[②]，吾家自有诗书粕[③]。生朝有酒团栾酌，因笑渠侬，痴骙画松鹤。[④]

(《截江网》卷六)

[注释]

①唐氏按："木"原作"未"，据《翰墨大全》丙集卷十四改。　②千金橐：指丰厚之钱财。《汉书·陆贾传》："赐贾橐(盛物之袋)，中装直千金。"　③诗书粕：指诗书为圣人之糟粕。《淮南子·道应训》载，轮扁问桓公所读何书。桓公曰："圣人之书。"曰："其人焉在?"桓公曰："已死矣!"轮扁曰："是直圣人之糟粕耳!"　④唐氏按：此首原题南坡撰。

李　刘

李刘(1175—1245),字公甫,号梅亭,崇仁(今江西抚州)人。宁宗嘉定元年(1208)进士,历知荣州、眉州、守成都、礼部郎官、兼崇政殿说书、起居舍人,迁吏部郎中。有《梅亭类稿》、《续类稿》等著作。今存《四六标准》四十卷。

贺新郎

上赵侍郎生日

鹄立通明殿①。又重逢、揆余初度②,梦庚华旦③。不学花奴簪红槿④,且看秋香宜晚。任甲子、从新重换。天欲东都修车马,故降神生甫维周翰⑤,歌崧岳,咏江汉。

明堂朝罢夷琛献⑥。引星辰、万人共听,风尘长算⑦。清昼山东诸将捷,席卷黄河两岸。问谁在、玉皇香案。师保万民功业别,向西京、原庙行圭瓒⑧。定郏鄏⑨,卜瀍涧⑩。

(《中兴以来绝妙词选》卷八)

[注释]

①鹄:天鹅。　鹄立:指如鹄之引领而立。　通明殿:神殿名,借指皇帝的大殿。苏轼《正月十四夜从端门观灯三绝》之一:“侍臣鹄立通明殿。”　②揆:衡量。　初度:初生。屈原《离骚》:“皇览揆余于初度兮。”　③梦庚:李阳冰《草堂集序》言李白生时,“长庚入梦,故生而名白,以太白字之,世称太白之精”。　华旦:生日的美称。　④花奴:唐汝阳王李琎。《羯鼓录》载:琎自摘红槿花置于帽檐,二物皆极滑,久之方安。遂奏《舞山香》一曲,而花不坠落。　⑤“故降神”句:本《诗经·大雅·崧高》“维岳降神,生甫及申。维申及甫,维周之翰”。申、甫,皆姜氏苗裔。　翰:主干、支柱。此借《诗经》之谓申、甫为周氏之支柱,颂美赵侍郎。⑥夷琛:来自东南少数民族的珍宝。《诗经·鲁颂·泮水》:“憬(觉悟)彼淮夷,来献其琛。”　⑦长算:深远的谋略。　⑧原庙:正庙之外别立之庙。

《史记·高祖本纪》："孝惠五年，思高祖之悲乐沛，以沛为高祖原庙。" 行圭瓒：赐酒。 圭瓒：古时用玉石做的酒器。 ⑨郏鄏：周之洛邑，今河南洛阳。 ⑩卜瀍涧：本《尚书·洛诰》"我乃卜涧水东，瀍水西，唯洛食（唯洛得吉兆）"。后引申为定都之义。 瀍涧：即瀍水，源出洛阳西北谷城山。

鱼游春水

寿卫大参

湖南三千里，百万人家争送喜。元戎初度[1]，和气水流山峙。荆楚中间寿域开，翼轸傍边台躔起[2]。崧岳降神，维箕骑尾[3]。　　见说君王注倚[4]。问舟楫、盐梅谁是[5]。国人争望周公，东归几几。功名多载旂常上[6]，福禄平分天壤里。家家弦管，年年弧矢[7]。

[注释]

①元戎：主帅。 ②翼轸：星宿名。古天文学家使星座的划分和地面的区域相对应，豫章（今江西）当翼轸二星的分野。 台躔：三公之履迹。 台：引申为尊敬之词。 ③维箕骑尾：箕、尾，星宿名，二星之间有一星名傅说。旧传为殷王武丁贤相，傅说死后升天所化。见《庄子·大宗师》："傅说乘东维，骑箕尾，则比于列星。" ④注倚：注目、期待。 ⑤舟楫：喻宰辅大臣。《尚书·说命上》：王以傅说为相，曰："若济巨川，用汝作舟楫。" 盐梅：调味之品，以喻整治国家，调和上下。《尚书·说命下》："若作和羹，尔唯盐梅。" ⑥旂常：旗名。古代王用太常（日月旗），诸侯用旂，以作纪功授勋的仪制。 ⑦弧矢："弦木为弧，剡（削）木为矢，弧矢之利，以威天下。"见《易经·系辞传》。此指桑弧蓬矢，乃祝寿之意。

水调歌头

寿赵茶马①

万里碧鸡使②,叱驭问邛崃③。枪旗有烨④,川秦奔走送龙媒⑤。好在灵均初度⑥,唤起长庚佳梦,霜月照金罍。寿似武侯柏⑦,香在草堂梅⑧。　舞娉婷,斟凿落⑨,沃崔嵬。神尧孙子,向来八九上三台⑩。挂了桑弧蓬矢⑪,便恐彤弓秬瓒⑫,分宝下天阶。归赋梁园雪⑬,试唤长卿来⑭。

(以上二首见《截江网》卷四)

[注释]

①茶马:官署名。南宋时茶马司辖陕西、四川两茶马司,管理用川茶与藏族贸易马匹,以及马纲运输事。 ②碧鸡:碧鸡坊,在四川成都。 ③邛崃:山名,在四川邛崃县。 ④烨(yè):火盛貌,此喻光辉。 ⑤龙媒:骏马。见《汉书·礼乐志·天马歌》。 ⑥灵均:屈原字。 ⑦武侯柏:成都武侯祠外之柏。 ⑧草堂梅:成都杜甫草堂之梅。 ⑨凿落:镌镂金银为饰的酒盏。 ⑩三台:星名。古代以比三公。 ⑪桑弧蓬矢:古时生男,以桑木为弓,蓬草为矢,以射四方,寓志在四方之意。 ⑫彤弓:古帝王赐功臣之朱红色的弓。 秬(jù):祭礼时所用的黑黍酿成的酒。 瓒:祭礼时盛酒用的礼器,有鼻口。《诗经·大雅·生民》:"诞降嘉种,维秬维瓒。" ⑬梁园:汉梁孝王筑,在河南开封市东南,当时司马相如、枚乘等皆为座上客。 ⑭长卿:司马相如字。

酹江月

寿漕使①

汉庭用老,想君王也忆、潜郎白首②。底事煌煌金玉节,奔走天涯许久。江右风流,湖南清绝,更借诗翁手。明年七十,人间此事希有。　固是守得堂间,舫斋亭下,要称归来柳[3]，上恐夜深□贾傅[4]，便有锋车迎候[5]。寿岳峰前，寿星池畔，且寿长沙酒。期颐三万[6]，祖风应管依旧。[7]

[注释]

①漕使：官名。宋置诸道转运使，管催征税赋，出纳钱粮，上供及漕运事。 ②"汉庭"二句：颜泗不知何许人，文、景、武三世潜沉于郎署。武帝怜其老，擢拜会稽都尉。 潜郎：谓沉沦郎署。 ③归来柳：陶渊明《归去来兮辞》，又其宅边有五株柳树，自号五柳先生，此喻归隐。 ④贾傅：即汉文帝时的贾谊，曾为长沙王太傅。 ⑤锋车：即追锋车，一种轻便快捷的车。见《晋书·宣帝纪》。 ⑥期颐：百年曰期颐。见《礼记》。 ⑦唐氏按：此首别作梅峰，见《翰墨大全》丁集卷一，疑是梅亭之误。

满庭芳

上程宪卓，程尚书大昌侄[1]

郑履声传[2]，倪经业绍[3]，半千贤运重开。妙年阔步，高折桂枝回[4]。卿月郎星历遍[5]，都贪把、符竹南来[6]。棠阴永[7]，仍持玉节，臬事副钦哉[8]。　　吾生，真幸会，旧家桃李，曾费栽培。更春风次第，吹到寒荄[9]。遥望绂麟祥旦[10]，霄躔邈，阻奉琅杯。谁知道，清源路远，直上即蓬莱[11]。

[注释]

①程卓：字从元，孝宗时吏部尚书程大昌从侄。淳熙十一年(1184)进士。 宪：宋官名，即诸路提点刑狱公事。 ②郑履声传：汉哀帝时尚书仆射郑崇，立朝敢言，数谏争，帝每见曳草履，笑曰："我识郑尚书履声。" ③倪经：西汉初人。伏生再传弟子，通古文《尚书》文学。 业绍：事业之延续、继承。 ④折桂：登科。典见《晋书·郤诜传》。 ⑤卿月：卿士各有司职，如日月之有别，称卿月。见《尚书·洪范》传。 郎星：即星郎，以郎官上应星宿，故称。 ⑥符竹：汉代郡守受竹符。后因以符竹

代郡守。　⑦棠阴：喻惠政，见《诗经·召南·甘棠》。　⑧臬事：即按察使，宋时又置提点刑狱官。　⑨寒荄(gāi)：寒草根。　荄：草根。　⑩绂麟：以绣绂系麟角。孔子生时，其母徵在梦见麒麟示以玉书。乃以绣绂系麟角。不久孔子生。后遂以为生子之祥。　⑪作者自注：自泉守改宪。

生查子

寿谢宪，在四川类省试院[①]

湘江贯地维，衡岳生人杰。谁遣益州星，暂伴峨眉月。　初度庆今朝，绣斧双龙节[②]。为国罩嘉鱼[③]，趣觐黄金阙[④]。

[注释]

①类省试：即类试。士人入省应举子试曰省试。类试则于各路州府举行，故称类省试院。是一种临时变通的办法。　②绣斧：执法大吏的别称。　③嘉鱼：鱼名。鱼之美者，见《北堂书钞》卷一百五十八引任豫《益州记》。《诗经·小雅·南有嘉鱼》："南有嘉鱼，烝然罩罩。"　罩：编细竹为器以罩鱼。　④趣：趋。

浣溪沙

庆董内机

濯锦江边玉树明[①]，碧油幢里彩衣荣[②]。当年此日下长庚。　细酌成都千岁酒，闲看嶰谷一阳春[③]。归听云母隔屏声。　(以上四首见《截江网》卷五)

[注释]

①濯锦江：即岷江，过成都为锦江。　②碧油幢：青绿色的油布帷幕。南齐公主车乘用碧油幢。唐时御史亦用此。　③嶰谷：昆仑山北谷。黄帝使伶伦取竹于此，断两节间而吹之，以为黄钟之宫。

朝中措

自寿

我生辰在斗牛中，井路有何功①。运转峨眉山月，按行雪界天风。　　归欤老矣，愁添鬓白，酒借颜红。丘壑堪容我辈，轩裳分付诸公。（《截江网》卷六）

[注释]

①井路：即井络，星名。左思《蜀都赋》："岷山之精，上为井络。"井络，一作井路。见杜甫《秋野五首》之一"系舟蛮井络"校注。

水调歌头

寿丘漕　九月初三

端正九秋月，今夜始生明。扬辉毓秀，飘然海上跨长鲸。认得灵均初度，直用望舒为御①，重耀紫枢庭②。何事乘槎使③，尚藉执珪卿④。　　合东西，瞻使节，镜中行。腾腾渐渐⑤，绕枝乌鹊不须惊⑥。太白擒胡了未⑦，即墨降城安否⑧，玉斧仗修成⑨。圆却山河影，捣药兔长生。

[注释]

①望舒：神话中为月亮驾车的仙人。见屈原《离骚》。　②紫枢：三公官署。　③槎：竹木筏。　乘槎使：《荆楚岁时记》载，汉武帝令张骞寻河源，至天河。　④珪：朝会时群臣所执之玉器。　⑤腾腾渐渐：形容月冉冉而升之状。　⑥"绕枝"句：指月明使乌鹊不安于枝。苏轼《次韵蒋颖叔》："月明惊鹊未安枝。"　⑦太白：星名。主杀伐。李白《胡无人》："太白入月敌可摧。"　⑧即墨：燕以乐毅伐齐，齐城之不下者，唯独聊莒，即墨，田单以即墨击败燕军，悉复得其故城。　⑨玉斧：神话中的修月斧。

鹧鸪天

寿吴倅 九月初七

恰则重阳信宿前[①],菊潭先寿濮阳仙[②]。暂陪明月清风夜,共醉孤云落照边。 群玉府[③],紫微天[④]。看看东壁二星连[⑤]。月中斫桂吴夫子,定是长生不记年。

[注释]

①信宿:再宿为信。九月七日,过两夜即重阳。 ②濮阳:县名,今属河南。 ③群玉府:传说中的仙山洞府。见《穆天子传》。 ④紫微天:星座名。帝王之星象,故又指宫殿。 ⑤东璧:即东壁,星名。东壁二星主文章,天下图书之秘府。见《晋书·天文志》。

生查子

寿魏制干 九月十九

万里彩衣远,旬日黄花后[①]。蓬矢纪佳辰,莲幕翻新奏。 更看桂枝香,归献灵椿寿。同对小蟠桃,共醉长生酒。 (以上三首见《翰墨大全》丁集卷四)

[注释]

①"旬日"句:指生辰在重阳十日之后,即九月十九日。

存目词

调名	首句	出处	附注
如梦令	久羡庞眉鹤髮	《花草粹编》卷七	无名氏词，见《翰墨大全》丁集卷三
满朝欢	一点箕星近	《花草粹编》卷十二	无名氏词，见《翰墨大全》丁集卷四
寿星明	玉露迎寒	同上	无名氏词，见《翰墨大全》丁集卷三

郑清之

郑清之(1176—1251),字德源,初名燮,字文叔,号安晚。鄞县(今浙江宁波)人。宁宗嘉定十年(1217)进士。理宗朝,累拜太傅、左丞相、封魏国公,致仕。谥忠定。有《安晚堂集》七卷。

念奴娇

菊

楚天霜晓,看老来秋圃,寒花犹在。金阙栽培端正色,全胜东篱风采。雅韵清虚,幽香淡泊,惟有陶家爱[①]。由他尘世,落红愁处如海。　多少风雨飘摇,夫君何素,晚节应难改。休道三闾曾旧识,轻把木兰相对[②]。延桂同盟,索梅为友,不复娇春态。年年秋后,笑观芳草萧艾[③]。

(《阳春白雪》卷八)

[注释]

①陶家:陶渊明。陶曾有"采菊东篱下"之句。　②三闾:屈原曾任三闾大夫。　把木兰相对:《离骚》中有"朝饮木兰之坠露兮,夕餐秋菊之落英"。　③萧艾:野蒿、臭草。《离骚》:"何昔日之芳草兮,今直为此萧艾也。"

陈　鹄

陈鹄，生卒未详。南阳人，号西塘。宁宗嘉定前后在世，尝与陆淞游，有《耆旧续闻》传世。

失调名[①]

莫待柳吹绵，吹绵时杜鹃。　　（《耆旧续闻》卷二）

[注释]

①唐氏按：此二句似是《菩萨蛮》词。　又按：《耆旧续闻》所载引自他书而未著所出者甚多，此二句未必为陈鹄自作，俟考。

李仲虺

李仲虺，生卒不详，汀州连城（今福建汀州）人，光宗绍熙间（1190—1194）有声于世。

如梦令

石门岩

门外数峰围绕，帖石路儿弯小。花老不禁风，委地乱红多少。人悄，人悄。隔叶数声啼鸟。

（《永乐大典》卷七千八百九十一“汀”字韵又卷九千七百六十四“岩”字韵引《汀州府志》）

黄　简

黄简，生卒不详，一名居简，字元易，号东浦，建安（今福建建瓯）人。隐居吴郡光福山（今江苏吴县），嘉熙中卒。有《东浦集》、《云墅谈隽》，今佚。

眼儿媚

画楼濒水翠梧阴，清夜理瑶琴。打窗风雨，逼帘烟月，种种关心。　　当时不道春无价，幽梦费重寻。难忘最是，鲛绡晕满，蟫锦香沉[①]。　　（《阳春白雪》卷五）

[注释]

①蟫（yín）锦：薄如蟫鱼的锦缎。

柳梢青

病酒心情，唤愁无限，可奈流莺。又是一年，花惊寒食，柳认清明。　　天涯翠巘层层，是多少、长亭短亭。倦倚东风，只凭好梦，飞到银屏。

玉楼春

龟纹晓扇堆云母，日上彩阑新过雨。眉心犹带宝觥醒，耳性已通银字谱[①]。　　密奁彩索看看午，晕素分红能几许。妆成挼镜问春风，比似庭花谁解语。

（以上二首见《绝妙好词》卷三）

［注释］

①银字谱:乐谱。《新唐书·礼乐志》:倍四本属清乐,形类雅音,有银字之名。

陈耆卿

陈耆卿(1180—1236),字寿老,号篔窗,临海(今浙江临海)人。宁宗嘉定七年(1214)进士。官至国子司业。有《篔窗集》。

鹧鸪天

母侯置酒南教场赏芙蓉[①]

莫惜花前泥酒壶[②],沙场千步锦平铺。将军闲试临边手,按出吴宫小阵图[③]。　清露里,晓霜馀。娇红淡白更怜渠。人间落木萧萧下,独倚秋江画不如。

[注释]

①母侯:谓父母官,指台州守齐硕。见《嘉定赤城志》。　②泥(nì):沉滞。　③吴宫小阵图:孙武子以兵法见吴王,王命小试勒兵,出百八十宫女布阵。令出,妇人大笑。三令五申,妇人复笑,乃斩左右队长。吴王大骇,请勿斩宠姬。孙武曰:"将在军,君命有所不受。"然后号令整齐。吴王知能用兵,乃以为将。见《史记·孙子吴起列传》。

鹧鸪天

再　赋

艳朵珍丛间舞衣,蹴球场外打红围[①]。小舆穿入花深处,且住簪花醉一卮。　秋欲尽,最怜伊。江梅未破菊离披[②]。情知不与韶华竞,回首西风怨阿谁。

(《永乐大典》卷五百四十"蓉"字韵引耆卿《篔窗集》)

［注释］

①打红围:指芙蓉盛开,围成红色的圈子。 ②离披:散乱貌。

存目词

调名	首句	出处	附注
柳初新	东郊向晓星杓亚	《篔窗集》卷十	柳永词,见《乐章集》卷上
三台令	鱼藻池边射鸭	《永乐大典》卷五百四十“蓉”字韵	王建词,见《王建诗集》卷七

林表民

林表民，生卒不详，字逢吉，号玉溪，师蔵子，台州临海（今属浙江）人。有《玉溪吟稿》。

玉漏迟

和赵立之[①]

并湖游冶路，垂堤万柳，麹尘笼雾[②]。草色将春，离思暗伤南浦[③]。旧日愔愔坊陌[④]，尚想得、画楼窗户。成远阻，凤笺空寄，燕梁何许。　凄凉瘦损文园[⑤]，记翠筦聊吟[⑥]，玉壶通语。事逐征鸿，几度悲欢休数。莺醉乱花深里，悄难替、愁人分诉。空院宇，东风晚来吹雨。

（《阳春白雪》卷五）

[注释]

①赵立之：赵闻礼，字立之，号钓月。　②麹：酒母。　麹尘：麹上所生淡黄色之菌如尘。　③南浦：泛指别离之地。江淹《别赋》："送君南浦，伤如之何！"　④愔愔：幽静貌。　⑤文园：指司马相如。　⑥筦：同"管"。

薛师石

薛师石（1178—1228），字景石，永嘉（今浙江温州）人。隐居不仕，筑庐于会昌湖（永嘉西南五里）西，曰“瓜庐”。常与“四灵”唱和，诗格亦相近。有《瓜庐集》。

渔父词　七首

一

十载江湖不上船，卷篷高卧月明天。今夜泊，杏花湾，只有苓箵当酒钱[①]。

［注释］

①苓箵（líng xǐng）：装鱼的竹笼，也总称渔具为苓箵。

二

邻家船上小姑儿，相问如何是别离。双坠髻，一弯眉[①]，爱看红鳞比目鱼[②]。

［注释］

①弯：《全宋词》作“湾”。　②比目鱼：传说此鱼仅一目，须两两相并始可游行。故常以喻成双成对，形影不离。

三

平明雾霭雨初晴，儿子敲针作钓成[①]。香饵小，茧丝轻，钓得鱼儿不识名。

［注释］

①“儿子”句：本杜甫《江村》“稚子敲针作钓钩”。

四

船系兰芷鲙长鲈[1]，曲袷方袍忽访吾[2]。神甚爽，貌全枯。莫是当年楚大夫[3]。

[注释]

①"船系"句：意谓泊舟于兰芷汀渚，以长鲈为脍。 ②曲袷：弯形交领。 方袍：僧衣。 ③楚大夫：指屈原。《楚辞·渔父》："屈原既放，游于江潭，行吟泽畔，颜色憔悴，形容枯槁。"

五

春融水暖百花开，独棹扁舟过钓台[1]。鸥与鹭，莫相猜，不是逃名不肯来。

[注释]

①钓台：即严子陵钓台。

六

夜来采石渡头眠[1]，月下相逢李谪仙。歌一曲，别无言，白鹤飞来雪满船。

[注释]

①采石渡头：在安徽当涂县西北，牛渚山北突入江中之矶，相传李白在此骑鲸，有谪仙楼、捉月亭。

七

莫论轻重钓竿头，住得船归即便休。酒味薄，胜空瓯，事事何须著意求。 （以上七首并见《瓜庐诗》）

史达祖

史达祖(1163—1220?),字邦卿,号梅溪,汴(今河南开封)人。一生未得中进士。游幕于扬州及荆江汉水间。嘉泰年间,入为中书省堂吏。开禧元年(1205)佐贺金生辰使李壁使金,深得韩侂胄信任。依韩侂胄奉行文字,拟帖撰旨,俱出其手。韩败,遂被黥。见《四朝闻见录》。有《梅溪词》一卷。奇秀清逸,著称于时。

绮罗香

咏春雨

做冷欺花[①],将烟困柳[②],千里偷催春暮。尽日冥迷[③],愁里欲飞还住。惊粉重、蝶宿西园,喜泥润、燕归南浦。最妨它,佳约风流,钿车不到杜陵路[④]。　沉沉江上望极,还被春潮晚急[⑤],难寻官渡[⑥]。隐约遥峰,和泪谢娘眉妩[⑦]。临断岸,新绿生时,是落红、带愁流处[⑧]。记当日,门掩梨花[⑨],剪灯深夜语[⑩]。

[注释]

①“做冷”句:指春雨生寒,妨碍花之开放。 ②“将烟”句:指烟雨笼罩着柳树。 ③冥迷:极言绵绵春雨之迷濛。 ④钿车:以金为饰的华丽的车子。 杜陵:在长安东南,是汉宣帝陵墓所在地,周围多世族,故借指繁华街道。此句说因春雨绵绵,道路泥泞,交通不便,许多聚会都只好取消。 ⑤《全宋词》注:元本误夺“晚”字。 ⑥官渡:公用的渡口、渡船。 ⑦谢娘:唐时歌伎,后泛指女子。 眉妩:美好的眉妆。此指春雨中的远山,如美人的和泪眉痕。 ⑧处:别作“去”。 ⑨门掩梨花:本唐刘方平《春怨》“寂寞空庭春欲晚,梨花满院不开门”。 ⑩剪灯:本李商隐《夜雨寄北》“何当共剪西窗烛,却话巴山夜雨时”。

[集评]

黄昇云："'临断岸'以下数语，最为姜尧章称赞。"（《花庵词选》）

黄苏云："《玉林词话》谓梅溪之词，盖能融情景于一家，会句意于两得，其谓是欤？愁雨邪？怨雨邪？多少淑偶佳期，尽为所误。而伊乃浸淫渐渍，联绵不已。小人情态如是，句句清隽可思。好在结二句，写得幽闲贞静，自有身分，怨而不怒。"（《蓼园词选》）

许昂霄云："'尽日冥迷'一句，摹写入神。'记当日'二句，如此运用，实处皆虚。"（《词综偶评》）

先著云："无一字不与题相依，而结尾始出'雨'字，中边皆有。"（《词洁》）

孙麟趾云："词中四字对句，最要凝练。如史梅溪云：'做冷欺花，将烟困柳'，只八个字已将春雨画出。"（《词径》）

俞陛云云："起三句吸春雨之神。四、五句关合听雨之情。'蝶'、'燕'二句从侧面写题，惊、喜二字为蝶燕设想，殊妙。'佳约'句承愁雨之意，写到怀人，以领起后幅。转头处言临江望远，意境开拓……上阕言近处庭院之雨，后言远处江湖之雨。'新绿'二句非特江干风景，而送春念远，皆在其中。'落红'句造语，尤工。结句听雨西窗，虽意所易到，而回首当年，以'梨花门掩'，点染生姿，觉馀音绕梁也。"（《唐五代两宋词选释》）

双双燕[①]

咏　燕

过春社了[②]，度帘幕中间，去年尘冷。差池欲住[③]，试入旧巢相并。还相雕梁藻井[④]，又软语、商量不定[⑤]。飘然快拂花梢[⑥]，翠尾分开红影。　　芳径，芹泥雨润[⑦]。爱贴地争飞，竞夸轻俊。红楼归晚，看足柳昏花暝[⑧]。应自栖香正稳，便忘了、天涯芳信[⑨]。愁损翠黛双蛾[⑩]，日日画阑独凭。

[注释]

①此调始见《梅溪集》。词咏双燕，即以为名，是所谓缘题生咏

者。 ②春社：春分前后祈谷之祭称“春社”。燕子每年春社时来。 ③差(cī)池：燕飞时尾翼长短不齐貌。 ④相：审视。 雕梁藻井：雕着图案的屋梁和画有水草花纹的天花板。 ⑤又：一作“羡”。 ⑥飘：别作“翩”。 ⑦芹泥：燕子衔来筑巢的芳香的泥土。 ⑧柳昏花暝：指黄昏时花姿柳色都沉浸于一片朦胧中。 ⑨“应自”二句：燕子在香巢中睡得很甜，以至于忘了给闺中思妇传递天涯的书信。 应自：一作“应是”。 ⑩“愁损”句：《全宋词》注，别本少二字，作“愁损玉人”。

[**集评**]

王士祯云：“咏物至此，人巧极天工错矣。”(《花草蒙拾》)

卓人月云：“不写形而写神，不取事而取意，白描高手。”(《词统》)

贺裳云：“常观姜(夔)论史词，不称其‘软语商量’，而赏其‘柳昏花暝’，固知不免项羽学兵法之恨。”(《皱水轩词筌》)

王国维云：“贺黄公谓：姜论史词……固知不免项羽学兵法之恨；然‘柳昏花暝’，自是欧、秦辈句法，前后有画工、化工之殊。吾从白石，不能附合黄公矣。”(《人间词话》卷下)

俞平伯云：“王国维所说虽是，亦有些偏执。盖上下片本不同。上片从正面描写燕子，‘软语商量’云云自为佳句。下片多从侧面，燕子与人的关系等来说，情形既复杂，则意思含蓄，风格浑成，亦是自然的格局。上下互成，前后一体，相比较则可，若争论其孰为优劣。似无谓也。”(《唐宋词选释》下卷)

陈匪石云：“如以寄托言，则‘红楼归晚’以下六句，讥不思恢复、宴安鸩毒之非，喻中原父老望眼欲穿之苦。曰‘看足’，曰‘应自’，曰‘便忘了’，曰‘愁损’，曰‘独凭’，微而显，志而晦，婉而成章，居然《春秋》之笔。白石赏之，殆以与己之《暗香》、《疏影》诸词异曲同工乎？”(《宋词举》)

阳春曲

杏花烟，梨花月[①]，谁与晕开春色。坊巷晓愔愔[②]，东风断、旧火销处近寒食[③]。少年踪迹，秋暗隔，水南山北。还是宝络雕鞍，被莺声、唤来香陌。 记飞盖西园，寒犹凝结[④]。惊醉耳、谁家夜笛。灯前重帘不挂，殢华裾、粉泪曾拭[⑤]。如今故里信息，赖海燕、年时相识。奈芳草、正锁江南，梦春衫怨碧。

[注释]

①梨花月：《全宋词》注，“月”别作“雨”。　②坊巷：小街曲巷。　愔愔：深静貌。　③旧火：旧俗，寒食不举火，节后举火称新火，节前为旧火。　④《全宋词》注：别夺“结”字。　⑤殢（tì）：滞留。此指泪痕留存于华丽的衣襟上。　泪：别作“痕”。

海棠春令[①]

似红如白含芳意，锦宫外、烟轻雨细。燕子不知愁，惊堕黄昏泪。　　烛花偏在红帘底，想人怕、春寒正睡[②]。梦著玉环娇[③]，又被东风醉。

[注释]

①《海棠春令》：即《海棠春》，调即题，咏海棠也。　②“烛花”二句：见苏轼《海棠》诗“只恐夜深花睡去，故烧高烛照红妆”。　③玉环：杨贵妃的字。《太真外传》：“明皇登沉香亭，召太真妃，于时卯酒未醒，侍儿扶掖而至。妃子醉韵残妆，钗横鬓乱，不能再拜。明皇笑曰：‘海棠春睡未足耶？’”此用其事。

夜行船

正月十八日闻卖杏花有感

不剪春衫愁意态，过收灯、有些寒在[①]。小雨空帘，无人深巷，已早杏花先卖[②]。　　白发潘郎宽沈带[③]，怕看山、忆它眉黛。草色拖裙，烟光惹鬓，常记故园挑菜[④]。

[注释]

①过收灯:过了元宵节。 收:别作“烧”。 ②“小雨”三句:见陆游《临安新雨初霁》“小楼一夜听春雨,深巷明朝卖杏花”。 已早:别作“早已”。 ③白髮潘郎:晋潘岳《秋兴赋》序云,“余春秋三十有二,始见二毛。”后遂以潘鬓作为中年早白髮的代称。 沈带:梁沈约《与徐勉书》云,“百日数旬,革带常应移孔。”后遂以沈带作为身体消瘦的代称。 ④挑菜:唐时风俗,农历二月二日曲江拾菜,士民游观,谓挑菜市。 常:别作“长”,又作“尚”。

[集评]

俞陛云云:“此词着意在结句。杏花时节,正故园昔日挑菜良辰,顿忆鬓影裙腰之当年情侣,乃芳序重临而潘郎憔悴,其感想何如耶?上阕咏卖花,款款写来,风致摇曳。春阴门巷,在幽静境中,益觉卖花声动人凄听也。”(《唐五代两宋词选释》)

东风第一枝

咏春雪

巧沁兰心[①],偷黏草甲,东风欲障新暖。谩凝碧瓦难留[②],信知暮寒轻浅[③]。行天入镜,做弄出、轻松纤软。料故园、不卷重帘,误了乍来双燕。　青未了、柳回白眼。红欲断、杏开素面。旧游忆著山阴[④],厚盟遂妨上苑[⑤]。寒炉重暖[⑥],便放慢春衫针线[⑦]。恐凤靴、挑菜归来[⑧],万一灞桥相见[⑨]。

[注释]

①沁:别作“剪”,又作“冰”。 ②凝:别作“疑”。 ③轻:别作“较”。 ④山阴:今浙江绍兴。 ⑤上苑:帝王游猎之园林。 厚:别作“后”。 ⑥寒:别作“熏”。 暖:别作“熨”。 ⑦便放慢:《全宋词》注,周选作“且慢放”。 ⑧恐:别作“怕”。 靴:别作鞋。 ⑨灞桥:在长安

东。孙光宪《北梦琐言》七：相国郑綮善诗，云"诗思在灞桥风雪中驴子背上"。此言灞桥，关合"雪"。

[集评]

张炎云："诗难于咏物，词为尤难。体认稍真，则拘而不畅；模写差远，则晦而不明。要须收纵联密，用事合题。一段意思，全在结句，斯为绝妙。如史邦卿《东风第一枝·咏春雪》（下略），《绮罗香·咏春雨》（下略），《双双燕·咏燕》……此皆全章精粹，所咏瞭然在目，且不留滞于物。"（《词源》卷下）

俞陛云云："起五句咏题面，格局与《绮罗香·咏春雨》相似……后段四句用'灞桥'以点缀'雪'字，而恐归人怯雪后馀寒，为重温炉火，一往情深，忘其为咏雪馀波矣。"（《唐五代两宋词选释》）

东风第一枝

壬戌闰腊望，雨中立癸亥春，与高宾王各赋①

草脚愁苏②，花心梦醒，鞭香拂散牛土③。旧歌空忆珠帘，彩笔倦题绣户。黏鸡贴燕④，想立断、东风来处⑤。暗惹起、一掬相思，乱若翠盘红缕⑥。　　今夜觅、梦池秀句。明日动、探花芳绪。寄声沽酒人家，预约俊游伴侣⑦。怜它梅柳，乍忍俊、天街酥雨⑧。待过了一月灯期，日日醉扶归去。

[注释]

①壬戌：宋宁宗嘉泰二年（1202）。　闰：唐氏按，原作"开"，从毛扆校本《梅溪词》。　腊望：十二月十五。　癸亥：嘉泰三年（1203）。　高宾王：即高观国。　②《全宋词》注："愁苏"别作"春回"，又作"愁回"。　③"鞭香"句：立春前一日，临安府进大春牛，用五色丝彩杖鞭牛。掌管预造小春牛数十，饰彩幡雪柳分送殿阁巨珰，各随以金银线彩段为酬。见《武林旧事》。　④黏鸡贴燕：是日，后苑办造春盘供进，及分赐贵邸宰臣巨珰，翠

缕红丝,金鸡玉燕,备极精巧。见《武林旧事》。又,元日贴画鸡于户上,立春日剪彩为雁,戴之。见《荆楚岁时记》。 ⑤立:别作“占”。 ⑥若:别作“藏”。 ⑦预:别作“款”。 俊:别作“嬉”,周选作“冶”。 ⑧酥雨:喻春雨滋润。韩愈《早春呈水部张十八员外》:“天街小雨润如酥。” 乍:别作“怎”。 俊:别作“润”,又作“后”。

[集评]

俞陛云云:“其章法先著本题,后展笔势……句复妍秀,由其工力之深也。”(《唐五代两宋词选释》)

先著、程洪云:“史之逊姜,有一二欠自然处。雕镂有痕,未免伤雅,短处正不必为古人曲护……人工胜则天趣减,梅溪、梦窗自不能不让白石出一头地。”(《词洁辑评》卷四)

东风第一枝

灯夕清坐,或作《元夕》

酒馆歌云,灯街舞绣,笑声喧似箫鼓。太平京国多欢,大酺绮罗几处[1]。东风不动,照花影、一天春聚。耀翠光、金缕相交[2],苒苒细吹香雾。　　羞醉玉,少年丰度。怀艳雪,旧家伴侣。闭门明月关心,倚窗小梅索句。吟情欲断,念娇俊、知人无据。想袖寒、珠络藏香,夜久带愁归去。

[注释]

①大酺:古代帝王为欢庆特许民间举行的大会饮。 ②耀:别作“看”。

玉楼春

社前一日[①]

游人等得春晴也，处处旗亭堪系马[②]。雨前秾杏尚娉婷[③]，风后残梅无顾藉[④]。　忌拈针线还逢社[⑤]，鬥草赢多裙欲卸[⑥]。明朝双燕定归来[⑦]，叮嘱重帘休放下。

[注释]

①社：即指春社。　②堪：别作“闲”，又作“咸”。　③秾：别作“红”。娉婷：别作“抨停”。　④顾藉：顾惜。　后：别作“里”。　⑤线：别作“指”。　⑥鬥草：古代民间五月五日有鬥百草之戏。见《荆楚岁时记》。此指妇女以草作比赛之游戏。晏殊《破阵子》（燕子来时）：“疑怪昨宵春梦好，元是今朝鬥草赢。”　⑦双：别作“新”。

玉楼春

赋梨花

玉容寂寞谁为主[①]，寒食心情愁几许。前身清淡似梅妆，遥夜依微留月住。　香迷胡蝶飞时路，雪在秋千来往处。黄昏著了素衣裳，深闭重门听夜雨[②]。

[注释]

①“玉容”句：见白居易《长恨歌》“玉容寂寞泪阑干，梨花一枝春带雨”。　②“黄昏”二句：见刘方平《春怨》“纱窗日落渐黄昏，金屋无人见泪痕。寂寞空庭春欲晚，梨花满地不开门”。

喜迁莺[①]

月波疑滴[②]，望玉壶天近[③]，了无尘隔。翠眼圈花，冰丝织练，黄道宝光相直[④]。自怜诗酒瘦，难应接、许多春色。最无赖，是随香趁烛，曾伴狂客。　　踪迹，谩记忆。老了杜郎，忍听东风笛。柳院灯疏，梅厅雪在，谁与细倾春碧[⑤]。旧情拘未定[⑥]，犹自学、当年游历。怕万一，误玉人、夜寒帘隙[⑦]。

[注释]

①张炎以此赋元夕，见《词源》卷下。　②疑：别作“凝”。　③玉壶：喻月光之皎洁。　④黄道：日轨。又以喻帝王经行之路。　⑤春碧：指酒、茶之类。　⑥拘：别无“拘”字。　⑦《全宋词》注：“夜寒”戈选作“寒夜”。别本“寒”下有“窗际”二字。

[集评]

张炎云：“史邦卿……此等妙词颇多（指《东风第一枝 · 立春》与此词），不独措辞精粹，又且见时序风物之盛，人家宴乐之同。”（《词源》卷下《节序》）

王闿运云：“（‘翠眼’三句）富贵语无脂粉气，诸家皆赏下二句，不知现寒乞相正是此等处。结有调侃，非方回见妓辄跪也。”（《湘绮楼评词》）

俞陛云云：“前六句咏月色。以下自嘲……但杜郎虽老，亦当年临风听笛之人。乃重至清幽之地，梅厅柳院，陈迹依依，而酒边人远，馀情未了。冀万一之相逢，作无聊之自慰耳。”（《唐五代两宋词选释》）

万年欢

春　思

两袖梅风[①]，谢桥边、岸痕犹带阴雪[②]。过了匆匆灯市，草根青发。燕子春愁未醒，误几处、芳音辽绝。烟溪上、采绿人归，定应愁沁花骨。　　非干厚情易歇。奈燕台句老[③]，难道离别。小径吹衣，曾记故里风物。多少惊心旧事，第一是、侵阶罗袜[④]。如今但、柳发晞春，夜来和露梳月。

［注释］

①梅风：四月落梅时之风。 ②谢桥：本晏几道《鹧鸪天》"梦魂惯得无拘检，又踏杨花过谢桥"。指情人居处。 ③燕台：用李商隐《燕台》诗事。此诗共四首，语意朦胧，冯浩疑其为李商隐"学仙玉阳东，有所恋于女冠"云。 ④侵阶罗袜：见李白《玉阶怨》"玉阶生白露，夜久生罗袜"。

［集评］

先著、程洪云："如此词起结，始当得'生新'二字。"（《词洁辑评》卷四）

俞陛云云："'烟溪'二句从对面着想，颇似清真词格……结句炼字亦工。"（《唐五代两宋词选释》）

阮郎归

龙香吹袖白藤鞭[①]，帽檐冲柳烟。一春几度画桥边，东风听管弦。　　花活计[②]，酒因缘，从人嘲少年。真须吟就绿杨篇[③]，湾头寄小怜[④]。

［注释］

①白：一作"向"。 ②活计：谋生之手段。 ③绿杨篇：见《杨柳词》。"共解多情寻小小，绿杨深处是苏家"。 真：别作"直"。 ④小怜：北齐后主冯淑妃，字小怜。见《北史·冯淑妃传》。此借指。

阮郎归

月下感事

旧时明月旧时身，旧时梅萼新。旧时月底似梅人，梅春人不春。　　香入梦，粉成尘。情多多断魂。芙蓉孔雀夜温温，愁痕即泪痕。

眼儿媚

寄　赠

潘郎心老不成春[①]，风味隔花尘。帘波浸笋，窗纱分柳，还过天津[②]。　　近时无觅湘云处，不记是行人。楼高望远，应将秦镜[③]，多照施颦[④]。

[注释]

①潘郎：晋潘岳美姿仪。后常指被女子爱慕的男子。　②天津：银河。　③秦镜：传说中秦宫之宝镜。见刘歆《西京杂记》卷三。　④施颦："西施捧心而颦其眉。"见《庄子·天运》。

眼儿媚

代　答

儿家七十二鸳鸯[①]，珠佩锁瑶箱。期花等月，秦台吹玉[②]，贾袖传香[③]。　　十年白玉堂前见，直是剪柔肠。将愁去也，不成今世，终误王昌[④]。

[注释]

①七十二鸳鸯："鸳鸯七十二，罗列自成行。"见《古诗·鸡鸣》。②秦台：用秦穆公女弄玉、萧史典。萧史善吹箫，一夕引凤来，与弄玉俱升仙。　台：别作"楼"。　玉：别作"笛"。　③贾袖传香：晋贾充女私韩寿，盗武帝赐其父之西域异香赠寿。充闻寿之奇香，即以女嫁寿。④王昌：古人，诗中常见。梁武帝《河中之水歌》："恨不早嫁东家王。"李商隐《楚宫》："王昌且在墙东住，未必金堂得免嫌。"

忆瑶姬

骑省之悼也①

娇月笼烟，下楚领、香分两朵湘云②。花房渐密时③，弄杏笺初会，歌里殷勤④。沉沉夜久西窗，屡隔兰灯幔影昏⑤。自彩鸾、飞入芳巢，绣屏罗荐粉光新。　十年未始轻分。念此飞花，可怜柔脆销春。空馀双泪眼，到旧家时郎⑥，谩染愁巾。袖止说道凌虚⑦，一夜相思玉样人。但起来、梅发窗前，哽咽疑是君。

［注释］

①骑省：散骑省的简称，指代潘岳。　骑省之悼：潘岳曾以太尉掾兼虎贲中郎将，寓直于散骑之省。见潘岳《秋兴赋序》。潘岳有《悼亡诗》三首。　②楚领：楚山。领，通“岭”。　湘云：指女子云鬓。　香：别作“春”。　③渐密时：别作“时渐密”。　④里：别作“袖”。　⑤幔：别作“慢”。　⑥郎：别作“节”。　⑦袖止：别作“神仙”。

南歌子

采绿随双桨，看山藉一筇①。关南桃树几番红，昨夜诗情频在、雨声中。　花径无云隔，苔垣只梦通②。旧欢一饷可过从③，试觅鸳鸯新杏、简春风。

［注释］

①藉：凭。　筇：竹杖。　②只：别作“有”。　③过从：互相往来。

风流子

红楼横落日，萧郎去、几度碧云飞①。记窗眼递香②，玉台妆罢,马蹄敲月,沙路人归。如今但,一莺通信息[③],双燕说相思。入耳旧歌,怕听琴缕[④],断肠新句,羞染乌丝。　　相逢南溪上,桃花嫩、娇样浅淡罗衣。恰是怨深腮赤,愁重声迟。怅东风巷陌,草迷春恨,软尘庭户[⑤],花误幽期。多少寄来芳字,都待还伊。

[注释]

①萧郎:或指萧史,古人常用来泛指所爱之男子。　②窗眼递香:用韩寿偷香典,见《世说新语·溺惑》。　③一:别作“流”。　④琴:别作“金”。　⑤软尘:软红尘,指都市繁华。

风流子

飞琼神仙客[①],因游戏、误落古桃源。藉吟笺赋笔,试融春恨,舞裙歌扇,聊应尘缘。遣人怨,乱云天一角,弱水路三千[②]。还因秀句,意流江外,便随轻梦,身堕愁边[③]。

风流休相误,寻芳纵来晚,尚有它年。只为赋情不浅,弹泪风前。想雾帐吹香[④],独怜奇俊,露杯分酒,谁伴婵娟。好在夜轩凉月[⑤],空自团圆。

[注释]

①飞琼:即传说中王母娘娘的侍女许飞琼,见《汉武内传》。　②弱水:传说西海中之凤麟洲,有弱水围绕,鸿毛不浮,不可渡。见东方朔《十洲记》。　③堕:别作“坠”。　④雾帐:用如雾的轻纱作的帐子。　⑤作者自注:“月轩,其号也。”

金盏子

奖绿催红[①],仰一番膏雨,始张春色。未踏画桥烟,江南岸、应是草稀花密。尚忆溅裙蘋溪②，觉诗愁相觅。光风外③，除是倩莺烦燕，谩通消息。　　梨花夜来白，相思梦、空阑一林月④。深深柳枝巷陌，难重遇、弓弯两袖云碧。见说倦理秦筝，怯春葱无力⑤。空遣恨，当时留秀句，苍苔蠹壁。

[注释]

①奖绿：言春雨催生绿色。　②溅裙：沾湿衣裙。　③光风：雨后初晴，风和日丽的景象。　④一林月：戈选作“月波湿”。“林”别作“抹”。　⑤春葱：指女子的手指。

杏花天

清　明

软波拖碧蒲芽短，画桥外、花晴柳暖①。今年自是清明晚，便觉芳情较懒。　　春衫瘦、东风翦翦。过花坞、香吹醉面。归来立马斜阳岸，隔岸歌声一片②。

[注释]

①桥：别作“楼”。　②岸：别作“水”。

[集评]

杨慎云：“史邦卿《杏花天》词云：（略）姜尧章云：‘史邦卿之词，奇秀清逸，有李长吉之韵，盖能融情景于一家，会句意于两得。’姜亦当时词手，而服之如此。”（《词品》卷四）

俞陛云云：“言春物骀荡，正寻芳坊曲之时。乃人乐而我归，夕阳驻马，听隔岸笙歌，欣戚之怀迥异。而通首唯一‘懒’字，略露本意，此词笔之高处。”（《唐五代两宋词选释》）

侯孝琼云：“末句用杜牧《泊秦淮》‘商女不知亡国恨，隔江犹唱后庭花’句意。乐事哀情，一倍增其感慨。”

杏花天

古城官道花如霰，便恰限、花间再见。双眉最现愁深浅，隔雨春山两点。　　回头但、垂杨带苑。想今夜、铜驼梦远[①]。行人去了莺声怨，此度关心未免。

[注释]

①铜驼：指洛阳宫门铜驼。此有远别帝宫，功名梦淡之意。云："会见汝在荆棘中耳！"后以喻世事变化。见《晋书·索靖传》。

杏花天

细风微月垂杨院，记年少、春愁一点。栖莺未觉花梢颤，踏损残红几片。　　长安共、日边近远[①]。况老去、芳情渐减。屏山几夜春寒浅，却将因而梦见[②]。

[注释]

①"长安"句：晋元帝问明帝：长安何如日远？答曰："日远。不闻人从日边来。"见《世说新语·夙慧》。后以喻帝城左右。　②将：别作"怕"。

[集评]

侯孝琼云："芳思春情中，隐隐逗露身世之悲。"

杏花天

扇香曾靠腮边粉，旧尘埋、月轮有晕。南风未似愁来近，前事临窗隐隐。　　凉花畔、云歌露饮。梦断了、终难再问。鸳鸯带上三生恨，将泪揩磨不尽。

三姝媚

烟光摇缥瓦[①]，望晴檐多风[②]，柳花如洒。锦瑟横床，想泪痕尘影，凤弦常下。倦出犀帷[③]，频梦见、王孙骄马。讳道相思，偷理绡裙，自惊腰衩[④]。 惆怅南楼遥夜，记翠箔张灯[⑤]，枕肩歌罢。又入铜驼，遍旧家门巷[⑥]，首询声价。可惜东风，将恨与、闲花俱谢。记取崔徽模样[⑦]，归来暗写。

［注释］

①缥瓦：琉璃瓦。 缥：淡青色。 ②多风：别作“风袅”。 ③犀帷：坠有犀角饰物之帷幔。 ④“自惊”句：即“衣带渐宽”意。 ⑤翠箔：绿色的金属薄片。 ⑥遍：别作“过”。 ⑦崔徽：唐代歌伎，与裴敬中相恋。既别，徽托写肖像寄中，不久抱恨死。

［集评］

唐圭璋云：“此首忆旧游，辞情俱胜，最得清真之神理。一起写景物，摇荡人心。‘锦瑟’以下，皆推想对方之悲哀……换头回忆昔游之欢情。‘又入’三句，记近日重寻旧地，重访旧人。‘可惜’两句，言今人虽见，而今事已非，一笔勒转，感喟无穷。”（《唐宋词简释》）

寿楼春

寻春服感念[①]

裁春衫寻芳。记金刀素手，同在晴窗。几度因风残絮，照花斜阳。谁念我，今无肠[②]。自少年、消磨疏狂。但听雨挑灯[③]，攲床病酒，多梦睡时妆。 飞花去，良宵长。有丝阑旧曲，金谱新腔。最恨湘云人散，楚兰魂伤。身是客，愁为乡。算玉箫，犹逢韦郎[④]。近寒食人家[⑤]，相思未忘蘋藻香[⑥]。

[注释]

①此为寻春服悼念亡者之作。张思岩《词林纪事》引蒿庐师云：梅溪曾有骑省之戚。故此阕及《夜行船》一阕，全属此意。 ②肠：别作“裳”。 ③听雨挑灯：“空床卧听南窗雨，谁复挑灯夜补衣？”见贺铸悼亡词《鹧鸪天》（重过阊门）。 ④玉箫、韦郎：《云溪友议》载，韦皋少游江夏，止于姜使君之馆。有小青衣曰玉箫，常令承侍，因而有情。后归觐，与玉箫约少而五载，多则七载来娶，因留玉指环并诗遗之。至八年春不至，玉箫叹曰：“韦家郎君一别七年，是不来矣！” ⑤别夺“人家”二字。 ⑥蘋藻香：此颂妇之德。 蘋藻：皆水草名。《诗经·召南·采蘋》：“于以采蘋？南涧之滨。于以采藻？于波行潦。”《毛传》云：“古之将嫁女者，必先礼之于宗室；牲用鱼，芼（mào）之以蘋藻。”郑氏引《礼记·昏义》：女将嫁而教之，以妇德、妇言、妇容、妇功。教成之祭，牲用鱼、芼之以蘋藻。

[集评]

况周颐云：“《寿楼春》，梅溪自度曲。前段‘因风飞絮，照花斜阳’，后段‘湘云人散，楚兰魂伤’，风、飞、花、斜，云、人、兰、魂，并用双声迭韵字，是声律极细处。”（《蕙风词话》卷二）

俞陛云云：“百馀字之长调，唯《寿楼春》有一句全用平声字者，有七字中五平声者，有四字三平声者，词意易为拘滞。此词因寻春服悼逝而作。当日剪刀声里，回针密缕，皆密意之回肠，是何等田居情味！惜年少轻狂，疏于领略，迨湘兰香散，剩有愁边羁客，谁念无裳！再世玉箫，徒存虚愿，赢得涧南蘋藻，长此相思耳！情与文一气旋转，忘其为声调所拘，转觉助其凄韵，自是名手。”（《唐五代两宋词选释》）

于飞乐

鸳鸯怨曲[①]

绮翼翾翾[②]，问谁常借春陂。生愁近渚风微。紫山深，金殿暖，日暮同归。白头相守，情虽定、事却难期。

带恨飞来，烟埋秦草，年年枉梦红衣[3]。旧沙间，香颈冷，合是单栖。将终怨魂[4]，何年化、连理芳枝！

[注释]

①鸳鸯怨曲：乃《于飞乐》之异名，并报此词以存。史自名此词为《鸳鸯怨曲》，缘题生咏也。　②鹣鹣：别作“鹣鹣”，比翼鸟。　③红衣：“尽日无人看微雨，鸳鸯相对浴红衣。”见杜牧《齐安郡后池》。④将终：别作“终将”。　魂：别作“魄”。

南　浦

玉树晓飞香，待倩它、和愁点破妆镜。轻嫩一天春，平白地、都护雨昏烟暝。幽花露湿[1]，定应独把阑干凭。谢屐未蜡[2]，安排共文鸳，重游芳径。　年来梦里扬州[3]，怕事随歌残[4]，情趁云冷[5]。娇眄隔东风，无人会、莺燕暗中心性。深盟纵约，尽同晴雨全无定。海棠梦在，相思过西园，秋千红影。

[注释]

①露湿：别作“湿露”。　②谢屐：南朝宋谢灵运登山常用有齿木屐。上山去前齿，下山去后齿，称“谢公屐”。　蜡：以蜡涂物。阮孚好屐，自吹火以蜡其屐。见《世说新语·雅量》。　③里：别作“雨”。　④随：戈选作“逐”。　⑤趁：戈选作“随”。

[集评]

俞陛云云：“藉景以怀人……皆一片凄迷之境。”（《唐五代两宋词选释》）

探芳信

谢池晓。被酒滞春眠[1]，诗萦芳草。正一阶梅粉，都未有人扫。细禽啼处东风软,嫩约关心早。未烧灯[2],怕有残寒,故园稀到。　　说道试妆了,也为我相思,占它怀抱。静数窗棂,最欢听鹊声好[3]。半年白玉台边话,屡见钩小[4]。指芳期,夜月花阴梦老。

[注释]

①滞:别作"殢"。　②烧灯:燃灯。"烧"别作"收"。　③欢:别作"忺"。　最欢听:戈选作"爱听得"。　④"屡见"句:别本"见"下有"琼"字,一作"银"。

[集评]

俞陛云云:"上阕言春寒懒出,嗟芳约之蹉跎;下阕言鹊信晨占,料伊人之眷念。观其句法若香篆之萦回。风度若柔丝之摇曳,乃梅溪擅胜处。'花阴梦老'四字尤有新致。"(《唐五代两宋词选释》)

祝英台近[1]

柳枝愁,桃叶恨[2],前事怕重记。红药开时,新梦又溱洧[3]。此情老去须休,春风多事。便老去、越难回避。
阻幽会。应念偷剪酴醿,柔条暗萦系。节物移人,春暮更憔悴[4]。可堪竹院题诗,藓阶听雨,寸心外、安愁无地。

[注释]

①元注:"或在第九句'阻幽会'下分段。"下二阕仿此。　②桃叶:晋王献之妾名。王献之作《桃叶歌》云:"桃叶复桃叶,渡江不用楫。但渡无所苦,我自迎接汝。"　③溱洧:二水名。《诗经·郑风·溱洧》写男女于二水边相会,互赠香草。　④暮:别作"草"。

[集评]

俞陛云云:"唐人诗'此中方寸地,容得几多愁',言愁多而心窄。此

言愁如江水，齐赴心头，言愁来之专注，平子工愁，无以过之。”（《唐五代两宋词选释》）

祝英台近

蔷　薇

绾流苏，垂锦绶。烟外红尘逗。莫倚莓墙、花气酽如酒。便愁醺醉青虬[①]，蜿蜿无力[②]，戏穿碎、一屏新绣。
谩怀旧。如今姚魏俱无[③]，风标较消瘦。露点摇香[④]，前度剪花手。见郎和笑拖裙，匆匆欲去，蓦忽地、罥留芳袖[⑤]。

[注释]

①青虬：传说中的无角龙。此指蔷薇枝蔓。　②蜿蜿：别作“蠕蠕”。③姚魏：指姚黄、魏紫，两种名贵的牡丹花。　④摇：别作“瑶”。　⑤罥（juàn）留芳袖：指蔷薇刺挂住了女郎的袖子。　罥：挂，缠绕。

[集评]

郭麐云：“梅溪词，竹垞《词综》所选，已不少矣，然其佳句尚多。《祝英台近》咏蔷薇云：‘见郎和笑拖裙，匆匆欲去，又蓦地、罥留芳袖。’……读之令人欲唤奈何。”（《灵芬馆词话》卷二）

祝英台近

落花深，芳草暗，春到断肠处。金勒骄风，欲过大堤去。翠楼葛领西边[①]，恰如曾约[②]，画阑映、一枝琼树。
正凝伫。芳意欺月矜春，浑欲便偷许[③]。多少莺声，不敢寄愁与。谢郎日日西湖，如今归后，几时见，倚帘吹絮。

[注释]

①葛领：即葛岭，山名，在今浙江杭州西湖北，相传葛洪曾于此处炼

丹,故名。见《浙江通志·山川》。 ②曾:别作“旧”。 ③许:别作“去”。

钗头凤[1]

寒食饮绿亭[2]

春愁远,春梦乱。凤钗一股轻尘满。江烟白,江波碧。柳户清明,燕帘寒食。忆忆忆。 莺声晓[3],箫声短。落花不许春拘管。新相识,休相失。翠陌吹衣,画楼横笛[4]。得得得[5]。

[注释]

①唐氏按:此阕《绝妙好词》作《清商怨》,《词洁》作《惜分钗》,并前后遍结处,各少一字。 ②饮绿亭:《词林纪事》引《范石湖集》,李翬知县作亭西湖,予用东坡语,名为“饮绿”,遂为胜概。 ③晓:别作“暖”,又作“晚”。 ④楼:别作“桥”。 ⑤得得得:或作特特、特地解。

[集评]

侯孝琼云:“下阕箫声、笛声,未免复沓之嫌。”

西江月

闺思

西月澹窥楼角,东风暗落檐牙。一灯初见影窗纱。又是重帘不下。 幽思屡随芳草,闲愁多似杨花[1]。杨花芳草遍天涯,绣被春寒夜夜。

[注释]

①多:《全宋词》注,别作“又”。

[集评]

俞陛云云："时已月上灯明，而卷上珠帘，所思不至，其惆怅可知。继而杨花芳草，已尽足撩人，况天涯遍是，欲排遣而无从。'绣被'六字殊凄艳……知独旦之悲矣！"（《唐五代两宋词选释》）

侯孝琼云："月淡窥，风暗落，只影青灯，重帘未卷，有所待也。下阕用贺铸'一川烟草，满城风絮'意，写幽思闲愁之纷扰。'绣被春寒夜夜'呼应上阕末'又是'，反结全篇，更觉回味无穷。"

西江月

赋木犀香数珠①

三十六宫月冷②，百单八颗香悬。只宜结赠散花天③，金粟分身显现④。　指嫩香随甲影，颈寒秋入云边。未忘灵鹫旧因缘⑤，赢得今生圆转。

[注释]

①木犀：桂花的别称。　数珠：即念珠，以一百零八颗成串，故又名百八丸。　②三十六宫：泛言宫殿之多。　③散花：为供佛而散布花朵。　④金粟：佛名，即维摩诘大士。　⑤灵鹫：即灵鹫山，在古印度，传说释迦牟尼曾于此讲经。　因缘：佛家语，指产生某种结果的条件、原因。

西江月

一片秋香世界，几层凉雨阑干。青天不惜烂银盘①，借与先生为劝。　酒唤诗来酒外，人言身在人间②。如何得似碧云闲，且共嫦娥相伴③。

[注释]

①烂银盘：指月亮。　②言：别作"思"。　在：别作"出"。　③且：别作"长"。　相：别作"为"。

[集评]

俞陛云云:"'一片'二句,秀雅而浑成。吴下有宋时网师园。老桂数株,先祖尝取此二句,以隶体书作楹联,悬于亭上。"(《唐五代两宋词选释》)

西江月

舟中赵子埜有词见调[1],即意和之

裙折绿罗芳草,冠梁白玉芙蓉。次公筵上见山公[2],红绶欲衔双凤。　　已向冰奁约月[3],更来玉界乘风[4],凌波袜冷一尊同[5],莫负彩舟凉梦。

[注释]

①"埜"原作"楚",从毛校。　②次公:汉盖宽饶字。宽饶性刚猛,曾云:"勿多酌我,我乃酒狂。"见《汉书·盖宽饶传》。　山公:晋山涛,饮酒辄醉。见《世说新语·任诞》。　③奁(lián):镜匣。　冰奁:极言皎洁。　④玉界:指天地澄明如玉。　⑤凌波:曹植《洛神赋》"凌波微步,罗袜生尘",写女子步态轻盈。

庆清朝

坠絮孳萍[1],狂鞭孕竹[2],偷移红紫池亭。馀花未落,似供残蝶经营。赋得送春诗了,夏帷搀断绿阴成。桑麻外,乳鸠稚燕[3],别样芳情。　　荀令旧香易冷[4]。叹俊游疏懒,枉自销凝[5]。尘侵谢屐,幽径斑驳苔生。便觉寸心尚老,故人前度谩丁宁。空相误,祓兰曲水[6],挑菜东城。

[注释]

①坠絮孳萍:"旧说杨花入水为浮萍,验已信然。"见苏轼《水龙吟》(似花还似非花)自注。　孳:滋生。　②狂鞭:指疯长的竹鞭。苏辙《林

笋》："狂鞭已逐草侵径。" ③鸠：别作"鸦"。 ④"荀令"句：东汉荀彧为尚书令，相传他的衣带有香气，所到处香经日不散。 ⑤自：别作"是"。 ⑥祓兰曲水：古代风俗于农历三月上旬巳日在水滨宴乐，以祓除不祥。称"流觞曲水"。见《世说新语·企羡》注引王羲之《临河叙》。

[集评]

郭麐云："《庆清朝》：'坠絮孳萍……残蝶经营'……张功甫序其词以为'有清新闲婉之长，无洈荡污淫之失，可以分镳清真，平睨方回，三变行辈，不足比数'，洵非虚誉。"（《灵芬馆词话》卷二）

桃源忆故人

双鸳蹙月天津近，归后嫩情常剩。灯市一年愁凝，心共梅花冷。　　网尘洞户春沉静，衰尽冶游情性。羞见素娥娇影，明似愁鸾镜①。

[注释]

①鸾镜：传说罽（jì）宾王（汉西域国王，今喀什米尔一带）获一鸾，三年不鸣。其夫人云，尝闻鸟见其类而后鸣，何不悬镜以照之。王从其言。鸾睹影悲鸣，哀响冲霄，一奋而绝。此指镜中窥鸾，不过虚幻的慰藉，倍增愁思。见范泰《鸾鸟诗序》。

桃源忆故人

赋桃花

明霞烘透春机杼①，春在明霞多处。我是有诗渔父，一梦秦天古②。　　柳枝巷陌深朱户，墙外风流一树③。十五年来凝伫，弹尽胭脂雨④。

[注释]

①明霞:指灼灼桃花如明艳的云霞。 机杼:此指春之消息。 ②"我是"两句:用陶渊明《桃花源》典。 ③风流:别作"东风"。 ④胭脂雨:指桃花凋零如红雨。

花心动

风约帘波,锦机寒、难遮海棠烟雨。夜酒未苏,春枕犹攲,曾是误成歌舞。半褰薇帐云头散,奈愁味、不随香去。尽沉静、文园更渴[①],有人知否[②]。 懒记温柔旧处。偏只怕,临风见他桃树。绣户锁尘,锦瑟空弦,无复画眉心绪。待拈银管书春恨,被双燕、替人言语[③]。意不尽,垂杨几千万里[④]。

[注释]

①文园:汉文帝墓所。司马相如曾为文帝陵园令,诗文中常以文园指代相如。又相如尝有消渴疾。见《史记·司马相如列传》。 ②知:别作"收"。 ③替:周选作"会"。 ④里:别作"缕"。

解佩令

人行花坞,衣沾香雾。有新词,逢春分付。屡欲传情,奈燕子、不曾飞去。倚珠帘、咏郎秀句。 相思一度,秾愁一度。最难忘、遮灯私语。澹月梨花,借梦来、花边廊庑。指春衫、泪曾溅处。

[集评]

俞陛云云:"凡言情之作,每无言我之怀人,而及人之念我。此作乃言重行花坞之人,先念我而吟秀句,其下始言我之相忆难忘。'澹月'三

句……情辞俱到。张功甫称其‘织绡泉底，去尘眼中……夺茗艳于春景’者也。”（《唐五代两宋词选释》）

菩萨蛮

夜 景

梨花不碍东城月，月明照见空阑雪。雪底夜香微，褰帘拜月归[1]。 锦衾幽梦短，明日南堂宴。宴罢小楼台，春风来不来。

[注释]

①拜月："开帘见新月，便即下阶拜，细语人不闻，北风吹裙带。"见唐李瑞《拜新月》。

[集评]

侯孝琼云："词上阕用顶真法：由花与月之相融到月照花之如雪，又由雪底花香到人之拜月怀思，环环相扣相生。"

菩萨蛮

赋玉蕊花

唐昌观里东风软[1]，齐王宫外芳名远[2]。桂子典刑边[3]，梅花伯仲间[4]。 笼茸镂暖雪[5]，琐细雕晴月。谁驾七香车[6]，绿云飞玉沙[7]。

[注释]

①唐昌观：唐代寺观名。在长安安业坊南。以玄宗女唐昌公主而名。观内有玉蕊花，相传为公主手植。唐人多以之为吟咏题材。 ②"齐王宫"句：隋炀帝子杨暕，封齐王。有宫在扬州琼花观附近。 ③典刑：楷模，此指玉蕊以桂花为范。 ④伯仲：古时以伯、仲、叔、季示兄弟之序。

伯仲间,喻玉蕊与梅花难分优劣,相差甚微。 ⑤笼茸:即茏茸,丛聚密集的样子。 锼:雕刻。 ⑥“谁驾”句:刘禹锡《和严给事闻唐昌观玉蕊花下有游仙二绝》之一:“玉女来看玉树花,异香先引七香车。”传说元和年间有仙女来观花。见《剧谈录》。 ⑦“绿云”句:张籍《同严给事闻唐昌观玉蕊近有仙过因成绝句二首》之一,“千枝花里玉尘飞,阿母宫中见因稀。”

菩萨蛮

赋软香[①]

广寒夜捣玄霜细[②],玉龙睡重痴涎坠[③]。鬥合一团娇,偎人暖欲消。 心情虽软弱,也要人挦搦[④]。宝扇莫惊秋,班姬应更愁[⑤]。

[注释]

①软香:一种香团。《乾淳岁时记》载,端午分赐后妃诸嫔……香囊,软香,龙涎之属。 ②“广寒”句:指此香是月宫玉兔细捣而成。 ③“玉龙”句:指龙涎香,是抹香鲸之分泌物,故名。见段成式《酉阳杂俎·异境》。 ④挦搦(tuánnuò):捏持,抚弄。 ⑤“宝扇”二句:用班婕妤秋扇见捐(被弃置)典。

贺新郎

花落台池静,自春衫闲来,老了旧香荀令[①]。酒既相违诗亦可[②],此外云沉梦冷。又催唤、官河兰艇[③]。匝岸烟霏吹不断[④],望楼阴、欲带朱桥影。和草色、入轻暝。
裙边竹叶多应剩。怪南溪见后,无个再来芳信。胡蝶一生花里活,难制窃香心性。便有段、新愁随定。落日年年宫树绿,堕新声、玉笛西风劲。谁伴我、月中听。

［注释］

①旧香荀令：东汉荀彧为尚书令，相传他的衣带有香气，所到处香经日不散。　②违：《全宋词》注，一作“逢”。　③官河：河名，在江苏。④霏：别作“飞”。

贺新郎

绿障南城树，有高楼衔城，楼下芰荷无数。客自倚阑鱼亦避，恐是持竿伴侣。对别浦、扁舟容与[1]。杨柳影间风不到，倩诗情，飞过鸳鸯浦。人正在，断肠处。　两山带著冥冥雨，想低帘短额，谁见恨时眉妩[2]。别为清尊眠锦瑟，怕被歌留愁住。便欲趁、采莲归去。前度刘郎虽老矣[3]，奈年来、犹道多情句。应笑煞，旧鸥鹭。

［注释］

①别：别作“前”。　容与：徘徊犹豫貌。　②眉妩：指双眉妩媚可爱。　③前度刘郎：刘义庆《幽明录》载，东汉永平间，刘晨、阮肇天台桃源洞遇仙女，后两人重返天台，仙女已不知去向。后称去而复来者为“前度刘郎”。刘禹锡《再游玄都观》：“种桃道士归何处，前度刘郎今又来。”

贺新郎

鹊翅西风浅[1]，乍疏云垂幔，近月银钩将卷。天上应闲支机石[2]，前度芳盟谁践。便好织、回文锦献[3]。乞得秾欢今夜里，算盈盈、一水曾何远[4]。宁不会，暗相见。彩楼吹断闲针线。想幽情嫩约，别有藓庭花院。青鸟沉沉音尘绝[5]，烟锁蓬莱宫殿[6]。渐木杪、参旗西转[7]。不怕天孙成间阻[8]，怕人间、薄幸心肠变。又学得，易分散。

［注释］

①鹊翅：传说七月七日，牛郎织女相会，群鹊衔接为桥使渡银河，见《风俗通》。 ②支机石：传说西汉张骞乘槎至天河，见一浣纱妇，与骞一石。骞归，问成都卖卜人，云是织女支机之石，见《集林》。 ③回文锦：《晋书·列女列传窦滔妻苏氏》载，滔妻苏蕙，善属文。滔徙流沙，蕙因织锦为回文以寄离思。其诗回环诵读，皆能成文。 ④“算盈盈”句：“迢迢牵牛星，皎皎河汉女……盈盈一水间，脉脉不得语。”见《古诗十九首》之十。 ⑤青鸟：传说中西王母的信使。 ⑥蓬莱宫：传说中仙人之宫殿。⑦参旗：星宿名。 ⑧天孙：星名，即织女星。《史记·天官书》：“织女，天女孙也。” 阻：别作“隔”。

贺新郎

六月十五日夜西湖月下

同住西山下。是天地中间，爱酒能诗之社。船向少陵佳处放[1]，尘世必无知者。暑不到、雪宫风榭。楚竹忽然呼月上，被东西[2]，几叶云棠惹。云散去，笑声罢。

清尊莫为婵娟泻。为狂吟醉舞，毋失晋人风雅。踏碎桥边杨柳影，不听渔樵闲话。更欲举、空杯相谢[3]。北斗以南如此几，想吾曹、便是神仙也。问今夜，是何夜！

［注释］

①少：别作“西”。 ②西：别作“南”。 ③更：别作“便”。

贺新郎

湖上高宾王、赵子野同赋

西子相思切。委萧萧、风裳水佩，照人清越。山染蛾眉波曼睩[1]，聊可与之娱悦。便莫赋、湘妃罗袜。怕见绿荷相倚恨，恨白鸥、占了凉波阔。拣凉处，放船歇。

道人不是尘埃物,纵狂吟魂魄[2],吹乱一巾凉髮。不觉引杯浇肺渴,正要清歌骇发。更坐上、其人冰雪。截取断虹堪作钓,待玉奁、今夜来时节[3]。也胜钓,石城月。

[注释]

①曼睩:目光闪烁。宋玉《招魂》:“蛾眉曼睩,目腾光些。” ②魂:别作“落”。 ③玉奁:玉制之镜匣,此指月。

夜合花

赋笛

冷截龙腰,偷拿鸾爪,楚山长锁秋云[1]。梅叶未落,年年怨入江城[2]。千嶂碧,一声清。杜人间、儿女箫笙[3]。共凄凉处,琵琶湓浦[4],长啸苏门[5]。　当时低度西邻,天澹阑干欲暮,曾赋高情[6]。子期老矣[7],不堪带酒重听[8]。纤手静,七星明。有新声、应更魂惊。梦回人世,寥寥夜月,空照天津。

[注释]

①“冷截”三句:写截楚竹制笛的过程。 ②“梅叶”两句:梅叶,即指汉横吹曲《梅花落》,李白《与史郎中钦听黄鹤楼上吹笛》:“黄鹤楼中吹玉笛,江城五月落梅花。” ③杜:别作“枉”。 ④琵琶湓浦:指白居易送客湓浦口作《琵琶行》事。 ⑤长啸苏门:晋阮籍与隐士孙登相会,长啸于苏门山。见《世说新语·栖逸》。 ⑥“当时”三句:“逝将西迈,经其旧庐……邻人有吹笛者,发音寥亮。追思曩昔游宴之好,感音而叹。”见向秀《思旧赋序》。 ⑦子期:向秀字子期。 ⑧带:别作“殢”。

[集评]

侯孝琼云:“赋笛而从笛之制作及前此赋笛、琵琶、清啸之旧典缓缓说入。下阕写闻笛而赋《思旧》之向子期,转入怀人。‘共凄凉处’四字绾结全词。”

夜合花

柳锁莺魂，花翻蝶梦，自知愁染潘郎[①]。轻衫未揽，犹将泪点偷藏。念前事，怯流光。早春窥、酥雨池塘[②]。向销凝里，梅开半面，情满徐妆[③]。　　风丝一寸柔肠。曾在歌边惹恨，烛底萦香。芳机瑞锦，如何未织鸳鸯。人扶醉[④]，月依墙。是当初、谁敢疏狂。把闲言语，花房夜久，各自思量。

[注释]

①愁染潘郎：晋潘岳《秋兴赋序》曰，“余春秋三十有二，始见二毛”。后以潘鬓为因愁染而斑鬓的代称。　②“早”下元有“去”字。　③徐妆：《南史·梁元帝徐妃传》载，妃以帝眇一目，每知帝将至，必为半面妆以俟，帝大怒而出。　情：别作“清”。　④人扶醉：元作“醉扶人”。

留春令

金林檎咏

秀肌丰靥[①]，韵多香足，绿匀红注。剪取东风入金盘，断不买、临邛赋[②]。　　宫锦机中春富裕，劝玉环休妒[③]。等得明朝酒消时，是闲澹、雍容处[④]。

[注释]

①靥（yè）：面颊上的笑涡。　②临邛：司马相如与卓文君在临邛（今四川邛崃）置酒舍。此指代相如为陈皇后所作之《长门赋》。　③玉环：杨贵妃的名字。　④“等得”二句：林檎果隔夜就能由红变白，故云。

留春令

咏梅花

故人溪上，挂愁无奈，烟梢月树。一涓春水点黄昏，便没顿、相思处。　曾把芳心深相许，故梦劳诗苦。闻说东风亦多情，被竹外、香留住[①]。

［注释］

①香留：别作“留香”。

瑞鹤仙

杏烟娇湿鬓。过杜若汀洲[①]，楚衣香润。回头翠楼近。指鸳鸯沙上，暗藏春恨。归鞭隐隐。便不念、芳盟未稳[②]。自箫声、吹落云东，再数故园花信[③]。　谁问，听歌窗罅[④]，倚月钩阑[⑤]，旧家轻俊。芳心一寸。相思后，总灰尽。奈春风多事，吹花摇柳，也把幽情唤醒[⑥]。对南溪、桃萼翻红，又成瘦损。

［注释］

①杜若汀洲：长满香草的沙洲。　杜若：香草名。　②盟：《全宋词》注，别作“痕”。　③花信：开花的消息，即花期。　④罅（xià）：缝隙。　⑤钩阑：随屋势高下曲折的阑干。“钩”元作“钧”，“阑”又作“阑边”。　⑥唤醒：戈选作“暗引”。

瑞鹤仙

赋红梅

馆娃春睡起[①]，为发妆酒暖[②]，脸霞轻腻。冰霜一生里。厌从来冷澹[3]，粉腮重洗。胭脂暗试，便无限、芳秾气味。向黄昏、竹外寒深[4]，醉里为谁偷倚。　　娇媚。春风模样，霜月心肠[5]，瘦来肌体。孤香细细，吹梦到，杏花底。被高楼横管，一声惊断，却对南枝洒泪。谩相思、桃叶桃根[6]，旧家姊妹。

［注释］

①馆娃：吴王夫差于砚台山作宫以馆西施，曰馆娃（美人）宫，此借指西施以喻红梅。　②发：别作“助”。　③从：别作“重”。　④“向黄昏”句：苏轼《和秦太虚梅花》名句“竹外一枝斜更好”。　⑤霜：戈选作“凉”。⑥桃叶桃根：桃叶是晋王献之妾，其妹名桃根，见《六朝事迹》。

点绛唇

花落苔香，断无人肯行鸳甃[1]。晚风翻绣，吹醒东窗酒。　　犹卧氍毹[2]，明月知人瘦。香消后，乱愁依旧，开□胡酥手[3]。

［注释］

①鸳甃（yuānzhòu）：刻着鸾鸟的井壁。　②氍毹（qúshū）：毛毯。　③开□：别作“闲损”。　胡：疑当作“红”。

点绛唇

六月十四日夜，与社友泛湖过西陵桥，已子夜矣

山月随人，翠蘋分破秋山影。钓船归尽[1]，桥外诗心迥。　　多少荷花，不盖鸳鸯冷。西风定，可怜潘鬓，偏浸秦台镜[2]。

[注释]

①钓:原误“约”。 ②秦台镜:传说秦宫有宝镜,可照人肺腑。此喻月。

[集评]

俞陛云云:“四十字无不工,如手折琼枝,片片皆美玉也。”(《唐五代两宋词选释》)

青玉案

蕙花老尽离骚句[1],绿染遍、江头树。日午酒消听骤雨[2]。青榆钱小,碧苔钱古,难买东君住。　官河不碍遗鞭路[3],被芳草、将愁去。多定红楼帘影暮。兰灯初上,夜香初炷,犹自听鹦鹉[4]。

[注释]

①“蕙花”句:屈原《离骚》多香草美人之句,故云。别本“句”下误衍“渐”字。 ②午:别作“暝”。 听:《全宋词》注,别作“来”。 ③官河不碍遗鞭:别作“遗鞭不碍官河”。 ④自:别作“是”。

[集评]

俞陛云云:“同在春风骀荡之中,牢愁者榆苔钱小,难买春光;欢娱者香暖灯明,闲调鹦鹉,欣戚之不同如是,犹之‘冠盖满京华,斯人独憔悴。’”(《唐五代两宋词选释》)

浣溪沙

不见东山月露香,姚家借得小芬芳[1]。乱莺随趁过宫墙。　香珀碾花娇有意[2],绿茸绣叶涩无光。御封春酒几时尝[3]。

[注释]

①姚家:指宋代培植千叶黄花的姚姓人家。 ②珀:琥珀。 碾:雕磨,指牡丹如琥珀雕成。 ③“御封”句:李白曾奉玄宗旨作咏牡丹《清平调》三首。玄宗命李龟年以歌之,并赐酒。见《太真外传》。

蝶恋花

二月东风吹客袂。苏小门前[①],杨柳如腰细。胡蝶识人游冶地,旧曾来处花开未。 几夜湖山生梦寐。评泊寻芳[②],只怕春寒里。今岁清明逢上巳[③],相思先到溅裙水[④]。

[注释]

①苏小:即苏小小,南齐钱塘名妓。南宋钱塘亦有名妓苏小小,见赵翼《陔馀丛考·两苏小小》。 ②评泊:估评。韩偓《遥见》:“白玉堂东遥见后,令人评泊画杨妃。” ③令:别作“今”。 逢:别作“连”。 ④溅裙:古俗元月初一至月底,士女溅裳于水滨,以祓除不祥。见隋杜台卿《玉烛宝典》。

[集评]

陈廷焯云:“起七字淡而弥永。结末情馀言外。”(《词则·大雅集》卷三)

俞陛云云:“此词赋春景,若实赋春游,便少馀味。上阕胡蝶寻芳,而言花开犹未;后言水上溅裙,于‘有女如云’之际,乃时犹未届祓禊之辰,而相思先达,前后皆空际盘旋,不沾边际。姜白石评梅溪词,谓‘奇秀清逸,有李长吉之韵。’此词可当清逸二字。”(《唐五代两宋词选释》)

临江仙

草脚青回细腻,柳梢绿转条苗[①]。旧游重到合魂销。棹横春水渡,人凭赤阑桥。 归梦有时曾见,新愁未肯相饶。酒香红被夜迢迢。莫交无用月[②]，来照可怜宵。

[注释]

①条苗：戈选作“苗条”。 ②交：别作“教”。

[集评]

陈廷焯云：“凄惋沉至。”（《词则·别调集》卷二）

临江仙

倦客如今老矣，旧时不奈春何[①]。几曾湖上不经过。看花南陌醉，驻马翠楼歌。 远眼愁随芳草，湘裙忆著春罗。枉教装得旧时多。向来箫鼓地，犹见柳婆娑[②]。

[注释]

①不：别作“可”。 ②犹：别作“曾”。

[集评]

况周颐云：“‘几曾湖上不经过。看花南陌醉，驻马翠楼歌。’下二语人人能道，上七字妙绝，似乎不甚经意，所谓‘得来容易却艰辛’也。”（《蕙风词话》卷二）

临江仙

闺思

愁与西风应有约，年年同赴清秋。旧游帘幕记扬州。一灯人著梦，双燕月当楼。 罗带鸳鸯尘暗澹，更须整顿风流。天涯万一见温柔。瘦应因此瘦[①]，羞亦为郎羞。

[注释]

①因:别作"缘"。

[集评]

陈廷焯云:"'一灯'二句警炼。后半多俚词。"(《词则 · 闲情集》卷二)

俞陛云云:"秋士善怀,首二句联合写之,便标新异……'灯'、'月'以对句结束上阕,旧梦扬州,托辞双燕。见燕双而人独,句法浑成而兼韵致,殊耐微吟……此调集中凡三首。尚有'莫教无用月,来照可怜宵'及'向来箫鼓地,犹见柳婆娑',四语咸有思致。"(《唐五代两宋词选释》)

汉宫春

友人与星娘雅有旧分,别去则黄冠矣①,托予寄情

花隔东垣,咏燕台秀句,结带谋欢。匆匆旧盟,有限飞梦重关。南塘夜月,照湘琴、别鹤孤鸾。天便遣、清愁易长,春衣常恁香寒。　　唐昌故宫何许②,顿剪霞裁雾,摆落尘缘。一声步虚③,婉婉云驻天坛。凄凉故里,想香车、不到人间。羞再见、东阳带眼④,教人依旧思凡⑤。

[注释]

①"友人"二句:"乐籍有星娘者,厌风尘,去从黄冠服。其旧欢尚眷而弗忘。乞史梅溪赋《汉宫春》寄之云。"见《本事词》。即指此事。　黄冠:道士之服。　②唐昌:唐代寺观名。在长安安业坊角。以玄宗女唐昌公主而名。　③步虚:指《步虚词》。《乐府诗集 · 乐府解题》:步虚词,道家曲也,备言众仙缥渺轻举之美。　④东阳带眼:沈约曾为东阳太守。约《与徐勉书》:"百日数旬,革带常应移孔。"极言多病瘦损。见《梁书 · 沈约传》。　⑤思凡:此指入道之人犹念尘世。

兰陵王

南湖同碧莲见寄，走笔次韵

汉江侧，月弄仙人佩色。含情久，摇曳楚衣，天水空濛染娇碧。文漪簟影织，凉骨时将粉饰。谁曾见，罗袜去时，点点波间冷云积。　相思旧飞鹢[①]。谩想像风裳，追恨瑶席。涉江几度和愁摘[②]。记雪映双腕，刺萦丝缕，分开绿盖素袂湿。放新句吹入。　寂寂，意犹昔。念净社因缘，天许相觅。飘萧羽扇摇团白。屡侧卧寻梦，倚阑无力。风标公子[③]，欲下处、似认得。

［注释］

①飞鹢（yì）：鹢，水鸟。古时常画鹢于船头，此应指飞舟。　②"涉江"句："涉江采芙蓉……同心而离居，忧伤以终老。"见《古诗十九首》之六。　③风标公子：鹭的别称。范成大《题鹭图》："一江秋色无人问，尽属风标两雪衣。"

风入松

茉莉花

素馨柎萼太寒生[①]，多剪春冰。夜深绿雾侵凉月，照晶晶、花叶分明。人卧碧纱橱，净香吹雪练衣轻。　频伽衔得堕南薰[②]，不受纤尘。若随荔子华清去[③]，定空埋、身外芳名。借重玉炉沉炷，起予石鼎汤声。

［注释］

①柎（fū）萼：花萼。　②频伽：梵语迦陵频伽的省称。其义为妙音鸟，生长于极乐净土。　南薰：舜弹五弦，作《南风》诗。曰："南风之薰兮，可以解吾民之愠兮。"后常以南薰作宫殿名。　③荔子华清：本杜牧

《华清宫》“一骑红尘妃子笑，无人知是荔枝来”。妃子，指杨贵妃。

隔浦莲

红尘飞不到处，此地知无暑。乱竹分幽径，虚堂中，自回互。阴壑生暗雾，飞泉注。气入闲尊俎，快风度。

齐宫楚榭，如今空锁烟树。何人伴我，梦赋雪车冰柱[1]。惟有蝉声助冷语，惊寐，飞云来献凉雨。

［注释］

①雪车冰柱：唐诗人刘叉曾赋《雪车》、《冰柱》二诗，时人以为出卢仝、孟郊右。见《唐书·刘叉传》。

隔浦莲

荷　花

洛神一醉未醒，俯鉴窥红影。万绿森相卫，西风静，不放冷。侵晓鸥梦稳，非尘境。棹月香千顷，锦机靓[1]。

亭亭不语，多应嗔赋玉井[2]。西湖游子，惯识雨愁烟恨。只恐吴娃暗折赠，耿耿，柔丝容易萦损。

［注释］

①靓（jìng）：此同“静”。贾谊《鹏鸟赋》：“淡虖若深渊之靓。”　②嗔赋玉井：“太华峰顶玉井莲，开花十丈藕如船。”见韩愈《古意》。

风来朝

五日感事

晕粉就妆镜，掩金闺、彩丝未整[1]。趁无人、学指鸳鸯颈[②]。恨谁踏、藓花径。　　一梦蒲香葵冷。堕银瓶，脆绳挂井[③]。扇底并团圆影[④]，只此是、沈郎病[⑤]。

[注释]

①彩丝：旧俗，于端午节以彩丝系臂，可避灾延寿，曰续命缕。见应劭《风俗通》。　②指：别作"嶰"。　③"堕银瓶"二句："井底引银瓶，银瓶欲上丝绳绝。石上磨玉簪，玉簪欲成中央折。瓶沉簪折知奈何？似妾今朝与君别。"见白居易《井底引银瓶》。　④并：别作"弄"。　⑤沈郎病：沈约曾为东阳太守。约《与徐勉书》："百日数旬，革带常应移孔。"极言多病瘦损。见《梁书·沈约传》。

玉簟凉

秋是愁乡。自锦瑟断弦[①]，有泪如江。平生花里活[②]，奈旧梦难忘。蓝桥云树正绿[③]，料抱月、几夜眠香。河汉阻，但凤音传恨，阑影敲凉。　　新妆。莲娇试晓，梅瘦破春，因甚却扇临窗。红巾衔翠翼[④]，早弱水茫茫[⑤]。柔指各自未剪[⑥]，问此去、莫负王昌[⑦]。芳信准，更敢寻、红杏西厢[⑧]。

[注释]

①断弦：指妻死。古以琴瑟喻夫妇，故云。　②活：别作"语"。　③蓝桥：传说是裴航遇仙女云英处。见《太平广记》五十《裴航》。　④红巾衔翠翼：本杜甫《丽人行》"青鸟飞去衔红巾"。　⑤弱水：传说西海中之凤麟洲，有弱水围绕，鸿毛不浮，不可渡。见东方朔《十洲记》。　⑥指：别作"情"。　⑦王昌：古人，诗词中常见。梁武帝《河中之水歌》："恨不早嫁东家王。"李商隐《楚宫》："王昌且在墙东住，未必金堂得免嫌。"　⑧敢：别作"教"。

鹊桥仙

七夕舟中

河深鹊冷，云高鸾远，水佩风裳缥缈。却推离恨下人间，第一个、黄昏过了。　舟行有恨[①]，愁来无限，去去长安渐杳。应将巧思入相思，觉泪比，银湾较少[②]。

［注释］

①恨：原作“限”，从毛校。　②银湾：即银河。《鸡跖集》：许洞谓银河为银湾，李贺谓为银浦。

湘江静

暮草堆青云浸浦，记匆匆、倦篙曾驻。渔榔四起[①]，沙鸥未落，怕愁沾诗句。碧袖一声歌，石城怨、西风随去[②]。沧波荡晚，菰蒲弄秋，还重到、断魂处。　酒易醒，思正苦。想空山、桂香悬树。三年梦冷，孤吟意短，屡烟钟津鼓[③]。屐齿厌登临，移橙后、几番凉雨[④]。潘郎渐老，风流顿减，闲居未赋[⑤]。

［注释］

①榔：长木。　渔榔：以长木击舷，惊鱼入网。　②石城：在竟陵（今湖北钟祥），臧质为竟陵郡，于城上见少年歌谣通畅，因此作曲，名《石城乐》。　③津鼓：渡头鼓声。　④橙：别作“灯”。　⑤闲居未赋：潘岳曾作《闲居赋》。

［集评］

陈廷焯云：“凄凉幽怨。”（《词则·大雅集》卷三）

陈廷焯批：“‘碧袖’下六句‘沉郁之至’，‘三年’下五句‘居然美成复生’。陈匪石《宋词举》云：章法完密，波澜壮阔。……其转折皆在空际，为潜气内转之法，愈转愈深，愈转愈郁，此善学清真者。气象则浑灏流转，词语又磬折铃圆也。”（《宋词举》）

俞陛云云：“此词纯写旅怀。‘碧袖’二句如寒江闻笛，声声哀怨。下阕以作客之孤身，况历三年之久。烟钟津鼓，屡换关河；倦登王粲之楼，未卜潘郎之宅。烟尘长望，衰飒摧颜矣！”（《唐五代两宋词选释》）

玲珑四犯

雨入愁边，翠树晚、无人风叶如剪。竹尾通凉，却怕小帘低卷[①]。孤坐便怯诗悭，念后赏、旧曾题遍[②]。更暗尘、偷锁鸾影[③]，心事屡羞团扇[④]。　卖花门馆生秋草，怅弓弯、几时重见[⑤]。前欢尽属风流梦，天共朱楼远。闻道秀骨病多，难自任、从来恩怨。料也和、前度金笼鹦鹉，说人情浅。

[注释]

①小：戈选作“宝”。　②后：别作“俊”。　③影：周选作“镜”。　④团扇：用班婕妤典。言团扇因秋而见弃。　⑤弓弯：舞袖弓弯，谓舞美妙。　怅：别作“恨”。

[集评]

俞陛云云：“值凉风如剪之时，孤吟感旧，已觉伤怀。况扇掩镜昏，愈形依黯。下阕不言己之负人，乃言对方怨我情浅。且托诸鹦鹉，而恩怨尔汝，又出于多病之人。屈曲写来，如帆随湘转，可见词心之细。”（《唐五代两宋词选释》）

玲珑四犯

京口寄所思[1]

阔甚吴天，顿放得、江南离绪多少。一雨为秋，凉气小窗先到。轻梦听彻风蒲，又散入、楚空清晓。问世间、愁在何处[2]，不离澹烟衰草[3]。　　簟纹独浸芙蓉影，想凄凄、欠郎偎抱。即今卧得云衣冷，山月仍相照。方悔翠袖，易分难聚，有玉香花笑。待雁来、先寄新词归去，且教知道。

[注释]

①京口：今江苏丹徒。　②愁：别作“情”。　③衰：别作“芳”。

八　归

秋江带雨，寒沙萦水，人瞰画阁愁独[1]。烟蓑散响惊诗思[2]，还被乱鸥飞去，秀句难续[3]。冷眼尽归图画上，认隔岸、微茫云屋。想半属、渔市樵村，欲暮竞然竹。

须信风流未老，凭持酒、慰此凄凉心目[4]。一鞭南陌，几篙官渡[5]，赖有歌眉舒绿。只匆匆眺远，早觉闲愁挂乔木。应难奈[6]，故人天际，望彻淮山，相思无雁足。

[注释]

①瞰：别作“看”。　阁：别作“楼”。　注者按：姜夔《八归》第三句第四字仄声，以“阁”为宜。　②散响：撒网落水声。　③秀：别作“绣”。　④凭持酒：别本多一字，作“凭持尊酒”，又作“凭谁持酒”。　注者按：《八归》下阕第二句四字“平平平仄”。　⑤几：别作“数”。　⑥奈：别作“禁”。

[集评]

俞陛云云："旅泊怀人之际，烟蓑响雨，惊起闲鸥。搅人诗思，写景幽悄……下阕虽换一境，亦即前意。频岁山程水驿，到处迁流。野店闻歌，孤篷听水，同是解客途之岑寂；但望断淮山，而故人无际，仍莫慰其客愁也。"(《唐五代两宋词选释》)

唐圭璋云："此首写景神似白石。"(《唐宋词简释》)

过龙门

一带古苔墙，多听寒螀[①]。箧中针线早销香。燕尾宝刀窗下梦[②]，谁剪秋裳。　　宫漏莫添长[③]，空费思量。鸳鸯难得再成双。昨夜楚山花簟里，波影先凉。

[注释]

①寒螀(jiāng)：蝉的一种，似蝉而小，青赤。见《尔雅·释虫》郭璞注。　②燕尾宝刀：即剪刀。　③宫：别作"更"。

[集评]

郭麐云："《过龙门》一首云：(略)读之令人欲唤奈何。"(《灵芬馆词话》卷二)

俞陛云云："秋宵虫语，最易感人。'针线'三句，意殊凄异……此盖悼亡之作。"(《唐五代两宋词选释》)

过龙门

春　愁

醉月小红楼，锦瑟箜篌[①]。夜来风雨晓来收。几点落花饶柳絮，同为春愁。　　寄信问晴鸥，谁在芳洲。绿波宁处有兰舟[②]。独对旧时携手地，情思悠悠。

[注释]

①箜篌(kōnghóu):古代弦乐器。 ②宁:别作“迎”。

[集评]

俞陛云云:“前首秋怀,此首春思……作者触处生悲也。”(《唐五代两宋词选释》)

玉胡蝶[①]

晚雨未摧宫树[②],可怜闲叶,犹抱凉蝉。短景归秋,吟思又接愁边。漏初长、梦魂难禁,人渐老、风月俱寒。想幽欢。土花庭甃[③],虫网阑干。 无端。啼蛄搅夜[④],恨随团扇,苦近秋莲。一笛当楼[⑤],谢娘悬泪立风前。故园晚、强留诗酒,新雁远、不致寒暄。隔苍烟[⑥]。楚香罗袖,谁伴婵娟。

[注释]

①唐氏按:此首别误入《梦窗词集》。 ②摧:别作“催”。 ③土花:苔藓。 ④蛄:一种昆虫,此指蝼蛄。《古诗十九首》之十六:“凛凛岁云暮,蝼蛄夕悲鸣。” ⑤笛:别作“曲”。 ⑥苍:别作“窗”。

[集评]

邓廷桢云:“《玉蝴蝶》云:‘故园晚,强留诗酒;新雁远,不致寒暄。’大抵写怨铜驼,寄怀毳幕(毡帐),非止流连光景,浪作艳歌也。”(《双砚斋诗话》)

齐天乐

白 髮

秋风早入潘郎鬓,斑斑遽惊如许。暖雪侵梳,晴丝拂领，栽满愁城深处[①]。瑶簪谩妒。便羞插宫花，自怜衰暮。尚想春情，旧吟凄断茂陵女[②]。　人间公道惟此[③]，叹朱颜也恁[④]，容易堕去。涅了重缁[⑤]，搔来更短[⑥]，方悔风流相误。郎潜几缕[⑦]。渐疏了铜驼，俊游俦侣。纵有黟黟[⑧]，奈何诗思苦。

[注释]

①愁城：指酒。范成大诗："想得秫田来岁好，瓦盆佳酿灌愁城。" ②茂陵女：司马相如将聘茂陵女为妾，卓文君作《白头吟》。见汉刘歆《西京杂记》卷三。 ③"人间"句："公道世间惟白髮，贵人头上不曾饶。"见杜牧《送隐者》。 ④恁：别作"任"。 ⑤涅缁：染黑，此指染了又染。 ⑥"搔来"句："白头搔更短。"见杜甫《春望》。 ⑦郎潜：久潜沉于郎位，不被重用。 ⑧黟黟（yī）：黑。欧阳修《秋声赋》："黟然黑者为星星。"

[集评]

俞陛云云："上、下阕之前五句，皆专咏白髮。其感怀皆在后幅。'宫花'二句春婆梦醒，功名同内翰之悲；'春情'二句卓女炉空，遗迹等黄门之悼。旧愁并赴，宜其满鬓星星矣。下阕'风流'四句，老年则朋辈无存。欲如昔日之铜驼巷陌，载酒寻芳，安得生招俊侣耶？"（《唐五代两宋词选释》）

齐天乐

秋　兴

阑干只在鸥飞处，年年怕吟秋兴。断浦沉云，空山挂雨[①]，中有诗愁千顷[②]。波声未定。望舟尾拖凉，渡头笼暝。正好登临，有人歌罢翠帘冷。　悠然魂堕故里，奈闲情未了，还被吹醒。拜月虚檐，听蛩坏砌[③]，谁复能怜娇俊。忧心耿耿。寄桐叶芳题，冷枫新咏[④]。莫遣秋声，树头喧夜永[⑤]。

[注释]

①挂:别作“撷”。 ②中:别作“只”。 ③蛬(qíong):通作“蛩”(qióng),蟋蟀的别名。见《诗经·唐风·蟋蟀》毛亨注。 ④枫:原作“风”。 ⑤“莫遣”二句:“童子曰:‘四无人声,声在树间。’”见欧阳修《秋声赋》。

齐天乐

赋橙

犀纹隐隐莺黄嫩,篱落翠深偷见。细雨重移,新霜试摘,佳处一年秋晚①。荆江未远,想橘友荒凉,木奴嗟怨②。就说风流,草泥来趁蟹螯健。 并刀寒映素手③,醉魂沉夜饮,曾倩排遣。沆瀣含酸④,金罂裹玉⑤,蔌蔌吴盐轻点⑥。瑶姬齿软。待惜取团圆,莫教分散。入手温存,帕罗香自满。

[注释]

①“佳处”句:“一年好景君须记,正是橙黄菊绿时。”见苏轼《赠刘景父》。 ②木奴:柑橘。三国吴丹阳太守李衡于宅旁种橘千树,临死谓其子曰:“……吾州里有千头木奴……亦可足用耳。”见《三国志·吴书·三嗣主传》孙休注引《襄阳记》。 ③并刀:并州出产的刀剪。周邦彦《少年游·感旧》:“并刀如水,吴盐胜雪,纤指破新橙。” ④沆瀣(hàng xiè):清露。韦庄《又玄集序》:“金盘饮露,唯采沆瀣之精。”此指橙汁。 ⑤金罂(yīng):小口大腹的盛酒器。此指橙圆而金黄色的外形。 ⑥吴盐:吴地生产的盐,以细白著称。

[集评]

俞陛云云:“咏物词宜虚实兼写。此调上段前五句、下段前六句皆实赋‘橙’字。‘橘友’,‘蟹螯’四句借宾陪主。‘瑶姬’五句寓人于物,便生情思,兼写闺情入细,下语殊精。”(《唐五代两宋词选释》)

齐天乐

湖上即席分韵得羽字

鸳鸯拂破蘋花影，低低趁凉飞去。画里移舟，诗边就梦，叶叶碧云分雨。芳游自许。过柳影闲波[①]，水花平渚。见说西风，为人吹恨上瑶树。　阑干斜照未满，杏墙应望断，春翠偷聚。浅约挼香，深盟捣月，谁是窗间青羽[②]。孤筝几柱[③]。问因甚参差[④]，暂成离阻。夜色空庭，待归听俊语。

[注释]

①影：戈选作“外”。　②青羽：“敛慧性及驯心，骞赪翼与青羽。”见江淹《翡翠赋》。此或指青鸟。　③几：戈选作“雁”。　④参差：与“差池”、“错失”同义。表示事情不如人意。秦观《水龙吟》：“怅佳期参差难又。”

齐天乐

中秋宿真定驿[①]

西风来劝凉云去，天东放开金镜。照野霜凝，入河桂湿，一一冰壶相映[②]。殊方路永[③]。更分破秋光，尽成悲境。有客踌躇，古庭空自吊孤影。　江南朋旧在许[④]。也能怜天际[⑤]，诗思谁领。梦断刀头[⑥]，书开蚕尾[⑦]，别有相思随定。忧心耿耿。对风鹊残枝，露蛩荒井。斟酌姮娥，九秋宫殿冷[⑧]。

[注释]

①真定：在今河北正定。当时属金国，史达祖曾陪使节入金，或写于北行途次。　②冰壶：盛冰的玉壶，喻月光皎洁。　③殊方：异域他

邦。　永:远长。　④许:处所、地方。　⑤“也能”句:戈选作“也怜天际远”。　⑥刀头:刀头有环,环、还同音,诗词中常以刀头作“还”的隐语。⑦虿(chài)尾:人们常以虿尾形容书法的健劲。　虿:蝎子。　⑧宫:原误“官”。

[集评]

俞陛云云:“南宋词人,在渡江初者,每有汴洛之思。在末造者,每有周原之感。梅溪宦辙,未尝奉使北行,此殆客途经真定而作。既怀江左朋友,更凭吊秋风遗殿,残枝荒井,一片凄音,为集中所仅有。”(《唐五代两宋词选释》)

侯孝琼云:“南宋周密《绝妙好词笺》引史达祖《水龙吟·陪节欲行留别社友》词,按云:‘梅溪曾陪使臣至金,故有此词。’清张思岩《词林纪事》卷十三亦引此说。”

燕归梁

楚梦吹成树外云,乍雁影斜分。黄花心事一帘尘,但频忆、小腰身。　　今宵素壁冰弦冷,怕弹断、沈郎魂。秋衣因甚满愁痕,是干预、几黄昏[①]。

[注释]

①干预:强行参与。此指日暮愁侵。　干:原作“午”,校云,疑“干”误。毛斧季校本《梅溪词》正作“干”,今据改。

燕归梁

独卧秋窗桂未香,怕雨点飘凉。玉人只在楚云旁,也著泪、过昏黄。　　西风今夜梧桐冷,断无梦、到鸳鸯。秋钲二十五声长[①],请各自、奈思量。

[注释]

①钲（zhēng）：一种打击乐器。

[集评]

俞陛云云："上阕用一'也'字，则著泪者不独玉人，故结句言'各自思量'，语殊隽妙。"（《唐五代两宋词选释》）

月当厅[①]

白壁旧带秦城梦[②]，因谁拜下，杨柳楼心[③]。正是夜分，鱼钥不动香深[④]。时有露萤自照，占风裳、可喜影麸金[⑤]。坐来久，都将凉意，尽付沉吟。　残云事绪无人捨[⑥]，恨匆匆、药娥归去难寻[⑦]。缀取雾窗，会唱几拍清音。犹有老来印愁处[⑧]，冷光应念雪翻簪。空独对、西风紧，弄一井桐阴。

[注释]

①月当厅：史达祖自度曲。见《钦定词谱》卷二十九，云："此调只此一词，无他词可校，其句法多作拗体。"　②壁：别作"璧"。　城：别作"楼"。　③杨柳楼心：指月。晏几道《鹧鸪天》："舞低杨柳楼心月。"④鱼钥：鱼形的门锁。唐丁用晦《艺田录》："门钥必在鱼者，取其不瞑目守夜之义。"见《类说》卷十一。　⑤麸金：碎金。　占：别作"飐"，戈选作"招飐"。　⑥捨：别作"拾"。　⑦药娥：此咏月，药娥疑即嫦娥。　⑧有：戈选作"怕"。

[集评]

侯孝琼云："此自度之曲，词牌即词题，咏月当厅之情境，缘题生咏也。"

秋霁[1]

江水苍苍，望倦柳愁荷[2]，共感秋色。废阁先凉[3]，古帘空暮，雁程最嫌风力。故园信息，爱渠入眼南山碧。念上国[4]。谁是、鲙鲈江汉未归客[5]。　还又岁晚，瘦骨临风，夜闻秋声，吹动岑寂。露蛩悲、清灯冷屋[6]，翻书愁上鬓毛白[7]。年少俊游浑断得[8]。但可怜处，无奈苒苒魂惊[9]，采香南浦，剪梅烟驿。

［注释］

①秋霁：一名《春霁》。赋春晴则名《春霁》，赋秋晴，则名《秋霁》。　②愁：别作“残”。　③废：别作“虚”。　④上国：指京师。　⑤“鲙鲈”句：用晋张翰典。张翰在洛，见秋风起，思吴中菰菜鲈鱼，命驾便归。见《世说新语·识鉴》。　⑥悲：别作“鸣”。　⑦毛：别作“先”。　⑧断得：约订。浑断得即还约订。见张相《诗词曲话辞汇释》。　⑨魂惊：别作“惊魂”。

［集评］

陈匪石云：“前六句一片秋意，飒飒之声随笔俱至……寻《梅溪词》有《陪节欲行留别诸友》之《水龙吟》，《中秋宿真定驿》之《齐天乐》，《卫县道中》之《鹧鸪天》，《九月七日定兴道中》之《惜黄花》，《四库提要》谓其随李壁（巽岩尚书子），开禧年，韩侂胄曾使赴金觇敌，见《四朝闻见录》。使金，疑此词亦作于北行之始，故以江水起兴。“雁程最嫌风力”，即风利不得泊之意，实全篇之主要语也……“冉冉魂惊”四字，形容之妙不可言喻，词即以此收住，益觉一往而深矣。”（《宋词举》）

俞陛云云：“因秋至而动归思……此词亦在宦游时思归而作耶？废阁古帘，写景极苍凉之思。下阕冷屋摊书，故交零落，虽剪梅采绿，风物依然，而俊游云散，惟孤秀自馨耳。”（《唐五代两宋词选释》）

满江红

中秋夜潮

万水归阴，故潮信、盈虚因月①。偏只到、凉秋半破，鬥成双绝②。有物揩磨金镜净，何人拿攫银河决。想子胥、今夜见嫦娥，沉冤雪③。　光直下，蛟龙穴。声直上，蟾蜍窟。对望中天地，洞然如刷。激气已能驱粉黛，举杯便可吞吴越。待明朝、说似与儿曹④，心应折。

[注释]

①"万水"二句：古人云，"月周天而潮应。"见《西溪丛话》引。　②双绝：指中秋月与八月潮。　③"想子胥"二句：伍子胥含冤伏剑死。吴王弃其躯，投之江中。子胥因随流扬波，依潮来往，荡激崩岸。见《吴越春秋》。　④似与：给与。别作"与似"。

满江红

书　怀

好领青衫①，全不向、诗书中得。还也费、区区造物②，许多心力。未暇买田清颍尾③，尚须索米长安陌④。有当时、黄卷满前头⑤，多惭德⑥。　思往事，嗟儿剧⑦。怜牛后⑧，怀鸡肋⑨。奈棱棱虎豹，九重九隔⑩。三径就荒秋自好⑪，一钱不直贫相逼。对黄花、常待不吟诗，诗成癖。

[注释]

①青衫：唐代八九品官职之服，后以喻官职卑微。　②造物：创造万物者。　③买田清颍："终当卷簟携枕去，筑室买田清颍尾。"见欧阳修《石枕竹簟诗》。此意谓无退隐之资。　④索米长安：此谓向京城寻求生计。杨亿《汉武》诗："空教索米向长安。"　⑤黄卷：古时书籍用黄蘖浸

染,以防虫蛀,故称黄卷。 ⑥惭德:因行事有缺点内愧于心。 ⑦儿剧:即儿戏。 ⑧牛后:指从属于他人。 ⑨鸡肋:意谓虽乏味而又不忍舍弃之事物。杨修云:“夫鸡肋,弃之如可惜,食之无所得。”见《三国志·魏书·武帝纪》注引《九州春秋》。 ⑩“奈棱棱”二句:《楚辞·招魂》“虎豹九关”,九关,指天门,天门有严猛的虎豹守卫。此极言其青云理想的阻隔之深。 九重九:别作“九重关”。 ⑪三径:西汉末,王莽专权,蒋诩告病辞官,于院中辟三径,唯与求仲、羊仲来往。事见汉赵岐《三辅决录·逃名》。陶渊明《归去来兮辞》:“三径就荒,松菊犹存。”

[集评]

楼敬思云:“史达祖南渡名士,不得进士出身。以彼文采,岂无论荐?乃甘作权相堂吏,至被弹章,不亦降志辱身之至焉?读其书怀《满江红》词‘好领青衫’……亦自怨自艾者矣。”(《词林纪事》引)

薛砺若云:“真是声泪俱下的文字。”(《宋词通论》)

侯孝琼云:“梅溪词直抒身世怀抱者,仅此一首。剖心明志,进无青云之望,退乏买山之钱,出处无据,徒唤奈何?”

满江红

九月二十一日出京怀古[①]

缓辔西风,叹三宿、迟迟行客[②]。桑梓外、锄耰渐入[③],柳坊花陌。双阙远腾龙凤影,九门空锁鸳鸯翼。更无人、擫笛傍宫墙[④],苔花碧。 天相汉,民怀国。天厌虏,臣离德。趁建瓴一举[⑤],并收鳌极[⑥]。老子岂无经世术,诗人不预平戎策。办一襟、风月看升平[⑦],吟春色。

[注释]

①出京:此指开禧元年随李壁使金,途径北宋旧京汴梁时作。 ②三宿:三天的路程。“三宿而后出昼”言缓缓离去,心有所待也。见《孟子·公孙丑下》。 ③锄耰(yōu):古农具,亦泛指耕种。 ④“擫(yè)笛”

句："李傢擫笛傍宫墙，偷得新翻数般曲。"见元稹《连昌宫词》。自注云："玄宗尝于上阳宫夜后按新翻一曲。属明夕正月十五日，潜游灯下。忽闻酒楼上有笛奏前夕新曲，大骇之。明日密遣捕捉笛者诘验之。自云其夕窃于天津桥玩月，闻宫中度曲，遂于桥柱上插谱记之。臣即长安少年善笛者李傢也。玄宗异而遣之。" 擫笛：以手指捺孔吹笛。 ⑤建瓴（líng）：即高屋建瓴的省说。意谓居高临下，势不可遏。 ⑥鳌极：即指撑天之柱。 并：别作"再"。 ⑦办：料理、准备。

［集评］

楼敬思云："又读其出京《满江红》词'……老子岂无经世术，诗人不预平戎策'，亦善于解嘲者矣。"（《词林纪事》引）

恋绣衾

吴梅初试涧谷春，夜幽幽、江雁叫云。人正在、孤窗底[①]，被秾愁、醺破醉魂。 雨窗只剩残灯影，伴罗衣、无限泪痕。瘦骨怕、红绵冷，说年时[②]，斗帐夜分[③]。

［注释］

①窗：戈选作"帏"。 ②说：别作"记"。 ③斗帐：帐子，因形如覆斗，故名。

恋绣衾

黄花惊破九日愁，正寒城、风雨怨秋。愁便是、秋心也[①]，又随人、来到画楼。 因缘幸自天安顿，更题红、不禁御沟[②]。待写与、相思话，为怕奴、憔悴且休。

［注释］

①"愁便是"句："何处合成愁？离人心上秋。"见吴文英《唐多令》。

②题红：在红叶上题诗。唐人小说所记事同而人物各异，唐范摅《云溪友议》卷十记：卢渥赴京应举，临御沟得题诗红叶。后来宣宗放出部分宫女许从官吏，渥得一人，即题诗者。

恋绣衾

席上梦锡[1]，汉章同赋

天风入扇吹苎衣，小红楼、夜气正微。有人在、冰弦外，水精帘、花影自移。　　阳台只是虚无梦[2]，便不成、凉夜误伊。想闲了、流离簟[3]，就一身、明月伴归。

[注释]

①梦锡：汉章，作者友人，其他不详。　②阳台：传说中台名。楚襄王于此梦与神女会合。见宋玉《高唐赋序》。　③流离：即琉璃。

换巢鸾凤[1]

梅　意[2]

人若梅娇。正愁横断坞，梦绕溪桥。倚风融汉粉，坐月怨秦箫。相思因甚到纤腰。定知我今，无魂可销。佳期晚，谩几度、泪痕相照。　　人悄，天眇眇。花外语香，时透郎怀抱。暗握荑苗[3]，乍尝樱颗，犹恨侵阶芳草。天念王昌忒多情，换巢鸾凤教偕老。温柔乡[4]，醉芙蓉、一帐春晓。

[注释]

①换巢鸾凤：史达祖自制曲，因词中有“换巢鸾凤教偕老”句，取以为名。或云：前段叶平韵，后段叶仄韵，“换巢”之义，疑出于此。见《钦定词谱》卷二十八。　②唐氏按：题《花庵》作“春情”。　③荑苗：初生的白茅

嫩苗，指女子柔嫩的手。《诗经·卫风·硕人》："手如柔荑。" ④乡：别作"香"。

惜奴娇

香剥酥痕，自昨夜、春愁醒。高情寄、冰桥雪岭。试约黄昏，便不误、黄昏信。人静。倩娇娥、留连秀影。
吟鬓簪香，已断了、多情病。年年待、将春管领。镂月描云，不枉了、闲心性。谩听。谁敢把、红儿比并[①]。

[注释]

①红儿：唐歌伎，为罗虬所杀。罗悔恨之馀，作《比红儿》绝句百首，历数古代美人为比，言不如红儿。事见五代王定保《唐摭言》卷十。 儿：元误"颜"。

龙吟曲

问梅刘寺[①]

夜寒幽梦飞来，小梅影下东风晓。蝶魂未冷，吾身良是，悠然一笑[②]。竹杖敲苔，布鞋踏冻[③]，岁常先到。傍苍林却恨，储风养月，须我辈、新诗吊。 永以南枝为好[④]。怕从今、逢花渐老。愁消秀句，寒回斗酒，春心多少。之子逃空[⑤]，伊人遁世，又还惊觉。但归来对月，高情耿耿，寄白云杪。

[注释]

①刘寺：绍兴十八年，高宗妃刘婕妤所建之寺。见《西湖游览志》卷六。 ②"蝶魂"三句：用庄周梦蝶典。见《庄子·齐物论》。 ③布：别作"芒"。 ④南枝：南向的树枝，由于向阳，一般花开较早。苏辙《和秦

观梅花诗》:“墙头亦有南枝早。” ⑤之子:这个人。

龙吟曲

雪

梦回虚白初生[①],便凝冷月通窗户。不知夜久,都无人见,玉妃起舞。银界回天,琼田易地,晃然非故[②]。想儿童健意[③],生愁霁色,情频在、窥帘处[④]。 一片樵林钓浦。是天教、王维画取[⑤]。未如授简[⑥],先将高兴,收归妙句。江路梅愁,灞陵人老,又骑驴去[⑦]。过章台[⑧],记得春风乍见[⑨],倚帘吹絮。

［注释］

①虚白:本《庄子·人间世》“虚室生白”。此应指雪光。 ②晃:别作“恍”。 ③健意:此指很高的兴致。 ④帘:别作“檐”。 ⑤王维画取:王维有《江山雪霁图》。 ⑥如:别作“知”。 ⑦“灞陵”两句:宋孙光宪《北梦琐言》云,“相国郑綮云:‘诗思在灞桥风雪中驴子上。’” ⑧章台:本唐韩翃《章台柳》诗“章台柳,章台柳,昔日青青今在否”。 ⑨记得:别作“不记”。

龙吟曲

陪节欲行留别社友[①]

道人越布单衣,兴高爱学苏门啸[②]。有时也伴,四佳公子[③],五陵年少[④]。歌里眠香,酒酣喝月,壮怀无挠[⑤]。楚江南,每为神州未复,阑干静、慵登眺。 今日征夫在道。敢辞劳、风沙短帽。休吟稷穗[⑥],休寻乔木[⑦],独怜遗老。同社诗囊,小窗针线,断肠秋早。看归来,几许吴霜染鬓,验愁多少。

[注释]

①宋周密《绝妙好词笺》卷二于此词后按云：梅溪曾陪使臣至金，故有此词。　②苏门啸：晋阮籍与隐士孙登相会，长啸于苏门山。见《世说新语·栖逸》。　③四佳公子：指齐孟尝君、赵平原君、楚春申君、魏信陵君。此泛指才俊之士。　④五陵：此指豪门贵族聚居之所。　⑤无挠：不屈。　⑥稷穗：指《诗经·王风·黍离》写故国禾黍之悲。　⑦乔木：亦指故国。颜延之《还至梁城作》："故国多乔木。"

[集评]

楼敬思云："集中又有留别社友《龙吟曲》……新亭之泣，未必不胜于兰亭之集也。乃以词客终其身，史臣亦不屑道其姓氏。科目之困人如此，不禁三叹。"（《词林纪事》引）

薛砺若云："颇寓故国河山之意。"（《宋词通论》）

鹧鸪天

睡袖无端几折香，有人丹脸可占霜[①]。半窗月印梅犹瘦，一律瓶笙夜正长[②]。　情艳艳，酒狂狂[③]，小屏谁与画鸳鸯。解衣恰恨敲金钏，惊起春风傍枕囊。

[注释]

①占霜：搽粉。　②瓶笙：以瓶煮水，"水火相得，自然吟啸"如笙簧，名曰瓶笙。苏轼有《瓶笙诗》并引。　③狂狂：别作"汪汪"。

鹧鸪天

灯市书事[①]

御路东风拂醉衣[②]，卖灯人散烛笼稀。不知月底梅花冷，只忆桥边步袜归。　闲梦淡，旧游非。夜深谁在小帘帏。罘罳儿下围炉坐[③]，明处将人立地时。

[注释]

①唐氏按:此首别作张镃词,见《阳春白雪》卷二。 ②醉:别作“翠”。 ③罘罳(fú sī)儿:门外之屏。见《释名·释宫室》。 围:元作“团”。

鹧鸪天

搭柳阑干倚伫频,杏帘胡蝶绣床春。十年花骨东风泪[①],几点螺香素壁尘[②]。 箫外月[③],梦中云[④],秦楼楚殿可怜身。新愁换尽风流性,偏恨鸳鸯不念人。

[注释]

①花骨:指花之气质、品格。 ②螺香:墨香。墨铤曰螺。 ③箫外月:用秦代弄玉萧史典。李白《忆秦娥》:“箫声咽,秦娥梦断秦楼月。” ④梦中云:用楚襄王梦巫山神女典“旦为行云,暮为行雨”。

[集评]

俞陛云云:“‘花骨’二字颇新。唯《梅溪集》中两用之。‘东风’句较《万年欢》调‘愁沁花骨’尤为凄艳欲绝。”(《唐五代两宋词选释》)

侯孝琼云:“‘花骨’前人屡用。陆龟蒙《酒泉诗》:‘春疑浸花骨’。苏轼《雨中看牡丹》:‘清寒入花骨。’此外,欧阳修有‘薰风入花骨’,范成大‘微温入花骨’,僧道潜亦有‘从来花骨不胜寒’之句。”

鹧鸪天

卫县道中,有怀其人[①]

雁足无书古塞幽,一程烟草一程愁。帽檐尘重风吹野,帐角香销月满楼。 情思乱,梦魂浮。缃裙多忆敝貂裘[②]。官河水静阑干暖,徙倚斜阳怨晚秋。

[注释]

①卫县：故城在今河南浚县西南。　②缃裙：浅黄色的丝裙，此指代所怀之人。　敝貂裘：用苏秦典。《战国策·秦策》："苏秦说秦王，书十上而不行。黑貂之裘弊……去秦而归。"

惜黄花

九月七日定兴道中①

涵秋寒渚，染霜丹树。尚依稀，是来时、梦中行路。时节正思家，远道仍怀古。更对著、满城风雨。　黄花无数，碧云欲暮。美人兮，美人兮、未知何处。独自卷帘栊，为谁开尊俎，恨不得、御风归去②。

[注释]

①定兴：今河北保定一带。　②恨不得：《全宋词》注，别作"有若个"。

[集评]

侯孝琼云："连呼美人何处，其孤寂之情，企慕之心，跃然纸上。"

玉烛新

疏云萦碧岫，带晚日摇光，半江寒皱。越溪近远，空频向、过雁风边回首①。酸心一缕。念水北，寻芳归后。轻醉醒、堤月笼沙②，鞍松宝轮飞骤。　秦楼屡约芳春，记扇背题诗，帕罗沾酒，瘦愁易就③。因惊断、梦里桃源难又。临风话旧④。想日暮、梅花孤瘦。还静倚、修竹相思，盈盈翠袖⑤。

［注释］

①风:别作“空”。 ②沙:别作“纱”。 ③瘦:应是“庾”,误。 ④语:别作“诉”。 ⑤“还静倚”两句:见杜甫《佳人》“天寒翠袖薄,日暮倚修竹”。

［集评］

侯孝琼云:“倚竹相思,寄慨深远。”

一剪梅

谁写梅溪字字香。沙边幽梦,常恁芬芳。不如花解伴昏黄[①]。只怕东风,吹断人肠。 小阁无灯月浸窗。香吹罗袖,酒映宫妆。如今竹外怕思量。谷里佳人[②],一片冰霜。

［注释］

①解:别作“醉”。 ②“谷里”句:本杜甫《佳人》“绝代有佳人,幽居在空谷”。

［集评］

侯孝琼云:“此首并前首皆以佳人自喻其怀才不遇,自守清操之志。”

一剪梅

追 感

秦客当楼泣凤箫。宫衣香断,不见纤腰。隔年心事又今宵。折尽冰弦,何用鸾胶[①]。 些子轻魂几度销。兰骚蕙些[②],无计重招。东窗一段月华娇[③]。也带春愁,飞上梅梢。

[注释]

①鸾胶：传说海上有仙洲，以凤喙麟角煎膏，能续弓弩断弦。见东方朔《十洲记》。古人琴瑟喻夫妇，妻死为断弦，再娶为续弦。“何用鸾胶”意指不愿续娶。　②兰骚蕙些(suò)：些，楚辞中常用的语末助词。此指《楚辞·招魂》。　③段：别作“梦”。

醉落魄

鸳鸯意惬，空分付、有情眉睫。齐家莲子黄金叶[1]。争比秋苔，靴凤几番蹑。　墙阴月白花重叠，匆匆软语屡惊怯[2]。宫香锦字将盈箧，雨长新寒，今夜梦魂接。

[注释]

①“齐家”句：南齐东昏侯凿金为莲花以贴地，令潘妃行其上，曰此步步生莲。见《南史·齐东昏侯纪》。　②屡：别作“频”。

醉落魄

浙江送人，时子振之官越幕

江痕妥帖，日光熨动黄金叶。阑干直下愁相接。一朵红莲，飞上越人楫。　鲤鱼波上丁宁切，诗筒如线不曾别[1]。明年好个春风客。五鹗交飞[2]，身在玉皇阙。

[注释]

①诗筒：传递诗词之筒。元稹、白居易常以诗筒往来。　②“五鹗”句：古时举荐人材之书称鹗书或鹗表。宋张方平《谢范天章荐应制科》：“千古声名传鹗表，四方豪俊望龙门。”

醉公子

咏梅寄南湖先生①

神仙无皋泽②。琼裾珠佩，卷下尘陌。秀骨依依，误向山中，得与相识。溪岸侧。倚高情、自锁烟翠，时点空碧。念香襟沾恨，酥手剪愁，今后梦魂隔。　相思暗惊清吟客。想玉照堂前、树三百③。雁翅霜轻，凤羽寒深，谁护春色。诗鬓白。总多因、水村携酒，烟墅留屐。更时带、明月同来，与花为表德④。

［注释］

①南湖先生：即张镃。尝卜筑南湖，园亭之盛，甲于天下。著有《南湖集》十卷，故以名。　②皋：别作“膏”。　③“想玉照堂”句：张镃《梅品序》，淳熙岁乙巳（1185）予得曹氏荒圃于南湖之滨，有古梅数十。爰辍地十亩，移植成列，增取西湖北山别圃红梅，合三百馀本……前为轩楹如堂之数。花时居宿其中。环洁辉映，夜如对月，因名“玉照”。　④表德：人本名外的字为“表德”。

步　月①

剪柳章台，问梅东阁②，醉中携手初归。逗香帘下，璀璨镂金衣。正依约、冰丝射眼③，更荏苒、蟾玉西飞④。轻尘外，双鸳细蹙，谁赋洛滨妃。　霏霏，红雾绕，步摇共鬓影⑤，吹入花围。管弦将散，人静烛笼稀⑥。泥私语、香樱乍破，怕夜寒、罗袜先知。归来也，相偎未肯入重帏。

（以上四印斋所刻词本《梅溪词》）

［注释］

①步月：亦因题生咏者，调即题。　②“问梅”句：本杜甫《和裴迪登蜀

州东亭》“东阁官梅动诗兴,还如何逊在扬州”。 ③冰丝:指月光。 ④蟾玉:古代传说月中有蟾蜍,故以代月。 ⑤步摇:妇女头饰。上有垂珠,步则摇动。见《释名·释首饰》。 ⑥笼:别本作“龙”。

存目词

调名	首句	出处	附注
喜迁莺	游丝纤弱	《古今词统》卷十四	蒋捷作,见《竹山词》

高观国

高观国，字宾王，山阴（今浙江绍兴）人，号竹屋，生卒不详，与陆游、史达祖为同时人而稍晚。词风俊快亦与史达祖相近。著有《竹屋痴语》一卷，有陈造为之作序。

[**集评**]

陈造云：“高竹屋与史梅溪皆周（邦彦）秦（少游）之词。要是不经人道语，其妙处，少游、美成亦未及。”（序《竹屋痴语》）

张叔夏云：“竹屋、白石、邦卿、梦窗格调不凡，句法挺异，俱能特立清新之意，删削靡曼之词，自成一家。”（《词综》卷十七）

汪森云：“鄱阳姜夔出，句琢字炼，归于醇雅，于是史达祖、高观国羽翼之。”（《词综》序）

陈廷焯云：“竹屋词最隽快，然亦有含蓄处。抗行梅溪则不可，要非竹山所及。”（《白雨斋词话》卷二）

又云：“竹屋‘春风吹绿湖边草’一章，纯用比意，为其中最纯正，最深婉之作。他如《贺新郎·梅》之‘开遍西湖春意烂，算群花正作江山梦’，‘吟思切，暮云垂’，此类不过聪俊语耳，无关大雅。”（《白雨斋词话》）

又云：“陈唐卿（陈造）云：‘竹屋、梅溪词要是不经人道语，其妙处少游、美成亦不及也。’此论殊谬。夫梅溪求为少游、美成而不足者，竹屋则去之愈远，乌得为周、秦所不及。且作词只论是非，何论人道不人道？若不观全体，不究本源，徒取一二聪明新巧语，遂叹为少游、美成所不及，是亦妄人也已矣。”（《白雨斋词话》卷二）

齐天乐

碧云阙处无多雨，愁与去帆俱远。倒苇沙闲，枯兰溆冷[①]，寥落寒江秋晚。楼阴纵览。正魂怯清吟，病多依黯[②]。怕挹西风，袖罗香自去年减。　　风流江左久客[③]，旧游得意处，朱帘曾卷。载酒春情，吹箫夜约，犹忆玉娇香软。尘栖故苑，叹壁月空檐，梦云飞观。送绝征鸿，楚峰烟数点。

[注释]

①溆：水边。 ②依黯：形容伤别怀远情绪。韩偓《离家第二日却寄诸弟》："却望山南空黯黯，回看僮仆亦依依。" ③江左：江东，指今皖东、苏中一带。

[集评]

李汝伦云："为怀念昔日情人之作。上片写景，景中引起怀人，下片忆往。前言'愁与去帆俱远'，引出人在远方而'心随鸿去'。'楚峰烟数点'一片伤心。情韵俱胜。"

齐天乐

菊

丛幽一笑东篱晓，霜华又随香冷。晕色黄娇，低枝翠婉，来趁登高佳景。谁偏管领。是彭泽归来①，未荒三径②。最惬清觞③，道家标致自风韵。 南山依旧翠倚，采花无限思，西风吹醒。万蕊金寒，三秋梦好，曾记餐英清咏④。斓斑泪沁，怕节去蜂愁，雨荒烟暝。明日重阳，为谁簪短鬓。

[注释]

①彭泽：陶潜曾任彭泽令，后弃官归田，住南山（庐山）下，此处指陶潜。 ②三径："三径就荒，松菊犹存。"见陶潜《归去来兮辞》。 ③惬（qiè）：满足。 ④餐英："朝饮木兰之坠露兮，夕餐秋菊之落英。"见屈原《离骚》。

[集评]

李汝伦云:“藉菊以自喻,又叹人之不如菊也。”

齐天乐

中秋夜怀梅溪

晚云知有关山念,澄霄卷开清霁。素景分中①,冰盘正溢②,何啻婵娟千里③。危阑静倚。正玉管吹凉,翠觞留醉。记约清吟,锦袍初唤醉魂起。　孤光天地共影,浩歌谁与舞,凄凉风味。古驿烟寒,幽垣梦冷,应念秦楼十二④。归心对此。想斗插天南,雁横辽水,试问姮娥,有谁能为寄。

[注释]

①素景:素影。　②冰盘:月。　③婵娟千里:“但愿人长久,千里共婵娟。”见苏轼《水调歌头》。此处可指月,也象征美好。　④秦楼十二:秦楼,古代城市中冶游之处,即秦楼楚馆。又称仙家所居,《西王母传》:“所居宫阙,在龟山、青山,……有城千里,玉楼十二,琼华之阙,光碧之堂。”此处应为前者。

[集评]

张宗橚引姜白石云:“徘徊宛转,交情如见。”(《词林纪事》卷十二)

李汝伦云:“全词处处言月,处处怀人。表为言月,里为怀人。句句扣紧,不留隙缝。”

玉楼春

拟宫词

几双海燕来金屋①,春满离宫三十六②。春风剪草碧纤纤,春雨浥花红扑扑。　卫姬郑女腰如束③,齐唱阳春新制曲。曲终移宴起笙箫,花下晚寒生翠縠④。

[注释]

①海燕：燕子，因自海上来，故名。沈佺期《独不见》："卢家少妇郁金香，海燕双栖玳瑁梁。" 金屋：高贵华丽之内宫。汉武帝为太子时，心爱长公主之女阿娇，称"若得阿娇为妻，当以金屋贮之"。见班固《汉武故事》。 ②离宫：帝王于帝都之外建宫殿，以为游憩之地。 三十六：言其多。骆宾王《帝京篇》："秦塞重关一百二，汉家离宫三十六。"此指杭州宫苑。 ③卫姬郑女：卫姬有三人，《左传·襄公二十六年》、《左传·昭公十三年》，皆有卫姬。又汉大将军卫青之姊卫子夫，又称卫娘。三人皆得宠，然皆非此词所指。此处所称卫姬郑女，实言郑卫之音，即战国时郑、卫二国之民间歌曲。儒家认为郑卫之音淫荡，乃靡靡之音。《礼记·乐记》云："郑卫之音，乱世之音也。又称亡国之音也。"此处用卫姬郑女是词人藉以指南宋统治者在宫中的淫荡、宴乐。 ④縠（hú）：一种薄纱，宫女舞姬所着，舞动时皱如波纹。宋玉《神女赋》"动舞縠以徐步兮"，状縠薄似雾。此处写晚间移歌宴于水上举行。

[集评]

李汝伦云："词着力写宫中宴乐歌舞，从昼到夜，从宫中到船上。不言而言，言中有刺，刺南宋朝廷不思抗敌复国，荒于宴乐。"

玉楼春

海棠题寅斋挂轴

燕脂染出春风锦①，生怕黄昏人有恨。雨难揩泪玉环娇②，烟不遮愁红袖冷③。 醉魂吹断香魂静，拂拂翠眉羞带粉。最怜新燕识风流，只为春寒消瘦损。

[注释]

①燕脂：即胭脂。据云以燕国红蓝花汁所制，故名。 ②玉环：杨贵妃名玉环。 ③红袖：喻美艳之年轻女子。白居易《对酒吟》："今夜还先醉，应烦红袖扶。"

玉楼春

多时不踏章台路[1],依旧东风芳草渡。莺声唤起水边情,日影炙开花上雾。　　谢娘不信佳期误[2],认得马嘶迎绣户。今宵翠被不春寒,只恐香稌春又去。

[注释]

①章台:宫名,战国时即有,在今之长安县。汉时洛阳有章台门、章台街。后指妓女所住。　②谢娘:原指东晋才女谢道韫,后有妓女谢秋娘被称为谢娘,故又泛称妓女。

[集评]

李汝伦云:"首句言多时未至,结句言欢后离去,概括全部冶游过程。'不信佳期误',知其必来。'莺声唤',妓来约也。'认得马嘶',老相识也。'不春寒',宿下也。狎妓词,然写得不爆。"

玉楼春

春烟澹澹生春水,曾记芳洲兰棹舣[1]。岸花香到舞衣边,汀草色分歌扇底。　　棹沉云去情千里,愁压双鸳飞不起。十年春事十年心,怕说湔裙当日事[2]。

[注释]

①兰棹:小船。　舣:停舟水边。　②湔(jiān)裙:古时风俗,正月妇女到水边洗衣,以祓除不祥,称湔裳。裳、裙,皆下体所着。　湔:洗。

[集评]

李汝伦云:"此系忆往之作。'压'字,妙。言愁之多,十年而愈多愈重,故而'怕说'。"

玉蝴蝶

唤起一襟凉思，未成晚雨，先做秋阴。楚客悲残[①]，谁解此意登临。古台荒、断霞斜照，新梦黯、微月疏砧[②]。总难禁。尽将幽恨，分付孤斟。　从今。倦看青镜[③]，既迟勋业[④]，可负烟林。断梗无凭，岁华摇落又惊心。想莼汀、水云愁凝[⑤]，闲蕙帐、猿鹤悲吟[⑥]。信沉沉。故园归计，休更侵寻[⑦]。

［注释］

①楚客："楚客秋江上，萧萧故国情。"见温庭筠《雨》。"不思汉臣载苜蓿，空叫楚客洒江篱。"见李商隐《九日》。此指远游寂寞之人。　②砧：捣衣石。　疏砧：稀疏之捣衣声。　③青镜：镜子。　④既迟勋业：事业无成。　⑤莼：水葵。　莼汀：生长莼之水塘。"莼羹鲈脍"，用为思念吴中故乡之词，此处有思乡意。　⑥蕙帐：香帐。　⑦侵寻：浸润貌，言归计难成。

［集评］

黄苏云："总是写宦境萧条因而思家之意……通首清俊。"（《蓼园词评》）

李汝伦云："伤客居之苦，痛归乡无计。断霞、斜照、孤斟等，皆用以烘托心境。层层写来，愈显凄楚。"

临江仙

东越道中

俱是洛阳年少客，才华迥出天真。青衫惯拂软红尘[①]。酒狂因月舞，诗俊为梅新。　寄语长安风月道，莺花缓作青春。披风沐露问前津。客中春不当，归去倍还人。

[注释]

①青衫:普通士子所着。 软红尘:“半白不羞垂领发,软红犹恋属车尘。”见苏轼《次韵蒋颖叔钱穆父从驾景灵宫》。自注云:“前辈戏语‘有西湖风月,不如东华软红香土。’”软红香土,即软红尘,形容繁华、热闹。

[集评]

李汝伦云:“从词味看,应系作者青壮年作。道中回味都下生活,写少年轻狂与吟事风流,后写旅中所想,词语清俊。”

临江仙

风月生来人世,梦魂飞堕仙津①。青春日日醉芳尘。一鞭花陌晓,双桨柳桥春。 前度诗留醉袖,昨宵香浥罗巾②。小姬飞燕是前身③。歌随流水咽,眉学远山颦。

[注释]

①仙津:仙人渡水之处。 ②浥:浸湿。 ③小姬:年轻舞女。 飞燕:赵飞燕,汉成帝后,能作掌上舞。 小姬飞燕是前身:句意为“小姬前身是飞燕”之词序移位,写小姬之舞步轻盈。

[集评]

李汝伦云:“‘一鞭花陌晓,双桨柳桥春’,妙对。”

金人捧露盘

水仙花

梦湘云,吟湘月,吊湘灵①。有谁见、罗袜尘生②。凌波步弱,背人羞整六铢轻③。娉娉袅袅,晕娇黄、玉色轻明。 香心静,波心冷,琴心怨④,客心惊。怕佩解、却返瑶京⑤。杯擎清露,醉春兰友与梅兄⑥。苍烟万顷,断肠是、雪冷江清。

[注释]

①湘灵：传说湘水之神。 ②罗袜：丝罗所制袜子。曹植《洛神赋》："凌波微步，罗袜生尘。" ③六铢：佛家语。梁简文帝《望同泰寺浮图》："帝马咸千辔，天衣尽六铢。"韦庄诗有"六铢衣黄杏花风"之句，极轻极薄之衣称"六铢衣"。 ④琴心：藉琴声传达情意，司马相如对卓文君以"琴心挑之"。 ⑤瑶京：传说中神仙所居。 ⑥兰友梅兄：以兰花为友，以梅花为兄。

[集评]

李汝伦云："极写水仙，先以湘水之神，继以洛水之神拟其美，著神仙罗袜，穿佛家六铢衣。水仙在词人笔下，神也，仙也，佛也，高雅出尘，不在人间。上片连用三个短排句开头。下片连用以心为主之四个短排句继起。'客心'词人自己，畏其萎落而返瑶京。最后慨人间好花太少而难久作结。"

金人捧露盘

梅　花

念瑶姬[①]，翻瑶佩[②]，下瑶池[③]。冷香梦、吹上南枝。罗浮梦杳[④]，忆曾清晓见仙姿。天寒翠袖[⑤]，可怜是、倚竹依依。　　溪痕浅，云痕冻，月痕澹，粉痕微。江楼怨、一笛休吹。芳音待寄，玉堂烟驿两凄迷[⑥]。新愁万斛，为春瘦、却怕春知。

[注释]

①瑶姬：神话中之仙女。 ②瑶佩：仙女所佩饰物，美玉所制。 ③瑶池：神话中西王母所居之地。李商隐《瑶池》："瑶池阿母绮窗开。" ④罗浮：山名，在今广东省博罗县境内，传说中仙道所聚地。 ⑤翠袖："天寒翠袖薄，日暮倚修竹。"见杜甫《佳人》。 ⑥玉堂：指宫殿，也指神仙所居。

[集评]

李汝伦云:“与前所咏水仙花为姊妹篇。构思、句法相近。结句:‘新愁万种,为春瘦,却怕春知’,有创意。”

金人捧露盘

楚宫闲[1],金成屋[2],玉为阑。断云梦、容易惊残。骊歌几叠,至今愁思怯阳关。清音恨阻,抱哀筝、知为谁弹。

年华晚,月华冷,霜华重,鬓华斑。也须念、闲损雕鞍。斜缄小字,锦江三十六鳞寒[3]。此情天阔,正梅信、笛里关山。

[注释]

①楚宫:楚丘之宫之简称,见《诗经·鄘风·定之方中》,卫文公之宫。 ②金成屋:宫室之豪华。 ③三十六鳞:“鲤,脊中鳞一道,每鳞有一小黑点,大小三十六鳞。”见《酉阳杂俎·广动植》。此喻书信中文字。

[集评]

李汝伦云:“凄惋中有逸阔之气。”

凤栖梧

云唤阴来鸠唤雨。谢了江梅,可踏江头路。拚却一番花信阻[1],不成日日春寒去。 见说东风桃叶渡[2]。岸隔青山,依旧修眉妩。归雁不如筝上柱,一行常见相思苦。

[注释]

①花信:花期。 ②桃叶渡:在南京秦淮河。晋时王献之在此送其妾桃叶,并作歌名《桃叶歌》,民间传唱,并以其地名为“桃叶渡”。

凤栖梧

题岩室

岩室归来非待聘[1]。渺渺千崖，漠漠江千顷。明月清风休弄影，只愁踏破苍苔径。　摘取香芝医鹤病[2]。正要臞仙[3]，相伴清闲性。朝市不闻心耳静[4]，一声长啸烟霞冷。

[注释]

①岩室：山洞，喻山中住所。　聘：以礼征集贤人担任职务。　待聘：等候招聘。　②鹤病："猿愁断肠叫，鹤病翘企立。"见刘禹锡《悼往》。喻虽时不顺，然不低头屈服或颓唐。　③臞(qú)仙：形容削瘦骨立。汉司马相如被喻为臞仙，苏轼《西江月》："相如依旧是臞仙。"　臞：同"癯"。④朝市：朝庭、市肆。《史记·张仪列传》："争名者于朝，争利者于市。"

[集评]

李汝伦云："藉写岩室，抒写作者鄙弃利禄功名心绪。"

凤栖梧

湖头即席，长翁同赋[1]

西子湖边眉翠妩。魂冷孤山[2]，谁是风烟主。相唤吟诗天欲雨，嫩凉不隔鸥飞处。　移下天孙云锦渚[3]。翠盖牵风，绰约凌波女。清约已成君记取，月明夜半鱼龙舞。

[注释]

①长翁：陈造之号。　②魂冷：指林和靖已逝。　孤山：在杭州西湖，林和靖隐居于此。　③天孙：织女星。

贺新郎

赋　梅

月冷霜袍拥。见一枝、年华又晚，粉愁香冻。云隔溪桥人不度，的皪春心未纵[①]。清影怕、寒波摇动。更没纤毫尘俗态，倚高情、预得春风宠。沉冻蝶，挂么凤[②]。

一杯正要吴姬捧[③]。想见那、柔酥弄白[④]，暗香偷送[⑤]。回首罗浮今在否，寂寞烟迷翠栊[⑥]。又争奈、桓伊三弄[⑦]。开遍西湖春意烂，算群花、正作江山梦。吟思怯，暮云重。

［注释］

①的皪：亦作“的历”、“的砺”，光亮貌。　②么凤：鸟名，形似凤，五彩而体小。苏轼《次韵李公择梅花》：“故山亦何有，桐花集么凤。”　③吴姬：侍酒女郎。李白《金陵酒肆留别》：“风吹柳花满店香，吴姬压酒唤客尝。”　④柔酥：花蕊。　唐氏按：“见那”二字原空格，据毛扆校《竹屋痴语》补。　⑤暗香：似有还无之香气。林和靖咏梅诗有“暗香浮动月黄昏”之句。　⑥翠栊：豪华住宅上之窗栊。　栊：窗上木格子。别本作“拢”。　⑦桓伊：晋人，善吹笛，曾吹三曲。　桓伊三弄：即古曲《梅花三弄》。李清照《孤雁儿》：“笛里三弄，梅花惊破，多少春情意。”

［集评］

俞陛云云：“此词如太华霜钟，发尘外清想……‘群花’句致概尤深，当严风盛雪，玉骨孤撑，俯视春山万卉，皆在酣梦之中，作者其借梅自喻耶。”（《唐五代两宋词选释》）

李汝伦云：“‘算群花、正作江山梦’，不失为好句。然通体观之，终嫌堆垛，较之白石咏梅，尚逊一肩也。”

喜迁莺

代人吊西湖歌者

歌音凄怨。是几度诉春，春都不管。感绿惊红，颦烟啼月，长是为春消黯[①]。玉骨瘦无一把，粉泪愁多千点。可怜损，任尘侵粉蠹，舞裙歌扇。　转盼，尘梦断。峡里云归，空想春风面。燕子楼空[②]，玉台妆冷[③]，湖外翠峰眉浅。绮陌断魂名在，宝箧返魂香远。此情苦，问落花流水，何时重见。

[注释]

①消黯：黯然消魂之省略。江淹《别赋》："黯然消魂者，唯别而已矣。"柳永《曲玉管》："一场消黯，永日无言，却下层楼。"　②燕子楼：唐张建封妾盼盼住燕子楼中。后称美女所居。　③玉台：女人梳装台、镜子。

[集评]

李汝伦云："上片歌者生前，下片歌者逝后。生前，遭逢凄苦，以歌代笑，乏人理解——'春都不管'。'玉骨瘦无一把，粉泪愁多千点。'写尽形神，的是好句。下片，吊者目之所见，心之所感。明知人已仙去，偏问'何时重见?'是痛极语。落花流水，无可回答。虽是代人为吊，然词人善体人哀，自己感情却已投入，进入角色矣。"

喜迁莺

凉云归去。再约著，晚来西楼风雨。水静帘阴，鸥闲菰影，秋到露汀烟浦。试省唤回幽恨[①]，尽是愁边新句。倦登眺，动悲凉还在，残蝉吟处。　凄楚。空见说，香锁雾扃，心似秋莲苦。宝瑟弹冰[②]，玉台窥月[③]，浅澹可怜偷聚。几时翠沟题叶[④]，无复绣帘吹絮[⑤]。鬓华晚，念庾郎情在[⑥]，风流谁与。

[注释]

①省:记忆。 ②弹冰:手拨筝弦,声音清脆。 ③玉台:玉制妆台、镜子。 ④翠沟题叶:即红叶题诗故事。 ⑤绣帘吹絮:化自李商隐“闲倚绣帘吹柳絮”诗句。 ⑥庾郎:庾信,六朝时人,人称庾郎。

[集评]

李汝伦云:“云归去,无情也;风雨来,有意也。一去一来,引起许多情绪。愁边新句之来,在从前有一段旧恨。下片,先有香锁,继而莲苦。弹冰,声也;窥月,有待人来也。偷会时可怜短暂,故形之曰浅淡。翠沟题叶,消息断绝;吹絮,又一层忆念回。皆在对照中写来。”

菩萨蛮

春风吹绿湖边草,春光依旧湖边道。玉勒锦障泥[①],少年游冶时。 烟明花似绣,且醉旗亭酒[②]。斜日照花西,归鸦花外啼。

[注释]

①玉勒:玉制马衔。 锦障:垂于马腹两侧以遮挡泥污的织物。 ②旗亭:酒楼。

[集评]

李汝伦云:“烟明,是早晨;斜日,是午后;归鸦,日晚,写游冶之从日出到日暮。料非作者本人生活,当系另有所讽。”

菩萨蛮

苏堤芙蓉

红云半压秋波碧,艳妆泣露娇啼色。佳梦入仙城,风流石曼卿[①]。 宫袍呼醉醒,休卷西风归。明日粉香残，六朝烟水寒[②]。

[注释]

①石曼卿：北宋文学家。欧阳修《六一诗话》云，石死后有人见之，石自称已为仙人，作"芙蓉城主"。 ②六朝：指吴、东晋、宋、齐、梁、陈六朝。除吴外，皆北方被外敌所占而偏居南方之朝廷。

菩萨蛮

水晶脍

玉鳞熬出香凝软[①]，并刀断处冰丝颤[②]。红缕间堆盘，轻明相映寒。 纤柔分劝处，腻滑难停箸[③]。一洗醉魂清，真成醒酒冰。

[注释]

①玉鳞：鱼。 ②并刀：古代并州（山西）所产之刀，以锋利著名。 ③箸：筷子。

菩萨蛮

玉阑秋色知谁主[①]，隔阑一架葡萄雨。绿藓怕啼螿[②]，可堪宫漏长[③]。 乌丝吟古怨，清泪消尘砚。梦冷不成云，□峰峰外情。

[注释]

①阑：门前的栅阑。 ②绿藓：藓苔。《古今注·草木》："空室无人则生苔藓，……亦曰绿钱。" 螿：蝉之一种，又名寒螿，夏末秋初而鸣。 ③宫漏：古代用滴水之漏壶为计时器。

菩萨蛮

何须急管吹云暝[①],高寒滟滟开金饼[②]。今夕不登楼,一年空过秋。　　桂花香雾冷,梧叶西风影。客醉倚河桥,清光愁玉箫。

[注释]

①急管:管,竹制吹奏乐器,吹时节奏较快。　②金饼:月亮。

菩萨蛮

咏双心水仙

云娇雪嫩羞相倚,凌波共酌春风醉。的皪玉台寒[①],肯教金琖单[②]。　　从疑双蝶梦,翠袖和香拥。香外有鸳鸯,风流烟水乡。

[注释]

①的皪:光亮貌。　②琖:同"盏",酒杯之较小者。

青玉案

平生似欠西湖债,每拚了、金貂解[①]。妩媚烟云多变态。雕鞍来处,画船归去,花柳春风隘。　　玉京相接蓬壶界[②],入画遥山翠分黛。苏小不来时节改[③]。一堤风月,六桥烟水[④],鹭约鸥盟在[⑤]。

[注释]

①金貂:豪贵者以金貂作冠饰。《晋书·阮孚传》载,阮孚曾以金貂换酒。后以金貂换酒形容文士之狂放。刘过《沁园春》:"翠袖传觞,金貂换

酒，痛饮何妨三百杯。” ②玉京：神仙在天上之都城。李白《庐山谣》：“遥见仙人彩云里，手把芙蓉朝玉京。” 蓬壶：传说海中仙岛，神仙所居。 ③苏小：苏小小之简称，南齐名妓。韩翃《送王少府归杭州》：“吴郡陆机称地主，钱塘苏小是乡亲。” ④六桥：西湖著名风景点。 ⑤鹭约鸥盟：谓与鹭鸥约为朋友，比喻隐士生活。

醉落魄

钩帘翠湿，寒江上、雨晴风急。乱峰低处明残日。雁字成行，写破暮天碧。 故人天外长为客[1]，倚阑一望情何极[2]。新来得个归消息。去棹回舟，数过几千只。

[注释]

①天外：极远处。 ②情何极：情何切、情何重之意。

[集评]

李汝伦云：“全词从一望字着笔。钩起帘儿，门里望也；雨中晴里，门外望也。乱峰低，残日明，望之远也；雁之写破，望之久也。下片点破望之来由，以其常为客也。‘得个归消息’，望之更有来由也。‘数过几千只’，怨其未归也。‘去棹归舟’，不仅望归舟，去棹也一并收入望中，望中隐有怨意。‘望尽千帆皆不是’，此词从中化来，然细细描出，极写层次与情理。‘数过几千只’，煞住，知尚在望中、数中。非写情高手不办，而情之不真不切则写之不出。‘写破’，破字有力，‘得个归消息’，明白如话而情致无限。”

夜合花

斑驳云开[1]，濛松雨过，海棠花外寒轻。湖山翠暖，东风正要新晴。又唤醒，旧游情。记年时、今日清明。隔花阴浅，香随笑语，特地逢迎。 人生好景难并[2]。依旧秋千巷陌，花月蓬瀛[3]。春衫抖擞，馀香半染芳尘。念嫩约，杳难凭。被几声、啼鸟惊心。一庭芳草，危阑晚日，无限消凝[④]。

［注释］

①斑驳：色彩斑斓。　②并：同时，共同。　③蓬瀛：蓬莱、瀛州，传说中海上仙岛。此处形容所游环境之美。　④消凝：消亦作销。表示无聊、无奈、感伤类情绪用之。

花心动

梅　意

碧藓封枝，点寒英、疏疏玉清冰洁。梦忆旧家，春与新恩，曾映寿阳妆额[①]。绿裙青袂南邻伴，应怪我、精神都别。恨衰晚，春风意思，顿成羞怯。　犹念横斜性格[②]。恼和靖吟魂，自来清绝。斜傍劲松，偷倚修篁[③]，总是岁寒相识。绿阴结子当时意，到如今、芳心消歇。小桥夜，清愁倦陪澹月。

［注释］

①寿阳妆额：南朝宋武帝女寿阳公主，人日卧含章殿下，有梅花落于额上，拂之不去者三日。宫女仿效之，贴梅花于额上，称作“梅花妆”或“寿阳妆”。　②横斜性格：林和靖咏梅名句“疏影横斜水清浅”。　③修：长。篁：竹。

昭君怨

题春波独载图

一棹莫愁烟艇[①]，飞破玉壶清影。水溅粉绡寒，渺云鬟。不肯凌波微步，却载春愁归去。风澹楚魂惊，隔瑶京[②]。

[注释]

①莫愁:莫愁湖,在南京。 ②瑶京:仙家之都城。

杏花天

霁烟消处寒犹嫩,乍门巷、愔愔昼永[1]。池塘芳草魂初醒,秀句吟春未稳。 仙源阻、春风瘦损,又燕子、来无芳信。小桃也自知人恨,满面羞红难问。

[注释]

①愔愔:安闲貌。

[集评]

李汝伦云:"作者喜用'嫩'字,前《夜合花》用'嫩约'言约会不实。此嫩言寒气尚存,然不多。'瘦损'言春风不烈。'羞红难问',小桃被人化。'难问'不回答。人恨配以花羞,情态可爱可品。"

杏花天

远山学得修眉翠,看眉展、春愁无际。雨痕半湿东风外,不管梨花有泪。 西园路、青鞋暗记[1],怕行入、秋千径里。一春多少相思意,说与新来燕子。

[注释]

①青鞋:普通人所穿。杜甫《奉先刘少府新画山水障子》:"吾独何为在泥滓,青鞋布袜从此始。"

杏花天

题杏花春禽扇面挂轴

花凝露湿燕脂透,是彩笔、丹青染就。粉绡帕入班姬手[①],舒卷清寒时候。　春禽静、来窥晴昼,问冷落、芳心知否。不愁院宇东风骤,日日娇红如旧。

[注释]

①班姬:即班婕妤,善文辞。婕妤,汉时宫中女官名。《诗品》:"汉婕妤班姬,团扇短章,词旨清捷,怨深文绮。"

杏花天

杏　花

玉坛消息春寒浅[①],露红玉、娇生靓艳[②]。小怜鬟湿燕脂染[③],只隔粉墙相见。　花阴外、故宫梦远,想未识、莺莺燕燕。飘零翠径红千点,桃李春风已晚。

[注释]

①玉坛:天上。　②靓(jìng):服饰艳丽。　③小怜:北齐冯淑妃名小怜。此喻杏花。

[集评]

李汝伦云:"杏花消息于春寒未尽(浅)时透出。不是'一枝红杏出墙来',而是'只隔粉墙相见',不肯出墙来也。'红千点'点于'翠径',着色甚妙。"

祝英台近

荷　花

拥红妆,翻翠盖,花影暗南浦[①]。波面澄霞,兰艇采香去。有人水溅红裙,相招晚醉,正月上、凉生风露。
两凝伫[②]。别后歌断云闲,娇姿黯无语。魂梦西风,端的此心苦。遥想芳脸轻颦，凌波微步，镇输与、沙边鸥鹭[3]。

[注释]

①南浦：本屈原《九歌·河伯》“子交手兮东行，送美人兮南浦”。多用为送别之地。　②凝伫：长时间站立，有出神、企望意。　③镇：尽、却。

祝英台近

一窗闲，孤烬冷[1]，独自个春睡。绣被熏香，不似旧风味。静听滴滴檐声，惊愁搅梦，更不管、庾郎心碎[2]。
念芳意，一并十日春寒，梅花煞憔悴。懒做新词，春在可怜里。几时挑菜踏青[3]，云沉雨断，尽分付、楚天之外。

[注释]

①烬：灯芯燃至最后部分。　②庾郎：庾信，六朝时人，人称庾郎。③挑菜踏青：古时洛阳岁月，以二月二日为挑菜节。贺方回《薄幸》：“自过了，烧灯后，都不见踏青挑菜。”

江城子

代　作

绿丛篱菊点娇黄。过重阳，转愁伤。风急天高，归雁不成行。此去郎边知近远，秋水阔，碧天长。　郎心如妾妾如郎。两离肠，一思量。春到春愁，秋色亦凄凉。近得新词知怨妾，无处诉[1]，泣兰房。

[注释]

①唐氏按：“处”字原缺，据《永乐大典》卷一万四千三百八十一“寄”字韵补。

[集评]

李汝伦云:“词语流动如水,情致缠绵不断。词是代作,然体味颇深,深入了角色。”

生查子

咏　芹

野泉春吐芽,泥湿随飞燕。碧涧一杯羹,夜韭无人剪。　玉钗和露香,鹅管随春软。野意重殷勤,持以君王献①。

[注释]

①持以君王献:《列子·杨朱第七》有农夫献芹故事,当时芹类不为人所赏。后人以赠人物时谦称微薄,对人言谦称言不足取,皆称献芹、芹献、芹意。杜甫《槐叶冷淘》:“献芹则小小,荐藻明区区。”高适《自淇涉黄河途中作》:“尚有献芹心,无因见明主。”

生查子

芙蓉羞粉香,倚竹窥烟霁。眼带楚波寒,骨艳春风醉。　谁传侧帽情①,想解遗鞭意②。红叶可怜秋,不寄相思字。

[注释]

①侧帽:据《周书·独孤信传》,独孤信(北魏贵族)在秦州,打猎归来入城时,不慎将帽子碰歪。翌日吏有帽者皆歪戴帽子,仿之。李商隐有诗:“风长应侧帽,路隘岂容车。”　②遗鞭:“生忽见之(李娃),不觉停骖久之。徘徊不能去。乃诈坠鞭于地,候其从者敕取之。”见白行简《李娃传》。意为调情。

[集评]

李汝伦云："词中有事，或隐有所指。"

生查子

史辅之席上歌者赠云头香乞词

蓬莱一捻云[①]，彻骨龙涎染[②]。风味韵而芳，笑语柔而婉。　　花娇绿鬓寒，酒凝清歌怨。翠幄已烟秾[③]，银烛重休剪。

[注释]

①蓬莱：传说中海上仙山。　云：形容其烟绕之状。　②龙涎：珍贵香料，为抹香鲸之分泌物，香味久而不散，此形容其味。　③翠幄：华贵的帐子。

生查子

木　香[①]

春笼云润香，露湿青蛟瘦[②]。偷学汉宫妆[③]，舞彻霓裳后[④]。　　酥胸紫领巾，冰剪柔荑手[⑤]。有意入罗囊，不肯成春酒。

[注释]

①木香：又名蜜香、青木香，多年生草本，根可入药。又，酴醾别名木香，指其小枝而檀心者，可酿酒，称酴醾酒。《群芳谱》载云：唐时皇帝宴宰相及召侍臣学士时，食樱桃饭，饮酴醾酒。　②青蛟："青蛟走玉骨，羽盖蒙珠幰。……凄凉楚宫阙，红粉埋故苑。"见苏轼《杜沂游武昌以酴醾花菩萨泉见饷》。青蛟，青色之蛟，形容木香（酴醾）枝子。　③汉宫妆：喻帝后赵飞燕，以细腰闻名。　④霓裳：即霓裳羽衣舞，胡舞，杨贵妃善之。⑤柔荑：柔草嫩芽，形容女儿手之细嫩柔软。故诗文中多代指女儿手。

[集评]

李汝伦云:“词卒章显志,写木香宁愿入于罗囊以贮其香,不愿被酿成酒。因酒只供帝后于歌舞后饮用也。”

生查子

飞花澹澹风,破暖疏疏雨。香润玉阶尘,翠湿纱窗雾。　　钿筝离雁行①,宝篋留钗股②。惟有凤楼魂③,夜夜江南路。

[注释]

①钿筝:筝,弹拨乐器,嵌以金玉为饰。温庭筠《和友人悼亡》:“宝镜尘昏鸾影在,钿筝弦断雁行稀。” ②钗股:妇女梳髮用具。 ③凤楼:宫庭楼宇,也指妇女居处。

[集评]

李汝伦云:“此为悼念逝者之词。上片,悼念者眼中景物。下片,逝者遗物。‘夜夜江南路’,反写逝者魂归,留恋去者,实则写生者之思念逝者,从反面写,高过从正面写。”

生查子

梅次韵

香惊楚驿寒①,瘦倚湘筠暮②。一笛已黄昏,片月尤清楚。　　沉沉冰玉魂,漠漠烟云浦。酸泪不成弹,又向春心聚。

[注释]

①楚驿:楚地驿站。许浑有诗云:“楚驿枕秋水,湘帆凌暮云。” ②湘筠:湘竹、湘妃竹、斑竹。

解连环

柳

露条烟叶。惹长亭旧恨[①],几番风月。爱细缕、先窣轻黄[②],渐拂水藏鸦,翠阴相接。纤软风流,眉黛浅、三眠初歇[③]。奈年华又晚,萦绊游蜂,絮飞晴雪。　依依灞桥怨别[④]。正千丝万绪,难禁愁绝。怅岁久、应长新条,念曾系花骢[⑤],屡停兰楫[⑥]。弄影摇晴,恨闲损、春风时节。隔邮亭[⑦],故人望断,舞腰瘦怯。

[注释]

①长亭:汉代路上每十里置一亭,为送别、饯别及行人休憩之用。②细缕:柳。古人相别时折柳条相赠。　窣:冒出。　③三眠:"汉苑中有柳,状如人形,号曰人柳,一日三眠三起。"见《三辅旧事》。因又称三眠柳。　④灞桥:在古长安外,古人多在此折柳送别。　⑤花骢:马。"曾系花骢",下马告别,系马于柳下。　⑥兰楫:刻花的舟桨。　⑦邮亭:驿馆,送递文书休憩之处。

解连环

春　水

浪摇新绿。漫芳洲翠渚,雨痕初足。荡霁色、流入横塘,看风外漪漪,皱纹如縠[①]。藻荇萦回[②],似留恋、鸳飞鸥浴。爱娇云蘸色,媚日挼蓝[③],远迷心目。　仙源漾舟岸曲。照芳容几树,香浮红玉。记那回、西洛桥边,裙翠传情,玉纤轻掬[④]。三十六陂[⑤],锦鳞渺、芳音难续。隔垂杨,故人望断,浸愁万斛。

[注释]

①縠(hú):有绉纹的纱。此指小水波。 ②藻:水草。 荇:水生植物,又名荇菜。 ③挼:搓摩。 挼蓝:写日影在水中搓动天色。 ④玉纤:年轻女子之手。 ⑤三十六陂:地名,在扬州,此处泛指陂塘。

[集评]

俞陛云云:“前半虽仅言水程风物,而云寒风紧,正客心孤回之时……结处‘江梅’二句与姜白石《长亭怨慢》:‘第一是,早早归来,怕红萼无人为主’,思致相似。”(《唐五代两宋词选释》)

烛影摇红

别浦潮平,远村帆落烟江冷。征鸿相唤著行飞,不耐霜风紧。雪意垂垂未定,正惨惨、云横冻影。酒醒情绪,日晚登临,凄凉谁问。 行乐京华,软红不断香尘喷[①]。试将心事卜归期,终是无凭准[②]。寥落年华将尽,误玉人、高楼凝恨[③]。第一休负,西子湖边,江梅春信。

[注释]

①软红:“半白不羞垂领髮,软红犹恋属车尘。”见苏轼《次韵蒋颖叔钱穆父》。自注:“有前辈戏语,有西湖风月,不如东华软红香土。”按指城市繁华。 ②凭准:凭据。 ③玉人:美女。

忆秦娥

栖乌惊,隔窗月色寒于冰。寒于冰,澹移梅影,冷印疏棂[①]。 幽香未觉魂先清,无端勾起相思情。相思情,恼人无睡,直到天明。

[注释]

①疏棂：窗。

忆秦娥

舟中书事

歌声闲[1]，兰舟只隔芙蓉湾。芙蓉湾，扇摇波影，风卷云鬟。　　馀音袅袅留馀欢，双鸳飞处传情难。传情难，曲终人去，愁寄湖山。

[注释]

①闲：意为停止。

清平乐

秋　叶

盘枝剪翠，叶叶西风意。吹上玉人云□底，无限新凉气味。　　飘萧露卷烟柔，绝怜不逐宫流[1]。寄语多情宋玉[2]，悲秋得似宜秋。

[注释]

①不逐宫流：指红叶题诗，流出御沟故事。　②宋玉：战国时诗人，其《九辩》中有句云："悲哉，秋之为气也。"

清平乐

春蒲雨湿，燕子低飞急。云压前山群翠失[1]，烟水满湖轻碧。　　小莲相见湾头[2]，清寒不到青楼[3]。请上琵琶弦索，今朝破得春愁。

[注释]

①群翠:众山上之青翠山色。 ②小莲:贵家歌女名。“记得小莲初见,两重心字罗衣。”见晏几道《临江仙》。 ③青楼:贵家闺阁。

更漏子

玉箫闲,清韵咽,人倚画阑愁绝。云恼月,月羞云,半溪梅影昏。 恨春风,萧散后,夜夜数残更漏。情悄悄,思依依,天寒一雁飞。

东风第一枝

为梅溪寿

玉洁生英,冰清孕秀,一枝天地春早。素盟江国芳寒[①],旧约汉宫梦晓[②]。溪桥独步,看洒落、仙人风表[③]。似妙句、何逊扬州[④],最惜细吟清峭。 香暗度、照影波渺。春暗寄、付情云杳。爱随青女横陈[⑤],更怜素娥窈窕[⑥]。调羹雅意[⑦],好赞助、清时廊庙[⑧]。羡韵高、只有松筠[⑨],共结岁寒难老。

[注释]

①素盟:平时的志向。 ②汉宫梦晓:指功名之志已断。 ③风表:风格、风姿。 ④何逊扬州:南朝诗人何逊,曾在扬州赏梅,流连不去。 ⑤青女:神话中主持霜雪之女神。 ⑥素娥:嫦娥。 ⑦调羹:喻治理国家政事。“若作和羹,尔惟盐梅。”见《尚书·说命》。 ⑧廊庙:朝廷。 ⑨松筠:松和竹,松竹梅称岁寒三友。

[集评]

李汝伦云:“通首祝寿,然通首不涉此二字,只在梅和溪上作文章。以梅喻其人，以何逊看梅，喻其词作之佳。'调羹雅意'，惜梅溪之不得大用。最后以松竹梅三友为喻，意在双关。为祝寿词别开一格，不用世俗祝寿语一字。"

东风第一枝

壬戌立春日访梅溪，雨中同赋

烧色回青[①]，冰痕绽白，娇云先酿酥雨。纵寒不压葭尘[②]，应时已鞭黛土[③]。东君入夜，怕预恼、诗边心绪。意转新，无奈吟魂，醉里已题春句。　香梦醒、几花暗吐，绿睡起、几丝偷舞[④]。酒醅清惜重斟，菜甲嫩怜细缕[⑤]。玉纤彩胜[⑥]，愿岁岁、春风相遇。要等得、明日新晴，第一待寻芳去。

[注释]

①烧色：形容春回日暖，红花争吐。白居易《早春招张宾客》："花光焰焰火烧色。"　②葭尘：即葭灰。古时烧葭莩成灰，置十二律管内，用以占节候。句言寒气不能阻止节气到来。　③黛土：黑土。　鞭：打。　④绿：指草。　⑤菜甲：菜蔬初出之叶。白居易《二月二日》："二月二日新雨晴，草芽菜甲一时生。"　⑥彩胜：古时风俗，妇女把色绢或色纸剪成饰物，插于鬓边或互相赠送，以迎接春令，名为彩胜。

[集评]

李汝伦云："此词可与史达祖所作同调同韵词参看，盖和作也。二词各有好处，然史词结句云：'待过了，一日灯期，日日醉寻芳去。'此词云：'要等得，明日新晴，第一待寻芳去。'高句佳于史句。"

摊破浣溪沙

七 夕

袅袅天风响佩环[①],鹊桥有女夜乘鸾[②]。也恨别多相见少,似人间。　　银浦无声云路渺[③],金风有信玉机闲[④]。生怕河梁分袂处[⑤],晓光寒。

[注释]

①佩环:妇女饰物。 ②鸾:凤。 ③银浦:银河边。 ④玉机:玉制织机。 ⑤河梁:送别之地。 分袂:袂,衣袖,分袂即分手。

浣溪沙

遮坐银屏度水沉[①],障风罗幕皱泥金[②]。日迟宫院静愔愔[③]。　　繁杏半窥红日薄,小怜低唱绿窗深[④]。试拈犀管写春心[⑤]。

[注释]

①银屏:镶银的屏风。 ②泥金:形容障子屏风装饰金银。 ③愔愔:安静貌。 ④小怜:北齐冯淑妃名小怜。 ⑤犀管:笔。

浣溪沙

魂是湘云骨是兰,春风冰玉注芳颜。谁招仙子在人间。　　溅水裙儿香雾皱[①],唾花衫子碧云寒。洞箫声绝却骖鸾[②]。

[注释]

①香雾:形容裙子之薄如雾。 ②"洞箫"句:秦穆公之女弄玉,善吹

箫,后乘风上天而去。

浣溪沙

偷得韩香惜未烧[①],吹箫人在月明桥。草芳似待玉骢骄。　吹絮绣帘春澹澹,隔香罗帐夜迢迢。楚魂须著楚词招[②]。

[注释]

①韩香:晋时韩寿美丰姿,贾充女悦之,幽会时赠以西域奇香,韩佩于衣中,其香浓烈,人称为韩香。　②楚词招:楚诗人宋玉作《招魂》。

浣溪沙

小　春

云外峰峦翠欲埋,雨沾黄叶湿青鞋。小惊春色入寒荄[①]。　风月愁新空雁字,神仙梦冷忆鸾钗。凄凉不是好情怀。

[注释]

①荄(gāi):草根。杨万里诗:"嫩日催春出冻荄,小风吹白落疏梅。"

[集评]

李汝伦云:"清丽,味永。"

浣溪沙

题湖楼壁

一色烟云澹不消,两峰眉黛为谁娇。春寒犹占木兰桡[①]。　　燕子似甘愁寂寞，海棠未肯醉妖娆。小园嫩约尚萧条。[②]

［注释］

①木兰桡：桡是船桨，此处指小船。　②唐氏按：此首吴昌绶误补入《东山词》。

兰陵王

为十年故人作

凤箫咽，花底寒轻夜月。兰堂静，香雾翠深，曾与瑶姬恨轻别[①]。罗巾泪暗叠，情入歌声怨切。殷勤意，欲去又留，柳色和愁为重折。　　十年迥凄绝。念髻怯瑶簪，衣褪香雪。双鳞不渡烟江阔。自春来人见，水边花外，羞倚东风翠袖怯。正愁恨时节。　　南陌，阻金勒[②]。甚望断青禽[③]，难倩红叶[④]。春愁欲解丁香结[⑤]。整新欢罗带，旧香宫箧。凄凉风景，待见了，尽向说。

［注释］

①瑶姬：仙女。　②金勒：指马。　③青禽：青鸟。　④红叶：红叶题诗故事，意言消息不通。　⑤丁香结："青鸟不传花外信，丁香空结雨中愁。"见李璟《浣溪沙》。

兰陵王

春　雨

洒虚阁，幂幂天垂似幕[①]。春寒峭，吹断万丝，湿影和烟暗帘箔[②]。清愁晚来觉，佳景愔愔过却。芳郊外，莺恨燕愁，不管秋千冷红索[③]。　　行云楚台约[④]。念今古凝情，朝暮如昨。啼红湿翠春情薄。谩一犁江上，半篙堤外，勾引轻阴趁暮角。正孤绪寂寞。　斑驳，止还作。听点点檐声，沉沉春酌。只愁入夜东风恶。怕催教花放，趁将花落。冥冥烟草，梦正远，恨怎托。

［注释］

①幂：覆盖深密。韩愈《叉鱼招张功曹》："盖江烟幂幂，拂棹形寥寥。"②箔：竹帘。③索：指秋千绳子。④楚台：用楚襄王会神女事。

水龙吟

云　意

旧家心绪如云，乍舒乍卷初无定。西郊载雨，东城隔雾，还开晴景。爱恼花阴，喜移月地，朦胧清影。任无心有意，溶溶曳曳，萧散处、有谁问。　朝暮如今难准，枉教他、惜春人恨。远峰依旧，前踪何在，有时愁凝。此兴飘然，不妨吹断，一川轻瞑。待良宵，再入高唐梦里[①]，觅巫阳信[②]。

［注释］

①高唐：楚宋玉《高唐赋序》，记楚襄王与神女相会云雨之事。②巫阳：巫山、阳台。

水龙吟

为放翁寿[①]

道山玉府真仙[②]，去年再履论思地[③]。西清禁域，眷深名重[④]，年高身退。玉振金声，水增川涌，德兼才贵。爱知章引去[⑤]，安车稳驾，轩冕付、谈笑外[⑥]。　兰玉孙枝竞秀⑦,奉亲欢、莱衣同戏⑧。蓬莱东接,苎罗西顾⑨,三山耸翠⑩。赐杖清朝⑪,命堂绿野⑫,放怀高致。似太公出将⑬,卫公入相⑭,为苍生起⑮。

[注释]

①放翁:诗人陆游号放翁。　②道山:神仙荟萃之地。　玉府:神仙居处。　③论思:议论、谋划国事。此指放翁晚年受命修孝宗、光宗实录一事。　④眷深:指被皇帝重视。　⑤知章:唐著名诗人贺知章。贺因不满奸相李林甫专权而辞官回乡作道士。贺亦山阴人,与放翁同乡。　⑥轩冕:士大夫轩(高)车冕服,代指官爵禄位。　⑦兰玉孙枝:子孙聪明。⑧莱衣:老莱子彩衣娱亲,孝顺父母。时陆游之子大都在花甲。　同戏:放翁子女多,皆具孝心。　⑨苎罗:战国时美女西施生地,在浙江诸暨,属绍兴府。此二句写放翁家乡环境。　⑩三山:绍兴境内名山。　⑪赐杖:言曾受朝廷恩禄。　⑫命堂:指在家建起高华的殿堂。　绿野:绿野堂,裴度所建。　⑬太公:指周代姜尚。　⑭卫公:唐李靖封卫国公,曾为中书令。　⑮为苍生起:东晋谢安(安石)隐居不出,时人谓曰:"斯人不出,奈苍生何!"后谢复出,破苻坚大军于淝水,拯救了东晋。李白有诗云:"谢公终一起,相与为苍生。"

[集评]

李汝伦云:"陆游八十六岁逝世,此词大约写于陆游八十岁退隐之后。词对陆一生作了中肯评价。'玉振金声,水增川涌',言其诗文雄放。用贺知章事,是言朝有奸佞,不得不退。下片写陆游家居生活,多安慰语、宽解语。末以'太公出将'言陆游虽年老,然知武而可大用于国家以规复中原。引出李靖,言陆游能主大事而为相才。最后引出谢安,称其将略,隐言朝廷却不能作谢安之用,称颂而不过分。词旨鲜明,出语切当。放翁读之,当叹为知己。"

水龙吟

为梦庵寿①

夜来曾跨青虬②，海风袅袅吹襟袖。蓬莱误入，群仙争问，刘郎安否。玉麈冰壶，日庭星角③，孕成奇秀。看丹分宝鼎④，篆传秘箧⑤，闻重寄、长生酒。　归梦惊回晓漏，正长庚、辉躔南斗⑥。祥开华旦⑦，菊香秋杪⑧，枨黄霜后⑨。笔扫龙蛇⑩，句裁螭锦⑪，俊才谁右⑫。看功勋绣衮⑬，家声再振，数千龄寿。

[注释]

①梦庵：不详。　②青虬：传说中龙而无角者。　③日庭：天庭饱满。　星角：额角奇伟。　④丹分玉鼎：道家于鼎中炼丹。　⑤篆：道家秘笈。　⑥长庚：金星，又名太白星、启明星。　躔：星辰运行。　⑦华旦：好日子。　⑧秋杪：秋末。　⑨枨：橙子。　⑩龙蛇：形容书法流转。　⑪螭锦：传说中无角龙为螭。此形容文词之美。　⑫谁右：意为谁能高过超过。右，古以右为尊。　⑬衮：古时大官（上公）所穿袍服。

声声慢

元　夕

壶天不夜①，宝炷生香②，光风荡摇金碧。月滟冰痕，花外峭寒无力。歌传翠帘尽卷，误惊回、瑶台仙迹。禁漏促③，拚千金一刻，未酬佳夕。　卷地香尘不断，最得意、输他五陵狂客④。楚柳吴梅，无限眼边春色。鲛绡暗中寄与⑤，待重寻、行云消息。乍醉醒，怕南楼、吹断晓笛。

［注释］

①壶天：道家所说仙境。传说某翁悬一壶，入内，则壶中有天地。②炷：灯心。 ③禁漏：宫中以滴水之漏壶为计时器。 ④五陵：西汉五位皇帝的陵墓，其周围聚居豪贵。 狂客：形容此辈放纵，傲慢，轻浮。⑤鲛绡：一种轻而薄之纺织物，传说为海中鲛人所织，甚名贵。

隔浦莲

七 夕

银湾初霁暮雨，鹊赴秋期去。浅月窥清夜，凉生一天风露。纤巧云暗度。河桥路，缥缈乘鸾女，正容与[①]。
西厢旧约[②]，玉娇谁见私语。柔情不尽，好似冰绡云缕。回首天涯又怨阻。无语，西风魂断机杼。

［注释］

①容与：闲暇、舒畅。 ②西厢旧约："待月西厢下，迎风户半开。"见元稹《会真记》莺莺诗。

思佳客

秋 扇

入手西风意已羞，不须玉斧为重修[①]。扑萤凉夜沉沉月[②]，障面清歌澹澹秋。 休弃置，且迟留。可怜又向箧中收。莫教暗损乘鸾女，汉殿凄凉万古愁。

［注释］

①玉斧：传说月为玉斧所修。王安石《题扇》："玉斧修成宝月团，月边仍有女乘鸾。" ②扑萤："银烛秋光冷画屏，轻罗小扇扑流萤。"见杜牧《秋夕》。

思佳客

题太真出浴图

写出梨花雨后晴，凝脂洗尽见天真[①]。春从翠髻堆边见，娇自红绡脱处生。　天宝梦[②]，马嵬尘[③]。断魂无复到华清。恰如伫立东风里，犹听霓裳羯鼓声[④]。

[注释]

①“写出”二句：出自白居易《长恨歌》“梨花一枝春带雨”、“春寒水暖洗凝脂”。　②天宝梦：杨玉环于天宝元年被玄宗召入宫中。　③马嵬（wéi）尘：安禄山叛唐，玄宗携贵妃出逃，至马嵬坡，杨玉环被缢死。④霓裳：霓裳羽衣舞。　羯鼓：军中所用鼓。安禄山，羯人。

思佳客

有约湖山却解襟，昼眠占得一庭深。树边风色寒滋味，秋里年华雁信音。　惊楚梦，听瑶琴。黄花尚可伴孤斟。断云万一成疏雨，却向湖边看晚阴。

思佳客

剪翠衫儿稳四停[①]，最怜一曲凤箫吟。同心罗帕轻藏素，合字香囊半影金。　春思悄，昼窗深。谁能拘束少年心。莺来惊碎风流胆，踏动樱桃叶底铃[②]。

[注释]

①四停：稳当，妥贴。　②“踏动”句：潜踪行动时，触动了驱鸟的铜铃。

[集评]

李汝伦云:“写少年时野外偷情情状,非亲有体验者道不出。”

思佳客

立秋前一日西湖

不肯楼边著画船,载将诗酒入风烟。浪花溅白疑飞鹭,荷芰藏红似小莲[1]。　　醒醉梦,唤吟仙。先秋一叶莫惊蝉。白云乡里温柔远[2],结得清凉世界缘。

[注释]

①荷芰:荷菱。　②白云乡:仙人居处。　温柔远:指佳人难觅。

思佳客

中秋后一日借月意

白玉楼台知几重,夜来望断广寒宫。一分乍缺婵娟影[1],二八尤宜冰雪容[2]。　　云鬓露,玉钗风。水晶帘幕正玲珑。殷勤再为天香醉[3],可惜清光付晓钟。

[注释]

①乍缺:月初缺。　②二八:二八一十六,指少女。　③天香:指嫦娥。

永遇乐

次韵吊青楼[1]

浅晕修蛾[2],脆痕红粉,犹记窥户。香断帘空,尘生砌冷,谁唤青鸾舞。春风花信,秋宵月约,历历此心曾许。衔芳恨、千年怨结,玉骨未应成土。　　木兰艇子,莫愁何在[3]，谩系寒江烟树。事逐云沉，情随佩冷，短梦分今古。一杯遥夜，孤光难晓，多少碎人肠处。空凄黯、西风细雨[4]，尽吹泪去。

[注释]

①青楼：妓女所居，此指妓女。　②修蛾：蛾眉修长。　③莫愁：南朝女子，在南京，善歌。周邦彦《西河·金陵》："断崖树，犹倒倚，莫愁艇子曾系。"　④凄黯：凄楚、悲凉。

玲珑四犯

水外轻阴，做弄得飞云，吹断晴絮。驻马桥西，还系旧时芳树。不见翠陌寻春[1]，每问著、小桃无语。恨燕莺、不识闲情，却隔乱红飞去[2]。　少年曾识春风意，到如今、怨怀难诉。魂惊冉冉江南远，烟草愁如许。此意待写翠笺，奈断肠、都无新句。问甚时、舞凤歌鸾，花里再看仙侣。

[注释]

①翠陌：绿色田野。　②乱红：繁盛的花朵。

[集评]

俞陛云云："驻马重游，而言远系芳树；旧人不见，而言问花无语，皆见词心婉妙。转头处'少年'以下四句，寄怀缥缈，朱竹垞所谓'空中传恨'了。'翠笺'、'断肠'二句为此篇擅胜处。"（《唐五代两宋词选释》）

御街行

赋　帘

香波半窣深深院[1]，正日上、花阴浅。青丝不动玉钩闲，看翠额、轻笼葱茜[②]。莺声似隔，篆醒微度[③]，爱横影、参差满。　　那回低挂朱阑畔，念闲损、无人卷。窥春偷倚不胜情，仿佛见、如花娇面。纤柔缓揭[④]，瞥然飞去，不似春风燕。

[注释]

①香波：形容帘之拂动。　窣：摩擦声。李贺《南园》："宫北田塍晓气酣，黄桑饮露窣宫帘。"　②葱茜：草木茂盛青翠貌。　③醒：《宋六十名家词》作"烟"。　④纤柔：手。

[集评]

李汝伦云："作者善状人形神状貌。下片写少女窥春、揭帘、怕羞，躲去俨然如画。"

御街行

赋　轿

藤筠巧织花纹细，称稳步、如流水。踏青陌上雨初晴，嫌怕湿、文鸳双履[①]。要人送上，逢花须住，才过处、香风起。　　裙儿挂在帘儿底，更不把、窗儿闭。红红白白簇花枝，恰称得、寻春芳意。归来时晚，纱笼引道，扶下人微醉。

[注释]

①文鸳双履：绣鞋。

[集评]

俞陛云云："此题咏之者绝少。'稳步流水'，状舁夫之技能。'逢花须住'，与开窗四盼等句，状乘轿者之闺情。且陌上遇雨及归途扶醉，皆须轿之由也。"（《唐五代两宋词选释》）

李汝伦云："题名赋轿，实赋轿中女子。"

霜天晓角

春云粉色，春水和云湿。试问西湖杨柳，东风外、几丝碧。　　望极，连翠陌，兰桡双桨急[①]。欲访莫愁何处，旗亭在[②]，画桥侧。

[注释]

①兰桡：香木舟。　②旗亭：酒家。

霜天晓角

炉烟浥浥[①]，花露蒸沉液。不用宝钗翻炷，闲窗下、袅轻碧。　　醉拍，罗袖惜，春风偷染得。占取风流声价，韩郎是、旧相识[②]。

[注释]

①浥浥：香气浓郁。东坡《步月得人字》："浥浥炉香初泛夜，离离花影欲摇春。"　②韩郎：即韩寿。

霜天晓角

九日苏堤

霜清水碧，冷浸红云湿。休说季伦锦帐[①]，山南岸、更花密。　　露滴，空翠幂，两峰开霁色。不为秾妆一醉，西风帽、为谁侧。

[注释]

①季伦：晋代大富豪石崇，字季伦。此处写花多掩路，似季伦锦帐。

眼儿媚

轻云终被断云留，不肯放春愁。翠楼旧倚，粉墙重见，歌酒风流。　　今朝毕竟吟情澹，芳意未全酬[1]。东风向晚，莺花有意，吹转船头。

[注释]

①芳意：佳人索句之情意。

卜算子

泛西湖坐间寅斋同赋[1]

屈指数春来，弹指惊春去。檐外蛛丝网落花，也要留春住。　　几日喜春晴，几夜愁春雨。十二雕窗六曲屏，题遍伤春句。

[注释]

①寅斋：姓字不详。

[集评]

李汝伦云："'蛛丝网落花'观察细，似未经人道语。"

西江月

小舫半帘山色，断桥两岸秋阴。芙蓉消息已愁深[1]，红染云机翠锦[2]。　　几度烟波共酌，半生风月关心。飞来鸥鹭是知音，一笑歌边醉醒。

[注释]

①芙蓉：荷花。 ②云机翠锦：彩霞，为荷花所染。

点绛唇

天外青鸾[①]，几时常向人间住。断歌零舞，月上桐阴暮。　憔悴潘郎[②]，不解为花主。知何处。梦云愁雨，怕向西楼去。

[注释]

①青鸾：即青鸟。传说中西王母书信使者。 ②潘郎：即潘岳，西晋文学家，以美丰姿著名，后泛指才俊风流的男子。

点绛唇

钓月篷闲[①]，载诗却向旗亭醉。翠蒲阴外，莫放双鸥起。　水佩仙裳，洒落烟云意。来相试。玉绡新制，要写蓬壶记[②]。

[注释]

①闲：即"间"。 ②蓬壶：仙岛，形容此处景色佳如仙境。

踏莎行

九日西山

水减堤痕，秋生屐齿[①]，瘦筇唤起登高意[②]。翠烟微冷梦凄凉，黄花香晚人憔悴。　怀古风流，悲秋情味。紫萸劝入旗亭醉[3]。玉人相见说新愁,可怜又湿西风泪。

[注释]

①屐齿:鞋印。 ②筇:手杖。 ③紫萸:即茱萸。古风俗,重阳日采茱萸佩之以辟邪却灾。

[集评]

李汝伦云:"瘦筇能'唤','紫萸'能劝,皆有新意。人已有'悲秋情味',玉人又说起'新愁',旧愁添上新愁,西风也被惹得落泪。层层写来皆登高引起。"

踏莎行

花染烟香,柳摇风翠,春工写出清明意。翠湾还趁画船开,粉墙到处骄骢系[1]。 歌唤红裙,酒招青旆[2]。吟情又许春风醉。何妨日日烂芳游,今宵先向西城睡。

[注释]

①骢:马,毛色青白相间者。 ②旆:军旗。

[集评]

李汝伦云:"春烟被花儿染青,春风被柳枝摇翠,清明节被'春工'写出。下片之'唤'字、'招'字、'许'字皆词人锻字之佳处。只每片末二句实写。'今宵先向西城睡',是不愿归去,须待明日、后日、日日游,清明春色迷人若此。游兴之不衰,是景色不尽。"

恋绣衾

碧梧偷恋小窗阴,恨芭蕉、不展寸心。暗语近、阳台远,奈秋宵、砧断漏沉。 月明欲教吹箫去,隔骖鸾、空留怨音[①]。从此是、天涯阻，这一场、秋梦更深。

［注释］

①骖：车用三马所驾曰骖乘。 鸾：凤。韩愈《送桂州严大夫》："远胜登仙去，飞鸾不暇骖。"

［集评］

李汝伦云："先写所倾慕者，不得亲近、接语、无由表达心事而辗转反侧心情。后，其人远去，又无车可同乘，无凤可同驾。先是可望而不可及，后是此望已绝。是单相思苦味，因其人未必知也。"

风入松

卷帘日日恨春阴，寒食新晴。马蹄只向南山去，长桥爱、花柳多情。红外风娇日暖，翠边水秀山明。 杜郎歌酒过平生[①]，到处蓬瀛[②]。醉魂不入重城晚，秾欢寄、桃叶桃根[③]。绣被嫩寒清晓，莺声唤醒春酲。

［注释］

①杜郎：唐人杜牧，生平多在江南游冶。 ②蓬瀛：蓬莱、瀛州以及方丈，为传说海中三个仙山。 ③桃叶：晋人王子敬之爱妾。王作《桃叶歌》咏之。 桃根：桃叶之妹，亦丽人。

风入松

闻邻女吹笛

粉娇曾隔翠帘看。横玉声寒[①]。夜深不管柔荑冷[②]，樱朱度、香喷云鬟[③]。霜月摇摇吹落，梅花簌簌惊残。 萧郎且放凤箫闲[④]，何处骖鸾。静听三弄霓裳罢，魂飞断、愁里关山。三十六宫天近[⑤]，念奴却在人间[⑥]。

[注释]

①横玉:玉笛。 ②柔荑:女人手。 ③樱朱:女人唇。 ④萧郎:萧史。 ⑤三十六宫:“离宫别馆三十六所。”见班固《西都赋》。 ⑥念奴:唐天宝年间著名歌女。

南乡子

赋十四弦[①]

直柱倚冰弦,曾见胡儿马上弹[②]。却笑琵琶风韵古,溅溅[③]。想像湘妃水一帘[④]。 塞恨曲中传[⑤],两摺琴丝费玉纤[⑥]。不似江南风月好,厌厌[⑦]。拍手齐看舞袖边。

[注释]

①十四弦:一种弹拨乐器。 ②胡儿:泛指北方少数民族男子。 ③溅溅:水流声,形容乐曲流畅。 ④湘妃水:指湘江。 ⑤塞恨:昭君出塞弹琵琶发抒情绪。 ⑥玉纤:女人手。 ⑦厌厌:和悦、安静。《诗经·小雅·湛露》:“厌厌夜饮,不醉无归。”

洞仙歌

题 真[①]

轻痕浅晕,偷染春风面。恰似西施影儿现。拟新妆、临槛一段天真,闲态度,长恁香娇玉软。 从今怀袖里,不暂相离,似笑如颦任舒卷。愿芳容不老,只似如今,娇不语、无奈情深意远。便雨隔云疏暂分携,也时展丹青,见伊一见。

[注释]

①题真:题画像。

[集评]

李汝伦云："写画中人之美如西施而'芳容不老'。将之纳入袖中而可'不暂相离'，活写一痴汉子心态。词用看画人之痴，点画中人之美。以窗外之物对画中物之反映来写画中物，此等构思，唐以后多见，尤其老杜善之。为写画鹰、画山水等，此词得其妙处。"

柳梢青

柳

翠拂晴波，烟垂古岸，灞桥春色[①]。斜带鸦啼，乱萦莺梦，愁丝如织。　为怜张绪风流[②]，正瘦损、宫腰褪碧。绽绾同心[③]，留连不住，天涯行客。

[注释]

①灞桥：在古长安外，古人多在此折柳送别。　②张绪：六朝齐时美男子，齐武帝于灵和殿前植柳，曾说："此柳风流可爱，似张绪当年时。"　③绽：开裂。　绾：联结。

少年游

草

春风吹碧，春云映绿，晓梦入芳茵[①]。软衬飞花，远连流水，一望隔香尘[②]。　萋萋多少江南恨[③]，翻忆翠罗裙[④]。冷落闲门，凄迷古道，烟雨正愁人。

[注释]

①芳茵：形容春草如茵。　茵：褥子。　②香尘：美人走动影子。李白《感兴》："香尘动罗袜，渌水不沾衣。"　③江南恨："解道江南断肠句，只今唯有贺方回。"见黄庭坚《寄方回》。江南风光，历来逗引骚人墨客情绪。　④翠罗裙：代喻美人。牛希济《生查子》："记得绿罗裙，处处怜芳草。"

[集评]

李汝伦云:"'冷落闲门',美人已去;'凄迷古道',美人无踪。唯一片烟雨,引出一段愁来。写春草而不胶着于春草,乃见春草而怀人。词非咏物,是因物生情之作。写来婉丽耐读。"

诉衷情

西楼杨柳未胜烟[1],寒峭落梅天。东风渡头波晚,一棹木兰船。　　花态度[2],酒因缘,足春怜。屏开山翠,雨怯云娇,尽付愁边。

[注释]

①未胜:未似。　②花态度:花的状貌风姿。

夜行船

剪水天风吹醉醒,高楼外、冻云秋凝。袖口香寒,歌喉春暖,不管雁边寒紧。　　琼屑瑶花飞碎影[1],应须待、玉田千顷[2]。小约梅英[3],教吟柳絮[4],春在绣红鸳锦。

[注释]

①琼屑瑶花:形容雪。　②玉田:水面晶莹如玉。　③梅英:梅花。　④柳絮:晋谢安侄女谢道蕴咏雪,有"未若柳絮因风起"之句而受激赏。

满江红

击碎空明[1],沧浪晚、棹歌飞入[2]。西山外、紫霞吹断,赤尘无迹[3]。飞上冰轮凉世界[4],唤回天籁清肌骨[5]。看骊珠、影堕冷光斜[⑥],蛟龙窟。　长啸外,纶巾侧[⑦]。轻露下,纤絺湿[⑧]。听洞箫声在,卧虹阴北。十万江妃留醉梦[⑨],二三沙鸟惊吟魄[⑩]。任天河、落尽玉杯空,东方白。

[注释]

①空明:倒映水中的天色。　②沧浪:青色的水。　③赤尘:红尘。　④冰轮:寒月。　⑤天籁:自然界发出的自然音响。杜甫诗:"鼓角凌天籁,关山倚月轮。"　⑥骊珠:传说为龙之颔下所孕宝珠。《列子·列御寇》:"夫千金之珠,在九重之渊而骊珠颔下。"　⑦纶巾:青丝所织头巾,又称诸葛巾。　⑧纤絺(chī):细葛衣料,此指衣服。　⑨江妃:江中水神。　⑩沙鸟:沙鸥。

[集评]

李汝伦云:"此词为竹屋唯一气魄阔大、风格豪放之作。杨铁夫评梦窗《金缕歌》有云:(梦窗)'他词缠绵悱恻,此词独慷慨悲歌,一洗本来面目。……虽梦窗不能坚守本色也。'可移用于此词。"

酹江月

灵岩吊古①

万岩灵秀,拱崇台飞观,凭陵千尺。清磬一声帘幕冷,无复宫娃消息[②]。响屧廊空[③],采香径古,尘土成遗迹。石闲松老,断云空锁愁寂。　专宠谁比轻颦[④],楚腰吴艳[⑤],一笑无颜色[⑥]。风月荒凉罗绮梦,输与扁舟归客[⑦]。舞阕歌残,国倾人去,青草埋香骨。五湖波淼[⑧],远空依旧涵碧。

[注释]

①灵岩:山名,又名砚石山,在苏州市西。战国时吴王曾在此建馆娃宫,以居西施。　②宫娃:本称一般宫女,此处专指西施。　③响屧:相传

西施穿木屐,廊中走动有声,称响屧廊。 屧(xiè):木屐。 ④专宠:独得君王怜爱。 ⑤楚腰:泛指窈窕女子。《墨子 · 兼爱》:"昔者楚灵好细腰。"《韩非子 · 二柄》:"楚灵王好细腰,而国中多饿人。" 吴艳:吴国美女。 ⑥无颜色:"回眸一笑百媚生,六宫粉黛无颜色。"见白居易《长恨歌》。 ⑦扁舟归客:吴国灭后,西施回国。 ⑧五湖波淼:相传西施随范蠡乘舟泛五湖而去。

[集评]

李汝伦云:"以西施为怀古对象,词中所云皆西施事。感人事江山代谢,结句耐人寻味。"

谒金门

烟墅暝[①],隔断仙源芳径。雨歇花梢魂未醒,湿红如有恨。 别后香车谁整[②],怪得画桥春静。碧涨平湖三十顷,归云何处问。

[注释]

①烟墅:简陋村舍。皎然《湖州西亭即事》:"樵子逗烟墅,渔翁宿沙汀。" ②香车:富贵人家妇女所乘车子。

留春令

淮南道中

断霞低映,小桥流水,一川平远。柳影人家起炊烟,仿佛似、江南岸。 马上东风吹醉面,问此情谁管。花里清歌酒边情,问何日、重相见。

[集评]

李汝伦云:"中有二问,一问'谁管',问谁能同此情肠;二问:问何日

‘重相见’,写送别饯别一霎间情事。未写惆怅,惆怅自在。”

留春令

粉绡轻试[①],绿裙微褪,吴姬娇小[②]。一点清香著芳魂,便添起、春怀抱。　　玉脸窥人舒浅笑,寄此情天渺。酒醒罗浮角声寒[③],正月挂、南枝晓。

[注释]

①粉绡:丝质薄纱。　②吴姬:吴地女子。　③酒醒罗浮:柳宗元《龙城录》载,隋代赵师雄游罗浮山,憩于酒肆中,见一美女淡装素服,与之饮,醉而寝,醒后实睡于梅花树下。

[集评]

李汝伦云:“写幽会,上片嫌太露,艳体,幸下片挽回。”

留春令

梅

玉清冰瘦,洗妆初见,春风头面[①]。等得黄昏月溪寒,爱顾影、临清浅。　　历尽冰霜空羞怨,怨粉香消减。江北江南旧情多,奈笛里、关山远。

[注释]

①头面:指头部、面部装饰。

留春令

红　梅

玉妃春醉[①],夜寒吹堕,江南风月。一自情留馆娃宫,在竹外、尤清绝。　　贪睡开迟风韵别，向杏花休说。角冷黄昏艳歌残，怕惊落、燕脂雪。

［注释］

①玉妃：称梅花。

太常引

玉肌轻衬碧霞衣，似争驾、翠鸾飞。羞问武陵溪[①]，笑女伴、东风醉时。　　不飘红雨，不贪青子，冷澹却相宜。春晚涌金池[②]，问一片、将愁寄谁。

［注释］

①武陵溪：湖南常德西部，地多桃花。　②金池："客来花雨地，秋水落金池。"见李白《同族侄评事游昌禅师山池》。"七宝池底，纯以金沙布地。"见《弥陀经》。

浪淘沙

杜鹃花

啼魄一天涯[①]，怨入芳华。可怜零血染烟霞。记得西风秋露冷，曾浼司花[②]。　　明月满窗纱，倦客思家。故宫春事与愁赊[③]。冉冉断魂招不得，翠冷红斜。

［注释］

①啼魄：杜鹃传说为蜀帝望帝杜宇所化，又传说化为子规（鸟名），子规为杜宇之魄。李商隐诗："望帝春心托杜鹃"，其啼声如"不如归去"。　②司花：隋炀帝时洛阳贡合蒂迎辇花，炀帝令御车女袁宝儿持出，号曰"司花女"。　浼（měi）：请托。　③赊：长。

意难忘

代　赠

仙子奇容。是名花第一[①]，美占春风。烟香笼浅翠，露靓浥芳红[②]。怜舞燕[③]，惜惊鸿[④]。想独步吴宫[⑤]。料认得、娇云媚雨，来自巫峰[⑥]。　风流正与欢浓[⑦]。羡高楼并倚，曲影阑东。烛摇留醉枕，尘坠恋歌钟[⑧]。三弄笛，五花骢[⑨]。莫行乐匆匆。但看取、天长地久，笑语相逢。

[注释]

①名花第一：指牡丹。　②靓(jìng)：妆饰华艳。又读“亮”音，意为美。　③舞燕：汉时赵飞燕善舞。　④惊鸿：本曹植《洛神赋》“翩若惊鸿，婉若游龙”。　⑤吴宫：暗指西施。　⑥巫峰：指巫山神女。　⑦欢：心爱者。　⑧歌钟：古时豪贵家饮食时敲钟以示排场。　⑨五花骢：“五花马，千金裘，呼儿将出换美酒。”见李白《将进酒》。

[集评]

李汝伦云：“此为代人赠妓女，想是词人狎友。写妓女之美之舞，比之历史和文学上大美人如西施、赵飞燕、洛神、巫山神女，未免过誉。再写与狎者之欢恋，堆砌文字，毫无意思。此类题材，宋词中大量存在，而佳者不多。”

雨中花

旆拂西风[①]，客应星汉[②]，行参玉节征鞍[③]。缓带轻裘，争看盛世衣冠。吟倦西湖风月，去看北塞关山[④]，过离宫禾黍[⑤]，故垒烟尘[⑥]，有泪应弹。　文章俊伟，颖露囊锥[⑦]，名动万里呼韩。知素有、平戎手段，小试何难。情寄吴梅香冷，梦随陇雁霜寒。立勋未晚，归来依旧，酒社诗坛。

[注释]

①旆:军旗。 ②星汉:银河。 ③玉节:玉制的符节,皇帝与臣子之间示信之物。《周礼·地宫》:"守邦国者用玉节,守都鄙者用角节。" ④北塞:指北部边境。 ⑤离宫禾黍:"周大夫行役至于宗周(周朝国都),过宗庙宫室,尽为禾黍,闵周室之颠覆。"见《诗经·王风·黍离》序。 ⑥故垒:旧时战场遗迹。 ⑦颖:笔。 颖露囊锥:喻人有才能必不会久处囊中。

[集评]

李汝伦云:"词为一位出使异国之人物所作(当是为史达祖使金饯行之作),对出使者寄以希望。鼓励其有一番作为,为国立功,反映了作者之爱国情思。此词可与其《寿放翁》相辉映。"

八 归

重阳前二日怀梅溪

楚峰翠冷,吴波烟远,吹袂万里西风。关河迥隔新愁外,遥怜倦客音尘[①],未见征鸿。雨帽风巾归梦杳,想吟思、吹入飞蓬。料恨满、幽苑离宫[②],正愁黯文通[③]。

秋浓。新霜初试,重阳催近,醉红偷染江枫。瘦筇相伴[④],旧游回首,吹帽知与谁同[⑤]。想萸囊酒琖[⑥],暂时冷落菊花丛。两凝伫,壮怀立尽,微云斜照中。

[注释]

①倦客:指梅溪(史达祖)。 ②离宫:皇帝别建游憩之地。 ③文通:江淹,字文通。"黯然销魂者,唯别而已"为江淹《别赋》中语。 ④瘦筇:手杖。因产于四川邛崃,故名。 ⑤吹帽:晋孟嘉于重阳日参加桓温之龙山宴会中,帽子被风吹去而不知。晁补之《临江仙》:"今朝吹帽与谁同,黄花都未拆,和泪泣东风。"此言梅溪无人作伴登高。 ⑥琖:即"盏"。

[集评]

李汝伦云："此词或是梅溪因赞助韩侂胄北伐，韩因失败获罪被处死，梅溪亦因被处黥刑后所作。词对梅溪处境表同情。细味之，词中有欲而未言者，有言而委曲者。"

瑞鹤仙

筇　枝[①]

一枝苍玉冷[②]。爱露节霜根，从来孤劲。提携远尘境。自清癯骨力[③]，岁寒心性。登临助兴。甚偏与，芒鞋相称[④]。笑葛洪、陂外腾飞[⑤]，渺渺水闲烟迥。　寻胜。拨开林影，斵破苔痕[⑥]，缓支幽径。分云度岭，待随处、问梅信。任香挑村酯[⑦]，寒拖夜月，识尽江山好景。扣禅关拗折[⑧]，归来万缘自静[⑨]。（以上《彊村丛书》本《竹屋痴语》）

[注释]

①筇枝：即筇杖。　②苍玉：形容竹色。　③清癯：清逸而削瘦貌。④芒鞋：芒草所编鞋子，为劳动者所穿。　⑤葛洪：晋代炼丹家，字稚川，曾于葛岭（西湖）、罗浮（广东）等地炼丹。　⑥斵（zhuó）：削，刻。　⑦村酯：农家所酿酒。　⑧禅关：寺门。　⑨别本作："扣禅关，拗折归来，万缘自静。"

[集评]

笃文云："古雅清幽，词中逸品，……颇见顿挫之妙，审音拈韵精细入微。"

存目词

《词旨·属对》有高观国"绿芰擎霜，黄花招雨"二句，乃冯去非词，见《阳春白雪》卷五。